W0301472

WOLFGANG UND HEIKE HOHLBEIN

GENESIS

EIS STEIN DIAMANT

UEBERREUTER

ISBN 978-3-8000-5553-1
Alle Rechte vorbehalten. Das Werk darf – auch teilweise – nur mit Genehmigung des Verlages wiedergegeben werden.
Umschlaggestaltung von init, Büro für Gestaltung, Bielefeld, unter Verwendung einer Illustration von Peter Gric
Copyright © 2006, 2010 by Verlag Carl Ueberreuter, Wien
Druck: GGP Media GmbH, Pößneck
1 3 5 7 6 4 2

Ueberreuter im Internet: www.ueberreuter.at

GENESIS 1

EIS

TRÄUME sind älter als das brodelnde TYRUS,
die nachdenkliche SPHINX
oder die Gärten von BABYLON.

H. P. LOVECRAFT, CTHULHUS RUF

1

DAS LETZTE GESCHOSS hatte ihn buchstäblich um Haaresbreite verfehlt. Das Heulen des Sturmes, das in den letzten Minuten zu ohrenbetäubender Lautstärke angewachsen war, hatte das Geräusch der Explosion ebenso verschluckt wie jeden anderen Laut, aber Ben hatte das tückische Aufstieben von Weiß unmittelbar neben seinem Gesicht gesehen und praktisch im gleichen Moment einen beißenden Schmerz an der Schläfe verspürt, und nach allem, was in der letzten halben Stunde geschehen war, konnten diese beiden Ereignisse zusammen nur eines bedeuten: Sie hatten auf ihn geschossen. Wieder einmal. Gut, sie hatten ihn auch verfehlt – wieder einmal –, aber wie lange würde das noch so bleiben? Ganz egal, ob diese Kerle nun miserable Schützen waren oder nicht – wenn sie nur lange genug drauflosballerten, dann mussten sie ihn früher oder später, schon rein statistisch, treffen.

Falls er nicht vorher erfror.

Oder ihn der Sturm umbrachte.

Oder er in eine Eisspalte stürzte und sich den Hals brach.

Oder ihm der Himmel auf den Kopf fiel und ihn erschlug.

Nein, dachte Ben grimmig, an unerquicklichen Möglichkeiten, zu Tode zu kommen, herrschte wirklich kein Mangel.

Seine Aussichten, am Leben zu bleiben, sahen hingegen bescheidener aus.

Eine knappe Handbreit über ihm löste sich ein Stück der Eiswand in einer lautlosen Explosion aus blitzendem Weiß auf und überschüttete ihn nicht nur mit einem Hagelschauer weiterer scharfkantiger Splitter, sondern überzeugte ihn auch davon, dass seine Verfolger nicht annähernd so schlechte Schützen waren, wie ihm lieb gewesen wäre.

Ben spürte ein Brennen an der Wange, duckte sich hastig noch tiefer hinter seine Deckung und hob erst dann die Hand ans Gesicht, um nach seiner Wange zu tasten. Die Kälte hatte seine Finger schon längst taub werden lassen, sodass er rein gar nichts fühlte, aber als er die Hand wieder zurückzog, schimmerte es rot auf seinen Fingerspitzen; Blut, das binnen zwei oder drei Sekunden zuerst milchig wurde und dann gefror. Scheiß Kälte!

Der nächste Treffer schlug etwas weiter entfernt ein, aber immer noch nahe genug, sodass Ben beschloss, sich später über den Sturm und die Temperaturen zu ärgern, um nun lieber etwas Sinnvolleres zu tun: nämlich sein Leben zu retten. Hastig wechselte er seine Position, indem er mit einem taumelnden Hechtsprung durch die Schneewehen pflügte, die der Sturm nahezu waagerecht heranpeitschte, und kauerte sich hinter einen der, wie es schien, Millionen gleichförmiger, glatt geschliffener Felsen aus Eis, die auf der Ebene zwischen der Küste und der Steilwand aufragten.

Keine Sekunde zu früh.

Ben war noch nicht völlig auf die Knie hinabgesunken, da zersiebte eine ganze Salve die Deckung, hinter der er gerade noch gehockt hatte, zu einer Mischung aus Pulverschnee und Eissplittern, die sich ihrerseits in gefährliche Geschosse verwandelten und den Schnee in weitem Umkreis umpflügten. Der Sturm überbrüllte weiterhin jedes Geräusch, aber er sah, wie auch in der schimmernden weißen Wand dahinter eine Reihe faustgroßer Löcher erschien, und ein eisiger Schauer lief ihm über den Rücken – als ob ihm noch nicht kalt genug wäre! Allmählich wurden ihm die Kerle unheimlich. Sie schossen nicht nur anscheinend wahllos auf alles, was sich bewegte (auf alles, was sich *nicht* bewegte, übrigens auch), sie mussten auch über Zauberkräfte verfügen, in diesem Chaos aus tobendem Schnee und durcheinander wirbelnden weißen Schatten überhaupt etwas zu sehen.

Oder über moderne Gewehre mit Infrarot-Zielfernrohren, fügte er in Gedanken hinzu; auch wenn er noch nie davon gehört hatte, dass irgendjemand ein *Maschinen*gewehr mit einem Zielfernrohr ausrüstete.

Aber er hatte auch noch nie von einer Bande wild gewordener Piraten gehört, die das südliche Polarmeer unsicher machten, harmlose Kreuzfahrtschiffe überfielen und die halbe Besatzung niedermetzelten … was allerdings auch daran liegen mochte, dass bisher keines ihrer potenziellen Opfer entkommen war, um davon zu berichten.

Trotzdem: Ben spürte tief in sich, dass die Erklärung nicht so einfach war. Hier ging irgendetwas … anderes vor. Etwas viel Schlimmeres.

Etwas prallte mit einem hörbaren *Ping!* von der Oberseite des Eisbrockens ab, hinter dem er Deckung gesucht hatte, und das Geräusch riss ihn roh in die Wirklichkeit zurück. Dass er den Laut über dem Brüllen des Schneesturmes überhaupt hörte, konnte nichts anderes bedeuten, als dass er ungefähr die Lautstärke eines Kanonenschlages gehabt haben musste, und ganz offensichtlich nicht nur die *Lautstärke*: Der Eisfelsen, hinter dem er kniete, hatte plötzlich Tausende von Rissen und Sprüngen bekommen, die seine Oberfläche in ein milchig-surrealistisches Kunstwerk verwandelten. Seine Verfolger hatten offensichtlich das Kaliber gewechselt. Der nächste Treffer musste den Eisbrocken pulverisieren und ihn vermutlich gleich mit. Zeit für einen Ortswechsel.

Der logische Teil seines Denkens (den er im Moment hasste) konfrontierte ihn mit der Frage, ob es wirklich klug sei, seine Deckung zu verlassen, wo seine Verfolger doch so offensichtlich in der Lage waren, ihn trotz der praktisch nicht vorhandenen Sicht zu sehen und so zielsicher auf ihn zu feuern wie ein Meisterschütze an einer Kirmesbude, der sich einen Spaß daraus machte, einen Hauptgewinn nach dem anderen abzuräumen und den Besitzer damit in den Wahnsinn zu treiben. Allerdings räumte dieser Teil seines Denkens jetzt auch ein, dass seine Deckung äußerst gefährdet war, und selbst wenn nicht – was nutzte es? Bestenfalls würden die Kerle irgendwann aufhören, auf ihn zu schießen, und herkommen, um ihn aus der Nähe zu erledigen. Ben hatte sich – bis vor einer halben Stunde – kaum etwas mehr gewünscht, als endlich zu wissen, mit wem sie es zu tun hatten, aber diese Erkenntnis konnte durchaus zu den allerletzten Eindrücken seines Lebens werden, und *so* neugierig war er dann doch nicht.

Er rannte los.

Diesmal kam er ganze zehn Schritte weit, bevor ihn eine Sturmböe niederwarf und er der Länge nach in den Schnee fiel. Noch im Stürzen sah er, wie der Eisbrocken, hinter dem er gerade noch gekauert hatte, zu einem fünf Meter hohen Geysir aus Schnee und rasiermesserscharfen Splittern wurde, der vollkommen senkrecht in die Höhe schoss, bevor ihn der Sturm ergriff und auseinander riss, dann klatschte er mit dem Gesicht voran in den Schnee und sah nichts mehr.

Er bekam auch keine Luft mehr, und er musste sich einen weiteren Irrtum eingestehen: Bisher war er der Meinung gewesen, dass die Kälte seine Nerven längst betäubt hätte und es nicht mehr schlimmer kommen konnte, aber das stimmte nicht. Seine Finger und seine Gesichtshaut waren taub, doch nun drang der pulverfeine Schnee unter die Kapuze und in die Ärmel seiner Thermojacke, und er war nicht nur kalt, sondern tat *weh*, als hätte ihn jemand mit einer ätzenden Säure versetzt. Als er zu atmen versuchte, sog er ebenfalls nur Schnee ein. Seine Nase und sein Rachen brannten wie Feuer, und er hätte vor Schmerz geschrien, hätte er nur die nötige Luft dazu gehabt. Nackte Todesangst explodierte in seinen Gedanken, auf seiner Zunge war plötzlich der Geschmack von purem Adrenalin, und die absolute Gewissheit des bevorstehenden Endes verlieh ihm eine Kraft, von der er selbst nicht geglaubt hatte, dass er sie noch besaß. Mit einem einzigen verzweifelten Ruck stemmte er sich hoch, fiel auf den Rücken und nahm einen keuchenden Atemzug. Das Luftholen tat weh, entsetzlich weh, aber es war zugleich auch ein süßer Schmerz, der ihm zeigte, dass er immerhin noch am Leben war, auch wenn er das Gefühl hatte, seine Lungen würden von einer Million winziger Messer zerfetzt.

Zu mehr reichte seine Kraft jedoch nicht. Ben wollte aufstehen und weitertaumeln, um sich eine neue Deckung zu suchen, die seine Verfolger dann hinter ihm wieder in Stücke schießen konnten, doch seine Muskeln gehorchten ihm nicht mehr. Und es hätte auch nicht mehr viel gegeben, wohin er fliehen konnte. Der nächste Eisfelsen war gut fünfzehn oder zwanzig Meter entfernt und hinter den tobenden Schlieren aus Schnee nur schemenhaft zu erahnen. Bis dorthin würde er es nie schaffen. Er war entkommen, aber nur um jetzt hier hilflos und wie auf dem Präsentierteller zu liegen, damit seine Verfolger in aller Ruhe auf ihn schießen konnten.

Erstaunlicherweise taten sie es nicht.

Ben wusste nicht, wie lange er so dagelegen hatte. Sein Zeitgefühl war ebenso erfroren wie fast der gesamte Rest von ihm. Aber es musste lange gewesen sein; Sekunden, die sich quälend langsam zu einer Minute reihten und dann zu noch einer und noch einer. Er lag da, zu schwach, um sich zu bewegen, und zu müde, um es auch nur zu versuchen, und wartete darauf, dass die Welt rings um ihn herum in einer Orgie von Schmerz explodierte oder einfach erlosch, doch weder das eine noch das andere geschah.

Stattdessen … sah er etwas.

Das Gefühl grausamer Kälte hatte mittlerweile etwas nachgelassen, und darunter meinte er das genaue Gegenteil zu spüren, eine allmählich aufkommende Wärme; vielleicht das erste Anzeichen, dass er dabei war, zu erfrieren. Seine Gedanken begannen sich zu verwirren, begannen abzugleiten, sodass er im ersten Moment nicht ganz sicher war, ob er die Gestalt nun wirklich sah oder nur einer wahrlich spektakulären Halluzination aufsaß. Die Gestalt trat aus dem Schneetreiben hervor, aber sie tat es auf sehr seltsame Weise. Eigentlich *trat* sie nicht aus dem Sturm heraus, sondern schien sich auf fast schon gespenstische Weise darin zu *materialisieren*, als hätten sich Schnee und Eis plötzlich zusammengeballt, um etwas wie eine menschliche Gestalt zu formen; eine höchst absonderliche noch dazu. Sie war kaum größer als ein Kind, aber so breitschultrig, dass es grotesk anmutete; ihre Proportionen erinnerten eher an einen Gorilla als an einen Menschen. Auch ihre Bewegungen hatten etwas Affenartiges, aber im Gegensatz zu einem Affen war sie weiß, und sie hatte auch kein Gesicht. Wo es hätte sein sollen, war nur eine glatte, konturlose Fläche.

Zuerst erfüllte ihr Anblick Ben mit schierem Entsetzen, aber dann stahl sich ein mattes Lächeln auf seine aufgeplatzten Lippen. Gesichtslose Affen – Eispiraten, die das südliche Polarmeer unsicher machten, das wäre es doch! Aber natürlich war der Kerl weder ein verkleideter Gorilla noch hatte er kein Gesicht, sondern er trug vermutlich eine Kälteschutzmaske und einen weißen Tarnanzug (statt einer orangefarbenen Kombination wie gewisse andere Deppen hier, die sich damit selbst zur Zielscheibe machten) und wahrscheinlich fror er fast genauso erbärmlich wie Ben, was seine verkrampfte Haltung erklärte. Den Rest erledigten seine durchgeknallte Fantasie und möglicherweise auch noch die Glückshormone, die der menschliche Geist ja angeblich ausschüttete, wenn man im Sterben lag. Der Bursche dort drüben war ein Killer. Er gehörte zu den Piraten, die seine Eltern umgebracht hatten, den größten Teil der Passagiere der *Princess of the Dawn* ermordet und Harrys Söldnertruppe niedergemetzelt hatten. Zweifellos ein Monster, aber ein Monster in Menschengestalt, kein leibhaftiges Ungeheuer. Und jetzt war er gekommen, um auch ihn zu töten.

Ben dachte diesen Gedanken ohne jede Furcht. Noch vor wenigen Augenblicken hätte er verzweifelt um sein Leben gekämpft, und sei es noch so sinnlos, aber nun erschien es ihm viel zu mühsam. Selbst der Schmerz um den Verlust seiner Eltern war zu einem dumpfen Gefühl abgeklungen, pochend wie eine alte Wunde, die nie vollständig verheilt war und immer noch – aber nicht mehr unerträglich – wehtat. Irgendwo hatte er gelesen, dass Erfrieren ein sehr angenehmer Tod sei, und das schien auch zu stimmen. Zumindest betäubte die Kälte nicht nur seinen Körper, sondern nahm ihm auch die Angst und somit die Möglichkeit, sich weiter gegen ein unabänderliches Schicksal aufzulehnen und seine Qualen unnötig zu verlängern.

Übrigens schienen auch seine Augen nicht mehr richtig zu funktionieren, denn obwohl die groteske Mischung aus Todesfantasie und Realität inzwischen ein gutes Stück näher herangekommen war und sich mit langsamen Schritten der Stelle näherte, an der der letzte Schuss den Eisfelsen pulverisiert hatte, konnte er sie immer noch nicht deutlich sehen. Dem Gesicht fehlten nach wie vor Augen, Mund und Nase. Was um so merkwürdiger war, als er alles rings um den weiß gekleideten Piraten in schon fast übernatürlicher Schärfe erkennen konnte. Es war, als befände sich sein Körper in beständiger fließender Bewegung, sodass es keine Einzelheiten gab; fast, als zerfiele sein Körper in jeder Sekunde in all die Myriaden von Eiskristallen, aus denen er sich gebildet hatte, und fügte sich sofort wieder neu zusammen, und das schneller, als das Auge es erfassen konnte.

Nur eines fiel Ben doch auf: Für einen Piraten schien der Kerl außergewöhnlich schlecht bewaffnet zu sein, nämlich gar nicht. Vielleicht nur ein Späher, den der Rest der Bande vorausgeschickt hatte, um sich davon zu überzeugen, dass sie ihre Beute mit dem letzten Schuss auch wirklich erwischt hatten. Andererseits, dachte Ben belustigt, wenn der Kerl schon kein Gesicht hatte, was sollte er dann mit einer Waffe? Um ihn zu erledigen, brauchte er gewiss keine mehr. Er musste nur dastehen und abwarten. Ungefähr eine Minute lang. Oder zwei.

Im Moment schien er ihn aber noch nicht einmal bemerkt zu haben. Mit kleinen, vorsichtigen Schritten und pendelnden Armen näherte er sich der Stelle, an der der Eisfelsen gestanden hatte und wo jetzt ein Loch mit einem Durchmesser von drei Metern im Boden gähnte. Sein Kopf bewegte sich ununterbrochen hin und her, ein Anblick, der Ben unwillkürlich an einen schnüffelnden Hund erinnerte, der eine Fährte aufzunehmen versuchte, aber noch nicht ganz sicher war. Dabei hätte er ihn sofort entdecken müssen. Ben lag zwar gut zehn Meter entfernt im Schnee und der Sturm hatte in den letzten Minuten sogar noch an Stärke zugenommen, aber seine orangefarbene Polarmontur war nicht einmal unter diesen Bedingungen zu übersehen.

Trotzdem nahm der Pirat weiterhin keine Notiz von ihm, sondern ging weiter auf den Krater im Eis zu. Ben konnte sein Gesicht immer noch nicht ausmachen – ebenso wenig wie irgendwelche anderen Details; der Kerl musste wohl so eine Art Ganzkörper-Kondom tragen –, aber er sah zumindest, dass er wirklich unbewaffnet war. Seine Hände, die in dunklen, sonderbarerweise nur dreifingrigen Handschuhen steckten, waren leer. Sehr leichtsinnig für einen Piraten. Noch dazu für einen so kleinen.

Es konnte aber auch daran liegen, dass er die unheimliche weiße Gestalt bis jetzt nur aus den Augenwinkeln betrachtet hatte. Jetzt raffte er all seine verbliebene Kraft zusammen und drehte den Kopf, um den Piraten direkt anzusehen. Kaum hatte er es getan, da fuhr der Kerl mit einer ungeschlacht wirkenden, aber unglaublich *schnellen* Bewegung zu ihm herum und starrte nun seinerseits *ihn* an. Der Anblick ließ Ben schier das Blut in den Adern gerinnen.

Er hatte sich geirrt. Der Kerl trug keine Kälteschutzmaske vor dem Gesicht.

Er *hatte* keines.

Da war keine Jacke, keine Fellmütze oder Kapuze und keine Maske aus Plastik oder irgendeinem anderen Material, nur eine glatte, schimmernde Fläche, in der sich die tobende Bewegung des Sturmes spiegelte. Was da vor ihm stand, war kein Mensch, sondern ein … *Etwas*, das versuchte wie ein Mensch auszusehen, daran aber kläglich gescheitert war.

Und als wäre das noch nicht genug, riss das bizarre Ding die rechte Hand in die Höhe und zielte auf ihn.

Ben sah ganz genau, dass er keine Waffe hatte, aber irgendwie hinderte ihn das trotzdem nicht daran, auf ihn zu schießen. Nur ein Stück neben seiner linken Schulter schlug der Schnee auf, dann noch einmal und deutlich näher, und dann biss etwas mit so grausamer Wucht in seinen Bizeps, dass Ben gequält aufschrie.

Der grässliche Schmerz brach den Bann. Ganz plötzlich war er ganz und gar nicht mehr sicher und schon gar nicht mehr *bereit*, in diesem Moment zu sterben. Verzweifelt warf er sich herum und aus dem Weg des nächsten Geschosses, das ebenso unsichtbar wie heimtückisch heranraste und ein faustgroßes Loch in den Schnee rammte, genau dort, wo eben noch seine Stirn gewesen war. Aus den Augenwinkeln beobachtete er, wie das weiße Phantom mit einer irgendwie ärgerlich wirkenden Bewegung herumfuhr und seine andere – leere! – Hand auf ihn richtete. Wo die Finger der Rechten gewesen waren, befand sich jetzt nur noch ein runder Stumpf. Ben versuchte erneut, seine Position zu verändern, aber seine Kräfte waren endgültig erschöpft. Sein linker Arm war ein einziger kreischender Schmerz und gab unter dem Gewicht seines Körpers einfach nach. Hilflos fiel er in den Schnee und wartete auf den Tod.

Er kam nicht. Stattdessen drangen auf einmal doch Geräusche durch das Heulen des Sturmes: eine Kanonade sonderbar weicher, ploppender Laute, als zerplatzten irgendwo hinter den tobenden Schneewehen in rasender Folge zahllose riesige Luftballons.

Möglicherweise waren es auch keine Luftballons, denn vor seinen Augen barst jetzt das eisfarbene Ungeheuer auseinander.

Ben sah, wie die Beine und die untere Körperhälfte des vermeintlichen Piraten zerbrachen, als wäre er nichts anderes als eine Skulptur aus Eis, die von einem unsichtbaren Riesenhammer getroffen wurde. Die bizarre Kreatur, plötzlich ihrer Beine beraubt, kippte hilflos nach vorn und ruderte wild mit den Armen, um ein Gleichgewicht zu halten, das sie nicht mehr halten konnte, und stürzte dann schwer in den Schnee.

Aber es war noch nicht vorbei. Noch während Ben dalag und seine Gedanken zu sortieren versuchte, um wenigstens eine Ahnung zu haben, was nun Halluzination und was Wirklichkeit gewesen war, teilte sich der Sturm erneut und eine weitere Gestalt schälte sich aus den kochenden Schwaden. Sie war ein wenig menschlicher als die erste, größer und irgendwie *richtiger* proportioniert, aber ebenso vollkommen weiß wie sie. Mit zwei Ausnahmen: Sie *hatte* ein Gesicht, auch wenn es sich hinter einer weißen Plastikmaske verbarg und einer übergroßen schwarzen Schneebrille, und ihre Hände waren nicht leer. Mit einem einzigen Satz war sie bei und über dem gestürzten Ungeheuer und richtete etwas Schwarzes und Wuchtiges nach unten. Orangerotes Feuer loderte auf, und was von dem Phantom noch übrig war, explodierte in einer lautlosen Wolke aus Trillionen mikroskopisch feiner Eissplitter.

Viel weniger erschrocken als verwirrt und fassungslos, stemmte sich Ben auf die Ellbogen hoch; oder versuchte es doch wenigstens. Sein linker Arm reagierte mit einer Woge aus grausamem Schmerz, und er fiel zum wiederholten Male rücklings in den Schnee. Etwas Warmes und Klebriges lief unter seiner Jacke an seinem Arm hinab, und für einen Moment wurde ihm so übel, dass er sich beinahe übergeben hätte. Alles verschwamm vor seinen Augen.

Wahrscheinlich war es auch jetzt wieder die mörderische Kälte, die ihn rettete. Sie ließ das Blut an seinem Arm gefrieren und betäubte seine Nerven auf äußerst wirkungsvolle Weise. Der Schmerz erlosch nicht, aber er sank auf ein fast erträgliches Maß herab, und auch die blutgetränkten Schlieren vor seinen Augen lichteten sich wieder. Er konnte nicht lange weggetreten gewesen sein. Die Waffe in den Händen des Mannes spie noch immer orangerotes Feuer, obwohl unter ihrem Lauf längst nichts mehr war, was sie zerfetzen konnte. Dann, ebenso plötzlich, wie es begonnen hatte, hörte die Maschinengewehrsalve wieder auf, als irgendetwas aus dem Sturm herausbrach und dem Mann die Beine unter dem Leib wegriss. Ben konnte nicht erkennen, was es war und was danach mit dem Mann passierte; er wusste nicht einmal, ob es *tatsächlich* geschah oder nur zu einer Fieberfantasie gehörte, mit der sich sein Körper für alles revanchierte, was er ihm in den zurückliegenden vierundzwanzig Stunden zugemutet hatte. Er wollte es auch gar nicht wissen. Er wollte nur weg hier.

Den verletzten linken Arm so wenig belastend wie möglich, raffte er sich auf die Knie, blieb ein paar Sekunden schwankend hocken und stand schließlich ganz auf, beinahe selbst überrascht, dass es ihm gelang. Sofort begannen Sturm und Eisschauer auf ihn einzuprügeln und taten ihr Möglichstes, um ihn erneut von den Füßen zu reißen, aber er blieb nicht nur stehen, sondern schaffte es sogar, sich herumzudrehen und loszutaumeln. Er musste nur ein paar Schritte weit kommen, dann hätte er das Schlimmste überstanden. Der Windschatten der Steilwand würde ein wenig Schutz vor dem Sturm bieten, und mit ein ganz klein bisschen Glück brachten sich die Eispiraten und Harrys Schlägertrupp gerade gegenseitig um und hatten gar keine Zeit, sich um ihn zu kümmern.

Blieb nur noch das Problem, die Wetterstation zu finden und irgendwie am Leben zu bleiben, dachte er sarkastisch. Er biss die Zähne zusammen und torkelte schräg gegen den Sturm gestemmt weiter.

Heute Morgen, als Kapitän Schulz – der jetzt ebenso tot war wie seine Eltern, Sasha und alle, oder zumindest fast alle, Passagiere und Mitglieder der Besatzung – ihm den Weg erklärte, hatte es sich so einfach angehört: den vereisten Strand hinauf bis zur Klippe, dann ein Stück nach links, bis er die Klamm erreichte, die so geradewegs zur Station hinaufführte, dass man sie gar nicht verfehlten konnte. Alles in allem weniger als drei Kilometer; nicht einmal hier und bei kuscheligen dreißig Grad minus eine unüberwindliche Entfernung. Bei Windstille und im Vollbesitz seiner Kräfte.

Inmitten des schlimmsten Polarsturmes, den es seit Ende der letzten Eiszeit gegeben hatte, mit einem zerschossenen Arm und verfolgt von gleich zwei Banden durchgedrehter Killer, die sich gegenseitig um das Vorrecht prügelten, ihn umbringen zu dürfen, sah das schon etwas anders aus. Wo, bitte schön, war noch mal rechts und links?

Immerhin fand er die Klippe. Erschöpft und desorientiert, wie er war, verwechselte er die schimmernde weiße Wand mit einer Schneeböe und knallte ziemlich unsanft dagegen, aber er blieb auf den Beinen und fasste sogar neuen Mut. Jetzt *konnte* es nicht mehr allzu weit sein. Wenn er die Eisklamm erreichte, dann war er wenigstens aus dem Sturm heraus, und dann hatte er – möglicherweise – eine Chance, es bis zur Wetterstation zu schaffen.

Wenn er bis dahin nicht verblutet war, hieß das.

Oder erfroren.

Oder ihm irgendjemand in den Rücken schoss.

Oder sich der Boden auftat, um ihn zu verschlingen.

Auch wenn es ihm selbst absurd vorkam, Ben hielt sich für die nächsten Minuten damit wach, sich die unterschiedlichsten Arten vorzustellen, auf die er an diesem öden Ort nahe dem Ende der Welt ums Leben kommen konnte. Und er kam voran. Der Sturm tobte mit ungebrochener Kraft weiter, aber hier, direkt am Fuße der zwanzig Meter hohen Klippe aus Eis, war es nicht ganz so schlimm wie draußen auf dem Strand, wo er den eisigen Tatzenhieben des Windes schutzlos ausgeliefert gewesen war. Und die scheinbar unüberwindliche Barriere aus erstarrter Kälte neben ihm bot noch einen anderen, unerwarteten Vorteil: Während er mühsam einen Fuß vor den anderen setzte und sich Schritt für Schritt weiterquälte, konnte er sich mit der unversehrten Schulter dagegen lehnen und so wertvolle Kraft sparen. Selbst der Wind, der sich bisher beinahe ebenso begeistert ins Zeug gelegt hatte wie die Eispiraten und der Rest der Welt, um ihn ins Jenseits zu befördern, erwies sich nun als sein Verbündeter. Die schneegesättigten Böen, die sich am Fuße der Klippe brachen, drückten ihn zugleich mit solcher Kraft gegen das Eis, dass er sich schon hätte anstrengen müssen um umzufallen.

Zumindest in der einen Richtung.

In der anderen war es schon etwas leichter, vor allem als die Wand, gegen die er sich bisher gelehnt hatte, plötzlich verschwunden war.

Ben schrie vor Überraschung und Schmerz auf, ruderte verzweifelt mit den Armen und versuchte sich zurückzuwerfen, aber es war zu spät. Ohne dass er es bewusst wahrgenommen hätte, war er beim Einstieg der Klamm angelangt, und die Wand, die ihm bisher Halt geboten hatte, war nun einfach nicht mehr da. Hilflos kippte er zur Seite, drehte sich im Fallen halb um die eigene Achse und wartete mit zusammengebissenen Zähnen auf den Schmerz, den der Aufprall auf das stahlharte Eis bringen musste.

Aber er kam nicht.

Ben prallte nicht auf.

Die Klamm war da, genau wie Kapitän Schulz sie beschrieben hatte: ein schmaler, spiegelglatter Spalt, der in einem jähen Winkel nach oben führte, so präzise und steil, als hätte jemand mit einer gewaltigen Axt eine Kerbe in die Klippe geschlagen, aber es gab einen entscheidenden Unterschied zwischen Schulz' Beschreibung und der Wirklichkeit.

Diese Klamm hatte keinen Boden.

Wo er hätte sein sollen, klaffte ein gut drei Meter breiter Abgrund. Verzweifelt warf sich Ben im Sturz noch weiter herum und streckte die Arme aus, ohne auf den lauten Protest seines Bizeps zu achten, und für einen winzigen Augenblick sah es beinahe so aus, als könne er es schaffen. Seine Fingerspitzen schrammten am Eis entlang, schienen irgendwo Halt zu finden.

Und glitten ab. Seine Hände waren so steif gefroren, dass sie seinen Befehlen nicht mehr gehorchten, und Ben fiel wie ein Stein in schwarze, bodenlose Tiefe …

2

... **UND FUHR MIT EINEM SCHREI** in die Höhe. Sein Herz jagte, er war am ganzen Leib in Schweiß gebadet, und die plötzliche Bewegung war eindeutig zu viel oder zu schnell gewesen, denn für einen Moment schien sich die ganze Kabine wie ein außer Kontrolle geratenes Karussell um ihn zu drehen; so heftig, dass ihm beinahe übel wurde.

Außerdem tat sein linker Arm erbärmlich weh.

Hastig schloss er die Augen, aber auch das erwies sich als keine wirklich gute Idee. Der Schwindel wurde eher noch heftiger, und jetzt hatte er zusätzlich auch noch das grässliche Empfinden, zu fallen – immer schneller und schneller in einen Abgrund zu stürzen, der kein Ende nehmen wollte.

Ben machte die Augen wieder auf, und es wurde ein bisschen besser. Nicht viel. Ihm war noch immer leicht schwindelig und er war vollkommen desorientiert, aber zumindest das Gefühl des Fallens war fort, und auch sein hämmernder Pulsschlag beruhigte sich ganz allmählich. Nur der Krampf in seinem linken Oberarm schien noch stärker zu werden. Was für ein verrückter Traum!

Er blinzelte ein paar Mal – sehr rasch, damit die Dunkelheit hinter seinen Lidern nicht etwa Gelegenheit bekam, ihm einen weiteren bösen Streich zu spielen –, dann schlug er die Decke zurück und schwang, weit behutsamer als notwendig, die Beine aus dem Bett. Ein kalter Schauer durchrieselte ihn, als seine nackten Fußsohlen das auf Hochglanz polierte Holz des Bodens berührten, und die feinen Härchen auf seinem Oberschenkel richteten sich auf wie elektrisiert – und das, obwohl er noch immer am ganzen Leib in Schweiß gebadet war und die Heizung in seiner Kabine auf Hochtouren lief. Sein Blick irrte ohne sein Zutun durch den Raum und tastete die vertrauten Konturen der gediegenen Einrichtung ab, fast als wäre ein Teil von ihm immer noch nicht davon überzeugt, dass er zurück und das hier die Wirklichkeit war.

Was für ein verrückter Traum, dachte er noch einmal, und nicht der einzige, seit er an Bord gekommen war. Allerdings war es das erste Mal, dass er sich nach dem Aufwachen daran erinnerte und nicht nur von Herzrasen und dem dumpfen Gefühl überstandener Schrecken geplagt wurde.

Eine Erinnerung, auf die er gerne verzichtet hätte.

Es musste an diesem Schiff liegen, überlegte Ben, oder am Meer und möglicherweise auch an einer Kombination aus beidem. Vielleicht waren die Albträume seine ganz persönliche Art der Seekrankheit.

Auch darauf hätte er gern verzichtet, dachte er missmutig. Wenn einen die Seekrankheit erwischte, dann beugte man sich schlimmstenfalls einmal kurz über die Reling und opferte dem Meeresgott (vorzugsweise auf der dem Wind abgewandten Seite), aber was tat man gegen Albträume, die nicht nur Nacht für Nacht wiederkamen, sondern auch jedes Mal schlimmer wurden?

Am besten das Einzige, was einem übrig blieb, dachte er: Man biss die Zähne zusammen und wartete, bis es vorüber war. In neun Tagen würde die *Princess of the Dawn* in Brisbane anlegen und seine Eltern (die im Übrigen quicklebendig waren) und er würden zusammen mit dem Rest der (ebenso quicklebendigen) Passagiere von Bord gehen und der ganze Spuk wäre vorbei.

Er war wohl ganz offensichtlich nicht für die Seefahrt geschaffen.

Nicht dass er das nicht gewusst hätte. Ben war vom ersten Moment an wenig begeistert von der Idee gewesen, die ganze Strecke nach Australien – immerhin nahezu auf die andere Seite der Welt, sehr viel weiter ging es gar nicht! – mit einem *Schiff* zurückzulegen. Er reiste eigentlich gern und er hatte nichts gegen ein kleines Abenteuer dann und wann einzuwenden, aber Schiffe waren ihm zu altmodisch, zu langsam und zu unbequem; auch wenn er speziell der *Princess of the Dawn* damit wahrscheinlich unrecht tat. Er hatte sogar einmal – vorsichtig – gegen die Entscheidung seiner Eltern protestiert, seinen Widerstand aber ziemlich rasch aufgegeben, als er begriffen hatte, wie sehr sich gerade seine Mutter auf diese Reise freute. Trotz ihrer zahllosen akademischen Grade und ihrer noch zahlloseren Veröffentlichungen und Auszeichnungen war sie tief in sich drinnen eine unverbesserliche Romantikerin. Und selbstverständlich war sie sofort Feuer und Flamme gewesen, als sein Vater vorgeschlagen hatte, nicht nur ihr Gepäck und den gesamten Hausstand auf dem Seeweg nach Australien zu bringen, sondern gleich selbst mitzufahren; wenn auch auf einem anderen Schiff. Ben hingegen hatte regelrecht entsetzt auf die Idee reagiert, die Strecke statt in einem Flugzeug in sechzehn Stunden auf einem altmodischen Segelschiff in *achtzehn* Tagen zurückzulegen, sich aber schließlich gefügt und sich mit dem Gedanken getröstet, dass es auch so eine Art Abschiedsgeschenk an seine Eltern war. Schließlich würden sie sich für eine sehr lange Zeit nicht mehr sehen, sobald die Ferien vorüber waren und er wieder in den Flieger nach Frankfurt stieg.

Und das würde er. Bevor er in seinem Leben auch nur noch einmal einen Fuß auf ein Schiff setzte, das schwor er sich, würde er lieber zurück*schwimmen*!

Sein Körper hatte die Zeit genutzt, in der er mit seinem Schicksal gehadert hatte, um nicht nur die letzte Benommenheit abzuschütteln, sondern sich auch weitestgehend zu regenerieren; und als erfreuliche Nebenwirkung auch die letzten Nachwehen des Albtraumes dorthin zurückzuprügeln, wo sie hingehörten, nämlich in die finstersten und tiefsten Ecken seines Unterbewusstseins. Ihm war auch nicht mehr kalt, sondern er empfand die Temperaturen in der Kabine schon fast als zu hoch. Nur sein linker Bizeps tat weh, übrigens genau dort, wo ihn im Traum die Kugel getroffen hatte. Ben verrenkte sich fast den Hals, um seinen Oberarm gründlich in Augenschein zu nehmen, aber natürlich war da nichts. Allenfalls die Andeutung eines blauen Flecks, soweit er das in der spärlichen Beleuchtung, die momentan in der Kabine herrschte, überhaupt sagen konnte. Und möglicherweise war das ja auch schon die ganze Erklärung für diesen grässlichen Albtraum: Er hatte sich im Schlaf gestoßen, ohne es zu merken, und der Schmerz hatte den Traum ausgelöst. So etwas kam vor.

Er stand auf, schlurfte auf nackten Füßen in das winzige Bad, das zu der kaum weniger winzigen *Luxuskabine* gehörte, und presste mit einem unterdrückten Stöhnen die Augen zusammen, als das Licht automatisch anging und die plötzliche Helligkeit wie mit glühenden Nadeln in seine Augen stach. Halb blind tastete er sich zum Waschbecken, fummelte mit tauben Fingern irgendwie den Hahn auf und schöpfte sich todesmutig mehrere Hände voll eiskalten Wassers ins Gesicht. Hinterher zitterte er schon wieder vor Kälte, aber seine Müdigkeit war endgültig verflogen, und er konnte direkt spüren, wie sein Kreislauf in Schwung kam. Mit beiden Händen stützte er sich auf dem Waschbeckenrand ab und hob den Blick in den Spiegel.

Das war keine so gute Idee gewesen.

Das Gesicht, das ihm nass und unter verstrubbeltem schwarzem Haar aus dem goldgerahmten Spiegel entgegenblickte, schien irgendwie nicht zu ihm zu gehören. Zumindest sah es gut zehn Jahre älter aus als das letzte Mal, als er in den Spiegel geschaut hatte (erst gestern), bleich und erschöpft und um seine Mundwinkel und die Augen lag ein verhärmter Zug. Verdammter Albtraum, verdammte Seekrankheit!

Verdammte *See!*

Ben schnitt dem bleichen Schreckgespenst im Spiegel eine Grimasse, sah auf die Armbanduhr und stöhnte innerlich auf. Noch nicht einmal acht. Sicher – oben im Frühstücksraum scharten sich die ersten Irren jetzt um das reich gedeckte Büfett und vor dem verrammelten Fenster ging gerade die Sonne auf, aber speziell für ihn (und noch dazu im Urlaub!) war das eine geradezu gotteslästerliche Zeit.

Aber an Schlaf war nicht mehr zu denken. Spätestens mit seinem Ausflug ins Bad hatte er selbst dafür gesorgt, dass er trotz der frühen Stunde putzmunter war, und außerdem – auch wenn er es sich niemals eingestanden hätte: Er hatte schlichtweg Angst, wieder einzuschlafen und vielleicht die Fortsetzung dieses schaurigen Albtraumes zu erleben. Also konnte er genauso gut wach bleiben und sich schon einmal Gedanken darüber machen, wie er einen weiteren endlosen, todlangweiligen Tag an Bord dieses Hightech-Seelenverkäufers überstehen sollte.

Er verließ das Bad, ging zum Fenster – Bullauge, korrigierte er sich, an Bord eines Schiffes nannte man diese Dinger *Bullaugen*, zumindest wenn sie rund waren – und zog die Papierjalousie hoch. Rot glühendes Sonnenlicht, das von der spiegelblank daliegenden See auch noch zusätzlich reflektiert wurde, stach wie mit Messern in seine Augen. Nein, das brauchte er jetzt wirklich nicht.

Missmutig drehte er sich vom Fenster – Bullauge! – weg und ließ seinen Blick unschlüssig durch die Kabine tasten. Sie war nicht einmal halb so groß wie das Zimmer, das er bisher im Haus seiner Eltern bewohnt hatte, aber ungleich luxuriöser eingerichtet. Edle Hölzer und auf antik gemachte Möbel, blitzendes Messing anstelle von Chrom oder Plastik und antike Ölbilder an den Wänden, von denen er argwöhnte, dass einige von ihnen echt waren, wenn nicht gar alle. Selbst der moderne Flachbildschirm, vor dem er einen Gutteil seiner bisherigen Zeit an Bord verbracht hatte, tarnte sich mittels eines entsprechenden Standbildes und eines verschnörkelten Goldrahmens als alter Schinken. Die dazu passende DVD-Anlage verbarg sich in einem antiken Sekretär, und sogar das Telefon neben seinem Bett war schwarz und hatte einen Hörer mit trompetenförmiger Sprechmuschel und eine *Wählscheibe.* Wie das gesamte Schiff versuchte seine Kabine den Eindruck zu erwecken, man befände sich im vorletzten Jahrhundert. Das Einzige, was nicht zu diesem Bild passte, war die Summe, die seine Eltern für die achtzehntägige Kreuzfahrt von Kapstadt nach Brisbane via Antarktis berappt hatten. *Die* schien schon eher aus dem *nächsten* Jahrhundert zu stammen.

Ben zwang sich, an etwas anderes zu denken – er war schon wieder dabei, mit Gott und der Welt zu hadern und in Selbstmitleid zu versinken –, warf abermals einen Blick auf den Monitor und überlegte kurz, einen Film einzuwerfen, um sich auf diese Weise die Zeit bis zum Frühstück zu vertreiben, entschied sich dann aber dagegen. Ihm war nicht nach Fernsehen, und außerdem schienen die Konstrukteure dieses famosen Schiffchens der Meinung gewesen zu sein, dass auch die Unterhaltung an Bord dem Ambiente des Kahns angepasst sein sollte. Der aktuellste Film, den er gefunden hatte, war eine *Star-Wars*-Folge, die gedreht worden war, als es *ihn* noch nicht einmal *gegeben* hatte. Und sein Bedarf an Action war für diesen Tag auch mehr als gedeckt. Sein Arm tat immer noch weh. Anscheinend stimmte es, dass die besten Filme im Kopf abliefen.

Gemächlich zog er sich an und ging noch einmal zum Fenster. Seine Augen hatten sich inzwischen an das Licht gewöhnt. Einen Moment lang suchte er den Horizont ab und ertappte sich dabei, nach Anzeichen eines heraufziehenden Sturmes zu suchen. Das wäre doch einmal eine Abwechslung in diesem ach so romantischen, tödlichen Einerlei. Natürlich meinte er das nicht wirklich ernst, aber der Anblick des wie aus

Kupfer gehämmerten, reglos daliegenden Wassers vor dem Fenster brachte ihn auf eine Idee. Ben hatte seine Mutter oft genug davon schwärmen hören, wie wundervoll ein Sonnenaufgang auf dem Meer doch sei. Als leidenschaftlicher Langschläfer und Morgenmuffel wäre er normalerweise niemals auf den Gedanken gekommen, den Wahrheitsgehalt dieser Behauptung zu überprüfen. Aber da sich die Gelegenheit nun schon mal bot, warum sollte er nicht an Deck gehen und sich mit eigenen Augen davon überzeugen? Der Plan war aus einem zweiten Grund verlockend: Wenn seine Eltern erfuhren, dass er freiwillig quasi mitten in der Nacht aufgestanden war, um sich den *Sonnenaufgang* anzusehen, würde sie glatt der Schlag treffen. Als kleiner Racheakt für all die Unbill, die er ihretwegen zu leiden hatte, geschah ihnen das nur recht.

Er ließ sich Zeit dabei, in die gefütterten Stiefel und Hosen zu schlüpfen und schließlich auch noch einen warmen, ebenfalls pelzgefütterten Parka anzuziehen. Eigentlich kam es ihm absurd vor angesichts der Tatsache, dass er hier gerade seine *Oster*ferien verbrachte, doch es war noch früh und draußen lagen die Temperaturen nur einen Hauch über dem Gefrierpunkt.

Er beeilte sich auch nicht sonderlich, als er die Kabine verließ und sich auf den Weg zum Sonnendeck machte – eine Bezeichnung, die Bens Meinung nach ein reiner Witz war. Es hatte einen besonderen Reiz, so ganz allein durch ein Schiff zu gehen, das normalerweise von lauten Stimmen, Gelächter und trampelnden Schritten widerhallte. Es war ein bisschen unheimlich, aber auf eine angenehm prickelnde Art. Es erzeugte in ihm jenen wohligen Grusel, den man beim Betrachten eines Horrorfilms empfindet, wenn man sich sicher auf der anderen Seite der Leinwand weiß, auf der sich gerade die grässlichsten Ungeheuer tummeln. Schade nur, dachte er, dass der Trick nicht auch bei gewissen Albträumen funktionierte.

Natürlich war das Schiff nicht vollkommen still. Er war ganz und gar nicht der Erste, der zu dieser unmöglichen Zeit auf den Beinen war. Hier und da hörte er gedämpfte Stimmen und ein leises Klirren und Scheppern, und als er die offen stehende Tür zum Speisesaal passierte, sah er tatsächlich etliche Gäste bereits beim Frühstück sitzen – mindestens die Hälfte der Passagiere, um genau zu sein, und unter ihnen natürlich auch seine Eltern. Ben wäre hingegangen, allein um sie durch sein Auftauchen zu dieser frühen Stunde gehörig zu schockieren, doch dann sah er, dass sie in ein angeregtes Gespräch mit einem Mann in einer blütenweißen Schiffsuniform vertieft waren, und Kapitän Schulz war so ziemlich der Letzte, den er jetzt sehen wollte. Erst gestern hatte er ein nicht allzu erfreuliches Gespräch mit ihm gehabt, über gewisse Bereiche des Schiffes, die Passagiere aus gutem Grund nicht betreten durften, und die Bedeutung der unübersehbaren Verbotsschilder, die neben den dorthin führenden Türen angebracht waren. Schulz hatte zwar versprochen, seinen Eltern nichts von Bens kleiner Eskapade zu erzählen, aber er musste sein Glück ja nicht unbedingt herausfordern. Ben verstand ohnehin nicht, was seine Eltern an Kapitän Schulz fanden. Seiner Meinung nach war er ein guter Kapitän – sonst hätte man ihm dieses Schiff niemals anvertraut –, zugleich aber auch der größte Langweiler, dem er jemals begegnet war. Also doch der Sonnenaufgang.

Wie sich zeigte, hatte er ihn verpasst.

Die Sonne stand bereits als rot glühender Ball von ungewohnt düsterer Farbe zwei Fingerbreit über dem Horizont, als er auf das spitz zulaufende Vorderdeck der *Princess of the Dawn* hinaustrat. Augenblicklich schlug ihm ein so eisiger Wind entgegen, dass er das Gefühl hatte, sein Gesicht würde in Streifen geschnitten. Die Luft war so kalt, dass er kurz darüber nachdachte, ob es nicht praktischer wäre, sie zu kauen, und wahrscheinlich hätte er auf der Stelle kehrtgemacht und Kapitän Schulz' Gesellschaft den Weltraumtemperaturen hier draußen vorgezogen, hätte er nicht in diesem Moment eine Bewegung vor sich ausgemacht. Anscheinend war er nicht der Einzige, der irrsinnig genug war, sich an diesem Morgen nach draußen zu wagen.

Fröstelnd schloss er die Tür hinter sich und hob die Hand vor das Gesicht, um wenigstens seine Augen vor dem Wind zu schützen. Ziemlich weit vor ihm, genau im Bug des Schiffes, stand eine Gestalt, aber es fiel ihm schwer, sie richtig zu erkennen, denn sie war in ein so strahlendes Weiß gehüllt, dass ihm das reflektierte Sonnenlicht Tränen in die Augen trieb. Kurz erschrak er sogar, denn sie erinnerte ihn an das Wesen aus seinem Albtraum. Der Schrecken verging so schnell, wie er gekommen war, als ihm klar wurde, dass er es mit einem ganz gewöhnlichen Menschen zu tun hatte.

Auch wenn sein Anblick alles andere als gewöhnlich war.

Es war eine Frau und allem Anschein nach eine noch ziemlich junge Frau. Sie stand mit dem Rücken zu ihm und war wirklich von Kopf bis Fuß in Weiß gekleidet. Das Allererstaunlichste aber war, dass sie fast hüftlanges glattes Haar von ebenfalls schneeweißer Farbe hatte, das im heftigen Wind wehte. Es war genau diese Bewegung gewesen, die Bens Aufmerksamkeit erregt hatte. Er zögerte noch für ein paar Sekunden und dachte darüber nach, in die Wärme und Behaglichkeit des Schiffes zurückzukehren, entschied sich dann aber anders und trat stattdessen weiter auf das Vorderdeck hinaus.

Die Gestalt sah wirklich ... sonderbar aus. Sie war kleiner als er und trug einen knöchellangen Mantel, dessen Kragen und Saum mit Fell besetzt waren, ebenso wie die zurückgeschlagene Kapuze. Trotz des weit fallenden Kleidungsstückes konnte er erkennen, dass sie sehr schlank sein musste. Ihre Hände, die in weißen Handschuhen steckten, lagen so fest vor ihr auf der Reling, als müsse sie sich mit aller Kraft daran festhalten, um von den Windböen nicht einfach umgeworfen zu werden. Sie blickte nach Süden, in die Himmelsrichtung, in die die *Princess of the Dawn* seit zwei Tagen beharrlich fuhr, genau auf den Südpol zu, obwohl der Wind nur zu oft aus der entgegengesetzten Richtung blies.

Doch die *Princess of the Dawn* konnte direkt gegen den Wind fahren, ohne zu kreuzen oder auch nur nennenswert langsamer zu werden. Das Schiff sah nur aus wie ein altmodischer Segler. In Wahrheit wurde es von sechs gewaltigen Ramjet-Turbinen angetrieben, die an drehbaren Gondeln unter dem Rumpf aufgehängt waren und das Schiff, wenn es sein musste, auf unglaubliche vierzig Knoten beschleunigen konnten; auch wenn ihnen Kapitän Schulz bei seiner Begrüßungsrede versichert hatte, dass das bisher noch nie notwendig gewesen war und ganz bestimmt auch niemals notwendig sein würde. Ben hatte sich dabei vor allem gefragt, warum Schulz das so ausdrücklich betonte. Wusste er denn nicht, dass der beste Weg, jemandem Angst zu machen, der war, ihm zu versichern, es gebe absolut keinen Grund, Angst zu haben?

Ben verscheuchte den Gedanken und konzentrierte sich wieder auf die Gestalt in Weiß. Er ging langsam auf sie zu und dachte schon einmal über eine passende Ausrede nach, falls sie sich herumdrehte und ihn fragte, warum er sich eigentlich an sie heranschlich – denn nichts anderes tat er –, aber sie wandte sich nicht zu ihm um.

Mittlerweile hatte sich Ben der Frau in Weiß weit genug genähert, um ihr Gesicht im Profil erkennen zu können, und er blieb erstens stehen und korrigierte zweitens seine Einschätzung um ein gutes Stück nach unten, was ihr Alter anging. Sie war keine Frau, sondern ein junges Mädchen. Allerhöchstens so alt wie er und wahrscheinlich sogar ein bisschen jünger.

Und etwas an ihrem Gesicht schlug ihn sofort und hoffnungslos in seinen Bann.

Sie war nicht das hübscheste Mädchen, das er jemals gesehen hatte, doch etwas an ihr faszinierte ihn, ohne dass er sagen konnte, was – oder es ihn auch nur interessierte. Sie hatte ein sehr schmales, fast ein bisschen strenges Gesicht, und sie war sehr blass, was aber wahrscheinlich an der Kälte lag. Der Blick ihrer großen, erstaunlich dunklen Augen hing wie gebannt am Horizont, und obwohl sie Ben längst bemerkt haben musste, nahm sie keinerlei Notiz von ihm.

Und sie hatte wirklich *weißes* Haar, nicht hellblondes, sondern weißes. Und von derselben Farbe waren auch ihre dünnen Brauen und die Wimpern. Es war ein Bild, das faszinierend und ein bisschen unheimlich zugleich war.

Ben räusperte sich. Als das nichts nutzte, sagte er: »Hallo.«

Sie reagierte auch jetzt nicht. Der Wind spielte weiter mit ihrem Haar, was die Illusion von Bewegung in ihrem Gesicht hervorrief, doch Ben war nicht sicher, ob sie überhaupt blinzelte, und *das* war wirklich unheimlich.

»Was gibt's denn da so Spannendes?«, fragte er in einem Ton, für den er sich am liebsten geohrfeigt hätte. Diesmal war er fast erleichtert, dass sie seine Worte gar nicht zu hören schien.

Leicht beunruhigt sah auch er nach Süden und für einen Moment glaubte er tatsächlich etwas zu sehen: einen dunklen Schemen, am Horizont oder ein kleines Stück *dahinter*, als zöge dort etwas Riesiges, Düsteres heran, das man noch nicht erkennen konnte, das seinen Schatten aber vorauswarf. Es war gespenstisch. Etwas daran machte ihm Angst.

Ben unterdrückte das Gefühl und versuchte das Problem mit Logik zu lösen. Soweit er wusste, befand sich vor dem Bug des Schiffes nichts als eine gewaltige Menge Wasser. Konnte es sein, dass sie sich der Antarktis schon weit genug genähert hatten, um ihre Küste zu sehen? Nein, entschied er. Es mussten noch Hunderte von Seemeilen sein und *so weit* reichte der Blick auf dem offenen Meer nun auch wieder nicht. Vielleicht ein Sturm, der hinter dem Horizont aufzog? Aber der Wetterbericht hatte keinen Sturm vorausgesagt, und bisher hatten sich die Prophezeiungen des Supercomputers, der das Gehirn der *Princess of the Dawn* darstellte, stets als äußerst zuverlässig erwiesen.

Aber irgendetwas war da. Das Mädchen sah es und er selbst *spürte* es, so seltsam es ihm auch vorkommen mochte.

Er riss sich mit einiger Mühe von dem unheimlichen Nichts am Himmel los und schaute wieder das weißhaarige Mädchen an; ein Anblick, der ihm weit mehr Vergnügen bereitete, auch wenn er ihn immer mehr verwirrte. Er erkannte jetzt, dass sie ihren Mantel nicht geschlossen hatte und darunter nur ein – natürlich ebenfalls weißes – Kleid trug. Sie musste erbärmlich frieren.

»Ist dir nicht kalt?«, entfuhr es ihm. »Du musst doch furchtbar frieren in diesem dünnen Ding!«

Er bekam auch jetzt keine Antwort. Sie ignorierte ihn nach wie vor völlig. Es war, als wäre er gar nicht da. Ben kam sich mit jeder Sekunde dämlicher vor – das nannte man wohl *auf ganzer Linie abgeblitzt*, dachte er – und zerbrach sich vergebens den Kopf, wie er einen halbwegs gelungenen Abgang hinlegen konnte, als er hinter sich Schritte hörte. Fast erschrocken drehte er sich herum und sah ins Gesicht eines der Schiffsstewards, der hinter ihm aufgetaucht war, ohne dass er es bemerkt hatte.

Der Mann nickte ihm grüßend zu, wandte sich dann aber an das weißhaarige Mädchen. »Bitte entschuldige, wenn ich dich störe, Sasha, aber dein Vater bittet dich, unter Deck zu kommen.«

Das Mädchen reagierte auf diese Worte ebenso wenig wie auf alles, was Ben gesagt hatte, aber das schien den Steward nicht sonderlich zu überraschen. Wortlos trat er neben sie, legte die linke Hand auf ihre

Schulter und schloss mit der anderen ihren Mantel. Ben sah erstaunt zu, wie er mit sanfter Gewalt ihre Hände von der Reling löste und sie dann am Arm ergriff. Sasha ließ alles willenlos mit sich geschehen, aber als der Steward sie herumdrehen und wegführen wollte, wandte sie den Kopf, um weiter den Horizont zu betrachten.

»Was ist denn mit ihr los?«, fragte er.

»Nichts«, antwortete der Steward merkwürdig abweisend. »Ihr Vater möchte nur, dass sie zu ihm kommt, das ist alles.« Er machte einen Schritt, blieb dann jedoch noch einmal stehen und sah zu Ben zurück. »Und du solltest auch nicht mehr allzu lange bleiben. Wir bekommen schlechtes Wetter und das kann hier manchmal sehr schnell gehen.«

Damit setzte er seinen Weg fort. Das Mädchen folgte ihm gehorsam, aber blickte immer wieder zum Bug zurück, und kurz bevor sie das Deck verließen, versuchte es, sich loszureißen und zurückzulaufen.

Jedenfalls kam es Ben so vor.

Auch er schaute noch einmal in dieselbe Richtung, und für einen winzigen Augenblick hatte er abermals das Gefühl, etwas hinter dem Horizont zu spüren. Etwas Riesiges, das langsam näher kam.

Was für ein Unsinn!

3

OBWOHL KAUM MEHR ALS ZEHN MINUTEN vergangen sein konnten, seit er an der Tür zum Speisesaal vorbeigekommen war, hatte sich das Bild stark verändert. Mittlerweile schienen sich sämtliche Passagiere zum Frühstück eingefunden zu haben, was insgesamt trotzdem nur hundert Personen ausmachte. Wenig, wenn man bedachte, dass die Besatzung der *Princess of the Dawn* deutlich größer war, aber in Anbetracht der Tatsache, dass eine Überfahrt auf diesem Luxusliner ein kleines Vermögen kostete, eine ganze Menge.

Ben ertappte sich dabei, sofort nach dem Mädchen in Weiß Ausschau zu halten, und er ertappte sich ebenfalls bei einem völlig absurden Gefühl von Enttäuschung, als er sie nirgendwo entdeckte. Der Speisesaal war zwar brechend voll, aber mit ihrer auffälligen Kleidung und dem leuchtenden weißen Haar hätte er sie gar nicht übersehen können.

Überhaupt fragte er sich, wieso er sie bisher noch nie an Bord gesehen hatte. Möglicherweise sollte er doch etwas weniger Zeit vor dem DVD-Player und etwas mehr an Deck verbringen.

Statt auf einen Engel in Weiß fiel sein Blick auf seine Eltern, die noch immer zusammen mit Schulz an einem Tisch am anderen Ende des Raumes saßen. Er wollte sofort den Rückzug antreten, aber es war zu spät. Seine Mutter hatte ihn bereits entdeckt und wirkte zwar genauso überrascht, wie er es sich vorgestellt hatte, was sie allerdings nicht daran hinderte, ihn unverzüglich heranzuwinken.

Jetzt hatte er keine andere Wahl mehr. Widerstrebend, aber mit einem – wie er hoffte – halbwegs überzeugenden Lächeln arbeitete er sich durch das Gedränge im Speisesaal bis an den Tisch vor, an dem seine Eltern und der Kapitän saßen. Auch Schulz sah auf, als Ben näher kam, und schien ebenfalls überrascht, dann machte er jedoch für eine halbe Sekunde eine Verschwörermiene und deutete zugleich mit den Augen ein Kopfschütteln an. Ben war nicht sicher, ob er ihm damit signalisieren wollte, dass er seinen Eltern nichts von dem hässlichen Zwischenfall von gestern erzählt hatte, oder ihn vorwarnen, *dass* er es getan hatte. Er setzte sich wortlos.

»Ben, was machst du denn hier?«, wunderte sich sein Vater.

»Frühstücken.«

Sein Vater deutete vielsagend auf das leere Gedeck vor ihm, und Ben wollte sofort wieder aufstehen und zum Büfett eilen, aber Schulz winkte ab und rief aus der gleichen Bewegung heraus einen Steward herbei. Der Mann warf nur einen flüchtigen Blick auf den leeren Teller und wieselte davon. Manchmal, dachte Ben, hatte es durchaus Vorteile, mit einem hohen Tier am Tisch zu sitzen.

»Was ist denn los?«, fragte seine Mutter. Sie klang ein bisschen besorgt, fand Ben.

»Nichts«, antwortete er einsilbig. »Ich konnte nicht mehr schlafen.«

»Dass ich diesen Satz einmal aus deinem Mund hören darf«, sagte seine Mutter. Schulz blickte fragend, und sein Vater fügte erklärend hinzu: »Unser Benjamin ist ein militanter Langschläfer, müssen Sie wissen.«

»Ben«, sagte Ben automatisch. Schulz blickte noch fragender, und sein Vater fuhr fort: »Und er mag aus irgendeinem Grund den Namen nicht, auf den er getauft wurde.«

»Was spricht gegen Benjamin?«, wunderte sich Schulz. »Das ist ein sehr ehrbarer alter Name.«

»Ich finde, er klingt nach einem Gummibaum«, antwortete Ben, »oder nach einem kleinen Kind.«

»Aber, *Benjamin*«, meinte sein Vater mit einem spöttischen Glitzern in den Augen, »das stimmt doch gar nicht. Es gab sogar einmal einen Papst dieses Namens.«

Ben starrte ihn finster an, dann lächelte er plötzlich zuckersüß. »Entschuldige, Vater, das wusste ich nicht.« Er wandte sich direkt an Schulz. »Hat Ihnen mein Vater erzählt, dass wir nach Australien fahren, weil er dort in den Knast muss?«

Sein Vater wurde blass, und Schulz sah so hilflos aus, dass er Ben fast leidtat. Aber nur fast. »Es ist wahr«, fuhr er fort. »Für mindestens drei Jahre. Oder noch länger, das kommt ganz darauf an, wie er sich benimmt.«

Für einen Moment herrschte betretene Stille am Tisch. Schulz war offensichtlich peinlich berührt, und in den Augen seines Vaters stand etwas, das für deutlich mehr als drei Jahre Gefängnis gut gewesen wäre, hätte er es in die Tat umgesetzt – und dann begann seine Mutter leise zu lachen.

»Das reicht jetzt, ihr Streithähne«, sagte sie gutmütig. An den Kapitän gewandt fuhr sie fort: »Ben sagt die Wahrheit, Herr Kapitän. Mein Mann muss ins Gefängnis in Brisbane.«

»Aha«, sagte Schulz. Jetzt *tat* er Ben leid.

»Er übernimmt dort die Leitung des Gefängniskrankenhauses. Erst einmal für drei Jahre. Aber wenn er seinen Job einigermaßen gut macht, dann wird sein Vertrag ja wahrscheinlich verlängert.« Sie warf Ben einen zu gleichen Teilen amüsierten wie auch leicht strafenden Blick zu.

»Ach so ist das.« Schulz wirkte erleichtert, aber auch immer noch verwirrt, und er fühlte sich sichtbar nicht wohl in seiner Haut. Er lachte unsicher. »Sie haben mir noch gar nicht erzählt, dass Sie ebenfalls Arzt sind, Dr. Berger.«

»Psychologe«, erwiderte Bens Vater. »Und genau genommen ist meine Frau ja auch keine Ärztin, auch wenn einer ihrer zahllosen Doktortitel für Dr. med. steht. Aber in diesem Beruf arbeitet sie schon lange nicht mehr. Zwei Ärzte in einer Familie wären auch unerträglich. Wir würden ständig nur nach irgendwelchen Symptomen bei den anderen suchen.«

»Schade«, sagte Schulz. »Und ich wollte Sie gerade fragen, ob Sie nicht irgendein Wundermittel für meinen kaputten Rücken haben. Auf welchem Gebiet arbeiten Sie denn genau, wenn ich fragen darf, Frau Doktor?«

»Reproduktionsbiologie«, antwortete Bens Mutter.

Ben erwartete, dass Schulz jetzt noch hilfloser aussehen würde, aber er nickte ganz im Gegenteil. »Klonforschung. Dann können Sie mir ja vielleicht doch bei meinem Bandscheibenproblem helfen. Sie könnten mir einfach ein neues Rückgrat wachsen lassen … wenn ich zehn oder zwanzig Jahre warte.«

Seine Mutter sagte nichts dazu, aber ihr Lächeln wirkte plötzlich ein wenig verkrampft, und sein Vater sagte: »Kommen Sie zu mir. Drei oder vier Sitzungen und ich habe Sie davon überzeugt, dass Ihre Rückenschmerzen nichts Schlimmes sind. Und noch drei oder vier weitere Sitzungen und Sie werden Ihre kaputten Bandscheiben lieben.«

Schulz lächelte, aber es wirkte genauso verunglückt wie bei seiner Mutter gerade eben, und Ben bekam allmählich ein schlechtes Gewissen. Bevor er aufgetaucht war, hatten sich seine Eltern und Kapitän Schulz offensichtlich sehr entspannt unterhalten, und ihn beschlich das Gefühl, irgendwie einen Missklang in das Gespräch gebracht zu haben. Das hatte er gewiss nicht gewollt. Er wusste nicht einmal, was er falsch gemacht hatte.

Der Kapitän der *Princess of the Dawn* schien die veränderte Stimmung ebenso zu spüren wie er, denn er räusperte sich unbehaglich und wandte sich dann direkt an Bens Mutter. »Wenn ich Ihnen zu nahe getreten sein sollte, dann bitte ich um Entschuldigung, Frau Doktor Berger.«

»Das ist schon in Ordnung«, antwortete sein Vater an ihrer Stelle. »Sie müssen Jennifer verstehen. Sie spricht Fremden gegenüber nicht gerne über ihren Beruf. Leider gibt es in der Öffentlichkeit eine Menge Vorurteile gegen diesen Forschungszweig.«

»Ja, das verstehe ich«, meinte Schulz, und es hörte sich so an, als sage er die Wahrheit. »Aber ich kann Sie beruhigen. Ich gehöre gewiss nicht zu den Menschen, die glauben, dass wir immer noch mit Pferdekutschen durch die Gegend fahren und unsere Felder mit Ochsen bestellen sollten.«

Jennifer Berger sah ihn einen Moment lang nachdenklich an, dann aber entspannte sie sich ein bisschen. »Sonst hätte man Ihnen auch kaum das Kommando über dieses Schiff anvertraut. Aber die Leute reagieren manchmal wirklich extrem, wenn sie das Wort *Klonen* hören. Sie denken sofort an dreiköpfige Ungeheuer oder Gewürzgurken mit langen Zähnen, die die Leute essen, die *sie* essen wollen.«

Schulz brauchte ungefähr eine halbe Sekunde, um das Wortspiel zu verstehen, aber als er dann lachte, klang es echt. Und irgendwie erleichtert. »Aber ich nicht. Wenn ich mir allein vorstelle, welche Krankheiten man damit in Zukunft heilen kann … Es könnte ein Segen für die gesamte Menschheit sein. Vielleicht der größte Durchbruch, den die Medizin seit tausend Jahren erlebt hat. Wenn man verantwortungsvoll damit umgeht, heißt das.«

»Und genau das ist die Krux«, bemerkte Bens Mutter. »Ich habe bis heute nicht wirklich verstanden, warum, aber die meisten Menschen scheinen einfach vorauszusetzen, dass die Wissenschaft *nicht* verantwortungsvoll damit umgeht.«

»Ich schon«, warf ihr Mann ein. »Ich könnte es dir sogar erklären, aber du willst es ja gar nicht hören.«

»Wer hört schon einem Psychologen zu, Robert?«, konterte seine Frau.

»Also wird es nichts mit meiner neuen Bandscheibe«, seufzte Schulz. »Schade. Und ich dachte schon, ich könnte einmal etwas billiger bekommen, weil ich eine Koryphäe auf dem Gebiet kenne. Dann muss ich wohl noch fünfzig Jahre mit Rückenschmerzen leben.«

»Oder nur noch fünf«, antwortete Jennifer Berger und hob die Schultern. »Oder auch hundert. Das kann niemand so genau sagen.«

»Wieso?«, fragte Schulz überrascht.

»Leider ist es so. Sehen Sie, Kapitän Schulz, die Forschungen auf diesem Gebiet werden in der Öffentlichkeit sowohl über- als auch unterschätzt. In manchen Bereichen sind wir unglaublich weit – so weit, dass selbst mir manchmal angst und bange wird – und in anderen stümpern wir einfach nur herum.« Sie zog eine Grimasse, als wäre ihr das Ganze plötzlich unangenehm. Sie sprach trotzdem weiter. »Nein, es ist wirklich so: Die Reproduktionsmedizin ist eine unglaublich sprunghafte Wissenschaft. Auf manchen Gebieten erzielen wir unvorstellbare Fortschritte und auf anderen bewegen wir uns noch auf dem Niveau des neunzehnten Jahrhunderts.«

»Gab es Ihre Forschungsrichtung denn damals schon?«, fragte Schulz überrascht.

»In gewissem Sinne. Genau genommen ist sie eine der ältesten Wissenschaften überhaupt.«

»Wie das?«, wunderte sich Schulz. Ben verdrehte innerlich die Augen. Er konnte nicht sagen, wie oft er genau diesen Vortrag von seiner Mutter schon gehört hatte. Sie mochte ja durchaus Recht haben – tief in sich war Ben sogar überzeugt davon, dass sie Recht hatte –, aber nach dem zweihundertsten Mal ging ihm das Thema auf die Nerven.

»Sehen Sie«, fuhr sie fort, »im Grunde tun wir nichts anderes als jeder Bauer und Viehzüchter seit Anbeginn der menschlichen Zivilisation. Sie haben spezielles Getreide oder eine neue Obstsorte und ganz bestimmtes Vieh gezüchtet, indem sie ausgesuchte Pflanzen oder Tiere miteinander gekreuzt haben, nicht wahr?«

Schulz nickte. »Und?«

»Man sucht sich widerstandsfähige Getreidesorten oder Kühe, die besonders viel Milch geben, und kreuzt sie so lange untereinander, bis man zu Nachkommen gelangt, die deutlich bessere Ergebnisse erzielen.« In der Stimme seiner Mutter war schon wieder jener gewisse Unterton, der Ben klar machte, dass das, was noch kommen würde, unter Umständen sehr lange dauern konnte. »Man hat Getreidesorten gezüchtet, die doppelt so viele Körner haben, wie von der Natur vorgesehen ist. Hühner, die jeden Tag *zwei* Eier legen, oder die berühmten Schweine mit einem zusätzlichen Rippenpaar – Sie erinnern sich? –, sodass man zwei Koteletts mehr bekommt.«

Schulz nickte zwar, schaute aber irgendwie ein wenig gequält drein, fand Ben. Er konnte ihn gut verstehen. »Und was hat das mit Klonen zu tun?«, fragte er zögernd.

»Es ist im Prinzip dasselbe«, sagte Jennifer Berger triumphierend und sah Schulz auffordernd an, und nach einer Sekunde tat er ihr auch den Gefallen, zu fragen: »Wieso?«

»Nun, im Prinzip ist es kein Unterschied, *wie* man das Erbgut verändert.« Mit dieser Behauptung begab sich seine Mutter auf dünnes Eis, das hatte Ben schon aus ihrem eigenen Mund gehört, aber es war trotzdem ihr Lieblingsargument; und vor allem eine der wenigen Möglichkeiten, das zu erklären, was sie tat, die deutlich *unter* drei Stunden dauerten. »Beide Methoden verändern das Erbgut. Die althergebrachte, indem man die Gene, die man haben will, auf die natürliche Weise immer wieder zusammenbringt und einfach darauf hofft, dass sie sich irgendwie durchsetzen. Wir machen dasselbe. Nur schneller.«

»Na ja«, meinte Schulz. »Da scheint mir doch ein kleiner Unterschied zu bestehen.«

»Sicher. Wir gehen ein bisschen tiefer. Wir wissen ein wenig genauer als ein steinzeitlicher Rinderzüchter, wie es funktioniert, das gebe ich gern zu. Aber im Prinzip ist es dasselbe. Wir beschleunigen die Sache ein bisschen. Und wir können etwas mehr.«

Der Steward kam und brachte Bens Frühstück. Beim Anblick – und vor allem beim Duft – der frisch gebratenen Eier mit Speck lief ihm das Wasser im Mund zusammen und er spürte plötzlich, wie hungrig er war. Er konnte sich nur mühsam beherrschen, nicht schon anzufangen, während der Steward noch neben ihm stand und sein Tablett ablud. Seine Mutter schwieg, bis sie wieder allein waren. Es kostete sie sichtliche Überwindung, und kaum war die Zwangspause vorbei, sprudelte sie los.

»Nehmen Sie nur Ihre Bandscheibe, Kapitän Schulz. Es muss ja gar nicht gleich etwas so Dramatisches sein wie eine verlorene Hand oder ein blindes Auge, die nachwachsen sollen, obwohl auch das irgendwann sicherlich möglich sein wird. Unter simplen Rückenschmerzen leidet ein Drittel der gesamten Weltbevölkerung, und es ist nicht lustig, wenn man sie hat.«

»Wem sagen Sie das, Gnädigste«, sagte Schulz.

»Wäre es nicht wunderbar, wenn man Ihnen eine kleine Spritze geben würde, und Sie wären sie ein für alle Mal los? Und dasselbe könnte für ein krankes Herz gelten, für Nieren, Augen ... eigentlich für alles. Jemand, der seine Beine verloren hat, könnte wieder gehen. Ich gebe gern zu, das ist noch Zukunftsmusik. Im Moment sind wir froh, wenn wir einer Maus ein drittes Ohr auf der Stirn wachsen lassen können, aber vielleicht ist es gar nicht mehr so weit bis zum nächsten Schritt.« Ihr Blick verdüsterte sich. »Aber daran denkt niemand. Wenn die Leute das Wort *Klonen* hören, denken sie sofort an irgendwelche Science-Fiction-Monster mit acht Armen, die Laserstrahlen aus den Augen verschießen. So etwas wird es erstens nie geben und zweitens birgt jede neue Erfindung auch Gefahren. Damit muss man leben.« Sie nahm das Messer zur Hand, mit dem sie gerade Butter auf ihr Baguette geschmiert hatte. »Wie viele Menschen sind schon mit so etwas getötet worden? Betrachtet man deshalb jeden Messerfabrikanten als potenziellen Mörder?«

»Es kommt immer darauf an, was man aus einer Erfindung macht«, bestätigte Schulz gehorsam. Er wirkte ein wenig erschöpft, fand Ben. Wahrscheinlich dämmerte ihm allmählich, dass es nicht unbedingt die klügste Idee gewesen war, dieses Thema anzusprechen. Ben schenkte ihm ein unverhohlen schadenfrohes Lächeln, machte sich dann aber mit großem Appetit über sein Frühstück her und tröstete sich mit dem Gedanken, dass er ja jederzeit aufstehen und in seine Kabine zurückgehen konnte, wenn es ihm zu bunt wurde.

»Ja, aber uns unterstellt man prinzipiell immer, das Schlimmste daraus zu machen«, ereiferte sich Jennifer Berger. »Dabei würde kein verantwortungsvoller Wissenschaftler –« Sie brach ab. Ihre Augen wurden groß. Dann stieß sie einen kleinen spitzen Schrei aus und sprang so heftig auf, dass ihr Teller vom Tisch fiel und klirrend zerbrach.

»Was haben Sie, meine Liebe?«, fragte Schulz alarmiert. Auch an den benachbarten Tischen ruckten Köpfe zu ihnen herum. Erschrockene Gesichter sahen sie an. Für eine Sekunde schien jeder andere Laut in dem großen Saal einfach zu verstummen. Bens Mutter war einen halben Schritt vom Tisch zurückgewichen, wodurch nun auch noch ihr Stuhl umzufallen drohte, und blickte mit aufgerissenen Augen dorthin, wo gerade ihr Teller gestanden hatte.

Jetzt hockte dort eine fette, fingernagelgroße Spinne.

»Oh«, sagte Kapitän Schulz. Auch er starrte das hässliche Geschöpf einen halben Atemzug lang an, dann fegte er es mit einer raschen Handbewegung vom Tisch und trat wuchtig mit dem Fuß darauf. Es knackte hörbar.

»Das tut mir unendlich leid«, sagte er. Mit erhobener Stimme und an die Allgemeinheit gewandt fügte er hinzu: »Kein Grund zur Aufregung, meine Damen und Herren. Es war nur eine harmlose Spinne. Es ist alles in Ordnung.« Er wandte sich, leiser und mit einem fragenden Blick, wieder an Bens Mutter. »Es ist doch alles in Ordnung, hoffe ich?«

»Ja sicher«, antwortete sie, auch wenn sie ganz und gar nicht so aussah, als wäre *irgendetwas* in Ordnung. Aber sie hatte ihren Schrecken überwunden und jetzt war ihr die Szene peinlich. Ben mampfte ungerührt weiter; vermutlich als Einziger im ganzen Speisesaal. Er hatte dergleichen schon öfter erlebt und fand die Szene eher amüsant. Er hatte nichts gegen Spinnen, sondern hielt sie ganz im Gegenteil für sehr interessante Geschöpfe.

»Bitte verzeihen Sie«, murmelte seine Mutter, während sie sich hastig wieder setzte. »Ich –«

»Jennifer leidet unter extremer Arachnophobie«, mischte sich sein Vater ein; ganz gewiss nicht von ungefähr so laut, dass seine Worte auch an den benachbarten Tischen zu verstehen sein mussten. »Sie hat panische Angst vor Spinnen. Das ist so wie mit Rückenschmerzen, wissen Sie? Solange man es nicht am eigenen Leib gespürt hat, kann man kaum verstehen, wie schlimm es ist.« Er griff nach ihrer Hand und drückte sie. Bens Mutter war immer noch sehr blass. Ihr Blick tastete unsicher über die Stelle, an der die Spinne gesessen hatte. Und auch Ben sah kurz in dieselbe Richtung und wunderte sich ein wenig. Gerade weil seine Mutter so panische Angst vor den kleinen Achtbeinern hatte, wusste er eine Menge über Spinnen. Sie marschierten normalerweise nicht in aller Seelenruhe über einen Tisch, an dem Menschen saßen, sondern versteckten sich, wo es nur ging. Diese Spinne musste ein ganz besonders dummes Exemplar gewesen sein. Oder lebensmüde.

Schulz winkte den Steward herbei und wies ihn mit groben Worten an, die Schweinerei wegzuräumen und den Kabinenchef zu rufen. Der Mann las die Scherben mit bloßen Händen auf und floh regelrecht. Schulz blickte ihm finster nach und setzte sich schließlich wieder.

»Es tut mir wirklich leid«, sagte er noch einmal. »Ich versichere Ihnen, dass es Konsequenzen für den Verantwortlichen haben wird.«

»Aber das ist doch nicht nötig«, sagte Robert Berger rasch. »Niemand kann etwas dafür. Schließlich war es nur eine Spinne. So etwas –«

»– darf nicht passieren«, fiel ihm Schulz in scharfem Ton ins Wort. »Nicht auf einem Schiff wie diesem. Ich entschuldige mich noch einmal in aller Form.«

Sein Vater nickte, und auch seine Mutter rang sich ein schiefes Lächeln ab, doch die Stimmung war im Eimer. Schulz reagierte zwar ebenfalls mit einem Lächeln, aber sein Blick sagte deutlich, dass er nichts gegen ein vertrauliches Gespräch mit einem Passagier einzuwenden hatte, diese Vertraulichkeit jedoch da endete, wo besagter Passagier versuchte, sich in seine Personalentscheidungen einzumischen. Schließlich räusperte er sich und wandte sich an Ben.

»Ich habe gehört, du begleitest deine Eltern nicht nach Australien? Nicht auf Dauer, meine ich?«

»Ben ist von der Schule beurlaubt worden, damit er noch drei Wochen in Australien mit uns verbringen kann«, antwortete sein Vater, bevor Ben es tun konnte. »Danach fliegt er zurück nach Deutschland. Er macht im nächsten Jahr sein Abitur. Es wäre nicht klug, so kurz vorher nicht nur die Schule zu wechseln, sondern gleich das ganze Land.«

»Und du bleibst allein zu Hause?«, fragte Schulz. Nicht, dachte Ben, dass es ihn auch nur die Bohne interessierte, er versuchte nur krampfhaft, Konversation zu machen, um den peinlichen Moment irgendwie zu überspielen. »Eine mutige Entscheidung. Du willst danach studieren, nehme ich an? Hast du dich schon entschieden, was?«

»Nein«, antwortete Ben wahrheitsgemäß. »Irgendetwas Technisches. Aber ich habe ja noch fast ein Jahr Zeit, um mich zu entscheiden.«

»Und er bleibt natürlich nicht *allein* zu Hause«, fügte sein Vater hinzu. »Er zieht zu meiner Schwester. Sie passt schon auf den Kleinen auf.«

»Sehr witzig«, maulte Ben. Sein Vater grinste ihn an, und auch Schulz lächelte pflichtschuldig, aber dann sah er wohl ein, dass es keinen Sinn hatte, die verdorbene Stimmung noch einmal heben zu wollen, und stand auf.

»Ich fürchte, ich muss mich jetzt entschuldigen. Ich habe noch eine Menge zu tun.«

Es begann zu regnen, als er den Frühstücksraum verließ.

4

DER REST DES TAGES verlief ebenso öde und langweilig wie die gesamte bisherige Reise – mit einem Unterschied. Nachdem das gemeinsame Frühstück in einem Missklang geendet hatte, zogen sich seine Eltern rasch in ihre und Ben wieder in seine eigene Kabine zurück, aber ihm ging das weißhaarige Mädchen einfach nicht aus dem Kopf, zumal im Laufe des Tages etwas sehr Sonderbares geschah: Je öfter er an das Mädchen zurückdachte, desto mehr verschwamm ihr Gesicht in seiner Erinnerung – was normal war –, trotzdem hatte er zugleich immer stärker das Gefühl, sie zu kennen – was ganz und gar unmöglich war.

So oder so – er verließ seine Kabine wohl ein halbes Dutzend Mal und streunte durch das Schiff und zwei- oder dreimal ging er sogar an Deck, obwohl es den ganzen Tag über regnete, aus purer Langeweile, wie er sich selbst einzureden versuchte, in Wahrheit aber natürlich, weil er auf der Suche nach einer ganz bestimmten Person war. Einmal begegnete er dem Steward, der Sasha (was war das überhaupt für ein komischer Name für ein Mädchen?) am Morgen abgeholt hatte, aber bevor er genug Mut zusammenkratzen konnte, um ihn auf sie anzusprechen, war er auch schon wieder verschwunden.

Schließlich forderte der Umstand, dass er an diesem Morgen so ungewöhnlich früh aufgestanden war, seinen Tribut: Er wurde auch ungewöhnlich früh müde und ging noch ungewöhnlicher früh zu Bett.

Und fand sich sofort im gleichen grässlichen Albtraum wieder wie in der Nacht davor. Vielleicht nicht in *genau* dem gleichen Traum, denn es war womöglich noch schlimmer. Das Eisungeheuer hatte diesmal nicht die Gestalt eines Affen, sondern einer riesigen glitzernden Spinne, und er stürzte am Ende des Traumes nicht in eine Eisspalte, sondern rannte unversehens in ein gewaltiges Spinnennetz aus Eis, das den Eingang der Klamm blockierte. Doch er erwachte wieder schweißgebadet und mit klopfendem Herzen. Zu allem Überfluss hielt auch die Wirklichkeit eine böse Überraschung für ihn bereit: Als er die Augen aufschlug, starrte er geradewegs in ein halbes Dutzend winziger schwarzer Knopfaugen, die ihn von seiner Nasenspitze herab anglotzten.

Ganz instinktiv fuhr sich Ben mit der Hand durchs Gesicht, aber die Spinne war viel zu schnell für ihn. Auf wirbelnden Beinen flitzte sie über sein Gesicht und das Kopfkissen und war verschwunden, noch bevor er seine Benommenheit weit genug überwinden konnte, um noch mal nach ihr zu fassen.

Verwirrt – und fast zu Tode erschrocken – richtete Ben sich auf und sah sich um. Sein Herz jagte und seine Hände zitterten so stark, dass er sie zu Fäusten ballte. Seine Gedanken überschlugen sich. Er hatte am Abend eine kleine Lampe brennen lassen, sodass in der Kabine ein schummriges Licht herrschte, aber die Spinne war nirgendwo zu sehen. Falls es sie überhaupt gegeben hatte. Spinnen benahmen sich nicht auf diese Weise. Sie versteckten sich und huschten von einem Schatten zum anderen, und sie turnten auf gar keinen Fall auf den Gesichtern von Menschen herum, ob sie nun schliefen oder nicht. Wahrscheinlich war sie nur ein letzter böser Gruß gewesen, den ihm der Albtraum mitgeschickt hatte.

Das machte es allerdings nicht besser. Ben versuchte mit aller Willenskraft dagegen anzukämpfen, aber er hatte plötzlich furchtbare Angst. Dies war … kein normaler Albtraum. Ben konnte nicht sagen, was, aber irgendetwas daran war auf furchtbare Weise nicht richtig.

Noch immer am ganzen Leib zitternd stand er auf und ging ins Bad. Vorsichtshalber verzichtete er darauf, in den Spiegel zu blicken, tastete sich zur Dusche, drehte todesmutig das kalte Wasser auf und stand so lange unter dem eisigen Strahl, wie er es aushielt – also deutlich weniger als eine Minute. Hinterher war er zwar körperlich wach (und halb erfroren), doch der Albtraum rumorte noch immer in seinem Kopf. Noch ein paar Tage an Bord dieses Schiffes und er war reif für die Klapse.

Verdammt, wenn er schon träumen musste, warum dann von Spinnen und menschenfressenden Piraten statt von einem weißhaarigen Engel?

Es wurde Zeit, dass er von diesem verdammten Kahn runterkam!

In der Kabine brannte Licht, aber vor dem Bullauge herrschte vollkommene Finsternis, was nichts anderes bedeutete, als dass er *noch* früher wach geworden war als gestern. Ben lenkte sich einen Moment lang damit ab, noch einmal nach der Spinne zu suchen, kam dann jedoch endgültig zu dem Schluss, dass sie wahrscheinlich gar nicht da gewesen war, und nahm schließlich all seinen Mut zusammen und sah auf die Uhr. Er bedauerte es sofort. Selbst wenn er als Allererster am Frühstücksbüfett erscheinen wollte, blieb ihm bis dahin mindestens noch eine halbe Stunde, aber an Schlaf war nicht mehr zu denken, nicht mit dem, was auf der anderen Seite auf ihn wartete. Unschlüssig trat Ben noch einmal an das Bullauge heran. Der Himmel musste sich bewölkt haben, denn er war so schwarz, als hätte jemand die Sterne einfach abgeschaltet. Das versprochene Unwetter ließ nach wie vor auf sich warten, doch richtig gutes Wetter schien da draußen auch nicht zu herrschen, und Ben glaubte regelrecht zu *sehen*, wie kalt es war.

Nur einen Moment später blitzte es draußen vor der dicken Scheibe weiß auf, so kurz, dass er nicht einmal sagen konnte, *was* er da gerade gesehen hatte.

Eine riesige weiße Spinne?

Lächerlich!

Dann schon eher …

Ben überlegte angestrengt. Es war ihm selbst peinlich, aber er sah schon wieder das Gesicht des Mädchens vor sich. Am vergangenen Morgen hatte er sie in aller Herrgottsfrühe oben auf dem Sonnendeck angetroffen und sie war ganz eindeutig *vor ihm* dort gewesen. Möglicherweise war sie Frühaufsteherin und schon an Deck, um auf den Sonnenaufgang zu warten …

Was hatte er schon zu verlieren, wenn er nachsah?

Kurz entschlossen zog er sich an, verließ seine Kabine und machte sich auf den Weg zum Sonnendeck.

Zu seiner Überraschung fand er die Tür nach draußen verschlossen, und das war nicht nur einigermaßen komisch, sondern seinem Wissen nach auch noch nie geschehen. Das so genannte *Sonnendeck* gehörte bei den Frischluftfanatikern unter den Passagieren – also auch bei seinen Eltern – zu den beliebtesten Plätzen an Bord. Warum sollte jemand ausgerechnet diese Tür abschließen?

Aber so schnell ließ sich Ben natürlich nicht entmutigen. Er rüttelte noch zweimal völlig sinnlos an der Türklinke, dann machte er kehrt und eilte die Treppe wieder hinunter. Allerdings nicht, um in seine Kabine zurückzugehen und vielleicht etwas so Lächerliches zu tun, wie sich von einer versehentlich abgeschlossenen Tür aufhalten zu lassen. Stattdessen eilte er an seiner Kabine und an allen anderen auf diesem Deck vorbei, ging eine weitere kurze Treppe hinab und zögerte schließlich doch kurz, bevor er die mahagonigetäfelte Tür an ihrem Ende durchschritt. Das unübersehbare Verbotsschild daneben ignorierte er ebenso wie die Erinnerung an sein unangenehmes Gespräch mit Kapitän Schulz, als er genau dasselbe getan hatte und prompt erwischt worden war. Ein zweites Mal, das war ihm klar, würde der Kapitän ihn wohl kaum ungeschoren davonkommen lassen, aber das war ihm jetzt egal. Er würde eben aufpassen müssen, dass man ihn *nicht* erwischte. Dort draußen war eine weiße Gestalt und er kannte niemanden an Bord außer Sasha, der so herumlief. Dass die verschlossene Tür oben sie genauso aufgehalten hätte wie ihn gerade, kam ihm gar nicht in den Sinn.

Der Schritt durch die Tür führte ihn in eine vollkommen andere Welt. Hier gab es keine kostbaren Wandvertäfelungen und antiken Bilder, sondern grau gestrichenen Stahl, sichtbar verlegte Kabel und Rohrleitungen, und die Luft roch nicht nach Möbelpolitur und Raumspray, sondern nach Maschinenöl und Farbe und Schweiß. Schnell und gebannt lauschend, um nicht irgendeinem Frühaufsteher unter den Besatzungsmitgliedern in die Arme zu laufen, folgte er dem Gang bis zu einer wuchtigen Metalltür, von der er wusste, dass sie ebenfalls auf das Vorderdeck des Schiffes hinausführte. Um sie zu öffnen, drehte er an einem dreispeichigen Metallrad, das sich angesichts seiner Massigkeit und Größe überraschend leicht bewegen ließ. Umso mehr Mühe bereitete es ihm, die Tür zu öffnen; Ben musste sich mit der Schulter gegen das schwere Schott stemmen und mit aller Gewalt drücken und schieben, damit es sich auch nur ein paar Zentimeter bewegte. Aber schließlich hatte er es geschafft und einen Spalt geschaffen, durch den er sich, wenn auch nur mit einiger Anstrengung, hindurchquetschen konnte. Dahinter erwartete ihn allerdings nichts Dramatischeres als völlige Dunkelheit. Und außerdem schlug ihm eine so eisige Kälte entgegen, dass er nicht nur fröstelnd die Schultern hochzog, sondern auch ernsthaft überlegte, ob es nicht doch klüger wäre, in seine Kabine zurückzugehen und sich die Warterei bis zum Frühstück mit der Jagd auf eine gar nicht vorhandene Spinne zu vertreiben.

Natürlich tat er es nicht. Er machte sich im Gegenteil daran, den Spalt noch ein wenig zu verbreitern – und fuhrt im nächsten Moment zurück, als er eine Bewegung aus den Augenwinkeln wahrnahm.

Und das keine Sekunde zu früh. Die ganz in Weiß gekleidete Gestalt, die urplötzlich vor ihm auftauchte, hätte ihn trotzdem gesehen, hätte sie auch nur ungefähr in seine Richtung geschaut, aber das tat sie nicht.

Ben blieb mit klopfendem Herzen und angehaltenem Atem stehen, während der Mann mit gesenktem Blick an ihm vorüberging. Er war ein gutes Stück größer als er, und Ben konnte trotz der dick gefütterten Kleidung, die er trug, erkennen, dass er von außerordentlich kräftiger Statur war. Seine Stiefel, Hose, Jacke und Handschuhe waren weiß und er trug einen ebenfalls weißen Gürtel mit zahllosen Taschen, an dem ein paar kompliziert aussehende Geräte hingen. Auch sie waren weiß. Mit schnellen Schritten passierte er Bens Versteck und verschwand hinter einem der wuchtigen Decksaufbauten, und Ben wagte es endlich wieder, zu atmen. Er hatte das völlig verrückte Gefühl, gerade einer großen Gefahr entronnen zu sein.

Was für ein Unsinn! Das Schlimmste, was ihm hier passieren konnte, war ein Anpfiff von Kapitän Schulz und anschließend eine Gardinenpredigt seiner Eltern, und wahrscheinlich nicht einmal das, schließlich war er keine zwölf mehr.

Trotzdem blieb er weiter reglos und mit jagendem Puls stehen, und als er sich schließlich wieder bewegte, tat er es unendlich behutsam und vorsichtig. Anscheinend, dachte er spöttisch, hatte sich ein Teil seines Unterbewusstseins noch immer nicht gänzlich aus dem Albtraum gelöst.

Oder er hatte einfach zu viele schlechte Action-Filme gesehen.

Wie auch immer – er schlich geduckt und vollkommen lautlos zu einem der kantigen Decksaufbauten hin und spähte mit angehaltenem Atem um die Ecke.

Im nächsten Moment war er sehr froh, sich so albern benommen zu haben.

Die weiß gekleidete Gestalt, der er um ein Haar in die Arme gelaufen wäre, war nicht allein auf dem Vorderdeck. Insgesamt gewahrte Ben ein halbes Dutzend Männer in gefütterten weißen Tarnanzügen, von denen mindestens zwei bewaffnet waren – der Mann, der an ihm vorbeigelaufen war, trug eine großkalibrige Pistole am Gürtel, ein anderer sogar ein Gewehr an einem Schulterriemen, und alle schienen furchtbar beschäftigt zu sein, auch wenn Ben nicht sagen konnte, womit. Was ging hier vor?

Eine innere Stimme – vielleicht die seiner Vernunft – flüsterte ihm zu, dass er jetzt besser kehrtmachen und in seine Kabine zurückgehen sollte, aber Ben wäre nicht Ben gewesen, hätte er auf sie gehört. Er warf einen sichernden Blick nach rechts und links und huschte dann rasch ein paar Schritte weiter, bis er eine Deckung erreichte, von der aus er einen besseren Überblick hatte.

Jetzt konnte er erkennen, dass zwei der Männer eine eigenartige Konstruktion im Bug der *Princess of the Dawn* aufstellten: einen gut einen Meter durchmessenden, sichtlich schweren Teller, den man leicht für eine Satellitenschüssel hätte halten können, hätte er nicht auf einem wuchtigen Dreibein gestanden und wäre seine Rückseite nicht über und über mit bunten Lichtern, Schaltern und Knöpfen bedeckt gewesen. Das Gebilde erinnerte ihn an irgendetwas, aber er konnte nicht sagen, woran.

Was er jedoch sagen konnte, war, dass hier etwas nicht mit rechten Dingen zuging. Bewaffnete Männer in Tarnanzügen, die nachts an Deck umherschlichen und seltsame Apparate aufbauten … was sollte das?

Abermals riet ihm seine Vernunft, sich schleunigst zu verkrümeln und später mit seinen Eltern über das zu reden, was er beobachtet hatte. Doch natürlich hörte er auch diesmal nicht auf sie, sondern ließ seine Augen hektisch umherschweifen auf der Suche nach einem Versteck, von dem aus er den Männern in Weiß noch ein bisschen genauer auf die Finger schauen konnte. Zumindest musste er sich keine Sorgen darüber machen, dass sie ihn hörten, denn der Sturm übertönte mit seinem Gebrüll jeden anderen Laut und –

Welcher Sturm?

Ben richtete sich erschrocken kerzengerade auf. Sein Herz hämmerte so laut, dass er meinte, das rasende Klopfen müsse überall auf dem Schiff zu hören sein, auf dem es jetzt totenstill war! Da war kein Sturm. Das Meer rings um das Schiff lag so glatt und reglos da wie ein schwarzer Spiegel!

Aber das war doch verrückt! Noch vor einer Sekunde hatte er nicht nur das Heulen des Sturmes gehört, sondern auch die eisigen Bisse des Windes im Gesicht gespürt, aber es gab keinen Wind, geschweige denn einen Sturm!

Ganz allmählich bekam es Ben nun doch richtig mit der Angst zu tun. Nicht vor den Männern in Weiß, sondern vor sich selbst. Was war nur mit ihm los? Wenn er sich bisher stets und unter allen Umständen auf etwas hatte verlassen können, dann auf sich selbst und seine fünf Sinne. Und jetzt gelang es ihm nicht einmal mehr, sich ganz aus diesem verrückten Traum zu lösen!

Möglicherweise hätte in diesem Moment doch seine Vernunft die Oberhand gewonnen und er wäre wieder in seine Kabine zurückgekehrt (was rein gar nichts an dem geändert hätte, was danach geschah), doch nun war das Schicksal gegen ihn. Gerade als er hinter seiner Deckung hervorhuschen wollte, näherten sich ihm zwei der weiß vermummten Gestalten, und statt Fersengeld zu geben, presste sich Ben noch fester gegen das eisige Metall und wartete mit angehaltenem Atem darauf, dass die beiden an seinem Versteck vorübergingen.

Das taten sie auch, allerdings gingen sie nicht annähernd so weit, wie es ihm recht gewesen wäre. Kaum drei Schritte von seinem Versteck entfernt traten die beiden Männer an die Reling heran und machten sich daran zu schaffen. Ben runzelte überrascht die Stirn. Er hatte immer noch ein bisschen Angst, aber seine Neugier war größer.

Mit wenigen geschickten Handgriffen schraubten die beiden Männer einen Teil der Reling ab, sodass Ben aus seinem Versteck heraus einen Blick in das Metallrohr werfen konnte, das sich unter dem polierten Edelholz verbarg. Es war hohl, aber nicht leer. Ein gut fünf Zentimeter dickes, mit schwarzem Gummi ummanteltes Kabel verbarg sich in der nostalgischen Reling. Ben beobachtete verwirrt, wie die Männer ein kurzes Stück davon rauszogen und die Gummiummantelung aufschnitten, unter der eine Anzahl dicker Kupferlitzen zum Vorschein kam. Während einer von ihnen mit einem Taschenmesser die letzten Gummireste entfernte, trug der andere eine Kabelrolle herbei. Das eine Kabelende war mit einem massigen Plastikstecker versehen, das andere verschwand in Richtung Bug in der Dunkelheit.

Ein Starkstromkabel? Wozu brauchte eine Satellitenschüssel ein Starkstromkabel, das dick genug aussah, um eine kleine Stadt zu versorgen?

Er fand keine Antwort auf diese Frage, sah aber weiter interessiert zu, wie die beiden die Kabel rasch miteinander verbanden und die Reling wieder zusammenbauten. Als sie nach wenigen Minuten fertig waren, war das zusätzliche Kabel beinahe unsichtbar verlegt. Selbst wenn jemand den schwarzen Gummischlauch bemerken würde, der sich ein kleines Stück an der Reling entlang über das Deck zog, würde er sich bestimmt nichts dabei denken, schon gar nicht, dass unter seinen Füßen vermutlich zigtausende Volt pulsierten …

Die beiden Männer verschwanden wieder, und Ben atmete erleichtert auf. Zumindest im Moment war er allein auf diesem Teil des Schiffes. Jetzt hatte er eine Chance, unentdeckt zu verschwinden. Aber nun dachte er nicht mehr daran, denn sowohl seine Neugier als auch sein Misstrauen waren jetzt erst richtig geweckt. Irgendetwas ging hier nicht mit rechten Dingen zu. Das waren bestimmt keine normalen Reparaturarbeiten, die man nur nachts durchführte, um die gut zahlenden Passagiere nicht damit zu belästigen. Nicht einmal auf einem Schiff wie diesem trugen die Mechaniker weiße Tarnanzüge und Gewehre!

Ben sah sich noch einmal vorsichtig um, wechselte abermals seine Deckung und entdeckte schließlich eine zweite schmale Tür unweit jener, durch die er herausgekommen war. Sie stand einen Spalt offen. Kurz entschlossen huschte er hin und schlüpfte rasch und lautlos hindurch. Erst als er in dem dahinter liegenden Gang angelangt war und sich mit klopfendem Herzen gegen die Wand presste, wurde ihm bewusst, dass er sich kaum anders benahm als vorhin in seinem Traum, in dem er um sein Leben gerannt war.

Er hatte Todesangst.

Ben lächelte nervös und eigentlich nur, um sich selbst zu beruhigen.

Er führte sich wirklich auf wie ein Idiot. Gut, hier ging etwas vor, was offensichtlich nicht für jedermanns Augen bestimmt war, und wenn ihn die Kerle dort draußen erwischten, dann würde er eine Menge Ärger bekommen, aber mehr auch nicht. Er war ganz bestimmt nicht in Gefahr – und schon gar nicht in *Lebens*gefahr!

Aber warum fühlte er sich dann so?

Ben belegte sich in Gedanken mit einigen wenig schmeichelhaften Namen, lauschte noch einmal angestrengt nach draußen und sah sich zugleich zum ersten Mal aufmerksam in seiner neuen Umgebung um. Sehr viel gab es allerdings nicht zu sehen. Der Korridor unterschied sich kaum von dem, den er vorhin benutzt hatte, um nach draußen zu gelangen, endete jedoch schon nach ein paar Schritten an einer weiß gestrichenen Metalltreppe, die tiefer in den Bauch des Schiffes hinunterführte. Gedämpfte Geräusche drangen an sein Ohr; Stimmen, das dumpfe Wummern von Motoren, aber auch andere, beunruhigendere Laute, die Ben nicht genau einordnen konnte.

Er hätte immer noch umkehren können, aber er war nicht so weit gekommen, um jetzt einfach aufzugeben. Was sollte er Kapitän Schulz sagen, wenn er ihn zur Rede stellte? Dass er ein paar Männer dabei beobachtet hatte, wie sie nachts an Deck ein Kabel verlegten? Was für ein abscheuliches Verbrechen!

Langsam näherte, er sich der Treppe und stieg dann vorsichtig hinab. Er hatte erwartet, dass sie unter seinem Gewicht scheppern und ächzen würde, aber die filigran anmutende Konstruktion erwies sich als überraschend massiv; seine Schritte verursachten nicht das geringste Geräusch auf den Gitterstufen.

Unten angekommen erwartete ihn ein weiterer, nur spärlich beleuchteter Gang. Die Maschinengeräusche und die Stimmen waren lauter geworden. Durch eine halb offen stehende Tür am Ende des Ganges fiel kaltes Neonlicht. Ben schlich auf Zehenspitzen weiter und machte sich erst gar nicht die Mühe, noch einmal hinter sich zu blicken. Wenn in diesem Moment jemand die Treppe herunterkam, war er sowieso geliefert.

Aber er hatte Glück. Hinter ihm wurden keine aufgebrachten Stimmen laut und es schoss auch niemand auf ihn. Unbehelligt erreichte er die Tür und lugte durch den Spalt.

Auf der anderen Seite erstreckte sich ein weitläufiger, hoher Raum mit nackten Wänden, der von einer ganzen Batterie Neonröhren in schattenlose Helligkeit getaucht wurde. Offensichtlich einer der Laderäume der *Princess of the Dawn*. Nur dass sich auf dem Stahlboden keine Kisten mit Champagner, Kaviar und anderen Luxusgütern stapelten.

Etwa zehn Schritte von der Tür entfernt stand ein lastwagengroßes, wuchtiges Gefährt, das wie eine – vollkommen misslungene – Mischung aus einem Sattelschlepper und einem Schlauchboot aussah: ein Luftkissenboot, das in einem matten Weiß lackiert war und schmale, dunkel getönte Scheiben hatte, was ihm ein irgendwie bösartiges Aussehen verlieh. Auf dem hinteren Teil des Hovercrafts, der eine Art Ladeplattform bildete, erhob sich ein mit einer weißen Plane abgedeckter Umriss, bei dem Ben ziemlich sicher war, dass es sich um eine Kanone handelte oder zumindest um ein reichlich groß geratenes Maschinengewehr.

So viel zu der Möglichkeit, dass die Männer oben an Deck harmlose Mechaniker waren, die nur eine etwas sonderbare Arbeitsauffassung hatten, dachte Ben. Bewaffnete Männer in Tarnanzügen und ein Hovercraft mit einer Flugabwehrkanone im Frachtraum eines Luxusliners? Hier war etwas oberfaul! Ben warf nun doch einen nervösen Blick über die Schulter zurück. Er war plötzlich gar nicht mehr so sicher wie noch gerade eben, dass er mit ein paar unangenehmen Worten davonkommen würde, wenn man ihn hier unten erwischte. Aber der Gang hinter ihm war leer. Noch.

Der Laderaum vor ihm allerdings nicht. Rings um das Luftkissenboot standen zahlreiche, zum Teil fast mannshohe Stapel, von denen nur einige mit weißen Planen abgedeckt waren, sodass Ben erkennen konnte, dass sie aus weißen Plastikcontainern bestanden. Mindestens vier oder fünf Männer bewegten sich hektisch zwischen den Stapeln umher. Auch sie trugen weiße Hosen und Stiefel, aber nur Pullover oder weiße Windjacken, und keiner von ihnen war bewaffnet. Trotzdem gab es für Ben nicht den kleinsten Zweifel daran, dass es sich um Soldaten handelte.

Er hatte genug gesehen. Ben machte auf dem Absatz kehrt …

… und blieb wieder stehen, als er das Geräusch der Tür am oberen Ende der Treppe hörte. Sein Herz schien vor Schreck einen Schlag zu überspringen und hämmerte dann dreimal schneller weiter, als er die schweren Schritte vernahm, die sich der Treppe näherten.

Für einen Moment drohte er in Panik zu geraten. Es gab nichts, wo er sich verstecken konnte. Und wenn er in den Frachtraum zurückwich, dann würden ihn die Männer dort drinnen sehen.

Er saß in der Falle.

Dummerweise hatte er aber auch keine Wahl.

Am oberen Ende der Treppe erschien ein Paar weiße Stiefel, und Ben fuhr blitzartig herum, schlüpfte durch den Türspalt und war mit zwei, drei gewaltigen Sätzen bei einem der Containerstapel. Kaum zu einem klaren Gedanken fähig fiel er auf Hände und Knie herab und kroch unter die weiße Kunststoffplane. Das Material war so steif und schwer wie nasses Segeltuch und knirschte so laut, dass die Männer es einfach hören *mussten*!

Ben kroch auf Händen und Knien vorwärts, quetschte sich zwischen die glatten Plastikcontainer, so weit er nur konnte, und lauschte mit angehaltenem Atem.

Zuerst hörte er nichts außer dem rasenden Pochen seines eigenen Herzens und begann schon zu hoffen, dass er noch einmal Glück gehabt hatte. Doch dann näherten sich langsame Schritte seinem Versteck, die immer wieder innehielten. Schließlich hörte er ein Geräusch, bei dem ihm der Atem stockte: das harte Knistern, mit dem die Plastikplane über seinem Versteck angehoben wurde!

Draußen in der Halle fiel eine Tür mit einem dumpfen Knall ins Schloss und eine scharfe Stimme sagte: »Was zum Teufel ist hier los? Ich habe gesagt, dass diese verdammte Tür immer geschlossen zu sein hat!«

Die Plane sank knisternd wieder zurück und die Schritte entfernten sich hastig. »Aber sie war doch –«

»– sperrangelweit offen, verdammt noch mal!«, fuhr die erste Stimme ärgerlich fort. »Was glaubst du wohl, wie ich hier reingekommen bin? Muss ich denn hier *alles* selbst machen, zum Teufel noch mal?«

Ben wagte es endlich, wieder zu atmen, aber nur vorsichtig und so leise wie möglich. Seine Hände zitterten und in seinen Ohren rauschte das Blut so laut, dass er die Antwort des Mannes nicht einmal verstand. Vorsichtig drehte er sich herum und hätte um ein Haar aufgeschrien, als er gerade noch aus den Augenwinkeln etwas Kleines, Haariges auf dünnen Beinen davonhuschen sah.

Diesmal war er sicher, es sich nicht nur eingebildet zu haben. Es *war* eine Spinne gewesen. Und er hätte in diesem Moment seine rechte Hand darauf verwettet, dass es sich um dieselbe Spinne handelte, die auf seinem Gesicht gehockt hatte, als er erwacht war.

Das konnte doch kein Zufall sein!

Es dauerte gut zwei oder drei Sekunden, bis ihm klar wurde, wie albern dieser Gedanke war. Hier unten ging irgendetwas vor, das seltsam und vermutlich gefährlich war, aber das hatte ganz gewiss nichts mit dieser *Spinne* zu tun! Vielleicht brauchte die *Princess of the Dawn* dringend die Dienste eines Kammerjägers, doch das war auch schon alles. Es war Zeit, sich mit dem eigentlich Problem zu befassen.

Unendlich behutsam, um nicht gegen die Plane zu stoßen und sie zu einem verräterischen Knistern zu veranlassen, drehte er sich herum, kroch auf dem Bauch zum Rand seines Verstecks und spähte unter der Plane hervor.

Der Mann, der ihn beinahe erwischt hätte, stand nur zwei oder drei Schritte entfernt da, wandte ihm aber den Rücken zu. Ben konnte nur seine Stiefel erkennen, die sich bei genauerem Hinsehen allerdings nicht als gewöhnliches Schuhwerk entpuppten, sondern als *Kampfstiefel* samt Stahlkappen und einer Messerscheide an der Seite.

»Wie weit seid ihr?«, fuhr die erste, scharfe Stimme fort. Sie klang noch immer wütend. »In fünf Minuten müssen wir verschwunden sein! Dann wimmelt es an Deck von Passagieren! Und ich möchte keiner aufgebrachten Luxusmami erklären müssen, warum ihr kleiner Liebling gerade Boule mit einer scharfen Handgranate spielt!« Polternde Schritte näherten sich, dann erschien ein zweites Paar weiße Kampfstiefel in Bens engem Blickfeld. »Ist hier alles fertig?«

»In zehn Minuten, spätestens.«

»Fünf, und keine Sekunde länger! Dann ist hier alles verstaut und abgedeckt. Und ihr verschwindet in eure Kojen! Ruht euch aus, solange ihr es noch könnt. Und jetzt beeilt euch, verdammt noch mal, oder ich mache euch Beine!«

Der andere schien es auf einmal sehr eilig zu haben, und nach einem weiteren Moment entfernte sich auch das zweite Paar Stiefel. Stimmen und Schritte hallten noch aufgeregter durcheinander, aber das Wunder geschah: Niemand hatte ihn entdeckt.

Unendlich erleichtert ließ sich Ben ganz zu Boden sinken, schloss die Augen und schickte ein stummes Dankgebet zum Himmel.

Dann wartete er.

Fünf Minuten …

5

... DIE ZU EINER EWIGKEIT WURDEN.

Wahrscheinlich brauchten die Männer nicht einmal fünf Minuten, um ihre Arbeit zu beenden, aber für Ben dehnten sie sich ins Endlose. Immer wieder kamen sie seinem Versteck so nahe, dass er erschrocken den Atem anhielt, und einmal hätte er sich um ein Haar selbst verraten, als jemand die Plane streifte, unter der er lag, und er beinahe laut aufgeschrien hätte. Aber das Glück blieb ihm zumindest für eine Weile noch treu. Er wurde nicht entdeckt. Auch sein alter Kumpel, die Spinne, kam nicht zurück, und schließlich verklangen die Schritte und das Rumoren, das Licht wurde gelöscht und die Tür fiel ins Schloss.

Trotzdem kroch Ben noch nicht unter seiner Plane hervor. Er blieb völlig reglos liegen und begann zu zählen. Er würde sich nicht von der Stelle rühren, bis er nicht mindestens bei hundert angekommen war und besser bei zweihundert.

Als er bei fünfunddreißig war, polterte etwas in der Halle.

Ben fuhr so heftig zusammen, dass er mit dem Hinterkopf gegen die Plane stieß – sie knisterte laut –, lauschte zehn Sekunden mit angehaltenem Atem und wagte erst dann, die Plane um wenige Millimeter anzuheben.

Der geisterhafte Strahl einer Taschenlampe huschte nur wenige Zentimeter von ihm entfernt über den Boden, verharrte kurz und glitt dann zitternd nach rechts und links und wieder zurück wie ein kleines, nervöses Insekt, das auf der Flucht war und nach einem Schlupfwinkel Ausschau hielt. Er hatte sich nicht getäuscht. Jemand war hier und er suchte nach ihm. Er würde ihn finden, das war Ben plötzlich klar. Und dann wurde ihm noch etwas klar: Nämlich, dass er sich so dumm benommen hatte, wie es ging.

Nein, das stimmte nicht. Er hatte sich *dümmer* benommen, als es ging. Er war ganz allein hier heruntergekommen. Niemand wusste, wo er war. Niemand wusste, dass er seine Kabine überhaupt verlassen hatte, und niemand wusste, dass es diesen Frachtraum gab, geschweige denn ein Dutzend bis an die Zähne bewaffneter Soldaten. Wenn sie ihn erwischten, dann konnten sie mit ihm machen, was sie wollten. Selbst wenn ihnen der Sinn danach stand, ihm den Hals umzudrehen und seinen Leichnam über Bord zu werfen.

Ben versuchte sich einzureden, dass er übertrieb. Dass die Männer hier etwas taten, von dem die Passagiere nichts wussten, machte sie nicht automatisch zu Mördern. Sicher, er würde *eine Menge* Ärger bekommen, wenn er ihnen in die Hände fiel, aber sie würden ihn bestimmt nicht umbringen. So etwas passierte nur in schlechten Filmen, niemals in der Wirklichkeit.

Trotzdem blieb er weiter mucksmäuschenstill liegen und blickte wie hypnotisiert die bleiche Pfütze aus Licht an, die die Taschenlampe vor ihm auf den Boden malte. Sie zitterte noch eine kleine Ewigkeit nervös hin und her und bewegte sich dann – fast widerwillig – von ihm fort, um einen anderen Teil der Halle zu erkunden. Ben hörte gedämpfte Schritte, zögernd und so leise, wie es mit stahlkappenverstärkten Kampfstiefeln möglich war, dann ein helles Knistern, als würde eine der Plastikplanen angehoben.

Nein, verbesserte er sich in Gedanken, nicht als *würde.* Es war ganz eindeutig das charakteristische Geräusch, das entstand, wenn jemand eine steife Kunststoffplane anhob, um darunterzusehen.

Jetzt war er endgültig geliefert. Einer der Männer schien zurückgeblieben zu sein, weil er misstrauisch geworden war, und kontrollierte nun einen Stapel nach dem anderen. Ben meinte sich zu erinnern, dass es eine Menge Stapel waren, aber früher oder später würde er ihn entdecken. Er musste hier weg!

Aber wohin?

Es gab in dieser Halle nichts außer den Containerstapeln … und dem Hovercraft.

Ben versuchte sich die Position des Luftkissenbootes ins Gedächtnis zu rufen, aber er war derartig in Panik, dass er für einen Moment nicht einmal sicher war, ob es das Ding überhaupt gab. Vielleicht existierte ja nichts von alledem hier. Vielleicht hatte er nur geträumt, dass er aufgewacht war, und sein verrücktes, imaginäres Abenteuer ging einfach weiter.

Links. Jetzt erinnerte er sich. Das Hovercraft war irgendwo links von ihm, nur ein paar Meter entfernt.

Er riskierte es. Als er das Knistern der Plastikplane das nächste Mal hörte, glitt er so leise wie möglich unter seiner Deckung hervor, erhob sich auf Hände und Knie und kroch los. Auf dem ersten Stück ging es unerwartet gut. Das Eisen des Schiffsdecks unter seinen Händen war so kalt, dass er erschrocken die Luft einsog, aber die Plane knisterte weiter und die schweren Schritte waren beruhigend weit von ihm weg. Dann und wann blitzte das Licht der Taschenlampe auf, aber es bewegte sich gottlob von ihm fort statt in seine Richtung.

Mutiger geworden beschleunigte Ben sein Tempo – und begriff im nächsten Moment, leider aber trotzdem zu spät, dass Mut und Leichtsinn nur zu oft Hand in Hand gehen. Er stieß gegen ein Hindernis, das in der der Halle, wie er sie im Kopf hatte, ganz und gar nicht vorhanden war und mit gewaltigem Scheppern und Getöse umfiel. Die Schritte hinter ihm brachen schlagartig ab und der bleiche Strahl einer Taschenlampe zielte wie ein Speer auf ihn. Ben erstarrte mitten in der Bewegung.

Der Lichtstrahl glitt so dicht an ihm vorbei, dass er seine Berührung zu spüren glaubte, tastete aufmerksam über den Containerstapel, unter dem er gerade noch gelegen hatte, und entfernte sich dann wieder. Aber er würde zurückkommen. Ihm blieben jetzt nur noch Sekunden. Ben setzte alles auf eine Karte. Das kurze Aufblitzen des Lichtstrahls hatte ihm gezeigt, dass sich das Hovercraft tatsächlich nur noch wenige Meter vor ihm befand. Er sprang auf, rannte los und stieß nach fünf oder sechs Schritten gegen den zusammengefalteten Gummiwulst des Luftkissenbootes. Er wurde nach vorn geschleudert, verlor das Gleichgewicht und konnte gerade noch die Hände nach oben reißen, ehe er gegen den stählernen Decksaufbau prallte. Hinter ihm wurde das Tasten und Suchen des Lichtstrahles immer hektischer und die Schritte näherten sich nun schnell. Ben schluckte den Schmerzenslaut hinunter, der über seine Lippen kommen wollte, tastete in blinder Panik um sich und bekam so etwas wie eine Reling zu fassen, an der er sich mit der puren Kraft der Verzweiflung hochzog. Er hatte das Gefühl, dabei genug Lärm zu machen, um noch auf der anderen Seite des Schiffes gehört zu werden, aber die Schritte seines Verfolgers polterten noch viel lauter über das Deck. Er tastete weiter blindlings um sich, fühlte erneut hartes Metall und begriff irgendwie, dass es eine Tür war. Ohne auch nur einen Gedanken daran zu verschwenden, was ihn dahinter erwarten mochte, riss er sie auf und schlüpfte hindurch. Hinter ihm wurden die schweren Schritte immer lauter und brachen dann wie abgeschnitten ab, als er die Tür ins Schloss drückte.

Ben atmete erleichtert auf, lehnte sich mit geschlossenen Augen gegen das kalte Metall und wartete darauf, dass sein Herz aufhörte wie verrückt zu hämmern. Als er die Augen wieder öffnete, stellte er fest, dass er sich im Ruderhaus des Hovercrafts befand, auch wenn es kein Ruder gab, sondern nur ein kompliziert wirkendes Instrumentenpult mit einem zu groß geratenen Joystick. Durch die schräg nach innen geneigten Scheiben drang der bleiche Widerschein der Taschenlampe, außerdem schimmerten etliche der Instrumente in einem gespenstischen mattgrünen Phosphorlicht, sodass er seine Umgebung halb erkennen und halb erahnen konnte. Der Raum war kleiner, als er erwartet hätte, und bot höchstens drei Personen Platz, und irgendwie kam ihm alles hier drinnen … seltsam vor. Vollkommen anders, als es eigentlich sein sollte.

Bevor Ben weiter darüber nachdenken konnte, fiel der Strahl der Taschenlampe direkt ins Ruderhaus, und er fand nicht einmal mehr Zeit, sich zu ducken, als das grelle Licht sein Gesicht erreichte. Instinktiv wollte er herumfahren und wieder nach draußen stürmen, tat dann aber fast zu seiner eigenen Überraschung das genaue Gegenteil und erstarrte zu Reglosigkeit. Er erinnerte sich, wie unheimlich das Hovercraft von außen ausgesehen hatte: wie ein geduckt dahockendes weißes Ungeheuer mit geschlitzten schwarzen Augen. Die Scheiben waren getönt; vielleicht stark genug, dass man ihn von außen nicht sah.

In dem bleichen Licht, das nun weiter durch den winzigen Raum wanderte, konnte er weitere Einzelheiten erkennen, die ihn allerdings eher noch mehr verwirrten. Überall waren Gerätschaften und Apparaturen zu sehen, Skalen und Knöpfe und Schalter, Monitore und Hebel … das Ganze hier wirkte zugleich furchtbar altmodisch und ultramodern.

Aber im Moment hatte er andere Sorgen.

Der Lichtstrahl blieb wieder an seinem Gesicht hängen, lange genug, um Ben zu der Erkenntnis gelangen zu lassen, dass sein Versteck doch nicht so genial gewählt war, wie er geglaubt hatte. Das Ruderhaus hatte keinen zweiten Ausgang. Wenn sein Verfolger auf die Idee kam, hier drinnen nachzusehen, dann saß er in der Falle.

Doch das Licht machte nur noch eine weitere Runde durch das Ruderhaus und zog sich dann quälend langsam zurück – und da entdeckte Ben in der Dunkelheit etwas: In direkter Linie vor dem Bug des Hovercrafts war ein schmaler, senkrechter Lichtstreifen zurückgeblieben, den er vorher noch nicht bemerkt hatte. Es verging eine geschlagene Sekunde, bis er begriff, was er da sah: Sein Verfolger hatte beim Reinkommen vergessen, die Tür hinter sich zu schließen.

Zuerst war er einfach nur fassungslos. Es erschien ihm schwer vorstellbar, dass jemand, der so professionell vorging, einen solchen Fehler machen sollte. Aber möglicherweise wusste er ja auch gar nichts von Bens Anwesenheit, sondern war nur aus einem Gefühl heraus noch einmal zurückgekehrt, um nach dem Rechten zu sehen … und welche Rolle spielte das auch? Jetzt, wo ihm der Lichtstreifen den Weg zur Tür wies, hatte er eine winzige Chance, hier herauszukommen.

Ben lauschte. Sein Herz klopfte so laut, dass es jedes andere Geräusch verschluckte, aber nach einer Weile meinte er doch, ein dumpfes Stampfen zu hören, das allmählich näher kam – die Schritte seines Verfolgers?

So oder so – Ben wagte es nicht, die Tür zu öffnen und das Ruderhaus auf dem gleichen Weg zu verlassen, auf dem er es betreten hatte. Selbst wenn die Schritte nur ein Produkt seiner überreizten Fantasie waren, schlich der Kerl ganz bestimmt irgendwo in der Nähe des Hovercrafts herum, und Ben war nicht sicher, ob er ein Wettrennen mit ihm gewinnen würde.

Aber möglicherweise gab es ja einen anderen Weg.

Mit vorgestreckten Händen tastete Ben nach dem Fenster und fuhr mit den Fingerspitzen über das eisige Metall des Rahmens. Er hatte es kaum zu hoffen gewagt, aber seine Finger stießen fast sofort auf den Widerstand, nach dem er gesucht hatte: einen Riegel. Das Fenster ließ sich öffnen!

So schnell er konnte, fummelte er den Riegel auf, versuchte das Fenster hochzuschieben und geriet fast in Panik, als es ihm nicht sofort gelang. Vielleicht war dieses Boot ja wirklich so alt, wie es aussah, und das Fenster war schlichtweg festgerostet. Erst als er sich mit der Schulter gegen den Rahmen und beide Füße gegen den Boden stemmte, schaffte er es, das Fenster Zentimeter für Zentimeter aufzuschieben. Allerdings quietschte es so erbärmlich, dass der Mann in der Halle es gar nicht überhören konnte!

Seine Befürchtung bewahrheitete sich, als plötzlich abermals ein bleicher Lichtstrahl in das Ruderhaus fiel, diesmal durch das winzige Fenster in der Tür, durch die er hereingekommen war! Jetzt, wo er nichts mehr zu verlieren hatte, verdoppelte Ben seine Anstrengungen, bis der Spalt breit genug war, dass er hindurchpasste.

Und das keinen Sekundenbruchteil zu früh.

Er hatte sich noch längst nicht ganz durch das Fenster geschoben, als die Tür hinter ihm aufflog und eine ganz in Weiß gekleidete Gestalt hereinstürmte.

»He!«, brüllte eine Stimme. »Bleib da, verdammt noch mal!«

Ben hatte nicht vor, etwas derart Dummes zu tun. Verzweifelt quetschte er sich weiter durch die Fensteröffnung. Das harte Metall des Fensterrahmens schrammte über seine Rippen, dann über seinen Hüftknochen, und gerade als er glaubte, es geschafft zu haben, und mit wild pendelnden Armen nach vorne kippte, schloss sich eine Hand mit der Gewalt eines Schraubstockes um seinen Knöchel und hielt ihn fest.

Ben hing in einer wirklich unglücklichen Haltung da: Seine rechte Hand klammerte sich um die Reling und versuchte ihn irgendwie in der Schwebe zu halten. Sein linker Arm und sein rechtes Bein fuhrwerkten ebenso wild wie sinnlos durch die Luft, und seine Hüfte, auf der unglückseligerweise im Moment sein gesamtes Körpergewicht lastete, presste sich so hart gegen den Fensterrahmen, dass ihm der Schmerz die Tränen in die Augen trieb.

Ohne auch nur darüber nachzudenken, was er tat, trat er zu.

Er musste wohl auch irgendetwas getroffen haben, denn der stahlharte Griff um seinen Knöchel lockerte sich zwar nicht, aber hinter ihm ertönte ein lauter Fluch. Ganz instinktiv stieß Ben noch einmal den rechten Fuß nach hinten, und diesmal *spürte* er, dass er traf. Sein Häscher heulte schmerzerfüllt auf und gab seinen Fuß frei, und Ben landete kopfüber und so hart auf dem eisernen Deck, dass er Sterne sah. Hinter ihm polterte es, der Mann schrie irgendetwas, aber in Bens Ohren rauschte das Blut so laut, dass er die Worte nicht verstand.

Er war auch ziemlich sicher, dass er sie gar nicht verstehen *wollte.*

Immer noch halb benommen, doch auch von der Kraft erfüllt, die ihm die schiere Todesangst verlieh, rappelte er sich auf, flankte ungeschickt über die Reling und stürzte prompt erneut, weil er sich in der Höhe verschätzt hatte; das Deck des Hovercrafts lag jetzt, wo die Turbinen ausgeschaltet waren und es kein stützendes Luftkissen gab, nicht einmal kniehoch über dem Boden.

Hinter ihm wurde die Tür des Ruderhauses aufgerissen, hämmernde Schritte näherten sich und die aufgebrachte Stimme seines Verfolgers schien nun unmittelbar neben ihm zu erschallen. Ben sprang hoch, erblickte den Lichtstreifen irgendwo vor sich und taumelte darauf zu.

Es waren nur wenige Schritte, höchstens ein Dutzend, aber Ben war bei jedem einzelnen davon überzeugt, dass es sein letzter sein würde. Er zweifelte nicht daran, dass er schneller laufen konnte als sein Gegner, aber der Kerl hatte eine Pistole, und schneller als eine *Kugel* war er vermutlich dann doch nicht.

Doch das Wunder geschah: Er erreichte die Tür, warf sich hindurch und besaß sogar noch die Geistesgegenwart, die Tür nicht nur hinter sich zu schließen, sondern auch herumzufahren und den Riegel vorzulegen.

Irgendetwas prallte mit der Wucht einer Kanonenkugel gegen die andere Seite der Tür, und diesmal brüllte die Stimme so laut, dass er den ordinären Fluch durch das dicke Metall hindurch hören konnte.

Ben gönnte sich eine Sekunde, in der er nichts anderes tat als dazustehen und unendliche Erleichterung zu empfinden, dann aber fuhr er herum und rannte mit weit ausgreifenden Schritten auf die Treppe zu. Hinter ihm wurde noch zweimal gegen die Tür gehämmert, dann war Stille, doch das beruhigte ihn keineswegs. Wahrscheinlich suchte der Typ nur nach einem anderen Ausgang, außerdem konnten am oberen Ende der Treppe durchaus noch ein paar der bewaffneten Männer warten, die er vorhin gesehen hatte. Er stürzte die Treppe hinauf, wurde dann langsamer und blieb schließlich auf der Hälfte ganz stehen um zu lauschen.

Er hörte nichts, aber das Licht am oberen Ende der Treppe schien sich irgendwie verändert zu haben. Vermutlich, dachte er missmutig, war sein Verfolger inzwischen nicht nur auf der Suche nach einem zweiten Ausgang, sondern brüllte gerade in ein Walkie-Talkie. Es nutzte nichts. Er konnte hier warten, bis sie ihn erwischten, oder das Risiko eingehen. Und mit jeder Sekunde, die er ungenutzt verstreichen ließ, verschlechterten sich seine Chancen.

Ben entschied sich für das Risiko.

Mit zum Zerreißen gespannten Nerven ging er weiter. Erst als er das obere Ende der Treppe erreichte, ohne in den Lauf einer Maschinenpistole zu starren, wagte er es wieder, zu atmen. Tatsächlich war *niemand* hier, und er hatte jetzt auch die Erklärung für das Licht: Die Tür, durch die er hereingekommen war, stand sperrangelweit offen, und dahinter war die Sonne aufgegangen. Sein kleiner Ausflug in die stählernen Eingeweide der *Princess of the Dawn* musste wohl doch etwas länger gedauert haben, als er angenommen hatte.

Was nicht bedeutete, dass sie nicht draußen auf ihn warteten.

Es gab nur einen Weg, um das herauszufinden.

Ben setzte sich wieder in Bewegung, hielt dicht hinter der Tür noch mal an und spähte vorsichtig auf das Deck hinaus. Im allerersten Moment durchfuhr ihn ein eisiger Schreck, als er die weiß gekleidete Gestalt sah, die am Bug des Schiffes stand und auf das Meer hinausblickte, dann aber erkannte er den Unterschied: Sie trug keinen weißen Tarnanzug, sondern einen fellbesetzten Mantel, und was er für eine Kapuze gehalten hatte, das war glattes weißes Haar, das im Wind flatterte. Sasha. Zumindest in dieser Hinsicht hatte er sie richtig eingeschätzt. Sie *war* eine Frühaufsteherin und gekommen, um den Sonnenaufgang zu genießen.

Seine Freude währte nur kurz und machte einem Gefühl nagender Sorge Platz. Wenn die Kerle wirklich hinter ihm her waren und es ernst meinten, dann war nicht nur er in Gefahr, sondern auch das Mädchen, wenn er jetzt blindlings auf das Deck hinausstürmte. Er durfte sie auf gar keinen Fall in diese Geschichte hineinziehen.

Ben überlegte kurz, umzudrehen und wieder in den Laderaum zurückzugehen. Der Kerl, der ihn verfolgt hatte, war sicher längst weg und durch eine andere Tür auf dem Weg nach oben, und dort unten würde er ihn zuallerletzt suchen. Und dann? Er wäre allein in dem riesigen Maschinenraum, noch dazu ohne Licht und die geringste Ahnung, wie er zurück nach oben kommen sollte. Prima Idee.

Ben trat auf das Deck hinaus und hätte fast laut gejubelt, als er feststellte, dass Sasha nicht die einzige Sonnenanbeterin an Bord war, die es so früh hinausgetrieben hatte. Nicht weit von ihr entfernt lehnte ein älteres Pärchen an der Reling, und ein anderer Passagier hatte es sich in einem Liegestuhl bequem gemacht; er bildete sich anscheinend ein, sie seien gerade in der Karibik, in der nur rein zufällig zehn Grad minus herrschten. Er war gerettet. Selbst wenn seine Verfolger jetzt hinter ihm auftauchten, war er in Sicherheit. Sie würden wohl kaum ein Blutbad an Deck anrichten, nur um ihn zum Schweigen zu bringen.

Er ging weiter und warf einen fast sehnsüchtigen Blick zu der weiß gekleideten Gestalt am Bug hin, schwenkte dann aber scharf nach links und steuerte die Tür an, die er in der vergangenen Nacht verschlossen vorgefunden hatte.

Zwei oder drei Schritte, bevor er sie erreichte, wurde sie von innen aufgestoßen und ein weiß gekleideter Riese trat heraus. Er trug einen Tarnanzug und Kampfstiefel, und obwohl er seine Jacke mit einer raschen Bewegung schloss, sah Ben deutlich die schwere Pistole, die er im Gürtel trug. Er hatte ein breites, brutal wirkendes Gesicht und stechende Augen und auf seinen Wangen lag der graue Schimmer von Bartstoppeln. Was Ben aber am meisten erschreckte, war seine rechte Hand. Sie hatte ein paar frische Kratzer, so als wäre zum Beispiel ein Stiefelabsatz darüber geschrammt …

Er reagierte mit einer Geistesgegenwart, die ihn selbst erstaunte. Ohne auch nur in der Bewegung innezuhalten, drehte er sich herum und steuerte nun den Bug des Schiffes an. Aus den Augenwinkeln sah er, wie der Mann hinter ihm einen raschen Schritt machte und erst dann zu bemerken schien, dass sie nicht allein an Deck waren, denn er zuckte sichtbar zusammen, blieb wieder stehen und sah sich unsicher um. Ben ging ungerührt weiter und hielt nun direkt auf Sasha zu.

Wie gestern Morgen stand sie reglos da und sah gebannt nach Süden, wenn auch nicht in derselben Haltung, denn heute hatte sie sich neben die vermeintliche Satellitenschüssel quetschen müssen, die sich an der äußersten Spitze des Bugs erhob. Fast beiläufig registrierte Ben, dass das Durcheinander aus Lämpchen und Knöpfen auf ihrer Rückseite hinter einer glatten weißen Plastikabdeckung verschwunden war, und auch das Stromkabel war nahezu perfekt getarnt. So gut es der beschränkte Platz zuließ, drängte er sich auf der anderen Seite neben die Satellitenschüssel, stützte sich mit den Unterarmen auf die Reling und versuchte Sashas Blick einzufangen.

Es gelang ihm nicht. Sie musste ihn sehen, aber sie starrte weiter aus ihren großen, sonderbaren Augen nach Süden und nahm keinerlei Notiz von ihm. Schließlich räusperte er sich laut, aber auch das nutzte rein gar nichts.

»Guten Morgen«, sagte er. »Stehst du immer so früh auf?«

Schweigen. Dafür glaubte er schwere Schritte hinter sich zu hören.

»Ich weiß, es muss dir wie eine plumpe Anmache vorkommen«, fuhr er mit einem nervösen Lächeln fort, »aber ich wundere mich nur, wie jemand freiwillig so früh aufstehen kann. Noch dazu im Urlaub.«

Sasha rührte sich nicht, aber hinter ihm sagte eine tiefe Stimme: »Gib dir keine Mühe, Kleiner. Sie hört dich nicht.«

Nichts wie herumfahren und davonrennen!, durchzuckte es Ben, und wenn er dazu wie Jesus über das Wasser latschen musste! Stattdessen drehte er sich so ruhig wie möglich herum und sah nun aus einer Entfernung von vielleicht dreißig Zentimetern in dasselbe brutale Gesicht wie gerade eben hinauf.

»Das heißt, ich bin nicht ganz sicher, ob sie dich hört oder nicht«, meinte der Mann. »Aber sie wird ganz bestimmt nicht darauf reagieren. Die Kleine ist nämlich vollkommen meschugge. Eine himmelschreiende Verschwendung, wenn du mich fragst, aber so ist es nun mal.«

Verwirrt sah Ben wieder zu Sasha hin. Der Fremde hatte so laut gesprochen, dass sie ihn einfach gehört haben musste, aber sie zeigte nicht einmal den Ansatz einer Reaktion auf seine Worte. Entweder sie hatte sich so perfekt in der Gewalt, wie er es noch bei keinem Menschen erlebt hatte, oder mit ihr stimmte tatsächlich etwas nicht.

Er wandte sich wieder dem Fremden zu. Sein Gesicht wirkte nicht ganz so brutal, wie es ihm in seinem ersten Schrecken erschienen war, aber im Moment auch alles andere als freundlich. Ben schätzte sein Alter auf Ende zwanzig. Er hatte kräftige, markante Züge und streichholzkopfkurzes blondes Haar, und seine Augen wären attraktiv gewesen, hätten sie nicht vor mühsam unterdrückter Wut gelodert.

Ben hielt ihrem Blick ein paar Sekunden lang trotzig stand, dann wollte er sich abwenden und an ihm vorbeigehen, aber der blonde Riese vertrat ihm mit einem raschen Schritt den Weg und schüttelte den Kopf.

»Nicht so eilig, Jungchen. Ich würde mich gern ein bisschen mit dir unterhalten.«

»Mein Name ist Ben, nicht Jungchen«, antwortete Ben scharf.

»Ben«, grinste der andere. »Freut mich, dich kennen zu lernen, Ben. Ich bin Harry. Und jetzt, wo wir uns ja kennen und gute Freunde sind, gehen wir ein Stück spazieren, einverstanden?«

Harry? Ben starrte ihn nur an. Harrys Schlägertrupp. Er rührte sich nicht von der Stelle.

»Nun komm schon, Kleiner«, sagte Harry lächelnd und mit einer Stimme, die ungefähr genauso Vertrauen erweckend klang wie die eines ausgehungerten Wolfes, der ein Geißlein zum Abendessen einlädt. »Ich möchte mich nur mit dir unterhalten, Ehrenwort. Ich tu dir nichts.« Er deutete auf Sasha. »Aber du möchtest doch nicht, dass deine kleine Freundin da mehr hört, als gut für sie ist, oder?«

Ben schwieg. War das eine Drohung? Wahrscheinlich.

Widerwillig setzte er sich in Bewegung und Harry (*Harry?*) gab nicht nur endlich den Weg frei und schloss sich ihm an, sondern legte ihm auch in einer fast freundschaftlich anmutenden Geste den Arm um die Schulter. Vielleicht packte er ein wenig zu kräftig zu. Genau genommen hatte Ben das Gefühl, seine Knochen knirschen zu hören. Aber das sah ja niemand.

»Die Kleine ist wirklich niedlich, nicht wahr?«, flötete Harry. »Ich habe gehört, was du gerade zu ihr gesagt hast. Du hast Recht, weißt du? Sie steht jeden Tag stundenlang am Bug. Weiß der Teufel, was sie dort sieht. Sie ist nun mal leider wunderschön, aber auch bekloppt. Schade drum.« Er seufzte tief, ließ endlich Bens Schulter los, versetzte ihm aber gleichzeitig einen Stoß, der ihn rückwärts gegen die Reling warf.

»Und«, fuhr er fort, »sie ist Frühaufsteherin. Deshalb hast du sie bisher auch noch nie gesehen. Es soll ja Leute geben, die erst gegen Mittag aus den Federn kriechen. Eine sehr löbliche Angewohnheit, wenn du mich fragst. Leute, die zu früh aufstehen und herumschnüffeln, sehen manchmal Dinge, die äußerst ungesund für sie sind.«

»Was willst du von mir?«, fragte Ben. Er versuchte möglichst gelassen zu klingen, aber er konnte selbst hören, wie kläglich es misslang.

Statt zu antworten sah Harry ihn eine Sekunde lang stirnrunzelnd an und sagte dann in nachdenklichem Ton: »Ben? Du bist doch der Sohn von diesem Gehirnklempner, oder?«

»Wieso?«, fragte Ben.

Harry hob die Schultern. »Och, nur so. Ich wollte nur sichergehen.«

Das *war* eine Drohung.

»*Was* willst du von mir?«, fragte Ben noch einmal.

»Wie gesagt, nur ein bisschen plaudern. Du bist heute ziemlich früh aufgestanden für deine Verhältnisse, nicht wahr? Da bildet man sich manchmal ein, Dinge zu sehen, die gar nicht da sind. Manchmal kann man Traum und Wirklichkeit schwer auseinander halten, wenn man gerade erst wach geworden ist, du verstehst?«

»Und wenn ich es doch kann?«, entgegnete Ben trotzig. Zugleich fragte er sich, ob er komplett den Verstand verloren hatte. Er musste auf dem Selbstvernichtungstrip sein. Er *bettelte* ja geradezu darum, dass Harry Ernst machte.

Der stoppelhaarige Riese schien es wohl genauso zu sehen, denn sein ohnehin nicht überzeugendes Lächeln erlosch und seine Augen schienen sich in schwarze Steine zu verwandeln. »Du willst doch nicht wirklich Ärger bekommen, Kleiner?«

Ben schwieg. Im Moment erschien ihm das das Klügste, was er tun konnte.

»Siehst du?«, meinte Harry zufrieden. »Ich wusste, dass du ein kluger Junge bist. Und jetzt benimm dich auch weiter so und leg dich brav ins Bett. Und wenn du aufwachst, dann erinnerst du dich einfach an einen verrückten Traum, den du gehabt hast. Einverstanden?«

6

ER GING WIRKLICH AUF DEM SCHNELLSTEN WEG in seine Kabine zurück, aber er legte sich natürlich nicht ins Bett um zu schlafen, sondern verriegelte die Tür hinter sich und lehnte sich minutenlang mit geschlossenen Augen dagegen und wartete darauf, aufzuwachen. Seine Gedanken führten einen wahren Veitstanz hinter seiner Stirn auf und er zitterte am ganzen Leib, und es wurde schlimmer, je länger er dastand, nicht besser. Jetzt hatte er also eines der Abenteuer erlebt, die er in seinen Büchern und DVDs so liebte, aber es war nicht lustig gewesen. Es war *ganz und gar nicht* lustig gewesen, nicht einmal spannend.

Und es war vermutlich noch nicht einmal vorbei. Schon auf dem Weg hierher hatte er das Gefühl gehabt, verfolgt zu werden, und waren das nicht Schritte, die er draußen auf dem Gang hörte?

Natürlich waren das Schritte, schalt er sich. Die Sonne war aufgegangen, rings um ihn herum begann das Schiff allmählich zu erwachen, und schließlich schlichen die anderen Passagiere nicht auf Zehenspitzen durch die Gegend.

Aber auch nicht auf genagelten Kampfstiefeln, flüsterte eine andere Stimme in seinem Kopf. Ben versuchte erst gar nicht, sie zum Schweigen zu bringen, schon weil sie Recht hatte. Immerhin hatte der Typ ihm gerade ganz unmissverständlich gedroht und keinen Zweifel daran gelassen, dass er ihn von nun an im Auge behalten und sich nicht mit ein paar groben Worten begnügen würde. Und das betraf nicht nur ihn, sondern auch seine Eltern und – zumindest indirekt – auch Sasha.

Aber das war noch nicht einmal das Schlimmste.

Das Schlimmste war … Harry.

Dieser Name.

Der Name aus seinem Traum. Und nicht nur das. Erst allmählich war ihm klar geworden, dass es noch sehr viel mehr Ähnlichkeiten gab. Harry und seine Begleiter hatten genauso ausgesehen wie die Männer aus seinem Traum, und sie waren ebenso schwer bewaffnet gewesen.

Fehlten noch gesichtslose Affen – als Piraten, die drei Finger auf ihn abschossen, oder zwei Meter große Spinnen aus Eis, die noch größere Netze woben.

Vielleicht, dachte er, wurde es langsam Zeit, dass er sich bei seinem Vater eine Privatvisite schnorrte; nicht als Sohn, sondern als Patient.

Er presste sich noch einmal mit Schultern und Hinterkopf gegen die Tür und genoss, wie beruhigend massiv und stabil sich diese Barriere zwischen ihm und dem Rest des Schiffes anfühlte; auch wenn er wusste, dass es nur eine Illusion war. Die Tür bestand nicht aus Stahl, sondern aus millimeterdünnem Furnier und Sperrholz, und würde nicht einmal einem ernst gemeinten Fausthieb standhalten.

Niemand würde ihm etwas tun, versuchte er sich selbst zu beruhigen. Wenn dieser Harry wirklich vorhätte, ihm etwas anzutun, dann wäre er kaum so dumm gewesen, ihn in aller Öffentlichkeit zu bedrohen. Ganz bestimmt nicht.

Leider nutzte diese Überlegung nicht viel, ganz im Gegenteil. Es gelang ihm zwar, der Panik Herr zu werden, die von seinen Gedanken Besitz ergreifen wollte, aber die nagende Furcht blieb und schien eher noch größer zu werden. Schließlich hatte er das Gefühl, es hier drinnen nicht mehr auszuhalten. Er würde in den Frühstücksraum gehen und mit seinen Eltern reden. Ben kam sich ein bisschen albern dabei vor, wie ein kleines Kind zu Vater und Mutter zu laufen, aber das hier war kein Spaß mehr. All die Männer und Waffen an Bord mussten etwas zu bedeuten haben. Ben konnte sich beim besten Willen nicht vorstellen, was, aber die *Princess of the Dawn* war bestimmt nicht bis an die Zähne bewaffnet und mit einer kleinen Armee ausgerüstet, um Jagd auf Pinguine zu machen. Wenn es hier irgendwo eine Gefahr gab, dann mussten die Passagiere es wissen. Und vor allem seine Eltern.

Er tauschte den schweren Parka gegen eine leichte Windjacke, schlüpfte statt in die klobigen Stiefel in die Turnschuhe, die an Bord zu tragen Kapitän Schulz sie alle gebeten hatte, um die teuren Fußböden zu schonen, und machte sich dann auf den Weg zum Frühstücksraum.

Das Restaurant war noch nicht ganz so gut besucht wie am vergangenen Morgen, doch seine Eltern waren bereits da, ganz wie er es erwartet hatte, und saßen an einem Tisch am Fenster, von dem aus sie freie Sicht auf die See hatten. Wäre Ben in der Stimmung dafür gewesen, hätte er den grandiosen Sonnenaufgang über dem Meer sicher zu würdigen gewusst. Aber das war er nicht.

Seine Mutter machte große Augen, als sie ihren Sohn zwischen den anderen Tischen hindurch auf sich zukommen sah. Sein Vater bemerkte ihren Blick, drehte rasch den Kopf und ein Ausdruck höchsten Erstaunens erschien auf seinem Gesicht.

»Guten Morgen«, sagte er, und Bens Mutter fragte: »Bist du aus dem Bett gefallen oder wird das jetzt eine schlechte Angewohnheit von dir, so früh aufzustehen?«

Ben blieb ernst. »Ich bin nicht sicher, ob es ein guter Morgen wird. Ich muss mit euch reden. Hier geht etwas –« Er verstummte mitten im Satz, als er sich herumdrehte, um Platz zu nehmen, und sein Blick dabei zufällig den Eingang streifte. Kapitän Schulz hatte das Restaurant betreten und er war nicht allein. Ein Ben völlig unbekannter, sehr großer Mann begleitete ihn. Obwohl er Zivil trug – Jeans und einen schlichten schwarzen Pullover –, wusste Ben sofort und ohne jeden Zweifel, dass er zu den Männern gehörte, die er vorhin unten im Laderaum gesehen hatte. Schulz und er steuerten in raschem Tempo auf sie zu. Der Gesichtsausdruck des Kapitäns verhieß nichts Gutes.

»Was hast du?«, fragte Robert Berger. Sein Blick folgte dem Bens und eine steile Falte erschien zwischen seinen Augenbrauen. »Was bedeutet das? Hast du irgendetwas angestellt, wovon ich wissen sollte?«

»Nein, machen Sie sich keine Sorgen, es ist alles in Ordnung.« Es war Kapitän Schulz, der die Frage beantwortete, nicht Ben. Offenbar hatte er die letzten Worte seine Vaters gehört. Während sein hoch gewachsener Begleiter in zwei Schritten Abstand vom Tisch stehen blieb und die muskulösen Arme vor der Brust verschränkte – wenn *das* keine Drohung war! –, nahm er unaufgefordert Platz.

Sein Vater sah Ben mit finsterer Miene an und wollte sich dann an Schulz wenden, doch der Kapitän kam ihm zuvor.

»Ich muss mich für diesen Überfall entschuldigen.«

»In der Tat«, sagte Jennifer Berger kühl.

»Aber es ist wichtig«, fuhr Schulz ungerührt fort. »Ich muss Ihnen etwas erklären. Und vor allem Ihrem Sohn.«

Diesmal starrten ihn seine *beiden* Eltern an. »Was hast du –?«, begann sein Vater.

»Nichts.« Schulz hob rasch die Hand. »Wirklich, Ihren Sohn trifft keine Schuld. Wenn überhaupt, dann muss ich mir selbst Vorwürfe machen oder meiner Mannschaft.«

»Das ist löblich«, entgegnete sein Vater, »aber würden Sie uns freundlicherweise verraten, was überhaupt passiert ist?« Seine Augen funkelten. Ben war sich nicht ganz sicher, wem der nur noch mühsam unterdrückte Zorn darin galt – Schulz oder ihm –, aber von dem stets sanftmütigen, freundlichen Menschen, als den Schulz ihn bisher kennen gelernt hatte, war nicht mehr viel geblieben. Ben fragte sich, ob der Kapitän auch nur ahnte, *wie* unangenehm sein Vater werden konnte, wenn es sein musste.

»Ihr Sohn hat nichts getan, bitte beruhigen Sie sich«, sagte Schulz rasch. »Allenfalls hat er sich in einem Bereich des Schiffes aufgehalten, der für die Passagiere normalerweise nicht zugänglich ist. Aber das ist ja keine Todsünde.« Er fuhr sich mit der Zungenspitze über die Lippen. Man konnte ihm ansehen, wie schwer es ihm fiel, weiterzusprechen. »Bedauerlicherweise hat er dabei etwas gesehen, was nicht für aller Augen bestimmt war.«

»Und was?«, fragte Bens Vater.

»Soldaten«, antwortete Ben, bevor Schulz es tun konnte. Seine Stimme zitterte ganz leicht, aber in diesem Fall war Angriff nicht nur die beste, sondern möglicherweise die *einzige* Verteidigung. »Und jede Menge Waffen.«

»Wie bitte?«, keuchte Jennifer Berger. Ihr Mann riss ungläubig die Augen auf, und Schulz machte hastig eine beschwichtigende Geste. Er schaute sich nach allen Seiten um, ehe er weitersprach.

»Das ist richtig, aber es ist nicht so, wie es auf den ersten Blick aussieht, glauben Sie mir.«

»Aha«, sagte sein Vater. »Wie sieht es denn auf den ersten Blick aus?«

»Beeindruckend«, meinte Ben. »Maschinengewehre, Handgranaten, ein komplettes Luftkissenboot mit einer Flugabwehrkanone …« Er wandte sich an Schulz. »Habe ich etwas vergessen?«

Dem Blick nach zu urteilen, mit dem Schulz ihn maß, dachte er gerade darüber nach, wo er den Strick finden konnte, mit dem er ihn am liebsten erwürgt hätte.

»Was bedeutet das, Herr Kapitän?«, wollte nun auch seine Mutter in scharfem Ton wissen.

»Wie gesagt: Nicht das, wonach es aussieht«, antwortete Schulz unglücklich. »Ich kann es Ihnen erklären, aber bitte beruhigen Sie sich und geben Sie mir fünf Minuten.« Statt jedoch endlich damit anzufangen, drehte er sich um und nickte dem dunkelhaarigen Hünen kurz zu. Der Bursche faltete die Arme auseinander und verschwand mit schnellen Schritten. Ben fragte sich, ob er ging, um mit Verstärkung zurückzukommen oder gleich in einem Panzer.

»Ich muss ein wenig weiter ausholen«, begann Schulz. »Aber keine Sorge. Ich werde mich so kurz wie möglich fassen.«

»So, so«, sagte Robert Berger. Sein Tonfall verhieß nichts Gutes.

»Was Ihr Sohn sagt, ist wahr«, sagte Schulz unbehaglich. »Allerdings besteht nicht die geringste Gefahr für das Schiff oder gar für die Passagiere. Wie Sie ja wissen, führt unser Kurs sehr weit nach Süden. Wir nähern uns der Küste der Antarktis bis auf vier oder fünf Seemeilen.«

»Heute Abend, ich weiß«, sagte Bens Mutter. Das Schiff würde in Sichtweite der Küste vor Anker gehen und für den Sonnenuntergang waren eine große Party an Deck und sogar ein Feuerwerk geplant; einer der – vielen – Höhepunkte der Reise.

»Nicht allzu weit von unserem Ankerplatz entfernt befindet sich eine internationale Wetterstation«, fuhr Schulz fort. »Man hat uns gebeten, die Truppe, die Ihr Sohn gesehen hat, dorthin zu bringen, so einfach ist das.«

»Soldaten?«, fragte Bens Vater zweifelnd. »Und ein bewaffnetes Luftkissenboot? Was für eine Wetterstation soll das denn sein, die eine kleine Armee braucht?«

»Es sind nur ein Dutzend Leute und ich weiß es nicht. Ich habe auch nicht gefragt, wenn ich ehrlich sein soll. Wir haben nur den Transport übernommen. Eigentlich sollten sie heute Nacht von Bord gehen, ohne dass jemand beunruhigt worden wäre.«

Ben glaubte ihm nicht. Das, was Schulz sagte, und das, was er unten im Laderaum erlebt hatte, passte nicht zusammen.

»Deshalb haben die Männer heute am frühen Morgen oder besser letzte Nacht auch dieses komische Ding am Bug aufgebaut«, meinte er spöttisch.

»Welches *komische* Ding?«, fragte Jennifer Berger alarmiert.

Schulz sah plötzlich *sehr* unglücklich aus und begann herumzudrucksen, und hinter Ben sagte eine Stimme: »Ihr Sohn meint sicherlich die Satellitenschüssel, die meine Leute aufgestellt haben.«

Ben fuhr auf seinem Sitz herum und hätte fast aufgeschrien. Hinter ihm war niemand anderes als – Harry aufgetaucht. Allerdings erkannte er ihn auf den ersten Blick kaum wieder. Auch er hatte die Zeit genutzt, um sich umzuziehen, und trug nun schlichte Jeans, Turnschuhe und ein ärmelloses weißes T-Shirt, das seine muskulösen Oberarme gut zur Geltung brachte (was wahrscheinlich der Grund war, warum er es gewählt hatte, denn hier drinnen war es viel zu kühl dafür), und sein Gesicht kam Ben nicht mehr annähernd so Furcht einflößend vor wie vorhin unten an Deck. Er lächelte sogar.

»West«, stellte er sich vor, während er die Hand ausstreckte. »Harry West. Ich bin sozusagen der Chef der kleinen Truppe, die Ihren Sohn so erschreckt hat.«

Niemand machte Anstalten, nach seiner Hand zu greifen, was ihn aber nicht zu stören schien. Er grinste unerschütterlich weiter, schob einen Stuhl zurück und setzte sich, ohne auf eine Einladung zu warten.

»Eine Satellitenschüssel«, wiederholte Ben spöttisch. »Und die bauen deine Soldaten auf? Wem willst du denn das erzählen?«

»Ich sehe, ihr beide kennt euch schon«, sagte sein Vater.

»Ja, wir sind uns bereits begegnet«, grollte Ben.

»Und ich fürchte, ich muss mich bei dir entschuldigen«, fügte Harry hinzu. »Ich war wohl ein bisschen grob. Tut mir leid. Ich war genauso erschrocken wie du, weißt du?«

»Hat der Kerl dich angefasst?«, fragte sein Vater.

»Nein«, erklärte Harry rasch. »Aber ich habe nicht ganz richtig reagiert und ein paar Dinge gesagt, die ich besser für mich behalten hätte. Es tut mir wirklich leid.«

»Sicher«, antwortete Ben. »Den Eindruck hatte ich auch. Den

Quatsch mit der Satellitenschüssel kannst du jemand anderem erzählen, am besten einem, der sich die Hose mit der Kneifzange anzieht. Eine Satellitenschüssel, die ein Starkstromkabel braucht?«

»Du bist ein guter Beobachter«, lobte Harry. Er lächelte weiter, aber er sah nicht wirklich amüsiert aus.

»Hauptmann West sagt die Wahrheit«, mischte sich Schulz ein. »Es handelt sich um eine Satelliten-Empfangsanlage der neuesten Generation. Leider ist sie *so* supermodern, dass unsere Techniker nicht damit zurechtgekommen sind. Hauptmann West war so freundlich, die Anlage von seinen Leuten installieren zu lassen. Sie kennen sich offensichtlich besser aus als unsere Techniker.«

»Klar, weil sie ja ausgebildete Fernsehtechniker sind«, spöttelte Ben. »Ich verstehe. Aus diesem Grund haben sie das Ding auch mitten in der Nacht aufgebaut, und das bis an die Zähne bewaffnet.«

Harry setzte zu einer Antwort an, aber Bens Vater kam ihm zuvor. »Was uns zu einer interessanten Frage bringt: Wieso fordert eine *Wetterstation* an der antarktischen Küste eine Abteilung bewaffneter Soldaten an?«

»Piraten«, antwortete Harry.

Robert Berger starrte ihn an. »Piraten?«

»Piraten«, bestätigte Harry. Er machte ein finsteres Gesicht. »Das ist seit ein paar Jahren leider ein großes Problem, fast überall auf der Welt. Auch die Gewässer rund um die Antarktis sind schon lange nicht mehr sicher. Die einzelnen Regierungen legen keinen großen Wert darauf, dass die Sache bekannt wird, deshalb hört man auch nicht sehr viel davon, doch es *gibt* ein Problem.«

»Aber diese Wetterstation liegt doch auf dem Festland«, sagte Jennifer Berger.

»Ja, das haben die Piraten auch schon bemerkt«, bemerkte Harry trocken. »Meilenweit entfernt von der nächsten ganzjährig besetzten Forschungsstation. Sie ist allein im letzten Jahr dreimal überfallen worden.«

»Aber was gibt es denn in einer Wetterstation zu holen?«, wollte Bens Mutter wissen.

»Jede Menge wissenschaftliche Geräte. Lebensmittel, Bargeld, Kleidung … Die Jungs sind nicht wählerisch. Sie nehmen alles mit, was sie tragen können. Und sie sind dabei nicht zimperlich. Es gab einen Toten und etliche Schwerverletzte.«

»Jemand überfällt eine Wetterstation in der Antarktis?«, fragte Bens Vater zweifelnd. »Das klingt … ziemlich dämlich.«

»Wenn die Jungs nicht ziemlich dämlich wären, dann wären sie keine Piraten geworden«, antwortete Harry. »Leider sind sie auch ziemlich brutal. Deshalb hat man uns ja auch um Hilfe gebeten.« Er lachte leise. »Meine Leute sind auch nicht gerade zimperlich.«

»Sie sind keine Soldaten, habe ich Recht?«, fragte Ben. »Ihr seid Söldner.«

»Der Ausdruck *privater Sicherheitsdienst* wäre mir lieber«, entgegnete Harry säuerlich.

»Und warum schickt man keine richtigen Soldaten?«, fragte Bens Mutter. Sie klang kein bisschen überzeugt.

Harrys Lächeln wirkte jetzt ein bisschen gequält. »Weil das eine internationale Forschungsstation ist. Niemand möchte, dass sich ein russischer Wissenschaftler bei seiner Regierung beschwert, weil er sich von einem amerikanischen Soldaten herumkommandiert fühlt oder umgekehrt.«

»Und außerdem kann sich ein privater Schlägertrupp weit mehr herausnehmen als richtige Soldaten«, fügte Ben hinzu.

»Ben!«, sagte sein Vater scharf.

»Schon gut«, meinte Harry. »Das habe ich verdient. Ich habe vorhin auch ein paar Dinge gesagt, die nicht so nett waren. Und im Prinzip hat er sogar Recht. Wir haben einen etwas größeren Handlungsspielraum als *richtige* Soldaten.«

Das war eine durchaus fantasievolle Ausrede, dachte Ben, die er Harry gar nicht zugetraut hätte – aber mehr auch nicht. Und angriffslustig, wie er im Moment war, hielt er mit seiner Meinung auch nicht hinter dem Berg. »Ich glaube dir kein Wort. Hier stimmt doch etwas nicht!«

»Aber was soll denn sonst dahinterstecken?«, fragte Kapitän Schulz. »Du glaubst doch nicht wirklich, dass wir irgendetwas tun, was das Schiff und seine Passagiere in Gefahr bringt?«

»*Sie* nicht«, sagte Ben betont, während er einen feindseligen Blick in Harrys Richtung abschoss.

»Es ist gut, Ben«, mischte sich sein Vater ein. »Ich glaube Kapitän Schulz. Natürlich würde er nichts tun, was das Schiff gefährden könnte.« Aber ganz überzeugt klang auch er nicht.

»Und aus diesem Grund möchte ich dich auch eindringlich bitten, deine Entdeckung für dich zu behalten«, wandte sich Schulz nun direkt an Ben. »Wir müssen die Passagiere doch nicht unnötig beunruhigen. Heute Nacht gehen Hauptmann West und seine Leute von Bord. Bitte rede mit niemandem über die Sache.«

»Und danach?«, fragte Ben.

»Es besteht keinerlei Gefahr«, wiederholte Schulz stur, aber auch irgendwie resignierend. »Bitte, glauben Sie mir. Ich hätte wohl sonst auch kaum meine Tochter mit auf diese Fahrt genommen.«

»Ihre Tochter?«

Schulz winkte einen Steward herbei. »Würden Sie bitte Alexandra holen?«

Der Mann entfernte sich wortlos, und Schulz wandte sich an Bens Mutter. »Sie begleitet mich auf fast jeder Reise. Ich mache normalerweise keine Reklame damit. Als Tochter des Kapitäns ist man für manchen der anderen Passagiere eben kein *gewöhnlicher* Gast.«

»Und Sie haben auch so schon genug *ungewöhnliche* Gäste an Bord, ich weiß«, fauchte Ben giftig. Sein Vater seufzte, sagte aber nichts mehr, und seine Mutter hatte sichtlich Mühe, ein Lächeln zu unterdrücken.

»Kann ich mich darauf verlassen, dass die Sache unter uns bleibt?«, fragte Schulz.

»Selbstverständlich«, antwortete Robert Berger. »Auch wenn ich keinen Hehl daraus mache, dass ich nicht begeistert bin, Herr Kapitän. Sie hätten uns das sagen müssen.«

»Um Sie völlig ohne Grund aufzuregen?« Schulz schüttelte den Kopf. »Sie an meiner Stelle hätten nicht anders gehandelt.«

»*Ich* an Ihrer Stelle«, erwiderte Bens Vater betont, »hätte diese Männer nicht an Bord genommen. Und ihre Waffen schon gar nicht.«

»Es war eine Entscheidung der Reederei, gegen die ich leider machtlos war.«

»Ich dachte, ein Kapitän hat auf seinem Schiff das Sagen?«, meinte Ben.

»Auf See, ja«, bestätigte Schulz. »Nicht, was die Ladung und den Zielhafen angeht. Und ich kann dir noch einmal versichern, dass – oh, da ist sie ja schon!«

Aller Aufmerksamkeit wandte sich einem Punkt hinter Ben zu. Er drehte sich umständlich auf seinem Stuhl herum – und riss dann ungläubig die Augen auf. Der Steward, den Schulz geschickt hatte, um seine Tochter zu holen, kam zurück. Er war nicht mehr allein, sondern führte ein fünfzehn- oder sechzehnjähriges Mädchen am Arm, das ganz in Weiß gekleidet war und auch schneeweißes Haar hatte.

»Sasha!«, rief er überrascht.

»Ich sehe, ihr seid euch schon begegnet«, sagte Schulz. Es war nicht zu erkennen, ob ihm das gefiel oder nicht. Er winkte den Steward heran, stand auf und wartete ab, bis sich seine Tochter gesetzt hatte. Oder – um genauer zu sein – bis der Steward sie *hingesetzt* hatte. Der Mann brachte sie zum Tisch, drehte sie an den Schultern herum und drückte sie dann mit sanfter Gewalt auf den Stuhl. Sasha ließ alles vollkommen willenlos mit sich geschehen und ihre Augen blieben dabei auf dieselbe fast unheimliche Weise leer wie am Morgen, als sie draußen an der Reling gestanden und auf das Meer hinausgesehen hatte. Bens Eltern tauschten einen fragenden Blick.

»Meine Tochter Alexandra«, sagte Schulz noch einmal.

»Ich denke, sie heißt Sasha?«, meinte Ben verwundert.

»Das ist richtig. Sasha ist die russische Koseform von Alexandra. Ihre Mutter hat sie immer so genannt, als sie noch ein Baby war. Sie war Russin.«

»War?«, fragte Robert Berger.

»Sie ist gestorben, aber schon vor langer Zeit. Seitdem ist Sasha alles, was ich noch habe. Glauben Sie wirklich, ich hätte sie mit auf diese Reise genommen, wenn auch nur die geringste Gefahr bestünde?« Er schüttelte den Kopf und griff über den Tisch hinweg nach Sashas Hand. Ein zärtliches Lächeln breitete sich auf seinem Gesicht aus, aber seine Tochter reagierte weder auf die Berührung noch auf seine Worte.

»Was hat sie?«, fragte Ben.

»Benjamin!«, sagte sein Vater streng.

»Das ist schon in Ordnung«, beschwichtigte Kapitän Schulz. »Sasha ist Autistin, seit ihrer Geburt. Du kannst ruhig Fragen stellen Ben. Es macht mir nichts aus, darüber zu sprechen. Wäre es anders, müsste ich sie für den Rest ihres Lebens vor der Öffentlichkeit verstecken.«

»Autistin?«, vergewisserte sich sein Vater. Täuschte sich Ben oder hörte er so etwas wie berufliches Interesse in seiner Stimme?

Ben sah sie durchdringend an, dann sagte er leise: »Die Bekloppte.«

Für einen Augenblick wurde es so still, dass man die berühmte Stecknadel hätte fallen hören können. Seine Eltern starrten ihn entsetzt an, und der Ausdruck auf Schulz' Gesicht wandelte sich von Überraschung zu Unglauben und schließlich zu blankem Zorn. Ben schwieg gerade lange genug, um seine Worte richtig wirken zu lassen, dann setzte er das unschuldigste Gesicht auf, das er zu Stande brachte, deutete auf Harry und fuhr fort: »Das waren nicht meine Worte. Er hat das gesagt. Das stimmt doch, nicht wahr?«

In Harrys Miene stand pure Mordlust. Er schwieg.

»Er hat auch gesagt, dass es die reinste Verschwendung wäre«, fuhr Ben fort. »Das waren doch deine Worte, oder? Lass mich überlegen … so wunderschön, aber völlig meschugge.«

»Ben, das reicht«, sagte sein Vater in scharfem Ton.

»Kapitän Schulz, das ist –«, begann Harry, aber Schulz unterbrach ihn mit einer herrischen Geste.

»Ich denke, wir sollten das Gespräch an dieser Stelle beenden, Herr Hauptmann. Ich bin sicher, es handelt sich nur um ein dummes Missverständnis.«

Es vergingen zwei oder drei Sekunden, in denen Harry abwechselnd ihn und Ben anstarrte, dann aber stand er mit einem Ruck auf und ging ohne sich zu verabschieden. Schulz blickte ihm kopfschüttelnd nach.

»Das wäre wirklich nicht nötig gewesen, Ben«, sagte sein Vater.

»Lassen Sie es gut sein, Doktor«, meinte Schulz. »Ich konnte den Kerl nie leiden. Gottlob ist er ja bald verschwunden.«

»Und in einem Punkt hat er sogar Recht, was Alexandra betrifft … *Sasha*«, sagte Ben. »Sie ist wirklich wunderschön.«

Für einen Moment sah Schulz fast empört aus, doch dann lächelte er; auch wenn es ein bisschen traurig wirkte.

»Ja, das ist sie. Leider wird sie dir auf dieses Kompliment nicht antworten. Autisten nehmen ihre Umwelt nicht so wahr wie wir, weißt du? Ich bin nicht einmal sicher, ob sie deine Worte überhaupt hört. Sie ... sie lebt in ihrer eigenen kleine Welt. Niemand weiß, wie es darin aussieht oder was überhaupt zu ihr durchdringt. Manchmal glaube ich, dass sie versteht, was man zu ihr sagt, aber ich bin nicht sicher.«

Ben sah aus den Augenwinkeln, dass sein Vater dazu ansetzte, etwas zu sagen, dann aber nur mit den Achseln zuckte und es bleiben ließ.

»Spricht sie denn gar nicht?«, fragte Ben.

»Sie spricht nie«, erklärte Schulz und lächelte sonderbarerweise dabei. »Doch das bedeutet ganz und gar nicht, dass sie ihre Wünsche nicht artikulieren könnte oder keinen eigenen Willen hätte. Sind dir ihre Kleider aufgefallen?«

»Sie sind hübsch«, sagte Ben.

»Sie sind *weiß*«, berichtigte ihn Schulz. »Sie trägt immer nur Weiß. Schon als sie ein ganz kleines Kind war, hat sie sich mit aller Macht gewehrt, wenn sie auch nur einen Faden am Leib tragen sollte, der nicht weiß war. Sie ist nicht dumm.«

»Ich weiß«, stimmte Ben ihm fast ein bisschen zu eifrig zu. »Es heißt ja, dass manche Autisten in Wahrheit sehr intelligent sind.«

Schulz selbst sagte nichts dazu, wandte sich aber mit einem beinahe um Zustimmung heischenden Blick an Bens Vater. Der ließ ein paar Sekunden verstreichen, in denen er sich zunehmend unbehaglicher zu fühlen schien, bevor er schließlich antwortete.

»Ja, das sagt man.« Er räusperte sich. »Aber ich bin nicht sicher, ob es wirklich stimmt. Ich meine: Ich bin kein Spezialist auf diesem Gebiet, wenn es das ist, was Sie gehofft haben, Herr Kapitän. Ich fürchte, das ist niemand.«

»Wie meinst du das?«, fragte Ben.

»In dieser Hinsicht wird eine Menge geforscht und man hat auch schon ein paar Erkenntnisse gewonnen, aber im Grunde weiß niemand ganz genau, was die Krankheit auslöst oder ob es überhaupt eine Krankheit im herkömmlichen Sinne ist.« Er streifte Sashas Gesicht mit einem bedauernden Blick, ehe er sich wieder direkt an Schulz wandte und fortfuhr: »Dafür wird umso mehr Unsinn erzählt, fürchte ich. Es gibt Fälle, in denen sich ein Autist als Mathematikgenie erweist oder über irgendeine andere außergewöhnliche Fähigkeit verfügt, die uns so genannte Normale in Erstaunen versetzt. Aber das sind Ausnahmen. Nur ganz wenige dieser Fälle sind verbürgt. Bei den meisten handelt es sich um Gerüchte. Die Menschen neigen dazu, so etwas zu glauben. Sie *wollen* es glauben.«

»Weil es uns dann leichter fällt, damit fertig zu werden«, meinte Schulz. »Ich weiß. Auf diese Weise beruhigen wir unser eigenes schlechtes Gewissen.«

»Sie haben Sasha allein aufgezogen?«, vermutete Robert Berger.

»So gut ich es konnte.«

»Dann sind Sie in diesem Fall wohl eher der Spezialist und nicht ich. Es tut mir wirklich leid, wenn ich Sie enttäuschen muss.«

»Ich bin nicht enttäuscht. Ich wollte mir auf diese Weise keine kostenlose Beratung bei Ihnen ergattern.« Schulz lächelte wieder und seine Hand schloss sich fester um die seiner Tochter. »Es ist in Ordnung, so wie es ist. Ich glaube, dass sie glücklich ist.«

Niemand antwortete. Ben hatte plötzlich einen Kloß im Hals, der ihm das Atmen schwer machte. Schulz mochte durchaus glauben, was er da sagte, aber was Ben sah, war etwas anderes. Sasha wirkte nicht unglücklich, gewiss nicht, aber auch alles andere als glücklich.

»Es wird allmählich Zeit«, meinte Schulz. Er stand auf. »Ich habe noch eine Menge Arbeit. Schon wegen der Party heute Abend. Kann ich mich darauf verlassen, dass Sie über die Anwesenheit von Hauptmann West und seinen Leuten Stillschweigen bewahren?«

»Selbstverständlich«, antwortete Bens Vater.

Und nach einer weiteren Sekunde nickte auch Ben.

7

ES WAR NUN SCHON DER ZWEITE MORGEN, an dem das gemeinsame Frühstück mit einem Missklang endete, und obwohl seine Eltern ihm noch einmal ausdrücklich versicherten, dass ihn keine Schuld traf und sie ihm also auch nichts übel nahmen, war die Stimmung doch nicht so, dass sie zum Bleiben einlud. Ben entschuldigte sich schon bald unter einem fadenscheinigen Vorwand und ging in seine Kabine zurück.

Die nächsten Stunden verbrachte er damit, wahllos irgendwelche DVDs einzulegen, ohne auch nur eine ganz zu schauen. Als er beim dritten oder auch schon vierten Film angekommen war, ohne sich erinnern zu können, was er bisher gesehen hatte, kapitulierte er und schaltete den Fernseher ab.

Zumindest der Blick auf die Uhr brachte eine halbwegs angenehme Überraschung: Es war fast Mittag. Damit hatte er immerhin einen weiteren halben Tag auf diesem famosen Schiffchen herumgebracht, und mit jeder Minute, die verging, rückte der Moment näher, in dem die *Princess of the Dawn* ihren Zielhafen erreichen würde und sie endlich von Bord gehen konnten.

Bens Laune sank schlagartig noch weiter, als ihm klar wurde, dass er anfing, den Aufenthalt hier an Bord wie eine Gefängnisstrafe zu betrachten. Er gebärdete sich ja schon wie ein Strafgefangener, der eine Strichliste an der Wand seiner Zelle führt und dem Ende seiner Verbannung entgegenfiebert. Gut, die letzte Nacht und vor allem der Morgen waren nicht besonders angenehm gewesen, aber *so* schlimm war es nun auch wieder nicht. Vielleicht sollte er einfach noch einmal an Deck gehen und sich von der eisigen Polarluft die düsteren Gedanken aus dem Kopf blasen lassen.

Außerdem bestand ja auch noch die klitzekleine Möglichkeit, dass er Sasha wiedersah …

Er beschloss kurzerhand, das Mittagessen auszulassen – besonders hungrig war er ohnehin nicht, und er hatte weder Lust, seinen Eltern zu begegnen noch Kapitän Schulz, ganz zu schweigen von Harry oder einem Mitglied seiner so genannten *privaten Sicherheitstruppe* –, vermummte sich zur Abwechslung mal wieder wie ein Weihnachtsmann mit Schüttelfrost und marschierte auf das Sonnendeck hinauf.

Obwohl die Schlacht ums Büfett mit Sicherheit schon angefangen hatte, war er nicht allein an Deck. Etliche Passagiere lehnten an der Reling und blickten aufs Meer hinaus, und auch der Verrückte im Liegestuhl war wieder da; oder auch noch. Ben war nicht ganz sicher, ob er nicht inzwischen auf seinem Klappstuhl festgefroren war.

Sasha war nicht da.

Vielleicht, überlegte Ben enttäuscht, kam sie nur heraus, wenn die Sonne aufging, oder ihr Vater ließ sie nur einmal am Tag ins Freie; vorzugsweise zu einer Uhrzeit, zu der sie möglichst wenige Passagiere sahen. Er wollte sich schon herumdrehen und wieder ins Warme gehen, um möglicherweise doch einen Happen zu essen oder sich schlimmstenfalls noch ein wenig länger durch die DVD-Sammlung des Schiffes zu langweilen, als ihm etwas auffiel. Im ersten Moment konnte er nicht sagen, was. Irgendetwas war anders als heute Morgen und es waren nicht die Passagiere.

Dann wusste er es.

Es hatte sich nichts verändert, doch er hatte jetzt erkannt, worum es sich bei der angeblichen *Satellitenschüssel* wirklich handelte.

Plötzlich war ihm die beißende Kälte egal. Ohne auf die erstaunten Blicke der anderen Passagiere zu achten, sprang er die kurze Treppe hinab, wobei er immer zwei Stufen auf einmal nahm, und legte die Strecke zum Bug im Laufschritt zurück. Mit einem Mal war alles so klar, dass er sich eine Sekunde lang verblüfft fragte, wie er so blind hatte sein können.

Das Ding war nicht dazu gedacht, Navigationsdaten oder Fernsehprogramme zu empfangen. Es war überhaupt nicht dazu gedacht, irgendetwas zu empfangen, ganz im Gegenteil.

Es war noch nicht allzu lange her, dass er einen Bericht im Discovery-Channel gesehen hatte, in dem es um dieses Gerät gegangen war. Ben hatte die genaue Bezeichnung vergessen, aber wenn er sich die Plastikabdeckung an der Rückseite, die das Durcheinander von Knöpfen und Skalen verbarg, wegdachte, dann hatte der Bericht von exakt diesem Gerät gehandelt, sogar die Farbe stimmte. Das Ding war nichts anderes als –

»Dachte ich es mir doch, dass ich dich hier finde«, sagte eine Stimme hinter ihm.

Ben fuhr erschrocken herum und sah verdattert ins Gesicht seines Vaters. Er war so leise hinter ihn getreten, dass er es nicht gehört hatte, und trug noch immer denselben dünnen Strickpullover wie am Morgen, in dem er schrecklich frieren musste.

»Ich erinnere mich jetzt!«, sprudelte Ben los. »Ich verstehe gar nicht, warum ich es nicht gleich gesehen habe!« Er deutete aufgeregt auf die vermeintliche Satellitenschüssel. »Willst du wissen, was das wirklich ist?«

»Nein«, antwortete sein Vater. »Jedenfalls jetzt nicht. Ich bin aus einem anderen Grund hier.«

»Und … der wäre?«, fragte Ben unbehaglich.

Auch seinem Vater war anzumerken, dass er sich nicht unbedingt wohl in seiner Haut fühlte. Er druckste ein bisschen herum und antwortete schließlich, ohne Ben dabei anzusehen. »Sasha.«

»Sasha?«

»Versteh mich jetzt bitte nicht falsch. Aber deiner Mutter und mir ist aufgefallen, wie du sie heute Morgen angeschaut hast.«

»So?«, fragte Ben überrascht. Worauf wollte sein Vater hinaus?

»Ja. Und Kapitän Schulz übrigens auch.«

»Und?«, meinte Ben. »Wie habe ich sie denn angeschaut?«

»Wie ein junger Mann eben ein so wunderschönes Mädchen anschaut.« Sein Vater hob die Schultern und lächelte nervös. »Oder eben nicht nur so, wie man ein hübsches Mädchen anschaut … jedenfalls kam es uns so vor.«

Allmählich wandelte sich Bens Verwirrung in etwas anderes. »Was soll das heißen?«

»Sie ist wirklich wunderschön, nicht wahr?«, fragte sein Vater, ohne auf Bens Frage einzugehen. »Ich meine, sie ist keine Superschönheit, aber sie … sie hat etwas.« Sein Lächeln wurde noch nervöser. »He, ich bin auch nur ein Mann, auch wenn für dich jeder über vierzig ein Tattergreis ist.«

»Über dreißig«, verbesserte ihn Ben, blieb aber trotzdem ernst. »Und was genau willst du damit sagen?«

»Ich möchte dir nur eine Enttäuschung ersparen. Genau wie deine Mutter und Kapitän Schulz. Diese Sasha ... sie ist wirklich hübsch und sie ... sie hat irgendetwas, zweifellos, aber es wäre vielleicht besser, wenn du ein bisschen mehr ... auf Abstand bleibst.«

»Weil sie behindert ist?«, fragte Ben spröde.

Er konnte sehen, wie sein Vater unter diesen Worten zusammenzuckte, als hätte er ihm ins Gesicht geschlagen, und ihm war auch sehr wohl bewusst, wie unfair er sich verhielt, aber er war einfach ... empört. Warum sagte sein Vater diese Dinge?

»Natürlich nicht«, antwortete sein Vater. Auch er schien wütend zu sein, wenn auch lange nicht so sehr, wie Ben nach seiner ungeheuerlichen Unterstellung erwartet hätte. »Aber wir sind nur noch ein paar Tage an Bord dieses Schiffes und danach wirst du sie nie wiedersehen. Das ist dir doch hoffentlich klar, oder?«

»Darf ich sie deshalb nicht mehr anschauen?«

»Darum geht es doch gar nicht. Ich möchte nur nicht, dass du dir falsche Hoffnungen machst, das ist alles.«

»Und Kapitän Schulz auch nicht, nehme ich an.«

Sein Vater überging die Frage oder beantwortete sie doch zumindest nicht direkt. »Du wärst nicht der Erste, dem das passiert, weißt du? Menschen wie Alexandra sprechen unsere Beschützerinstinkte an. Das kommt immer wieder vor – vor allem bei uns Männern. Sie sind schön, und wir fühlen uns sofort verpflichtet ihnen zu helfen, auch wenn sie gar keine Hilfe brauchen. Nur reicht das auf die Dauer nicht.« Er sah zugleich verlegen wie mitfühlend aus. »Ich möchte einfach nicht, dass du eine Enttäuschung erlebst ... oder dich gar schuldig fühlst.«

»Jetzt verwechselst du etwas«, erwiderte Ben kalt. »Wenn ich eine Sitzung auf deiner Couch brauche, besorge ich mir einen Krankenschein und komme in deine Praxis.« Er war ... vollkommen verwirrt. Und zornig. Was sollte das alles? Nur weil er Sasha *angeschaut* hatte?

»Das war jetzt wirklich unfair und das weißt du auch. Ich wollte doch nur –«

»Dich in Dinge einmischen, die dich nichts angehen?«, unterbrach ihn Ben eisig. Er erschrak fast selbst über den Klang seiner Stimme, aber seine Empörung wurde immer größer. Nicht nur dass seinen Vater dieses spezielle Thema nun wirklich nichts anging – es gab auch überhaupt keinen Grund für diesen Überfall! Gut, er fand Sasha nett, und sie übte eine Faszination auf ihn aus, die er noch nicht richtig in Worte fassen konnte – aber sein Vater führte sich auf, als hätte er ihm gerade gestanden, unsterblich verliebt zu sein, und er fürchte sich nun davor, dass sein Sohn den Romeo spielen und schon mal vorsorglich nach einem Messer fragen könnte.

»Ich wollte dir nur helfen«, sagte sein Vater leise, allerdings erst nach ein paar Sekunden, in denen er seine Worte verdauen musste. »Ich habe kein gutes Gefühl bei diesem Mädchen, das ist alles.«

»Ich schon. Und sollte es schief gehen, dann weiß ich ja, wo ich professionelle Hilfe finde, nicht wahr?«

Das war nun wirklich unfair, aber die Worte waren heraus, bevor Ben sie zurückhalten konnte, und er war nicht in der Stimmung, sich zu entschuldigen. Sein Vater wirkte ehrlich verletzt, aber das war *er* schließlich auch.

Sein Vater setzte zu einer Antwort an, runzelte dann jedoch plötzlich die Stirn und blickte aus zusammengekniffenen Augen an ihm vorbei aufs Meer.

»Was ist denn das?«, murmelte er. Ben drehte sich herum und stellte sich im nächsten Moment in Gedanken dieselbe Frage.

Vor dem Bug der *Princess of the Dawn*, noch ein gutes Stück von ihnen entfernt, wie es schien – allerdings waren Entfernungen auf einem glatten Ozean ohne den geringsten Bezugspunkt schwer abzuschätzen –, war … *etwas* aufgetaucht.

»Hm«, murmelte er.

Sein Vater warf ihm einen schrägen Blick zu und quetschte sich mit einiger Mühe an der *Satellitenschüssel* vorbei, um einen besseren Blick über den Bugspriet hinaus auf die See zu haben, und Ben tat auf der anderen Seite dasselbe. Viel schlauer wurden sie dadurch allerdings auch nicht.

In direkter Linie vor dem Schiff, so präzise, als hätte jemand ein riesiges Lineal genommen und den Kurs der *Princess* damit verlängert, *be-*

wegte sich etwas sonderbar Flackerndes, Weißes, das manchmal da zu sein schien und dann wieder nicht. Wie ein scheues Tier, das genau spürt, dass es beobachtet wird, und sich den Blicken seiner Verfolger immer wieder zu entziehen versucht. Ben konnte nicht erkennen, ob es sich auf dem Wasser befand oder ein Stück darunter oder vielleicht sogar *über* der Wasseroberfläche schwebte. Es war weiß, das war alles, was er mit Sicherheit sagen konnte. Und groß.

»Gruselig«, meinte sein Vater. »Das gefällt mir nicht. Wir sollten wohl besser dem Kapitän Bescheid geben.«

Er drehte sich herum, gewahrte einen Schiffssteward und winkte ihn heran. Der Mann kam herbei und nickte gehorsam, während Bens Vater sein Anliegen vorbrachte, aber auch sein Blick irrte immer wieder zu der gespenstischen Erscheinung auf dem Meer. Das Wasser sah nun an dieser Stelle aus, als würde es brodeln, und unter dem Weiß schien ein formloser Schatten zu entstehen; als begänne etwas Riesiges aus der Tiefe nach oben zu steigen.

Nachdem der Steward gegangen war, um den Kapitän zu informieren, standen sie eine ganze Weile schweigend da und starrten nach Süden, und sie waren nicht die Einzigen. Nach und nach gesellten sich alle Passagiere, die sich momentan auf dem Vorderdeck befanden, zu ihnen, selbst Käpt'n Iglo eiste sich von seinem Liegestuhl los und trat an die Reling, und etwas Seltsames geschah: Die Männer und Frauen schauten gebannt auf das merkwürdige Schauspiel im Meer und bald breitete sich auf ihren Gesichtern derselbe betroffen-nachdenkliche Ausdruck aus. Was immer dort vorne war, es schien jeden hier mit Unbehagen zu erfüllen.

Und Ben selbst vielleicht am allermeisten, denn er musste plötzlich wieder an den vergangenen Morgen und das vage Angstgefühl denken, das er empfunden hatte, als er neben Sasha gestanden und ganz genau in diese Richtung geblickt hatte. Gestern war es ein Schatten am Horizont gewesen und heute? Oder war das Ganze nur ein Zufall?

Es vergingen nur wenige Minuten, bis der Kapitän kam. Er nickte Ben und seinem Vater zu und sah dann eine ganze Weile ebenso konzentriert wie sie Richtung Süden. Und genauso unglücklich, fand Ben.

»Was ist das?«, fragte sein Vater schließlich.

»Ich habe nicht die geringste Ahnung«, gestand Schulz unumwunden. »Möglicherweise ein … ein Wetterphänomen.« Er hob die Schultern. »So etwas wie eine Fata Morgana.«

»In der Antarktis?«, fragte Ben zweifelnd.

Schulz zuckte nur mit den Schultern, zog ein kleines Funkgerät aus der Tasche und sprach mit gedämpfter Stimme hinein. Nach kaum einer Minute steckte er es wieder weg und wirkte noch ein bisschen besorgter.

»Auf dem Radar ist nichts zu sehen. Das ist seltsam.« Er überlegte kurz. »Wahrscheinlich ist es vollkommen harmlos, aber ich werde vorsichtshalber trotzdem den Kurs ändern.« Er gab sich einen sichtbaren Ruck, trat einen halben Schritt zurück und fuhr dann mit leicht erhobener Stimme und an die Allgemeinheit gewandt fort: »Meine Damen und Herren, ich muss Sie leider bitten unter Deck zu gehen, bis wir die wahre Natur dieses Phänomens geklärt haben.«

»Das ja vollkommen harmlos ist«, knurrte Ben.

Schulz warf ihm einen ärgerlichen Blick zu. »Mit fast hundertprozentiger Sicherheit *ist* es harmlos. Aber die Sicherheit der Passagiere ist nun mal oberstes Gebot an Bord, und solange wir nicht genau wissen, worum es sich handelt, muss ich Sie bitten das Deck zu räumen. Sie können gerne in die Lounge gehen und von dort aus weiter zusehen. Ich werde dafür sorgen, dass man Ihnen kostenlose Erfrischungen serviert.«

Durch die Menge ging ein Murren und Raunen, aber die Aussicht auf ein paar Gratisdrinks besänftigte die Gemüter offensichtlich, denn die Ersten wandten sich bereits um und gingen. Nur Ben und sein Vater rührten sich nicht.

»Wenn ich Sie dann auch bitten dürfte …«, meinte Schulz schließlich, als nur noch sie auf dem Vorderdeck standen. Bens Vater, der in seinem viel zu dünnen Pullover mittlerweile erbärmlich frieren musste, machte Anstalten, sich herumzudrehen und nach drinnen zu verschwinden, und wahrscheinlich wäre Ben ihm auch ohne zu zögern gefolgt – doch in diesem Moment wurde die Tür, die zum Laderaum führte, aufgestoßen und Harry kam heraus, in seiner weißen Kampfmontur und sogar mit einer Pistole, die er für jeden sichtbar am Gürtel trug.

»So, ein vollkommen harmloses Phänomen, wie?«, fragte Ben. Schulz wirkte eher überrascht als ärgerlich; und wenn überhaupt, dann schien sich sein Ärger gegen Harry zu richten, nicht gegen ihn.

»Was suchen Sie hier?«, fuhr er ihn an, als er näher kam und noch bevor Harry auch nur ein Wort herausbringen konnte. »Sind Sie verrückt geworden, so hier aufzutauchen? Und noch dazu mit einer Waffe!«

Harry musterte ihn kühl, zog aber die Pistole aus dem Halfter und ließ sie in der Jackentasche verschwinden. Jetzt hing ein deutlich sichtbarer *leerer* Pistolengurt an seiner Hüfte. Wie beruhigend. Wortlos schob er Ben und seinen Vater aus dem Weg, quetschte sich an der *Satellitenschüssel* vorbei und zauberte einen Feldstecher aus den Tiefen seiner Jacke, mit dem er etliche Sekunden auf die brodelnde Stelle im Meer spähte.

»Verdammt!«, murmelte er dann.

»Was?«, fragte Schulz alarmiert.

Harry reichte ihm schweigend den Feldstecher, und Ben konnte erkennen, wie auch der Kapitän ein wenig blass wurde, als er das Glas ansetzte.

»Was ist los?«, fragte er. »Was ist dort?«

»Nichts«, antwortete Harry, ohne sich die Mühe zu machen, ihn anzusehen. »Verschwinde, Kleiner!«

»Wohl kaum. Es sei denn, du legst Wert darauf, dass in zehn Minuten jeder an Bord weiß, was dieses *Ding* da wirklich ist.« Ben machte eine Kopfbewegung auf die angebliche Satellitenschüssel hin.

Harry wollte auffahren, aber Schulz legte ihm rasch die Hand auf den Unterarm und reichte Ben den Feldstecher. »In zehn Minuten sieht er es sowieso.«

Durch diese Worte nicht unbedingt beruhigt, setzte Ben das Fernglas an und brauchte einen Augenblick, bis er es scharf gestellt und wieder in die richtige Position gehoben hatte. Dann stieß er überrascht die Luft zwischen den Zähnen aus.

Er konnte noch immer nicht genau erkennen, was da vor der *Princess of the Dawn* war. Durch das Fernglas betrachtet sah es aus wie eine gewaltige Nebelwand, die unmittelbar auf dem Wasser lag, oder eine Wolke, die vom Himmel gefallen war. Und darin … bewegte sich etwas. Es waren nur Umrisse, Schemen, die sich immer wieder neu bildeten und auseinander trieben, kurz bevor der Blick sie richtig erfassen konnte. Mal glaubte er etwas wie ein riesiges Schiff zu erkennen, dann wieder ein formloses, glitzerndes Ding mit harten Kanten, ein gigantisches Meeresungeheuer, eine irgendwie verzerrt wirkende menschliche Gestalt, ein gewaltiges Etwas mit peitschenden Tentakeln, ein nur fast menschliches Gesicht, das ihn aus glühenden Augen anstarrte … es waren tausend Dinge und keines, die er in den wenigen Momenten sah. Und der Anblick jagte ihm eine Angst ein, die ihm schier den Atem abschnürte.

Schließlich reichte er das Fernglas wortlos an seinen Vater weiter, der genauso verstört schien wie Ben gerade, als er hindurchblickte.

»Was ist das?«, fragte Ben.

»Keine Ahnung«, antwortete Harry, »aber es gefällt mir nicht.«

»Und es scheint näher zu kommen«, fügte Schulz hinzu. Er klang besorgt. »Ich gehe auf die Brücke und verändere den Kurs.«

»Und ich sage meiner Truppe Bescheid«, meinte Harry grimmig. »Keine Sorge – wir sind so diskret wie möglich. Wahrscheinlich ist es wirklich nur ein Wetterphänomen, aber man kann nie wissen.«

»Was kann man nie wissen?«, fragte Bens Vater, während er das Fernglas an seinen Besitzer zurückgab. Er sah bestürzt aus.

»Nichts«, erwiderte Harry. »Gehen Sie bitte in die Lounge. Wenn es irgendetwas Neues gibt, dann informiere ich Sie.«

8

ANSCHEINEND HATTE ES SICH BEREITS HERUMGESPROCHEN, dass Kapitän Schulz einen ausgab, denn die an drei Seiten verglaste Lounge war überfüllt, als Ben und sein Vater eintrafen. Er machte sich nicht die Mühe, sie zu zählen, aber er war ziemlich sicher, dass sich so gut wie alle Passagiere hier eingefunden hatten. Die Stewards kamen mit dem Servieren kaum nach und der Raum summte vor aufgeregten Stimmen. Natürlich gab es nur ein Thema: die unheimliche Wolke, die vor dem Schiff aufgetaucht war. Die allgemeine Stimmung war allerdings eher heiter. Ben fing genug Gesprächsfetzen auf um zu begreifen, dass der Großteil der Passagiere wohl eher erfreut als beunruhigt auf diese unerwartete Unterbrechung der monotonen Reise reagierte.

Aber sie hatten die Wolke ja auch nicht durch das Fernglas gesehen, so wie Ben und sein Vater …

Seine Mutter musste ziemlich früh in der Lounge gewesen sein, denn sie hatte einen Platz am Fenster ergattert, zu dem sie sich mit einiger Mühe vorkämpften. Ihre linke Augenbraue rutschte ein Stück weit nach oben, als sie ihren Mann, bibbernd vor Kälte in seinem viel zu dünnen Pullover, erblickte, aber sie verlor kein Wort darüber, sondern wandte sich wieder dem Fenster zu und dem Geschehen unter ihnen an Deck, während sie Platz nahmen. »Was ist da draußen los?«

Ihr Mann hob die Schultern. »Keine Ahnung. Wahrscheinlich nur eine harmlose Nebelbank. Aber sie wollen eben auf Nummer Sicher gehen, du kennst doch Schulz, Jennifer.«

Ben sagte vorsichtshalber nichts dazu, zumal sich der Anblick des Vorderdecks in der kurzen Zeit, die sie für den Weg hier herauf gebraucht hatten, radikal verändert hatte. Schulz war verschwunden, dafüt wuselte ein gutes halbes Dutzend Männer um Harry herum, alle in weißen Polarmonturen, aber, soweit er erkennen konnte, wenigstens ohne Waffen. Zwei von ihnen waren dabei, die Plastikabdeckung wieder von der Rückseite der *Satellitenschüssel* zu entfernen.

Bens Vater runzelte überrascht die Stirn, als er sah, was darunter zum Vorschein kam. Selbst auf die große Entfernung war das Gewirr von Knöpfen und Skalen deutlich zu erkennen. »Du wolltest mir noch sagen, was das ist«, erinnerte er mit einem Blick in Bens Gesicht und in leicht verstörtem Tonfall.

Und du wolltest es nicht hören, dachte Ben, aber er sprach es nicht laut aus, sondern warf einen raschen Blick nach rechts und links und antwortete fast im Flüsterton, damit keiner der anderen Passagiere in ihrer Nähe es mitbekam: »Eine Schallkanone.«

»Eine was?«, wiederholte sein Vater verständnislos.

»Ich habe einen Bericht darüber gesehen. Sie haben sogar erklärt, wie sie funktioniert, aber ehrlich gesagt habe ich es nicht richtig kapiert. Im Prinzip ist es nichts anderes als ein riesiger Lautsprecher, der einen eng gebündelten Schallimpuls abgibt.«

»Wie eine Strahlenkanone aus einem Science-Fiction-Film?«, fragte seine Mutter. Sie versuchte spöttisch zu klingen, doch ganz gelang es ihr nicht, und Ben nickte auch nur sehr ernst.

»Ja. Nur dass sie keine Todesstrahlen verschießt, sondern Lärm. Schall, bis zu hundertvierzig Dezibel.«

»Die Schmerzgrenze liegt bei hundertzehn, nicht wahr?«, fragte sein Vater.

»Hundertsiebzehn«, erwiderte Ben. »Hundertvierzig sind genug, um jeden aus den Latschen zu hauen.«

»Und vermutlich ziemlich ernsthaft zu verletzten«, fügte seine Mutter finster hinzu. »Ein geplatztes Trommelfell dürfte das Mindeste sein, was man davonträgt.«

Ben hätte ihr sagen können, dass einhundertvierzig Dezibel Radau ausreichend waren, um einen Menschen zu *töten*, wenn er Pech hatte, aber das behielt er lieber für sich. Seine Eltern waren auch so schon besorgt genug.

Er auch. Er konnte es von hier aus nicht richtig erkennen, aber was immer Harrys Männer dort unten trieben – sie taten es mit großem Ernst. Ihre Anspannung war fast körperlich zu spüren. Und das alles nur, weil vor ihnen eine *Nebelbank* aufgetaucht war?

Er musste an die Schemen denken, die er darin gesehen hatte. Ganz sicher war es nur eine optische Täuschung gewesen, aber die seltsamen Bilder gingen ihm einfach nicht mehr aus dem Kopf. Und er konnte darüber nachdenken, so lange er wollte – das Phänomen *lag* genau in der Richtung, in die Sasha so gebannt geblickt hatte.

Die übrigens genau in diesem Moment dort unten zwischen Harrys Männern auftauchte.

So konzentriert, wie sie arbeiteten, schienen sie sie gar nicht zu bemerken, zumal sie in der gleichen Farbe gekleidet war wie alle anderen an Deck. Aber ihr wehendes weißes Haar und ihre viel schlankere, kleinere Gestalt waren zumindest für Ben unübersehbar. Und auch sein Vater entdeckte sie fast im gleichen Augenblick wie er.

»Ist das nicht Schulz' Tochter?«, fragte er überrascht.

Ben war bereits wieder auf den Beinen und zog seinen Reißverschluss hoch. »Ich hole sie!«

Sein Vater sah aus, als wäre er alles andere als begeistert von dieser Idee, aber Ben gab ihm keine Gelegenheit, seine Einwände in Worte zu kleiden, sondern fuhr herum und bahnte sich grob seinen Weg zum Ausgang. Er trat auf mehr als einen Fuß, und seine Rippen machten Bekanntschaft mit mehr als einem Ellbogen, bevor er den Ausgang erreichte, das war ihm jedoch egal; ebenso wie die zornigen Blicke und gemurmelten Flüche, die ihm auf seinem Weg nach draußen folgten. Immer zwei Stufen auf einmal nehmend, jagte er die Treppe hinunter, erreichte nach kaum einer Minute den Ausgang und stürmte auf das Vorderdeck hinaus.

Obwohl kaum Zeit vergangen war, hatte sich die Szene dramatisch verändert. Harrys Männer hatten Sasha mittlerweile doch entdeckt, und nun versuchten sie gleich zu zweit, sie irgendwie von Deck zu schaffen. Im Moment blieb es allerdings bei dem Versuch. Die beiden Kerle mussten zusammengenommen ungefähr zwanzigmal so stark sein wie sie, aber es gelang ihnen nicht, sie zu bändigen. Sasha wehrte sich und schlug um sich wie besessen, und die Männer mussten immer wieder die Köpfe einziehen, um ihren Fingernägeln zu entgehen. Schließlich packte sie einer der Burschen von hinten grob an den Oberarmen und hielt sie fest. Zum Dank rammte ihm Sasha den Absatz ihres Stiefels mit so viel Wucht auf den Fuß, dass er trotz der Stahlkappen in seinen Schuhen ächzte und ihm die Augen ein Stück weit aus den Höhlen quollen.

»Lasst sie in Ruhe!«, brüllte Ben und rannte los. Einer von Harrys Männern stellte sich ihm in den Weg, aber Ben tauchte blitzartig unter seinen Armen hindurch und flitzte in einem gewagten Bogen an ihm vorbei. Sasha trampelte indessen fröhlich weiter auf den Stiefelspitzen des Mannes herum, der sie festhielt, und versuchte gleichzeitig, dem anderen das Gesicht zu zerkratzen. Ben erreichte die drei, rammte einen der Kerle mit der Schulter aus dem Weg und versetzte dem anderen einen Stoß, der ihn rücklings gegen die Reling taumeln ließ. Sasha riss sich los und stürzte mit wehenden Haaren und Kleidern davon.

Bens heldenhafte Rettungsaktion fand ein jähes Ende, als sich zwei gewaltige Pranken von hinten um seine Oberarme schlossen und ihn einfach in die Höhe hoben. Mit aller Kraft kämpfte er darum, sich zu befreien, er wand sich und trat nach hinten aus, aber es war aussichtslos. Ebenso gut hätte er versuchen können, die *Princess of the Dawn* mit bloßen Händen zum Kentern zu bringen. Der Druck auf seine Oberarme verstärkte sich nur noch und tat jetzt so weh, dass ihm die Tränen in die Augen schossen.

»Lass ihn los!«, erklang Harrys scharfe Stimme.

Der Mann hinter ihm gehorchte unverzüglich. Er ließ Ben los, sodass dieser reichlich unsanft auf das Deck plumpste und beinahe hingefallen wäre. Als er sich mühsam fing und aus tränenden Augen nach oben blinzelte, sah er direkt in Harrys schadenfrohes Grinsen.

»Sieh an«, feixte er. »Robin Hood ist gekommen, um Mad Mary vor den Bösen zu retten.«

»Es heißt Maryan, Blödmann«, fauchte Ben. »Und wenn deine Leute sie noch einmal anrühren, dann lernst du mich kennen!« Er drängte sich an Harry vorbei und eilte zu Sasha, die mittlerweile ihren üblichen Beobachtungsposten im Bug wieder eingenommen hatte. Die Schallkanone machte es beinahe unmöglich für sie, nebeneinander zu stehen, aber irgendwie quetschte er sich trotzdem an ihre Seite. Sasha schien es so wenig zu registrieren wie alles andere, was er bisher gesagt oder getan hatte.

Ben schaute nach vorne. Die Nebelwand war deutlich näher gekommen, sodass man die Bewegung in ihrem Inneren jetzt mit bloßem

Auge erkennen konnte. Ein eisiger Schauer lief ihm über den Rücken. Mit einiger Mühe riss er sich von dem unheimlichen Bild los und sah in Sashas Gesicht.

Was er darin erblickte, war kaum weniger beunruhigend. Sasha starrte aus weit aufgerissenen Augen nach Süden. Sie blinzelte nicht, und Ben war nicht einmal sicher, ob sie überhaupt atmete in diesem Moment. Ihre Pupillen waren so groß, dass ihre Augen vollkommen schwarz wirkten. Unwillkürlich wandte auch er sich wieder dem Meer zu.

Für die Dauer eines Herzschlages stockte ihm der Atem.

Es war nicht etwa so, dass er irgendetwas Außergewöhnliches sah; jedenfalls nichts Außergewöhnlicheres als vorhin durch Harrys Fernglas. Aber er ... *spürte* etwas. Es war wie ein eiskalter Hauch, der von der dräuenden Nebelwand ausging, etwas wie das leibhaftige Böse, das sich der *Princess of the Dawn* näherte und dunkle Schatten auf seine Seele warf. Nur mit äußerster Anstrengung gelang es ihm, sich wieder zu Sasha herumzudrehen.

»Wir müssen jetzt hier weg«, drängte er.

Natürlich reagierte sie nicht, aber wie als Reaktion auf seine Worte begann das Kunststoffgehäuse der Schallkanone plötzlich sacht zu vibrieren und Harry sagte:

»Eine hervorragende Idee. Vor allem, wo ihr doch bestimmt nicht im Weg stehen wollt, wenn ich mein neues Spielzeug ausprobiere, oder?«

Ben funkelte ihn an, was Harrys dämliches Grinsen nur noch breiter werden ließ. Er hatte auf der anderen Seite des klobigen Geräts Aufstellung genommen und so etwas wie übergroße Kopfhörer aufgesetzt, die allerdings kein Kabel hatten, und tippte fröhlich auf irgendwelchen Schaltern und Knöpfen herum.

»Das wagst du nicht!«, sagte Ben finster. »In Gegenwart Sashas. Wenn das Kapitän Schulz erfährt –«

»Wenn ich *was* erfahre?«, fragte Schulz' Stimme. Ben sah hoch, und Harry fuhr wie von der Tarantel gestochen herum und starrte Schulz an, der lautlos hinter ihnen aufgetaucht war. Er trug jetzt ebenfalls eine pelzgefütterte weiße Jacke, die allerdings nicht annähernd so martialisch wirkte wie Harrys, sondern nur zwei dezente goldene Streifen an der rechten Schulter aufwies.

»Wenn ich was erfahre?«, fragte Schulz wieder. Noch bevor Harry antworten konnte, fiel sein Blick auf dessen Kopfhörer und die vermeintliche Satellitenschüssel und er riss erschrocken die Augen auf. »Was tun Sie da?«

»Ach nichts«, sagte Ben. »Er wollte nur seine Schallkanone ausprobieren und wir standen zufällig im Weg herum.«

»Schallkanone?«, wiederholte Schulz verständnislos.

Jetzt war es an Ben, ihn eine Sekunde verwirrt anzustarren. Dann begriff er. »Sie wissen es wirklich nicht«, sagte er verblüfft. »Harry hat Ihnen nicht gesagt, was das ist?«

»Was *was* ist?«, fragte Schulz. »Eine Satellitenantenne, um getarnte Schiffe aufzuspüren.« Er starrte Harry an. »Das ist es doch, oder?«

Harry schwieg, und obwohl er ihm den Rücken zudrehte, glaubte Ben doch zu erkennen, dass er sehr blass wurde.

»Nö«, antwortete er an Harrys Stelle. »Das ist eine Waffe, die mit Infraschall arbeitet. Das Modernste vom Modernen.«

»Eine Waffe?«, ächzte Schulz. Mit einem Schritt war er an Harry vorbei und bei seiner Tochter. Obwohl sie sich heftig widersetzte, ergriff er sie bei den Schultern, drehte sie mit sanfter Gewalt herum und sah ihr aufmerksam ins Gesicht. »Geht es dir gut, mein Engel?«

»Ihr ist nichts passiert«, erklärte Ben schnell. »Harry hatte ja noch nicht angefangen.«

Schulz ließ Sasha los – sie wandte sich sofort wieder der Nebelbank zu – und trat zornbebend auf Harry zu. Obwohl er fast zwei Köpfe kleiner war als der blonde Hüne, schien es plötzlich Harry zu sein, der zu ihm hochsehen musste. »Sie wagen es, eine Waffe an Deck meines Schiffes aufzustellen, und halten es nicht einmal für nötig, mich darüber zu informieren?«

Anscheinend war das der falsche Ton. Harry blinzelte noch einen Moment irritiert, aber dann konnte Ben regelrecht sehen, wie er sich wieder fing und das übliche überhebliche Lächeln auf sein Gesicht zurückkehrte.

»Weil Sie gewiss nicht damit einverstanden gewesen wären, Herr Kapitän«, antwortete Harry kühl.

»Da haben Sie verdammt Recht!«, fauchte Schulz. »Sie werden dieses Ding auf der Stelle abbauen!«

»Ich fürchte, das kann ich nicht tun. Letzten Endes dient es der Sicherheit Ihres Schiffes und Ihrer Passagiere, Herr Schulz.«

»Kapitän Schulz. Und als Kapitän dieses Schiffes bestimme ich, was hier geschieht! Also bauen Sie dieses verdammte Ding ab, bevor ich es meine Leute tun lasse und Sie und Ihre ganze Bande in die Brigg werfe!«

»Jetzt überschreiten Sie Ihre Kompetenzen, Herr Kapitän. Der Auftrag der Reederei ist ganz klar. Ich bin für die Sicherheit des Schiffes verantwortlich, nicht Sie.«

»Sie können sich gern bei der Reederei beschweren, sobald wir zurück sind«, zischte Schulz. »Hier an Bord bestimme nur ich. Und als Kapitän dieses Schiffes befehle ich Ihnen, mir Ihre Waffen auszuliefern und diese Höllenmaschine abzubauen!«

»Ach?«, fragte Harry. »Und wie genau wollen Sie mich dazu zwingen?« Er schüttelte den Kopf und schlug seine Jacke ein Stück zurück; ganz gewiss nicht durch Zufall so, dass der Griff der Pistole zu sehen war, die er darunter im Gürtel trug.

Wenn er jedoch geglaubt hatte, den Kapitän damit einzuschüchtern, so täuschte er sich. Schulz ächzte, nicht vor Furcht, sondern vor Empörung. »Haben Sie jetzt völlig den Verstand verloren? Sie wollen mich bedrohen? Auf meinem eigenen Schiff? Das ist Meuterei! Ich werde dafür sorgen, dass Sie ins Gefängnis kommen!«

Bevor Harry etwas erwidern konnte, trat einer seiner Männer neben ihn und berührte ihn am Arm. Mit der anderen Hand deutete er nach vorne. Harrys Blick folgte der Geste, und auch Ben und Schulz drehten sich instinktiv wieder zum Bug.

In den wenigen Augenblicken, die der Streit gedauert hatte, war die Nebelbank um eine erstaunliche Strecke näher gekommen. Das Wogen und Gleiten unter ihrer Oberfläche war deutlicher geworden, auch wenn man immer noch keine Einzelheiten ausmachen konnte. Nur einer der Schemen schien allmählich klarer zu werden. Er war nicht besonders groß, jedenfalls nicht im Vergleich zu den anderen, die sich im Inneren der Wolke bewegten, und von schlankerer Form, doch auch als er langsam aus der Nebelbank heraus und ins helle Sonnenlicht glitt, war nicht zu erkennen, worum es sich handelte.

Oder vielleicht doch – nur sah es so bizarr aus, dass es Ben im ersten Moment schwer fiel. Es war ein Schiff – aber das sonderbarste Schiff, das Ben jemals gesehen hatte. Es war vollkommen weiß, und zwar so strahlend weiß, dass es beinahe wehtat, es direkt anzusehen, und seine Umrisse waren seltsam … weich und fließend. Es gab keine scharfen Kanten, keine klar erkennbaren Linien und schon gar keine rechten Winkel. Das ganze Gebilde sah aus wie eine Skulptur aus Eis, die anfing in der Sonne zu schmelzen. An Deck war nicht die geringste Bewegung zu erkennen. Wenn das Schiff eine Besatzung hatte, dann hielt sie sich verborgen.

»Was ist denn das?«, murmelte Kapitän Schulz.

»Ich habe keine Ahnung«, antwortete Harry. »Aber es könnte sein, dass es jetzt ernst wird. Sie und Ihre Tochter und ihr kleiner Freund da – gehen jetzt besser unter Deck.«

»Was soll das heißen: Es wird ernst?«, wollte Schulz wissen.

»Warum rufen Sie nicht die Reederei an und erkundigen sich?«, gab Harry zurück. »Ich bin sicher, man wird Ihnen dort gerne Auskunft geben. Und bei der Gelegenheit können Sie sich gleich nach meinen *Kompetenzen* erkundigen.« Er wedelte ungeduldig mit der Hand. »Jetzt verschwinden Sie endlich. Hier könnte es gleich ziemlich ungemütlich werden.«

Schulz starrte ihn eine Sekunde lang an und schien nicht zu wissen, ob er aus der Haut fahren oder Harry gleich an die Kehle gehen oder doch lieber in Ohnmacht fallen sollte. Doch dann tat er keines von alledem, ging stattdessen zu Sasha und begann mit leiser Stimme auf sie einzureden. Als das nichts nutzte, versuchte er sie sanft von der Reling wegzuziehen, aber auch das gelang ihm nicht; Sasha klammerte sich mit aller Kraft an das polierte Holz. In ihren Augen lag ein Ausdruck nackter Angst.

Rasch trat Ben zu ihnen und beugte sich so weit vor, dass Sasha ihn ansehen musste, ob sie es nun wollte oder nicht.

»Bitte, Sasha«, sagte er eindringlich. »Wir müssen jetzt hier weg. Ich weiß nicht, was hier vorgeht, aber es könnte gefährlich werden.«

Und das Unglaubliche geschah. Ben hatte selbst vielleicht zuallerletzt damit gerechnet, doch Sasha blickte in sein Gesicht, löste die Hände von der Reling und ließ es sogar zu, dass er sie behutsam an der Schulter berührte und an der wuchtigen Schallkanone vorbeidirigierte. Harry schürzte anerkennend die Lippen, während Sashas Vater ihn fassungslos anstarrte.

»Jetzt aber los!«, drängte Harry. »Ihr könnt ja von oben aus zusehen.«

»Worauf Sie sich verlassen können!«, fauchte Schulz. »In dieser Angelegenheit ist das letzte Wort noch nicht gesprochen.«

»Wenn Sie Wert auf weitere Gespräche mit mir oder irgendjemand anderem legen, dann gehen Sie jetzt besser unter Deck, Herr Kapitän«, antwortete Harry kühl und begann seine Männer mit raschen Gesten umherzuscheuchen. Schulz funkelte ihn noch einen Moment mit zornigen Augen an, fuhr dann auf dem Absatz herum und stampfte ein paar Schritte weit davon, bevor er wieder stehen blieb und darauf wartete, dass Ben und seine Tochter ihm folgten. Als sie zu ihm aufschlossen, sah er Ben auf eine Art an, als würde sich sein Zorn nun auf ihn entladen, doch er schüttelte den Kopf und fragte: »Wie hast du das gemacht?«

»Was?«

»Alexandra. Sie reagiert normalerweise auf niemanden. Meistens noch nicht einmal auf mich.«

»Ich weiß es nicht«, antwortete Ben wahrheitsgemäß. »Womöglich hat sie eingesehen, dass wir Recht haben.«

Er hörte selbst, wie wenig überzeugend das klang. Schulz blickte ihn dann auch nur skeptisch an, bevor er sich seiner Tochter zuwandte. Sasha hatte sich erneut herumgedreht und starrte die Nebelbank an – die Nebelbank, nicht das weiße Schiff, wie Ben keineswegs entging –, doch sie blieb, wo sie war.

»Jetzt verschwinden Sie endlich, Käpt'n«, rief Harry. »Wenn Sie hier bleiben, dann tun Sie das auf eigene Gefahr. Haben das alle gehört?«

Tatsächlich ging Schulz ein paar Schritte weiter, um dann abermals innezuhalten. Ben registrierte beiläufig, dass er jetzt neben dem Decksaufbau stand, hinter dem er selbst vor zwei Nächten Deckung gesucht hatte.

Das Schiff befand sich mittlerweile nur noch hundert oder hundertfünfzig Meter von der *Princess of the Dawn* entfernt. Aber auch aus der Nähe betrachtet wirkte es nicht weniger gespenstisch. Es erweckte nach wie vor den Eindruck, zur Gänze aus einem einzigen großen Eisblock zu bestehen, der nur zufällig die Form eines ungefähr zehn bis fünfzehn Meter langen Bootes mit niedrigen Aufbauten hatte. Es bewegte sich lautlos und von einer Besatzung war immer noch nichts zu sehen.

Harry streckte fordernd die Hand aus und einer seiner Männer reichte ihm ein Megafon. Im ersten Moment erscholl nur eine quietschende Rückkopplung, dann regelte er hastig die Lautstärke herunter.

»Achtung, unbekanntes Schiff! Hier spricht die *Princess of the Dawn*! Bitte identifizieren Sie sich!«

Er bekam genau die Antwort, mit der Ben gerechnet hatte, nämlich keine. Ungerührt wiederholte er seine Aufforderung noch zweimal, dann änderte er den Text.

»Achtung, unbekanntes Schiff! Drehen Sie unverzüglich bei! Sie befinden sich auf Kollisionskurs! Drehen Sie bei oder Sie begeben sich in Lebensgefahr!«

Voller Schrecken erkannte Ben, dass er Recht hatte. Das Eisboot hielt in spitzem Winkel direkt auf die *Princess* zu, und wenn er die Geschwindigkeit richtig einschätzte, dann würden sie unweigerlich kollidieren, wenn das andere Schiff Kurs und Tempo nicht änderte.

»Was geschieht, wenn wir es wirklich rammen?«, fragte er leise.

Kapitän Schulz schüttelte den Kopf. »Der Computer lässt eine Kollision nicht zu.«

»Wenn dieses Ding auf dem Radarschirm auftaucht«, murmelte Ben.

Schulz sah ihn nachdenklich an, konzentrierte sich kurz darauf aber wieder ganz auf das Geschehen vor dem Bug der *Princess of the Dawn.* Anscheinend, dachte Ben, war sein Vertrauen in die Technik seines Schiffes unerschütterlich. Er hoffte nur, dass Schulz sich nicht täuschte. Wenn dieses kleine Schiff mit der riesigen *Princess* kollidierte, dann würde es wie eine dünne Eisscholle zersplittern.

Und wie es aussah, drohte ganz genau das zu passieren.

Das Eisschiff hielt unerschütterlich seinen Kurs, und auch die *Princess* pflügte weiter mit gut zwanzig Knoten durch die Wellen, ohne auch nur einen Millimeter von ihrer südlichen Ausrichtung abzuweichen. Schulz sah immer nervöser über die Schulter zur Brücke hinauf. Wenn der Computer noch eingreifen wollte, dann wurde es Zeit.

Aber er griff nicht ein und schließlich war es das Eisschiff, das im buchstäblich letzten Moment herumschwenkte und so einen Zusammenstoß vermied.

»Achtung, unbekanntes Schiff!«, brüllte Harry. Er klang ziemlich aufgebracht. »Drosseln Sie unverzüglich Ihre Maschinen und gehen Sie längsseits! Wir kommen an Bord!«

Natürlich reagierte das Schiff nicht – oder wenigstens nicht so, wie Harry es vermutlich gern gehabt hätte. Es ging längsseits und passte seine Geschwindigkeit mühelos der der *Princess* an, aber der Abstand war viel und groß, als dass irgendjemand an Bord gehen konnte, der keine Flügel hatte und zugleich nicht auch noch lebensmüde war.

»Achtung, unbekanntes Schiff!«, rief Harry noch einmal. »Das ist die allerletzte Warnung! Gehen Sie längsseits oder wir machen von der Schusswaffe Gebrauch! Sie haben zehn Sekunden!«

»Der Kerl ist wohl total durchgeknallt«, hauchte Ben, und Schulz nickte zustimmend.

Harry wiederholte seine Aufforderung nicht noch einmal, aber er ließ gut zwanzig Sekunden verstreichen statt der angekündigten zehn. Dann jedoch war seine Geduld erschöpft.

»Also gut«, knurrte er. »Dann wollen wir den Jungs mal ein bisschen Kopfschmerzen bereiten.«

Er befestigte mit einer einzigen Bewegung etwas an der Rückseite der Schallkanone, das wie ein viel zu groß geratener Pistolengriff aussah, schwenkte das gesamte Gerät herum und richtete die flache Vorderseite auf das Eisboot. Ein dumpfes Brummen erklang, und Ben wartete instinktiv auf den reißenden Schmerz, der folgen musste, aber nichts geschah. Auch an Bord des Eisschiffes war rein gar nichts zu beobachten; höchstens dass sich das Wasser ringsum ein wenig kräuselte.

Jedenfalls im ersten Moment. Dann erschien eine Gestalt in seinem Bug. Und das wortwörtlich.

Sie kam nicht etwa irgendwie an Deck. Da war keine Tür, die aufging, keine Klappe, die sich öffnete. Sie war von einem Sekundenbruchteil auf den anderen einfach *da*.

Und das war noch nicht einmal das Schlimmste.

Viel mehr als die Art, wie die Gestalt erschienen war, erschreckte Ben ihr Aussehen.

Auf den ersten Blick schien es sich um einen Menschen zu handeln, der – selbstverständlich – ganz in Weiß gekleidet war. Doch seine Proportionen stimmten nicht. Er war zu gedrungen und hatte zu lange Arme. Und er hatte kein Gesicht. Wo es hätte sein sollen, war nur eine konturlose weiße Fläche, die blitzend das Sonnenlicht reflektierte.

Es war die Kreatur aus seinem Traum!, dachte Ben entsetzt. Der Affen-Eispirat!

Harry schien der Anblick mindestens genauso zu überraschen wie Ben, denn er stand nur da und glotzte, und die gesichtslose Gestalt hob fast gemächlich den linken Arm und streckte die Finger in Richtung des Decks aus. Es waren nur drei.

»*In Deckung!*«, brüllte Ben.

Er hätte nicht sagen können, warum, und Harry und seine Männer wahrscheinlich noch viel weniger, doch sie waren eben Soldaten, und die Reaktion auf diese Worte war ihnen wohl so in Fleisch und Blut übergegangen, dass sie nicht mehr zu denken brauchten. Jedenfalls duckten sich die Männer hastig, zwei oder drei warfen sich auch gleich auf den Boden, während Ben herumfuhr und sich vor Sasha stellte.

Und das keinen Augenblick zu früh.

Rings um sie herum hob plötzlich ein gewaltiges Scheppern und Klirren und Bersten an, als regne es Glasscherben. Ben konnte nicht viel erkennen, denn er hatte Sasha einfach zu Boden gerissen und sich mit seinem Körper schützend über sie geworfen, aber er hörte einen Schrei und sah aus den Augenwinkeln, wie überall auf dem Deck winzige glitzernde Fontänen aufstoben. Es dauerte fast eine halbe Minute, bis das tödliche Klingen und Klirren endlich leiser wurde und dann ganz abbrach.

Mit klopfendem Herzen hob er den Kopf und blickte sich um. In seinem Traum hatte der Affen-Eispirat seine Finger auf ihn abgeschossen. Wenn sein Zwilling aus der Wirklichkeit dasselbe getan hatte, dann musste er über ziemlich viele Finger verfügt haben, nicht nur die drei, die er gerade gesehen hatte. Das Deck der *Princess* sah aus wie nach einem Schneesturm: Millionen unterschiedlich kleiner und großer Eissplitter bildeten einen schimmernden Teppich, manche davon kaum größer als einzelne Kristalle, andere fast fingerlang. Hier und da hatte sich ein Eisdorn wie eine blitzende Klinge tief in das harte Holz gebohrt. Schulz stand wie erstarrt da, hatte die Hand ans Gesicht gehoben und blinzelte völlig fassungslos auf das Blut an seinen Fingerspitzen, das aus einem kleinen Schnitt auf seiner Wange quoll.

Unter ihm bewegte sich Sasha unruhig. Ben sprang hastig auf, zog sie unbeholfen auf die Füße und maß sie mit einem besorgten Blick. »Bist du verletzt?« Natürlich bekam er keine Antwort, aber sie schien unversehrt, soweit er erkennen konnte.

Nicht alle an Deck hatten so viel Glück gehabt. Die Reling auf der dem Eisschiff zugewandten Seite war mit scharfkantigen Splittern gespickt. Zwei von Harrys Männern krümmten sich stöhnend auf dem Boden, aus dem Oberschenkel des einen ragte ein langer, schimmernder Dolch aus Eis, der andere blutete heftig im Gesicht.

Harry selbst war unverletzt, dafür jedoch umso wütender. »So! Ihr wollt es auf die harte Tour? Das könnt ihr haben!«

Ben sah, wie er den Leistungsregler der Schallkanone mit einem Ruck bis zum Anschlag aufdrehte und dann abdrückte.

Das Ergebnis war … spektakulär.

Das sanfte Vibrieren, das Ben schon einmal gehört hatte, erklang erneut und steigerte sich zu einem Brummen, das nicht sehr laut, aber so machtvoll war, dass das gesamte Schiff unter seinen Füßen zu erbeben schien.

Als wäre es von einem unsichtbaren Riesenhammer getroffen worden, zerplatze das Eisschiff im Bruchteil einer Sekunde zu Millionen Eissplittern, die in alle Richtungen davonstoben. Ein klirrender Laut erscholl, als wäre eine Glasscheibe von der Größe des Mount Everest zerbrochen, und nur einen Atemzug später regnete es schon wieder Eisscherben auf das Deck, auch wenn sie diesmal nicht annähernd so gefährlich waren. Als Ben es wagte, den Kopf wieder zu heben, war das Eisschiff verschwunden. Wo es gewesen war, brodelte das Wasser. Unzählige Eisstücke tanzten auf seiner Oberfläche.

Harry starrte fassungslos auf die Schallkanone vor sich. »Aber das ist doch … das ist doch gar nicht möglich«, stammelte er.

»Was ist nicht möglich?«, murmelte Schulz. Dann schrie er: »Sind Sie wahnsinnig geworden, Mann? Sie bringen eine solche Waffe auf ein Passagierschiff?«

»Aber die Waffe dient doch nur dazu, den Gegner für einige Zeit außer Gefecht zu setzen, nicht mehr«, verteidigte sich Harry. Er sah irgendwie hilflos aus und klang auch so. »Das Schlimmste, was passieren kann, ist ein geplatztes Trommelfell.«

»Ja, und das eine oder andere explodierte Schiff, wie?«, brüllte Schulz

»Er hat Recht, Herr Kapitän«, sagte Ben. Schulz sah ihn unwillig an, aber Ben fuhr mit einer erklärenden Geste auf das klobige Gerät vor Harry fort: »Ich habe eine Menge über diese Dinger gehört. Ich bin wirklich der Letzte, der Harry verteidigen würde, aber in diesem Punkt hat er Recht. Diese Geräte können im Ausnahmefall einen Menschen töten, wenn er sehr viel Pech hat; sie können ein Weinglas sprengen; aber um einen solchen Schaden anzurichten, haben sie einfach nicht genug Leistung. Sonst würde man sie auf einem zivilen Schiff doch niemals zulassen.«

»Das Schiff ist aber explodiert«, entgegnete Schulz. Seine Stimme hörte sich plötzlich schwach an.

»Ja, weil es kein Schiff war«, antwortete Ben. »Jedenfalls kein richtiges.«

»Und was sonst?«

»Da treibt jemand im Wasser!«, rief einer von Harrys Männern. »Ein Überlebender!«

»Dann holt ihn raus!«, befahl Harry. »Worauf wartet ihr? Ein Schlauchboot ins Wasser! Sofort!«

Zwei seiner Männer eilten hastig davon, um seinen Befehl auszuführen. Ben übergab Sasha rasch in Schulz' Obhut und ging dann ebenfalls zur Reling. Im ersten Moment hatte er Mühe, die Gestalt zwischen den zahllosen winzigen Eisschollen überhaupt zu erkennen, dann entdeckte er sie zwanzig oder dreißig Meter von der *Princess* entfernt. Sie trieb mit dem Gesicht nach unten im Wasser. Ihr rechter Arm fehlte, und auch wenn das nicht der Fall gewesen wäre, glaubte Ben kaum, dass der Mann (Mann?) eine Überlebenschance hatte. Das Wasser war vier oder fünf Grad kalt. Wer bei diesen Temperaturen über Bord ging, lebte noch ein paar Minuten, wenn überhaupt.

Falls dieses *Ding* da unten jemals gelebt hatte …

Harry tauchte wutschnaubend neben ihm auf. »Was war das gerade? Woher hast du gewusst, was passieren wird?«

»Gewusst?«, wiederholte Ben – hauptsächlich um Zeit zu gewinnen. Anscheinend war das die falsche Taktik. »Verkauf mich nicht für blöd, Kleiner! Du weißt doch etwas!« Er machte eine herrische Geste. »Aber gut, das klären wir später. Kapitän Schulz!« Der Kapitän kam gehorsam näher, sah dabei jedoch immer wieder aufs Meer hinaus. Er schien Harrys Kommisston gar nicht zu registrieren.

»Bringen Sie diesen kleinen Schlaumeier unter Deck!«, fauchte Harry. »Sobald ich hier fertig bin, komme ich nach und dann unterhalten wir uns.«

»Worüber?«, fragte Schulz, aber er wirkte nach wie vor leicht abwesend.

»Ich glaube, das weiß Ihr junger Freund da sehr genau.« Harry wedelte ungeduldig mit der Hand. »Bringen Sie ihn weg oder soll ich es einen meiner Leute tun lassen?« Tatsächlich setzten sich gleich zwei seiner Männer in vorauseilendem Gehorsam in Bewegung und traten auf Ben und den Kapitän zu, doch Schulz hob rasch und besänftigend die linke Hand. Seine andere lag auf Sashas Unterarm und hielt sie fest, obwohl sie sich bisher nicht gerührt hatte.

»Schon gut. Ich bringe ihn in meine Kabine.« Ben wollte widersprechen, aber Schulz ließ ihn gar nicht zu Wort kommen. »Es ist wirklich besser, wenn wir jetzt von hier verschwinden. Das Ding da … gefällt mir nicht.«

Er deutete auf die Nebelwand. Sie war nicht näher gekommen, sondern wogte und brodelte ungefähr zwei Kilometer von der *Princess* entfernt auf der Stelle. Ben konnte immer noch nicht erkennen, was es war, das sich in ihrem Inneren bewegte, aber eines wusste er plötzlich mit unerschütterlicher Sicherheit: Es war böse.

Und was immer hier vorging, es war noch lange nicht vorbei.

9

AUF DEM WEG ZUR KABINE des Kapitäns kamen ihm seine Eltern entgegen. Sie hatten die bizarre Szene – wie nahezu alle anderen Passagiere übrigens auch – von der Lounge aus mit angesehen und ließen es sich natürlich nicht nehmen, sich persönlich davon zu überzeugen, dass er in Ordnung und unverletzt war. Vor allem seine Mutter zeigte sich höchst empört über Harrys Benehmen, obwohl sowohl Kapitän Schulz als auch Ben selbst eine deutlich entschärfte Version dessen erzählten, was der Söldner gesagt hatte. Und natürlich war sie über die Maßen besorgt. Ohne Schulz' geharnischte Proteste auch nur zur Kenntnis zu nehmen, bestand seine Mutter darauf, Ben, Sasha und den Kapitän in dessen Kabine zu begleiten und sie dort rasch, aber doch sehr gründlich zu untersuchen. Es blieb dabei: Sie waren unverletzt, sah man von dem winzigen Kratzer auf Schulz' Wange ab, der so harmlos war, dass es seine Mutter nicht einmal für nötig hielt, ein Pflaster darauf zu kleben.

»So«, begann sie, nachdem sie ihre ärztliche Pflicht erfüllt hatte und in einem grimmig-entschlossenen Ton, den Ben nur zu gut kannte. »Und jetzt will ich wissen, was da draußen los war, Herr Kapitän. Und kommen Sie mir nicht mit irgendwelchen Ausreden!«

»Ich versichere Ihnen, ich habe nicht die geringste Ahnung, meine Gnädigste«, antwortete Schulz gequält. »Was ich Ihnen gestern von Hauptmann West und seinen Leuten erzählt habe, ist zugleich auch alles, was ich über sie weiß.«

»Sicher«, erwiderte sie spöttisch. »Und Sie haben auch keine Ahnung, dass dieser Verrückte irgendeine Science-Fiction-Strahlenkanone auf Ihrem Schiff aufbaut, nicht wahr, und auch nicht wozu.«

»Nein«, beharrte Schulz. Er streifte Ben mit einem Blick, als gäbe er ihm ganz allein die Schuld an allem, was geschehen war. »Ich wäre auch ganz bestimmt nicht damit einverstanden gewesen.«

»Es fällt mir, ehrlich gesagt, ein wenig schwer, das zu glauben«, meinte Jennifer Berger. »Nach dem, was ich gerade gesehen habe.«

»Sie glauben doch nicht im Ernst, dass ich mein Schiff mit über hundert Passagieren und seiner Besatzung hierher gebracht hätte, wenn ich annehmen müsste, dass auch nur die geringste Gefahr besteht?« Schulz schüttelte zornig den Kopf. »Dieser West ist entweder vollkommen größenwahnsinnig geworden oder die Reederei hat mir eine Menge verschwiegen.«

Bens Vater hob besänftigend die Hand. »Immerhin hat er den Angriff abgewehrt«, gab er zu bedenken.

»Welchen Angriff?«, fragte Schulz. »Nach allem, was ich gesehen habe, hat *er* zuerst geschossen. Dabei ist ein Mensch ums Leben gekommen – mindestens einer, wenn nicht mehr. Das wird Konsequenzen haben, das versichere ich Ihnen.«

»Aber die Leute auf dem Schiff haben –«

»– mit ein paar Schneebällen nach uns geworfen«, fiel ihm Schulz ins Wort. »*Nachdem* dieser Verrückte seine Schallkanone auf sie abgeschossen hat. Es gab keinen Grund, gleich ihr ganzes Schiff zu versenken.« Er presste die Lippen aufeinander und stand dann mit einer heftigen Bewegung auf. »Ich werde sofort mit der Reederei telefonieren und den Leuten dort ein paar sehr unangenehme Fragen stellen.«

»Wir sollten uns erst einmal Klarheit verschaffen, was da draußen gerade *wirklich* passiert ist«, sagte Robert Berger. »Ich glaube nicht, dass dieses seltsame Schiff ganz zufällig hier aufgetaucht ist, wissen Sie?«

»Ich auch nicht«, stimmte ihm Schulz zu. Er schien immer wütender zu werden, was gar nicht zu diesem sonst so umsichtigen Mann passte. Er funkelte Bens Vater an, und als kein weiterer Widerspruch erfolgte, wandte er sich mit einer ärgerlichen Bewegung zur Tür und stürmte hinaus. Bevor er sie hinter sich zuwarf, konnte Ben sehen, dass draußen auf dem Gang einer von Harrys Männern stand und Wache hielt. Plötzlich kam er sich wie ein Gefangener vor, aber er wandte hastig den Blick ab, ehe sein Vater oder gar seine Mutter ihn ebenfalls entdecken konnten und vielleicht alles nur noch schlimmer wurde.

»Ich werde mich auf jeden Fall bei der Reederei beschweren, sobald wir an Land sind«, versprach sein Vater, dann runzelte er die Stirn und fügte etwas leiser und fast nur an sich selbst gewandt hinzu: »Aber warum so lange warten?«

Er griff in die Hosentasche, zauberte sein winziges Handy hervor und klappte es auf. Ein ungeduldiger Ausdruck erschien auf seinem Gesicht, der nach ein paar Augenblicken zu Ärger wurde, nachdem er ein paar Mal vergeblich versucht hatte das Gerät einzuschalten.

»Kein Netz?«, fragte Ben.

»Was für eine Überraschung«, fügte seine Mutter hinzu. »Wo wir doch nur in der Nähe des Südpols sind.«

»Das Ding funktioniert überhaupt nicht«, antwortete ihr Mann ärgerlich. »Ich kann es nicht einmal einschalten.«

»Ist der Akku leer?«

»Ich habe ihn gestern Abend erst aufgeladen.« Er probierte es, vollkommen sinnloserweise, noch ein- oder zweimal, dann zuckte er mit den Achseln und steckte das Handy wieder ein. »Mistding. Ist es ein Naturgesetz, dass die Dinger immer im gleichen Maße mehr versagen, in dem man sie eigentlich dringend braucht?«

Ben versuchte ein oder zwei Sekunden lang, diesen Satz in Gedanken zu sortieren, gab es aber dann auf und wandte sich wichtigeren Dingen zu – zum Beispiel Sasha, die neben ihm auf der Couch saß. Sie hatte sich weder bewegt, als Bens Mutter sie untersucht hatte, noch in der ganzen Zeit danach. Ihr Gesicht war wieder so ausdruckslos wie immer, doch zumindest die grenzenlose Furcht in ihren Augen war erloschen. Was immer ihr solche Angst gemacht hatte, es war nicht mehr da.

Unwillkürlich streckte er die Hand aus und berührte ihre Finger. Sashas Haut war so kalt, dass er das Gefühl hatte, eine Skulptur aus Eis zu berühren. Ein eisiger, prickelnder Schauer lief ihm über den Rücken.

Dann geschah etwas völlig Unerwartetes: Sasha zog ihre Hand nicht nur nicht zurück, wie er eigentlich erwartet hatte, sondern erwiderte seinen Griff sogar, und das so fest, dass es beinahe wehtat. Und dann erschien etwas in ihren Augen. Er wusste nicht, was, aber die schreckliche Leere ihres Blickes wich etwas anderem. Zum allerersten Mal hatte er das Gefühl, dass sie ihn *ansah*, statt einfach durch ihn hindurchzusehen.

Der Augenblick verging so schnell, wie er gekommen war, und Ben zog seine Hand erschrocken zurück. Die Leere in Sashas Augen war wieder da.

»Was ist los?«

Ben drehte sich wie ertappt herum und begegnete dem Blick seiner Mutter. Mit einem Gefühl der Verlegenheit, das er sich selbst nicht genau erklären konnte, wurde ihm klar, dass sie bemerkt hatte, was gerade passiert war. Hastig schüttelte er den Kopf.

»Nichts. Ich dachte nur, sie …« Er brach mit einem hilflosen Schulterzucken ab.

»Das ist seltsam«, meinte seine Mutter. »Hat uns Kapitän Schulz nicht gesagt, dass sie ihre Umwelt praktisch nicht wahrnimmt und auf nichts reagiert?«

»Da wäre ich nicht so sicher«, warf Bens Vater ein. »Auf jeden Fall würde ich mich nicht darauf verlassen, dass sie nichts von dem mitbekommt, was um sie herum vorgeht. Nur weil sich jemand nicht artikulieren kann wie wir, heißt das nicht, dass er taub und blind wäre.« Er lächelte Sasha an und bekam natürlich keine Reaktion, und sein Blick wurde deutlich ernster, als er nun Ben ansah.

»Was war vorhin oben an Deck los?«, fragte er dann geradeheraus.

»Ich weiß es nicht«, gestand Ben. »Ich hatte nur das Gefühl, dass …« Er zögerte.

»Ja?«

Das war verrückt, dachte Ben, aber es war genau so: »Dass sie vorher gewusst hat, was passiert.«

»Du weißt schon, wie sich das anhört?«, erkundigte sich sein Vater.

»Sicher.« Ben lächelte gequält und versuchte – vergebens – Sashas Blick wieder einzufangen. Ihre Augen blieben leer. Möglicherweise hatte er es sich auch nur eingebildet, weil er es sich so sehr wünschte. »Aber diese Nebelbank war mir auch irgendwie … unheimlich, weißt du?«

»Ja«, sagte sein Vater. »Das ging mir genauso. Und ich glaube, allen anderen auch, die sie gesehen haben. Aber wir sind hier in einem Teil der Welt, über den man im Grunde kaum etwas weiß. Ich schätze, dieser Nebel ist noch eines der harmlosesten Wetterphänomene, die man hier beobachten kann.«

»Du meinst, diese …« Bens Mutter suchte einen Herzschlag lang – ohne Erfolg – nach einem anderen Wort. »… die *Piraten* haben sich ganz bewusst diese Nebelwand als Deckung ausgesucht, um sich an uns heranzuschleichen, Robert?«

In diesem Moment ging die Tür auf und Kapitän Schulz kam zurück. Er musste die Strecke zur Brücke hinauf und wieder zurück im Laufschritt bewältigt haben. Er wirkte irritiert, als er sah, dass sie alle irgendwie Sasha anstarrten, aber er ging nicht darauf ein, sondern wandte sich an Jennifer Berger.

»Es tut mir leid, wenn ich Sie noch einmal belästigen muss, aber ich fürchte, ich brauche Ihre Hilfe.«

»Wobei?«

»Sie sind doch Ärztin«, sagte Schulz.

»Das stimmt schon, aber –«

»Einer von Harrys Männern ist anscheinend schwerer verletzt, als es den Anschein gehabt hat. Wir haben zwar einen Arzt an Bord, doch es wäre mir lieber, wenn Sie ebenfalls einen Blick auf ihn werfen könnten … falls Sie dazu bereit sind, heißt das.«

»Selbstverständlich. Aber ich muss Sie warnen. Eine oberflächliche Untersuchung wie eben ist kein Problem, doch wenn der Mann wirklich schwer verletzt ist … es ist schon ein paar Jahre her, dass ich als Ärztin praktiziert habe.«

Gut zwanzig, dachte Ben. Schulz musste das ebenso klar sein wie ihm, aber er nickte trotzdem.

»Ich möchte nicht, dass man mir vorwirft, wir hätten nicht alles für diesen Mann getan, was in unserer Macht steht. Vor allem nicht, wenn ich mir diesen Burschen vorknöpfe.«

»West?«, fragte Bens Vater. »Haben Sie mit der Reederei gesprochen?«

»Ich bekomme im Moment keine Verbindung. Der Funk scheint gestört zu sein.«

»So wie mein Handy«, bemerkte Robert Berger.

Schulz wirkte für eine Sekunde alarmiert, aber dann zuckte er mit den Achseln. »Das muss nichts bedeuten«, sagte er und fuhr sich geistesabwesend mit den Fingerspitzen über den winzigen Schnitt in seiner Wange. »Ich versuche es später noch einmal. Jetzt sollten wir uns um diesen Soldaten kümmern.« Als Bens Mutter gehorsam auf ihn zutrat, machte er eine wedelnde Handbewegung auf die geschlossene Tür hinter sich. »Der Mann draußen bringt Sie zu ihm.«

Sie ging ohne ein weiteres Wort. Bens Vater wollte ihr folgen, doch Schulz hielt ihn mit einer fast verstohlenen Geste zurück. Er wartete, bis sich die Tür wieder geschlossen hatte, bevor er sich mit einem – unbehaglichen – Räuspern direkt an Ben wandte.

»Ich muss … mit dir reden, Ben.«

»So?« Ben hatte plötzlich ein ungutes Gefühl.

Schulz anscheinend auch, denn er wich seinem Blick aus, als er weitersprach. »Genauer gesagt muss ich mich bei dir entschuldigen.«

»Wofür?«

»Dein Vater hat mir erzählt, worüber ihr vorhin gesprochen habt. Oben an Deck, bevor dieses … dieses Ding aufgetaucht ist. Also, um es kurz zu machen, ich möchte nicht, dass du deinem Vater irgendetwas übel nimmst. Es war nicht seine Idee.«

»Was war nicht seine Idee?«, fragte Ben verwirrt.

»Ich habe ihn gebeten, mit dir zu sprechen. Es war dumm. Ich weiß. Ich entschuldige mich dafür. Aber mir ist aufgefallen, wie du Alexandra angesehen hast, und ich wollte nicht, dass …« Er atmete hörbar ein und fuhr sich erneut mit den Fingerspitzen über die verschorfte Wunde. »Dass sie verletzt wird.«

»Verletzt? Wie meinen Sie das?« Ben hätte jetzt zornig werden sollen. Er wusste sehr wohl, was Schulz meinte, aber irgendwie gelang es ihm nicht, ihm wirklich böse zu sein.

»Alexandra ist ein hübsches Mädchen, und sie ist kein Kind mehr, sondern eine junge Frau«, sagte Schulz. »Du wärst nicht der erste junge Mann, dem das auffällt und der glaubt, sie sei …«

Er sprach nicht weiter, sondern begann nervös von einem Bein auf das andere zu treten, und Ben tat ihm den Gefallen, den Satz für ihn zu Ende zu sprechen.

»Der glaubt, sie sei leichte Beute.«

»Mm«, machte Schulz.

»Das ist dann wohl auch der Grund, aus dem Sie sie mehr oder weniger verstecken«, vermutete Ben.

»Wie gesagt, ich habe dich falsch eingeschätzt«, antwortete Schulz. »Es tut mir leid.«

Es war seltsam – Ben konnte machen, was er wollte, es gelang ihm einfach nicht, wütend auf Sashas Vater zu sein, und trotzdem glaubte er zugleich so etwas wie Unaufrichtigkeit in den Worten zu spüren. Es war wirklich seltsam. Und verwirrend.

»Schon gut«, meinte er schließlich kühl.

Man konnte Schulz ansehen, dass er auf eine andere Reaktion gehofft hatte, aber er ließ sich seine Enttäuschung nicht allzu deutlich anmerken, sondern ging wortlos zu seiner Tochter und ergriff sie sanft am Arm. Ben fragte sich, wie er wohl reagiert hätte, hätte er gesehen, was gerade zwischen ihnen geschehen war. Aber das hatte er nicht. Und vielleicht war ja auch gar nichts geschehen.

»Ich bringe Alexandra in ihre Kabine«, sagte er. »Und danach versuche ich noch einmal, die Reederei zu erreichen. Möchten Sie hier bleiben?« Die letzte Frage galt Bens Vater, der ihren Sinn offensichtlich nicht begriff – und wie auch? Er wusste ja nicht, was zwischen Harry und ihnen vorhin an Deck vorgefallen war.

»Harry will noch einmal mit mir reden«, erklärte Ben. »Er hat gesagt, ich soll hier auf ihn warten.« Genau genommen hatte er es ihm *befohlen*, aber im Moment war es vermutlich klüger, wenn er auf diesen kleinen Unterschied nicht bestand. Sein Vater wirkte auch so schon ärgerlich genug.

»Ich glaube, ich muss mich einmal ein wenig eingehender mit diesem Spielzeugsoldaten unterhalten«, grollte er.

»Kein Problem, Doktorchen.« Harry schob die Tür hinter sich zu und nickte auffordernd mit dem Kopf. »Worüber wollen Sie denn mit mir reden?«

Keiner von ihnen wusste, wann er in den Raum getreten war; offensichtlich aber auf jeden Fall früh genug, um den *Spielzeugsoldaten* mitzubekommen.

»Zum Beispiel darüber, was Sie mit meinem Sohn zu besprechen haben«, erwiderte Robert Berger. »Und noch dazu, ohne mich zu informieren.«

Harry setzte zu einer Antwort an, doch Schulz unterbrach ihn, indem er rasch die Hand hob. »Warten Sie, nur eine Minute.«

Er ging zur Tür, berührte eine von mehreren rechteckigen Tasten, die daneben in die hölzerne Wandvertäfelung eingelassen waren, und trat wieder zurück, und er hatte die Bewegung kaum zu Ende gebracht, da ging die Tür abermals auf und der Steward kam herein, den Ben schon am vergangenen Morgen kennen gelernt hatte. So schnell, wie er aufgetaucht war, musste er wohl draußen auf dem Gang gewartet haben.

»Bitte bringen Sie Alexandra in ihre Kabine«, sagte Schulz. »Ich komme nach, sobald wir hier fertig sind.«

Der Steward nickte und wollte nach Sashas Arm greifen, doch sie zog ihre Hand hastig zurück. Als der Mann ganz automatisch nachfassen wollte, wich sie mit zwei, drei schnellen Schritten zurück und versteckte sich hinter Bens Rücken. Der Steward riss erstaunt die Augen auf, und auch Schulz wirkte regelrecht schockiert. Eine Sekunde oder zwei sagte niemand etwas, dann drehte sich Ben langsam herum und blickte Sasha ins Gesicht.

»Geh ruhig mit ihm. Es ist alles okay. Wir müssen nur noch ein paar Dinge besprechen, dann kommen wir nach.«

Sashas Augen blieben so leer wie immer, und auch auf ihrem Gesicht war nicht die mindeste Regung zu erkennen – aber sie trat gehorsam vor und ließ es zu, dass der Steward sie am Arm ergriff und aus der Kabine führte. Ihr Vater starrte ihr fassungslos hinterher.

»Wie rührend«, meinte Harry spöttisch. »Können wir jetzt zum Thema kommen?«

»Das da wäre?«, fragte Robert Berger.

Harry ignorierte ihn. »Ich will jetzt endlich alles wissen«, sagte er in scharfem Ton und direkt an Ben gewandt. »Und komm mir bloß nicht mit irgendwelchen dämlichen Ausreden, klar? Meine Geduld ist ziemlich am Ende.«

»Was soll das?«, schnappte Bens Vater. »Wie kommen Sie auf die Idee, dass mein Sohn irgendetwas über diese Geschichte weiß?«

»Er wusste zum Beispiel, dass diese Piraten auf uns schießen würden.«

»Quatsch!«, sagte sein Vater inbrünstig. »Woher hätte er das wissen sollen, bitte schön?«

»Genau das will ich ja von ihm wissen. Du hast uns gewarnt, ganz kurz *bevor* die Kerle auf uns geschossen haben! Verdammt, zwei meiner Männer sind verletzt worden, einer davon schwer!«

»Das ist wahr«, mischte sich Schulz ein. »Und ohne Bens Warnung hätte es noch sehr viel mehr Verletzte gegeben. Möglicherweise sogar Tote!«

»Und dafür bin ich ihm auch sehr dankbar«, antwortete Harry gereizt. »Ich frage mich nur, ob es *gar keine* Verletzten gegeben hätte, hätte ich früher gewusst, was uns erwartet.« Er trat herausfordernd auf Ben zu. »Also? Was weißt du über diese Piraten?«

»Nichts!«, behauptete Ben. »Wie kommst du auf die Idee?«

»Das frage ich mich allerdings auch«, sagte sein Vater. »Sie wollen doch wohl nicht im Ernst andeuten, dass mein Sohn irgendetwas mit diesem Zwischenfall zu tun hat?«

Harry funkelte ihn einen Atemzug lang zornig an, aber dann schüttelte er den Kopf. »Nein, natürlich nicht. Aber ich glaube dennoch, dass er etwas weiß.«

»Aber ich weiß nichts«, beharrte Ben. »Ich hatte nur so eine Ahnung, das ist alles.«

»Eine Ahnung!« Harry lachte hässlich. »Wem willst du den Bockmist erzählen? Und du hattest auch *nur so eine Ahnung*, was passiert, wenn ich die Schallkanone auf das Schiff abfeuere, habe ich Recht?«

»Jetzt hören Sie aber endlich auf!«, rief sein Vater. »Das ist doch lächerlich!«

»Er hat Recht«, sagte Ben leise.

Alle starrten ihn an. Lange. »Wie?«, murmelte sein Vater schließlich.

»Er hat Recht. Ich … ich wusste, was passieren würde. Und dass diese Piraten keine richtigen Menschen sind.«

»Keine richtigen Menschen?«, wiederholte sein Vater verständnislos. »Was soll das heißen?«

»Woher wusstest du das?«, schnappte Harry.

»Das würdest du mir sowieso nicht glauben«, seufzte Ben, aber Harry machte nur eine ärgerliche Handbewegung.

»Versuch es doch einfach. Ich glaube eine ganze Menge. Du wärst erstaunt, wie viel.«

»Das nicht«, sagte Ben. »Aber gut, ganz wie du willst. Ich habe diese … diese Geschöpfe schon einmal gesehen.«

»Wo?«

»In einem Traum. Ich habe von ihnen geträumt. Zweimal. Einmal vergangene Nacht und einmal in der Nacht zuvor.«

»Das ist wohl die dümmste Ausrede, die ich je gehört habe«, meinte Harry verächtlich.

»Aber es ist so«, betonte Ben. »Etwas anderes kann ich dir nicht sagen. Ich hatte einfach verrückte Träume, in denen sie vorgekommen sind. Das ist alles.« Nun ja, das war bestenfalls die stark überarbeitete Kurzfassung. Aber er hatte das Gefühl, die anderen würden nicht sonderlich gut darauf reagieren, wenn er ihnen erzählte, dass in diesem Traum die *Princess of the Dawn* untergegangen und außer ihm und Harry keiner mit dem Leben davongekommen war. Und nicht einmal er selbst, wenn er es genau nahm ...

»Was für eine tolle Geschichte«, sagte Harry böse. »Na gut, dann will ich dir mal erzählen, wie *ich* die Sache sehe. Du hast irgendetwas damit zu tun, Kleiner. Ich will nicht so weit gehen, zu behaupten, dass du mit den Piraten unter einer Decke steckst, aber irgendetwas weißt du über die Sache. Und ich werde herausfinden, was, das verspreche ich dir!«

Sein Vater wollte zu einer, zweifelsohne, wütenden Entgegnung ansetzen, doch dann drehte er sich nur herum und sah Ben sehr nachdenklich an. Er sagte nichts, aber Ben bildete sich einen Moment lang ein, seine Gedanken lesen zu können. Es war auch nicht sonderlich schwer.

»Wieso nennst *du* sie eigentlich immer Piraten?«, fragte er schließlich, wieder an Harry gewandt.

»Weil sie das sind.«

»Und woher weißt du das so genau?«

Diesmal antwortete Harry nicht, und nach einer weiteren Sekunde sagte Schulz: »Es sieht beinahe so aus, als ob es hier noch jemanden gibt, der uns nicht alles erzählt hat, was er weiß.«

Harry starrte ihn an, die Lippen zu einem blutleeren Strich zusammengepresst, schwieg aber beharrlich weiter.

»Ich finde es sowieso heraus«, sagte Schulz. »Spätestens, wenn wir zurück sind.«

»Also gut«, antwortete Harry widerwillig. »Aber das bleibt unter uns, ist das klar?« Er sprach erst weiter, nachdem er sie der Reihe nach angesehen und sie alle drei genickt hatten. »Es waren Piraten.«

»Wie bitte?«, fragte Schulz.

»Die *Princess of the Dawn* ist nicht das erste Schiff, das angegriffen worden ist«, fuhr Harry fort. »Im Laufe des letzten Jahres gab es drei Überfälle auf Passagierschiffe in dieser Gegend. Gottlob wurde niemand ernsthaft verletzt und auch der Sachschaden hält sich bisher in Grenzen. Eigentlich ist er sogar lächerlich. Sie haben ein paar Brieftaschen erbeutet, ein, zwei Rolex-Uhren und etwas Schmuck, aber das war auch alles. Unser Einsatz hier kostet zigmal so viel, wie sie bisher insgesamt erbeutet haben. Aber Sie können sich vorstellen, dass die Reedereien und die gesamte Touristikbranche nicht sehr erbaut über diese Zwischenfälle sind.«

»Und da hat man sich entschlossen, Sie und Ihre Männer zu engagieren, um das Problem möglichst diskret aus der Welt zu schaffen«, vermutete Bens Vater.

»Das glaube ich nicht!«, rief Schulz. »Wieso habe ich nichts davon gehört?«

»Weil die Reedereien keinen Cent für Public Relations ausgegeben haben, in dieser Angelegenheit«, antwortete Robert Berger an Harrys Stelle. »Habe ich Recht?«

»Dann hätten sie auch gleich Konkurs anmelden können«, bestätigte Harry.

»Soll das heißen, die Reederei hat gewusst, was passieren wird, und mich ahnungslos hierher fahren lassen?«, keuchte Schulz. Er wurde blass.

»Sie waren keine Sekunde lang in Gefahr«, antwortete Harry. »Außerdem konnte niemand damit rechnen, dass sie so dreist sein würden, am helllichten Tag anzugreifen, und noch dazu ein so großes Schiff wie die *Princess.*« Er zuckte mit den Achseln. »Aber das hat sich ja nun erledigt. Ich meine, die Piraten sind tot, und niemand wird je erfahren, was wirklich passiert ist. Und sollte einer von euch dreien irgendetwas von dem erzählen, was ich euch gerade anvertraut habe, werde ich natürlich alles abstreiten.«

»Weil Sie ja so vertrauenswürdig sind, ich weiß«, sagte Schulz spitz.

»Und wem wäre damit gedient, wenn wir im Nachhinein noch für Panik sorgen?«, fragte Harry.

»Der Wahrheit?«, schlug Bens Vater vor.

»Und außerdem vergessen Sie anscheinend, dass es mehr als hundert Augenzeugen gibt«, sagte Schulz.

»Darum kümmert sich die Reederei«, erwiderte Harry ruhig. »Keine Sorge, Herr Kapitän – die haben Erfahrung in so was. Und kommen Sie nicht auf dumme Ideen. Wenn Sie irgendetwas anderes behaupten, könnte das durchaus das Ende Ihrer Karriere bedeuten. Ich weiß nicht, was die Öffentlichkeit von einem Kapitän halten wird, der seine geistig behinderte Tochter auf eine so gefährliche Reise mitnimmt. Das hört sich nicht nach einem verantwortungsbewussten Mann an.«

»Aber er hat doch gar nichts davon gewusst«, protestierte Ben.

»Ja, und das wiederum wissen leider nur die Menschen in diesem Raum«, gab Harry lächelnd zurück. »Und was dich angeht, Kleiner – willst du wirklich irgendjemandem erzählen, dass du von diesen Piraten *geträumt* hast?« Er lachte laut. »Da ist die Erklärung, dass du und dein Vater irgendetwas mit diesen Piraten zu schaffen habt, doch schon viel glaubhafter, meinst du nicht auch?«

»Das wagen Sie nicht, so etwas zu behaupten«, sagte Robert Berger.

»Natürlich nicht«, räumte Harry ein. »Aber das brauche ich auch gar nicht. Ich muss nur erzählen, was passiert ist. Auf die entsprechenden Gedanken kommen die Leute dann schon von selbst.« Er grinste für einen Moment noch breiter und wandte sich dann, schlagartig wieder ernst, an Ben: »Womit wir beim Thema wären, Kleiner. Woher hast du es gewusst?«

»Aber das habe ich dir doch schon erzählt«, antwortete Ben.

»Hast du«, bestätigte Harry. »Aber jetzt will ich gern die Wahrheit hören.«

»Es *ist* die Wahrheit«, fuhr Ben auf. »Ich kann es sogar beweisen!«

»Ach? Und wie?«

»Ihr habt doch einen der Kerle aus dem Wasser gefischt, oder?«, fragte Ben.

»Nicht mehr ganz lebendig, aber im Prinzip ja. Warum?«

»Dann dürfte dir wohl auch aufgefallen sein, dass er ziemlich komisch ausgesehen hat.«

»Ich habe ihn mir nicht angeschaut«, antwortete Harry. »Die Jungs haben die Leiche in einen leeren Lagerraum gebracht. Was soll denn so *komisch* an ihm sein?«

»Zum Beispiel, dass er kein Gesicht hat. Und nur drei Finger an den Händen. Und außerdem sieht er nicht wirklich wie ein Mensch aus.«

»Nein, weil er in Wahrheit ein Alien vom Planeten Ipselblonk ist«, meinte Harry spöttisch.

»Weil ich genau das in meinen Träumen gesehen habe!«, entgegnete Ben aufgebracht. »Wenn du so sicher bist, dass ich nur Unsinn rede, warum gehen wir dann nicht nach unten und sehen ihn uns an?«

»Weil das allerhöchstens beweisen würde, *dass* du etwas über diesen Piraten weißt, nicht, woher du es weißt. Aber meinetwegen, gehen wir nach unten und schauen uns den Kerl an.« Harry warf Bens Vater einen fragenden Blick zu. »Möchten Sie uns begleiten?«

»Sie glauben doch nicht wirklich, dass ich meinen Sohn auch nur eine einzige Sekunde lang mit Ihnen allein lasse?«

»Dann sind wir uns ja einig«, sagte Harry lächelnd. »Kommen Sie.«

10

HINTEREINANDER UND ESKORTIERT von gleich vier von Harrys Söldnern, verließen sie Schulz' Kabine. Ben hatte erwartet, sofort von zahllosen Neugierigen bestürmt zu werden, doch der mahagonivertäfelte Korridor war leer, und dasselbe galt auch für die Treppe, die sie hinunterstiegen. Vermutlich hatte Harry seinen Leuten befohlen, den Teil des Schiffes abzuriegeln, den sie durchqueren mussten. Er war nicht ganz sicher, was er davon halten sollte. Vermutlich dasselbe wie von Harry selbst: nichts.

»Wohin haben Sie den Toten gebracht?«, fragte Schulz nach ein paar Minuten. Sie hatten den für die Passagiere zugänglichen Bereich des Schiffes längst hinter sich gelassen und waren auf dem Weg nach unten; nicht genau in den Bereich der *Princess*, den Ben in der vergangenen Nacht auf eigene Faust erkundet hatte, aber doch in einen, der ihm auf unangenehme Weise ähnlich sah.

»In einen leeren Raum, unten bei den Maschinen«, erklärte einer der Männer in ihrer Begleitung, nicht Harry selbst. »Möglichst weit weg von den Passagieren und anderen neugierigen Blicken. Einer der Jungs steht vor der Tür und hält Wache.«

»Mit anderen neugierigen Blicken meinen Sie meine Mannschaft, nehme ich an«, grollte Schulz. »Allmählich frage ich mich, wer das Kommando auf diesem Schiff hat.«

»Im Moment ich«, antwortete Harry gelassen. »Abgesegnet von der Reederei. Aber keine Sorge – nur so lange, wie diese Krisensituation andauert, danach gebe ich das Kommando selbstverständlich an Sie zurück. Und ich nehme sowieso an, dass das Ganze eigentlich schon vorbei ist. Wir werden uns jetzt noch diesen angeblichen Alien ansehen, und ich muss noch einige Kleinigkeiten klären, aber wenn du morgen Früh aufwachst, Ben, sind meine Leute und ich von Bord verschwunden, und mit ein bisschen Glück sehen wir uns nie wieder.«

Sie stiegen eine schmale Eisentreppe hinunter, die unter ihren Schritten dröhnte und zitterte. Die Beleuchtung war hier nicht so hell wie in den oberen Bereichen des Schiffes, und es roch durchdringend nach Öl und Treibstoff. Eine Woge stickiger Wärme schlug ihnen entgegen. Schließlich betraten sie einen niedrigen Gang, unter dessen Decke ein Gewirr aus unverkleideten Rohren und Leitungen entlanglief, sodass Schulz und Ben die Einzigen waren, die nicht gebückt gehen mussten. Die Blicke, mit denen Bens Vater seine Umgebung musterte, wurden immer verwirrter. Nach all dem übertriebenen Luxus und Pomp, den er bisher an Bord dieses Schiffes erlebt hatte, musste ihn diese Umgebung direkt schockieren. Aber er sagte nichts.

»Wie viele Männer hast du in deiner Truppe?«, wandte sich Ben an Harry, und zu seiner Überraschung bekam er sogar eine Antwort.

»Dreizehn, mich mitgerechnet.«

»So wenige?«

Harry lächelte herablassend. »Eigentlich sind wir schon viel zu viele. Normalerweise sind wir niemals mehr als sechs oder sieben, der Rest bleibt als Reserve zurück. Glaub mir, ein halbes Dutzend gut ausgebildeter Söldner ist mehr als genug, um fast jede Aufgabe zu lösen.«

»Aber diesmal habt ihr mit mehr Ärger gerechnet?«

Harry sah ihn an, als wisse er nicht, ob er lachen oder wütend werden sollte. »Wir sind hier fast am Ende der Welt. Eine Reserve nutzt nicht besonders viel, wenn sie eine Woche braucht, bis sie da ist, meinst du nicht auch?«

»Sei jetzt still, Ben«, sagte sein Vater plötzlich.

»Warum?«

»Weil ich es für besser halte, wenn du nicht mit diesem Herrn sprichst«, antwortete sein Vater steif. »Jedenfalls nicht mehr als unbedingt notwendig.«

Harry sah ihn stirnrunzelnd an, beließ es dann aber bei einem Achselzucken. »Wir sind ohnehin da«, sagte er mit einer Kopfbewegung nach vorne.

Bens Blick folgte der Geste. Am Ende des niedrigen Ganges, den sie betreten hatten, befand sich eine massive Metalltür, vor der einer von Harrys Söldnern stand. Bisher hatte er lässig an das Metallschott gelümmelt dagestanden, aber als er ihr Näherkommen bemerkte, richtete er sich hastig auf und versuchte Haltung anzunehmen.

»Schon in Ordnung«, sagte Harry und winkte ab. »Gab es irgendwelche Vorkommnisse?«

»Keine. Niemand war hier.« Der Söldner wirkte ein bisschen nervös, fand Ben – aber das mochte durchaus daran liegen, dass er im Gegensatz zu allen anderen hier einen Blick auf das geworfen hatte, was hinter der Tür in seinem Rücken verborgen war.

»Gut.« Harry nickte. »Dann mach auf und pass auf, dass uns niemand stört.«

Der Söldner lehnte hastig sein Gewehr gegen die Wand, zog einen Schlüsselbund aus der Tasche und entriegelte die Tür. Das Schloss sprang mit einem dumpfen Knacken auf, und der Soldat zog die Tür nach außen, was ihm sichtliche Anstrengung bereitete, dann trat er zur Seite, um Harry vorbeizulassen, was Ben in seiner Überzeugung bestärkte, dass er das *Ding* gesehen hatte, das seine Kameraden aus dem Meer geborgen hatten, und keinen besonderen Wert auf einen zweiten Blick legte.

Harry, der seine Männer inzwischen angewiesen hatte, wieder nach oben zu gehen, trat an ihm vorbei, machte aber nur einen einzigen Schritt in den Raum hinein und blieb dann stehen, um sich rasch nach rechts und links umzuschauen. »Wo ist er?«

»Genau vor dir«, antwortete der Söldner. »Auf dem Tisch. Ich habe ihn selbst –«

»Hier ist niemand«, unterbrach ihn Harry.

Der Söldner machte ein verwirrtes Gesicht. »Aber das ist doch nicht möglich. Ich habe ihn doch –« Er sprach nicht weiter, sondern trat hinter Harry durch die Tür – und erstarrte mitten in der Bewegung.

»Und wo genau soll er sein?«, fragte Harry gefährlich leise.

Ben tauschte einen überraschten Blick mit seinem Vater – und stürmte los. Rücksichtslos quetschte er sich an Harry und dem Söldner vorbei und wurde mit dem Anblick einer winzigen Kammer mit nackten Metallwänden belohnt, die nur von einer einzigen funzeligen Glühbirne erhellt wurde, die geschützt von einem Drahtkorb unter der Decke brannte. Vor Harry und dem Soldaten stand ein zerschrammter

Tisch aus fleckig angelaufenem Metall, dessen Oberfläche nass schimmerte. Das war alles.

»Aber … aber das verstehe ich nicht«, murmelte der Söldner. In seiner Stimme schwang ein leiser Unterton von Panik mit. »Das kann doch gar nicht sein! Ich habe den Kerl selbst hierher gebracht! Mike und ich haben ihn auf den Tisch gelegt!«

»Und wo ist er dann?«, erkundigte sich Harry, noch immer in demselben tückisch leisen Ton. »Ich meine: Ist er aufgestanden und hinausmarschiert?« Er lächelte sogar, während er die Frage stellte – aber in seinen Augen war etwas, das Ben einen kalten Schauer über den Rücken laufen ließ.

Dem Söldner anscheinend auch, denn der Anteil von Panik in seiner Stimme war deutlich größer geworden, als er antwortete. »Aber ich schwöre dir, er war hier. Ich habe die Tür abgeschlossen und mich nicht von der Stelle gerührt!«

Harry sagte nichts, aber sein finsterer Blick sprach Bände, und der bedauernswerte Soldat schien regelrecht in sich zusammenzuschrumpfen. Ben konnte ihn gut verstehen. Man musste den Raum nicht gründlich durchsuchen um festzustellen, dass er keinen zweiten Ausgang hatte. Es gab ein winziges Lüftungsgitter in einem Winkel unter der Decke, das war alles.

»Jetzt raus mit der Sprache!«, sagte Harry schließlich. »Was ist passiert? Bist du eingeschlafen?«

»Nein!«, protestierte der Söldner. »Ich habe die ganze Zeit draußen vor der Tür Wache gestanden! Niemand war hier und die Tür ist auch nicht aufgegangen!«

»Verarsch mich nicht!«, donnerte Harry. »Willst du mir erzählen, der Kerl hätte sich in Luft aufgelöst?«

Der Soldat zog es vor, gar nichts mehr zu sagen, was im Moment wahrscheinlich auch das Klügste war, was er tun konnte, und Ben trat mit langsamen Schritten an den Metalltisch heran. Unter seinen Füßen klatschte Wasser, und ihm fiel erneut auf, wie warm es hier drinnen war. Der Raum musste sich unmittelbar in der Nähe der Maschinen befinden. Aus irgendeinem Grund erschien ihm dieser Gedanke wichtig.

»Vielleicht nicht in Luft«, murmelte er versonnen.

»Wie meinst du das?«, fauchte Harry.

Statt direkt zu antworten, tauchte Ben die Fingerspitzen in das Wasser, das auf dem Tisch schimmerte. Es war eiskalt, und wenn man genau hinsah, konnte man Millionen winziger Eissplitter erkennen, die darin glitzerten. Auch der Boden stand einen guten Zentimeter hoch unter Wasser. Zögernd hob er die Hand, berührte seine Fingerspitzen – sehr vorsichtig – mit der Zunge und verzog angeekelt das Gesicht. Er spuckte ein paar Mal aus, bevor er sagte. »Das ist Salzwasser.«

Doch nicht nur. Das Wasser schmeckte salzig, aber da war auch noch mehr; ein schwacher, aber unbeschreiblich ekelhafter Beigeschmack, der ihn an nichts erinnerte, was er kannte. Er spie noch zwei- oder dreimal aus, ohne den widerwärtigen Geschmack ganz von der Zunge zu bekommen.

»Das ist Salzwasser«, meinte er trotzdem noch einmal.

»Das war noch nicht da, als wir ihn reingebracht haben«, erklärte der Söldner hastig. »Der Raum war trocken, das schwöre ich!«

Und so warm, wie es hier drinnen war, dachte Ben, würde er das auch in spätestens einer Stunde wieder sein.

»Wollt ihr beiden Spinner mir jetzt erzählen, der Kerl sei weggeschmolzen?«, fragte Harry böse. »Vielleicht ist er ja auch zu Staub zerfallen und wurde durch die Klimaanlage davongeweht.«

Der Söldner, der nun wirklich *sehr* unglücklich wirkte, blickte einen Moment lang zu dem Lüftungsgitter unter der Decke, als ziehe er diese Möglichkeit ernsthaft in Betracht. Aber er war nicht lebensmüde genug, um den Gedanken laut auszusprechen.

Es war auch nicht nötig. Harry schien ihn deutlich von seinem Gesicht abzulesen und sein Blick verdüsterte sich noch mehr. »Ich kriege schon raus, was hier passiert ist.«

»Aber ich schwöre dir, ich –«, begann der Söldner und brach dann mitten im Satz ab, als Harry sich wütend von ihm abwandte, während Ben sich in die Hocke sinken ließ und die Fingerspitzen nun auch in das Wasser auf dem Boden tauchte. Es war ebenso kalt wie das auf dem Tisch, aber es schwammen mehr Eisstückchen darin. Ben beging nicht den Fehler, noch einmal davon zu kosten – er hatte den grässlichen Geschmack noch immer auf der Zunge –, aber er schnupperte vorsichtig an seinen Fingerspitzen. Das Wasser roch genauso scheußlich, wie es schmeckte.

»Hör mit dem Quatsch auf!«, fauchte Harry.

»Es ist kein Quatsch.« Ben stand auf und wischte sich sorgfältig die Hand an der Hose ab. »Mit diesem Wasser stimmt was nicht.«

»Hier stimmt *überhaupt* etwas nicht«, grollte Harry. Er ließ sich ebenfalls in die Hocke sinken, tauchte die Fingerspitzen ins Wasser und wollte die Hand zum Mund führen.

»Nicht!«, sagte Ben hastig.

Harry erstarrte mitten in der Bewegung und sah zu ihm hoch. »Wie meinst du das?«

»Es … es wäre besser … wenn du das … nicht tust«, antwortete Ben zögernd.

Harrys Augen wurden schmal, aber er sagte nichts mehr, sondern schnupperte nur vorsichtig an seinen Fingerspitzen und schien zu dem Schluss zu kommen, dass es besser war, auf Bens Warnung zu hören. Er verzog kurz und angewidert das Gesicht und erhob sich dann wieder.

»Hier stinkt etwas ganz gewaltig«, erklärte er grimmig. »Und ich finde raus, was es ist. Das schwöre ich euch. Und jetzt raus hier! Dieser Raum bleibt verschlossen, bis ich genau weiß, was hier abgegangen ist.« Ungeduldig scheuchte er Ben und den Söldner aus der Kammer, zog die Tür hinter sich zu und streckte fordernd die Hand aus. Der Soldat reichte ihm gehorsam den Schlüssel, und Harry drehte ihn im Schloss herum und ließ den gesamten Schlüsselbund dann in der Jackentasche verschwinden. »Gibt es noch einen Schlüssel für diesen Raum?«

Die Frage galt Schulz, der den Kopf schüttelte. Harry sah nicht unbedingt überzeugt aus, bohrte aber nicht weiter nach. »Dann brauchen wir auch keine Wache mehr, nicht wahr? Gehen wir!«

»Sie meinen, Sie erlauben mir auf meinem eigenen Schiff, wieder an meine Arbeit zurückzukehren?«, fragte Schulz spitz.

»Sie können gehen, wohin Sie wollen, Herr Kapitän. Wollten Sie nicht mit der Reederei telefonieren … ach ja, Ihr Funkgerät streikt ja im Moment.«

»Ich werde mit ihnen reden, keine Angst«, antwortete Schulz finster. »Und wenn ich eine Brieftaube schicken muss.«

Harry griente nur breit und machte eine einladende Geste zum Ausgang hin, und zu seiner Erleichterung verzichtete Schulz darauf, die Schraube noch um eine weitere Umdrehung anzuziehen, und setzte sich gehorsam in Bewegung. Ben spürte jedoch, wie schwer es ihm fiel, sich zu beherrschen, was ihn ein wenig erstaunte. Sicher – Harry hatte sich alle Mühe gegeben, den Kapitän zu provozieren, aber er hatte Schulz bisher als einen Mann kennen gelernt, der sehr ruhig und überlegt zu Werke ging und sich nicht so leicht reizen ließ.

Niemand sagte etwas auf dem Weg nach oben. Der Soldat schlich wie ein geprügelter Hund mit hängendem Kopf und Schultern vor ihnen her und verschwand dann unter einem fadenscheinigen Vorwand, kaum dass sie die Treppe hinter sich gebracht hatten, und auch Kapitän Schulz beschleunigte plötzlich seine Schritte und war dann ebenfalls fort. Robert Berger blieb stehen und blickte ihm kopfschüttelnd nach.

»Sie sollten ihn nicht so provozieren«, wandte er sich an Harry. »Letzten Endes macht er nur seine Arbeit, genau wie Sie.«

Der Anführer der Söldner lachte ohne die geringste Spur von Humor. »Sie sagen es, Doktorchen. Ich mache meinen Job. Ich werde dafür bezahlt, für die Sicherheit dieses Schiffes und der Menschen an Bord zu sorgen, und ich nehme meine Aufgabe ernst.«

»Das glaube ich Ihnen sogar«, antwortete Bens Vater – offensichtlich nicht nur zu Bens, sondern auch zu Harrys Überraschung. »Aber wenn Sie ihn ständig demütigen, und das noch dazu vor seiner Mannschaft und den Passagieren, machen Sie es ihm und sich selbst nur unnötig schwer.«

»Danke für den professionellen Rat, Herr Professor«, meinte Harry zynisch. »Muss man eigentlich promovierter Psychologe sein, um so einen Stuss zu reden?«

»Nein«, erwiderte Bens Vater ruhig. »Ein bisschen Menschenkenntnis reicht da schon.«

Harry warf ihm eine eisigen Blick zu, drehte sich abrupt um und ging weiter, und auch Ben und sein Vater setzten sich wieder in Bewegung. Ben wartete darauf, dass sich Harry endlich verkrümelte, aber der Söldner hatte sich offensichtlich vorgenommen, ihn bis zu seiner Kabine zu begleiten. Ben war es gleich. Er wollte nur noch weg hier und seine Ruhe haben. Er fühlte sich nicht besonders. In seinem Mund war noch immer der widerliche Geschmack des Wassers, und er hatte das Gefühl, dass sein gesamter Mund und seine Lippen prickelten und zugleich allmählich taub zu werden begannen. Er musste etwas trinken und sich vielleicht einen Moment lang hinlegen und ausruhen, so absurd ihm dieser Gedanke auch selbst vorkommen mochte.

Als sie den Gang erreichten, auf dem ihre Kabinen lagen, kam ihnen seine Mutter entgegen. Sie wirkte zugleich erleichtert und besorgt, als sie Ben und seinen Vater erkannte, und anscheinend fiel es ihr nicht schwer, im Gesicht ihres Mannes zu lesen, denn sie runzelte die Stirn. Dennoch steuerte sie zielsicher auf Harry zu.

»Hauptmann West! Ich habe Sie schon gesucht.«

»So?«, knurrte Harry. »Dann haben Sie mich ja gefunden.«

Bens Mutter ignorierte seinen unhöflichen Ton. »Ich habe mich um Ihre beiden Männer gekümmert.«

»Und? Wie geht es ihnen?« Harrys Unleidlichkeit war wie weggeblasen. Er wirkte jetzt aufmerksam und fast ein bisschen alarmiert. Anscheinend sorgte er sich tatsächlich um seine Leute.

»Der eine hat nur einen Kratzer«, antwortete sie, »kaum der Rede wert. Aber der andere gefällt mir nicht. Er hat eine ziemlich üble Stichwunde im Oberschenkel.«

»Was genau heißt: *ziemlich übel?*«, wollte Harry wissen.

»Es besteht keine Lebensgefahr, wenn Sie das meinen. Die Arterie wurde glücklicherweise nicht verletzt, und die Blutung hat Ihr Sanitäter bereits zum Stillstand gebracht. Aber es ist wirklich eine tiefe Stichwunde, mit der nicht zu spaßen ist. Der Mann sollte sich wenigstens drei Tage lang nicht bewegen. Besser eine Woche – wenn Sie Wert darauf legen, dass er von dieser Verletzung keine bleibenden Schäden davonträgt.«

Harry überlegte einen Moment und nickte dann wenig begeistert. »Das kriegen wir hin. Wir gehen zwar heute Nacht von Bord, aber zur Not muss er eben auf der *Princess* bleiben. Kapitän Schulz hat bestimmt nichts dagegen, wenn ich ihn ganz lieb darum bitte.«

Jennifer Berger sah ihn einen halben Atemzug lang verdutzt an. Sie hatte von dem Streit zwischen ihm und Schulz ja nichts mitbekommen. Dann tat sie das Thema mit einem Schulterzucken ab.

»Da ist noch etwas.«

»So?«

»Ich bin nicht sicher«, fuhr sie – zögernd – fort, »aber sein Zustand lässt sich eigentlich nicht mit der Stichwunde allein erklären.«

»Was meinen Sie damit?«, fragte Harry, plötzlich *sehr* aufmerksam.

»Wie gesagt, ich bin nicht sicher und ich habe hier auch nicht die nötigen Mittel, um ein großes Blutbild zu erstellen, aber es kommt mir fast vor wie eine Vergiftung. Nehmen Ihre Männer irgendwelche Drogen?«

»Sind Sie verrückt?«, fauchte Harry.

»Ich bin nicht von der Polizei oder von der Drogenfahndung. Ich stelle diese Frage als Ärztin. Wenn es da irgendetwas gibt, dann sollten sie es mir sagen. Es könnte mir helfen, den Mann schneller gesund zu machen. Das ist alles, was mich interessiert.«

Harrys Aufregung hatte sich wieder gelegt. »Da ist nichts. Ich würde höchstpersönlich jedem den Kopf abreißen, den ich auch nur mit einer Haschzigarette erwische.«

»Gut, dann muss ich in einer anderen Richtung weitersuchen«, seufzte sie. »Vielleicht war die Wunde verunreinigt oder es hat ihn doch schlimmer erwischt, als ich dachte. Ich werde später noch einmal nach ihm sehen. Und mit Kapitän Schulz rede ich selbst. Der Mann kann hier an Bord in der Krankenstation bleiben und wieder zu Ihnen stoßen, wenn er ganz gesund ist.«

Harry sah so aus, als hätte er eine Menge dazu zu sagen, aber was immer es auch war, er schluckte es hinunter und nickte nur finster, und Bens Mutter wandte sich ohne ein weiteres Wort um und öffnete die Tür zu Bens Kabine.

Sie traten ein. Ben steuerte wortlos und sehr schnell die Minibar an, öffnete eine Flasche Cola und leerte sie in einem Zug fast zur Hälfte, aber es nutzte nichts. Der widerliche Geschmack wurde eher noch stärker, und seine Unterlippe war mittlerweile vollends taub, sodass ihm ein wenig Cola aus dem Mundwinkel lief und an seinem Kinn hinuntertropfte. Hastig wischte er es weg, bevor er sich zu seinen Eltern herumdrehte.

Seine Mutter sah ihn auf eine Art an, die ihm nicht gefiel. »Was ist los?«

»Was soll los sein?«, erwiderte Ben unbeholfen.

»Versuch nicht, mich für dumm zu verkaufen, junger Mann«, sagte sie streng. »Ich bin deine Mutter und kenne dich. Und deine Frau«, fügte sie mit ärgerlichem Blick in Richtung ihres Mannes hinzu. »Also macht mir nichts vor, ihr beiden. Ihr seht aus, als wäre euch das Ungeheuer von Loch Ness über den Weg gelaufen!«

Ben rettete sich in ein reichlich verunglücktes Lächeln, und sein Vater versuchte dasselbe, schüttelte aber dann den Kopf und erzählte in knappen Worten, was gerade unten im Schiff geschehen war. Bens Mutter hörte schweigend und mit einem Gesichtsausdruck, der immer skeptischer wurde, zu, doch sie unterbrach ihn kein einziges Mal.

»Das ist eine wirklich mysteriöse Geschichte«, sagte sie endlich. »Aber ihr beide fangt doch nicht etwa an, an Geister zu glauben oder Tote, die sich in Luft auflösen oder wegschmelzen?«

»Natürlich nicht«, antwortete Ben, selbst für seinen Geschmack ein wenig zu hastig. »Die Geschichte ist einfach nur … komisch.«

»Ja, so kann man es ausdrücken. Ich möchte nicht in der Haut des armen Kerls stecken, wenn er diesem Harry beichtet, was wirklich passiert ist. Aber das erklärt nicht, was mit dir los ist, Ben.«

»Was soll mit mir los sein? Nichts.« Im nächsten Moment machte Ben einen hastigen Schritt zur Seite, um sein Gleichgewicht zu wahren, als ihm plötzlich schwindelig wurde.

»Ja, das sieht man«, antwortete seine Mutter spöttisch. Mit zwei schnellen Schritten war sie bei ihm, ergriff mit der linken Hand seinen Arm, um nach seinem Puls zu tasten, und legte die andere flach auf seine Stirn. »Du hast Fieber. Und erhöhten Puls. Was ist passiert? Die Wahrheit!«

»Nichts«, sagte Ben – fast – wahrheitsgemäß.

»Wahrscheinlich war es zu viel für ihn«, meinte sein Vater.

»He!«, protestierte Ben.

»Du bist so etwas nicht gewohnt«, beharrte nun auch seine Mutter. »Wer weiß? Vielleicht hast du dir eine Erkältung eingefangen, vorhin an Deck. Dazu die Aufregung …« Sie machte eine befehlende Geste zum

Bett. »Du legst dich jetzt eine Stunde hin, und ich komme später wieder und bringe dir etwas gegen das Fieber.«

Ben war empört. Was fiel seinen Eltern ein, ihn plötzlich wie ein kleines Kind zu behandeln? Er setzte zu einem geharnischten Protest an, doch statt auch nur irgendetwas von dem auszusprechen, was ihm auf der Zunge lag, ließ er sich willenlos von seiner Mutter zum Bett führen und schlief ein, noch bevor sein Kopf das Kissen berührte.

11

DER HIMMEL WAR SCHWARZ. Jeder einzelne der Millionen und Abermillionen Sterne, die an einem Firmament von so vollkommener Schwärze standen, wie er es noch nie zuvor gesehen, ja vielleicht niemals für möglich gehalten hatte, wirkte wie eine winzige, grell leuchtende Wunde, und genau im Zentrum dieses schimmernden, kalten Diadems prangte ein kreisrundes, noch schwärzeres Loch, wo etwas das Licht der Sterne verdeckte.

Es war der Todesbote, der näher gekommen war.

Es war hundert Nächte her, dass er am Himmel erschienen war, nicht mehr als ein winziger Schmutzfleck am Anfang, kaum groß genug, um einen einzigen Stern zu verdecken, und überhaupt nur zu sehen, wenn das Auge genau wusste, wonach es zu suchen hatte. Inzwischen war er zu einem Koloss angeschwollen, der ein Fünftel des Firmaments verschlungen hatte und dessen Schatten sich erst bei Nacht dräuend und unheilschwanger über die Welt legte. In weiteren hundert Nächten, das hatten die Geister des Kommenden vorausgesagt, würde er das gesamte Firmament ausfüllen und schließlich die Berge berühren, doch das würde niemand mehr erleben, denn dem großen Tod, den der Bote von den Sternen brachte, eilte ein kleinerer voraus; klein allerdings nur in kosmischen Begriffen.

Für alles Leben auf dieser Welt war er groß genug.

Ganz anders als in den Nächten zuvor war sich Ben der Tatsache bewusst, dass er träumte. Er war sich sogar des Umstands bewusst, dass es ein Albtraum war, einer von der ganz üblen Sorte, aber dieses Wissen schützte ihn nicht vor der Angst, die dieser Nachtmahr mit sich brachte.

Dennoch war es zugleich ein äußerst bizarrer Traum, so sonderbar, dass seine Neugier und sein Erstaunen fast genauso stark waren wie die Panik, die seine Gedanken verheerte.

Alles, was er sah, war … fremd. An einem Horizont, der unmöglich weit entfernt schien und zugleich zum Greifen nahe und mit dessen Krümmung etwas nicht stimmte, erhoben sich Berge, unvorstellbar hoch und so kantig, dass ihr Anblick in den Augen wehtat, und auch sie waren von einem Schwarz, das es eigentlich nicht gab. Die Luft, die er atmete, war keine Luft, sondern etwas anderes. Und der Himmel … Die Sterne standen nicht in der richtigen Position und es waren zu viele. Dafür gab es keinen Mond. War er überhaupt auf der Erde oder hatte ihn dieser Traum, der irgendwie nicht wirklich ein Traum zu sein schien, in eine andere Welt entführt?

Die Antwort lautete nein. Es *war* die Erde, das spürte er mit einer Gewissheit, die so groß war, dass ihn allein der Gedanke an irgendeinen Zweifel beinahe körperlich schmerzte, aber eine Erde, die so radikal fremdartig war, dass Worte nicht ausreichten, um den Unterschied zu beschreiben.

Es waren nicht nur Berge, die er sah. Zwischen den schartigen, schwarzen Spitzen und ihm befanden sich … *Dinge*, aber er konnte nicht erkennen, was. Etwas in ihm schrak davor zurück, sie anzublicken.

Schließlich hob er den Kopf wieder und sah den gigantischen schwarzen Todesboten am Himmel an. Die Geister des Kommenden hatten ihm gesagt, was geschehen würde, aber ihre Prophezeiung wäre im Grunde nicht einmal notwendig gewesen. Seit einigen Nächten schon bebte die Erde; nicht besonders stark, aber sie *bebte*, und das Ammoniak in den Ozeanen brach sich jetzt mit größerer Wucht an den schwarzen Klippen. Der Todesbote war am Anfang nur ein Schmierfleck am Himmel gewesen.

Ben war verwirrt. Was waren das für Gedanken? Nicht seine eigenen, ganz bestimmt nicht, aber sie schienen dennoch irgendwie zu ihm zu gehören, so als wäre er nicht mehr ganz er selbst, sondern auch etwas anderes, Unheimliches, das viel mehr Teil dieser bizarren Welt war als der seinen. Die Geister des Kommenden? Was sollte das sein?

Er fand keine Antwort auf diese Frage, aber etwas anderes geschah: Aus dem Wogen zwischen dem Horizont und ihm löste sich eine Gestalt – vielleicht eine Gestalt, vielleicht auch etwas, das zu identifizieren sich seine Augen genauso weigerten wie die anderen … *Dinge* – und kam langsam auf ihn zu. Sie war groß, wogend und peitschend, mit gewaltigen, glotzenden Augen und schnappenden Kiefern und sie strahlte etwas so Feindseliges aus, dass sich Ben vor Furcht und Entsetzen krümmte wie ein getretener Wurm. Er wollte schreien, herumfahren und weglaufen, doch er konnte nichts von alledem. In seinem Traum war er zu Reglosigkeit und Schweigen verdammt und alles verschlingender Furcht, die ihn wie eine kalte Flamme von innen heraus verzehrte. Aber wenn er doch wusste, dass er träumte, warum konnte er dann nicht aufwachen?

Er konnte es nicht. Er konnte nur dastehen und das peitschende Ding anstarren, das auf ihn zuglitt und -schlabberte. Etwas wie ein schwärender Tentakel mit einer mörderischen Schere am Ende tastete sich in seine Richtung, und er wusste, dass etwas Schreckliches geschehen würde, wenn ihn diese Klaue berührte. Etwas, was tausendmal schlimmer war als der Tod, aber er war nicht fähig sich zu rühren. Das *Ding* kam näher, zitternd, schnappend, ein Versprechen auf unvorstellbares Grauen mit sich bringend, hatte ihn jetzt beinahe erreicht und dann …

… war plötzlich eine strahlend weiße Gestalt zwischen ihnen, ein schimmernder Engel ohne Flügel, der sich schützend vor ihn stellte und das Ungeheuer durch seine bloße, gleißende Anwesenheit zurückwarf. Und …

12

... **BEN FUHR MIT EINEM KEUCHENDEN LAUT HOCH** und starrte eine geschlagene Sekunde verständnislos in ein Gesicht, das ebenfalls schön und Vertrauen erweckend war, aber nicht dem Engel aus seinem Traum gehörte. Das konnte es auch nicht, denn er träumte nicht mehr, sondern lag schweißgebadet in seinem Bett, japste nach Luft wie ein Fisch auf dem Trockenen und hoffte, dass sein Herz es sich im letzten Moment doch noch anders überlegte und seine Versuche einstellte, mit Gewalt durch seine Rippen brechen zu wollen.

»Was ist los?«, fragte seine Mutter erschrocken.

»Nichts«, antwortete Ben mühsam. Er versuchte sich aufzurichten, schaffte es aber erst beim zweiten Anlauf. »Ich ... ich glaube, ich hatte einen Albtraum.«

»Aber jetzt ist er vorbei?«, erkundigte sich seine Mutter vorsichtig.

»Ich ... ähm ... glaube schon.« Er versuchte sich möglichst unauffällig in der Kabine umzusehen, was seine Mutter natürlich erst recht beunruhigte. Doch wenigstens wusste er jetzt, dass in seiner Kabine alles so war, wie es sein sollte. Nichts lauerte in den Schatten, nichts versuchte, ihn aus dem Nichts heraus anzuspringen, es gab keine Schlabbermonster, keine Todesboten und keine Spinnen.

»Ist auch wirklich alles in Ordnung mit dir?«, wollte seine Mutter wissen.

»Ja«, behauptete Ben mit einem nervösen Lächeln, aber umso weniger Glaubwürdigkeit. »Es ist wirklich alles okay. Aber was machst du denn hier? Du wolltest doch erst in einer Stunde zurückkommen.«

»Stimmt. Und das war vor *zwei* Stunden. Ich wurde aufgehalten, tut mir leid.«

»Zwei Stunden?«, vergewisserte sich Ben blinzelnd.

»Plus die eine, die ich angekündigt hatte.«

Drei Stunden?, dachte Ben erschrocken. Er hatte *drei* Stunden geschlafen? Angestrengt kramte er in seiner Erinnerung. Sicher, der

Traum war entsetzlich gewesen, vielleicht das Schlimmste, was er jemals erlebt hatte, doch er hatte trotzdem nur ein paar Augenblicke gedauert. Wo war der Rest dieser drei Stunden geblieben?

Andererseits war es eine sehr kurze Zeit, um eine Milliarde Jahre und wieder zurück zu überwinden.

»Eine Milliarde?« Wie kam er jetzt wieder auf *diese* Zahl?

»Eine Milliarde?«, wiederholte seine Mutter und schüttelte den Kopf. »Nein, keine Sorge. *So* teuer ist eine Sprechstunde bei mir nun auch wieder nicht.«

Ben glotzte sie verwirrt an, bevor ihm klar wurde, dass er seinen letzten Gedanken offensichtlich laut ausgesprochen hatte. »Es … es war nichts«, sagte er verlegen. »Ich glaube, es war wirklich ein übler Traum. Ich sollte ins Bad gehen und mir ein bisschen kaltes Wasser ins Gesicht spritzen.«

»Gute Idee«, lobte seine Mutter. »Und über den Rest am besten gleich auch. Du riechst ein wenig streng, Sohn.«

Während Ben mühsam die Beine aus dem Bett schwang und sich, noch immer ein bisschen benommen, aufzusetzen versuchte, sah er an sich herab und musste seiner Mutter im Stillen Recht geben. Er hatte sich in seinen Kleidern aufs Bett sinken lassen und war so schweißgebadet, dass seine Klamotten troffen, als wäre er damit ins Wasser gefallen. Seine Mutter hatte es noch diskret ausgedrückt. Er roch nicht ein wenig streng, er stank.

»Fünf Minuten«, murmelte er.

»Oh, lass dir ruhig Zeit«, meinte seine Mutter, während er sich hochstemmte und mit hängenden Schultern ins Bad schlurfte. »Aber tu mir und dem Rest des Schiffes einen Gefallen und zieh frische Kleider an, nachdem du geduscht hast.«

Ben nahm – widerwillig – den Umweg zum Kleiderschrank in Kauf, angelte wahllos irgendetwas heraus und verbrachte die nächsten fünf Minuten unter der Dusche und mit dem Versuch, sich sowohl den Schweiß als auch die Erinnerung an den Albtraum abzuwaschen. Mit dem Schweiß funktionierte es (mittels einer halben Flasche Duschgel) hervorragend, der Albtraum … war eben ein Albtraum, basta. Wahrscheinlich hatte sein Vater Recht: Es war alles ein bisschen viel für ihn gewesen, schließlich war er es nun wirklich nicht gewohnt, sich mit Eispiraten und wild gewordenen Möchtegernrambos herumzuschlagen. Da wunderte er sich, wenn seine Fantasie Amok lief? Ein bisschen frische Luft, ein heißes Getränk – vielleicht, ein Wiedersehen mit Sasha? – würden ihn schon auf andere Gedanken bringen.

Mit einem Handtuch um die Hüften und ohne auch nur an die Kleider zu denken, die er eigens mit ins Bad genommen hatte, ging er in seine Kabine zurück. Seine Mutter zog die Augenbrauen zusammen und spitzte dann anerkennend die Lippen. »Oh, là là. Also, wenn ich nicht verheiratet wäre …«

»Und alt genug, um meine Mutter zu sein«, fügte Ben hinzu.

»Stimmt.« Sie lächelte unerschütterlich weiter, aber ihre Augen blickten plötzlich sehr ernst. »Und als die frage ich mich natürlich, was wirklich mit dir los ist.«

»Nichts«, erwiderte Ben, während er zum Schrank ging und sich die zweite Garnitur frischer Kleidung heraussuchte. »Ich habe mir ein bisschen zu viel zugemutet, das ist alles.«

»Das meine ich nicht. Vorhin an Deck … ich habe nichts gehört, aber man konnte schlecht übersehen, dass du mit diesem Harry ganz schön aneinander geraten bist.«

»Hm«, machte Ben. Er begann sich anzuziehen, was sich als gar nicht so einfach erwies, ohne das Handtuch fallen zu lassen. Aber die vier oder fünf Schritte zum Bad zurückzugehen war ihm im Moment viel zu mühsam. Da machte er schon lieber komische Verrenkungen und hüpfte abwechselnd auf dem rechten und dem linken Bein herum.

»›Hm‹ ist nicht unbedingt das, was ich jetzt hören wollte.«

»Viel mehr kann ich dir aber nicht sagen.« Ben begann mit seiner linken Socke zu kämpfen, aber sie erwies sich als unerwartet störrisch und weigerte sich schlichtweg, sich über seinen Fuß streifen zu lassen.

»Soll ich dir helfen?«, fragte seine Mutter spöttisch.

»Ich komme schon klar«, grollte Ben.

»Dann könntest du mir auch meine Frage beantworten«, bohrte sie unerbittlich weiter. »Was war los?« Ben resignierte. Er kannte seine Mutter gut genug um zu wissen, dass sie jetzt nicht aufgeben würde.

»Ich weiß es wirklich nicht«, sagte er trotzdem. »Aber du hast diesen Irren doch gesehen. Er hat mit seiner Schallkanone ein Schiff zerstört und war wohl wütend, weil ich ihn deswegen zur Rede gestellt habe.« Nun ja, das enthielt zumindest genug Wahrheit, um nicht vollkommen gelogen zu sein.

»Einen Mann wie diesen Harry *zur Rede* zu stellen«, sagte sein Mutter, »zeugt entweder von einer gehörigen Portion Mut oder von ziemlicher Dummheit.«

Ben hatte den Kampf gegen seinen widerspenstigen Strumpf endlich gewonnen und nahm das Hemd in Angriff, während er sich zu ihr herumdrehte. Er machte wieder nur: »Hm.«

»Was war wirklich los?«, fragte sie geradeheraus. »Dein Vater hat mir von deinem Benehmen unten im Maschinenraum erzählt.«

»Und jetzt zweifelst du an meinem Verstand«, vermutete Ben. »Keine Angst, mit mir ist alles in Ordnung. Ich habe ein paar schlechte Träume gehabt, das ist alles.« Er zuckte mit den Achseln. »Vielleicht ist das meine persönliche Art der Seekrankheit.«

»Das kann sogar sein. Jeder reagiert anders auf Stress. Du hattest schon immer eine lebhafte Fantasie.«

»Danke für das Kompliment.«

»Ich meine es ernst. Und es ist auch nichts Schlimmes dabei. Dein Fieber scheint ja weg zu sein, und von diesem Harry und seinen Leuten ist seit Stunden nichts mehr zu sehen. Ich schlage vor, du bist ausnahmsweise einmal ein Kavalier der alten Schule und begleitest deine greise Mutter auf den Ball heute Abend. Das bringt dich auf andere Gedanken.«

»Was für ein *Ball*?«, fragte Ben.

»Ihr jungen Leute nennt das wohl eher Party. Die Feier, weil wir die Küste erreichen. Schon vergessen?«

»Nein, aber ich dachte, Kapitän Schulz würde sie absagen, nach dem, was passiert ist.«

»Er wird sich hüten. Ganz im Gegenteil. Nach der hässlichen Geschichte von heute Mittag tut er alles, um an Bord wieder zur Normalität zurückzukehren. Die Party kommt ihm wie gerufen, nehme ich an. Die Leute sprechen über nichts anderes mehr.«

»Und du meinst, das tun sie auf der Party nicht?«

»Doch«, gestand seine Mutter schmunzelnd. »Aber nach dem ersten halben Dutzend kostenloser Martinis sieht die Welt schon ein bisschen anders aus.«

»Kostenlose Martinis?«

»Du bist noch nicht volljährig, junger Mann. Alkohol bekommst du nur über meine Leiche. Wenn du also nicht zu drastischen Maßnahmen greifen willst, dann musst du entweder warten, bis du erwachsen bist oder ich an Altersschwäche gestorben bin.«

»Die ganzen zwei Wochen?«, ächzte Ben.

Seine Mutter warf mit einem Kopfkissen nach ihm. Ben duckte sich lachend unter dem improvisierten, nichtsdestoweniger aber sehr zielsicher geschleuderten Wurfgeschoss – und dann blieb ihm das Lachen im Halse stecken, als sein Blick auf das Bett fiel. Genau dort, wo das Kissen gelegen hatte, hockte eine fette, haarige Spinne.

Sein Schrecken musste sich wohl deutlich auf seinem Gesicht abzeichnen, denn seine Mutter runzelte die Stirn und wollte den Kopf drehen, um seinem Blick zu folgen, und Ben bückte sich hastig, klaubte das Kissen auf und warf es wuchtig zurück. Es landete in ihrem Gesicht, und nachdem sie sich schnaubend davon befreit hatte, war auch die Spinne nicht mehr da. Spinnen sahen nicht besonders gut, soweit Ben wusste, aber die hektische Bewegung musste sie wohl verscheucht haben. Das hätte ihm noch gefehlt, dachte er – eine hysterische Mutter, die vor Schreck zum Ventilator hochsprang und sich daran festklammerte!

»Das war heimtückisch!«, beschwerte sich seine Mutter.

»Und? Ich bin jung. Ich darf das.«

»Falsch! Du bist jung und du darfst *dumm* sein. Heimtücke ist das Vorrecht des Alters.« Plötzlich war das Misstrauen in ihren Augen wieder da. »War … irgendetwas? Du bist blass geworden.«

»Nein, nichts«, versicherte Ben hastig. »Mir ist … ähm … nur ein bisschen schwindelig, das ist alles.« Das war nicht einmal gelogen. Die rasche Bewegung war offensichtlich zu viel für seinen immer noch angeschlagenen Kreislauf gewesen.

»Ich sollte dich wohl doch noch einmal gründlich untersuchen«, sagte seine Mutter. Sie stand auf und kam näher. Sie versuchte weiterhin zu lächeln, aber es gelang ihr nicht ganz, die Sorge zu verhehlen, die sie empfand.

»Wegen einer simplen Erkältung?« Ben hob abwehrend die Hände. »Jetzt übertreib es nicht. Ich bin kein Baby mehr.«

»Dann benimm dich auch nicht so.« Sie tastete nach seinem Puls, fühlte seine Stirn und sah ihm dann kurz, aber sehr aufmerksam zuerst in die Pupillen und dann in den Hals. »Fieber hast du jedenfalls keines mehr«, meinte sie, nachdem Ben ihre improvisierte Untersuchung über sich ergehen hatte lassen. »Und dein Puls ist auch wieder in Ordnung. Dein Hals ist ein bisschen rot, aber das kann an der Kälte liegen. Ich weiß nicht ... vielleicht solltest du doch besser im Bett bleiben, statt auf diese Party zu gehen.«

»Und die einzige Unterbrechung in zwei Wochen Langeweile verpassen?«, empörte sich Ben. »Nichts da! Und wenn ich auf Händen und Knien hinkriechen muss.«

»Also gut, meinetwegen«, seufzte seine Mutter widerstrebend. »Aber beschwer dich nicht bei mir, wenn du auf Händen und Knien *zurück*kriechen musst. Und erwarte nicht, dass ich dir helfe.«

»Natürlich erwarte ich das«, gab Ben mit einem breiten Grinsen zurück. »Immerhin bist du Ärztin und hast diesen komischen Eid des Hippokrates geschworen.«

»Aber ich bin auch deine Mutter«, erwiderte sie schnippisch. »Und als solche bekomme ich von jedem Gericht mildernde Umstände. Jedenfalls, wenn der Richter auch Kinder hat.« Sie maß ihn mit einem abschließenden kritischen Blick und trat dann zurück. »Also gut. Es geht in einer guten Stunde los. Wir treffen uns in der Lounge, einverstanden? Oder sollen dein Vater und ich dich abholen?«

»Nur wenn ich den Weg allein nicht finden sollte«, antwortete Ben in übertrieben beleidigtem Ton. »Ihr könnt mich ja abholen kommen, wenn ich nicht auftauche.«

»Worauf du dich verlassen kannst.« Seine Mutter bekräftigte ihre Worte mit einem grimmigen Nicken und sah dann auf die Armbanduhr. »Aber jetzt muss ich gehen. Ich habe noch einen anderen Patienten, um den ich mich kümmern muss. Und so was nennt sich Urlaub!«

»Den Söldner? Wie geht es ihm?«

»Nicht besonders gut, fürchte ich. Die Wunde ist nicht so schlimm, aber sein Fieber sinkt einfach nicht. Der Mann gehört in ein Krankenhaus, doch das nächste ist ziemlich weit entfernt.«

»Gibt es denn hier an Bord keinen Arzt?«

»Doch. Er ist gut. Wahrscheinlich besser als ich, ehrlich gesagt. Immerhin ist es ziemlich lange her, dass ich praktiziert habe. Aber auch er kann nicht zaubern. Wenn man einem Menschen helfen will, dann muss man erst einmal wissen, was ihm eigentlich fehlt.« Sie sah ihn mit schräg gehaltenem Kopf an. »Du warst doch dabei. Bist du ganz sicher, dass es nur ein Eissplitter war, der ihn getroffen hat?«

»Nein«, antwortete Ben wahrheitsgemäß. »Nicht ganz, aber ziemlich. Was soll es denn sonst gewesen sein?«

»Wenn ich das wüsste.« Seine Mutter seufzte tief und hob noch einmal die Schultern. »Ich sehe noch einmal nach ihm. Wir treffen uns dann auf der Party. Komm nicht zu spät. Wenn ich Kapitän Schulz richtig verstanden habe, dann bringt er seine Tochter mit.« Und damit ging sie.

Er wartete, bis sie die Tür hinter sich geschlossen hatte, dann nahm er sich eine Zeitung, faltete sie zu einer praktischen Spinnenklatsche zusammen (normalerweise hätte er ein so harmloses Tierchen niemals umgebracht, das schließlich nichts dafür konnte, dass es hässlich war, aber mittlerweile ging ihm das Mistvieh gehörig auf die Nerven) und verbrachte einen Gutteil der Stunde, die ihm noch blieb, mit der Suche nach einem gewissen achtbeinigen blinden Passagier, ohne ihn allerdings zu finden. Er hatte auch nicht ernsthaft damit gerechnet. Wenn es irgendetwas gab, was die Gefräßigkeit von Spinnen übertraf, dann war es ihre Meisterschaft im Verstecken. Wahrscheinlich saß das kleine Scheusal jetzt in irgendeiner finsteren Ecke und lachte sich einen Ast über seine plumpen Versuche, es aufzuspüren.

»Fühl dich bloß nicht zu sicher«, erklärte er dem leeren Zimmer. »Früher oder später kriege ich dich, mein Wort drauf.«

Weder die Kabine noch die Spinne antworteten ihm, aber plötzlich musste Ben lachen, als ihm klar wurde, dass er sich gerade genauso angehört hatte wie Harry.

Doch seine gute Laune verflog sofort wieder. Die Sache war wirklich … komisch. Ben hatte weder jetzt noch das letzte Mal unter der Plane genau hinsehen können – aber er war trotzdem beinahe sicher, dass es immer dieselbe Spinne gewesen war. Irgendwie schien sie einen Narren an ihm gefressen zu haben. Ben hätte sich weiß Gott ein niedlicheres Haustier vorstellen können als ausgerechnet eine *Spinne*, doch vielleicht würde sich der kleine Arachnide seine Anhänglichkeit ja noch überlegen, wenn er erst anfing, ihm ein Bein nach dem anderen auszureißen, und das schön langsam … Ben runzelte erschrocken die Stirn. Was waren das für Gedanken? Ganz egal aus welchem Grund, er würde niemals ein Tier quälen!

Nein, irgendetwas stimmte nicht.

Schlimmstenfalls nicht mit ihm.

13

OBWOHL ER SICH ZEIT LIESS und den Weg zur Lounge so langsam zurücklegte, dass er genauso gut auf Händen und Knien hätte kriechen können, gehörte er mit zu den Ersten, die dort oben eintrafen, was auch nicht wirklich erstaunlich war. Bis zum offiziellen Beginn der Party war noch fast eine Stunde Zeit, und bis sie richtig losging, vermutlich noch sehr viel mehr. Um Mitternacht, quasi als Höhepunkt des Festes, war ein großes Feuerwerk geplant, auch wenn es bis dahin noch nicht richtig dunkel sein würde. Der kurze Sommer der Antarktis neigte sich dem Ende entgegen. Direkt am Südpol war bereits eine fast sechs Monate dauernde Nacht angebrochen, und hier in Küstennähe herrschte im Moment – zumindest für seine Begriffe – einfach ein einziges Durcheinander aus Hell und Dunkel. Die Nächte dauerten nur wenige Stunden, das aber wiederum nur für wenige Tage, bis sie nach und nach länger wurden und es gar nicht mehr richtig hell wurde.

Da er nichts Besseres zu tun hatte und sich zwischen all den Stewards und Kellnern, die noch eifrig damit beschäftigt waren, das Büfett und die Getränke für den erwarteten Ansturm der Gäste vorzubereiten, reichlich deplatziert vorkam, trat er an das große Fenster heran und sah nach Süden. Bald würde die Küste der Antarktis in Sicht kommen, und etwa eine Stunde später, sobald die kurze Dämmerung einsetzte, würden sie anhalten und die Party würde richtig losgehen. Er hatte Schulz gefragt, warum sie sich dem antarktischen Kontinent nicht weiter näherten; ein Blick auf die Küste aus nächster Nähe wäre verlockend gewesen und das Meer war dort tief genug für die *Princess.* Doch Schulz hatte das rundheraus abgelehnt, unter Hinweis auf die unberechenbaren Strömungen und noch unberechenbareren Windverhältnisse. Kein verantwortungsbewusster Kapitän, so hatte er betont, würde sein Schiff und die Menschen an Bord einem solchen Risiko aussetzen.

Damals hatte Ben ihm geglaubt.

Genau genommen, dachte er, hätte er den Braten da schon riechen können. Wind- und Strömungsverhältnisse waren schon zehn Kilometer vor der Küste unberechenbar und daher gefährlich, aber die *Princess* musste bis auf diese Distanz an das Festland heran, damit Harry und sein Schlägertrupp von Bord gehen konnten.

Apropos Harry und sein Schlägertrupp: Zwei der weiß vermummten Gestalten tauchten in diesem Moment auf dem Vorderdeck auf und begannen die *Satellitenschüssel* abzubauen. Der Anblick hätte ihn beruhigen sollen, aber das genaue Gegenteil war der Fall. Bei der Vorstellung, dass die Männer die Schallkanone abbauten, fühlte er sich plötzlich hilf- und schutzlos. Dabei gab es keinen Grund mehr für die Anwesenheit dieses Monstrums an Bord. Die Piraten waren vernichtet, die Gefahr vorbei.

Und wenn es noch mehr von ihnen gab?

Unwillkürlich sah er wieder in die Richtung, in der die Nebelbank aufgetaucht war, und für einen Augenblick bildete er sich ein, sie zu sehen, aber dann musste er über seinen eigenen Gedanken lächeln. Piraten, die im einundzwanzigsten Jahrhundert ein Kreuzfahrtschiff überfielen, das war schon ungewöhnlich genug – aber gleich eine ganze Flotte?

Das war lächerlich!

Er drehte sich mit einem Ruck vom Fenster weg und stellte erleichtert fest, dass er mittlerweile nicht mehr der einzige Gast in der Lounge war. Ungefähr ein Dutzend weiterer Passagiere war inzwischen eingetrudelt, unter ihnen auch seine Eltern. Ben ging auf sie zu und blieb dann abrupt wieder stehen, als er den Mann erkannte, mit dem sein Vater gerade sprach. Er drehte ihm den Rücken zu und er trug jetzt einen schicken, dunkelgrauen Anzug, in dem er ihn sich bisher nicht einmal hätte vorstellen können … aber es war zweifelsohne Harry.

Was zum Teufel hatte sein Vater mit Harry zu besprechen?

Es gab nur einen Weg, das herauszufinden.

Ben ging weiter, erwiderte das erfreute Lächeln seiner Mutter flüchtig und klaubte sich im Vorbeigehen ein Glas Orangensaft vom Tablett eines Kellners, ehe er provozierend dicht neben seinem Vater Aufstellung nahm. Sein Vater nickte nur, aber Harry prostete ihm mit einem Glas Mineralwasser zu und sagte: »Hallo, Ben. Schön, dass wir uns noch einmal sehen.«

»Ach?«, fragte Ben.

»Hauptmann West und seine Leute gehen heute Nacht von Bord«, erklärte sein Vater.

»Ich weiß«, sagte Ben. Er deutete auf Harrys Anzug. »So?«

»Oh, wir haben noch Zeit«, antwortete Harry in fast fröhlichem Ton. »Wir gehen erst von Bord, wenn es dunkel geworden ist ... oder was sich hier so Dunkelheit nennt. Schließlich wollen wir die Passagiere ja nicht noch mehr beunruhigen.«

»Wozu?«, fragte Ben.

»Du meinst, weil sie uns sowieso schon gesehen haben?«

»Nein.« Ben nippte an seinem Orangensaft und suchte aufmerksam in Harrys Gesicht nach einer Spur von Unaufrichtigkeit oder Spott, fand aber keine. »Warum geht ihr an Land? Wollt ihr immer noch zu dieser Wetterstation?«

»Das war unser ursprünglicher Auftrag«, antwortete Harry, »und daran hat sich nichts geändert. Unsere Freunde von heute Morgen waren nur eine kleine Zugabe. Die Forscher dort drüben warten immer noch auf uns.«

»Obwohl die Piraten ausgeschaltet sind?«

»Wenn es dieselben waren.« Harry zuckte mit den Schultern. »Ich persönlich glaube zwar nicht, dass es gleich zwei Banden gibt ... aber man weiß nie. Die Eierköpfe in der Wetterstation fühlen sich auf jeden Fall sicherer, wenn meine Leute und ich bei ihnen sind.« Er unterbrach sich und sah Bens Mutter fast verlegen an. »Entschuldigung.«

»Wie, Eierköpfe?«, sie lachte. »Schon gut, das sind wir gewohnt. Für uns *Eierköpfe* ist das schon fast ein Kompliment. Sie meinen also, es bestünde keine Gefahr mehr für die Station?«

»Ich gehe prinzipiell davon aus, dass Gefahr besteht«, antwortete Harry ernst. »Das gehört zu unserem Beruf. Aber ich glaube tatsächlich, dass die Station jetzt sicher ist. Ein paar Monate Schneeurlaub ohne allzu großen Stress werden meinem Trupp sicher gut tun.«

»Und Sie haben gar keine Skrupel, für eine Leistung zu kassieren, die Sie gar nicht erbringen?«, erkundigte sich Jennifer Berger.

»Streng genommen haben wir sie schon erbracht. Die Piraten sind erledigt, oder?«

Bens Mutter wollte antworten, doch ihr Mann kam ihr zuvor. »Wie lange bleiben Sie auf dieser Wetterstation?«

»Wenn nichts Unvorhergesehenes passiert, bis Mitte November. Dann fängt ja hier der Sommer an«, antwortete Harry.

»Den ganzen Winter über?« Vater starrte ihn an.

»Ja – wieso?«

»Oh, nichts«, meinte Bens Vater. Plötzlich schien er alle Mühe zu haben, ein schadenfrohes Grinsen zu unterdrücken. »Sie wissen natürlich, was ein Winter in der Antarktis bedeutet.«

»Es wird ziemlich kalt«, schnappte Harry.

»Ja, so könnte man es ausdrücken«, bemerkte sein Vater trocken. Mit einem Male grinste er. »Das kommt ganz darauf an, wie man das Wort *kalt* definiert.«

Harry starrte ihn fast wütend an, dann aber gab er sich einen sichtbaren Ruck, zwang sich zu einem Lächeln und wandte sich erneut an Bens Mutter.

»Ich bin nur gekommen, um mich noch einmal bei Ihnen zu bedanken, Frau Doktor«, sagte er ein wenig steif. »Sie haben sich wirklich ausgezeichnet um meine Männer gekümmert.«

»Dafür bin ich da. Auch wenn Sie auf einen von ihnen wohl bis zu Ihrer Rückkehr verzichten müssen, fürchte ich. Wie geht es dem anderen?«

»Ganz wunderbar. So ein kleiner Kratzer wirft meine Jungs nicht um, keine Sorge.«

»Der *kleine Kratzer* ist ein acht Zentimeter langer Schnitt am Hals«, erwiderte Jennifer Berger streng. »Übertreiben Sie es nicht. Gönnen Sie ihm noch ein paar Tage Ruhe.«

»Sie meinen, nur zweihundert Kniebeugen am Morgen statt der üblichen vierhundert?«, fragte Harry.

»Hundert, allerhöchstens. Das ist eine ärztliche Anweisung.«

Harry seufzte. »Dann bleibt mir wohl keine andere Wahl.« Er zog eine Grimasse, dann drehte er sich wieder zu Ben um und streckte ihm die Hand entgegen. »Friede?«

Etwas Überraschenderes hätte er kaum tun können. Ben starrte ihn drei Sekunden lang einfach nur an und dann noch einmal mindestens ebenso lange seine ausgestreckte Hand, doch dann fing er einen fast beschwörenden Blick seines Vaters auf und griff widerstrebend zu. Aber er konnte sich nicht verkneifen zu sagen: »Waffenstillstand?«

»Auch gut«, erwiderte Harry grinsend. Er drückte deutlich fester zu, als nötig gewesen wäre, doch Ben tat ihm nicht den Gefallen, sich den Schmerz anmerken zu lassen. Eher hätte er sich die Finger brechen lassen. Nicht dass Harry weit davon entfernt gewesen wäre …

»Ben, bitte«, sagte sein Vater missbilligend.

»Schon gut.« Harry setzte seine Bemühungen fort, jeden einzelnen Knochen seiner Hand zu Mus zu zerquetschen, zauberte aber trotzdem ein strahlendes Lächeln auf sein Gesicht. »Das ist schon mehr, als ich zu hoffen gewagt habe, nach allem, was passiert ist. Zwischen uns ist eine Menge schief gelaufen … leider.«

»Es war ja auch ziemlich hektisch«, meinte Ben. Das war ganz und gar nicht das, was er eigentlich gern gesagt hätte, doch in Gegenwart seiner Eltern wollte er nicht schon wieder einen Streit vom Zaun brechen – und wozu auch? Noch ein paar Stunden und Harry war auf Nimmerwiedersehen aus seinem Leben verschwunden.

»Ziemlich.« Harry wirkte mit einem Male verlegen und ließ endlich seine Hand los. »Und Sie freuen sich darauf, noch die letzten Tage an Bord zu genießen, Dr. Berger?«, fragte er unbeholfen.

»Ja. In Australien beginnt für uns wieder der Ernst des Lebens.«

»Der graue Alltag«, vermutete Harry.

»Der *warme* Alltag«, verbesserte ihn Bens Vater.

Harry schwieg ein paar Augenblicke. Ein paar Augenblicke, in denen er Ben fast leidtat. Aber eben nur fast.

»Wann genau geht ihr von Bord?«, wollte Ben wissen.

»Kannst es nicht abwarten, wie?«, fragte Harry. Aber er lachte dabei und es wirkte ehrlich. Dann schüttelte er den Kopf. »In drei oder vier Stunden.« Er sah auf die Uhr und verbesserte sich: »Drei. Möchtest du zusehen?«

»Wobei?«

»Beim Ausschiffen. Das volle Programm. Die Hälfte von uns geht mit dem Hovercraft von Bord, die andere mit Schlauchbooten; komplett aufmunitioniert und in voller Kampfmontur. Sag nicht, dass dich das nicht interessiert.«

»Doch, schon«, antwortete Ben verdutzt. Aber –«

»Dann treffen wir uns in zweieinhalb Stunden unten im Laderaum. Du weißt ja, welchen ich meine.« Und damit drückte er Ben sein Wasserglas in die Hand und ging.

Bens Vater sah ihm kopfschüttelnd hinterher. »Was für ein …«

»Arschloch?«, schlug seine Frau vor, als er nicht weitersprach.

»Ja. Etwas in der Art hat mir vorgeschwebt. Auch wenn ich natürlich empört bin, ein solch unflätiges Wort aus deinem Mund zu hören. Aber im Prinzip … ja, die Richtung stimmt.«

Ben sah seine Eltern abwechselnd und mit wachsender Verblüffung an. »Aber wenn ihr ihn beide für ein solches … *Arschloch* haltet, warum wart ihr dann so freundlich zu ihm?«

»Höflich«, korrigierte ihn sein Vater. »Ich war höflich, nicht freundlich.«

»Das ist ein Unterschied«, fügte seine Mutter hinzu.

»Ein gewaltiger«, sagte sein Vater.

»Aha«, machte Ben. Musste er das verstehen?

»Das ist die Art von uns Erwachsenen, sich zu streiten«, erklärte sein Vater.

»Immer zivilisiert«, ergänzte seine Mutter.

»Und die Quittung bekommt er noch«, sagte sein Vater nun wieder. »Vom Schicksal höchstpersönlich. Der Kerl hat doch in Wirklichkeit keine Ahnung, was ein Winter in der Antarktis bedeutet.« Er lachte, leise und voller unverhohlener Schadenfreude. »Aber das wird er noch früh genug merken.«

»Du meinst, weil es fast ein halbes Jahr lang dunkel bleibt?«

»Wenn das alles wäre … Glaub mir, der Soldat, der unten im Krankenzimmer liegt, hat in Wahrheit das große Los gezogen. Er wird Gott noch auf den Knien für den Eiszapfen danken, der ihn getroffen hat.«

»Wie geht es ihm überhaupt?«, fragte Ben.

»Ein bisschen besser«, antwortete seine Mutter. »Jedenfalls als ich das letzte Mal bei ihm war.« Sie zögerte einen Moment, dann: »Aber etwas anderes: Ich habe mir diesen Lagerraum angesehen. Den, aus dem der Gefangene verschwunden ist. Hauptmann West hat mich reingelassen.«

»*Verschwunden.* So kann man es auch nennen.«

Seine Mutter sah ihn irritiert an, ging aber nicht auf seine Bemerkung ein. »Er war voller Wasser. Am Anfang dachte ich, die Söldner hätten es irgendwie mit hereingebracht, als sie den Toten an Bord geschafft haben.«

»Und?«, fragte Ben, als sie nicht weitersprach. Sie schien sich unbehaglich zu fühlen. Wenn ihr das Thema so unangenehm war, fragte er sich, warum hatte sie dann überhaupt davon angefangen?

»Ich habe mir dieses Wasser ein bisschen genauer angesehen«, fuhr sie schließlich fort. »Es … es roch irgendwie komisch, fand ich.«

Und es hat sogar noch komischer geschmeckt, fügte Ben in Gedanken hinzu, hütete sich aber, es laut auszusprechen. »Ich weiß«, sagte er nur.

»Jedenfalls habe ich eine Probe von dem Zeug genommen«, fuhr sie fort. »Ich werde sie untersuchen. Wer weiß, was ich finde. Es könnte ja sein, dass das schon des Rätsels Lösung ist.«

»Du meinst, es könnte irgendwie … vergiftet sein?«, fragte Ben leicht erschrocken. Er fuhr sich unwillkürlich mit der Zungenspitze über die Lippen. Aber der schlechte Geschmack war fort.

»Das Wort *verunreinigt* wäre mir in diesem Zusammenhang lieber. Aber im Prinzip hast du Recht. Es gibt ein kleines Labor unten in der Krankenstation. Wenn Kapitän Schulz es mir gestattet, dann benutzte ich es morgen.«

»Aber ich gestatte Ihnen doch alles, was Sie möchten, meine Gnädigste«, ertönte eine Stimme hinter ihnen. Überrascht drehte sich Ben herum und sah in Schulz' Gesicht, der so lautlos hinter ihnen aufgetaucht war, als hätte er sich angeschlichen. »Ich weiß zwar nicht, worum es geht, aber mein Schiff gehört Ihnen.«

»Hätte ich das vorher gewusst, hätte ich ein paar andere Wünsche geäußert«, erwiderte Jennifer Berger lächelnd. »Nein, es geht um –«

»Ich habe es gehört«, unterbrach sie Schulz. »Sie können das Labor benutzen, solange Sie wollen. Mich interessiert übrigens auch, was da unten wirklich passiert ist – auch wenn ich das nicht zugeben würde, solange dieser Aushilfs-James-Bond in Hörweite ist.« Er blickte sich demonstrativ um. »Wo ist er überhaupt?«

»Ich schätze, er zieht sich um«, antwortete Ben. »Seine Leute gehen ja in ein paar Stunden von Bord.«

»Und ich mache drei Kreuze hinter ihnen«, brummte Schulz. Sein Blick verfinsterte sich. »Ich möchte nicht in der Haut des Idioten aus der Reederei stecken, der sich diesen Blödsinn ausgedacht hat. Nachdem ich mit ihm fertig bin, kann er froh sein, wenn man ihn noch das Deck schrubben lässt.«

Das hatte wohl witzig klingen *sollen*, aber das, was Ben dabei in seinen Augen las, machte die beabsichtigte Wirkung zunichte.

Seine Eltern tauschten einen bezeichnenden Blick, und schließlich räusperte sich sein Vater und fragte: »Haben Sie schon Kontakt mit der Reederei aufgenommen?«

»Nein, noch nicht. Der Funk streikt noch immer.«

»Genau wie mein Handy.«

»Ihr Handy?« Schulz blinzelte.

»Es geht einfach nicht an. Ich kann versuchen, was ich will. Das Ding ist hin.«

»Das ist seltsam«, meinte Schulz. »Mein Telefon streikt ebenfalls. Und das meines Offiziers auch. Ich wollte es mir leihen.«

»Wir sind hier fast am Südpol«, wandte Jennifer Berger ein. »Wahrscheinlich mitten im größten Funkloch der ganzen Welt.«

Schulz schüttelte den Kopf. »Ich habe ein Iridium.«

»Aha«, machte Bens Mutter und sah ihn völlig verständnislos an.

»Das ist ein spezielles Netz, das überall auf der Welt funktioniert«, erklärte Ben. Nach einer halben Sekunde fügte er in leicht bewunderndem Tonfall hinzu: »Sauteuer.«

Schulz schenkte ihm ein rasches Lächeln. »Aber eben leider nicht ganz so zuverlässig, wie man mir versprochen hat. Es funktioniert nicht.« Er zuckte mit den Achseln und begann mit den Fingernägeln an der verschorften Wunde auf seiner Wange zu kratzen, während er weitersprach. »Wahrscheinlich wieder eine atmosphärische Störung, wie sie in dieser Gegend häufig vorkommt. Es hat schon seinen Grund, warum man diese Wetterstation ausgerechnet hier gebaut hat. Und vielleicht ist es ganz gut so.«

»Was?«, fragte Ben.

Seine Mutter sagte: »Lassen Sie das.«

Schulz ließ schuldbewusst die Hand sinken, auch wenn es zu spät war. Die Wunde war wieder aufgegangen und ein einzelner Blutstropfen lief an seiner Wange herab, ohne dass er ihn zu bemerken schien. Er beantwortete Bens Frage.

»Manchmal ist es einfach besser, wenn man eine Nacht über einer Entscheidung schläft, statt in der ersten Wut etwas zu sagen, was man anschließend bereut.«

Das klang vernünftig, fand Ben – aber irgendwie sah Schulz nicht so aus, als ob er diese Worte auch ernst meinte.

Bens Mutter ging zum Büfett, kam mit einer Papierserviette zurück und tunkte einen Zipfel davon kurzerhand in ihr Wasserglas. Schulz runzelte überrascht die Stirn und wollte den Kopf zurückziehen, als sie sich damit seinem Gesicht näherte, aber sie sagte streng: »Halten Sie still!«

»Jawohl, Frau Doktor.« Schulz hielt still, bis sie das Blut von seinem Gesicht getupft hatte. Aber damit schien sie noch nicht zufrieden zu sein. Während sie die Serviette in der Faust zusammenknüllte, neigte sie sich vor und musterte die kleine Wunde auf seiner Wange aus konzentriert zusammengekniffenen Augen.

»Das sieht gar nicht gut aus.«

Schulz wollte instinktiv die Finger wieder ans Gesicht heben, doch Bens Mutter schlug seine Hand einfach beiseite, und Ben beugte sich – unhöflich oder nicht – vor und besah sich den Kratzer in Schulz' Gesicht.

Seine Mutter hatte Recht. Die Wunde war nicht besser geworden. Im Gegenteil. Sie hatte sich nicht vergrößert, aber sie sah … *hässlicher* aus: entzündet, mit dick verschorften Rändern, und es war noch dazu ein sehr sonderbarer Schorf; eher weiß als braun oder rot. Wenn man genau hinsah, erkannte man, dass er winzige weiße Ausläufer in die umgebende Haut geschickt hatte, wie mikroskopisch feine Ärmchen. Ein leises Ekelgefühl machte sich in Ben breit, doch es gelang ihm, es sich nicht anmerken zu lassen.

Seiner Mutter ging es offensichtlich ähnlich. »Das gefällt mir nicht. Ich würde gern mit Ihnen hinunter ins Krankenzimmer gehen und die Wunde versorgen.«

»Aber das ist doch nur ein Kratzer«, protestierte Schulz.

»Der sich offensichtlich entzündet hat«, versetzte Bens Mutter. »Möchten Sie für den Rest Ihres Lebens eine Narbe im Gesicht haben?«

Schulz kapitulierte. »Gegen einen Arzt ist man offensichtlich machtlos«, seufzte er.

»Wem sagen Sie das?«, fügte Ben hinzu. »Ich habe zwei davon in der Familie.«

14

DA SASHA auch innerhalb der nächsten halben Stunde nicht auf der Party auftauchte (die überdies alles tat, außer in Schwung zu kommen), verkrümelte sich Ben wieder in seine Kabine und schlug die nächsten eineinhalb Stunden damit tot, sich einen Film anzusehen, an den er sich schon nicht mehr erinnerte, bevor der Abspann auch nur halb vorüber war. Zu seiner eigenen Überraschung war er so müde, dass er mit aller Macht darum kämpfen musste, nicht einzuschlafen. Doch ehe das geschah und er sich womöglich in einem noch viel schrecklicheren Albtraum wiederfand, zog er sich lieber um und ging hinunter zu Harry und seinen Männern, um ihrer Abreise zuzusehen.

Ben hätte es niemals laut zugegeben, aber Harry hatte den Nagel auf den Kopf getroffen: Die Vorstellung, dieser kleinen Armee beim Abrücken zuzusehen und sich dabei auszumalen, dass sie gerade in eine heroische Schlacht zog, bei der es um eine Kleinigkeit wie die Rettung der Welt oder zumindest doch die Zukunft der gesamten Menschheit ging, hatte etwas Prickelndes, das zwar von einem sachten schlechten Gewissen begleitet wurde, was die Sache aber eher noch interessanter machte. Und solange sich alles nur in seinem Kopf abspielte – wem schadete er schon damit?

Nun ja, vielleicht sich selbst.

Aber mit einem bisschen Schwund musste man eben leben.

Da er keinen anderen Weg kannte, ging er über das Vorderdeck und trat durch die schmale Tür, die er auch bei seinem ersten Ausflug in die metallenen Eingeweide der *Princess* benutzt hatte. Anders als damals war der dahinter liegende Gang jetzt taghell erleuchtet, und aus der Tiefe drang ihm nicht nur der schwere, eiserne Herzschlag der Turbinen entgegen, sondern auch ein Durcheinander von Stimmen, Schritten und Gepolter und anderem Lärm. Harrys Männer legten jetzt keinen Wert mehr darauf, möglichst leise zu sein. Wozu auch?

Die Tür zum Laderaum, der nun ebenfalls hell erleuchtet war, stand sperrangelweit offen. Die zahllosen Containerstapel waren verschwunden, dafür waren wie aus dem Nichts zwei große weiße Schlauchboote aufgetaucht, jedes länger als das Hovercraft und schwer beladen. Ein paar von Harrys Leuten hatten bereits in den Booten Platz genommen, fummelten an ihren Waffen herum oder langweilten sich einfach. Zu seiner großen Überraschung entdeckte er auch zwei Frauen unter ihnen, die ihm bisher nie aufgefallen waren. Harry selbst stand auf der Ladefläche des Luftkissenbootes und überprüfte offenbar die Funktionstüchtigkeit des Maschinengewehrs, von dem die Abdeckplane inzwischen entfernt worden war. Ben sah seine Vermutung von gestern Nacht bestätigt: Es *war* ein ganz außergewöhnlich großes Maschinengewehr, eher schon so etwas wie eine kleine Autokanone. Worauf wollte Harry eigentlich Jagd machen? Auf Dinosaurier?

»Was machst du hier, Kleiner?« Einer von Harrys Söldnern hatte ihn entdeckt und stürmte mit finsterem Gesicht auf ihn los. »Dieser Teil des Schiffes ist für die Passagiere –«

»Lass ihn, Matthias!«, rief Harry ihm zu. »Der Junge ist in Ordnung.«

Der Söldner wirkte ein bisschen enttäuscht, gab aber dann den Weg frei, und Ben ging weiter und setzte mit einem Sprung über die niedrige Reling des Luftkissenbootes hinweg.

»Kannst es wohl wirklich nicht abwarten, uns verschwinden zu sehen, wie?«, empfing ihn Harry, allerdings mit einem breiten Grinsen. Er rammte ein Magazin in die Waffe, dessen Patronen schon fast die Dimension kleiner Raketen hatten.

»Nein, aber die Party war wirklich zu aufregend. Das halten meine Nerven nicht aus.«

»Ich verstehe. Na ja, eine Südpol-Kreuzfahrt mit einer Hundertschaft Rentner ist wohl auch nicht der richtige Urlaub für jemanden in deinem Alter.«

Ben ignorierte den Seitenhieb auf seine Eltern und die anderen Passagiere und deutete auf das Maschinengewehr. »Ein ganz schönes Kaliber. Erwartest du größere Schwierigkeiten?«

Harry überzeugte sich mit einem kräftigen Schlag vom richtigen Sitz des Magazins, bevor er sich ganz zu ihm umwandte. »Eigentlich nicht.

Aber erstens kann man nie wissen und zweitens: Was nutzt einem die beste Waffe, wenn sie nicht geladen ist?«

Ben dachte vorsichtshalber nicht über diesen Unsinn nach, sondern zeigte sich gebührend beeindruckt. »Wann geht es los?«

»Jetzt. Das Schiff hat mehr Fahrt gemacht, als ich erwartet habe. Wahrscheinlich hat Kapitän Schulz ein paar Kohlen mehr nachlegen lassen, damit er uns möglichst schnell loswird.«

»Ich kann es ihm nicht verübeln«, erwiderte Ben. Harry blickte zornig, und Ben fügte rasch hinzu: »Ich meine: Es ist eine Menge schief gegangen auf dieser Reise.«

»Ja, das stimmt«, gestand Harry widerwillig. »Aber jetzt ist es ja vorbei. Noch ein paar Minuten und ihr seid uns los.«

Aus seiner Jackentasche drang ein knackendes Rauschen. Harry unterbrach sich, zog ein Sprechfunkgerät in einer wasserfesten Hülle aus der Tasche und hielt es ans Ohr. Er lauschte einen Moment, nickte dann, ohne ein Wort zu sagen, und setzte dazu an, das Gerät wieder einzustecken, überlegte es sich dann aber anders und behielt es in der Hand.

»Du bist gerade noch rechtzeitig gekommen. Es geht los.«

»So schnell?«

»So schnell.« Harry ließ den Sicherheitsbügel seiner Monsterwaffe einrasten und zog die Plane wieder über den Lauf. »Ich fürchte, ich muss auf das große Shakehands zum Abschied verzichten, aber es wird Kapitän Schulz vermutlich nicht das Herz brechen, wenn er keinen Abschiedskuss von mir bekommt.«

Die meisten seiner Leute waren inzwischen in die Schlauchboote gestiegen, und zum ersten Mal fragte sich Ben, wie die Soldaten diese Boote aus dem Laderaum bekommen wollten; von dem gewaltigen Luftkissenfahrzeug ganz zu schweigen.

»Wie wollt ihr mit dem Ding an Land kommen? Wir sind fast zehn Kilometer von der Küste entfernt.«

»Das Hovercraft ist hochseetüchtig. Und die beiden Schlauchboote auch – wenigstens in gewissem Ausmaß. Ich würde damit nicht bis nach Australien durchfahren wollen, aber der Hüpfer bis zur Küste ist eine Kleinigkeit. Vor allem bei so ruhiger See wie heute.«

»Und wie kommt ihr hier raus?«

»Du kannst an Bord bleiben und es am eigenen Leib miterleben oder du gehst ein paar Schritte zurück – ich würde dir raten, ein paar Schritte mehr zu machen –, geduldest dich eine Minute und siehst es.« Damit wandte er sich in Richtung Ruderhaus, drehte sich dann aber noch mal um und streckte Ben den Arm entgegen. Erst nach ein paar Sekunden begriff Ben, dass er ihm das Funksprechgerät hinhielt.

»Was soll ich damit?«

Harry hob die Schultern. »Nur zur Sicherheit. Für den Fall, dass dir doch noch was einfällt … oder du mir liebe Grüße ausrichten willst. Mit ein bisschen Glück reicht die Verbindung bis zum Ufer.«

Er machte eine ungeduldige Kopfbewegung, woraufhin Ben nach dem Walkie-Talkie griff und es in die Jackentasche gleiten ließ. Harry hatte sich schon abgewendet und verschwand gleich darauf hinter der Tür des Ruderhauses. Der Anblick weckte Erinnerungen in Ben, die ihm nicht gefielen.

Hinter ihm kletterten die letzten beiden Soldaten über die niedrige Reling des Hovercrafts, dann konnte er spüren, wie die kräftigen Motoren des Luftkissenfahrzeugs unter seinen Füßen zum Leben erwachten. Plötzlich hatte er es sehr eilig, es zu verlassen. Er sprang auf das Deck der Laderampe zurück und wäre um ein Haar gestürzt, denn in diesem Augenblick erhob sich das Luftkissenboot fauchend auf seinem Gummiwulst, und sein Fuß verfing sich in der Reling. Irgendwie gelang es ihm zwar, auf den Beinen zu bleiben, aber er warf den getönten Scheiben des Ruderhauses trotzdem einen wütenden Blick zu. Er war ziemlich sicher, dass Harry das mit Absicht gemacht hatte.

Dann änderte sich etwas. Im allerersten Moment konnte er nicht genau sagen, was, doch dann begriff er, dass das Maschinengeräusch verstummt war. Die riesigen Turbinen der *Princess of the Dawn* hatten angehalten. Sie hatten ihren Ankerplatz zehn Kilometer vor der Küste erreicht.

Er hatte zwar keine Ahnung, was als Nächstes geschehen würde, aber er erinnerte sich gut an Harrys Warnung. Hastig durchquerte er den Frachtraum und entfernte sich so weit von dem Hovercraft und seinen beiden kleineren Schwestern, wie es ging.

Seine Eile wäre jedoch gar nicht notwendig gewesen. Es verstrichen noch gut fünf Minuten, bis sich etwas tat, was dann dafür um so dramatischer war: Der Boden unter seinen Füßen begann wieder zu zittern, als andere, aber kaum weniger kraftvolle Maschinen ansprangen, das Licht flackerte, weil etwas plötzlich große Mengen Strom verbrauchte, und ein dumpfes, rasch lauter werdendes Summen erklang. Hoch unter der Decke, am anderen Ende der Halle, entstand ein schmaler schwarzer Spalt, der sich rasch verbreiterte und mit nadelspitzen weißen Lichtern füllte, die glänzten und funkelten wie ein riesiges schimmerndes Diadem. Zunächst begriff Ben nicht, was er da sah. Erst nach zwei oder drei Sekunden wurde ihm klar, dass sich die gesamte hintere Wand des Laderaumes zu senken begonnen hatte, wobei sie gleichzeitig nach außen kippte und auf diese Weise eine schräge Rampe bildete, die bis zum Meer hinunterführte.

Der Anblick, der sich ihm bot, war durch und durch grandios. Der Himmel war nicht grau oder von irgendeiner anderen verwaschenen Farbe, wie es in diesen, im Grunde nur aus verschiedenen Graden der Dämmerung bestehenden Nächten hier üblich war, dieser Himmel war vollkommen schwarz, und die Sterne strahlten so unnatürlich hell, dass sie ihm wie Fremdkörper vorkamen, zugleich aber unbeschreiblich schön. Das Bild erinnerte ihn an den Traum, den er am Nachmittag gehabt hatte.

Dann erwachten die Motoren des Hovercrafts mit einem gewaltigen Dröhnen zum Leben, und das Geräusch riss ihn in die Wirklichkeit zurück. Ein eisiger Windstoß fauchte von draußen herein, trotzdem roch es plötzlich durchdringend nach Benzin. Das Hovercraft stemmte sich ächzend weiter auf seine Gummiwülste hinauf und begann sich gleichzeitig auf der Stelle zu drehen. Eine ganze Batterie greller Scheinwerfer flammte an seinem Bug auf und ließ Ben blinzeln, trotzdem erkannte er jetzt die beiden fast armdicken Gummiseile, mit denen die beiden Schlauchboote am Heck des Luftkissenfahrzeuges befestigt waren. Ein heller, schleifender Laut erklang, als das Hovercraft langsam die Rampe hinunterglitt und die beiden Schlauchboote dabei hinter sich herzog, und nach kaum einer Minute war der ganze Spuk vorbei. Er sah noch, wie die beiden Schlauchboote mit einem heftigen Schlag ins Wasser klatschten und die Verbindungstaue zum Hovercraft gekappt wurden, dann begann sich die Rampe wieder zu heben und verwandelte sich zurück in die Rückwand des Laderaums, die mit einem dumpfen Dröhnen einrastete.

Schaudernd schlug Ben den Pelzkragen seiner Jacke hoch und verließ die nun leere Halle, warf aber noch einmal einen Blick über die Schulter zurück, bevor er durch die Tür trat. Von der riesigen Öffnung war nur noch eine dünne Linie geblieben, die man selbst bei genauerem Hinsehen leicht mit einer Schweißnaht verwechseln hätte können. Dieses vermeintliche Passagierschiff war doch immer wieder für eine Überraschung gut.

Aber vielleicht war es ja die letzte Überraschung gewesen, die er auf dieser Reise erlebte.

15

BEN HATTE NOCH EINEN KLEINEN UMWEG in seine Kabine gemacht, um die schwere Jacke auszuziehen, war dann aber – ohne sich umziehen – gleich wieder zur Party aufgebrochen, sodass seit dem Moment, in dem Harry und seine Truppe abgefahren waren, kaum mehr als fünf Minuten vergangen sein konnten. Trotzdem war die kleine Flotte bereits zu einem winzigen Lichtpunkt weit draußen auf dem Ozean zusammengeschrumpft, den er kaum noch erkennen konnte, nachdem er sich bis zum Fenster durchgekämpft hatte. Und nach nicht einmal einer weiteren Minute war sie verschwunden.

Von einem Gefühl des Verlustes erfüllt, das er sich beim besten Willen nicht erklären konnte, drehte sich Ben von der riesigen Panoramascheibe weg und ließ seinen Blick durch die überfüllte Lounge schweifen. Die Party war in vollem Gange, aber irgendwie hatte Harry Recht gehabt: Auf einer kleinen Empore am anderen Ende des an drei Seiten verglasten Raumes spielte eine Tanzkapelle etwas, was sie wohl selbst für Musik hielt, was für Ben aber verdächtig nach Körperverletzung klang, und das Durchschnittsalter der Gäste, die Ballkleider und Smokings oder doch zumindest schwarze Anzüge trugen, hätte einen Methusalem vor Neid erblassen lassen. Seine Eltern mussten nahezu die Jüngsten hier an Bord sein, sah man einmal von Sasha und ihm selbst und dem einen oder anderen Besatzungsmitglied ab.

Apropos Sasha. Wo war sie überhaupt? Hatte seine Mutter nicht gesagt, dass sie auch auf der Party sein würde?

Er blickte sich suchend um. Sasha konnte er nirgends entdecken, dafür sah er seine Eltern. Sie standen an einem der großen Fenster und blickten hinaus, offensichtlich hatten sie ihn bisher noch nicht bemerkt.

Einen Moment lang überlegte Ben ernsthaft, einfach in seine Kabine zurückzugehen und den restlichen Abend vor dem Fernseher zu verbringen – was sollte er hier? –, setzte sich dann aber doch in Bewegung und kämpfte sich irgendwie zu ihnen durch. Seine Eltern unterhielten sich angeregt und sie standen Arm in Arm da; etwas, das er schon seit sehr langer Zeit nicht mehr bei ihnen gesehen hatte. Auf dem Gesicht seiner Mutter lag ein entspannter, glücklicher Ausdruck, und kurz bevor Ben sie erreichte, legte sie den Kopf gegen die Schulter ihres Mannes, sodass er mitten im Schritt stehen blieb, weil er plötzlich das Gefühl hatte, zu stören. Seine Eltern führten eine gute Ehe; soviel er wusste, es gab keine größeren Probleme, so gut wie nie Streit – aber er konnte sich trotzdem nicht erinnern, wann er sie das letzte Mal so gesehen hatte. Obwohl sie von Menschen umgeben waren, wirkten die beiden so, als wären sie ein junges Liebespaar, das mutterseelenallein mitten in der Nacht an einem besonders romantischen Platz stünde.

Ben kam endgültig zu dem Entschluss, wieder in seine Kabine zurückzukehren, doch nun war es zu spät. Seine Mutter hatte ihn entdeckt – vielleicht auch nur die Spiegelung seines Gesichts auf dem Glas vor sich –, drehte sich herum und winkte ihm zu.

»Ben, da bist du ja! Wir wollten schon ein Suchkommando losschicken. Wo bist du gewesen?«

Beinahe widerwillig legte Ben die letzten paar Schritte zurück. »Unten im Laderaum. Ich habe Harry einen dicken Abschiedskuss gegeben.«

Seine Mutter lachte, aber sein Vater maß ihn – und vor allem seine unpassende Kleidung – mit einem missbilligenden Blick. Seine Mutter fragte: »Weil dir der Abschiedsschmerz sonst das Herz gebrochen hätte?«

»Ja. Außerdem wollte ich ganz sichergehen, dass sie auch wirklich verschwinden.«

»Sind sie es?«

Ben machte eine Kopfbewegung auf die Dunkelheit jenseits der Fenster. »Vor fünf Minuten in See gestochen. Mit zwei Schlauchbooten und einem Hovercraft.«

»Und damit wollen sie *zehn* Kilometer weit übers Meer?«, fragte seine Mutter.

»Harry meinte, seine Flotte sei hochseetüchtig. Und wenn nicht, dann ist er der Erste, der es merkt. Ich hoffe, er kann schwimmen. Ist Kapitän Schulz nicht hier?«

»Wenn du seine Tochter meinst, nein«, antwortete seine Mutter und blinzelte ihm zu. »Aber Schulz hat versprochen, später wiederzukommen und Alexandra mitzubringen. Spätestens zum Feuerwerk.«

Ben gab sich Mühe, sich seine Enttäuschung nicht allzu deutlich anmerken zu lassen. Das Feuerwerk war für Mitternacht geplant und das waren trotz der fast vollkommenen Dunkelheit draußen noch gut zwei Stunden. Bis dahin würde er auf dieser grässlichen Party entweder vor Langeweile sterben oder einen Hörsturz erleiden. Oder beides.

»Damit wäre das große Abenteuer dann wohl vorbei«, sagte sein Vater. »Ab sofort herrscht wieder der triste Alltag.«

»Trist trifft es ganz gut«, erwiderte Ben. Seltsam – als *Abenteuer* hatte er die Geschehnisse der beiden zurückliegenden Tage noch gar nicht betrachtet. Und es fiel ihm auch jetzt noch schwer. Er war einfach froh, dass alles vorbei war.

»In ein paar Tagen sind wir in Brisbane«, meinte sein Vater. »Und drei Wochen später sitzt du wieder im Flieger nach Hause. Glaub mir, wenn du erst einmal angefangen hast fürs Abi zu büffeln, dann wirst du dich noch auf dieses langweilige Schiff zurücksehnen.«

»Und vor allem nach einer gewissen Kapitänstochter«, fügte seine Mutter mit einem abermaligen Augenzwinkern hinzu.

Ben lächelte zwar pflichtschuldig, doch er fand, dass sie damit zu weit ging. Außerdem hatten ihn die Worte seines Vaters daran erinnert, dass sie in einer knappen Woche nicht nur ihr Ziel erreichen würden, er könnte auch Sasha danach nicht mehr wiedersehen, und das stimmte ihn traurig. Hauptsächlich um das Thema zu wechseln, fragte er: »Was ist mit dem verletzten Soldaten? Du warst doch in der Krankenstation.«

»Sein Fieber ist ein bisschen gesunken«, antwortete seine Mutter, plötzlich wieder sehr ernst, »aber sein Allgemeinzustand gefällt mir ganz und gar nicht.«

»Wäre es dann nicht besser, ihn in ein richtiges Krankenhaus zu bringen?«

»So schlimm ist es nun auch wieder nicht. Es besteht keine Lebensgefahr. Aber es geht ihm nicht gut. Ich werde später noch einmal nach ihm sehen. Nach dem Feuerwerk«, fügte sie hinzu, indem sie sich wieder an die Schulter ihres Mannes schmiegte. Ben unterdrückte ein Lächeln.

Bens Vater umschlang ihre Schulter mit einem Arm, seine andere Hand begann mit einer Locke ihres schulterlangen dunkelbraunen Haares zu spielen. »Das reicht jetzt. Du störst, Sohn. Geh und amüsier dich.«

Ben schnitt ihm eine Grimasse und verkrümelte sich gehorsam, und er versuchte sogar, den Rat seines Vaters zu befolgen und sich zu amüsieren, aber es blieb bei dem Versuch. Die Musik, die die Tanzcombo absonderte, änderte sich, je weiter der Abend voranschritt – das hieß: Sie wurde unerträglicher. Ben fand weder Kontakt zu den anderen Passagieren noch suchte er ihn; wozu auch, wenn sie in ein paar Tagen sowieso von Bord gingen? Doch ihm fielen sehr wohl die verstohlenen Blicke auf, die ihm zugeworfen wurden; und die getuschelten Gespräche, die hastig verstummten, wenn er in Hörweite kam. Am Anfang dachte er noch, es liege an seiner unpassenden Kleidung, doch dann begriff er, dass er selbst der Grund war. Jeder hier an Bord – zumindest jeder, der sich im Moment in der Lounge aufhielt – hatte gesehen, dass es zwischen ihm und Harry zu einer heftigen Meinungsverschiedenheit gekommen war, und vermutlich kochte die Gerüchteküche schon beinahe über. Kurz überlegte er, den Gerüchten noch neue Nahrung zu geben und mit ein paar gezielten Bemerkungen Öl ins Feuer zu gießen, sah dann jedoch ein, wie sinnlos das gewesen wäre.

Immer wieder blickte er zur Tür und wartete darauf, dass Schulz erschien (genauer gesagt: seine Tochter), aber es verging noch mehr als eine Stunde, bis der Kapitän endlich kam. Und als er es tat, war er allein.

Kapitän Schulz bot einen beeindruckenden Anblick. Er trug eine blütenweiße Galauniform mit zahllosen goldenen Litzen und Tressen und hatte – zum ersten Mal, wenn Ben es sich richtig überlegte – auch seine weiße Kapitänsmütze aufgesetzt. Die hässliche Wunde auf seiner Wange war unter einem dezenten Pflaster verschwunden.

Ben brauchte ein paar Sekunden, um seine Enttäuschung zu überwinden, dass er Sasha nicht mitgebracht hatte, dann aber fiel ihm der Gesichtsausdruck des Kapitäns auf. Um seinen Mund lag ein leicht verkniffener Zug, er wirkte angespannt, besorgt. Er sah sich kurz und suchend in der Lounge um und steuerte dann gezielt Bens Eltern an;

allerdings erst, nachdem er einen Umweg zu der Bar gemacht und sich ein Glas Champagner geholt hatte. Auch das fand Ben einigermaßen sonderbar. Er hatte Schulz noch niemals Alkohol trinken sehen und überdies auch angenommen, dass der Kapitän eines Schiffes das auf hoher See gar nicht durfte.

Aber es war ja auch nur ein einziges Glas Champagner …

Ben sah, wie Schulz ein paar Worte mit seinen Eltern wechselte, woraufhin sich das Gesicht seiner Mutter schlagartig verdüsterte, und er empfand einen kurzen Ärger auf den Kapitän. Er wusste nicht, was los war, und zweifellos war es wichtig, aber seine Eltern hatten so glücklich ausgesehen, dass Schulz einfach kein Recht hatte, diesen magischen Moment zu stören.

Trotzdem war Bens Neugier jetzt geweckt, und statt in seine Kabine zurückzugehen, wozu er sich im Grunde schon entschlossen gehabt hatte, als er Schulz ohne Sasha unter der Tür erblickte, trat er rasch zu ihnen und fragte übergangslos:

»Was ist passiert?«

Schulz schrak zusammen und maß ihn bloß mit einem Blick, der deutlich sagte, das ginge ihn überhaupt nichts an, doch seine Mutter erklärte es ihm:

»Der Soldat ist aus der Krankenstation verschwunden.«

»Was heißt das, verschwunden?«, fragte Ben verwirrt.

»Was es eben heißt.« Jetzt war es Schulz, der antwortete. »Verschwunden. Die Tür zur Krankenstation wurde von innen aufgebrochen und er ist weg.« Er stürzte seinen Champagner in einem einzigen Zug hinunter und winkte gleich darauf einem Steward, ihm ein neues Glas zu bringen. »Vielleicht hat er ja Sehnsucht nach seinem Boss gehabt und hat sich heimlich davongemacht, um sich ihm anzuschließen.«

»Nein«, sagte Ben. »Ich war vorhin unten im Laderaum, als sie abgefahren sind. Er war nicht dabei.«

»Im Laderaum?«, vergewisserte sich Schulz. »Was hattest du da zu suchen?«

Ben blinzelte, überrascht von Schulz' unfreundlichem Ton. Seinen Eltern schien es nicht anders zu ergehen, und Ben dachte traurig, dass der glückliche Augenblick für sie wohl wirklich vorbei war und auch nicht wiederkommen würde. Dennoch antwortete er Schulz, so ruhig er konnte.

»Ich war neugierig. Und ich wollte mich überzeugen, dass sie auch tatsächlich abfahren.«

»Das hast du ja nun«, entgegnete Schulz. »Und ich wäre dir dankbar, wenn du ab sofort in den für die Passagiere bestimmten Bereichen des Schiffes bleiben würdest. Dort unten ist es gefährlich. Du könntest zu Schaden kommen, und ich möchte der Reederei nicht auch noch zu allem Überfluss erklären müssen, was ein minderjähriger Passagier in den Maschinenräumen verloren hatte.«

Den *minderjährigen* hätte er sich sparen können, dachte Ben ärgerlich. Er wollte eine entsprechende Bemerkung machen, aber sein Vater kam ihm zuvor. »Das ist kein Problem, Herr Kapitän. Ben wird in Zukunft keine Expeditionen auf eigene Faust mehr unternehmen. Versprochen.«

Er warf Ben einen beschwörenden Blick zu, auf den er mit einem widerwilligen Nicken reagierte. Auch Schulz nickte. Der Steward kam und brachte den bestellten Champagner, und Schulz schüttete auch dieses Glas mit einem einzigen Zug hinunter und bestellte mit einem Grunzen ein neues. Der Steward war mindestens ebenso überrascht wie Ben und seine Eltern, entfernte sich aber gehorsam und sehr schnell.

»Dann ist er also noch an Bord«, nahm seine Mutter schließlich das unterbrochene Gespräch wieder auf, wohl hauptsächlich, um das unangenehme Schweigen zu brechen, das sich zwischen ihnen breit zu machen begann. »Und irrt wahrscheinlich mit Fieber und halluzinierend durch das Schiff.«

»Wir finden ihn schon«, meinte Schulz. »Ich habe bereits ein paar Männer abgestellt, um ihn zu suchen. Im Augenblick brauche ich die meisten Leute hier und in der Küche, aber sobald diese Scheißparty vorbei ist, lass ich das gesamte Schiff auf den Kopf stellen.«

Nicht nur Ben starrte Schulz ungläubig an. Auch seine Eltern sahen ziemlich erschrocken aus, und Schulz setzte noch einen drauf, indem er hinzufügte: »Ich habe langsam die Schnauze voll von diesem Irren und seinen Leuten. Das Letzte, was ich jetzt brauche, ist ein durchgedrehter

Möchtegernkiller, der durch das Schiff schleicht und nicht genau weiß, was er überhaupt tut. Wenn dieser Kerl irgendeinen Mist baut, dann wird er von mir höchstpersönlich gekielholt.«

Das Schweigen, das diesen Worten folgte, dauerte noch länger und war noch peinlicher.

»Wann geht denn … das Feuerwerk los?«, fragte sein Vater schließlich, krampfhaft darum bemüht, das Thema zu wechseln.

»Gleich«, antwortete Schulz. »Deswegen bin ich gekommen. Nicht dass es mich wirklich interessiert, aber der Kapitän sollte bei dieser Art von Volksbelustigung präsent sein. Steht in den Vorschriften.«

Sein Vater reagierte auf diese neue Unhöflichkeit zwar mit einem Stirnrunzeln, ging jedoch nicht weiter darauf ein, sondern fragte: »Jetzt schon? Ich dachte, es sollte erst um Mitternacht –«

»Als ob jemand den Unterschied merkt«, fiel ihm Schulz ins Wort. »Je eher wir hier fertig sind, desto eher können wir verschwinden. Nur weg von diesem Irren!« Der Steward kam und Schulz stürzte das dritte Glas hinunter wie ein Verdurstender in der Wüste, der im allerletzten Moment eine Quelle gefunden hat.

»Und jetzt entschuldigen Sie mich bitte. Ich muss mich davon überzeugen, dass mit dem Feuerwerk alles in Ordnung geht. Nicht dass sich diese Trottel da am Schluss noch selbst in die Luft sprengen.«

Er ging. Bens Mutter sah ihm leicht verstört nach. »Was ist denn in den gefahren?«

»Stress«, antwortete ihr Mann. »Schulz ist kein junger Mann mehr. So etwas wie heute ist er bestimmt nicht gewohnt. Gib ihm eine Nacht und ein bisschen Schlaf, und er ist wieder der Alte.«

Das sollte wohl beruhigend klingen, war aber wenig überzeugend. Irgendetwas stimmte mit Schulz nicht, dachte Ben. Und er war ganz sicher nicht der Einzige hier, dem das klar war.

»Also gut«, meinte seine Mutter schließlich. »Hoffen wir, dass sich der Mann findet, bevor er wirklich zu Schaden kommt. Und bis dahin genießen wir die Party und das Feuerwerk.«

Als ob einer von ihnen dazu noch in der Stimmung gewesen wäre!

Sie versuchten es immerhin und begaben sich vorsorglich schon mal zum vorderen Ende der Lounge, um sich einen guten Platz am Fenster zu sichern. Der Anblick war vielversprechend: Die Schallkanone war verschwunden, aber das Vorderdeck der *Princess of the Dawn* sah trotzdem ein bisschen aus wie der Bug eines antiquierten Schlachtschiffes, das in den Krieg fährt. Dutzende von meterlangen Plastikrohren waren in verchromten Gestellen aufgerichtet worden oder auch einfach mit Draht und Klebestreifen an der Reling befestigt, und eine Anzahl Matrosen war emsig dabei, sie mit Feuerwerksraketen zu füllen.

Ben zog überrascht die Augenbrauen hoch, als er Schulz zwischen den dick vermummten Gestalten erblickte. Dort draußen war es grausam kalt, und schon in den wenigen Sekunden, die er selbst im Freien gewesen war, hatte er das Gefühl gehabt, dass der Wind wie mit unsichtbaren Messern in sein Gesicht schnitt. Trotzdem trug Schulz nur seine dünne Galauniform. Und irgendwie *bewegte* er sich auch nicht so, als ob er frieren würde.

»Ich glaube, unser guter Kapitän hat ein Glas Champagner zu viel getrunken«, sagte sein Vater.

»Er wird sich den Tod holen«, unkte Bens Mutter. »Jemand sollte ihn zur Vernunft bringen. Ich habe keine Lust auf noch einen Patienten.« Niemand trat vor, um sich freiwillig für diese Aufgabe zu melden, und schließlich zuckte seine Mutter mit den Schultern und nippte an ihrem Getränk.

Die Matrosen waren schneller mit ihren Vorbereitungen fertig, als sie wohl selbst erwartet hätten. Sie waren zu weit entfernt, die Musik und die Geräusche der Party zu laut und das Fensterglas zu dick, um auch nur den geringsten Laut zu vernehmen, dafür waren Schulz' Gesten aber umso unmissverständlicher: Er scheuchte seine Männer hektisch herum, und Ben glaubte sein zorniges Gebrüll direkt hören zu können. Auch seinen Eltern entging Schulz' aggressives Verhalten nicht, doch sie tauschten nur einen fragenden Blick miteinander und schwiegen darüber hinaus.

Es vergingen noch ein, zwei Minuten, dann beendete die Combo ihre Attacke auf Bens Trommelfelle endlich mit einem Tusch, und eine Lautsprecherstimme sagte: »Und nun zum Höhepunkt des Abends, meine sehr verehrten Gäste, dem Feuerwerk! Ich glaube, wir können mit Fug und Recht behaupten, dass es sich dabei nicht nur um eines der schönsten Feuerwerke, sondern auch um das südlichste Feuerwerk der Welt handelt! Wir werden nun das Licht ein wenig dämpfen, damit Sie das Schauspiel in aller Ruhe genießen können. Im Namen von Kapitän Schulz und der gesamten Besatzung wünsche ich Ihnen viel Vergnügen!«

Zwei oder drei Passagiere stürmten noch einmal zur Bar, um sich rasch noch etwas zu trinken zu organisieren, die allermeisten aber drängelten sich so ungestüm ans Fenster, dass Ben einen leichten Anfall von Platzangst bekam. Gleichzeitig wurde das Licht dunkler, und im selben Maße, in dem die Helligkeit sank, wurde das gläserne Dach der *Princess* durchsichtiger, bis es – nach weniger als einer Minute – vollends verschwunden zu sein schien. Über ihnen spannte sich jetzt ein prunkvolles Firmament, von dem ihnen Tausende von Sternen zublinzelten. Schulz hatte die Segel reffen lassen, sodass kaum etwas den Blick auf einen Himmel verwehrte, der hier viel klarer war als dort, wo Ben herkam. Es gab nicht eine einzige Wolke, als hätte sich sogar die Natur kräftig ins Zeug gelegt, um den Moment möglichst beeindruckend zu gestalten.

»Was macht er denn jetzt?«, murmelte sein Vater plötzlich.

Ben folgte seinem verwirrten Blick und runzelte dann ebenfalls überrascht die Stirn. Unten auf dem Vorderdeck hatten sich die Matrosen inzwischen in sichere Entfernung zu den Feuerwerkskanonen begeben, Schulz selbst aber stand weiter hoch aufgerichtet im eisigen Wind da. Er hielt jetzt etwas Kleines in der rechten Hand; vielleicht die Fernbedienung, mit der er das Feuerwerk zünden würde.

»Er wird schon wissen, was er tut«, sagte seine Mutter. Aber wirklich überzeugt klang sie nicht.

Bevor Ben oder sein Vater antworten konnten, erlosch das Licht in der Lounge ganz, und praktisch im gleichen Sekundenbruchteil fauchten die ersten Feuerwerksraketen in den Himmel, wobei sie lange Funkenspuren hinter sich herzogen, wie umgekehrte Kometen. Es war ein überwältigendes Schauspiel, aber Ben riss ungläubig die Augen auf, als er – möglicherweise als Einziger in der ganzen Lounge – seinen Blick von den aufsteigenden Raketen losriss und wieder nach unten sah. Das gesamte Vorderdeck der *Princess* schien zu brennen. Rakete auf Rakete zischte in den Himmel, manchmal drei, vier, fünf Stück gleichzeitig, und buchstäblich Millionen winziger weißer und roter Funken prasselten in einem feurigen Regen auf das Deck herab.

Schulz stand inmitten dieses Infernos und rührte sich nicht.

Er hatte den Kopf in den Nacken gelegt und starrte in den Himmel hinauf. Grelle Funken fielen auf ihn herunter, senkten sich auf seine Mütze, seine Schultern und seine Jacke, und berührten zu Dutzenden oder auch Hunderten sein Gesicht, ohne dass er es auch nur zu bemerken schien. Dann explodierte die erste Rakete und zauberte eine Blüte aus rotem und gelbem und weißem Feuer an den Himmel, und der Widerschein der gewaltigen Explosion überschüttete nicht nur das gesamte Vorderdeck mit grellem Licht, sondern ließ auch Schulz' Gesicht erglühen. Es war ein durch und durch Furcht erregender Anblick. Schulz' Augen reflektierten den roten Feuerschein ganz besonders stark, sodass es für den Bruchteil eines Atemzugs so aussah, als lodere dieser höllische rote Glanz *in* seinem Schädel, doch dann detonierte die nächste Rakete und die nächste und die nächste und die wiederum nächste, und das Vorderdeck der *Princess* wurde in gleißenden buntfarbenen Schein getaucht; der unheimliche Moment war vorüber.

Dafür explodierte über dem Schiff jetzt eine Rakete nach der anderen. Gewaltige feurige Blüten entstanden, die auseinander trieben und dabei ihre Farbe wechselten, wundersame Skulpturen aus reiner weißer Energie, kompliziertere Gebilde, die in tausend Farben loderten und sich immer wieder gegenseitig auslöschten, und es wurden immer mehr und mehr, bis der ganze Himmel über der *Princess* herrlich bunt leuchtete.

In der Lounge wurden beifälliges Gemurmel und Raunen laut und etliche Passagiere begannen zu applaudieren … und dann fing der Himmel über dem Schiff Feuer.

Das Feuerwerk hielt mit unverminderter Heftigkeit an, aber nun war inmitten des tosenden künstlichen Gewitters ein anderes Feuer entstanden: eine Wand aus flimmernder rot-violetter Glut, die fast behäbig aus dem Bereich des Feuerwerks herauskroch und einen strahlenden Finger nach oben streckte. Und anders als die vergänglichen Gebilde unter ihm erlosch es nicht, sondern erhob sich höher und höher, sandte zitternde Ausläufer nach allen Seiten und wechselte dabei ständig die Farbe, bis sich nahezu die Hälfte des Firmaments hinter einem Vorhang aus pastellfarbenem, schwebendem Licht verborgen zu haben schien.

Ein Mann neben Ben keuchte überrascht, hier und da ertönte ein erschrockener Ausruf oder ein kleiner Schrei.

»Was um Gottes willen ist das?«, flüsterte eine Stimme. Irrte sich Ben oder schwang ein Unterton von Panik darin mit?

»Das müssen Nordlichter sein«, sagte jemand.

»Klar«, meinte Bens Mutter spöttisch. »Weil wir ja hier am Nordpol sind.«

Allmählich drohte die Stimmung zu kippen. Unruhe breitete sich aus, vor allem, als das Phänomen keineswegs nachließ, nachdem die letzte Feuerwerksrakete explodiert war, sondern sogar noch zunahm.

Der Lautsprecher über ihren Köpfen erwachte knackend zum Leben. »Meine Damen und Herren, es besteht kein Grund zur Beunruhigung. Ganz im Gegenteil. Sie werden Zeuge eines seltenen Naturschauspiels. Was Sie sehen, sind harmlose Polarlichter – auch wenn ich gestehen muss, dass selbst ich sie noch nie in einer solchen Ausprägung und Pracht beobachten konnte.«

Womit der Mann sicher Recht hatte – in jeder Beziehung, dachte Ben. Es war ein unglaublich schöner Anblick, und das Farbenspiel dehnte sich weiter und weiter aus. Der ganze Himmel leuchtete jetzt in zarten Pastelltönen, die von Türkis bis Hellgelb reichten – schwerelose Schleier, die einen verspielten Tanz über ihnen aufführten. Für einige Augenblicke überstrahlte das Licht sogar das des Mondes, der nahezu vollkommen rund im Zentrum dieses gewaltigen Schauspieles stand. Das Meer ringsum war fast taghell erleuchtet und dann …

… erlosch der Mond.

Die silbergraue Scheibe wurde schwarz und begann gleichzeitig anzuschwellen, bis sie nahezu ein Drittel des Himmels bedeckte. Immer noch weiter und weiter wuchs sie, als der Todesbote von den Sternen zu seinem endgültigen Sturm auf die Erde ansetzte. Ben ächzte.

»Was ist los?«, fragte seine Mutter in alarmierten Tonfall.

»Der Mond!«, keuchte Ben. »Der Todesbote!«

Seine Mutter sah hoch, runzelte die Stirn und machte dann ein fragendes Gesicht.

»Aber siehst du es denn –?«

Das *nicht* sparte er sich.

Es gab nichts zu sehen. Oder doch – nämlich den Mond, eine bis auf einen fingerbreiten Schatten perfekt gerundete Scheibe, die teilnahmslos und leuchtend wie seit Anbeginn der Zeiten am Himmel stand.

So, wie sie die ganze Zeit über dort oben gestanden hatte.

»*Was* sehe ich nicht?«, wollte seine Mutter wissen.

»Nichts«, murmelte Ben.

»Das klang aber gerade gar nicht nach *nichts*. Was hast du gesagt? Welcher Bote?«

»Nichts«, sagte Ben rasch. »Ich … ich muss mich getäuscht haben.«

Seine Mutter wirkte nicht beruhigt, zögernd wandte sie sich von ihm ab und sah wieder in den Himmel hinauf, und Ben tat dasselbe, wenn auch mit klopfendem Herzen. Was war das gewesen? Eine Sinnestäuschung? Sicher, aber sie war so unglaublich *realistisch* gewesen. Und während er dastand und den Mond anblickte, geschah etwas, was noch unheimlicher war. Plötzlich hatte er das Gefühl, dass er dort oben … nicht hingehörte. Der Gedanke war absurd, aber er dachte ihn mit absoluter Gewissheit.

»Das ist doch verrückt«, flüsterte er.

Seine Mutter warf ihm einen ebenso besorgten wie irritierten Blick zu, und Ben tat so, als konzentriere er sich ganz auf das Farbenspiel am Himmel.

Es hielt noch einige Minuten an und verblasste dann so schnell und lautlos, wie es angefangen hatte, und schließlich ging das Licht in der Lounge an und das Glasdach wurde wieder zu einer undurchsichtigen Fläche.

»Großartig«, meinte sein Vater. »Dafür allein hat sich die Reise schon gelohnt.«

Bens Mutter nickte zustimmend, sah Ben aber trotzdem aufmerksam und ein wenig misstrauisch an, was auch seinem Vater nicht entging. Er runzelte die Stirn und setzte zu einer entsprechenden Frage an, und Ben wandte sich hastig ab.

»Ich hole mir noch etwas zu trinken.«

Was angesichts des noch fast vollen Glases Orangensaft in seiner Hand keineswegs überzeugend klang …

Er ging zur Bar, tauschte sein Glas Orangensaft gegen ein volles Glas Cola, um zumindest den Schein zu wahren, und begann sich schon mal den Kopf über eine nicht allzu fadenscheinige Ausrede zu zerbrechen, mit der er sich von dieser ach-so-spannenden Party verabschieden konnte. In diesem Moment jedoch betrat Kapitän Schulz die Lounge, und sein Anblick ließ Ben alles andere vergessen.

Seine Uniform war durch und durch nass und völlig verdreckt. Hunderte von winzigen schwarzen Brandflecken verunzierten den ehemals blütenweißen Stoff, und auch Gesicht und Hände waren nicht ungeschoren davongekommen. Das Schlimmste aber war der *Ausdruck* auf seinem Gesicht. Er wirkte … wütend. Seine Augen blitzten und er schien regelrecht nach einer geeigneten Zielscheibe für seine miserable Laune zu suchen. Angesichts dessen, was er sich gerade selbst angetan hatte, dachte Ben spöttisch, sollte er einfach einen Blick in den Spiegel werfen und er hätte sie gefunden.

Statt die Party zu verlassen, schlenderte er wieder auf seine Eltern zu, die Kurs auf Schulz genommen hatten und ziemlich verstört aussahen – übrigens nicht als Einzige hier im Raum. Wer konnte, machte Schulz Platz, aber die riesige Lounge war nicht groß genug, als dass es nicht zu einer Anzahl zwar harmloser, aber recht grober Rempeleien gekommen wäre, bevor Schulz die Bar erreichte und sich kommentarlos ein Glas Champagner nahm, das er ebenso schnell hinunterstürzte wie die Gläser zuvor. Wenn Ben richtig gezählt hatte, war es das vierte.

»Sie sollten es ein wenig langsamer angehen lassen, Herr Kapitän«, sagte Bens Mutter. Sie hatte noch nie Probleme mit einem offenen Wort gehabt.

Schulz musterte sie finster und stürzte dann ein fünftes Glas Champagner hinunter.

»Mir ist kalt«, sagte er ruppig.

»Das glaube ich Ihnen gern. Aber dann ist Alkohol genau das Falsche. Er gibt Ihnen nur das Gefühl, Ihnen sei warm. In Wahrheit raubt er Ihnen auch noch das letzte bisschen Kraft.«

»Ach?«, machte Schulz und griff nach einem weiteren Glas. Der Mann hinter der Bar sah ihn erstaunt an, aber er hütete sich, auch nur einen einzigen Ton dazu zu sagen.

»Das … ähm … war ja ein prachtvolles Feuerwerk, Herr Kapitän«, meinte sein Vater in dem Versuch, die Situation irgendwie zu entspannen. Aber seine Mutter war nun einmal seine Mutter und sie sagte:

»Sie sollten das wirklich nicht tun, Herr Kapitän. Nicht nach dem, was Sie sich gerade zugemutet haben. Und ich frage erst gar nicht, warum.«

»Vielen Dank für Ihren ärztlichen Rat, Frau Doktor«, sagte Schulz böse, seine Augen schossen kleine, kalte Blicke in ihre Richtung ab, während er an seinem Glas nippte. Immerhin stürzte er es diesmal nicht in einem Zug hinunter.

»Wo ist Sasha?«, fragte Ben, um seinem Vater beizuspringen.

Schulz wandte sich betont langsam zu ihm um, und Ben stellte fest, dass die Blitze aus seinen Augen gar nicht so kalt waren, wie er bisher geglaubt hatte.

»Ich meine, wollten Sie sie nicht eigentlich mitbringen?«

»Du sagst es, Kleiner. Eigentlich. Aber dann habe ich mir die Gästeliste noch einmal genauer angesehen und bin zu dem Schluss gekommen, dass das hier doch nicht die richtige Gesellschaft für meine Tochter ist. Wenn du verstehst, was ich meine?«

Ben starrte ihn mit offenem Mund an, und das Gesicht seines Vaters verdüsterte sich schlagartig – doch nun war es seine Mutter, die schlichtend eingreifen wollte.

»Das hier ist wahrscheinlich auch nicht die richtige Umgebung für ein Mädchen wie sie.«

»Für eine Behinderte, meinen Sie?«, fragte Schulz eisig.

»Ich glaube, das reicht«, sagte Bens Vater. »Benjamin, Jennifer – mischen wir uns noch ein wenig unters Volk und genießen den Abend.« Er nickte ihnen auffordernd zu und drehte sich schnell, aber nicht überhastet weg, und seine Frau und Ben, Letzerer eher widerwillig, folgten ihm.

»Was ist denn mit dem los?«, fragte Ben verblüfft. »Vor ein paar Stunden hat er sich noch bei mir entschuldigt und jetzt …«

»Wahrscheinlich ist wirklich alles zu viel für ihn«, meinte seine Mutter. »Er hatte einen harten Tag. Und dann auch noch der Ärger mit dem verschwundenen Soldaten …« Sie hob die Schultern. »Eine Nacht Schlaf und ein, zwei Tage normales Leben an Bord und er fängt sich wieder.«

Möglicherweise stimmte das sogar, dachte Ben. Aber es war seltsam – er war plötzlich sehr sicher, dass ihnen diese ein, zwei Tage nicht mehr bleiben würden.

Verrückt.

16

ES WAR DIE KLASSISCHE FALLE. Hinter ihnen stand das Schiff in Flammen. Auf der rechten Seite donnerte das Meer gegen das, was von der *Princess of the Dawn* übrig geblieben war; Wasser, das so kalt war, dass jede Woge einen hauchzarten, knisternden Eispanzer auf dem zerborstenen Rumpf zurückließ, der sofort wieder von der nächsten Welle zertrümmert und im Zurückweichen durch einen neuen ersetzt wurde. Und auf der linken Seite lag der Strand, der zu tödlichem, glitzerndem Leben erwacht war. Schreie und die hastigen, stolpernden Schritte der Flüchtenden mischten sich in das Prasseln der Flammen, und gegen jede Logik liefen die Turbinen der *Princess* noch immer und versuchten das mächtige Schiff auf den flachen Eisstrand hinaufzuschieben. Trotz ihrer ungezählten Pferdestärken gelang es ihnen natürlich nicht, aber die Schräglage der *Princess* nahm unaufhaltsam weiter zu, und der Moment war abzusehen, in dem er sich gar nicht mehr auf den Beinen würde halten können.

Es war schon jetzt schwer genug. Ben schleppte sich, an der Reling entlang und ununterbrochen hustend und würgend, in Richtung Bug, den einzigen Ort, an dem nicht der sichere Tod auf ihn wartete.

Nicht dass es dort wirklich besser gewesen wäre. Auch dort vorne wurde gekämpft, doch es wurde zumindest noch gekämpft und nicht nur gestorben. Ein paar beherzte Passagiere und die Reste von Harrys kleiner Armee hatten sich auf dem Vorderdeck verschanzt und wehrten sich verzweifelt gegen die Eiskrieger, die mit roboterhafter Sturheit immer und immer wieder angriffen. Soweit Ben es von hier aus erkennen konnte, setzten sie sich wacker zur Wehr. Die Maschinenpistolen der Soldaten und vor allem Harrys Schallkanone wüteten furchtbar unter den seelenlosen Angreifern. Das Vorderdeck war schon fast kniehoch übersät mit schimmernden Eissplittern; alles, was von den Kreaturen übrig blieb, wenn sie von einer Kugel oder den Infraschallwellen getroffen wurden. Aber früher oder später musste ihnen die Munition ausgehen, oder eine der Explosionen, die den Rumpf der *Princess* in rascher Folge erschütterten, würde die Stromzufuhr der Schallkanone unterbrechen, und dann war die Schlacht vorbei. Niemand an Bord hatte eine reelle Chance, die nächsten zehn Minuten zu überleben.

Er selbst übrigens auch nicht.

Wenn er nicht aufpasste, dann würden ihn die Eismonster noch vor Harry und seinen Männern erwischen.

Wie um ihm Recht zu geben, tauchte genau in diesem Augenblick eines der Ungeheuer keine fünf Meter vor ihm auf. Ben erstarrte vor Entsetzen, und das Ungetüm drehte sich langsam zu ihm herum und starrte ihn aus seinem grässlichen, leeren Gesicht an. Seine linke Hand hob sich und zielte auf ihn.

Ben duckte sich. Der erste fingerlange Eisdorn, den das Ungeheuer auf ihn abschoss, verfehlte ihn um Haaresbreite, der zweite bohrte sich knirschend in das harte Holz der Reling neben ihm, und der dritte hätte ihn getroffen, hätte Ben nicht die Reling losgelassen und sich zur Seite geworfen.

Er entging dem heimtückischen Geschoss, verlor aber auf dem schrägen und spiegelglatt gefrorenen Deck prompt den Halt und schlug der Länge nach hin. Hilflos rutschte er über das vereiste Holz, griff hektisch mit beiden Händen um sich und riss sich einen langen Splitter in den Finger, was höllisch wehtat, schaffte es aber nicht, seinen Sturz zu verlangsamen, sondern wurde im Gegenteil eher schneller, bis einer der Decksaufbauten seiner Schlitterpartie ein Ende setzte; und das so unsanft, dass ihm für einen Moment schwarz vor Augen wurde.

Als sich sein Blick wieder klärte, torkelte das Ungeheuer auf ihn zu. Wie alle seiner Art bewegte es sich schwerfällig, zugleich jedoch mit einer schrecklichen Unaufhaltsamkeit. Seine linke Hand hatte keine Finger mehr, und es würde eine Zeit lang dauern, bis sie wieder nachgewachsen waren, doch nun zielte seine rechte auf ihn. Auf diese kurze Distanz konnte es ihn praktisch gar nicht verfehlen. Ben warf sich herum, strampelte mit den Beinen und versuchte vergeblich, irgendwo Halt zu finden. Er kam einfach nicht hoch. Das erste Eisgeschoss bohrte sich knirschend nur wenige Zentimeter neben seinem Gesicht in das massive Metall des Schiffes, aber das bedeutete nichts. Immerhin hatte das *Ding* noch zwei weitere Versuche, und auch ohne Finger war es ein tödlicher Gegner.

Irgendwo tief im Rumpf der *Princess* explodierte etwas. Das ganze Schiff erbebte wie unter einem Fausthieb. Ben wurde zum zweiten Mal gegen den Decksaufbau geschleudert, und das Eismonster riss beide Arme in die Luft und kämpfte eine oder zwei Sekunden lang mit schon fast grotesk anmutenden Bewegungen um sein Gleichgewicht. Umsonst. Ebenso hilflos wie Ben gerade krachte es zu Boden, schlitterte über das Deck und prallte nur etwa einen Meter neben ihm gegen die Wand, wo es klirrend in tausend Stücke zerbarst. Ben warf im letzten Moment den Kopf herum und riss schützend die Arme vors Gesicht, als ein scharfkantiger, glitzernder Hagel auf ihn herunterprasselte.

Zwei oder drei hämmernde Herzschläge lang lag er mit angehaltenem Atem da, bevor er es wagte, die Arme wieder zu senken und den Kopf zu drehen. Von seinem Gegner war nur ein Haufen weißer Splitter übrig geblieben, aus dem eine zweifingrige, verkrüppelte Hand ragte, die immer noch in seine Richtung zielte. Er hatte Glück gehabt. Aber es war knapp gewesen, und Ben machte sich nichts vor. Eines der Ungeheuer war ausgeschaltet, doch ihre Zahl war endlos.

Mühsam rappelte er sich auf, balancierte mit ausgebreiteten Armen zur Reling zurück und klammerte sich mit beiden Händen daran fest, bevor er sich den Luxus erlaubte, sich für ein paar Augenblicke darüber zu freuen, dass er noch am Leben war.

Die Frage war nur, wie lange noch.

Das Maschinengewehrfeuer und das dumpfe Brummen der Infraschallkanone hielten unvermindert an, und auch das Prasseln der Flammen und das Brüllen der außer Rand und Band geratenen Elemente wurde nicht leiser, aber die Schreie und das Geräusch hastig trampelnder Schritte waren fast verklungen, und Ben wusste nur zu gut, was das bedeutete. Es waren nicht mehr viele Passagiere übrig, die vor den Eismonstern fliehen konnten.

Er musste von diesem verdammten Schiff herunter!

Hinter ihm ertönte ein berstender Laut, aber er gestattete sich nicht, sich umzudrehen, sondern machte sich zum zweiten Mal auf den Weg zum Bug, wo nach wie vor die Schlacht tobte. Noch hatten die Soldaten Munition und Harry selbst Strom für seine Schallkanone. Ben hatte nicht vor, sich an den Kämpfen zu beteiligen – ohne eine Waffe konnte er ihnen sowieso nicht helfen (so wenig wie *mit* einer Waffe, nebenbei bemerkt) –, doch der Sprung vom Bug erschien ihm die einzige Chance, das Schiff zu verlassen.

Die Frage, wohin er sich dann wenden sollte, stellte er sich vorsichtshalber nicht.

Verglichen mit dem, was bisher geschehen war, fiel es ihm beinahe leicht, den Abgang zum Vorderdeck zu erreichen, auch wenn er sich mit beiden Händen an der Reling festhalten musste und so stark nach vorne gebeugt ging, wie gegen einen unsichtbaren Orkan gestemmt. Er erhaschte einen kurzen Blick auf das Häuflein zum Untergang verurteilter Verteidiger im Bug. Harrys Männer (es waren noch fünf) feuerten, was die Läufe ihrer Waffen hergaben. Ihre Gesichter waren hinter weißen Kälteschutzmasken und dunklen Schneebrillen verborgen, während Harry selbst nicht einmal die Kapuze seiner weißen Polarjacke hochgeschlagen hatte. Ben suchte vergebens nach einer Spur von Angst oder wenigstens Anspannung auf seinem Gesicht. Ganz im Gegenteil: Harry wirkte richtiggehend begeistert, während er die Schallkanone mit raschen Bewegungen hin und her schwenkte, wobei der unsichtbare Strahl Dutzende der schimmernden Kreaturen wie ein Riesenhammer zertrümmerte. Aber es war aussichtslos. Für jedes Ungeheuer, das er und seine Männer erledigten, tauchte sofort ein neues auf. Immerhin hatten sie einen ganzen *Kontinent* voller Eis, aus dem sie schöpfen konnten. Und so war es auch vollkommen egal, wie viele der Eismonster sie erledigten und wie lange ihre Munition noch reichte.

Ben riss sich von dem Grauen erregenden Schauspiel los und suchte nach einer Lücke in der Front der Angreifer, und zu seiner eigenen Überraschung fand er sie. Die Eismonster schienen sich ganz auf den Angriff auf Harry und seine Truppe zu konzentrieren und weder von ihm noch von irgendetwas anderem Notiz zu nehmen, was rings um sie herum vorging. Und gar nicht weit von ihm entfernt, wenn auch auf der anderen Seite des Schiffes, hatte sich die Bordwand weit genug geneigt, dass er den Sprung auf den Strand wagen konnte. Es war riskant, aber welche Wahl hatte er schon?

Ben spurtete los, und beinahe hätte er es sogar geschafft.

Er hatte die halbe Strecke hinter sich gebracht, als eine gewaltige Explosion das Wrack der *Princess* erschütterte. Eine riesige Stichflamme schoss in den Himmel und löschte mit ihrem roten Licht alle anderen Farben aus, und obwohl er nicht hinter sich sah, konnte er *spüren*, wie sich das Heck des Schiffes in ein Chaos aus glühenden Trümmerstücken verwandelte, die in einem – zur Abwechslung einmal brennenden – Regen auf das Deck niedergingen.

Die Erschütterung hatte nicht nur ihn zu Boden geschleudert, sondern alles und jeden an Deck. Harry und seine Männer waren wild durch- und übereinander gestürzt, und auch die Eismonster waren kräftig durchgeschüttelt worden. Viele der schaurigen Gestalten waren zerbrochen, einigen fehlten Arme oder Beine, einem sogar der Kopf (was ihn allerdings nicht daran hinderte, schwankend wieder aufzustehen und den Angriff fortzusetzen), und doch wurde Ben mit einem Gefühl kalten Entsetzens klar, dass der Kampf nun praktisch vorüber war. Die Soldaten rappelten sich wieder auf und begannen unverzüglich zu feuern, doch als Harry seine Schallkanone herumschwenkte und auf den Auslöser drückte, geschah … nichts. Ein Ausdruck nackter Panik erschien auf seinem Gesicht, als er begriff, dass die Waffe keinen Strom mehr hatte.

Ben stemmte sich hoch und torkelte weiter. Das Deck zitterte und bebte jetzt ununterbrochen unter seinen Füßen, als hätten sich all die kleinen Explosionen, die den Rumpf der *Princess* von innen heraus verzehrten, nun zu einem einzigen anhaltenden Grollen vereinigt. Er achtete ebenso wenig darauf wie auf die fehlgeleitete Kugel, die dicht neben ihm Funken aus den Decksplanken schlug und als Querschläger davonheulte, wobei sie freundlicherweise eines der Eismonster zerschlug.

Irgendwie erreichte er die Reling, spürte, wie sich sein Verstand zu Wort melden wollte, um ihn zu warnen, wie gefährlich ein Sprung auf das Eis war, und gab ihm keine Gelegenheit, ihn mit diesem Unsinn zu belästigen. Er flankte mit einer entschlossenen Bewegung über das Hindernis hinweg.

Vielleicht hätte er besser auf seinen Verstand gehört.

Die kläglichen Reste der *Princess* waren ein gutes Stück weit auf den Strand hinaufgeglitten und hatten sich dabei tief in das brüchige Eis gebohrt; gleichzeitig hatte sich das Schiff so stark zur Seite geneigt, dass Ben sich nicht einmal mehr gewundert hätte, wenn es umgekippt wäre.

Aber zwischen ihm und dem stahlharten Eis des Strandes lagen immer noch gut acht oder zehn Meter.

Der Sturz schien endlos zu dauern, nahm in Wirklichkeit jedoch eine Zeitspanne in Anspruch, die nicht einmal messbar war. Ben schrie auf, zog instinktiv die Beine an den Leib und wartete darauf, dass ihm der Aufprall sämtliche Knochen im Leib zertrümmerte oder ihm das Rückgrat aus dem Hals heraustrieb. Als der Aufprall dann kam, war er hart, unvorstellbar *hart*, aber das Wunder geschah. Noch während er sich instinktiv abrollte und sich dabei drei-, vier-, fünfmal überschlug, spürte er, dass er sich nichts gebrochen hatte und auch sonst nicht ernsthaft verletzt war.

Trotzdem presste ihm der Schlag, mit dem er schließlich gestoppt wurde, mit einem pfeifenden Laut auch noch das allerletzte bisschen Luft aus den Lungen und ließ ein Feuerwerk aus Schmerz vor seinen Augen explodieren. Er japste nach Luft, und nach ein paar Augenblicken brachte er sogar das Kunststück fertig, sich aufzusetzen und umzusehen.

Das gestrandete Schiff ragte wie ein Berg aus vereistem Stahl über ihm auf. Der Strand war mit reglosen Körpern übersät, die meisten davon leuchtenden weiß, aber es waren auch einige andere darunter; Passagiere, die ebenso wie er ihr Heil in einem verzweifelten Sprung über Bord gesucht, aber offensichtlich weniger Glück als er gehabt hatten. Ben wurde mit schrecklicher Gewissheit klar, dass sie tot waren, denn wäre auch nur noch eine Spur von Leben in ihnen gewesen, hätten sich die Eismonster längst um sie gekümmert.

Ben hatte seine Benommenheit mittlerweile weit genug überwunden, um auch den Rest seiner Umgebung zur Kenntnis zu nehmen. Gar nicht weit von ihm entfernt richteten sich drei, vier, schließlich fünf der weißen Gestalten auf. Sie hatten sein Leben gespürt, das warme Blut, das in seinen Adern floss, und kamen, um es sich zu holen.

Aber da hatte er auch noch ein Wörtchen mitzureden.

Ben stand auf und zog eine Grimasse. Sein rechtes Bein war zwar nicht gebrochen, denn es trug sein Gewicht, aber als er es belastete, trieb ihm der Schmerz die Tränen in die Augen. Einen Hundert-Meter-Sprint würde er damit nicht gewinnen.

Dennoch humpelte er los. Erstaunlicherweise verzichteten seine Verfolger darauf, ihre Finger auf ihn abzuschießen, aber das mochte auch daran liegen, dass sie das gar nicht nötig hatten. Er war eingekreist. Selbst mit einem unverletzten Bein hätte er kaum eine Chance gehabt, dem Belagerungsring aus gleich fünf seiner Gegner zu entkommen.

Natürlich versuchte er es trotzdem. Er war gehandikapt, aber die Ungeheuer waren nicht besonders schnell, und mit ein bisschen Glück konnte er ihnen entwischen. Ohne auf den pochenden Schmerz in seinem Knöchel zu achten und mit zusammengebissenen Zähnen bewegte er sich vorwärts und entkam den grapschenden, dreifingrigen Händen der ersten drei Monster. Die eisigen Finger eines weiteren schrammten zwar über seine Schulter, konnten den dicken Stoff seiner Jacke aber nicht durchdringen. Das letzte Ungeheuer erwischte ihn am Arm, doch Ben verpasste dem Ding einen Fausthieb, der es zurücktaumeln und mit einem gewaltigen Klirren zu Boden gehen und dort in Stücke zerspringen ließ.

Noch ein Wunder in einer ganzen Kette von Wundern, denen er sein bisheriges Überleben zu verdanken hatte: Er entkam den Eismonstern, und sie verzichteten aus irgendeinem Grund auch jetzt wieder darauf, auf ihn zu schießen. Sie stapften nur mit torkelnden Schritten hinter ihm her; selbst in seinem angeschlagenen Zustand war er schneller als sie.

Zum allerersten Mal stellte sich Ben die Frage, was er jetzt *tun* sollte. Schulz hatte ihnen erklärt, wo die Wetterstation lag, aber Ben machte sich nichts vor: Die drei Kilometer zwischen Strand und Station, über die er normalerweise nur gelacht hätte, hätten ebenso gut drei Lichtjahre sein können. Er hatte nicht die geringste Chance, es bis dorthin zu schaffen. Der Strand vor ihm war voller Eisungeheuer, von denen das eine oder andere bereits erwachte, und in spätestens einer halben Stunde würde es dunkel werden, was nichts anderes bedeutete, als dass die Temperaturen dann ins Bodenlose stürzen mussten.

Er schleppte sich trotzdem weiter, versuchte die schimmernden Gestalten, die sich vor ihm zu bewegen begannen, vor dem weißen Eis auszumachen und ihnen auszuweichen, und beging dann den Fehler, den Kopf zu wenden, um einen Blick auf seine Verfolger zu werfen.

Sie waren weit zurückgefallen, aber zwischen ihnen und ihm bewegte sich eine Gestalt. Zuerst hielt Ben sie für ein weiteres Eisungeheuer, denn ihre Farbe unterschied sich nicht im Geringsten von der seiner Gegner, aber dann hob die Gestalt den Kopf, und er erkannte wehendes weißes Haar und ein Paar dunkle Augen, die flehend zu ihm herübersahen. Sein Herz machte einen Sprung bis in den Hals hinauf, um dort in rasendem Stakkato weiterzuhämmern.

Sasha!

Es war Sasha! Und die Eisungeheuer stapften unaufhaltsam auf sie zu!

Ben wirbelte herum, stürmte zurück und zerrte sie so heftig mit sich, dass sich ihr Gesicht vor Schmerz verzerrte. Als sie spürten, dass ihre schon sicher geglaubte Beute doch noch zu entkommen drohte, verdoppelten die Eismonster ihre Anstrengungen, sie zu erreichen – und zu Bens maßlosem Entsetzen gelang es ihnen. Eine riesige dreifingrige Klaue schloss sich um Sashas Handgelenk und riss sie mit so brutaler Kraft zurück, dass sie mit einem lautlosen Schrei auf den Lippen rücklings in den Schnee stürzte, aber das war nicht das Schlimmste.

Wo die Eispranke ihre Haut berührt hatte … *verblasste* sie. Ihre ohnehin schon bleiche Farbe wurde noch heller und verwandelte sich dann in ein schrecklich fahles Weiß. Wie ein Spinnennetz, das rasend schnell wuchs, überzogen winzige Linien ihr Handgelenk und ihre Hand und verschwanden im Ärmel ihrer pelzgefütterten Jacke, dann breitete sich das unheimliche Weiß auf ihrem gesamten Körper aus, wie ein Fleck aus weißer Tinte auf einem Blatt Löschpapier.

Als Allerletztes erloschen ihre Augen.

17

ER ERWACHTE MIT EINEM SCHREI, schweißgebadet und mit heftig klopfendem Herzen, aber die Angst, die aus dem Albtraum mit herüber in die Wirklichkeit gelangt war und ihre Krallen in seine Gedanken schlagen wollte, hielt nur für den Bruchteil einer Sekunde an; gerade so lange, wie er brauchte, um zu begreifen, dass er wach war, und aus dieser Erkenntnis abzuleiten, dass er vorher geschlafen hatte und somit alles nur ein Traum gewesen war. Wieder einmal. Dann machte die Erleichterung einem anderen, kaum weniger starken Gefühl Platz: Zorn auf sich selbst. Verdammt, was war nur mit ihm los? Ein Teil von ihm musste wohl auf dem Selbstvernichtungstrip sein und tat sein Allermöglichstes, um ihm die Nächte unangenehm zu gestalten. Er war mittlerweile fast so weit, dass er Angst vor dem Einschlafen hatte! Was sollte das?

Ben lauschte konzentriert in sich hinein, aber der renitente Teil seines Unterbewusstseins weigerte sich stur, diese Frage zu beantworten. Wahrscheinlich sparte er sich seine Energie für die nächsten Albträume, dachte er missmutig. Noch zwei oder drei Nächte wie diese und er brauchte seinen Vater wirklich, und zwar nicht als Vater, sondern als Arzt. Falls er nicht vorher einen Herzinfarkt bekam und die Dienste seiner Mutter in Anspruch nehmen musste, hieß das.

Wütend schlappte er ins Bad und verzichtete einmal mehr darauf, einen Blick in den Spiegel zu werfen, bevor er sich nicht etliche Hand voll eiskalten Wassers ins Gesicht geschaufelt hatte. Was er danach sah, als er all seinen Mut zusammenraffte und dem Blick seines eigenen Konterfeis in dem verspiegelten Glas begegnete, war allerdings auch nicht sehr viel erbaulicher: Obwohl er – von der Zeit her – ausreichend geschlafen hatte und sich körperlich sogar einigermaßen fit fühlte, wirkte sein Gesicht übernächtigt und blass. Die Ringe, die er vor zwei Tagen das erste Mal unter seinen Augen bemerkt hatte, waren noch dunkler geworden, und seine Haut sah aus wie schmuddeliger Kuchenteig, der entschieden zu lange liegen gelassen worden war.

Und er wunderte sich, dass seine Mutter sich Sorgen um ihn machte und ihn ununterbrochen mit der Frage löcherte, ob er sich auch wirklich wohl fühlte?

Ach ja, nicht zu vergessen die haarige, fette Spinne, die auf seiner rechten Schulter hockte und ihn angrinste …

Ben kämpfte den jähen Schrecken nieder, der ihn bei diesem Anblick durchfuhr, verdrehte sich fast den Hals, um direkt auf seine Schulter schauen zu können, und stellte ohne die geringste Spur von Überraschung fest, dass da keine Spinne war.

Im Spiegel übrigens auch nicht, als er wieder hinsah.

Allmählich begann er sich *wirklich* über sich selbst zu ärgern – aber zugleich auch ein bisschen Sorgen zu machen. Vielleicht sollte er sich doch gleich seinen Eltern anvertrauen und seinen Vater bitten, ihm irgendetwas zu geben, was ihm zumindest für die Dauer dieser vermaledeiten Reise die Albträume ersparte. Sie waren zwar ziemlich weit von der nächsten Apotheke entfernt, doch er war sicher, dass sein Vater ein Schlafmittel dabeihatte oder notfalls in der Krankenstation irgendetwas zusammenbrauen konnte.

Aber war er nicht noch ein bisschen jung, um Träum-süß-Pillen zu nehmen? Außerdem: Noch ein paar wenige Nächte und der Spuk war vorbei. Irgendwie würde er die schon durchstehen.

Eigentlich waren die Träume auch gar nicht so schlimm, überlegte er, während er zurück in seine Kabine schlurfte und sich anzog. Abgesehen von der furchtbaren Angst, die sie in ihm auslösten. Gut, bisher war er jedes Mal auf die eine oder andere Art ums Leben gekommen oder hatte andere grauenhafte Dinge erlebt, aber im Grunde genommen hatte er sich ebenso gut geschlagen wie die Helden in seinen Abenteuergeschichten. Auch die gewannen schließlich nicht immer.

Aber wenigstens manchmal …

Zumindest hatte ihn seine Amok laufende Fantasie heute nicht mitten in der Nacht geweckt. Draußen war die Sonne längst aufgegangen, seine Eltern saßen bestimmt schon im Frühstücksraum, und er würde sich zu ihnen gesellen, damit sie ein bisschen über die Party von gestern Abend und Kapitän Schulz lästern konnten. Und danach –

Plötzlich fiel ihm etwas auf. Etwas fehlte.

Ben lauschte einen Moment mit angehaltenem Atem. Trotz ihrer ungeheuren Leistung arbeiteten die Maschinen der *Princess of the Dawn* fast lautlos. Normalerweise war nur ein leises Hintergrundbrummen zu hören, das von einem sanften Vibrieren des Fußbodens und der metallenen Wände begleitet wurde, doch beides nahm man schon nach wenigen Stunden an Bord kaum mehr war. Jetzt waren die Maschinengeräusche und das Vibrieren verstummt. Die Turbinen waren abgeschaltet, und das bedeutete, dass die *Princess* reglos auf der Stelle lag und keine Fahrt machte.

Von wegen einige wenige Nächte.

Ben hatte es auf einmal sehr eilig, sich fertig anzuziehen und zu seinen Eltern in den Frühstücksraum zu kommen.

Draußen auf dem Gang war das Fehlen des Brummens der Motoren noch deutlicher zu spüren und etwas anderes fiel ihm auf. Eine hektische Nervosität schien in der Luft zu liegen. Irgendetwas war passiert, das wusste er, noch bevor er den Frühstücksraum überhaupt erreichte.

Und feststellte, dass seine Eltern nicht da waren. Ihr Stammplatz am Fenster war verwaist, und auch von Schulz oder gar Sasha war keine Spur zu entdecken. Ben spürte einen heftigen Stich der Enttäuschung und wunderte sich ein wenig über sich. Nach der hässlichen Szene am vergangenen Abend hatte er nun wirklich keinen Grund, sich auf ein Wiedersehen mit dem Kapitän der *Princess* zu freuen, und Sasha war schließlich noch nie zum Frühstück erschienen, ausgenommen das eine Mal, als ihr Vater sie ihnen praktisch vorgeführt hatte.

Aber immerhin hatte dieses sonderbare Mädchen ja schon einen Weg in seine Träume gefunden …

Zum ersten Mal – wenn auch mit gehöriger Verspätung – fragte sich Ben, ob er sich in Sasha verliebt hatte. *Richtig* verliebt, nicht nur verknallt, wie es ihm schon das eine oder andere Mal passiert war. Und allein die Tatsache, dass er sich diese Frage stellte, erschien ihm Antwort genug. Eine Antwort, die ihm ganz und gar nicht gefiel. Die Sache mit Sasha und ihm hatte keine Zukunft; einmal ganz davon abgesehen, dass die Reise in sechs Tagen vorbei war und sie sich danach nie wiedersehen würden, hatte sein Vater möglicherweise Recht: Vielleicht sprach Sasha in ihrer zerbrechlichen Hilflosigkeit nur seine Beschützerinstinkte an.

Selbst in seinem Traum hatte er kehrtgemacht und sich ins sichere Verderben gestürzt, um ihr beizustehen.

Ein Räuspern riss Ben jäh aus seinen verwirrenden Überlegungen. Hastig drehte er sich herum. Hinter ihm war einer der Stewards erschienen.

»Ja?«, fragte Ben.

»Suchst du deine Eltern?«, fragte der Mann in leicht unbehaglichem Ton. Ben nickte stumm, und der Steward fuhr fort: »Ich glaube, sie sind unten in der Krankenstation. Der Erste Offizier war vor ein paar Minuten hier, und ich habe gehört, wie er sie gebeten hat dorthin zu kommen.«

»Warum?«

»Kapitän Schulz hat sie wohl darum gebeten, mehr weiß ich auch nicht.«

Aber wozu, wenn der verwundete Söldner doch verschwunden war?, dachte Ben und wusste die Antwort auf seine Frage fast im gleichen Moment selbst. Sie hatten ihn gefunden, was ja auch kein Wunder war. Die *Princess* war ein großes Schiff, aber *so groß* nun auch wieder nicht, dass ein Mann – noch dazu ein verletzter Mann – sich lange darauf verstecken konnte.

»Dann gehe ich jetzt besser auch dorthin«, meinte er. Nach einer Sekunde und mit einem leicht verlegenen Lächeln fügte er hinzu: »Wenn ich sie finde. Erklären Sie mir den Weg?«

»Ich bringe dich hin«, erwiderte der Steward. »Es ist nicht weit, aber kompliziert zu beschreiben.«

Während Ben dem Mann folgte, warf er noch einen raschen Blick aus dem Fenster. Was er sah, bestätigte seinen Verdacht: Die *Princess* hatte sich nicht von der Stelle gerührt und lag noch immer vor der eisigen Küste der Antarktis. Jetzt, im klaren Licht des Morgens, war sie von einem verschwommenen Schatten zu einer dünnen weißen Linie am Horizont geworden, die das Sonnenlicht reflektierte, sodass man sie kaum ansehen konnte ohne sofort zu blinzeln. Aber hatte Schulz nicht gesagt, das Schiff würde sofort nach dem Feuerwerk weiterfahren und Kurs auf Australien nehmen? Immerhin war das sieben oder acht Stunden her und vermutlich musste auch die *Princess* so etwas wie einen Fahrplan einhalten.

Der Steward führte ihn durch eine schmale Seitentür und ein wahres Labyrinth von Gängen und Treppen, in dem er vermutlich schon nach der ersten Abzweigung hoffnungslos die Orientierung verloren hätte. Der Mann blickte immer wieder über die Schulter zu ihm zurück, und Ben hatte das Gefühl, dass er ihm etwas sagen wollte, aber er schwieg beharrlich. Sie erreichten die Krankenstation und der Steward übernahm sogar noch die Aufgabe, für ihn anzuklopfen und die Türklinke herunterzudrücken, verschwand dann jedoch so schnell, dass es schon fast wie eine Flucht wirkte.

Es war das erste Mal, dass Ben die Krankenstation sah, und wie so vieles hier war sie eine Überraschung. Er wusste selbst nicht genau, was er erwartet hatte, aber auf keinen Fall *das*. Der Raum hatte zwar kein Fenster und war nicht besonders groß, dazu ultramodern eingerichtet, wirkte jedoch trotzdem überraschend hell und behaglich; es war wie eine Mischung aus einem High-Tech-Operationssaal und einem gemütlichem Krankenzimmer mit zwei Betten.

Nur eines der Betten war belegt. Ben konnte nicht erkennen, mit wem, denn seine Eltern, Kapitän Schulz und ein weiterer Mann in einer leicht angeschmuddelten Borduniform versperrten ihm die Sicht auf den Kranken, aber er vermutete, dass es der verschwundene Söldner war. Nachdem er seine Eltern mit einem flüchtigen Kopfnicken begrüßt hatte – Schulz machte sich nicht einmal die Mühe, sich zu ihm herumzudrehen, obwohl ihm das Geräusch der Tür wohl kaum entgangen sein konnte –, drängte er sich behutsam an ihnen vorbei, um aufs Bett zu sehen … und sog erschrocken die Luft zwischen den Zähnen ein.

Es war der verschwundene Söldner, aber Ben erkannte ihn kaum wieder. Sein Anblick erinnerte ihn auf schreckliche Weise an die letzte Szene des Albtraums, aus dem er gerade erwacht war. Sein Haar, die Augenbrauen und Wimpern waren weiß, und seine Haut war mit einem widerlichen weißen Geflecht überzogen, wie ein brüchiges Spinnennetz aus Eis, sodass auch sie nahezu weiß wirkte. Merkwürdigerweise war er mit schweren Ledermanschetten an den Hand- und Fußgelenken ans Bett gefesselt und trug ein ledernes Stirnband, das wohl seinen Kopf fixieren sollte.

»Was ist denn hier passiert?«, fragte er verblüfft.

»Wir mussten ihn fixieren, damit er sich nicht selbst verletzt«, antwortete seine Mutter, und der Mann in der Stewarduniform neben ihr machte ärgerlich: »Ha!«

Ben fiel jetzt auf, dass nicht nur die Uniform des Mannes reichlich mitgenommen aussah, sondern er offensichtlich auch verletzt war. Seine Mutter war gerade dabei, einen ordentlichen weißen Verband an seinem rechten Handgelenk anzulegen.

»Was ist passiert?«, fragte er noch einmal.

»Der Dreckskerl hat mich gebissen, das ist passiert!«, fauchte der Matrose. Seine Mutter runzelte angesichts dieses rüden Tones zwar die Stirn, sparte sich aber jeden Kommentar. Vermutlich schrieb sie diese Entgleisung, wie Ben auch, dem Zustand des Mannes zu. Vielleicht hatte er Schmerzen.

»Er hat sich gewehrt«, vermutete Ben.

»Gewehrt? Der Kerl hat sich gebärdet wie ein Tollwütiger! Wir waren zu dritt und haben es kaum geschafft, ihn zu bändigen!« Der Matrose warf der reglosen Gestalt im Bett einen fast hasserfüllten Blick zu. »Eigentlich hätten wir ihm gleich den Schädel einschlagen sollen!«

»Er hat die Maschine sabotiert«, fügte Schulz erklärend hinzu. »Die Männer sind natürlich wütend auf ihn. Der Schaden ist nicht allzu tragisch, aber einen halben Tag Arbeit werden sie bestimmt haben, bis wir sicher weiterfahren können.«

Auch Schulz sah nicht besonders gut aus, fand Ben. Er hatte sich umgezogen und die hässlichen schwarzen Flecken in seinem Gesicht waren zu kaum sichtbaren roten Pünktchen verblasst, aber er wirkte nicht so, als hätte er in der zurückliegenden Nacht viel Schlaf gefunden. Das Pflaster auf seiner Wange war jetzt sehr viel größer und ließ sein gesamtes Gesicht irgendwie asymmetrisch erscheinen.

»Haben Sie wenigstens Kontakt mit der Reederei aufgenommen?«, fragte er den Kapitän.

»Der Funk ist immer noch gestört. Aber das habe ich in dieser Gegend schon mehrmals erlebt. Und auch wenn der Funk dauerhaft ausfallen würde, bestünde keiner Gefahr. Wir können selbst mit der beschädigten Maschine innerhalb eines Tages wieder eine vielbefahrene

Schifffahrtslinie erreichen.« Er blinzelte Ben zu. »Und wenn alle Stricke reißen, hat die *Princess* immer noch ihre guten alten Segel.« Er druckste einen Moment herum und gab sich dann sichtbar einen Ruck. »Wenn wir schon einmal dabei sind … ich möchte mich für mein Benehmen von gestern Abend entschuldigen. Ich weiß selbst nicht, was in mich gefahren ist. Es tut mir aufrichtig leid.«

Bens Mutter warf ihm einen schrägen Blick zu, doch Bens Vater winkte gönnerhaft ab. »Schon vergessen. Immerhin erleben Sie bestimmt nicht jeden Tag einen solchen Stress.«

»Das ist wahr«, antwortete Schulz, schüttelte jedoch trotzdem den Kopf. »Aber es ist keine Entschuldigung. Ein Kapitän muss gerade in Stresssituationen die Nerven behalten. Dafür ist er da.« Er lächelte dünn. »Wenn man es genau nimmt, ist das der einzige Grund, warum ein schwimmender Supercomputer wie die *Princess* überhaupt noch einen Kapitän aus Fleisch und Blut braucht.«

»Jetzt übertreiben Sie nicht, Kapitän Schulz«, meinte Bens Vater. »Ich finde, Sie haben sich hervorragend geschlagen. Wenn es Ihnen hilft, erteile ich Ihnen gern meine Absolution als Psychologe. Sie haben nichts falsch gemacht. Immerhin muss ein Kapitän heutzutage nicht mehr unbedingt damit rechnen, dass sein Schiff von Piraten geentert wird.«

Schulz sah nicht so aus, als seien ihm diese Worte ein großer Trost, aber er lächelte immerhin, wenn auch ein wenig gequält, bevor er sich ganz zu Ben herumdrehte. »Ich möchte mich ganz besonders bei dir entschuldigen. Was ich gestern Abend gesagt habe, war unfair. Nimmst du meine Entschuldigung an?«

Er streckte Ben die Hand entgegen, und Ben griff zwar überrascht, aber trotzdem ohne das geringste Zögern danach; auch wenn es ihm peinlich war, dass sich ein Mann wie Kapitän Schulz bei ihm entschuldigte.

Es war ihm auch ein bisschen unangenehm, Schulz' Hand zu schütteln. Die Haut des Kapitäns fühlte sich kalt und trocken an und irgendwie … unangenehm.

»Dann bin ich erleichtert«, sagte Schulz. »Ich werde nachher mit Sasha ein verspätetes Frühstück einnehmen, so in einer Stunde. Möchtest du dazustoßen?«

»Selbstverständlich«, antwortete Ben impulsiv.

»Gut.« Schulz ließ endlich seine Hand los und trat einen Schritt zurück. Er warf noch einen langen und nachdenklichen Blick auf den gefesselten Söldner – er schien zu schlafen –, ehe er sich dem Matrosen zuwandte. »Und was ist mit Ihnen? Können Sie Dienst tun?«

»Ja«, antwortete der Mann, und Bens Mutter sagte im gleichen Atemzug: »Nein.«

»Unsinn!«, widersprach der Matrose. »Mir fehlt nichts. Das ist doch nur ein Kratzer.«

Seine Mutter legte ihm für eine Sekunde die flache Hand auf die Stirn und nickte dann. »Ja, das habe ich mir gedacht. Sie haben leicht erhöhte Temperatur. Noch kein Fieber, aber erhöhte Temperatur. Und was Sie da an der Hand haben, ist eine ziemlich tiefe Wunde, kein Kratzer. Mit Menschenbissen ist nicht zu spaßen, wissen Sie das? Sie neigen dazu, sich zu entzünden.« Sie machte eine Kopfbewegung auf das zweite freie Bett. »Sie sollten sich wenigstens bis heute Abend ausruhen.«

»Ich bleibe ganz bestimmt nicht mit diesem Irren zusammen in einem Zimmer!«, antwortete der Matrose böse. »Gefesselt oder nicht!«

»Wie Sie meinen«, seufzte Bens Mutter. »Dann spritze ich Ihnen aber wenigstens prophylaktisch ein Antibiotikum. Und Sie melden sich nach dem Mittagessen bei mir und ich sehe mir Ihre Hand noch einmal an.«

»Aber –«, begann der Matrose.

»Keine Widerrede!«, unterbrach ihn Schulz grob. »Sie haben die Frau Doktor gehört, und Sie werden tun, was sie Ihnen sagt, haben Sie das verstanden? Das ist ein Befehl!«

»Jawohl, Herr Kapitän«, antwortete der Mann kleinlaut, obwohl seine Augen noch immer vor Zorn blitzten.

»Gut.« Der strenge Ausdruck verschwand von Schulz' Gesicht, und er wandte sich zum Gehen, drehte sich dann aber noch einmal zu Ben herum. »Ich muss auf die Brücke, um dort nach dem Rechten zu sehen. Hast du nicht Lust, mitzukommen? Das interessiert dich doch ganz bestimmt.«

»Sicher«, antwortete Ben überrascht. »Wenn ich nicht störe.«

»Kein bisschen. Die Einladung gilt selbstverständlich auch für deine Eltern.«

Bens Vater nickte erfreut, doch seine Mutter schüttelte den Kopf. »Im Prinzip gern, aber ich möchte mich noch einmal um den Verletzten kümmern.« Sie deutete auf den schlafenden Söldner. »Sein Zustand gefällt mir ganz und gar nicht. Ich würde ihn gern noch einmal untersuchen. Ehrlich gesagt habe ich so etwas noch nie erlebt.«

»Aber fass ihn nicht an«, entfuhr es Ben.

»Hältst du mich für dämlich, Sohn?«, fragte seine Mutter mit einem zuckersüßen Lächeln, wurde jedoch sofort wieder ernst und schüttelte den Kopf. »Keine Sorge, ich passe schon auf. Ich bin zwar neugierig, aber nicht lebensmüde. Und jetzt raus. Geht und führt ein paar Männergespräche. Ich komme nach, sobald ich hier fertig bin. Und Sie –«, sagte sie an den Matrosen mit der verbundenen Hand gewandt, »gehen in Ihre Kabine und legen sich hin.«

Sie verließen fast fluchtartig die Krankenstation. Der Matrose trat sogar wortwörtlich die Flucht an, indem er mit weit ausgreifenden Schritten vorauseilte und schon nach wenigen Augenblicken hinter einer Tür verschwand. Bens Vater schüttelte seufzend den Kopf.

»Was ist denn nun wirklich passiert?«, fragte Ben.

»Genau weiß ich es auch nicht«, gestand Schulz und fuhr sich geistesabwesend mit den Fingerspitzen über das riesige Pflaster auf seiner Wange. »Die Männer haben ihn unten im Maschinenraum gefunden. Er hatte sich in einen finsteren Winkel verkrochen und fing an, sich wie ein Berserker zu wehren, als sie ihn dort herausholen wollten. Sie haben erst später bemerkt, was er mit seinem Schraubenschlüssel angerichtet hat.«

»Schraubenschlüssel?«, vergewisserte sich Robert Berger. »Ich dachte, er hätte die gesamte Maschine lahm gelegt.«

»Sie würden sich wundern, welchen Schaden man mit einem simplen Schraubenschlüssel anrichten kann, wenn er groß genug ist und man weiß, was man tun muss«, erwiderte Schulz griesgrämig.

»Außerdem ist der Mann Soldat«, fügte Ben hinzu. »Und damit automatisch Spezialist im Kaputtmachen.«

»Wenigstens wenn er zu Harrys Truppe gehört.« Schulz lachte humorlos. »Keine Sorge. Der Schaden hält sich in Grenzen. In ein paar Stunden stechen wir wieder mit voller Kraft in See. Aber ich bin trotzdem froh, wenn diese Fahrt vorbei ist. Es gibt gewisse Abenteuer, auf die ich getrost verzichten kann.«

Sie tauschten noch ein paar Belanglosigkeiten aus, um die Zeit zu überbrücken, bis sie den Kontrollraum der *Princess* erreichten, aber Ben spürte genau, wie unangenehm Schulz die Geschichte war. Ganz egal wie glimpflich das Ganze ausgegangen war – mit seinem Selbstverständnis als Kapitän musste Schulz das Gefühl haben, in einer Krisensituation vollkommen versagt zu haben. Natürlich hatte er, realistisch betrachtet, rein gar nichts tun können – was denn auch gegen ein Dutzend bis an die Zähne bewaffneter Soldaten, deren Kommandant sich für die Reinkarnation von Dschingis Khan zu halten schien? –, aber das änderte letzten Endes nichts daran, dass er das Kommando über sein Schiff verloren hatte; für einen Kapitän wahrscheinlich das Schlimmste, was ihm überhaupt passieren konnte.

Schließlich kamen sie auf der Brücke an und traten nicht nur in eine andere Welt, sondern auch in ein anderes Jahrtausend, wenigstens erschien es Ben so. Hier gab es keinen Pomp, keine Edelhölzer an den Wänden und keine goldenen Kronleuchter und Bilderrahmen, sondern nur Chrom und Glas und surrende Computer und emsig flackernde Bildschirme. Kaum etwas erinnerte an die Brücke eines Schiffes, wenigstens nicht so, wie Ben sie sich vorgestellt hätte. Das einzige Fenster, das der Raum hatte, zog sich zwar über die gesamte Vorderfront, war aber kaum einen Meter hoch und damit eher ein Sehschlitz, und es gab nicht einmal ein Steuerruder.

»Enttäuscht?«, fragte Schulz. Anscheinend waren ihm seine Gefühle deutlicher anzusehen, als er gemeint hatte.

»Nein«, versicherte er hastig, aber wenig glaubwürdig. »Es ist nur …«

»Anders, als du es dir vorgestellt hast«, führte Schulz den Satz zu Ende und lächelte.

Ben nickte, und sein Vater fügte hinzu: »Mir geht es übrigens genauso.«

»Im Grunde geht es jedem so, der zum ersten Mal hierher kommt«, meinte Schulz. »Die Leute haben immer noch eine sehr romantische Vorstellung von einem Schiff. Sogar von einem so modernen Schiff wie der *Princess.*«

»Das glaube ich gern«, bemerkte Robert Berger. »Sieht eher aus wie die Computerzentrale des Finanzamts.«

»Dann kommen Sie jetzt bitte nicht auf die Idee, das Schiff schon einmal vorsorglich zu versenken«, bat Schulz. »Aber im Prinzip haben Sie Recht. Das hier ist viel mehr eine Rechenzentrale als die klassische Brücke eines Schiffes. Das elektronische Gehirn der *Princess* sozusagen. Nicht umsonst fährt die *Princess* eine Route, die noch vor ein paar Jahren von einem Kreuzfahrtschiff gar nicht zu bewältigen gewesen wäre, noch dazu in der kurzen Zeit.«

»Eigentlich«, sprach Ben aus, was ihm durch den Kopf ging, »erinnert es mich weniger an das Finanzamt als viel mehr an ein Raumschiff.«

»Mein Sohn liebt Science-Fiction-Geschichten«, erklärte sein Vater in einem Ton, als wäre es etwas, wofür man sich entschuldigen müsste.

»Ich auch«, antwortete Schulz. »Als ich in seinem Alter war, habe ich praktisch nichts anderes gelesen oder gesehen. Einen guten SF-Film weiß ich immer noch zu schätzen. Heute bleibt mir für diese Dinge leider kaum noch Zeit.« Er seufzte bedauernd und wandte sich dann wieder direkt an Ben. »Und so furchtbar falsch ist dein Vergleich auch gar nicht. So gewaltig ist der Unterschied zwischen einem Raumschiff und einem Schiff nie gewesen.«

Bens Vater sah ihn zweifelnd an, und Schulz fuhr mit einem bekräftigenden Nicken fort: »Raumschiffe sind sicher komplizierter und teurer – obwohl ich da im Falle der *Princess* nicht einmal so sicher wäre –, doch Raumschiff wie Schiff gehen auf lange Reisen, und bei beiden weiß man nie, was einen am Ende der Reise oder auch unterwegs erwartet.«

»Außer dass Sie mit der *Princess* nicht auf einem fremden Planeten landen«, sagte Robert Berger lächelnd.

Schulz sah ihn eine halbe Sekunde lang auf eine Art an, als hätte er gerade etwas sehr Dummes gesagt. Er antwortete nicht gleich, sondern ging zu dem schmalen Fenster am anderen Ende der Brücke und wartete, bis Ben und sein Vater ihm gefolgt waren, bevor er weitersprach. »Auch da wäre ich mir nicht so sicher.«

»Wie bitte?«, fragte Bens Vater.

»Natürlich ist es nicht wirklich ein fremder Planet, aber das da drüben ist auch nicht mehr unsere Erde. Jedenfalls nicht *die* Erde, wie Sie und ich sie kennen.«

»Ach?«, machte Bens Vater spöttisch.

»Es gibt dort atembare Luft, aber das ist auch schon so ziemlich alles. Und nicht einmal das stimmt wirklich«, erwiderte Schulz unbeeindruckt.

»Wollen Sie mir jetzt erzählen, es gäbe in Wirklichkeit keinen Sauerstoff am Südpol?«

»Im Moment geht dort drüben der Sommer in den Winter über«, sagte Schulz ernst. »Wir würden es wohl als Herbst bezeichnen, aber in der Antarktis spricht man in der Regel nur von Sommer und Winter. Im Winter, der sechs Monate des Jahres ausmacht, kann die Temperatur im Inland auf bis zu minus achtzig Grad Celsius sinken. Ein Mensch kann sich dann nur für kurze Zeit im Freien aufhalten, die Luft würde ihm die Lungen verbrennen, und überhaupt nur mit ungeheurem technischem Aufwand überleben. Und selbst die modernste Technik versagt in dieser Eiswelt manchmal schneller, als man Ersatz heranschaffen kann. Also für mich hört sich das ganz und gar nach einem fremden und lebensfeindlichen Ort an. Für Sie nicht?«

Bens Vater wirkte jetzt völlig verunsichert, und Schulz ließ ihn ein paar Sekunden mit belämmertem Gesicht dastehen und lachte dann.

»Nein, keine Sorge, ich bin nicht verrückt. Ich wollte Ihnen nur klar machen, dass es manchmal bloß eine Frage des Standpunktes ist, wie man eine Sache sieht. Natürlich ist das dort drüben die Küste der Antarktis, nicht die Oberfläche eines fremden Planeten.«

»Da bin ich aber froh«, sagte Bens Vater. »Sonst hätten wir es am Ende noch mit irgendwelchen blutrünstigen Aliens zu tun.«

Schulz lachte wieder, aber Ben fand diese Bemerkung nicht nur nicht lustig, sie jagte ihm auch einen eisigen Schauer über den Rücken.

Einer von Schulz' Offizieren sprach ihn mit gedämpfter Stimme an, und Schulz nickte und wandte sich dann mit um Verzeihung heischender Miene an Bens Vater. »Ich fürchte, ich muss mich um ein paar Dinge kümmern. Langweiliger Kram, doch er muss nun einmal erledigt werden. Ein paar Minuten nur, hoffe ich.«

»Wenn wir hier stören –«, begann sein Vater, aber Schulz unterbrach ihn sofort.

»Davon kann nicht die Rede sein. Es dauert wirklich nur ein paar Minuten. Sehen Sie sich einfach in Ruhe um. Ich bin bald wieder bei Ihnen und beantworte Ihnen dann gerne all Ihre Fragen.« Er zwinkerte Ben zu. »Aber fass nichts an, okay? Nicht dass du am Ende noch aus Versehen die Selbstvernichtungsanlage aktivierst.«

Er entfernte sich rasch, verließ die Brücke aber nicht, sondern trat an eines von mehreren großen Computerpulten am anderen Ende des gewaltigen Raumes und begann mit den Männern zu sprechen, die daran saßen.

»Ein seltsamer Bursche«, meinte sein Vater nachdenklich.

Seltsam? Ben lüpfte die linke Augenbraue.

»Na ja, ich schätze, er ist ganz in Ordnung. Komm, nutzen wir die Gelegenheit und sehen uns um.«

Das taten sie. Ben und sein Vater verbrachten die nächsten zehn Minuten damit, den Raum gründlich zu inspizieren und den Männern die eine oder andere Frage zu stellen, und obwohl Ben nur sehr wenig von dem verstand, was er sah oder zur Antwort bekam, verlor der Rundgang nichts von seiner Faszination. Ben kam sich wirklich ein bisschen so vor wie an Bord eines Raumschiffes, das auf dem Weg zu einem unbekannten und gefährlichen Planeten war.

Schließlich erreichten sie das Fenster, das Ben jetzt beim genauen Betrachten irgendwie merkwürdig erschien, auch wenn er nicht sagen konnte, warum. Doch als er nach draußen sah, vergaß er alles andere.

Der Anblick der antarktischen Küste passte in diesem Moment nur zu gut zu dem, was Schulz gerade gesagt hatte. Nach allem, was Ben über den südlichsten Teil der Erde wusste, war er wohl nicht ganz so lebensfeindlich, wie er behauptet hatte, aber fast. Und ja – es ging etwas Fremdartiges und Abweisendes von dieser eisigen Welt aus. Ben konnte noch immer nicht viel mehr erkennen als einen blitzenden Strich, doch er musste plötzlich daran denken, wie Sasha Morgen für Morgen am Bug des Schiffes gestanden und nach Süden gestarrt hatte. Er glaubte sie jetzt besser zu verstehen als bisher. Irgendetwas Bedrohliches lag über diesem kalten und schweigenden Land.

»So, da bin ich wieder.« Schulz' schon beinahe provozierend fröhliche Stimme riss ihn unsanft aus seinen Gedanken. »Ich habe Ihnen ja gesagt, es dauert nicht lange. Für die nächste Stunde habe ich frei. Wenn Sie also irgendwelche Fragen haben ...«

»Die Wetterstation«, meinte Robert Berger. Schulz sah ihn fragend an. »Die Station, zu der Harry und seine Leute aufgebrochen sind. Kann man sie von hier aus sehen?«

»Ich fürchte, nein. Obwohl sie gar nicht weit von der Küste entfernt liegt. So ungefähr drei Kilometer ... doch man kann sie *fast* sehen. Warten Sie.« Er berührte ein paar Tasten und in der nächsten Sekunde wurde Ben klar, warum ihm das Fenster so komisch vorgekommen war: Es war kein Fenster, sondern der größte Bildschirm, den Ben jemals gesehen hatte. Als Schulz die Tasten drückte, hatte man das Gefühl, dass die *Princess* herumschwenkte und gleichzeitig einen gewaltigen Satz auf die Küste zu machte, aber in Wahrheit zoomte er natürlich nur das Bild auf dem Fenstermonitor heran. Der Bildschirm filterte auch das blendende Licht heraus. Die Küste schien nun zum Greifen nahe, und man konnte erkennen, dass sie nicht gänzlich aus Eis bestand und auch nicht völlig glatt war, wie es von weitem den Anschein gehabt hatte. Der Strand, der eine Tiefe von vier- oder fünfhundert Metern hatte, war mit zahllosen bizarren Gebilden übersät, die zum Teil aus Eis, zum Teil aber auch aus verkrustetem schwarzem Fels bestanden. Wo der Strand aufhörte, ging er in eine senkrecht aufstrebende Klippe aus brüchigem Fels über.

»Siehst du die Klippe?«, fragte Schulz. Ben nickte, und Schulz tippte abermals auf seine Tastatur, woraufhin die Küste noch einmal ein gutes Stück näher heran und gleichzeitig zur Seite schwenkte. »Sie ist gut zwanzig Meter hoch, an manchen Stellen noch sehr viel höher, und ich wette, selbst ein Reinhold Messner würde daran scheitern. Hundert Millionen Jahre Eis und Sturm können sogar dem härtesten Granit ganz schön zusetzen. Dahinter befindet sich eine Hochebene, auf der die Wetterstation liegt.«

»Und wie ist Harry mit seinem Hovercraft die Klippe hinaufgekommen?«, wollte Ben wissen.

Das Bild schwenkte noch ein Stück weiter zur Seite. »Siehst du diesen Spalt?«

Nein, Ben sah nichts.

»Eine schmale Schlucht, durch die man auf die Ebene gelangt«, fuhr Schulz trotzdem fort. »Übrigens der einzige Zugang auf mindestens fünfzig Kilometern in diese Richtung. Das ist auch der Grund, warum sie die Station an dieser Stelle errichtet haben. Sollte einmal etwas passieren, ist das der einzige Fluchtweg zum Strand hinunter.«

»Und aus der Luft?«

»Für vier oder fünf Monate im Jahr«, sagte Schulz. »Während der restlichen Zeit lässt das Wetter die Landung eines Hubschrauber nicht zu. Oder eines Flugzeuges schon gar nicht.«

»Sie wissen eine Menge über dieses Land«, sagte Ben.

»Ich war ja auch schon oft genug hier. Leider war ich noch nie in der Wetterstation, aber irgendwann hole ich es nach, das habe ich mir fest vorgekommen.« Er sah auf die Uhr. »Jetzt wird es aber Zeit. Das Frühstück wartet.« Mit einem Augenzwinkern und an Ben gewandt fügte er hinzu: »Und Sasha.«

18

ER HATTE ERWARTET, dass Schulz sie in den Frühstücksraum führen würde, der mittlerweile ja zu einer Art improvisiertem Büro geworden war, aber sie gingen die Treppe weiter hinauf und in die Lounge, die zu dieser frühen Tageszeit nicht nur noch geschlossen war, sondern auch noch deutliche Spuren der Party von der vergangenen Nacht zeigte. Obwohl mehrere Fenster weit offen standen, roch die Luft nach Rauch und überall standen Gläser und benutztes Geschirr herum, mehrere Männer waren damit beschäftigt, das Chaos zu beseitigen, doch Ben glaubte nicht, dass sie eine reelle Chance hatten, diese Aufgabe in weniger als zwei oder drei Monaten zu bewältigen – und erst recht nicht in den wenigen Stunden bis zum Mittagessen, wenn die Lounge wieder für die Passagiere geöffnet wurde. Er hatte nicht gefragt, aber ein einziger Blick in die Runde machte ihm klar, dass die Party bis in die frühen Morgenstunden gedauert haben musste. Wahrscheinlich war der harte Kern erst vor ein paar Stunden gegangen.

Trotzdem war ein Tisch am Fenster inzwischen nicht nur aufgeräumt, sondern auch eingedeckt worden. Eine Kanne mit frisch aufgebrühtem Kaffee erwartete sie, Aufschnitt, frische Brötchen und eine brutzelnde Pfanne voller Speck und Rühreier … alles ein bisschen viel für vier Personen, dachte Ben – fünf, falls Sasha noch zu ihnen stieß. Der Anblick ließ ihm das Wasser im Mund zusammenlaufen und erinnerte ihn daran, dass er schon ziemlich lange nichts Vernünftiges mehr gegessen hatte.

Sie nahmen Platz. Schulz bedeutete ihnen mit einer Geste anzufangen und griff als Erster zu, und nach kurzem Zögern folgten Ben und sein Vater seinem Beispiel; sein Vater möglicherweise nur aus Höflichkeit – Ben nahm an, dass er und seine Mutter bereits gefrühstückt hatten –, aber Ben langte kräftig zu. Die Anwesenheit der emsig arbeitenden Männer ringsum bereitete ihm ein leicht schlechtes Gewissen, doch sein Appetit war zu groß, um darauf Rücksicht zu nehmen.

Das war allerdings nichts gegen die Gier, die Kapitän Schulz entwickelte. Zuerst war Ben viel zu sehr damit beschäftigt, zu mampfen, doch bald fiel es selbst ihm auf: Schulz vertilgte eine gewaltige Portion Rühreier mit Speck, mindestens fünf oder sechs belegte Brötchenhälften und ein halbes Toastbrot, eine Riesenladung Pudding und ein riesiges Stück Käse, das allein deutlich mehr gewesen wäre, als Ben sich zugetraut hätte – und er hielt sich für einen guten Esser. Dazu trank er fast eine ganze Kanne Kaffee.

Schließlich hörten sein Vater und er ganz auf zu essen und starrten Schulz einfach nur an. Der Kapitän aß nicht nur ungeheure Mengen, er schien auch seine Tischmanieren vergessen zu haben. Er aß eigentlich nicht, dachte Ben verwirrt, er *fraß*. Er stopfte sich den Mund so voll, dass es aussah, als hätte er die Backen aufgeblasen, schmatzte lautstark und schluckte immer hastiger, stopfte aber auch immer mehr und mehr in sich hinein. Speichel vermischt mit ekligen Essensresten lief an seinem Kinn hinab und tropfte auf seinen Teller, ohne dass er es auch nur zu bemerken schien.

Was ihm jedoch irgendwann nicht mehr entgehen konnte, das waren die fassungslosen Blicke, die ihm Ben und sein Vater zuwarfen. Er hörte auf zu kauen, blickte hoch – und dann war es, als erwache er aus einem Traum. Er erschrak, schluckte mühsam und sehr rasch hinunter, was er noch im Mund hatte, und tupfte sich mit einer Serviette über Lippen und Kinn. »Bitte entschuldigen Sie. Aber ich hatte wirklich großen Hunger.«

»Ja, das … das … ähm … war nicht zu übersehen«, sagte Bens Vater.

»Ich habe eine anstrengende Nacht hinter mir«, meinte Schulz verlegen und schien nicht mehr zu wissen, wohin mit seinem Blick.

»Wie wir alle, Herr Kapitän.« Bens Mutter kam um den Tisch herum und nahm auf einem der zwei freien Stühle Platz. »Aber zu hastiges Essen ist nicht gesund.« Obwohl sie gerade erst gekommen war, schien sie den Vorfall zumindest zum Teil beobachtet zu haben. Sie warf ihrem Mann einen fragenden Blick zu, auf den dieser zwar nicht reagierte, Schulz aber sehr wohl.

»Ich muss mich noch einmal entschuldigen«, sagte er mit einem unbehaglichen Räuspern. »Ich fürchte, ich habe für einen Moment meine gute Erziehung vergessen … Wie geht es dem Soldaten?«

Das war ein ziemlich durchsichtiges Ablenkungsmanöver, fand Ben, doch seine Mutter war diplomatisch genug, auf die Frage zu antworten; wenn auch wahrscheinlich nicht so, wie Schulz gehofft hatte.

»Ich fürchte, nicht sehr gut. Im Augenblick schläft er, und das wird er wohl auch noch den Rest des Tages. Ich habe ihm ein ziemlich starkes Beruhigungsmittel gespritzt. Aber ich muss gestehen, dass mir sein Zustand allmählich Angst macht. Wo ist überhaupt Ihr Arzt?«

Schulz ignorierte die Frage. »So schlimm?«

»Das weiß ich nicht«, gestand sie offen. »Und vielleicht ist es ja gerade das, was mir solche Sorgen bereitet. Ich weiß einfach nicht, was ihm fehlt. Der Mann gehört in ein Krankenhaus. Wie gehen die Reparaturarbeiten an der Maschine voran?«

Zumindest darauf antwortete Schulz. »Zwei oder drei Stunden wird es noch dauern, denke ich, aber danach fahren wir wieder mit voller Kraft. Wenn es sein muss, können wir den Mann binnen eines Tages zur nächsten ärztlichen Versorgungsstelle bringen.«

»So schnell?«, fragte Ben zweifelnd.

»Vierzig Knoten mal vierundzwanzig Stunden, da kommt man schon auf eine beachtliche Strecke«, antwortete sein Vater an Schulz' Stelle.

»Ja, aber das würde ich wirklich nur ungern tun«, fügte Schulz hinzu. »Natürlich werde ich nicht zögern, wenn es unbedingt notwendig ist, doch ich bitte Sie, nur darauf zu bestehen, wenn es wirklich sein muss. Immerhin habe ich an die hundert Passagiere an Bord, die viel Geld für diese Kreuzfahrt bezahlt haben.«

»Und ich werde nicht zögern, darauf zu bestehen, wenn ich es für nötig halte«, erwiderte Jennifer Berger kühl. »Aber noch ist es nicht so weit. Ich werde später noch einmal nach dem Mann sehen, heute Nachmittag, und dann entscheide ich … oh, da ist Sasha!«

Ben sah erfreut hoch, und auch die anderen drehten die Köpfe in Richtung Eingang. Schulz' Tochter hatte die Lounge betreten, wie üblich in Begleitung des dunkelhaarigen Stewards, der wohl so etwas wie ihr persönlicher Bodyguard war und sie ausnahmsweise einmal nicht am Arm hinter sich herzog, sondern die rechte Hand auf ihre Schulter gelegt hatte und sie vor sich her dirigierte. Ihr Gesicht und ihre Augen waren so leer wie immer, und dennoch erfüllte ihr Anblick Ben mit Erleichterung, denn auch die abgrundtiefe Furcht, die er gestern darin gelesen hatte, war fort.

Hastig stand er auf und schob den letzten freien Stuhl am Tisch zurück, damit sie sich setzen konnte. War es Zufall, dass es ausgerechnet der Platz direkt neben ihm war, den seine Mutter frei gelassen hatte?

»Alexandra, Liebes!«, begrüßte sie Schulz, der aufgestanden war. »Wie geht es dir heute?«

Er bekam die übliche Antwort – nämlich keine –, womit er sich aber zufrieden zu geben schien, denn er wartete nur, bis Sasha sich gesetzt hatte, und nahm dann ebenfalls wieder Platz. Der Steward entfernte sich wortlos, wobei Ben das verwirrende Gefühl hatte, dass er sehr froh war, gehen zu können – warum eigentlich? –, und Schulz schnippte kurz mit den Fingern, woraufhin ein anderer Mann herbeieilte und ein frisches Gedeck für seine Tochter brachte.

»Was geschieht mit Sasha, wenn diese Fahrt vorüber ist?«, fragte Jennifer Berger.

Schulz zog die linke Augenbraue hoch. »Geschieht?«

»Das war ungeschickt formuliert«, entschuldigte sie sich. »Ich meine, die *Princess* bricht doch bestimmt nicht gleich am nächsten Morgen wieder auf, oder? Wo bleibt sie in dieser Zeit?«

»Sie haben Recht«, bestätigte Schulz. »Von Australien aus fahren wir zurück nach Südafrika, doch die nächste Reise beginnt erst wieder zwei Wochen danach. Ich habe ein kleines Haus in der Nähe von Kapstadt. Nichts Besonderes, aber mit einem unverbaubaren Blick auf den Tafelberg, und wir haben dort alles, was wir brauchen. Sasha liebt dieses Haus … warum fragen Sie?«

Seltsamerweise schwieg Bens Mutter und blickte ihren Mann erwartungsvoll an; als hätten sie bereits über dieses Thema gesprochen und sie würde jetzt um seine Unterstützung bitten.

Es war dann auch ihr Mann, der antwortete. »Nun, meine Frau und ich … würden Ihnen gern einen Vorschlag machen«, sagte er zögernd und ohne Schulz dabei direkt anzusehen. »Natürlich nur, wenn Sie einverstanden sind.«

»Dazu müsste ich erst einmal wissen, womit ich einverstanden sein soll«, erwiderte Schulz.

»Natürlich«, meinte sein Vater hastig. Ben konnte sich nicht erinnern, ihn in letzter Zeit so nervös gesehen zu haben. »Wir ... wir haben über Sasha gesprochen. Sehen Sie, es ist so, dass wir beide noch zwei Wochen Zeit haben, bevor wir unsere neue Stellung antreten müssen. Wir würden Sasha gern einladen, diese Zeit bei uns zu verbringen ... und Sie natürlich auch, wenn Sie wollen.«

»Wozu?«, fragte Schulz. Plötzlich klang seine Stimme um mehrere Nuancen kühler, beinahe eisig.

»Wozu? Nun, wir ... wir dachten, eine neue Umgebung würde ihr gut tun, und ... und ich könnte –«

»Ein bisschen mit ihr herumexperimentieren?«, fiel ihm Schulz ins Wort. Nicht nur Ben starrte ihn schockiert an.

»Natürlich nicht!«, antwortete sein Vater. »Sicher würde ich auch einen fachlichen Blick auf sie werfen, wenn Sie so wollen, aber darüber hinaus -«

»– würde es auch Ihrem sauberen Herrn Sohn ganz gut in den Kram passen, Sasha zwei Wochen lang in seiner Nähe zu haben, nicht wahr?«, unterbrach ihn Schulz. Seine Augen blitzten, und etwas in seinem Gesicht ... *bewegte* sich. Nein, nicht *in* seinem Gesicht, dachte Ben schaudernd, sondern *darunter.*

Für gut fünf Sekunden herrschte schockiertes Schweigen. Selbst das Klirren und Rumoren der Angestellten, die ringsum arbeiteten, schien kurz innezuhalten; aber schließlich hatte Schulz auch laut genug gesprochen, um überall in der Lounge gehört zu werden.

»Kapitän Schulz, das geht zu weit«, sagte Bens Mutter schließlich, zwar sehr ruhig, aber auch mit etwas wie Eisen in der Stimme. »Mein Mann und ich wollten Ihnen lediglich einen Vorschlag machen, der uns sinnvoll erschien. Es tut mir leid, wenn Sie ihn falsch verstanden haben, aber wir hatten vor zwei Tagen den Eindruck, dass Sie es ganz gerne sehen würden, wenn sich mein Mann um Ihre Tochter –«

»Oh, ich glaube, ich habe Sie ganz gut verstanden«, unterbrach sie Schulz schneidend. »Aber meine Tochter ist kein Versuchskaninchen für Möchtegernforscher, wissen Sie? Und schon gar kein ...« Er starrte Ben an und ließ den Satz unvollendet, aber die Fantasie der Anwesenden reichte wohl aus, um zu wissen, was er hatte sagen wollen.

»Ich denke, wir sollten gehen«, sagte Bens Mutter und stand auf.

Genauer gesagt: Sie *wollte* es, doch sie hatte die Bewegung noch nicht einmal halb ausgeführt, als die Tür mit solcher Wucht aufgerissen wurde, dass sie gegen die Wand flog und das Glas klirrend zerbarst, und eine Grauen erregende Gestalt hereintorkelte.

Ben hätte den Mann fast nicht erkannt. Es war der Matrose mit der Bisswunde, doch er hatte sich auf furchtbare Weise verändert: Seine Uniform, vorhin schon nicht allzu sauber, war hoffnungslos verdreckt, hing zum Teil in Fetzen und schien aus irgendeinem Grund nass zu sein, als hätte er in schmutzigem Wasser gebadet, und der Verband, den Bens Mutter erst vor kurzer Zeit angelegt hatte, war fleckig und ebenfalls zerfetzt. Sein Haar war völlig zerzaust und klebte ihm in nassen Strähnen im Gesicht, das totenbleich und wutverzerrt war. Er schrie irgendetwas, aber es waren nur Laute, keine artikulierten Worte, und irgendwie hörte sich seine Stimme nicht mehr wie die eines Menschen an. Ben bemerkte erst einen Atemzug später, dass er sich offensichtlich an der zerbrochenen Glastür geschnitten hatte, denn Blut lief über seinen bisher unverletzten Arm, aber das schien er gar nicht zur Kenntnis zu nehmen.

»Harmsen, ich habe Ihnen doch befohlen –«, polterte Schulz los. Erst da registrierte er den Zustand des Matrosen und brach mit einem entsetzten Keuchen ab.

Die Männer im vorderen Teil der Lounge waren herumgefahren. Ein besonders kräftiger Matrose, der an die zwei Meter messen musste und ganz so aussah, als ginge er keinem Streit aus dem Weg, überwand seine Überraschung als Erster und trat mit grimmigem Gesicht auf den Matrosen zu, und Ben schrie aus Leibeskräften:

»Nicht anfassen! Um Gottes willen – *rührt ihn nicht an!*«

Der Matrose sah ihn nur verdutzt an, ging jedoch nicht weiter auf den Eindringling zu, und die anderen Männer wichen hastig zurück.

Auch der verletzte Mann war stehen geblieben. Sein Kopf fuhr mit einem Ruck herum, und für eine einzelne, aber schreckerfüllte Sekunde starrte er Ben an. Er sah nicht nur ungefähr oder zufällig in seine Richtung, sondern sein Blick suchte gezielt den Bens, und in seinen Augen, die plötzlich weiß und milchig wie gesprungenes Eis waren, loderte ein kaltes, mörderisches Feuer auf. Dann riss er seinen Blick wieder von Ben los und wandte sich dem riesenhaften Matrosen zu.

Aber der kurze Moment hatte wohl auch dem Riesen gereicht, um sich eines Besseren zu besinnen. Er sah noch immer so aus, als könne er sein kleineres Gegenüber ohne die geringste Anstrengung in zwei Teile brechen, aber er wirkte jetzt unentschlossen. Vielleicht hatte er auch in die Augen des Mannes gesehen und das Gleiche darin erblickt wie Ben gerade. Als der Matrose auf ihn zuwankte, prallte er jedenfalls nicht nur mit einem erschrockenen Laut zurück, sondern ergriff regelrecht die Flucht (was angesichts des Größenunterschieds einigermaßen lächerlich aussah).

»Verdammt noch mal, schnappt euch den Kerl!«, befahl Schulz. Tatsächlich setzten sich zwei seiner Matrosen – der große war nicht dabei – zögernd in Bewegung, doch nun war es Bens Mutter, die sie mit einem scharfen Befehl zurückrief.

»Nein! Ben hat Recht! Niemand rührt ihn an! Was immer er hat, könnte ansteckend sein!«

Schulz warf ihr einen fast hasserfüllten Blick zu, aber die Männer wichen gehorsam und mit deutlichen Anzeichen von Erleichterung vor dem unheimlichen Eindringling zurück, der jetzt wie ein Betrunkener herumzutorkeln begann und dabei Gläser, Besteck und Geschirr von den Tischen fegte.

Als er den dritten Tisch umwarf und das Geschirr und Gläser klirrend auf dem Boden zerschellten, reichte es Schulz. Mit einem Knurren, das sich kaum von den fast tierhaften Lauten des Angreifers unterschied, riss er die Tischdecke herunter, woraufhin sich die Reste ihres Frühstücks scheppernd und klirrend zu dem Chaos auf dem Fußboden gesellten, schwang sie wie ein Torero sein rotes Tuch und drang damit auf den Matrosen ein. Der hörte prompt mit seinem Zerstörungswerk auf und wandte sich ganz in seine Richtung. Seine Hände, die plötzlich zu blitzenden Krallen verkrümmt waren, grabschten in Schulz' Richtung, aber der Kapitän wich ihm mit einer erstaunliche behänden Bewegung aus, tänzelte zur Seite und warf das Tischtuch wie ein Fischernetz über den kranken Mann. Im nächsten Sekundenbruchteil war er über ihm, umschlang ihn von hinten mit den Armen und riss ihn mit einer gewaltigen Kraftanstrengung einfach von den Füßen. Gleichzeitig presste er die Arme des Matrosen so fest an dessen Leib, dass er sich kaum noch rühren konnte.

»Helft mir!«, brüllte er. »Mehr Decken! Schnell!«

Endlich erwachten die anderen Männer aus ihrer Erstarrung. Schulz' Beispiel folgend rissen sie weitere Tischdecken herunter und warfen sie über den Tobenden. Erst dann wagte es Schulz, ihn loszulassen.

»Haltet ihn fest!«, befahl er grob. Während drei Männer den Kranken zu Boden drückten und zwei andere dabeistanden, um im Notfall rasch eingreifen zu können, trat Schulz an einen der wenigen Tische heran, die noch nicht verwüstet waren, griff sich ein Messer und drehte sich zu dem Gefangenen um.

»Was haben Sie mit dem Messer vor?«, fragte Ben beunruhigt. Schulz ignorierte ihn und ließ sich neben dem Mann auf die Knie fallen, setzte sein Messer an und säbelte den Stoff vor seinem Gesicht entzwei. Er ging sehr entschlossen, zugleich jedoch auch sehr vorsichtig zu Werke, konnte seine Hand aber trotzdem nur im allerletzten Moment zurückreißen, denn kaum war das Gesicht des Mannes frei, versuchte er nach ihm zu beißen. Dem Geräusch nach zu urteilen, mit dem die Kiefer des Matrosen zusammenklappten, hätte Schulz dabei gut ein paar Finger einbüßen können.

»Haltet den Kerl fest!«, brüllte Schulz. »Fesselt ihn!«

»Aber passen Sie auf, dass er Sie nicht verletzt«, fügte Jennifer Berger hinzu. »Fassen Sie ihn nicht an!«

Nicht dass diese Warnung nötig gewesen wäre. Die Männer rissen eine Tischdecke in Streifen und fesselten den Patienten, zwar äußerst behutsam, doch auch schnell und so sorgfältig, dass er hinterher nicht einmal mehr einen Finger rühren konnte.

»Ist jemand verletzt?«, fragte Bens Mutter, während sie sich bereits von ihrem Stuhl löste und auf den gefesselten Mann zueilte.

Sie erhielt nur ein allgemeines Kopfschütteln zur Antwort, aber die Gesichter der Männer waren schreckensbleich. Niemand musste sie auffordern, zurückzutreten und ihr Platz zu machen.

»Was ist los mit ihm?«, fragte Schulz. Sein Atem ging schnell und er klang noch immer angespannt und sehr besorgt.

»Woher soll ich das wissen?«, fragte seine Mutter unwirsch. Vorsichtig ließ sie sich neben dem Matrosen auf die Knie sinken und streckte die Hand nach ihm aus, zog den Arm aber dann hastig wieder zurück, als er nun auch nach ihr zu beißen versuchte.

»Entschuldigung«, sagte sie, ohne den Blick von dem totenbleichen Gesicht des Mannes zu nehmen. »Aber ich weiß nicht, was er hat. Um ehrlich zu sein … so etwas habe ich noch nie gesehen.«

»Ich auch nicht«, meinte Schulz schaudernd. »Er … er führt sich ja auf wie tollwütig.«

»Ja, ein bisschen«, bestätigte sie. Langsam streckte sie abermals den Arm aus, tastete über die Hand des Gefesselten und zog die Finger dann so hastig wieder zurück, als hätte sie glühende Kohlen berührt.

»Was?«, fragte Schulz alarmiert.

»Er ist eiskalt. Das ist seltsam. Ich hätte erwartet, dass er vor Fieber glüht, aber er ist viel zu kalt.« Sie überlegte einen Moment und wandte sich dann an die Matrosen, die noch immer in einem großen Kreis um sie herumstanden und vergebens versuchten, den Ausdruck großer Furcht von ihren Gesichtern zu verbannen. »Bringen Sie ihn ins Krankenzimmer, aber passen Sie um Gottes willen auf. Binden Sie ihn am Bett fest. Ich komme sofort nach.«

»Und zwei von euch bleiben als Wache bei ihm«, fügte Schulz hinzu.

Sie warteten schweigend, bis die Männer – mit deutlichen Anzeichen von Unbehagen – den Gefesselten aufgehoben und aus dem Raum getragen hatten, dann aber fuhr Schulz herum und wandte sich in scharfem Ton an Ben.

»Woher hast du das gewusst?«

»Was?«, fragte Ben verwirrt.

»Versuch nicht, mich für dumm zu verkaufen!«, zischte Schulz, während er bereits drohend auf Ben zutrat. »Du hast geschrien, dass ihn niemand anrühren soll! Woher hast du das gewusst?«

»Weil es das einzig Vernünftige war, Herr Kapitän«, kam ihm seine Mutter zu Hilfe. »Möglicherweise hat er einen oder mehrere Ihrer Männer vor demselben Schicksal bewahrt. Ich weiß nicht, was dieser Mann hat, aber bevor wir es nicht mit Sicherheit ausschließen können, sollten wir davon ausgehen, dass es ansteckend ist!«

Schulz funkelte ihn an. Die Antwort hatte den Kapitän offenbar längst nicht zufrieden gestellt. Sein Gesicht loderte derart vor Zorn, dass es aussah, als ob das große Pflaster auf seiner Wange pulsierte.

»Ich gehe jetzt zur Krankenstation und versuche herauszufinden, was mit dem Mann los ist«, erklärte Jennifer Berger. »Und Sie, Kapitän Schulz, suchen Ihren Bordarzt und schicken ihn zu mir – und Sie sollten mit Hilfe einiger Ihrer Männer herausfinden, ob der Soldat heute Morgen noch Kontakt mit anderen hatte. Es sei denn, Sie möchten eine Epidemie an Bord riskieren.«

Im ersten Moment schien es, als hätte Schulz die Worte gar nicht gehört. Zwei oder drei Sekunden lang starrte er Ben einfach nur weiter an, dann aber nickte er abgehackt, drehte sich mit einer schnellen Bewegung herum und ging zu seiner Tochter zurück. Auch Sasha war aufgesprungen – sehr ungewöhnlich bei ihr, wie Ben erst jetzt auffiel –, als der Tobsüchtige hereingekommen war. Vielleicht war sie auch nur aufgestanden, so genau hatte er nicht hingesehen. Aber immerhin hatte sie auf die Geschehnisse reagiert, und auch das war erstaunlich. Liebevoll schloss Schulz sie in die Arme und stand dann mit geschlossenen Augen einfach so da. Schließlich sagte er: »Sie haben Recht. Genau das werde ich tun. Und zwar sofort! Und sobald wir wieder mit voller Kraft fahren können, steuern wir die nächste ärztliche Versorgungsstelle an.«

»Das ist das erste vernünftige Wort, das ich seit gestern von Ihnen höre, Herr Kapitän«, lobte Bens Mutter. »Und nun entschuldigen Sie mich bitte. Ich muss mich um meinen Patienten kümmern. Ben, würdest du mich bitte begleiten?«

19

ALSO – WOHER HAST DU GEWUSST, dass mit dem Mann etwas nicht stimmt?«

Bens Mutter stellte diese Frage, kaum dass sie gemeinsam mit Bens Vater die Lounge verlassen und einigermaßen sicher außer Hörweite von Schulz und seinen Männern waren; laut und in so barschem Ton, dass Ben ein Stück von ihr zurückwich. Den verständnislosen Blick, mit dem er sie anstarrte, musste er in diesem Moment nicht einmal mimen.

»Wie?«, murmelte er.

Zwischen den Augenbrauen seiner Mutter entstand eine steile Falte. »Benjamin, woher hast du gewusst, dass mit dem Mann etwas nicht in Ordnung ist?«

»Das habe ich nicht. Ich habe doch nur … ich … ich meine … aber du hast doch selbst zu Schulz gesagt –«

»Danke, ich kann mich noch erinnern, was ich selbst vor einer Minute gesagt habe«, fiel ihm seine Mutter ins Wort. »Aber Schulz hatte Recht. Du hast vorher gewusst, dass man diesen Mann auf keinen Fall anfassen darf. Ich will jetzt wissen, warum. Und komm mir nicht mit irgendwelchen Ausreden. Die Wahrheit!«

Ben warf seinem Vater einen flehenden Blick zu, aber der hielt sich wohlweislich raus. Wenn seine Mutter in dieser Stimmung war, dann tat man sehr gut daran, ihr nicht in die Quere zu kommen.

Man tat auch gut daran, bei der Wahrheit zu bleiben.

»Also meinetwegen«, seufzte er. »Aber du wirst mir sowieso nicht glauben.«

»Vielleicht solltest *du* mir glauben, dass meine Geduld allmählich erschöpft ist.«

Ben warf einen raschen Blick nach rechts und links, bevor er antwortete. »Du hast Recht. Ich …« Er fuhr sich nervös mit der Hand übers Kinn und setzte dann neu an. »Ja, ich habe gewusst, dass man ihn nicht anfassen darf. Vorher. Ich … ich habe es geträumt.«

»Geträumt?« Seine Mutter starrte ihn an.

»Ja. Ich habe dir doch gesagt, du würdest mir nicht glauben.«

Seine Mutter wirkte nachdenklich. »Diese seltsamen Träume, von denen du mir erzählt hast. Deine Albträume.«

Er nickte.

»Und du hast in deinen Träumen gesehen, was passieren wird?«, vergewisserte sich sein Vater. Er klang vollkommen ernst, und Ben suchte auch in seinen Augen vergeblich nach einer Spur von Ironie.

»Nicht genau«, erwiderte er kopfschüttelnd. »Ich meine, ich habe nicht direkt von ihm geträumt. Aber ich habe in einem Traum gesehen, was passiert, wenn ein Mensch von einem dieser Eismonster berührt wird. Aber in diesem Traum war es Sasha.«

»Welches Eismonster?«, fragte sein Vater.

»Irgendein Eisungeheuer eben«, antwortete Ben ausweichend. »Es war wirklich ein verrückter Albtraum. Aber da … da ist noch mehr.« Er atmete hörbar ein. »Harry.«

»Harry?«

»Ich habe gewusst, wer er ist. Ich meine: Ich wusste, wer er war, *bevor* ich seinen Namen erfahren habe. Und ich wusste auch, *was* er war. Ich meine, ich … ich weiß, wie verrückt das klingt, aber es ist so. Ich träume plötzlich Dinge, die wahr werden. Nicht genau, aber im Prinzip. Wie … wie eine Warnung.«

Das Stirnrunzeln seiner Mutter vertiefte sich noch, aber sein Vater sah ihn fasziniert an. »Erzähl uns von diesen Eismonstern.«

»Ich sagte doch, es sind nur verrückte Träume. Aber sie sahen …« Ben räusperte sich. »Also der … Mann von diesem angeblichen Piratenschiff … dieser Tote, den sie aus dem Wasser gefischt haben und der dann verschwunden ist … also, der sah genauso aus.«

»Wie die Eisungeheuer aus deinem Traum?«

»Ich weiß, wie sich das anhört«, wiederholte Ben.

»Und was passiert, wenn diese … Eisungeheuer einen Menschen berühren?«, wollte seine Mutter wissen.

»Am Anfang haben sie nur versucht mich umzubringen«, erklärte er und fügte hastig hinzu. »Im Traum.«

»Versteht sich«, sagte seine Mutter.

Sein Vater fragte: »Und später?«

»Letzte Nacht habe ich wieder von ihnen geträumt. Sasha war dabei. Sie waren hinter uns her. Wir wären ihnen fast entkommen, aber dann haben sie Sasha erwischt. Als sie sie berührt haben, ist sie ebenfalls zu Eis erstarrt.«

»Und deshalb hattest du Angst, dass dir dasselbe passiert«, vermutete sein Vater, immer noch ohne jeden Spott. »Dass sich jeder, der diesen Mann berührt, zu Eis verwandelt.«

»Mm«, meinte Ben.

»Das macht Sinn.«

»Wie bitte?«, ächzte Bens Mutter, und auch Ben riss ungläubig die Augen auf.

»Natürlich wird bestimmt niemand zu Eis erstarren«, antwortete sein Vater todernst. »Aber trotzdem: Nach allem, was hier passiert ist … dazu Schulz' sonderbares Verhalten von gestern Abend …« Er hob die Schultern. »Kein Wunder, dass sich dein Unterbewusstsein eine passende Geschichte dazu gebastelt hat. Wahrscheinlich hast du geahnt oder befürchtet, dass der Mann irgendetwas Ansteckendes hat und es besser ist, ihn nicht anzufassen. Im Grunde hast du sehr gut reagiert.«

»Und Harry?«, fragte Ben. »Woher konnte ich wissen, wie er heißt und was er an Bord zu suchen hat?«

Sein Vater zog es vor, diesen Einwand zu überhören. Stattdessen wandte er sich an seine Frau. »Wir sollten uns diesen Mann noch einmal genauer ansehen.«

»Wir?«

»Wir«, bestätigte sein Vater. »Keine Sorge – Ben und ich kommen ihm nicht einmal nahe, heiliges Ehrenwort. Aber willst du nicht auch wissen, was hier eigentlich los ist?«

»Natürlich. Ich gehe jetzt zu ihm – aber ihr zwei haltet fünf Meter Abstand von ihm, mindestens!«

»Und mir wäre es lieber, wenn du ihm auch nicht deutlich näher kommst«, meinte Bens Vater, hob aber auch sofort abwehrend die Hände und sagte: »Ja, ich weiß, du bist Ärztin und musst dich um ihn kümmern und so weiter. Aber ich komme mit und passe auf dich auf.«

»Ich bin zwar Ärztin, aber ich bin nicht lebensmüde. Keine Sorge. In vierundzwanzig Stunden ist sowieso alles vorbei, und der Mann ist in einem Krankenhaus, wo er hingehört.«

»Das mit den Träumen …«, meinte sein Vater plötzlich, »das hast du schon einmal erzählt. Gestern, nachdem diese … *Piraten* angegriffen hatten.«

Ben bedauerte schon, überhaupt von seinen Träumen geredet zu haben, aber es war zu spät. Er kannte seinen Vater gut genug um zu wissen, dass er auf diesem Thema herumreiten würde, bis niemand es mehr hören konnte.

Seine Mutter schien es ganz ähnlich zu sehen, denn sie verdrehte kurz die Augen und sagte dann in betont beiläufigem Tonfall: »Das mag sein, aber jetzt werde ich mich erst einmal um meinen Patienten kümmern. Wenn du also unbedingt darauf bestehst, mich zu begleiten, dann komm.«

Sie ging los, bevor ihr Mann die Gelegenheit beim Schopf ergreifen und eine improvisierte Vorlesung über die Bedeutung von Träumen halten konnte. Nach kurzem Zögern schlossen sich sein Vater und Ben ihr an; der eine sichtlich enttäuscht, der andere ebenso sichtlich erleichtert – auch wenn Ben argwöhnte, dass der Vortrag seines Vaters nicht aufgehoben, sondern nur aufgeschoben war. Aber man musste schließlich auch für Kleinigkeiten dankbar sein …

Vor der Tür des Krankenzimmers hielt ein Mann aus Schulz' Besatzung Wache. Er blickte ihnen mit grimmigem Gesicht entgegen, aber er machte ihnen nicht nur wortlos Platz, sondern überschlug sich auch fast, ihnen die Tür zu öffnen.

Der erkrankte Matrose war nicht allein. Zwei weitere Männer bewachten ihn, die einen respektvollen Abstand zu der reglos auf dem Bett ausgestreckten Gestalt hielten, obwohl sie mit Stoffstreifen und Verbandsmull so fest an das Bett gebunden war, dass sie wahrscheinlich nicht einmal den kleinen Finger hätte heben können. Die Haltung der beiden Matrosen zeigte deutlich, wie wenig wohl sie sich in ihrer Haut fühlten.

Noch mehr Furcht schien ihnen jedoch der verletzte Söldner im zweiten Bett einzuflößen. Als Ben hinter seinen Eltern durch die schmale Tür trat, warf er ganz instinktiv einen Blick in seine Richtung und wünschte sich sofort, es nicht getan zu haben. Der Mann lag mit geschlossenen Augen und fast bis zum Kinn zugedeckt auf dem Bett, und obwohl praktisch nichts von ihm zu sehen war, fuhr Ben unter dem Gefühl, dass etwas *falsch* war, zusammen wie unter einem elektrischen Schlag. Hier drinnen war etwas, was nicht hierher gehörte.

Seiner Mutter schien seine Reaktion nicht entgangen zu sein, denn sie drehte kurz den Kopf und warf ihm einen besorgten Blick zu. Im Herumdrehen glitten ihre Augen auch über das zweite Bett. Sie runzelte flüchtig die Stirn, setzte ihren Weg aber unbeirrt fort und näherte sich dem gefesselten Matrosen. Die beiden Männer machten ihr hastig Platz; einer verließ das Zimmer, der andere nahm neben der Tür Aufstellung und schien nur darauf zu warten, ebenfalls entlassen zu werden. Bens Mutter tat ihm diesen Gefallen aber nicht, sondern zog sich einen Stuhl heran und setzte sich neben das Bett. Ben konnte hören, wie sie scharf die Luft zwischen den Zähnen einsog, als sie die Decke zurückschlug. Auch sein Vater ließ einen überraschten Laut hören, während Ben erschrocken die Augen aufriss. Seit sie den Mann das letzte Mal gesehen hatten, waren nur wenige Minuten vergangen, aber er sah aus, als wäre es Stunden her oder auch Tage. Seine Haut war noch blasser, und ein weißes Geflecht überzog nun das Gesicht, die Hände und das, was Ben von den Unterarmen und dem Hals sehen konnte. Auf seiner Stirn perlte Schweiß, doch Ben konnte *spüren*, wie kalt er war.

»Was … was ist denn das?«, murmelte sein Vater erschüttert.

Bens Mutter schwieg und starrte den Mann nur endlose Sekunden lang an, dann stand sie auf, ging zu einem kleinen Schränkchen und kam mit einem Paar dünner Gummihandschuhe und einem schmalen Skalpell zurück.

»Du willst ihn doch nicht etwa losschneiden?«, ächzte Ben.

Seine Mutter schüttelte den Kopf und streifte die Handschuhe über, während sie sich wieder setzte. »Wie ich schon sagte, ich bin nicht lebensmüde.«

Behutsam beugte sie sich vor, hob nur mit den Fingerspitzen das Hemd des Matrosen an und schlitzte es mit dem Skalpell auf. Darunter kam ein schmuddeliges Unterhemd zum Vorschein, mit dem sie auf die gleiche Weise verfuhr, und darunter wieder …

Diesmal verging nahezu eine Minute, in der sie vollkommen reglos dasaß, dann fragte sie: »Was um Himmels willen ist denn das?«

Niemand antwortete, aber Ben fand es alles andere als beruhigend, dass ausgerechnet eine Ärztin diese Frage stellte.

Der Anblick hätte ihn erschrecken müssen, doch eigenartigerweise tat er es nicht. Vielleicht weil er irgendwie damit gerechnet hatte.

Auch die Brust des Mannes war von dem seltsamen Spinnweb-Geflecht bedeckt, das hier aber viel dichter war als auf dem Gesicht oder den Armen. An manchen Stellen bildete es einen regelrechten Panzer, unter dem die eigentliche Haut gar nicht mehr zu sehen war.

Seine Mutter benutzte abermals ihr Skalpell, diesmal jedoch um den Verband zu entfernen, den sie selbst erst vor kurzem am Handgelenk des Mannes angelegt hatte. Als sie den zerschnittenen Mull mit der Spitze des Skalpells zur Seite streifte, sah Ben darunter das genaue Gegenteil von dem, was er erwartet hatte: Die Haut des Mannes war glatt und unversehrt.

Nur war er nicht ganz sicher, ob es sich noch um *Haut* handelte. Sie war glatt, schimmernd und weiß wie Eis, und man konnte ihr ansehen, wie hart sie war.

»Aber das ist doch nicht möglich«, flüsterte sein Vater.

Seine Mutter drehte das Skalpell herum und klopfte behutsam mit dem stumpfen Ende gegen das Handgelenk des Mannes.

Das Geräusch, das erklang, hörte sich an, als hätte sie gegen Glas geschlagen.

»Wenn Ihnen das komisch vorkommt, Frau Doktor«, sagte der Matrose von der Tür aus, »dann sollten Sie sich erst mal den anderen ansehen.«

Bens Mutter stand auf und ging zu dem zweiten Bett hinüber, und Ben und sein Vater folgten ihr, wenn auch zögernd.

Zu Recht, wie sich herausstellte.

Soweit es überhaupt möglich war, bot der Mann einen noch unheimlicheren Anblick. Auch er war mit kräftigen Lederbändern ans Bett gefesselt und schien zu schlafen oder bewusstlos zu sein, aber *seine* Haut war vollkommen weiß.

Und da war noch etwas anderes.

Erst als Ben direkt neben ihm stand, begriff er, was ihm so falsch an dem Mann vorgekommen war. Es war nicht etwas, was *da* war. Es war etwas, was *fehlte.*

Ben hatte sich das Gesicht des Mannes nicht gemerkt, aber er war sicher, dass er gestern noch nicht so ausgesehen hatte. Sein Gesicht war nicht nur so weiß wie Eis, es sah auch so aus, als hätte es ein begnadeter Künstler aus genau diesem Material herausgemeißelt, auch wenn er zum Ende hin offenbar die Lust an seinem Kunstwerk verloren hatte. Eine nahezu perfekte Nachbildung, doch die letzten Kleinigkeiten und Details suchte man vergeblich. Seine Haut war zu glatt und hatte keine Poren, und in seinem Gesicht fehlten all die Fältchen und Spuren, die das Leben doch eigentlich darin hätte hinterlassen müssen. Hätte sich die Brust des Mannes nicht im Rhythmus seiner Atemzüge gehoben und gesenkt – und hätte Ben nicht gewusst, dass dieser Gedanke völlig absurd war –, er hätte geschworen, dass er nicht vor einem Menschen stand, sondern vor einer Statue aus Eis.

Dieses Mal ersparte sich sein Vater die Frage, die ihm so offensichtlich auf den Lippen lag, aber er musste auch nichts sagen. Er war so blass geworden, seine Gesichtsfarbe unterschied sich kaum noch von der des bewusstlosen Söldners, und dasselbe galt für Bens Mutter. Ben nahm allerdings an, dass auch er keinen wesentlich anderen Anblick bot.

Nach einer Weile, in der sie einfach nur wie gelähmt dagestanden hatten, drehte sich seine Mutter herum, ging abermals zu dem kleinen Schränkchen und kam mit einer verchromten Injektionsspritze zurück. Noch immer ohne ein Wort zu sagen, setzte sie die Nadel in der Armbeuge des Bewusstlosen an und stieß sie mit einem kräftigen Ruck in seine Vene.

Die Nadel brach mit einem hellen *Pling* ab, und in der vollkommenen Stille, die auf diesen unglaublichen Vorfall folgte, konnte Ben deutlich hören, wie das abgebrochene Ende der Injektionsnadel auf dem Boden davonrollte.

»Oh, wie … ungeschickt von mir«, sagte seine Mutter lahm. Ihre Stimme klang schleppend wie die eines Menschen, der mitten in einem Gespräch den Faden verloren hatte und längst nicht mehr wusste, worum es überhaupt ging.

»Aber das ist doch unmöglich«, murmelte Bens Vater wieder. Er zitterte ganz leicht.

Wieder sprach niemand, Ben war sogar fast sicher, dass seine Mutter nicht einmal *atmete.* Schließlich beugte sich Ben langsam vor, streckte zögernd die Hand aus und berührte den Arm des Mannes genau an der Stelle, an der seine Mutter versucht hatte die Nadel in seine Vene zu treiben.

Seine Haut war nicht nur so weiß wie Eis, sondern auch genauso kalt und so hart wie Stein.

»Eis«, murmelte Ben benommen. »Das ... das ist Eis.«

»Unsinn!«, widersprach seine Mutter, zwar in scharfem Ton, aber auch hörbar nervös. »So etwas ist absolut unmöglich!«

Ben starrte sie nur aus schreckgeweiteten Augen an, und nach zwei oder drei weiteren Sekunden schob ihn seine Mutter fast grob zur Seite, beugte sich ebenfalls vor und legte die flache Hand auf die Stirn des Söldners. Fast eine Minute lang stand sie mit geschlossenen Augen da und schien zu lauschen, dann schüttelte sie den Kopf, ließ ein fast ärgerliches Geräusch hören und streifte dann mit einer entschlossenen Bewegung den Gummihandschuh von ihrer Rechten. Bevor Ben oder sein Vater auch nur eine Chance hatten, sie zurückzuhalten, legte sie die nun bloße Hand auf die Stirn des Mannes und schien dann erneut in sich hineinzulauschen.

»Bist du verrückt?«, keuchte Bens Vater.

Seine Mutter ignorierte ihn, aber kurz darauf zog sie die Hand so hastig zurück, als hätte sie ein Stück weißglühendes Eisen berührt, und ein Ausdruck vollkommener Fassungslosigkeit breitete sich auf ihrem Gesicht aus. Ben konnte ihr ansehen, wie sie sich selbst in Gedanken eine Frage stellte und vor der Antwort nicht nur zurückschreckte, sondern sich schlichtweg weigerte sie zur Kenntnis zu nehmen.

»Eis?«, fragte er.

Seine Mutter warf ihm nur einen Blick zu, als gäbe sie ihm die Schuld an allem, drehte sich dann mit einem plötzlichen Ruck herum und wandte sich an den Matrosen neben der Tür.

»War irgendjemand hier? Haben Sie den Mann allein gelassen, seit er hergebracht wurde?«

Der Mann schüttelte den Kopf. »Zwei Mann waren immer hier. Er war nie allein.« Sein Blick flackerte. Er sah überallhin, nur nicht zu dem gefesselten Söldner.

»Dann möchte ich mit den Männern reden, die ihn vorher bewacht haben.«

»Einer davon war ich selbst«, antwortete der Matrose. »Wir drei haben ihn im Maschinenraum aufgespürt und überwältigt und wir haben ihn die ganze Zeit über nicht aus den Augen gelassen. Auf Kapitän Schulz' Befehl hin. Sie können ihn fragen.«

»Aber das ist unmöglich«, beharrte Jennifer Berger; allerdings in einem Ton, als spräche sie mehr mit sich selbst als mit dem Matrosen.

»Fragen Sie Kapitän Schulz«, wiederholte der Mann mit zitternder Stimme.

»So etwas kann nicht sein«, murmelte sie und trat zum dritten Mal zu dem kleinen Schränkchen, um eine neue Nadel für ihre Spritze zu holen. Diesmal ging sie damit zu dem Matrosen mit der Bisswunde, beugte sich über seinen Arm und stieß ihm die Nadel in die Vene. Nicht nur Ben atmete erleichtert auf, als es ihr gelang, seine Haut zu durchstechen und die verchromte Spritze aufzuziehen. Das Blut, das den schmalen Glaskolben füllte, war sonderbar hell, und aus der Entfernung hatte Ben den Eindruck, dass unzählige winzige Silbersplitter darin schimmerten.

Mit steinernem Gesicht verpackte seine Mutter die Spritze in eine durchsichtige Plastiktüte und anschließend in ein schmales Metallkästchen, das sie aus einer der Schubladen des Schrankes nahm. Die verchromten medizinischen Instrumente, die es ursprünglich enthalten hatte, schüttete sie achtlos auf den Boden.

»Was geht hier vor?«, fragte Bens Vater. Er schien kurz davor, völlig die Beherrschung zu verlieren.

»Ich habe nicht die geringste Ahnung«, antwortete seine Frau. »Ich weiß nur, dass ich so etwas noch nie erlebt habe.« Sie wandte sich wieder an den Mann neben der Tür. »Sie bleiben hier. Sie sind mir persönlich dafür verantwortlich, dass außer Kapitän Schulz, dem Arzt und mir selbst hier niemand reinkommt. Haben Sie das verstanden?«

Der Mann nickte wortlos. Er sah nicht sehr glücklich aus.

»Und wir?«, fragte Ben.

»Na was wohl? Wir gehen zu Kapitän Schulz. Wir müssen besprechen, was wir als Nächstes unternehmen.«

Sie schob das Metallkästchen mit der Spritze in ihre rechte Jackentasche, nahm die Hand aber nicht wieder heraus, sondern ließ sie auf dem schmalen Behälter liegen wie auf einem kostbaren Schatz und wandte sich dann mit grimmigem Gesichtsausdruck zur Tür. Der Matrose öffnete ihnen eilfertig und sie traten hintereinander auf den Gang hinaus. Ben, der das Krankenzimmer als Letzter verließ, sah noch einmal über die Schulter zurück, um sich davon zu überzeugen, dass der Mann der Anordnung seiner Mutter auch nachkam und die Tür hinter ihnen schloss, und zuckte zusammen.

»Was hast du?«, fragte seine Mutter, die neuerdings Augen im Hinterkopf haben musste, denn sie hatte auch diesmal nicht zu ihm hingesehen.

»Nichts«, antwortete Ben, ebenso hastig wie wenig überzeugend. »Ich … es war nur ein bisschen viel, weißt du?«

Zwischen den Augenbrauen seiner Mutter entstand schon wieder eine missbilligende Falte, doch sie beließ es bei einem Achselzucken und beschleunigte ihre Schritte, und Ben atmete innerlich auf. Er kannte sich selbst und vor allem sie gut genug um zu wissen, dass er es wohl kaum lange geschafft hätte, bei dieser Lüge zu bleiben.

Was er gesehen hatte, war eine beiläufige Bewegung des Matrosen gewesen. Ein ärgerliches Wedeln mit der Hand, mit dem er eine fette, haarige Spinne verscheucht hatte, die aus einem Winkel neben der Tür hervorgehuscht war.

20

SIE TRAFEN SCHULZ weder in der Lounge noch oben im Frühstücksraum an, und die insgesamt vier Besatzungsmitglieder, die sie nach dem Kapitän der *Princess* fragten, redeten sich damit raus, nicht zu wissen, wo sich Schulz gerade aufhielt – und zumindest in einem Fall war es ohne Zweifel eine Ausrede. Ben spürte so genau, dass der Mann log, als wäre es ihm mit roter Leuchtfarbe auf die Stirn geschrieben. Man hätte meinen können, Kapitän Schulz gehe ihnen nicht nur aus dem Weg, sondern hätte seiner Besatzung auch eingeschärft, Ben und seine Familie um jeden Preis abzuwimmeln.

Es war schließlich seine Mutter, die diesen Gedanken laut aussprach. »Anscheinend gehe ich unserem geschätzten Kapitän mehr auf die Nerven, als er zugibt.«

»Oder er weiß etwas, was wir nicht wissen«, fügte Bens Vater nachdenklich hinzu.

»Wie meinst du das?«, fragte Ben.

Sein Vater hob die Schultern und versuchte möglichst beiläufig zu klingen, was aber kläglich misslang. »Keine Ahnung. Das Einzige, was ich mit Sicherheit weiß, ist, dass hier eine ganze Menge nicht mit rechten Dingen zugeht. Hast du zum Beispiel deinen Kollegen heute schon gesehen, Jennifer?«

»Den Bordarzt?«, erwiderte sie nach kurzem Überlegen und schüttelte gleichzeitig den Kopf.

»Und gestern Abend bei der Party auch nicht«, fuhr sein Vater fort. »Findest du das nicht seltsam? Vielleicht hatte er keine Lust, auf die Party zu kommen, meinetwegen. Aber wenn so etwas … Unheimliches an Bord eines Schiffes passiert, dann ist es doch unvorstellbar, dass der Schiffsarzt nicht in der Krankenstation ist, um sich um die Angelegenheit zu kümmern. Es könnte alles Mögliche sein, bis hin zu einer Epidemie, die das ganze Schiff ergreift.«

»Jetzt übertreibst du«, rief Ben erschrocken. Weder sein Vater noch seine Mutter erwiderten etwas darauf, und nachdem das Schweigen ganze fünf Sekunden lang angehalten hatte und dabei immer unerträglicher geworden war, wandte sich Ben direkt an seine Mutter: »Er übertreibt doch, oder?«

»Ich weiß es nicht«, gestand sie. »Ich hoffe, dass es nicht zu einer Epidemie kommt, und ich glaube es auch nicht, aber im Grunde habe ich nicht die geringste Ahnung, was das alles zu bedeuten hat. Ich bin keine praktizierende Ärztin. Ich habe zwar Medizin studiert, aber wahrscheinlich hat der Bordarzt hundertmal mehr praktische Erfahrung als ich.«

»Mit bissigen Söldnern, die sich zu Eis verwandeln?«, fragte Ben.

»Unsinn!«, entgegnete seine Mutter, mehr als nur eine Spur zu scharf. »Ich weiß zwar nicht, was mit dem Mann wirklich passiert ist, aber er hat sich ganz bestimmt nicht in Eis verwandelt!«

»Und die Spritze ist auch nicht abgebrochen, als du versucht hast, sie ihm in den Arm zu stechen«, fügte Ben spöttisch hinzu.

Darauf reagierte seine Mutter nicht mehr. Einen Augenblick starrte sie einfach durch ihn hindurch, dann stand sie mit einer hastigen Bewegung auf.

»Ihr habt Recht. Beide. Wir müssen unbedingt mit Schulz sprechen und vor allem mit Doktor Vaasen. Ich schlage vor, ich frage mich zur Kabine des Bordarztes durch, und du versuchst Schulz irgendwo aufzutreiben.«

Bens Vater, dem die letzte Bemerkung gegolten hatte, erhob sich ebenfalls, sichtlich froh, endlich etwas tun zu können. »Begleitest du mich?«, wandte er sich an Ben.

Ben wollte instinktiv nicken, doch dann hörte er sich sagen: »Lieber nicht. Ich … ich gehe lieber mir ihr.«

Seine Eltern tauschten einen erstaunten Blick, und auch Ben fragte sich einen Atemzug lang, wie es zu dieser Entscheidung gekommen war. Der Gedanke, Schulz zu begegnen, war ihm mit einem Mal unangenehm. Er hätte selbst zu allerletzt sagen können, warum, aber er war plötzlich sicher, dass es nicht gut wäre, wenn er dem Kapitän der *Princess of the Dawn* jetzt begegnete.

Sie verließen den Frühstücksraum. Sein Vater machte sich auf den Weg zur Brücke, während sich seine Mutter nach der Kabine des Bordarztes erkundigte. Zu Bens Überraschung bekam sie diese Auskunft nicht nur ohne Probleme, der Steward, an den sie sich mit ihrer eigentlich ungewöhnlichen Bitte wandte, bot auch von sich aus an, ihnen den Weg zu zeigen. Alle Versuche seiner Mutter, ein Gespräch mit ihm zu beginnen, machte er allerdings mit beharrlichem Schweigen zunichte.

Glücklicherweise war der Weg nicht allzu lang. Sie gingen eine Treppe hinab und betraten einen Gang, an dessen Ende eine einzelne Tür lag. Ihr Führer eilte die letzten halben Dutzend Schritte voraus, klopfte an und wartete dann mit allen Anzeichen von Ungeduld auf eine Antwort. Als nichts geschah, klopfte er noch einmal und deutlich energischer, mit demselben Ergebnis.

»Das ist seltsam. Er müsste doch jetzt hier sein.«

»Haben Sie Doktor Vaasen heute überhaupt schon gesehen?«, fragte Ben.

Der Steward überlegte einen Moment und schüttelte dann zögernd den Kopf. »Nein, aber das muss nichts bedeuten. Er bleibt meistens in seiner Kabine, wenn er nicht gebraucht wird.«

»Dann müssen diese Reisen ja wirklich langweilig für ihn sein«, meinte Ben.

»Du würdest nicht glauben, wie viel ein Arzt mit hundert Passagieren zu tun haben kann. Auch wenn es meistens nur Kleinigkeiten sind.«

»Seekrankheit«, vermutete Ben.

»Oder was die Leute dafür halten«, korrigierte seine Mutter ihn.

Ben verdrehte die Augen, während der Matrose übertrieben eifrig nickte.

»Ich möchte jedenfalls nicht mit ihm tauschen.« Er klang ein bisschen nervös, fand Ben, und auch die Blicke, mit denen er seine Mutter maß, waren irgendwie … komisch. Ihm lag irgendetwas auf der Seele, aber er hatte offensichtlich nicht den Mut, es laut auszusprechen.

»Ich … ich kann den Doktor über die Sprechanlage ausrufen lassen, wenn es wirklich wichtig ist«, meinte der Steward dann. »Ist irgendetwas mit … mit Harmsen nicht in Ordnung?«

Das also war es, dachte Ben. Der Mann machte sich – natürlich – Sorgen um seinen Kameraden, doch vermutlich machte er sich mindestens ebenso große Sorgen um sich selbst; und möglicherweise auch alle anderen an Bord.

»Ich weiß es nicht genau«, antwortete Jennifer Berger. »Deshalb bin ich ja auf der Suche nach Doktor Vaasen … aber es hat wenig Sinn, jetzt wild herumzurätseln und in Panik zu geraten.« Sie machte ein beruhigendes Gesicht, wirkte zugleich jedoch deutlich besorgter als noch gerade eben. »Dann gehe ich jetzt wieder zur Krankenstation. Wenn Sie Doktor Vaasen finden, schicken Sie ihn bitte zu mir.«

»Selbstverständlich, Frau Doktor. Ich lasse sofort nach ihm suchen.«

Während sie sich umwandten, drückte der Matrose fast beiläufig auf die Klinke. Die Tür sprang mit einem leisen Klicken auf und schwang ein Stück weit nach innen. Der Mann erstarrte mitten in der Bewegung und runzelte die Stirn.

»Das ist seltsam. Vaasen schließt seine Kabine sonst immer ab.« Er drehte sich langsam wieder ganz um und legte die gespreizten Finger der Rechten auf die Tür, um sie behutsam weiter aufzudrücken. Als hätte ein begnadeter Regisseur den Moment in Szene gesetzt, ließen die Scharniere ein erbärmliches Quietschen hören.

Der Anblick, der sich ihnen bot, passte zu diesem Geräusch.

Die Kabine war verwüstet. Ben konnte von seiner Position aus nur einen kleinen Teil des Raumes sehen, dieser jedoch war das reinste Chaos. Möbel waren umgestürzt und zum Teil zerbrochen, Bücher aus den Regalen, Bilder von den Wänden gerissen und auf dem Fußboden verstreut worden.

»Was um Gottes willen …«, murmelte der Matrose. Mit einem Ruck stieß er die Tür vollends auf und trat hindurch, wobei er sich leicht anspannte, als erwarte er, dass ihn irgendetwas aus den Schatten heraus ansprang. Nichts dergleichen geschah, aber Ben konnte regelrecht sehen, wie seine Nervosität noch einmal zunahm, und als er ihm folgte, konnte er das auch sehr gut verstehen. Die Kabine war überraschend groß und musste einmal sehr elegant gewesen sein. Umso erschreckender war das, was Ben jetzt erblickte: Alles hier drinnen war zerbrochen und zerrissen, zerfetzt oder auf andere Weise zerstört worden. Zuerst hatte Ben den Eindruck gehabt, dass hier drinnen ein Kampf stattgefunden hatte, aber dieses Wort reichte nicht. Das Zimmer war wortwörtlich verheert; als wäre eine ganze Armee plündernd und brandschatzend hindurchgezogen.

»Was ist hier bloß … passiert?«, stammelte der Matrose.

»Das weiß ich nicht«, sagte Bens Mutter, »aber ich schlage vor, wir suchen nach Kapitän Schulz. Das hier dürfte ihn interessieren.«

»Sicher.« Der Matrose wirkte völlig verstört. »Ich gehe sofort und –«

»Nein«, unterbrach ihn Bens Mutter. »Sie bleiben hier und achten darauf, dass niemand hereinkommt. Und fassen Sie nichts an. Ben und ich holen den Kapitän.« Sie gab Ben einen Wink. »Komm!«

Ben wandte sich gehorsam um und folgte seiner Mutter nach draußen. In der Tür drehte er sich noch einmal um. Irgendetwas … war hier seltsam. Zu dem unguten Gefühl von Schrecken und Verwirrung gesellte sich etwas anderes: die ihm inzwischen schon fast vertraute Gewissheit, dass … *etwas* hier war. Etwas, was nicht hierher gehörte.

Das konnte doch kein Zufall sein …

»Ben?«, fragte seine Mutter.

Ben nickte, ließ seine Augen aber trotzdem noch einmal aufmerksam über das Chaos ringsum schweifen. Irgendetwas war hier.

Und er war nicht einmal mehr überrascht, als er ein winziges haariges Knäuel auf acht wirbelnden Beinen unter einem zerbrochenen Stuhl hervorhuschen und in dem Durcheinander auf der anderen Seite des Zimmers verschwinden sah.

»Benjamin?«, rief seine Mutter zum zweiten Mal. »Ist irgendwas?« Ihre Stimme klang jetzt hörbar ungeduldig, aber nicht sonderlich erschrocken. Anscheinend hatte sie die Spinne nicht gesehen, was Ben nur recht war. Seine Mutter von einem hysterischen Anfall abzuhalten wäre in diesem Moment wirklich das Letzte gewesen, was er noch brauchte.

»Schon gut«, sagte er rasch. »Es war nichts.«

Er beeilte sich, die Kabine zu verlassen, und zog vorsichtshalber die Tür hinter sich ins Schloss, was ihm einen misstrauischen Blick seiner Mutter einbrachte. Zu seiner Erleichterung sagte sie jedoch nichts, sondern wandte sich nur um und eilte mit so raschen Schritten voraus, dass Ben sich sputen musste, um zu ihr aufzuholen.

»Und?«, fragte er, als sie die Treppe erreicht hatten.

»Was – und?«, fragte seine Mutter unwillig.

»Was hältst du davon?«

»Wovon?«

»Dass der Arzt verschwunden ist.« Stellte sich seine Mutter absichtlich so begriffsstutzig an? »Und dass seine Kabine aussieht, als hätte ein heftiger Kampf stattgefunden – oder jemand einen ausgewachsenen Tobsuchtsanfall bekommen.«

»Ich weiß nicht, was ich davon halten soll. Und bevor deine Fantasie endgültig mit dir durchgeht – ich will es auch gar nicht wissen. Ich habe im Moment andere Probleme, weißt du?«

»Nein«, antwortete Ben wahrheitsgemäß. Seine Mutter warf ihm einen stirnrunzelnden Blick zu, verspürte jedoch offensichtlich nicht das Bedürfnis nach einer Erklärung, sondern beschleunigte ihre Schritte noch einmal und rannte beinahe, als sie die Treppe hinter sich gebracht hatten und durch eine Tür wieder in den für die Passagiere zugänglichen Teil hineinstürmten.

Um ein Haar hätten sie Bens Vater über den Haufen gerannt, der ihnen entgegenkam und gerade die Hand nach der Klinke ausstrecken wollte. Mit einem erschrockenen Laut prallte er zurück und hob dann lachend die Arme. »He, nicht so hastig! Ich –«

Er brach mitten im Satz ab und das Lachen verschwand aus seinen Zügen, als er den Ausdruck auf dem Gesicht seiner Frau gewahrte. »Was ist passiert?«

»Doktor Vaasen ist verschwunden.«

»Der Bordarzt?«, vergewisserte sich sein Vater. Dann riss er die Augen auf. »Was soll das heißen: verschwunden?«

»Seine Kabine sieht aus, als wäre Dschingis Khan mit all seinen Mannen hindurchgezogen«, erklärte Ben. »Er ist ganz bestimmt nicht freiwillig weggegangen.«

»Vielleicht ist er auch nur ein ganz besonders unordentlicher Mensch«, widersprach seine Mutter. »Wir wollten zu Schulz. Hast du mit ihm gesprochen?«

»Nein, er war nicht auf der Brücke. Ich wollte gerade hinunter in seine Kabine, um dort nach ihm zu suchen.«

»Das trifft sich gut, dann gehen wir zusammen.« Sie gab weder ihrem

Mann noch Ben eine Chance, eine weitere Frage zu stellen oder gar Einspruch zu erheben, und lief wieder los.

»Vaasen ist verschwunden?«, vergewisserte sich sein Vater, während sie ihr folgten; wohlweislich aber so leise, dass seine Frau die Worte nicht mitbekam.

»Verschwunden ist nicht das richtige Wort«, antwortete Ben ebenso leise. »Seine Kabine sieht aus wie nach einer Schlacht. Wenn du mich fragst, hat ihn jemand gewaltsam verschleppt und er hat sich ziemlich heftig gewehrt.«

»Soviel ich weiß, ist er über sechzig«, gab sein Vater zu bedenken. »Und nicht unbedingt gebaut wie Herkules.«

Ben hob die Schultern. Er hatte den Bordarzt der *Princess* bisher noch nicht gesehen; was ihm im Nachhinein ein bisschen komisch vorkam, nach allem, was passiert war.

»Ich sage nur, was ich gesehen habe. Außerdem …«

»Außerdem?«, hakte sein Vater nach, als er nicht weitersprach.

Außerdem war da schon wieder eine Spinne. Genau wie im Laderaum und vorhin im Krankenzimmer. Ja, er konnte sich lebhaft vorstellen, wie sein Vater darauf reagieren würde. Aber es *konnte* kein Zufall sein, dass jedes Mal, wenn hier an Bord irgendetwas Außergewöhnliches geschah, eine *Spinne* in der Nähe war.

Trotzdem schwieg Ben lieber. Es wäre ihm zu peinlich gewesen, es auszusprechen. Er druckste nur noch einen Moment lang herum und beschleunigte dann seine Schritte, um zu seiner Mutter aufzuschließen.

21

UM ZUR KABINE VON SCHULZ ZU GELANGEN, mussten sie das Schiff nahezu zur Hälfte durchqueren, und natürlich begegneten ihnen auf dem Weg zahlreiche andere Passagiere – und wenn sich bisher noch nicht bis zum letzten Mann und zur letzten Frau an Bord herumgesprochen hatte, dass hier etwas ziemlich Dramatisches im Gange war, dachte Ben, dann spätestens jetzt. Seine Mutter eilte so schnell voraus, dass sie schon fast rannte, und obwohl sie sehr zierlich war, schien sie etwas von einer Dampfwalze auszustrahlen, der man besser aus dem Weg ging. Die Passagiere wichen jedenfalls hastig zur Seite, und eine ältere Frau presste sich sogar mit dem Rücken gegen die Wand und hielt den Atem an, bis sie vorbeigegangen waren. Wären die Umstände anders gewesen, hätte Ben die Situation wahrscheinlich sogar lustig gefunden.

Es wurde ein wenig besser, als sie wieder unter Deck gingen und nur noch auf Besatzungsmitglieder trafen, wenn auch auf ungewöhnlich viele. Die Blicke, mit denen die Männer sie maßen, waren allerdings beunruhigend. Ben hatte sich noch vor einigen Minuten gefragt, ob er nicht doch an einer milden Form von Paranoia litt, nun aber stellte er sich diese Frage nicht mehr. Man hätte schon blind und taub auf einmal sein müssen um nicht zu merken, dass hier an Bord etwas nicht mit rechten Dingen zuging.

Auch als sie auf den Gang einbogen, auf dem Schulz' Kabine lag, waren sie nicht allein; und die Atmosphäre wurde auch kein bisschen freundlicher. Ganz im Gegenteil. Kapitän Schulz stand mit dem Rücken zu seiner Kabinentür und war ganz offensichtlich in einen heftigen Streit mit einem der Schiffsstewards verstrickt. Ben konnte zwar nicht verstehen, worum es ging, aber Schulz' Gesicht war vor Wut rot angelaufen, und er gestikulierte so heftig mit den Armen, dass es beinahe so aussah, als würde er nach dem Mann schlagen.

»… ist immer noch mein Schiff!«, verstand Ben gerade noch. Dann endlich registrierte Schulz, dass er und sein Gegenüber nicht mehr allein waren, und unterbrach sich, indem er sich ihnen zuwandte.

»Was wollen Sie?«, fragte er unfreundlich. »Der Zugang zu diesem Teil des Schiffes ist den Passagieren nicht gestattet!«

»Mit Ihnen reden, Herr Kapitän«, antwortete Jennifer Berger ruhig. »Und am besten allein.«

»Warum?«, fragte der Steward. Jetzt, als auch er sich zu ihnen herumdrehte, erkannte Ben den Mann. Es war der dunkelhaarige Matrose, der sich normalerweise um Sasha kümmerte. »Wenn hier irgendetwas Gefährliches vorgeht, dann haben wir ein Recht, es zu erfahren!«

»Was fällt Ihnen ein, in einem solchen Ton mit einem Passagier zu reden?«, fauchte Schulz. Er *fauchte* wirklich. Seine Stimme hatte kaum noch Ähnlichkeit mit der, die Ben kannte; ein heiseres Zischeln, in dem irgendetwas … nicht Menschliches mitzuschwingen schien.

»Lassen Sie es gut sein, Kapitän.« Bens Mutter machte eine besänftigende Handbewegung und wandte sich dann direkt an den Steward. »Was genau wollen Sie denn wissen?«

»Was ist mir Harmsen los und dem anderen Kerl?« Der Mann gab sich alle Mühe, ein trotziges Gesicht aufzusetzen, aber es war unübersehbar, dass er große Angst hatte.

»Das weiß ich nicht. Aber wenn Sie damit meinen, ob die Menschen hier an Bord in Gefahr sind, kann ich Sie beruhigen. Ich glaube es nicht.«

»Auch, wenn Sie gar nicht wissen, was es ist?«

»Bisher steht nicht einmal fest, dass es sich wirklich um eine Krankheit handelt, und selbst wenn, ob sie ansteckend ist. Aber sogar falls das der Fall sein sollte, besteht wohl kaum die Gefahr, dass sie sich über das gesamte Schiff ausbreitet. Wir müssen nur ein paar einfache Sicherheitsvorkehrungen treffen.«

»Nicht ansteckend?« Der Steward lachte böse; oder versuchte es wenigstens. »Warum erzählen Sie das nicht Harmsen?«

»Nicht hochansteckend. Ihr Kollege wurde gebissen, vergessen Sie das nicht. Solange Sie darauf achten, dass niemand den beiden Infizierten zu nahe kommt oder sie gar berührt, besteht aller Wahrscheinlichkeit nach keine Ansteckungsgefahr – wie gesagt, falls es sich überhaupt um eine Infektion handelt.«

»Was soll es denn sonst sein?«

Bens Mutter hob die Schultern. »Wie ich schon mehrmals gesagt habe, ich weiß es nicht.« Sie überlegte eine Sekunde und fragte dann an Schulz gewandt. »Der Söldner wurde unten im Maschinenraum aufgegriffen, sagen Sie? Und Ihr Matrose wurde auch dort verletzt?«

Schulz nickte. »Warum?«

»Könnten die beiden dort unten mit irgendwelchen giftigen Substanzen in Berührung gekommen sein?«

Schulz schüttelte heftig den Kopf. »Das einzig Giftige, was es auf diesem Schiff gibt, sind die kostenlosen Drinks für die Passagiere der zweiten Klasse.«

Niemand lachte. Bens Mutter schürzte nur ärgerlich die Lippen und wandte sich dann wieder an den Steward, der das kurze Gespräch zwischen ihr und Schulz mit sichtlichem Unbehagen verfolgt hatte.

»Bitte gehen Sie zur Krankenstation und schärfen sie den Männern dort noch einmal ein, dass niemand den Raum betreten oder gar die Kranken anfassen darf. Ich komme gleich nach und sehe noch einmal nach den Männern. Aber zuvor habe ich noch etwas mit Kapitän Schulz zu besprechen.«

Der Steward entfernte sich hastig, und Schulz wartete immerhin ab, bis der Mann außer Hörweite war, dann aber fuhr er Bens Mutter in scharfem Ton an: »Gut gemacht, Frau Doktor. Wollen Sie nicht gleich das Kommando über das Schiff übernehmen?«

»So unprofessionell, wie Sie sich im Moment benehmen, Kapitän Schulz, wäre das nicht einmal die schlechteste Idee. Was hätte ich Ihrer Meinung nach sagen sollen? Dass wir kurz vor einer Epidemie an Bord stehen könnten und uns vielleicht alle schon angesteckt haben? Hätten Sie gern eine ausgewachsene Panik auf Ihrem Schiff?«

Schulz funkelte sie bebend vor Zorn an, doch er sagte nichts mehr. Etwas unter dem großen Pflaster auf seiner Wange … schien sich zu bewegen.

»Also gut, meinetwegen«, knurrte er schließlich. »Aber es bleibt bei meiner Frage, was haben Sie hier zu suchen?«

»Ihr Arzt ist verschwunden. Wir waren gerade in seiner Kabine, doch er ist nicht da. Und niemand scheint zu wissen, wo er ist.«

»Wahrscheinlich vertritt er sich die Füße und wandelt ein wenig übers Wasser. Woher zum Teufel soll ich wissen, wo sich dieser alte Säufer wieder einmal versteckt?« Er zog eine höhnische Grimasse. »Ach, das haben Sie nicht gewusst? Doktor Vaasen hat nichts gegen einen guten Schluck dann und wann einzuwenden. Wahrscheinlich hat er sich ein stilles Plätzchen gesucht, um seinen Rausch auszuschlafen. Es wäre nicht das erste Mal.«

»Macht er vorher immer Kleinholz aus seiner Kabine?«, fragte Ben.

Schulz spießte ihn mit Blicken auf, hielt es jedoch offensichtlich nicht für nötig, ihm zu antworten. Er hob nur die Hand an das Pflaster an seiner Wange – und diesmal war Ben sicher, dass sich darunter etwas bewegte.

Und nicht nur er.

»Was ist mit Ihrem Gesicht?«, fragte seine Mutter.

»Was soll damit sein? Ich bin damit geboren worden. Tut mir leid, dass es Ihnen nicht gefällt. Und jetzt –«

Schulz unterbrach sich, als die Tür hinter ihm geöffnet wurde und Sasha heraustrat. Ungefähr einen Schritt weit, dann erstarrte sie und ein deutlicher Ausdruck von Erschrecken breitete sich auf ihren zarten Zügen aus.

»Alexandra, geh wieder hinein!«, sagte Schulz streng. Er wollte die Hand nach ihr ausstrecken, aber Sasha wich seiner Bewegung mit einer raschen Drehung des Oberkörpers aus und machte gleichzeitig einen weiteren Schritt auf den Gang hinaus. Ihr Blick tastete über das Gesicht ihres Vaters und suchte dann nach Ben.

»Sasha?«, fragte Ben. »Ist alles in Ordnung mit dir?«

»Bitte geh wieder hinein!«, sagte Schulz. »Sofort!« Er versuchte noch einmal, seine Tochter bei der Schulter zu ergreifen, doch sie wich ihm wieder aus – und dann wurden ihre Augen groß und füllten sich mit vollkommenem, schwarzem Entsetzen. Ihre Lippen öffneten sich zu einem lautlosen Schrei.

»Was ist los?«, fragte Ben erschrocken. Auch er wollte – ganz instinktiv – die Hand nach Sasha ausstrecken, aber Schulz schlug seinen Arm zornig zur Seite und fuhr ihn an:

»Wage es nicht, meine Tochter anzurühren, Junge!«

Die Situation war … bizarr. Ben starrte Schulz an und war im ersten Moment so fassungslos, dass er nicht einmal wirklich erschrak. Aus den Augenwinkeln sah er, wie sich das Gesicht seines Vaters verfinsterte und er eine Bewegung machte, wie um dazwischenzugehen. Sein Vater war alles andere als ein kräftiger Mann oder gar ein Raufbold, aber er würde ganz gewiss nicht tatenlos bei *so etwas* zusehen.

Das musste er auch nicht, denn Schulz fuhr mit einem ärgerlichen Zischen herum und griff zum dritten Mal nach Sashas Schulter, und diesmal so schnell, dass sie ihm nicht mehr entwischen konnte.

Sie tat etwas anderes.

Noch während ihr Vater sie grob ergriff und in die Kabine zurückstoßen wollte, warf sie sich herum, fuhr ihm mit den Fingernägeln der Rechten über die Hand, die auf ihrer Schulter lag, und schlug mit der anderen nach seinem Gesicht. Sie verfehlte ihn, aber ihre Fingernägel verfingen sich in dem Pflaster auf seiner Wange und rissen es fast zur Hälfte herunter – etwas blitzte weiß auf. Schulz stieß ein erschrockenes Grunzen aus, ließ ihre Schulter los und klappte das Pflaster hastig wieder nach oben, und Sasha nutzte die Gelegenheit um davonzustürzen. Auch Ben griff nach ihr und bekam ihr Handgelenk zu fassen – was ihm allerdings nichts anderes einbrachte als Sashas Vater, nämlich ein paar blutige Kratzer auf dem Handrücken, die höllisch brannten. Ben keuchte vor Schmerz und ließ Sashas Arm los, und sie wirbelte herum und stürmte mit wehendem Haar und Kleidern davon. Sie war verschwunden, noch bevor irgendjemand auch nur auf den Gedanken kommen konnte, sie aufzuhalten.

»Verdammt!«, brüllte Schulz. »Was fällt dir ein, du verdammter Bengel?«

Ben verstand nicht einmal die Worte, geschweige denn, was Schulz damit meinte. Verwirrt blickte er in die Richtung, in die Sasha verschwunden war, blinzelte auf die blutigen Kratzer auf seiner Hand hinab und drehte sich dann langsam zu Schulz herum. In den Augen des Kapitäns stand pure Mordlust, und er hatte die rechte Hand noch immer gegen das Gesicht gepresst, um das Pflaster an seinem Platz zu halten.

»Was hat das zu bedeuten? Was hast du meiner Tochter angetan, um sie so in Panik zu versetzen? Ich sage dir, das wird Folgen haben, Bürschchen.«

Ben blickte Schulz nur stumm an, doch dann fragte seine Mutter wieder, streng und hörbar alarmiert: »Was ist mit Ihrem Gesicht, Kapitän?«

»Nichts«, antwortete Schulz unwirsch, er hielt nach wie vor das Pflaster fest. »Ein Kratzer, mehr nicht. Und selbst wenn es mehr sein sollte«, fügte er mit leicht erhobener Stimme hinzu, als Jennifer Berger widersprechen wollte, »dann muss es eben warten, bis ich mich von einem *richtigen* Arzt behandeln lassen kann.« Er nickte abgehackt. »Und jetzt entschuldigen Sie mich bitte. Ich muss meine Tochter suchen, bevor sie zu Schaden kommt.«

Er fuhr auf dem Absatz herum und stapfte in dieselbe Richtung davon, in die Sasha gerannt war. Ben schaute ihm nach, ohne ein Wort zu sagen, und auch seine Eltern schwiegen; nicht nur bis Schulz verschwunden war, sondern auch noch eine gute halbe Minute länger. Eine kleine Ewigkeit.

»Was war denn *das?*«, durchbrach sein Vater schließlich das beklommene Schweigen.

»Ich würde sagen, Kapitän Schulz, wie er leibt und lebt«, meinte seine Frau. Ihre Stimme klang spröde und irgendwie unecht; so als hätte sie sehr große Mühe, sich auf die Antwort zu konzentrieren. Und die Worte, die sie mehrere Sekunden später und in fast schauderndem Tonfall hinzufügte, passten zu diesem Eindruck. »Irgendetwas stimmt mit dieser Wunde nicht. Habt ihr sein Gesicht gesehen?«

»Ich habe vor allem gehört, was er *gesagt* hat«, antwortete Bens Vater betont. Er wandte sich nun direkt an ihn, und in seinem Blick und seinem Gesicht war etwas, was Ben ganz und gar nicht gefiel. »Ist da irgendwas dran an dem, was er gesagt hat?«

»Woran?«, fragte Ben verstört.

»Seine Tochter und du. War da irgendetwas zwischen euch, von dem ich wissen sollte?«

»Nein! Was soll denn da gewesen sein?«

»Das weiß ich nicht, aber ich frage mich trotzdem, warum sie vor dir davongelaufen ist«, brauste sein Vater auf.

Ben konnte ihn nur fassungslos anstarren. »Vor … *mir*?«

Sein Vater blinzelte und legte fragend den Kopf auf die Seite. »Wie meinst du das?«

»Genau so, wie ich es sage. Bist du sicher, dass sie vor mir davongelaufen ist?«

22

NATÜRLICH WOLLTE ER SOFORT LOSRENNEN, um nach Sasha zu suchen, aber das ließen seine Eltern nicht zu. Sein Vater bestand mit ungewohnter Schärfe darauf, dass Ben ihn und seine Mutter in ihre Kabine begleitete. Normalerweise wäre dieser Befehlston ein Anlass für Ben gewesen, sich erst recht zu widersetzen, doch in diesem Augenblick wagte er es nicht, auch nur mit einem einzigen Wort zu widersprechen.

In der Kabine stapfte sein Vater als Erstes zur Minibar, nahm eine winzige Flasche Cognac heraus und leerte sie in einem einzigen Zug; was wirklich äußerst ungewöhnlich für ihn war und Ben zeigte, wie aufgebracht er war. Für ein Glas guten Weins hatte sein Vater hin und wieder durchaus etwas übrig, aber er hatte ihn niemals vormittags trinken sehen und noch nie *so.*

»Lass das!«, sagte seine Frau tadelnd. »Auf diese Weise änderst du nichts, weißt du?«

Für den Bruchteil einer Sekunde sah es fast so aus, als würde sich sein Zorn nun auf sie entladen, dann konnte Ben jedoch sehen, wie sein Vater zusammenfuhr, die leere Cognacflasche in seiner Hand schuldbewusst anschaute und sie dann hastig in den Papierkorb warf. »Du hast Recht, entschuldige.«

»Sag mir die Wahrheit, Ben«, wandte sich seine Mutter jetzt an ihn. »War da irgendetwas mit Sasha, von dem wir nichts wissen?« Sie hob schon einmal prophylaktisch besänftigend die Hände und sprach in übertrieben verständnisvollem Ton weiter: »Ich weiß, du würdest niemals etwas tun, was sich nicht gehört, Ben. Aber ist da irgendwas gewesen, was Schulz falsch auslegen könnte?«

»Selbst wenn, könnte Sasha es ihm ja wohl kaum sagen, oder?«, fragte Ben patzig. Die Worte taten ihm schon leid, bevor er sie ganz ausgesprochen hatte, und er beeilte sich, den Kopf zu schütteln und deutlich freundlicher fortzufahren. »Nein. Das einzige Mal, dass ich sie allein getroffen habe, war gestern draußen an Deck, und da waren Harry und ein Dutzend Passagiere dabei. Sonst wart immer ihr dabei.«

»Der Kerl ist einfach verrückt geworden. Jetzt scheint ja schon seine Tochter Angst vor ihm zu haben«, grollte sein Vater. »Der Stress ist zu viel für ihn.«

»Ja, vielleicht«, sagte Bens Mutter, aber es war ihr anzusehen, wie wenig sie von dieser Erklärung hielt. Sie seufzte tief, dann gab sie sich sichtbar einen Ruck. »Wahrscheinlich beruhigt er sich wieder ... hast du sein Gesicht gesehen, Robert?«

»Es wäre ziemlich schwierig gewesen, es *nicht* zu sehen«, erwiderte Bens Vater, mit einem Mal nachdenklich. »Du solltest ihn untersuchen – wenn er wieder er selbst ist. Ich konnte nicht viel erkennen, aber die Entzündung sah nicht gut aus.«

»Wenn es eine Entzündung ist«, fügte Ben hinzu.

Seine Mutter rieb ihre Oberarme, als wäre ihr plötzlich kalt, doch Ben sah ihr an, dass sie nicht vorhatte auf seine Bemerkung einzugehen. Also gut, dann musste er deutlicher werden.

»Ihr wisst, woher er diese Wunde hat?«

»Keine Ahnung. Er wird sich wohl bei dem Überfall irgendwo gestoßen oder geschnitten haben«, erwiderte sein Vater. Seine Mutter schwieg und wich seinem Blick aus. »Aber ich nehme an, du hast es in deinen Träumen gesehen?«

Ben wollte schon wieder auffahren, schrieb die Bemerkung dann aber der gereizten Stimmung zu, in der sich sein Vater befand, und antwortete so ruhig, wie er konnte:

»Ausnahmsweise einmal nicht. Es war ein Splitter von dem explodierten Schiff. Dasselbe Zeug, das die beiden Soldaten verletzt hat.«

Sein Vater zog zweifelnd die Augenbrauen zusammen. Seine Mutter sagte auch dazu nichts, aber Ben hatte nicht das Gefühl, dass sie sonderlich überrascht war, eher ein wenig verstimmt, weil sie von ihm mit diesem Thema belästigt wurde.

»Ist das wahr?«, fragte sein Vater schließlich.

»Ja, ich habe es genau gesehen.«

Sein Vater ließ die Augen noch eine Sekunde auf seinem Gesicht ruhen, dann drehte er sich mit einer irgendwie gezwungen ruhig wirkenden Bewegung zu seiner Frau herum und fragte: »Könnte das die Erklärung sein?«

»Wofür?«

»Was, wenn dieses Zeug ... irgendwie vergiftet war? Ich meine, wir sind bisher davon ausgegangen, dass es sich um Eis handelte, ganz normales Eis, aber was, wenn das nicht so ist. Möglicherweise war es mit irgendwas verunreinigt, Jennifer.«

Seine Mutter zuckte mit den Achseln. »Rein theoretisch wäre es denkbar. Aber es bringt nichts, wild herumzurätseln. Ich halte es für ziemlich unwahrscheinlich.«

Die Antwort kam Ben reichlich lahm vor, aber sein Vater gab sich damit zufrieden, wenn auch vielleicht nur, weil es genau das war, was er hatte hören wollen.

Ben war weniger diplomatisch. »Das glaubt ihr doch selbst nicht.«

»Was?«, fragte seine Mutter.

»Zuerst dieses seltsame Piratenschiff, dann die unheimliche Veränderung, die mit dem Söldner und dem Matrosen vor sich gegangen ist, und jetzt auch noch Schulz ... das kann kein Zufall sein!«

»Immerhin hat sich Schulz nicht in ein *Eisungeheuer* verwandelt«, meinte sein Vater ironisch.

»So, wie sein Gesicht aussieht, wird es wohl nicht mehr lange dauern«, sagte Ben spitz. Er spürte, wie Wut in ihm aufstieg. »Und so, wie er sich benimmt ...« Er schüttelte heftig den Kopf. »Nein! Es hat irgendetwas mit diesem Eis zu tun! Oder was immer es war.«

»Was soll es denn sonst gewesen sein, deiner Meinung nach?«, fragte sein Vater. Er versuchte wieder ironisch zu klingen, aber ganz gelang es ihm nicht. Das überhebliche Lächeln, das er auf sein Gesicht gezwungen hatte, ließ seine Augen aus. Vielleicht kam es auch nur nicht gegen den Ausdruck von grenzenloser Furcht an, der sich darin eingenistet hatte.

»Ich weiß es nicht. Und auch auf die Gefahr hin, dass du mir gleich wieder einen Vortrag über Albträume und Halluzinationen hältst – dieser angebliche Pirat hat sich in Luft aufgelöst. Besser gesagt, in Wasser. Du hast es doch selbst gesehen.«

»Unsinn!«, rief sein Vater. Es klang nicht im Geringsten überzeugend.

Ben musste sich mühsam beherrschen, um nicht noch lauter zu werden. Es brachte herzlich wenig, wenn sie aufeinander losgingen. Doch er musste plötzlich wieder an die Szene unten in dem kleinen Lagerraum denken. Das Wasser hatte sonderbar gerochen und geschmeckt, und er erinnerte sich gut daran, wie lange es gedauert hatte, bis er den widerlichen Geschmack wieder losgeworden war. Und nicht nur das. Kurz nachdem er davon gekostet hatte – es waren nur ein paar Tropfen gewesen, gerade genug, um seine Fingerspitzen zu benetzen –, hatte er nicht nur wieder einen Albtraum gehabt, sondern war auch ausgesprochen aggressiver Stimmung gewesen.

»So oder so«, durchbrach die nun wieder sehr sachliche, aber auch entschlossene Stimme seiner Mutter seine Gedanken, »wir müssen etwas unternehmen. Das ist allein schon meine Pflicht als Ärztin. Ich muss noch einmal mit Schulz sprechen.«

»Und du glaubst, er will im Moment mit dir reden?«, erkundigte sich ihr Mann.

»Das ist mir ziemlich gleichgültig. Ben hat Recht. Es könnte tatsächlich irgendetwas mit dem Zwischenfall von gestern zu tun haben, wenn wohl auch nicht so, wie er zu denken scheint. Dieses Schiff muss so schnell wie möglich unter Quarantäne gestellt werden, bis klar ist, was hier wirklich vorgeht.«

»Nun, dann wünsche ich dir viel Glück bei dem Versuch, *das* Kapitän Schulz beizubringen«, meinte ihr Mann. Er versuchte zu lachen, aber es wurde eher ein Krächzen daraus. »So, wie er sich aufführt …«

»Er wird schon wieder zur Vernunft kommen. Sogar er kann sich nicht vor den Tatsachen verschließen.«

Sein Vater sah immer noch skeptisch aus, seufzte aber schließlich und ging zur Tür, um sie zu öffnen. Sie traten hintereinander auf den Gang hinaus und entdeckten zu ihrer Überraschung zwei von Schulz' Matrosen, die jeweils an der Treppe und am anderen Ende des Korridors herumlungerten. Als sein Vater sich nach links wandte und die Treppe ansteuerte, löste sich der Mann daneben von seinem Platz und vertrat ihm mit vor der Brust verschränkten Armen den Weg. Ben drehte sich nicht herum, doch er konnte hören, wie sich sein Kamerad von hinten näherte.

»Was soll das?«, fragte sein Vater. »Gehen Sie bitte aus dem Weg!«

»Kapitän Schulz hat mir –«, begann der Mann, wurde aber sofort von Bens Vater unterbrochen.

»Wir sind gerade auf dem Weg zu Kapitän Schulz. Sie können uns gern dorthin begleiten.«

Man konnte dem Mann ansehen, wie unwohl er sich in seiner Haut fühlte. Sein Blick irrte fast Hilfe suchend zu dem zweiten Matrosen, aber dessen Schweigen nach zu urteilen, hatte er von dort keine allzu große Unterstützung zu erwarten.

»Vielleicht …«, meinte er schließlich, brach ab und fuhr sich nervös mit dem Handrücken über das Kinn.

»Vielleicht was?«, fragte Bens Vater herausfordernd. »Hat Ihnen Kapitän Schulz aufgetragen, uns nötigenfalls mit Gewalt hier festzuhalten?«

Ben fand diese Formulierung nicht unbedingt diplomatisch, aber sein Vater musste den Nagel auf den Kopf getroffen haben, denn der Matrose wirkte mit einem Mal noch unglücklicher und begann zu allem Überfluss nun auch noch von einem Bein auf das andere zu treten. Er benahm sich wie ein Schüler, der bei einer Missetat ertappt und vor seinen Lehrer zitiert worden war.

»Wenn es so ist«, fuhr er fort, »dann schlage ich vor, Sie versuchen jetzt, mich am Verlassen meiner Kabine zu hindern.«

Das war schlichtweg lächerlich. Der Matrose war doppelt so groß wie sein Vater und musste zehnmal so viel wiegen, und er sah aus, als bestünde er zur Gänze aus Muskeln. Ben hielt unwillkürlich den Atem an – aber der stoppelhaarige Riese reagierte zu seiner Überraschung so, als wäre es genau umgekehrt. Er fuhr sich erneut mit dem Handrücken über das Kinn, und als er die Arme wieder vor der Brust verschränkte, wirkte es einfach nur noch trotzig.

»Natürlich nicht. Es ist nur …« Sein Blick irrte über die Gesichter von Robert und Jennifer Berger und blieb dann – nur eine Sekunde, aber eine entscheidende Sekunde – länger an dem Bens hängen. »Es wäre wohl besser, wenn Sie und Ihre Gattin allein … Ich meine … Kapitän Schulz hat befohlen …«

»Dass *ich* in meiner Kabine bleibe«, führte Ben den Satz zu Ende, als der Matrose es nicht tat.

»Ja«, antwortete der Mann.

»Das ist ja wohl –!«, fuhr sein Vater auf, doch Bens Mutter legte ihm beruhigend die Hand auf den Unterarm und sagte:

»Schon gut. Vielleicht ist es sogar besser, wenn wir erst einmal allein mit Kapitän Schulz reden.« Sie drehte sich zu Ben um. »Sei so gut und warte in deiner Kabine auf uns. Ich gebe dir Bescheid, wenn wir irgendetwas von Sasha hören.«

Ihr Blick wurde fast beschwörend, und wahrscheinlich war das auch der einzige Grund, aus dem Ben nicht vollends aus der Haut fuhr. Hatte Schulz jetzt endgültig den Verstand verloren? Er war hier ein zahlender Gast an Bord, kein Gefangener! Mit einem Ruck drehte er sich herum und stapfte zu seiner Kabine zurück. Der zweite Matrose folgte ihm; dem Mann schien seine Aufgabe nicht annähernd so peinlich zu sein wie seinem Kameraden, denn er hielt Bens finsterem Blick nicht nur gelassen stand, sondern er lehnte sich auch betont lässig und mit einem schadenfrohen Grinsen an die gegenüberliegende Wand, als Ben seine Kabine betrat und die Tür hinter sich zuknallte.

Er war frustriert, wütend auf Schulz und auch ein bisschen enttäuscht von seinen Eltern. Natürlich hatte seine Mutter Recht, wenn sie erst einmal versuchte die Wogen zu glätten, um danach noch einmal in Ruhe mit dem Kapitän über Ben zu sprechen – aber er war schließlich ihr Sohn, verdammt!, und er konnte erwarten, dass sie seine Partei ergriff und diese ungeheuerlichen Unterstellungen nicht so unwidersprochen im Raum stehen ließ! Was war nur hier los? Drehten jetzt alle an Bord des Schiffes durch?

Ben tigerte in seiner Kabine auf und ab, zwei oder drei Minuten, in denen er nichts anderes tat, als mit Gott und der Welt zu hadern und sich vor allem selbst leidzutun, aber schließlich gewann seine Vernunft wieder die Oberhand. Er musste etwas *tun* – und er musste vor allem herausfinden, was mit Sasha los war. Die *Princess of the Dawn* war ein riesiges Schiff, und auch wenn Schulz nicht müde wurde, das Gegenteil zu behaupten, so stand außer Frage, dass es äußerst gefährlich war, völlig allein und kopflos vor Angst durch das eiserne Labyrinth der *Princess* zu irren; noch dazu für ein Mädchen wie Sasha.

Bei dem Gedanken versetzte ihm sein Gewissen einen heftigen Stich.

Er wollte nicht so über Sasha denken. Nur weil sie nicht sprach und in ihrer eigenen kleinen Welt zu leben schien, bedeutete das nicht, dass sie irgendwie behindert war oder gar verrückt.

Er musste nach ihr suchen! Jetzt!

Gesagt, getan – oder besser: *versucht.* Ben riss die Tür auf und stürmte auf den Korridor hinaus – genau anderthalb Schritte weit, denn so lange brauchte der Matrose, um sich von der Wand gegenüber abzustoßen, die Arme auseinander zu falten und mit einem fleischigen Zeigefinger von der Dicke eines Baseballschlägers nach seiner Brust zu piksen. Er berührte ihn nur flüchtig, aber es tat so weh, dass Ben wieder in seine Kabine zurückstolperte und nach Luft schnappte.

»Wohin des Wegs, mein Freund?«, griente er.

Ben setzte zu einer geharnischten Antwort an, aber der Matrose kam ihm zuvor. »Du bleibst schön, wo du bist, Kleiner. Gib mir lieber keinen Grund, Gewalt anzuwenden!«

Ben massierte seine schmerzende Brust. Was verstand dieser verhinderte King Kong eigentlich unter *Gewalt?* »Sind Sie verrückt? Ich bin doch hier kein Gefangener!«

»Im Moment schon. Beschwer dich beim Kapitän, wenn dir was nicht passt.« Und damit stupste er Ben ein zweites Mal vor die Brust und streckte gleichzeitig die andere Hand nach der Tür aus, um sie ins Schloss zu ziehen.

23

NACH ETWA EINER (GEFÜHLTEN) STUNDE war Ben zu dem Schluss gekommen, dass es im Grunde nur zwei Möglichkeiten gab: Entweder hatten sich seine Eltern zu Schulz durchgekämpft und führten ein wirklich intensives Gespräch mit ihm oder aber der Kapitän hatte sie kurzerhand in Ketten legen und in die Brigg werfen lassen.

Natürlich war er sich darüber im Klaren, dass weder das eine noch das andere in dieser extremen Form so zutraf. Und es waren auch nur ein paar Minuten vergangen und nicht eine Stunde, wie er schließlich mit einem Blick auf die Armbanduhr feststellte.

So viel zu seiner Idee, einfach abzuwarten, bis es dem Kerl draußen vor der Tür zu langweilig wurde und er sich verkrümelte ... aber er musste etwas tun. Was, wenn in den eisernen Katakomben der *Princess* noch weitere Gefahren auf Sasha warteten, Gefahren, die sie gar nicht kannten? Wer sagte ihm denn, dass diese Söldner ...

Ben glaubte zu spüren, wie in seinem Gedächtnis etwas einrastete und sich die Tür zu einer vergessen geglaubten Erinnerung öffnete. Sie war nicht einmal wirklich vergessen gewesen. Erst vor ein paar Minuten hatte er mit seinen Eltern sogar darüber gesprochen! Wie hatte er nur so blind sein können?

Mit einem Satz war er bei der Tür, riss sie auf und war schon zwei Schritte auf dem Flur, als der Aushilfs-Hulk auf der anderen Seite des Ganges aus seinem Dösen erwachte.

»He! Du sollst doch –«

»Harry!«, unterbrach ihn Ben aufgeregt. »Ich muss mit Harry reden! Ich meine, Kapitän Schulz muss Harry warnen! Einer seiner Leute ist möglicherweise –«

»Ich habe dir doch gesagt, dass du in der Kabine bleiben sollst!«, polterte King Kong. »Hast du was an den Ohren?«

»Aber es ist wichtig! Verstehen Sie denn nicht? Einer von Harrys Söldnern ist möglicherweise auch infiziert! Wir müssen ihn –«

»Wir müssen nur eines tun, nämlich hier bleiben. Ich hier draußen und du da drinnen. Alles andere interessiert mich nicht.«

Einen Moment lang überlegte Ben ernsthaft, loszustürmen und es darauf ankommen zu lassen. Er traute sich durchaus zu, dem Kerl zu entwischen. Doch falls er es nicht schaffte, würde sich King Kong vermutlich einen Spaß daraus machen, ihm die Knochen im Leib neu zu arrangieren – und selbst wenn er ihm entwischte, konnte das Ergebnis höchstens in einer wilden Verfolgungsjagd quer durch das Schiff bestehen; und darin, dass Schulz' Laune noch weiter sank. Aber er *musste* etwas tun! Er setzte gerade dazu an, es noch einmal mit Vernunft zu versuchen, als ihm etwas auffiel, bei dessen Anblick sich ihm die Nackenhaare sträubten.

Der Koloss hatte sich nicht nur von seinem Platz gelöst, sondern auch die Arme heruntergenommen, und da war etwas an seinem rechten Handgelenk, nur eine Kleinigkeit, die ihm unter allen anderen denkbaren Umständen vermutlich entgangen wäre, ihm nun aber direkt ins Auge sprang.

Der Mann hatte eine winzige Wunde auf dem Handrücken, kaum mehr als ein Kratzer, aber wo roter Schorf hätte sein sollen, schimmerte es weiß, als wäre die Haut an dieser Stelle mit Raureif bedeckt, und wenn man genau hinsah, konnte man zwei, drei haarfeine, glitzernde Linien erkennen, die sich das Handgelenk hinaufzogen und in seinem Ärmel verschwanden.

Dem Matrosen war Bens Entsetzen nicht entgangen. Ein bisschen zu hastig verschränkte er die Arme wieder vor der Brust und entzog seine rechte Hand so seinem Blick.

»Was?«, schnappte er.

»Hören Sie, es ... es ist wichtig«, murmelte Ben. Er riss sich zusammen und sah nun wieder ins Gesicht des Matrosen hoch, auch wenn es ihm schwer fiel. Wurde er jetzt selbst allmählich verrückt oder hatte er das gerade wirklich gesehen? »Bitte glauben Sie mir. Rufen Sie wenigstens Kapitän Schulz an und sagen Sie ihm, dass er Hauptmann West warnen muss! Er und seine Leute sind in großer Gefahr!«

»Klar doch«, höhnte der Matrose. »Wenn ich ihn das nächste Mal sehe, richte ich es ihm aus.« Er machte eine ungeduldige Kopfbewegung auf die offen stehende Tür hinter Ben. »Und jetzt geh wieder rein und lass mich meine Arbeit machen!«

Welche Arbeit, dachte Ben, *sich mit dem Rücken gegen die Wand fläzen und dafür sorgen, dass sie nicht umfiel?*

Da er seine Schneidezähne gern noch ein bisschen behalten wollte, hütete er sich, diesen Gedanken laut auszusprechen, aber sein Gegenüber schien ihn wohl irgendwie von seinem Gesicht abzulesen, denn seine Miene verfinsterte sich, und Ben hatte es auf einmal sehr eilig, in seine Kabine zurückzuweichen und die Tür nicht nur zu schließen, sondern auch hastig den Riegel vorzulegen. Nicht dass er viel nutzen würde, wenn der Kerl draußen auf die Idee kam, grob zu werden. Er traute King Kong zu, ohne größere Mühe auch durch die geschlossene Tür zu laufen …

Was nichts daran änderte, dass er Harry warnen musste – und er musste vor allem *seine Eltern* warnen! Das schreckliche weiße Geflecht am Handgelenk des Mannes bewies allzu deutlich, dass höchste Eile geboten war. Sie alle waren in Lebensgefahr. Panisch sah sich Ben in seiner Kabine um. Kurz dachte er daran, das Bullauge irgendwie aufzufummeln und zu versuchen an der Außenwand der *Princess* hinaufzuklettern. Seine Kabine lag schließlich direkt unter dem Sonnendeck und –

Das war völlig bescheuert, dachte Ben und machte eine ärgerliche Grimasse. Ganz davon abgesehen, dass er das Bullauge vermutlich nur mit Hilfe eines Schweißbrenners aufbekommen hätte, war die Bordwand der *Princess of the Dawn* so glatt wie Eis und er war schließlich keine Stubenfliege.

Aber vielleicht gab es ja etwas anderes, was er tun konnte …

Ben warf noch einmal einen sichernden Blick zur Tür, dann trat er an den hinter kostbaren Wandverkleidungen verborgenen Kleiderschrank und wühlte mit zitternden Fingern in den Taschen seiner gefütterten Polarjacke, bis er das Walkie-Talkie gefunden hatte; Harrys Abschiedsgeschenk. Er hatte ohnehin nicht viel Hoffnung, aber sie schwand vollends, als er sich das Gerät zum ersten Mal richtig ansah. Einen Moment lang drehte er es hilflos in der Hand. Das Ding war kaum größer als ein herkömmliches Handy, aber sehr viel schwerer, und es hatte mehr Knöpfe als das Kommandopult der Enterprise und ein kaum briefmarkengroßes Display auf der Vorderseite. Doch als er versuchte es einzuschalten, erlebte er eine Überraschung. Genauer gesagt: gleich zwei.

Das Walkie-Talkie erwachte nicht nur nach kaum einer Sekunde knisternd und rauschend zum Leben, aus dem Display auf seiner Vorderseite wurde auch ein grünstichiger Minibildschirm, auf dem zuerst allerdings nicht mehr als ein Chaos aus ruckelnder Bewegung und ineinander fließender Schemen und Umrisse zu erkennen war.

»Hallo?«, machte Ben verblüfft.

Er bekam so etwas wie eine Antwort, auch wenn sie nur aus erneuten rauschenden Störungen bestand. Möglicherweise tauchte sogar ein Gesicht in dem schlierigen Durcheinander auf dem Minibildschirm auf, aber Ben war nicht ganz sicher, und es zerfiel auch sofort wieder.

»Hallo?«, fragte Ben noch einmal. Dann tat er etwas völlig Sinnloses: Er ergriff das Walkie-Talkie mit beiden Händen, hielt es vor das Gesicht und schüttelte es ein paar Mal hin und her. Das Flimmern auf dem Bildschirm schien noch heftiger zu werden, als hätte er auch die Funkwellen gehörig durcheinander gewirbelt, dann aber stabilisierte sich das Bild und aus den grünen und schwarzen Schlieren schälte sich Harrys Gesicht. Ben starrte es völlig verwirrt an. In den Zügen des Söldnerkommandanten war ebenfalls Überraschung zu lesen, vielleicht auch ein leiser Schrecken, die aber sofort einem unwilligen Stirnrunzeln und einem Ausdruck unübersehbarer Ungeduld wichen.

»Benjamin!«, rief Harry. »Schön, dass du dich meldest, aber im Augenblick ist es ziemlich ungünstig –«

»Hör mir zu!«, unterbrach ihn Ben. Er versuchte gar nicht erst zu begreifen, wieso dieses Spielzeugfunkgerät funktionierte, wo doch selbst die zweifellos viel leistungsfähigeren Anlagen der *Princess of the Dawn* und sämtliche Handys an Bord streikten; das Schicksal hatte sich aus unerfindlichen Gründen dazu entschlossen, ihm eine Chance zu gewähren, und er würde den Teufel tun und sie ungenutzt verstreichen lassen. »Es ist wirklich wichtig«, fügte er hinzu, als das schwarzgrüne Gesicht auf dem Bildschirm wieder sprechen wollte.

Und etwas von dem Ernst in seiner Stimme musste wohl trotz der schlechten Verbindung zu Harry vorgedrungen sein, denn er verstummte und musterte ihn plötzlich mit größter Aufmerksamkeit.

»Es geht um den Verletzten«, fuhr Ben fort.

»Martin?«, fragte Harry. »Der Mann, der bei euch an Bord zurückgeblieben ist?«

»Ja«, antwortete Ben, »… nein, der andere, der Mann, der bei euch geblieben ist«, sprudelte er dann hastig hervor. Das Bild auf dem Monitor begann zu zerfließen und aus dem winzigen Lautsprecher drang nur statisches Rauschen. Als Harry nach zwei oder drei Sekunden wieder aus dem Chaos auftauchte, konnte er ihm ansehen, dass es auf der anderen Seite nicht besser gewesen war. »Du musst auf ihn aufpassen!«, fuhr er fort, lauter und in schon fast panischem Ton. »Hörst du? Er darf euch nicht berühren!«

»Was hast … gesagt?«, krächzte Harrys Stimme, von Störungen überlagert und kaum noch verständlich.

»Der Verletzte!«, wiederholte Ben. »Es ist wichtig, verstehst du? Er könnte mit irgendeiner ansteckenden Krankheit infiziert sein! Es hat mit diesen Eispiraten zu tun!«

Er konnte Harry ansehen, dass er höchstens die Hälfte seiner Worte verstanden hatte, aber dies durchaus reichte, um ihn zu beunruhigen. Er stellte irgendeine Frage, die bei Ben aber nur als Chor scheppernder Misstöne ankam. »… oder? Ich meine … freue mich, dass du … aber … ziemlich … zu tun.«

Ben hörte nur jedes zweite Wort, wenn überhaupt. Die Verbindung wurde immer schlechter und Harrys Gesicht löste sich wieder und wieder in Streifen und Schneegestöber auf, fror manchmal ein oder verschwand völlig.

»Ganz egal, was bei euch los ist – du musst mir zuhören!«, sagte er eindringlich. »Ich weiß nicht genau, was auf diesem Schiff passiert, aber irgendetwas stimmt hier nicht. Und es könnte euch auch betreffen. Du musst auf den Mann achten, der gestern an Bord verletzt wurde. Ich weiß nicht, ob du mich überhaupt verstehen kannst, aber wenn, dann musst du mir einfach glauben! Pass auf den Verletzten auf! Es könnte sein, dass er eine ansteckende Krankheit oder so was hat. Ich weiß nicht, was es ist, doch es ist ziemlich gefährlich, verstehst du? Niemand darf ihn berühren! Ich weiß, es klingt völlig verrückt, aber es könnte sein, dass ihr alle in Lebensgefahr seid! Ich meine es ernst!«

Das Funkgerät antwortete mit einer Folge zischender und knackender Störgeräusche, und Harrys miniaturisiertes Abbild auf dem Monitor wurde wieder klar. »… Unsinn!«, verstand Ben. » … keine Zeit …« Noch mehr und noch lautere Störungen. »… zu tun. Kein Spiel … Freund.« Und damit erlosch das Bild. Für einen Moment wurde das Krachen und Knistern noch lauter, dann brach es so abrupt ab, dass Ben beinahe erschrak; eine weitere Sekunde später gingen auch die beiden winzigen Lämpchen auf der Oberseite des Funkgeräts aus.

»Harry?«, fragte Ben. Er schaltete das Gerät aus und wieder ein – wenigstens versuchte er es, doch die beiden Kontrolllämpchen blieben dunkel –, rief noch zwei- oder dreimal vollkommen sinnlos Harrys Namen und schüttelte den Apparat schließlich wild, aber es blieb dabei: Der Apparat war tot.

Und was hätte es ihm auch genützt? So schlecht die Verbindung am Schluss gewesen war – er hatte genug verstanden um zu begreifen, dass Harry ihm kein Wort glaubte. Ben hätte es an seiner Stelle wahrscheinlich auch nicht getan.

Aber er musste etwas unternehmen! Er konnte nicht einfach hier herumstehen und darauf warten, dass seine Eltern hereinkamen und ihm erklärten, dass wieder alles in Ordnung war und es sich überhaupt nur um eine Verkettung unglücklicher Missverständnisse gehandelt hatte …

Ben sah wieder zum Bullauge hin, verwarf die Idee zum zweiten Mal – glatter Selbstmord! – und wandte sich zur Tür.

Vorbei an King Kong, dachte er missmutig, gar kein Problem. Er brauchte im Grunde nur einen Flammenwerfer, eine Maschinenpistole mit ausreichend Munition und ein Dutzend Bodyguards mit einer speziellen Nahkampf-Ausbildung. Da er aber unglückseligerweise gerade nichts von alledem zur Hand hatte, blieb ihm nur eine einzige Möglichkeit.

Ben raffte all seinen Mut zusammen, ging zur Tür und zerbrach sich schon einmal den Kopf darüber, was er sagen konnte, um King Kong davon abzuhalten, dasselbe zu tun.

Aber seine Sorge erwies sich als unbegründet. Der Matrose war nicht mehr da. Der Korridor war leer.

Vollkommen verblüfft machte Ben einen Schritt auf den Gang hinaus und sah sich nach beiden Seiten um, doch es blieb dabei: Der Matrose war verschwunden – und nach dem, was er vor ein paar Minuten gesagt hatte, war das schon einigermaßen seltsam. Doch vielleicht war das ja auch nur seine ganz besondere Art von Humor gewesen …

Egal, er konnte jedenfalls hier raus und nach seinen Eltern und Sasha suchen. Er wandte sich nach links, hetzte die Treppe hinauf, wobei er immer zwei Stufen auf einmal nahm, und musste sich beherrschen, um nicht zu rennen. Ihm war danach, aber sie hatten für einen Tag schon genug Aufsehen erregt, und das Letzte, was er wollte, war, seinen Eltern noch mehr Schwierigkeiten zu bereiten. Als er jedoch stehen blieb, um sich vorsichtig umzuschauen, stellte er verblüfft fest, dass niemand auch nur die geringste Notiz von ihm nahm. Es dauerte ein paar Augenblicke, bis er begriff, wieso: Er war nicht der Einzige hier, der es eilig hatte. Ben ging weiter und wurde unwillkürlich langsamer, als ihm zwei Matrosen schnellen Schrittes entgegenkamen. Er glaubte schon, dass die Männer nach ihm suchten, um ihn postwendend in seine Kabine zurückzubefördern – aber sie schienen ihn nicht einmal zu bemerken, sondern stürmten schnurstracks an ihm vorbei. Kurz darauf beobachtete er einen weiteren Mann, der sich genauso merkwürdig verhielt.

Was bedeutet das?, dachte er beunruhigt. Es war noch nicht einmal so sehr das, was er *sah,* als das, was er fühlte: eine angespannte Nervosität, die von dem gesamten Schiff Besitz ergriffen zu haben schien.

Endlich entdeckte er jemanden, den er kannte. Den dunkelhaarigen Steward, der sich um Sasha gekümmert und vorhin mit seinen Eltern gesprochen hatte. Auch er kam ihm mit raschen Schritten entgegen, und Ben hob die Hand, um seine Aufmerksamkeit zu erregen. Als das nichts nutzte, vertrat er ihm kurzerhand den Weg.

»Gut, dass ich Sie treffe. Ich muss –«

»Jetzt nicht!«, unterbrach ihn der Steward. »Ich habe jetzt wirklich keine Zeit.« Er klang nervös, fand Ben. Beinahe ein bisschen … *ängstlich?*

»Was ist passiert?«, fragte er geradeheraus.

Einen kurzen Moment lang sah es so aus, als bekäme er eine – ehrliche – Antwort, doch dann schüttelte der Steward nur noch einmal den

Kopf. »Es tut mir leid, aber ich habe wirklich keine Zeit.« Damit verschwand er.

Ben starrte ihm nach, nicht ganz sicher, ob er nun wütend werden oder einfach nur fassungslos den Kopf schütteln sollte. Was zum Teufel war hier los?

Zögernd ging er weiter, steuerte das Sonnendeck an, besann sich dann eines Besseren und betrat das Restaurant. Seine Eltern waren nicht hier (das hatte er auch nicht erwartet), aber durch die große Panoramascheibe hatte er einen guten Blick auf das Deck; und so ganz nebenbei war es hier drinnen deutlich *wärmer.*

Der große Raum war fast leer, und Ben fragte sich nicht zum ersten Mal, was die gut hundert Passagiere des Schiffes den ganzen Tag über *taten.* Es war wohl kein Zufall, dass er seine Eltern so oft hier oben oder in der Lounge antraf. Vielleicht, dachte er mit einem spöttischen Lächeln, war er nicht der Einzige, der sich auf dieser famosen Kreuzfahrt zu Tode langweilte und es nur nicht zugab.

Sein Lächeln verschwand jedoch schlagartig, als er sich dem Fenster näherte. Die *Princess of the Dawn* lag noch immer so da, dass der Bug direkt nach Süden und damit auf die Küste der Antarktis zeigte. Und sie kam ihm … *anders* vor.

Ben versuchte sich selbst davon zu überzeugen, dass er sich nur etwas einredete. Schulz hatte ihm am Morgen ja die Küste über sein magisches *Fenster* im Kontrollraum der *Princess* gezeigt, und nun, wo er wusste, wonach er zu suchen hatte, erkannte er selbstverständlich mehr Details als zuvor. Eine ziemlich logische Erklärung, zugleich aber auch völliger Blödsinn.

Da war noch etwas. Über dem blitzenden Strich am Horizont schien … ein Schatten zu schweben. Er war unsichtbar. Das Licht dort drüben war genauso hell und genauso strahlend wie überall, aber der Schatten war da, wie eine Gewitterwolke, die über dem Land hing, gewaltig und drohend.

Ben beschleunigte seine Schritte, um die letzten Meter bis zum Fenster zurückzulegen, und als er es erreicht hatte, stockte ihm für einen Moment der Atem.

Der Schatten am Himmel war nicht der einzige.

Auch unter der Meeresoberfläche bewegte sich etwas.

Es war nicht wirklich ein Schatten, eher ein Schemen, fast wie die unheimlichen Umrisse, die er im Inneren der Nebelbank gesehen hatte, nur deutlicher und dunkler: ein schwarzer Balg, der wie im Rhythmus eines schlagendes Herzens pumpte und pulsierte, eingefasst von einem Kranz titanischer, peitschender Arme, die sich gierig nach der *Princess* auszustrecken schienen ...

Ben blinzelte, und der Schatten war verschwunden.

Wahrscheinlich war er nie da gewesen. Ganz bestimmt sogar nicht. Ein riesiges Etwas, selbst fast so groß wie ein kleines Schiff, das mit gewaltigen Fangarmen nach der *Princess* zu greifen versuchte, ein Ding wie eine gigantische Spinne, aber zugleich auch wieder nicht, sondern irgendwie ... weicher ... fließender ...

Unsinn!, dachte Ben, der allmählich wütend auf sich selbst wurde. Der Schatten war nicht da. Er entsprang einzig und allein seiner überreizten Fantasie. Seine Nerven schleiften am Fußboden, so einfach war das.

Ben wollte sich gerade wieder abwenden, als ihm eine Bewegung auf dem Vorderdeck auffiel. So falsch war es gar nicht gewesen, hierher ins Restaurant zu kommen. Kapitän Schulz stand direkt im Bug des Schiffes, trotz des böigen Windes und der erbärmlichen Kälte nur mit seiner dünnen weißen Kapitänsjacke bekleidet, und war in ein von heftigem Gestikulieren begleitetes Gespräch mit seinen Eltern verstrickt; vermutlich einen Streit. Seine Eltern trugen jetzt dick gefütterte weiße Jacken mit ebenfalls weißem Pelzbesatz an Kragen und Ärmeln – Gott allein wusste, woher sie sie hatten, Ben hatte sie jedenfalls noch nie an ihnen gesehen. Noch während er dastand und ihnen zusah, tauchte ein Matrose auf dem Vorderdeck auf und versuchte den Kapitän anzusprechen, aber Schulz scheuchte ihn mit einer zornigen Bewegung davon.

Ben hatte genug gesehen. Was immer dort unten vor sich ging, es war nichts Gutes.

Hastig trat er vom Fenster zurück, verließ das Restaurant und trat nach kaum einer Minute in den schneidenden Wind hinaus, der über das Vorderdeck fegte. Die Temperaturen mussten über Nacht noch einmal gefallen sein, und anders als seine Eltern und Kapitän Schulz trug er weder eine kuschelige Felljacke noch war er unempfindlich gegen die Kälte, sodass er schon mit den Zähnen zu klappern begann, noch bevor er die halbe Treppe hinter sich gebracht hatte.

Er kam gerade rechtzeitig um zu sehen, wie Schulz herumfuhr und mit wütenden Schritten davonstampfte. Sein Vater machte eine Bewegung, wie um ihm nachzueilen, wurde aber von seiner Frau daran gehindert, und dann war Ben heran und fragte übergangslos: »Was ist passiert?«

Sein Vater fuhr herum, und sein Gesicht, das ohnehin vor Zorn gerötet war (vielleicht auch vom Wind), verfinsterte sich noch weiter.

»Hatte ich dich nicht gebeten –?«

»Was ist passiert?«, fragte Ben noch einmal. »Wieso habt ihr mit Schulz gestritten?«

»Weil er völlig verrückt geworden ist«, antwortete seine Mutter, bevor sein Vater etwas noch sehr viel Unfreundlicheres sagen konnte. »Er wollte sich nicht von mir untersuchen lassen. Und damit nicht genug: Er hat mir ganz offen gedroht!«

»Gedroht?«, wiederholte Ben erschrocken.

»Er hat irgendetwas von Schadenersatz gefaselt, wenn wir so weitermachen und die anderen Passagiere in Panik versetzen«, bestätigte sein Vater. Dann lachte er, aber es klang nicht besonders amüsiert. »Aber aus *dieser* Nummer kommt er jetzt so einfach nicht mehr raus, das verspreche ich dir!«

»Welcher Nummer?«, erkundigte sich Ben. Er zitterte am ganzen Leib. Die Kälte war grausam.

»Der verwundete Söldner und der Matrose mit der Bisswunde sind verschwunden«, erklärte seine Mutter. »Und der Mann, der sie bewachen sollte, ebenfalls.«

Ben starrte sie an. Im ersten Moment verstand er nicht einmal wirklich, was er gerade gehört hatte. Dann durchfuhr ihn ein eisiger Schrecken. »Verschwunden? Was soll das heißen? Ist die Krankenstation –?«

»Verwüstet?«, fiel ihm seine Mutter ins Wort. Sie hob ärgerlich die Schultern, sah aber zugleich auch hilflos aus. »Keine Ahnung. Schulz hat uns nicht erlaubt, sie in Augenschein zu nehmen. Er hat sogar gedroht uns einsperren zu lassen, wenn wir weiter die Ruhe an Bord stören. Das waren genau seine Worte! Wenn du mich fragst, ist er vollkommen übergeschnappt!«

»Warum entziehst du ihm dann nicht das Kommando?«, fragte Ben.

»Du meinst, weil ich Ärztin bin? Das funktioniert nur in Hollywood-Filmen, nicht in der Wirklichkeit. Und auf diesem famosen Schiff schon gar nicht.« Auf einmal wirkte sie sehr nachdenklich. Sie schien eine Sekunde lang geradewegs durch ihn hindurchzuschauen und wandte sich dann an ihren Mann. »Womöglich hat Ben gar nicht einmal so Unrecht … Wir könnten mit dem Ersten Offizier reden.«

»Und was soll das bringen?«

»Vielleicht ist er ja vernünftiger als Schulz. Einen Versuch wäre es wert.«

»Ja, und wenn Schulz Wind davon bekommt, dann lässt er uns wahrscheinlich kielholen«, grollte Bens Vater, nickte aber. »Meinetwegen. Einen Versuch ist es wert.« Plötzlich runzelte er die Stirn und maß Ben mit einem Blick, als sähe er ihn zum ersten Mal. »Was tust du überhaupt hier draußen, noch dazu ohne Jacke? Willst du dir den Tod holen?«

Ben hätte sich gerne über seinen vorwurfsvollen Ton beschwert, aber er konnte es nicht. Nicht nur seine Lippen, sondern auch sein gesamtes Gesicht waren mittlerweile fast taub vor Kälte. Trotzdem quetschte er mühsam hervor: »Und was ist mit Sasha?«

»Was soll denn mit ihr sein?«, antwortete sein Vater.

»Haben sie sie gefunden?«

»Keine Ahnung. Aber Schulz lässt sowieso das gesamte Schiff durchkämmen, um die drei Männer und den Arzt zu suchen. Sie werden das Mädchen schon finden. Immerhin befinden wir uns auf einem Schiff. Sie kann hier nicht weg.«

Als ob ihn das beruhigen könnte! Ben setzte dazu an, zu widersprechen, doch diesmal fiel ihm zur Abwechslung wieder einmal seine Mutter ins Wort. »Dein Vater hat Recht«, sagte sie streng. »Du musst unter Deck, bevor du dir eine ausgewachsene Lungenentzündung holst. Geh in deine Kabine und nimm eine heiße Dusche. Wir versuchen mit dem Ersten Offizier zu reden, und danach kommen wir zu dir und überlegen zusammen, wie es weitergehen soll.«

24

DIESMAL WAR ES ANDERS. Ben hatte den Rat seiner Mutter beherzigt und nicht nur eine ausgiebige heiße Dusche genommen, sondern sich hinterher auch ins Bett gelegt und so fest in seine Decke gemummelt, wie er nur konnte. Und er war fast augenblicklich eingeschlafen.

Natürlich nur, um sich sofort in einem düsteren Albtraum wiederzufinden.

Doch dieses Mal wusste er, dass er träumte, und der Traum war auch vollkommen anders als die vorangegangenen. Er fand sich nicht im Schiff, sondern in einem von düster-rotem Licht erfüllten Raum wieder, den er zuerst für eine unterirdische Höhle hielt. Dann erkannte er, dass die Wände aus Metall waren, was ihm ziemlich erstaunlich vorkam, denn der Raum war wahrhaft gigantisch. Die Decke befand sich so hoch über seinem Kopf, dass er sie mehr erahnte, als wirklich sah. Die Wand zu seiner Rechten war rostig und zerschrunden wie eine Mondlandschaft, die anderen Wände waren so weit weg, dass sie irgendwo in der Entfernung verschwammen. Der Raum musste groß genug sein, um eine kleine Kathedrale hineinzustellen, und er war nicht leer. Überall erhoben sich summende, klickende, rasselnde Gebilde aus rostigem Metall, die wohl Maschinen sein mussten, wenn auch unmöglich große und zum Teil völlig grotesk anmutende. Ein durchdringender scharfer Geruch hing in der Luft; nach heißem Metall, brennendem Öl und etwas anderem, das so fremdartig war, dass er gar nicht erst versuchte es einzuordnen.

Er wusste zwar, dass er träumte, hatte jedoch trotzdem Angst – in diesem Punkt unterschied sich der Nachtmahr nicht von denen, die ihn zuvor geplagt hatten –, was allerdings vor allem an der Umgebung lag, in der er sich befand. Dieser Raum war irgendwie … kein Raum, sondern … eine moderne Version der Hölle.

Der Gedanke hätte lächerlich sein sollen, aber das war er nicht.

Ganz und gar nicht.

Was tat er hier? Ben stellte sich diese Frage ganz bewusst. Okay – er träumte, aber bisher war ihm in jedem seiner Träume irgendetwas *widerfahren* (und meistens etwas ziemlich Unangenehmes), während er jetzt völlig allein war, nichts geschah und niemand ihm nach dem Leben trachtete.

Im Augenblick jedenfalls nicht. Ben dachte allerdings auch nicht daran, seinen halbwegs sicheren Standort aufzugeben, um möglicherweise herauszufinden, wie lange das noch so bleiben mochte. Wenn dieser Traum ein Spielchen mit ihm spielen wollte – gut. Er hatte Zeit. Ben blieb einfach stehen, wo er war, und sah sich mit einer Mischung aus Furcht und morbider Faszination um. Es war, als befände er sich nicht mehr in der Welt, die er kannte und begriff, sondern in einem Teil eines anderen Universums, einer Welt, die seiner fast bis aufs Haar glich, aber eben nur *fast*, sodass seine Sinne sie nicht vollkommen zu erfassen vermochten. Alle Linien und Winkel waren um eine Winzigkeit verschoben, und das in eine Richtung, die es gar nicht gab. Die Farben von einer Art, die einem das Atmen schwer machten, wenn man sie zu lange ansah.

Irgendetwas polterte. Ben fuhr erschrocken zusammen und herum, gerade rechtzeitig, um einen weißen Schemen zu sehen, der hinter einer der riesigen Maschinen verschwand. Sasha?

»Sasha?«, murmelte er, dann schrie er mit vollem Stimmaufwand: »*Sasha!*«

Er bekam keine Antwort, aber seine Stimme schlug scheinbar endlos anhaltende, schaurig verzerrte Echos aus der roten Dunkelheit ringsum. Ben stand noch eine geschlagene Sekunde lang reglos da und wusste einfach nicht, was er tun sollte, dann schrie er noch einmal Sashas Namen und rannte los, so schnell er konnte.

Auch mit der Entfernung schien irgendetwas nicht zu stimmen. Er erreichte die monströse Maschine, hinter der Sasha verschwunden war, mit wenigen Schritten, aber sie schien zugleich kein Ende zu nehmen. Er hatte das Gefühl, eine Stunde an der rostzerfressenen Flanke des haushohen Monstrums entlangzustürmen, und als er es endlich passiert hatte, stand er prompt vor einer zweiten, womöglich noch größeren Absurdität aus rostigem Eisen und gewaltigen Zahnrädern und emsig arbeitenden Kolben und Pleuelstangen.

Enttäuscht blieb er stehen – und sah erneut eine huschende weiße Bewegung an einer Ecke der Maschine.

Diesmal sparte er sich den Atem und verzichtete darauf, Sashas Namen zu rufen. Er lief los und wieder drehten ihm die verrückten Dimensionen hier unten eine lange Nase: Die Stelle, wo der Schemen verschwunden war, schien nur wenige Dutzend Schritte entfernt, aber er brauchte eine kleine Ewigkeit, um sie zu erreichen. Völlig außer Atem stürmte er um die Ecke –

Und schrie vor Entsetzen auf!

Er hatte sich nicht getäuscht. Der weiße Schatten war Sasha gewesen. Sie stand nur wenige Schritte vor ihm, aber sie war nicht allein. Über ihr ragte die grauenerregendste Kreatur auf, die Ben je gesehen hatte.

Das *Ding* war riesig, weit über zwei Meter groß, wenn nicht drei. Sein Körper war grob menschenähnlich, wobei die Betonung ganz eindeutig auf *grob* lag: Der Koloss hatte stämmige Elefantenbeine, einen tonnenförmigen Körper ohne erkennbare Taille und eine schuppige, grün schimmernde Haut. Seine Arme waren kurz und muskulös und endeten in schrecklichen gebogenen Klauenhänden, und sein Kopf war der schiere Albtraum: ein Riesenschädel, der halslos auf den massigen Schultern saß und aus dem ihn ein Paar handtellergroße, stechende Augen ohne Pupillen anstarrten. Wo Nase und Mund hätten sein sollen, klickte ein grässlicher Papageienschnabel, von dem Ben keine Sekunde lang bezweifelte, dass er einen Menschen ohne Mühe in zwei Hälften zerteilen konnte. Der Schädel wurde von einem Wust peitschender, fleischiger Tentakel gesäumt. Wie um den Wahnsinn komplett zu machen, erhob sich hinter dem Rücken des Ungeheuers ein Paar gewaltiger ledriger Drachenflügel, und Ben …

25

... **FUHR MIT EINEM SCHREI HOCH** und schlug schützend die Hände vors Gesicht. Auf dem Kopfkissen neben ihm hockte eine Spinne (irgendwie sah er sie durch seine geschlossenen Lider und die Finger hindurch) und er schlug danach, spürte, dass er traf und das kleine Scheusal davongeschleudert wurde, und vernahm im gleichen Moment einen spitzen Schrei.

Erst als er diesen Laut hörte, fand er in die Wirklichkeit zurück.

Irgendetwas polterte. Ben hatte einen vagen Eindruck von hektischer Bewegung neben sich, nahm die Hände herunter und blickte verständnislos in ein schreckensbleiches, von schulterlangem dunklem Haar eingerahmtes Gesicht, das sich nur widerwillig zum vertrauten Antlitz seiner Mutter zusammenfügte.

Seltsamerweise war es die Stimme seines Vaters, die er als Erstes hörte.

»Was ist los? Ben! Ist alles in Ordnung?«

Irgendwo in Bens Hinterkopf war der Gedanke, dass das so ziemlich die dämlichste Frage war, die er seit langer Zeit gehört hatte, wenn man die Umstände seines Erwachens bedachte; wäre er nicht so benommen gewesen, hätte er wahrscheinlich hysterisch gekichert. Verwirrt und unsicher richtete er sich weiter auf und blickte zum zweiten Mal ins Gesicht seiner Mutter. Sie zitterte am ganzen Leib und war kreidebleich.

»Was hast du?«, murmelte er, immer noch ein wenig benommen.

»Da ... war eine Spinne«, flüsterte seine Mutter.

»Ja, anscheinend ist dieser ganze verdammte Kahn mit den Dingern verseucht«, schimpfte sein Vater. »Und so was nennt sich Luxus-Liner!«

Wenn du wüsstest, wie sehr, dachte Ben. Mühsam wandte er den Kopf und sah nun ins Gesicht seines Vaters, der auf der anderen Seite des Bettes stand und – wenn auch auf andere Weise – genauso erschrocken aussah wie seine Mutter.

»Was war los?«, fragte er, als Ben nicht von sich aus das Wort ergriff.

»Los?«, wiederholte Ben verständnislos. »Was soll –?« Er unterbrach sich und setzte in einem verändertem Ton neu an. »Was tut ihr überhaupt hier? Hat Schulz jetzt beschlossen, uns für den Rest der Reise alle drei in eine Kabine einzusperren?«

Sein Vater blieb ernst. »Du hast geschrien. Laut genug, dass wir es nebenan hören konnten, und da sind wir gekommen. Was war los? Wieder ein Traum?«

»Ja«, antwortete Ben, dann fuhr er so heftig zusammen, dass sein Vater plötzlich noch alarmierter wirkte und sich sichtbar anspannte. »Sasha!«, keuchte er. »Sasha ist in Gefahr!« Sein Herz begann wild zu hämmern. »Ich muss sie finden!«

»Jetzt beruhige dich erst einmal«, sagte seine Mutter, allerdings mit einer Stimme, die sich ganz so anhörte, als wäre vor allem *sie* es, die sich beruhigen musste. Sie blickte ihn auch nicht an, sondern schaute sich nervös in der Kabine um. Sie suchte immer noch nach der Spinne, begriff Ben. »Seine Männer durchkämmen sowieso das gesamte Schiff. Sie werden sie schon finden.«

»Aber dann kann es zu spät sein!«, rief Ben. »Sie ist ganz allein in diesem Maschinenraum, und dieses *Ding* ist hinter ihr her! Ich muss sie suchen!«

»Welches Ding?«, wollte sein Vater wissen, doch Ben hörte schon gar nicht mehr zu, sondern schlug die Decke zurück und sprang aus dem Bett. Er hatte sich so unter seiner Decke verkrochen, wie er aus der Dusche gekommen war, nämlich nackt, aber das machte ihm in diesem Moment nichts aus. Sasha war in Gefahr, das war alles, was zählte. Mit einem einzigen Satz war er bei seinem Schrank, riss ihn auf und schlüpfte wahllos in die ersten Kleider, die ihm in die Hände fielen.

»Ben, was soll das?«, fragte sein Vater scharf. »Wovon redest du? Woher willst du wissen, dass sie im Maschinenraum ist?«

Ben sparte sich die Mühe, seinem Vater eine Antwort zu geben, die er ihm sowieso nicht geglaubt hätte, schlüpfte in seine Schuhe und war schon bei der Tür, noch bevor sein Vater ganz um das Bett herum war.

»Benjamin, du bleibst hier!«, sagte sein Vater im Befehlston. »Ich will jetzt ein paar Erklärungen von dir!«

Keine Chance. Ben riss die Tür auf, stürmte nach links und hetzte den Flur entlang und die Treppe hinauf, so schnell er nur konnte.

Der einzige Weg hinunter in den Maschinenraum führte über das Vorderdeck und durch die Seitentür, durch die er gestern Früh hinunter in den Laderaum zu dem Hovercraft und Harrys Leuten gelangt war, und die Kälte sprang in an wie ein Raubtier mit messerscharfen Zähnen aus Glas, kaum dass er ins Freie hinausgestürmt war. Ben trug nur Jeans und einen lächerlich dünnen Pullover, sodass er schon wieder vor Kälte am ganzen Leib zitterte, bevor er die Tür auch nur erreichte. Seine Finger waren so steif, dass es ihm schwer fiel, sie aufzubekommen, und das eisige Metall schien ihm die Haut zu verbrennen. Doch dann lief er nur noch schneller weiter, sprang förmlich die Treppe hinunter und hetzte mit gewaltigen Sätzen in Richtung Laderaum. Sein Verstand belästigte ihn mit der nervigen Frage, was er dort eigentlich wollte, aber er ignorierte sie. Er stürmte in den Laderaum – er war leer, wie erwartet –, wandte sich nach links und gewahrte fast zu seiner eigenen Überraschung eine weitere wuchtige Metalltür, von deren Existenz er bisher noch nicht einmal eine Ahnung gehabt hatte. Ben beschloss sich später über seine plötzlichen hellseherischen Fähigkeiten zu wundern, legte einen kurzen Endspurt ein und schickte ein Stoßgebet zum Himmel, dass sie nicht abgeschlossen war.

Es wurde erhört. Mit seinen immer noch vor Kälte tauben Händen bereitete es ihm einige Mühe, den schweren Metallriegel zurückzuschieben, aber dann schwang die Tür mit einem hörbaren Quietschen auf und gab den Blick auf einen schmalen Gang frei, dessen nackte Metallwände mit einem Gewirr aus Rohrleitungen, Kabeln und komplizierten technischen Gerätschaften bedeckt waren. Das Licht war düster, und ein dumpfes rhythmisches Wummern und Dröhnen lag in der Luft. Der Anblick erinnerte ihn an die bizarre Szenerie aus seinem Traum, sodass er unwillkürlich stehen blieb, doch nur für ein, zwei Sekunden, denn das unheimliche Bild erschreckte ihn nicht nur, sondern ließ seine Angst um Sasha explodieren. Mit eingezogenem Kopf und gesenkten Schultern, um sich nicht an den Rohren unter der niedrigen Decke zu stoßen, stürmte er weiter und erreichte kurz darauf eine Metalltreppe, die er in ungebremstem Tempo hinunterrannte.

Das Dröhnen und Wummern wurde lauter. Die Luft roch jetzt

durchdringend nach heißem Öl und Metall, und das Licht hatte einen deutlichen Stich ins Rote. Er war im Maschinenraum – einem ganz normalen Maschinenraum, keiner zweitausend Millionen Jahre alten Eisenhöhle –, aber die Erkenntnis erfüllte ihn trotzdem mit Panik. *Etwas* war hier, das spürte er.

»Sasha?«, sagte er. Natürlich war ihm klar, dass sie nicht antworten konnte, aber vielleicht hörte sie ja seine Stimme und machte sich auf irgendeine andere Weise bemerkbar.

»Sasha?«, rief er noch einmal, er schrie jetzt fast. »Ich bin es, Ben! Du musst hier raus! Schnell!«

Der riesige verwinkelte Raum und seine zahllosen Maschinen warfen seine Stimme tausendfach gebrochen und verzerrt zurück, und die Wirkung war durch und durch schrecklich. Für einen Moment war ihm, als verändere sich die Wirklichkeit, beinahe als versuchten die unheimliche Scheinwelt aus seinem Albtraum und die Realität des Hier und Jetzt die Plätze zu tauschen. Wabernder Nebel schien die Luft zu erfüllen, und aus dem rhythmischen Dröhnen der Maschinen wurde ein anderer, unendlich älterer Ton.

Irgendwo vor ihm klapperte etwas, er war nicht sicher, ob es Schritte waren. Dennoch kämpfte er tapfer gegen die Angst an, die mit jedem Herzschlag größer zu werden schien, und lief in die Richtung, aus der das Geräusch gekommen war. Sasha war irgendwo hier unten, das spürte er, und sie war in großer Gefahr.

Trotzdem sah er sich mit fast kindlicher Neugier um, während er sich vorwärts bewegte. Er befand sich ohne Zweifel im Maschinenraum der *Princess of the Dawn*, aber er war vollkommen anders, als er sich den Maschinenraum eines solchen Schiffes – oder überhaupt *irgendeines* Schiffes – vorgestellt hätte. Er selbst hatte seinen Eltern erst vor zwei Tagen erzählt, dass die *Princess* nicht von klassischen Dieseln angetrieben wurde, sondern von einem halben Dutzend hypermoderner Ramjet-Turbinen, deren Arbeitsprinzip eher an einen Raumschiffantrieb als an einen Schiffsmotor erinnerte. Und doch war er jetzt erstaunt, dass es keine stampfenden Kolben und zischenden Ventile, keine ratternden Dieselmotoren und emsig arbeitenden Pleuelstangen gab, sondern nur eine Anzahl fast schlicht wirkender eiserner Blöcke, die durchdringend summten und in ein Netz aus Rohrleitungen und Kabelbäumen eingebunden waren.

Ben atmete einmal tief durch und konzentrierte sich wieder auf den eigentlichen Grund seines Hierseins – und kaum hatte er es getan, glaubte er eine Bewegung vor sich zu erkennen; ein weißes Aufblitzen, das erlosch, bevor er es wirklich sehen konnte. Sasha?

Er rannte los, rempelte trotz aller Vorsicht mehr als einmal gegen ein Hindernis und zog sich eine ganze Anzahl schmerzhafter Prellungen und blauer Flecke zu. Das weiße Aufblitzen wiederholte sich nicht, aber so riesig war der Maschinenraum nun auch wieder nicht. Binnen weniger Augenblicke erreichte er die Maschine, hinter der Sasha verschwunden war, stürmte daran vorbei und wäre um ein Haar in sie hineingerannt, denn sie hatte unmittelbar hinter dem gewaltigen Metallblock Halt gemacht.

Und außerdem war es nicht Sasha.

Die Gestalt, die vor Ben aufragte, war zwar von strahlend weißer Farbe, hatte aber sonst keinerlei Ähnlichkeit mit Sasha. Sie war nahezu zwei Meter groß, menschenähnlich, aber völlig anders proportioniert. Ihre Arme waren zu lang, die Beine dafür zu kurz und viel zu stämmig, die Schultern waren geradezu absurd breit, und sie hatte nur drei Finger an jeder Hand und so gut wie keinen Hals.

Ach ja, und *absolut* kein Gesicht.

Ben prallte mit einem erschrockenen Keuchen zurück und zog instinktiv den Kopf ein, und der Eispirat drehte sich mit einer plump wirkenden Bewegung herum und grabschte nach ihm. Ben entging der Attacke, aber er verlor durch die hektische Bewegung das Gleichgewicht und fiel so schwer auf den Rücken, dass er gegen eine Ohnmacht ankämpfen musste.

Ohne Sasha wäre es um ihn geschehen gewesen.

Ben hatte bis jetzt noch nicht einmal mitbekommen, dass sie überhaupt *da* war, doch als sich der schimmernde weiße Koloss vorbeugte und mit seinen schrecklichen Händen nach ihm greifen wollte, kam irgendetwas herangeflogen und donnerte mit solcher Wucht gegen seine Schulter, dass ein Teil davon absplitterte und rings um ihn herum zu Boden prasselte. Der Eisgigant taumelte, fiel ungeschickt auf die Knie und stützte sich mit seinen dreifingrigen Klauen ab, um nicht zu stürzen, und Ben nutzte die Gelegenheit, um seine Benommenheit abzuschütteln und nicht nur hoch-, sondern auch über die Beine des Eisriesen hinwegzuspringen. Jetzt entdeckte er den mächtigen Schraubenschlüssel, der den Eisgiganten getroffen hatte, und erst als er sich nach ihm gebückt und ihn aufgehoben hatte, gewahrte er Sasha. Sie stand nur drei oder vier Schritte entfernt da, und ihr Blick und ihr Gesicht waren so leer wie immer, aber es war zweifellos sie gewesen, die den Schraubenschlüssel geworfen hatte.

Ben legte dieses neuerliche Rätsel auf den Stapel mit unbeantworteten Fragen in seinem Hinterkopf (er musste mittlerweile höher als der Fockmast der *Princess* sein), stürmte weiter und riss Sasha einfach am Arm mit sich.

»*Schnell!*«, brüllte er. »*Weg hier!*«

Sasha wehrte sich nicht, sondern stolperte hinter ihm her, so schnell sie konnte. Auch das Eisungeheuer kam wieder in die Höhe, wie Ben mit einem hastigen Blick zurück erkannte, und auch in diesem Aspekt unterschied sich das reale Eismonster nicht von seinen kleineren Brüdern aus seinen Albträumen: Seine Bewegungen wirkten schwerfällig, aber sie waren es nicht. Der Koloss stampfte kaum weniger schnell als sie voran.

Aber ein bisschen eben doch.

Ben raste weiter wie von Furien gehetzt, zerrte Sasha hinter sich her, bog wahllos ein paar Mal nach rechts und links ab – und schrie vor Enttäuschung und Schrecken auf, als er zu spät registrierte, dass sie in eine Sackgasse gestürmt waren!

Blitzartig wirbelte er herum – und schrie noch einmal auf, als er die breitschultrige weiße Gestalt sah, die mit wie betrunken taumelnden Schritten nur ein kurzes Stück hinter ihnen auftauchte.

Hastig ließ er Sashas Hand los, schob sie hinter sich und ergriff den Schraubenschlüssel mit beiden Händen. »Komm keinen Schritt näher!«, sagte er drohend, wenn auch mit einer Stimme, die vor Furcht bebte. »Eine Bewegung und das ganze Schiff hat genug Eiswürfel für die komplette Rückfahrt!«

Bei diesen Worten kam er sich selbst ein bisschen lächerlich vor. Das Eisungeheuer reagierte auch genauso, wie er erwartet hatte, nämlich gar nicht, und da es kein Gesicht besaß, konnte es nicht einmal abfällig grinsen, aber Ben hatte das Gefühl, dass es das irgendwie trotzdem tat. Jedenfalls kam es mit langsamen, wiegenden Schritten näher und streckte die Arme aus, um ihn zu packen.

Ben schlug mit dem Schraubenschlüssel nach ihm. Der Eispirat wich ihm mit einer fast spielerisch anmutenden Bewegung aus und schlug seinerseits nach ihm, und Ben hatte erheblich mehr Mühe als sein Gegenüber, der Attacke zu entgehen. Irgendwie gelang es ihm im letzten Augenblick, den Kopf einzuziehen, doch der Schlag streifte trotzdem seine Schulter und riss ein Loch in seinen Pullover, verletzte ihn aber wie durch ein Wunder nicht. Trotzdem hätte er um ein Haar schon wieder das Gleichgewicht verloren und konnte sich nur noch durch einen verzweifelten Satz nach hinten in Sicherheit bringen – für die nächsten fünf oder auch sechs Sekunden, denn länger würde das Ungeheuer wohl kaum brauchen, um sie bis zum Ende der schmalen Gasse zu treiben und die Sache zu Ende zu bringen.

Dennoch dachte Ben nicht daran, aufzugeben. Wäre es nur um ihn gegangen, hätte er es vielleicht sogar getan, denn seine Lage war völlig aussichtslos, aber er war nicht allein, und alles, was im Moment zählte, war, Sasha zu verteidigen.

»Lauf weg!«, schrie er. »Ich versuche ihn abzulenken!«

Als ob sich diese Ungeheuer ablenken ließe! Ben zog sich hastig zwei weitere Schritte zurück – was nahezu die Hälfte der Entfernung war, die sie überhaupt noch hatten – und schwang seine improvisierte Keule mit aller Kraft. Das Eismonster machte nicht einmal den Versuch, dem Hieb auszuweichen, sondern hob nur wie beiläufig den Arm. Der Schraubenschlüssel traf seine linke Hand dicht über dem Gelenk und ließ sie in Millionen Splitter zerbersten, aber die andere grabschte schon wieder nach Ben und traf ihn so hart vor die Brust, dass er haltlos zurück- und an Sasha vorbeistolperte.

Im nächsten Moment schrie er vor Schmerz laut auf. Er war gegen ein gut oberschenkelstarkes Rohr geprallt und es war glühend heiß! Wahrscheinlich ein Teil des Kühlsystems, in dem erhitztes Wasser oder Dampf abtransportiert wurde. Darunter gab es einen Spalt, der aber nicht einmal annähernd breit genug war, um sich hindurchzuquetschen, selbst wenn das Rohr nicht viel zu heiß gewesen wäre. Aber vielleicht konnte er etwas anderes tun …

Ben hörte ein Schlurfen und Rascheln hinter sich und betete, dass es das Geräusch war, mit dem Sasha sich in Sicherheit gebracht, und nicht das, mit dem der Eispirat sie gepackt hatte, doch er widerstand der Versuchung, sich herumzudrehen. Stattdessen tastete sein Blick verzweifelt an dem Rohr entlang – und fand endlich, wonach er gesucht hatte: ein wuchtiges, in grellem Warnorange gestrichenes Handrad über einem Ventil und einem Druckmesser, der in gleich drei Sprachen verkündete, dass das Rohr bis zu dreihundert Grad heißen Dampf enthielt.

Ben ignorierte die Warnung, nahm seinen Schraubenschlüssel in beide Hände und schlug mit aller Gewalt zu. Das Ergebnis war ein pulsierender Schmerz, der bis in seine Schultern hinauf und weiter in seinen Rücken schoss. Der Schraubenschlüssel fiel ihm aus den Händen, und im gleichen Sekundenbruchteil flog zuerst das Handrad davon und dann das Ventil auseinander und ein Strahl aus kochend heißem Dampf zischte hervor. Ben zog in einer einzigen Bewegung den Kopf zwischen die Schultern, wirbelte herum und warf sich mit weit ausgebreiteten Armen auf den erstbesten weißen Schemen, der vor ihm auftauchte, um ihn zu Boden zu reißen.

Er hatte Glück und erwischte Sasha. Und während sie zu Boden fielen, sah er aus den Augenwinkeln, dass das Eisungeheuer deutlich weniger Glück hatte.

Der Dampfstrahl erwischte es voll. Allein der gewaltige Druck reichte aus, um es meterweit zurücktaumeln zu lassen. Eine Dampfwolke hüllte es ein. Die Hitze war trotz der Entfernung so groß, dass Ben keine Luft mehr bekam und das Gefühl hatte, sein Gesicht würde gekocht. Die monströse Gestalt war nahezu hinter den brodelnden grauen Schwaden verschwunden, aber sie bewegte sich noch immer, und Ben hätte keine fünf Cent darauf gewettet, dass selbst dieser höllisch heiße Dampfstrahl ausreichte, um sie lange aufzuhalten.

Hastig rollte er sich von Sasha herunter und packte gleich darauf erschrocken ihren Arm, als sie sich aufrichten wollte und dabei womöglich Gefahr gelaufen wäre, sich in dem Dampfstrahl zu verbrühen.

»Sei vorsichtig!«, rief er. »Bleib unten. Der Dampf ist gefährlich!«

Sasha hielt gehorsam den Kopf unten, und sie widersetzte sich auch nicht, als er nach ihrer Hand griff und sie hinter sich herzog, während er mit zusammengebissenen Zähnen und angehaltenem Atem loskroch.

Es waren nur wenige Meter und ebenso wenige Sekunden, aber sie wurden zu den längsten und zweifellos schrecklichsten seines bisherigen Lebens (allerdings sollten in nicht einmal allzu ferner Zukunft Augenblicke folgen, gegen die dieser hier wie ein gemütlicher Spaziergang gewirkt hätte). Das Ungeheuer schien inzwischen einen grotesken Tanz in der kochenden Dampfwolke aufzuführen, und sie mussten nicht nur unmittelbar an ihm vorbei, sondern auch mitten durch den Dampf. Obwohl sich Ben so fest gegen den Boden presste, wie es überhaupt nur ging, wenn er noch von der Stelle kommen wollte, waren seine Kleider binnen eines einzigen Atemzuges tropfnass, und er hatte plötzlich eine ziemlich gute Vorstellung davon, wie sich ein Hummer im Kochtopf fühlen mochte. Er glaubte zu spüren, wie seine Haut Blasen schlug und sich von seinem Gesicht und seinen Händen schälte. Am liebsten hätte er vor Schmerzen geschrien, aber er wagte es nicht, denn er befürchtete, sich die Kehle zu verbrühen, wenn er einzuatmen versuchte.

Dann war es vorbei, aber Ben kroch hastig noch zwei Schritte weiter, bevor er sich herumwarf und noch in der gleichen Bewegung Sasha an sich heranzog. Sie wirkte verstört und war genauso tropfnass wie er, schien aber zumindest auf den ersten Blick unversehrt; sah man davon ab, dass ihr Gesicht und ihre Hände so rot waren, als hätte sie sich einen gehörigen Sonnenbrand geholt.

Erst jetzt wagte Ben es wieder, zu dem Eispiraten hochzusehen. Der Dampf zischte noch immer. Zu seiner Verblüffung machte der weiße Riese keinerlei Anstalten, aus dem kochenden Dampf herauszutreten; er hatte aufgehört sich zu bewegen und stand einfach da. Es war ein absolut bizarres Bild.

Ben konnte sich kaum davon lösen, doch dann wandte er sich hastig wieder zu Sasha um und betrachtete sie noch mal genauer. Ihr Gesicht sah wirklich übel aus: krebsrot und bereits ein bisschen angeschwollen. Eine Verbrühung ersten Grades, schätzte er, wenn nicht gar zweiten.

»Hast du Schmerzen?«, fragte er erschrocken. Er selbst hatte keine

Schmerzen, aber das musste ja nicht heißen, dass es ihr genauso erging. Sie sah ihn an und versuchte auch nicht, sich seinem Griff zu entziehen, als er ihre Hände in seine nahm. Ben war jetzt endgültig davon überzeugt, dass sie vorhin nicht vor ihm davongelaufen war.

Er schauderte, als er fühlte, wie kalt ihre Haut war – wie Eis. Bedachte man, dass jeder Zentimeter ihrer Haut, der nicht von Stoff bedeckt gewesen war, zumindest leicht verbrüht sein musste, war das ein gutes Zeichen. Oder ein schlechtes? Er wusste es nicht.

»Ich hoffe, es geht dir gut. Ich meine, ich weiß ja, dass du mir nicht antworten kannst, aber vielleicht verstehst du ja, was ich sage. Du hast mir das Leben gerettet, weißt du das? Wenn du den Schraubenschlüssel nicht geworfen hättest, dann hätte mich der Kerl erwischt, ganz bestimmt.« Er lachte nervös, fuhr aber trotzdem fort: »Also eigentlich hatte ich mir das genau andersherum vorgestellt, weißt du? Immerhin bin ich hier der große Held, der dich retten sollte. Ich bin schließlich extra deswegen hier heruntergekommen.«

Sasha schien geradewegs durch ihn hindurchzustarren. Aber bewies das denn, dass sie nicht alles mitbekam, was rings um sie herum geschah?

Das Zischen des heißen Dampfes brach ab. Ben sah hoch, konnte aber trotzdem nicht mehr erkennen als zuvor. Auch wenn der Dampf nicht länger aus dem zerbrochenen Ventil strömte, trieb die riesige Dampfwolke doch nur langsam auseinander. Das Eismonster schien immer noch reglos dazustehen.

»Wir sollten von hier verschwinden. Ich glaube es zwar nicht, aber wo eines von diesen Dingern ist, da könnten ja auch noch mehr sein. Was wolltest du überhaupt hier unten?«

Was wohl?, beantwortete er seine eigene Frage in Gedanken. *Sich verstecken!* Er hätte nur gern gewusst, vor wem.

»Komm jetzt, verschwinden wir von hier!«

Er stand auf, zog sie mit sanfter Gewalt auf die Füße und legte ihr beschützend die Hand um die Schulter, und diesmal reagierte sie darauf. Ganz sacht nur – sie fuhr leicht zusammen und der Schatten einer Emotion, die Ben allerdings nicht deuten konnte, huschte über ihr Gesicht –, doch die Bewegung war so unerwartet, dass er beinahe erschrocken den Arm wieder zurückzog.

»Eine sehr gute Idee.« Der dunkelhaarige Steward, der es vorhin so eilig gehabt hatte, kam zwischen den Maschinen hindurch auf sie zu.

»Was?«, fragte Ben verwirrt.

»Das mit dem Arm. Wenn Kapitän Schulz sieht, wie du seine Tochter anfasst, könnte es passieren, dass er ihn dir bricht.«

»Aber ich habe sie nicht –!«, protestierte Ben.

»Ich weiß«, unterbrach ihn der Steward. »Die Frage ist nur, ob Kapitän Schulz das auch weiß.« Er wandte sich direkt an Sasha und sein Blick wurde weich. »Wie geht es dir? Du bist doch nicht verletzt, oder?«

»Ich glaube nicht«, antwortete Ben an ihrer Stelle. »Wir hatten Glück. Wenn dieses Ding uns erwischt hätte, dann …«

»Welches Ding?«, fragte der Steward. »Wovon zum Teufel redest –?«

Er brach mit einem erstaunten Laut ab. Während seiner letzten Worte hatte er zu dem Eiswesen hinter Ben und Sasha hingesehen. Ein Ausdruck vollkommener Verblüffung breitete sich auf seinem Gesicht aus. Und als Ben sich herumdrehte, erging es ihm nicht anders.

Die Dampfwolke war nahezu verschwunden. Die schimmernden Umrisse des Eismonsters waren nur für einen Herzschlag zu erkennen – dann löste sich die Kreatur einfach in nichts auf.

Alles, was von ihr übrig blieb, waren die Füße und die Unterschenkel bis zu den Knien hinauf, die in einer gewaltigen Wasserlache standen. Der Anblick hätte komisch sein sollen, aber er war es nicht. Nicht im Geringsten.

»Großer Gott«, flüsterte der Steward. »Was war das?«

»Das ist eine ziemlich lange Geschichte«, antwortete Ben. »Und ich fürchte, Sie würden sie mir nicht glauben.«

Der Steward maß ihn mit einem Blick, der Ben klar machte, dass er *das* wiederum sofort glaubte, und schüttelte verschreckt den Kopf.

»Ihr beiden rührt euch nicht von der Stelle. Ich hole Kapitän Schulz.«

»Und meine Mutter«, fügte Ben rasch hinzu. »Sasha braucht einen Arzt.«

26

EINE HALBE STUNDE SPÄTER hatte sich die Aufregung an Bord einigermaßen gelegt – zumindest bei denen, die nicht im Maschinenraum gewesen waren –, die kümmerlichen Reste des Eisungeheuers waren fortgeschafft und diesmal in einem *Kühl*raum untergebracht worden, Sasha war wieder in ihrer Kabine, und Ben saß auf der Kante seines Bettes und ließ mit zusammengebissenen Zähnen und zitternd vor Ungeduld das über sich ergehen, was seine Mutter für ärztliche Hilfe zu halten schien. Er konnte nicht genau erkennen, was sie tat – er hatte damit gerechnet, dass sie eine Salbe auf seiner Haut auftragen würde, und genau das hatte sie auch getan, danach aber keineswegs aufgehört. Im Moment war sie damit beschäftigt, mit einem ekelhaft scharf aussehenden Skalpell und sichtlichem Vergnügen in seine Hand zu stechen. In die rechte. Die linke hatte sie schon mit fünf oder sechs Stichen *verarztet* und sie tat höllisch weh.

»Au!« Ben zog die Hand zurück, als seine Mutter genüsslich in seinen Daumen pikste, erntete aber nur ein ärgerliches Kopfschütteln.

»Stell dich nicht so an! Ich muss die Blasen aufstechen, damit sie sich nicht entzünden. Du willst doch keine Narben zurückbehalten, oder?«

Das wollte Ben sicher nicht, aber er bezweifelte, dass Behandlungsmethoden wie diese ins einundzwanzigste Jahrhundert gehörten. Eher schon ins elfte. »Was soll denn das?«, protestierte er. »Bist du sicher, dass du Ärztin bist und nicht in Wahrheit für die Inquisition arbeitest?«

»Ich habe nie behauptet, eine gute Ärztin zu sein«, antwortete seine Mutter gelassen. »Unglücklicherweise – vor allem für dich – bin ich im Moment jedoch die *einzige* Ärztin an Bord.« Ihr Blick tastete aufmerksam über sein Gesicht, vermutlich auf der Suche nach einer weiteren Blase, die sie aufstechen konnte. Sie wirkte sichtlich enttäuscht, als sie keine fand. »Ich muss das tun. Ich weiß, dass es wehtut, aber es muss sein, glaub mir. Verbrühungen sind schlimmer als Verbrennungen und viel schwerer zu behandeln. Und das mit den Narben habe ich ernst gemeint. Bist du scharf darauf?«

»Narben?« Ben erschrak. »Wird Sasha etwa –?«

»Keine Sorge«, unterbrach ihn seine Mutter. »Es hat sie ziemlich schlimm erwischt, aber sie wird keine bleibenden Schäden davontragen. In ein paar Tagen ist nichts mehr zu sehen, das verspreche ich dir.« In ihren Augen blitzte es spöttisch auf. »Auch wenn ich sagen muss, dass sie nicht annähernd so viel gejammert hat wie du.«

»Kunststück«, knurrte Ben. »Sie kann ja nichts sagen.«

»Der absolute Traumpatient für jeden Arzt«, schwärmte seine Mutter. Dann wurde sie wieder ernst. »Du magst das Mädchen wirklich, habe ich Recht?«

Ben zögerte. »Ganz ehrlich?«, fragte er schließlich.

»Natürlich nicht. Ich erwarte, dass du mich belügst und mir etwas vormachst, das weißt du doch.«

»Ich weiß es nicht genau«, erwiderte er. Er schämte sich fast ein bisschen für diese Worte, aber sie entsprachen der Wahrheit. »Ich muss dauernd an sie denken und ich …«

»Du fühlst dich wohl in ihrer Nähe«, half ihm seine Mutter aus, als er nicht weitersprach und nur verlegen den Blick senkte. »Du möchtest einfach bei ihr sein, habe ich Recht?« Sie seufzte tief. »Ja, das habe ich befürchtet. Doch ich kann dich verstehen. Sie ist wirklich ein ganz außergewöhnlich reizendes Mädchen. Und außerdem ergeht es deinem Vater und mir ganz genauso.«

Ben sah überrascht auf. »Vater und du?«, murmelte er.

»Eigentlich hatte ich Sasha gemeint«, erklärte seine Mutter mit einem angedeuteten Lächeln. »Aber du hast auch Recht. Was glaubst du wohl, warum dein Vater seine gut dotierte Stelle an der Universität aufgegeben hat, nur um mit mir nach Australien zu gehen? Weil er ganz wild darauf ist, in einem Gefängnis zu arbeiten?« Sie schüttelte heftig den Kopf und machte ein beleidigtes Gesicht. »He, was hast du gedacht? Dass wir keine echten Gefühle mehr kennen, nur weil wir über zwanzig und damit schon hoffnungslos vergreist sind?«

»Natürlich nicht! Ich war nur … ähm … entschuldige.«

Seine Mutter sah ihn mit hochgezogenen Augenbrauen an, doch bevor es vollends peinlich werden konnte, lachte sie plötzlich. »Keine Sorge, es geht ihr wirklich gut. Ihre Schönheit hat nicht gelitten, und anscheinend hat sie den Schock auch ziemlich gut verkraftet – falls sie überhaupt mitbekommen hat, was los war.«

»Das hat sie«, antwortete Ben überzeugt.

»Woher willst du das wissen?«

»Weil sie mich gerettet hat. Wenn sie den Schraubenschlüssel nicht nach dem Eismonster geschleudert hätte, wäre es aus gewesen. Ich bin dem Ding praktisch in die Arme gelaufen.«

Seine Mutter runzelte die Stirn. Natürlich hatte er sofort erzählt, was unten im Maschinenraum vorgefallen war, aber weder sein Vater – der im Moment irgendwo im Schiff umhereilte und sich vermutlich wieder einmal mit Kapitän Schulz stritt – noch seine Mutter waren auch nur mit einem Wort darauf eingegangen.

Das tat sie auch jetzt nicht, stattdessen fragte sie: »Woher hast du gewusst, dass sie dort unten ist?«

»Im Maschinenraum?« Ben hob die Schultern. »Zufall«, log er.

Seine Mutter legte den Kopf schräg.

»Also gut«, murmelte er. »Okay. Ich habe es gewusst.«

»Woher?«

Hatte er wirklich geglaubt, sie würde diese Frage nicht stellen? »Ich habe es … einfach gewusst … geträumt«, fügte er nach einer Sekunde mit deutlichem Unbehagen hinzu.

»Geträumt?«

»Ich träume öfter von ihr. Ich weiß, wie sich das anhört – aber das habe ich dir doch schon erzählt und Vater auch.«

»Ja, dein Vater hat mit mir darüber gesprochen«, bestätigte seine Mutter, das aber in einem Tonfall, der es ziemlich überflüssig machte, zu erklären, *was* er ihr erzählt hatte.

»Ich bin nicht verrückt, wenn du das meinst!«, fuhr Ben auf.

»Das meine ich nicht. Aber vielleicht spielen deine Hormone verrückt und –«

»Und woher wusste ich dann, wo ich sie finde?«, unterbrach sie Ben.

Seine Mutter hob die Schultern. »Zufall?«

Ben überlegte noch, ob er sich jetzt in beleidigtes Schweigen hüllen oder in die Luft gehen sollte, als die Tür aufgerissen wurde und sein Vater hereingestürmt kam, unmittelbar gefolgt von Kapitän Schulz. Der Kommandant der *Princess of the Dawn* trug ein neues und noch größeres Pflaster im Gesicht und sah aus, als wäre ihm nicht nur eine Laus, sondern gleich eine ganze Elefantenherde über die Leber gelaufen.

»Kapitän Schulz!« Ben sprang so hastig auf, dass seine Mutter gerade noch das Skalpell zurückreißen und so verhindern konnte, dass er sich damit aufspießte. »Wie geht es Sasha?«

»Gut«, schnappte Schulz. »Aber ich bin nicht hier, um über Alexandra zu sprechen. Oder vielleicht doch, aber nicht so, wie du es gerne hättest, junger Mann!«

»Was fällt Ihnen ein, in einem solchen Ton –«, begann sein Vater, wurde aber sofort von Schulz unterbrochen.

»Ich rede, wie es mir passt, Herr Doktor!«, schnauzte er. »Ich bin der Kapitän dieses Schiffes und Sie und Ihre Familie nur Passagiere. Zahlende Passagiere, aber letztendlich doch nur Passagiere. Ist das klar?«

Robert Berger war so perplex, dass er gar nichts mehr sagte, und der Kapitän wandte sich wieder an Ben.

»Ich will jetzt wissen, was ihr dort unten getan habt! Und lüg mich nicht an!«

»Getan?«, wiederholte Ben. »Ich habe Sasha gesucht, das ist alles. Und wenn ich sie nicht im letzten Moment gefunden hätte, dann hätte dieses Eismonster sie umgebracht. Oder Schlimmeres!«

»Welches Eismonster?«, fragte Schulz. Er hatte offensichtlich beschlossen, den ersten Teil von Bens Antwort zu überhören.

»Welches Eismonster?« Ben starrte ihn fassungslos an. »Das meinen Sie nicht ernst, oder? Sie haben das Ding doch gesehen!«

»Ich habe zwei Eisklötze gesehen, die irgendein Witzbold dort unten aufgestellt hat, das ist alles. Und meine Tochter, die völlig verängstigt und noch dazu verletzt ist. Und ich würde gern wissen, warum!«

»Aber es war da!«, protestierte Ben. »Es war genau wie die Kreatur von dem Piratenschiff gestern. Das Ding, das Harrys Männer aus dem Wasser gefischt haben!«

»Und das dann aus einem hermetisch verschlossenen Raum verschwunden ist«, fügte sein Vater hinzu.

»Blödsinn!«, fauchte Schulz.

»Dann fragen Sie doch den Steward, der uns gefunden hat!«, rief Ben. »Er hat es auch gesehen!«

Schulz schürzte abfällig die Lippen, und Ben rechnete fest mit einer entsprechenden Antwort, doch der Kapitän der *Princess* überraschte ihn wieder einmal. »Ganz, wie du meinst, mein Junge.« Dann wandte er sich zur Tür, riss sie auf und brüllte: »Rewert! Kommen Sie rein!«

Ben hatte keine Ahnung, wer Rewert war, jedenfalls so lange nicht, bis Schulz zurücktrat und der dunkelhaarige Steward hereinkam, den sie vorhin unten im Maschinenraum getroffen hatten. Er wirkte verängstigt, fand Ben.

»So, Rewert, und jetzt erzählen Sie, was Sie vor einer halben Stunde unten im Maschinenraum gesehen haben«, verlangte Schulz.

»Ihre … Ihre Tochter, Herr Kapitän«, antwortete der Steward. Er begann nervös von einem Bein auf das andere zu treten. »Und … und diesen jungen Mann da.« Er deutete mit einer Kopfbewegung auf Ben, brachte es aber nicht fertig, ihn anzusehen.

»Meine Tochter und diesen jungen Mann«, wiederholte Schulz. »Kein drei Meter großes Ungeheuer aus Eis, das den beiden nach dem Leben getrachtet hat?«

»Nein, Kapitän« Der Steward starrte noch immer seine Schuhspitzen an. »Da war nichts.«

»Aber das ist doch nicht wahr!«, protestierte Ben. »Sie haben doch genau gesehen, dass –«

»Danke, Rewert!«, unterbrach ihn Schulz. »Sie können gehen.« Der Steward verschwand so schnell aus der Kabine, als hätte er sich entmaterialisiert, und Schulz schloss mit einer betont langsamen Bewegung die Tür hinter ihm und wandte sich dann an Bens Vater, nicht an ihn.

»Ich glaube, das reicht, Herr Doktor«, sagte er kalt.

»Was meinen Sie damit?«

»Gut, wenn Sie unbedingt darauf bestehen, dass ich deutlicher werde, bitte. Ihr Sohn hat offensichtlich ein Problem. Ein Problem mit meiner Tochter und ein Problem mit der Realität. Unter normalen Umständen würde ich die Sache mit Humor nehmen, aber im Augenblick haben wir eine Krisensituation an Bord, und ich werde ganz bestimmt nicht tatenlos zusehen, wie Ihr Sohn für eine ausgewachsene Panik unter den Passagieren sorgt!«

»Was soll das heißen?«, fragte Robert Berger scharf.

»Das soll heißen, dass ich Sie und vor allem Ihren Sohn bitten muss, vorerst in Ihrer Kabine zu bleiben«, antwortete Schulz, plötzlich sehr ruhig und sachlich.

»Wie bitte?«, keuchte Bens Vater.

»Sind wir jetzt Ihre Gefangenen?«, fragte nun auch Bens Mutter.

»Ich hätte ein anderes Wort vorgezogen«, antwortete Schulz kühl, »aber ich muss Sie bitten, Ihre Kabine zumindest so lange nicht zu verlassen, bis sich die Lage an Bord einigermaßen beruhigt hat. Wahrscheinlich wird das nicht allzu lange dauern. Die Reparaturen an der Maschine sind so gut wie abgeschlossen, und sobald wir wieder Fahrt aufgenommen haben, wird sich alles sehr schnell normalisieren.« Er deutete auf das Haustelefon neben dem Bett. »Wenn Sie irgendetwas benötigen, sagen Sie Bescheid, und es wird Ihnen gebracht. Und jetzt muss ich Sie bitten, mich zu entschuldigen. Ich habe eine Menge zu tun.«

Er ging, bevor einer von ihnen Gelegenheit fand, gegen diese Behandlung Einspruch zu erheben.

»Was … was war das denn?«, murmelte sein Vater hilflos. Dann färbte sich sein Gesicht puterrot. »Ist der Kerl jetzt komplett übergeschnappt? Wir sind doch hier nicht auf einem Sklavenschiff im finsteren Mittelalter!«

»Beruhige dich«, sagte seine Frau, aber natürlich erreichte sie damit nur das genaue Gegenteil.

»Beruhigen?« Jetzt brüllte er wirklich. »*Ich* soll mich *beruhigen?!* Wenn dieser Kerl sich einbildet, mit dieser linken Tour durchzukommen, dann hat er sich aber geschnitten!«

Und damit riss er die Tür auf und stürmte aus der Kabine. Er kam nur einen Schritt weit, bevor ihn eine riesige Hand gegen die Brust traf und so derb in die Kabine zurückschubste, dass er taumelte und heftig mit den Armen rudern musste, um das Gleichgewicht nicht zu verlieren.

Draußen auf dem Flur stand ein Matrose. Nicht *irgendein* Matrose, sondern der gleiche, der Ben vorhin daran gehindert hatte, seine Kabine zu verlassen. King Kong.

»Es tut mit leid, Doktorchen«, griente er, »aber der Kapitän hat befohlen, dass Sie in Ihrer Kabine bleiben.«

»Sind Sie wahnsinnig?!«, ächzte Bens Vater, während er sich seine – offensichtlich schmerzende – Brust rieb. »Was fällt Ihnen ein, mich –?«

»Sie können brüllen und toben, so viel Sie wollen, Doc«, unterbrach ihn der Matrose, »Befehl ist Befehl, nicht wahr?«

Irgendetwas an ihm war anders, dachte Ben verwirrt. Er kam ihm ... größer vor – was natürlich kompletter Unsinn war und nur an seinem aufgeregten Zustand lag.

Dann begriff er es: Er wirkte brutaler.

Der Kerl war auch vorher nicht gerade die Freundlichkeit in Person gewesen, nun aber strahlte er eine stumme Wut aus, die Ben innerlich erschauern ließ. Er war jetzt nicht nur *bereit* Gewalt anzuwenden, er *wollte* zuschlagen. In seinen Augen stand dasselbe Lodern wie in denen des Kapitäns heute Morgen. Ben war plötzlich sicher, dass er sich nur noch mit äußerster Willenskraft zurückhalten konnte, nicht auf seinen Vater loszugehen.

Und anscheinend war er nicht der Einzige, der das spürte. Sein Vater wollte auffahren, doch seine Frau trat mit einem raschen Schritt zwischen den riesigen Matrosen und ihn und legte ihm die Hand auf die Schulter.

»Lass es gut sein. Der Mann tut nur seine Pflicht. Du kannst dich später ja beim Kapitän beschweren, wenn du willst, aber *er* kann nichts dafür.«

»Stimmt genau, Frau Professor Doktor Oberschlau«, sagte King Kong. »Sie können sich gerne beim Kapitän beschweren. Oder es wenigstens versuchen.«

Er wirkte enttäuscht, fand Ben, dass sie darauf verzichteten, auf diese neuerliche Unverschämtheit zu reagieren – aber schließlich nickte er nur noch einmal grimmig und verschwand wieder, wobei er die Tür so fest hinter sich zuknallte, dass die Kabinenwand bebte.

Kaum waren sie wieder allein, streifte Bens Vater ihre Hand mit einer wütenden Bewegung ab und fuhr sie an: »Was sollte das? Wieso hast du mich zurückgehalten? Ich hätte dem Kerl –«

»Einen Vorwand gegeben, dich halb tot zu schlagen?«, unterbrach ihn seine Frau kühl. »Mach dich nicht lächerlich! Hast du nicht gesehen, was mit ihm los war?«

»Und ob ich das gesehen habe! Er ist komplett übergeschnappt, genau wie Schulz. Der Kerl muss größenwahnsinnig geworden sein! Was glaubt er denn, wer er ist? Hält dieses Schiff wohl für die *Bounty* und sich selbst für Käpt'n Bligh. Das kostet ihn sein Kommando, das schwöre ich dir! Und dieser Kerl da draußen –«

»Ist infiziert«, unterbrach ihn Ben.

»Wie bitte?«, keuchte sein Vater überrascht. Seine Mutter sagte gar nichts, sondern sah ihn nur mit besorgten, irgendwie wissenden Augen an.

»Was soll das heißen, infiziert?«, fragte sein Vater, als Ben nicht sofort antwortete. »Red nicht so einen Blödsinn!«

»Habt ihr seine Hand nicht gesehen?«, erwiderte Ben. Seine Mutter reagierte immer noch nicht, aber sein Vater schüttelte den Kopf. »Er hat das Mal. Er ist infiziert.«

»Womit?«, fragte sein Vater.

»Das weiß ich nicht«, antwortete er ehrlich. »Aber er hat dasselbe wie Schulz. Und wie der Matrose, der heute Morgen durchgedreht ist.«

»Sicher doch«, meinte sein Vater böse. Er rieb sich noch immer die Brust. Der Matrose musste ziemlich hart zugeschlagen haben. »Und gleich wirst du uns erzählen, dass Schulz klammheimlich herumläuft und alle seine Leute beißt, woraufhin sie sich in Zombies verwandeln, nicht wahr?«

»Vielleicht nicht unbedingt in Zombies«, sagte Bens Mutter plötzlich.

Nicht nur Ben sah sie überrascht an. Ausgerechnet von ihr Schützenhilfe zu bekommen war so ziemlich das Letzte, womit Ben gerechnet hatte.

»Wie?«, machte sein Vater.

»Es hat etwas von einer Infektion«, fuhr seine Mutter leise fort. »Zumindest vom Verlauf einer Infektion. Es gibt Krankheiten, die auch den Charakter eines Menschen ändern. Das solltest du eigentlich besser wissen als ich.«

Bei den letzten Worten hatte ihre Stimme einen leicht tadelnden Tonfall angenommen, und sein Vater reagierte genauso, wie Ben es erwartet hätte, nämlich mit einem ärgerlichen Stirnrunzeln.

»Also sind wir jetzt mitten in einer Zombie-Geschichte«, sagte er höhnisch.

»Beinahe«, erwiderte Ben ernsthaft. »Nur dass es keine Zombies sind. Das Ding da unten im Maschinenraum war … etwas anderes.«

Für einen Augenblick sah sein Vater beinahe nachdenklich drein, aber dann verfinsterte sich sein Gesicht wieder. »Hör endlich mit diesem Unsinn auf! Wir haben weiß Gott andere Probleme.«

»Warte«, sagte Bens Mutter. »Du hast gesagt, es war etwas anderes. Was bedeutet das?«

»Du glaubst doch nicht wirklich an –«, begann sein Vater, wurde aber sofort – zwar mit einem milden Lächeln, aber in trotzdem hörbar schärferem Ton – wieder von ihr unterbrochen.

»Natürlich nicht. Aber wir könnten doch einfach mal so *tun*, als ob es so wäre, oder? Ich meine, wem schadet es? Und so, wie ich die Sache sehe«, fügte sie mit einem raschen Blick auf die geschlossene Tür hinzu, »haben wir im Moment sowieso nichts Besseres zu tun.«

»Als uns mit solchem Schwachsinn zu beschäftigen?«, fauchte sein Vater.

Bens Mutter wollte antworten, aber jetzt war er es, der sich hastig einmischte. »Hört auf, euch zu streiten. Bitte!«

Sein Vater sah ganz so aus, als wollte er nun mit *ihm* Streit anfangen, dann aber zuckte er nur mit den Schultern: »Wir streiten nicht.«

»Wir diskutieren«, fügte seine Mutter hinzu, und er wiederum hängte an: »Auf einem intellektuellen Niveau, das nur Leute verstehen, die seit zwanzig Jahren verheiratet sind.«

»Dreiundzwanzig.«

»Noch nicht ganz. Erst im Oktober. Und auch nur, wenn du nicht so weitermachst.«

»Was soll das heißen?« Die Augen seiner Mutter blitzten kampflustig.

»Im Zweifelsfall reiche ich die Scheidung ein und schreibe mir selbst ein Gutachten, das vor jedem Gericht der Welt stand hält.«

»So weit wird es nicht kommen«, versprach seine Frau vergnügt. »Ich brauche nur ein Labor und ein paar Zutaten, die ich in jedem Baumarkt finde.«

»Um mich zu vergiften?«

»Blödsinn. Ich züchte ein Virus, das dich zu meinem gehorsamen Sklaven macht.«

Bens Vater wirkte für eine Sekunde ehrlich bestürzt, dann aber begann er schallend zu lachen, und nach einem kurzen Zögern stimmte Bens Mutter in sein Lachen ein. Nur Ben saß ziemlich belämmert da und blickte hilflos von einem zum anderen.

»Intellektuelles Niveau, wie?«, murmelte er.

»Tu dir selbst einen Gefallen und mach nicht denselben Fehler wie ich, Sohn«, sagte sein Vater glucksend. »Heirate nie!«

»Wenigstens keine Frau, die intelligenter ist als du«, bemerkte seine Mutter augenzwinkernd. Dann aber wurde sie schlagartig wieder ernst. »Also, was hast du mit ›etwas anderes‹ genau gemeint?«

»Es war jedenfalls nicht der verschwundene Söldner oder der Steward«, antwortete Ben ausweichend. Es fiel ihm ein wenig schwer, von der absurd-heiteren Stimmung, die seine Eltern mit ihrem Nonsens-Gespräch vermutlich ganz bewusst heraufbeschworen hatten, wieder umzuschalten. Außerdem konnte er seinen Eltern einfach nicht erzählen, was er dort unten *wirklich* gesehen hatte: das schreckliche Monstrum mit dem Papageienschnabel und den Drachenschwingen. Irgendwie glaubte er es ja selbst noch nicht.

Dann fiel es ihm auf. Erleichterung durchflutete ihn. Gesehen hatte er das Eisungeheuer, von dem er bereits gesprochen hatte; aber für ein paar Herzschläge hatte er wieder den Drachenmann vor Augen gehabt, und für dieselbe Zeit war es ihm nicht möglich gewesen, zwischen Realität und Albtraum zu unterscheiden.

»Die wären ja wohl auch kaum weggeschmolzen«, sagte sein Vater.

Dessen war sich Ben gar nicht einmal so sicher, aber er ging nicht weiter darauf ein. »Es war einer der Eispiraten.«

»Die aus deinem Traum«, vermutete sein Vater.

»Nein«, erwiderte Ben mühsam beherrscht. »Einer von denen, die auf dem Schiff waren. Gestern.«

»Aber der ist doch verdampft«, meinte sein Vater lächelnd.

Jetzt war Ben wirklich kurz davor, an die Decke zu gehen. »Wahrscheinlich war es ein anderer«, sagte er gepresst. »Jedenfalls hätte er uns fast erwischt. Und ich bin ganz sicher, dass er hinter Sasha her war.«

»Warum?«

»Woher soll ich das wissen?«, fauchte Ben. Sein Vater zog die linke Augenbraue hoch, und Ben entschuldigte sich in Gedanken bei ihm für diese Entgleisung. »Ich weiß es nicht«, sagte er deutlich leiser. »Und darum geht es auch gar nicht.« Er machte eine Geste zur Tür. »Wenn Schulz diesen Kerl da draußen angesteckt hat, was passiert dann, wenn er dasselbe mit der gesamten Mannschaft macht?«

»Sind wir jetzt wieder bei den Zombies?«, fragte sein Vater amüsiert.

»Hatten wir uns nicht darauf geeinigt, so zu tun, als würden wir die Geschichte glauben?«, meinte seine Mutter sanft. Sie bekam nur ein Achselzucken zur Antwort und wandte sich mit einem fragenden Blick an Ben. »Was genau hast du an seiner Hand entdeckt?«

»Er war verletzt«, erklärte Ben. »Nur ein Kratzer, nichts Dramatisches, aber der Kratzer sah genauso aus wie der auf Schulz' Wange. Du weißt schon, dieser seltsame Schorf und das Spinnennetz.«

Das letzte Wort – das er bisher mühsam vermieden hatte – war ihm herausgerutscht, bevor er es zurückhalten konnte. Seine Mutter fuhr heftig zusammen und sog scharf die Luft ein, was ihr sichtlich unangenehm war.

Sie nickte trotzdem. »Ich glaube, ich … ähm … verstehe, was du meinst.«

»Ich nicht«, sagte sein Vater.

»Er hat einen seltsamen Schorf im Gesicht«, antwortete Bens Mutter. »Er sah tatsächlich ein bisschen aus wie ein … Netz. Als würde sich etwas unter seiner Haut ausbreiten. Selbst eine seit so langer Zeit aus der Übung gekommene Ärztin wie ich würde da einen Zusammenhang erkennen.«

»Aber selbst wenn ihr Recht habt«, wandte ihr Mann ein, »und es sich um so etwas wie eine Epidemie handelt – warum sollte Schulz sich so benehmen? Er ist zwar ein alter Sturkopf, aber nicht verantwortungslos.«

»Das war er vielleicht bisher nicht. Irgendetwas ist mit ihm passiert … und ich fürchte, Ben hat Recht. Nicht nur mit ihm.«

»Dann haben wir also eine ausgewachsene Epidemie an Bord«, stöhnte sein Vater.

»Möglicherweise«, antwortete sie. »Aber ob nun sicher oder nicht, das Schiff muss auf jeden Fall unter Quarantäne gestellt werden. Und aus irgendeinem Grund will er das nicht.«

»Damit wird er nicht durchkommen.« Sein Vater schüttelte den Kopf. »Spätestens wenn wir aus diesem Riesen-Funkloch heraus sind und mein Handy wieder funktioniert, informiere ich die Behörden und sie werden die *Princess* entsprechend in Empfang nehmen, wenn sie in den Hafen einläuft.«

»In einer knappen Woche«, sagte Ben besorgt. »Das ist eine verdammt lange Zeit. Wenn es sich wirklich um eine ansteckende Krankheit handelt, dann scheint sie sich ziemlich schnell zu verbreiten. Bis dahin kann eine Menge passieren.«

Bens Vater setzte zu einer Antwort an, doch in diesem Moment ging ein leichtes Zittern durch das Schiff. Er lauschte überrascht und ging dann mit schnellen Schritten zum Bullauge um hinauszusehen.

»Was ist los?«, fragte Bens Mutter.

»Ich glaube, die Turbinen sind gerade wieder angesprungen«, meinte Ben. »Schulz hat ja gesagt, dass die Reparaturarbeiten nicht lange andauern würden.« Seltsamerweise konnte er sich nicht erinnern, unten auch nur einen einzigen Matrosen gesehen zu haben, der an den Maschinen arbeitete – aber er war schließlich auch nicht überall gewesen.

»Das heißt, wir fahren weiter«, sagte seine Mutter.

»Ja«, antwortete Bens Vater an seiner Stelle. Nach einer Sekunde fügte er leise und ohne den Blick vom Bullauge abzuwenden hinzu: »Aber leider in die falsche Richtung.«

Ben tauschte einen überraschten Blick mit seiner Mutter, dann stand er auf und trat ebenfalls ans Fenster.

Sein Vater hatte Recht: Die *Princess of the Dawn* hatte sich in Bewegung gesetzt – und hielt genau auf die arktische Küste zu.

27

SEIN VATER HATTE NOCH ZWEIMAL VERSUCHT, Kontakt mit Kapitän Schulz aufzunehmen – einmal, indem er die Kabine verließ und an die Vernunft des Matrosen draußen appellierte (was ihm um ein Haar eine gehörige Tracht Prügel eingebracht hätte), das andere Mal, indem er versuchte das Telefon zu benutzen. Der Apparat war so tot wie der Kerl vor der Tür uneinsichtig, und es blieb dabei: Sie waren gefangen und konnten nur abwarten, was Schulz weiter mit ihnen vorhatte.

Inzwischen näherte sich die *Princess of the Dawn* unaufhaltsam der Küste der Antarktis. Das Schiff bewegte sich nur mit einem Bruchteil der Geschwindigkeit, die ihm möglich gewesen wäre, und doch wurde aus dem glitzernden weißen Strich am Horizont im Laufe der nächsten halben Stunde eine deutlich erkennbare weiße Klippe aus Eis. Noch eine weitere halbe Stunde, dachte Ben beunruhigt, und das Schiff würde gegen den flachen Eisstrand krachen und sich auf die Seite legen.

Er musste plötzlich über sich selbst lächeln: Dieses letzte Bild stammte aus seinem Albtraum, und zwar aus jenem Teil davon, der bestimmt nicht Realität werden würde. Aber dann erstarb sein Lächeln. Die Situation war nicht lustig. Auch wenn die *Princess* die Küste nicht rammen würde, fuhren sie doch eindeutig in die falsche Richtung. Ob Schulz glaubte, dass er bei den Wissenschaftlern in der Wetterstation Hilfe finden konnte? Ben wollte gerade eine entsprechende Bemerkung zu seiner Mutter machen, als draußen auf dem Gang Lärm laut wurde. Ein Poltern, dann für eine oder zwei Sekunden erregte Stimmen, die wütend durcheinander brüllten, und schließlich ein dumpfer Schlag, schließlich Stille. Das Ganze dauerte nicht länger als zwei oder drei Atemzüge. Ben und sein Vater fuhren herum, erreichten die Tür und rissen sie auf – und blieben im gleichen Moment überrascht stehen, denn die Situation draußen auf dem Korridor hatte sich radikal verändert.

King Kong war noch immer da, aber er war nicht mehr allein und er fläzte sich auch nicht mehr mit vor der Brust verschränkten Armen gegen die Wand und grinste breit, sondern lag mit verdrehten Augen auf dem Rücken. Über ihm stand eine breitschultrige Gestalt in einer weißen Polarmontur, die streichholzkopfkurz geschnittenes blondes Haar hatte und sich kopfschüttelnd die Knöchel der rechten Faust rieb. Ein zweiter, mit einer Maschinenpistole bewaffneter Mann stand nur wenige Schritte daneben, und auch auf der anderen Seite des Ganges bewegte sich eine Gestalt in einem weißen Kampfanzug.

»Harry?«, murmelte Ben überrascht.

»Hauptmann West?«, fügte sein Vater nicht minder überrascht hinzu.

Harry drehte sich langsam zu ihnen um und grüßte Ben mit einem angedeuteten Lächeln und seinen Vater mit einem Nicken. »Harry reicht. Hauptmann West klingt so offiziell.«

»Und Sie sind eher inoffiziell hier, vermute ich«, sagte Bens Vater.

Harry hob die Schultern. »Ich kann wieder gehen, wenn Sie darauf bestehen, Herr Doktor. Ich bin sicher, Ihr Freund hier wird hellauf begeistert sein, wenn er wach wird und Sie und Ihre Familie ganz allein vorfindet.«

Bens Vater starrte den bewusstlosen Matrosen an und wurde sichtbar blass, und Ben sagte hastig: »Schon gut, so war das nicht gemeint. Wir waren nur … ein wenig erstaunt, das ist alles. Wo kommst du denn so plötzlich her?«

Harry zog die Augenbrauen zusammen. »Du hast mich doch selbst um Hilfe gebeten. Wir sind gekommen, so schnell wir konnten. Ich hoffe, es war noch früh genug, aber wir hatten selbst ein paar Probleme, weißt du?« Er wollte in die Kabine eintreten, doch der Mann mit der Maschinenpistole hielt ihn mit einer Geste auf den schlafenden King Kong zurück.

»Was machen wir mit dem da, wenn er wach wird?«

»Legt ihn wieder schlafen«, sagte Harry, und hinter Ben rief seine Mutter:

»Aber passen Sie auf, dass er Sie nicht verletzt!«

Sie schob Ben und ihren Mann mit sanfter Gewalt beiseite, winkte Harry mit der einen Hand herein und streckte die andere nach seinem rechten Arm aus. »Darf ich Ihre Hand sehen?«

Harry wirkte ein bisschen verdutzt. »Ist es nicht eher so, dass ein Mann um die Hand der Frau anhält?«, witzelte er, ließ aber zu, dass sie seine rechte Hand nahm und ausgiebig begutachtete.

»Alles in Ordnung«, sagte sie schließlich. »Kein Kratzer.«

»Ich war vorsichtig«, antwortete Harry, nun sehr ernst. »Sie wissen es also auch schon?«

»Was?«, fragte Bens Vater.

Er bekam keine Antwort, aber Bens Mutter wirkte noch beunruhigter als zuvor, und Ben verspürte einen Schrecken, der schon fast an Entsetzen grenzte.

»Dann habt ihr auch –?«, keuchte er.

»Deine Warnung kam leider ein bisschen zu spät. Matthias hat es erwischt, bevor ich überhaupt kapiert habe, was los ist. Und noch zwei weitere meiner Jungs.« Harry machte eine Kopfbewegung nach draußen. »Der Kerl da gehört auch dazu?«

»Ja«, antwortete Ben. »Und Kapitän Schulz auch. Mindestens. Aber ich fürchte, es sind schon viel mehr.«

»Das sieht nicht gut aus. Wir sind keinen Moment zu früh gekommen«, sagte Harry düster.

»Fangen Sie jetzt auch noch mit diesem Zombie-Blödsinn an?«, begehrte Bens Vater auf.

Harry bedachte ihn mit einem fast mitleidigen Blick. »Ich weiß nichts von Zombies. Ich weiß nur, dass sich einer meiner Männer in ein … *Etwas* verwandelt hat, das nicht mehr viel Ähnlichkeit mit einem Menschen zu haben scheint.« Er wandte sich an Jennifer Berger. »Was für eine Art von Krankheit ist das, in drei Teufels Namen?«

»Ich habe nicht die leiseste Ahnung«, gestand sie. »Wenn es sich überhaupt um eine Krankheit handelt, dann um keine, von der ich je gehört hätte … Was ist mit Ihren Männern?«

»Matthias ist verschwunden. Er ist einfach durchgedreht und in den Schneesturm hinausgerannt, in Jeans und Unterhemd. Ich fürchte, er ist längst tot.«

»Und die beiden anderen?«.

»Sie haben es nicht geschafft.« Er schwieg. Dann zuckte er mit den Schultern und lächelte nervös in Bens Richtung. »Da ist wohl eine Entschuldigung fällig, schätze ich. Ich habe zwar nur die Hälfte von dem verstanden, was du gesagt hast, aber den Rest konnte ich mir zusammenreimen. Ohne deine Warnung hätte es uns vielleicht alle erwischt, wenn schon ein einziger Kratzer reicht …«

»Das steht doch noch gar nicht fest«, sagte Robert Berger.

»Stimmt«, sagte Harry ungerührt. »Aber solange mich niemand vom Gegenteil überzeugt, gehe ich lieber davon aus, dass es so ist. Und das sollten Sie auch tun – es könnte sich als besser für Ihre Gesundheit erweisen.« Er wandte sich an seine beiden Männer draußen auf dem Flur. »Fesselt den Kerl und sperrt ihn irgendwo ein. Aber seid vorsichtig.« Damit schloss er die Tür, streifte sein Gewehr von der Schulter, Ben hatte es bis jetzt noch gar nicht bemerkt, und sah sich gleichzeitig schnell, aber sehr aufmerksam in der kleinen Kabine um.

»Kein Problem«, sagte Bens Vater spitz. »Schauen Sie sich in Ruhe um.«

Harry ignorierte ihn. »Am besten erzählt ihr mir erst einmal, was hier passiert ist, seit wir abgefahren sind. Die Kurzfassung, bitte.«

Das tat Ben. Er bemühte sich nichts auszulassen – mit Ausnahme seiner Träume, die Harry nun wirklich nichts angingen –, und der Söldner tat ihm den Gefallen, ihn kein einziges Mal zu unterbrechen. Selbst als die Rede auf seinen Soldaten kam, regte sich in seinem Gesicht kein Muskel. Er nickte nur, als Ben mit seinem Bericht zu Ende war.

»Und sie haben die beiden verschwundenen Männer bisher nicht gefunden?«

»Drei«, verbesserte ihn Ben. Er schüttelte den Kopf. »Nicht dass ich wüsste.« Er deutete auf die Tür. »Wie viele von deinen Leuten hast du mitgebracht?«

»Nur die beiden draußen. Keine Sorge, das ist mehr als genug. Wir haben nicht vor, hier Krieg zu führen. Trotzdem werde ich Kapitän Schulz jetzt ein paar sehr unangenehme Fragen stellen müssen … Aber nicht sofort. Zuerst zeigst du mir, wo du und die … wo du und Schulz' Tochter auf dieses … *Ding* gestoßen seid.«

»Wäre es nicht besser, zuerst mit dem Kapitän zu sprechen?«, fragte Bens Vater. »Ich meine, bevor wir vor der arktischen Küste vor Anker gehen?«

»Die *Princess* zuckelt im Fußgängertempo dahin«, antwortete Harry. »Und wir sind in fünf Minuten zurück. Danach gehen wir gemeinsam auf die Brücke.« Er hängte sich das Gewehr wieder über die Schulter und öffnete die Tür, schüttelte aber den Kopf, als Bens Vater sich ebenfalls in Bewegung setzen wollte.

»Sie und Ihre Gattin bleiben besser hier«, er lächelte höflich, aber sein Ton machte die Worte zu einem Befehl. »Meine Männer passen auf Sie auf. Wir gehen dann nachher gemeinsam zum Kapitän. Und wenn es Schulz wirklich auch erwischt hat, dann enthebe ich ihn höchstpersönlich seines Kommandos.«

»Das wird er sich kaum gefallen lassen«, sagte Ben.

»Oh, ich denke schon«, grinste Harry und schlug mit der flachen Hand auf den Schacht seines Gewehrs. »Ich habe eine Vollmacht.« Praktisch noch in derselben Bewegung legte er ihm die Hand auf die Schulter, schob ihn auf den Gang hinaus und schloss die Tür hinter sich. Sein Lächeln erlosch wie abgeschaltet. »Wir sollten uns lieber beeilen. Hier stimmt etwas nicht. Ich weiß nicht, was, aber ich kann es fühlen. Je schneller wir von hier verschwinden, desto besser.«

Ben wollte sich nach links und damit zur Treppe wenden, aber Harry schüttelte den Kopf und deutete in die entgegengesetzte Richtung. »Da lang geht's schneller.«

Ben sah ihn zweifelnd an. »Du kennst dich ziemlich gut an Bord aus, wie?«

»Ich kann Pläne lesen. Und jetzt komm.«

Und auch das klang irgendwie wie ein Befehl, fand Ben, überhaupt wirkte Harry mit einem Mal ganz und gar nicht mehr so freundlich wie noch vor einem Augenblick in der Kabine, aber vielleicht war das ja nur eine Art Ausrutscher gewesen. Der Gedanke, dass Harry eigentlich ein netter Kerl war, der seinen weichen Kern nur unter einer rauen Schale verbarg, war zwar verlockend, doch vermutlich war es eher umgekehrt. Er wagte es jedenfalls nicht, noch eine Frage zu stellen, warf aber einen Blick über die Schulter zurück und dabei fiel ihm etwas höchst Beunruhigendes auf: Einer von Harrys Männern war verschwunden, ebenso wie King Kong, der andere aber hatte nun direkt vor der Kabinentür Aufstellung genommen und hielt sein Gewehr mit beiden Händen vor der Brust. Harry hatte zwar gesagt, er würde seine Eltern bewachen lassen, aber irgendwie hatte er plötzlich das Gefühl, dass sie hinter dieser geschlossenen Tür weniger bewacht als vielmehr gefangen waren …

Sie erreichten die Tür, durch die Ben zu seinem allerersten illegalen Ausflug ins Innere der *Princess* aufgebrochen war. Sie war verschlossen, aber Harry löste das Problem auf seine Art, nämlich mit einem Fußtritt, der das Schloss aus der Türfüllung riss. Der Knall musste noch bis zum anderen Ende des Schiffes zu hören gewesen sein.

Auf eine auffordernde Geste des Söldners hin ging Ben voraus. Er war zwar schon einmal hier gewesen, aber da war er ziellos umhergestreift, nur von Neugier und Abenteuerlust getrieben. Allerdings wies ihm das Geräusch der Turbinen deutlich genug den Weg zum Maschinenraum. Ben fand das ein wenig sonderbar. Obwohl die *Princess* gemütlich dahindümpelte, klang das Maschinengeräusch, als arbeiteten die Turbinen am Rande ihrer Leistungsfähigkeit.

Harry ließ ihn vorausgehen, bis sie das Maschinendeck erreicht hatten, dann trat er wortlos an ihm vorbei, nahm das Gewehr von der Schulter und bedeutete ihm zugleich mit einer Geste, vorsichtig zu sein.

Sie wäre ganz und gar nicht notwendig gewesen. Ben hatte den Maschinenraum kaum betreten, als er es auch schon bedauerte, überhaupt noch einmal hierher gekommen zu sein. Der Raum hatte nichts von seiner unheimlichen Ausstrahlung verloren. Die Schatten schienen eher noch tiefer geworden zu sein, und nun war er fast sicher, dass das Licht einen Stich ins Rote hatte …

Er versuchte sich damit zu beruhigen, dass es einzig an ihm lag und an den unangenehmen Erinnerungen, die für ihn mit diesem Ort verbunden waren. Und vielleicht hätte der Trick ja sogar funktioniert, wäre Harry nicht gewesen. Er bewegte sich nahezu auf Zehenspitzen und mit angehaltenem Atem. Seine Hände umklammerten das Gewehr so fest, dass die Knöchel weiß aus seiner Haut hervorstachen, und sein Blick huschte unentwegt hin und her. Er spürte es auch, dachte Ben.

»Wo genau?«, fragte Harry. Er hatte die Stimme zu einem Flüstern gesenkt. Trotzdem rief sie gespenstische, wispernde Echos in der großen Halle hervor, die irgendwie nicht nur auf das zu antworten schienen, was er gesagt hatte; als hätte der bloße Klang seiner Stimme etwas geweckt, was nun eine eigene, düstere Geschichte zu erzählen begann.

Ben verdrängte den Gedanken, sah sich suchend um und deutete schließlich in eine Richtung, von der er wenigstens hoffte, dass es die richtige war. Harry warf ihm auch prompt einen zweifelnden Blick zu, setzte sich aber gehorsam in Bewegung. Ben folgte ihm so dichtauf, dass er Acht geben musste, ihm nicht in die Hacken zu treten.

Er hatte Glück: Es war genau die Sackgasse, in die das Eismonster sie hineingetrieben hatte. Der Wasserfleck auf dem Boden war mittlerweile verdunstet – oder auch aufgewischt worden –, aber das zerschlagene Ventil und das abgebrochene Handrad waren unübersehbar.

»Hier war es«, sagte er überflüssigerweise.

Harry blickte sich aufmerksam um. »Eine perfekte Falle. Wieso bist du in eine Sackgasse geflohen?«

»Ich bin kein trainierter Söldner«, antwortete Ben patzig.

»Und außerdem warst du in Panik und hattest Angst um deine kleine Freundin«, fügte Harry hinzu. Aber es klang eher gutmütig. Er betrachtete kurz das zerschlagene Dampfventil und nickte. »Das mit der Dampfleitung war ziemlich clever. Ich bin nicht sicher, ob ich da draufgekommen wäre.«

»Das war einfach nur Glück, fürchte ich«, meinte Ben, aber Harry schüttelte den Kopf.

»Das Glück ist im Allgemeinen mit den Tüchtigen. Du hast instinktiv richtig reagiert, und das allein zählt.«

»Willst du dich bei mir einschleimen?«, fragte Ben böse.

»Habe ich das denn nötig?«, gab Harry augenzwinkernd zurück, sein Lächeln kam Ben echt vor, auch wenn er sich fast trotzig gegen diesen Eindruck zu wehren versuchte.

Irgendetwas … rumpelte. Das Geräusch war ganz leise, mehr zu spüren als zu hören, aber sie registrierten es beide. Harry sah erschrocken auf und griff ganz automatisch sein Gewehr fester, und auch Ben lauschte angespannt. Das Geräusch war wirklich unheimlich gewesen, als wäre die *Princess* ruckelnd über ein gewaltiges Hindernis gefahren. Es wiederholte sich nicht und schließlich wandte sich Harry wieder in seine Richtung.

»Woher wusstest du, dass Alexandra hier unten ist?«

»Gar nicht«, antwortete Ben, selbst für seinen eigenen Geschmack eine Spur zu hastig. »Ich habe einfach nach ihr gesucht.«

»Hier unten?« Harry schaute sich demonstrativ um, und Ben wünschte sich beinahe, er hätte es nicht getan. Erneut war es ihm, als hätten Harrys Worte irgendetwas geweckt. Es war, als … flackere die Wirklichkeit rings um sie herum. Für den Bruchteil eines Atemzuges wähnte er sich wieder in der schrecklichen eisernen Höhle aus seinem Traum. Das Schlimmste dabei war der Eindruck – nein, das *Wissen* –, schon einmal hier gewesen zu sein. Nicht heute Morgen auf der Suche nach Sasha. Nicht in seinem Traum, der dieser Suche vorausgegangen war, sondern früher. Unendlich viel früher. Und zugleich überkam ihn ein Gefühl des Verlustes, das fast körperlich schmerzte.

»Ben?«, rief Harry.

Ben schrak hoch und sah ihn verwirrt an, und die Realität kehrte wieder zurück. »Ja?«

»Was ist los mit dir?« Er klang alarmiert.

»Nichts, was soll denn los sein?«

»Ich habe dir dreimal eine Frage gestellt, aber du hast mich nicht gehört. Was hast du?«

»Nichts … ich musste nur … an Sasha denken«, improvisierte Ben. »Sie war halb verrückt vor Angst, aber sie hat trotzdem fantastisch reagiert. Ohne sie hätte das Ding uns wahrscheinlich beide erwischt.«

»Sei froh«, erwiderte Harry. »Und du bist … wirklich sicher, dass es nicht der Steward war oder …«

»Dein verschwundener Soldat?« Ben schüttelte den Kopf. Die Wahrheit war, er war nicht hundertprozentig sicher, aber doch sicher genug, um Harry ohne allzu schlechtes Gewissen beruhigen zu können.

»Nein. Es sah genauso aus wie das Wesen, das ihr aus dem Wasser gefischt habt. Dein Mann –«

»Martin.«

»Martin. Er hat sich … verändert, als ob er … zu Eis werden würde, das ist wahr. Aber das Ding, das uns hierher gejagt hat, hat zu diesen Eispiraten gehört.«

»Eispiraten?«

»Oder wie immer du sie auch nennen willst.«

»Wir haben nur *einen* … Eispiraten aus dem Wasser gefischt«, erklärte Harry betont. »Oder das, was von ihm übrig war. Und der hat sich in nichts aufgelöst. Genau wie das hier.« Er runzelte die Stirn. »Du hast gesagt, Martin habe sich irgendwie in Eis verwandelt?«

»Ich weiß, wie sich das anhört«, antwortete Ben gereizt. »Frag meine Mutter, wenn du mir nicht glaubst.«

»So habe ich das nicht gemeint. Ich weiß ziemlich genau, wie sich das anhört. Ich habe nämlich dasselbe gedacht.«

Ben sah ihn mit großen Augen an.

»Heute Morgen, kurz bevor du angerufen hast. Als Matthias sich die Kleider vom Leib gerissen hat und halb nackt in den Schneesturm hinausgerannt ist. Ich hatte das verrückte Gefühl, dass er dabei war, zu Eis zu werden. Aber das ist natürlich unmöglich.«

»Natürlich«, bestätigte Ben. Nach einem kurzen beklommenen Schweigen fragte er: »Warum sind wir hier?«

»Ich wollte mich umsehen. Wir haben definitiv nur eines von diesen Dingern aus dem Wasser gefischt, richtig? Und du und deine kleine Freundin seid auf ein zweites gestoßen. Gibt dir das nicht zu denken?«

»Es ist unschädlich gemacht.«

»Stimmt. Aber ich frage mich trotzdem, wo es hergekommen ist. Von dem Piratenschiff ist nichts übrig geblieben, was nicht in ein Cola-Glas gepasst hätte.« Ben starrte ihn betroffen an, und Harry schien genug Vergnügen an seinem erschrockenen Gesichtsausdruck zu finden um hinzuzufügen: »Und wo zwei sind, da können auch drei sein oder auch noch mehr.«

»Danke«, maulte Ben. »Das habe ich jetzt gebraucht.«

»Ich wollte dir keine Angst machen«, behauptete Harry, was eine glatte Lüge war. »Aber wir sollten herausfinden, wie dieser Eispirat auf das Schiff gelangt ist. Und ob es noch mehr gibt. Wir sind nur zu dritt. Wir können nicht das ganze Schiff beschützen.«

»Und du glaubst, das wäre nötig?«

»Ich habe nicht so lange überlebt, weil ich irgendetwas *glaube*«, entgegnete Harry nun wieder in scharfem Ton. »Mich interessieren nur Fakten. Hast du eine Ahnung, wo dieses Ding hergekommen sein könnte?«

»Nein, wirklich nicht. Ich –« Ein lautes, lang nachhallendes Knacken unterbrach ihn. Sie fuhren heftig zusammen und blickten sich hektisch um.

Aber es war kein dreifingriges Eismonster, das plötzlich aus dem Nichts auftauchte und über sie herfiel. Stattdessen wiederholte sich das Knacken und wurde dann von einer Lautsprecherstimme abgelöst, die aus keiner bestimmten Richtung zu kommen schien.

»Achtung, hier spricht der Kapitän. Meine Damen und Herren – ich möchte Sie bitten, sich in fünf Minuten auf dem Sonnendeck einzufinden, wo wir die vorgeschriebene Seenot-Rettungsübung durchführen werden. Es besteht kein Grund zur Beunruhigung, da es sich nur um eine Übung handelt, deren Teilnahme jedoch zwingend ist. Ich danke Ihnen für Ihr Verständnis.«

Der Lautsprecher verstummte mit einem letzten Knacken, und Ben tauschte einen verwirrten Blick mit Harry. »Eine Seenot-Rettungsübung? Die haben wir doch gemacht, kurz nachdem wir Kapstadt verlassen haben!«

»Du hast Recht«, sagte Harry grimmig. »Es wird Zeit, dass wir Kapitän Schulz einen kleinen Besuch abstatten. Komm!«

Sie stürmten los. Harry schlug diesmal den Weg durch den Laderaum ein, in dem er selbst und seine Leute für eine Weile Quartier bezogen hatten. Obwohl er Rücksicht auf Ben nahm und nicht annähernd so schnell rannte, wie er es vermutlich gekonnt hätte, hatte er schon ein gutes Dutzend Schritte Vorsprung, als er das obere Ende der schmalen Eisentreppe erreichte und die Tür zum Laderaum aufriss. Irgendetwas stimmte mit dem Licht nicht, das durch die Tür fiel, es war viel zu hell, zu *natürlich* – und dann war Harry auch schon hindurch, prallte mitten in der Bewegung zurück und riss seine Waffe hoch.

Ben hatte mit einem höllischen Lärm gerechnet, aber die Maschinenpistole ließ nur ein gedämpftes, wenn auch rasend schnelles Ploppen hören, als würden Dutzende von Tennisbällen auf einer Tischplatte aufschlagen – und den Bruchteil einer Sekunde darauf ertönte ein Klirren und Bersten, als ob dort oben die größte Glasscheibe der Welt zu Bruch gegangen wäre.

»Was –?«, keuchte Ben und stürmte los. Harry schwenkte seine Waffe langsam von links nach rechts, wobei die klobige Mündung grelle orangerote Flammen ausstieß, während das »Tennisballgeräusch« nun vollends in einem ohrenbetäubenden Scheppern unterging und dann und wann im Heulen eines Querschlägers. Obwohl er sich völlig auf das Ziel vor ihm zu konzentrieren schien, musste er wohl noch ein zusätzliches Paar Augen im Hinterkopf haben, denn er hielt die Waffe plötzlich nur mit einer Hand und benutzte den anderen Arm, um Ben zurückzuhalten, als er an ihm vorbeistürmen wollte. Ben gewann nur einen flüchtigen Eindruck von etwas Riesigem und Weißem, das in einer gewaltigen glitzernden Wolke aus Funken und chaotisch wirbelnden Splittern von der MP auseinander gerissen wurde, dann taumelte er rückwärts und hatte alle Mühe, sich irgendwo festzuklammern, um nicht rücklings die Treppe hinunterzustürzen.

Harry hielt den Abzug seiner Waffe durchgedrückt, bis das Magazin leer war und nur noch ein helles, rasend schnelles metallisches Klicken erscholl, dann riss er das Magazin heraus, rammte mit einer routinierten Bewegung ein neues hinein und hob die Waffe wieder, diesmal jedoch ohne abzudrücken. Anscheinend, dachte Ben benommen, gab es nichts mehr, worauf sich zu feuern lohnte. Das Klirren wurde jedenfalls rasch leiser und hörte schließlich ganz auf. Trotzdem blieb Harry noch eine gute halbe Minute geduckt stehen und schwenkte seine Waffe misstrauisch hin und her, bevor er sich – etwas – entspannte und Ben mit der freien Hand einen Wink gab.

»Du kannst jetzt kommen.«

»Ja, danke«, maulte Ben. »Ich kann es tatsächlich noch. Aber das ist nicht dein Verdienst.«

Harry blickte ihn kalt an. »Komm nie wieder auf die Idee, an einem Mann vorbeilaufen zu wollen, der gerade auf etwas schießt.«

»Das hatte ich auch nicht vor. Ich wollte nur –«

Er brach mitten im Satz ab und riss die Augen auf, als er an Harry vorbeitrat und nun in den Laderaum sehen konnte.

Genau genommen konnte er nicht nur in den Laderaum sehen, sondern weit über das Meer hinaus bis zum Horizont im Westen, denn die Seitenwand des Laderaumes war wieder hinuntergeklappt und hatte sich in eine Rampe verwandelt, die bis zum Meer hinunterreichte. Eine

Anzahl großer Eisschollen hatte sich durch die Fahrt der *Princess* fast bis in den Laderaum hereingeschoben, und in regelmäßigen Abständen barst die Schaumkrone einer Welle an der Kante der Ladeklappe zu sprühendem Weiß. Die Luft roch durchdringend nach Salzwasser und es war schrecklich kalt.

Auf der anderen Seite der Halle türmte sich ein fast kniehoher Berg aus zerborstenem Eis, und die Wand dahinter war mit Brand- und Kratzspuren übersät, wo die Kugeln aus Harrys Maschinenpistole eingeschlagen hatten. Hier und da ragte ein zersplitterter Arm aus Eis oder der Stumpf eines Beines aus den Trümmern, aber nirgends rührte sich etwas. Wie es aussah, hatte Harry ganze Arbeit geleistet.

»Wie viele … waren es?«, fragte Ben mit bebender Stimme.

»Drei oder vier. So genau ist das nicht mehr zu sagen. Es sei denn, du hast Zeit und Lust, sie wieder zusammenzusetzen.«

Er klang unangemessen amüsiert, fand Ben. Aber vielleicht war das ja auch nur Harrys Art, mit der Nervosität fertig zu werden. Der Anführer der Söldner bückte sich nach dem leer geschossenen Magazin, das er gerade so achtlos hatte fallen lassen, und schob es in eine der zahllosen Taschen seiner Montur, bevor er sich zur Ladeklappe herumdrehte und seinen Blick aufmerksam über die übereinander geschobenen Eisschollen tasten ließ.

»Wenigstens wissen wir jetzt, wie sie an Bord gekommen sind.«

»Mit diesen Eisschollen?«

»Für dich sind es Eisschollen. Aber es könnten genauso gut Flöße sein. Und soll ich dir was sagen?« Harry legte eine dramatische Pause ein. »Auf die Dinger da draußen passen deutlich mehr als drei oder vier.«

»Soll das heißen –?«, begann Ben erschrocken.

Harry wedelte mit der Hand, um ihn zu unterbrechen, und hängte sich gleichzeitig das Gewehr wieder über die Schulter. »Das soll gar nichts heißen. Aber ich schließe prinzipiell nichts aus. Wir sollten besser auf Nummer Sicher gehen.« Er zog ein Funkgerät aus der Tasche, das wie der eineiige Zwilling des Apparats aussah, den er Ben gegeben hatte, und hob es an den Mund. »Tom, alles in Ordnung bei euch?«

»Alles in Ordnung und ruhig«, antwortete eine leicht verzerrt klingende Stimme aus dem Gerät.

»Gut. Es könnte sein, dass wir ziemlich schnell wegmüssen. Haltet die Augen offen!« Harry zögerte einen Moment, bevor er fortfuhr: »Der Doktor und seine Frau können sich schon fertig machen und mit euch zum Boot gehen. Sven soll das Hovercraft bereitmachen. Passt auf, dass euch niemand sieht. Ich komme gleich mit dem Jungen nach.«

»Was bedeutet das?«, fragte Ben alarmiert.

»Falls du nicht unter plötzlicher Schwerhörigkeit leidest«, erwiderte Harry, während er das Funkgerät wieder einsteckte, »dann solltest du es eigentlich verstanden haben. Oder habe ich zu leise gesprochen?«

»Aber was sollen wir auf dem Hovercraft?«

»Wir bringen deine Eltern und dich in Sicherheit.«

»Und warum nur uns?«

»Zum Beispiel weil deine Eltern und du so ziemlich die Einzigen an Bord sind, bei denen ich hundertprozentig sicher sein kann, dass sie noch nicht infiziert sind.«

»Blödsinn!«

»Und auf dem Luftkissenboot ist auch wohl kaum Platz für die restlichen Passagiere und die Besatzung«, fuhr Harry fort. Er klang ein bisschen genervt. »Kommst du jetzt mit oder muss ich dich tragen?«

»Ich werde bestimmt nicht einfach weglaufen«, antwortete Ben entschieden. »Und schon gar nicht ohne Sasha!«

Harry verdrehte die Augen. »Jetzt werde nicht albern, Kleiner. Wir sind hier nicht – runter!«

Dann ging alles so schnell, dass Ben gar nicht mitbekam, was geschah, sondern sich auf dem Boden liegend wiederfand, während Harry bereits seine Maschinenpistole von der Schulter riss und abdrückte. Ben konnte die Schüsse auch jetzt kaum hören, aber die Salve strich so dicht über ihn hinweg, dass er den heißen Luftzug der Geschosse spürte, und nur den Bruchteil einer Sekunde später erscholl hinter ihm das vertraute Splittern und Bersten. Ben wandte hastig den Kopf, und obwohl er halbwegs gewusst hatte, was er sehen würde, fuhr er so heftig zusammen, als hätte er einen elektrischen Schlag bekommen.

Die Eisschollen an der Laderampe waren nicht mehr leer. Mindestens ein Dutzend Eispiraten stürmten über das Eis heran; mit ihren scheinbar so plumpen und in Wirklichkeit so unglaublich schnellen Bewegungen.

Harrys MP wütete gnadenlos unter den Monstern. Die Hochgeschwindigkeitsgeschosse ließen die grotesken Kreaturen explodieren, wie Hammerschläge, die hauchzartes Kristallglas trafen – aber für jeden Eispiraten, der unter Harrys Kugelhagel fiel, schienen mindestens zwei neue aufzutauchen! Ben konnte nicht erkennen, woher die Ungeheuer kamen, denn auch die Luft dort draußen war voller fliegender Splitter und wirbelndem Weiß, doch sie rückten näher, statt zu weichen oder sich freundlicherweise in ihre Einzelteile aufzulösen.

Harry schien das genauso zu sehen, denn er streckte den Arm aus und riss Ben grob auf die Füße, ohne auch nur für eine Sekunde den Finger vom Abzug zu nehmen. »Weg!«, brüllte er. »Lauf!«

Ben stolperte los, und Harry folgte ihm, rückwärts gehend und noch immer ununterbrochen feuernd. Das Klirren und Klingen zerberstenden Eises hinter ihnen wurde *lauter*, nicht leiser, und als Ben im Laufen den Kopf drehte, stellte er ohne Überraschung fest, dass die Front der Eisungeheuer fast heran war.

Kurz bevor sie die Tür erreicht hatten, ging Harry abermals die Munition aus. Mit einem Fluch wirbelte er herum, hetzte mit weit ausgreifenden Schritten hinter Ben her und zog im Laufen etwas aus der Tasche, das Ben nicht genau erkennen konnte. Mit einem gewaltigen Satz war er bei und neben ihm, versetzte ihm einen Stoß zwischen die Schulterblätter, der ihn die restliche Entfernung zur Tür deutlich schneller zurücklegen ließ, als er es eigentlich beabsichtigt hatte, und machte gleichzeitig eine Bewegung, als würde er etwas hinter sich werfen.

»Runter!«, brüllte er. Ohne Ben auch nur die Chance zu geben, auf seinen Befehl zu reagieren, warf er sich mit weit ausgebreiteten Armen auf ihn, und sie pflügten gemeinsam durch die offen stehende Tür wie ein absurder Wellenreiter – wobei sich Ben unglückseligerweise in der Rolle des Surfbrettes wiederfand.

Sie schlitterten durch die Tür, und hinter ihnen zuckte ein unerträglich greller, weißer Blitz, unmittelbar gefolgt von einem Knall, als würde das gesamte Schiff in Stücke gerissen. Die Luft war von einem Sekundenbruchteil auf den anderen von erstickender Hitze erfüllt, und überall um sie herum prasselte ein Regen scharfkantiger, glitzernder Geschosse nieder. Ben presste die Augenlider zusammen, als eine orangerote Flammenzunge durch die Tür leckte und die Decke über ihnen schwärzte.

Dann war es vorbei. Das Klirren und Prasseln hielt noch kurz an und verstummte dann ganz, und auch die Flammen zogen sich zurück. Alles, was Ben noch hörte, war ein monotones Fiepen, mit dem seine Trommelfelle gegen die grobe Behandlung protestierten.

Harry wälzte sich stöhnend von ihm herunter, blieb einen Atemzug lang benommen auf Händen und Knien hocken und drehte sich dann ächzend herum. Während er zur Tür zurückkroch, wechselte er abermals sein Magazin aus und hob die Waffe.

Er schoss nicht. Stattdessen richtete er sich vorsichtig auf und trat dann unendlich behutsam durch die Tür, und Ben sog erschrocken die Luft zwischen den Zähnen ein. Harrys Rücken war gespickt mit Eissplittern, die sich wie glänzende Dolche in seine Jacke gebohrt hatten.

»Hast du sie …«, begann Ben – oder wollte es wenigstens, aber seine Stimme versagte ihm den Dienst. Alles, was er herausbrachte, war ein halb ersticktes Krächzen.

Harry machte einen weiteren Schritt in den Laderaum hinein und verschwand damit aus seinem Sichtfeld, und das Gefühl, allein zu sein, war für Ben vollkommen unerträglich. Er stand so hastig auf, dass er fast gestrauchelt wäre, und eilte hinter dem Söldner her.

Harry hatte nicht geschossen, weil es nichts mehr gab, worauf er schießen konnte. Die Handgranate, die dieser Irrsinnige einfach hinter sich geschleudert hatte, hatte nicht nur die Armee der Eisungeheuer zerfetzt, sondern auch die Laderampe leer gefegt. Die ineinander verkeilten Eisschollen waren verschwunden. Hier und da schimmerte noch ein weißes Fitzelchen auf dem versengten Stahl.

»Das war knapp«, murmelte Harry. Seine Stimme zitterte ganz leicht.

Ben behielt lieber für sich, was er über die Art und Weise dachte, *wie* Harry mit ihren Verfolgern fertig geworden war, und sah stattdessen beunruhigt auf das Meer hinaus. Da war etwas gewesen, irgendein Schatten oder eine … Bewegung, die er nur aus den Augenwinkeln wahrgenommen hatte, während sie durch die Tür geschlittert waren, aber das

Bild entglitt ihm, bevor er es greifen konnte. Außerdem gab es da noch etwas anderes, was mindestens ebenso beunruhigend war.

»Was ist mit deinem Rücken? Bist du verletzt?«

Harry hob instinktiv die Hand zum Nacken, ließ sie dann aber gottlob wieder sinken. »Keine Ahnung. Ich glaube nicht. Aber darum kümmern wir uns später. Was ist mit dir?«

»Alles in Ordnung«, sagte Ben – auch wenn es ihm im Grunde nicht anders erging als Harry. Er stand noch viel zu sehr unter Schock, um wirklich zu wissen, ob er verletzt war oder nicht.

»Dann sollten wir schnellstens machen, dass wir von hier wegkommen. Oder hast du immer noch was dagegen, von diesem wunderschönen Schiff zu verschwinden?«

Ben antwortete nicht. Er blickte noch einen Moment lang auf den Ozean hinaus und drehte sich dann herum, um den Laderaum zu verlassen.

Und dann wusste er, was er draußen auf dem Meer gesehen hatte.

Es war wirklich nur ein Schatten gewesen. Der Umriss eines gigantischen, dunklen *Dinges*, das unweit der *Princess of the Dawn* dicht unter der Wasseroberfläche lauerte und seine riesigen, peitschenden Fangarme nach dem Schiff ausgestreckt hatte …

28

NOCH WÄHREND SIE DEN MASCHINENRAUM DURCHQUERTEN, hatte Harry sein Funkgerät aus der Tasche genommen und seine Männer angewiesen, nun doch auf sie zu warten, was Ben mit großer Erleichterung registrierte. Er konnte selbst nicht sagen, warum, aber die Vorstellung, nur mit Harry durch dieses Schiff zu irren, wäre ihm einfach unerträglich gewesen. Vor allem weil er tief in sich davon überzeugt war, dass es noch lange nicht vorbei war, sondern vielleicht gerade erst richtig begann.

»Ihr seid mit dem Hovercraft gekommen?«, fragte er, während er dicht hinter dem Söldner die Treppe hinaufeilte.

»Ich dachte, das hätte ich schon gesagt.« Harry schaute sich nicht zu ihm um.

»Hast du deine Schallkanone mitgebracht?«

Nun wandte Harry doch den Kopf und warf ihm einen überraschten Blick zu. »Natürlich nicht! Ich habe nicht damit gerechnet, in den Krieg ziehen zu müssen!«

Ben atmete innerlich auf. Wenigstens *dieser* Teil seines Traumes würde sich nicht erfüllen.

Was ja nicht hieß, dass die Wirklichkeit nicht noch schlimmer werden konnte …

Sie erreichten den Flur, auf dem seine Kabine lag, jedoch ohne dass es zu einem weiteren Zwischenfall gekommen wäre, was Ben allerdings nur wenig tröstete. Er war halb verrückt vor Sorge um Sasha. Sie musste jetzt wieder in ihrer Kabine oder der ihres Vaters sein, vermutlich bewacht von dem dunkelhaarigen Steward, der sie auch bisher umsorgt hatte. Ben konnte nur hoffen, dass er inzwischen nicht auch zu den Infizierten gehörte. Er würde ganz bestimmt nicht von Bord gehen, ohne sich zumindest davon überzeugt zu haben, dass es ihr gut ging.

Aber er sparte es sich vorsichtshalber, Harry *das* zu sagen.

Vor der Tür seiner Kabine hielt nach wie vor nur ein Mann Wache, aber da die Abwesenheit des zweiten Söldners Harry nicht zu beunruhigen schien, sagte auch Ben nichts dazu. Er betrat die Kabine als Erster und musste im nächsten Augenblick schon wieder um seine Balance kämpfen, weil seine Mutter regelrecht über ihn herfiel und ihn mit Fragen bestürmte, ob ihm auch wirklich nichts zugestoßen sei. Es gelang Ben nur mit einiger Mühe, sich ihrer zu erwehren.

»Mit mir ist alles in Ordnung.«

»Was war das für ein Knall?«, fragte seine Mutter aufgeregt. »Eine Explosion?«

»Wir haben Schüsse gehört«, mischte sich sein Vater ein, zwar deutlich ruhiger, aber ebenso besorgt wie sie. »Was war los?«

»Ärger«, antwortete Harry an seiner Stelle und schloss die Tür hinter sich. »Bens Fanclub ist gekommen.«

»Was soll das heißen?«, fragte Bens Mutter erschrocken.

»Es waren die Eismonster«, erklärte Ben rasch. »Die gleichen, die Sasha und mich vorhin im Maschinenraum angegriffen haben.«

»Fängst du schon wieder mit diesem Unsinn –?«, fuhr sein Vater auf und wurde sofort von Harry unterbrochen.

»Er sagt die Wahrheit.«

»Sie … Sie haben sie *gesehen*?«, murmelte Robert Berger zweifelnd.

»Was glauben Sie, auf wen ich geschossen habe?«, erwiderte Harry. »Aber keine Sorge – Ihrem Sohn ist nichts passiert.«

»Jedenfalls haben mich die Eispiraten nicht in Gefahr gebracht«, fügte Ben säuerlich hinzu. Seine Mutter blickte fragend, und Ben sagte mit einer erklärenden Geste auf den Söldner: »Dieser Irre hat eine Handgranate in den Laderaum geworfen!«

»Eine Handgranate?«, ächzte sie.

»Die Situation war ein bisschen brenzlig«, sagte Harry lächelnd. »Aber wir sind ja noch mal davongekommen. Trotzdem«, fuhr er, plötzlich wieder ernst, fort, während er sein Gewehr auf den Tisch legte und dann aus seiner Jacke zu schlüpfen begann, »würde ich Sie bitten mich kurz zu untersuchen.«

Bens Mutter sah nun endgültig verwirrt aus – und sehr hilflos –, doch Harry verzichtete auf eine weitere Erklärung und fuhr fort, sich aus seiner weißen Tarnjacke zu schälen. Nicht nur Ben fiel auf, wie vorsichtig er dabei zu Werke ging. So wie er sich bewegte, hätte man meinen können, seine Jacke sei mit giftigen Schlangen oder Skorpionen gefüttert.

»Was ist denn –?«, begann seine Mutter und schlug die Hand vor den Mund, als sich ein scharfkantiger Eissplitter von der Größe und Form eines Dolches aus dem Futter löste und klirrend auf dem Boden zerbrach. Sein Vater streckte instinktiv den Arm aus und wollte sich nach der Scherbe bücken.

»Nicht anfassen!«, rief Ben.

Sein Vater funkelte ihn ärgerlich an, zog die Hand aber trotzdem gehorsam zurück, und Harry streifte endlich seine Jacke ab, verursachte dabei einen wahren Scherbenregen und zog dann auch noch seinen ebenfalls weißen Pullover über den Kopf. Jennifer Berger untersuchte ihn rasch und schüttelte dann den Kopf.

»Ich kann nichts entdecken. Anscheinend haben Sie Glück gehabt. Da ist ein kleiner Kratzer in Ihrem Nacken, aber der muss nicht von den Splittern stammen. Er blutet nicht einmal.«

»Sie meinen, das Zeug ist nur ansteckend, wenn es in die Blutbahn gerät?«, fragte Harry nervös.

»Da ich nicht weiß, ob es überhaupt ein *Zeug* gibt, geschweige denn wie es wirkt, meine ich überhaupt nichts. Aber die Vermutung liegt zumindest nahe. Und so wie es aussieht, haben wir im Moment sowieso keine andere Wahl, als es darauf ankommen zu lassen, nicht wahr?« Sie bedachte den Söldner mit einem kühlen Lächeln – Harry sah nicht unbedingt so aus, als hätten ihn diese Worte beruhigt – und wandte sich dann mit einer auffordernden Geste an Ben. »Jetzt du.«

»Jetzt ich, was?«, wiederholte Ben verständnislos.

»Zieh deine Jacke aus«, antwortete seine Mutter ungeduldig. »Ich will dich untersuchen.«

»Mir fehlt nichts. Wir haben auch keine Zeit!«

»Auf die zwei Minuten kommt es jetzt auch nicht mehr an«, mischte sich Harry ein. Und natürlich wäre Harry nicht Harry gewesen, hätte er sich nicht mit einem dümmlichen Grinsen an Bens Mutter gewandt und vorgeschlagen: »Soll ich ihn festhalten?«

Ben ersparte seiner Mutter die Peinlichkeit einer Antwort, indem er rasch ebenfalls aus Jacke und Pullover schlüpfte und sich von ihr abtasten ließ. Natürlich dauerte es deutlich länger als zwei Minuten, denn ihre Untersuchung fiel sehr viel gründlicher aus als bei Harry, aber schließlich bedeutete sie ihm mit einem Kopfnicken, dass alles in Ordnung sei und er sich wieder anziehen könne.

»So, und jetzt sollten wir von hier verschwinden, so schnell es geht«, sagte Harry, noch während Ben damit beschäftigt war, wieder in seine Kleider zu schlüpfen. »Ziehen Sie die wärmsten Sachen an, die Sie haben. Es ist verdammt kalt draußen auf dem Meer.«

»Meer?«, wiederholte sein Vater. »Wieso Meer?«

»Wir nehmen Sie mit auf die Wetterstation. Oder wollen Sie hier bleiben und abwarten, ob Sie es überleben … Sie und Ihre Familie?«

»Aber wir können die Leute hier doch nicht einfach im Stich lassen!«, protestierte Bens Mutter.

Harry sah sie eine halbe Sekunde lang mit schräg gehaltenem Kopf an, dann zuckte er mit den Schultern, nahm sein Gewehr vom Tisch und drückte es ihr wortlos in die Hand. Sie griff zwar ganz automatisch danach, betrachtete die schwere Waffe aber ungefähr so, als handele es sich um eine tote und schon seit einer guten Woche in Verwesung übergegangene Giftschlange.

»Was … was soll ich damit?«

»Die werden Sie brauchen, wenn Sie den Leuten hier an Bord wirklich helfen wollen«, antwortete Harry. Er kam ihrem Widerspruch mit einer herrischen Geste zuvor und nahm seine Waffe sofort wieder an sich. »Hören Sie! Ich weiß, wie Sie sich jetzt fühlen. Mir geht es nämlich auch nicht sehr viel besser. Ich habe nicht die geringste Ahnung, was hier vorgeht, aber es ist eine verdammt üble Sache. Und ich bin ziemlich sicher, dass wir paar Leutchen nicht genug sind, um hier irgendetwas bewirken zu können! Also schlage ich vor, dass wir von hier verschwinden, solange es noch geht.«

»Um in aller Ruhe abzuwarten, wie die Leute hier vor die Hunde gehen?«, fragte Bens Vater scharf.

»Um in aller Ruhe zu überlegen, was wir unternehmen können. In der Station sind wir erst einmal sicher – auf jeden Fall sicherer als hier. Und wir könnten Hilfe herbeirufen. Dort drüben gibt es Funkgeräte, die noch funktionieren.« Er lächelte humorlos. »Wenn es sich wirklich um eine Epidemie handelt und Kapitän Schulz zu stur ist, um die entsprechenden Maßnahmen zu ergreifen, dann wird er ja möglicherweise vernünftig, wenn er in die Bordgeschütze eines Kanonenbootes blickt.«

»Und wenn es keine simple Epidemie ist?«, fragte Ben. Er kam sich selbst albern dabei vor. Er *wusste,* dass es keine Krankheit war, zumindest nicht im herkömmlichen Sinne. Und Harry wusste es auch. Schließlich hatte er dasselbe gesehen wie er.

»Egal, welche Art von Epidemie es ist. Entscheidend ist, dass jemand am Leben bleibt und Hilfe ruft – bevor dieses Schiff in einen dichter besiedelten Teil der Welt fährt und die ganze Sache außer Kontrolle gerät. Und jetzt zieht euch um, verdammt noch mal! Wenn wir noch lange hier herumstehen und reden, dann erledigt sich die Sache vielleicht von selbst!«

Ein lautes Knacken erscholl, und Kapitän Schulz' Stimme, die aus einem verborgenen Lautsprecher irgendwo unter der Decke drang, verkündete: »Achtung, hier spricht noch einmal der Kapitän! Ich darf auch die restlichen Passagiere bitten, sich nun zu der Seenot-Rettungsübung auf dem Sonnendeck einzufinden! Ich weise Sie ausdrücklich darauf hin, dass die Teilnahme an dieser Übung nicht freiwillig ist! Jeder, der die Teilnahme verweigert, hat mit Konsequenzen zu rechnen!«

Der Lautsprecher verstummte mit einem Knacken, das Ben absurderweise zornig vorkam, doch dann wurde ihm klar, dass dieser Gedanke gar nicht so absurd war: Es war das Knallen gewesen, mit dem Kapitän Schulz den Hörer auf die Gabel geschmettert hatte.

»Ist er jetzt völlig durchgedreht?«, fragte sein Vater.

»Das war jetzt die zweite Aufforderung«, sagte Harry nachdenklich. »Da stimmt doch irgendetwas nicht.« Er überlegte einen Moment lang angestrengt, dann schulterte er sein Gewehr und machte gleichzeitig eine wedelnde Handbewegung. »Das sehe ich mir an. Sie ziehen sich inzwischen um, aber schnell. Und nehmen Sie nur mit, was Sie unbedingt brauchen.«

»Ich komme mit!«, sagte Ben.

Harry war schon bei der Tür. »Kommt nicht in Frage.«

»Das werden wir sehen«, knurrte Ben. »Du kannst mich ja niederschlagen, wenn du willst, oder mir ins Knie schießen.«

Harry maß ihn mit einem Blick, als ziehe er eine dieser beiden Möglichkeiten ganz ernsthaft in Betracht, aber dann hob er – fast zu Bens Überraschung – nur die Schultern. »Es ist dein Leben. Aber erwarte nicht von mir, dass ich meines riskiere um dich zu retten.«

»Ben, du –«, begann seine Mutter fast hysterisch, doch Ben hörte ihr weder zu noch gab er ihr Gelegenheit, ihn auf irgendeine andere Weise zurückzuhalten, sondern stürmte hinter Harry her auf den Korridor hinaus. Obwohl er sich beeilte, holte er den Söldner erst ein, als sie schon halb die Treppe hinauf waren. Mit einem Gefühl von schon deutlich mehr als *leiser* Beunruhigung registrierte er, dass Harry die MP wieder von seiner Schulter genommen und den Sicherungshebel herumgelegt hatte.

»Also gut«, sagte Harry, als er neben ihm angelangt war. »Wie lange brauchst du zur Kabine und zurück?«

»Welche Kabine?«

»Die, in der das Mädchen ist. He – verkauf mich nicht für dumm, Kleiner! Oder glaubst du wirklich, ich weiß nicht, warum du unbedingt mitkommen wolltest?«

War er wirklich so leicht zu durchschauen?, dachte Ben und gab sich die Antwort auf seine eigene Frage gleich selbst: Wenn es um Sasha ging, wahrscheinlich ja.

»Nicht besonders lange. Ich kann in fünf Minuten mit ihr zurück sein.«

»Dann versuch dein Glück«, sagte Harry. »Aber denk dran, was ich dir gesagt habe: Ich riskiere nicht mein Leben, um dich aus der Scheiße zu ziehen.«

»Schon klar«, antwortete Ben und sprintete los.

In einer vermutlich nicht nur persönlichen Rekordzeit erreichte er den Gang, auf dem die Kabinen der Besatzung lagen, legte noch einmal an Tempo zu und bog an seinem Ende nach links ab, um die Kapitänskajüte zu erreichen. Er brauchte nur ein paar Sekunden, aber diese Zeit reichte seiner Fantasie allemal aus, um ihm alle möglichen Gründe auszumalen, warum sein Vorhaben einfach schief gehen musste – angefangen von der Möglichkeit, dass Schulz einen Matrosen vor der Tür seiner Kajüte postiert hatte (vorzugsweise den großen Bruder von King Kong), bis hin zu der, dass er Sasha nicht dazu bewegen konnte, mit ihm zu kommen. Immerhin war Kapitän Schulz ihr Vater, und Ben bezweifelte trotz allem, dass sie verstanden hatte, was hier an Bord vorging.

Zumindest eine seiner Befürchtungen stellte sich als unnötig heraus. Auch dieser Abschnitt des Ganges war leer. Wahrscheinlich hatte Schulz jeden Mann, den er entbehren konnte, losgeschickt, um die Passagiere zusammenzutreiben, damit sie auch ja an der *Seenot-Rettungsübung* teilnahmen, und außerdem wähnte er ihn und seine Eltern ja noch immer sicher in ihrer Kabine gefangen.

Damit brach seine Glückssträhne aber auch schon ab. Ben prallte nahezu ungebremst gegen die Tür, drückte die Klinke herunter und fand sich im nächsten Moment, mit heftig rudernden Armen um sein Gleichgewicht kämpfend, auf der anderen Seite des Flures wieder. Seine rechte Schulter pochte so heftig, dass ihm der Schmerz die Tränen in die Augen trieb.

Die Tür war abgeschlossen.

Warum war ihm dieses simpelste aller Hindernisse eigentlich nicht selbst eingefallen?

Ben machte sich in Gedanken eine Notiz, sich später ausgiebig zu beschimpfen, nahm einen kurzen Anlauf und rammte die Tür dann mit aller Kraft mit der (unverletzten) Schulter. Es tat genauso ekelhaft weh, wie er es erwartet hatte, und es gelang ihm auch nicht, die Tür auf Anhieb aufzusprengen. Aber seine außer Kontrolle geratene Fantasie, die ihm weismachen hatte wollen, dass sich unter dem millimeterdünnen Holzfurnier eine mindestens fünf Zentimeter dicke Stahlplatte verbergen musste, behielt auch diesmal Unrecht: Die Tür hatte bereits einen Riss und hing sichtbar schräg in den Angeln. Mit dem nächsten Stoß würde er zweifellos durchbrechen. Darüber, wie Sasha reagieren würde, wenn er sich *gewaltsam* Zutritt zu ihrer Kabine verschaffte, um sie in aller Hast mit sich zu schleifen, dachte er vorsichtshalber erst gar nicht nach. Aber er war entschlossen, sie schlimmstenfalls mit Gewalt mitzunehmen.

Er nahm wieder Anlauf, rammte die Tür mit noch größerer Kraft (und einem Schmerzensschrei) und stolperte in einem Regen aus Holzsplittern und fliegenden Kunststoffteilen in die Kabine hinein.

Um ein Haar wäre er gegen Sasha geprallt, die nur ein paar Schritte hinter der Tür stand und aus leeren Augen in seine Richtung blickte. Ben registrierte beiläufig, dass sie nicht nur ihr gewohntes weißes Kleid trug, sondern auch den weißen Mantel mit Fellbesatz, ebenfalls weiße, gefütterte Stiefel und dicke weiße Handschuhe, fand mit einiger Mühe sein Gleichgewicht wieder und griff nach ihrem Handgelenk.

»Wir müssen weg! Frag mich jetzt nicht, warum, aber es geht um Leben und Tod!«

Er bekam natürlich keine Antwort, doch er erlebte trotzdem eine Überraschung: Er musste Sasha zwar auf den ersten beiden Schritten hinter sich herzerren, doch nachdem sie sich einmal in Bewegung gesetzt hatte, lief sie ganz von selbst neben ihm her, und das sogar in erstaunlichem Tempo.

Natürlich würden sie es trotzdem nicht schaffen, in der knappen Frist zurück zu sein, die Ben selbst genannt hatte, aber was das anging, machte er sich keine besonderen Sorgen. Ganz egal was Harry auch gesagt hatte, er würde ihn niemals hier zurücklassen; gar nicht zu reden davon, dass seine Mutter ihm vermutlich die Augen auskratzen würde, sollte er so etwas auch nur *vorschlagen.*

Sie waren schon beinahe wieder bei der Treppe angelangt, an der er sich von Harry getrennt hatte, als ihm auffiel, wie still das Schiff war. Das dumpfe Dröhnen der Turbinen war ganz leise im Hintergrund zu hören, was bewies, dass die Maschinen immer noch mit voller Kraft liefen, obwohl die *Princess* eher gemächlich dahinzuckelte, aber sonst war absolut nichts zu hören; keine Schritte, keine Stimmen, keine Musik, überhaupt keine anderen Geräusche.

An der Abzweigung zur Treppe blieb er stehen und sah sich unschlüssig um. Von Harry war nichts zu sehen. Die fünf Minuten, die sie verabredet hatten, waren längst vorbei, aber er konnte sich nach wie vor nicht vorstellen, dass Harry ihn im Stich lassen würde.

Das hatte er auch nicht. Ben stand gerade lange genug da, um sich ernsthafte Sorgen machen zu können, als er zurückkam; schnell und mit sehr ernstem Gesicht. Die Waffe hatte er allerdings wieder über die rechte Schulter gehängt, ein Detail, das Ben ungemein beruhigte.

»Hast du sehen können, was an Deck passiert?«, empfing ihn Ben.

»Ja, und es gefällt mir ganz und gar nicht.« Er blieb stehen und zog das Funkgerät aus der Tasche. »Tom? Alles in Ordnung bei euch?«

Ben konnte die Antwort des Söldners nicht verstehen, aber sie schien Harry zufrieden zu stellen, denn er nickte knapp. »Gut. Dann gehst du mit dem Doktor und seiner Frau schon einmal vor. Sven soll das Hovercraft zur Ladeklappe bringen. Sie steht offen. Wartet auf uns, aber macht euch auf einen schnellen Abflug gefasst. Hier ist eine Riesensauerei im Gange.«

»Was für eine Riesensauerei?«, fragte Ben.

Harry steckte das Funkgerät wieder ein und machte eine Kopfbewegung in die Richtung, aus der sie gekommen waren. »Ich zeige es dir. Komm mit.«

Ben war tief beunruhigt und platzte gleichzeitig vor Neugier, aber er zögerte trotzdem, Harrys auffordernder Geste zu folgen. Sie waren nicht allein. Sasha hatte sich zwar bisher überraschend gut gehalten und nach dem Zwischenfall im Maschinenraum war er auch davon überzeugt, dass sie in einer brenzligen Situation die Nerven behalten würde – aber sie würde kaum so schnell rennen können wie Harry oder er. Und außerdem widerstrebte es ihm prinzipiell, sie in Gefahr zu bringen.

»Keine Sorge«, sagte Harry, der sein Zögern richtig gedeutet haben musste. »Sie sind alle draußen. Solange wir nicht auf einer Trillerpfeife blasen, wird uns nichts passieren. Aber sei trotzdem leise.«

Da er anscheinend fest entschlossen war, sich weiterhin nur in geheimnisvollen Andeutungen zu ergehen, resignierte Ben und folgte ihm. Sasha ging auch jetzt gehorsam neben ihm her, doch er hatte den Eindruck, dass sie es jetzt nur noch widerstrebend tat, auch wenn ihr Gesicht so ausdruckslos blieb wie immer.

Ben wurde unwillkürlich langsamer, als sie sich der Tür zum Sonnendeck näherten. Sie war geschlossen und auch auf diesem Gang war niemand zu sehen, aber er glaubte nun ein gedämpftes Raunen zu hören, wie ferne Meeresbrandung – oder eine größere Ansammlung von

Menschen. Schulz hatte in seiner Durchsage ja auch angeordnet, dass sich die Passagiere auf dem Vorderdeck versammeln sollten.

Statt jedoch die Tür dorthin anzusteuern, machte Harry plötzlich einen Schwenk nach links und öffnete die Tür zum Restaurant. Der große Raum war leer, doch er hatte trotzdem Bedenken, ob Harrys Idee wirklich so gut war. Durch die riesige Panoramascheibe würden sie einen guten Blick auf das Vorderdeck haben – aber jeder, der dort unten stand, hatte einen ebenso guten Blick zu ihnen herein. Er folgte dem Söldner, blieb jedoch dicht hinter der Tür stehen und ließ Sashas Hand los. »Warte hier auf mich. Ich bin sofort zurück, okay?« Er ging weiter, und Sasha folgte ihm ohne zu zögern.

Harry lachte leise. »Das ist das Problem mit der Kleinen. Sie gibt zwar keine Widerworte, aber sie gehorcht auch nicht besonders gut.«

Ben verzichtete vorsichtshalber auf eine Antwort. Er hätte den Kerl sonst möglicherweise durch die Fensterscheibe bis hinunter auf das Vorderdeck geschubst.

Dann war er neben Harry angelangt und sah durch die Panoramascheibe hinaus und sein Ärger auf den Söldnerführer war vergessen.

Das Vorderdeck war voller Menschen. Damit hatte er gerechnet. Aber nicht damit, dass es *so* viele sein würden. Nicht nur sämtliche Passagiere der *Princess of the Dawn* drängten sich auf dem winzigen Sonnendeck, sondern auch ein Großteil der Besatzung, wenn nicht sogar alle, war hinausgekommen; mit dem Ergebnis, dass die Menschen so dicht an dicht standen, dass sich Ben beinahe wunderte, wie sie überhaupt noch atmen konnten.

»Da fragt man sich doch, wie er dort unten eine Rettungsübung abhalten will, nicht wahr?«, fragte Harry spöttisch. »Ich meine, ich würde mir nicht zutrauen, da eine Schwimmweste anzuziehen.«

»Ich frage mich eher, warum sie sich das gefallen lassen.«

»Oh, Menschen sind so. Du musst ihnen nur einen Befehl erteilen, und schon tun sie fast alles, was du willst. Der Trick ist, möglichst überzeugend zu klingen.«

»Aber was *tun* sie da?«, murmelte Ben. »Und wo ist Schulz?«

Harry hob wortlos die Hand und deutete nach links, und als Ben der Geste folgte, sah er den Kapitän der *Princess* mit einem Megafon in der

Hand an der Reling stehen. Er trug jetzt wieder seine weiße Galauniform wie am vergangenen Abend, und selbst über die große Entfernung hinweg konnte Ben erkennen, wie abgerissen und verdreckt sie war. Und er sah noch etwas: Schulz hatte das Pflaster von seiner Wange entfernt, und was darunter zum Vorschein gekommen war, hatte kaum noch Ähnlichkeit mit einem menschlichen Gesicht. Aus der winzigen Wunde, die ihm der Eissplitter zugefügt hatte, war ein entzündetes, rot aufgedunsenes Geschwür geworden, aber das war nicht einmal das Schlimmste. *Schlimm* war das weiße Spinnweb-Geflecht, das seine Wange fast bis zum Augenwinkel hinauf überzog und zu *pulsieren* schien, als wäre es von eigenem, widerwärtigen Leben erfüllt …

Ben schaute rasch zu Sasha hin, aber wenn sie ihren Vater in seinem schrecklichen Zustand entdeckt hatte, so reagierte sie jedenfalls nicht darauf. Er drehte sich wieder zum Fenster und ließ seinen Blick über die Menge schweifen.

»Was tun sie?«, murmelte er verstört.

»Keine Ahnung«, antwortete Harry. »Aber es sieht so aus, als ob sie auf etwas warten.«

Die logische nächste Frage wäre gewesen, *worauf*, aber Ben wagte es nicht, sie auszusprechen.

Das war auch nicht nötig. Sie wurde im nächsten Augenblick bereits beantwortet.

Im Nachhinein versuchte er immer wieder sich einzureden, dass es andersherum gewesen sei, aber es war Harry, der es zuerst bemerkte. Er stieß ein erschrockenes Zischen aus, und noch während Ben herumfuhr und in dieselbe Richtung starrte wie er, riss er seine Waffe von der Schulter.

»Duckt euch!«, brüllte er.

Ben reagierte sofort – allerdings duckte er sich nicht, sondern wirbelte herum und warf sich schützend über Sasha –, aber der Bruchteil einer Sekunde hatte ihm gereicht, um das missgestaltete weiße Ding zu entdecken, das nur ein kleines Stück vom Kapitän entfernt über die Reling kletterte.

Harry riss den Abzug seiner Maschinenpistole durch, und Ben dachte ganz ruhig: *Jetzt ist er komplett durchgeknallt.*

Er hatte sich so ungestüm gegen Sasha geworfen, dass sie beide zu Boden stürzten, doch er sah noch im Fallen, wie das dicke Glas der Panoramascheibe den ersten drei oder vier Kugeln aus Harrys MP standhielt, dann aber in einem gewaltigen klirrenden Wasserfall aus sonderbar rechteckigen, kleinen Glasscherben zu Boden prasselte. Etwas biss schmerzhaft in seinen Hals, dann in seine Wange und seine Stirn, und auch Harry stieß einen Schmerzensschrei aus. Trotzdem sprang er vor, senkte seine Waffe und riss den Abzug abermals durch, und aus Bens merkwürdiger Ruhe wurde Entsetzen. Harry musste den Verstand verloren haben! Er *feuerte* mit einer Maschinenpistole in die Menschenmenge!

Mit einem einzigen Satz war er auf den Füßen und neben Harry, um ihm die Waffe aus der Hand zu reißen. Harry machte sich nicht einmal die Mühe, nach ihm zu schlagen, sondern versetzte ihm nur einen derben Stoß mit der Schulter, der ihn fast wieder zu Boden geschleudert hätte. Im letzten Moment fand er einen Halt – dummerweise an einer Kante der zersplitterten Fensterscheibe, an der er sich prompt einen tiefen Schnitt in der Handfläche zuzog. Der Schmerz trieb ihm die Tränen in die Augen und ließ ihn aufschreien, aber er stemmte sich trotzdem in die Höhe und taumelte auf Harry zu.

Der Söldner hörte auf zu schießen, und Ben blieb abrupt stehen und blickte durch das zersplitterte Fenster auf das Vorderdeck hinab. Er hatte erwartet, dort unten Dutzende von Verletzten oder gar Toten zu erblicken, aber das war nicht der Fall.

Dafür war auf dem Vorderdeck jetzt eine ausgewachsene Panik ausgebrochen.

Jetzt erwies es sich als Glück, dass die Menschen dort unten so dicht gedrängt standen, dass sie einfach keinen Platz hatten, um sich gegenseitig niederzutrampeln. Es entstand nur ein allgemeines Geschiebe, Gerangel und Gedränge, eine wogende Bewegung, die die gesamte Menschenmenge ergriffen hatte. Vermutlich gab es dennoch etliche gequetschte Rippen und genug blaue Flecken, Prellungen und Schrammen, aber es hätte deutlich schlimmer kommen können.

Was allerdings nicht hieß, dass es nicht schlimmer werden *würde* … Harry schien jedenfalls sein Möglichstes dazu beitragen zu wollen. Das

Eisungeheuer war spurlos verschwunden, und Schulz hatte den Kopf in den Nacken gelegt und starrte hasserfüllt zu ihnen hoch; ein Ausdruck, den Ben trotz der Entfernung überdeutlich auf seinem Gesicht erkennen konnte. Harry hatte seine Waffe gesenkt und zielte nun ganz eindeutig auf ihn. Sein Finger strich über den Abzug.

»Was hast du vor?«, fragte Ben nervös.

Bevor Harry antworten konnte – falls er es überhaupt vorhatte –, verwandelte sich Schulz' Gesichtsausdruck von blankem Hass in ein hämisches Grinsen, und auf der anderen Seite des Schiffes wogte die Menschenmasse zurück, und diesmal *hörte* Ben gellende Schmerzensschreie. Über der Reling erschienen Kopf und Schultern eines weiteren Eisungeheuers, und nur einen Herzschlag später tauchte ein drittes Eismonster nur ein kleines Stück daneben auf. Harry fluchte ordinär und gab einen kurzen Feuerstoß aus seiner Waffe ab. Funken stoben aus der Reling, und eines der Eismonster verschwand wie weggezaubert, das andere hatte auf einmal keinen Kopf und keine Schultern mehr. Der reglose Torso kippte nach hinten und verschwand, während sich die abgetrennten Arme noch einen Moment lang mit ihren dreifingrigen Händen an der Reling festklammerten, bis auch sie sich lösten und ins Meer zurückfielen. Aber Ben sah auch entsetzt, wie sich einer der Passagiere an die Schulter griff und mit schmerzverzerrtem Gesicht gegen seinen Nebenmann kippte. Anscheinend war Harry doch kein so hervorragender Schütze, wie er angenommen hatte. Oder es war ein Querschläger gewesen.

»Hör auf!«, keuchte er. »Willst du sie umbringen?«

»Was glaubst du, was die Dinger da mit ihnen tun werden?«, knurrte Harry, hörte aber wenigstens auf zu schießen. Ben blieb ihm die Antwort schuldig – auch wenn er das ungute Gefühl hatte, dass Harry sich irrte. Was immer diese Ungeheuer mit den Menschen dort unten vorhatten, es war nicht ihr Tod, den sie im Sinn hatten, sondern etwas weit Schrecklicheres.

Möglicherweise würden sie es ja gleich erfahren, denn schon tauchten zwei weitere Ungeheuer über der Reling auf. Vielleicht war es Zufall, vielleicht hatten sie auch gelernt – diesmal jedenfalls erschienen sie auf zwei verschiedenen Seiten des Schiffes, sodass Harry sie nicht mit einer einzigen Salve ausschalten konnte.

Er entschied sich für das Ungeheuer auf der linken Seite. Die Kugel zerriss das groteske Geschöpf, noch bevor es sich halb über die Reling ziehen konnte, doch das zweite schaffte es fast bis aufs Deck. Harry erledigte es mit einem einzigen gezielten Schuss, der seinen Kopf in eine Wolke aus auseinander stiebenden Eissplittern verwandelte, doch einen Sekundenbruchteil zuvor riss es noch die Hand in die Höhe und schoss seine Finger ab. Eines der heimtückischen Geschosse ging fehl, die beiden anderen trafen einen älteren Mann in Brust und Oberarm. Er brach lautlos zusammen und er war nicht der Einzige. Mindestens ein halbes Dutzend anderer Passagiere in seiner unmittelbaren Nähe griffen sich an Gesichter, Körper und Arme, und Ben sah plötzlich überall Blut. Was das Ungeheuer selbst nicht mehr geschafft hatte, das war Harrys Kugeln gelungen. Die Splitter seines explodierten Schädels hatten weit mehr Passagiere verletzt, als es seiner begrenzten Anzahl an *Finger*geschossen möglich gewesen wäre.

Harry schien seinen Fehler ebenfalls eingesehen zu haben, denn er fluchte erneut, schaltete wieder von Dauer- auf Einzelfeuer um und gab rasch hintereinander drei Schüsse ab, die ebenso viele Eisungeheuer ins Meer zurückschleuderten, die in diesem Moment über die Reling zu klettern versuchten.

Einem vierten und fünften gelang es, an Bord zu kommen.

Harry erlegte das vorletzte Monstrum mit einem wahren Meisterschuss (vielleicht war es auch pures Glück), der ihm den Kopf von den Schultern fegte, ohne dass auch nur ein einziger Splitter flog, das fünfte und letzte Ungeheuer aber setzte seinen Weg mit roboterhaft anmutender Sturheit fort und bahnte sich rücksichtslos eine Gasse in die dicht gedrängt stehende Menschenmenge hinein.

Dann explodierte es.

Ben sah genau, dass Harry nicht geschossen hatte. Trotzdem flog nicht nur der Kopf, sondern das gesamte Ungeheuer in einer solch gewaltigen Explosion auseinander, als hätte es eine Handgranate verschluckt. Tausende und Abertausende von Splittern fegten jeden im Umkreis von sieben oder acht Metern von den Füßen, und zahllose andere trugen leichtere Verletzungen davon. Ben war vor Grauen wie gelähmt. Wenn das, was seine Mutter und er noch immer für eine Theorie hielten und von dem sie insgeheim längst wussten, dass es den Tatsachen entsprach, stimmte, dann reichte schon der kleinste Kratzer, um die grässliche Veränderung in Gang zu bringen.

Über der Reling erschienen drei, vier, fünf weitere weiße Ungeheuer. Harry erschoss zwei von ihnen, dann senkte er die Waffe und schüttelte den Kopf. »Es hat keinen Sinn. Ich richte nur mehr Schaden an. Verschwinden wir von hier.«

Der Gedanke, all diese Menschen ihrem Schicksal zu überlassen, war Ben unerträglich, aber was sollten sie tun? Harry hatte Recht. Mit seinen Schüssen machte er es nur schlimmer. Und keinem dieser unglückseligen Menschen dort unten war geholfen, wenn sie sich aus Solidarität auch noch überwältigen ließen.

Wortlos drehte er sich herum, ergriff Sasha am Ellbogen und zog sie mit sich. Harry gab noch einen Schuss ab und schloss sich ihnen dann an. Unbehelligt erreichten sie die Tür und stürmten hintereinander auf den Gang hinaus.

Auf einer tieferen Ebene seines Bewusstseins hatte sich Ben schon die ganze Zeit über gefragt, wieso nicht einer der Passagiere dort draußen versucht hatte das Vorderdeck zu verlassen, als die Panik ausgebrochen war. Jetzt bekam er die Antwort: Schulz hatte ein halbes Dutzend seiner kräftigsten Matrosen vor der Tür postiert, die die Menschenmenge vermutlich mit brutaler Gewalt an der Flucht gehindert hatten. Nun stürmten vier oder fünf von ihnen herein. Bei zweien von ihnen entdeckte Ben das Mal; bei dem einen am Handgelenk, genau wie bei King Kong, bei dem anderen am Hals, aber er zweifelte nicht daran, dass auch die drei übrigen zu den Infizierten gehörten. Alle waren bewaffnet, jedoch trug nur ein einziger eine Schusswaffe, ein Gewehr, das aussah, als hätte es schon Scott oder Amundsen auf ihrer ersten Expedition in diesen Teil der Welt begleitet. Aber alt oder nicht, es *war* ein Gewehr, und der Mann zielte auf sie, kaum dass er durch die Tür war.

Harry war schneller. Er gab im Laufen einen einzelnen Schuss ab, der dem Mann die Waffe in den Händen zerschmetterte und ihn nicht nur zurück, sondern auch gegen die anderen taumeln ließ.

»Lauft!«, schrie Harry. »In den Laderaum! Ich halte sie auf!«

Unwillkürlich ergriff Ben Sashas Arm fester und wollte sie hinter sich herzerren, aber sie riss sich los und rannte mit wehendem Haar und Mantel in die entgegengesetzte Richtung.

»Sasha! Nicht!« Ben verschenkte eine unendlich kostbare Sekunde damit, ihr nachzustarren, bevor auch er sich in Bewegung setzte und ihr folgte. Hinter ihm schaltete Harry die Waffe wieder von Einzel- auf Dauerfeuer und jagte eine kurze Salve in den Fußboden unmittelbar vor den infizierten Matrosen, was die Männer abermals erschrocken zurückfallen ließ. Zwei oder drei hatten Holzsplitter abbekommen. Immerhin, dachte Ben, war dieser Kerl noch nicht so irrsinnig, auf Menschen zu schießen. Und die Infizierten ihrerseits waren (noch) nicht verrückt genug, mit bloßen Händen einen Mann angreifen zu wollen, der eine Maschinenpistole hatte: Mit Ausnahme eines einzelnen, der nur noch mühsam humpeln konnte (was daran liegen musste, dass seine Beine eher wie Kakteen aussahen), fuhren sie herum und flüchteten durch die Tür aufs Vorderdeck zurück. Der Kaktus-Mann folgte ihnen mit schleppenden Schritten und in einigem Abstand. Ben lief indessen hinter Sasha her, so schnell er konnte. Seine Befürchtung, dass es ihr schwer fallen könne, mit Harry und ihm Schritt zu halten, erwies sich als vollkommen unnötig – *er* war es, der alle Mühe hatte, sie einzuholen, und er war bis zum Schluss nicht ganz sicher, ob es ihm überhaupt gelingen würde. Sasha stürmte in ungebremstem Tempo fast bis zum Ende des Ganges und wurde erst dann langsamer. Nicht einmal viel, aber doch langsam genug, damit er sie endlich einholen konnte.

»Verdammt noch mal, komm zurück!«, schrie Harry. »Wir haben keine Zeit für diesen Kinderkram!«

Ben versuchte nach Sashas Arm zu greifen, aber sie entzog sich ihm rasch und schüttelte heftig den Kopf. Das Unheimlichste daran war, dass ihr Gesicht die ganze Zeit über so ausdruckslos wie immer blieb.

»Sasha, bitte!«, flehte Ben. »Wir müssen weg!« Er streckte noch einmal den Arm nach ihr aus, doch sie wich vor ihm zurück. Ben seufzte tief.

Harry hatte weniger Geduld. Er fluchte wieder und begann mit weit ausgreifenden Schritten in ihre Richtung zu laufen – und aus der Abzweigung, die sie eigentlich hatten nehmen wollen, schoss ein blitzender weißer Koloss und versuchte ihn zu packen.

Harry reagierte nicht nur blitzschnell, sondern auch mit unglaublicher Kaltblütigkeit. Mit einer fast unmöglich erscheinenden Bewegung hechtete er aus der Reichweite des Ungeheuers, riss noch im Fallen seine Waffe hoch und feuerte, während er über die Schulter abrollte. Die Salve ließ den Eisriesen zerberstend rückwärts taumeln und spickte die kostbare Holzvertäfelung der Wände mit gefährlichen Eisdornen. Doch Harry war schon wieder auf den Beinen, hob seine Waffe und gab einen zweiten, etwas längeren Feuerstoß ab, woraufhin aus dem Gang noch einmal ein lang anhaltendes, helles Klirren zu hören war.

Der Hammer seiner Waffe schlug klickend ins Leere, aber Harry hielt den Abzug noch zwei oder drei Sekunden lang durchgedrückt, ehe er die MP sinken ließ und sich umwandte. Während er auf sie zuging, tauschte er das Magazin aus.

»Das war knapp«, sagte Ben. »Wenn wir den Gang genommen hätten –«

»Wären wir ihnen direkt in die Arme gelaufen, ich weiß«, knurrte Harry. »Aber jetzt ist es vorbei. Die Typen sind Eiswürfel. Also, worauf warten wir?« Er wedelte mit seiner Waffe. »Das ist mein letztes Magazin, ich schlage vor, dass wir allmählich abhauen.«

Wie um seinen Worten mehr Nachdruck zu verleihen, wehte vom Sonnendeck ein neuerlicher Chor greller Schreie zu ihnen herüber, begleitet von einem Geräusch wie von explodierendem Glas. Ben wagte nicht, sich vorzustellen, welche Szenen sich dort abspielten. Er griff nach Sashas Hand, doch sie riss sich los und schüttelte wieder den Kopf. »Sie hat es gespürt«, sagte Ben.

»Quatsch!«, erwiderte Harry, aber Ben wiederholte nur:

»Sie hat genau gewusst, was dort auf uns wartet. Es wäre besser, wenn wir ab jetzt auf sie hören würden.«

»Quatsch«, sagte Harry erneut.

Was ihn allerdings nicht daran hinderte, sich ihnen anzuschließen, als Sasha losging.

29

DER WEG HINUNTER in den Laderaum war wie in einem seiner Träume. Nicht dass sie angegriffen oder auch nur aufgehalten worden wären. Sie bekamen weder ein weiteres Eisungeheuer noch einen der Infizierten zu Gesicht; und auch sonst niemanden. Das riesige Schiff schien plötzlich wie ausgestorben, und das war vielleicht das Erschreckendste. Ben schob das Gefühl in den ersten Minuten auf seine Nervosität und die überstandene Furcht, aber da war noch mehr. Bei aller Langeweile, die er an Bord empfunden, und allem Spott, mit dem er die *Princess* in Gedanken schon bedacht hatte, war ihm dieses Schiff bisher doch stets als ein freundlicher Ort erschienen. Nun hatte es sich in etwas … Feindseliges verwandelt.

»Bist du sicher, dass sie weiß, wohin wir gehen?«, fragte Harry nach einer Weile. Er ging mit schussbereiter Waffe voraus und wirkte so angespannt, dass Ben sich besorgt fragte, ob er die Nerven behalten würde, sollte irgendein verirrter Passagier oder ein Besatzungsmitglied, das Schulz' Aufmerksamkeit entgangen war, das Pech haben, zu plötzlich vor ihnen aufzutauchen.

»Nein«, antwortete Ben. »Du?«

»Nicht genau«, gestand Harry.

»Ich denke, du hast die Pläne des Schiffes studiert?«

»Studiert, nicht auswendig gelernt«, sagte Harry unwillig.

Ben hob nur die Schultern und blieb stehen, als Sasha vor ihnen dasselbe tat. Er ließ ein paar Sekunden verstreichen, dann sagte er: »Wo wir schon mal dabei sind, die Wahrheit zu sagen – verrätst du mir, warum du wirklich hier bist?«

Harry warf ihm einen raschen Blick über die Schulter hinweg zu und hielt ebenfalls inne. »Weil du mich gerufen hast?«

»Du weißt genau, was ich meine. Wer hat dich beauftragt, meine Eltern von diesem Schiff zu holen?«

»Wie kommst du denn auf diese verrückte Idee?« Er lachte, aber es klang nicht überzeugend.

»Harry, bitte. Es könnte sein, dass wir das hier nicht überleben. Wie wär's also mit ein bisschen Ehrlichkeit?«

Harry lachte wieder. »Du siehst gerne Action-Filme, habe ich Recht? Dann kennst du doch die Szenen, in denen alles zu Ende zu sein scheint. Die guten Jungs haben verloren, und die bösen können der Verlockung nicht widerstehen, ihnen im allerletzten Moment zu erzählen, was sie getan haben. Aber dann kommt doch alles ganz anders, und die bösen Jungs haben das Nachsehen, weil sie so blöd waren, ihre finstersten Geheimnisse auszuplaudern. Nichts da.

»Bist du das denn? Einer von den bösen Jungs?«

Harry lachte noch einmal. »Du gibst nicht auf, wie?«

Ben blickte ihn böse an, und Sasha drehte sich herum und ging weiter. Harry machte ein verblüfftes Gesicht und streckte seinen Arm aus, wie um sie zurückzuhalten, aber dann schüttelte er nur den Kopf und ging an ihr vorbei, allerdings nur bis zur nächsten Abzweigung, wo er stehen blieb und es ihr überließ, die Richtung zu wählen, bevor er sie wieder überholte und bei der nächsten Gangkreuzung abermals anhielt.

So ging es weiter. Ben fand diese Art und Weise des Vorankommens auf nervenzerfetzende Weise zeitraubend (Zeit war schließlich ihr kostbarstes Gut) und noch dazu völlig überflüssig. Sasha würde mit ziemlicher Sicherheit spüren, wenn sie sich einem Hinterhalt der Eismonster näherten. Harry musste das ebenso gut wissen wie er, aber vermutlich ließ es sein Stolz einfach nicht zu, sich der Führung dieses Mädchens anzuvertrauen (einer *Bekloppten*, wie er sie selbst genannt hatte), ohne nicht wenigstens den Beschützer zu *spielen.*

Was ihn selbst anging, so hatte er längst die Orientierung verloren und nicht die geringste Ahnung, wo in den labyrinthischen eisernen Eingeweiden der *Princess of the Dawn* sie sich befanden. Er konnte nur hoffen, Sasha wusste, was sie tat. Und wenn schon nicht das, dass sie zumindest instinktiv den richtigen Weg fand.

Nach und nach kamen ihm jedoch Zweifel. Sasha bewegte sich zwar schnell und auf eine für sie völlig ungewohnte Art zielstrebig, aber der Weg schien einfach kein Ende zu nehmen. Einmal ging Sasha nur wenige Schritte weit in einen Seitengang hinein und machte dann erschrocken wieder kehrt, ein anderes Mal hielt sie an einer T-Kreuzung an und zögerte beinahe eine ganze Minute, bevor sie sich für eine der beiden Richtungen entschied. Ben wusste zwar, die *Princess* war groß, aber allmählich hatte er das Gefühl, dass sie mindestens die Abmessungen eines Flugzeugträgers haben musste ... oder sie im Kreis liefen.

Dazu kam, dass ihn das ungute Gefühl nicht verlassen hatte, sondern immer intensiver wurde. Aus seinem Verdacht war Gewissheit geworden: Die *Princess* war zu einem feindseligen Ort geworden. Einem Ort, an dem Menschen nicht sein sollten.

Endlich erreichten sie einen Gang, der ihm vage bekannt vorkam und sie nach einer weiteren, endlosen Minute wieder in die Maschinenhalle führte. Ben vermied es fast krampfhaft, in die Richtung zu sehen, in der sie heute Morgen auf das Eisungeheuer gestoßen waren, und legte noch einmal an Tempo zu, um zu Sasha und Harry aufzuschließen, die ihre Schritte ebenfalls beschleunigt hatten. Die Veränderung, die mit der *Princess* vorgegangen war, konnte man hier am deutlichsten spüren. Etwas war hier drinnen, das ihm das Atmen schwer machte. Obwohl sie noch nicht wirklich rannten, keuchten sie alle drei hörbar, als sie die kurze Metalltreppe hinaufliefen, an deren oberem Ende die Verbindungstür zum Laderaum lag.

Auf dem letzten Stück überholte Harry Sasha wieder und lief voraus. Er nahm sogar das Gewehr von der Schulter und entsicherte es, während er die Hand nach der Türklinke ausstreckte. Allzu groß schien sein Vertrauen in seine Männer nicht zu sein, dachte Ben – oder er meinte es tatsächlich ernst mit seinem Motto, immer und jederzeit auf *alles* vorbereitet zu sein.

Helles Tageslicht schlug ihnen entgegen, vermischt mit dem durchdringenden Geruch nach Salzwasser und dem Tosen des Meeres. Als Ben als Letzter dicht hinter Sasha durch die Tür trat, gesellte sich noch ein weiteres Geräusch hinzu; ein heulendes Summen, dessen Ursache er fast unmittelbar erblickte: Es war Harrys Hovercraft, das auf seinem Gummiwulst unweit der geöffneten Ladeklappe schwebte.

»Jetzt aber nichts wie weg!«, rief Harry. »Wir starten nun zum absoluten Highlight dieser Reise, einem Tagesausflug auf den antarktischen Kontinent, und ich darf alle Passagiere bitten rechtzeitig einzuchecken!«

Ben fand nicht, dass das jetzt der richtige Augenblick für Harry war, um die rudimentären Reste seines Humors wiederzuentdecken, aber er hob nur die Schultern und machte einen halben Schritt zur Seite, um einen besseren Blick auf das Hovercraft zu haben. Das Luftkissenboot war kaum noch zwanzig oder dreißig Schritte entfernt, und sowohl seine Eltern als auch Harrys Soldaten waren bereits an Bord. Einer von ihnen stand neben seinen Eltern hinter der niedrigen Reling und wedelte ungeduldig in ihre Richtung, sich zu beeilen. Die Umrisse des anderen zeichneten sich als verzerrter Schatten hinter den getönten Scheiben des Führerhauses ab.

Zum ersten Mal begann sich so etwas wie vorsichtige Erleichterung in ihm breit zu machen. Nur noch ein paar Schritte und das Ganze war vorbei, zumindest für sie. Wenn sie erst einmal von diesem Schiff herunter waren, konnten sie Hilfe rufen, und dann sollten sich doch andere um diese Angelegenheit kümmern. Die Hauptsache war, seine Eltern, er und vor allem Sasha waren in Sicherheit.

In diesem Moment blieb Sasha abrupt stehen, und Ben prallte so heftig gegen sie, dass er sie zweifellos von den Füßen gerissen hätte, hätte er nicht auch gleichzeitig zugegriffen um sie festzuhalten.

»Was ist denn jetzt –«, begann Harry, und etwas … *kam.*

Ben spürte es. Den Bruchteil einer Sekunde, *bevor* es geschah, aber selbst wenn er darauf hätte reagieren können, seine Warnung wäre viel zu spät gekommen.

Es war, als erwache das Meer außerhalb der *Princess* zu donnerndem Leben. Etwas Riesiges, sich Windendes, Schwarzes bäumte sich vor der geöffneten Ladeklappe auf, griff herein, ein peitschender Albtraum aus nassem Fleisch und zuckenden, mit gewaltigen Saugnäpfen besetzten Fangarmen, die nach dem Hovercraft griffen und es wie ein Spielzeug herumwirbelten. Ben hörte Schreie – einer davon stammte von ihm selbst – und sah winzige weiß gekleidete Gestalten durch die Luft fliegen. Irgendetwas unter der Gummischürze des Hovercrafts explodierte Funken sprühend, Metall zerbarst kreischend, und dann waren sowohl das Luftkissenboot als auch das *Ding*, das es geschnappt hatte, einfach verschwunden. Eine eiskalte Gischtwolke sprühte herein, Metalltrümmer und Glas regneten zu Boden, und von einem Sekundenbruchteil auf den nächsten senkte sich eine unnatürliche Stille über den Laderaum.

Die Zeit schien stehen zu bleiben, als wäre nun die gesamte Welt aus Eis; vielleicht war es auch Ben selbst. Er sah, wie die glitzernde Woge draußen wieder ins Meer zurückstürzte und dabei eine zweite, beinahe ebenso hohe Säule aus schäumendem Wasser aus der Meeresoberfläche schlug, und die winzigen Gestalten absurd langsam weiter durch die Luft tanzten. Dann schnappte die Zeit mit einem fast körperlich spürbaren Ruck wieder in ihren normalen Ablauf zurück, und aus der grotesken Pantomime wurde ein rasender Sturz, an dessen Ende ein grausam harter Aufprall folgte.

Der dumpfe Laut riss Ben endlich aus seiner Erstarrung.

Mit einem zweiten gellenden Schrei stürzte er los. Sein Vater war nur ein knappes Dutzend Schritte von ihm entfernt auf den Metallboden gefallen, aber er setzte sich auf, noch bevor Ben die halbe Entfernung zurückgelegt hatte, und gab ihm mit einem benommenen Kopfschütteln zu verstehen, dass alles in Ordnung sei. Also schwenkte er in vollem Lauf herum und jagte mit Riesensätzen auf seine Mutter zu, die ungefähr zwanzig Meter weit entfernt auf dem Boden lag *und sich nicht rührte!*

Bens Herz schien auszusetzen. Seine Mutter war aus mindestens fünf oder sechs Metern Höhe auf *Stahl* gestürzt. Sie musste schwer verletzt sein, vielleicht sogar …

Er wagte es nicht, das Wort auch nur zu denken, sondern rannte nur noch schneller, fiel neben ihr auf die Knie und wäre vom Schwung seiner eigenen Bewegung um ein Haar nach vorne gerissen worden. Mit dem linken Arm fing er seinen Sturz ab, mit dem anderen griff er nach seiner Mutter und drehte sie mit einem Ruck auf den Rücken – wenn sie wirklich schwer verletzt war, vermutlich das Falscheste, was er überhaupt tun konnte, aber daran dachte er nicht. Er registrierte auch kaum, wie sich sein Vater hinter ihm aufrappelte und auf sie zurannte, wobei er ununterbrochen den Namen seiner Frau rief.

Seine Mutter war bewusstlos, aber wenigstens lebte sie noch, wie das hektische Pochen einer Ader an ihrem Hals bewies. Ihr Gesicht war blutüberströmt, doch noch bevor sein Vater bei ihnen anlangte, öffnete sie mühsam die Augen und stöhnte leise. Ihre Finger schlossen sich so fest um Bens Hand, dass er vor Schmerz zusammenzuckte.

»Mutter!«, keuchte er. »Was ist mit dir? Bist du verletzt? Verstehst du mich?«

»Auf welche dieser drei Fragen soll ich zuerst antworten?«, murmelte sie benommen. Bens Vater kam neben ihnen an, fiel ebenfalls auf die Knie und schien etwas sagen zu wollen, riss aber dann nur die Augen auf und wurde noch blasser, als er sowieso schon war, als er all das Blut auf ihrem Gesicht erblickte.

»Bist du verletzt?«, fragte Ben noch einmal und in bemüht ruhigem Tonfall.

»Nein.« Seine Mutter streckte die Hand aus, um sich von ihrem Mann in eine sitzende Position aufhelfen zu lassen. Die andere hielt sie an die Stirn, betrachtete danach fast verwundert das frische hellrote Blut, das an ihren Fingerspitzen klebte, und verbesserte sich: »Na ja, jedenfalls nicht sehr.«

»Das ist nicht komisch«, meinte ihr Mann. »Bist du verletzt?«

»Ich glaube nicht«, antwortete sie, nun vollkommen ernst. Sie benutzte die freie Hand, um nach Bens Schulter zu greifen und sich darauf abzustützen, während sie sich in die Höhe stemmte. Sie stand, zwar wankend, aber aus eigener Kraft, und nachdem sie einen Moment lang in sich hineingelauscht hatte, schüttelte sie den Kopf. »Mir ist nichts passiert, außer dass ich plötzlich Knochen spüre, von deren Existenz ich bisher gar nichts gewusst habe.«

Sie versuchte sich das Blut aus dem Gesicht zu wischen, machte es damit aber eher schlimmer, dann wandte sie sich mit einer unendlich mühsamen Bewegung in Richtung der offen stehenden Ladeklappe. »Großer Gott, was war das?«

»Frau Doktor!«, rief Harry, bevor einer von ihnen antworten konnte. »Bitte!«

Er saß etwa zehn Meter entfernt auf den Knien und stützte einen seiner Männer, Tom, glaubte Ben zu wissen, der sich halb erhoben hatte, nun aber mit schmerzverzerrtem Gesicht dasaß. Seine Mutter humpelte mit zusammengebissenen Zähnen zu ihnen hin, ließ sich ächzend in die Hocke sinken und verschmierte das Blut auf ihrem Gesicht noch ein bisschen mehr, indem sie abermals versuchte es wegzuwischen.

»Wie geht es Ihnen?«, fragte sie, an den Söldner gewandt.

»Mein Bein«, erwiderte der Mann gepresst. »Ich glaube, es ist gebrochen.«

Bens Mutter beugte sich vor und tastete sein Bein rasch ab, bevor sie den Kopf schüttelte. »Gebrochen scheint es nicht zu sein. Aber es könnte verstaucht sein, und das ist manchmal schmerzhafter als ein Bruch.« Sie rappelte sich auf und machte eine auffordernde Kopfbewegung. »Versuchen Sie es.«

Mit Harrys Hilfe arbeitete sich der Mann in die Höhe und versuchte sein rechtes Bein zu belasten. Das Ergebnis war ein lauter Schrei. Er wäre auf der Stelle wieder zusammengebrochen, hätte Harry ihn nicht gestützt.

»Gehen kann er damit nicht«, sagte Jennifer Berger überflüssigerweise, dann schüttelte sie müde den Kopf. »Was ist denn überhaupt passiert? Alles ging so unglaublich schnell.«

»Ich habe keine Ahnung«, sagte Harry.

Ben blinzelte überrascht. »Wie bitte? Das meinst du jetzt nicht ernst?«

»Vielleicht eine Welle«, erwiderte Harry. Er wich seinem Blick aus. »Ja. Wahrscheinlich war es eine plötzliche Welle, die das Boot erwischt hat.«

»Du weißt verdammt genau, was es war!«, begehrte Ben auf. »Du hast es genauso deutlich gesehen wie ich!«

Er wandte sich empört und Hilfe suchend zugleich an seinen Vater, erntete aber auch von ihm nur ein Achselzucken. »Ich habe nicht die geringste Ahnung. Alles ging furchtbar schnell. Eben noch waren wir auf dem Boot und dann sind wir schon durch die Luft geflogen. Was hast du denn gesehen?«

»Nichts«, antwortete Harry, bevor Ben es tun konnte. »Es war eine Welle, glauben Sie mir.« Er wandte sich an den Söldner, dessen Arm er sich über die Schulter gelegt hatte. »Tom, was ist mit Sven?«

»Er hat es nicht geschafft«, stöhnte der Soldat. Sein Gesicht war grau vor Schmerz, vielleicht auch vor Angst. Auch er wich Bens Blick aus, und doch spürte Ben irgendwie, dass er ganz genau wusste, *was* das Luftkissenboot gepackt und einfach aus der *Princess* hinausgezerrt hatte.

»Wie es aussieht, hat der Rest von uns verdammtes Glück gehabt.«

»Glück?«, keuchte Ben.

Sein Vater nickte. »Wir sind am Leben.«

»Ja, wenn Sie das als Glück bezeichnen.« Harry machte eine Kopfbewegung auf die offen stehende Ladeluke, bei der um ein Haar der Arm des Soldaten von seiner Schulter gerutscht wäre. Er griff hastig fester zu, und Tom stieß schmerzerfüllt die Luft zwischen den Zähnen aus, was Harry jedoch gar nicht zur Kenntnis zu nehmen schien. »Es grenzt an ein kleines Wunder, dass der Kahn noch nicht längst abgesoffen ist. Aber was noch nicht ist, das kann ja noch werden.«

»Wieso?«, fragte seine Mutter beunruhigt.

»Weil es in der christlichen Seefahrt allgemein nicht üblich ist, mit heruntergelassener Ladeklappe in See zu stechen, Gnädigste.«

»Aber wir sind doch ein gutes Stück über der Wasserlinie.«

»Ja, dasselbe hat der Kapitän der *Estonia* wahrscheinlich auch gedacht, bevor sein Kahn voll gelaufen und wie ein Stein auf den Meeresgrund gesunken ist«, antwortete Harry, schüttelte aber rasch den Kopf, als Robert Berger ihn unterbrechen wollte; wahrscheinlich um gegen den höhnischen Ton zu prostestieren, den er seiner Frau gegenüber angeschlagen hatte. »Wenn Schulz das Schiff auf den Strand setzt, dann ersaufen wir hier drinnen wie die Ratten.«

»Was spätestens in zehn Minuten der Fall sein wird«, bemerkte Ben, der schon lange nicht mehr sicher war, dass die *Princess* die Küste nicht rammen würde.

»So verrückt ist nicht einmal Schulz«, sagte sein Vater schnell, auch wenn er dabei nicht so klang, als wäre er von seinen eigenen Worten sonderlich überzeugt. Trotzdem fuhr er fort: »Wenn er uns umbringen wollte, hätte er es leichter haben können, meinst du nicht?«

»Wer sagt denn, dass er uns *umbringen* will?«, gab Ben mit einer Ruhe zurück, die seinen Vater endgültig zu verunsichern schien.

»Also gut«, sagte er nervös. »Dann gehen wir einfach an Deck und besorgen uns ein Rettungsboot.«

Diesmal antwortete Harry: »Ich fürchte, da gibt es ein Problem.«

30

BEN HATTE NICHT DAMIT GERECHNET, dass sein Vater die Geschichte, die Harry erzählte, glauben würde; oder auch nur widerspruchslos hinnehmen. Aber er widersprach nicht, und er ließ sogar die Gelegenheit zu einer spöttischen Bemerkung ungenutzt verstreichen, was wohl das Allererstaunlichste war. Als Harry zu Ende erzählt und dabei haarklein berichtet hatte, was sie oben an Deck gesehen und erlebt hatten, sah er ihn nur einen Moment lang zweifelnd an und drehte sich dann herum, um, noch immer schweigend und deutlich nachdenklich geworden, zu Sasha hinzusehen. Sie hatte sich nicht gerührt, sondern stand weiterhin an derselben Stelle, an der Ben sie zurückgelassen hatte. In der großen Halle sah sie furchtbar verloren und einsam aus, und Bens schlechtes Gewissen machte sich bemerkbar, als er sich eingestand, dass er sie vergessen hatte. Er versuchte sich damit zu trösten, dass er immerhin Todesangst um seine Eltern ausgestanden hatte und für einige wenige, aber entsetzliche Augenblicke felsenfest davon überzeugt gewesen war, sie sterben zu sehen. Wenn das nicht als Entschuldigung reichte, was dann?

Es reichte nicht.

Sein schlechtes Gewissen verstärkte sich noch. Beinahe hastig ging er zu ihr zurück, ergriff sie am Arm und versuchte ihren Blick einzufangen, aber es gelang ihm nicht; wie meist. Trotzdem sagte er: »Es tut mir wirklich leid. Bitte entschuldige, Sasha. Ich war nur so furchtbar erschrocken.«

Er drehte sich um und zog sie am Arm hinter sich her, und erst als er sich wieder in Bewegung gesetzt hatte, fiel ihm auf, wie still es plötzlich geworden war. Sowohl seine Eltern als auch Harry und der überlebende Söldner blickten Sasha und ihn an, und selbstverständlich hatten sie jedes Wort gehört. Die Erkenntnis war ihm peinlich, machte ihn zugleich aber auch wütend, als hätten sie etwas Unrechtes getan.

»Was?«, schnappte er unfreundlich. Seine Mutter lächelte nur und deutete ein Kopfschütteln an, während sein Vater wie üblich leicht missbilligend dreinschaute. Harry grinste abfällig, wie meistens, während Tom jetzt nur aus leeren Augen vor sich hin stierte. Als er näher kam und noch immer niemand auch nur den Versuch unternahm, etwas zu sagen, fragte er patzig: »Hat mittlerweile jemand einen genialen Plan, was wir jetzt machen?«

»Auf jeden Fall müssen wir hier raus«, sagte Harry. »Und zwar schnell.«

»Du weißt, was passiert, wenn wir an Deck gehen«, sagte Ben leise.

»Ein ehrlicher Kampf ist mir allemal lieber, als die Hände in den Schoß zu legen und auf den sicheren Tod zu warten«, erwiderte Harry. Seine Stimme jagte Ben einen eisigen Schauer über den Rücken, gerade weil sie kein bisschen prahlerisch oder pathetisch klangen. Ben glaubte nach wie vor felsenfest, dass Harry nur den harten Brocken spielte und in Wahrheit nicht annähernd so cool war, wie er tat. Die Worte entsprangen seiner tiefsten Überzeugung. Harry *wusste*, dass sie sterben würden, wenn sie hier blieben.

»Können wir nicht einfach ... abwarten?«, schlug seine Mutter vor. Sie klang nervös. Ihre Hand zitterte, als sie auf die geöffnete Ladeluke deutete. »Ich meine, falls ... falls Schulz den Kurs ändert, dann ist ja alles in Ordnung, und falls nicht, dann sind wir hier doch sicherer als oben an Deck, nach dem, was sie gerade gesagt haben. Selbst wenn das Schiff aufläuft ... es sind nur ein paar Meter bis zum Strand und wir können alle schwimmen, oder?«

»Niemand kann hier schwimmen«, antwortete Harry ernst. »Wenn Sie bei diesen Temperaturen ins Wasser fallen, sind Sie in ein paar Minuten tot. – Nein, wir brauchen irgendetwas, womit wir diesen verdammten Kahn verlassen können. An die Rettungsboote ...«

»Kapitän Schulz wird begeistert sein«, warf Robert Berger ein.

Harry streifte ihn mit einem zornigen Blick. »An die Rettungsboote kommen wir vermutlich nicht heran. Sie befinden sich an Deck, für jedermann sichtbar, und selbst wenn wir sie erreichen würden, glaube ich kaum, dass Schulz und seine Verbündeten tatenlos zusehen, wie wir hineinklettern und sie zu Wasser lassen. Aber es gibt zusätzlich zwei motorisierte Rettungsinseln am Heck, eine auf der Backbord- und eine auf der Steuerbordseite. Wenn wir sie erreichen und –«

»Nicht zum Heck«, unterbrach ihn Ben.

»Wieso?«, wollte Harry wissen. Er klang unwillig, aber auch sehr aufmerksam.

Ben antwortete nicht gleich, sondern druckste einen Moment herum, hob dann die Schultern und sagte leise: »Weil das … nicht gut wäre.« *Weil das Heck in Flammen aufgehen und das Inferno der brennenden Turbinen jeden töten wird, der sich auf dem hinteren Drittel der* Princess *befindet.* Er hatte es in seinem Traum gesehen, und auch wenn längst nicht alles, was er bisher geträumt hatte, eingetroffen war, so war es doch zu viel gewesen, als dass er die Warnungen, die ihm sein Unterbewusstsein oder was auch immer schickte, ignorieren durfte.

Aber das konnte er Harry nicht sagen.

»Links«, sagte er stattdessen. »Wir müssen auf die linke Seite.«

»Nach Backbord«, verbesserte ihn Harry. »Warum?«

»Weil die *Princess* auf diese Seite stürzen wird«, antwortete Ben, indem er all seinen Mut zusammennahm. »Wenn wir trockenen Fußes an Land wollen, dann ist das der einzige Weg.«

»Darf ich fragen, woher du das weißt?«, erkundigte sich Harry lauernd.

Ben wollte es nicht, aber er konnte nicht anders als rasch zu Sasha hinzublicken, bevor er antwortete. »Warum glaubst du mir nicht einfach?«

Auch Harry sah zuerst Sasha an, und zwar deutlich länger als Ben und auf eine Art, die ihm nicht gefiel. »Ja, warum eigentlich nicht?«, fragte er spöttisch. »Wo doch nur unser Leben davon abhängt, nicht wahr?«

»Das reicht jetzt«, mischte sich Bens Vater ein. »Sie haben es gerade selbst gesagt: Wir können nicht hier bleiben. Also tun Sie entweder, was Ben vorschlägt, oder Sie treffen selbst eine andere Entscheidung, aber *tun* Sie etwas, verdammt noch mal!«

Harry blieb erstaunlicherweise ruhig; vielleicht weil er Recht hatte. Er maß ihn mit einem sehr nachdenklichen Blick, dann nickte er, ließ seinen verletzten Kameraden behutsam zu Boden sinken und nahm dann dessen Waffe an sich. Seine eigene Maschinenpistole hielt er Robert Berger mit dem Kolben voraus hin.

»Was soll ich damit?«

»Schon einmal mit so was geschossen?«, fragte Harry, statt die Frage zu beantworten.

»Nein. Und das habe ich auch nicht –«

»Dann sollten Sie möglichst schnell lernen, es zu tun«, fuhr Harry völlig unbeeindruckt fort. »Möglicherweise werden Sie es bitternötig brauchen, wenn wir nach oben gehen. Ist ganz einfach. Sie zielen mit dem richtigen Ende auf das, was Sie kaputtmachen wollen, und ziehen den Abzug durch. Aber gehen Sie sparsam mit der Munition um. Das letzte Magazin.« Er wandte sich mit einem fragenden Blick an Tom. »Hast du noch was?«

»Nur das Magazin in der Waffe. Der Rest war auf dem Hovercraft.«

»Na prima«, nörgelte Harry. »Wenn schon was schief geht, dann alles, wie?«

Bens Vater ließ das Gewehr fallen, als wäre es glühend heiß geworden. »Ich werde dieses verdammte Ding bestimmt nicht anfassen.«

»Dann nehme ich es«, sagte Ben und wollte sich nach der MP bücken, doch Harry kam ihm zuvor und riss sie blitzschnell wieder an sich.

»Kommt nicht in Frage! Also gut, dann anders.« Er zog seinen Kameraden deutlich weniger sanft wieder auf die Füße, legte sich diesmal jedoch nicht seinen Arm um die Schulter, sondern bedeutete Robert Berger mit einer herrischen Geste, den Mann zu übernehmen.

»Also los! Gehen wir!«

»Und wohin?«, fragte Ben.

»Nach oben. Und dann zum Heck. Die Rettungsinseln sind noch unsere beste Chance.«

»Aber –«

»Schluss jetzt! Wir haben keine Zeit. Los!«

Ben fragte sich, wie Harry das Kunststück vollbringen wollte, die Rettungsinseln nicht nur unbemerkt zu erreichen, sondern auch ebenso unbemerkt zu Wasser zu lassen und an Bord zu gehen, aber ein Blick in Harrys Gesicht hinderte ihn daran, diese Frage laut zu stellen. Harry war offensichtlich dabei, die Nerven zu verlieren.

Bens Eindruck wurde durch Harrys nächste Worte noch untermauert. »Jetzt beeilt euch, sonst mach ich euch Beine! In zwei Minuten sind wir hier raus, ist das klar?«

Ben sah seine Mutter Hilfe suchend an, erhielt aber nur ein resigniertes Achselzucken und ein verunglücktes Lächeln zur Antwort, das ihn wohl aufmuntern sollte, aber eher das Gegenteil bewirkte. Er beeilte sich, nach Sashas Hand zu greifen. Je länger er Harry kannte, desto weniger wurde er schlau aus diesem Mann. Noch vor wenigen Augenblicken hätte er den Gedanken als absurd abgetan, aber plötzlich war er gar nicht mehr so sicher, dass er sie notfalls nicht mit Gewalt zwingen würde, seine Anweisungen zu befolgen.

»Ich frage mich, wer diesen Trottel zu unserem Anführer gewählt hat«, murmelte er, vorsichtshalber zu leise, als dass Harry ihn verstehen konnte.

Wenigstens hatte er das geglaubt.

»Ich«, fauchte Harry hinter ihm. »Es sei denn, du bist scharf auf diesen Job.«

Ben tat so, als hätte er die Worte gar nicht gehört. Er machte einen Schritt, und Sasha riss sich los und prallte gut zwei Meter zurück.

»Bring sie zur Räson!«, schimpfte Harry. »Verdammt noch mal, wir haben keine Zeit für diesen Kinderkram!«

»Bisher hat uns dieser *Kinderkram* mindestens zwei Mal das Leben gerettet«, antwortete Ben böse.

Harry machte zwar ein verächtliches Geräusch, wirkte aber trotzdem verunsichert. Dann schürzte er wütend die Lippen und machte eine befehlende Geste mit der Waffe, die er im rechten Arm trug. Ben schrieb es zwar seiner Nervosität und der angespannten Lage zu, in der sie sich befanden, gab dem Söldner in Gedanken aber noch ein paar weitere Minuspunkte. Harrys Saldo leuchtete mittlerweile tiefrot.

Ben verspürte allerdings auch kein allzu großes Bedürfnis, herauszufinden, wie weit Harrys Geduld *wirklich* reichte. Er griff nach Sashas Arm und bekam ihn zu fassen. Sie wehrte sich so heftig, dass er schon befürchtete Gewalt anwenden zu müssen – bevor Harry es tat –, dann aber gab sie ihren Widerstand urplötzlich auf und ließ sich gehorsam von ihm führen. Ben fühlte sich so schuldig, dass er es nicht ertrug, sie anzuschauen, während er sie zu den anderen zurückführte.

Gerade als Harry eine Bewegung machen wollte, um sie noch einmal und noch ungeduldiger zum Weitergehen aufzufordern, blieb Sasha abermals stehen und versuchte ihre Hand aus seinem Griff zu lösen. Ben ließ es nicht zu, aber auch er stockte im Schritt und sah sie nun doch fragend an, und ein kalter Schauer lief ihm über den Rücken.

Es war eine der seltenen Gelegenheiten, bei denen Sashas Augen nicht wie zwei schwarze Fenster waren, die den Blick auf einen verlassenen Raum freigaben. Aber er hätte sich fast gewünscht, es wäre so. Sasha sah nicht ihn an, sondern den verletzten Söldner, dessen Arm sich sein Vater ungeschickt um den Nacken gelegt hatte, und in ihrem Blick lag eine Mischung aus Mitleid und Schmerz, die Ben schier die Kehle zuschnürte. Und eine tiefe, unendlich tiefe Trauer.

»Was ist denn jetzt schon –«, begann Harry unwillig und brach dann mitten im Satz ab, als er den Ausdruck in Sashas Augen gewahrte. Für einen Moment wirkte er erschrocken, dann gab er sich einen sichtbaren Ruck, trat einen Schritt zurück und wedelte noch einmal mit der Waffe. »Los jetzt!«

31

ES WAR EIN SEHR SONDERBARER TRUPP, der schließlich den Laderaum verließ. Harry selbst, der *beide* Maschinenpistolen in den Armbeugen trug und damit eigentlich eher lächerlich als Ehrfurcht gebietend aussah, bildete die Spitze, dicht gefolgt von Bens Vater, der den verletzten Söldner stützte. Der Mann versuchte es ihm so leicht wie möglich zu machen, indem er auf dem unverletzten Bein hüpfte, erreichte damit aber wohl eher das Gegenteil. Danach folgte Bens Mutter, die sich ununterbrochen nervös umsah und mit jedem Schritt, den sie machte, noch ein bisschen nervöser zu werden schien, und den Abschluss bildeten Ben und Sasha. Sie widersetzte sich ihm jetzt nicht mehr, aber er glaubte zu spüren, wie wenig ihr die Richtung behagte, in die sie gingen.

Sie hatten den Aufstieg zum Passagierdeck fast erreicht, als Harry plötzlich innehielt und warnend die Hand hob. Ben blieb – wie alle anderen auch – stehen und lauschte, nahm aber nichts Außergewöhnliches wahr, abgesehen vom dumpfen Hämmern seines eigenen Herzens, das sich vorgenommen zu haben schien, den Lärm der Turbinen zu übertönen. Harry hatte jedoch etwas gehört, denn er bedeutete ihnen – völlig überflüssigerweise –, sich still zu verhalten, wich selbst schnell ein Stück zurück und senkte seine Waffe, und in der gleichen Sekunde ging eine Tür vor ihnen auf und ein dunkelhaariger Mann in einer hoffnungslos verdreckten Stewarduniform trat heraus, machte noch einen halben Schritt und erstarrte dann mitten in der Bewegung. Seine Augen wurden groß, als er nicht nur in Harrys grimmig dreinschauendes Gesicht blickte, sondern auch in die Mündung von gleich *zwei* Maschinenpistolen.

»Herr Rewert!«, rief Bens Mutter erstaunt aus. Sasha riss sich von Ben los und eilte auf den Mann zu, und Rewert schloss sie so selbstverständlich in die Arme und drückte sie schützend an sich, dass Ben einen Stich von Eifersucht verspürte.

»Frau … Doktor?«, murmelte der Steward verwirrt. »Was … was tun Sie denn hier?«

»Wir versuchen am Leben zu bleiben«, antwortete Harry an ihrer Stelle. »Und wenn Sie das auch wollen, Freundchen, dann erklären Sie uns besser ganz schnell, wo Sie herkommen und was oben an Deck los ist.«

»Die Hölle«, erwiderte der Steward. Sein Blick tastete nervös über die beiden Waffen, mit denen Harry immer noch auf ihn zielte (und dadurch so ganz nebenbei auch auf Sasha, dachte Ben wütend), und verdunkelte sich dann noch weiter. »Ich … ich weiß nicht, was passiert ist. Da waren diese … diese *Dinger* und sie haben …«

»Ich weiß«, sagte Ben. »Wir haben es gesehen. Haben Sie alle Passagiere erwischt?«

»Nein. Aber ich glaube, das werden sie bald. Ich konnte entkommen, doch sie waren hinter mir her. Und sie sind überall.«

»Überall an Deck?«, vergewisserte sich Ben.

»Was ist mit den Rettungsbooten?«, wollte Harry wissen.

»Die haben sie zuerst überrannt. Ein paar Passagiere haben versucht eines der Boote zu Wasser zu lassen, aber dann ist eine dieser Kreaturen direkt zwischen sie gesprungen –« Seine Stimme wurde leiser und drohte zu brechen. »Zwei oder drei sind … über Bord gefallen, ins Wasser. Sie sind tot. Sie müssen tot sein.«

»Und das sind wir auch, wenn wir hier noch lange herumstehen«, fügte Harry hinzu. Er senkte eine seiner beiden Waffen und fuchtelte mit dem Lauf der anderen in die Richtung, in der er wohl das Heck des Schiffes vermutete. »Wie sieht es hinten aus?«

»Ich weiß es nicht«, gestand der Steward. »Ich bin unter Deck geflohen, weil ich dachte, hier kriegen sie mich nicht so schnell. Aber sie sind schon hierher unterwegs. Man kann sie hören. Großer Gott, was … was *tun* sie mit den Menschen?«

»Eigentlich dachten wir, Sie könnten uns das sagen«, antwortete Harry. Er wirkte noch immer misstrauisch. Der Steward sah ihn nur angsterfüllt an, und schließlich überwand Ben seine Erstarrung und ging rasch zu ihm und Sasha hin. Als er ihr die Hand auf die Schulter legte, löste sie sich mit einer – wenn auch widerstrebenden – Bewegung aus den Armen des Stewards und kehrte an seine Seite zurück. Rewert blickte verwirrt, schwieg aber weiter.

»Gibt es eine Möglichkeit, von Bord zu kommen?«, fragte Ben. »Am besten auf der linken Seite und ohne dass man zehn Meter tief springen muss?«

»Wieso?«

»Weil unser junger Schlauberger hier meint, dass Schulz das Schiff auf den Strand setzen wird«, sagte Harry spöttisch. »Und dass sich die *Princess* auf die linke Seite neigt.«

Rewert wirkte jetzt so verstört, dass er Ben fast leidtat. Dennoch nickte er. »Sicher. Es gibt Ladeluken und Serviceklappen und –«

»Dann führen Sie uns dorthin«, unterbrach ihn Ben. Er wusste nicht, warum, aber mit einem Male war er sicher, dass ihre Zeit noch sehr viel knapper war, als sie bisher angenommen hatten. Rewert machte eine Geste auf die Tür, durch die er gerade herausgekommen war. »Es ist nicht weit. Aber wieso sollte Kapitän Schulz das Schiff auf –?«

»Zeigen Sie uns einfach den Weg«, schnitt ihm Harry das Wort ab.

Rewert setzte noch einmal dazu an, zu widersprechen, dann fiel sein Blick jedoch auf den verletzten Soldaten, den er erst jetzt zu bemerken schien, und er hatte es plötzlich sehr eilig, sich herumzudrehen und die Tür zu öffnen.

Harry schloss sich ihm an und ging so dicht hinter und einen halben Schritt neben ihm, dass er das Feuer auf alles eröffnen könnte, was vor ihnen auftauchen mochte, und auch Ben ergriff Sasha jetzt fester am Arm. Er musste jetzt deutlich mehr Kraft aufwenden, um sie neben sich herzuziehen, und konnte spüren, wie schwer ihr jeder Schritt fiel. Sie sollten nicht hier sein, dachte Ben. Was immer aus der Richtung auf sie zukam, in die sie sich nun bewegten, war vielleicht grauenhafter als alles, was ihnen bisher begegnet war. Aber er sparte es sich, auch nur ein Wort zu Harry zu sagen. Er konnte sich seine Antwort lebhaft vorstellen, und davon abgesehen würde es bald keine anderen Richtung mehr geben.

Sie waren zwei oder drei Dutzend Schritte gegangen, als Rewert plötzlich stehen blieb, nach links deutete und sich dann im Halbdunkel des Ganges an etwas zu schaffen machte, das Ben nicht erkennen konnte. Metall klirrte. Ein schrilles, in den Zähnen schmerzendes Quietschen erscholl, dann entstand in der scheinbar massiven Wand ein haarfeiner Spalt, durch den Tageslicht hereindrang. Rewert stemmte sich mit beiden Füßen gegen den Boden, um das schwere Schott nach innen zu ziehen, und aus der dünnen Linie wurde eine mehr als mannshohe und anderthalb Meter breite Tür, durch die sie das offene Meer sehen konnten.

Aber nicht nur das. Rewert sog erschrocken die Luft zwischen den Zähnen ein, und Ben beobachtete aus den Augenwinkeln, wie auch Harry sichtbar zusammenzuckte, als sie die gewaltigen Eisberge entdeckten, die scheinbar zum Greifen nahe an der *Princess* vorüberglitten. Oder um genauer zu sein: vorüber*jagten.* Die *Princess* musste entweder beschleunigt haben, ohne dass es ihnen aufgefallen war, oder ihr gemächliches Tempo war nicht so gemächlich gewesen, wie sie alle geglaubt hatten. Auch wenn ihnen der Blick zum Bug hin weiter verwehrt war, musste man doch kein Hellseher sein um zu begreifen, wie nahe sie der Küste mittlerweile gekommen waren.

»Schulz hat den Verstand verloren!«, keuchte Rewert.

»Oder er ist tot«, sagte Harry, und Ben fügte leise hinzu:

»Oder nicht mehr Schulz.«

Den Blicken nach zu urteilen, die ihm die anderen – einschließlich Harry – zuwarfen, war diese Bemerkung wohl nicht sonderlich klug gewesen. Ben machte es wenigstens nicht noch schlimmer, indem er versuchte seine Worte irgendwie zu entschärfen, sondern ließ Sashas Hand los und schob sich behutsam an dem Steward vorbei zum Schott, um nach draußen zu schauen.

Die Tür lag gerade einmal anderthalb oder zwei Meter über der Wasserlinie des Schiffes. Das Meer strömte schäumend unter ihnen am Rumpf der *Princess* vorbei und eiskalte Spritzer trafen sein Gesicht wie Nadelstiche. Als er sich, mit der linken Hand fest an den Türrahmen geklammert, etwas weiter vorbeugte, um nach vorne zu sehen, traf ihn der Wind wie ein Faustschlag, und er begann trotz der dicken Kleidung, die er trug, vor Kälte zu zittern. Vielleicht auch vor Angst. Er hatte nicht geahnt, dass sie der Küste so nahe waren. Ihnen blieben noch …

»*Festhalten!*«, brüllte er. Gleichzeitig warf er sich nach hinten und zurück ins Schiff, prallte gegen seinen Vater und riss ihn mitsamt dem Söldner, den er noch immer stützte, von den Füßen.

Nicht dass es einen großen Unterschied gemacht hätte. Alle anderen blieben ungefähr eine Sekunde länger aufrecht stehen, dann schien etwas mit unvorstellbarer Gewalt von unten gegen den Rumpf der *Princess* zu schlagen. Das gesamte Schiff stöhnte, bäumte sich auf und neigte sich für einen entsetzlichen, nicht enden wollenden Augenblick auf die linke Seite, sodass sie auf die offen stehende Luke und das tödliche Wasser darunter zuzuschlittern begannen, kippte dann aber im letzten Moment mit einem weiteren, womöglich noch härteren Schlag wieder in die Waagerechte zurück.

Ben sah, wie auch Sasha von den Füßen gerissen und so brutal gegen die Wand geschleudert wurde, dass sie benommen zu Boden sank. Hastig versuchte er sich aufzurappeln und zu ihr zu eilen, und er hatte es fast geschafft, als eine weitere Erschütterung die *Princess* durchlief. Diesmal war es kein einzelner gewaltiger Schlag, sondern ein lang anhaltendes, knirschendes Rumpeln, als schramme der Rumpf des Schiffes über ein unterseeisches Hindernis, das die gesamte *Princess* anhob und aufzureißen versuchte. Ben spürte, wie das Schiff ein Stück weit aus dem Wasser gehoben wurde und dann mit solcher Wucht zurückfiel, dass sie hilflos durcheinander stürzten und durch den Gang schlitterten. Ben war nicht der Einzige, der so heftig gegen irgendetwas Hartes prallte, dass er Sterne sah.

Als die Welt aufhörte sich um ihn zu drehen, war es still geworden; das war das Erste, was ihm auffiel. Das Dröhnen der Turbinen war verstummt, und auch das seidige Geräusch des Wassers, das am Rumpf vorbeiströmte, war nicht mehr da. Der Boden, auf dem er lag, war ein wenig schräg. Irgendwo hinter ihm stöhnte jemand.

Ben stemmte sich mühsam hoch, gewahrte Sasha unweit der Tür und versuchte zu erkennen, wie es den anderen ging, während er in ihre Richtung eilte. Seine Mutter war schon wieder auf den Füßen und blinzelte verwirrt, während sich Harry und sein Vater um den verletzten Söldner kümmerten, von dem auch das Stöhnen gekommen war. Dennoch schienen sie alle mehr oder weniger glimpflich davongekommen zu sein. Sie hatten Glück gehabt. Wieder einmal. Aber wie lange würde dieses Glück noch anhalten?

Hastig ließ er sich neben Sasha in die Hocke sinken, griff nach ihrer Schulter und überzeugte sich davon, dass auch ihr nichts passiert war.

»Was … was war das?«, murmelte seine Mutter hinter ihm. Ihre Stimme klang belegt. Sie sah aus wie jemand, der unversehens aus einem tiefen Traum erwacht war und Schwierigkeiten hatte, sich in der Wirklichkeit zurechtzufinden.

Ben ließ noch einmal den Blick aufmerksam über Sashas Gesicht gleiten, dann stand er auf, ging rasch zur Tür und sah abermals hinaus.

Ungefähr zehn Sekunden, denn so lange brauchte er, um den Anblick zu verarbeiten, der sich ihm bot.

Sie hatten die Küste erreicht. Das Schiff lag jetzt tatsächlich still, und das, was seinen Rumpf von unten getroffen und vermutlich aufgerissen, mit Sicherheit aber seiner Fahrt ein abruptes Ende bereitet hatte, war der Meeresgrund gewesen, der nur ein Stück vor ihnen in einen sanft ansteigenden, aus nichts anderem als schimmerndem weißem Eis bestehenden Strand überging. Irgendwie – obwohl es Ben selbst jetzt noch unmöglich erschien – hatte sich das Schiff im letzten Moment um nahezu fünfundvierzig Grad gedreht und war schräg auf den Strand hinaufgeglitten und ein gutes Stück weit auf die linke Seite gekippt; genau wie in seinem Traum.

Und genau wie in seinem Traum war der Strand nicht leer. Überall lagen glitzernde Umrisse, die ein zufälliger Beobachter auf den ersten Blick wahrscheinlich für Gebilde aus Eis gehalten hätte, durch die willkürliche Hand von Wind und Wetter entstanden. Ben aber wusste es besser und erkannte, was es wirklich war: Hier ragte eine dreifingrige Klaue aus dem Eis, dort starrte ein gesichtsloser Schädel aus unsichtbaren Augen in ihre Richtung, da war ein Bein zu erkennen, die Andeutung eines Rumpfes oder anderer Gliedmaßen … Ben verspürte ein rasches, eisiges Frösteln, das nichts mit dem Wind zu tun hatte, der noch immer von draußen hereinheulte. Der Stand war voller Eisungeheuer, die auf sie warteten.

»Großer Gott!«, flüsterte eine Stimme hinter ihm.

Ben riss sich mühsam von der unheimlichen Szene los, wandte den

Kopf und sah in Harrys Gesicht hinauf. Der Söldner war unbemerkt hinter ihn getreten, und obwohl er nichts von seinem Traum wissen konnte, schien ihn der Anblick doch mindestens ebenso sehr zu erschrecken; was nun wiederum Ben einen neuerlichen Schauer über den Rücken laufen ließ, bedeutete es doch nichts anderes, als dass das Bild da draußen Wirklichkeit war. Tief in sich drin hatte er sich wohl an die verzweifelte Hoffnung geklammert, dass es sich in Wahrheit um nichts anderes als eine schreckliche Halluzination handelte.

»So viel zu der Annahme, dass wir an Land sicherer wären«, sagte Harry leise. Ben wandte sich wieder dem Strand zu. Die Ähnlichkeit mit seinem Albtraum ging noch weiter: Dort draußen mussten Hunderte der Kreaturen sein, aber nicht eine einzige davon rührte sich; wenigstens noch nicht.

»Aber hier bleiben können wir auch nicht«, wandte sein Vater ein, der sich zu ihnen gesellt hatte. »Sie haben den Steward gehört. Früher oder später werden sie hier herunterkommen.«

Harry drehte mit einer unwilligen Bewegung den Kopf und setzte zu einer Antwort an, und wenn Ben bisher noch nicht daran geglaubt hatte, dass man das Unglück mit Worten heraufbeschwören konnte – ab sofort tat er es. Noch bevor Harry ein einziges Wort sagen konnte, ertönte irgendwo in der Dunkelheit des Ganges ein Klirren und Scheppern, und ein verirrter Lichtstrahl brach sich blitzend auf etwas Weißem, das näher kam. Harry fluchte, schob ihn mit einer derben Bewegung zur Seite und brachte gleichzeitig eine seiner Waffen in Anschlag. Das klirrende Geräusch wiederholte sich, und Ben fand gerade noch Zeit, hastig geduckt unter Harrys Maschinenpistole hindurchzulaufen und sich schützend über Sasha zu werfen, bevor der Söldner den Abzug durchdrückte. Orangerote Flammen und ein kurzer, abgehackter Feuerstoß vertrieben das Halbdunkel und die Stille im Gang, und höchstens zwanzig Meter vor ihnen zerbarst etwas mit einem gewaltigen Schlag. Einen Augenblick später regnete es Eissplitter, die aber beruhigend weit von ihnen entfernt gegen die Wände und auf den Boden prasselten.

»Hier bleiben!«, befahl Harry scharf, während er sich bereits in Bewegung setzte. Er lief allerdings nur zehn oder zwölf Meter, dann blieb er stehen, ging leicht in die Hocke, und sie konnten beobachten, wie konzentriert und aufmerksam er den Gang dort vorne absuchte. Offensichtlich entdeckte er jedoch nichts, was ihn weiter beunruhigt hätte, denn kurz darauf richtete er sich wieder auf und kam – rückwärts gehend und die Waffe weiter in Anschlag – zu ihnen zurück.

»Alles in Ordnung«, sagte er. Vermutlich fand nicht nur Ben diese Worte ziemlich lächerlich. »Es war nur einer.«

»Ja, und ganz bestimmt auch der Einzige, der herunterkommen wird«, fügte Jennifer Berger in spöttischem Tonfall hinzu.

Harry maß sie mit einem wütenden Blick, schwieg aber und ging wieder zum Schott. Ben folgte ihm, und Sasha schloss sich ihnen unaufgefordert an, was ihm alles andere als recht war.

Der Anblick draußen hatte sich nicht verändert, wirkte auf Ben aber trotzdem noch erschreckender als eben, während Harry jetzt eher nachdenklich aussah. »Im Moment scheinen sie keine Gefahr darzustellen«, murmelte er.

Ben fragte sich, ob er das wirklich glaubte oder es nur sagte, um sich selbst zu beruhigen, aber er widersprach nicht. Ob er Harry nun mochte oder nicht – in einer Situation wie dieser wusste der Söldner mit Sicherheit besser, was zu tun war.

»Was meinst du damit?«, fragte er stattdessen.

Harry deutete auf die gewaltige Klippe aus Eis, die sich zwei- oder dreihundert Meter entfernt auf der anderen Seite des spiegelglatten Strandes erhob. »Wir können es schaffen.«

»Was?!«, keuchte Bens Vater hinter ihnen. Es gelang ihm nicht, den Unterton von Panik aus seiner Stimme zu verbannen.

»Es sind keine drei Kilometer bis zur Wetterstation«, antwortete Harry. »Selbst hier eine Entfernung, die zu schaffen ist.«

»Sind Sie wahnsinnig?«, ächzte Bens Vater.

»Ich wollte, ich wäre es«, antwortete Harry ungerührt, »dann wäre das alles hier nicht wahr.« Er hob die Schultern. »Haben Sie eine bessere Idee?«

»Wir könnten uns hier verschanzen. Die Wände sind aus Eisen, und Sie und Ihr Begleiter –«

»– können diese Biester vermutlich zurückschlagen«, unterbrach ihn

Harry. »Bis uns die Munition ausgeht. Und dann?« Er schüttelte heftig den Kopf. »Was glauben Sie, wie lange es dauert, bis man die *Princess* vermisst? Zwei Tage? Drei? Oder eine Woche?« Ein abermaliges, noch wütenderes Kopfschütteln. »Nein. In der Wetterstation haben wir zumindest eine Chance.«

»Weil ihre Wände auch aus dickem Eisen bestehen?«, fragte Robert Berger zynisch.

»Sie bestehen zum größten Teil aus Kunststoff, wenn ich ehrlich sein soll. Aber dort haben wir ausreichend Munition, meine Leute sind dort, und vor allem gibt es ein funktionierendes Funkgerät, mit dem wir Hilfe rufen können.« Er ließ eine kurze, zweifellos genau berechnete Pause folgen. »Sie können selbstverständlich gern mit Ihrer kleinen Familie hier bleiben und darauf hoffen, dass ich es schaffe und Ihnen rechtzeitig Hilfe schicke. Ich lasse Ihnen sogar eine Waffe hier.«

Bens Vater sagte nichts mehr. Er sah Ben einen Moment fast hilfesuchend an, bekam aber auch von ihm nur einen traurigen Blick und ein Achselzucken zur Antwort. Ben war genauso wenig wohl bei dem Gedanken, dort hinauszugehen, wie seinem Vater und allen anderen hier, aber irgendwie spürte er, dass sie keine andere Wahl hatten. In seinen Träumen hatte auch diese Flucht mit einer Katastrophe geendet (und zwar *jedes* Mal!), doch er glaubte inzwischen eines auch begriffen zu haben: Wenn es in seinen irrwitzigen Albträumen überhaupt so etwas wie eine Logik gab, dann die, dass sie nicht zeigten, was kommen würde, sondern nur das, was – im schlimmsten Fall – kommen konnte.

»Noch schlafen diese Dinger oder scheinen auf irgendetwas zu warten«, fuhr Harry fort. »Wollen wir hier rumstehen und reden, bis sich das ändert?«

Bens Vater antwortete auch diesmal nicht, trat aber einen Schritt näher und beugte sich unsicher vor, um einen Blick in die Tiefe zu werfen. Das Wasser lag gut drei Meter unter ihnen, aber die *Princess* war so weit den Strand hinaufgeglitten, dass der Eisstrand höchstens zwei Meter vom Schott entfernt war. Ben traute sich durchaus zu, so weit zu springen. Er war sicher, dass auch sein Vater und seine Mutter es schaffen konnten – aber was war mit Sasha und Tom?

Irgendwo, weit entfernt von ihnen, klirrte etwas; ein Laut wie zerbrechendes Glas. Er wiederholte sich nicht und am Ende des Ganges tauchte auch kein weiteres Eisungeheuer auf, aber die Bedeutung dieses Geräuschs war unmissverständlich.

»Also?«, fragte Harry.

Nach einer kleinen Ewigkeit, wie es Ben vorkam, nickte sein Vater, und Tom sagte: »Das schaffe ich nicht.«

»Unsinn!«, widersprach Harry. »Du wirst doch wohl –«

»Nicht mit meinem Bein«, fiel ihm der verletzte Soldat ins Wort. »Du weißt, was passiert, wenn ich ins Wasser falle. Ich würde in ein paar Minuten erfrieren, selbst wenn ihr es schafft, mich rauszuziehen. Und ich würde euch nur aufhalten.« Er streckte die Hand aus. »Gib mir meine Waffe zurück. Ich bleibe hier.«

»Das kommt überhaupt nicht in Frage«, rief Harry, aber Tom schüttelte heftig den Kopf.

»Du weißt, dass ich Recht habe. Und von hier aus kann ich euch Deckung geben, bis ihr die Steilwand erreicht habt.«

Harry schwieg. Auf seinem Gesicht begann ein stummer Kampf, und Ben musste plötzlich daran denken, wie Sasha den Soldaten vorhin angesehen hatte. Mit einem Male wusste er, dass Tom Recht hatte. Keine Macht der Welt konnte ihn retten, wenn er ins Wasser fiel, und sie würden rennen müssen, so schnell wie noch nie zuvor in ihrem Leben. Aber zugleich sträubte sich alles in ihm gegen die Vorstellung, den Mann einfach seinem Schicksal zu überlassen.

»Und du bist wirklich sicher, dass du das tun willst?«, fragte Harry schließlich.

»Ja.« Der Söldner versuchte zu lachen, aber es misslang. »Keine Bange. Ich kann schon auf mich aufpassen. Und vielleicht finden sie mich ja nicht. Wenn ihr in der Station seid, funkt ihr mich an, und dann sehen wir weiter. Vielleicht finde ich ein Versteck oder einen anderen Weg von Bord.«

Das war purer Unsinn, und das wussten sie alle. Aber Harry widersprach nicht mehr, sondern löste mit einem traurigen Nicken den Halteriemen der Maschinenpistole von seiner Schulter und reichte dem Mann die Waffe. Tom nahm sie mit ernstem Gesicht entgegen. »Worauf wartet ihr? Ihr habt noch zwei Stunden Tageslicht. Die solltet ihr nützen.«

32

BEN WAR DER ERSTE, der den Sprung wagte. Er nahm einen kurzen Anlauf, stieß sich mit aller Kraft ab und segelte in einem eleganten Bogen über das plötzlich trügerisch still daliegende Wasser hinweg, bevor er in einer anderthalbfachen Rolle auf dem Strand landete, wieder auf die Füße kam und herumfuhr, um seinen Blick hastig über die drei oder vier Eiskreaturen tasten zu lassen, die ihm am nächsten waren. Sie waren kaum mehr als Fragmente, grob geformte Blöcke aus milchig gesprungenem Eis, als hätte sie eine gewaltige Kraft getroffen und gnadenlos zermalmt. Aber es war wohl eher umgekehrt: Die Eiskrieger waren nicht zerstört, sondern noch nicht ganz fertig. Sie waren im Entstehen begriffen, und auch wenn dieser Vorgang offensichtlich lange dauerte, so war er doch in vollem Gange und würde irgendwann abgeschlossen sein. Man konnte es *hören;* ein helles Knistern und Knirschen, das aus keiner bestimmten Richtung kam, sondern die gesamte Atmosphäre zu erfüllen schien. Es war der Laut, mit dem irgendeine unsichtbare Macht nach dem Eis griff und es in eine neue Form zwang, begriff Ben schaudernd.

Hinter ihm landeten sein Vater und seine Mutter Hand in Hand auf dem Eis, zwar nicht annähernd so elegant wie er, aber deutlich weiter von der gefährlichen Wasserlinie entfernt, und im Gegensatz zu ihm mussten sie sich nicht abrollen, sondern blieben auf den Beinen und kamen rasch auf ihn zu, und bevor Ben auch nur ein Wort sagen konnte, folgten Harry und Sasha. Um sie hatte er sich die größten Sorgen gemacht, doch Harry löste das Problem auf seine Weise, indem er Sasha auf die Arme nahm und zusammen mit ihr sprang.

Kaum hatte er sie wieder auf die Beine gestellt, riss sie sich los und eilte auf Ben zu. Sein Vater runzelte die Stirn, als er sie ganz automatisch in die Arme schloss, während auf dem Gesicht seiner Mutter ein flüchtiges Lächeln erschien.

»Worauf warten wir?«, fragte sein Vater ungeduldig.

Harry nahm seine Waffe von der Schulter und richtete den Lauf misstrauisch auf die Eisembryonen, bevor er antwortete. »Rewert.«

Ben spürte schon wieder ein heftiges Anklopfen seines schlechten Gewissens – in den letzten Minuten hatte er den dunkelhaarigen Steward einfach *vergessen*; obwohl sie ohne ihn nicht einmal hier wären. Ohne Sasha loszulassen drehte er sich wieder zur *Princess* um und suchte die offen stehende Ladeluke. Er erschrak, als er eine schemenhafte weiße Bewegung dahinter wahrnahm, begriff aber auch fast im gleichen Moment, dass es nicht das Schimmern von Eis war, das er gesehen hatte.

»Wenn wir noch lange hier herumstehen, braucht er nicht mehr zu kommen«, maulte sein Vater. »Dann sind wir nämlich erfroren.«

So herzlos diese Worte klangen, dachte Ben bedrückt – er hatte Recht. Es war unvorstellbar kalt. Obwohl sie sich seit höchstens einer oder zwei Minuten außerhalb der *Princess* befanden, war die Kälte bereits durch seine Kleidung gekrochen und gab gerade ihr Bestes, um sein Knochenmark zu Eis erstarren zu lassen, jedenfalls fühlte es sich so an. Und dabei standen sie noch immer im Windschatten des gestrandeten Schiffes. Wie schlimm mochte es erst werden, wenn sie über den Strand liefen oder gar die Sonne unterging?

Er gab sich die Antwort auf seine Frage selbst: So schlimm wie in seinen Träumen. Kalt genug, dass einem die Luft die Kehle verbrannte, wenn man zu tief einatmete.

Statt auf die Worte Robert Bergers einzugehen, deutete Harry auf die Klippe am anderen Ende des sanft ansteigenden Strandes und sagte: »Falls wir getrennt werden, versuchen Sie die Klippe zu erreichen und gehen dann nach links. Der Aufgang ist knappe drei Kilometer entfernt. Sie können ihn gar nicht verfehlen.«

»Aber seid vorsichtig«, fügte Ben hinzu. »Direkt am Anfang liegt eine tückische Eisspalte.«

Harry blinzelte ihn stirnrunzelnd an, sagte aber zu Bens Überraschung nichts dazu, sondern wandten sich zur *Princess* um. »Rewert!«, brüllte er. »Beeilen Sie sich, verdammt noch mal! Uns friert hier allmählich alles Mögliche ab!«

Tatsächlich erschien der Steward kurz darauf in der geöffneten Tür und sprang mit einem beherzten Satz zu ihnen herunter. Irgendetwas an ihm war anders, aber Ben konnte den Unterschied erst in Worte fassen, als er sich bereits wieder aufgerichtet hatte und auf sie zukam. Der Steward trug noch immer Weiß, trotzdem aber nicht mehr seine gewohnte Uniform. Jetzt hatte er eine gefütterte weiße Polarmontur an, die der Harrys aufs Haar glich.

Die Montur des Söldners, der an Bord zurückgeblieben war …

Als hätte er seine Gedanken gelesen, sagte Rewert im Tonfall einer schuldbewussten Verteidigung: »Er hat darauf bestanden, dass ich sie anziehe.«

»Mit Recht«, meinte Harry. »In Ihrer Borduniform würden Sie hier draußen in drei Minuten erfrieren. Und jetzt los, bevor uns allen dasselbe passiert!«

Er wollte sich umdrehen, doch Rewert hielt ihn mit einer raschen Geste zurück und griff gleichzeitig mit der anderen Hand in die Jackentasche. »Warten Sie. Das hier soll ich Ihnen geben.«

Harry riss erstaunt die Augen auf, als der Steward eine Anzahl kupferfarbener, schimmernder Patronen in seine ausgestreckte Hand fallen ließ. »Die Hälfte seiner Munition. Ihr Begleiter meint, Sie könnten sie wahrscheinlich besser gebrauchen.«

Für einen Moment breitete sich betretenes Schweigen zwischen ihnen aus, dann nahm Harry das Magazin aus seiner Waffe, schob die Patronen, die ihm der Steward gegeben hatte, sorgsam hinein, und ließ das Magazin dann wieder in den Schacht der MP einrasten. Drei Geschosse waren übrig geblieben, die er in seinen linken Handschuh steckte. »Gut«, meinte er dann. Seine Stimme klang kratzig. »Verschwinden wir von hier.«

Ben wollte noch etwas sagen – es gab absolut nichts, was er mit Worten hätte ändern können, aber es erschien ihm nicht richtig, einfach so zu gehen –, doch Harry gab ihm keine Gelegenheit dazu, sondern marschierte los, und seine Eltern schlossen sich ihm kommentarlos an. Einzig der Steward rührte sich nicht, sondern wartete, bis Ben und Sasha sich in Bewegung gesetzt hatten, und folgte dann als Letzter.

Nach etwa drei Dutzend Schritten blieb Ben stehen, um zum Schiff zurückzusehen – und wünschte, er hätte es nicht getan. Abgesehen von einigen kleinen Details, die vielleicht einzig in seinem schlechten Erinnerungsvermögen begründet lagen, hätte das Bild direkt aus seinem Traum stammen können. Die *Princess* lag wie ein gestrandeter Wal aus Eisen auf dem Strand, halb zur Seite geneigt und irgendwie … in sich *schief*, als hätte der Aufprall nicht nur ihren Rumpf zerfetzt, sondern das Gefüge des gesamten Schiffes gestört, und schwarzer Rauch quoll aus ihrem aufgerissenen Heck. Überall an Deck war Bewegung, zu schnell, zu verschwommen, um Einzelheiten auszumachen, aber das war auch nicht nötig. Ben wusste schließlich, was sie bedeutete. Sie befanden sich noch immer im Windschatten des Schiffes, aber der Sturm trug dennoch ein Konglomerat unheimlicher Laute an sein Ohr: das Prasseln und Knistern der Flammen, ein ununterbrochenes helles Klirren und Scheppern, aber auch Schreie, hier und da ein Schuss. Bevor Ben erschrocken den Blick abwenden oder zumindest die Augen schließen konnte, sah er eine winzige Gestalt am Heck des Schiffes über die Reling flanken und dann einen Sekundenbruchteil später im aufspritzenden eiskalten Wasser versinken; ein Passagier, der den Tod in den Fluten der grässlichen Umarmung der Ungeheuer vorgezogen hatte. Möglicherweise hatte er auch nur Pech gehabt.

»Tu dir das nicht an«, sagte eine Stimme hinter ihm.

Ben drehte den Kopf. Rewerts Gesicht war ausdruckslos, als wären seine Züge mittlerweile zu Eis erstarrt, doch in seinen Augen flackerte dafür eine umso größere Furcht. Ben schenkte ihm einen dankbares Lächeln, nahm Sasha, die gemeinsam mit ihm stehen geblieben war, bei der Hand und beeilte sich die anderen einzuholen. Während sie sich vorwärts kämpften, glitten seine Augen über den Strand, doch was er da sah, war nicht unbedingt dazu angetan, ihn optimistischer zu stimmen.

Etwas veränderte sich kaum merklich, und Ben war anscheinend der Einzige, dem es auffiel. Die Anzahl der bizarren Gebilde, die direkt aus dem Eisstrand emporgewachsen zu sein schienen, war größer. Und – täuschte er sich oder begannen sich einige der Eiswesen ganz sacht zu *bewegen?* Er sah genauer hin: Hier streckte sich ihnen eine unfertige dreifingrige Hand um eine Winzigkeit entgegen, dort wendete sich ihnen ein im Entstehen begriffener gesichtsloser Schädel zu, da verlagerte ein gliederloser Torso seinen Schwerpunkt etwas mehr in ihre Richtung, ergoss sich eine winzige Lawine auffällig symmetrischer Eissplitter in ihren Weg oder drehte sich eine Schneeböe allen Naturgesetzen zum Trotz gegen den Wind, um ihnen das Weiterkommen zu erschweren.

Das allgemeine Klingen und Klirren ringsum hielt an, und der Wind schien noch eisiger zu werden, aber da war noch mehr. Das Gefühl einer allgemeinen Bedrohung, das wie ein erstickender Odem über diesem Land lag, wurde *präsenter,* bösartiger. Es war, als spüre er die Anwesenheit von etwas Uraltem und Mächtigem, das vielleicht gerade erst im Erwachen begriffen war, seine Aufmerksamkeit aber ebenso allmählich wie unaufhaltsam auf sie richtete.

Als es dann geschah, ging es so schnell, dass Bens warnender Schrei viel zu spät kam. Sasha und er marschierten jetzt Hand in Hand hinter Harry her, der die Spitze bildete und mit seiner Maschinenpistole auf jede Schneeflocke zielte, die ihm zu nahe kam. Ben registrierte die Bewegung im letzten Moment, doch selbst wenn sein entsetzter Aufschrei nicht vom Heulen des Sturms von seinen Lippen gerissen und zerfetzt worden wäre, hätte Harry kaum Zeit genug gehabt, um darauf zu reagieren. Urplötzlich flog der Schnee unmittelbar neben ihm auseinander und spie eine albtraumhafte Gestalt ohne Gesicht aus, die gierig nach ihm grabschte. Harry wirbelte herum und versuchte seine Waffe in die Höhe zu reißen, doch das Monstrum aus lebendig gewordenem Eis war mit einem einzigen Schritt bei ihm, schmetterte ihm die MP aus der Hand und versetzte ihm mit dem anderen Arm einen Stoß, der ihn zu Boden schleuderte.

Dann explodierte es.

Das Heulen des arktischen Sturmes verschluckte jedes andere Geräusch, sodass sich alles in gespenstischer Lautlosigkeit abspielte. Der Oberkörper des Eisungeheuers barst auseinander und verwandelte sich in eine Wolke aus stiebenden Eissplittern, während die abgesprengten Arme und der Schädel einfach vom Sturm davongerissen wurden. Gerade noch rechtzeitig warf sich Harry herum und rollte aus dem Weg, als das, was von der Kreatur übrig geblieben war, wie ein gefällter Baum genau dort niederkrachte, wo er eben noch gelegen hatte.

Als er sich in die Höhe stemmen wollte, wuchs ein zweites Eisungeheuer unmittelbar neben ihm aus dem Schnee und packte mit beiden Händen nach ihm. Harry stieß ihm den Ellbogen dorthin, wo eigentlich sein Gesicht hätte sein sollen, und das Ding torkelte einen ungeschickten halben Schritt zurück und zerplatzte dann ebenso lautlos wie sein hässlicher Zwillingsbruder eben, einen Sekundenbruchteil, nachdem irgendetwas mit einem bösartigen Summen an Bens rechtem Ohr vorbeigeflogen war. Vom Moment seines ersten Erschreckens bis jetzt waren nur ein paar Sekunden verstrichen.

Wie betäubt drehte Ben sich herum. Sein erster Blick galt Sasha. Erleichtert stellte er fest, dass sie offenbar gar nicht richtig mitbekommen hatte, was gerade geschehen war. Womit sie sich in guter Gesellschaft befand. Auch seine Eltern und Rewert sahen eher verwirrt als erschrocken aus. Obwohl sie sich nur wenige Schritte hinter ihnen befunden hatten, schien ihnen das immer dichter werdende Schneetreiben teilweise die Sicht auf den Vorfall verwehrt zu haben.

Mühsam riss Ben seinen Blick vom Gesicht seiner Mutter los und blinzelte zur *Princess* zurück. Trotz seiner Größe war das Schiff hinter den nahezu waagerecht heranpeitschenden Schneeböen fast verschwunden, und von der offen stehenden Luke war überhaupt nichts mehr zu sehen. Ratlos wandte er sich wieder zu Harry um, der sich gerade wieder aufrichtete und den Schnee vom Schaft seiner Waffe klopfte, und erntete ein knappes Kopfnicken und ein angedeutetes Lächeln. »Tom ist ein guter Mann. Wahrscheinlich einer meiner besten.«

»Was?«, mischte sich Robert Berger ein. Sein Blick tastete unsicher über das, was von den beiden Eisungeheuern übrig geblieben war, und suchte dann die *Princess.* »Wollen Sie etwa behaupten, er hätte die beiden Biester auf diese Entfernung erwischt? Mit einer *Maschinenpistole*?«

Harry hob in einer scheinbar beiläufig wirkenden Bewegung die Schultern. »Sehen Sie hier sonst noch jemanden mit einer Waffe?«

Bens Vater wollte etwas erwidern, aber Harry brachte ihn mit einer raschen Geste zum Schweigen, zog sein Walkie-Talkie aus der Jackentasche und mühte sich einen Moment lang mit dem gar nicht so kleinen Kunststück ab, die winzigen Tasten mit seinen klobigen Handschuhen zu bedienen. »Guter Schuss, Tom«, sagte er ins Mikrofon. »Gibt es sonst noch was?«

Die Antwort, die aus dem winzigen Lautsprecher des Gerätes drang, ging ebenso im Heulen des Sturmes unter wie die meisten anderen Geräusche, aber man musste kein Meister im Lesen von Gesichtern sein um zu erkennen, dass sie dem Söldner nicht gefiel. Harry sagte drei oder vier Sekunden lang gar nichts, doch sein Blick tastete in dieser Zeit ebenso aufmerksam wie misstrauisch in die Runde, und seine Miene verdüsterte sich zusehends. Schließlich hob er das Gerät wieder an die Lippen.

»Ja, das sehe ich auch so. Gute Arbeit. Halt weiter die Augen offen.«

Er steckte das Gerät wieder ein und vertrödelte eine weitere Sekunde, indem er den Trageriemen seiner MP sorgsam über seine linke Schulter schob. Vielleicht ein wenig zu sorgsam für Bens Geschmack, und die Art, wie er den Arm danach bewegte, als wolle er sich nur vom sicheren Sitz des Riemens überzeugen, gefiel ihm noch viel weniger.

Ben fragte sich, ob sich Harry den Arm bei seinem Sturz verletzt hatte, aber die bloße *Vorstellung* war schon so erschreckend, dass er die Antwort gar nicht wissen wollte. Ohne Harry, einen vollkommen gesunden und kampfbereiten Harry, konnten sie sich ebenso auch gleich in den Schnee setzen, ihre Jacken ausziehen und darauf warten, dass die Kälte die Sache ein für alle Mal erledigte.

Oder hoffen, dass sie es tat, bevor die Eisungeheuer sie erwischten.

»Worauf warten wir?«, fragte sein Vater ungeduldig.

»Auf nichts«, antwortete Harry, rührte sich aber trotzdem nicht von der Stelle. »Aber Tom hat eine interessante Beobachtung gemacht, und ich glaube, dass er Recht hat. Anscheinend werden diese *Dinger* von schnellen Bewegungen angezogen. Geht möglichst langsam. Keine hektischen Bewegungen und passt auf, wohin ihr tretet.«

»Weil wir ja so viel Zeit haben«, höhnte Bens Vater.

»Wir haben alle Zeit, die wir brauchen«, antwortete Harry ruhig. »Solange die Sonne nicht untergeht, bleiben die Temperaturen erträglich, jedenfalls erträglich genug, um nicht zu erfrieren, solange wir in Bewegung bleiben. Aber wenn diese Biester auf uns aufmerksam werden und in Scharen über uns herfallen, ist es aus. Also tun Sie gefälligst, was ich sage, oder rennen Sie meinetwegen los, und ich bleibe hier stehen und warte ab, wer von uns beiden nun Recht gehabt hat.« Er machte ein abfälliges Geräusch. »Ich entschuldige mich auch gern bei Ihnen, sollte sich herausstellen, dass ich mich irre.«

Zu Bens Erleichterung verzichtete sein Vater darauf, den Fehdehandschuh aufzunehmen und mit einer spitzen Bemerkung zu kontern, und auch seine Mutter und Rewert machten nur betroffene Gesichter, protestierten aber nicht.

Ben wusste, dass Harry Unrecht hatte. Seine Vermutung war ebenso naheliegend wie logisch, aber trotzdem falsch. Es war das *Leben*, das diese Ungeheuer spürten; die Wärme ihres Blutes und das Schlagen ihrer Herzen, die sie mit Hass und unstillbarem Neid erfüllten und sie anlockten.

Doch auch er behielt seine Zweifel für sich und griff nur stumm nach Sashas Hand. Ein Anführer, der sich dann und wann irrte, war ihm immer noch lieber als kein Anführer. Sie gingen los, sehr langsam; und für die ersten zehn oder fünfzehn Sekunden bildete sich Ben sogar ein, diesen Blödsinn zu glauben.

Dann explodierte zuerst der Boden rechts und links von Harry und nur einen Sekundenbruchteil darauf die beiden Eismonster, die daraus hervorgebrochen waren, als Harry und der Söldner an Bord der *Princess* praktisch gleichzeitig auf die Angreifer feuerten.

Überall um sie herum wuchsen plötzlich riesige Gestalten aus schimmerndem Eis in die Höhe. Harry fluchte lautstark und riss seine Waffe herum, und noch bevor er den Abzug ganz durchgedrückt hatte, zersprang nur ein kleines Stück neben ihm ein zweites Eismonster, von einem weiteren Schuss getroffen, den Tom abgegeben hatte. Aber es war aussichtslos. Die beiden Ungeheuer wurden praktisch sofort durch neue Monster ersetzt, die aus dem Schneegestöber auftauchten, und dann schien sich der Strand in ein einziges Chaos aus blitzendem Eis und riesigen Krallen und gesichtslos starrenden Bestien zu verwandeln, die aus allen Richtungen zugleich auf sie einzudringen schienen.

Harrys MP zersiebte zwei Monster, ein drittes erledigte er, indem er mit dem Kolben seiner Waffe auf es einschlug, und praktisch im gleichen Augenblick brachen zwei weitere Ungeheuer wie von unsichtbaren Hammerschlägen auseinander. Sofort stürmten mehr Angreifer heran, doch für einen Moment hatten sie Luft.

»*Lauft!*«, brüllte Harry. »*Zur Steilwand*!« Gleichzeitig wirbelte er herum, gab einen kurzen Feuerstoß aus seiner Waffe ab, der einige der Angreifer in Stücke sprengte, und stürmte los.

»Verstehen Sie das unter *vorsichtig* bewegen?«, schnaubte Robert Berger, aber er setzte sich dennoch sofort und so schnell in Bewegung, wie er nur konnte.

Was folgte, war ein Spießrutenlauf, und das wortwörtlich.

Als hätte sich nun auch die Natur endgültig auf die Seite ihrer Gegner geschlagen, nahm der Sturm noch einmal an Gewalt zu. Das Schneetreiben wurde schlagartig so dicht, dass sie kaum noch Luft bekamen. Alles, was weiter als fünf oder zehn Meter entfernt war, schien in dem tobenden Weiß unterzugehen. Selbst Harry, der kaum zwei Schritte vor ihnen rannte, verschwand manchmal einfach in den kochenden Schwaden.

Dennoch erkannte Ben, dass die Zahl der Eiskreaturen immer noch zunahm. Mehr und mehr grässliche dreifingrige Klauen grabschten aus dem Schnee heraus nach ihnen, mehr und mehr plumpe Gestalten versuchten sich ihnen in den Weg zu stellen oder sie zu Boden zu reißen. Harry schoss praktisch ununterbrochen, wobei er aber keine Feuerstöße mehr abgab, sondern einzelne gezielte Schüsse, mit denen er einen Gegner nach dem anderen mit fast roboterhafter Präzision ausschaltete. Und obwohl es nach Bens Meinung eigentlich vollkommen unmöglich war, schoss auch der Söldner von Bord der *Princess* aus noch immer und traf seine Ziele mit derselben, nahezu unheimlichen Sicherheit.

Aber natürlich konnte es nicht gut gehen und es ging auch nicht gut.

Es war seine Mutter, die die Katastrophe auslöste. Natürlich nicht mit Absicht, aber dafür mit umso verheerenderen Folgen. Eine böse Laune des Schicksals wollte es sogar, dass Ben ganz genau mitbekam, was geschah, weil er just in diesem Moment den Kopf drehte und im Laufen zu ihr zurücksah.

Rewert war weg, vielleicht einfach von den tobenden Schneeböen verschlungen, vielleicht hatten ihn die Ungeheuer auch erwischt, und seine Eltern stürmten Hand in Hand dicht hinter Sasha und ihm her. Ihre Gesichter waren unter dem eisverkrusteten Fell ihrer Kapuzen nicht zu erkennen, und sie hielten die Köpfe gesenkt, um sie vor dem schneidenden Wind zu schützen.

Trotzdem stolperte eine der beiden dick vermummten Gestalten, die kleinere, plötzlich, versuchte mit einem ungeschickten Schritt ihr Gleichgewicht wiederzuerlangen und stürzte dann schwer in den Schnee. Sofort tauchte einer der Angreifer aus dem Schneetreiben auf und wollte sich auf sie stürzen.

Er barst auseinander, bevor er ihr auch nur nahe kommen konnte.

Unverzüglich brach ein weiteres Monster aus dem Sturm hervor und nahm den Platz seines Kameraden ein, nur um dessen Schicksal zu teilen, doch es war, als hätten sie irgendeinen höllischen Mechanismus in Gang gesetzt, der dafür sorgte, dass für jedes ausgeschaltete Ungeheuer sofort mindestens zwei, drei, vier neue erschienen. Ben hatte den bizarren Eindruck, dass die Sturmfront von einem Atemzug auf den anderen von einer kompakten Mauer aus grabschenden Händen und wankenden Leibern abgelöst wurde, die sich rasend schnell um sie herum zusammenzog. Die Welt geriet aus den Fugen, kippte in eine Richtung, die es weder gab noch geben *durfte*, und selbst die Zeit schien neuen, durch und durch aberwitzigen Regeln zu gehorchen. Alles ging so rasend schnell, als geschähen die Dinge nicht nur *gleichzeitig*, sondern zum Teil auch in der falschen Reihenfolge, als hätte jene uralte Macht, deren Erwachen er gespürt hatte, nun auch der Zeit ihren Willen aufgezwungen und die unumstößlichen Gesetze von Ursache und Wirkung vertauscht. Zugleich schien sich die Welt auf einer zweiten Ebene, auf der er zur Rolle des hilflosen Zuschauers verdammt war, unendlich langsam zu bewegen, als beobachte er die Geschehnisse durch einen Vorhang aus zäh fließendem Wasser, der alles, was sich in Wahrheit in weniger als einer Sekunde abspielen mochte, zu einer schieren Ewigkeit dehnte. Eine höllische Pantomime in Zeitlupe, die keinem anderen Zweck diente, als ihm und *nur ihm* die schreckliche Unaufhaltsamkeit der Geschehnisse zu demonstrieren. Was immer es war, dessen Präsenz er fühlte, es war nicht nur gekommen, um sie zu vernichten, sondern vor allem, um sich an ihrem Leiden zu laben.

Ben sah, wie sein Vater herumfuhr und neben seiner Mutter auf die Knie fiel, um ihr aufzuhelfen. Das Heulen des Sturmes verschluckte weiter jeden anderen Laut, aber er beobachtete, wie sich ihr Gesicht vor Schmerz verzerrte, als sie ihren rechten Fuß zu belasten versuchte, und sie so schwer in den Schnee zurückfiel, dass sein Vater um ein Haar mit von den Beinen gerissen worden wäre, und dann waren bereits wieder zwei riesige Eismonster heran, um sich auf sie zu stürzen.

Harry zerschoss eines davon mit dem Ergebnis, dass sich praktisch im gleichen Sekundenbruchteil ein weiteres schimmerndes Eismonster aus dem Sturm materialisierte. Das andere grabschte mit beiden Händen nach seinem Vater, griff ins Leere und fiel, vom Schwung seiner eigenen Bewegung nach vorn gerissen, in den Schnee, wo es in Stücke zerbrach. Dann war Harry heran, zersiebte den Angreifer, der am nächsten war, und riss Bens Vater mit dem anderen Arm in die Höhe.

»*Laufen Sie!*« Ich kümmere mich um sie!« Gleichzeitig versetzte er ihm einen Stoß, der ihn mit hilflos rudernden Armen davontaumeln ließ, erschoss ein weiteres Eismonster und griff dann nach Bens Mutter, um sie in die Höhe zu ziehen. Ihr Gesicht verzerrte sich abermals vor Schmerz, und diesmal konnte Ben ihren gepressten Schrei selbst durch das Brüllen des arktischen Sturmes hindurch hören. Harry fluchte beinahe genauso laut, wechselte seine Waffe blitzartig von der rechten in die linke Hand und schlang den frei gewordenen Arm um ihre Taille, um sie ohne sichtbare Anstrengung hochzuheben und sie sich dann über die Schulter zu werfen, als wiege sie überhaupt nichts.

»*Lauft!*«, schrie er noch einmal. »*Zur Klippe! Wir kommen nach!*«

Und in diesem Moment wusste Ben, dass sie es nicht schaffen würden.

Es gab überhaupt keinen Grund für diese Gewissheit. Nichts hatte sich geändert, Harrys beherztes Eingreifen und die präzisen Schüsse, die noch immer von der *Princess* aus herüberpfiffen, hatten dem Angriff ganz im Gegenteil einen Gutteil seines Schwunges genommen, aber genau das war es: vollkommene, absolute Gewissheit. Sie würden es nicht schaffen. Die Geister des Kommenden sagten es ihm und sie irrten sich nie.

Alles wiederholte sich, und auch das hatten sie vorhergesagt, so wie sie alles Leid und allen Schrecken seit Anbeginn der Zeiten vorhergesehen und ihren Niedergang prophezeit hatten. Der Todesbote stand am Himmel.

Nach zweimal tausend Millionen Jahren schloss sich der Kreis, und der ewige Zyklus von Untergang und Entstehen begann von vorne.

Ben beobachtete mit einer Mischung aus lähmendem Entsetzen und Trauer, wie Harry losrannte, während seine Waffe weiter grellorangefarbene Flammenzungen ausstieß, die die Angreifer ebenso schnell zerschmetterten, wie der Sturm sie gebären konnte, wie er einen federnden Satz in ihre Richtung machte – *und sich der Boden auftat, um ihn und seine Mutter zu verschlingen.*

Es geschah rasend schnell, aber Bens überwache Sinne sorgten dafür, dass ihm auch nicht das geringste grässliche Detail entging. Harrys gewaltiger Satz brachte ihn bis auf drei oder vier Meter an ihn, Sasha und seinen Vater heran, und als seine schweren Kampfstiefel den Schnee berührten, gab das Eis darunter nicht etwa nach oder brach auseinander, sondern *krachte auseinander wie ein gigantisches Maul*, das nach den beiden weiß gekleideten Gestalten schnappte. Neben ihm schrie sein Vater so gellend auf, als hätte man ihm einen glühenden Dolch in den Leib gestoßen, und wollte losstürmen, und Sasha riss sich mit einer völlig überraschenden Bewegung von Ben los und klammerte sich mit solcher Kraft an seinen Vater, dass sie beide das Gleichgewicht verloren und in den Schnee stürzten.

Mit einem wütenden Schrei stemmte sich sein Vater in die Höhe und stieß Sasha grob von sich, und vor ihren Augen schloss sich der Schneesturm zu einer brüllenden, undurchdringlichen Wand, die den Strand, den verschwimmenden Schatten der *Princess of the Dawn* und die Stelle verschlang, an der Harry und seine Mutter verschwunden waren.

Dann erlosch er.

Von allem, was bisher geschehen war, kam Ben das am gespenstischsten vor. Der Sturm flaute nicht etwa ab oder zog sich widerwillig und fauchend und mit den Krallen schlagend zurück, sondern er erlosch von einem Sekundenbruchteil auf den anderen so abrupt, als hätte ihn jemand abgeschaltet. Die tobende Mauer aus Schnee und wirbelndem Eis war verschwunden, genauso wie die Höllenkreaturen, die sie bisher von allen Seiten her attackiert hatten, und stattdessen senkte sich eine fast unnatürlich anmutende Stille über den Strand.

Ben sah sich wie betäubt um. Er hätte Schmerz empfinden sollen, Wut, Trauer, Panik, *irgendetwas,* aber da war nichts. Es war, als hätte die grausame Kälte, die ihm die Haut vom Gesicht zu reißen versuchte und seine Glieder lähmte, auch etwas in seiner Seele erstarren lassen. Und zugleich hatte er immer noch das Gefühl, in seiner eigenen Zeit gefangen zu sein, in der die Geschehnisse sonderbar zweigeteilt abliefen. Seine Gedanken rasten mit dem Zehnfachen ihrer normalen Geschwindigkeit, aber die Welt ringsum bewegte sich träge und zäh, als wäre sie in klebrigen Sirup gefallen.

Fast beiläufig registrierte er, dass der Steward wieder da war; er hatte offensichtlich im Sturm die Orientierung verloren und sich gute zwanzig oder dreißig Schritte weit in die falsche Richtung entfernt; er rappelte sich in diesem Moment auf, aber er machte nicht den Eindruck, wirklich zu wissen, wo er war. Sashas Gesicht war wieder so ausdruckslos wie immer, und auch sein Vater starrte benommen ins Nichts, doch die Leere in seinen Augen war von einer vollkommen anderen Art.

Sonst rührte sich jedoch nichts, so weit das Auge reichte. Nicht nur der Sturm, sondern auch der Wind war völlig zum Erliegen gekommen. Es herrschte absolute Stille. Selbst das Meer, das bisher schäumend gegen den weißen Strand angerannt war, lag nun flach wie ein zerkratzter, mattsilberner Spiegel vor der Küste.

Bens Blick tastete über die geschundene Flanke der *Princess* und suchte die Luke, durch die sie das Schiff verlassen hatten. Fast zu seiner eigenen Überraschung fand er sie nahezu auf Anhieb; eine winzige rechteckige Wunde im Leib des Schiffes, aber dahinter regte sich nichts mehr, und das konnte es auch nicht, denn an Bord dieses Schiffes existierte kein Leben mehr. Auch das wusste er mit einer Gewissheit jenseits aller Zweifel.

Als Ben sich wieder herumdrehen wollte, glaubte er eine Bewegung weit draußen auf dem Meer wahrzunehmen und blieb noch einmal stehen, um genauer hinzusehen.

Da … war etwas. Vielleicht nur ein Schatten, vielleicht aber auch ein kolossales, vielarmiges … *Ding,* das dicht unter der Wasseroberfläche lauerte und aus unsichtbaren, gierigen Augen zu ihnen herüberstarrte.

Aber der Schatten verschwand, bevor er sicher sein konnte … und eigentlich wollte er es auch gar nicht.

Mit einer unendlich müde wirkenden Bewegung wandte er sich um, ging zu Sasha und ergriff ihre Hand, um sie mit sanfter Gewalt auf die Beine zu ziehen. Erst dann ging er die wenigen Schritte zu seinem Vater zurück und sagte: »Wir müssen weiter.«

Zuerst reagierte sein Vater nicht einmal auf den Klang seiner Stimme. Er hockte einfach weiter auf den Knien und starrte die Stelle an, wo sich das Eis seine Frau und Harry einverleibt hatte, ungefähr jedenfalls. Genau sagen konnte man es nicht mehr, denn das unheimliche Geschehen hatte nicht die geringste Spur hinterlassen. Da war nicht der feinste Riss im Eis … selbst die dünne Schneedecke auf dem Boden war so unversehrt, als hätte es nicht einmal den Sturm von gerade gegeben.

»Wir müssen weiter«, sagte er noch einmal; sanft, aber nachdrücklicher als zuvor.

Diesmal hob sein Vater zumindest den Kopf und sah zu ihm hoch, auch wenn Ben bezweifelte, dass er seine Worte verstanden hatte. Sein Gesicht war zu einer grauen Maske erstarrt, die auf ihre Weise ebenso leblos schien wie das erfrorene Land ringsum, aber in seinen Augen schimmerten Tränen, und seine behandschuhten Finger gruben unentwegt im Schnee, ohne dass er sich der Bewegung auch nur bewusst zu sein schien.

»Aber das … das ist doch völlig unmöglich«, flüsterte er stockend. »Das … das kann doch gar nicht sein!«

Der Anblick hätte Ben das Herz brechen müssen, aber er empfand noch immer … nichts. In ihm war eine Leere, die ebenso tief und allumfassend war wie die, die er in Sashas Augen lesen konnte und vielleicht ebenso lange anhalten würde.

»Wir müssen weiter«, sagte er nun noch einmal. »In einer guten Stunde geht die Sonne unter. Wenn wir dann noch hier draußen sind, sind wir tot.«

Sein Vater fuhr fort, mit den Händen im Schnee zu graben. Ben hätte in diesem Moment alles darum gegeben, seinen Schmerz zu teilen, er wollte ihm ein Wort des Trostes spenden, aber er konnte weder das eine noch das andere.

Schweigend wartete er ab, bis Rewert herangekommen war und er Sasha in seine Obhut übergeben konnte, dann ergriff er seinen Vater sanft an den Oberarmen und zwang ihn aufzustehen.

Es sollte andersherum sein, dachte er. *Der Vater sollte es sein, der den Sohn tröstet, und nicht umgekehrt.*

Aber selbst dieser Gedanke berührte ihn nicht. »Komm, wir müssen die Wetterstation erreichen, bevor es dunkel wird oder diese Ungeheuer zurückkommen.«

»Das ist ein verdammt weiter Weg, mein Junge«, meinte der Steward. »Bist du sicher, dass wir es schaffen?«

»Ja«, antwortete Ben, mehr nicht. Und mehr war auch nicht notwendig. Sie würden es schaffen. Er wusste es, denn auch das hatten ihm die Geister des Kommenden gesagt, und die Geister des Kommenden irrten sich nie.

33

DAS LETZTE GESCHOSS hatte ihn buchstäblich um Haaresbreite verfehlt. Das Heulen des Sturmes, das in den letzten Minuten zu ohrenbetäubender Lautstärke angewachsen war, hatte das Geräusch der Explosion ebenso verschluckt wie jeden anderen Laut, aber Ben hatte weder die weißen Fontänen noch die plump herantaumelnden Gestalten hinter dem Tosen des Schneesturmes übersehen. Sasha, die er mittlerweile so derb hinter sich herziehen musste, dass er ihr vermutlich mehr wehtat als der Sturm und die fliegenden Eissplitter, stolperte jetzt immer öfter und war schon zwei- oder dreimal gestürzt; einmal so schwer, dass sie nicht mehr aus eigener Kraft in die Höhe gekommen war und er sie gewaltsam auf die Füße zerren musste. Ihr Gesicht war noch bleicher als sonst, abgesehen von den Stellen, wo es von einer milchigen hellrosa Schicht aus gefrorenem Blut bedeckt war, und der Moment war abzusehen, in dem sie gar nicht mehr auf die Beine kommen oder aufgeben und sich in den Schnee legen würde um zu sterben. Und nicht nur bei ihr.

Wo war dieser verdammte Pass?

Kapitän Schulz – der jetzt ebenso tot war wie seine Mutter, wie Harry, wie die Passagiere und die Besatzung – hatte ihnen den Weg erklärt, und es hatte sich so einfach angehört: den vereisten Strand hinauf bis zur Klippe, dann ein Stück nach links, bis er die Klamm erreichte, die so geradewegs zur Station hinaufführte, dass man sie gar nicht verfehlen konnte. Alles in allem weniger als drei Kilometer; nicht einmal hier und bei kuscheligen dreißig Grad minus eine unüberwindliche Entfernung. Bei Tageslicht, Windstille und im Vollbesitz seiner Kräfte.

Bei Dunkelheit, inmitten des schlimmsten Polarsturmes, den es seit Ende der letzten Eiszeit gegeben hatte, und verfolgt von einer Armee von Ungeheuern sah das schon etwas anders aus. Wo, bitte schön, waren noch einmal rechts und links?

Schon einmal.

Immerhin fand er die Klippe. Erschöpft und desorientiert, wie er war, verwechselte er die schimmernde weiße Wand mit einer Schneeböe und knallte ziemlich unsanft dagegen, und der heftige Aufprall riss Sasha aus seinem Griff und ließ sie abermals zu Boden fallen. Hastig sank er neben ihr auf die Knie, schob die in klobigen Handschuhen steckenden Hände unter ihre Achseln und zog sie ächzend in die Höhe. Obwohl sie praktisch nichts zu wiegen schien, überstieg diese kleine Anstrengung schon beinahe sein Kraft. Er strauchelte, wäre um ein Haar gestürzt und fiel dann wirklich hin, als der Sturm unversehens einen riesigen weißen Schemen ausspie und er so erschrocken zusammenfuhr, dass er das Gleichgewicht verlor und Sasha mitriss. Sein Herz begann wie rasend zu hämmern, und er glaubte das Adrenalin geradezu schmecken zu können, das plötzlich seine Adern überflutete.

Aber es war kein Eismonster. Was aus dem heulenden Sturm auf ihn zutorkelte, war eine dick vermummte menschliche Gestalt in einer eisverkrusteten weißen Polarmontur, die sich schräg gegen den Sturm stemmen musste, um überhaupt von der Stelle zu kommen. Sie trug eine schwarze Schneebrille, und ihr Gesicht war so dick mit Eis und verharschtem Schnee verkrustet, dass er nicht erkennen konnte, ob es sein Vater war oder Rewert – aber die Gestalt *hatte* ein Gesicht und war somit eindeutig ein Mensch.

Ben erwartete, dass er zu ihnen kommen und ihnen helfen würde, doch er wankte an ihm und Sasha vorbei, zu erschöpft oder zu mutlos, um sie auch nur zur Kenntnis zu nehmen, und war kurz darauf erneut hinter den brodelnden weißen Schwaden verschwunden. Aber immerhin lebte er noch, und Ben schickte ein Stoßgebet zum Himmel, dass es sein Vater gewesen war und nicht der Schiffssteward; wenn auch mit einem heftigen Gefühl von schlechtem Gewissen.

Er schüttelte den Gedanken ab, versuchte ein zweites Mal, Sasha in die Höhe zu ziehen, und lehnte sich dann erschöpft mit der Schulter gegen die Felswand. Jetzt *konnte* es nicht mehr allzu weit sein. Wenn sie die Eisklamm fanden, dann waren sie wenigstens aus dem Sturm heraus, und dann hatten sie – möglicherweise – eine Chance, es bis zur Wetterstation zu schaffen.

Schon einmal. Er hatte das alles schon einmal erlebt, aber nun war es anders, schlimmer und tödlicher.

Wie um seine aufkeimende Hoffnung augenblicklich wieder zunichte zu machen, prallte ein weißer Blitz kaum eine Handbreit über ihnen gegen den Fels und zerstob in Millionen winziger scharfkantige Splitter, die der Sturm davontrug, bevor sie ihnen gefährlich werden konnten.

Aber Ben hatte die Warnung verstanden. Ihre Verfolger waren nach wie vor da und sie waren nach wie vor gefährlich, und nur weil er sie nicht sah, bedeutete das nicht, dass sie umgekehrt auch nicht gesehen wurden. Er ergriff Sashas Hand noch fester und taumelte los, so schnell die eisigen Krallentriebe des Sturmes und die auf weniger als zwei Meter beschränkte Sicht es zuließen. Während er mühsam einen Fuß vor den anderen setzte und sich Schritt für Schritt weiterquälte, konnte er sich mit der rechten Schulter gegen die Felswand lehnen und so wertvolle Kraft sparen. Selbst der Wind, der sich bisher beinahe ebenso begeistert ins Zeug gelegt hatte wie die Eispiraten und der Rest der Welt, um ihn ins Jenseits zu befördern, erwies sich nun als sein Verbündeter. Die schneegesättigten Böen, die sich am Fuße der Klippe brachen, drückten ihn zugleich mit solcher Kraft gegen das Eis, dass er sich schon hätte anstrengen müssen um umzufallen.

Zumindest in der einen Richtung.

In der anderen war es schon etwas leichter, vor allem als die Wand, gegen die er sich bisher gelehnt hatte, plötzlich verschwunden war.

Ben schrie vor Überraschung und Schmerz auf, ruderte verzweifelt mit den Armen und versuchte sich zurückzuwerfen, aber es war zu spät. Ohne dass er es bewusst wahrgenommen hätte, war er beim Einstieg der Klamm angelangt, und die Wand, die ihm bisher Halt geboten hatte, war nun einfach nicht mehr da. Hilflos kippte er zur Seite, drehte sich im Fallen halb um die eigene Achse und wartete mit zusammengebissenen Zähnen auf den Schmerz, den der Aufprall auf das stahlharte Eis bringen musste.

Aber er kam nicht.

Ben prallte nicht auf.

Die Klamm war da, genau wie Kapitän Schulz sie beschrieben hatte: ein schmaler, spiegelglatter Spalt, der in einem jähen Winkel nach oben führte, so präzise und steil, als hätte jemand mit einer gewaltigen Axt eine Kerbe in die Klippe geschlagen, aber es gab einen entscheidenden Unterschied zwischen Schulz' Beschreibung und der Wirklichkeit.

Diese Klamm hatte keinen Boden.

Wo er hätte sein sollte, klaffte ein gut drei Meter breiter Abgrund. Verzweifelt warf sich Ben im Sturz noch weiter herum und streckte die Arme aus, und für einen winzigen Augenblick sah es beinahe so aus, als könne er es schaffen. Seine Fingerspitzen schrammten am Eis entlang, schienen irgendwo Halt zu finden … und glitten ab, als er voll jähem Entsetzen sah, wie über ihm nun auch Sasha das Gleichgewicht verlor, über den Rand der Spalte kippte, und er ganz instinktiv nach ihr zu greifen versuchte. Seine Hände verfehlten sie, und Ben verlor den Halt und fiel wie ein Stein in die bodenlose Tiefe. Sasha war noch für den Bruchteil einer Sekunde zu erkennen; ein weißer Schemen, der von der Dunkelheit aufgesogen wurde, und dann umgab ihn nur noch vollkommene, atemabschnürende Schwärze.

Sein Fall schien kein Ende zu nehmen, doch als der Aufprall dann kam, war er keineswegs tödlich oder auch nur annähernd so hart, wie er es erwartet hätte. Er brach in etwas Weiches, Eiskaltes ein, das ihn in eine stiebende Wolke hüllte und seinem Sturz nahezu alle Wucht nahm, sodass ihm zwar die Luft aus den Lungen getrieben wurde, er aber nicht einmal das Bewusstsein verlor, sondern nur benommen liegen blieb.

Ihm war kalt. Vorhin, oben, inmitten des tobenden antarktischen, Höllensturmes, hatte er geglaubt, es könne nicht mehr kälter werden, ohne dass die Temperaturen ihn auf der Stelle umbringen würden, aber das stimmte nicht. Die Kälte hüllte ihn nicht nur ein, sondern war mittlerweile unter seine Kleidung gekrochen und schickte sich an, ihn von innen heraus erstarren zu lassen. Die Luft, die er zu atmen versuchte, schien aus gefrorenen Glassplittern zu bestehen, die seine Kehle zerschnitten und seine Lungen verätzten, und jede noch so winzige Bewegung tat weh.

Er *war* tot, und das hier war die Hölle.

Wahrscheinlich war es die Lächerlichkeit dieses Gedankens, der ihm die Kraft gab, sich trotz der Schmerzen umzusehen. Natürlich war er nicht tot, aber seine Chancen standen nicht schlecht, es bald zu sein, wenn er nicht – sehr schnell – etwas unternahm.

Was ihm das Leben gerettet hatte, das war ein gewaltiger Berg pulverfeiner Schnee, der sich auf dem Grund der Eisspalte angesammelt hatte und in den er gefallen war wie in ein riesiges weiches Daunenkissen. Aber genau dieses Daunenkissen würde ihn nun auch umbringen, wenn er nicht aufpasste, denn der Schnee war unter seine Polarmontur gedrungen und machte deren isolierende Wirkung zunichte. Bisher hatte er nur gefroren, was schlimm genug war, aber nun begann er auszukühlen, und das konnte tödlich sein.

Aber noch lebte er, und wie es aussah, hatte sein Sturz sogar etwas Gutes gehabt, denn er war zumindest seine Verfolger los.

Und Sasha?

Bens schlechtes Gewissen, das noch nicht ganz so eingefroren war wie der Rest von ihm, meldete sich mit Macht zurück, weil er nicht sofort an sie gedacht hatte, und er setzte sich mit einem Ruck auf und sah hastig nach rechts und links. Wenigstens versuchte er es, aber der Schneeberg gab augenblicklich unter ihm nach, sodass er ins Rutschen geriet und eingehüllt in eine gewaltige Wolke aus Schnee zwei oder drei Meter weit nach unten schlitterte, bevor er wieder zur Ruhe kam.

Diesmal brannten nicht nur seine Lungen, der eisige Schnee war noch weiter unter seine Kleidung gedrungen und begann ihn allmählich zu lähmen. Seine Finger waren bereits taub, und die Schmerzen in seinen Füßen und Unterschenkeln begannen nachzulassen – was alles andere als beruhigend war. Ben hatte nicht allzu viel Erfahrung in solchen Dingen, aber es war gut möglich, dass seine Zehen gerade dabei waren, abzusterben. Möglicherweise auch gleich die ganzen Füße.

Immerhin hatte ihm seine Rutschpartie die zweite Schleifspur gezeigt, die nur ein kleines Stück neben ihm an der Flanke des Schneehaufens nach unten führte. Also war Sasha ebenso weich gelandet wie er. Aber wo war sie?

Sehr viel vorsichtiger als beim ersten Mal richtete er sich auf und folgte dem Verlauf der zweiten Schneespur nach unten. Dort, wo Sasha am Fuße des Schneehügels hätte liegen sollen, war … nichts.

Irgendwie gelang es ihm, der Panik noch einmal Herr zu werden und sich mit dem Gedanken zu trösten, dies beweise doch nur, dass sie den Aufprall offenbar ebenso unversehrt überstanden hatte wie er oder zumindest nicht schwer genug verletzt war, um nicht mehr aus eigener Kraft aufstehen zu können.

Der Trick funktionierte. Die Frage war nur, wie lange noch.

Weil er keine weitere Schnee-Explosion provozieren wollte, rutschte er das letzte Stück kurzerhand auf dem Hosenboden hinunter, schaffte es, auf den Füßen zu landen, und stampfte ein paar Mal kräftig auf, um seinen Kreislauf wieder in Schwung zu bringen und wenigstens ein bisschen Gefühl in Füße und Beine zu bekommen,

Es klappte, wenn auch nicht unbedingt so, wie er es sich erhofft hatte: Die heftige Bewegung presste den eingedrungenen Schnee nur noch fester zwischen seine Zehen, und der Schmerz in seinen Füßen explodierte.

Dennoch blieb er nicht eine Sekunde stehen, sondern humpelte mit zusammengebissenen Zähnen ein paar Schritte von der riesigen Schneewehe weg, bevor er sich herumdrehte und den Kopf in den Nacken legte, um nach oben zu blinzeln.

Er erschrak, als er sah, wie tief er gefallen war – zehn, zwölf Meter, wenn nicht mehr. Eine Höhe, bei der er sich selbst bei einem Sturz in den weichen Schnee leicht das Genick hätte brechen können. Und als wäre das allein noch nicht gruselig genug, erkannte er etwas, was seinen Mut schlagartig noch weiter sinken ließ: Von unten betrachtet entpuppte sich die vermeintliche Eisspalte als Riss in der Decke einer gut fünf oder sechs Meter hohen Höhle, deren Wände zwar aus massivem schwarzem Fels bestanden, aber trotzdem so glatt und fugenlos wie Glas waren. Vollkommen unmöglich, daran emporzuklettern, zumindest nicht ohne monatelanges Training und eine Profi-Bergsteigerausrüstung.

Ganz davon abgesehen, dass er erst einmal Sasha finden musste.

Mit einiger Mühe riss er seinen Blick von der unerreichbaren Felsspalte hoch über seinem Kopf los und suchte die Stelle ab, wo Sasha aufgekommen war. Er fand Fußabdrücke. Sie hörten schon nach wenigen Metern wieder auf, wo die dünne Schicht aus Pulverschnee dem harten Fels des Höhlenbodens wich, aber sie zeigten ihm, in welche Richtung Sasha gegangen war. Ben glaubte nicht, dass sie allzu weit kommen würde. Dass sie überhaupt aus eigenem Antrieb aufgestanden und davongegangen war, war schon erstaunlich genug.

Während er sich in Bewegung setzte, wühlte er ohne große Hoffnung in den Taschen seiner Polarjacke. Natürlich fand er keine Lampe, aber nach einem weiteren Dutzend Schritte wurde ihm klar, dass er das auch gar nicht brauchte. Es gab Licht in dieser unterirdischen Höhle. Nichts, was er unter normalen Umständen so genannt hätte, sondern nur einen kränklichen blassen Schimmer, in dem er seine Umgebung mehr erriet als wirklich sah, aber er reichte aus, um wenigstens nicht ganz blind zu sein, und ganz bestimmt würde er reichen, um Sasha zu finden. Er würde reichen, weil er reichen musste.

Irgendwo vor ihm polterte etwas. Vielleicht nur ein Stein, der sich von der Decke gelöst hatte, aber Bens Herz machte trotzdem einen erschrockenen Satz bis in seinen Hals hinauf, und seine durchgehende Fantasie tat ihr Bestes, um ihm zusätzlich zuzusetzen. Für einen Moment glaubte er eine gedrungene weiße Gestalt zu erkennen, ein massiger Gigant mit dreifingrigen Händen und ohne Gesicht, der in der Dunkelheit vor ihm aufragte, aber die Vision erlosch von einem Lidschlag auf den anderen, noch bevor er *wirklich* erschrecken konnte.

Natürlich war es nur ein böser Streich gewesen, den ihm seine überreizten Nerven spielten, versuchte sich Ben selbst zu beruhigen. Hier unten gab es keine Eismonster. Sie konnten ihnen unmöglich gefolgt sein. Anders als Sasha und er wären sie selbst beim Sturz in den weichen Schnee in Stücke zerbrochen.

Trotzdem war er sicher, dort vorne etwas gesehen zu haben.

Dann wusste er, was es gewesen war, und schüttelte den Kopf über seine eigene Dummheit. Natürlich hatte er etwas gesehen. Sashas strahlend weiße Kleidung musste sogar hier unten jeden noch so schwachen Lichtschein reflektieren.

Er ging auf die Stelle zu, an der er die Bewegung gesehen hatte, und rief ihren Namen. Wider Erwarten kam eine Antwort: das verzerrte, vielfach gebrochene Echo seiner eigenen Stimme.

Das gefiel Ben nicht; ganz und gar nicht. Ein Echo bedeutete, dass die Höhle ziemlich groß war, und damit wuchs die Gefahr, dass Sasha sich verirrte. Oder dass er sie schlicht und einfach nicht fand, denn je weiter er sich von der Schneewehe und damit dem Riss in der Höhlendecke entfernte, desto dunkler wurde es. Sasha durfte sich auf keinen Fall zu weit von der Felsspalte entfernen.

»Sasha?«, rief er. »Bleib stehen! Bleib, wo du bist, verstehst du mich? Rühr dich nicht von der Stelle, ich komme zu dir.«

Er konnte nur hoffen, dass sie seine Worte hörte und darauf reagierte. Wenn nicht, dann standen ihrer beiden Chancen nicht schlecht, gegen jede Wahrscheinlichkeit von der *Princess* entkommen zu sein, nur um dann hier unten elendiglich zu erfrieren.

Ben brach den Gedanken mit einer bewussten Anstrengung ab. Solche Überlegungen waren im Moment nicht besonders förderlich. Er musste sich beeilen Sasha zu finden, bevor sie sich für immer in der Dunkelheit verirrte.

Er rief noch zwei- oder dreimal ihren Namen und wieder antwortete ihm das Echo, doch seine Befürchtung schien sich zu bewahrheiten, denn das ohnehin kaum vorhandene Licht wurde zunehmend schwächer.

Obwohl er sich der damit verbundenen Gefahr bewusst war, beschleunigte er seine Schritte noch einmal, ging aber gleichzeitig auch vorsichtiger, mit weit nach vorn gestreckten Händen und die Füße über den Boden schleifend, um nicht über ein unsichtbares Hindernis zu stolpern. Er stolperte nicht, aber das Licht musste noch schlechter sein, als er angenommen hatte, denn seine Hände prallten so unsanft gegen einen harten Widerstand, dass ihm die Tränen in die Augen schossen.

Wenigstens hatte er das Ende der Höhle gefunden, dachte er missmutig. In diese Richtung hatte sich Sasha offensichtlich nicht entfernt.

Er wollte sich gerade herumdrehen, um seine Suche fortzusetzen, als er ein scharrendes Geräusch vernahm, nicht hinter, sondern irgendwo neben sich.

»Sasha?«, rief er. Keine Antwort, natürlich nicht – aber das Scharren wiederholte sich, und dann glaubte er etwas wie Schritte zu hören, gefolgt von einem seltsamen Schlurfen und Rumoren.

Diesmal sparte er es sich, nach Sasha zu rufen, und tastete sich stattdessen in die Richtung, aus der er die Geräusche gehört hatte. Die Schritte wiederholten sich nicht, aber seine Hand stieß schon nach wenigen Augenblicken ins Leere, und Ben begrub seine Hoffnung, wirklich das Ende des unterirdischen Hohlraumes gefunden zu haben.

Auch wenn er wusste, dass es absolut sinnlos war, rief er noch einmal und noch lauter nach Sasha, bevor er sich um die unsichtbare Biegung schob ... und als er zum dritten Mal Sashas Namen rufen wollte, stockte ihm im wahrten Sinne des Wortes der Atem.

Die Höhle ging an dieser Stelle nicht wirklich weiter, und es wurde auch nicht so dunkel, wie er befürchtet hatte. Allerdings gab es auf der anderen Seite des gerade einmal anderthalb Meter hohen und ebenso breiten Durchganges, auf den er gestoßen war, auch kein Licht.

Jedenfalls keines, wie er es jemals zuvor gesehen hatte ...

Der Anblick war ... durch und durch gespenstisch. Alles vor ihm war grau, aber von einem Grau, das es irgendwie ... *nicht geben durfte* und das so staubig und flach wirkte, dass er keine Luft mehr bekam. Es gab keine Farben, nicht etwa weil dieses Furcht einflößende Un-Licht sie ausgelöscht hätte, sondern weil es Farben, wie er sie kannte, nicht zuließ, denn es stammte aus einem Universum, das nichts mit dem gemein hatte, in dem er bisher gelebt und das er für das einzige existierende gehalten hatte.

Es war, als sähe er plötzlich nicht mehr durch seine Augen, sondern durch die eines so fremdartigen Geschöpfes, dass schon der bloße Versuch, es zu begreifen, seinen Verstand zu zerbrechen drohte.

Etwas ... *verschob* sich hinter seiner Stirn, begann sich zu verdrehen und zu verzerren, als er vergeblich darum rang, zu verstehen, was seine Augen sahen; oder zu sehen *glaubten*. Das falsche Licht war nicht das einzige Unheimliche. Hinter dem niedrigen Durchgang begann eine kurze Treppe – genauer gesagt, der *Albtraum* einer Treppe –, die nach fünf oder auch fünfhundert Stufen (Zahlen hatten in diesem sinnverdrehenden Universum, in das er blickte, so wenig Bedeutung wie alles andere, das er bisher gekannt hatte) in eine gewaltige Höhle mündete, in der sich ... *Dinge* befanden.

Ben konnte es nicht anders ausdrücken. Da waren Formen, zyklopische Umrisse und groteske Konturen, die sich zu verändern schienen, noch während er sie betrachtete. Vielleicht glitt sein Blick auch an ihnen ab, oder es war seinem menschlichen Verstand nicht möglich, sie zu erkennen, sodass er ihm Bilder vorzugaukeln versuchte, die dem Gesehenen nach menschlichen Begriffen noch am nächsten kamen, an dieser Aufgabe aber hoffnungslos scheiterte. Er bekam von einer Sekunde auf die andere rasende Kopfschmerzen, und ihm wurde so schwindelig, dass er taumelte.

Dann sah er Sasha.

Sie lag mit an den Leib gezogenen Knien am Fuße der unmöglichen Treppe, den weißen Mantel wie eine Decke über sich, die eine fürsorgliche Mutter über ihr schlafendes Kind gebreitet hatte, das rückenlange weiße Haar bedeckte ihr Gesicht wie ein Schleier.

Und dann sah er doch eine Farbe: das helle, leuchtende Rot einer Blutlache unter ihrem Kopf, die allmählich größer wurde und ihr Haar und den weißen Pelzbesatz ihres Mantels tränkte.

Alles war vergessen. Der rasende Schmerz zwischen seinen Schläfen war mit einem Male so bedeutungslos und unwichtig wie seine Angst und die Übelkeit und die Grauen erregenden Dinge ringsum. Da war nur noch Sasha, die dort unten lag und schwer verletzt war, möglicherweise starb.

Ben schrie so gellend auf, dass seine Stimme in einem dutzendfachen Echo von den unsichtbaren Wänden ringsum zurückgeworfen wurde, stürzte los und raste die Treppe hinunter. Etwas stimmte mit den Stufen nicht. Sie waren von unterschiedlicher Höhe und Breite, manche gar keine Stufen, sondern etwas … *anderes,* sodass er immer wieder strauchelte und zweimal sogar stürzte, aber er achtete nicht darauf, sondern jagte weiter und fiel schließlich neben Sasha auf die Knie. Unentwegt stammelte er ihren Namen, ohne es selbst auch nur zu bemerken und ohne dass sie es bemerkt hätte.

Das konnte sie auch nicht, denn sie war tot.

In ihren weit offen stehenden, starren Augen war kein Leben mehr, und nicht einmal der dichte Schleier ihres weißen Haares reichte aus, die schreckliche Kopfwunde zu verbergen, die sie sich beim Sturz auf der Treppe zugezogen hatte.

Etwas in Ben … zerbrach. Zwei, drei quälend lange, schmerzhafte Herzschläge saß er wie versteinert auf den Knien neben ihr, blickte in ihr erloschenes bleiches Gesicht und weigerte sich zu begreifen, was er sah, dann schob er langsam die Hände unter ihren Rücken, hob ihre Schultern an und drückte ihren Kopf an seine Brust, und im gleichen Moment legte sich ein riesiger verzerrter Schatten über ihn.

Ben sah auf, und das Blut gerann ihm in den Adern.

Es war der Drachenmann, den er schon einmal gesehen hatte, in seinem Traum, im Maschinenraum der *Princess*: ein riesiges bizarres *Ding* mit einem fassähnlichen Torso, plumpen Elefantenbeinen und dem schnabelbewehrten Schädel eines Kraken. Grausame Krallenhände, riesige starrende Augen ohne Pupillen und ein Paar gewaltiger lederner Fledermausschwingen, die hoch über seinen Kopf emporragten, vervollständigten den Eindruck einer apokalyptischen Vision, die nur einem Albtraum entsprungen sein konnte. Aber die Kreatur war da und echt, ein Geschöpf aus Fleisch und Blut, vielleicht auch etwas anderem, Älterem, das sich nun langsam vorbeugte und seine fürchterlichen Hände nach Ben ausstreckte. Und Sasha, die zwar tot war, darauf aber wenig Rücksicht zu nehmen schien, sagte mit einer glockenhellen, klaren Stimme: »Und ich dachte schon, du kommst gar nicht mehr.«

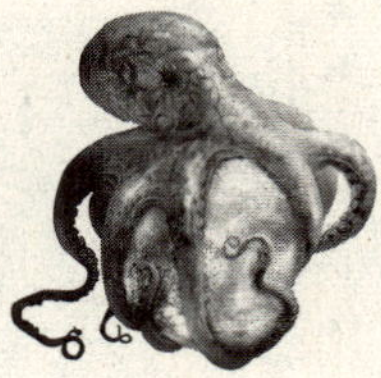

GENESIS 2

STEIN

In der EISWÜSTE des Südens
und auf den versunkenen Inseln des OZEANS
befinden sich Steine, die ihre SIEGEL tragen,
doch wer hat schon die GEFRORENE STADT
oder die verschlossenen TÜRME,
bedeckt von SEEGRAS, gesehen?

H. P. LOVECRAFT, DAS GRAUEN VON DUNWICH

1

JEMAND SCHLUG IHM INS GESICHT, HART. Ben, der gerade im Begriff war, aus einem ganz besonders üblen Albtraum zu erwachen, fühlte genau, dass es kein Angriff war, aber trotzdem wurde sein Kopf zurückgerissen, und nur einen Sekundenbruchteil später brannte seine Wange, als hätte die Hand, die ihn getroffen hatte, eine frisch gepflückte Brennnessel gehalten.

»Was soll der Unsinn?«, fragte eine scharfe Stimme. Sie drang nur schwach an sein Bewusstsein, dumpf und so verzerrt, als höre er sie unter Wasser; alle Höhen fehlten, und er hatte plötzlich das dringende Bedürfnis, sich mit dem kleinen Finger im Ohr zu pulen, konnte sich aber nicht bewegen.

»Er hat hyperventiliert«, erwiderte eine zweite Stimme. Sie klang noch sonderbarer als die erste und kam aus einer anderen Richtung.

»Das ist doch kein Grund, ihn zu schlagen!«

»Ein altes Hausmittel.« Es klang unangemessen amüsiert, fand Ben. »Funktioniert immer – ich kann ihm natürlich auch eine Spritze geben, wenn Sie darauf bestehen. Dauert länger, ist deutlich schmerzhafter und hat unter Umständen ein paar unangenehme Nebenwirkungen, aber wenn Sie es wünschen …«

Die erste Stimme antwortete jetzt nicht mehr – jedenfalls nicht gleich –, aber Ben glaubte das ärgerliche Stirnrunzeln ihres Besitzers regelrecht zu hören. Er versuchte noch einmal, sich zu bewegen. Es ging immer noch nicht, doch er spürte immerhin, dass er die Augen öffnen konnte, wenn er es wollte, verzichtete aber darauf. Er brauchte noch ein paar Minuten, um sich von den letzten Nachwehen des Albtraumes zu lösen. Wenn man bedachte, dass seit einer geraumen Weile nicht eine Nacht vergangen war, in der er nicht von düsteren Visionen geplagt worden war, hätte er doch inzwischen eine gewisse Übung darin haben sollen, aber das genaue Gegenteil schien der Fall zu sein: Es war ihm beinahe unmöglich, sich aus dem Gewirr klebriger Fäden zu befreien, das der Traum ihm ins Wachsein nachgeworfen hatte wie das Fangnetz einer besonders tückischen Spinne. Anders als meistens erinnerte er sich im ersten Moment kaum an Details. Der Traum spulte sich nicht wie die Erinnerung an einen Kinofilm vor seinem inneren Auge ab, sondern blieb ein krudes Durcheinander schrecklicher Bilder, die hinter seiner Stirn umeinander wirbelten.

»Ihr altes Hausmittelchen scheint nicht zu funktionieren, Doktor«, sagte die missmutige Stimme, die Ben mittlerweile irgendwie bekannt vorkam. Nein, nicht *vorkam.* Er *kannte* sie, nur war es ihm aus welchem Grund auch immer nicht möglich, diesem Gefühl das dazugehörige Wissen beizuordnen. So wenig, wie er sich an den überstandenen Albtraum erinnern konnte, war es ihm möglich, vollkommen in die Wirklichkeit zurückzufinden; als hätte er versucht durch eine Tür zu gehen, die viel zu schmal für ihn war, und wäre darin stecken geblieben, sodass er nun weder vorwärts noch zurück konnte. *Was,* dachte er, und dieser Gedanke machte ihm große Angst, *wenn er es eines Tages gar nicht mehr schaffen würde, diese Tür zu durchschreiten, und auf ewig in diesem grässlichen Schattenreich zwischen Realität und Irrsinn gefangen bliebe?*

»Oh, er *ist* wach, keine Sorge«, sagte die zweite Stimme nun wieder. Sie klang jetzt eindeutig spöttisch. »Er zieht es nur vor, uns das nicht zu zeigen.«

Ben strengte sich an. Er musste hinaus aus dieser Falle. Mit aller Macht stemmte er sich gegen die unsichtbaren Fäden, die seine Gedanken fesselten, und spürte, wie sie hartnäckig Widerstand leisteten, sich dann knarrend und summend zu dehnen begannen und schließlich einer nach dem anderen rissen und sich mit einem schnalzenden Laut zurückzogen, während er sich – unendlich langsam und mühevoll, aber beharrlich – durch die Tür arbeitete.

Unglückseligerweise in die falsche Richtung. Nicht das Hier und Jetzt wurde deutlicher, sondern der Traum. Er sah … *Dinge,* gigantische bizarre Maschinen und Geschöpfe, deren bloßer Anblick töten konnte, und den Drachenmann, der sich mit gierig ausgestreckten Krallen über ihn beugte und ihn aus Augen von der Farbe geronnenen Eigelbs anstarrte, und dann war da plötzlich Sasha, deren Haar und Gesicht voller Blut waren, und sie war …

Mit einem keuchenden Schrei und Sashas Namen auf den Lippen fuhr Ben hoch und riss die Augen auf. Sein Herz hämmerte bis zum

Hals, und um ihn herum begann sich alles zu drehen. In der allerersten Sekunde sah er nur blitzende Lichter und rasende Bewegung, die dem Schwindelgefühl hinter seiner Stirn neue Nahrung gaben, dann wurde das Übelkeit erregende Durcheinander zu einem Gesicht, das sich über ihn beugte, und eine zugleich weiche wie sehr starke Hand berührte ihn an der Schulter und drückte ihn mit sanfter Gewalt auf das Bett zurück, auf dem er erwacht war.

»Es ist alles in Ordnung. Keine Angst. Du bist in Sicherheit. Und deine kleine Freundin auch.«

Ben blinzelte völlig verständnislos in das schmale, von schulterlangem lockigem Haar eingerahmte, sehr sympathische Gesicht einer Frau hinauf, die ihm völlig unbekannt war. Sie musste irgendwo in jenem schwer zu schätzenden Alter zwischen Mitte dreißig und Ende vierzig sein und trug einen weißen Kittel über einem grob gestrickten schwarzen Rollkragenpullover, der seine besten Tage schon seit etlichen Jahren hinter sich hatte, und das verchromte Stethoskop, das wie ein eigenwilliges Schmuckstück um ihren Hals hing, wäre gar nicht mehr nötig gewesen, um sie zweifelsfrei als Ärztin zu outen.

»Meine … Freundin?«, wiederholte er verwirrt. Eigentlich *nuschelte* er es, aber die Frau verstand ihn offensichtlich trotzdem, denn sie schenkte ihm ein flüchtiges, aber sehr warmes Lächeln und sagte: »Oder auch Sasha, wenn dir das lieber ist. Du musst dir jedenfalls keine Sorgen um sie machen. Ihr ist nichts passiert … oder jedenfalls nichts Schlimmes.«

Unter fast allen denkbaren Umständen hätte Ben diese kleine Einschränkung aufs Höchste alarmiert, jetzt aber nahm er sie kaum zur Kenntnis. Er benötigte allein drei oder vier Sekunden, um sich zu erinnern, dass er Sashas Namen laut ausgesprochen hatte, als er hochgefahren war; genauer gesagt: *geschrien.* Und sicherlich genauso lange um zu begreifen, was die Worte der Ärztin bedeuteten.

»Sie … lebt? Ich meine, sie ist nicht …?« Er hatte nicht den Mut, das Wort auszusprechen.

Die dunkelhaarige Frau tauschte einen – wie es schien – alarmierten Blick mit jemandem, der auf der anderen Seite des Bettes stand, aber sie lächelte wieder dasselbe sympathische Lächeln: »Natürlich ist sie am Leben. Sie wird vielleicht ein bisschen Kopfschmerzen haben, wenn sie erwacht, aber das ist auch alles, ganz bestimmt.« Sie legte fragend den Kopf auf die Seite. »Du hattest einen schlechten Traum, wie? Aber das ist auch kein Wunder, nach dem, was ihr durchgemacht habt.«

Eine zweite Gestalt trat in sein Sichtfeld, und wieder verging eine geschlagene Sekunde, bis Ben seinen Vater erkannte. Er sah schlecht aus. Sein Gesicht wirkte eingefallen und war nicht bleich, sondern *grau*, und etwas war in seinen Augen zu lesen, was Ben zutiefst erschreckte. Er wusste, was es war, aber noch gelang es ihm, den Gedanken zu verdrängen.

»Es hat vermutlich weniger damit zu tun«, sagte er. »Er hat in letzter Zeit häufig über Albträume geklagt.« Erst dann wandte er sich direkt an Ben. »Hallo, Benjamin. Wie geht es dir?«

Er versuchte zu lächeln, aber es misslang. Und dann war es auch um Bens Selbstbeherrschung geschehen. Er spürte, wie ihm die Tränen in die Augen schossen, und versuchte mit aller Kraft, sie niederzukämpfen.

»Schon gut«, sagte sein Vater. »Weine ruhig, wenn dir danach ist. Du musst dich nicht schämen.« Er atmete hörbar ein. »Ich wünschte, ich könnte es.«

Bens Tränen versiegten, doch sie ließen ein trockenes Brennen zurück, das schlimmer war. Es wollte etwas sagen, aber er konnte es nicht, denn seine Kehle war plötzlich wie zugeschnürt. »Ich …«, presste er nur mühsam hervor, ehe seine Stimme versagte.

Sein Vater schüttelte traurig den Kopf. »Ich weiß, was du sagen willst.«

Ben wünschte sich nichts sehnlicher, als dass sein Vater ihn in die Arme schließen möge, aber er sah ihn nur einen weiteren Atemzug lang an und wandte sich dann mit steinernem Gesicht ab.

Für einen Moment machte sich ein unbehagliches Schweigen zwischen ihnen breit, das Ben für sich zu überbrücken versuchte, indem er sich zum ersten Mal wirklich aufmerksam in dem kleinen Raum umsah. Viel gab es nicht zu sehen. Die Kammer bestand aus grauen Kunststoffwänden, über die robuste Gummikabel und Versorgungsleitungen verlegt waren. Eine unverkleidete Leuchtstoffröhre unter der Decke sorgte für schon unangenehm helles, fast schattenloses Licht, und bei der Wahl der Einrichtung hatte man eindeutig mehr Wert auf Zweckmäßigkeit als Ästhetik oder gar Design gelegt: Sowohl die mit genopptem Kunstleder bezogene Liege, auf der er aufgewacht war, als auch die wenigen anderen Möbelstücke hätten glattweg aus dem Katalog eines Büroeinrichters stammen können. Eines *billigen* Büroeinrichters. Später sollte er erfahren, dass sie genau daher kamen; wie nahezu alles andere hier auch.

Es war schließlich die Ärztin, die das immer bedrückender werdende Schweigen durchbrach. »Stimmt das? Das mit den Albträumen, meine ich?«

Ben nickte, ohne sie direkt anzusehen. »Ja. Aber das hat nichts zu sagen. Wahrscheinlich meine Art, seekrank zu werden.«

Sie zog fragend die linke Augenbraue hoch, und Bens Vater fügte mit fast tonloser Stimme hinzu: »Es hat angefangen, nachdem wir an Bord des Schiffes gegangen sind.«

Die Ärztin sah nicht so aus, als würde sie diese Erklärung sonderlich überzeugen, aber sie beließ es bei einem Schulterzucken und lächelte schließlich sogar wieder. »Mein Name ist Doktor van Staaten. Heidi van Staaten. Du kannst ruhig Heidi zu mir sagen, wenn du willst. Wir duzen uns hier alle.« Sie streckte ihm die Hand entgegen, und Ben ergriff sie, wenn auch zögernd.

»Benjamin … *Ben.*«

»Ben.« Van Staaten lächelte. »Ich bin die Ärztin hier. Und als solche kann ich dir die obligate Frage natürlich nicht ersparen, wie du dich fühlst.«

»Gut.«

Van Staaten sah ihn misstrauisch an. »Ganz sicher? Keine Kopfschmerzen, Schwindel, Übelkeit oder andere Beschwerden?«

»Nein«, log Ben, auch diesmal anscheinend nicht besonders gut, denn die Ärztin sah nun eindeutig verärgert aus, schwieg aber.

»Wo bin ich hier eigentlich?«, fragte Ben. »Und wie bin ich hierher gekommen?«

»In der Basis. Die offizielle Bezeichnung lautet *International Weather and Geological Research Station South Nine,* aber nachdem ich mich irgendwann geweigert habe, den Jungs dreimal am Tag die Zungen wieder zu entknoten, haben wir uns auf die *Basis* geeinigt. Das spart auch eine Menge Zeit, auf die Jahre hochgerechnet.«

Ben tat van Staaten nicht den Gefallen, zu lächeln, und so fuhr sie nach zwei oder drei Sekunden fort: »Ramanov hat euch reingeholt, zusammen mit zwei von unseren schießwütigen Gästen. Aber sie hätten euch vermutlich niemals rechtzeitig gefunden, wenn dein Vater nicht gewesen wäre. Er hat ihnen gesagt, wo ihr seid.«

»Das alles verdanken wir Rewert«, fügte sein Vater hinzu. »Ehrlich gesagt hätte ich es ohne ihn nicht einmal bis zur Station geschafft.« Er senkte den Kopf. »Rewert hatte weniger Glück, Ben. Er ist tot.«

Ben starrte ihn betroffen an. Er verspürte ein Gefühl von Trauer, das er sich selbst kaum erklären konnte, denn letzten Endes war der Steward ein vollkommen Fremder für ihn gewesen, mit dem er insgesamt weniger als ein Dutzend Sätze gewechselt hatte. Aber er gehörte zu Sasha. Er war *ihr* Freund und damit ein bisschen auch seiner.

»Wir müssen jetzt an die Lebenden denken«, meldete sich van Staaten zu Wort. »Ihr seid hier und beinahe unverletzt. Wenn du dich ein bisschen erholt hast, dann erzähle ich dir vielleicht, *wie* knapp es wirklich war und was euch alles hätte passieren können.«

Vermutlich eine ganze Menge mehr, als sie sich auch nur *vorstellen* konnte, dachte Ben. Aber das behielt er lieber für sich. Stattdessen setzte er sich ein weiteres Mal auf und schwang die Beine von der Liege, und das offensichtlich ein bisschen zu schnell, denn ihm wurde prompt wieder schwindlig, sodass er sich gerade noch mit beiden Händen auf den Oberschenkeln abstützen konnte, um zu verhindern, dass er der Länge nach auf die Nase fiel. Dabei stellte er fest, dass er nur zerschlissene Boxershorts trug, deren Muster irgendwann zur Zeit der Kreuzzüge aus der Mode gekommen sein musste und die ihm dazu noch um mindestens drei Nummern zu groß waren.

»Darf ich fragen, was genau das wird?«, erkundigte sich van Staaten im Plauderton.

»Ich will zu Sasha. Ich muss sehen, wie es ihr geht.«

»Du misstraust also meinem ärztlichen Urteil.«

»Das ist es nicht«, antwortete Ben hastig. »Ich will nur –«

»Dann bist du klüger, als ich dachte«, fuhr die Ärztin ungerührt fort. »Man sollte Ärzten nie vertrauen, ohne nicht mindestens drei weitere Meinungen eingeholt zu haben. Ich weiß das. Immerhin *bin* ich Ärztin.«

»Ich weiß. Meine Mutter ist auch –« Ben brach ab, biss sich auf die

Unterlippe und kämpfte mit den Tränen. Aus den Augenwinkeln sah er, dass sich sein Vater rasch abwandte.

»Entschuldige«, sagte van Staaten leise. »Das habe ich nicht gewusst.«

Ben ersparte ihr und sich die Peinlichkeit, irgendwie darauf zu reagieren, setzte seine begonnene Bewegung mit einiger Verspätung und entsprechend vorsichtiger fort und sog kurz darauf schmerzerfüllt die Luft zwischen den Zähnen ein. Um ein Haar wäre er wieder auf die Liege zurückgeplumpst. Er war doch nicht ganz so nackt, wie er angenommen hatte: Seine Füße steckten bis über die Knöchel hinauf in dicken weißen Verbänden, die kaum weniger wuchtig waren als die gefütterten Stiefel, die er auf dem Weg hierher getragen hatte. Außerdem taten sie höllisch weh.

»Das habe ich ganz vergessen dir zu sagen. Aber ich konnte ja auch nicht ahnen, dass du *so* von der schnellen Truppe bist. Du solltest in den nächsten Tagen ein bisschen vorsichtig mit deinen Füßen sein.«

»Wieso?«, fragte Ben beunruhigt. *Er erinnerte sich, wie der Schnee in seine isolierten Stiefel gedrungen war und wie weh es getan hatte.*

»Erfrierungen an den Zehen«, antwortete van Staaten in so fröhlichem Ton, als gäbe sie gerade einen besonders guten Witz zum Besten.

»Erfrierungen?«

»Keine Sorge. Die Medizin ist heute ziemlich weit, was so etwas angeht. Es wird nichts zurückbleiben.«

»Auch keine Zehen?«, erkundigte sich Ben.

Einen Moment lang wirkte van Staaten ehrlich irritiert, aber dann lachte sie und schüttelte so heftig den Kopf, dass ihre Locken flogen. »Nur keine Sorge. Da bleibt alles, wo es ist. Du wirst nicht einmal eine Narbe zurückbehalten. Ehrenwort. Nur mit dem Marathonlaufen musst du dich in den nächsten Tagen wohl ein bisschen zurückhalten.«

»Aber bis zu Sasha schaffe ich es?«

»Ich habe ihr ein leichtes Schlafmittel gegeben«, antwortete van Staaten. »Du wirst nicht mit ihr reden können … aber wenn du sie sehen willst …« Sie nickte zwar, tauschte aber zuerst einen fragenden Blick mit seinem Vater, bevor sie zurücktrat und eine einladende Handbewegung zur Tür machte. »Sie ist gleich nebenan.«

Ben humpelte mit zusammengebissenen Zähnen um das Bett herum. Jeder Schritt tat weh. Da war es auch kein besonderer Trost, dass dieser Schmerz nur vorübergehend war. Er war fast froh, als die Ärztin ihn mit einer Geste aufhielt und gleichzeitig aus ihrem weißen Kittel zu schlüpfen begann.

»Was wird das?«, erkundigte er sich verwirrt.

»Gib dich keinen vorschnellen Hoffnungen hin. Weiter mache ich nicht. Aber vielleicht solltest du das anziehen, bevor du durch die halbe Basis läufst.« Sie hielt ihm den Kittel hin und geduldete sich, bis er ihn übergezogen und ungeschickt und noch dazu falsch zugeknöpft hatte. Unter dem zerschlissenen Rollkragenpullover trug sie löchrige Jeans, die noch älter sein mussten als der Pullover, und billige Badelatschen ohne Strümpfe. Der bloße Anblick fachte den Schmerz in Bens Zehen noch weiter an, aber er ließ ihn auch zum ersten Mal spüren, wie warm es hier drinnen war.

Er wollte weitergehen, aber van Staaten schüttelte den Kopf, knöpfte seinen Kittel auf und wortlos richtig wieder zu und öffnete dann mit einer neuerlichen, einladenden Geste die Tür, verließ die Kammer aber trotzdem als Erste. Im Gang, der nichts Aufregenderes enthielt als nackte Neonröhren unter der Decke und eine Anzahl weiterer Türen, war es genauso warm wie im Zimmer (und, wie er bald feststellen sollte, in der gesamten Station). Die Ärztin öffnete die Tür gleich neben dem Raum, in dem Ben wach geworden war, und wich einen Schritt zurück, und als Ben an ihr vorbeitrat, erblickte er so etwas wie den eineiigen Zwilling des Nachbarraumes. Anscheinend hatten sie diese langweiligen Wohnkisten gleich am Fließband produziert und lieblos aneinander geklatscht. Selbst die Einrichtung war gleich. Der einzige Unterschied war die schmale Gestalt, die auf der lederbezogenen Liege an der Wand gegenüber lag.

Sasha schlief. Selbst aus der Entfernung konnte Ben den friedlichen Ausdruck auf ihren Zügen erkennen. Das hätte ihn beruhigen sollen – wäre da nicht der frische Verband gewesen, der wie ein zu breit geratenes Stirnband unter ihrem Haar hervorlugte. Der Anblick elektrisierte Ben regelrecht. Seine schmerzenden Füße waren auf der Stelle vergessen. Mit zwei weit ausgreifenden Schritten war er neben der Liege, beugte sich mit klopfendem Herzen vor und streckte die Hand nach ihrem Gesicht aus, aber dann wagte er es doch nicht, sie zu berühren, sondern erstarrte mitten in der Bewegung. Seine Hände zitterten.

»Fass sie lieber nicht an«, sagte van Staaten hinter ihm. »Ich bin froh, dass sie jetzt schläft, und ich möchte ihr ungern ein stärkeres Beruhigungsmittel geben. Deine Freundin ist … sehr verwirrt.«

»Das Mädchen ist Autistin«, rief Bens Vater von der Tür aus. »Bevor Sie ihr irgendetwas spritzen, sollten wir miteinander reden.«

»Autistin?«, wiederholte van Staaten überrascht. Dann erschien ein Ausdruck von Betroffenheit auf ihrem Gesicht. »Aber natürlich! Alexandra … Sasha … sie ist Kapitän Schulz' Tochter, nicht wahr?«

»Was ist mit ihr?«, fragte Ben alarmiert. Er berührte nun doch zögernd ihre Wange und zuckte erschrocken zurück, als er spürte, wie kalt ihre Haut war.

»Mach dir keine Sorgen«, sagte van Staaten. »Das ist nur eine harmlose Fleischwunde. Eigentlich nur ein Kratzer, aber ich wollte sichergehen, dass sich da nichts entzündet. Sie hat ein so hübsches Gesicht. Es wäre doch schade, wenn sie eine hässliche Narbe zurückbehielte.« Sie zog Bens Hand mit sanfter Gewalt zurück. »Sie muss sich irgendwo auf dem Eis verletzt haben.«

»Nein, das ist in der Höhle passiert«, sagte Ben automatisch. »Als sie die Treppe hinuntergefallen ist.«

»Welche Höhle?«, fragte van Staaten.

»Die Höhle, in der sie uns –«, begann Ben, und sein Vater unterbrach ihn mit einer fast unwilligen Geste.

»Ich finde, das reicht jetzt.« Klang er nervös? »Wir sollten das später besprechen, in aller Ruhe, und vor allem nicht hier.« Er deutete auf das schlafende Mädchen, warf Ben aber zugleich einen fast beschwörenden Blick zu. »Doktor van Staaten hat Recht, weißt du? Lassen wir sie schlafen, das ist im Moment vielleicht die beste Medizin … und außerdem möchte Professor Ramanov dich kennen lernen.«

Das mochte stimmen, doch es war nicht der eigentliche Grund, aus dem sein Vater dieses Gespräch so plötzlich unterbrochen hatte, das spürte Ben. Statt noch einmal zu widersprechen, trat er gehorsam zurück, machte dann jedoch noch einmal kehrt und hob Sashas Bettdecke an. Darunter trug sie ein schlichtes pinkfarben gestreiftes Nachthemd, das ungefähr so modern war wie seine Boxershorts.

Van Staaten runzelte missbilligend die Stirn. »Was soll das?«

»Haben Sie ihr das Nachthemd angezogen?«

»Ja, aber –«

»Dann ziehen Sie sie besser noch einmal um, bevor sie wach wird und Ihnen die Augen auskratzt«, sagte Ben ernst. »Ganz egal, was, aber suchen Sie etwas Weißes heraus.«

2

WAS SOLLTE DAS da drinnen gerade?«, fragte Ben seinen Vater, kaum dass sie draußen auf dem Gang und somit außer van Staatens Hörweite waren. Die Ärztin war bei Sasha zurückgeblieben, um noch einmal nach ihr zu sehen, und Ben nahm an, dass die Türen halbwegs schalldicht waren, wo doch hier wahrscheinlich viele Menschen auf engem Raum zusammenlebten. Seinem Vater schien das jedoch nicht auszureichen, denn er sah sich mit Verschwörermiene um, antwortete aber auch dann noch nicht, sondern machte eine Kopfbewegung zu dem Zimmer, in dem Ben gerade aufgewacht war. Schließlich gab Ben auf, trat gehorsam ein und schob die Tür ins Schloss, nachdem sein Vater ihm gefolgt war.

»Also?«, fragte er noch einmal. »Was soll die Geheimnistuerei?«

»Keine Geheimnistuerei. Oder doch – aber nicht so, wie du vielleicht denkst.«

»Was denke ich denn?«, wollte Ben wissen.

»Doktor van Staaten und die meisten anderen hier wissen noch nicht, was auf der *Princess* passiert ist, und Professor Ramanov möchte auch, dass das so bleibt, wenigstens vorerst. Er hat mich gebeten, Stillschweigen zu bewahren. Ich wollte nur verhindern, dass du zu viel ausplauderst.«

»Aber Doktor van Staaten weiß doch, dass –«

»– dass es einen Unfall gegeben hat«, unterbrach ihn sein Vater. »Ein schreckliches Schiffsunglück, bei dem fast alle ums Leben gekommen sind, aber mehr auch nicht.«

»Und das findest du in Ordnung?«, fragte Ben.

»Ich bin mir nicht sicher. Aber letzten Endes ist es Ramanovs Entscheidung. Er ist der Leiter dieser Station. Wir haben nicht das Recht, uns über seine Wünsche hinwegzusetzen.«

»Aber wir müssen es ihnen sagen!«, protestierte Ben.

»Um was zu erreichen? Eine ausgewachsene Panik?« Sein Vater schüttelte traurig den Kopf. »Wir besprechen das gleich mit Ramanov. Aber bis dahin sollten wir tun, worum er mich gebeten hat. Geht das in Ordnung?«

Eigentlich tat es das nicht. Die Erinnerung an die Ereignisse an Bord der *Princess* und danach auf dem Eis waren noch viel zu frisch in ihm, als dass er den Gedanken ertragen hätte, all die Menschen hier im Dunkeln zu lassen. Dennoch nickte er.

»Dann zieh dich an. Es sei denn, du möchtest in diesem Aufzug durch die ganze Station laufen.« Er deutete auf die niedrige Kommode neben der Tür. »Deine Sachen sind da drin. Später sehen wir, dass wir etwas anderes für dich finden, aber im Moment muss es reichen.«

Ben zog die oberste Schublade des wackligen Möbelstückes auf und entdeckte tatsächlich Teile seiner weißen Polarmontur, die jemand achtlos hineingestopft hatte. Sie starrten nicht nur vor Schmutz, sondern waren auch immer noch nass. Sein Vater hatte Recht: Es war ein Notbehelf, mehr nicht. Trotzdem streifte er den Kittel ab, schlüpfte in die klammen Kleider und überlegte sogar, seine Füße trotz der Verbände in die klobigen Stiefel zu zwängen, aber allein die Vorstellung tat schon so weh, dass er die Idee augenblicklich wieder verwarf. Es war auch nicht nötig. Nicht nur die Wände hier, auch Decken und Fußböden bestanden aus grauem Kunststoff, der schon fast zu warm war. Sie befanden sich zwar in der Antarktis, aber über die Heizkostenabrechnung schien sich hier niemand Sorgen zu machen.

Sein Vater hatte Recht gehabt: Sie mussten die Basis nahezu ganz durchqueren, um zu Ramanov zu gelangen, aber der Weg dorthin war eine glatte Enttäuschung. Von einer *Wetterstation* hätte Ben Räume voll summender Computer und riesiger Bildschirme und geheimnisvoller Apparaturen erwartet – aber im Grunde war alles, was sie auf dem Weg zu Ramanov sahen, grauer Kunststoff und eine Menge Türen, die mit für Uneingeweihte völlig unverständlichen Zahlen- und Buchstabenkombinationen beschriftet waren. Und obwohl die Basis ziemlich groß zu sein schien, begegnete ihnen kein Mensch.

Der Raum, den sie schließlich betraten, entsprach schon eher seiner Vorstellung von einer Forschungsstation; allerdings einer, die aus dem vorletzten Jahrhundert stammte. Die Zentrale der Basis war überraschend klein und so voll gestopft mit Computern, Radarschirmen und anderen unidentifizierbaren Geräten, dass man das Gefühl hatte, kaum noch richtig atmen zu können … was allerdings auch daran liegen mochte, dass die Luft hier drinnen wirklich miserabel war. Es gab zwar eine Klimaanlage, die sich mit einem asthmatischen Keuchen und Rasseln redlich abmühte, für frische Luft zu sorgen, mit dieser Aufgabe aber hoffnungslos überfordert war. Es war zu warm und es roch unangenehm: nach Schweiß und zu vielen Menschen, die zu lange zusammengepfercht gewesen waren und es mit der Hygiene nicht allzu genau nahmen.

Insgesamt hielten sich vier Menschen in dem Raum auf, der vermutlich Platz für die fünf- oder sechsfache Anzahl geboten hätte, aber schon mit diesen vieren völlig überfüllt wirkte. Einen von ihnen kannte Ben schon von der *Princess.* Es war ein Soldat aus Harrys Söldnertrupp, der das trug, was er vermutlich für Zivilkleidung hielt: Camouflage-Hosen, Knobelbecher und ein ärmelloses T-Shirt, das er wahrscheinlich extra eine Nummer zu klein gewählt hatte, damit seine gewaltigen Oberarmmuskeln besser zur Geltung kamen. Das dazu passende Accessoire, sozusagen der letzte Schrei im Moment, fehlte nicht: eine Miniatur-Maschinenpistole in einem Schulterhalfter. Auch die drei anderen, zwei Männer und eine Frau, sahen nicht unbedingt so aus, wie Ben sich hochkarätige Forscher vorgestellt hätte. Sie trugen weder weiße Kittel noch dicke Hornbrillen, sondern legere Freizeitkleidung. Der jüngere der beiden Männer hatte schulterlanges Haar und den Knopf eines antiquierten Walkmans im rechten Ohr, der tatsächlich noch Kassetten abzuspielen schien. Die Frau war deutlich älter als er und strahlte etwas Unnahbares aus, schenkte ihm aber trotzdem ein freundliches Lächeln, als er den Raum betrat.

Die vierte Person, bei der es sich um Ramanov handeln musste, war ein sehr großer und ungemein kräftig gebauter Mann mit schwarzen Haaren, kantigem Gesicht und starken Händen, dem Ben eher den Berufsboxer abgekauft hätte als die drei Doktorgrade und den Professorentitel, von denen sein Vater ihm auf dem Weg hierher erzählt hatte. Als sie eintraten, blickte er fast unwillig von dem altmodisch wirkenden Radarschirm auf, an dem er gearbeitet hatte, und sein Gesicht wurde auch nicht freundlicher, als Ben und sein Vater näher kamen.

»Professor Ramanov«, begann sein Vater. »Das ist Benjamin, mein Sohn. Sie wollten mit ihm reden. Gibt es schon … irgendetwas Neues?«

Ramanov ignorierte die Frage, stand auf und streckte Ben die Rechte entgegen.

»Benjamin.«

»Ben«, verbesserte ihn Ben, während er seinen Händedruck erwiderte und es fast sofort bedauerte. Ramanov sah nicht nur aus wie ein Ringer, Ben verspürte auch plötzlich das dringende Bedürfnis, seine Finger nachzuzählen; oder sich wenigstens davon zu überzeugen, dass er sie nicht auf einmal in Richtungen biegen konnte, für die die Gelenke einer menschlichen Hand eigentlich nicht gedacht waren.

»Ich sehe, es geht dir besser«, sagte Ramanov, er sprach mit einem deutlichen russischen Akzent.

»Mir fehlt nichts. Außer kalten Füßen habe ich nichts abbekommen.«

»Das freut mich zu hören.« Ramanov machte eine einladende Handbewegung auf einen freien Stuhl, und Ben setzte sich. Unauffällig legte er die rechte Hand in seinen Schoß und begann sie mit der anderen zu massieren. Ramanov lächelte flüchtig.

»Gibt es etwas Neues?«, erkundigte sich sein Vater noch einmal.

»Sie haben bisher zu niemandem etwas gesagt?«

Bens Vater nickte und nahm ebenfalls Platz, und nach einer weiteren Sekunde zog sich auch Ramanov einen Stuhl heran und setzte sich zu ihnen an den mit Papieren und ausgedruckten Digitalfotos überladenen Tisch.

»Das ist gut. Und ich wäre Ihnen auch dankbar, Doktor Berger, wenn das für eine gewisse Zeit noch so bleiben könnte. Und dir auch, Ben.«

Ben nickte zwar, konnte aber einen überraschten Blick auf die beiden Wissenschaftler nicht unterdrücken.

»Das ist schon in Ordnung. Sie verstehen deine Sprache nicht. Und ich habe auch keine Geheimnisse vor meinen Mitarbeitern, wenn es das ist, was du glaubst. Ich möchte mir nur erst einmal selbst ein Bild von der Lage machen, bevor ich vielleicht vorschnell eine Panik auslöse.«

Spätestens Ramanovs letzter Satz machte Ben klar, was der Russe von der Geschichte hielt, die sein Vater ihm vermutlich erzählt hatten. Aber er verkniff es sich, sofort darauf zu antworten, und schaute seinen Vater stattdessen fragend an.

»Gibt es irgendetwas Neues von der *Princess*?«, wandte sich sein Vater wieder an Ramanov.

»Nichts«, erwiderte der Russe mit einem bedauernden Kopfschütteln. »Aber das war ja auch nicht zu erwarten, nach dem, was Sie mir erzählt haben. Ich vermute, dass die Piraten zuallererst den Funkraum besetzt haben.«

»Piraten?«, keuchte Ben überrascht. Er sah seinen Vater an, der seinem Blick jedoch auswich, während Ramanov die Stirn runzelte und wiederholte: »Piraten. Natürlich Piraten. Was soll es denn sonst gewesen sein?«

Statt zu antworten, wandte sich Ben abermals an seinen Vater. »Aber hast du ihnen denn nicht erzählt, was passiert ist?«

»Was soll das bedeuten?«, fragte Ramanov scharf. Ben registrierte aus den Augenwinkeln, wie der junge Mann und die Frau die Köpfe hoben und plötzlich ein wenig alarmiert wirkten, während sie sehr aufmerksam zu ihnen herübersahen. Möglicherweise hatten sie die Worte nicht verstanden, aber Ramanovs veränderter Tonfall konnte ihnen schwerlich entgangen sein.

Ben ignorierte ihn. »Du musst es ihm sagen. Was, wenn sie auch hierher kommen?«

»Wovon redest du, mein Junge?«, fragte Ramanov. »Was soll das bedeuten? *Wer* könnte hierher kommen?«

»Es waren keine Piraten«, antwortete Ben erregt. Auch der Söldner sah nun in ihre Richtung, und *er* verstand zweifellos jedes Wort.

»Sondern?«, fragte Ramanov.

»Das … das weiß ich nicht. Jedenfalls nicht genau. Irgendwelche … Ungeheuer.«

»Ungeheuer?«, wiederholte Ramanov.

»Ja, verdammt. Ich weiß selbst, wie sich das anhört, aber es ist wahr! Es sind … Eismonster. Ich meine, sie bestehen vollkommen aus Eis oder wenigstens aus etwas, was sich anfühlt wie Eis und so aussieht. Und wenn sie einen Menschen verletzen, dann … dann verwandelt er sich ebenfalls in Eis.«

Ramanov starrte ihn an. Ziemlich lange. »Du hast es gerade selbst gesagt. Du weißt, wie sich das anhört.«

»Fragen Sie meinen Vater! Er hat sie schließlich auch gesehen!«

»Stimmt das?«, wandte sich Ramanov an Bens Vater.

Dieser senkte den Blick. »Ich weiß nicht, was ich gesehen habe. Alles ging viel zu schnell, und wir waren alle sehr aufgeregt.«

»Du … du weißt, dass das nicht stimmt«, murmelte Ben. Er war wie vor den Kopf geschlagen. Warum *log* sein Vater? Wie viel von der Wahrheit hatte er Ramanov überhaupt erzählt? »Du hast sie doch auf dem Schiff erlebt. Und danach auf dem Strand!«

»Ich weiß nicht, was ich erlebt habe«, beharrte sein Vater. Seine Stimme war leise und fast tonlos, und obwohl er Ben jetzt zumindest ansah, schien sein Blick zugleich direkt durch ihn hindurchzugehen und sich auf einen Punkt irgendwo im Nichts zu richten. »Manchmal … bildet man sich Dinge ein, weißt du?«

»Nein«, erwiderte Ben scharf. »Aber ich weiß, was ich gesehen habe.«

»Der menschliche Verstand ist eine zerbrechliche Sache, Ben«, fuhr sein Vater in sanftem Tonfall fort. »Er ist verletzlicher, als die meisten annehmen. Manchmal … schaltet er einfach ab und gaukelt uns Dinge vor, die es gar nicht gibt.«

»Ich brauche keine kostenlose Diagnose von dir. Falls du es vergessen hast, ich bin dein Sohn. Ich weiß, dass du Psychologe bist. *Und ich bin nicht verrückt!* Ich weiß, was ich gesehen habe!«

»Bitte«, mischte sich Ramanov ein. Er wirkte verwirrt, aber auch sehr aufmerksam. »Was hat das zu bedeuten? Was ist wirklich auf der *Princess* vorgefallen?«

»Genau das, was ich gesagt habe«, antwortete Ben erregt. »Diese Dinger waren da! Sie haben das Schiff angegriffen und uns auch, draußen auf dem Eis …« Er suchte einen Moment vergeblich nach Worten und deutete schließlich auf den Söldner. »Fragen Sie doch ihn, wenn Sie mir nicht glauben! Harry hat mir erzählt, dass sie es auch mit diesen Dingern zu tun gehabt haben, hier in der Station!«

»Wir hatten Probleme, das stimmt«, sagte Ramanov. Er wandte sich mit einem fragenden Blick an den Söldner.

»Unsere Leute sind durchgedreht«, erklärte der Mann, so ruhig, als spräche er über irgendetwas, was er einmal gehört hatte, nicht über den Tod seiner Kameraden, der erst ein paar Stunden zurücklag. »Aber da waren keine … Monster.«

»Was soll das?«, murmelte Ben verstört. »Wollt ihr mir weismachen, dass ich jetzt durchgeknallt bin? Wir haben es alle gesehen, Sasha auch!

»Die das leider nicht bestätigen kann«, sagte Ramanov mitfühlend.

Ben wollte wieder auffahren, aber dann fiel ihm etwas ein. »Sie selbst haben uns doch gefunden, nicht wahr?«, wandte er sich in fast triumphierendem Ton an den Russen. Ramanov nickte. »Und ihnen ist nichts aufgefallen? Sie fanden, dass es in dieser Höhle ganz normal aussieht?«

Ramanov blinzelte verwirrt. »Welche Höhle?«

»Die Höhle, in der Sie Sasha und mich gefunden haben!«

»Eine Höhle?«, fragte Ramanov noch einmal. Er tauschte einen vielsagenden Blick mit Bens Vater. »Wo soll die gewesen sein?«

»Unten am Eingang der Klamm.« Was bedeutete das? Eine Verschwörung? Oder waren hier plötzlich alle verrückt geworden? »Ich bin in die Eisspalte gefallen, die, in der Sie Sasha und mich gefunden haben – oder stimmt das jetzt auch nicht mehr?«

Ramanov setzte zu einer Antwort an, stand aber dann stattdessen auf, trat an einen aufgeklappten Laptop auf einem der Tische und schaltete ihn ein, bevor er Ben mit einer wortlosen Geste aufforderte, zu ihm zu kommen. Seine Finger huschten über die Tastatur, und als Ben hinter ihn trat, erschien eine digitalisierte Luftaufnahme der Wetterstation und ihrer näheren Umgebung auf dem Monitor.

»Diese Aufnahme ist ein paar Tage alt, aber seither hat sich hier nichts verändert, außer dass das Wetter ein bisschen schlechter geworden ist – aber das ist eigentlich auch ganz normal.« Seine Finger senkten sich erneut auf die Tastatur, zoomten das Bild heran, das nun einen bildschirmfüllenden Ausschnitt der Steilküste samt der Eisklamm zeigte, die zur Ebene hinaufführte. Ramanov überzeugt sich mit einem Blick davon, dass Ben auch wirklich hinsah, bevor er eine weitere Taste berührte. Nun zeigte der Bildschirm nur noch den Eingang der Eisschlucht, so scharf und detailgetreu, dass man meinte, jede einzelne Schneeflocke anfassen zu können. Ben riss ungläubig die Augen auf. Da war keine Spalte. Nur eine flache, halb mit Schnee gefüllte Senke. Ramanov schwieg.

»Aber das ...«, Ben schüttelte verwirrt den Kopf. »Wenn diese Aufnahme ein paar Tage alt ist, dann war sie vielleicht noch nicht da, als sie gemacht wurde.«

»Wir haben dich und das Mädchen in dieser Senke gefunden«, antwortete Ramanov ernst. Er deutete auf den Soldaten. »Frag ihn. Er war dabei.«

Ben warf dem Mann einen fast flehenden Blick zu, aber er erntete nur ein Schulterzucken und etwas wie ein angedeutetes Nicken.

»Du hast es geträumt«, sagte sein Vater. »Das ist kein Wunder. Schließlich warst du bewusstlos und lebensgefährlich unterkühlt. Da sind Halluzinationen ganz normal. Kein Grund, sich zu schämen.«

Ben schämte sich nicht. Im Gegenteil.

»Dann habe ich mir das, was Harry und Mutter passiert ist, wohl auch nun eingebildet, wie?«, fragte er böse.

Die Worte taten ihm schon leid, bevor sie ihm ganz entschlüpft waren. Das Gesicht seines Vaters erstarrte zu Stein. Zwei, drei Sekunden lang sah er ihn nur an, dann stand er wortlos auf und ging.

»Das war nicht besonders pietätvoll von dir, mein Junge«, bemerkte Ramanov. Es hob die Hand, als Ben etwas sagen wollte. »Du solltest dich bei ihm entschuldigen. Immerhin hat er gerade seine Frau verloren.«

Und ich meine Mutter, dachte Ben. Aber das schien hier niemanden zu interessieren. Er wollte entsprechend antworten, doch dann kam ihm ein Gedanke, der ihm schier die Kehle zuschnürte. Was, wenn sein Vater und der Russe Recht hatten und es tatsächlich nichts als ein grässlicher Traum gewesen war? Doch *das* machte ihn nur noch wütender.

»Ich weiß, was ich gesehen habe«, beharrte er. Er machte eine zornige Geste auf den Computer. »Sie glauben mir nicht? Dann klinken Sie sich in den Satelliten ein und schauen sich die *Princess* jetzt an! Ich bin auf Ihr Gesicht gespannt, wenn Sie Ihre *Piraten* sehen!«

Der Russe rührte keinen Finger. »Das ist im Moment nicht möglich. Selbstverständlich habe ich das versucht, aber die Satellitenverbindung ist zusammengebrochen. Das ist in dieser Gegend nichts Außergewöhnliches.«

»Und die Funkverbindung zum Festland funktioniert vermutlich auch nicht. Habe ich Recht?«

»Die Wetterbedingungen sind hier extrem«, antwortete Ramanov. »Wir sind manchmal wochenlang von der Außenwelt abgeschnitten.«

»Ausgerechnet jetzt? Das kommt Ihnen nicht irgendwie komisch vor?«, erkundigte sich Ben.

Ramanovs Blick nach zu schließen kam ihm etwas ganz anderes *komisch* vor, aber er beherrschte sich immer noch. »Ich bin sicher, das wird sich alles aufklären. Du solltest dich erst einmal beruhigen. Möglicherweise siehst du alles schon ein bisschen klarer, wenn du dich gründlich ausgeschlafen hast.«

»Vielleicht sehen *Sie* etwas klarer, wenn diese Dinger erst einmal hierher kommen!«, fauchte Ben.

Ramanov blieb nach wie vor ruhig, doch nun war auch noch die allerletzte Spur von Freundlichkeit aus seinem Gesicht gewichen.

»Du gehst jetzt besser«, sagte er kühl. »Wir haben hier noch eine Menge zu tun, und du solltest dich wirklich ein wenig ausruhen.« Er deutete auf den jungen Mann mit dem Walkman. »Nikolai kann dich auf dein Zimmer bringen. Ich spreche mit Doktor van Staaten, dass sie dir etwas gibt, damit du besser schlafen kannst.«

»Ich finde den Weg schon allein«, schnappte Ben, aber Ramanov schüttelte heftig den Kopf. »Ich möchte nicht, dass Fremde allein durch die Basis laufen. Wir haben hier eine Menge hochempfindlicher Apparate – auch wenn es auf den ersten Blick nicht so aussehen mag. Nikolai begleitet dich.«

»Ich kann das übernehmen«, bot sich der Söldner an.

Ramanov wirkte von diesem Vorschlag wenig begeistert, aber er überlegte nur eine Sekunde, dann nickte er, schaltete seinen Laptop aus und knallte den Deckel so heftig zu, dass Ben erschrocken zusammenfuhr. »Gut. Und danach kommen Sie bitte zurück. Ich habe noch einiges mit Ihnen zu besprechen.«

Ben sparte es sich, irgendetwas dazu zu sagen, drehte sich mit einer trotzigen Bewegung um und folgte dem Mann nach draußen. Der Söldner schloss mit einer schon fast bedächtig wirkenden Bewegung die Tür hinter sich, ging los und schüttelte rasch den Kopf, als Ben etwas sagen wollte. Erst als sie sich ein gutes Stück entfernt hatten, blieb er wieder stehen, sah sich sehr aufmerksam in alle Richtungen um, deutete schließlich auf eine der anonymen grauen Kunststofftüren und öffnete sie. Dahinter befand sich eine Art Lagerraum, der von einer funzeligen nackten Glühbirne in eindeutig mehr Schatten als Licht getaucht wurde und so mit überladenen Regalen voll gestopft war, dass sie sich kaum darin bewegen konnten.

»So, hier müssten wir eigentlich sicher sein«, sagte der Söldner.

»Sicher?«, wiederholte Ben verständnislos.

»Die ganze Bude ist verwanzt. Der Zar glaubt anscheinend, dass er sie gut versteckt angebracht hat, aber wir haben die Kameras gefunden. Möglicherweise gibt es sogar hier drinnen welche, aber das Risiko müssen wir eingehen. Also – was genau war los?«

Ben sah den Mann einen schweren Herzschlag lang unschlüssig an, aber dann zuckte er die Schultern und berichtete, was sich auf der *Princess* zugetragen hatte, seit Harry und seine Leute das erste Mal von Bord gegangen waren; und auch danach, nach seiner Rückkehr und ihrer gemeinsamen Flucht von dem havarierten Schiff. Der Mann hörte schweigend zu und anscheinend auch sehr interessiert, doch sein Gesichtsausdruck sprach Bände.

»Ich weiß selbst, wie sich das anhört«, schloss Ben. »Aber ich schwöre, dass es genau so war. Ich weiß nicht, warum mein Vater plötzlich alles leugnet …«

»Harry ist also tot«, meinte der Söldner düster, indem er Bens letzte Worte kurzerhand ignorierte.

»Auf jeden Fall ist er verschwunden«, erwiderte Ben. Ein Teil von ihm fand diese Einschränkung selbst lächerlich, aber ein anderer war immer noch nicht bereit, den Tod des Söldnerkommandanten zu akzeptieren. Vielleicht weil das bedeutet hätte, sich auch den Tod seiner Mutter endgültig einzugestehen.

»Wenn er in eine Eisspalte gestürzt ist, dann *ist* er tot«, beharrte der Soldat. »Das da draußen ist die Hölle. Niemand überlebt eine Nacht auf dem Eis.«

»Eine Nacht?«, wiederholte Ben. Instinktiv wollte er auf seine Armbanduhr sehen und stellte erst jetzt fest, dass er sie nicht mehr trug. Wer immer ihn ausgezogen hatte, hatte ihm auch die Uhr abgenommen; was eigentlich sonderbar war.

»Es ist neun Uhr am Morgen«, sagte der Söldner. »Du hast etliche Stunden geschlafen.« Er kam Bens Widerspruch mit einem Kopfschütteln zuvor. »Ihr beide müsst lange durch die Kälte geirrt sein, aber ihr könnt höchstens zehn Minuten in dieser Senke gelegen haben, bevor wir euch gefunden haben. Ihr wart mehr tot als lebendig.«

»Da war also … wirklich keine Höhle?« Er bekam keine Antwort, aber das musste er auch nicht. Es las sie deutlich im Gesicht seines Gegenübers. Doch es war seltsam: Er hatte nicht das Gefühl, dass ihm der Mann überhaupt nicht glaubte.

»Und … wer ist jetzt der neue Kommandant eurer Truppe?«, fragte er schließlich, um von seiner Verwirrung abzulenken.

»So wie es aussieht, ich«, antwortete der Soldat und fügte nach einer Sekunde und mit einem bitteren Lachen hinzu: »Jedenfalls von dem, was davon übrig ist.«

»Dann solltest du deine Leute darauf vorbereiten, dass sie möglicherweise bald Besuch bekommen«, sagte Ben ernst.

»Von deinen Eiszombies?«

Ben biss sich auf die Unterlippe, um die scharfe Antwort hinunterzuschlucken, die ihm auf der Zunge lag. »Selbst wenn ich spinne und mir alles nur eingebildet habe, ändert das nicht viel. Ich meine, auch wenn es nur ganz normale Piraten sind, wo ist der Unterschied? Immerhin haben sie die komplette Besatzung der *Princess* umgebracht, oder? Und ich glaube nicht, dass sie scharf darauf sind, Zeugen zu hinterlassen.«

Wieder sah ihn der Soldat ziemlich nachdenklich an. »Wir passen schon auf«, sagte er schließlich. »Komm jetzt. Ich habe noch zu tun.«

3

DER NEUE KOMMANDANT der Söldner – unterwegs hatte er sich Ben als Gerrit vorgestellt – führte ihn zurück zu der winzigen Kammer, in der er vor kaum einer Stunde aufgewacht war. Während seiner Abwesenheit musste eine ganze Armee fleißiger Heinzelmännchen am Werke gewesen sein, denn der Raum war zwar nicht größer geworden oder nennenswert anheimelnder, aber sie hatten sich zumindest redliche Mühe gegeben, der Kammer etwas von dem kuscheligen Charme eines Einbauschrankes zu nehmen, die sie bei seinem Erwachen gehabt hatte. Die lederbezogene Liege hatte jetzt ein Betttuch, ein Kopfkissen und eine Decke, was sie zumindest äußerlich in etwas wie ein Bett verwandelte, und jemand hatte einen Tisch und zwei dazu passende, wackelige Plastikstühle hereingeschafft. Über der Lehne des einen hingen saubere Kleider, die sogar die passende Größe zu haben schienen, und auf der Tischplatte lag ein mit einer nahezu unleserlichen Handschrift bekritzelter Zettel. Ben machte sich tapfer daran, ihn zu entziffern, und schaffte es in weniger als fünf Minuten – was angesichts der eher an altägyptische Hieroglyphen erinnernden Handschrift und des Umstandes, dass die Rechtschreibung mindestens ebenso abenteuerlich war, gar keine so schlechte Zeit darstellte. Die Nachricht war von Dr. van Staaten und besagte nicht mehr, als dass er es sich in seinem neuen Zuhause gemütlich machen und sich gedulden sollte, bis sie zu ihm kam, um einige wichtige Fragen mit ihm zu klären.

Ben dachte nicht einmal daran. Es gab zu viele Fragen, auf die er selbst dringend Antworten brauchte.

Trotzdem nahm er sich die Zeit, sich umzuziehen. Die Kleider passten zwar, rochen aber ein wenig muffig, als hätten sie viel zu lange in irgendeiner Schublade (oder auch einer Kiste mit Mottenkugeln) gelegen, aber es gehörte auch ein Paar ausgelatschte Turnschuhe dazu, die groß genug waren, um trotz der dicken Verbände an seinen Füßen hineinzuschlüpfen. Ben kam sich zwar einigermaßen albern bei dem Gedanken vor, Schuhe zu tragen, in denen er aussah wie eine Mischung aus einem Zirkusclown und einem zu groß geratenen Hobbit, und er bezweifelte auch, dass er darin besonders schnell laufen konnte, aber immer noch besser als barfuß.

Sein Magen knurrte und erinnerte ihn daran, dass ihm nicht nur eine ganze Nacht in seinem persönlichen Kalender fehlte, sondern es auch mehr als vierundzwanzig Stunden her war, dass er das letzte Mal etwas gegessen hatte. Aber er hatte keine Ahnung, ob es hier eine Kantine oder etwas Ähnliches gab, und wenn ja, wo sie sich befand, und er hatte das, was Gerrit ihm über die überall versteckten Kameras und Mikrofone erzählt hatte, keineswegs vergessen. Das fehlte ihm noch, dass Ramanov ihn bei einem Streifzug auf eigene Faust durch die Station erwischte und dies möglicherweise als Vorwand nutzte, um ihn unter Hausarrest zu stellen!

Er verließ den bewohnbaren Schrank, den man ihm als Quartier zugewiesen hatte, zog die Tür so leise wie möglich hinter sich zu und sah sich aufmerksam nach rechts und links um. Sein Blick ruhte besonders lange auf den Winkeln zwischen Wänden und Decke, aber bis auf ein Durcheinander von Kabeln und Versorgungsleitungen entdeckte er nichts – was allerdings wenig zu bedeuten hatte; Kameras waren heutzutage kaum größer als ein Fliegenschiss und Mikrofone sogar noch kleiner. Doch wenn er so dachte, konnte er sein Vorhaben auch gleich aufgeben.

Aus einem kindischen Impuls heraus zog er eine Grimasse, streckte der Überwachungskamera, dort, wo er sie vermutete, die Zunge raus, und wandte sich dann mit einem zwar infantilen, aber durch und durch zufriedenen Grinsen nach rechts. Sollte Ramanov wirklich irgendwo an einem Bildschirm hocken und ihn beobachten, dann hatte er jetzt wenigstens ein hübsches Foto für sein Familienalbum.

Außer grauem Kunststoff und zahllosen Türen aus demselben Material gab es hier nicht viel zu sehen, aber er wusste ja, dass Sasha im Zimmer gleich links neben seinem eigenen lag, und so vermutete er, dass man auch seinen Vater hier untergebracht hatte. Es machte wenig Sinn, die Gäste gleichmäßig über das gesamte Gebäude zu verteilen.

Ben trat an die Tür gleich rechts neben der zu seinem Zimmer, klopfte an und wartete gute zehn Sekunden vergeblich auf eine Antwort, bevor er die Klinke kurz entschlossen herunterdrückte und eintrat.

Das Zimmer was hell erleuchtet und leer, aber das improvisierte Bett und der Stapel frischer (nun ja, zumindest *sauberer*) Kleider, der daneben auf dem Fußboden lag, sagten ihm, dass seine Annahme richtig gewesen war: Gästezimmer Nummer zwei (oder Zelle?) für den uneingeladenen Logierbesuch.

Ben ging auf das Bett zu, sah sich dabei flüchtig um und kam zu dem Schluss, dass hier wohl tatsächlich sein Vater untergebracht war. Er wollte das Zimmer schon wieder verlassen, als seine Augen noch einmal das Bett streiften.

Um ein Haar hätte er laut aufgeschrien.

In einer Kuhle der Bettdecke, die ihren Umrissen so perfekt angepasst war, dass allein das schon fast unheimlich wirkte, hockte eine fette schwarze Spinne, die ihn aus einem halben Dutzend winziger, tückisch glitzernder Augen anstarrte.

Ben wich mit einem erschrockenen Keuchen zurück und stieß gegen ein kleines Tischchen, das prompt umfiel, und auf der anderen Seite des Bettes krabbelte etwas unter der Decke hervor und raste auf wirbelnden Beinen zur Tür. Ben hätte eben noch seinen rechten Arm darauf verwettet, die Tür hinter sich zugezogen zu haben, aber nun stand sie einen Spalt offen. Die Spinne flitzte hindurch und war verschwunden, noch bevor Ben sich auch nur halbwegs von seinem Schrecken erholt hatte.

Aber so leicht würde er nicht aufgeben. Schon wieder eine Spinne? Hier, praktisch in der Nachbarschaft des Südpols? Das *konnte* kein Zufall mehr sein!

So schnell, dass er jetzt beinahe über das Tischchen gestolpert wäre, stürzte er los und hinter der Spinne her.

Natürlich war das kleine Mistvieh längst verschwunden, als er auf den Gang hinausstürmte, aber er *glaubte* zumindest, dass sie nach links geflitzt war, und als er sich mit einem weit ausgreifenden Schritt in dieselbe Richtung wandte, sah er sie auch.

Allerdings hatte sie sich drastisch verändert.

Sie war jetzt mindestens fünfmal so breit und lang wie zuvor, dafür aber platt wie eine Briefmarke und lag in einer schmierigen Pfütze aus ihrem eigenen Blut und anderen Körperflüssigkeiten. Jemand hatte sie zertreten.

Aber auf dem Flur war doch niemand!

Dann fiel ihm etwas auf, was sein Herz noch einmal schneller schlagen ließ und ihm einen eisigen Schauer über den Rücken jagte. Die Spinne lag unmittelbar vor der Tür links neben seinem Zimmer – dem Raum, in dem Sasha schlief!

Ben rannte los, riss die Tür auf und prallte so abrupt zurück, als wäre er gegen eine unsichtbare Wand aus Glas gelaufen, die dahinter verborgen lag.

Sashas Bett war umgestürzt und Bettzeug und Decke lagen zu einem unordentlichen Haufen zerknüllt am Boden. Auf halber Strecke zwischen dem umgeworfenen Bett und der Tür lag eine zweite zertretene Spinne, in der noch ein Rest von Leben zu sein schien, denn ihr vorderes Beinpaar zuckte unentwegt, und Sasha selbst … war verschwunden.

Ben stand eine geschlagene Sekunde lang einfach da und versuchte zu begreifen, was er da sah, dann fuhr er herum, stürzte wieder auf den Gang hinaus und wandte sich nach links. Wo war Sasha? Sie konnte unmöglich am Zimmer seines Vaters vorbeigekommen sein, ohne dass er es gemerkt hätte, aber auch in dieser Richtung war der Gang leer … bis auf einen kleinen Schmierfleck ein paar Schritte entfernt, der sich als weiterer zermantschter Arachnide entpuppte, als er näher kam.

Nicht dass er auch nur zu verstehen *versuchte,* was das alles bedeutete, aber nun gab es endgültig kein Halten mehr. Er stürmte los, traf nach wenigen Schritten wieder auf eine zertretene Spinne und dann noch eine und folgte der grausigen Spur um die Biegung des Korridors, als dieser jäh nach links abknickte. Eine (wenigstens für einen Augenblick noch) lebende Spinne verwandelte er im Vorbeilaufen in einen feuchten Fleck an der Wand, dann wäre er um ein Haar gegen eine schlichte graue Kunststofftür geprallt, vor der die Abzweigung nach nur wenigen Schritten endete. Sie war unverschlossen und stand einen Spalt offen, und Ben hatte erwartet, dass sie gegen die Wand donnern würde, als er im letzten Moment die Hände in die Höhe riss und sich von der Tür abstieß … aber das einzige Krachen, das er hörte, war das Geräusch, mit dem seine Fingerknöchel und eine Tausendstelsekunde danach seine Handgelenke zu Staub zerbröselt wurden.

Natürlich war das nur Einbildung, aber der Schmerz war so grässlich, dass er aufschrie und ihm die Tränen in die Augen schossen. Keuchend taumelte er einen Schritt zurück, fand mit einiger Mühe sein Gleichgewicht wieder und blinzelte die Tränen weg, während er seine Hände an den Leib presste. Die Tür sah aus wie eine der grauen Kunststofftüren, die sich hier großer Beliebtheit zu erfreuen schienen, aber sie hatte unter seinem Anprall nicht einmal *gezittert* und fühlte sich an, als wäre sie so schwer und massiv wie eine ausgewachsene Safetür.

Und sie fühlte sich nicht nur so an. Als Ben sich behutsam vorbeugte und genauer hinsah, erkannte er, dass sich hinter dem vermeintlich zerbrechlichen grauen Plastik eine gut fünf Zentimeter starke Metallplatte verbarg, die in einem dazu passenden Türrahmen mit mindestens einem Dutzend daumendicker stählerner Schließbolzen saß. Das Ganze hatte wirklich Ähnlichkeit mit einem begehbaren Tresor, wie man ihn aus großen Banken kannte. Als Ben – so vorsichtig, als hätte er Angst, dass die Tür plötzlich einige bisher verborgene Zähne ausklappen und nach ihm schnappen würde – die Hand auf den glatten Kunststoff legte und drückte, rührte sie sich um keinen Millimeter. Er brauchte seine gesamte Kraft, um die Tür auch nur weit genug aufzudrücken, dass er sich durch den entstandenen Spalt quetschen konnte.

Im letzten Moment zögerte er noch einmal. Sasha konnte unmöglich durch diese Tür gegangen sein. Das Ding musste eine halbe Tonne wiegen, wenn nicht mehr. Sashas Kraft hätte niemals gereicht, um sie aufzubekommen.

Andererseits lag direkt hinter der Türschwelle eine zertretene Spinne.

Im Großen und Ganzen war das allerdings auch schon alles, was er erkennen konnte. Der Raum auf der anderen Seite der Tür war so dunkel, dass nicht einmal die berühmte Hand vor Augen zu sehen war; ein weiteres Indiz, das die Stimme seiner Vernunft eilig ins Feld führte, um ihm klar zu machen, dass Sasha ganz bestimmt nicht hier entlanggekommen war. Aber mittlerweile war seine Neugier beinahe ebenso groß wie seine Sorge um Sasha. Wenn man ihn erwischte, dann würde er Ramanov eben erklären, dass er vorhabe, sich für den Posten des Kammerjägers in dieser Station zu bewerben.

Mit zusammengebissenen Zähnen presste er sich durch den Spalt, und kaum hatte er es getan, da flammte in dem dahinter liegenden Raum ein mildes, schattenloses Licht auf, das keine bestimmte Quelle zu haben schien, sondern einfach *da* war, so als ob die Luft aus sich selbst heraus leuchtete.

Aber das war längst nicht das Erstaunlichste, was er sah. Der Raum unterschied sich so radikal von allem anderen, was er bisher in dieser Station zu Gesicht bekommen hatte, wie es nur ging. Auch seine Wände bestanden aus glattem grauem Kunststoff (als man diese Wetterstation gebaut hatte, dachte Ben spöttisch, musste es ihn wohl im Sonderangebot gegeben haben), aber damit hörte die Ähnlichkeit auch schon auf. Es gab keine sichtbar verlegten Stromkabel und Leitungen, keine schlampig eingesetzten Türen und antiquierten Gegensprechanlagen und auch keine nackten Neonleuchten unter der Decke. An den Wänden, ebenso wie auf dem glatten (weißen) Kunststoffboden befanden sich farbige Linien, die sich mit Buchstaben- und Zahlenkombinationen abwechselten und für den Eingeweihten vermutlich einen Code bildeten, und statt eines halben Dutzends gewahrte Ben nur eine einzige schlichte Metalltür, die im Gegensatz zu ihrer Schwester in seinem Rücken gar nicht erst versuchte, ihr wirkliches Gewicht zu verschleiern. Eine überaus kompliziert aussehende Schalttafel daneben – komplett mit einem hypermodernen Handflächenscanner – machte klar, dass sie sich noch lange nicht für jeden öffnete.

Vermutlich wäre dieser Anblick noch weit beeindruckender gewesen, hätte die Tür nicht sperrangelweit offen gestanden.

Ben warf einen unsicheren Blick über die Schulter zurück. Noch waren hinter ihm keine Schritte zu hören oder aufgeregte Stimmen oder gar das Heulen einer Alarmsirene, aber ihm war natürlich klar, dass er sich in einem Bereich der Station befand, der nicht für jedermanns Augen bestimmt war. Und er *spürte* einfach, dass er besser nicht weitergehen sollte.

Möglicherweise hätte seine Vernunft in diesem Moment die Oberhand gewonnen und ihn zum Umkehren bewogen, hätte er nicht plötzlich ein schleifendes Geräusch gehört. Als er erschrocken herumfuhr, gewahrte er einen weißen Schemen, der für den Bruchteil eines Atemzuges in der Dunkelheit jenseits der Tür aufblitzte und dann wieder verschwunden war.

Ben stürzte los.

Die Sicherheitstafel neben der Tür stieß ein protestierendes Pfeifen aus, als er an ihr vorbeirannte, und auch in dem dahinter liegenden Gang flammte automatisch das Licht auf, doch daran verschwendete Ben kaum einen Gedanken. Das helle Licht löschte den weißen Schemen vor ihm so spurlos aus wie ein Blitz das blasse Flackern einer Kerze, aber nun war er sicher, das Geräusch hastig rennender nackter Füße zu hören, und beschleunigte nur seinerseits seine Schritte noch einmal.

Der Gang, durch den er stürmte, war vollkommen leer; er wies nur zwei sich gegenüberliegende Türen auf, zu denen jeweils eine der farbigen Linien auf dem Fußboden führte. Er endete vor einer weiteren massiven Stahltür, neben der eine womöglich noch beeindruckendere Schalttafel prangte – und die ebenso einladend offen stand wie die beiden, die Ben bereits passiert hatte. Dahinter war es dunkel. Wahrscheinlich schaltete sich das Licht hier überall automatisch ein, sobald ein Bewegungssensor registrierte, dass jemand eintrat.

Etwas warnte Ben jedoch, so blindlings hindurchzustürmen wie bisher, sodass er seine Schritte wieder ein wenig verlangsamte, und als er durch die Tür trat und das Licht dahinter erwartungsgemäß aufleuchtete, war er sehr froh, auf seine innere Stimme gehört zu haben.

Der Gang führte hinter der Tür noch genau einen Schritt weiter. Der zweite war dann schon die oberste Stiege einer magenumdrehend steilen Wendeltreppe, die jäh in unbekannte Tiefen führte.

Mit klopfendem Herzen beugte sich Ben vor und spähte nach unten. Die Treppe schraubte sich wie ein gigantisches Schneckenhaus aus Stahl vor ihm in die Tiefe. Offensichtlich war die Station nicht nur groß, sondern verfügte auch über einen gewaltigen Keller.

Er rief zwei- oder dreimal Sashas Namen, aber die einzige Antwort, die er bekam, war das Echo seiner eigenen Stimme. Sie klang … sonderbar, auf fast schaurige Weise dumpf, als filtere etwas in diesem Treppenschacht alle hohen Töne und alles *Lebendige* aus ihr heraus, und dann schien etwas mit dem Licht zu geschehen; alles wurde grau und milchig, als wäre der Treppenschacht plötzlich mit trübem Wasser gefüllt, in dem sich alles aufzulösen begann, was weiter als ein oder zwei Meter entfernt war.

Ben blinzelte, und der gespenstische Effekt verschwand so schnell, wie er gekommen war, doch zurück blieb ein noch viel beängstigenderes Gefühl von *Déjà-vu,* das ihm für einen Moment den Atem abschnürte. Es war genau wie in der Höhle, in der er nach Sasha gesucht hatte, die Höhle, *die es nur in seinem Traum gegeben hatte.*

Ben rief sich selbst zur Ordnung. Die Situation war schon unheimlich genug, auch ohne dass er sich noch zusätzlich selbst verrückt machte. Es war ein Traum gewesen, eine Fieberfantasie, mehr nicht.

Trotzdem hätte er liebend gerne kehrtgemacht. Er wusste einfach, dass dort unten etwas war, dem er besser nicht begegnete. Aber dort war auch Sasha, und wenn es an diesem Ort eine Gefahr gab, dann drohte sie ihr auch.

Ben setzte zögernd den Fuß auf die oberste Treppenstufe. Nichts geschah. Licht und Geräusche blieben normal, und es tauchten auch keine Drachenmänner oder Eisungeheuer aus dem Nichts auf, um sich auf ihn zu stürzen, aber sein Herz raste trotzdem wie wild, während er weiter nach unten stieg.

Ben versuchte die Stufen zu zählen, gab es aber bei fünfzig oder sechzig auf. Als er schließlich in der winzigen runden Kammer ankam, in der die Treppe endete, musste er sich mindestens zwanzig oder dreißig Meter tief unter der Erde befinden. Das hier war kein gewöhnlicher Keller. Es war … *etwas anderes.* Ein Ort, an dem er nicht sein sollte.

Auch hier gab eine stabile Metalltür mit dem schon fast obligaten Handflächenscanner, und auch diese Tür stand offen. Dahinter brannte zur Abwechslung Licht, und als Ben vorsichtig hindurchtrat, blickte er in einen überraschend breiten Gang, von dem zahlreiche Türen abzweigten und dessen Wände zum Teil nicht aus Kunststoff bestanden, sondern aus Glas, in dem sich das Licht spiegelte. Auch hier gab es farbige Linien auf dem Boden, die zu verschiedenen Türen führten, und das leise Summen einer Klimaanlage lag in der Luft. Außerdem war ein leises metallisches Ticken zu hören, als liefe irgendwo eine zu groß geratene unsichtbare Uhr.

Ben zögerte weiterzugehen. Er war immer noch davon überzeugt, Sasha hier unten zu finden – wo sollte sie auch sonst sein? Die Treppe führte nirgendwo anders hin –, aber in dem kurzen Gang oben und auch auf der Treppe war er allein gewesen, doch hier … war jemand oder *etwas.* Etwas mit Krallen und Flügeln und einem Kranz schrecklicher Tentakel um den Schädel, das in den Schatten zwischen Wirklichkeit und Traum lauerte und sich bereitmachte, sich auf ihn zu stürzen, um …

Ben verscheuchte diesen durch und durch *dämlichen* Gedanken und lauschte angestrengt, aber das Geräusch der Schritte wiederholte sich nicht. Trotzdem setzte er sich in Bewegung. Vielleicht war er ja einer ganz besonders üblen Halluzination aufgesessen, die immer noch anhielt, aber wenn, dann war sie erstens ganz außergewöhnlich realistisch und er hatte zweitens nicht die geringste Möglichkeit, das festzustellen. Und *falls* Sasha hier unten war, dann musste er sie finden. Sie war in Gefahr, und im Grunde spielte es keine Rolle, ob er sie nun in Wirklichkeit im Stich ließ oder nur in einem Traum.

Während er an den gläsernen Wänden vorbeiging, versuchte er einen Blick in die dahinter liegenden Räume zu erhaschen. Bei einigen schien es sich nur um ebenso schlicht wie funktionell eingerichtete Büros zu handeln – einfache graue Schreibtische, auf denen Laptops mit großformatigen Bildschirmen thronten, und Regale voller ordentlich aufgereihter Ordner und Mappen –, bei anderen eher um Laborräume, die ihm ebenso seltsam wie futuristisch erschienen. Hinter einer der großen, halb verspiegelten Scheiben glaubte er eine Bewegung wahrzunehmen und trat (wenn auch mit schlechtem Gewissen, weil ihn das von seiner Suche nach Sasha abhielt) dichter heran, um mehr Einzelheiten zu erkennen.

Auch bei diesem – überraschend großen – Raum handelte es sich um eine Art Labor, dessen Rückwand aber ebenfalls aus Glas bestand, in das eine mit dicken Gummiwülsten isolierte Tür eingelassen war. Vor der zweiten Wand saß eine in einen weißen Laborkittel gekleidete Gestalt an einem mit Computern und Monitoren übersäten Tisch. Sie drehte ihm den Rücken zu, und die Bewegung, die Bens Aufmerksamkeit erregt hatte, stammte nicht von ihr, sondern von jenseits der Rückwand.

Ben trat noch dichter an die Scheibe heran, presste schließlich die Stirn gegen das kühle Glas und hob beide Hände neben das Gesicht, um nicht durch einen Lichtreflex geblendet zu werden, und endlich konnte er besser sehen. Die Bewegung kam tatsächlich aus dem Raum jenseits der zweiten Glaswand, der seinerseits wiederum eine Rückwand aus Glas hatte. Was hinter dieser lag, konnte er nur noch schemenhaft erkennen, aber es wirkte kompliziert und groß, irgendwie klinisch – und bedrohlich.

Dafür begriff er umso schneller, dass es sich bei dem Raum zwischen diesen beiden Glasscheiben um eine Art Schleusenkammer handelte, wie man sie eher in einem Unterseeboot oder einem Raumschiff aus einem Science-Fiction-Film erwartet hätte als in einer Wetterstation in der Antarktis. Sie war nicht leer. Eine ganz in Weiß gekleidete, sehr große Gestalt stand unmittelbar vor der äußeren Schleusentür und drehte sich langsam auf der Stelle. Etwas wie ein dunstiger Schimmer schien die Gestalt zu umgeben, als wäre die Kammer mit Nebel gefüllt, dann hörte er plötzlich ein tiefes, brummendes Geräusch, und praktisch im gleichen Moment begann der Boden unter seinen Füßen sacht zu vibrieren. Der milchige Nebel verschwand, und dann konnte Ben trotz des dicken Glases das saugende Geräusch hören, mit dem die äußere Schleusentür aufschwang. Die Gestalt trat in den Laborraum.

Sie war riesig, vollkommen weiß und hatte kein Gesicht.

Ben schrie vor Entsetzen auf und prallte zurück, und das Eismonster, das aus der Schleuse herausgetreten war, hob die Arme und nahm seinen Kopf ab.

Darunter kam ein schmales, ziemlich verdattert wirkendes Gesicht zum Vorschein, das von einem ungepflegten Stoppelbart und kaum längerem schwarzem Haar beherrscht wurde; und einem Paar müder grauer Augen – die Ben mindestens genauso überrascht anblinzelten wie er jetzt umgekehrt sein Gegenüber. Das Eisungeheuer war kein Eisungeheuer, sondern ein ungefähr vierzigjähriger Mann in einem weißen Schutzanzug samt luftdicht abschließenden Handschuhen und Helm.

Und offensichtlich war die Scheibe von der anderen Seite sehr viel weniger verspiegelt als von dieser, denn der Mann schaute nicht nur zufällig in seine Richtung, er *blickte ihn direkt an,* und seine Lippen öffneten sich zu einem lautlosen Schrei.

Ben fuhr auf dem Absatz herum und raste los. Trotzdem sah er aus den Augenwinkeln, wie auch die zweite Gestalt auf ihrem Stuhl herumwirbelte und aufsprang, dann war er am Fenster vorbei und jagte mit Riesenschritten dem Ende des Korridors entgegen. Kurz bevor er es erreichte, wurde eine Tür hinter ihm aufgerissen und eine erboste Stimme schrie in gebrochenem Englisch: *»Bleib sofort stehen, verdammt noch mal! Stehen bleiben, hörst du? Wer bist du überhaupt?«*

Natürlich dachte Ben nicht einmal daran, stehen zu bleiben oder gar diese Frage zu beantworten. Er versuchte ganz im Gegenteil noch schneller zu laufen, rannte um die Biegung des Ganges und hätte vor Enttäuschung beinahe laut aufgeschrien, als er sah, dass er in eine Sackgasse geraten war. Der Gang erstreckte sich vor ihm noch fünfundzwanzig oder dreißig Schritte weit und endete dann vor einer fugenlosen Wand aus grauem Kunststoff. Hinter ihm brüllte die Stimme immer wütender, ohne dass er die Worte noch verstand, und er hörte jetzt auch schwere Schritte, die rasend schnell aufholten. Er saß in der Falle.

Trotzdem stolperte er blindlings weiter, wurde erst im buchstäblich letzten Moment langsamer und prallte schließlich schwer gegen die glatte Plastikwand, die den Tunnel abschloss.

Und fiel geradewegs hindurch.

4

DER TODESBOTE BEDECKTE nun einen Großteil des Firmaments. Der schwarze Bringer der Verheerung hatte nahezu alle Sterne verschlungen und verdunkelte längst auch bei Tage mehr als ein Drittel des Himmels, und selbst wenn er nicht schon längst angefangen hätte, die Sonne zu verfinstern, wäre sein Erscheinen niemandem mehr verborgen geblieben.

Es hätte nicht einmal mehr der Geister des Kommenden bedurft, um zu wissen, was geschehen würde.

Das Ende stand bevor. Vielleicht schon morgen, vielleicht erst in wenigen Tagen, auf jeden Fall aber bald, und keine Gebete, kein Flehen und Betteln und Trotzen und keine Anstrengungen und Mühen der Wissenden würden es aufhalten können, ja nicht einmal mehr hinauszögern.

Vielleicht, dachte er bitter, zugleich aber auch in einem Moment seltener Klarheit, war das, was nun geschah, nichts als die gerechte Strafe für das, was sie getan hatten; nicht nur er und die anderen Wissenden und Alten, sondern sie alle.

Sie hatten sich diese Welt und all ihre Kreaturen und Geschöpfe untertan gemacht, sie waren zu den anderen Kindern der Sonne gegangen und hatten auch sie unterworfen, sie hatten nach den Sternen gegriffen, und am Schluss hatten sie die Götter selbst herausgefordert und ihnen ins Gesicht gelacht, und die Götter hatten den Todesboten geschickt, und sie alle würden sterben.

So einfach war das.

Und vielleicht war es sogar richtig.

Der Moment der Klarheit verging, aber die Bitterkeit blieb, während er hoch aufgerichtet auf der Kuppe des versengten Hügels stand und dorthin blickte, wo einst seine Heimat gewesen war. Der Horizont stand in Flammen, ein Feuer, das nie wieder erlöschen würde und längst begonnen hatte, auch auf die Ebene davor überzugreifen.

Die großen Städte seines Volkes lagen längst in Trümmern. Die fruchtbaren Ebenen und wispernden Wälder seiner Kindheit hatten sich in graue Ascheebenen verwandelt, und die heißen Seen und schaumgekränzten Ozeane, die einst das Leben auf diese Welt gebracht hatten, waren zu Gräbern geworden. Die allermeisten seines Volkes waren schon tot; vielleicht die Glücklicheren. Der Chor der Schreie, des Wütens und Wehklagens, des Flehens und der Verwünschungen, der tagelang von einem Ende der Welt zum anderen geschallt hatte, war verstummt, und nun waren das Tosen der Flammen und das Heulen der Stürme die einzigen Laute, die zu vernehmen waren, und alles, was auf dieser Welt zu hören sein würde, solange sie noch existierte. Schon jetzt war alles Leben von ihrer verbrannten Oberfläche geflohen. Die wenigen seines Volkes, die es noch gab, hatten sich tief unter den Fels zurückgezogen und sich in den finstersten und lichtlosesten Höhlen verkrochen, doch auch dort würde sie die Rache der Götter am Ende ereilen, denn der Todesbote zielte direkt auf das Herz der Welt. Nichts würde dem Untergang entgehen.

Auch er konnte nicht mehr lange draußen bleiben, obwohl die Wissenden all ihre vereinte Macht aufgeboten hatten, um ihn zu schützen. Seine Haut schmerzte bereits und warf Blasen, und die Luft, die er atmete, verdiente diesen Namen kaum; sie war zu dünn und versuchte, ihn von innen heraus zu verbrennen. Die Feuer, die seit Tagen ununterbrochen wüteten, hatten die Atmosphäre ausgezehrt, und was sie nicht verbrannt hatten, das riss das Nahen des Todesboten vom Leib der Welt wie die Klauen eines ausgehungerten Raubtiers das Fleisch seines Opfers.

Nur dass es keine Raubtiere mehr gab und auch keine Opfer, die sie hätten reißen können.

Bald würde es gar nichts mehr geben. Alles endete.

Einen Moment lang überlegte er, es auch für sich hier enden zu lassen. Jetzt. Es wäre so leicht, und es ginge sehr schnell. Vermutlich würde er es nicht einmal spüren. Wenn er den Schutz aufgab, den ihm die Macht der Wissenden gewährte, würde ihn die brennende Luft töten, noch bevor der Schmerz seine Gedanken erreichte. Es wäre leicht. Verlockend. Und eine Gnade gegen das, was ihm bevorstand, wenn er tat, was die *Alten* von ihm erwarteten.

Doch natürlich entledigte er sich der schützenden Kraft nicht, sondern drehte sich nur noch einmal im Kreis und ließ seinen Blick traurig über das schweifen, was einst seine Heimat gewesen war und nun zur Asche eines Weltenbrandes wurde, der alles Vorstellbare überstieg und doch nur ein schwacher Vorbote dessen war, was noch kommen würde.

Es war ein furchtbares Bild, das selbst für ihn, der niemals zuvor Angst gekannt hatte, beinahe nicht zu ertragen war, und doch war es genau dieses Bild, um dessentwillen man ihn hier herausgeschickt hatte.

Er verstand das nicht. So groß seine Furcht vor dem war, was die Geister des Kommenden für ihn bereithalten mochten, so wenig verstand er, warum es ausgerechnet dieses Bild war, das zu holen man ihn geschickt hatte. Warum das Bild einer sterbenden Welt mitnehmen, statt die Erinnerung an ein glückliches Volk, an die Zeiten der Macht und Größe und an eine blühende, *lebendige* Welt?

Aber er verstand auch nicht, warum man *ihn* ausgewählt hatte. Er war unwichtig, nicht bedeutsamer als irgendeiner der Zahllosen, die der Schatten des Todesboten bereits vernichtet hatte, und weniger als die, die noch sterben würden.

Aber natürlich würde er gehorchen und seine Pflicht erfüllen.

Bis in alle Ewigkeit und darüber hinaus, wenn es sein musste.

5

BEN NAHM IN GEDANKEN alles Positive zurück – also gut, zumindest das Allermeiste –, was er über Dr. van Staaten gedacht hatte. Die Besatzung der *Basis* tat vermutlich gut daran, sich nicht zu verletzen; oder gar ernsthaft krank zu werden … ohne sich vorher kräftig zu betrinken oder eine doppelte Ration Dope zu genehmigen, bevor sie sich in ihre *fachkundigen Hände* begab.

Selbstverständlich war er sich darüber im Klaren, dass diese Einschätzung ein bisschen unfair war – aber es fiel nicht unbedingt leicht, *fair* zu bleiben, während jemand mit einer Injektionsnadel in seinem Arm herumpulte, die eher für ein Pferd oder einen ausgewachsenen Ochsen gemacht zu sein schien als für die Venen eines Menschen; vor allem wenn dieser Jemand sich dabei nicht die allergeringste Mühe gab, das schadenfrohe Grinsen von seinem Gesicht zu verbannen. Es tat *weh.*

»So, das ist leider alles, was ich für dich tun kann«, sagte van Staaten, während sie die Nadel genüsslich langsam aus seinem Arm zog und es ihm selbst überließ, sich einen der vorbereiteten Wattebäusche von seinem improvisierten Nachttisch zu nehmen und auf den – alles andere als winzigen – Einstich in seiner Armbeuge zu drücken, um sich nicht zu allem Überfluss auch noch das komplette Bettzeug voll zu bluten. »Bis auf einen ärztlichen Rat, und den gibt es sogar ganz kostenlos: Achte in Zukunft auf Warnschilder, wenn du dich schon an Orten herumtreibst, an denen du eigentlich nichts zu suchen hast.«

Ben gab sich redliche Mühe, sie mit Blicken aufzuspießen, und van Staaten betrachtete nachdenklich die Spritze in ihrer Hand, als überlegte sie, wohin sie sie ihm als Nächstes stechen sollte; vorzugsweise natürlich in einen Körperteil, der deutlich schmerzempfindlicher war als sein *Arm.* »Da war kein Warnschild«, maulte er. Sein Arm, der bisher nur wehgetan hatte, wurde allmählich warm, und das auf eine Art, die ihm verriet, dass er gleich *heiß* werden würde.

»Ach nein? Und wie würdest du eine Codetafel mit Fingerabdruck- und Irisscanner bezeichnen? Als Einladung für jeden, der gerade nichts Besseres zu tun hat, einfach hineinzuspazieren?«

»Die Tür stand *offen«,* knurrte Ben.

»Selbst wenn das wahr sein sollte«, mischte sich eine Stimme von der anderen Seite des Bettes her ein, »gibt dir das noch lange nicht das Recht, fröhlich weiterzuschlendern und deine neugierige Nase in Dinge zu stecken, die dich nichts angehen.«

Ben ließ ganz bewusst zwei oder drei Sekunden verstreichen, ehe er sich umständlich aufsetzte und sich noch umständlicher zu Ramanov herumdrehte. Der russische Kommandant der Station lehnte mit vor der Brust verschränkten Armen an der Wand des winzigen Verschlages, in dem er vor wenigen Minuten – zum zweiten Mal innerhalb eines Tages – aufgewacht war, und gab sich alle Mühe, möglichst ruhig zu wirken, auch wenn seine Miene eher das genaue Gegenteil ausdrückte; von seinen *Worten* ganz zu schweigen.

»Ich habe nicht *herumgeschnüffelt«,* antwortete er betont. »Ich habe nach Sasha gesucht, wie oft soll ich das noch sagen?«

Genau genommen hatte er es gerade zum ersten Mal gesagt, aber Ben war eindeutig nicht in der Stimmung für Haarspaltereien. Ramanov offensichtlich auch nicht. Seine Augen blitzten zornig auf, und er nahm so rasch die Arme herunter, dass Ben nicht einmal mehr überrascht gewesen wäre, hätte er sich einfach auf ihn gestürzt. Und vielleicht war es nur die Anwesenheit der Ärztin und seines Vaters, die ihn davon abhielt, es tatsächlich zu tun. »Blödsinn! Das Mädchen war die ganze Zeit in seinem Zimmer und hat geschlafen, und das weißt du verdammt genau!«

»Ah ja«, antwortete Ben. In seinem Kopf war schon wieder die Stimme seiner Vernunft, die ihm fast hysterisch klar zu machen versuchte, dass er besser daran tat, jetzt die Klappe zu halten, aber er war auch nicht in der Stimmung, *vernünftig* zu sein. »Und ich nehme an, Sie wissen das so genau, weil Sie das auf Ihren Spionagekameras gesehen haben?«

Ramanov wurde um einige Grade bleicher – und er konnte einen raschen, eindeutig wutentbrannten Blick in Richtung des Söldners nicht ganz unterdrücken, der vor der geschlossenen Tür stand und diesen

Blick so gelassen erwiderte, dass den Russen eigentlich vor Zorn der Schlag hätte treffen müssen.

»Bitte!« Van Staaten hob besänftigend die Hände und fuchtelte dabei so ungezielt mit der silbernen Injektionsnadel herum, dass Ben instinktiv den Kopf einzog und sich schon einmal nach einem Fluchtweg umsah. »Professor Ramanov, Sie sollten noch nicht zu viel von Ben erwarten. Er ist ziemlich erschöpft. Ich fürchte, er hat eine leichte Gehirnerschütterung. Er braucht jetzt vor allem Ruhe. Dürfte ich also vorschlagen, dass Sie sich Ihre Gardinenpredigt für später aufheben?«

Ramanovs Kopf ruckte mit einer Bewegung herum, die an die einer angreifenden Kobra erinnerte, und für eine Sekunde sah es ganz so aus, als würde sich sein heiliger Zorn nun über der belgischen Ärztin entladen; nicht dass sie so wirkte, als hätte sie übermäßige Angst davor. Dann aber gab er sich sichtbar einen Ruck und zwang sogar etwas wie ein verkrampftes Lächeln auf sein Gesicht. »Es ist gut, Frau Doktor«, sagte er steif. »Wir kommen jetzt allein zurecht. Vielen Dank.«

»Na, das nenne ich mal einen Rauswurf«, erwiderte van Staaten spitz, begann aber trotzdem damit, rasch ihre diversen Folterutensilien zusammenzukramen und in dem abgewetzten Arztköfferchen zu verstauen, das sie mitgebracht hatte. Sie wirkte ein bisschen beleidigt, doch als sie sich schließlich herumdrehte um zu gehen, blinzelte sie Ben verschwörerisch zu. Er verstand nicht genau, warum.

Ramanov geduldete sich, bis die Ärztin gegangen war, aber dann verschwand auch noch die allerletzte Spur gespielter Freundlichkeit von seinem Gesicht. »So, und jetzt will ich die Wahrheit wissen. Was hattest du dort unten zu suchen und wie bis du durch die Sicherheitssperre gekommen?«

Ben wollte antworten, doch sein Vater kam ihm zuvor. »Professor Ramanov, bitte. Sie haben gehört, was Doktor van Staaten gesagt hat. Ben braucht Ruhe. Und darüber hinaus verbitte ich mir, dass Sie in diesem Ton mit meinem Sohn reden.«

»So, verbitten Sie sich?«, meinte Ramanov ironisch. »Gut, Sie können es auch ganz offiziell haben, Herr Doktor. Sie sind hier Gäste und von Gästen hätte ich ein solches Verhalten eigentlich nicht erwartet. Ihr Sohn ist unbefugt in einen Hochsicherheitsbereich eingedrungen, was mir, denke ich, durchaus das Recht gäbe, ihn in den tiefsten Keller der

Station zu sperren und den Schlüssel wegzuschmeißen. Wissen Sie eigentlich, was er dort unten hätte anrichten können? In welche *Gefahr* er uns alle hätte bringen können?«

»Nein«, antwortete Bens Vater überrascht.

»Natürlich nicht«, sagte Ramanov grimmig. »Oder vielleicht doch, wer weiß?«

»Was soll das jetzt wieder heißen?«

»Genau um das herauszufinden, bin ich hier. Also lassen Sie mich mit Ihrem Sohn reden oder gehen Sie. Gerrit wird Ihnen gerne den Weg zu Ihrem Quartier zeigen und für Ihre Bequemlichkeit sorgen, während Sie dort warten.«

Die Augen seines Vaters wurden groß und sein Unterkiefer klappte ein Stück nach unten, während er den Wissenschaftler fassungslos anstarrte, und auch Ben verschlug diese unverhohlene Drohung für einen Moment die Sprache. Plötzlich bekam er ein sehr ungutes Gefühl. Bisher hatte er Ramanov trotz allem nicht wirklich ernst genommen. Dass der Russe sauer war, ihn in einem ganz offensichtlich nicht für jedermanns Augen bestimmten Teil seiner angeblichen *Wetterstation* gefunden zu haben, war natürlich klar. Aber möglicherweise war die Sache doch ein wenig ernster, als er bisher angenommen hatte. Er warf einen raschen Blick in Richtung des Söldners, auf den dieser aber nur mit einem angedeuteten Schulterzucken antwortete. Die Augen des jungen Mannes funkelten amüsiert, was Ben jedoch herzlich wenig half, solange er nicht wusste, wem Gerrits Spott eigentlich galt.

»So, da das nun geklärt ist«, fuhr Ramanov fort, nachdem er Robert Berger hinlänglich Gelegenheit gegeben hatte, seine Worte zu verdauen, »hätte ich gerne eine Antwort auf meine Frage.« Er wandte sich wieder direkt an Ben. »Also, was hattest du dort unten zu suchen und wie bist du dorthin gekommen?«

Ben lag die Antwort auf eine ganz andere Frage auf der Zunge, aber er spürte auch, dass er den Bogen besser nicht überspannen sollte; falls das nicht schon längst geschehen war. »Ich schwöre Ihnen, es war genau so, wie ich es sagte. Ich wollte nach Sasha sehen, aber sie war nicht mehr da, also habe ich sie gesucht. Wenn sie jetzt wieder in ihrem Bett liegt und schläft, dann weiß ich auch nicht, wann und wie sie zurückgekommen ist. Vorhin war sie jedenfalls weg.«

»Und da bist du auf gut Glück losmarschiert und hast rein zufällig die getarnte Tür gefunden, die ebenfalls rein zufällig offen stand?«, fragte Ramanov höhnisch.

»Nicht auf gut Glück«, erwiderte Ben, dem es schon wieder schwer fiel, nicht denselben Ton anzuschlagen wie der Russe. »Ich bin den Spinnen nachgegangen.«

Ramanov starrte ihn an. »Spinnen?«

»Spinnen. *Toten* Spinnen, um genau zu sein. Die erste lag vor der Tür ihres Zimmers. Ich nehme an, sie hat sie zertreten, als sie hinausgegangen ist.« *Oder vor ihnen geflohen,* fügte er in Gedanken hinzu. Aber das sprach er vorsichtshalber nicht laut aus. Ramanov sah ihn sowieso schon an, als frage er sich, ob er nur den Verstand verloren hatte oder ihn auf den Arm nehmen wollte. Aus den Augenwinkeln bemerkte er, dass der Söldner jetzt gar nicht mehr so entspannt und fast gelangweilt wirkte wie bisher, sondern ihn mit einem Mal höchst aufmerksam anzusehen schien.

»Und die Tür *stand* offen«, fuhr er fort. »Ich dachte, ich hätte Sasha gesehen, also bin ich ihr nach. Das ist alles.«

»Und alle anderen Türen standen auch *einfach so offen?«,* vergewisserte sich Ramanov.

Ben wollte antworten, aber er brauchte eine gute halbe Sekunde, um sich darauf zu konzentrieren. Er war mit einem Mal müde, schlagartig; und sein Arm, der mittlerweile wie erwartet *heiß* geworden war, fühlte sich bleischwer an.

»Sie haben doch gehört, was Ben gesagt hat«, mischte sich sein Vater ein, als Ben schwieg. »Wenn er sagt, die Türen standen offen, dann wird das wohl so gewesen sein.«

»Sicher«, versetzte Ramanov. »Und den Code haben ihm vermutlich die Spinnen verraten.«

»Das waren keine normalen Spinnen«, sagte Ben mühsam.

Ramanov starrte ihn an. »Was soll das jetzt wieder heißen?«

»Das weiß ich nicht«, antwortete Ben wahrheitsgemäß, wenn auch ein bisschen schleppend. Selbst das Sprechen kostete ihn nun fühlbare Anstrengung. Sein rechter Arm hatte sich in massiven Stahlbeton verwandelt, dessen Gewicht ihn wieder auf das Bett zurückzog. Was zum Teufel hatte van Staaten ihm da gespritzt? »Irgendetwas … stimmt nicht mit ihnen. Sie benehmen sich nicht wie gewöhnliche Spinnen. Das habe ich schon auf der *Princess* bemerkt.«

Ramanovs Gesicht hatte bisher kontinuierlich an Farbe verloren, aber nun begann es sich dunkelrot zu färben.

»Das ist jetzt wirklich nicht der passende Zeitpunkt für deine Albernheiten, mein Junge«, sagte er gepresst, »aber wo wir schon von der *Princess* reden – da hattest du ja auch gewisse Probleme mit verschlossenen Türen, nicht wahr?«

»Auf der *Princess*?«, wiederholte Ben lahm – und eigentlich aus keinem anderen Grund als dem, Zeit zu gewinnen. Selbst seine Gedanken bewegten sich nur noch träge, als begänne sich sein Kopf langsam mit zähem Sirup zu füllen.

»Man hat mir berichtet, dass du dort ebenfalls herumgeschnüffelt hast. Stimmt das?«

»Sicher«, nuschelte Ben. »Eigentlich bin ich nämlich ein verkleideter Agent, der von den Russen hierher geschickt worden ist, um Sie auszuspionieren … nein, Moment, das ist falsch. Sie *sind* ja Russe. Dann müssen es wohl die Chinesen gewesen sein … oder die Afghanen? Ich erinnere mich nicht mehr genau.«

»Das ist nicht lustig, mein Junge«, sagte Ramanov gepresst.

»Das sehe ich auch so«, mischte sich Bens Vater ein. »Was wollen Sie meinem Sohn unterstellen? Dass er tatsächlich so etwas wie ein Spion ist? Er ist ein *Kind!*«

Einmal ganz davon abgesehen, dass Ben ihm diese Bezeichnung schwer übel nahm, maß Ramanov seinen Vater für eine ganze Weile mit einem Blick, als fielen ihm plötzlich noch ganz andere Möglichkeiten ein, *wer* hier der Spion war. Schließlich zuckte er mit den Schultern. »Ich frage mich nur, was er dort unten zu suchen hatte.«

»Wo es doch ein Hochsicherheitsbereich ist«, fügte Bens Vater grimmig hinzu. »Gratuliere zu Ihren Sicherheitsvorkehrungen. Vielleicht sollten Sie Ihre schmutzigen Geheimnisse ein bisschen besser schützen, Professor. Und da Ihnen das nicht zu gelingen scheint, sollten Sie wohl besser dafür sorgen, dass sie nicht so gefährlich sind. Ben hätte dort unten ums Leben kommen können, ist Ihnen das eigentlich klar?«

»Die Anlage *ist* sicher«, behauptete Ramanov. »Und was wir hier machen, ist ganz und gar nicht geheim. Sie können sich im Internet darüber informieren, wenn Sie es wünschen. Gern auch von meinem Computer aus. Wir führen hier gewisse völlig legale Untersuchungen durch, die nur unter ganz bestimmten Umweltbedingungen möglich sind. Wir werden von einem internationalen Konzern finanziert, das gebe ich gerne zu. Wir müssen schließlich sehen, wo wir bleiben. Sie sollten genauso gut wie ich wissen, wie schwer es ist, Gelder für Forschungen zu bekommen.«

»Ha!«, machte Robert Berger, und das war eigentlich Antwort genug.

»Die Anlage dort unten«, fuhr Ramanov jedoch ungerührt fort, »ist nicht für die Öffentlichkeit bestimmt und birgt gewisse Gefahren. Auch wenn alles, wie gesagt, völlig legal ist. Und genau aus diesem Grund ist der Zugang so gut gesichert. Nun, jedenfalls gut genug, dass nicht jedes x-beliebige *Kind* einfach so hineinspazieren kann.« Er drehte sich wieder ganz zu Ben herum. »Deshalb möchte ich jetzt wissen, wie du die Sicherheitskontrollen überwinden konntest. Die Wahrheit, wenn ich bitten darf. Wer hat dir die Codes verraten?«

»Was zum Teufel soll denn das?«, fauchte sein Vater, wofür ihm Ben in diesem Moment im höchsten Maße dankbar war. Er war nicht sicher, ob er seine Zunge noch hätte bewegen können. Die Schwere begann sich in warmen, wohltuenden Wellen in seinem ganzen Körper auszubreiten. Jetzt verstand er auch das belustigte Glitzern in van Staatens Augen, als sie gegangen war. Sie hatte wohl eine ziemlich konkrete Vorstellung davon gehabt, wie Ramanovs *Verhör* enden würde ... »Sie haben es selbst gesagt: Es sind Hochsicherheitstüren mit allem möglichen technischen Schnickschnack! Erklären Sie mir bitte, wie Ben sie hätte aufbekommen sollen!«

»Genau das möchte ich ja von ihm wissen«, entgegnete Ramanov.

»Das wird er Ihnen aber nicht sagen können. Ich jedoch sehr wohl. Die Antwort ist nämlich ganz simpel: Ihr ganzer technischer Hokuspokus hat versagt, so simpel ist das!«

Nein, so simpel war es nicht. Es war ...

Und ganz plötzlich wusste er die Antwort. *Alle* Antworten. Mit einem Mal war alles klar. Für den winzigen Bruchteil einer Sekunde, in dem er nicht mehr wach war, aber auch noch nicht schlief, schien sich ein Schleier zu lüften, der zeit seines Lebens vor seinen Augen gewesen war, und er begriff *alles*.

Doch bevor er diesen Gedanken richtig greifen oder gar den Grund des abgrundtiefen Schreckens verstehen konnte, mit dem er ihn erfüllte, glitt er endgültig über die unsichtbare Grenze und fiel in einen tiefen, traumlosen Schlaf.

6

UND DIESMAL WAR ER WIRKLICH TRAUMLOS. Er fand sich weder in einer anderen Welt noch von Ungeheuern und Monstern verfolgt wieder, sondern erwachte erstaunlich ausgeruht und ohne die geringste Erinnerung an überstandene Schrecken oder Gefahren. Ein leises Brennen in seiner rechten Armbeuge und ein metallischer, aber nicht einmal unangenehmer Geschmack auf der Zunge überzeugten ihn davon, dass er zurück in der Wirklichkeit und ein schlecht gelaunter Ramanov vermutlich die größte Gefahr war, die ihm drohte; und da war ein sachtes, fast bizarres Gefühl des Bedauerns, diesmal *nicht* geträumt zu haben – denn auch wenn seine Träume in der letzten Zeit ausnahmslos voller Schrecken gewesen waren, so hatten sie doch fast alle irgendwie mit Sasha zu tun gehabt; einer Sasha, die er in der realen Welt noch nie getroffen hatte und wohl auch nie treffen würde.

Aber man konnte schließlich nicht alles haben.

Ben tröstete sich damit, dass er das erste Mal seit Tagen erfrischt und ausgeruht aufgewacht war und nicht schweißgebadet und mit klopfendem Herzen, gähnte ungeniert und mit weit offenem Mund und reckte sich ausgiebig, bevor er sich aufsetzte und endlich die Augen aufschlug.

Und in Sashas Gesicht starrte, die neben seinem Bett stand und stirnrunzelnd und mit unübersehbarer Ungeduld auf ihn herabsah.

»Du musst dich beeilen, Ben. Bitte. Sie sind fast da!«

Ben sah sie einfach nur an, und Sasha setzte dazu an, noch etwas zu sagen, und schüttelte dann stattdessen nur traurig den Kopf. Ohne ein weiteres Wort drehte sie sich herum, wandte sich zur Tür und war verschwunden.

Sie ging nicht etwa. Ben blinzelte, und als er die Augen wieder aufschlug, war sie verschwunden so wie der Spuk, der sie ja auch nur gewesen war.

Ben blinzelte noch einmal und ertappte sich für den winzigen Moment, in dem seine Augen geschlossen waren, bei der vollkommen aberwitzigen Hoffnung, dass Sasha wieder da sein könnte, sobald er die

Lider erneut hob, aber natürlich geschah das nicht; so wenig, wie sie vorher da gewesen war. Ganz so unbehelligt, wie er angenommen hatte, ließen ihn die Träume anscheinend doch nicht.

Aber vielleicht lag es ja auch an dem Schlafmittel, das van Staaten ihm gespritzt hatte.

Ben blieb noch einige Augenblicke lang reglos sitzen, dann arbeitete er sich vollends in die Höhe, schwang die Beine aus dem Bett und schauderte unwillkürlich, als seine nackten Fußsohlen den Boden berührten.

Wieso waren seine Füße überhaupt nackt?

Verwirrt beugte er sich vor und riss dann verblüfft die Augen auf. Die Verbände, die van Staaten um seine erfrorenen Zehen gewickelt hatte, waren noch da, zum Teil wenigstens – offenbar hatte er sich im Schlaf unruhig genug bewegt, um sie teilweise loszustrampeln ... aber die Haut, die darunter zum Vorschein kam, sah eigentlich nicht erfroren aus oder überhaupt irgendwie mitgenommen.

Mehr überrascht als beunruhigt beugte er sich noch weiter vor, wickelte die Verbände ganz ab und sah seinen ersten Eindruck bestätigt: Was immer Dr. van Staaten auch mit seinen Zehen gemacht hatte, sie hatte wahre Wunder gewirkt. Seine Haut sah so rosig und unversehrt aus wie die eines neugeborenen Babys, und als er vorsichtig aufstand, spürte er auch nicht mehr den mindesten Schmerz.

Also gut, dann hatte dieser Tag wenigstens *eine* angenehme Überraschung für ihn bereitgehalten.

Er stand auf, klaubte seine Sachen zusammen und sah sich prompt zum zweiten Mal mit einem Schuhproblem konfrontiert: Ohne die dicken Verbände waren die ausgelatschten Turnschuhe, die van Staaten ihm gebracht hatte, um mindestens zwei Nummern zu groß. Er würde nicht nur eine ziemlich lächerliche Figur abgeben, sondern auch aufpassen müssen, dass er nicht bei jedem zweiten Schritt auf die Nase fiel.

Du musst dich beeilen, Ben!

Obwohl er diesmal sicher war, sich die Stimme nur eingebildet zu haben, wäre er um ein Haar erschrocken herumgefahren. Es *war* Sashas Stimme, ganz zweifellos, und genauso zweifellos auch nicht, denn falls sie überhaupt eine Stimme besaß, so hatte sie nie gelernt, sie zu benutzen. Aber es war ganz eindeutig dieselbe Stimme gewesen, die er in seinen Träumen gehört hatte. Seine Fantasie war immerhin einfallsreich.

Vor allem wenn es darum ging, ihn zu quälen.

Nachdem er sich fertig angezogen hatte, machte er sich daran, sein neues Domizil zum ersten Mal gründlich in Augenschein zu nehmen. Immerhin war es ja möglich, dass es für die nächsten Tage (wenn er Glück hatte und nicht *Wochen* daraus wurden) von Ramanov zu seinem *Gefängnis* umfunktioniert wurde …

Allzu viel gab es nicht zu entdecken. Das Zimmer war praktisch leer bis auf die schlichte Kommode, deren Schubladen nur ein paar weitere Kleidungsstücke enthielten sowie etwas, was er hier und in dieser Situation zuallerletzt erwartet hätte. Einen winzigen MP3-Player, den er fünf Sekunden lang einfach nur verblüfft anstarrte. Hatte Dr. van Staaten vorausgesehen, dass er möglicherweise ziemlich lange hier drinnen bleiben würde, oder auch von seinem Vater erfahren, dass er normalerweise schon eine Stunde ohne Videos, Musik oder irgendeine andere Art elektronischer Berieselung als persönliche Folter betrachtete?

Aber vermutlich war die Erklärung viel simpler: Das Gerät gehörte wahrscheinlich dem früheren Bewohner dieses Raumes, der es schlichtweg in der Schublade vergessen hatte. Dennoch griff er beherzt zu, schaltete es – ohne große Hoffnung – ein und stellte überrascht fest, dass das Display gehorsam in einem kalten, blauen Licht aufleuchtete. Aus dieser Überraschung wurde jedoch sogleich Enttäuschung: Der MP3-Player funktionierte zwar und der Akku war noch voll, aber er enthielt keinerlei Daten. Nicht einmal ein Fitzelchen Musik. Das digitale Display zeigte einen einzigen Soundclip an, der laut Anzeige nicht einmal drei Sekunden dauerte; vermutlich ein Rest, den der Vorbesitzer zu löschen vergessen hatte, oder ein fehlgeschlagener Speicherversuch.

Ben setzte gerade dazu an, ihn wieder in die Schublade zurückzulegen, als etwas Winziges, Graues mit zu vielen Beinen und Augen unter den lieblos hineingestopften Kleidern hervorwuselte und so nahe an seiner Hand vorbeiflitzte, dass es ihn beinahe berührt hätte. Ben fuhr erschrocken zusammen und prallte zurück, doch als das Tierchen den Boden erreichte, hatte er seinen Schrecken bereits wieder überwunden; zumindest weit genug, um es mit einem entschlossenen Tritt zu Brei zu stampfen.

Hinter ihm erklang ein leises Lachen. Ben wirbelte wie von einer – deutlich größeren – Tarantel gestochen herum und starrte verständnislos in ein von kurz geschnittenem, dunklem Haar gerahmtes Gesicht, das er erst auf den zweiten oder dritten Blick als das des neuen Kommandanten der Söldnertruppe identifizierte.

»Die kleinen Biester sind eine echte Plage, nicht wahr?«, fragte Gerrit.

Ben schaute ihn wortlos an. Er hatte nicht einmal gehört, wie die Tür aufgegangen war. Dafür spürte er plötzlich, wie ihm das Blut in die Wangen schoss und seine Ohren vor Verlegenheit rot wurden. Die Spinne war nicht besonders groß gewesen und ganz bestimmt nicht gefährlich, und es war ihm peinlich, sich vor Gerrits Augen wie die sprichwörtliche schreckhafte Jungfer benommen zu haben.

»Musst du dich anschleichen wie ein Indianer auf dem Kriegspfad?«, improvisierte er hastig. »Ich habe mich fast zu Tode erschrocken!«

Der junge Soldat war diplomatisch genug, für sich zu behalten, was er von dieser wenig überzeugenden Ausrede hielt – aber nicht *so* diplomatisch, den schmierigen Fleck vor Bens rechtem Fuß nicht mit einem Blick zu streifen, der gerade eine Winzigkeit zu lang andauerte, um vollkommen gleichgültig zu sein. »Tut mit leid«, sagte er schließlich und hob die Schultern. »Ich dachte, ich hätte eine Stimme gehört, und wollte nachsehen, ob alles in Ordnung ist.«

»Hier … hier ist niemand.« Ben versuchte sich einzureden, dass er sich den hysterischen Unterton in seiner Stimme nur einbildete. »Wirklich nicht«, sagte er, rettete sich in ein – durch und durch verunglücktes – Lächeln und sah sich demonstrativ in der Kammer um. *Eine Stimme?* Die einzige Stimme, die es hier drinnen in den letzten Stunden gegeben hatte, gehörte … *Sasha!*

Gerrit sah ihn nun ganz unverhohlen misstrauisch an, schob die Tür ganz auf und schaute sich ebenfalls sehr aufmerksam um. Er entblödete sich nicht einmal, in die Hocke zu gehen und unter das Bett zu blicken.

»Du hast vergessen, in die Schubladen zu sehen«, sagte Ben giftig.

Der Söldner sah so nachdenklich zur Kommode hin, als wollte er das nun nachholen, hob aber dann nur die Schultern und sagte: »Ich hätte schwören können, eine Stimme zu hören.«

»Vielleicht spreche ich ja im Schlaf«, sagte Ben patzig.

»Es war nicht *deine* Stimme.«

Aber das war doch absolut unmöglich. Belauschte der Kerl am Ende seine Träume? Ben sah ihn trotzig an – was Gerrit nicht im Geringsten zu beeindrucken schien –, dann aber zog er die Schublade ein Stück weiter auf und nahm den MP3-Player heraus. »Du hast wohl das da gehört. Ich hoffe, ich habe deinen Musikgeschmack getroffen.«

Ein Fehler, aber als er das begriff, war es schon zu spät. Der junge Söldnerkommandant nahm ihm den Player wortlos aus der Hand, drehte ihn nachdenklich in den Fingern und versuchte ihn einzuschalten, kam aber offensichtlich nicht mit der Bedienung klar. »Deiner?«, fragte er, während er Ben das Gerät zurückgab.

Heute war anscheinend wirklich nicht sein Tag, denn Ben machte den einen Fehler, der folgenlos geblieben war, weil er mehr Glück als Verstand gehabt hatte, sogleich mit einem zweiten wett, indem er ganz automatisch nickte und den Player mit einer viel zu hastigen Bewegung in der Hosentasche verschwinden ließ. »Ja.«

»Dann pass gut darauf auf«, sagte Gerrit. »Ich weiß zwar nicht, was drauf ist, aber wenn Zar Iljitsch ihn findet, konfisziert er ihn bestimmt. Er hasst alle Musik, die jünger als zweihundert Jahre ist. Wahrscheinlich hört er in seiner Freizeit nur den Donkosakenchor. Von einer alten Schellackplatte.«

Ben wusste weder, was der Donkosakenchor war, noch eine *Schellackplatte.* Es interessierte ihn auch herzlich wenig. »Zar Iljitsch?«

»Ramanov. Der Posten des Kommandanten hier rotiert, verstehst du? Alle sechs Monate übernimmt ein anderer das Kommando, damit es zu keinen Eifersüchteleien kommt. Seit Ramanov hier das Sagen hat, führt er sich auf wie ein Tyrann, deswegen nennen ihn alle nur den Zaren – und wegen seines Namens. Aber das solltest du besser für dich behalten. In dieser Beziehung versteht er noch weniger Spaß als sonst.«

»Was ist denn mit seinem Namen?«, wunderte sich Ben.

»Das weißt du nicht? Was lernt ihr jungen Leute heutzutage eigentlich noch in der Schule? Die Romanovs waren die letzten russischen Zaren.«

»Und er ist mit ihnen verwandt?«

»Er heißt *Ra*manov, nicht *Ro*manov«, antwortete Gerrit betont. »Aber er reagiert ziemlich empfindlich auf Scherze über seinen Namen. Hast du Hunger?«

Ben hatte zwar Mühe, dem plötzlichen Gedankensprung zu folgen, doch sein Magen reagierte schneller, indem er ein hörbares Knurren ausstieß – das ihm zwar schon wieder peinlich war, Gerrit aber zu einem flüchtigen Lächeln veranlasste. »Dann komm.« Er wandte sich zur Tür und zog fragend die Augenbrauen hoch, als Ben sich nicht rührte, sondern ihn nur verdattert ansah. »Worauf wartest du?«

»Aber ich dachte –«

»Du müsstest hier drinnen bleiben?« Gerrit schüttelte den Kopf. »Wieso?«

»Na ja, ich dachte, dass Ramanov –«

»Dich hier einsperren will? Wozu? Er war stinksauer auf dich und er ist es noch, und es würde mich auch nicht wundern, wenn er das eine oder andere Funkgespräch führt, das dir noch eine Menge Ärger bereiten wird, aber wozu sollte er dich einsperren?«

»Ich könnte immerhin weglaufen.«

»Weglaufen?«, wiederholte Gerrit. »Und wohin?« Diesmal antwortete Ben nicht mehr, sondern blickte ihn nur betroffen an. »Siehst du?«, sagte der Söldner. »Und jetzt komm. Ich weihe dich in die Geheimnisse der *nobel cuisine* ein. Ich hoffe, du stehst auf Dosenfraß.«

»Dann bist du gar nicht hier, um mich zu bewachen?«, fragte Ben, als er hinter ihm auf den Gang hinaustrat.

Gerrit lachte. »Jetzt nimmst du dich zu wichtig. Nein, ich bin gekommen, um dich zum Essen abzuholen … und weil Ramanov mich gebeten hat, dich im Auge zu behalten.«

»Wie bitte?« Ben blieb stehen, nicht weil ihn Gerrits Eröffnung so sehr überrascht hätte (was sie nicht im Geringsten tat), sondern um einen raschen Blick auf die Tür zu Sashas Zimmer zu werfen. Sie war verschlossen, und es lagen auch keine Spinnen davor.

»Um ganz ehrlich zu sein, hat er mich gebeten, dich unauffällig auszuhorchen«, antwortete Gerrit – allerdings erst, nachdem er einen raschen Blick in die Runde und insbesondere zur Decke hinaufgeworfen hatte. »Aber keine Sorge, ich konnte den Kerl noch nie leiden. Und ich lasse mich ungern als Spitzel missbrauchen.«

»Ich dachte, er bezahlt euch.«

»Um für die Sicherheit hier zu sorgen, nicht um den Spitzel zu spielen.« Gerrit bedeutete ihm mit einer ungeduldigen Handbewegung, weiterzugehen, und tatsächlich machte Ben einen einzelnen Schritt und blieb dann wieder stehen, um noch einmal zu Sashas Zimmertür zu sehen.

»Also gut, schau schon nach, ob sie noch da ist«, sagte Gerrit. »Ich verrate auch nichts.«

Allmählich ging Ben die plumpe Vertraulichkeit des Burschen gehörig auf den Keks, aber er wandte sich trotzdem um, war mit zwei Schritten bei der Tür und drückte die Klinke herunter, ohne angeklopft zu haben. Der Raum dahinter war hell erleuchtet, und Sasha lag in scheinbar unveränderter Haltung auf dem Bett und schlief. Man hätte meinen können, sie hätte sich in all den Stunden nicht ein einziges Mal bewegt, wäre da nicht die Tatsache gewesen, dass sie jetzt ein weißes statt eines pinkfarbenen Nachthemds trug.

Dennoch trat Ben näher an sie heran, beugte sich vor und betrachtete ihr Gesicht sehr aufmerksam.

Wenn sie die Schlafende spielte, dann perfekt.

»Das ist wirklich ein hübsches Mädchen«, bemerkte Gerrit hinter ihm. Er war nicht nur hereingekommen, ohne dass Ben ihn dazu aufgefordert hatte, sondern das auch vollkommen lautlos.

Ben schenkte ihm einen bösen Blick, gestikulierte ihm verärgert zu, wieder hinauszugehen, und zog die Tür so leise hinter sich zu, wie er nur konnte. »Ja, das ist sie«, fauchte er, nachdem sie sich ein paar Schritte entfernt hatten; und noch immer fast im Flüsterton. »Aber sie ist auch –«

»Ich weiß, wer sie ist«, fiel ihm Gerrit ins Wort. »Und auch, *was* sie ist. He – kein Grund, eifersüchtig zu sein, Cowboy. Ich habe eine Freundin.«

»So?«, fragte Ben kühl.

»Sie gehört zu unserer Einheit, hat den dritten Dan im Taekwondo und würde mir alle Knochen im Leib neu arrangieren, wenn ich eine andere Frau auch nur ansähe. Außerdem ist sie mir zu jung.«

Ben war immer noch nicht sicher, ob Gerrit ihn nun auf den Arm nahm, einfach ein Blödmann war oder das für eine besonders raffinierte Methode hielt, sich sein Vertrauen zu erschleichen. Er wusste auch nicht so recht, welcher Möglichkeit er den Vorzug gegeben hätte.

»Sie ist nicht meine Freundin, wenn du das meinst.«

Gerrit nickte. »Das hätte auch wenig Sinn. Ich sagte dir doch: Ich weiß, wer sie ist. Jeder hier weiß das.«

Das verstand Ben nicht gleich, aber dann erinnerte er sich, wie van Staaten auf Sashas Namen reagiert hatte. »Wieso?«

Gerrit maß ihn mit einem merkwürdigen Blick. »Das weißt du nicht?«

»Würde ich sonst fragen?«, gab Ben unfreundlich zurück. Dann zuckte er mit den Schultern. »Kapitän Schulz hat erzählt, dass er ein paar von den Leuten hier kennt.«

»Kennen ist gut. Zar Iljitsch ist sein Schwiegervater.«

»Wie?«, machte Ben.

Gerrit wirkte ehrlich überrascht und nickte dann heftig. »Deine kleine Freundin ist Professor Ramanovs Enkeltochter.«

7

IMMERHIN GLAUBTE ER nun ein wenig besser zu verstehen, warum Ramanov so feindselig ihm – und auch seinem Vater – gegenüber war. Nicht dass er *das* wiederum verstand; aber Ramanov wäre nicht der erste Großvater, der wie eine eifersüchtige Glucke über seine Enkeltochter wachte und auf jeden losging, der ihr auch nur auf fünf Meter nahe kam. Schulz war in dieser Hinsicht ja schon schlimm genug gewesen, aber jemand von Ramanovs Charakter und mit seiner Macht … vermutlich konnte er noch von Glück sagen, dass er ihn nicht an Händen und Füßen gefesselt und nur mit einer Unterhose bekleidet draußen im Schnee ausgesetzt hatte.

Wenigstens das Essen war gut. Gerrits düstere Prophezeiung war wohl nur ein Scherz gewesen oder der Söldner war außergewöhnlich verwöhnt – der angedrohte Dosenfraß entpuppte sich zwar tatsächlich als Mikrowellenessen, das aber von einer Qualität war, hinter der sich so manches Restaurant verstecken konnte, in dem er schon gegessen hatte.

Und auch seine Kameraden erwiesen sich als nicht annähernd so unsympathisch, wie Ben insgeheim befürchtet hatte. Gerrit hatte ihn quer durch die sonderbar verlassen wirkenden Gänge und Korridore der Basis in einen Raum geführt, den er großspurig als die *Messe* bezeichnet hatte. Ein schmuckloser grauer Plastikwürfel ohne Fenster, in dem eine schlichte Einbauküche und ein paar Möbel standen, die allesamt eines gemein hatten: Sie waren ausnahmslos billig und ausnahmslos aus Kunststoff. Auf der Arbeitsplatte in der Küche herrschte ein heilloses Durcheinander aus schmutzigem und sauberem Geschirr, aufgerissenen Lebensmittelpackungen und Besteck und Küchengeräten, das sich fast nahtlos auf den drei Tischen fortsetzte, die zusammen mit einer Garnitur Plastikstühle die gesamte Einrichtung bildeten, und im Gegensatz zum Rest der Station (und seinem Zimmer) war es hier drinnen schon fast zu kühl. Die Klimaanlage lief auf vollen Touren, und obwohl es keine Fenster gab, herrschte ein spürbarer unangenehmer Durchzug.

Was von Harrys kleiner Armee übrig geblieben war, erwartete ihn geschlossen in der Kantine – ihn selbst mitgezählt vier Männer und die zwei Frauen, allesamt im Alter zwischen zwanzig und dreißig, und obwohl ihm die meisten zumindest zunickten oder ihm ein knappes Lächeln schenkten, als er eintrat, war die allgemeine Stimmung eher gedämpft, um nicht zu sagen, niedergeschlagen. Im allerersten Moment bezog Ben das auf sich; geschädigt durch sein Zusammentreffen mit Ramanov, aber ihm wurde rasch klar, dass es in Wahrheit einen ganz anderen Grund hatte. Immerhin hatten diese jungen Männer und Frauen über die Hälfte ihrer Kameraden verloren, von denen etliche vermutlich auch ihre Freunde gewesen waren. Er konnte kaum erwarten, dass sie fröhlich zur Tagesordnung übergingen und so taten, als wäre nichts passiert.

Und er selbst?

Auch er hatte schließlich gerade jemanden verloren, der ihm noch dazu deutlich näher stand als ein *Freund,* nämlich seine Mutter. Aber er suchte vergebens nach einer Spur von Schmerz oder Trauer in sich. Da war allenfalls ein vages Gefühl von Verlust, das aber irgendwie nicht richtig Gestalt anzunehmen vermochte, als spüre er auf einer noch tieferen Ebene ganz genau, wie unbegründet es war.

Ben hätte nicht der Sohn eines Psychologen sein müssen um zu begreifen, dass er sich auf diese Weise nur selbst zu belügen versuchte. Vielleicht war das Entsetzen über den Tod seiner Mutter schlichtweg zu groß, um sich ihm jetzt schon zu stellen. Immerhin hatte er *mit angesehen,* wie sie starb; und sich endgültig einzugestehen, dass sie fort war und niemals zurückkommen würde, wäre vermutlich mehr gewesen, als er jetzt schon ertragen konnte.

Und trotzdem blieb tief in ihm das Gefühl – nein, das *Wissen!* –, dass sie noch am Leben war.

Als hätte er seine Gedanken gelesen, sagte Gerrit in diesem Augenblick: »Das mit deiner Mutter tut mir leid, ehrlich. Es muss bitter sein, jemanden auf diese Weise zu verlieren.«

Ben ließ seine Gabel sinken, starrte ihn an und überlegte ernsthaft, den Teller zu nehmen und dem Söldner den Rest seiner Mahlzeit ins Gesicht zu drücken, und sei es nur, um den Ausdruck von schlecht gespieltem Mitgefühl darauf auszulöschen.

Natürlich blieb es bei dem Wunsch, und Gerrit fuhr im selben, Ben fast hämisch erscheinenden Tonfall fort: »Ich meine, du warst dabei, nicht wahr? Du hast es gesehen.«

Ben nickte. Er sagte noch immer nichts, aber er sah aus den Augenwinkeln, dass sich die Blicke aller anderen plötzlich in seine Richtung wandten. Mit einem Mal wurde es sehr still. Mit Ausnahme des röchelnden Summens der Klimaanlage war es so leise, dass man die berühmte Stecknadel hätte fallen hören können.

»Und … Harry?«, fragte Gerrit schließlich.

»Was soll mit ihm sein?«, gab Ben mit belegter Stimme zurück. »Er war dabei. Er hatte meine Mutter im Arm, wenn du es genau wissen willst. Sie sind zusammen in diese Felsspalte gestürzt.« Er atmete hörbar ein. »Aber es war nicht seine Schuld. Ich werfe eurem Kommandanten nichts vor, wenn es das ist, was du befürchtest.«

Kurz dachte er, er habe den Bogen überspannt, denn Gerrit antwortete nicht sofort, sondern schaute ihn nur eine Weile mit ausdrucksloser Miene an, und auch die Stimmung der anderen schien sich merklich zu ändern. Dann aber sagte Gerrit sehr ernst: »Harry war nicht nur unser Kommandant, Ben. Er war auch unser Freund – selbst wenn er sich manchmal große Mühe gegeben hat, sich das nicht anmerken zu lassen.«

Ben blickte ihn betroffen an. Die Worte des jungen Soldaten waren ehrlich gemeint, das spürte er, und was er selbst zuvor gesagt hatte, bedauerte er nun aufrichtig. Er setzte dazu an, sich zu entschuldigen, doch Gerrit schüttelte fast unmerklich den Kopf, und er erkannte, dass es nicht nötig war.

»Wenn du von mir wissen willst, ob er tapfer war, dann kann ich das nicht beantworten«, sagte Ben leise. »Ohne ihn hätte es wahrscheinlich keiner von uns aus dem Schiff herausgeschafft, und er ist ums Leben gekommen, während er versucht hat meiner Mutter zu helfen. Reicht das?«

Wieder sah ihn Gerrit eine geraume Weile auf dieselbe sonderbare Weise an, dann huschte ein bitteres Lächeln über seine Züge und er nickte.

»Du glaubst, es ginge hier um irgend so einen Ehrenscheiß«, stellte er fest, das allerdings in einem Ton, der diese scharfen Worte zu etwas Versöhnlichem machte. »Du täuschst dich. Wir sind zwar Soldaten, aber keine Samurai aus einem schlechten Hongkongfilm. »Keiner von uns ist scharf drauf, zu sterben. Harry war unser Freund.«

»Es tut mir leid«, murmelte Ben. »Aber es ist die Wahrheit. Ohne Harry wäre ich nicht hier. Und ohne den anderen auch nicht.«

Gerrit blickte fragend.

»Tom. Ich glaube, er hieß Tom. Er ist auf der *Princess* zurückgeblieben, weil er verletzt war.

»Harry hat ihn zurückgelassen?«, mischte sich eine der jungen Frauen ein.

Ben schüttelte heftig den Kopf. »Es war seine Entscheidung. Er konnte nicht mehr laufen. Harry wollte ihn tragen, aber er hat darauf bestanden, dass wir ihn zurücklassen. Er ... er hat uns den Weg freigeschossen. Ohne ihn hätten uns die Dinger schon nach ein paar Schritten erwischt.«

»Tom ist ein ausgezeichneter Schütze«, bestätigte die dunkelhaarige Soldatin. Ein Schatten huschte über ihr Gesicht. »War«, verbesserte sie sich.

»Jo, aber anscheinend nicht gut genug«, fügte einer der anderen hinzu.

Der Ausdruck auf dem Gesicht der Dunkelhaarigen wandelte sich schlagartig in Ärger, beinahe schon Wut, und sie drehte mit einem Ruck den Kopf und starrte den Sprecher an, einen schwarzhaarigen Burschen mit breitem Gesicht und schlechten Zähnen, doch bevor sie etwas auf diese – auch nach Bens Meinung – höchst überflüssige Bemerkung erwidern konnte, hob Gerrit rasch die Hand. »Das ist jetzt nicht der richtige Moment für so was«, sagte er streng.

»Und es ist auch nicht wahr«, fügte Ben hinzu. »Es ist erst passiert, als wir schon außer Schussweite waren. Vorher hat er jedes von diesen Biestern erledigt, bevor es uns auch nur nahe kommen konnte.« Das entsprach zwar nicht ganz der Wahrheit, aber irgendwie hatte er das Gefühl, dem toten Soldaten diese kleine Lüge schuldig zu sein. Ohne seine Hilfe hätten sie es vermutlich wirklich nicht geschafft, den Eisungeheuern zu entkommen.

Die Dunkelhaarige schenkte ihm einen warmen, dankbaren Blick, und Gerrit forderte ihn mit einer Geste auf, weiterzusprechen.

»Sehr viel mehr gibt es nicht zu erzählen«, sagte Ben mit einem bedauernden Heben der Schultern. »Wir haben uns im Sturm aus den Augen verloren, und dann sind Sasha und ich in diese Felsspalte gestürzt, in der ihr uns gefunden habt.« Er rechnete fest damit, dass Gerrit ihm widersprechen oder ihn zumindest darauf aufmerksam machen würde, dass die Felsspalte nur eine flache Senke im Schnee gewesen war, aber der Soldat sah ihn nur erwartungsvoll an, und schließlich hob er zum zweiten Mal die Schultern. »Das war alles. Den Rest der Geschichte kennst du.«

Gerrit wirkte enttäuscht und er machte auch keinen Hehl daraus. Ganz offensichtlich hatte er etwas anderes erwartet, auch wenn Ben nicht die leiseste Vorstellung hatte, was.

Die dunkelhaarige Soldatin zog sich einen Stuhl heran und setzte sich neben Gerrit. »Warum erzählst du uns nicht, was auf dem Schiff passiert ist, nachdem wir weg waren?«

Ben warf einen fragenden Blick in Gerrits Gesicht. Hatte er das denn nicht getan? Der Söldner reagierte jedoch überhaupt nicht, und schließlich seufzte Ben und fasste kurz zusammen, was sich zwischen der Abfahrt von Harrys Truppe und ihrer kopflosen Flucht von Bord der havarierten *Princess* zugetragen hatte. Weder die Dunkelhaarige noch einer der anderen Söldner unterbrach ihn auch nur ein einziges Mal, aber er musste nicht in ihre Gesichter blicken um zu wissen, wie seine Worte in ihren Ohren klangen. Er hörte es ja selbst.

»Das ist absolut lächerlich«, sagte der Bursche mit den schlechten Zähnen dann auch prompt, als er mit seinem Bericht zu Ende gekommen war. »Der Kleine verarscht uns doch.«

»Halt die Klappe, Tooth«, sagte Gerrit nur. Er sah ihn nicht einmal an, sondern musterte Ben nur weiter sehr aufmerksam; allerdings kein bisschen misstrauisch. Und Ben suchte auch vergebens nach einer Spur von Spott oder gar Ärger in seinen Augen.

»Ich weiß, wie sich das anhört«, sagte Ben schließlich, als das allgemeine Schweigen längst die Schwelle zum Unangenehmen überschritten hatte und immer noch nicht aufhören wollte.

»Gut«, erwiderte Tooth, »dann müssen wir es dir ja nicht sagen.«

»Aber ihr wart doch dabei«, protestierte Ben. »Ihr habt das Schiff doch gesehen! Und ihr habt eine von diesen … Kreaturen aus dem Wasser gezogen.«

»Einen Kerl in einem komischen Schutzanzug, ja«, meinte Tooth abschätzig.

»Der anschließend spurlos aus einem abgeschlossenen und bewachten Raum verschwunden ist«, fügte die Dunkelhaarige hinzu. Sie klang sehr nachdenklich.

Tooth lachte hart. »Ja. Ich nehme an, er ist verdunstet!«

»Und wenn es so war?«, fragte Ben. »Ich habe diesen Dingern gegenübergestanden! Sie bestehen ganz und gar aus Eis.«

»Aber sicher doch«, höhnte Tooth. »Und wenn man mit dem Hammer draufschlägt, zerplatzen sie zu Eiswürfeln. Dann wollen wir mal hoffen, dass wir genug Cola und Whisky haben, wenn sie kommen. Wäre doch schade, wenn das ganze Zeug umkommt!«

Das allgemeine Gelächter, auf das er vielleicht gehofft hatte, blieb aus. Gerrit starrte ihn nur einen Herzschlag lang böse an und wandte sich dann wieder an Ben. »Und jetzt glaubst du, dass sie auf dem Weg hierher sind?«

Ben reagierte zwar mit einer Mischung aus einem Nicken und einem unglücklichen Achselzucken, aber eigentlich glaubte er es nicht – er *wusste* es. Er konnte es spüren, und darüber hinaus hatte ihm Sasha *gesagt*, dass es so war. Aber er hütete sich, es laut auszusprechen; schon weil er sich lebhaft vorstellen konnte, wie sein Freund aus der Dentagard-Reklame *darauf* reagieren würde …

»Das ist schon eine ziemlich verrückte Geschichte«, sagte Gerrit schließlich.

»Ach?«, fügte Tooth spöttisch hinzu.

»Auf der anderen Seite«, fuhr der Söldner ungerührt fort, »ist uns allen klar, dass Ramanov uns eine Menge verschwiegen hat.«

Bens Blick flog zu einem imaginären Punkt an der Zimmerdecke, und Gerrit lächelte flüchtig. »Keine Sorge. Ugly Brother is im Moment not watching us.« Er legte seine Hand auf die der Dunkelhaarigen und drückte sie kurz. »Tahia ist richtig gut darin, Sabotage zu betreiben, und das so, dass niemand etwas merkt.«

Ben sah ihn verwirrt an, und die junge Frau sagte: »Zar Iljitsch I. schaut gerade eine Drei-Stunden-Bandschleife. Könnte sein, ihm fällt irgendwann auf, dass ich zum dritten Mal dieselbe Tasse Kaffee trinke, aber wahrscheinlich merkt er gar nichts.«

»Sie ist echt gut in solchen Dingen«, fügte Gerrit hinzu. Tooth schnaubte abfällig, enthielt sich aber darüber hinaus jeden Kommentars.

Ben hatte zwar verstanden, aber nicht wirklich begriffen. »Ihr meint, ihr ... habt die Überwachungsanlage ausgeschaltet?«

»Ausgetrickst«, verbesserte ihn Gerrit.

»Aber warum?«, fragte Ben.

»Vielleicht weil wir es nicht mögen, bespitzelt zu werden«, sagte Tooth.

»Hier stimmt was nicht«, erklärte Gerrit ernst »Ich weiß nicht, was. Aber das hier ist keine gewöhnliche Forschungsstation.« Er legte nachdenklich den Kopf auf die Seite. »Dieser Keller, in dem du warst ... wie genau sah es da aus?«

Ben schaute ihn wie vom Donner gerührt an. »Aber ich dachte, ihr hättet mich –«

»– dort herausgeholt?« Gerrit schüttelte heftig den Kopf »Gott bewahre! Der Zar lässt doch keine einfachen kleinen Soldaten in sein Allerheiligstes! Ihn hätte fast der Schlag getroffen, als ich ihm auch nur *angeboten* habe ihm zu helfen.«

»Was ist dort unten?«, fragte Tahia.

»Etwas wie ... ein Labor«, antwortete Ben zögernd. »Ich war viel zu aufgeregt, um mich richtig umzusehen. Aber es ist eine Art Labor ... glaube ich.«

»Da fragt man sich doch, was es dort unten so Geheimes zu laborieren gibt, nicht wahr«, sagte Tooth, wobei er Ben allerdings auf eine Art ansah, als gäbe er ihm ganz allein die Schuld an allem, was geschehen war.

Ben war jetzt vollkommen verwirrt. Er konnte die Verärgerung der Söldner durchaus nachvollziehen. Auch ihm gefiel der Gedanke ganz und gar nicht, auf Schritt und Tritt beobachtet zu werden, aber da war noch mehr.

»Die Sache mit den Spinnen ist seltsam«, fuhr Gerrit nach einer Weile in sehr nachdenklichem Ton fort. »Du sagst, du hattest schon auf dem Schiff Ärger mit ihnen?«

Wieder tauschte er einen beredten Blick mit der Soldatin, der Ben in seiner Überzeugung bestärkte, dass es da wohl noch etwas gab, wovon er nichts wusste.

»Ärger ist zu viel gesagt. Mir ist nur aufgefallen, dass es ziemlich viele davon an Bord gab.«

»Spinnen gibt es überall«, sagte einer der anderen Söldner.

»Hier? In der Antarktis?«

»Du würdest dich wundern, wo man die kleinen Biester überall findet. Auf den höchsten Bergen, in der trockensten Wüste … sogar auf dem Meeresgrund.«

»Zusammen mit dreißig Meter großen Tintenfischen«, fügte Tooth feixend hinzu; zweifellos eine Anspielung auf Bens Bericht vom Angriff des Riesenkraken auf das Hovercraft. Ben ignorierte ihn.

»Auch auf einem Luxusdampfer, auf dem die Passagiere ein kleines Vermögen für die Überfahrt bezahlen?«

Tooth setzte zu einer – vermutlich noch hämischeren – Antwort an, doch Gerrit brachte ihn mit einer ärgerlichen Geste zum Schweigen und forderte Ben aus der gleichen Bewegung heraus auf, sich zu erheben. Er gehorchte zwar, sah den Söldner aber so fragend an, dass sich Gerrit nun doch zu einer Erklärung genötigt sah. »Ich möchte dir etwas zeigen. Komm mit. Es ist nicht weit.« Als Ben gehorsam um den Stuhl herumtreten wollte, hob er jedoch noch einmal die Hand und gestikulierte gleichzeitig in Richtung der anderen Söldner. »Du brauchst etwas Wärmeres zum Anziehen«, sagte er, starrte eine geschlagene Sekunde auf die ausgelatschten und viel zu großen Turnschuhe an Bens Füßen und fügte dann in undeutbarem Ton hinzu: »Und andere Schuhe.«

Auch Tahia stand auf, ging und kam kurz darauf mit einem robust aussehenden Laptop zurück, den sie aufklappte und einschaltete. Ben machte ein übertrieben fragendes Gesicht, aber sie ignorierte ihn und begann rasend schnell auf die Tastatur einzuhämmern. Währenddessen brachte ihm einer der anderen Söldner eine warme Jacke und ein Paar schwerer, dick gefütterter weißer Stiefel. Gerrit sagte kein Wort, aber der Ausdruck von Erstaunen auf seinem Gesicht, als er seine völlig unversehrten Zehen sah, entging Ben keineswegs.

»Wird Ramanov nicht ärgerlich werden, wenn ich so in der Basis umherspaziere?«, fragte er, während er vorsichtig in die Stiefel schlüpfte und überrascht registrierte, dass sie so perfekt passten, als wären sie eigens für ihn angefertigt worden.

»Falls er es merkt«, sagte Tahia, ohne von ihrem Laptop aufzusehen. Ihre Finger huschten weiter so schnell über die Tasten, dass Ben der Bewegung kaum zu folgen vermochte.

»Willst du die ganze Anlage abschalten?«, erkundigte sich Ben. Das *musste* Ramanov einfach auffallen!

»Wäre in Prinzip kein Problem«, antwortete die Soldatin, »aber das würde er vermutlich bemerken.« Sie schüttelte den Kopf, hob ihren Blick endlich vom Monitor und sah Gerrit an. »Nehmt den östlichen Korridor. Ich spiele ihm eine Fünf-Minuten-Schleife rein. Das müsste reichen, um bis zur Tür zu kommen.«

Ben trat neugierig um den Tisch herum und sah auf den Monitor, und er staunte nicht schlecht, als er das zweigeteilte Bild sah: Die linke Hälfte zeigte einen leeren Gang aus dem allgegenwärtigen grauen Kunststoff – vermutlich den östlichen Korridor, von dem Tahia gesprochen hatte –, die rechte ein Bild der Zentrale der Station, offenbar von einer Kamera unter der Decke aufgenommen. Ramanov selbst war anwesend und unterhielt sich heftig gestikulierend mit einem dunkelhaarigen Mann, den Ben noch nicht kannte. Das Bild hatte keinen Ton, aber das musste es auch nicht, um Ben erkennen zu lassen, dass es sich nicht unbedingt um ein freundschaftliches Gespräch handelte: Ramanov schien nicht zu der Sorte Mensch zu gehören, die ständig gute Laune um sich herum verbreitete.

»Ihr könnt euch in das gesamte System einklinken«, sagte er anerkennend.

»Ich kann nicht nur Sachen kaputtmachen«, lächelte Tahia. »Auch wenn ich zugeben muss, dass das den meisten Spaß macht. Das ist das Problem mit Technik, weißt du? Sie kann ganz nützlich sein, aber sobald einer kommt, der mehr davon versteht als man selbst, wendet er sie ruck, zuck gegen dich.«

»Oder *eine«*, sagte Ben betont.

»Oder eine«, bestätigte Tahia. »Wenn ich wollte, könnte ich Zar Iljitsch I. auch auf dem stillen Örtchen aufnehmen und die Bilder dann auf jeden Monitor in der Station schicken … aber so etwas tut man ja nicht.«

»Man nicht«, kicherte Tooth. »Aber Frau?«

Tahia machte ein zutiefst empörtes Gesicht, aber sie wirkte zugleich auch ein bisschen nachdenklich, als hätte der Söldner sie auf eine Idee gebracht.

»Schluss jetzt«, sagte Gerrit streng. »Bist du fertig?«

Ben zog hastig den Reißverschluss seiner Jacke zu und nickte, wandte sich aber trotzdem noch einmal fragend an Tahia. »Wo ist mein Vater?« Die junge Soldatin drückte so schnell auf eine Taste auf ihrem Laptop, als hätte sie genau auf diese Frage gewartet, und statt Ramanovs Thronkammer zeigte die rechte Bildschirmhälfte nun die Krankenstation der Basis. Sie ähnelte der auf der *Princess,* war aber deutlich größer und zu Bens Überraschung ebenso modern ausgestattet. Dr. van Staaten und sein Vater saßen nebeneinander an einem kleinen Tisch und redeten. Auch dieses Bild war ohne Ton, aber es ging etwas … Vertrautes davon aus, das Ben einen leisen Stich versetzte.

»Bist du endlich so weit?«, fragte Gerrit.

Ben riss sich hastig von dem Anblick los und wandte sich zur Tür. Auch der Söldner hatte sich mittlerweile in eine weiße Polarmontur gehüllt und sogar seine Waffe wieder über die Schulter gehängt, wenn auch vermutlich nur aus reiner Gewohnheit.

Wenigstens hoffte Ben das.

»Wohin gehen wir?«, fragte er, nachdem sie die *Messe* verlassen hatten und durch den vollkommen leeren Korridor schritten.

Gerrit setzte dazu an, ihm zu antworten, hob dann aber plötzlich warnend die Hand und schien eine Sekunde lang in sich hineinzulauschen. Dann öffnete er hastig die nächstbeste Tür, bugsierte Ben grob in den dahinter liegenden stockdunklen Raum und drückte die Tür wieder im Schloss, und er hatte es kaum getan, da konnten sie das Geräusch rascher Schritte hören, die draußen vorübergingen.

Erst als sie wieder draußen auf dem Korridor waren und ihren Weg fortsetzten, sah Ben den fleischfarbenen Knopf, der in Gerrits rechtem Ohr steckte. »Tahia?«, fragte er.

Gerrit nickte. »Jeder braucht einen Schutzengel.«

»Vor allem wenn er so hübsch ist«, pflichtete ihm Ben bei. »Ist sie deine Freundin?«

»Ja. Aber sie würde auch auf uns aufpassen, wenn sie das nicht wäre. Sogar Tooth würde das.«

»Tooth.« Ben schüttelte den Kopf. »Er heißt nicht wirklich so, oder?«

Gerrit lachte. »Nein. Aber wir nennen ihn schon so lange so, dass wir seinen richtigen Namen fast vergessen haben.«

»Wegen seiner schlechten Zähne?«

»Seine letzte Zahnbürste hat er vermutlich zusammen mit seinen Milchzähnen im Garten vergraben«, bestätigte Gerrit ernsthaft. »Aber er ist unsere Geheimwaffe. Wenn nichts anderes mehr hilft, dann schicken wir ihn vor. Sein Mundgeruch haut selbst den stärksten Elefanten aus den Latschen.«

Sie bogen nach links ab, bewegten sich einen langen, einsamen Korridor entlang und schritten durch eine Tür, hinter der sie ein weiterer ebenso verlassener Gang erwartete. Ben fiel jetzt allerdings ein Geräusch auf, das er bisher noch nicht gehört hatte: ein vibrierendes Summen, das aus keiner bestimmten Richtung zu kommen schien und eigentlich mehr zu spüren als tatsächlich zu hören war. Er wandte sich mit einer entsprechenden Frage an Gerrit.

»Das ist der Wind. Die Station ist gut isoliert, aber wir sind gleich draußen.« Er deutete auf die Tür am Ende des Korridors. Selbst über die große Entfernung hinweg konnte Ben sehen, dass sie zwar ebenfalls grau, aber aus Metall und so massiv war wie die Türen zu den Laborräumen im Keller. Ein grünes Licht brannte darüber. Aber ihm fiel auch erneut auf, wie still es war, abgesehen vom dunklen Bienenstock-Summen des Sturmes. »Das ist eine ziemlich große Station für so wenige Menschen«, bemerkte er.

»Oder es sind ziemlich wenige Menschen für eine so große Station«, sagte Gerrit. »Bisher sind uns hier nicht mal ein Dutzend Leute begegnet, den Zaren und van Staaten mitgezählt. Aber es gibt Unterkünfte für ungefähr vierzig Leute. Und die meisten davon machen keinen sehr verlassenen Eindruck.«

»Was willst du damit sagen?«

»Nichts. Ich finde es nur komisch, das ist alles.« Gerrit zuckte mit den Schultern, und obwohl Ben nicht einmal in seine Richtung sah, spürte er, dass sein Blick plötzlich fast lauernd wurde. »Weißt du, wir beginnen uns allmählich zu fragen, warum wir eigentlich hier sind.«

Der Söldner schien eine Antwort auf diese indirekte Frage zu erwarten, aber Ben konnte sie ihm nicht geben. Schweigend setzten sie ihren Weg fort, bis sie die Tür erreicht hatten.

Gerrit machte keine Anstalten, sie zu öffnen, sondern berührte mit dem Zeigefinger den kleinen Knopf in seinem Ohr und fragte scheinbar ins Nichts hinein: »Ist die Alarmanlage aus?«

Nur eine Sekunde später erscholl ein schweres metallenes Klacken, und das grüne Licht über der Tür wechselte zu Rot.

»Alarmanlage?«, fragte Ben überrascht.

»Sobald die Tür aufgeht, heult bei Ramanov eine Sirene«, antwortete Gerrit. »Zar Iljitsch I. hat anscheinend Angst vor Einbrechern.« Er schlug die Kapuze seiner weißen Polarjacke hoch und bedeutete Ben mit Blicken, dasselbe zu tun. Erst nachdem er gehorcht hatte, öffnete Gerrit die Tür, wozu er sichtlich seine ganze Kraft brauchte. Ben spannte sich an und erwartete, sowohl von einer Woge mörderischer Kälte als auch einer Sturmböe getroffen zu werden, aber das geschah nicht. Hinter der Tür erwartete sie auch nicht die weiße Einöde der Antarktis, sondern nur eine kleine (graue) Kammer, wohl eine Art Schleuse. Es wurde allerdings spürbar kälter, als sie hineintraten und Gerrit die Tür hinter sich ebenso mühsam wieder schloss, wie er sie gerade aufgezogen hatte.

Als der Söldner die äußere Tür öffnete, *wurde* es kalt, und zwar so schlagartig und extrem, dass Ben instinktiv nach Luft japste – was auch keine wirklich gute Idee war, denn die Luft war nicht kalt, sie war *eisig*. Bevor er den zweiten Atemzug nahm, hob er schützend die Hand vor den Mund und redete sich zumindest ein, dass es half.

Gerrit grinste knapp, zauberte eine schwarze Atemmaske mit geriffeltem Mundstück unter seiner Jacke hervor und setzte sie auf. Als Ben unter seiner eigenen Jacke nach einer weiteren Maske suchte, wurde er allerdings nicht fündig. Gut, dann musste eben der Handschuh reichen.

Sie verließen die Schleuse, traten damit aber noch nicht endgültig ins Freie, sondern fanden sich unter einer gewaltigen, freitragenden Kuppel aus leuchtend orangefarbenem Kunststoff wieder, die sich über der eigentlichen Station erhob.

»Das dient nur dem Windschutz«, drang Gerrits Stimme dumpf unter seiner Atemmaske hervor. »Wenn der Sturm die Basis ungeschützt treffen würde, wäre der Lärm unerträglich und sie würde in kürzester Zeit auskühlen.«

Das war zwar eine interessante Information, aber kaum der Grund, aus dem Gerrit ihn hier herausgeführt hatte, und Bens Wissbegier hielt sich im Moment in engen Grenzen. Obwohl sie noch nicht einmal eine Minute im Freien waren, fror er schon jetzt erbärmlich.

Statt irgendetwas zu sagen, ging er weiter, und Gerrit schloss sich ihm an und überholte ihn kurz darauf. Er rannte nicht unbedingt, aber er legte doch ein so scharfes Tempo vor, dass Ben sich sputen musste, um mit ihm Schritt halten zu können. Anscheinend hatte er es ziemlich eilig, wieder in die Station zurückzukommen, bevor Ramanov seine Abwesenheit auffiel. Vielleicht war ihm aber auch nur kalt.

Trotz ihrer Eile fand Ben Gelegenheit, sich neugierig umzusehen. Es gab keine künstliche Beleuchtung in der Kuppel, aber die orangefarbenen Kunststoffwände reichten auch nicht ganz bis zum Boden hinab, und draußen herrschte so etwas wie Tag, sodass hinlänglich Licht hereindrang. Was Ben in diesem trüben Beinahelicht erkannte, das war wenig spektakulär: Nur ein Stück neben dem Eingang stand ein blau gestrichener Müllcontainer neben einer Anzahl rostiger Fässer und etwas, das aussah wie ein Stapel Kartons, der aufgeweicht und zu einem unansehnlichen Haufen aus eisverkrusteter brauner Pappe geworden war. Und auch der restliche freie Platz zwischen dem Eingang und dem Rand der riesigen Windhaube war hoffnungslos mit allem möglichen Krempel voll gestellt, unter anderem mit einem ausgewachsenen Schneemobil mit breiten Gummiketten und einer futuristischen, rundum verglasten Kanzel.

»Wohin gehen wir?«, fragte Ben, als sie kurz davor waren, den Schritt hinaus in die Antarktis zu machen. Er musste fast schreien, um das Geräusch des Windes zu übertönen.

»Nur ein paar Schritte. Aber Achtung. Sobald wir nicht mehr unter der Kuppel sind, wird es *wirklich* kalt.«

Ben sparte es sich, den Söldner darauf hinzuweisen, dass er vermutlich sehr viel mehr Zeit draußen verbracht hatte als er, atmete nur noch einmal tief ein und biss die Zähne zusammen, während er hinter Gerrit aus dem Schutz des riesigen Hartplastikzeltes heraustrat.

Der Söldner hatte nicht übertrieben. Die Temperaturen schienen schlagartig noch einmal um mindestens zehn oder zwanzig Grad zu fallen, und der Wind schnitt nun wie mit Rasierklingen in sein Gesicht. Am Himmel stand eine Sonne, die ihm viel kleiner vorkam als normal, dafür aber so grell war, dass ihm schon ein flüchtiger Blick in ihre Richtung die Tränen in die Augen trieb. Obwohl die Sonne im Zenit stand und es nicht eine einzige Wolke gab, war es dennoch nicht richtig hell.

»Es wird bald Nacht«, erklärte Gerrit, während er seine Schritte beschleunigte und zugleich ein wenig nach links schwenkte. »Und dann wird es hier ungemütlich. Aber wir sind auch schon da.« Er blieb stehen, ließ sich in die Hocke sinken und deutete auf einen Punkt vor sich. »Das wollte ich dir zeigen.«

»Frisch gefallenen Schnee?«, witzelte Ben. Trotzdem ließ auch er sich rasch in die Hocke sinken. Je eher er sich ansah, weswegen auch immer Gerrit ihn hier herausgeschleift hatte, desto schneller konnten sie in die Station zurück.

Zuerst sah er so gut wie gar nichts, außer vereistem Fels und frischem Schnee, aber dann … »Eine Spinne?«, murmelte er erstaunt. Natürlich war das Tier tot und außerdem so mit Eis verkrustet, dass es aussah, als wäre es weiß.

»Du bist doch hier unser Spezialist für Spinnen, oder?«, fragte Gerrit spöttisch. »Und das ist noch nicht alles.«

Bens Blick folgte Gerrits ausgestrecktem Zeigefinger, und er riss erstaunt die Augen auf. Die tote Spinne war nicht die einzige. Nur ein kleines Stück neben ihr lag eine zweite, dann noch eine und noch eine … es war eine regelrechte Spur aus verendeten Spinnen, die schließlich in einer ganzen Ansammlung toter Arachniden endete. Ben schauderte.

»Sie müssen aus dieser Felsspalte gekommen sein«, fuhr Gerrit fort. »Wie es aussieht, hat sie irgendetwas aus ihrem Versteck getrieben und sie sind erfroren.«

Er stand auf, ließ sich nach zwei Schritten abermals in die Hocke sinken und zog eine Taschenlampe hervor, deren bleichen Strahl er direkt nach unten richtete. Erst jetzt bemerkte Ben den gut handbreiten Spalt im Boden unmittelbar vor Gerrits Füßen – und die mindestens dreißig oder vierzig erfrorenen Spinnen unterhalb der Öffnung und um sie herum, die ganz offensichtlich herausgekommen waren, nur um nach wenigen Sekunden in der grausamen Kälte zu verenden.

»Da scheint es ziemlich weit nach unten zu gehen«, sagte Gerrit. »Ist zu eng, um viel zu erkennen. Wahrscheinlich gibt es da unten eine Höhle, in der es wärmer ist.« *Eine Höhle voller riesiger bizarrer … Dinge, monströser Gebilde aus Stein und erstarrter Zeit und noch monströserer Kreaturen, die aus nichts anderem als Gestalt gewordener Erinnerung und alles verzehrendem Hass bestanden.*

»Unten muss es warm genug für sie sein, um zu überleben, aber irgendetwas hat sie herausgetrieben. Kannst du dir vielleicht vorstellen, was, Ben?«

Ben blinzelte mit einiger Mühe die furchtbare Vision weg und zuckte nur mit den Schultern: Die unheimlichen Bilder aus seinem Albtraum zogen sich nur widerwillig zurück, aber sie *zogen* sich zurück, doch was er stattdessen in der Wirklichkeit sah, das war auch nicht sehr viel angenehmer. Sein Magen begann zu revoltieren, als Gerrit den Strahl der Taschenlampe über die verendeten Spinnen gleiten ließ, die den Fels wie ein vereister, dünner werdender Teppich bedeckten. Er korrigierte seine Schätzung von gerade um ein gehöriges Stück nach oben. Es waren nicht Dutzende von Spinnen, sondern Hunderte. Die meisten davon waren winzig, aber es waren auch ein paar wahre Riesen darunter. Ben hatte noch nie besondere Probleme mit Spinnen oder anderem Ungeziefer gehabt, aber dieser Anblick war dennoch fast mehr, als er ertragen konnte.

»Wow!«, machte Gerrit plötzlich. »Hast du schon mal so ein hässliches Vieh gesehen?« Er leuchtete mit der Taschenlampe direkt in den Spalt, griff mit dem anderen Arm hinein und zog eine tote Spinne heraus, deren bloßer *Anblick* schon reichte, um Ben den Magen herumzudrehen. Ihr Körper war so groß wie ein Golfball, und hätte sie nicht im Tod die Beine wie die Finger einer verkrümmten Hand an den Leib gezogen, so wäre ihre Spannweite vermutlich mindestens so groß gewesen wie die einer kräftigen Männerhand.

Aber es war nicht nur ihre pure Größe, die es Ben beinahe unmöglich machte, sie anzusehen. Irgendetwas an ihr war … auf schreckliche Weise *falsch.*

»Diese kleine Schönheit nehmen wir mit«, sagte Gerrit grimmig. »Ich bin doch gespannt, was Ramanov dazu sagt. Ob er jetzt immer noch behauptet, es gäbe hier keine Spinnen?«

Er verstaute die tote Spinne in einer Plastiktüte, die er aus der Jackentasche zog, steckte sie ein und förderte in der gleichen Bewegung eine kleine Digitalkamera zutage, mit der er ein paar Fotos machte. Erst dann erhob er sich und deutete zur Basis zurück. »Komm. Gehen wir.«

8

NACH DER GRAUSAMEN KÄLTE – auch wenn sie ihr in Wahrheit nur wenige Augenblicke ausgesetzt gewesen waren – kam es Ben in der Basis schon fast erstickend warm vor. Bereits auf halbem Weg zurück zur Messe zog er seine Jacke aus und warf sie sich über die Schulter, und am liebsten hätte er sich auch der gefütterten Stiefel entledigt, was er auch tat, kaum dass sie wieder in der Kantine waren.

Als er sich wieder zu den anderen herumdrehte und in derselben Bewegung in seine ausgelatschten Turnschuhe schlüpfte, hatte auch Gerrit seine Polarausrüstung abgelegt und sorgte gerade unter viel Klirren und Scheppern für freien Platz auf einem der Tische. Tahia brachte mit einer hastigen Bewegung ihren Laptop in Sicherheit, auf dessen eingeschaltetem Monitor noch immer wechselnde Bilder der Korridore und Gänge der Station zu sehen waren, und die anderen kamen neugierig näher.

»Wir haben euch etwas mitgebracht«, verkündete Gerrit in unangemessen fröhlichem Ton. Er wartete, bis er sich der allgemeinen Aufmerksamkeit auch wirklich sicher sein konnte, dann zog er die Plastiktüte mit der tiefgefrorenen Spinne aus der Tasche seiner weißen Thermojacke und ließ sie aus einem guten halben Meter Höhe auf den Tisch fallen. Es klang, als enthielte die Tüte einen massiven Stein.

»Hat einer von euch schon mal so ein hässliches Vieh gesehen?«, fragte er.

»Igitt!«, machte Tahia, als er die Tüte aufriss und der Kadaver der toten Spinne darunter zum Vorschein kam. Die anderen sagten gar nichts, aber Tooth wurde ein wenig blass und die anderen zogen sich hastig ein kleines Stück von der Tischplatte zurück – bis auf den Dunkelhaarigen, der Ben schon vorhin den kleinen Vortrag über Spinnen auf dem Mount Everest und dem Meeresgrund gehalten hatte. Er zog zwar ebenfalls eine leicht angewiderte Grimasse, beugte sich aber dennoch vor und betrachtete das tote Tier sehr aufmerksam.

»Das ist nicht nur ein außergewöhnlich großes Exemplar –«

»– sondern auch ein besonders hässliches Mistvieh«, ergänzte Tooth.

»Das auch«, bestätigte sein Kamerad, schüttelte aber zugleich den Kopf. »Doch vor allem ist sie auch seltsam.«

»Kann man so sagen«, feixte Tooth.

»Fällt dir nichts auf, Blödmann?«

Tooth beugte sich ein kleines Stück vor. »Nö, was denn?«

»Mach es nicht so spannend, Frank«, sagte Gerrit. »Was ist los?«

Der Söldner machte zwar ein entschuldigendes Gesicht, deutete aber trotzdem mit einer übertrieben dramatischen Geste auf die tote Spinne und wandte sich dann in schulmeisterlichem Ton an Tooth. »Zähl doch mal die Beine, Einstein.«

»Hä?«, machte Tooth.

»Wie viele Beine hat eine normale Spinne?«

»Acht«, antwortete Tooth. »Was soll das?«

»Acht, eben«, sagte Frank. »Und wie viele hat die hier?«

»Zehn«, antwortete Tahia an Tooths Stelle. Sie klang verwirrt.

Selbst Ben trat – wenn auch widerwillig – näher und betrachtete die tote Spinne noch einmal genauer. Frank hatte Recht: Das Tier besaß *fünf* Beinpaare statt der normalen vier, und das war längst nicht alles. Draußen im Schnee hatte er es auf das Eis geschoben und vielleicht noch die seltsamen Lichtverhältnisse, aber die tote Spinne war tatsächlich *weiß*; von einem so strahlenden, unnatürlichen Weiß, dass es fast in den Augen schmerzte, es anzusehen. Außerdem wirkten ihre Proportionen auf unmöglich in Worte zu fassende Weise verschoben – und zwar in eine Richtung, die es gar nicht gab. Es war unheimlich. Furcht einflößend.

»So ein Tier habe ich noch nie gesehen«, murmelte Frank. »Ich meine: Ich bin kein Spezialist für Insekten, aber seht euch die Augen an.«

»Was ist damit?«, fragte Gerrit.

»Es sind keine Insektenaugen. Und dann der Hinterleib! Diese Spinndrüsen sind riesig.«

»Das mag ja ganz spannend sein«, sagte Gerrit, »aber was nutzt uns das?«

Niemand antwortete, doch Tahia beugte sich plötzlich zur Seite, zog ein Messer aus dem Stiefelschaft und berührte die tote Spinne mit der Spitze der gewellten Klinge. »Sagt mal, fällt das sonst niemandem auf?«

»Was denn?«, antwortete Gerrit.

Tahia bewegte das Messer und brach eines der verkrümmten Spinnenbeine ab.

»He!«, protestierte Gerrit. »Was tust du da?«

Tahia legte das Messer aus der Hand, griff stattdessen nach dem Spinnenbein und brach es in zwei kleinere Teile. Nicht nur Ben riss ungläubig die Augen auf.

»Eis«, sagte Tahia. »Das ist kein totes Tier. Das ganze verdammte Ding besteht aus Eis.«

Für einen Moment wurde es sehr still. Alle starrten die vermeintliche Spinne an, und auch Ben beugte sich noch ein bisschen weiter vor. Es fiel ihm noch immer schwer, das unheimliche Geschöpf anzusehen, doch nachdem er seinen Widerwillen niedergekämpft und den harten Klumpen in seinem Hals hinuntergeschluckt hatte, fielen ihm noch mehr Besonderheiten auf. Das abgebrochene Spinnenbein, dessen zwei Hälften Tahia nun auf ihre Handfläche gelegt hatte, bestand ganz zweifellos aus Eis. Tatsächlich begann es bereits zu schmelzen, wo es ihre warme Haut berührte. Aber es war unglaublich *echt.* Jedes noch so winzige Härchen war an Ort und Stelle, und an den Bruchteilen waren sogar die Muskelfasern und Sehnen und zerrissene Blutgefäße zu erkennen.

»Aber das ist doch … unmöglich«, murmelte Gerrit. »Ich meine, wer … wer kann so etwas anfertigen? Und vor allem, warum?«

»Wer sagt dir denn, dass es jemand *angefertigt* hat?«, fragte Ben.

Im ersten Moment sagte niemand etwas, alle starrten ihn nur mehr oder weniger betroffen an, aber dann lachte Tooth abfällig und sagte in höhnischem Tonfall: »O ja, so wie deine Eisungeheuer, wie?«

Niemand fiel in sein Lachen ein, und nach eine paar weiteren Sekunden sagte Tahia sehr nachdenklich: »Es beginnt schon zu schmelzen.«

»Und?«, fauchte Tooth. »Das hat Eis so an sich.«

»In ein paar Minuten ist das ganze Ding verschwunden, wenn wir es nicht ins Tiefkühlfach legen«, fuhr die Söldnerin unbeeindruckt fort.

»Genau wie der Kerl, den wir aus dem Wasser gefischt haben«, fügte Gerrit hinzu.

Tooth schnaubte wütend. »Jetzt ist es aber genug. Dreht ihr jetzt kollektiv durch? Wollt ihr mir jetzt allen Ernstes erzählen, dass es hier spukt und eine böse Hexe dieses Vieh in Eis verwandelt hat und die Kerle auf der *Princess* gleich mit?«

Ben wollte etwas dazu sagen, doch Gerrit kam ihm zuvor. »Natürlich nicht. Es gibt bestimmt eine andere Erklärung. Aber dass hier etwas nicht mit rechten Dingen zugeht, das steht ja wohl fest. Und wir sollten langsam herausfinden, was.« Er machte eine grimmige Kopfbewegung auf die Eisspinne. »Wir packen das Ding ins Tiefkühlfach, und dann stelle ich Zar Iljitsch ein paar Fragen. Und ich hoffe für ihn, dass er ein paar verdammt gute Antworten parat hat!«

Die Tür flog auf, und Ramanov stürmte herein, gefolgt von den beiden Wissenschaftlern, die Ben schon am ersten Tag in der Zentrale gesehen hatte, einem weiteren, ihm unbekannten Mann in einem weißen Kittel – und mit der Statur eines Preisboxers – und Bens Vater. »Darauf können Sie sich verlassen, mein Freund«, fauchte er. »Und Sie können diese Fragen auch gleich hier und jetzt stellen, das spart uns allen eine Menge kostbarer Zeit!« Mit einem Gesichtsausdruck und einem Blick, als hielte er sich selbst für einen besonders schlecht gelaunten Nachfahren Rasputins, stampfte Ramanov zum Tisch, scheuchte Frank, der ihm im Weg stand, mit einer unwilligen Geste zur Seite und versuchte dasselbe mit Tooth, allerdings mit wenig Erfolg: Mr Dentagard hielt seinem Blick gelassen stand, grinste herausfordernd und verschränkte die Arme vor der Brust. Ramanov funkelte ihn zornig an, aber schließlich beugte er sich umständlich zur Seite, um die tote Spinne zu begutachten.

»Interessant.«

»Ja, das finden wir auch«, sagte Gerrit. »Draußen liegen noch sehr viel mehr davon. Sie haben nicht zufällig eine Ahnung, wer sie gemacht hat?«

Ramanov blinzelte. »Gemacht?«

»Das sind Skulpturen aus Eis. Und zwar die besten, die ich je gesehen habe.«

»Skulpturen?«, vergewisserte sich Ramanov. Er sah jetzt nicht mehr wütend aus, sondern eher so, als wisse er nicht genau, ob er im nächsten Augenblick explodieren oder vor Lachen laut herausplatzen sollte. Er tat jedoch weder das eine noch das andere, sondern nahm ohne das geringste Anzeichen von Ekel die tote Spinne in die Hand, betrachtete sie interessiert und winkte schließlich seinen Kleiderschrank-Kollegen heran. Die beiden steckten für einen Moment die Köpfe zusammen und unterhielten sich in einer Sprache, die Ben nicht verstand – kein Russisch –, dann legte Ramanov die tote Spinne behutsam in die Plastiktüte zurück und reichte sie seinem Kollegen, der sie wie einen Schatz in beiden Händen hielt.

»Das ist erstaunlich«, sagte Ramanov wieder an Gerrit gewandt. »Ein so außergewöhnliches Exemplar habe ich noch nie gesehen. Sie haben sie draußen gefunden, sagen Sie?«

»Da sind noch mehr davon«, bestätigte Gerrit grimmig. »Was immer diese Dinger auch sein mögen.«

Ramanov seufzte tief, bedachte Gerrit mit einem fast mitleidigen und Ben mit einem nicht fast, sondern ganz eindeutig zornigen Blick und seufzte dann noch einmal. »Lassen Sie mich raten, Sie Dummkopf. Jetzt glauben Sie, es wären Benjamins *Eismonster*. Dieselben, die die *Princess* überfallen haben – richtig?«

Ben warf seinem Vater einen beinahe flehenden Blick zu, aber der wandte sich ab und sah in eine andere Richtung.

»Auf jeden Fall ist das da kein normales Tier«, sagte Gerrit.

»Es ist ein *totes* Tier«, antwortete Ramanov.

»Das Ding besteht ganz und gar aus Eis«, sagte Tahia.

Ramanov seufzte noch einmal und noch tiefer. Kopfschüttelnd nahm er die beiden Teile des zerbrochenen Beines von ihrer Handfläche und zerbröselte sie genüsslich in mehrere kleinere Stücke. »Sehen Sie das? Das Tier ist gefroren. Schockgefroren, wenn Sie so wollen. Draußen herrschen Temperaturen von minus vierzig oder fünfzig Grad. Mindestens. Nachts oder in einem Sturm wird es sogar noch kälter. Ein so kleines Tier gefriert da in Sekundenbruchteilen. Alles erstarrt. Fleisch, Sehnen, Blut … alles erstarrt buchstäblich in einem Augenblick zu Eis. Und natürlich zerbricht es, wenn man zu grob damit umgeht. Sie hätten sich wohl ein wenig gründlicher über die Gegend informieren sollen, in die Sie Ihr nächster Auftrag führt, meine Liebe.«

»Und wieso sieht sie dann so komisch aus?«, fragte Frank. »Sie hat zu viele Beine und auch sonst …«

»Vielleicht eine Missgeburt«, antwortete Ramanov achselzuckend. »Das kommt unter so extremen Umweltbedingungen wie hier häufig vor.« Er wandte sich mit einem herablassenden Lächeln an Gerrit. »Aber möglicherweise ist es ja tatsächlich eine neue Spezies. Sollte es so sein, dann nenne ich Sie gerne als Entdecker.«

»Es gibt keine Spinnen am Südpol«, beharrte Frank.

»Sie würden sich wundern, was es hier alles gibt«, entgegnete Ramanov. Dann wandte er sich direkt an Ben und seine Augen verdunkelten sich vor Wut. »Du gibst nicht auf, wie? Allmählich ist meine Geduld erschöpft, mein Junge.«

»Das trifft sich gut«, fauchte Ben. »Meine nämlich auch. Ich will jetzt endlich wissen, was hier los ist. Und erzählen Sie mir nicht, dass das da nur eine ganz normale tote Spinne ist!«

Er deutete auf die Plastiktüte, die Ramanovs Kollege immer noch mit so ehrfürchtigem Gesicht auf den Händen balancierte, als enthielte sie die britischen Kronjuwelen.

Ramanov folgte seiner Geste. »Natürlich nicht«, sagte er gelassen. »Ein außergewöhnliches Exemplar, wie gesagt. Wir werden das untersuchen, keine Sorge. Aber ich habe langsam genug von deinen Hirngespinsten. Du kannst dir so viel Unsinn ausdenken, wie du willst, aber ich werde nicht zulassen, dass du die gesamte Basis verrückt machst.« Er drehte sich ärgerlich zu Gerrit um. »Und von Ihnen hätte ich ein bisschen mehr gesunden Menschenverstand erwartet. Wie leicht ist es eigentlich, Ihnen irgendeinen Unsinn einzureden.«

»Ich bin nicht sicher, dass es Unsinn ist«, begann Gerrit, wurde aber sofort wieder von Ramanov unterbrochen.

»Schweigen Sie! Ihre Inkompetenz reicht mir jetzt! Sobald der Funk wieder funktioniert, werde ich dafür sorgen, dass man Sie und Ihre so genannten Kollegen unverzüglich ablöst.« Er wandte sich wieder an Ben. »Du gehst jetzt in dein Quartier und wartest dort, bis ich entschieden habe, was weiter mit dir passiert.«

Ben verschränkte trotzig die Arme vor der Brust.

Ramanov seufzte und wandte sich mit einer fast resigniert wirkenden Geste an seinen Vater. »Doktor, bitte.«

»Sei vernünftig, Ben«, sagte sein Vater, noch immer ohne ihn direkt anzusehen. »Mach es dir nicht noch schwerer. Und mir.«

»Und Sie«, fuhr Ramanov wieder an Gerrit gewandt fort, »erwarte ich in einer Stunde in der Zentrale!«

Gerrit antwortete auch irgendetwas, aber Ben hörte schon gar nicht mehr hin. Er versuchte vergeblich, den Blick seines Vaters einzufangen, und ein Gefühl tiefer Bitterkeit machte sich in ihm breit. Es war nicht das erste Mal, dass er sich von seinem Vater im Stich gelassen fühlte, aber das Gefühl war noch nie so intensiv gewesen. Es hatte noch nie so *weh*getan. Er fühlte sich weniger im Stich gelassen als *verraten.*

Er sah sich nicht einmal mehr nach Gerrit und den anderen um, sondern folgte seinem Vater auf den Gang hinaus, doch als er die Tür hinter sich zuzog, wurde es dahinter so laut, dass er die Worte zwar nicht mehr verstand, Ramanovs hysterische Stimme aber ohne Probleme selbst durch die geschlossene Tür drang.

Erst danach bemerkte er, dass er nicht allein mit seinem Vater war. Van Staaten stand in ein paar Schritten Entfernung da und wusste weder wohin mit ihren Händen noch mit ihrem Blick.

»Und jetzt?«, fragte er feindselig.

Sein Vater wollte etwas sagen, doch van Staaten brachte ihn mit einer raschen Bewegung zum Schweigen und antwortete an seiner Stelle; allerdings erst, nachdem sie einen nervösen Blick zur Korridordecke geworfen hatte. »Jetzt gehen wir erst einmal in dein Zimmer, und dann reden wir. Oder besser in meines. Dort ist mehr Platz.«

»Was gibt es denn noch zu besprechen?«, fragte Ben bitter und an seinen Vater gewandt. »Es ist ja wohl alles klar, oder? Ich meine: Du hast gerade ziemlich deutlich klar gemacht, auf welcher Seite du stehst.«

»So einfach ist das nicht, Ben«, sagte sein Vater leise. Er versuchte es, aber er hatte immer noch nicht die Kraft, ihm in die Augen zu sehen. »Ich kann es dir erklären, aber –«

»Danke, das ist nicht nötig«, unterbrach ihn Ben zornig. »Ich glaube, ich verstehe genug.« Wutentbrannt wollte er herumfahren, doch van Staaten vertrat ihm den Weg, schüttelte den Kopf und legte ihm zugleich beruhigend die Hand auf die Schulter. »Ich kann verstehen, dass du jetzt wütend bist. Ich an deiner Stelle wäre es wahrscheinlich auch. Aber du musst jetzt vernünftig sein.« Ihr Blick irrte wieder fast ängstlich zur Decke, und Ben hätte schon blind sein müssen, um nicht zu begreifen, dass das, was sie sagte, und das, was sie eigentlich sagen *wollte,* zwei grundverschiedene Dinge waren.

»Also gut«, meinte er schließlich. »Gehen wir.«

Als sie sich umwandten und losgingen, wurde Ramanovs Stimme hinter der geschlossenen Tür noch lauter.

9

WIE SICH HERAUSSTELLTE, war van Staatens Zimmer zugleich auch der Behandlungsraum, den Ben schon von Tahias Laptop-Monitor kannte. Aus einem normalen, menschlichen Blickwinkel und nicht von unter der Decke aus betrachtet, wirkte der Raum noch deutlich größer, und die Einrichtung war tatsächlich so supermodern, wie Ben vorhin gedacht hatte. Abgesehen von seiner Größe hätte es auch der Behandlungsraum eines modernen Krankenhauses in einer x-beliebigen Großstadt irgendwo auf der Welt sein können, bis hin zu einem kompletten Operationstisch, der mit einer halb durchsichtigen Kunststoffplane abgedeckt in einer Ecke stand und auf einen Pechvogel wartete, der van Staatens Hilfe benötigte. Ein ganz sachter Krankenhausgeruch hing in der Luft, und überall blitzte polierter Chrom und warteten abgeschaltete Monitore darauf, zu hektisch blinkendem Leben zu erwachen. Dennoch spürte man zugleich auch die Hand einer Frau, die diesem Raum mit wenigen, aber geschickt eingesetzten Accessoires eine fast anheimelnde Atmosphäre verliehen hatte: An der Wand neben der Tür hing die unvermeidliche Abbildung eines schichtweise gehäuteten Menschen, bei dem Muskeln, Knochen und die inneren Organe sichtbar waren, daneben aber auch ein liebevoll gerahmter Kunstdruck eines Renoir; neben einer Ansammlung in durchsichtiges Cellophan eingeschweißter und pedantisch ausgelegter, verchromter chirurgischer Instrumente stand eine Vase mit Blumen, die Ben erst auf den dritten Blick als künstlich erkannte, und die sterile Behandlungsliege war mit einer bunten Patchwork-Decke verziert, von der er annahm, dass van Staaten sie selbst gemacht hatte.

Die dunkelhaarige Ärztin deutete seinen prüfenden Blicke offensichtlich falsch, denn sie wies zwar mit einer einladenden Geste auf den Tisch, an dem Ben sie vorhin zusammen mit seinem Vater gesehen hatte, machte zugleich aber auch ein um Verzeihung heischendes Gesicht. »Tut mir leid, wenn ich euch in meinem Behandlungszimmer empfangen muss«, sagte sie fast verlegen. »Aber mein eigenes Zimmer ist zu klein für Besuch.« Sie deutete auf eine schmale Tür am anderen Ende des Raumes, von der Ben bisher ganz automatisch angenommen hatte, dass sich dahinter ein Waschraum oder die Toilette verbarg. »Ich könnte schon einen Gast haben, aber dann müsste ich draußen bleiben.«

Ben tat ihr nicht den Gefallen, auch nur mit einem höflichen Lächeln auf diesen unzulänglichen Versuch zu reagieren, die Spannung zu lösen, sondern sah sie nur einen Moment lang ausdruckslos an. Er folgte auch ihrer Einladung nicht, sich zu setzen, sondern wandte sich nach einer schier endlosen Sekunde ab und begann in dem kleinen Raum auf und ab zu gehen, um die diversen Gerätschaften und Computer einer eingehenderen Inspektion zu unterziehen. Nicht dass er auch nur bei einem nennenswerten Bruchteil davon verstanden hätte, wozu sie dienten. Bei etlichen der chirurgischen Instrumente *wollte* er sich gar nicht vorstellen, was man damit machte. Aber er hatte sich schon immer für Technik interessiert, und der Anblick all der Knöpfe und Schalter und Tastaturen und Monitore half ihm, seine Gedanken ein wenig zu beruhigen. Schließlich blieb er vor einem Tablett mit mindestens einem Dutzend rasiermesserscharf aussehender Skalpelle unterschiedlicher Größe stehen, nahm eines davon in die Hand und drehte es nachdenklich in den Fingern (die Frage, an welcher Stelle von Ramanovs Körper er es am effektivsten einsetzen könnte, drängte sich ihm auf), bevor er es sorgsam wieder zurücklegte und sich herumdrehte.

Sein Vater hatte mittlerweile Platz genommen und starrte ins Leere, aber van Staaten stand noch immer neben der Tür und sah so verlegen aus wie zuvor. »Ich bin Chirurgin«, erklärte sie mit einem verunglückten Lächeln. »Wir schneiden gerne, weißt du?«

Ben blieb immer noch ernst. Er verstand ihre Bemühungen, ja, er wäre sogar froh gewesen, sich genauso verhalten zu können, aber er konnte es einfach nicht.

Du musst aufwachen! Sie sind fast da!

Er versuchte es wenigstens. »Aber Sie kommen nicht sehr oft dazu«, vermutete er. Auf nicht wenigen der durchsichtigen Plastikhauben, mit denen ein Großteil der Geräte abgedeckt war, hatte er Staub entdeckt, und manche sahen aus, als wären sie seit Monaten nicht mehr benutzt worden.

»Gott sei Dank«, antwortete van Staaten. »Ich habe nicht viel zu tun … und das ist mir auch nur lieb. Wusstest du nicht, dass Ärzte und Polizisten so ziemlich die einzigen Berufsgruppen sind, deren Job darin besteht, sich selbst überflüssig zu machen?«

»Sie meinen, hier wird niemand krank?«

Van Staaten nickte und brachte dabei das Kunststück fertig, es irgendwie wie eine Verneinung aussehen zu lassen. »Ramanov lässt jeden Dritten standrechtlich erschießen, der sich krankmeldet. Da überlegen sie es sich natürlich sehr genau, bevor sie zu mir kommen.«

Jetzt lächelte Ben zwar knapp, sah aber gleichzeitig zur Decke hoch. Die Überwachungskamera, die es hier gab, versuchte erst gar nicht, ihre Anwesenheit zu verhehlen, sondern hing deutlich sichtbar in einem Winkel hoch oben an der Wand. Van Staaten schüttelte jedoch beruhigend den Kopf, als er sie fragend ansah.

»Das hier ist eine Arztpraxis. Alles, was hier gesprochen wird, unterliegt der ärztlichen Schweigepflicht. Die Kamera ist abgeschaltet.«

»Nein«, antwortete Ben. »Ist sie nicht.«

Van Staaten sah ihn einen Moment lang verdutzt an, dann wanderte ihr Blick zu der Patchwork-Decke auf der Liege, und ein ziemlich betroffener Ausdruck machte sich auf ihrem Gesicht breit. Für eine Sekunde oder zwei, dann machte er wiederum dem grimmiger Entschlossenheit Platz. Wortlos zog sie eine Schublade auf, nahm ein Stück Heftpflaster heraus und griff sich im Vorbeigehen einen Stuhl, den sie direkt unter der Kamera aufstellte. Da sie nicht gerade groß gewachsen war, musste sie sich trotzdem noch auf die Zehenspitzen recken, um das Heftpflaster auf das Objektiv der Kamera zu kleben.

»So«, sagte sie, als sie wieder festen Boden unter den Füßen hatte. »Jetzt *ist* sie abgeschaltet.«

Ben hob nur die Schultern.

»Ach übrigens«, fuhr van Staaten unsicher fort, als das Schweigen zwischen ihnen abermals erdrückend zu werden begann. »Lass mich mal deine Füße sehen.«

»Ich habe heute noch nicht geduscht.«

»Ich bin Ärztin, und am Ende der Welt mit über zwanzig Männern eingesperrt, von denen einige nicht einmal wissen, was eine Dusche ist. Das gute Dutzend Frauen ist nur wenig besser. Ich bin also Kummer gewohnt.« Sie deutete – befehlend – auf die Patchwork-Liege. *Über zwanzig Männer? Gutes Dutzend Frauen?*

Ben gehorchte schweigend, schüttelte die viel zu großen Schuhe von den Füßen, und van Staaten riss ungläubig die Augen auf, noch bevor sie sich ganz vor ihm auf ein Knie herabgelassen hatte. »Was … was hast du gemacht?«, murmelte sie stockend.

»Ich? *Sie* haben doch gesagt, dass ich mir keine Sorgen zu machen brauche.«

Van Staaten starrte seine vollkommen unversehrten Zehen an »Es ist gerade mal vierundzwanzig Stunden her. Das ist eigentlich unmöglich.«

»Wäre es Ihnen lieber, wenn mir die Zehen abfallen würden?«, fragte Ben.

Van Staaten antwortete vorsichtshalber nicht darauf, erhob sich und ging zu einem Schubladenschrank, aus dem sie frisches Verbandszeug herausnahm – allerdings nur, um es ratlos anzustarren und dann, nach einem weiteren irritierten Blick auf seine nackten Füße, in die Schublade zurückzulegen. »Wir müssen andere Schuhe für dich besorgen.«

»Ist das ein ärztlicher Rat?«

»Nur ein Vorschlag. Es sei denn, du möchtest weiter aussehen wie ein Hobbit.« Sie seufzte und setzte sich neben seinen Vater. »Also gut, darüber mache ich mir später Gedanken. Was war gerade zwischen Ramanov und dir los?«

»Was soll los gewesen sein?«, erwiderte Ben. Er sah seinen Vater dabei an, nicht van Staaten, und wartete auf irgendeine Reaktion, aber sie kam nicht. Er war nicht einmal sicher, ob er die Worte überhaupt gehört hatte. »Er hat es anscheinend nicht so gern, wenn jemand zu viele Fragen stellt.«

»Das kommt ganz auf die Fragen an«, antwortete van Staaten. Sie machte eine unwillige Geste, als Ben widersprechen wollte. »Du musst Ramanov verstehen. Ich bin wirklich nicht sein allergrößter Fan, aber er hat im Augenblick eine Menge Ärger am Hals. Wenn er da etwas überreagiert, kann ich das durchaus nachvollziehen.«

Ben sagte nichts dazu, schon um van Staaten nicht Unrecht zu tun. Er war im Moment nicht in der Stimmung, *gerecht* zu sein.

»Was war los?«, fragte van Staaten wieder.

Ben erzählte es ihr, zwar knapp und schon fast einsilbig, aber dennoch in allen wichtigen Details, und van Staaten hörte offensichtlich aufmerksam zu. »Interessant«, sagte sie schließlich. »Und jetzt glaubst du, diese … *Eisspinnen* hätten etwas mit dem Vorfall auf der *Princess* zu tun. Und Ramanov weigert sich einfach, diesen Zusammenhang zu erkennen. Das denkst du doch.«

»Sie sind Ärztin«, stellte Ben überflüssigerweise fest. »Sie sollten wissen, was für einen Quatsch Ramanov geredet hat.«

»Weißt du, welche Temperaturen dort draußen herrschen?«, fragte van Staaten, statt auf seine letzte Bemerkung einzugehen. »Es ist nicht nur die reine Kälte. Es ist die *Schnelligkeit*, mit der die Temperaturen fallen. Wenn der Wind ungünstig steht, können sie innerhalb von Sekunden um dreißig oder vierzig Grad sinken. Ich habe schon Pechvögel auf meinem Tisch gehabt, die regelrecht *explodiert* sind. Wasser dehnt sich aus, wenn es gefriert.«

»Auf der *Princess* war es nicht so kalt«, erwiderte Ben.

»Auf der *Princess* …«, begann van Staaten, brach ab, schüttelte den Kopf und wandte sich mit einem leisen Seufzen an Bens Vater. »Robert.«

Robert? Ben sah seinen Vater durchdringend an. *Das ging aber schnell.*

Immerhin reagierte sein Vater auf die Anrede, vielleicht auch darauf, dass van Staaten die Hand ausstreckte und in einer vertraulichen Geste auf seine Rechte legte. So benommen, als wäre er gerade aus einem tiefen Schlaf erwacht und hätte Mühe, sich in der Wirklichkeit zurechtzufinden, drehte er den Kopf und sah Ben traurig an.

»Verdammt noch mal, du *weißt* doch, was auf der *Princess* passiert ist«, begehrte Ben auf.

»Ich weiß nicht, was passiert ist«, murmelte sein Vater. »Alles war so …«

»Verrückt?«, schlug Ben vor, als sein Vater nicht weitersprach. »Sag es ruhig. Das ist doch schließlich dein Fachgebiet.«

Er bedauerte die Worte schon, bevor er auch nur richtig *angefangen* hatte sie auszusprechen, aber er konnte sie auch nicht zurückhalten. Für einen Moment saugte sich sein Blick regelrecht an van Staatens Hand fest, die auf der seines Vaters lag.

Sein Vater schaute ihn an und zog den Arm so hastig zurück, als hätte er glühendes Eisen berührt. Fast fluchtartig sprang er auf, fuhr herum und stürmte aus dem Zimmer.

»Das war ziemlich unfair von dir«, sagte van Staaten leise.

Bens Augen begannen plötzlich zu brennen und in seinem Hals war ein bitterer Kloß, an dem er fast zu ersticken glaubte. »Meine Mutter ist –«

»Tot«, fiel ihm van Staaten mit deutlich erhobener Stimme ins Wort. »Sie ist gestorben, vor euren Augen, und wenn du das nicht zugeben willst oder kannst, dann verstehe ich das. Aber das gibt dir nicht das Recht, so mit deinem Vater zu reden.«

»Ach?«, fragte Ben kalt. Er starrte ihre Hand an.

»Es gibt überhaupt keinen Grund für deine idiotische Eifersucht«, sagte van Staaten kühl. »Dein Vater hat sich nicht an mich herangemacht, falls du das glaubst, oder gar ich mich an ihn.«

Ben starrte weiter ihre Hand an, bis sie sie schließlich zur Faust ballte und in ihren Schoß legte.

»Dein Vater ist ein verzweifelter Mann, der Hilfe braucht. Auch das gehört zur Aufgabe eines Arztes, weißt du?«

Vielleicht hatte sie sogar Recht, dachte Ben. Aber das *wollte* er sich einfach nicht eingestehen.

Ohne ein weiteres Wort stand er auf, schlüpfte in seine viel zu großen Schuhe und verließ das Zimmer, um in sein eigenes Quartier zurückzugehen.

Er kam allerdings nur wenige Schritte weit. Noch bevor er die nächste Gangkreuzung erreichte und damit Gefahr lief, sich in den ebenso labyrinthischen wie gleichförmigen Korridoren der Basis zu verirren, kamen ihm Ramanov und Gerrit entgegen. Ben trat zur Seite und wartete darauf, dass sie an ihm vorübergingen, doch stattdessen blieb Ramanov ebenfalls stehen und maß ihn mit einem Blick, als hielte er ihn für noch hässlicher und Ekel erregender als Gerrits tote Spinne. Nach zwei oder drei Sekunden wandte er sich jedoch nur an den Söldner und sagte knapp: »Sie wissen, was Sie zu tun haben.« Und ging.

Ben wartete, bis er ganz sicher war, dass sich Ramanov nicht mehr in Hörweite befand, dann fragte er: »Was genau sollst du tun? Mich nackt draußen im Schnee aussetzen und abwarten, bis ich erfroren bin?«

»Nur darauf achten, dass du in dein Zimmer gehst«, antwortete Gerrit.

»Und auch da bleibe«, vermutete Ben.

Gerrit hob die Schultern, und Ben zögerte ganz bewusst einen Augenblick länger, als nötig gewesen wäre, ehe er sich herumdrehte und losging. Genauer gesagt: Losgehen *wollte.* Gerrit legte ihm rasch die Hand auf die Schulter und schüttelte den Kopf. »Da lang«, sagte er und deutete in die entgegengesetzte Richtung.

Ben sah ihn zwar fragend an, setzte sich aber gehorsam in Bewegung und folgte dem jungen Söldner.

Der Weg war nicht weit. Nach zwei weiteren Gangkreuzungen blieb Gerrit stehen, musterte die grauen Kunststofftüren eine Sekunde lang nachdenklich und drückte dann eine Klinke herunter; Ben hatte das Gefühl, ziemlich wahllos. Der Raum dahinter war hell erleuchtet und überraschend groß und wohnlich eingerichtet, bis hin zu einem Fernseher und einer kompletten DVD- und Musikanlage. Eine offen stehende Verbindungstür gab den Blick auf das angrenzende Bad frei.

»Bin ich befördert worden?«, fragte Ben erstaunt.

Statt zu antworten bugsierte Gerrit ihn mit sanfter Gewalt durch die Tür, drückte sie hinter sich zu und zog noch in der gleichen Bewegung einen Ring mit einem Dutzend unterschiedlich großer Inbusschlüssel aus der Tasche.

»He!«, protestierte Ben, als Gerrit mit raschen Bewegungen daranging, den Griff auf der Innenseite abzumontieren. »Was soll denn das?«

»War nicht meine Idee«, verteidigte sich Gerrit. Das Bedauern in seiner Stimme klang echt, hinderte ihn aber nicht daran, den Griff abzumontieren und sich hinterher in die Hocke sinken zu lassen, um in das nun offen daliegende Schloss zu linsen. »Befehl des Zaren.«

»Ramanov?«, vergewisserte sich Ben. »Du meinst, er will, dass ich hier … *gefangen* bleibe?«

»Wenn du es so nennen willst.« Gerrit stand auf und begann den abgeschraubten Türgriff linkisch in den Händen zu drehen. »Ramanov möchte nur sichergehen, dass du nicht allein durch die Basis irrst und dabei womöglich zu Schaden kommst.«

»Aha.«

»Das waren seine Worte.«

»Und wenn mir etwas passiert? Wenn ich einen Herzinfarkt kriege oder ein Feuer bricht aus oder von der Decke fallen plötzlich Killerkakerlaken vom Mars, die mich attackieren?«

Gerrit deutete auf ein altmodisches Tastentelefon, das auf einem kleinen Tischchen neben dem Bett stand. »Der Apparat funktioniert. Wenn du die Eins wählst, geht einer von uns ran. Aber übertreib es nicht, wenn du nicht willst, dass Ramanov ihn abschalten lässt. Er wartet nur auf einen Vorwand.«

»Das heißt also, ich stehe unter Arrest«, sagte Ben bitter. »Wie lange?«

»Das weiß ich nicht. Sobald die Funkverbindung wieder steht, wird er jemanden anrufen, der deinen Vater und dich abholt, nehme ich an.«

»Und euch gleich mit«, vermutete Ben. Gerrit ignorierte die Bemerkung und deutete auf die Kochnische, die zu dem Zimmer gehörte.

»Der Kühlschrank ist voll, und einmal am Tag kommt einer von uns vorbei und sieht nach dem Rechten.«

»Hauptsache, die Minibar ist immer gut gefüllt«, sagte Ben spöttisch. »Ich bin nämlich ziemlich anspruchsvoll, was den Zimmerservice angeht.«

Gerrit wandte sich um und wollte gehen, scheiterte jedoch an dem nicht mehr vorhandenen Türgriff, den er selbst abgebaut hatte. Nachdem es ihm endlich gelungen war, die Tür zu öffnen, indem er den Griff kurzerhand wieder aufsteckte, rief Ben ihn noch einmal zurück. »Tust du mir noch einen Gefallen, bevor du rausgehst und die Tür hinter dir zumauerst?«

Gerrit drehte sich halb zu ihm um, den Griff wieder in der Hand. »Wenn ich es kann.«

»Sieh zwischendurch nach Sasha.«

»Das werde ich«, versprach Gerrit und ging. Die Tür fiel hinter ihm mit einem hörbaren Klicken ins Schloss.

10

DIESMAL DAUERTE DER STURZ ENDLOS. Ben sah die Schneewehe tief – unendlich tief – unter sich und wartete auf den Aufprall, aber er kam nicht. Stattdessen fand er sich urplötzlich in einer Wolke aus auseinander stiebendem, erstickendem Schnee auf dem Rücken liegend und nach Luft ringend wieder, nur dass es kein Schnee war, sondern Millionen und Millionen und Millionen winziger Spinnen aus Eis, die eilig umherwuselten und auf eisigen Beinen über seinen Körper huschten, seine Hände und sein Gesicht erkundeten …

Angeekelt wischte er sie fort, und die Spinnen verwandelten sich wieder in glitzernde Eiskristalle und Schnee, die so dicht um ihn herumwirbelten, dass er kaum etwas sah und ihm das Atmen schwer wurde. Trotzdem registrierte er, dass er sich wieder in der großen Höhle befand, in der er Sasha das letzte Mal gesehen hatte. Und da waren auch Sashas Fußabdrücke; sie begannen nur ein Stück neben ihm und verloren sich dann in der Weite des gigantischen Felsendoms. Von ihr selbst war keine Spur zu sehen, so wenig wie von dem Drachenmann, auf den er bei seinem letzten Besuch in dieser Welt jenseits der Realitäten getroffen war, aber er spürte die Nähe der einen so wie die des anderen. Und er fühlte Sashas Angst.

Rings um ihn herum hob nun ein sonderbares, helles Klingen und Knistern an, und er konnte spüren, wie sich der Schnee unter ihm rührte; nicht so, als gäbe die Schneewehe unter seinem Gewicht allmählich nach, sondern als bewege sich jede einzelne Flocke und jeder Kristall in eine andere Richtung, sodass er weiter nach unten zu rutschen begann, während sie Beinchen und Augen und mikroskopisch feine, aber tödlich scharfe, schnappende Scheren und Kiefer entwickelten, die gierig nach seiner Kleidung und seiner nackten Haut tasteten und bissen.

Ben schloss die Augen, und das Klingen und Tönen erlosch ebenso wie die wuselnde Bewegung

Als er die Augen wieder öffnete, hatte sich auch der Schnee zu Boden gesenkt, sodass er seine Umgebung genauer erkennen konnte. Er war tatsächlich wieder in der Höhle, in der er auf Sasha und den Drachenmann getroffen war, zugleich aber auch nicht. Vielleicht hatte sie sich auch nur verändert und vielleicht tat sie das immer noch, denn irgendwie war dieser Traum radikal anders als die, die er bisher gehabt hatte: Er war bizarr und Furcht einflößend und durch und durch grauenhaft, aber irgendwie auch … wahrhaftiger. Als entwickle er sich mehr und mehr zu etwas, was nicht mehr ganz ein Traum war, aber auch noch keine Realität, sondern etwas anderes, das im Schattenreich zwischen Wirklichkeit und Irrsinn wohnte und mit unsichtbaren Klauen an den Mauern seines Gefängnisses kratzte.

Ben schüttelte auch diesen Gedanken ab und setzte sich behutsam weiter auf. Für die Dauer eines halben Atemzuges hob das Klingen und Tönen wieder an und das Tasten winziger Beinchen und Kiefer.

Ben verbot sich diese Vorstellung, und der Schnee war wieder Schnee.

Aber seine rechte Hand schmerzte. Behutsam stand er vollends auf und entfernte sich zwei oder drei Schritte von der Schneewehe, bevor er den Handschuh mit den Zähnen herunterzerrte und seine Hand betrachtete. Trotz des dicken Handschuhs war seine Haut rot vor Kälte und prickelte, denn der pulverfeine Schnee war längst unter seine Kleidung gedrungen. Hier und da sah er einen einzelnen Blutstropfen, als wäre es gar kein Schnee gewesen, sondern gemahlenes Glas oder staubfeiner Diamant, der seine Haut aufgeschmirgelt hatte; oder schnappende Scheren und Kiefer …

Er spürte, wie der unheimliche wispernde Chor wieder einsetzen wollte, und als hinter seinem Rücken die Ahnung einer Bewegung anhob, streifte er den Handschuh rasch wieder über und ballte die Hand zu einer trotzigen Faust, ehe er seinen Weg fortsetzte, und hinter ihm wurde es wieder still.

Hilf mir, Ben! Sie sind fast da!

Er war sicher, sich die Stimme nicht nur einzubilden, und er erkannte sie auch sofort und jenseits allen Zweifels.

Die Höhle war nun keine Höhle mehr, sondern wieder der gigantische Eisendom, in den sich der Maschinenraum der *Princess* verwandelt hatte … aber es gab jetzt keine Maschinen mehr, sondern … Dinge. Gebilde, die groteske Häuser sein konnten, vielleicht auch Nester oder auch andere, unsagbare Monstrositäten, vor denen sein Blick zurückschrak wie eine Hand vor rot glühendem Eisen. Sashas Fußspuren brachen nur ein kleines Stück vor ihm ab, aber er erkannte immerhin die Richtung, in die sie sich entfernt hatte; tiefer hinein in den eisernen Dom und die Schatten aus lebendig gewordener Vergangenheit, die ihn erfüllten.

Er folgte ihr. Es erwies sich als einfacher, als er befürchtet hatte: Sashas Spur tauchte zwar nicht wieder auf, aber es gab im Grunde nur einen einzigen Weg, den sie genommen haben konnte. So sinnverdrehend die traumdiktierte Topografie dieses unreinen Ortes auch war, führte doch nur ein möglicher Pfad zwischen den zyklopischen Konstruktionen und Gebäudestümpfen hindurch, die sich unter der dräuenden Decke der Kuppel duckten.

Nach einer schieren Ewigkeit fand er sich vor einem ... Etwas wieder, das plötzlich vor ihm aufzuragen schien, obwohl er sich nicht erinnern konnte, sich ihm auch nur genähert zu haben. Er war auch nicht sicher, ob es sich wirklich um ein Gebäude handelte. Es war riesig und nahezu konturlos und schien sich in einer beständigen wabernden Bewegung zu befinden. Wenn es eine Form hatte, dann eine, die sich seinen menschlichen Sinnen entzog oder die er womöglich auch gar nicht erkennen wollte, weil etwas in ihm spürte, dass sein Verstand an dem bloßen Anblick zerbrechen würde. Es war riesig und zermalmt und wirkte wie ein Ort, in dem Geschöpfe mit zu vielen Gliedmaßen und starrenden Augen lebten und dem man besser nicht zu nahe kam.

Ben verdrängte auch diesen Gedanken, was ihm von Mal zu Mal schwerer fiel, und konzentrierte sich auf die Treppe (wenigstens nahm er an, dass es sich um das Äquivalent einer Treppe handelte), die zum ersten Stock hinaufführte. Sie war nicht für Menschen gemacht. Sie sah nicht einmal aus, als wäre sie von Menschen gemacht, sondern ähnelte eher etwas, auf dem monströse Mollusken krochen, und die Tür, zu der sie hinaufführte, glich einem von schrecklichen Raubtierfängen gesäumten Maul. Aber er musste dort hinauf. Sasha war dort oben und sie befand sich in großer Gefahr, und er musste ihr helfen.

Das Ungetüm von Treppe zu ersteigen fiel ihm leichter, als er erwartet hatte, denn sie narrte offensichtlich nur seine Augen, nicht auch seinen Gleichgewichtssinn, und obwohl er den Teufel tun und sich herumdrehen würde, hörte er hinter sich schon wieder diese unheimlichen Laute, die ihn aber allerhöchstens dazu bewogen, seine Schritte noch mehr zu beschleunigen. Erst als er unter dem gezahnten Maul des Eingangs angekommen war, blieb er doch noch einmal stehen und sah sich um.

Er erschrak, als er sah, wie groß die Entfernung war, die er zurückgelegt hatte, und wie gewaltig damit die Ausdehnung der eisernen Höhle. Aber möglicherweise waren ja auch Entfernungen hier nicht mehr das, was sie in der Welt bedeuteten, die er bis jetzt für die Wirklichkeit gehalten hatte. Von der Spitze der Treppe aus betrachtet, die sich hoch über den Rest der albtraumhaften Anlage erhob wie das Heiligtum eines barbarischen Gottes über die Häupter seiner Anhänger, erstreckte sich die Höhle wie ein gemauertes Labyrinth, in dem sich … Dinge bewegten, vielleicht bloße Schatten, vielleicht auch Kreaturen, die am Rande des Wahrnehmbaren lebten. Auch in der Richtung, aus der er gekommen war, bewegte sich etwas; langsam und träge und tastend, aber auch mit der Unaufhaltsamkeit einer Naturgewalt.

Sie sind fast da, Ben! Hilf mir!

Die Stimme erklang eindeutig in seinem Kopf, zugleich aber auch aus dem aufgerissenen Drachenmaul hinter ihm, und obwohl er vor nichts mehr Angst hatte als vor dem, was in der teerigen Dunkelheit dahinter auf ihn lauern mochte, erwachte er endlich aus seiner Erstarrung und machte einen zögernden Schritt in die Finsternis hinein.

Das Unterwasserlicht aus der Höhle folgte ihm und es wurde auch nicht still; ein Chor wispernder und klickender Geräusche begleitete ihn. Die huschende Bewegung war ebenfalls noch da, auch wenn sie sich seiner Wahrnehmung immer gerade dann entzog, wenn er sie zu fixieren versuchte. Im ersten Moment glaubte er, es wäre nichts als das Echo seiner Schritte und sein eigener Schatten, aber der Rhythmus der klickenden Schnapplaute passte nicht zum Takt seiner Schritte, und das graue Licht, das ihn umgab, warf keine Schatten.

Mit klopfendem Herzen sah er sich um. Die Dimensionen des Ganges, der in steilem Winkel tiefer in das Gebäude hineinführte, waren ebenso zyklopisch – und im ursprünglichen Sinne des Wortes verrückt – wie alles hier. Von den Wänden schien sein Blick irgendwie abzugleiten. Immerhin sah er, dass der Stollen aus riesigen Steinquadern gefertigt war, die nahezu fugenlos aufeinander gelegt zu sein schienen, ohne dabei einem bestimmten Muster oder einem klar erkennbaren Plan zu folgen. Ihre zerschrundene Oberfläche kündete vom ungeheuren Alter des Gebäudes, und hier und da glaubte er die Spuren barbarischer Bilder zu erkennen, die die Jahrtausende nicht auszulöschen vermocht hatten, aber etwas in ihm schrak vor ihrem Anblick beinahe noch mehr zurück als vor den unheimlichen Gebilden draußen, und er hatte auch keine Zeit, sie genauer in Augenschein zu nehmen. Das lautlose Flüstern hinter seiner Stirn war verstummt, doch Sasha war nach wie vor in Gefahr; er konnte ihre Angst spüren, als gäbe es da ein unsichtbares Band zwischen ihnen, bei dem Entfernungen und Zeit keine Rolle mehr spielten.

Aus dem Korridor gelangte er in einen riesigen missgestalteten Saal, aus dem eine weitere dieser fremdartigen Treppen hinaus und tiefer in ein Gewirr von Räumen und Treppenfluchten führte, deren Wände und Decken ebenfalls mit düsteren Bildern und schrecklichen Reliefs übersät waren. Ben hätte längst die Orientierung verloren, wäre da nicht das Gefühl von Sashas Nähe gewesen, das ihn seinen Weg mit geradezu traumwandlerischer Sicherheit finden ließ.

Schließlich gelangte er in einen Saal, der alles bisher Gesehene in den Schatten stellte. Die Decke, die sich so hoch über seinem Kopf befand, dass sie sich seinen Blicken entzog, wurde von Pfeilern getragen, dick wie Kirchtürme und auf eine sonderbare Weise … lebendig, und auch die Wände hier waren mit Bildern übersät, die Drachenmänner und Kraken zeigten, aber auch noch andere, scheußlichere Ungeheuer, die sich jeder Beschreibung entzogen, von der Hand eines seit Millenien vergessenen Künstlers so lebensecht erschaffen, dass es schien, als wollten sie sich jeden Augenblick aus ihrem steinernen Gefängnis befreien und sich auf ihn stürzen.

Auch dieser Saal war nicht leer, grässliche Wesenheiten bewegten sich in dem grauen Licht vor ihm: Dinge mit Schnäbeln und Klauen, peitschenden Tentakeln und Flügeln und riesigen gelben Augen ohne Pupillen, die abscheulichen Beschäftigungen nachgingen.

Dann sah er Sasha, und alles andere war schlagartig vergessen.

Sie trug wieder das weiße, seidig glänzende Kleid, in dem er sie schon an Bord der *Princess* gesehen hatte, und hing mit ausgebreiteten Armen und wehendem Haar hoffnungslos verstrickt in einem gigantischen silbernen Spinnennetz, das sich zwischen zwei der titanischen Pfeiler spannte. Anscheinend hatte sie ihn im gleichen Augenblick bemerkt wie er sie, denn sie begann sich hin und her zu werfen und seinen Namen zu schreien, während sie gleichzeitig mit verzweifelter Kraft an ihren Fesseln zerrte.

Ben begann zu rennen.

11

SO ABRUPT, als wäre in seinem Inneren ein unsichtbarer Schalter umgelegt worden, streifte Ben die letzten klebrigen Spinnwebfäden ab, mit dem der Albtraum seine Gedanken festzuhalten versuchte, setzte sich mit einem Ruck auf und sah sich eine Sekunde lang benommen um, bevor sich das Durcheinander aus Farben, Linien und verschwommenen Umrissen vor seinen Augen wieder zum vertrauten Anblick des Zimmers zusammenfügte. Anders als die Male zuvor, wenn er aus einem dieser furchtbaren Albträume erwacht war, zitterte er diesmal nicht am ganzen Leib, und er war weder in Schweiß gebadet noch jagte sein Herz so schnell, als wollte es aus seiner Brust herausspringen. Aber die Furcht war schlimmer als jemals zuvor. Etwas an diesem Traum war … anders gewesen.

Er lauschte in sich hinein, kam endlich zu dem Schluss, dass auch die Wirklichkeit schon genug Probleme und Sorgen für ihn bereithielt und er nicht darauf angewiesen war, sich von seiner eigenen Fantasie noch zusätzlich fertig machen zu lassen, und schüttelte die Reste des überstandenen Albtraumes endgültig ab.

Mit einem unverhohlenen Gähnen (auf wen sollte er Rücksicht nehmen? Er war allein in diesem Zimmer und würde es vermutlich für die nächsten fünfzehn oder zwanzig Jahre bleiben, wenn es nach Ramanov ging!) schwang er die Beine aus dem Bett, sah verschlafen nach links und riss im nächsten Moment erstaunt die Augen auf, als sein Blick über die grünen Digitalziffern der kleinen Uhr glitt, die in die Stereoanlage eingebaut war: Er hatte annähernd *zehn Stunden* geschlafen!

Sofort überkam ihn ein heftiges Gefühl von schlechtem Gewissen. Nach allem, was geschehen war, kam er sich wie ein Verräter an Sasha, seinem Vater und der Söldnertruppe vor, sich einfach hingelegt und friedlich geschlummert zu haben, als wäre nichts geschehen.

Dabei konnte ihm nun wirklich niemand vorwerfen, er hätte nicht alles in seiner Macht Stehende getan, um aus seinem Gefängnis auszubrechen. Das Telefon hatte schon nach einer halben Stunde den Geist aufgegeben (genauer gesagt, am anderen Ende hatte niemand mehr abgenommen, ganz egal wie hartnäckig er es auch klingeln ließ), nachdem er in dieser Zeit mindestens ein Dutzend Mal bei Ramanov angerufen und versucht hatte, ihm ins Gewissen zu reden. Der ohnehin leicht ramponiert wirkende Teil der Tür um das jetzt offen daliegende Schloss herum sah aus, als hätte ein aufgebrachter Eisbär ausgiebig seine Krallen daran gewetzt, weil er so ziemlich alles, was ihm in die Finger geraten war, als improvisiertes Werkzeug benutzt hatte, um das Schloss zu knacken. Das harmlos aussehende Schloss war jedoch entweder weitaus raffinierter, als er erwartet hatte, oder seine Talente als Einbrecher ließen sehr zu wünschen übrig. Es war ihm jedenfalls nicht gelungen, den Riegel auch nur einen Millimeter zu bewegen, und auch sein wütendes Hämmern und Treten gegen die Tür und die vermeintlich zerbrechlichen Kunststoffwände hatten zu nichts weiterem geführt als einem geprellten Zeh und blutigen Schrammen an seinen Händen.

Niemand konnte also behaupten, er hätte es nicht versucht, nicht einmal er selbst. Was er sich übel nahm, das war allerhöchstens der Umstand, dass es ihm nicht gelungen war.

Sie sind fast da! Du musst dich beeilen! Bitte, Ben! Das Bad!

Diesmal fuhr er so erschrocken herum, dass er das Gleichgewicht verlor und gestürzt wäre, hätte er nicht im letzten Augenblick an der Bettkante Halt gefunden. Er war allein. Natürlich war er allein. Der Raum war vielleicht groß im Vergleich zu der begehbaren Schublade, in der er am Anfang untergebracht gewesen war, aber trotzdem nicht groß genug, um irgendetwas ein Versteck zu bieten, das deutlich größer als eine Maus (oder eine fette Spinne mit zehn Beinen) gewesen wäre. Niemand war hier.

Aber er hatte die Stimme doch ganz deutlich gehört!

Und das war noch nicht einmal das Unheimlichste. Das Unheimlichste war, dass es ganz eindeutig *Sashas* Stimme gewesen war, derselbe glockenhelle, fast engelsgleiche Klang, den er in seinen Träumen gehört hatte …

Verlor er jetzt endgültig den Verstand?

Kurz erwog er diese Möglichkeit ganz ernsthaft, und obwohl einiges dafür sprach (um nicht zu sagen, so ziemlich alles), schob er diesen Gedanken kurz darauf fast empört von sich. Nein, er war nicht verrückt. Die Erklärung war viel simpler.

Er musste kurz noch mal im Sitzen eingenickt sein und wieder geträumt haben, und er hatte in diesem Traum Sashas Stimme gehört, und in seinem gegenwärtigen Zustand war es nun wahrlich kein Wunder, wenn er da das eine oder andere durcheinander brachte ...

Mit einem Ruck stand er auf. Er hatte so lange geschlafen, wie schon seit Tagen nicht mehr, wenn nicht seit Wochen, trotzdem fühlte er sich kein bisschen erholt oder auch nur halbwegs ausgeschlafen, sondern hätte sich ganz im Gegenteil auf der Stelle hinlegen und weiterschlafen können, als hätte ihn der Schlaf Kraft *gekostet*, statt sie ihm zu spenden. Und im Grunde sprach auch nichts dagegen – was hatte er schon zu versäumen?

Natürlich tat er es nicht, sondern schleppte sich stattdessen mit hängenden Schultern ins Bad und wurde mit dem Anblick eines hohlwangigen Gespenstes mit wachsbleicher Haut und trüben Augen belohnt, das ihm aus dem winzigen Spiegel über dem billigen Plastikwaschbecken entgegenstarrte. Kein Wunder, dass er sich so müde fühlte, dachte er. Er sah müde *aus*, so erschöpft und abgekämpft, als hätte er von seiner endlosen Wanderung durch das unterirdische Höhlenlabyrinth nicht nur geräumt, sondern sie tatsächlich *erlebt*.

Er schaufelte sich zwei oder drei Hände eiskaltes Wasser ins Gesicht und fühlte sich hinterher kein bisschen frischer, klapperte aber jetzt wenigstens vor Kälte mit den Zähnen und stützte sich schließlich schwer mit beiden Händen auf den Waschbeckenrand, um sein ramponiertes Spiegelbild noch einmal genauer in Augenschein zu nehmen.

Um ein Haar hätte er seinem eigenen Spiegelbild einen herzhaften Schmatzer verpasst, denn der Spiegel kippte jählings nach vorne, sodass sich sein Gesicht plötzlich nur noch Zentimeter von seinem Spiegelbild befand, und nicht nur das: Das Waschbecken und der plastikgraue Unterschrank folgten dem Spiegel mitsamt dem kompletten Wandsegment, an dem sie befestigt waren, sodass Ben schon befürchtete, unter dem deckenhohen Trümmerstück begraben zu werden. Im buchstäblich letzten Moment und von einem splitternden Laut begleitet, der noch am anderen Ende der Station zu hören sein musste, brach die Bewegung ab, und Ben blieb noch weitere zwei oder drei Sekunden lang mit klopfendem Herzen stehen, bevor er es wagte – unendlich behutsam –, die Hände vom Waschbeckenrand zu lösen und einen weiteren Schritt zurückzutreten; womit er das andere Ende der Hygienezelle auch schon erreicht hatte und mit den Kniekehlen gegen den Rand der Toilettenschüssel stieß.

Vollkommen verblüfft starrte er auf das Chaos, das er angerichtet hatte.

Die massiv wirkende Wand war keine Wand, sondern bestand bei genauerem Hinsehen aus drei schmalen Kunststoffpaneelen, in die Spiegel, Waschbecken und der kleine Unterschrank eingegossen waren. Offensichtlich war die Befestigung des Kunststoffteils nicht besonders stabil gewesen, denn sein Körpergewicht hatte gereicht, die Schrauben aus ihren zerbrechlichen Kunststoffdübeln zu reißen.

Ben wusste nicht, ob er erschrecken oder vor Lachen laut herausplatzen sollte. So peinlich ihm der Vorfall auch war, irgendwie amüsierte ihn die Vorstellung, dass Ramanov seine gesamte famose Station auf den Kopf fiel – *Das Bad!* – und er nasse Füße bekam und –

Ben blinzelte verwirrt. *Hilf mir! Sie sind fast da! Ben!* Die Stimme war diesmal ganz eindeutig *nicht* in seinem Kopf gewesen. Es hatte sie *gehört!*

Plötzlich war die Angst wieder da. Zum zweiten Mal und diesmal *wirklich* ernsthaft fragte er sich, ob er im Begriff war, den Verstand zu verlieren. Vielleicht war das seine persönliche Art von Lagerkoller, und warum nicht, nachdem er schon seine ganz eigene Variante der Seekrankheit entwickelt hatte? Schließlich war er nicht irgendwer, sondern der Sohn eines höchst anerkannten Psychologen, da war es doch nur recht und billig, wenn er auch einen ganz außergewöhnlichen Knall hatte.

Ben kämpfte die aufkommende Hysterie mit dem letzten bisschen klaren Verstand nieder, den er in dem Durcheinander zwischen seinen Schläfen fand, und Sashas Stimme sagte noch einmal, leise, aber klar verständlich: »Sie sind fast da! Ben! Hilf mir!«

Sie kam aus seiner rechten Hosentasche.

Zitternd griff er in die Tasche und fühlte etwas Kleines und Hartes, das er mit einem erstaunten Stirnrunzeln herauszog und verständnislos anglotzte, eher er das metallic-schwarze Ding mit den daran baumelnden Kopfhörern als den MP3-Player identifizierte, den er gestern in der Schublade gefunden hatte. Das Display leuchtete in einem kalten Eisblau, und Ben – mit spitzen Fingern und so zögerlich, als hielte er kein technisches Gerät in der Hand, sondern ein ganz besonders widerliches Insekt – nahm einen der beiden kleinen Ohrstöpsel und fummelte ihn umständlich in sein linkes Ohr.

Ben! Sie sind fast da! Hilf mir!

Ein Schlag in den Magen hätte ihn kaum härter treffen können. Ben starrte den Player an, ohne zu blinzeln, ohne zu atmen, ja selbst ohne zu *denken.*

Also gut, dann musste er jetzt mal mit Logik versuchen, was immer sie in diesem düsteren Winkel der Wirklichkeit auch noch wert sein mochte. Dieses Ding gehörte ganz eindeutig nicht ihm. Er hatte es in einer Schublade gefunden, wo es von seinem eigentlichen Besitzer vergessen worden war, möglicherweise schon vor Wochen und noch bevor er gewusst hatte, dass es diese Station, Sasha und ein Schiff namens *Princess of the Dawn* überhaupt *gab.* Dieser kurze Soundclip war bereits auf dem Gerät gewesen, der Rest eines Liedes oder eines Hörbuches oder Mitschnitts, das dem elektronischen Tod durch den Löschmagneten entgangen war. Irgendwie hatte er den Text gehört – wahrscheinlich war er versehentlich an die entsprechende Taste gekommen, schließlich hatte er das Ding ja in der Hosentasche getragen und war damit eingeschlafen – und irgendwie hatte sich die Stimme in seinen Traum geschlichen und sein durchgeknalltes Unterbewusstsein hatte den Rest besorgt. Die Erklärung war ganz simpel und voll-kom-men logisch. Die Stimme gehörte nicht Sasha, sondern einer Schauspielerin oder einem weiblichen Mitglied der Stationsbesatzung. Und dass er sie das erste Mal in seinem Traum gehört hatte, *bevor* er den MP3-Player fand, das war eben ein kleiner Schönheitsfehler in einer ansonsten hieb- und stichfesten Theorie. Schließlich konnte man nicht alles haben.

Und warum hatte die Stimme der Unbekannten dann seinen Namen benutzt?

Selbst dafür gab es eine Erklärung: *So* ungewöhnlich war der Name Ben nun auch wieder nicht. Ein simpler Zufall, ziemlich groß, zugegeben, aber längst nicht so haarsträubend wie die Idee, dass Sasha ihre

Stimme irgendwie auf diesen elektronischen Speicherchip praktiziert hatte.

Ben beschloss, sich damit zufrieden zu geben, nahm den Kopfhörerstöpsel heraus, wickelte das Kabel sorgsam auf und schaltete den Player noch sorgsamer aus. Behutsam steckte er ihn ein, schloss kurz die Augen und versuchte an gar nichts zu denken.

Natürlich funktionierte es nicht. Ben öffnete die Augen wieder und verließ fast fluchtartig das Bad – *Das Bad!* -, blieb einen Moment im angrenzenden Zimmer stehen und wartete darauf, dass ihn seine beruhigende Normalität wieder auf den Boden der Wirklichkeit zurückholte, aber auch das wollte nicht so recht funktionieren. Die Erklärung, die er sich gerade zurechtgebastelt hatte, knirschte und quietschte an allen Ecken.

Wieso hatte sie das *Bad* erwähnt?

Er ging genau dorthin zurück, tastete noch einmal nach dem MP3-Player in seiner Hosentasche (nur um sicherzugehen, dass er sich nicht plötzlich in Luft aufgelöst und dabei den ohnehin kümmerlichen Rest seines gesunden Menschenverstandes gleich mitgenommen hatte) und besah sich den Schaden genauer, den er angerichtet hatte.

Im Grunde war auch daran nichts Außergewöhnliches. Die Nasszelle war – wie vermutlich die gesamte Station – aus vorgefertigten Modulen zusammengesetzt, die auf ein stabiles Trägersystem aus Stahlwinkeln geschraubt wurden, eine Art zu groß geratener Metallbaukasten. Indem er sich mit seinem ganzen Körpergewicht auf das – noch dazu volle – Waschbecken stützte, hatte er die dünnen Messingschrauben schlichtweg überfordert. Das war vielleicht erstaunlich (schließlich war er zwar kein Hänfling, jedoch auch alles andere als ein Sumoringer), dennoch aber mit Materialermüdung oder schlampiger Arbeit oder auch einer Kombination aus beidem zu erklären.

Etwas weniger leicht zu beantworten war die Frage: Was sollte er hier?

Sehr vorsichtig, um nicht noch mehr kaputtzumachen, stützte er sich auf dem Rand des halb herausgebrochenen Paneels ab und linste in den schummrigen Raum dahinter. Er war hoffnungslos mit einem Gewirr von Rohrleitungen und Kabeln voll gestopft und größer, als er erwartet hatte; er reichte rechts und links, so weit er schauen konnte. Er sah genauer hin und entdeckte dünne, senkrechte Linien aus blassem Licht, die die einzelnen Wandmodule voneinander trennten, und dann …

… fiel es ihm wie Schuppen von den Augen.

Nichts von alledem war Zufall. Sasha *hatte* im Traum nach ihm gerufen, und als das nicht genug war, hatte sie versucht, ihn über den MP3-Player zu erreichen. Und sie hatte ihm sogar den Weg gewiesen, auf dem er sein Gefängnis verlassen konnte.

Jetzt gab es kein Halten mehr für ihn. Ben sparte sich gleich den Umweg, noch einmal ins Zimmer zurückzugehen und nach einer Lampe zu suchen – Ramanov mochte ja die Freundlichkeit in Person sein, aber *so* nett, ihm ein komplettes Ausbrecherset bereitzulegen, war er dann vermutlich auch wieder nicht –, quetschte sich in den schmalen Zwischenraum hinter den Wandpaneelen und tastete sich durch die staubige Dunkelheit, bis er den nächsten Spalt erreichte. Das Zimmer, in das er hineinspähte, war das, in dem er die letzten Stunden geschlafen hatte, und er setzte seinen Weg fort.

Die nächsten zehn oder auch fünfzehn Wandstücke waren sorgfältiger verarbeitet und ließen nicht einmal einen Lichtstrahl durch, aber mindestens einmal war er sicher, gedämpfte Stimmen durch den Kunststoff dringen zu hören, und inzwischen hatte er auch eine ungefähre Vorstellung davon, *wo* er sich befand: Offenbar grenzten die Gänge und Räume der Station nicht unmittelbar aneinander, sondern wurden durch ein System doppelter Wände voneinander getrennt, was der Isolation dienen mochte oder der Unterbringung von Versorgungsleitungen und Stromkabeln und anderen Dingen; vor allem aber wahrscheinlich dem Schutz der Privatsphäre derer, die hinter den papierdünnen Kunststoffwänden lebten und arbeiteten. Hätte er einen Plan der Station besessen – oder gewusst, in welchem Teil des ausgedehnten Bauwerkes sein neues Domizil lag –, dann hätte er auf diesem Weg vermutlich ganz zu Sasha gelangen können, ohne von einem einzigen Auge (oder einer neugierigen Kameralinse) gesehen zu werden. Aber immerhin war er aus seinem Gefängnis heraus, und alles andere würde sich zeigen.

Was sich zuallererst zeigte, war gar nichts: Nachdem er ein weiteres knappes Dutzend der blassgelben Lichtfäden passiert hatte, erreichte er eine Gabelung, hinter der es vollkommen schwarz war, und zwar in beiden Richtungen. Die Wandpaneele waren hier entweder wieder sorgfältiger verarbeitet oder in den dahinter liegenden Räumen brannte kein Licht. Das Ergebnis war das gleiche.

Ben zögerte. Er hatte niemals an Klaustrophobie gelitten und auch keine Angst vor der Dunkelheit, aber die Vorstellung, sich in totaler Schwärze durch diese engen Gänge zu tasten, in denen alles Mögliche lauern konnte, gefiel ihm gar nicht. Dann wandte er sich schweren Herzens und im Grunde willkürlich nach rechts und tat genau das: Er tastete sich durch einen engen Gang, in dem alles Mögliche auf ihn lauern konnte. Das wenigste davon hatte acht Beine oder Zähne und Klauen, aber dafür gab es eine Menge harter Kanten und Winkel, an denen er sich wechselweise (oder auch schon mal gleichzeitig) Kopf und Schienbeine oder die vorgestreckten Hände stieß, und mindestens einmal war er *sicher*, ein Trappeln zu hören, das sich rasch entfernte. Gab es hier etwa Ratten?

Gerade als seine Angst übermächtig zu werden drohte, sah er vor sich wieder Licht: einen weiteren haardünnen Strich aus Helligkeit, wo die einzelnen Wandpaneele nicht ganz genau miteinander abschlossen, und noch bevor er ihn erreichte, hörte er gedämpfte Stimmen. Behutsam ging er näher, spähte mit angehaltenem Atem hindurch und sah gerade noch zwei Personen Hand in Hand um die nächste Biegung des Korridors verschwinden.

Seinen Vater und Dr. van Staaten?

Ben war nicht sicher. Die beiden waren zu schnell verschwunden, als dass er mehr als einen doppelten Schemen gesehen hätte, aber zumindest in der Frau glaubte er die belgische Ärztin erkannt zu haben, und jetzt, wo er darüber nachdachte, meinte er im Nachhinein auch die Stimme seines Vaters zu identifizieren. Und sie hatte nicht unbedingt *traurig* geklungen.

Ben verscheuchte den Gedanken – ob er nun kindischer Eifersucht entsprang oder berechtigt war, im Moment hatte er Wichtigeres zu tun – und blickte noch einmal aufmerksam durch den Spalt. Die Korridore hier sahen zwar alle gleich aus, ein freundliches Mausgrau mit ebenso sichtbar wie schlampig verlegten Stromkabeln und Leitungen, aber nach ein paar Augenblicken glaubte er trotzdem den Gang wiederzuerkennen, auf dem van Staatens »Behandlungszimmer« lag. Und wenn er sich richtig erinnerte, musste er von hier aus nur zweimal rechts abbiegen, um den Korridor zu erreichen, auf dem sein ehemaliges Zimmer lag und damit auch das Sashas.

Ben lauschte konzentriert und mit geschlossenen Augen. Er hörte nichts außer dem Klopfen seines eigenen Herzens und dem entfernten Summen des Sturmes, das hier in den Zwischenwänden deutlicher zu vernehmen war. Zwar konnte trotzdem jeden Augenblick einer von Ramanovs Leuten um die Ecke biegen, aber dieses Risiko musste er eingehen. Sasha brauchte ihn, und in jeder Sekunde, die er hier drinnen vertrödelte, wurde die Gefahr größer, das wusste er einfach.

Da er keinerlei Werkzeug mit sich führte und in der Dunkelheit auch keine Möglichkeit sah, irgendwie behutsam vorzugehen, versuchte er es erst gar nicht. Mit zwei, drei prüfenden Stößen mit der flachen Hand fand er eine Stelle, an der das Kunststoffpaneel nicht hundertprozentig fest verschraubt war, stieß dann mit aller Kraft zu und wurde mit dem befriedigenden Splittern von Kunststoff belohnt und deutlich mehr Licht, das durch einen gezackten Riss in sein Versteck fiel. Und außerdem einem pochenden Schmerz in der rechten Hand und der klebrigen Wärme von Blut, das an seinem Am hinunterlief.

Aber jetzt gab es kein Zurück mehr. Ben biss die Zähne zusammen und schlug noch zwei- oder dreimal mit aller Kraft zu, bis plötzlich das gesamte Wandstück nach außen kippte und mit einem gewaltigen Knall auf dem Boden aufschlug. Wahrscheinlich war er noch bis Vancouver zu hören, aber das war jetzt egal. Je näher er Sasha kam, desto deutlicher spürte er, in welch großer Gefahr sie war.

Vom Schwung seines eigenen, letzten Schlages nach vorne gerissen, taumelte er über den Gang und gegen die gegenüberliegende Wand, stieß sich instinktiv ab und stürmte los, bis zum Ende des Korridors und nach rechts. Als er zum zweiten Mal nach rechts abbog, flog hinter ihm eine Tür auf und eine überraschte Stimme schrie etwas, aber er achtete nicht darauf, sondern rannte nur noch schneller. Seine Erinnerung hatte ihn nicht getäuscht. Vor ihm lag der Flur, auf dem sich Sashas Zimmer befand.

Ben beschleunigte seine Schritte noch einmal, erreichte sein Ziel und rammte die mickerige Plastiktür kurzerhand mit der Schulter ein. Er flog durch die Tür – und stand vor der Vision aus seinem Traum.

In seinem Albtraum hatte er Sasha in einem Spinnennetz gesehen, das sie langsam zu ersticken drohte. In der Realität lag sie anscheinend friedlich schlafend auf ihrem Bett, angeschlossen an einen leuchtenden Überwachungsmonitor, der gleichmäßig vor sich hin piepste, und ein zweites elektronisches Gerät, von dem eine Anzahl dünner silberfarbener Drähte zu einem schmalen Band um ihre Stirn führte. Auf der anderen Seite des Bettes stand ein verchromter Ständer mit einer durchsichtigen Infusionsflasche, aus der eine farblose Flüssigkeit in ihre Vene tropfte – aber für einen winzigen Moment und aus einem ganz bestimmten Blickwinkel betrachtet *sah* es aus wie ein riesiges silbernes Spinnennetz, in dessen Zentrum sie gefangen war.

Ben stolperte mit hilflos rudernden Armen zwei oder drei Schritte weit an ihrem Bett vorbei, wobei er den Ständer umwarf, die Flasche zerbarst klirrend auf dem Boden, fand im letzten Augenblick sein Gleichgewicht wieder und war mit einem einzigen Satz neben Sashas Bett. Die herausgerissene Infusionsnadel hatte eine heftig blutende Wunde in ihrer Armbeuge hinterlassen, ein Anblick, der Ben einen Stich versetzte und ihn ihren Schmerz für einen Moment *körperlich* spüren ließ, aber er achtete trotzdem nicht wirklich darauf, sondern entfernte mit einer einzigen raschen Bewegung das silberne Band von ihrer Stirn. Der elektronische Wachhund neben ihrem Bett begann lautstark zu lamentieren und verstummte dann mit einem kläglichen Piepsen, als Ben auch das Armband herunterriss, das ihn mit Sashas rechtem Handgelenk verband, und erst dann beugte er sich über sie, nahm sie in die Arme und drückte sie so fest an sich, wie er nur konnte.

»Sasha!«, keuchte er. »Was ist mit dir? Was … was haben sie dir angetan?«

Sasha reagierte nicht. Ihr Kopf rollte haltlos von einer Seite auf die andere, während er sie an sich presste und zugleich fast verzweifelt schüttelte. Als er hereingekommen war, hatte er sich noch selbst mit dem Gedanken belogen, dass sie nur schlief, aber das stimmte nicht. Sie war bewusstlos, vielleicht auch etwas Schlimmeres.

»Sasha! Antworte doch! Was haben sie mit dir gemacht?«

Er bekam auch jetzt keine Antwort, und – viel schrecklicher – er *spürte*, dass sie seine Worte auch nicht auf jener anderen, tieferen Ebene hörte, auf der sie manchmal miteinander kommunizierten.

Trotzdem rief er ihren Namen noch drei- oder viermal, bevor er sie endlich behutsam auf das Bett zurücksinken ließ. Draußen auf dem Flur wurden nun hastige Schritte laut, und zwei oder drei Stimmen begannen gleichzeitig durcheinander zu rufen, aber das war ihm egal. Er bemerkte erst jetzt, dass seine Hände voller Blut waren, doch es stammte längst nicht alles aus den Schrammen, die er sich bei seinem einseitigen Boxkampf mit der Plastikwand zugezogen hatte; so wenig wie das frische, hellrote Blut, das plötzlich den bisher blütenweißen Bettbezug tränkte.

Mit jähem Schreck registrierte er, dass das Blut aus Sashas Arm sprudelte. Die Infusionsnadel hatte ihre Vene regelrecht zerfetzt.

Einen halben Atemzug lang starrte er das entsetzliche Bild einfach nur fassungslos an – und krümmte sich plötzlich vor Schmerz, als er das Gefühl hatte, ein weiß glühender Dolch würde in seine linke Armbeuge gerammt.

Der Schmerz wurde so stark, dass ihm übel und zugleich schwarz vor Augen wurde. Alles drehte sich um ihn und möglicherweise hätte er tatsächlich das Bewusstsein verloren, wäre da nicht zugleich die Angst um Sasha gewesen. Mit aller Kraft kämpfte er die erstickende Schwärze hinter seinen Augenlidern nieder, sah an sich hinab und war einigermaßen überrascht, nicht den geringsten Kratzer an seinem Am zu entdecken. Aber der Schmerz war immer noch da. Die unsichtbare Messerklinge hatte mittlerweile seinen Ellbogen erreicht und machte sich nun daran, ihn von innen heraus zu spalten. Ben war sicher, dass es ihr gelingen würde.

Die Stimmen auf dem Gang wurden lauter, und er glaubte nun etwas wie hektische Bewegung aus den Augenwinkeln wahrzunehmen, achtete aber nach wie vor nicht darauf, sondern beugte sich nun hastig vor und griff nach Sashas Arm. Die Wunde blutete nur noch heftiger, und auch der Schmerz in seiner eigenen Armbeuge wurde im gleichen Moment stärker, in dem Sasha ein halblautes, wimmerndes Stöhnen ausstieß. Er musste etwas … für sie *tun.* Aber er wusste nicht, was.

Einer der Schatten sprang aus seinem Augenwinkel heraus und schlug praktisch im gleichen Sekundenbruchteil seine Hand beiseite, und eine scharfe Stimme fuhr ihn an: »Bist du wahnsinnig geworden? Was zum Teufel *tust* du da?«

Und mit einem Mal schien der Raum voller Menschen zu sein. Eine reichlich unsanfte Hand packte ihn und zerrte ihn in die Höhe und zugleich von Sashas Bett fort, zumindest soweit es in der Enge des Zimmers möglich war, und irgendwo zerbrach Glas klirrend. Eine Stimme rief etwas, und noch mehr Schritte und aufgeregte Rufe drangen an sein Ohr. Außerdem nahm der Schmerz in seinem Arm noch mal zu (was er eben noch für schlichtweg unmöglich gehalten hätte) und erlosch dann wie abgeschaltet, und zugleich klärte sich sein Blick.

Die Kammer war tatsächlich voller Menschen, aber da ihre Ausmaße äußerst beschränkt waren, handelte es sich um gerade einmal drei, Sasha und ihn nicht mitgezählt. Dr. van Staaten hatte sich über Sasha gebeugt und tat irgendwas an ihrem rechten Arm, was aber vermutlich nicht allzu schlimm war, denn *sein* Arm tat ja nicht mehr weh, und direkt unter der Tür stand ein bärtiger Mann, der ihm vage bekannt vorkam, ohne dass er genau sagen konnte, wohin er ihn stecken sollte. Und der brutale Kerl, der ihn hochgerissen und so derb gegen die Wand geworfen hatte, war …

… niemand anders als sein Vater.

»Lass … mich los«, krächzte er; wortwörtlich, denn sein Vater drückte ihn noch immer mit solcher Kraft gegen die Wand, dass er kaum noch Luft bekam.

»Wenn du mir versprichst, wieder vernünftig zu sein.«

Ben wusste zwar nicht so ganz genau, was diese Worte bedeuten sollten, aber er deutete trotzdem mit den Augen ein Nicken an, und das schien seinem Vater zu genügen, denn nach einer weiteren Sekunde (in der er immer noch keine Luft bekam) ließ er ihn nicht nur los, sondern trat auch einen halben Schritt zurück. Er wirkte zugleich alarmiert wie vollkommen verwirrt, doch auch misstrauisch und schlicht und ergreifend wütend.

»Danke«, krächzte Ben, während er seinen schmerzenden Hals massierte. Er war … überrascht. Sein Vater war ungefähr fünf Zentimeter kleiner als er, wog gute zehn Kilo weniger, und das Schwerste, was er ihn in den letzten zehn Jahren hatte heben sehen, war ein Buch gewesen. Doch sein Griff war ungefähr so schwächlich wie der eines Schraubstocks gewesen. Einer von den großen, in die man einen LKW-Motor oder etwas Vergleichbares einspannen konnte.

»Was ist hier los?«, fuhr ihn sein Vater an. »Kannst du mir bitte erklären, was *zum Teufel du hier tust?!«* Er machte eine zornige Geste hinter sich. »Ich dachte, du magst das Mädchen?«

»Wenn das stimmt, dann hat dein Sohn eine ziemlich komische Art, das zu zeigen«, fügte van Staaten vom Bett her hinzu. »Er hätte das arme Ding umbringen können!«

»Ich?«, antwortete er empört. »Ich wollte sie doch nur –«

»Es ist mir ziemlich egal, was du *wolltest«,* fiel ihm van Staaten aufgebracht ins Wort. »Sieh sie dir an! Weißt du eigentlich, was ihr alles hätte passieren können?«

»Nein«, schnappte Ben. »Und ich weiß auch nicht, was *Sie* mit ihr gemacht haben!«

»Ist sie in Ordnung?«, wandte sich sein Vater an van Staaten.

»Das wird sich zeigen«, antwortete sie düster und schoss einen funkelnden Blick in Bens Richtung ab, bevor sie sich wieder dem bewusstlosen Mädchen zuwandte. »Sie hätte verbluten können! Was hast du dir nur dabei gedacht?«

»Wobei?«, polterte eine Stimme von der Tür aus.

Ben wandte den Blick und erkannte Ramanov, der wie durch Zauberei aus dem Nichts aufgetaucht zu sein schien und den Platz des Bärtigen eingenommen hatte, der jetzt hinter ihm stand und vergeblich versuchte, sich auf die Zehenspitzen zu stellen und über seine Schulter zu sehen. »Was ist hier los?«

»Das hätte ich auch gerne gewusst«, sagte Ben feindselig – was möglicherweise ein Fehler war, denn Ramanovs ganze Aufmerksamkeit konzentrierte sich nun auf ihn, und das nicht unbedingt auf die angenehmste Art.

»Du schon wieder. Das hätte ich mir ja eigentlich denken können, dass du wieder Ärger –« Er brach mit einem gleichermaßen erschrockenen wie überraschten Laut ab, als sein Blick auf Sashas Bett fiel und er das frische Rot darauf gewahrte. Rasch machte er einen Schritt darauf zu, fuhr wieder herum und trat dann auf Ben zu. »Was hast du mit ihr gemacht, du kleiner Mistkerl?«

Ben brachte keinen Ton hervor, aber sein Vater vertrat Ramanov rasch den Weg und sagte: »Nichts! Ich bin sicher, dass es nur –«

Ramanov schob ihn mit einer fast beiläufig wirkenden Bewegung zur

Seite und machte einen weiteren Schritt auf Ben zu. Irgendwie schien er größer zu werden, je näher er ihm kam. »Was du mit ihr gemacht hast, habe ich gefragt! Was hast du ihr angetan?«

»Professor Ramanov, es ist alles in Ordnung«, mischte sich van Staaten ein. »Es sieht schlimmer aus, als es ist.« Dass ihre Hände, mit denen sie bei diesen Worten hektisch in der Luft herumfuhrwerkte, in feuchtem Rot glänzten, verlieh ihren Worten nicht unbedingt mehr Glaubwürdigkeit, aber Ramanov blieb immerhin stehen und sah einen Augenblick zu ihr und Sasha zurück. Als er sich wieder zu Ben herumdrehte, loderte in seinen Augen zwar etwas, was an pure Mordlust grenzte, aber er verzichtete zumindest darauf, ihm unverzüglich den Kopf abzureißen.

»Es hätte mir ja eigentlich klar sein müssen, dass du dahintersteckst. Anscheinend reicht ein normales Schloss nicht aus, um einen Burschen wie dich im Zaum zu halten. Was hattest du hier zu suchen?«

»Ich habe nach Sasha gesehen«, antwortete Ben patzig. Jedenfalls *versuchte* er, patzig zu klingen. Dass seine Stimme dabei hörbar zitterte, verdarb den beabsichtigten Effekt vielleicht ein bisschen, doch er fuhr trotzdem fort: »Das hätten Sie besser auch schon früher getan, Professor! Wenn Sie sich so große Sorgen um Ihre Enkelin machen, dann sollten Sie sich einmal fragen, was Ihre famose Ärztin mit ihr angestellt hat!«

Für einen Moment wurde es sehr still. Ramanov starrte ihn nur hasserfüllt an, aber van Staaten seufzte tief und schien zu einer Erklärung ansetzen zu wollen, und trotz Ramanovs empörtem Blick hätte sie es vermutlich getan.

Wäre das nicht der Augenblick gewesen, in dem in der gesamten Station die Alarmsirenen losheulten.

12

BISHER WAR IHM DIE STATION ebenso riesig wie menschenleer vorgekommen, aber nun erlebte er sie genau andersherum. Die mausgrauen Gänge schienen nur noch halb so breit zu sein wie zuvor und quollen vor Menschen geradezu über, überall waren Schritte und Schreie und durcheinander hastende Gestalten und aufgeregte Rufe, und Ben sah allein auf halber Strecke zur Schleuse mindestens zehn Gesichter, die ihm bisher noch nicht untergekommen waren; dann hörte er auf zu zählen und verwandte seine Konzentration lieber darauf, nicht den Anschluss an Ramanov zu verlieren, der mit kampflustig vorgerecktem Kinn und gesenkten Schultern wie eine lebendig gewordene Dampfwalze vor ihnen durch die Gänge pflügte und ihnen allein durch seine bloße Präsenz einen Weg zu bahnen schien. Die Alarmsirenen heulten ununterbrochen und schienen sogar noch lauter zu werden, je näher sie dem Ausgang kamen, und als wäre das alles noch nicht genug, gesellte sich nun auch noch ein flackerndes rotes Licht hinzu, das die gesamte Szenerie in stroboskopische Helligkeit tauchte und alle Bewegungen in eine rasende Abfolge bizarrer Einzelbilder zerlegte und dasselbe irgendwie auch mit den Geräuschen zu tun schien, bis er sich vorkam, als haste er durch eine schrille Techno-Version der Hölle.

Es wurde noch schlimmer, als sie sich der großen Luftschleuse näherten, zu der Gerrit ihn gestern geführt hatte. Schon bevor sie um die letzte Gangbiegung kamen, spürte Ben den Hauch eisiger Kälte, der ihnen entgegenschlug, und in das Durcheinander aus Schreien und Lärm mischten sich jetzt noch andere Laute, die er nicht genau zu identifizieren vermochte, die aber dennoch eine misstönende Alarmglocke hinter seinen Schläfen klingeln ließ. Dann stampfte Ramanov um die letzte Biegung, und als Ben ihm in weniger als einem Schritt Abstand folgte, riss er ungläubig die Augen auf. Die schwere Schleusentür stand weit offen und auch die äußere Luke war geöffnet, sodass eisiger Wind von draußen in die Station fauchte und einen Miniaturschneesturm vor sich hertrieb. Mindestens ein Dutzend Männer und Frauen belagerten die offen stehende Schleusentür, darunter auch zwei von Gerrits Söldnern, und Bens Herz machte einen gewaltigen Satz in seiner Brust, als er erneut den erschreckenden Laut hörte und ihn erst mit mehr als einer Sekunde Verzögerung als Schuss identifizierte!

Ramanov blieb so abrupt stehen wie eine Marionette, deren Spieler plötzlich der Schlag getroffen hat, und Ben konnte ihm gerade noch mit einer hastigen Bewegung ausweichen, bevor er von hinten in ihn hineinknallen konnte. Seinem Vater gelang dieses Kunststück nicht ganz, aber Ramanov nahm von dem unsanften Zusammenprall nicht einmal Notiz, sondern brüllte mit einem Stimmaufwand, mit dem es ihm spielend gelang, sowohl das allgemeine Durcheinander als auch das Wimmern der Sirenen zu übertönen: *»Was zum Teufel ist hier los?!«*

Beinahe zu Bens Überraschung bekam er eine Antwort; genauer gesagt ungefähr zehn unterschiedliche Antworten von ebenso vielen Leuten, die mit einem Mal wieder alle durcheinander riefen, bis er mit einem Fauchen und einer herrischen Handbewegung für Ruhe sorgte.

»Was geht hier vor?«, wandte er sich nun direkt an einen der beiden Soldaten, die rechts und links der offen stehenden Schleusenkammer standen und mindestens ebenso unglücklich und hilflos aussahen, wie Ben sich in diesem Moment fühlte. Er versuchte einen Blick durch die offen stehende Schleuse nach draußen zu werfen, aber der Wind schlug ihm so eisig und hart ins Gesicht, dass es ihm sofort die Tränen in die Augen trieb und er nichts als tobendes Weiß sah, in dem sich alles Mögliche und auch gar nichts zu bewegen schien.

Wieder hallte ein peitschender, lang anhaltender und mehrfach gebrochener Knall zu ihnen herein, aber auch das Heulen des Polarsturmes gewann plötzlich an Lautstärke; als versuchten die Geister dieser eisigen Welt den Laut zu übertönen, den die Menschen aus ihrem eigenen, fremden Universum mitgebracht hatten.

»Was geht hier vor?!«, schrie Ramanov noch einmal. Der Söldner, dem dieser Ausbruch galt – es war Frank, den Ben in seiner wuchtigen Polarmontur zuerst allerdings kaum erkannt hatte –, zuckte unter Ramanovs Worten sichtlich zusammen. »Ich weiß es nicht. Gerrit, Tahia und Tooth sind draußen.«

Ramanov warf einen raschen, bestürzten Blick in das weiße Chaos jenseits der offen stehenden Tür. »*Da* draußen?«

»Sie haben etwas auf den Monitoren gesehen«, antwortete Frank. »Ich weiß nicht, was. Sie wollten nachschauen. Und dann sind Schüsse gefallen.«

»Schüsse?«, wiederholte Ramanov alarmiert. Wieder starrte er in den Schnee hinaus, dann verfinsterte sich sein Gesicht noch mehr. »Wieso weiß ich nichts davon?«, herrschte er den unglückseligen Söldner an.

»Weil Sie nicht zu erreichen waren.«

Schließlich war er ja gerade damit beschäftigt, mich zu teeren und zu federn, fügte Ben in Gedanken hinzu. Er hütete sich, auch nur ein Wort davon laut auszusprechen, aber Ramanov drehte mit einem Ruck den Kopf und sah ihn auf eine Art an, als hätte er ihn trotzdem gehört, dann fuhr er wieder zu Frank herum, und Ben konnte ihm regelrecht ansehen, wie sein Zorn eine neue Stufe erreichte. »Und warum gehen Sie dann nicht hinaus und schauen nach, was mit Ihren Kameraden ist?«

»Weil Gerrit es uns verboten hat«, antwortete Frank. »Und das mit Recht.«

Ramanov wollte abermals auffahren, doch der Söldner hatte seine Fassung inzwischen zurückgewonnen und brachte nun ihn mit einer fast befehlenden Geste zum Schweigen. »Es bringt nichts, wenn wir alle hinausrennen ohne zu wissen, was dort auf uns wartet. Wollen Sie hier schutzlos zurückbleiben, weil wir blindlings in eine Falle gerannt sind? Sonja steht mit Gerrit in Funkkontakt. Wir erfahren es, wenn sie Hilfe brauchen.«

»Funkkontakt?«, vergewisserte sich Ramanov. »Und was sagen sie?«

Frank zögerte einen Hauch zu lange mit der Antwort, als dass sie irgendwie anders als kläglich hätte klingen können. »Bis jetzt nichts. Wir wissen noch nicht genau, was los ist.«

»Und woher wollen Sie dann wissen, dass sie keine Hilfe benötigen?«, fauchte Ramanov.

Frank hob beinahe verlegen die Schultern und biss sich auf die Unterlippe. »Ich –«

Ein weiterer peitschender Knall unterbrach ihn. Nur einen Sekundenbruchteil später erschien in den brodelnden Schwaden jenseits der äußeren Tür für einen kurzen Moment eine menschliche Gestalt und wurde dann wieder von ihnen aufgesogen. Ramanov stieß erschrocken die Luft zwischen den Zähnen aus, und auch der junge Söldner fuhr sichtbar zusammen, doch dann fing er sich wieder, und nun war von Unsicherheit oder Zögern nichts mehr zu spüren. In einer synchronen Bewegung, der man ansah, wie oft die beiden Männer sie geübt hatten, fuhren er und sein Kamerad gleichzeitig herum, stürmten in die Schleusenkammer und nahmen geduckt und mit schussbereiten Waffen rechts und links der äußeren Tür Aufstellung.

»Zurück!«, schrie Frank. *»Verschwindet dort hinten! Alle!«*

Niemand *verschwand*, ganz im Gegenteil wurde das Gedränge rings um Ben, seinen Vater und Ramanov herum nur noch größer, aber immerhin brüllte Ramanov: *»Und könnte jemand freundlicherweise diese verdammte Sirene abstellen?!«*

Ben bezweifelte, dass irgendjemand Ramanovs Stimme in dem Lärm gehört haben konnte, doch kurz darauf verstummte das nervenzerfetzende Kreischen tatsächlich mit einem letzten Wimmern, und auch das rote Flackerlicht erlosch und machte wieder der gewohnten trübgelben Beleuchtung Platz. Zuerst hörte Ben nur das Rauschen seines eigenen Blutes in den Ohren und das tausendstimmige Wolfsgeheul des Sturmes, der immer heftiger an den Wänden der Station zu rütteln schien, doch dann wehte – leise und weit entfernt, dennoch aber deutlich zu hören – ein Schrei zu ihnen herein, und bevor Ben auch nur Gelegenheit fand, wirklich zu erschrecken, ertönte ein helles Rattern, das er auch ohne den Umstand, dass er es in den letzten Tagen viel zu oft gehört hatte, sofort und zweifelsfrei erkannt hätte: das Geräusch einer Maschinenpistole!

»Da stimmt was nicht!«, sagte Ramanov erschrocken. Dann schrie er: *»Alles weg hier! Sofort!«*

Nichts geschah. Zwei oder drei von Ramanovs Leuten zogen sich tatsächlich zurück, aber selbst die nur ein paar Schritte, und der Rest nicht einmal das. Die allermeisten – Ben und sein Vater eingeschlossen – blieben einfach stehen und starrten in das Schneetreiben hinaus, und auch wenn es anders gewesen wäre, hätte wohl kaum jemand Zeit gefunden, noch zu reagieren. Alles passierte rasend schnell: Ben glaubte abermals einen verschwommenen Schatten inmitten des weißen Chaos wahrzunehmen, dann blitzte etwas kurz und grell auf, und ein zweiter, diesmal länger anhaltender Feuerstoß aus einer Maschinenpistole erklang. Einen Sekundenbruchteil später hob Ben mit einem keuchenden Schrei die Arme vors Gesicht und wurde gegen seinen Vater geschleudert und dann zusammen mit ihm von den Füßen gerissen, als eine brüllende Sturmböe hereinfauchte und sie mit wirbelndem Schnee und Milliarden mikroskopisch feiner, rasiermesserscharfer Eiskristalle überschüttete.

Sie waren nicht die Einzigen, denen es so erging. Mit Ausnahme Ramanovs, dem es gelang, sich an den Türrahmen zu klammern und auf den Beinen zu bleiben, wurde so ziemlich jeder umgeworfen oder gegen die Wände geschleudert. Das Brüllen des Sturmes übertönte jeden anderen Laut, und die Luft war von einem Moment auf den anderen so voller Schnee, dass Ben kaum noch atmen konnte. Und es war *kalt*. Die Temperaturen fielen ins Bodenlose, und das so schnell, dass er dabei *zusehen* konnte, wie sich eine knisternde Raureifschicht auf dem grauen Kunststoff der Wände rings um das innere Schleusentor bildete und dünne glitzernde Eisärmchen in alle Richtungen aussandte. Er musste an das denken, was van Staaten ihm gestern über die Temperaturen in diesem Teil der Welt erzählt hatte, darüber, wie schnell sie fallen konnten.

Dann tauchte plötzlich etwas inmitten des kochenden Weiß auf, ein riesiges Ding ohne Gesicht, das vollkommen aus Eis bestand und mit plumpen Schritten und gierig ausgestreckten Armen auf Ramanov zutaumelte. Der Russe prallte mit einem keuchenden Schrei zurück, der vom Heulen des Sturmes ebenso verschluckt wurde wie alles andere und zu einer stummen Grimasse geriet, verlor nun ebenfalls das Gleichgewicht und stürzte hintenüber, aber irgendwie brachte er das eigentlich Unmögliche fertig, noch im Fallen eine Pistole aus der Kitteltasche zu ziehen und auf das Eisungeheuer anzulegen.

Der Schleier zerriss, und Ben sah, wen sie wirklich vor sich hatten.

Sein verzweifelter Schrei wurde ihm ebenso von den Lippen gerissen und vom Sturm zerfetzt wie jeder andere Laut, aber Ben warf sich auch im gleichen Augenblick herum und trat mit aller Gewalt nach Ramanovs Kniekehle. Aus seiner ungünstigen Position heraus brachte er keine nennenswerte Kraft auf – aber es reichte, um Ramanov zu *erschüttern*, auch wenn Ben dabei stolperte und fiel. Ramanov wankte und riss exakt im selben Sekundenbruchteil den Abzug seiner Waffe durch, doch die winzige Ablenkung war genug gewesen. Der Sturm machte den Schuss zu einem lautlosen orangefarbenen Blitz, und Ben sah, wie die Kugel eine rauchende Spur in die Schulter der weißen Gestalt pflügte und Funken sprühend vom Rand der Schleusentür abprallte, bevor sie schließlich ein ausgezacktes Loch in den mittlerweile eisverkrusteten grauen Kunststoff der gegenüberliegenden Wand stanzte. Ramanov fand sein Gleichgewicht wieder und versuchte erneut auf die Gestalt in Weiß anzulegen, doch da war diese bereits über ihm und trat ihm so wuchtig vor das Handgelenk, dass die Pistole in hohem Bogen davonflog und Ramanov nach hinten kippte. Das alles geschah so rasend schnell, dass seit dem Augenblick, in dem die Sturmböe hereingefaucht war, kaum mehr als zwei oder drei Sekunden vergangen sein konnten.

Und es war noch nicht vorbei. Ben versuchte sich hochzustemmen, verlor auf dem spiegelglatten Boden aber augenblicklich wieder den Halt und schlug der Länge nach hin. Trotzdem sah er, wie die Gestalt in dem weißen Kampfanzug herumfuhr und noch in der gleichen Bewegung ihr automatisches Gewehr von der Schulter riss, um damit auf die offen stehende Schleusentür zu zielen. Die glatte Kunststoffmaske, die bisher ihr Gesicht verborgen hatte, war verrutscht, und dahinter kamen die fast sanften Züge einer dunkelhaarigen jungen Frau zum Vorschein. In einer unglaublich schnellen, fließenden Bewegung ließ sie sich auf ein Knie fallen, riss das Gewehr an die Schulter und visierte die weiße Hölle jenseits der Tür an.

Etwas … war dort draußen, etwas Großes, Dunkles, das mit peitschenden Armen den Sturm teilte und näher kam. Ben konnte es spüren, und offensichtlich sahen auch die beiden Soldaten links und rechts der äußeren Schleusentür etwas, denn zumindest Frank hob sein Gewehr höher und schien auf ein Ziel anzulegen, feuerte aber dann doch nicht, und plötzlich teilten sich die brodelnden Schwaden erneut, und eine weitere Gestalt in einem schneeverkrusteten weißen Polaranzug und mit einer gleichfarbigen Kunststoffmaske vor dem Gesicht torkelte herein. Sie stützte einen gleichartig gekleideten, aber deutlich größeren Mann, dessen Arm sie sich um die Schulter gelegt hatte und der sichtlich kaum noch die Kraft aufbrachte, einen Fuß vor den anderen zu setzen. Noch bevor Ben auch nur versuchen konnte, sein Gesicht zu erkennen, tauchte der dritte Söldner vor der Schleusenkammer auf, und auch er war nicht allein, trug die Gestalt, die er mit aus dem Sturm brachte, jedoch wie ein lebloses Gewicht auf den Schultern. Hinter ihnen wuchs etwas Riesiges, Glitzerndes empor, mit Klauen und Krallen, mit Flügeln und zu vielen Armen und einem furchtbaren, schnappenden Papageienschnabel, und Frank und sein Kamerad feuerten gleichzeitig. Das helle Rattern der MPi-Salve war selbst über die tosenden Sturmböen zu hören, und für den Bruchteil einer Sekunde schien es draußen aufzublitzen, als zerberste etwas Gewaltiges in Millionen und Abermillionen schimmernder Glasscherben, dann war der Söldner mit seiner menschlichen Last in der Schleusenkammer, und Frank sprang auf, warf sich mit seinem ganzen Körpergewicht gegen die Tür und drückte sie zu. Ben konnte längst nicht mehr sehen, was draußen geschah, doch der andere Soldat feuerte weiter, bis die Tür mit einem dumpfen Knall ins Schloss fiel und einrastete und sowohl das Kreischen des Sturmes als auch das schreckliche Peitschen und Wogen und die starrenden gelben Augen ausschloss.

Obwohl das Heulen des Sturmes zu einem Bruchteil seiner bisherigen Lautstärke herabgesunken war, wurde es nicht still. Ganz im Gegenteil hob jetzt ein ganzer Chor von Schreien und wild durcheinander brüllenden Stimmen an. Neben ihm rief sein Vater irgendetwas, was er nicht verstand, und nur zwei Schritte von Tahia entfernt brach Tooth mit einem erschöpften Seufzer in die Knie und ließ den großen Mann, den er mitgebracht hatte, einfach fallen. Im ersten Moment glaubte Ben, dass auch er eine weiße Kälteschutzmaske vor dem Gesicht trug, dann aber sah er, dass seine Züge unter einer dicken Schicht von verkrustetem Eis verborgen waren, und als hätte es dieses Begreifens bedurft, *erkannte* er nun, wen Tooth da mit hereingebracht hatte.

Es war Harry. Und das konnte nichts anderes bedeuten, als dass die zweite Gestalt …

Ben schrie gellend auf, war mit einem Satz endgültig auf den Füßen und rannte so ungestüm los, dass er die vor ihm kniende Tahia umriss und um ein Haar gegen Tooth und Harry geprallt wäre. Nur einen Atemzug vor seinem Vater erreichte er den dritten Söldner, der unter seiner Last ebenfalls wankte, sie aber dennoch irgendwie abzuladen versuchte, ohne sie fallen zu lassen.

»Mutter!«, schrie Ben. Neben ihm schrie sein Vater den Namen seiner Frau, und dann waren auch Ramanov und Tahia da. Gemeinsam

und so überhastet, dass sie sich mehr gegenseitig behinderten statt sich zu helfen, hoben sie den Körper Jennifer Bergers von Gerrits Schultern. Der Söldner torkelte mit einem erschöpften Laut gegen die Wand und schloss die Augen, und seine Kräfte reichten nun offensichtlich nicht mehr, um sich auf den Beinen zu halten, denn er sank langsam an der grauen Plastikwand entlang zu Boden.

Niemand nahm Notiz davon, nicht einmal seine eigenen Kameraden. Frank fummelte hinter seinem Rücken an der Tür herum und schien etwas zu suchen, womit er sie zusätzlich verrammeln konnte, während der zweite Söldner bereits neben Harry war und seine Waffe zu Boden poltern ließ, um neben seinem so plötzlich von den Toten zurückgekehrten Kommandanten auf die Knie zu fallen.

Auch Ben und sein Vater waren auf die Knie gesunken und beugten sich gemeinsam über die Gestalt, die vor ihnen auf dem Boden der Schleusenkammer lag. Ramanov, der neben ihnen in der Hocke saß, wollte die Hand nach ihr ausstrecken, doch Bens Vater stieß ihn so derb zurück, dass er die Balance verlor und einen Moment lang beinahe albern auf den Fersen herumwackelte, ehe er den ohnehin aussichtslosen Kampf aufgab und sich auf sein gut gepolstertes Hinterteil plumpsen ließ.

Ben starrte den reglosen Körper vor sich mit einem Gefühl an, wie er es nie zuvor im Leben gekannt hatte, allenfalls in jenem schrecklichen Augenblick am Rande der Eisspalte, als Sasha an ihm vorbeigestürzt und er hundertprozentig davon überzeugt gewesen war, sie wenige Augenblicke später zerschmettert auf dem Fels des Höhlenbodens zu finden. Aber da hatte ihn die *Schnelligkeit* beschützt, in der alles geschehen war. Der Schmerz über ihren vermeintlichen Tod hatte keine Zeit gehabt, den Panzer zu durchbrechen, den die Ereignisse der zurückliegenden Tage um den verwundbaren Teil seiner Seele aufgebaut hatten.

Jetzt gab es diesen Schutz nicht mehr.

Ben hatte nie wirklich geglaubt, dass seine Mutter tot war. Ein Teil von ihm hatte sich geweigert, die bloße Möglichkeit ihres Todes zu akzeptieren – wahrscheinlich jener, der noch immer ein Kind war. Die Eltern von Kindern sind unsterblich und unverwundbar, und sie sterben einfach nicht und schon gar nicht *so,* basta. Doch ein anderer, sehr sicherer Teil seines Selbst hatte mit unerschütterlicher Sicherheit *gewusst*, dass sie noch am Leben war und sie sich wiedersehen würden.

Vielleicht zahlte er nun den Preis dafür. Alles, was er empfand, war ein kaltes Entsetzen. Seine Mutter lebte. Er musste kein Arzt sein, um das zu erkennen, denn ihre Brust hob und senkte sich mit so hektischen Stößen, dass es selbst durch die dicke Jacke hindurch zu sehen war, und ihre Augen standen sogar einen Spalt offen, als wäre sie bei Bewusstsein.

Aber wie lange noch?

Ben hatte plötzlich einen bitteren Kloß im Hals, an dem er fast zu ersticken drohte: Sie lebte, kein Zweifel, aber auf ihrem Gesicht lag ein mindestens fünf Millimeter dicker Panzer aus *Eis*, und ihre Augenbrauen und Wimpern waren so hart gefroren, dass sie wahrscheinlich abgebrochen wären, hätte er sie berührt. Was, wenn ein grausames Schicksal sie ihm nur zurückgegeben hatte, damit er zum zweiten Mal sah, wie sie starb?

Irgendetwas schlug mit einem dumpfen Knall gegen die Tür. Ben fuhr erschrocken zusammen und blickte auf, und auch Ramanov drehte mit einem Ruck den Kopf. »Was war das?«, keuchte er.

Er bekam keine Antwort. Frank war einen Schritt zurückgewichen und starrte die Tür mit schreckensbleichem Gesicht an. Das dumpfe Dröhnen, das die massive Stahltür erschüttert hatte, wiederholte sich nicht, aber der Schlag musste auch die Kette zerrissen haben, an der er seine außer Rand und Band geratene Fantasie bisher gelegt hatte, denn sie gaukelte ihm nun vor, das Scharren diamantharter Krallen auf Metall zu hören.

Vielleicht war es auch gar keine Einbildung.

»Was ist da draußen los, verdammt noch mal?«, fauchte Ramanov, während er mit einer wutentbrannten Bewegung zu Gerrit herumfuhr. »Was ist das?«

Der Söldner versuchte zu antworten, brauchte aber zwei oder drei Anläufe, bevor er seine erstarrten Lippen dazu zwingen konnte, sich zu bewegen. »Nichts, was Sie wissen wollen, glauben Sie mir, Professor«, nuschelte er kaum verständlich.

Ramanovs Mine verfinsterte sich noch weiter, doch bevor er etwas sagen konnte, fuhr ihn Robert Berger an: »Nicht jetzt, verdammt! Rufen Sie van Staaten!«

Eine Sekunde lang schaute Ramanov nun ihn aus funkelnden Augen an, doch dann griff er gehorsam in die Kitteltasche – dieselbe, aus der er die Pistole geholt hatte, wie Ben voller Unbehagen registrierte – und zog ein altmodisch aussehendes Walkie-Talkie heraus.

Er hatte den Sprechknopf noch nicht ganz gedrückt, als van Staatens Stimme hinter ihnen sagte: »Nicht nötig. Ich bin schon da.«

Ben sah überrascht, aber auch erleichtert auf. Die Ärztin war bei Sasha zurückgeblieben, als sie losgelaufen waren, um nach der Ursache des Lärms zu suchen, aber wahrscheinlich durch die Schüsse und Schreie angelockt worden; gottlob. Sie war sogar geistesgegenwärtig genug gewesen, ihre Arzttasche mitzubringen.

Etwas fuhr mit einem hörbaren Quietschen an der Außenseite der Tür entlang, und van Staaten stockte für einen halben Atemzug mitten im Schritt, setzte ihren Weg aber dann fort. »Nicht anfassen!« Die Worte galten Bens Vater, der gerade die Hände nach dem Gesicht seiner Frau ausgestreckt hatte, nun aber erstarrte und verwirrt zu ihr aufsah. »Geh zur Seite«, sagte sie rüde, während sie bereits neben Jennifer Berger auf die Knie herabsank und ihre Arzttasche aufklappte. »Und du auch!«

Ben rutschte gehorsam ein Stück weg, ließ sie und seine Mutter jedoch nicht aus den Augen. Van Staaten beugte sich über sie und tat erst mal gar nichts, außer sie aufmerksam anzusehen, dann streckte sie ihrerseits die Hand aus und tastete behutsam mit den Fingerspitzen über ihr Gesicht und dann noch sehr viel behutsamer nach ihrer Halsschlagader.

»Was?«, fragte Bens Vater.

Van Staaten beachtete ihn nicht. Ohne den Kopf zu heben, rief sie: »Ich brauche eine Trage! Schnell!«

»Zwei«, sagte Tahia, die neben Harry kniete.

Van Staaten maß den bewusstlosen Söldner mit einem Blick, als bemerke sie ihn erst jetzt, zuckte dann mit den Schultern und verbesserte sich: »Zwei«, und wie zur Antwort schlug irgendetwas mit solcher Wucht von außen gegen die Tür, dass ein Wasserfall aus Rost und glitzernden Eispartikeln von der massiven Stahlplatte rieselte.

»Vielleicht sollten wir *alle* von hier verschwinden«, schlug Gerrit vor. Seine Lippen schienen allmählich aufzutauen, denn er sprach schon wieder fast verständlich. »Ich weiß nicht genau, wie lange die Tür noch hält.«

Ramanov starrte ihn an. »Noch einmal, und ich will jetzt gefälligst eine Antwort: Was ist das?«

Gerrit lachte leise. Dann deutete er auf Ben. »Die Eismonster des Jungen, Professor. Die, an die Sie nicht glauben.«

13

DIE LEUTE HATTEN KEINE TRAGE GEBRACHT, sondern ein verchromtes Wägelchen, wie Ben es zwar nicht aus eigener Erfahrung, aber aus diversen Krankenhausfilmen kannte, und genau wie in einem solchen wurden die beiden Patienten hintereinander auf den Metallwagen gelegt und im Laufschritt und begleitet von einem Chor aufgeregter Rufe und Schreie durch die Gänge bis zu van Staatens Behandlungszimmer geschoben. Zu seinem Entsetzen und der Empörung seines Vaters Harry zuerst, weil die Ärztin ihn nach einer flüchtigen Untersuchung als denjenigen ausgemacht hatte, der dringender ihrer professionellen Hilfe bedurfte. Kaum hatten die beiden Männer, die van Staaten kurzerhand zu ihren Assistenten erklärt hatte, den bewusstlosen Söldner abgeladen, da eilten sie auch schon wieder davon, um seine Mutter zu holen. Da die Station subjektiv zwar groß, objektiv betrachtet aber eigentlich eher winzig war, vergingen nicht einmal fünf Minuten, bis Bens Mutter auf dem Operationstisch landete, von dem van Staaten in der Zwischenzeit zumindest die verstaubte Plastikhaube entfernt hatte.

»So, und jetzt alles raus hier!«, befahl sie, während sie bereits ein besonders scharfes Exemplar aus ihrer ansehnlichen Sammlung von Schneidewerkzeugen zur Hand nahm und den weißen Polaranzug seiner Mutter kurzerhand von den Knöcheln aufwärts aufzutrennen begann. Die beiden Männer, die sie zwangsrekrutiert hatte, verschwanden so schnell, als hätten sie sich weggebeamt, und auch Ramanov, der sich ihnen unaufgefordert angeschlossen hatte, zog sich widerwillig zurück. Van Staaten warf Ben einen bösen Blick zu, der es ihm trotz seiner Sorge um seine Mutter plötzlich angeraten erscheinen ließ, sich ebenfalls zu verkrümeln, schüttelte aber auch in der gleichen Bewegung den Kopf, als sich als Letzter auch sein Vater anschließen wollte. »Du bleibst hier. Ich brauche deine Hilfe.«

Ben entschied kurzerhand, diesen Befehl zur Familiensache zu machen, und hielt ebenfalls an, aber die Ärztin machte eine wedelnde Geste zur Tür, schenkte ihm wieder einen bösen Blick und fuhr inzwischen fort, die dick gepolsterte Polarmontur, in der seine Mutter steckte, mit ihren Skalpell aufzuschlitzen. Ben bewegte sich in Richtung Tür, schaute dann aber wieder mit klopfendem Herzen zum OP-Tisch. Van Staaten hatte die Kleidung seiner Mutter mittlerweile fast ganz aufgeschnitten, und die Haut, die darunter zum Vorschein kam, war sehr blass und mit großen, hässlichen Flecken übersät, die fast wie Verbrennungsnarben aussahen. Seine Augen glitten zu Harry, den man auf die Liege gebettet hatte. Bei ihm hatte sich van Staaten gar nicht erst die Mühe gemacht, ihn aus seiner Montur zu schälen, die Zeit, die die Männer gebraucht hatten, um seine Mutter herzuschaffen, jedoch genutzt, um zumindest seine Jacke aufzuschneiden und eine Infusionsnadel in seinen linken Handrücken zu stechen. Ein schmales Kunststoffarmband an seinem anderen Handgelenk, aus dem eine Anzahl dünner, verschiedenfarbiger Kabel herauswuchs, führte zu einem blitzenden Überwachungsmonitor, den die Ärztin neben ihm auf dem Boden abgestellt hatte. Van Staaten hatte keinen Zweifel daran gelassen, dass sich Harry in deutlich schlechterem Zustand befand als seine Mutter; und doch wäre es Ben in diesem Moment weitaus lieber gewesen, hätte *sie* auf diesem primitiven Bett gelegen und der Söldner auf dem chromblitzenden Operationstisch, der in seiner sterilen Pracht und mit all den daran angeschlossenen Gerätschaften und medizinischen Folterinstrumenten kein bisschen Vertrauen erweckend wirkte, sondern schlichtweg bedrohlich.

»Verschwinde endlich!«, fuhr ihn van Staaten an.

Für den Bruchteil einer Sekunde regte sich Trotz in ihm – was bildete sie sich ein, so mit ihm zu sprechen? Immerhin war das dort seine *Mutter!* –, dann aber wurde ihm klar, wie albern sein Verhalten war, und er fuhr auf dem Absatz herum und trat endgültig durch die Tür. Van Staaten bildete sich gar nichts ein. Sie sprach mit der Professionalität einer Ärztin, für die jetzt nichts anderes zählte als das Wohl ihrer Patientin.

Er hatte fest damit gerechnet, Ramanov draußen auf dem Flur anzutreffen, vielleicht um ihm die üblichen Vorhaltungen zu machen, vielleicht auch, um sich mit ihm über eine gewisse überstürzte Aktion zu unterhalten, die mit einem Fußtritt in eine Kniekehle geendet hatte. Der russische Kommandant war jedoch nicht da, und zu seiner Überraschung traf er auch weder Tahia noch irgendein anderes Mitglied der

Söldnertruppe an, obwohl doch eigentlich zu erwarten gewesen wäre, dass sie sich Sorgen um ihren Kommandanten machten. Stattdessen lungerte lediglich ein einzelner junger und in einen schmierigen weißen Kittel gekleideter Bursche auf dem Korridor herum, der ihm in gebrochenem (na ja, eigentlich eher *zerschmettertem*) Deutsch erklärte, dass Professor Ramanov wünsche, ihn in der Zentrale zu sehen.

Ben beeilte sich, der Aufforderung zu folgen; nicht weil er so versessen auf ein weiteres Gespräch mit Ramanov gewesen wäre, sondern weil er es kaum abwarten konnte, mit Gerrit oder einem der beiden anderen zu reden. Seine Mutter lebte (was ihn immer noch kein bisschen überraschte, so seltsam der Gedanke ihm auch vorkam) und er musste wissen, was dort draußen passiert war. Wo Harry und seine Mutter die ganze Zeit über *gewesen* waren.

Er beschleunigte seine Schritte immer mehr, bis er auf dem letzten Stück beinahe rannte. Der einzige Grund, aus dem er es nicht tatsächlich tat, war das kindische Bedürfnis, nicht außer Atem bei Ramanov anzukommen.

Die Söldner, die er bisher vermisst hatte, waren komplett in der Zentrale versammelt, und auch Ramanov und die beiden Wissenschaftler, die er schon am ersten Tag dort angetroffen hatte, waren anwesend; darüber hinaus noch mindestens ein weiteres halbes Dutzend Männer unterschiedlichen Alters, die ihm unbekannt waren, ein weiterer Hinweis darauf, dass die Basis tatsächlich nicht so menschenleer war, wie es zunächst den Anschein gehabt hatte; aber das spielte im Augenblick keine Rolle. Ben warf Ramanov einen fragenden Blick zu und drehte sich dann zu Gerrit, als der Russe ihn nur finster anfunkelte.

Der Söldner hatte seine schneeverkrustete Montur mittlerweile ausgezogen und sich auch Gesicht und Haare gesäubert. Seine Haut war nicht mehr blass, sondern so krebsrot, als hätte er sie ausgiebig mit einer Drahtbürste behandelt, und jemand hatte ihm eine Wolldecke um die Schultern gelegt. Er hielt einen Becher mit dampfend heißem Kaffee in beiden Händen, aus dem er jedoch nicht trank; er blies nur dann und wann hinein und schien ihn darüber hinaus als Fingerwärmer zu benutzen. Als Ben hereinkam, nickte er ihm wortlos zu, und in seinen Augen glomm kurz sogar so etwas wie ein Lächeln auf; doch da war noch etwas, was Ben zutiefst erschreckte.

»Sie wollten mit mir sprechen?«, wandte er sich an Ramanov.

Statt direkt darauf zu antworten, knurrte der Russe an Gerrit gewandt. »Dann können wir ja jetzt vielleicht anfangen.«

Gerrit nippte nun doch übertrieben umständlich an seinem Kaffee, was Ramanovs Gesichtsausdruck endgültig so finster werden ließ wie den Fels, auf dem sich das Jahrmillionen alte Eis der Antarktis türmte, und Tahia, die auf die gleiche Weise wie Gerrit und Tooth in eine Wolldecke eingemummelt schräg hinter dem Russen stand, konnte ein flüchtiges, schadenfrohes Lächeln nicht mehr ganz unterdrücken. Ben begriff, dass alle hier auf ihn gewartet hatten, aber nicht genau, warum.

»Ja«, sagte Gerrit endlich. Er schmiegte noch einmal die Finger um den warmen Becher, nahm einen weiteren, ausgiebigen Schluck (aus vermutlich keinem anderen Grund als dem, Zeit zu schinden und Ramanov damit zu ärgern) und stellte das Trinkgefäß gemächlich auf dem Tisch ab, bevor er fortfuhr. »Dabei gibt es eigentlich gar nicht viel zu erklären, Herr Professor. Sie hätten auf Ben hören sollen.«

Wieder blitzte es in Ramanovs Augen kurz und wütend in Bens Richtung auf, aber immerhin beherrschte er sich. Mit sogar fast ruhiger Stimme fragte er: »Also, was genau ist passiert? Wieso sind Sie dort hinausgegangen?«

»Und noch dazu, ohne um Erlaubnis zu fragen«, warf Tooth ein. Ramanov ignorierte ihn.

»Da war etwas auf dem Monitor«, antwortete Gerrit. Er hob die Schultern. »Wir konnten nicht genau erkennen, was.«

»Auf dem Monitor?« Ramanovs Augen wurden schmal. Sein Blick huschte über die aufgereihten Bildschirme und Monitore an der Wand hinter dem Söldner und saugte sich dann wieder an Gerrits Gesicht fest. »Wir haben hier nichts gesehen.«

»Wir schon«, erwiderte Gerrit lakonisch. »Wie gesagt: Da war irgendetwas auf dem Schirm. Eine ... Bewegung. Tooth hatte das Gefühl, dass sich etwas der Station nähert, und ich habe mich entschieden vorsichtshalber nachzusehen.«

»Ohne mich zu informieren«, sagte Ramanov vorwurfsvoll.

»Sie bezahlen uns dafür, für die Sicherheit der Station und Ihrer Leute zu sorgen, oder?«, fragte Gerrit. »Werfen Sie mir jetzt vielleicht vor, dass ich meinen Job tue?«

»Natürlich nicht. Es wäre nur hilfreich gewesen, wenn Sie mich informiert hätten.«

»Das nächste Mal denke ich daran«, versprach Gerrit, fügte ein Achselzucken hinzu, das aus diesen Worten blanken Hohn werden ließ, und griff abermals nach seinem Kaffee. Er leerte den Becher fast zur Hälfte, bevor er weitersprach, und als er ihn auf den Tisch zurückstellte, fiel Ben auf, wie schwer es ihm immer noch fiel, das Zittern seiner Hände zu unterdrücken. Es war so viel passiert und alles war so schnell gegangen, dass es ihm vorkam, als wäre es Stunden her, aber in Wahrheit konnten nicht sehr viel mehr als zehn Minuten vergangen sein, seit Gerrit und die anderen aus den Schneesturm zurückgekommen waren. Und Ben hatte mittlerweile selbst reichlich Erfahrung im Frieren und Zähneklappern um zu wissen, dass es noch sehr lange dauern würde, bevor sich die grausame Kälte ganz aus Gerrits Körper zurückgezogen hatte.

»Schließlich hätte es auch ein Raubtier sein können«, sagte Gerrit.

»Sicher«, antwortete Ramanov höhnisch. »Zum Beispiel ein Killerpinguin.«

»Oder einer von den Piraten, von denen der Junge und sein Vater gesprochen haben«, fuhr Gerrit unbeeindruckt fort und zuckte abermals mit den Schultern. »Wir sind jedenfalls hinausgegangen, *ohne* Sie um Erlaubnis zu fragen, und haben bei den Koordinaten nachgesehen, die Tooth auf dem Monitor entdeckt hat.« Er machte eine Kopfbewegung auf den Söldner, der mit einem Grinsen darauf reagierte, das eine Kraterlandschaft aus abgebrochenen gelben Zahnstümpfen entblößte. »Wir hätten keine zwei Minuten später kommen dürfen. Diese …« Er maß Ben mit einem raschen, unsicheren Blick. »… *Dinger* waren hinter Harry und der Frau her. Einen Augenblick später und sie hätten sie erwischt.« Er unterbrach sich, um sich umständlich auf seinem Stuhl ganz zu Ben herumzudrehen und zugleich mit einer Kopfbewegung auf Tahia zu deuten. »Bedank dich bei ihr, Ben, und danke Gott, dass sie verdammt gut schießt. Eines von den Biestern hatte sie fast. Wenn sie es nicht im letzten Moment erledigt hätte, hättest du deine Mutter nie wieder gesehen.«

»Schon gut«, sagte Tahia lächelnd. »Wir sind quitt.«

Gerrit runzelte fragend die Stirn, und Ramanovs Gesicht färbte sich dunkelrot. Vielleicht, dachte Ben hoffnungsvoll, traf ihn ja der Schlag. Schließlich hob Gerrit nur noch einmal die Schultern und fuhr fort. »Danach ging der Tanz los. Plötzlich hat es von den Dingern gewimmelt. Wir haben uns Harry und Doktor Berger geschnappt und sind zurückgekommen, so schnell wir konnten. Den Rest kennen Sie.«

Ramanov legte den Kopf schräg. Er wirkte ein bisschen verblüfft. »Und das ist alles?«

»Uns hat es gereicht«, sagte Tooth. Ramanov ignorierte ihn weiter.

»Alles?« Gerrit sah Ramanov mit einem Ausdruck von Fassungslosigkeit an, bei dem Ben ganz und gar nicht sicher war, dass er tatsächlich so aufgesetzt und übertrieben war, wie er wirkte. »Tooth hat Recht, wissen Sie? Uns hat es gereicht. Ich war nicht sicher, dass wir es zurück zur Basis schaffen.«

Ben konnte Ramanov ansehen, dass er zu einer noch schärferen und vermutlich noch verächtlicheren Antwort ansetzte, dann aber besann er sich eines Besseren und sah den Söldner fast um Verzeihung heischend an. »Entschuldigen Sie. Ich wollte Ihnen nicht zu nahe treten und auch ganz gewiss ihre Leistungen nicht schmälern. Aber Sie müssen verstehen, dass es mir doch einigermaßen schwer fällt, zu glauben, es gebe dort draußen irgendwelche … *Ungeheuer*, die Sie überfallen haben.« Er brachte es fertig, dabei kein einziges Mal abfällig zu klingen und nicht in Bens Richtung zu sehen, doch weder das eine noch das andere war nötig.

Gerrit wirkte ein bisschen verärgert, und *er* sah in Bens Richtung. Statt direkt auf Ramanovs Worte zu reagieren, fragte er ihn: »Diese … *Piraten*, die euch auf dem Schiff überfallen haben. Wie genau sahen sie noch mal aus?«

Ben verkniff es sich nun seinerseits, Ramanov anzuschauen, aber genau wie bei dem Leiter der Station vorher war es auch vollkommen unnötig. Nicht nur Tahia und Gerrit mussten sehr wohl begreifen, wem der hämische Ton in seiner Stimme galt. »Es *waren* keine *Piraten,* keine gewöhnlichen jedenfalls. Ich weiß nicht, was sie sind.« Er wechselte ganz bewusst in die Gegenwartsform, und auch das entging dem Söldner ganz eindeutig nicht, denn er lächelte flüchtig und forderte ihn mit einem beinahe unmerklich Nicken auf, weiterzusprechen. Das tat Ben. »Es sind irgendwelche … Kreaturen. Ich weiß nicht, ob sie *leben*, denn sie bestehen ganz aus Eis oder aus etwas, was aussieht wie Eis und sich auch genauso verhält. Und wenn ein Mensch von ihnen verletzt wird, verwandelt er sich nach einer Weile und wird zu einem von ihnen.« Er warf einen trotzigen Blick in die Runde. »Und wenn jetzt einer von euch sagt: *Weißt du, wie sich das anhört?*, dann werde ich laut.«

Es fiel Gerrit sichtlich schwer, das Lächeln in seinen Augenwinkeln daran zu hindern, von seinem ganzen Gesicht Besitz zu ergreifen. Zwei oder drei endlos lange Herzschläge sagte niemand etwas. Dann antwortete Gerrit: »Ich weiß, wie sich das anhört, Ben. Ich weiß sogar, wie es *aussieht*. Und Tooth und Tahia auch.«

»Das ist doch lächerlich«, sagte Ramanov. Aber seiner Stimme fehlte plötzlich eine Menge von ihrer bisherigen Überzeugung und gerechten Empörung.

»Ja, das stimmt«, pflichtet ihm Gerrit bei. »Genau das habe ich auch gedacht, als ich die Dinger gesehen habe. Ein Irrtum, der mich um ein Haar das Leben gekostet hätte.« Er schüttelte heftig den Kopf und hob abwehrend die Hand, als Ramanov widersprechen wollte. »Glauben Sie mir einfach, Professor, es war ganz genau so, wie ich es erzähle. Genau so, wie der Junge es erzählt hat. Oder glauben Sie mir eben nicht und gehen Sie hinaus, um sich mit eigenen Augen zu überzeugen.« Seine Stimme wurde eine Spur schärfer. »Ich werde allmählich das Gefühl nicht los, Professor, dass Sie uns ein paar Dinge verschwiegen haben.«

»Was soll das heißen?«, schnappte Ramanov.

»Sie haben gewusst, dass die Dinger dort draußen sind, stimmt's?«, antwortete Tooth an Gerrits Stelle.

»Blödsinn!«, fauchte Ramanov. »Ich habe es weder gewusst noch glaube ich an diesen ganzen Unsinn. Sie sollten sich selbst einmal reden hören! Menschen, die sich in Eis verwandeln!«

»Oder Spinnen«, fügte Tahia ruhig hinzu.

Ramanov starrte sie eine Sekunde lang wortlos an und wandte sich dann mit einem Kopfschütteln in verändertem, nun wieder ruhigem Ton an Gerrit. »Hören Sie zu. Ich bestreite ja gar nicht, dass dort draußen jemand ist, und ich will ganz gewiss nicht leugnen, dass Sie Ihre Sache gut gemacht haben.«

»Das ist aber nett von Ihnen«, sagte Tooth. Gerrit brachte ihn mit einem ärgerlichen Blick zum Verstummen und forderte Ramanov auf, weiterzusprechen.

»Diese ...« Er fuhr sich mit der Zungenspitze nervös über die Lippen und sein Blick tastete noch nervöser von Gerrit zu Ben und wieder zurück, und nicht nur Ben sah ihm an, wie schwer es ihm fiel, das Wort auszusprechen. »... *Kreaturen*, wie Sie sie nennen. Sind Sie ganz sicher, dass es nicht nur verkleidete Menschen waren? Sie wissen, warum wir Sie ursprünglich gerufen haben? Wir hatten hier ein paar Probleme mit Piraten.«

»*Eis*piraten«, murmelte Ben halblaut.

»Das waren nicht nur ein paar Piraten«, antwortete Gerrit, ohne auf Bens Bemerkung einzugehen, die ihm selbst mittlerweile als höchst überflüssig erschien. »Ich habe persönlich mindestens fünf oder sechs von ihnen abgeschossen, genau wie Tooth, und Tahia vermutlich noch sehr viel mehr. Ich weiß ja nicht, mit wem Sie sich da angelegt haben, Professor, aber vor zehn Minuten hätte ich gewettet, dass Sie einer ganzen Nation den Krieg erklärt haben.« Er wandte sich unvermittelt direkt an Ben. »Weißt du, wie viele es sind?«

Ben zögerte zu antworten. Er hatte auf der *Princess* nicht einmal allzu viele der Ungeheuer zu Gesicht bekommen, aber er musste plötzlich an einen ganzen Strand voller bizarrer Eisskulpturen denken, aus denen Gesichter und Glieder und gierig grabschende Hände herauswuchsen, wenn man ihnen zu nahe kam. Hilflos hob er die Schultern, und das schien genau die Antwort zu sein, die Gerrit befürchtet hatte, denn er erwiderte zwar nichts darauf, seine Miene wurde aber sichtbar ernster. Er drehte sich zu Ramanov um.

»Funktioniert das Funkgerät wieder?«

Ramanov schüttelte stumm den Kopf.

»Genau wie auf der *Princess*«, sagte Ben. »Am Anfang sind sämtliche Handys an Bord ausgefallen und dann auch der Funk.«

»Wir sitzen hier im größten Funkloch der Welt«, erwiderte Ramanov. »Zeig mir ein einziges Handy, das hier funktioniert, und du bist auf der Stelle Millionär.«

»Schulz hatte eines von diesen Satellitentelefonen, die überall auf der Welt funktionieren. Nur hier nicht.«

»Es gibt auch sonst nirgends auf der Welt solch extreme Wetterbedingungen wie hier«, murrte Ramanov, dann schüttelte er ärgerlich den Kopf. »Das bedeutet gar nichts.«

»Und die Funkverbindung?«, wollte Tahia wissen.

Ramanov machte ein Gesicht, als hätte er gerade von einem geistig minderbemittelten Kind eine selbst für seine Verhältnisse außergewöhnlich dumme Frage gehört, ließ sich aber nach ein paar Sekunden dennoch herab, sie zu beantworten. »Die fällt manchmal für Wochen aus, junge Dame.«

»Und zufällig genau in dem Moment, in dem diese Biester uns angreifen«, sagte Tooth höhnisch.

Ihm antwortete Ramanov gar nicht. »Die Frage ist doch eher weniger, womit wir es wirklich zu tun haben, sondern eher, was Sie gegen diese Bedrohung zu unternehmen gedenken.«

»Ich fürchte, dass das eine ohne das andere kaum möglich ist«, erwiderte Gerrit. »Das war das Erste, was ich in meiner militärischen Ausbildung gelernt habe, Professor: Man muss seinen Gegner kennen, um ihn wirksam bekämpfen zu können.«

»Falls wir es überhaupt tun«, fügte Tooth hinzu.

Nun wandte ihm Ramanov doch seine Aufmerksamkeit zu. »Was soll das heißen?« Seine Augen wurden schmal.

Tooth antwortete mit einem gelbfleckigen Grinsen: »Wir haben darüber gesprochen, Professor, wissen Sie?« Er deutete auf Gerrit. »Sollte sich herausstellen, dass Sie von diesen Dingern gewusst und es uns verschwiegen haben, dann müssten wir unseren Kontrakt vielleicht neu verhandeln.«

Ramanov wurde sichtbar blass. »Sind Sie wahnsinnig?«, murmelte er. Er wandte sich mit einem Blick, von den Ben nicht wusste, ob er nun verblüfft, entsetzt oder einfach nur fassungslos war, wieder zu Gerrit um. »Was wird das? Eine Erpressung? Wir haben einen Vertrag! Und Sie werden verdammt gut dafür bezahlt –«

»– Sie und diese Station und die Menschen hier gegen eine Hand voll Piraten zu beschützen«, fiel ihm Gerrit ins Wort. »Von einer ganzen Armee irgendwelcher *Ungeheuer* war nicht die Rede, wenn ich mich richtig erinnere.«

»Wenn ich mich richtig erinnere«, gab Ramanov zurück, »dann habe ich mit *Ihnen* überhaupt nicht geredet, sondern mit Hauptmann West und seinem Stellvertreter.« Er schürzte herausfordernd die Lippen. »Aber wie es der Zufall will, ist Ihr Vorgesetzter ja einigermaßen wohlbehalten zurück. Wahrscheinlich sollte ich dieses Gespräch besser mit ihm führen.«

Gerrit zeigte sich von dieser kaum verhohlenen Drohung nicht im Geringsten beeindruckt. »Vielleicht«, sagte er achselzuckend und griff wieder nach seinem Kaffee, diesmal aber nicht, um davon zu trinken, sondern nur, um mit dem halb geleerten Becher zu spielen. »Doch ich bin ziemlich sicher, dass Sie von ihm dieselbe Antwort bekommen werden. Wir sind zwar nur Soldaten, aber wir sind nicht blöd, und wir schätzen es nicht, belogen zu werden. Nicht einmal wenn man uns dafür bezahlt.« Er stellte den Becher ab und sowohl sein Blick als auch seine Stimme wurden plötzlich hart und kalt wie Glas. »Also erzählen Sie uns gefälligst, was da draußen auf uns wartet, wenn Sie sich nicht in der Küche wiederfinden wollen, wo Sie Messer an die anderen Wissenschaftler und Techniker verteilen, mit denen sie sich gegen Ihre Freunde da draußen verteidigen können.«

»Das ist doch –!«, keuchte Ramanov, und Tahia unterbrach ihn in fast freundschaftlichem Ton:

»Und bei dieser Gelegenheit können Sie uns ja auch gleich erklären, wieso ein Meteorologe eine geladene Pistole in der Tasche trägt.«

Ramanov starrte sie ungefähr drei Sekunden lang mit purer Mordlust in den Augen an, dann fuhr er auf dem Absatz herum, stürmte aus dem Raum und knallte die Tür so heftig hinter sich zu, dass Ben ernsthaft damit rechnete, sie aus dem Rahmen fliegen zu sehen. Nur einen Augenblick später folgten ihm auch die anderen Zivilisten; schnell, allerdings nicht annähernd so lautstark.

Ben wartete, bis der Letzte die Tür hinter sich geschlossen hatte und er mit Gerrit und den anderen Söldnern allein war, dann fragte er: »War das klug?«

»Nein«, sagte Tahia. »Aber es hat gut getan.«

»Mistkerl«, fügte Tooth hinzu. »Ich habe ihm nie getraut. Von Anfang an nicht.«

»Du hast Recht, fürchte ich«, sagte Gerrit und trank nun doch einen Schluck von seinem Kaffee. »Es war nicht besonders klug. Aber ich lasse mich auch nicht gerne belügen.« Er stand auf und streifte die Decke von den Schultern. »Wir haben eine Menge zu tun«, seufzte er und fügte mit einem raschen Blick zur Zimmerdecke und einer säuerlichen Grimasse hinzu: »Gehen wir irgendwohin, wo wir ungestörter sind.«

Auch Ben sah ganz automatisch in dieselbe Richtung. Er konnte die getarnte Kamera nicht erkennen, aber er wusste, dass sie da war; schließlich hatte er denselben Tisch, an dem er gerade saß, erst gestern auf Tahias Laptop-Monitor gesehen.

»Frank, du siehst dir die Funkanlage noch einmal genauer an«, befahl Gerrit. »Ich will wissen, ob Ramanov uns verarscht oder ob der Funk wirklich nicht funktioniert, und wenn ja, warum nicht. Sonja, Gerd – ihr holt eure Ausrüstung und eure Waffen. Wir gehen noch einmal raus und sehen nach dem Rechten.«

Nicht nur Ben sah den Söldner überrascht an. Gerrits Gesicht war nach wie vor krebsrot, und seine Hände sahen nicht so aus, als könnte er damit komplizierte feinmechanische Aufgaben bewältigen, geschweige denn ein bewegliches Ziel treffen. »Du willst sofort wieder nach draußen?«, fragte er zweifelnd.

»Wer spricht von wollen?«, gab Gerrit mit einem Schulterzucken und einem unglücklichen Lächeln zurück. »Aber wenn diese Biester noch da draußen sind, dann sollten wir das wissen. Und auch, was sie tun.«

Ben musste an ein riesiges geschnäbeltes Etwas denken, das wie eine Vision aus der Hölle inmitten des Schneegestöbers aufblitzte, und das Geräusch riesiger Krallen auf Metall. Frank erging es anscheinend genauso, denn er sah seinen Kommandanten einen Moment lang zweifelnd an und schien etwas sagen zu wollen, ließ es dann aber.

»Warum wartest du nicht, bis Harry wieder auf dem Damm ist?«, fragte Ben.

»Weil das noch eine Weile dauern kann«, antwortete Gerrit, der wegen dieses Vorschlags aus irgendeinem Grund fast beleidigt zu sein schien. »Wenn du mir garantieren kannst, dass deine Freunde dort draußen währenddessen die Füße still halten, gerne ...« Er zog eine Grimasse. »Solange Harry außer Gefecht gesetzt ist, bin ich für die Truppe verantwortlich.«

»Schon gut«, sagte Ben hastig. »Ich wollte dir nicht zu nahe treten.«

»Hast du auch nicht.« Gerrit erklärte das Gespräch mit einer unwilligen Geste für beendet und hob die Stimme. »Und die anderen checken die Außenkameras und bauen den Infraschallwerfer auf. Ich will das Ding auf einem Wagen sehen oder irgendetwas anderem mit Rädern! *Los! Los! Los!*«

Er klatschte in die Hände, um seinen Worten noch ein bisschen mehr Nachdruck zu verleihen, und plötzlich war der Raum voller quirlender Bewegung.

Auch Ben stand auf. »Ich komme mit.«

»Ganz bestimmt«, sagte Gerrit spöttisch. »Du bleibst schön hier.« Er kam Bens Widerspruch mit einer energischen Handbewegung zuvor. »Du gehst zu deiner Mutter und kümmerst dich um sie. Wenn du dich nützlich machen willst, dann behalt diese Ärztin im Auge. Ich traue ihr nicht.«

14

BEN GING NICHT DIREKT ZU SEINER MUTTER, obwohl er das natürlich vorgehabt hatte – aber die Tür zu van Staatens Behandlungszimmer war abgeschlossen und auf sein hartnäckiges Klopfen hin tat sich nichts, sodass er nach ein paar Sekunden frustriert aufgab und sich wieder auf den Weg zu Sashas Unterkunft machte.

Dort hatte sich nicht viel verändert. Sasha lag nach wie vor mit geschlossenen Augen und offensichtlich tief schlafend auf dem Bett, und der Raum bot denselben chaotischen Anblick wie vorhin, als er ihn so überstürzt verlassen hatte. Van Staatens Aufbruch war in ähnlicher Hast erfolgt, und so war sie nicht dazu gekommen, das abgerissene Gewirr aus Kabeln und Leitungen zu entknoten (oder gar wieder an ihrem wehrlosen Opfer zu befestigen) oder die Scherben der zerbrochenen Infusionsflasche zu beseitigen. Ben notierte beiläufig – und nicht ganz fairerweise, wie er sich eingestand – einen weiteren Punkt auf van Staatens Minuskonto, trat rasch und so leise er konnte an Sashas Bett und griff nach ihrer Hand.

Sie reagierte nicht, und Ben fragte sich wieder, was van Staaten ihr angetan hatte. Die Gedanken in seinem Kopf überschlugen sich.

Etwas stimmte hier nicht, so viel war sicher. Diese Station mit ihren seltsam leeren Zimmern und dem noch sehr viel seltsameren Labor im Keller umgab ein Geheimnis, und es war offensichtlich keines, das Ramanov mit jemandem teilen wollte. Und irgendwie … spürte er, dass es etwas mit Sasha zu tun hatte.

Und ihm.

Der Gedanke kam ihm zuerst selbst lächerlich vor. *Er* hatte mit alledem hier nun wirklich nichts zu tun und bis vor wenigen Tagen nicht einmal gewusst, dass es diesen Ort *gab*. Und dennoch spürte er, dass er der Lösung des Rätsels ganz nahe war. Aber sie entglitt ihm, bevor er sie fassen konnte, und praktisch in der gleichen Sekunde wurde die Tür hinter ihm geöffnet und sein Vater und van Staaten kamen herein. Die Ärztin wirkte eher unangenehm überrascht ihn zu sehen, während auf dem Gesicht seines Vaters ein trauriges Lächeln erschien und dann ebenso rasch wieder verschwand, wie es gekommen war.

»Ich dachte, Professor Ramanov wollte mit dir reden?«, fragte van Staaten.

»Das hat er schon«, antwortete Ben und legte die Stirn in Falten. »Ging ziemlich schnell. Er war nicht besonders gut drauf.«

Auch van Staaten runzelte zur Antwort die Stirn, hob dann aber nur die Schultern und trat auf der anderen Seite an Sashas Bett heran. Ihr Blick tastete kurz und prüfend über das Gesicht des schlafenden Mädchens, dann glitt ihre Hand unter die Bettdecke und fühlte offensichtlich nach seinem Puls, denn sie schloss dabei die Augen. Ben konnte ihr ansehen, wie sie in Gedanken zählte. Schließlich nickte sie, anscheinend zufrieden mit dem Ergebnis, schlug die Bettdecke ganz zurück und griff gleichzeitig mit der anderen Hand in die Kitteltasche, um eine schon vorbereitete Injektionsspritze herauszuziehen. Bens Blick verdüsterte sich, als sie die Schutzhülle von der dünnen Nadel abzog.

»Was haben Sie vor?«, fragte er misstrauisch.

Van Staaten antwortete zwar – womit Ben im Grunde nicht wirklich gerechnet hatte –, griff aber zugleich auch nach Sashas linkem Arm und streckte ihn, damit die Vene deutlicher hervortrat. »Ein bisschen von dem Schaden wieder gutmachen, den du angerichtet hast.«

»Was soll das heißen?«, begehrte Ben auf, und womöglich hätte er es nicht dabei belassen, denn van Staaten stach die Nadel vollkommen unbeeindruckt in Sashas Vene, und (sicher war es nur Einbildung, aber trotzdem …) im gleichen Moment glaubte er einen schmerzhaften Stich zu spüren und dann ein heftiges Brennen, als würde irgendetwas in seinen Arm injiziert, das ganz bestimmt nicht dort hineingehörte; er machte einen hastigen Schritt auf das Bett zu, und sein Vater hob beruhigend die Hand.

»Es ist schon gut, Ben. Heidi weiß, was sie tut.«

Heidi, dachte Ben. Die vertraute Anrede tat fast ebenso weh wie das Brennen in seinem Arm, das jetzt allerdings rasch nachließ. Dafür spürte er eine wohltuende, warme Schwere, die sich in seinem Körper breit zu machen begann.

»Ach?«, machte er spitz.

»Ich habe ihr nicht nur ein Schlafmittel gegeben«, sagte van Staaten in nun eindeutig ärgerlichem Ton, ohne ihre Augen auch nur für einen Sekundenbruchteil von Sashas Gesicht abzuwenden, »sondern auch ein Mittel zur Stärkung des Kreislaufs, und etwas, um die Nebenwirkungen zu bekämpfen. Weißt du eigentlich, was vorhin hätte passieren können?«

Nein, natürlich wusste er das nicht und er wollte es auch gar nicht wissen. Was sein schlechtes Gewissen allerdings nicht im Geringsten daran hinderte, sich wieder nachhaltig bemerkbar zu machen. »Dann hätten Sie ihr das Zeug gar nicht erst geben sollen, was immer es ist!«, sagte er patzig.

Nun löste die Ärztin ihren Blick doch von Sashas Gesicht und sah ihn so zornig an, dass Ben sich beherrschen musste, um nicht hastig ein Stück zurückzuweichen. Sie schwieg.

»Das war jetzt nicht besonders fair von dir, Ben«, sagte sein Vater. Offensichtlich war er krampfhaft darum bemüht, *Heidi* zu verteidigen.

»Was sie mit ihr gemacht hat, auch nicht«, versetzte Ben. Für eine Sekunde umwölkte sich die Stirn seines Vaters, und Ben erkannte, dass er im Begriff stand, endgültig zu explodieren, dann aber riss er sich zusammen und sagte im Gegenteil in beinahe sanftem Ton: »Sie tut nur ihre Pflicht.«

»Ach, wirklich?«, erwiderte Ben ironisch. Das war nicht besonders geschickt. Bemerkungen wie diese halfen niemals, sondern machten alles nur schlimmer, aber er war durcheinander und aufgewühlt, und er war zornig, weil jemand Sasha wehgetan hatte, und wollte nun seinerseits jemandem wehtun. Wenn sein Vater sich um diese Rolle riss – auch gut.

Dann aber gewann seine Vernunft wieder die Oberhand. Er funkelte seinen Vater und die Ärztin noch einmal feindselig an, fragte dann aber nur: »Wie geht es Mutter … und Harry?«

»Den Umständen entsprechend«, antwortete van Staaten. Ben war vollkommen sicher, dass sie diese Phrasen nur drosch, um ihn zu ärgern. Er konnte es sogar in ihren Augen lesen.

»Und was genau heißt das?«, wollte er wissen.

Van Staaten zog behutsam die Nadel aus Sashas Vene, betrachtete die Spritze nachdenklich und warf sie dann mit einem Achselzucken zu Boden, wo sie zwischen den Splittern der Infusionsflasche zerbarst. »Ich habe ihr ein kreislaufstützendes Mittel verabreicht und etwas zur allgemeinen Stärkung. Mehr als das und sie warm zu halten kann ich Moment nicht tun. Aber es sieht gut aus. Ihr Zustand ist nicht annähernd so schlecht, wie ich erwartet hätte.«

Ben lauschte fast begierig auf etwas wie Bedauern in ihrer Stimme, aber da war nichts, und in der nächsten Sekunde schämte er sich fast dafür. »Sie hatten Glück«, murmelte er.

»Glück?« Van Staaten wiederholte das Wort, als müsse sie im ersten Augenblick über seine Bedeutung nachsinnen. »Ja, so kann man es auch nennen.«

»Und wie würden Sie es nennen?«, wollte Ben wissen.

»Ein Wunder?«, schlug van Staaten vor. »Die beiden waren fast achtundvierzig Stunden dort draußen, ohne Schutz, ohne Vorräte. Verstehe mich nicht falsch, Ben, doch vom ärztlichen Standpunkt aus dürften sie nicht mehr am Leben sein.«

Ben verstand sie natürlich falsch, weil er sie falsch verstehen wollte. Mühsam beherrscht erwiderte er: »Aber –?«

Van Staaten zuckte nur erneut mit den Achseln. »Ich habe keine Erklärung. Vielleicht hast du Recht und sie hatten tatsächlich nur Glück. Aber wenn es so ist, dann gehört es eindeutig ins Guinness-Buch der Rekorde. Auf die erste Seite.«

»Ein paar Tage Ruhe und entsprechende Pflege und sie ist vollkommen wiederhergestellt«, fügte sein Vater hinzu.

»Und Harry auch«, sagte van Staaten. Sie seufzte. »Und genau um diese Patienten muss ich mich jetzt kümmern, wenn ihr mich entschuldigt. Ich schicke gleich jemanden vorbei, der die Schweinerei hier aufräumt.« Sie machte eine Geste auf die schlafende Sasha. »Im Augenblick besteht zwar kein Grund zur Besorgnis, aber es wäre mir trotzdem lieber, wenn du bei ihr bleibst. Wenn sich irgendetwas ändert oder sie wach wird, dann ruf mich.«

Ben war ein wenig überrascht. Um ehrlich zu sein, sogar mehr als nur *ein wenig*. Er hatte damit gerechnet, dass sie sich alle möglichen Gründe aus den Fingern saugen würde, um ihn hinauszuwerfen. »Und was sagt Ramanov dazu?«

»Lass das meine Sorge sein«, beschied ihm van Staaten. Sie wollte endgültig gehen, doch Ben hielt sie mit einer raschen Geste noch einmal zurück. »Kann ich meine Mutter sehen?«

»Im Prinzip gerne«, erwiderte van Staaten. »Aber ich würde dir davon abraten. Sie schläft, und das ist jetzt, was sie am allermeisten braucht.« Sie tauschte einen raschen Blick mit Bens Vater. »Aber natürlich kannst du jederzeit zu ihr, wenn du das möchtest.«

Und damit ging sie. Ben sah die geschlossene Tür hinter ihr einigermaßen verwirrt an. Er versuchte sich selbst zur Ordnung zu rufen – er *war* unfair zu ihr. Über die Gründe dafür war er sich selbstverständlich im Klaren, sein Verhalten erschien ihm sogar logisch, und doch wurde sein schlechtes Gewissen immer stärker, obwohl er spürte, dass zwischen ihr und seinem Vater etwas war, was nicht dorthin gehörte. Er hatte nicht vergessen, was sie ihm gestern über ihre Rolle in dieser für sie alle unangenehmen Situation gesagt hatte, und er zweifelte nicht daran, dass es ihr mit diesen Worten vollkommen ernst gewesen war … doch das änderte nichts.

»Magst du sie?«, wandte er sich an seinen Vater.

»Sie ist eine sehr sympathische Frau und eine gute Ärztin. Aber mehr auch nicht, falls du das meinst.« *Und selbst wenn,* fügte etwas in seinem Blick hinzu, was er mühsam zu unterdrücken versuchte, ohne dass es ihm gelungen wäre, *dann ginge es dich wohl kaum etwas an.*

Und das war alles, was Ben wissen musste. Eine tiefe Trauer überkam ihn und nahm die Stelle des vermeintlich gerechten Zornes ein, der ihn bisher erfüllt hatte. Er musste noch einmal an jenen Abend auf der *Princess* zurückdenken, an dem er seine Eltern so vertraut Arm in Arm gesehen hatte, aber diese Erinnerung schien es nur noch schlimmer zu machen.

»Lass uns später darüber reden«, sagte sein Vater leise. »Sie ist wieder da, das ist alles, was zählt.« Er *wollte* nicht über dieses Thema reden, begriff Ben, weder jetzt noch später. Auch das tat weh, und er forschte einen Moment lang in seinem Inneren und versuchte die Geister des Kommenden zu befragen, bekam jedoch keine Antwort. Dann schüttelte er, verwirrt über seinen eigenen Gedanken, den Kopf und erschrak. Natürlich bekam er keine Antwort, von wem denn auch? Den *Geistern des Kommenden?* Lächerlich! Anscheinend begann er allmählich, Realität und Traum durcheinander zu bringen. Aber vielleicht war es auch kein Wunder, war er doch in einer Welt gestrandet, in der die Grenze zwischen diesen beiden Wirklichkeiten mehr und mehr zu verschwimmen begann – falls es sie denn überhaupt jemals gegeben hatte.

Er kehrte mit Mühe in die Gegenwart zurück, musterte seinen Vater einen Augenblick aufmerksam und fragte dann abrupt: »Warum hast du Ramanov nicht die Wahrheit gesagt?«

»Die Wahrheit?«, wiederholte sein Vater.

»Über die *Princess*. Das, was passiert ist. Die Eismonster.«

»Was hätte das genutzt? Denkst du allen Ernstes, er hätte mir geglaubt?«

»Wahrscheinlich nicht. So wenig wie mir.«

Sein Vater senkte den Kopf. »Ich verstehe. Du hast wie ein Lügner dagestanden. Das tut mir leid. Das wollte ich nicht. Wenn du dich jetzt von mir verraten und im Stich gelassen fühlst, dann kann ich das verstehen, aber –«

»Hör auf, mit mir zu reden wie mit einem deiner Patienten«, unterbrach ihn Ben zornig. »Ich werde vermutlich keinen dauerhaften psychischen Schaden davontragen, Herr Doktor, aber ich hätte mich wohler dabei gefühlt, wenn du zu mir gehalten hättest.«

Das saß. Sein Vater fuhr so heftig zusammen, als hätte er ihm warnungslos ins Gesicht geschlagen. Ben bedauerte seine Worte schon, aber er war zu wütend (oder zu stolz?), um sie zurückzunehmen oder auch nur ein einziges Wort des Mitgefühls hervorzubringen. Einen Augenblick lang war er fest davon überzeugt, dass sich sein Vater herumdrehen und gehen würde, doch er senkte nur den Kopf.

»Das habe ich wohl verdient.« Glasscherben zerbrachen unter seinen Füßen klirrend in noch kleinere Stücke, als er durch das Zimmer ging und sich schwer auf den einzigen Stuhl sinken ließ. »Ich weiß selbst nicht, warum ich nicht gesagt habe, wie es wirklich war«, murmelte er. »Es war falsch, ich weiß. Aber manchmal …« Er suchte nach Worten und hob schließlich in einer sehr hilflos wirkenden Bewegung die Schultern. »Es war zu viel für mich, Ben. All diese Toten. Ich … ich wollte es wahrscheinlich einfach nicht glauben. Und dann der Tod deiner Mutter. Ich dachte, sie sei tot. Ich dachte, ich hätte mit ansehen müssen, wie sie stirbt. Ich weiß es nicht. Ich …« Er suchte abermals nach Worten, doch diesmal fand er sie nicht. Plötzlich schämte sich Ben dessen, was er gerade gesagt hatte, noch viel mehr. Aber er brachte immer noch keinen Ton heraus.

»Es war … leichter so, glaube ich«, fuhr sein Vater fort. »Ich konnte nach alledem nicht auch noch das zugeben.« Er lachte, leise und sehr bitter. »Ich dachte immer, ich sei ein halbwegs mutiger Mann, aber anscheinend bin ich wohl doch ein Feigling. Ich habe Jennifer im Stich gelassen, ich habe dich im Stich gelassen und ohne Rewert hätte ich es nicht einmal bis hierher geschafft, das ist die Wahrheit. Er war schwer verletzt, aber *er* hat *mich* hierher gebracht, nicht ich *ihn* … Und er hat dafür mit seinem Leben bezahlt.«

Ben schwieg, dann deutete er auf Sasha: »Und was ist mit ihr?«

Sein Vater sah das schlafende Mädchen eine Zeit lang mit ausdruckslosem Gesicht an, bevor er den Kopf schüttelte. »Ich weiß es nicht. Aber ich werde Ramanov fragen.«

Sicher, dachte Ben spöttisch, *und er wird dir auch wahrheitsgemäß und in aller Ausführlichkeit antworten.* Natürlich sagte er das nicht laut, aber sein Vater musste es entweder deutlich von seinem Gesicht abgelesen oder im gleichen Moment wie er auch gedacht haben. Jedenfalls sah er kurz beinahe betroffen aus, rettete sich dann in ein leichtes, verlegenes Lächeln und begann gleichzeitig die Hände zu ringen. Ben hatte das sichere Gefühl, dass da noch mehr war; dass es da etwas – vielleicht sehr Wichtiges – gab, was ihm sein Vater mitteilen wollte. Doch er lächelte nur noch einmal und jetzt eindeutig schmerzerfüllt, stand auf und drehte sich zur Tür. Mitten in der Bewegung verharrte sein Vater für einen Augenblick, um nachdenklich auf die schlafende Sasha hinunterzuschauen, führte die unterbrochene Drehung aber dann zu Ende und ging wortlos zur Tür. Bevor er sie hinter sich zuzog, wandte er sich jedoch noch einmal zu Ben um und sagte: »Ich gehe zu deiner Mutter und bleibe über Nacht bei ihr. Finde ich dich hier?«

»Wenn Ramanov mich lässt.«

»Doktor van Staaten wird schon dafür sorgen«, antwortete sein Vater mit einem müden Lächeln. »Versprichst du mir, hier zu bleiben? Ich meine: Du gehst nicht wieder allein auf Erkundungstour?«

Es gab nicht den mindesten Grund für diese Annahme, und hätte Ben sich nicht eingedenk seiner Entgleisungen von gerade zusammengerissen, hätte er jetzt wahrscheinlich schon wieder eine böse Bemerkung gemacht, denn er empfand diese Frage als kränkende Unterstellung. So schüttelte er nur den Kopf, und sein Vater ging endgültig und zog die Tür hinter sich ins Schloss. Ein kleiner, immer noch zutiefst verletzter Teil von Ben wartete darauf, das Geräusch eines Schlüssels zu hören, der herumgedreht wurde, oder gleich das eines massiven Eisenbalkens, den jemand von außen gegen die Tür legte, aber natürlich geschah das nicht.

Ben lächelte flüchtig über sich selbst und stand auf, um den Plastikstuhl zu holen, auf dem sein Vater gerade gesessen hatte. Er positionierte ihn so, dass er sowohl Sasha als auch die Tür auf der anderen Seite des Bettes im Auge behalten konnte, bevor er sich setzte, und griff diesmal mit beiden Händen nach Sashas rechter Hand. Ben schauderte, als er spürte, wie kalt ihre Finger waren. Obwohl sie tief und (hoffentlich) traumlos schlief, raste ihr Puls geradezu, was möglicherweise eine Nebenwirkung der Spritze war, die van Staaten ihr gegeben hatte – allerdings erschien ihm das unwahrscheinlich. Schlief sie vielleicht gar nicht?

»Sasha?«, fragte er zögernd. Er bekam nicht die mindeste Reaktion, sodass er es nach ein paar Augenblicken noch einmal versuchte und sie dann auch mit *Alexandra* ansprach, ihrem eigentlichen Namen, von dem er vermutete, dass Ramanov ihn eher benutzen würde als die abgekürzte Koseform. Doch sie rührte sich nicht, und Bens Blick hielt ihr Gesicht so aufmerksam fest, dass ihm auch nicht das kleinste Zucken eines Nervs oder das geringste Flattern ihrer Augenlider entgangen wäre. Vermutlich, dachte er verärgert, sorgte das *Stärkungsmittel*, das van Staaten ihr verabreicht hatte, nur dafür, dass sie noch tiefer und noch länger schlief.

Er verstand immer weniger, was hier vor sich ging. Ganz gleich, wie zornig er auf van Staaten war und was er rein persönlich von ihr hielt … irgendetwas sagte ihm, dass sie eine *sehr* verantwortungsvolle Ärztin war. Warum hatte er trotzdem immer stärker das Gefühl, dass sie Sasha schadete?

Mit diesen Gedanken – aber ohne der Antwort auch nur nahe zu kommen – schlief er ein.

15

OBWOHL DER TODESBOTE das Firmament inzwischen auch tagsüber zur Gänze ausfüllte wie die geballte narbige Faust eines zornigen Gottes, die selbst das Licht der Sonne ausgelöscht hatte, war es nicht dunkel geworden. Statt des grellweiß leuchtenden Auges am Himmel spendeten nun unzählige Brände auf der Erde ein unheilvolles, sterbendes Licht, weiß und gelb am Anfang, das mehr und mehr zu einem düsteren Rot geworden war, als die Flammen ihre eigene Nahrung verzehrten und das Nahen des Todesboten dem Planeten seine schützende Hülle entriss. Die Erde bebte jetzt ununterbrochen. Die Berge am Horizont waren längst unter den unsichtbaren Hammerschlägen des Götterboten zusammengebrochen, die dem eigentlichen Verheerer vorauseilten, und am anderen Horizont hatten sich neue Berge aufgetürmt, durchzogen von feurigen Adern und schwarzen Rauch und Flammen speiend, wie eine verzweifelte Antwort auf das schwarze Lodern am Himmel, furchtbar in seiner entfesselten Macht und doch nichts gegen das, was kommen würde.

Müde wandte er sich um. Der Blick seiner großen pupillenlosen Augen tastete über das, was einst seine Heimat gewesen, und zum ersten Mal in seiner seit Äonen währenden Existenz empfand er eine tiefe, allumfassende Trauer, ein Gefühl reinen Verlustes, ohne irgendeine Spur von Zorn oder Hass oder Kalkül. Seine Welt starb. Nichts lebte hier mehr. Alle Bewegung war erloschen, der letzte Atemzug getan, der letzte Schrei schon längst verklungen. Wohin er auch blickte, war die Erde geborsten und entblößte ihr feuriges Inneres, das Herz, auf das die Faust der Götter zielte, um es zu zerschmettern, noch bevor diese Nacht zu Ende war.

Er war schon der Letzte, den es noch gab.

Noch während er sich abermals herumdrehte und seinen schrecklichen geschnäbelten Kopf in den Nacken legte, um zu dem geborstenen Stern hinaufzusehen, der die Stelle des Himmels eingenommen hatte, wurde ihm klar, dass er tatsächlich nicht nur der Letzte seiner Art war, sondern das letzte lebende Wesen auf dieser Welt. Alle anderen waren längst vergangen, verzehrt vom gleichen Feuer, das sie einst hervorgebracht hatte, erschlagen vom Fels der Höhlen, die ihnen keinen Schutz hatten bieten können, zermalmt von der bloßen Nähe des Todesboten, die längst begonnen hatte, den Planeten in Stücke zu reißen. Sie alle waren vergangen, die Alten, die Wissenden, die Erschaffer und Verheerer, die Herrschenden und die Beherrschten. Selbst die Geister des Kommenden waren verstummt, denn es gab nichts mehr, wovon sie erzählen konnten. Er war der Letzte seiner Art, alles, was von seinem Volk geblieben war, alle Erinnerung an ihr Leben und Wirken, ihre Niederlagen und Siege, ihre vergangene Größe. Wenn es ihn nicht mehr gab, dann würde auch diese letzte Erinnerung erlöschen, und es würde sein, als hätte es sie nie gegeben.

Das Gefühl der Trauer blieb, doch er suchte wieder vergeblich nach Zorn oder Wut in seinem Inneren, nach einem der Gefühle, die so lange sein Leben und das all seiner Brüder bestimmt hatten. Vielleicht war der Verlust zu gewaltig, der Schmerz zu groß und der Feind zu übermächtig, um dagegen aufzubegehren.

Ein lautloser Schlag spaltete die Erde zu seinen krallenbewehrten Füßen von einem Horizont zum anderen, und weißes Feuer loderte aus dem Herzen der Welt wie eine trotzige Herausforderung, die sie ihrem Widersacher noch im Moment des sicheren Untergangs entgegenschrie. Noch einmal wurde das ewige Dämmerlicht zum Tage, heller und gleißender, als er jemals gewesen war, und heißer als das Herz der Sonne. Selbst der Schutz der Alten begann nun zu wanken. Das Ende der Zeiten war gekommen.

Noch ein letztes Mal hob er den Blick zum Bringer der Verheerung am Himmel, der nun wie ein rot geäderter, schwarzer Diamant aussah, dann weiß, während er auseinander zu brechen begann und sich die beiden Welten berührten.

Mit einem letzten, lautlosen Seufzen schloss er die Augen, gab den Schutz auf, für dessen Errichtung so viele ihr Leben gelassen hatten.

Er starb …

16

... **UND WURDE WIEDERGEBOREN.** Ben rang keuchend nach Luft wie ein Ertrinkender und riss die Augen auf. Mit tränenverschleiertem Blick musterte er seine Umgebung.

Erst allmählich realisierte er, dass er sich keineswegs in seinem eigenen Schubladenzimmer oder dem deutlich größeren Gefangenentrakt befand, den Ramanov für ihn auserkoren hatte, sondern noch immer neben Sashas Bett saß; genauer gesagt: in einer unbequemen Haltung, die ihm vermutlich für den Rest des Tages mörderische Rücken- und Nackenschmerzen bescheren würde, im Schlaf nach vorne gesunken war, sodass sein Kopf auf der Brust des Mädchens lag.

Und das, was er für das Echo seines eigenen hämmernden Herzschlages in seinen Ohren gehalten hatte, war in Wahrheit Sashas rasender Puls!

So erschrocken, dass sein Herz nun tatsächlich einen Zahn zulegte und plötzlich wie ein kleiner, harter Knoten direkt in seinem Hals zu klopfen schien, sprang er hoch und knallte mit der hastigen Bewegung den Plastikstuhl hinter sich gegen die Wand. Irgendetwas fiel zu Boden und zerbrach klirrend, und Ben registrierte beiläufig, dass van Staaten zumindest in einem nicht Wort gehalten hatte – niemand war gekommen, um hier aufzuräumen, und vermutlich war das auch gut so. Er konnte sich Ramanovs Kommentar, wenn ihm berichtet wurde, dass man ihn schlafend quasi im Bett seiner Enkeltochter vorgefunden hatte, lebhaft vorstellen.

Nicht dass ihn das im Augenblick interessiert hätte. So erschrocken, dass es schon fast an Panik grenzte, ließ er endlich Sashas Finger los, die er im Schlaf die ganze Nacht über gehalten hatte, beugte sich über sie und wollte gerade mit beiden Händen nach ihrer Schulter greifen, um sie zu schütteln, als er sah, dass ihre Augen offen standen.

Sie war wach und sie sah ihn an. In ihren Augen *war* etwas wie Erkennen.

Und grenzenloser Schmerz.

»Sasha …?«, murmelte er verwirrt. Seine Hände, die wie erstarrt über ihren Schultern geschwebt hatten, begannen zu zittern. In Sashas so wunderschönen und zum allerersten Mal wirklich *lebendigen* Augen stand etwas geschrieben, von dem er sich mit aller Macht einzureden versuchte, es sei Wiedersehensfreude, und das doch das genaue Gegenteil war.

»Sasha, was … was ist mit dir?«, stammelte er. »Was hast du? Antworte doch!«

Und sie versuchte es. Ihre Lippen bewegten sich nicht. Ihr Gesicht blieb so leer und reglos wie das einer vollkommenen, aus feinstem Porzellan modellierten Puppe – aber er las ihr verzweifeltes Ringen darum, ihm zu antworten, so deutlich in ihren Augen, als *hätte* sie es getan.

Der Anblick brach ihm schier das Herz. Ganz egal ob ihm sein Verstand einzureden versuchte, dass er allmählich verrückt wurde und sich das alles hier (wie so manches andere vermutlich auch) nur einbildete, er *wusste* ohne jeden Zweifel: Sasha hatte seine Worte gehört und versuchte ihm zu antworten. Ihm etwas zu sagen. Etwas furchtbar Wichtiges.

Sie konnte es nicht.

Durch das dünne Plastik der Wände drangen gedämpfte Laute, die er erst jetzt und fast nur unterbewusst registrierte. Unmöglich zu sagen, was es war, doch es handelte sich eindeutig nicht nur um das schon vertraute Summen des Windes. Ben hatte plötzlich ein starkes Empfinden von Aufregung, vielleicht auch Furcht, und obwohl sich sein ganzes Denken auf Sasha und nichts anderes konzentrierte, spürte er auf einer tieferen Ebene trotzdem, dass da etwas geschah, was bedeutsam und wahrscheinlich auch gefährlich war. Aber es spielte keine Rolle. Nichts spielte eine Rolle außer Sasha.

Er überwand endlich seine Erstarrung, ergriff sie nun doch an den Schultern und schüttelte sie, wenn auch sehr vorsichtig, fast sanft. Am liebsten hätte er sie angeschrien, doch er beherrschte sich, beugte sich noch tiefer über sie, bis sich sein Gesicht nur noch wenige Zentimeter über dem des Mädchens befand, und sagte mit leiser, beschwörender Stimme: »Sasha, bitte! Ich weiß, dass es schwer ist. Aber wenn ich dir helfen soll, dann musst du mir antworten!«

Sasha reagierte nicht, doch in diesem Moment ging die Tür auf, und Ben erkannte aus den Augenwinkeln eine hell gekleidete Gestalt, die hereinkam und dann mitten im Schritt zurückprallte. Erschrocken hob er den Kopf, sah van Staaten verständnislos an und begriff erst dann den Grund für den ebenso verwirrten wie beinahe empörten Ausdruck auf ihrem Gesicht. Es war ja kein Wunder, so wie er dastand – tief über das vermeintlich schlafende Mädchen gebeugt, beide Hände auf ihren Schultern und sein Gesicht so nahe an ihrem, dass man kaum noch einen Finger hätte dazwischenschieben können. Er spürte, wie er rot anlief (es gab nicht den geringsten Anlass dazu, aber irgendetwas in ihm schien da vollkommen anderer Meinung zu sein), fuhr hoch und stammelte: »Doktor van Staaten! Ich bin –«

»Professor Ramanov möchte mit dir sprechen«, unterbrach ihn die Ärztin. Gleichzeitig setzte sie ihre begonnene Bewegung fort, trat ein und warf die Tür etwas schwungvoller hinter sich zu, als nötig gewesen wäre. In unüberhörbar süffisantem Ton fuhr sie fort: »Eigentlich wollte er selbst hierher kommen, aber vielleicht ist es ganz gut, dass ich sowieso nach Sasha sehen musste und ihm den Weg abgenommen habe. War was?«

Ben erwog in Gedanken blitzschnell ungefähr zwanzig Ausreden, von denen ihm eine noch dämlicher vorkam als die andere, dachte sogar kurz daran, ihr die Wahrheit zu sagen, und entschied dann das Einzige zu tun, was die peinliche Situation nicht noch peinlicher machen würde, nämlich überhaupt nichts zu erklären.

»Nein. Sie hat die ganze Nacht durchgeschlafen ... Jetzt ist doch Morgen, oder?«

»Theoretisch ja«, antwortete van Staaten und musterte den umgestürzten Plastikstuhl stirnrunzelnd. Ben konnte geradezu sehen, wie sich hinter ihrer Stirn ganze Armeen winziger Rädchen immer schneller und schneller drehten und zu einem Schluss kamen, der ihm ganz und gar nicht gefiel.

»Wenn du wissen willst, ob es draußen hell geworden ist, nein. Bis dahin vergehen noch ein paar Stunden.« Sie trat nun vollends an das Bett heran, schlug mit einer unwilligen Bewegung die dünne Decke zurück und maß Sashas gesamte Erscheinung mit einem langen Blick. Sie schwieg.

»Ich glaube, sie ist gerade wach geworden«, sagte Ben. Seine Stimme klang dabei eindeutig verlegen, und er hätte sich ohrfeigen können, war aber zugleich auch machtlos dagegen. »Ich wollte Sie gerade rufen.« Warum er *das* nun wieder sagte, wusste nicht einmal er selbst.

»Sicher«, erwiderte van Staaten. »Das denke ich mir.«

»Ich glaube, dass sie –«, begann Ben und beobachtete sich zu seinem maßlosen Entsetzen selbst dabei, nun zu allem Überfluss auch noch wie ein beim Äpfelstehlen ertapptes Kind von einem Fuß auf den anderen zu treten, und van Staaten unterbrach ihn augenblicklich und in noch kühlerem Tonfall.

»Professor Ramanov möchte wirklich mit dir reden. Es scheint wichtig zu sein. Lass ihn besser nicht warten.«

»Ja, sicher«, murmelte Ben. Er ging jetzt besser, bevor der Teil von ihm, der ganz offensichtlich auf dem Selbstvernichtungstrip war, den Sieg davontrug. Was immer er jetzt noch tun oder sagen konnte, würde alles nur schlimmer machen.

»Und zieh dir etwas Warmes an«, riet ihm van Staaten, während er um das Bett herumging und mehr Distanz zwischen sich und sie legte, als es in der Enge des kleinen Zimmers eigentlich möglich war. »Er wartet bei der Schleuse auf dich. Es könnte ziemlich kalt werden.«

Ben floh regelrecht aus dem Zimmer.

Er ging nicht zurück in sein Quartier, um sich eine warme Jacke zu holen, schon weil van Staaten ihm das geraten hatte, also aus purem Trotz (und so ganz nebenbei, weil er sich in der Station überhaupt nicht auskannte und den Weg dorthin gar nicht gefunden hätte und es ihm derselbe trotzige Zorn schlichtweg unmöglich machte, noch einmal zurückzugehen und sie zu fragen). Außerdem war er verwirrter denn je, und aus seiner nagenden Sorge um Sasha war etwas völlig anderes geworden, als beginne er tief in sich drinnen allmählich den Grund für seine bisher gestaltlose Furcht zu erkennen und begriffe, dass er wirklich *Grund* dazu hatte. Sasha war wach, und sie *hatte* versucht, ihm etwas zu sagen, aber einfach nicht die Möglichkeit dazu. Er musste mit jemandem darüber reden – aber mit wem? Van Staaten kam ebenso wenig in Frage wie Ramanov, und sich seinem Vater anzuvertrauen – was eigentlich das Nächstliegende gewesen wäre –, davor schrak er instinktiv zurück. Vielleicht mit seiner Mutter. Sobald sie wieder wach und einigermaßen auf dem Damm war, würde er mit ihr reden und *alles* erzählen; das Risiko, dass sie ihn hinterher für völlig durchgeknallt hielt und sich damit der Meinung der kompletten restlichen Menschheit anschloss, musste er eben eingehen.

Obwohl er sich in der Station nicht auskannte, war es kein Problem, die Schleuse zu finden: Der Lärm, den er vorhin wahrgenommen hatte, wies ihm zuverlässig den Weg, und hätte das nicht gereicht, dann wäre da noch die eisige Kälte gewesen, die ihm entgegenschlug, kaum dass er das erste Dutzend Schritte gemacht hatte. Ben fror bereits jetzt, obwohl er der anscheinend offen stehenden Schleuse noch nicht einmal auf Sichtweite nahe gekommen war, aber sein Stolz hielt ihn nach wie vor davon ab, kehrtzumachen und sich schlimmstenfalls zu seinem Quartier durchzufragen, um eine warme Jacke zu holen. Allzu lange, dachte er, würde es wohl nicht dauern, ans Frieren hatte er sich mittlerweile ja gewöhnt.

Was natürlich purer Unsinn war. Ben klapperte mit den Zähnen, als er um die letzte Gangbiegung kam und die wie erwartet weit offene innere Schleusentür vor ihm auftauchte, und noch bevor er sie ganz erreicht hatte, begannen seine Fingerspitzen und sein Gesicht vor Kälte zu prickeln. Sein Atem erschien längst als grauer Dampf vor seinem Gesicht, und immer wenn er unter einem der Lüftungsgitter der Klimaanlage hindurchkam, verspürte er einen vergänglichen, warmen Hauch, mit dem die vollkommen überlastete Anlage vergebens versuchte, die hereindringende Kälte zurückzuschlagen. Er war beinah so weit, nun doch noch einmal umzudrehen, als er eine Bewegung in der Schleusenkammer wahrnahm und Ramanov heraustrat. Er war ganz offensichtlich klüger gewesen als Ben und trug eine dick gefütterte weiße Jacke, deren Kapuze er hochgeschlagen und so weit in die Stirn gezogen hatte, dass Ben sich fragte, wie er überhaupt etwas sehen konnte. Aber das konnte er, denn er blieb unvermittelt stehen, legte überrascht den Kopf schräg und sah ihm stirnrunzelnd entgegen, während Ben trotzig die Schultern straffte und seine Schritte noch beschleunigte.

»Sie wollten mich sprechen?«, sagte er, bevor Ramanov eine dumme Bemerkung über seine unpassende Kleidung machen konnte.

»Ja«, antwortete Ramanov knapp und machte dann zu Bens purem Entsetzen eine einladende Geste auf die offen stehende Panzertür hinter sich. »Ich möchte dir gern etwas zeigen. Und deine Meinung dazu hören.«

»Da draußen?« Es gelang Ben nicht vollkommen, den erschrockenen

Unterton aus seiner Stimme zu verbannen, was – natürlich – nur zu einem unverhohlen schadenfrohen Grinsen des Russen führte.

»Es dauert nicht lange. Allerhöchstens fünf Minuten. Du wirst kaum mehr als ein paar Finger einbüßen … hat dir Heidi nicht gesagt, dass wir nach draußen gehen?«

Ben reagierte nur mit einem trotzigen Verziehen der Lippen und marschierte hoch erhobenen Hauptes an ihm vorbei in die Schleusenkammer, in der die kuscheligen Temperaturen einer Tiefkühltruhe herrschten, obwohl die Klimaanlage über ihren Köpfen jetzt heulte wie ein amerikanischer Apache-Kampfhubschrauber, der zum Sturzflug ansetzt.

Immerhin war der Weg nicht sonderlich weit. Gerrit, Frank und Tahia (allesamt klugerweise in Polarmonturen gehüllt) erwarteten ihn ein paar Schritte jenseits des äußeren Schleusentores, und weitere drei oder vier Meter hinter ihnen war ein äußerst sonderbar anzuschauender Apparat aufgebaut, den Ben erst auf den zweiten oder dritten Blick erkannte. Es war die Schallkanone, die er schon an Bord der *Princess* gesehen hatte, nur dass sie jetzt auf einer hastig zusammengestümperten Konstruktion ruhte, die aus einer hölzernen Palette und vier Rädern bestand, die verdächtig an die abmontierten Rollen eines Bürostuhls erinnerten. Ein fast handgelenkdickes Gummikabel, das in der grausamen Kälte bereits gefroren war und sich mit einer Eisschicht überzogen hatte, ringelte sich von der Palette ausgehend zwischen Bens Füßen hindurch ins Innere der Station, und als Gerrit zur Seite trat und ihm dabei grüßend zuwinkte, entdeckte er auch den Rest des Bürostuhls: Er war hinter der rechteckigen *Satellitenschüssel* der Schallkanone auf die Palette montiert worden. Ein weiterer dick vermummter Söldner hatte darauf Platz genommen, beide Hände (die in dicken Handschuhen steckten, wie Ben neidisch registrierte) auf die wuchtigen Metallgriffe der Infraschallkanone gelegt, und spähte konzentriert über ihren oberen Rand hinweg. Seine Augen verbargen sich hinter einer dunklen Schneebrille, und der Rest seines Gesichtes war bereits weiß gesprenkelt. Ben erkannte ihn trotzdem, als er den Kopf drehte, ihm zugrinste und dabei die schlechtesten Zähne zeigte, die es im Umkreis von zwei- oder dreitausend Meilen gab.

»Und?«, fragte Ben. Er hatte Mühe, nur dieses eine Wort hervorzubringen.

Ramanovs Grinsen wurde noch breiter. Er machte wieder eine einladende Handbewegung und tat zugleich einen weiteren Schritt auf Gerrit und die beiden anderen zu, und Ben folgte ihm, wobei er nicht ganz sicher war, ob das knirschende Geräusch, das er hörte, nun von dem verharschten Schnee unter seinen Füßen stammte oder eher von seinen Gelenken, die allmählich erstarrten. Großer Gott, wie konnte es nur so *kalt* sein? Er war seit noch nicht einmal zehn Sekunden hier draußen, und er war ganz und gar nicht sicher, ob er die nächsten zehn Sekunden noch überleben würde.

»Da hinten.« Ramanovs ausgestreckter Arm deutete durch eine Lücke des riesigen Plastikzeltes, das sich über der eigentlichen Station spannte. Bens Blick folgte der Bewegung, aber er konnte dort kaum etwas erkennen. Wie van Staaten gesagt hatte, herrschte draußen noch schwärzeste Nacht. Unter dem Zeltdach brannten zwar zahlreiche Lampen, die ein helles, in den Augen schmerzendes Licht verströmten, die Dunkelheit jenseits des Zeltes schien dadurch jedoch nur noch undurchdringlicher zu werden.

»Hier, zieh das an.« Tahia hielt ihm etwas ziemlich Großes und Weißes hin, das sich erst auf den zweiten Blick als eine voluminöse Jacke derselben Art entpuppte, wie sie selbst und die anderen Söldner sie trugen. Während er (ungeschickt und mit ihrer Hilfe, ohne die er es vermutlich nicht geschafft hätte) hineinschlüpfte, fiel ihm auf, wie schwer sie war. Schweigend reichte ihm die Söldnerin ein Paar Handschuhe und schlug die Kapuze seiner Jacke hoch. Erst dann wandte sie sich zu Ramanov um. »Sie sind wohl nicht bei Trost, Professor. Wollten Sie ihn umbringen?«

»Ich habe ihn nicht gezwungen, so herauszukommen.«

»Aber auch nicht daran gehindert, nicht wahr?«, fauchte die Söldnerin.

Ramanov setzte zu einer vermutlich noch gehässigeren Antwort an, doch Ben unterbrach ihn, indem er sich zuerst mit einem besänftigenden Kopfschütteln an die Söldnerin und dann direkt an Ramanov wandte. »Schon gut. Was genau wollten Sie mir zeigen?«

Der Russe wirkte enttäuscht. Aber immerhin sparte er sich jede weitere dämliche Bemerkung, reichte Ben ein klobiges Fernglas und deutete noch einmal in dieselbe Richtung.

Als Ben das Glas ansetzte, sah er im ersten Moment kaum mehr als zuvor; außer dass die ganze Welt plötzlich nur noch aus den unterschiedlichsten Grünschattierungen zu bestehen schien. Der Feldstecher war ganz offensichtlich zugleich auch ein Nachtsichtgerät.

Tahia half ihm das Gerät korrekt auszurichten und Ben sog überrascht die Luft zwischen den Zähnen ein. Durch die Lücke in den trapezförmigen Kunststoffsegmenten des Zeltdaches konnte er nun den Kamm einer vereisten Hügelkette erkennen, die die Station grob halbmondförmig umgab. Mindestens ein Dutzend Gestalten mit plumpen Gliedmaßen und schrecklichen dreifingrigen Händen erhob sich darauf. Und als Ben das Fernglas erst nach rechts und dann nach links schwenkte, gewahrte er auch dort Eisungeheuer, die ihn voll stummer Drohung anzustarren schienen.

»Sind sie das?«, fragte Ramanov, als er das Glas absetzte.

»Ja«, antwortete Ben. »Das sind die Ungeheuer, die die *Princess* überfallen haben.«

Ramanov wirkte zwar ein bisschen erschrocken, gab aber trotzdem ein abfälliges Geräusch von sich. »Ich sehe keine *Ungeheuer.* Nur ein paar merkwürdige Gestalten.«

»Dieselben Gestalten, die uns angegriffen haben«, fügte Tahia hinzu. Ramanov ignorierte sie.

»Was tun sie da?«, fragte Ben. Er setzte das Glas wieder an, aber nur kurz. Der Anblick war beinahe zu unheimlich, um ihn zu ertragen, vor allem in der geisterhaften grün gefärbten und grobkörnigen Darstellung des Nachtsichtgeräts.

»Bisher stehen sie nur da und starren«, sagte Gerrit. »Aber es werden immer mehr. Am Anfang war es nun ein Einziger, dann zwei oder drei ... jetzt sind es mindestens zwanzig oder dreißig.«

»Und?«, meinte Tooth. »Lass sie doch kommen. Ich habe noch eine Rechnung mit den Jungs offen.«

»Aber es sind dieselben ... Gestalten, die ihr auf dem Schiff gesehen habt?«, vergewisserte sich Ramanov noch einmal.

»Wenn Ihnen dieses Wort lieber ist«, antwortete Ben. »Was haben Sie eigentlich für ein Problem? Sie *sehen* sie doch!«

»Das Einzige, was ich sehe –«

»Da tut sich was«, sagte Gerrit, und Ramanov brach nicht nur abrupt ab, sondern nahm Ben auch kommentarlos den Feldstecher aus der Hand und setzte ihn an. Ben war in der allerersten Sekunde schlichtweg zu fassungslos, um irgendetwas anderes als Empörung zu empfinden, dann aber blickte auch er aus angestrengt zusammengekniffenen Augen in dieselbe Richtung wie der Russe und die Söldner. Eher beiläufig registrierte er, wie Tooth ebenfalls plötzlich zu der vereisten Hügelkette hinsah und die *Satellitenschüssel* dorthin ausrichtete, während sich seine rechte Hand vom Griff löste und nach einem besonders großen, auffälligen Schalter tastete, ohne ihn jedoch zu berühren.

»Was ist los?«, fragte Ben. Mittlerweile meinte er auch, dort draußen eine vage Bewegung wahrzunehmen, war jedoch nicht sicher, ob ihm nicht nur seine Nerven wieder etwas vorgaukelten.

»Ein paar von ihnen kommen auf uns zu«, antwortete Tahia, die ein gleichartiges Gerät, wie Ramanov und auch Gerrit es hatten, an ihre Schneebrille presste. Zwei oder drei Sekunden lang stand sie vollkommen reglos so da, dann aber ließ sie den Feldstecher sinken und gab ihn an den neben ihr stehenden Frank weiter. Ihr Zeigefinger strich über den Abzug ihrer Waffe, drückte ihn jedoch noch nicht durch.

»Was haben Sie vor?«, fragte Ramanov lauernd.

»Nichts. Ich will nur auf Nummer Sicher gehen, das ist alles.«

Ramanov sah nicht so aus, als ob ihn diese Worte sonderlich beruhigten. Aber vielleicht, dachte Ben, hatte der Umstand, warum sein Gesicht jetzt so schlagartig an Farbe verlor, dass man dabei zusehen konnte, ja auch einen ganz anderen Grund.

Er stampfte mit den Füßen auf, um die Kälte aus seinen Zehen zu vertreiben, registrierte zugleich jedoch flüchtig, dass ihm schon gar nicht mehr so entsetzlich kalt war wie noch vor ein paar Augenblicken. Die Jacke schützte ihn halbwegs vor dem schneidenden Wind. Seine Konzentration galt nahezu voll und ganz der Dunkelheit jenseits des hell erleuchteten Zeltdaches. Er konnte nach wie vor nichts erkennen außer Schatten und der vagen Andeutung einer Bewegung, die ihre Ursache aber höchstwahrscheinlich in dem noch immer tobenden Schneesturm hatte, doch dann sagte Tahia: »Sie kommen tatsächlich näher. Aber nicht alle.«

Ben warf ihr einen überraschten Blick zu. Das Zielfernrohr ihres Gewehres musste mit einem Nachtsichtgerät gekoppelt sein oder die Söldnerin hatte Augen, auf die jeder Falke neidisch gewesen wäre.

»Tun Sie nichts Unbedachtes!«, warnte Ramanov.

»Natürlich nicht.« Tahia lachte leise. »Keine Sorge, Herr Professor. Ich werde sie auf eine Tasse Tee einladen. Ich hoffe, Sie haben Kuchen in Ihrer Küche oder wenigstens Gebäck.« Dass ihr Zeigefinger dabei wieder fast zärtlich über den verchromten Abzug ihrer ansonsten nachtschwarzen Waffe strich, machte ihre Worte nicht unbedingt glaubhafter. Ramanov runzelte jedenfalls missbilligend die Stirn und setzte zu einer neuerlichen Entgegnung an, beließ es aber dann bei einem Schulterzucken und hob sein Fernglas.

Eine Minute verstrich, dann noch eine, und gerade als Ben es nicht mehr auszuhalten glaubte und irgendeine Frage stellen wollte, ganz egal welche, Hauptsache, das quälende Schweigen hatte ein Ende, zog Tahia den Abzug ihrer Waffe durch. Das schwere Gewehr ruckte sichtlich gegen ihre Schulter, aber alles, was zu hören war, war ein weiches, gedämpftes *Plopp!*, das von einer orangeroten, handlangen Flamme begleitet wurde, die aus der Gewehrmündung schlug. Kleinere, sonderbar symmetrisch geformte Flämmchen, die scharf abgegrenzt und fast weiß waren wie das Licht eines Schweißbrenners, bildeten für einen Sekundenbruchteil einen Kranz rings um die Mündung, und noch während Ramanov herumfuhr, war aus der Dunkelheit jenseits der Zeltkuppel ein helles, splitterndes Krachen zu vernehmen, unmittelbar gefolgt von einem Laut wie prasselnder Hagel auf einem Autodach.

»Sind Sie wahnsinnig geworden?!«, schrie Ramanov. »Habe ich Ihnen nicht gesagt, dass –«

»Schauen Sie hin, Professor«, unterbrach ihn Gerrit.

Ramanov starrte den Söldner beinahe hasserfüllt an, dann aber setzte er seinen Feldstecher wieder an und folgte Gerrits ausgestreckter Hand. Kurz darauf stieß er ungläubig die Luft zwischen den Zähnen aus. »Aber das ist doch –!«

»Auf jeden Fall nicht die Leiche eines Piraten«, sagte Tahia in fast beiläufigem Ton, schwenkte ihre Waffe um eine Winzigkeit herum und drückte rasch hintereinander dreimal ab. Das dumpfe *Whump!* des letzten Schusses vermischte sich mit einem Geräusch wie berstendes Glas, dem erneut ein – diesmal länger anhaltender – Hagelschauer zu folgen schien. Täuschte sich Ben oder stoben auch innerhalb der Zeltkuppel weiße Miniaturfontänen aus der knöcheltiefen Schneedecke, die auf dem Boden lag?

»Das kann doch … das kann doch gar nicht …«, murmelte Ramanov. Der Russe klang vollkommen fassungslos. »Das ist doch unmöglich!«

Für einen Augenblick tat der Wissenschaftler Ben beinahe leid. Plötzlich begriff er, dass Ramanov ihm bisher gar nicht hatte glauben *können.* Er musste daran denken, wie er zum ersten Mal einem dieser unheimlichen Geschöpfe gegenübergestanden hatte und wie schwer es *ihm* gefallen war, auch nur seine bloße Existenz zu akzeptieren, obwohl er es mit eigenen Augen sah. Um wie viel schwerer musste es einem Mann wie Ramanov fallen, einem Wissenschaftler, der sein Leben lang gelernt hatte nur das zu glauben, was er verstehen und begründen und erklären konnte.

»Gehen Sie wieder rein, Professor«, sagte Tahia, während sie ihr Gewehr herumschwenkte und rasch hintereinander zwei Schüsse abgab. Fast unmittelbar darauf fiel ein weiterer, dann noch einer, und Ben sah, dass auch Gerrit und Frank ihre Feldstecher gegen nachtschwarze Gewehre mit wuchtigen Zielfernrohren ausgetauscht hatten.

Ramanov rührte sich nicht. Ben bezweifelte sogar, dass er Tahias Worte überhaupt gehört hatte. Er stand bloß da und starrte aus weit aufgerissenen Augen in die Richtung, aus der mittlerweile ein ununterbrochenes Klirren und Bersten erscholl, und sein Gesicht und seine gesamte Haltung drückten maßloses Entsetzen aus.

»Tooth!«, rief Gerrit.

Der Angesprochene betätigte einen Schalter auf dem komplizierten Bedienfeld des Gerätes, und Ben spannte sich instinktiv ein wenig an, rechnete er doch mit dem schon vertrauten vibrierenden Summen, mit dem sich die Schallkanone entlud. Nichts dergleichen geschah. Stattdessen wurde es sichtbar dunkler – und dann leuchteten die starken Scheinwerfer über ihren Köpfen plötzlich mit verzehnfachter Kraft auf, sodass Ben und Ramanov erschrocken blinzelten und schützend die Hände über die Augen hoben. Und nicht nur der überdachte Bereich vor der Schleuse, sondern auch ein großes Gebiet außerhalb des Zeltdaches lag nun in gleißendes Licht getaucht da.

Etwas … *bewegte* sich dort. Der Anblick war so bizarr, dass Ben im allerersten Moment nicht einmal begriff, was er da sah. Es schien, als wäre die gesamte Eisfläche vor der Basis zu unheimlichem, mit merkwürdig eckigen, ruckhaften Bewegungen näher kommendem Leben erwacht.

Dann erkannte er, dass an diesem Gedanken nur ein einziges Wort falsch war: *Leben.* Es mussten Hunderte, wenn nicht Tausende Eismonster sein, als hätte sich die gesamte Hügelkette schlagartig in einer Armee weiß gekleideter Krieger verwandelt, die unaufhaltsam auf die Station zumarschierten. Ramanov schrie gellend auf und prallte einen Schritt zurück, während Ben erstarrte. Das war das Ende. Ganz plötzlich war ihm klar, dass es aus dieser Falle kein Entrinnen mehr gab. Ganz egal was für hervorragende Schützen Tahia und die anderen Söldner auch sein mochten, die Übermacht war schlichtweg zu gewaltig; eine Lawine aus Eis, die auf sie zurollte und sie unweigerlich mitreißen würde.

Sonderbarerweise schossen weder Tahia noch die beiden anderen. Sie hatten ihre Waffen sinken lassen und starrten der heranrückenden Armee aus Eismonstern mit totenbleichen Gesichtern entgegen, vielleicht ebenso gelähmt vor Schrecken, wie Ben es war. Und der Anmarsch der Monster war nicht annähernd so langsam, wie es zunächst den Anschein gehabt hatte. Schon hatten die ersten Eiskrieger die Lücken in dem Plastikdach erreicht und begannen sich hindurchzuquetschen.

Ben sah mit klopfendem Herzen zu Tooth, der in angespannter Haltung und mit einem Ausdruck höchster Konzentration auf dem Gesicht hinter dem Infraschallwerfer saß, dessen Griff er mit solcher Kraft umklammert hielt, als versuche er ihn abzubrechen. Er grinste jetzt nicht mehr, sondern wirkte grimmig und zu allem entschlossen. Trotzdem murmelte er: »Kommt zu Papa, Freunde. Ich habe eine Überraschung für euch.«

»Warte noch«, sagte Gerrit.

Tooth nickte, doch Ben konnte ihm ansehen, wie schwer es ihm fiel, dem Befehl zu folgen. Auch er verstand den Anführer der Söldner nicht wirklich. Die ersten Eisungeheuer befanden sich mittlerweile im Zelt, mindestens zehn, wenn nicht mehr, und hinter ihnen drängte ein Mehrfaches dieser Anzahl heran. Ein Klingen und Summen begleitete ihren Vormarsch, gar nicht das Geräusch stampfender gläserner Krieger, das er bei diesem Bild erwartet hätte, sondern ein Laut, als würde irgendwo jenseits der Dunkelheit, die den hell erleuchteten Ausschnitt der Welt umschloss wie eine zweite, düstere Belagerungsmauer, eine gigantische gläserne Harfe angeschlagen. Die ersten Angreifer waren jetzt allerhöchstens noch fünfzehn oder zwanzig Schritte entfernt, und dass sie sich so langsam und torkelnd bewegten wie Betrunkene in einem Sturm, änderte nichts daran, dass sie auch so unaufhaltsam wie ein Polarsturm heranrückten.

Ramanov sah den Söldner mit immer größer werdendem Schrecken an. »Worauf warten Sie, zum Teufel noch mal?«, keuchte er.

Gerrit machte eine unwillige Handbewegung, um ihn zum Schweigen zu bringen, bedeutete Tooth aus der gleichen Geste heraus, nichts zu unternehmen, und sagte abermals: »Wir warten!«

Die Monster waren jetzt so nahe, dass man die unheimlichen, leeren Gesichter erkennen konnte, die dreifingrigen Hände, die sich jetzt langsam hoben … und plötzlich schrie Ben, so laut er konnte: *»Tooth! Schieß! Ihre Hände!«*

Eines der Monster riss den Arm in die Höhe und zielte mit seiner schrecklichen Klaue auf den Söldner. Etwas Winziges, Blitzendes flog durch die Luft und zerbrach klirrend am oberen Rand der Schallkanone, und Tooth fluchte lauthals und drückte den Auslöser seiner Waffe.

Diesmal war nicht der mindeste Laut zu hören, aber das gute Dutzend weiterer tödlicher Geschosse, das auf Tooth zuraste, löste sich im Bruchteil eines Lidschlages in stiebenden, pulverfeinen Schnee auf, und nahezu im gleichen Moment widerfuhr den ersten fünf oder sechs Eisungeheuern, die in gerader Linie vor der Schallkanone standen, dasselbe Schicksal. Nur dass sie nicht in einer Wolke von Schnee aufgingen, sondern wie von einem Hammerschlag getroffen auseinander barsten. Ben duckte sich blitzschnell, als es Eissplitter regnete. Etwas prallte mit einem heulenden Geräusch wie ein Querschläger von der Kante der Schallkanone ab, andere Splitter wurden so hoch in die Luft geschleudert, dass sie gegen das Zeltdach schlugen, und Ben sah voller Grauen, wie sich ein fast handlanger, rasiermesserscharfer Eisdolch kaum eine Handbreit vor Tooths Füßen ins Holz der Palette bohrte, wo er zitternd stecken blieb. Instinktiv riss Ben die Arme über den Kopf und machte drei, vier hastige Schritte zurück, und auch Ramanov folgte seinem Beispiel, rannte aber weiter und blieb erst stehen, als er die offene Schleusentür erreichte.

Tooth fluchte noch lauter, presste den Daumen mit solcher Kraft auf den Auslöser seiner Hightechwaffe, als wolle er ihn in das dünne Plastik hineinrammen, und schwenkte die vermeintliche Satellitenschüssel gleichzeitig mit einer langsamen Bewegung von links nach rechts.

Das Ergebnis war dramatisch. Die Front der Eisungeheuer wurde zerfetzt, als wäre eine gigantische Sense unter sie gefahren. Die Monster lösten sich beinahe schneller auf, als Bens Auge es mitverfolgen konnte, und es ging geradezu ein Platzregen von Eissplittern nieder, glücklicherweise aber kaum noch in ihrer unmittelbaren Nähe.

Auch Gerrit und die beiden anderen hatten ihre Gewehre wieder gehoben und zu schießen begonnen, obwohl das angesichts der Verheerung, die Tooths Schallkanone unter den Angreifern anrichtete, vollkommen überflüssig schien. Und die unsichtbaren Wellen der Vernichtung, die sie ausspie, wüteten nicht nur unter den Eiskreaturen. Von den tödlichen Infraschallstrahlen war nach wie vor nichts zu hören, und trotzdem brach ringsherum regelrecht die Hölle los. Fässer dröhnten, als würden sie mit Schmiedewerkzeugen bearbeitet; die Scheiben der Schneeraupe, die nur einen halben Steinwurf weit entfernt stand, gingen mit einem ohrenbetäubenden Klirren zu Bruch; in dem blau lackierten Blech eines Müllcontainers erschienen plötzlich zahllose Dellen wie von riesigen Fäusten, und aus seinem Inneren explodierten schwarze Plastiksäcke mit Abfall, die sofort vom Sturm ergriffen und davongetragen wurden. Das Krachen und Splittern der Eismonster wurde immer lauter und klang auf einmal wie ein Chor gellender Schreie in Bens Ohren. Nicht eines der eingedrungenen Ungeheuer existierte mehr, und falls es noch eines Beweises dafür bedurft hätte, dass sie keinen Menschen gegenüberstanden, so wäre er jetzt erbracht gewesen, denn die anderen rückten völlig ungerührt weiter vor. Tooth kippte die Waffe ein wenig in die Höhe, sodass Ben die tödliche Schallwelle sehen konnte, die durch den Schnee pflügte, ein gewaltiges Stück aus dem Plastikdach riss und dann unter den draußen aufmarschierten Eiskriegern zu wüten begann. Die stapften einfach weiter heran wie bizarre weiße Roboter, die stur ihrem einmal eingegebenen Programm folgten und keine Angst und keine Schmerzen kannten.

Aber er sah auch noch etwas anderes. Je weiter Tooth den unsichtbaren Strahl auf die Ebene hinauslenkte, desto mehr ließ seine Zerstörungskraft nach. Die Monster, die sich dem Zeltdach auf weniger als fünf oder zehn Schritte genähert hatten, wurden zerschmettert, doch sie zerbarsten nicht mehr in Millionen Splitter oder schienen schlichtweg zu verschwinden, sondern stürzten wie von Schlägen getroffen. Manche von ihnen erhoben sich wieder und wankten, eines Armes, einer Schulter oder auch des Kopfes beraubt, weiter, bis sie abermals von der großen Sense erfasst und vollends in Stücke geschlagen wurden. Die hinter ihnen Heranrückenden blieben wieder höchstens einen Moment stehen oder sanken auf ein Knie herab, um ihren Weg dann fortzusetzen.

»Hör auf!«, befahl Gerrit.

Tooth musste den Befehl wohl selbst über den infernalischen Krach hinweg gehört haben, denn er nahm unverzüglich den Daumen vom Feuerknopf. Auch Gerrit und die beiden anderen Söldner hatten aufgehört ihre Munition zu verschwenden und standen nur mit schreckensbleichen Gesichtern da. Für einen Augenblick war es fast unheimlich still, aber vermutlich lag das nur daran, dass Ben nach dem Lärm nahezu taub war.

Und die Ruhe würde nicht lange anhalten. Die überlebenden Eisungeheuer formierten sich bereits wieder, und Ben stöhnte innerlich auf, als er sah, wie *viele* es noch immer waren. Tooth musste mindestens dreißig oder vierzig der Kreaturen zerstört haben, doch die Reihe, die sich auf das Kuppeldach zubewegte, war schon wieder dicht geschlossen, und es war, als hätte die Zahl ihrer Gegner überhaupt nicht abgenommen.

»Noch nicht schießen!«, sagte Gerrit hastig. Er zielte weiter mit seinem Gewehr auf die heranstampfende Front der Ungeheuer, wedelte jedoch zugleich auch mit der anderen Hand hektisch in Tooths Richtung. »Warte, bis sie näher heran sind. Aber nicht zu lange.«

Tooth nickte nervös und visierte die albtraumhafte Armee sorgfältig an, und Gerrit schenkte Ben einen bösen Blick. »Hast du das gewusst?«

»Was?«, murmelte Ben nervös. Und natürlich nur, um Zeit zu gewinnen.

»Dass sie auf uns schießen!«, fauchte Gerrit.

Ben nickte wortlos. Seine Kehle war wie zugeschnürt.

»Und warum verdammt noch mal hast du uns nicht gewarnt?«, wollte der Söldner wissen.

Ben antwortete nicht. Er hatte es schlichtweg *vergessen*, doch das kam ihm selbst so unglaubwürdig und verrückt vor, dass er es nicht wagte, es auszusprechen.

»Gut«, grollte Gerrit, als ihm klar wurde, dass Ben nicht antworten würde, ganz egal wie lange er wartete. »Darüber reden wir später. Jetzt verschwinden wir von hier.«

»Aber –«, begann Ben, wurde jedoch im gleichen Atemzug von Gerrit unterbrochen, der jetzt fast schrie:

»Sofort!«

Da Ben in seinen Augen las, dass er es ernst meinte und ihm möglicherweise etwas wirklich Unangenehmes zustoßen würde, falls er nicht gehorchte, wandte er sich endlich um und bewegte sich auf Ramanov zu, er stolperte mehr, als er ging. Der Russe bedachte ihn nur mit einem flüchtigen, wenngleich sehr ärgerlichen Blick und konzentrierte sich dann wieder auf das Geschehen außerhalb des Kuppeldachs, und Ben wich rasch noch zwei oder drei Schritte weiter in die Wärme der Schleusenkammer zurück, bevor er sich herumdrehte und dasselbe tat.

Die Front der Ungeheuer war deutlich näher gekommen und hatte die Lücken im Zeltdach mittlerweile schon fast wieder erreicht, und er konnte sich des Eindruckes nicht erwehren, ihre Zahl hätte noch einmal zugenommen. Tooth hockte in einer vornübergebeugten, verkrampften Haltung auf seinem lächerlichen Bürostuhl wie ein Kanonier auf einem Schlachtschiff im Zweiten Weltkrieg, der mit seinem Flugabwehrgeschütz auf einen angreifenden Kamikaze-Bomber zielt, und sowohl Gerrit als auch die beiden anderen Söldner hatten sich wieder auf jeweils ein Knie herabsinken lassen und visierten ihre Gegner mit den Gewehren an.

»Warum schießen sie nicht?«, murmelte Ramanov nervös. Er hatte angefangen, von einem Bein auf das andere zu treten und die Hände zu ringen, und selbst die Feindseligkeit, die Ben noch vor einer Sekunde in seinen Augen gelesen hatte, war nun verschwunden und hatte einem Ausdruck von so tiefer Verstörtheit Platz gemacht, dass Ben eine Menge von dem zurücknahm, was er gerade noch über ihn gedacht hatte. Natürlich nicht alles und natürlich nicht für lange.

Er wusste, dass es albern war, konnte sich die Bemerkung aber nicht verkneifen: »Glauben Sie mir jetzt, Professor?«

Ramanov blickte ihn kurz an. Sein Gesicht hatte sich vor Kälte gerötet, und trotzdem konnte Ben wieder sehen, wie blass er darunter geworden war. Für Ramanov musste in diesem Moment eine Welt zusammengebrochen sein, sah er doch etwas, was es nach seiner streng wissenschaftlichen Art, die Wirklichkeit zu sehen, schlichtweg nicht geben durfte.

»Jetzt!«, schrie Gerrit draußen.

Abermals schleuderte die Schallkanone den Angreifern Wellen der Verheerung entgegen. Fünf, sechs, schließlich eine ganze Gruppe der riesigen, torkelnden Gestalten wurde pulverisiert und schien von einem Sekundenbruchteil auf den nächsten nicht mehr da zu sein, andere taumelten zurück oder fielen stocksteif um, und nicht weit von Gerrit und seinen beiden Kameraden entfernt streifte der unsichtbare Strahl eine eisverkrustete Kiste von der Größe eines Kleiderschranks, die mit einem berstenden Schlag auseinander flog und einen kleinen Vulkan absurd großer, flatternder Schneeflocken ausspie, die sich bei genauerem Hinsehen als gefrorene Toilettenpapierrollen entpuppten; ein Anblick, der normalerweise lächerlich gewesen wäre, nun aber die unheimliche Wirkung der Szenerie nur noch verstärkte.

Etwas hatte sich geändert. Die Eismonster stürmten nach wie vor blindlings heran, ohne von der sicheren Zerstörung, die sie erwartete, auch nur Notiz zu nehmen, und doch … unterschied sich dieser Angriff von dem ersten, den Tooth so spielend zurückgeschlagen hatte. Sie gingen jetzt geplanter vor, begriff Ben mit kaltem Entsetzen.

Die Söldner mussten das ebenfalls erkannt haben, denn sie begannen nun wieder zu feuern, wobei sie gezielt die Monster aufs Korn nahmen, die dem Geschütz zu nahe zu kommen drohten. Die ersten Eisungeheuer hoben bereits wieder die Arme und schossen ihre Finger auf die Verteidiger ab. Kaum eines der grotesken Geschosse entging den Wellen lautloser Vernichtung, mit denen Tooth die Front der Angreifer bestrich, und die wenigen, die durchkamen, fielen harmlos weit vor ihm und den anderen zu Boden. Aber sie näherten sich, und der Augenblick war abzusehen, in denen die ersten treffen würden.

Und auch diesmal war es, als hätten Gerrit und die anderen seine Gedanken gelesen – wahrscheinlicher war allerdings, dass sie im selben Moment zu demselben Schluss gekommen waren wie er –, denn sie stellten das Schießen ein, veränderten ihre Position und schalteten ihre Waffen dann von Einzel- auf Dauerfeuer um. Ben sah, wie der Schalldämpfer von Tahias Waffe in einer Wolke brennender Plastikfetzen auseinander spritzte, als sie jetzt nicht mehr gezielt auf einzelne Angreifer schoss, sondern einen langen ratternden Feuerstoß abgab, wobei sie, ebenso wie die beiden anderen, jetzt tief hielt, sodass die Kugeln Beine und Knie der Monster zerschmetterten. Die gestürzten Ungeheuer waren aber keineswegs ausgeschaltet; Bens Grauen erreichte ein neues, bisher unbekanntes Maß, als er beobachtete, wie etliche der Kreaturen ihre schrecklichen Klauen benutzten, um sich weiterzuziehen, oder mit grotesken, schlängelnden Bewegungen durch den Schnee robbten, während die nachfolgenden Krieger einfach über sie hinwegstampften, bevor sie dasselbe Schicksal ereilte. Und sie kamen immer noch näher. Langsam, vielleicht nur zentimeterweise, wie es schien, aber sie *kamen* näher!

Etwas raste an Tooths Schulter vorbei und riss ein gut handgroßes Stück aus seiner Jacke, und der Söldner brüllte vor Wut, schwenkte seine Schallkanone herum und lenkte den Strahl gezielt auf ein einzelnes Eismonster, dem es irgendwie gelungen war, dicht genug heranzurücken, um auf ihn zu schießen. Das groteske Geschöpf verwandelte sich in Schnee, der nach allen Seiten spritzte, aber die winzige Ablenkung hatte gereicht, die Front der Ungeheuer auf der anderen Seite sich schon wieder ein sichtbares Stück nähern zu lassen. Fluchend riss Tooth seine Waffe abermals herum, wobei der Strahl das Schneemobil streifte und eine Eruption aus Glas- und Plastikteilchen im Inneren der mittlerweile glaslosen Kanzel hervorrief, und auch Tahia und Frank konzentrierten ihre Feuer jetzt wieder auf einzelne Gegner, die wie in selbstmörderischer Absicht aus der Front herausbrachen, während Gerrit plötzlich das Feuer einstellte, unter seine Jacke griff und etwas hervorzog, das er mit einer weit ausholenden Armbewegung nach draußen schleuderte.

Ben fand gerade noch Zeit, den Kopf einzuziehen und die Hände auf die Ohren zu schlagen, bevor die Handgranate mit einem gigantischen Knall inmitten der heranstürmenden Monster explodierte. Eine orangefarbene Feuersäule leckte nach dem Plastikdach und brannte mühelos ein gewaltiges Loch hinein, und dann tropfte brennender Kunststoff vom Himmel.

»Sind Sie wahnsinnig geworden?«, kreischte Ramanov. »Wollen Sie uns umbringen, Sie Idiot?«

Gerrit warf ihm einen ärgerlichen Blick über die Schulter hinweg zu, griff jedoch auch schon wieder unter seine Jacke und förderte eine zweite Handgranate zu Tage.

»Aufhören!«, brüllte Ramanov. »Um Gottes willen, lassen Sie das!«

Der Söldner holte ganz im Gegenteil noch weiter aus als beim ersten Mal, sah dabei noch einmal zu Ramanov zurück – und erstarrte dann mitten in der Bewegung. Ein vollkommen fassungsloser Ausdruck erschien auf seinem Gesicht, und hinter Ben und Ramanov schrie eine andere Stimme: »Aufhören! Sofort!«

Ben wirbelte herum – Ramanov und er waren nicht allein in der Schleusenkammer. Kaum einen Schritt hinter ihm stand eine hoch gewachsene Gestalt in Jeans und einem löcherigen schwarzen Rollkragenpullover, der ihm um mindestens zwei Nummern zu klein war.

»Harry?«, murmelte Ben verstört. Natürlich war es Harry. Er sah aus wie der Tod auf Latschen, hatte sichtlich kaum die Kraft, sich auf den Beinen zu halten, und zitterte in der tödlichen Kälte am ganzen Leib, aber es *war* Harry, und als er an Ramanov und ihm vorbei zur Schleusentür torkelte und sich dabei mühsam mit der linken Hand an der Wand abstützte, um nicht zu fallen, überbrüllte seine Stimme spielend den Lärm der grauenvollen Schlacht und das Heulen des Sturmes.

»Feuer einstellen! Sofort! Zieht euch zurück!«

Gerrit schaute ihn nur an, und es vergingen noch einmal fünf oder sechs Sekunden, in denen Tahia und Frank weiterfeuerten, ehe auch ihnen auffiel, dass hinter ihnen etwas im Gange sein musste. Zuerst Frank, dann auch die Söldnerin stellten das Feuer ein und sahen hastig hinter sich. Frank ließ vor Schreck beinahe seine Waffe fallen, während die junge Frau für einen halben Herzschlag so aussah, als würde sie gleich in Ohnmacht sinken.

»Feuer einstellen!«, brüllte Harry noch einmal. Die Worte galten Tooth, der seinen Befehl entweder nicht gehört hatte oder nicht darauf reagieren wollte, denn er schwenkte den Infraschallwerfer weiter von rechts nach links und wieder zurück wie ein Feuerwehrmann, der mit einem unsichtbaren Wasserstrahl versucht, eine Flammenwand aufzuhalten. Und das nicht einmal ohne Erfolg. Der Angriff der Eismonster hatte sichtlich an Schwung verloren. Die Lücken in ihren Reihen füllten sich noch immer beinahe ebenso schnell, wie sie entstanden, aber sie rückten nun nicht weiter vor, sondern wurden Stück für Stück zurückgetrieben.

Harry machte einen Schritt ins Freie und taumelte, als ihn der Sturm und die grausame Kälte wie ein Faustschlag trafen. »Aufhören! Tooth, Feuer einstellen!«

Und damit waren seine Kräfte anscheinend aufgebraucht, denn er wankte plötzlich immer heftiger, griff ebenso Hilfe suchend wie vergebens in die leere Luft und wäre gestürzt, hätte Ben nicht endlich seine Überraschung überwunden und wäre rasch hinzugesprungen, um ihn aufzufangen. Das Gewicht des Söldners war beinahe zu viel für ihn. Er strauchelte, verlor auf dem rutschigen Boden zusätzlich den Halt und ließ sich hastig auf die Knie sinken, um nicht zu fallen und womöglich unter Harry begraben zu werden. Erst dann ließ sich endlich auch Ramanov herab, zuzugreifen und Harry zu stützen.

Tahia und Gerrit kamen ebenfalls herbeigeeilt, während Frank mit zwei, drei raschen Schritten bei der Palette war und Tooth so derb mit der flachen Hand zwischen die Schulterblätter schlug, dass es ihn fast vom Sitz gefegt hätte. Immerhin nahm er den Daumen vom Feuerknopf, während er hastig um sein Gleichgewicht kämpfte und zugleich wutentbrannt herumfuhr. Ben konnte über dem Heulen des Sturmes nicht hören, was er sagte, aber Frank gestikulierte mit beiden Armen zu ihnen zurück, und nun konnte er selbst über die große Entfernung hinweg erkennen, wie auch Tooth kreidebleich wurde.

»Wir müssen ihn reinbringen!«, sagte Gerrit. Ben wollte automatisch zugreifen, doch er und Tahia ergriffen Harry kurzerhand unter den Achseln und schleiften ihn unsanft zuerst über die Schwelle der Schleusenkammer, dann durch die Tür in die eigentliche Station hinein. Ben sah noch einmal hilflos zu Frank und Tooth hinüber. Die beiden stritten noch immer miteinander, aber er sah auch, dass die Front der Eisungeheuer schon wieder bedrohlich nahe gerückt war. Tooth schüttelte heftig den Kopf und wollte sich wieder hinter seiner Waffe postieren, doch Frank zerrte ihn von seinem Stuhl und von der Palette herunter und versetzte ihm einen Stoß, der ihn zwei oder drei Schritte weit davonstolpern ließ. Gleichzeitig gab er einen kurzen, abgehackten Feuerstoß aus seiner Waffe ab, der die vordersten drei oder vier Eisungeheuer erwischte, die schon wieder dazu angesetzt hatten, ihre Arme zu heben und die beiden Söldner mit den Händen anzuvisieren, griff mit der anderen Hand nach der Palette und versuchte sie zurückzuzerren. Das sonderbare Gefährt schien sich überraschend leicht bewegen zu lassen, wenn man sein Gewicht bedachte und den Umstand, aus welch unzureichenden Materialien es bestand, aber natürlich hatte er keine Chance, die Schleuse zu erreichen und seine sperrige Last auch noch hineinzubugsieren, bevor die Eismonster heran oder zumindest doch in Schussweite waren. Nicht einmal, als nach einem Augenblick auch Tooth herumfuhr und ihm half.

»Nicht … feuern!«, drang Harrys Stimme aus dem Inneren der Station an sein Ohr. Ben konnte es nicht begründen – aber er *spürte*, dass es wichtig war, dem Befehl des Söldners nachzukommen. Doch wenn sie die Waffe im Stich ließen, verloren sie ihre einzige Verteidigung gegen die Ungeheuer!

Ohne in letzter Konsequenz zu begreifen, was er tat, oder es auch nur zu *wollen,* stürmte er wieder aus der Schleusenkammer hinaus, rannte zu Frank und Tooth und beugte sich vor, um ebenfalls nach der schweren Palette zu greifen. Das Holz war so kalt, dass es ihm die Haut von den Fingern zu ätzen schien, obwohl er dicke Handschuhe trug, und bei jedem Atemzug schnitten tausend Messerklingen in seine Kehle. Trotzdem strengte er sich an und mobilisierte all seine Kräfte, um die Palette gemeinsam mit den beiden anderen so schnell wie möglich zum Eingang zurückzuziehen. Etwas Weißes und Großes und ungemein Hässliches bewegte sich in seinen Augenwinkeln, und obwohl er es nicht wagte, hinzusehen, registrierte er dennoch irgendwie die heimtückischen, blitzenden Geschosse, die in ihre Richtung flogen. Eines davon zerbrach eine Handbreit neben ihm auf dem Boden, ein zweites bohrte sich in die Rückenlehne des Bürostuhles und blieb zitternd darin stecken. Frank gab einen kurzen Feuerstoß ab, der ihnen für drei oder vier Herzschläge Luft verschaffte, und plötzlich stieß sein Fuß gegen ein Hindernis: die Türschwelle.

Das Gewicht der Palette schien sich verzehnfacht zu haben, als Tooth, Frank und er die winzigen Räder über die niedrige Schwelle zu hieven versuchten, und ihre Breite entsprach fast auf den Millimeter jener der Tür. Vorhin, als die Söldner sie hinausgeschafft hatten, war das vermutlich kein Problem gewesen; angesichts der unbarmherzig heranwogenden Flut aus blitzenden Krallen, leeren Gesichtern und funkelnden Geschossen konnte dieses lächerliche Hindernis jedoch zu einer tödlichen Barriere werden.

Er versuchte diesen Gedanken abzuschütteln und verdoppelte seine Anstrengungen, und dann waren Gerrit und Tahia neben ihnen, fielen auf die Knie und gaben einzelne gezielte Schüsse aus der Tür ab, mit denen sie jene Eismonster aus der Masse der Angreifer herauspflückten, die bereits nahe genug waren um zu feuern.

Und obwohl Ben nicht mehr damit gerechnet hatte, dass sie es schaffen würden – auf einmal gab es einen Ruck, mit dem die beiden hinteren Räder der Palette über die Schwelle hinweghüpften, und kurz darauf einen zweiten, mit dem die beiden vorderen einfach abbrachen, dann krachte die ganze Konstruktion vor ihnen auf den Boden der Schleusenkammer, neigte sich knirschend zur Seite, und Tooth sprang hastig hinzu und stützte die Schallkanone mit ausgestreckten Armen. Gerrit gab einen letzten, etwas längeren Feuerstoß nach draußen ab und knallte die Tür ins Schloss. Etwas prasselte mit einem Geräusch wie eiserner Hagel von außen dagegen, dann war Ruhe.

17

SCHON ZEHN SCHRITTE und eine Gangbiegung später kam Ben, der mit Tooth die Nachhut bildete, die Kälte schon nicht mehr ganz so grausam vor wie in den letzten Minuten draußen; zumindest fraß sich nicht jeder Atemzug wie flüssige Säure in seinen Hals, und er hatte auch nicht bei jedem Schritt das Gefühl, seine Knochen würden bei der geringsten unvorsichtigen Bewegung wie Glas zerbrechen. Trotzdem hatte die eingedrungene eisige Luft es auch hier drinnen so kalt werden lassen, dass sein Atem als grauer Dampf vor seinem Gesicht kondensierte und sich hier und da an den Wänden bereits Raureif gebildet hatte.

Die Söldner hatten Harry noch ein gutes Stück hinter die Gangbiegung geschafft und auf den Boden gelegt. Tahia hatte ihre Jacke ausgezogen und knüllte sie gerade zu einem improvisierten Kopfkissen zusammen, das sie wenig sanft unter Harrys Hinterkopf und Nacken schob, während Gerrit dasselbe mit seiner Jacke tat, um sie wie eine Decke über Harry auszubreiten. Frank stand einfach nur dabei und schien nicht so recht zu wissen, was er mit seinen Händen anfangen sollte, und auch Ramanov lungerte gerade nahe genug herum, um Gerrit bei seinen ohnehin eher hilflosen Versuchen, etwas für seinen Kommandanten zu tun, zu behindern. Der Russe sah als Einziger weniger erschrocken als vielmehr zornig aus, auch wenn sich Ben bei aller bewusst gepflegten Bosheit eigentlich keinen Grund dafür denken konnte.

Dafür erschrak er umso mehr, als er nahe genug heran war, um einen Blick in Harrys Gesicht werfen zu können. Der Söldner war nur wenige Sekunden in der Kälte gewesen, aber es war schließlich nicht *irgendeine* Kälte – draußen mussten gut und gerne vierzig, wenn nicht fünfzig Grad minus herrschen; Temperaturen, wie Ben gerade am eigenen Leib gespürt hatte, bei denen Sekunden nicht nur zu Ewigkeiten werden konnten, sondern auch lebensgefährlich. Harry zitterte am ganzen Leib, obwohl man ihm ansehen konnte, dass er mit fast verzweifelter Kraft versuchte dagegen anzukämpfen. Sein Gesicht war von einer dünnen Raureifschicht überzogen, darunter jedoch blau angelaufen, und er hatte die Finger zu Krallen verkrümmt, bei deren Anblick Ben gegen seinen Willen an die toten Spinnen denken musste, die Gerrit ihm gestern gezeigt hatte.

»Habt ihr ... die Schleuse ...«

»Verriegelt?«, führte Tahia den Satz zu Ende, als Harrys Stimme ihm den Dienst versagte. Sie nickte. »Ja. Und wir haben sogar die Schallkanone gerettet – auch wenn es knapp war.«

»Und um ein Haar hätten sie mich erwischt«, meldete sich Tooth hinter ihm zu Wort. »Verdammt noch mal – kannst du mir bitte verraten, was dieser Schwachsinn sollte? Ich hätte sie alle erledigt!«

»Das ... das dürft ihr ... nicht«, brachte Harry ebenso mühsam wie nahezu unverständlich heraus. »Ihr dürft ... nicht auf ... nicht auf sie ... schießen. Hört ihr? Unter ... keinen Umständen!«

»Stell dir vor«, knurrte Tooth, »das habe sogar *ich* schon mitgekriegt. Mich würde nur zum Teufel noch mal interessieren, warum?!«

Tahia drehte mit einem Ruck den Kopf. In ihren Augen blitzte es zornig auf, doch bevor sie oder irgendein anderer etwas sagen konnte, wurden hinter Ben schnelle Schritte laut, und Dr. van Staaten erschien mit wehendem Haar und Kittel hinter der Gangbiegung. Sie sah erregt aus und ihre Miene verdüsterte sich schlagartig noch mehr, als sie Harry auf dem Boden liegen sah. »Was ist passiert?«, verlangte sie zu wissen, wedelte aber unwillig mit beiden Händen, als Tahia antworten wollte, und scheuchte die Söldnerin mit der gleichen Geste zur Seite. Hastig ließ sie sich neben Harry auf die Knie sinken, griff nach seinem Arm und fühlte mit geschlossenen Augen seinen Puls. Sie schüttelte besorgt den Kopf, ließ Harrys Arm so behutsam wieder sinken, als hätte sie Angst, er könnte wie Eis in Stücke springen, falls sie zu grob war, und stand dann mit einer fließenden Bewegung wieder auf.

»Er muss sofort auf die Krankenstation. Helfen Sie mir! Und seien Sie vorsichtig!«

Unverzüglich bückten sich Frank und Gerrit, um Harry – alles andere als vorsichtig, wie Ben fand – unter den Armen zu ergreifen und auf die Füße zu stellen, doch Ramanov hob eine Hand und vertrat van Staaten den Weg.

»Nicht so schnell. Ich habe ein paar Fragen an ihn. Das –«

»– spielt im Moment überhaupt keine Rolle, Herr Professor«, fiel ihm van Staaten in scharfem Ton ins Wort. »Der Mann ist in Gefahr. Ich muss mich um ihn kümmern!«

»Dieser Mann«, antwortete Ramanov betont, und sein Gesichtsausdruck wurde noch finsterer, »hat uns gerade alle in Gefahr gebracht, Frau Doktor. Und ich würde zu gerne wissen, warum!«

»Das können Sie ihn gerne fragen, Professor«, erwiderte van Staaten, in plötzlich kühlem, ganz und gar sachlichem Ton, »sobald er in der Lage ist, Ihnen zu antworten.« Sie machte eine zornige Geste, als Ramanov sichtlich dazu ansetzte, sie zu unterbrechen. »Sehen Sie ihn sich doch an! Er kann ja kaum sprechen. Was wollen Sie von ihm hören? Zusammenhangloses Fiebergestammel oder die Wahrheit?« Sie schüttelte heftig den Kopf, um ihre Worte zu bekräftigen, sah Ramanov für die Dauer eines einzelnen schweren Herzschlages eindeutig herausfordernd an und gab den beiden Söldnern schließlich mit einem Wink zu verstehen, dass sie weitergehen sollten, als Ramanov ihren Blick trotzig erwiderte, aber nichts mehr sagte.

Gerrit und Frank schleiften ihren halb bewusstlosen Kommandanten mehr zwischen sich her, als er aus eigener Kraft ging, und Tahia und Tooth wollten sich ihnen anschließen, doch nun wandte sich Ramanov zu ihnen um; sichtlich froh, eine andere Zielscheibe für seine schlechte Laune gefunden zu haben. »Sie bleiben hier«, befahl er barsch. »Wenn Ihr Kommandant schon darauf besteht, den Kampf einfach aufzugeben, dann passen Sie gefälligst auf die Schleuse auf. Und sollten die Biester durchbrechen, dann schießen Sie sie in Stücke – ganz egal was dieser Irrsinnige auch sagt!«

Zumindest Tahia sah so aus, als ob ihr zu dem Wort *Irrsinniger* die eine oder andere Entgegnung eingefallen wäre, aber Ramanov gab ihr keine Gelegenheit, noch etwas zu sagen, sondern fuhr auf dem Absatz herum und stampfte hinter van Staaten und ihrem Patienten her. Ben fühlte sich hilfloser und verstörter denn je; er verstand so wenig wie alle anderen hier, warum Harry diesen so sinnlos erscheinenden Befehl gegeben hatte, aber zugleich hatte er ihm *angesehen*, dass es einen Grund dafür gab. Einen sehr wichtigen Grund.

»Kann ich … irgendetwas tun?«, fragte er stockend. »Ich meine: Soll ich vielleicht die anderen rufen?«

Tahia lächelte nur flüchtig und drehte sich dann kopfschüttelnd herum, um wieder zur Schleusenkammer zurückzugehen, aber Tooth schürzte abfällig die Lippen. »Wenn diese Biester durchbrechen, dann haben wir auch alle zusammen keine Chance gegen sie, Kleiner. Hier drinnen können wir uns praktisch nicht verteidigen.«

Und damit ging auch er.

Solcherart aufgemuntert blieb Ben noch so lange stehen, bis die beiden Söldner hinter der Gangbiegung verschwunden waren, dann erst wandte auch er sich um und folgte van Staaten und den anderen. Obwohl er so schnell lief, wie es gerade noch ging, ohne zu rennen, holte er sie erst ein, als sie das Behandlungszimmer der Ärztin bereits erreicht hatten und van Staaten mit einem kurzen Zwischenspurt an den Söldnern vorbeilief, um die Tür zu öffnen. Ramanov schenkte ihm einen unfreundlichen Blick, als auch er, als Letzter und unaufgefordert, eintrat, sparte sich aber zu Bens Überraschung jede spitze Bemerkung.

»Hierhin!«, befahl van Staaten mit einer wedelnden Geste auf den schmalen Operationstisch, auf dem am vergangenen Abend noch Bens Mutter gelegen hatte. »Legt ihn hin – aber seid vorsichtig!«

Während die beiden Söldner gehorchten und Ramanov sein Möglichstes tat, um allen im Weg zu stehen, sah sich Ben überrascht um. Seine Mutter war nicht da. Er hatte fest damit gerechnet, sie ebenfalls hier anzutreffen – nachdem Harry so unerwartet aufgewacht war, vielleicht sogar wach –, aber die zweite Liege war leer. Die Verbindungstür zu van Staatens Apartment stand weit offen; er sah, dass das kaum pritschenbreite Bett ebenfalls verlassen war und das Zimmer tatsächlich so winzig, wie sie gestern behauptet hatte.

»Wo … ist meine Mutter?«

»Nicht jetzt«, antwortete van Staaten, unwirsch und ohne sich auch nur zu ihm herumzudrehen. Sie hatte sich bereits über Harry gebeugt und machte sich an seinem linken Arm zu schaffen. Obwohl es Ben nicht wirklich notwendig erschien, hielt sie sich auch diesmal nicht damit auf, den Ärmel seines schwarzen Pullovers hochzuschieben (was eindeutig schneller gegangen wäre), sondern hatte wie durch Zauberei schon wieder ein Skalpell in der Hand, mit dem sie ihn bis zur Schulter hinauf aufschlitzte; anscheinend, dachte Ben mit einem Anflug von schwarzem Humor, hatte sie gestern durchaus die Wahrheit gesagt, als sie behauptet hatte, sie schneide gerne.

»Was … tun Sie … da ?«, nuschelte Harry. Er war jetzt wieder in der Wärme der Station, aber die Kälte schien seine Lippen in zunehmendem Maße zu lähmen.

»Etwas, was nicht nötig wäre, hätten Sie auf mich gehört, Sie Sturkopf«, antwortete van Staaten, legte das Skalpell aus der Hand und wiederholte ihren kleinen Trick von gerade, denn nun erschien wie aus dem Nichts eine bereits aufgezogene Injektionsspritze mit einer ekelhaft dünnen, langen Nadel zwischen ihren Fingern. Obwohl sie ihm den Rücken zudrehte, glaubte Ben ihr schadenfrohes Grinsen regelrecht zu sehen, als sie Harry die Nadel in die Vene stieß und den Kolben hinunterdrückte. Harry gab keinen Laut von sich, aber er zuckte sichtlich zusammen und seine Lippen wurden zu einem noch dünneren, blutleeren Strich.

»Was … ist das?«, fragte er undeutlich.

»Nur ein harmloses Schlafmittel. Wenn Sie nicht freiwillig auf mich hören, muss ich eben dafür sorgen, dass Sie es auf andere Weise tun.«

»Nein!«, keuchte Harry. Seine Stimme kam Ben bereits schwächer vor, obwohl es eigentlich vollkommen unmöglich war, dass das Beruhigungsmittel *so* schnell wirken sollte. Und er beruhigte sich auch nicht, sondern griff mit der freien Hand nach van Staatens Arm, stieß ihn grob beiseite und zog dann mit zusammengebissenen Zähnen die Nadel aus seinem Arm.

»Sind Sie wahnsinnig geworden?«, empörte sich die Ärztin.

Harry ließ die Spritze zu Boden fallen, setzte sich stöhnend ganz auf und schwang die Beine von der Liege. Schon diese kleine Bewegung schien fast zu viel für ihn zu sein, denn er sackte plötzlich nach vorne und drohte von der Liege zu fallen. Van Staaten rührte keinen Finger, um ihn aufzufangen. »Nicht … schlafen«, murmelte er. »Ich muss … mit … Ramanov reden.«

»Kein Problem«, sagte der Russe. »Wie es der Zufall will, hatte ich gerade eine ganz ähnliche Idee.«

Harry hob mühsam den Kopf, fuhr sich mit beiden Händen übers Gesicht und die Augen und blinzelte Ramanov etliche Augenblicke lang nur verständnislos an; offensichtlich hatte er noch gar nicht mitbekommen, dass der Russe nicht nur hier, sondern die ganze Zeit über in seiner Nähe gewesen war. »Professor Ramanov …?«, vergewisserte er sich.

»Das reicht jetzt!«, sagte van Staaten. »Wenn Sie sich unbedingt umbringen wollen, Sie Dummkopf, dann gehen Sie hinaus zu ihren Freunden. Das geht schneller und tut vermutlich weniger weh.« Sie deutete mit dem Arm hinter sich. »Da ist die Tür. Ich halte Sie nicht auf!«

Harry schaute sie aus verschleierten Augen an. Er wankte heftig auf der Kante des Operationstisches hin und her, und Ben bemerkte aus den Augenwinkeln, wie sich Gerrit verstohlen in Position brachte, um ihn notfalls auffangen zu können. Harrys Kräfte reichten aus, irgendwie die Balance zu halten, zu mehr aber auch nicht. »Es ist wichtig«, sagte er lahm.

»Das glaube ich Ihnen gerne«, antwortete van Staaten, nun in beinahe sanftem Tonfall. »Aber was immer Sie sagen wollen – sagen Sie es in einer Stunde. Ansonsten laufen Sie Gefahr, dass Sie nie wieder etwas sagen. Und das meine ich ernst!«

Harry starrte sie an. Man konnte regelrecht sehen, wie träge sich die Gedanken hinter seiner Stirn bewegten und wie viel Mühe es ihn kostete, die Augen überhaupt noch offen zu halten. Schließlich nickte er. »Wann … geht die Sonne … auf?«

Ramanov sah ihn zwar an, als zweifle er ernsthaft an seinem Verstand, schüttelte aber trotzdem den linken Ärmel seiner Jacke herunter und blickte auf die Armbanduhr. »In etwas mehr als einer Stunde. Warum?«

Harry ignorierte ihn und sah weiter die Ärztin an. »Dann wecken Sie mich, kurz bevor es hell wird. Es ist wichtig.«

Das interessierte van Staaten nicht die Bohne, wie Ben ihr ganz deutlich ansah. Trotzdem zögerte sie nun und rang sich dann zu einem widerwilligen Nicken durch. »Also gut. Es ist Wahnsinn, und ich übernehme keinerlei Verantwortung für das, was Ihnen zustoßen könnte. Aber wenn Sie darauf bestehen …«

»Das ist nicht Ihr Ernst!«, ereiferte sich Ramanov. »Frau Doktor! Sie haben den Mann gehört! Vielleicht hängt unser aller Leben von dem ab, was er uns zu sagen hat! Auch Ihres!«

»Mag sein. Aber wenn er vor Entkräftung stirbt, kann er uns auch nichts mehr sagen, oder?«

»Unsinn!«, ereiferte sich Ramanov. »Als ob es auf ein paar Sekunden ankäme!«

Van Staaten musterte ihn kühl, dann zuckte sie mit den Achseln, trat einen halben Schritt zur Seite und machte eine einladende Handbewegung. »Also gut, Professor. Sie sind der Kommandant hier. Bitte – fragen Sie ihn.«

Ramanov trat mit grimmigem Gesicht an ihr vorbei – und blieb dann mitten in der Bewegung stehen. Während des kurzen Augenblicks, in dem er sich mit der Ärztin gestritten hatte, war Harry nicht nur wieder auf die Liege gesunken; er hatte die Augen geschlossen und war bereits eingeschlafen.

»Darüber reden wir noch, Frau Doktor«, grollte Ramanov. »Ich komme in genau einer Stunde zurück, und dann ist dieser Mann wach und kann mit mir reden, haben Sie das verstanden?«

»Zu Befehl, Herr Kommandant«, antwortete van Staaten und salutierte übertrieben zackig. Ramanov sah nun aus, als würde ihn im nächsten Moment der Schlag treffen, doch er schluckte alles hinunter, was ihm so sichtlich auf der Zunge lag, warf van Staaten nur noch einen beinahe hasserfüllten Blick zu und fuhr dann herum, um wie ein tobender Stier aus dem Zimmer zu stürmen.

»Ich glaube, jetzt haben Sie ihn aber wirklich verärgert«, sagte Ben.

»Ja«, meinte van Staaten amüsiert. »Das scheint mir auch so.«

Ben teilte ihre Belustigung nicht. »Ich weiß nicht, ob das klug war. Ich meine: So gut kenne ich Ramanov nicht, aber ich habe das Gefühl, dass er ziemlich nachtragend sein kann.

Das amüsierte Funkeln in van Staatens Augen nahm noch zu. »Du kennst ihn ja doch ganz gut. Keine Sorge, Ben. Zar Iljitsch I. und ich waren noch niemals Freunde. Er hat mich aus seinem großen Herzen ausgeschlossen, kaum dass ich hier angekommen war, und mir ist es auch nicht viel anders ergangen.«

»Und Sie haben gar keine Angst vor ihm?«

»Warum?«, erwiderte van Staaten lächelnd. »Spätestens wenn er einen von seinen Migräneanfällen hat oder ein Aspirin braucht, weil er ein wenig zu tief in seine Wodkaflasche geschaut hat, kommt er wieder angekrochen. Ich bin die einzige Ärztin im Umkreis von zweitausend Meilen, weißt du? Und meine Ablösung kommt in frühestens sechs Monaten.«

Ben zwang irgendwie ein Lächeln auf seine Lippen, zu dem ihm aber in Wirklichkeit rein gar nicht zu Mute war. Van Staaten musste doch wissen, dass Ramanov diesen Zwischenfall nicht auf die leichte Schulter nehmen und auch ganz bestimmt nicht *vergessen* würde; wie sehr er in mancher Hinsicht auch von der Ärztin abhängig sein mochte, eines konnte sich Ben beim allerbesten Willen nicht vorstellen, nämlich dass der Russe es einfach so hinnehmen würde, vor Zeugen derart gedemütigt zu werden.

Vielleicht nur, um das plötzlich unangenehm werdende Schweigen zwischen ihnen zu beenden, machte er eine Kopfbewegung auf den schlafenden Söldner und fragte: »Aber Sie haben doch gerade übertrieben, oder?«

»Übertrieben?« Van Staaten schüttelte heftig den Kopf. »Kein bisschen.«

»Aber gestern haben Sie doch noch gesagt, dass ihm eigentlich nichts fehlt! Wie kann sein Zustand dann jetzt so ernst sein?«

»Er wird es, wenn er nicht auf mich hört. Dieses Land tötet einen Menschen schneller, als du mit den Augen zwinkern kannst, Ben. Du weißt nicht, was Kälte ist.«

Ben dachte an die wenigen Augenblicke zurück, die er selbst praktisch ohne Schutz im Freien verbracht hatte. Bereits die bloße Erinnerung ließ ihn schon wieder schaudern. »Ich glaube doch«, entgegnete er, erntete aber auch jetzt wieder nur ein – nun beinahe zorniges – Kopfschütteln.

»Nein!«, behauptete van Staaten. »Das weißt du nicht! Du weißt, was *frieren* bedeutet, aber das ist nicht das Schlimme. Richtig gefährlich wird es, wenn du aufhörst zu frieren. Du spürst es nicht. Du hast das Gefühl, es sei gar nicht so schlimm. Alles sei in Ordnung. Du bist allenfalls ein bisschen müde ... und dann legst du dich hin und stirbst. Die meisten Menschen, die in diesem Land ums Leben kommen, sterben auf diese Weise. Dein Freund ist sehr stark, das gebe ich gerne zu. Und es sind meistens gerade die Starken, die es zuerst erwischt.«

Ben sah ihr an, dass sie zu diesem Thema noch eine ganze Menge hätte sagen können, doch stattdessen seufzte sie nur traurig und gab sich dann einen sichtbaren Ruck. »Aber im Moment habe ich ihn ja unter meinen Fittichen«, fuhr sie betont beherzt fort. »Für die nächste Stunde wird er schlafen, und danach ist ihm bestimmt nicht nach einem weiteren Spaziergang zu Mute.«

Gerrit, der sich bis jetzt vollkommen im Hintergrund gehalten hatte, trat näher und zog misstrauisch die Augenbrauen zusammen. »Was soll das heißen, Frau Doktor? Was haben Sie ihm gegeben?« Frank, der neben der Tür lehnte, hüllte sich nach wie vor in Schweigen.

»Keine Sorge«, erwiderte van Staaten spöttisch. »Oder vielleicht doch – falls Sie sich Hoffnungen gemacht haben, das Kommando über ihren Trupp auf Dauer zu übernehmen. Es ist nur ein harmloses Beruhigungsmittel. Aber Sie haben ihn ja selbst gehört: Er besteht darauf, vor Sonnenaufgang geweckt zu werden. Ich bin zwar nach wie vor dagegen, doch wenn es wirklich so wichtig ist …« Sie hob die Schultern. »Ich werde ihm etwas geben, das ihn aufweckt. Aber er wird sich nicht besonders gut danach fühlen und wahrscheinlich auch nicht sonderlich gut gelaunt sein.«

»Sie meinen also –«, begann Gerrit, doch nun unterbrach ihn van Staaten in unüberhörbar ärgerlichem Tonfall.

»Ich meine, dass es jetzt genug ist. Sie können meinetwegen gerne hier bleiben und aufpassen, dass niemand Ihrem Anführer zu nahe kommt, aber ich für meinen Teil habe noch andere Patienten, um die ich mich kümmern muss.«

»Andere Patienten?«, wiederholte Ben fast erschrocken.

»Deine Mutter zum Beispiel. Du hast doch gerade selbst nach ihr gefragt.«

Ben war verwirrt. Als van Staaten das Wort *Patienten* ausgesprochen hatte, hatte er nicht einmal an seine Mutter gedacht, sondern ganz automatisch an Sasha. Er spürte, wie er vor Verlegenheit rote Ohren bekam, tröstete sich aber damit, dass van Staaten den Grund dafür wohl kaum erraten würde.

»Sasha geht es übrigens wieder ausgezeichnet«, sagte van Staaten prompt und mit einem süffisanten Lächeln. »Du kannst später zu ihr, falls du möchtest. Aber ich nehme an, jetzt willst du deine Mutter sehen.«

»Ja«, sagte Ben hastig. Konnte in dieser verdammten Station eigentlich jeder in seinem Gesicht lesen wie in einem offenen Buch?

Immerhin war die Ärztin nun so gnädig, es bei einem weiteren, knappen Lächeln zu belassen und im Übrigen kommentarlos an ihm vorbei und zur Tür zu gehen. Gerrit und der zweite Söldner rührten sich nicht, als hätten sie tatsächlich vor, van Staatens ironisch gemeintem Rat zu folgen und neben Harrys Krankenlager Wache zu halten, aber da die Ärztin nichts dagegen einzuwenden zu haben schien, beeilte sich nun auch Ben, ihr auf den Gang zu folgen. Sie wandte sich zwar nach links, in die Richtung, aus der sie gekommen waren, nahm dann jedoch eine andere Abzweigung, und natürlich verlor Ben schon nach eine paar Schritten abermals die Orientierung. Van Staaten eilte so rasch vor ihm her, dass er alle Mühe hatte, nicht zurückzufallen und sie ihr Ziel schon beinahe erreicht haben mussten, als er endlich dazu kam, die Frage zu stellen, die ihm schon die ganze Zeit auf der Zunge brannte.

»Wie geht es meiner Mutter?«

»Ich dachte schon, du fragst gar nicht mehr«, erwiderte van Staaten spitz – was genau genommen keine Antwort auf seine Frage war, ihr aber wohl die Zeit verschaffte, die sie hatte gewinnen wollen, denn sie machte plötzlich drei oder vier noch größere und schnellere Schritte, griff mit dem ausgestreckten Arm nach der Klinke einer Tür und drückte sie herunter ohne anzuklopfen. »Aber warum fragst du sie das nicht selbst?«, knüpfte sie in triumphierendem Ton und mit einer übertrieben einladenden Geste an ihre Worte von eben an.

Ben war viel zu verdattert, um wirklich zu begreifen, was diese alberne Szene sollte, trat aber trotzdem gehorsam an ihr vorbei durch die Tür – und riss dann überrascht die Augen auf und konnte gerade noch einen Schrei unterdrücken.

Vor ihm lag ein Zimmer, das ebenso groß und behaglich eingerichtet war wie jenes, in das Ramanov ihn gestern eingesperrt hatte. Sein Vater saß auf einem Stuhl neben dem Bett und hielt die Hand seiner Frau, die zwar noch immer einen Pyjama trug und alles andere als gesund aussah, sich aber in eine halb sitzende Position aufgerichtet hatte und ganz eindeutig wach war. Anscheinend waren die beiden in ein sehr vertrautes Gespräch vertieft, denn die andere Hand seines Vaters lag auf ihrer Schulter und seine Finger streichelten zärtlich ihre Wange, und auf ihrem Gesicht lag ein sehr erschöpfter, doch auch sehr glücklicher Ausdruck. Als Ben hereinkam, sah sie auf, und im allerersten Moment glaubte Ben nichts als Verwirrung in ihren Augen zu lesen, vielleicht sogar so etwas wie ein sachtes Erschrecken, aber vermutlich war das nur eine Täuschung, denn schon einen Sekundenbruchteil später hellten sich ihre Züge auf und sie versuchte, sich weiter aufzusetzen, und streifte gleichzeitig die Hand ihres Mannes ab. »Ben!«

Ben war mit einem einzigen Satz bei ihr und schloss sie in die Arme. Tränen liefen ihm übers Gesicht. »Du bist wach! Ich hatte solche Angst um dich!«

Seine Mutter ließ Bens stürmische Begrüßung eine ganze Weile klaglos über sich ergehen, aber schließlich schob sie ihn mit sanfter Gewalt ein Stück von sich fort und sagte amüsiert: »Wie du siehst, geht es mir gut … falls du deine Versuche einstellst, mich zu erwürgen, heißt das.«

Ben wich hastig einen Schritt zurück und begann verlegen von einem Bein auf das andere zu treten. »Entschuldige«, stammelte er. »Ich wollte nicht –«

»Schon gut«, unterbrach ihn seine Mutter. »Das war nur ein Scherz.«

Erst jetzt nahm sich Ben die Zeit, seinen Vater zu mustern. Auch er sah erschöpft aus, aber mindestens ebenso glücklich wie seine Mutter, und Ben nahm in Gedanken alles zurück, was er ihm in den letzten Tagen innerlich vorgeworfen hatte. Wenn er jemals einen Menschen gesehen hatte, der *erleichtert* wirkte, dann seinen Vater in diesem Augenblick.

»Dem kann ich mich nur anschließen«, sagte van Staaten. Als Ben sich überrascht zu ihr herumdrehte, fügte sie nickend und mit einem grimmigen Gesichtsausdruck hinzu: »Dass du ein bisschen vorsichtig sein sollst, meine ich.« Sie schloss die Tür hinter sich, und auf ihrem Gesicht erschien ein durchaus überzeugend wirkendes Lächeln, als sie sich an seine Mutter wandte. »Also, Jennifer. Wie ich sehe, geht es dir ja schon besser.«

Jennifer?, dachte Ben überrascht. Er versuchte seinem Vater einen fragenden Blick zuzuwerfen, doch der sah nicht einmal in seine Richtung, sondern blickte abwechselnd van Staaten und seine Frau an.

»Stimmt«, antwortete Bens Mutter. »Ich fühle mich schon wieder besser. Vielleicht noch ein bisschen wackelig auf den Beinen.«

»Ein Grund mehr, dass du gar nicht erst versuchen solltest, auf selbigen zu stehen«, erwiderte van Staaten lächelnd, streckte den Arm aus und fühlte ihren Puls. »Du brauchst jetzt vor allem Ruhe. Soll ich dir etwas geben, damit du schlafen kannst?«

Bens Mutter schüttelte so heftig den Kopf, dass van Staaten rasch die Hand zurückzog und ein bisschen erschrocken wirkte.

»Schlafen? Danke. Ich … glaube nicht, dass *Schlaf* unbedingt das ist, was ich jetzt brauche. Davon hatte ich genug.«

»Nicht *diese* Art von Schlaf«, beharrte van Staaten, machte zugleich aber eine abwehrende Bewegung, als seine Mutter schon wieder widersprechen wollte. »Aber gut, ganz, wie du willst. Doch du musst mir versprechen, mich sofort zu rufen, falls dir übel wird oder schwindelig, wenn deine Finger oder Zehen einschlafen oder zu kribbeln beginnen … oder du ganz allgemein das Gefühl hast, mit dir wäre irgendetwas nicht in Ordnung.«

»Das klingt ja dramatisch«, meinte Bens Mutter. Sie versuchte, eine komische Grimasse zu ziehen, aber es misslang kläglich.

»Das ist es auch«, antwortete die Ärztin ernst. »Dein Mann hat mir erzählt, dass du Ärztin bist. Dann solltest du wissen, wovon ich spreche.«

»Ich habe vor ungefähr dreitausend Jahren einmal ganz kurz als praktische Ärztin gearbeitet, aber das ist auch schon alles.«

»Trotzdem sollte dir klar sein, was für ein unglaubliches Glück du gehabt hast«, beharrte van Staaten. »Ich verstehe selbst nicht genau, wieso ihr beide noch am Leben seid. Eigentlich ist das unmöglich. Aber auch ohne Arzt zu sein, sollte eigentlich jeder wissen, dass man sein Glück nicht unnötig herausfordert.«

Etwas … änderte sich im Blick seiner Mutter, tief drinnen in ihren Augen. Ihr Gesicht blieb vollkommen reglos, und doch konnte Ben überdeutlich sehen, wie Zorn von ihr Besitz ergriff, und sein Vater musste es wohl ebenfalls bemerken, denn er stand rasch auf und stellte sich zwischen die beiden Frauen, um den Blickkontakt zwischen ihnen zu unterbrechen und den drohenden Streit so im Keim zu ersticken.

»Doktor van Staaten hat Recht, Jennifer. Du musst dich jetzt schonen. Du bist hier und du bist am Leben. Alles andere spielt keine Rolle.«

Das bedrohliche Flackern in den Augen seiner Mutter erlosch, aber das Lächeln, das sie stattdessen auf ihre Lippen zwang, wirkte wenig überzeugend. »Ja. Wahrscheinlich habt ihr Recht. Beide. Ich bin es nur nicht gewohnt, nutzlos herumzuliegen, das ist alles.«

»Wer spricht hier von nutzlos?«, wollte van Staaten wissen. »Ich habe tausend Fragen an dich, und Professor Ramanov wahrscheinlich noch sehr viel mehr. Du wirst dir noch wünschen, für ein paar Minuten deine Ruhe zu haben.«

Sein Vater wollte etwas sagen, doch sie machte eine besänftigende Geste. »Keine Sorge. Für eine Weile halte ich ihn euch vom Hals. Aber allzu lange wird mir das wahrscheinlich nicht gelingen.« Sie schien darauf zu warten, dass jemand etwas auf diese Worte erwiderte, und wirkte ein bisschen hilflos, als das nicht geschah. Schließlich rettete sie sich in ein nun eindeutig verlegenes Lächeln und wandte sich zum Gehen. Auf dem Weg zur Tür drehte sie noch einmal den Kopf. »Na ja, dann lasse ich euch jetzt besser für eine Weile allein. Ich komme in einer Stunde wieder und sehe nach dir, Jennifer.«

Ben wartete, bis sie das Zimmer verlassen hatte, und wandte sich dann mit einem fragenden Blick und in nicht unbedingt freudig überraschtem Ton an seine Mutter. »Jennifer?«

»Das ist mein Vorname, falls du das vergessen haben solltest.«

Ben hob die Schultern. »Ich wundere mich nur.« Er wunderte sich tatsächlich. Seine Mutter war ein sehr geselliger Mensch, was das Duzen oder das Verwenden ihres Vornamens anging, dafür aber umso eigener. Sich von jemandem mit ihrem Vornamen anreden zu lassen war so ziemlich der größte Vertrauensbeweis, den sie einem anderen Menschen gegenüber erbringen konnte.

»Hier in der Station duzen sich alle«, erinnerte ihn sein Vater.

»So wie du und Ramanov?«, meinte Ben.

Sein Vater überging den Einwurf. »Mit ein bisschen Pech werden wir eine ganze Weile hier bleiben müssen«, meinte er, und damit war das Thema für ihn ganz offensichtlich erledigt. Er beugte sich zu seiner Frau hinunter, um ihr ins Gesicht zu blicken, und sagte in verändertem, eindringlichem Ton. »Du musst mir versprechen sofort Bescheid zu sagen, wenn irgendetwas nicht stimmt. Heidi hat Recht. Ich bin zwar kein Mediziner, aber sogar ich weiß, dass mit Unterkühlung und Entkräftung nicht zu spaßen ist.«

»Sehe ich entkräftet aus?«, erkundigte sich seine Frau.

Das tat sie tatsächlich nicht, dachte Ben verblüfft. Bisher war er viel zu aufgeregt und erleichtert gewesen, um seine Mutter genau anzusehen, aber jetzt fiel ihm auf, dass sie zwar blass und erschöpft wirkte, aber nicht annähernd so geschwächt, wie es unter den gegebenen Umständen zu erwarten gewesen wäre. Eigentlich wirkte sie nur … müde.

»Wo seid ihr die ganze Zeit gewesen?«, fragte er. »Wir hätten euch gesucht, aber der Spalt hat sich wieder geschlossen, nachdem ihr –«

»Du brauchst dir keine Vorwürfe zu machen«, unterbrach ihn seine Mutter. »Ihr konntet nichts machen. Niemand hätte das gekonnt.«

»Ich weiß«, antwortete Ben, der sich natürlich trotzdem Vorwürfe gemacht hatte, es nicht wenigstens *versucht* zu haben, ganz egal wie sehr sein Verstand auch darum kämpfte, ihm klar zu machen, dass es völlig sinnlos gewesen wäre. Aber seit wann scherten sich Gefühle um Logik?

»Macht es dir etwas aus, darüber zu reden?«, fragte sein Vater. Er hatte sich gesetzt und hielt jetzt wieder ihre Hand, und der Ausdruck von Erleichterung war nach wie vor auf seinem Gesicht, aber da war auch ein professioneller Unterton in seiner Stimme. Anscheinend konnte er nicht aus seiner Haut. »Ich meine: Du musst nicht darüber reden, wenn du nicht willst. Jedenfalls jetzt nicht. Ramanov wird dich später noch genug löchern.«

»Du scheinst ihn nicht zu mögen«, vermutete seine Frau.

»Wir hatten eine kleine … Meinungsverschiedenheit«, räumte Bens Vater mit einem raschen Seitenblick in seine Richtung ein. »Das stimmt. Aber es hat wahrscheinlich nichts zu bedeuten. Im Moment liegen hier bei jedem die Nerven blank.«

»Es macht mir nichts aus, darüber zu reden. Ich fürchte nur, allzu viel kann ich nicht erzählen. Ich war die meiste Zeit kaum bei Bewusstsein. Wir sind ziemlich tief gestürzt, und ich war eigentlich sicher, dass es das Ende ist. Ich weiß nicht, wie tief, aber es müssen zwanzig Meter oder mehr gewesen sein.«

»Und das habt ihr überlebt ohne einen Kratzer?«, entfuhr es Ben. Gleich darauf waren ihm die Worte peinlich, aber seine Mutter lächelte nur knapp und zuckte mit den Schultern.

»Wir müssen wohl ein ganzes Bataillon eifriger Schutzengel gehabt haben oder einfach nur unverschämtes Glück. Wir sind nicht auf Fels oder Eis aufgeschlagen, sondern auf einem ganzen Berg aus Schnee. Frag mich nicht, wie er dorthin gekommen ist, aber er hat uns auf jeden Fall das Leben gerettet.«

»Schnee?« Ben starrte sie an. »Etwa … feiner Pulverschnee?«

Seine Mutter nickte. »Alles andere wäre tödlich gewesen. Ich sage doch, es war ein Riesenglück. Der Aufprall war auch so schlimm genug. Ich wusste gar nicht, dass ein Mensch so viele Knochen im Leib hat, wie mir hinterher wehgetan haben.« Sie runzelte die Stirn. »Was hast du?«

Ben schüttelte hastig den Kopf. »Nichts.« *Schnee? Eine riesige Schneewehe direkt unter dem Felsspalt, durch den sie gestürzt waren?* Plötzlich lief ihm ein eisiger Schauer über den Rücken. Das war die Szene aus seinem Traum!

»Bestimmt nicht?«, vergewisserte sich seine Mutter. Sie sah alarmiert aus.

»Nein«, versicherte Ben. »Ich musste nur gerade daran denken, dass ihr wirklich großes Glück gehabt habt.«

»Ja, es sei denn, man will das Wort Wunder noch mehr strapazieren. Aber das ist auch schon beinahe alles, woran ich mich erinnere. Jedenfalls genau erinnere. Wir waren in einer Höhle und es war unglaublich kalt dort unten, aber nicht so kalt, dass wir erfroren wären.«

»Was für eine Höhle?« Bens Herz klopfte.

»Eine Höhle eben. Wir konnten nicht viel sehen. Harry hatte diese Leuchtstäbe mit – du weißt schon, die Dinger, die man ein paarmal schüttelt, und dann verbreiten sie für eine Weile Licht.«

»Chemikalien«, sagte Ben, der wohl ebenso wenig aus seiner Haut konnte wie sein Vater, automatisch. »Wenn man sie schüttelt, vermischt man sie miteinander und sie beginnen zu leuchten.«

Seine Mutter lächelte flüchtig. »Ja, etwas in der Art. Er hatte jedenfalls einige davon, aber nicht sehr viele, und ich glaube, er hatte auch eine Taschenlampe. Ganz sicher bin ich nicht. Ich fürchte, ich war die meiste Zeit mehr bewusstlos als wach. Ein paarmal hat er mich wohl auch getragen.« Sie deutete abermals einen Schulterzucken an und fügte, leiser und fast verlegen, hinzu: »Um ehrlich zu sein, wahrscheinlich sogar mehr als nur ein paarmal.«

»Und wie seid ihr dort wieder herausgekommen?«, wollte Bens Vater wissen.

»Indem wir einen Ausgang gefunden haben, wie denn sonst?«, antwortete seine Frau, impulsiv und mit einem Mal fast verächtlich. Gleich darauf lächelte sie jedoch entschuldigend. »Da unten ist ein ganzes Labyrinth von Höhlen und Kammern. Ich frage mich, ob Professor Ramanov weiß, dass er seine kostbare Station auf einem Schweizer Käse errichtet hat.«

Ben tauschte einen raschen Blick mit seinem Vater, der seiner Mutter natürlich nicht entging. Sie zog die Augenbrauen hoch. »Habe ich etwas Falsches gesagt?«

»Nein«, sagte Ben hastig. »Aber ich glaube, er ahnt es zumindest.« Er überlegte kurz, seiner Mutter von dem geheimen Labor unterhalb der Station zu erzählen, verwarf den Gedanken jedoch. Eingedenk van Staatens Warnung und dessen, was er gerade mit Harry erlebt hatte, plagte ihn ohnehin sein schlechtes Gewissen, weil er seine Mutter mit Fragen löcherte, statt ihr die Ruhe zu gönnen, die sie so dringend brauchte. Ihr von Ramanovs kleinem Geheimnis zu erzählen konnte er getrost seinem Vater überlassen oder wenigstens auf einen späteren Zeitpunkt verschieben. Trotzdem fuhr er fort: »Und ... sonst ist dir dort unten nichts aufgefallen?«

»Was soll mir aufgefallen sein?«, gab seine Mutter zurück, machte aber zugleich ein nachdenkliches Gesicht und fuhr nach einer Sekunde fort. »Da war tatsächlich etwas ... doch ich glaube nicht, dass ...« Sie schüttelte kurz und heftig den Kopf. »Das muss Einbildung gewesen sein. Wie gesagt, ich war die meiste Zeit nicht richtig da und hatte wahrscheinlich Fieber.«

»Was war es?«, fragte Ben. Er sah aus den Augenwinkeln, wie sein Vater dazu ansetzte, ihn zu unterbrechen, es aber dann doch nicht tat, möglicherweise weil ihm aufgefallen war, wie sehr ihre Worte ihn erschreckt hatten.

»Da war eine ... Höhle«, sagte seine Mutter in einem Ton, als hielte sie das, was sie gerade sagte, selbst für ziemlich lächerlich, ohne sich indes dagegen wehren zu können, dass es sie bis ins Mark erschütterte. »Eine ... sehr sonderbare Höhle. Sie war riesig und ... und irgendwie ...«

»Unheimlich?«, schlug Ben vor, als sie endgültig abbrach.

»Ja«, gestand sie mit nun eindeutig zitternder Stimme. »Ich weiß, es klingt verrückt, aber ich hatte das Gefühl, dass ihre Wände nicht aus Fels bestanden oder Eis, sondern ...«

»Eisen«, sagte Ben.

Seine Mutter starrte ihn aus aufgerissenen Augen an. Ihr Gesicht, das ohnehin fast so weiß wie Schnee war, verlor noch mehr Farbe. Sie schwieg.

»Und sie war nicht leer«, fuhr Ben fort. Mittlerweile starrte ihn auch sein Vater an. »Da waren … *Dinge,* die man nicht wirklich beschreiben kann, nicht wahr? Fast so etwas wie eine Stadt, aber gleichzeitig auch wieder nicht. Und in der Mitte war ein besonders hohes Gebilde, zu dem eine vollkommen irrsinnige … Treppe hinaufführte. Stimmt's?«

Seine Mutter nickte. »Woher … weißt du das?«, murmelte sie.

»Weil ich denselben Traum gehabt habe«, antwortete Ben.

18

NATÜRLICH HATTE ER SEINER MUTTER nicht mehr über seinen Traum von der unterirdischen Stadt erzählt, so wenig wie von Sasha oder gar von der ganz und gar unmöglichen Art und Weise, wie ihn ihr Hilferuf erreicht hatte. Bestenfalls hätte sie alles auf die überstandenen Schrecken und Anstrengungen geschoben, und wie sein Vater auf diese Geschichte reagieren würde, darüber hatte er vorsichtshalber erst gar nicht nachgedacht.

Aber das war es nicht allein. Ben konnte es sich nicht erklären und er schämte sich wieder einmal seiner eigenen Gefühle – doch da war etwas in ihm, was ihn davor warnte, seiner Mutter zu viel von Sasha zu erzählen. Es war völlig verrückt, es war ein *schlechtes* Gefühl, doch es war zugleich auch zu stark, um es zu ignorieren und einfach darüber hinwegzugehen. Er versuchte sich selbst damit zu beruhigen, dass jetzt sowieso nicht der richtige Moment für die ganze Wahrheit war; Dr. van Staaten hatte es ja selbst gesagt: Seine Mutter brauchte jetzt vor allem Ruhe und nicht noch zusätzliche Aufregung.

Dennoch war er zutiefst erleichtert, als seine Mutter – nach vielleicht einer halben oder Dreiviertelstunde – erklärte, dass sie jetzt tatsächlich müde sei und ein wenig schlafen wolle. Ben spielte zwar mit einiger Überzeugungskraft den Enttäuschten, stand aber trotzdem auf und verließ nach einem letzten symbolischen Protest das Zimmer.

Zu seiner Überraschung war er nicht allein. Auch sein Vater stand nach einem flüchtigen Abschiedskuss auf die Stirn seiner Frau auf und trat hinter ihm auf den verlassenen Korridor hinaus. »Ich dachte, du wolltest bei ihr bleiben?«, sagte Ben verwundert.

»Deine Mutter muss sich ausruhen. Das ist das Wichtigste. Außerdem habe ich noch ein paar Dinge mit Doktor van Staaten zu besprechen … und Professor Ramanov.«

Ben konnte sich täuschen – doch er hatte das sichere Gefühl, dass sein Vater *das* nur hinzufügte, damit er sich nicht aufregte. Er belegte sich selbst in Gedanken für diesen neuerlichen Misstrauensbeweis mit etlichen wenig schmeichelhaften Bezeichnungen und ging neben seinem Vater her, als dieser sich in Bewegung setzte. Auch jetzt war er nicht ganz sicher – aber nach seiner Erinnerung lag die Zentrale in der entgegengesetzten Richtung; in der, in die sie gingen, befand sich van Staatens Behandlungszimmer.

Er hatte sich nicht getäuscht, wie Ben ohne Überraschung feststellte: Nach zwei oder drei Minuten erreichten sie tatsächlich van Staatens Behandlungszimmer, und sein Vater streckte wie selbstverständlich die Hand aus, um die Klinke herunterzudrücken, zögerte dann und sah kurz zu ihm zurück. Er wirkte fast verlegen. »Ich glaube, ich muss noch –«

»Schon gut«, unterbrach ihn Ben. »Ich wollte ohnehin sehen, wie es Sasha geht.« Er machte eine Kopfbewegung in die Richtung, in der er ihr Zimmer vermutete, und sein Vater wirkte jetzt nicht *möglicherweise,* sondern *ganz eindeutig* erleichtert. Er versuchte weder ihn zurückzuhalten noch irgendeine Erklärung abzugeben, griff aber nicht wieder nach der Türklinke, sondern wartete, bis Ben sich in Bewegung gesetzt hatte und an ihm vorbeigegangen war.

Auch diesmal trügte ihn seine Erinnerung nicht; anscheinend begann er sich allmählich in diesem Labyrinth aus grauem Kunststoff und Monotonie auszukennen. Er verlief sich zwar ein Mal und musste ein kurzes Stück zurückgehen, fand aber schließlich den Korridor, auf dem Sashas Zimmer lag.

Erneut fiel ihm auf, wie leer und verlassen die Station wirkte. Weder auf dem Weg zu van Staaten noch hierher war ihm auch nur ein einziger Mensch begegnet, obwohl die Basis, wie er inzwischen wusste, eine über dreißigköpfige Besatzung hatte. Wo also waren all diese Menschen?

Er streckte die Hand nach der Türklinke aus, zögerte aber dann und klopfte stattdessen. Natürlich bekam er keine Antwort; damit hatte er auch nicht gerechnet. Dennoch ließ er gut zehn oder fünfzehn Sekunden verstreichen, bevor er noch einmal anklopfte und erst dann die Tür öffnete. Auch wenn Sasha sich nicht artikulieren und schon gar nicht dagegen protestieren konnte, stand ihr doch so etwas wie Privatsphäre zu. Er selbst hätte auch wenig Begeisterung empfunden, wenn jeder, dem gerade danach war, einfach so in sein Zimmer hereingeplatzt wäre.

Sasha war wach. Sie saß mit angezogenen Knien auf dem Bett, hatte die Beine mit den Händen umschlungen und das Kinn auf die Knie gestützt und trug jetzt nicht nur wieder eines ihrer weißen Kleider, sondern hatte auch den weißen Mantel mit der Kapuze und dem gleichfarbigen fellbesetzten Kragen um die Schultern gelegt, obwohl es hier drinnen eher zu warm als zu kalt war, wie überall in der Station. Als sie das Geräusch der Tür hörte und Ben hereinkam, hob sie den Kopf und sah ihn an.

Für einen Moment bildete er sich fast ein, so etwas wie ein Lächeln auf ihrem Gesicht wahrzunehmen, doch als er genauer hinsah, war da nichts außer der üblichen schrecklichen Leere. Trauer überkam ihn, und eine dünne, flüchtige Stimme in seinem Kopf fragte ihn, ob sein Vater vielleicht mit dem Recht gehabt hatte, was er auf der *Princess* zu ihm gesagt hatte.

Ärgerlich schüttelte er den Gedanken ab, drückte die Tür hinter sich ins Schloss und zwang ein Lächeln auf sein Gesicht, von dem er hoffte, es überspiele das Gefühl von Niedergeschlagenheit, das er bei Sashas Anblick empfand.

»Hallo, Sasha«, sagte er. »Wie geht es dir?«

Sasha reagierte genauso auf seine Frage, wie er erwartet hatte, nämlich gar nicht. Ben redete sich jedoch ein, dass sie ihn tief in sich drinnen sicherlich verstanden hatte, trat näher an das Bett heran – was in dem winzigen Kabuff gerade einmal zwei Schritte waren – und ließ sich nach einem fast unmerklichen Zögern auf die Bettkante sinken, statt sich den Plastikstuhl heranzuziehen, der in Reichweite dastand. Sasha sah ihn weiter an. Sie rührte sich nicht, auch nicht, als er nach einer kleinen Weile nach ihrem Arm griff und den weiten Ärmel ihres Engelsgewandes hochschob. Darunter trug sie einen Verband, der so dick war, dass es ihr fast unmöglich sein musste, den Arm anzuwinkeln oder auch nur einigermaßen zu bewegen.

»Das tut mir leid. Ich hoffe, du hast keine allzu großen Schmerzen. Ich … ich bin nicht ganz unschuldig daran, weißt du?«

Immerhin versuchte sie nicht, den Arm zurückzuziehen. War das ein Vertrauensbeweis? Oder verstand sie einfach nicht, was mit ihr geschah?

»Wenn du mir nur sagen könntest, was das alles zu bedeuten hat«, murmelte er. »Ich bin sicher, du weißt es. Habe ich Recht?«

Wieder regte sich kein Muskel in ihrem Gesicht – aber war da nicht etwas in ihren Augen, so tief verborgen und eingesperrt hinter den undurchdringlichen Mauern, die ein grausames Schicksal zwischen ihr und dem wirklichen Leben errichtet hatte, dass man es auch jetzt allenfalls erahnen konnte?

Vermutlich nicht. Wenn er da etwas sah, dann nur, weil er es sehen *wollte.*

»Weißt du, dass ich noch nie eine Freundin hatte? Ich meine eine *richtige* Freundin, mit der man nicht nur ins Kino geht oder Händchen hält. Viele meiner Freunde gucken mich schon schief an, und ehrlich gesagt habe ich mich selbst schon ein paarmal gefragt, ob mit mir eigentlich alles in Ordnung ist. Und dann muss ich bis ans Ende der Welt reisen, um dich zu treffen.«

Ben hörte sich selbst mit gelindem Erstaunen zu. Er wusste weder, warum er das sagte, noch, ob Sasha die Worte überhaupt verstand, und wenn ja, ob sie begriff, worauf er hinauswollte. Unabhängig davon war es die Wahrheit.

Natürlich hatte er schon die eine oder andere Freundin gehabt, aber mehr eben auch nicht – über das sprichwörtliche Händchenhalten und einen scheuen Kuss, bei dem er nie viel empfunden hatte, war es nie hinausgegangen, was zur Folge gehabt hatte, dass bisher alle seine weiblichen Bekannten genau diese Bekanntschaft relativ schnell wieder beendet hatten. Er hatte sich tatsächlich schon mehr als einmal gefragt, ob er in dieser Hinsicht normal war. Immerhin waren es nur noch ein paar Monate bis zu seinem achtzehnten Geburtstag, und Ben war kein Kind mehr, sondern ein junger Mann, den der Anblick eines hübschen Gesichtes (und auch des dazugehörigen Körpers) gewiss nicht kalt ließ. Und doch hatten ihn Mädchen bisher nicht ernsthaft interessiert, nicht *so.* Es war vielleicht ein Jahr her, dass er all seinen Mut zusammengerafft und mit seiner Mutter über dieses Thema gesprochen hatte, und sie hatte ihm – natürlich – aufmerksam zugehört, schließlich aber nur gelächelt und in halb scherzhaftem, halb aber auch ernstem Ton gemeint, dass er vielleicht nur noch nicht die Richtige getroffen habe. Ein schwacher Trost und zu jenem Zeitpunkt eigentlich gar keiner. Jetzt aber fragte er sich, ob sie nicht Recht gehabt habe. Und ob – wenn man den Gedanken konsequent weiterverfolgte – er möglicherweise auf jemanden wie Sasha gewartet hatte. Und vielleicht nicht nur auf *jemanden wie,* sondern wirklich auf *sie.*

»Es ist verrückt«, sagte er leise, und plötzlich hatte er nicht mehr den Mut, ihr weiter in die Augen zu schauen, »aber ich glaube fast … ich habe mich in dich verliebt.«

Jetzt war es heraus. Ben war vollkommen verwirrt über seine eigenen Worte und vor allem über die widersprüchlichen Emotionen, die sie in ihm auslösten, aber zugleich fühlte er sich auch wie befreit, weil er es endlich ausgesprochen und sich damit nicht nur ihr, sondern auch sich selbst offenbart hatte. Er war nie jemand gewesen, dem es leicht gefallen wäre, über Gefühle zu reden; schon gar nicht über seine eigenen. Vielleicht hatte er zu viele kitschige Filme gesehen, zu viele schmalzige Lieder gehört, zu oft andere über dieses Thema schwadronieren hören, um es noch ernst nehmen zu können. Er hätte sich bisher nicht vorstellen können, irgendwann einmal einem Mädchen genau das zu sagen, was er gerade zu Sasha gesagt hatte; und am allererstaunlichsten erschien ihm, dass es ihm nicht im Geringsten peinlich gewesen war. Er war sich nicht albern und lächerlich dabei vorgekommen, sondern empfand nur Erleichterung. Und eine Spur von Trauer, als ihm klar wurde, dass er wahrscheinlich niemals eine Reaktion auf sein Geständnis bekommen würde.

Sasha zog plötzlich ihren Arm zurück, schwang mit einer fließenden Bewegung auf der anderen Seite die Beine vom Bett und stand auf. Mit schnellen Schritten ging sie ins Bad, und Ben erwartete, dass sie die Tür hinter sich schließen würde, aber das tat sie nicht, stattdessen trat sie an das Waschbecken heran und blickte in den Spiegel.

Lange. Ben war viel zu überrascht, um etwas zu tun oder zu sagen. Bestimmt eine Minute, wenn nicht länger, saß er da und starrte Sasha an, und sie stand vollkommen reglos da und schaute ihr Spiegelbild an. Das *war* eine Antwort auf das, was er gesagt hatte, das wusste Ben einfach, aber er vermochte nicht einmal zu *erahnen,* was sie bedeutete.

Und erst nach einer Weile ging ihm auf, dass sich etwas geändert hatte. Etwas Grundlegendes und Radikales. Ben saß weiter da und sah sie an, aber innerlich jubilierte er. Ganz gleich ob Sasha nun dasselbe empfand wie er oder ihr Rückzug ins Bad eine Flucht gewesen war – zum allerersten Mal schien es ihm *wirklich* gelungen zu sein, die Mauer zu durchbrechen, hinter der die echte Sasha gefangen saß. Sie *hatte* verstanden, was er gesagt hatte, und was immer ihre Reaktion auch bedeuten mochte, es *war* eine Reaktion, und das war im Moment alles, was zählte.

Ben nahm all seinen Mut zusammen und wollte gerade aufstehen und zu ihr gehen, als sich die Tür hinter ihm öffnete und Dr. van Staaten hereinkam; natürlich, wie Ben mit einem leisen Anflug von Ärger registrierte, *ohne* anzuklopfen. Sie machte einen halben Schritt ins Zimmer herein und blieb dann stehen, anscheinend verwirrt von dem Anblick, der sich ihr bot. Dann runzelte sie die Stirn und sagte: »Wusste ich doch, dass ich dich hier finde.«

»So?«, antwortete Ben spitz. »Von wem? Von meinem Vater?«

Van Staaten schloss die Tür hinter sich und schüttelte den Kopf. Ihr Blick irrte in Sashas Richtung und wirkte für einen Augenblick noch verstörter, dann aber zuckte sie die Schultern und schaute ihn wieder an. »Auch«, gestand sie unumwunden. »Aber ich hätte es mir auch so gedacht. Professor Ramanov will dich sehen.«

Ben ertappte sich dabei, wie er erschrocken zu Sasha hinsah, die noch immer in derselben Haltung dastand und ihr Konterfei im Spiegel betrachtete, und van Staaten schüttelte wieder den Kopf. »Nein, nicht ihretwegen. Er weiß nicht, dass du hier bist, und das sollte besser auch so bleiben, wenigstens vorerst. Es ist Zeit.«

»Zeit?«

Van Staaten zog eine Grimasse. »Dein ebenso dummer wie starker Freund ist gerade aufgewacht. Sogar bevor ich ihm etwas geben konnte, um ihn zu wecken. Eins muss man ihm lassen – wenn er sich etwas in den Kopf gesetzt hat, dann tut er es auch.«

Ben hatte Mühe, ihren Worten zu folgen. »Harry?«, murmelte er.

Van Staaten nickte. »Ja. Er ist gerade dabei, sich anzuziehen. Er besteht darauf, Ramanov und mir etwas zu zeigen.« Sie machte eine Kopfbewegung hinter sich. »Draußen.«

»Draußen? Etwa im Freien? Aber er ist –«

»Spar es dir«, fiel ihm van Staaten ins Wort. »Du kannst mir nichts sagen, was ich ihm nicht schon gesagt hätte. Anscheinend besteht er darauf, sich umzubringen.« Sie seufzte, aber es hörte sich eher aufgebracht als resigniert an. »Es ist seine Entscheidung. Ich kann ihn schließlich nicht fesseln und knebeln, um ihn zu seinem Glück zu zwingen.«

»Und wieso will Ramanov mich sprechen?«, fragte Ben. Wieder sah er zu Sasha hin. Sie hatte sich mittlerweile herumgedreht und blickte nun ihn an – vielleicht auch van Staaten, so genau ließ sich das nicht sagen –, hatte sich ansonsten aber nicht von der Stelle gerührt.

»Genau genommen besteht Harry darauf, dass du mitkommst. Ebenso wie dein Vater.« Van Staaten schnaubte. »Dieser Irre wollte sogar, dass deine Mutter mitkommt. Aber wenigstens *das* konnte ich verhindern.«

»Warum?«

»Das musst du ihn schon selbst fragen«, erwiderte van Staaten finster. »Anscheinend liebt er es, den Geheimnisvollen zu spielen.« Sie deutete auf die Tür hinter sich. »Jetzt lauf und such dir etwas Warmes zum Anziehen. Draußen geht zwar die Sonne auf, aber das bedeutet hier nicht viel. Und ich habe keine Lust, dich auch noch verarzten zu müssen.«

Ben erhob sich zwar gehorsam, machte jedoch darüber hinaus keine Anstalten, ihrer Aufforderung nachzukommen, sondern wies mit der Hand auf Sasha. »Ich wollte –«

»Ich kann mir ganz gut vorstellen, was du wolltest«, unterbrach ihn van Staaten, und als er zu einem empörten Protest ansetzte: »Das geht mich weder etwas an noch interessiert es mich. Und ich werde auch ganz bestimmt ihrem Großvater nicht erzählen, dass ich dich schon wieder hier angetroffen habe, keine Sorge. Und jetzt geh. Wir treffen uns in fünf Minuten an der Schleuse.«

»Und Sie?«, fragte Ben misstrauisch.

Van Staatens Miene verfinsterte sich endgültig. »Ich bleibe natürlich hier und verabreiche ihr in aller Heimlichkeit noch ein paar Drogen, um sie außer Gefecht zu setzen und auf diese Weise vor dir zu schützen. Was hast du denn gedacht?« Sie schüttelte ärgerlich den Kopf. »Verschwinde jetzt!«

Endlich gehorchte er und ging zur Tür. Als er auf den Flur hinaustrat, machte van Staaten einen Schritt auf Sasha zu und streckte die Hand aus. »Lass mich nach deinem Arm sehen, Kleines.«

Irgendwie hatte Ben das Gefühl, dass sie das einzig sagte, weil er noch in Hörweite war, aber dieser Gedanke war so albern, dass er ihn sofort wieder verwarf, die Tür ganz hinter sich zuzog und dann mit schnellen Schritten in die Richtung eilte, in der er sein Zimmer vermutete.

19

DIESMAL VERIRRTE ER SICH. Die fünf Minuten, von denen van Staaten gesprochen hatte, mussten schon beinahe um sein, als er endlich den richtigen Korridor fand und sein Zimmer betrat, und er brauchte noch einmal nahezu genauso lange um sich umzuziehen. Da er nicht davon ausging, dass Tahia auch jetzt wieder eine warme Jacke für ihn bereithalten würde, zog er gleich drei Pullover an, zwei Hosen und drei Paar Socken, bevor er in seine Polarmontur schlüpfte und anschließend nicht nur die größten Schwierigkeiten damit hatte, den Reißverschluss der Jacke noch zuzubekommen, sondern sich auch kaum noch bewegen konnte. Aber das war ihm egal. Obwohl er seinen unfreiwilligen Ausflug von heute Morgen vollkommen unbeschadet überstanden hatte, reichte doch die bloße Erinnerung aus, ihn die Kälte spüren zu lassen, die sich wie mit glühenden Krallen in seinen Körper gegraben hatte. Er würde den Teufel tun und irgendetwas unterlassen, was ihn davor schützte, zu *frieren.*

Wie sich zeigte, war er nicht der Einzige, der zu spät kam. Genau genommen war er sogar der Erste, der bei der Schleusenkammer ankam, sah man von Harry und seiner Truppe ab, die in ihren weißen Polarmonturen und komplett bewaffnet vor der schweren Metalltür herumlungerten und allesamt ziemlich nervös wirkten. Ramanov, sein Vater und Dr. van Staaten glänzten durch Abwesenheit, was möglicherweise auch der Grund für den finsteren Blick war, den Harry ihm zur Begrüßung zuwarf. Auch er trug eine weiße Polarmontur, als einziger Soldat aber keine Waffe, und er war auch der Einzige, der darauf verzichtet hatte, eine Schneebrille mitzubringen, um seine Augen vor dem grellen Licht draußen zu schützen. Darüber hinaus sah er beinahe noch schlechter aus als am Morgen. Der Farbton seiner Haut unterschied sich nicht sonderlich von dem seiner Kleidung – außer vielleicht, dass seine Jacke nicht ganz so krank aussah wie sein Gesicht.

»Hallo, Harry«, begrüßte ihn Ben. Harry antwortete nicht, sondern starrte ihn nur noch finsterer an, und Ben fuhr nach einer Sekunde und mit einem unsicheren Lächeln fort: »Ich darf doch noch Harry sagen – oder bestehst du jetzt wieder auf Hauptmann West?«

»Harry ist okay«, sagte Harry knapp. »Wo bleiben die anderen?«

»Ich habe keine Ahnung. Aber Doktor van Staaten hat gesagt, sie würde sofort kommen. Wahrscheinlich holt sie meinen Vater und Professor Ramanov.« Er wartete vergebens auf irgendeine Reaktion auf diese Worte, legte schließlich den Kopf schräg und fragte: »Was gibt es draußen denn so Aufregendes zu sehen?«

»Eine Menge Monster, vermute ich«, sagte Tooth, bevor Harry antworten konnte. »Die jetzt übrigens allesamt Eiswürfel wären, wenn man mich gelassen hätte.«

Harry schenkte ihm nur einen verächtlichen Blick – den Tooth mit einem gelbfleckigen, zahnlückigen Grinsen beantwortete – und wandte sich mit einem Kopfschütteln wieder an Ben. »Gedulde dich einen Moment.«

»Du machst es aber spannend«, erwiderte Ben.

»Ich habe nur keine Lust, alles zweimal zu erklären«, erwiderte Harry ruppig. Er begann unruhig auf der Stelle zu treten und sah ein paarmal über die Schulter zur Schleuse zurück. Er sah besorgt aus.

Ben wartete, bis Harry nicht in seine Richtung sah, und blickte Tahia fragend an, erntete aber nur ein ratloses Kopfschütteln. Ganz offensichtlich war er nicht der Einzige hier, dem gegenüber sich Harry in beharrliches Schweigen hüllte. Als Harry sich plötzlich wieder zu ihm herumdrehte und erst ihn, dann Tahia und schließlich wieder ihn lange und mit mürrischer Miene musterte, sagte Ben: »Wir haben noch gar keine Zeit gehabt, uns richtig zu begrüßen. Du kannst dir gar nicht vorstellen, wie froh ich bin, dich lebend wiederzusehen. Als du da draußen in diese Felsspalte gestürzt bist –«

»Ja, ich weiß«, unterbrach ihn Harry. »Ich habe dasselbe gedacht. Manchmal hat man eben Glück. Wenn man es so nennen will«, fügte er, nach einer fast unmerklichen Pause und ohne Ben dabei direkt anzusehen, hinzu.

»Was meinst du damit?«, fragte Ben.

Harry schwieg und wandte sich ab, und in diesem Augenblick erschienen Ramanov, Bens Vater und Dr. van Staaten am anderen Ende des Korridors, sodass Ben nicht mehr dazu kam, eine weitere Frage zu stellen. Harry ging ihnen entgegen. Er verzichtete zwar darauf, eine spitze Bemerkung über ihre Verspätung zu machen, aber ganz offensichtlich konnte man ihm seinen Unmut deutlich vom Gesicht ablesen, denn Ramanov fühlte sich bemüßigt, ihn sofort und in barschem Ton anzufahren.

»Schneller ging es nicht, Hauptmann. Ich habe hier so ganz nebenbei noch ein paar Kleinigkeiten zu tun, wissen Sie? Zum Beispiel eine Station zu leiten.«

»Ja, aber das möglicherweise nicht mehr allzu lange«, antwortete Harry, und aus dem Ärger auf Ramanovs Zügen wurde Verblüffung. Harry drehte sich jedoch bereits wieder um und gab Frank mit der Hand ein Zeichen, die innere Schleusentür zu öffnen. Während das schwere Panzerschott mit einem leisen, elektrischen Summen aufglitt, versuchte van Staaten noch ein allerletztes Mal, an seine Vernunft zu appellieren.

»Sie wollen tatsächlich jetzt dort hinausgehen? Ich muss Ihnen nicht erklären, wie kalt es dort draußen ist –«

»Nein, das müssen Sie nicht, Frau Doktor. Ich weiß es.«

»– und dass Sie auf dem Zahnfleisch kriechen, auch wenn Sie sich alle Mühe geben, es sich nicht anmerken zu lassen«, fuhr van Staaten ungerührt fort.

»Es dauert nicht lange«, entgegnete Harry. »Wenn wir Glück haben.«

»Was soll das jetzt wieder heißen?«, mischte sich Ramanov ein.

Harry würdigte ihn nicht einmal einer Antwort, sondern betrat als Erster die Schleusenkammer, noch bevor sich die innere Tür ganz geöffnet hatte. Ein Schwall eisiger Luft strömte zu ihnen herein und ließ Ben trotz seiner dicken Jacke und der Handschuhe schaudern, trotzdem trat er tapfer unmittelbar hinter seinem Vater und als Letzter durch die Tür. Obwohl der Raum erstaunlich groß war (und leer, wie Ben erleichtert registrierte; Tooth und die anderen Soldaten hatten die improvisierte Geschützplattform und die Schallkanone offensichtlich weggeschafft) herrschte jetzt, wo sie alle hier drinnen waren, eine fast drückende Enge, und es war furchtbar kalt. Sein Atem breitete sich schon wieder als grauer Dampf in der Luft aus, und er spürte, wie sein ungeschütztes Gesicht vor Kälte zu prickeln begann. Geschlossene Tür oder nicht, es konnte hier drinnen kaum wärmer sein als draußen.

Ein Irrtum, wie er wenige Augenblicke später begriff, als Harry vortrat und die äußere, offensichtlich nicht elektrisch betriebene Tür öffnete. Die Luft schien nicht hereinzuströmen, sondern wie ein kompakter gefrorener Block auf sie herunterzu*fallen*, und Ben zog instinktiv eine Grimasse und hob die Hand über das Gesicht, als das grelle Sonnenlicht wie mit Nadeln in seine Augen stach. Für zwei oder drei Sekunden war er praktisch blind und sah auch danach kaum mehr als schwarze Scherenschnittumrisse vor einem unglaublich hellen Hintergrund. Zwei dieser sonderbar tiefenlosen Schatten sprangen nebeneinander durch die Tür ins Freie und verschwanden nach rechts und links, um den Ausgang zu sichern und nach eventuell im Hinterhalt lauernden Feinden auszuspähen, erst dann verließen Harry und die anderen die Schleusenkammer.

Ben war auch jetzt der Letzte, der durch die Tür trat, und er machte auch nur einen einzigen Schritt und blieb dann wieder stehen und blinzelte mit den Augen, bis sie sich halbwegs an das grausame Licht gewöhnt hatten. Als es endlich geschah, war er nicht sicher, ob er den Anblick, der sich ihm bot, überhaupt sehen wollte.

Zumindest rührte sich nirgendwo etwas. Es gab keine Eismonster, die auf der Lauer gelegen hätten und sie aus einem Versteck heraus ansprangen, aber damit hörten die guten Nachrichten dann auch schon auf. Jetzt, im (viel zu) hellen Licht des Tages, sah er zum ersten Mal wirklich, welche Verheerung die kurze Schlacht von heute Morgen angerichtet hatte. Der überdachte Bereich vor der eigentlichen Station war, wohin er auch blickte, übersät mit Eistrümmern und -splittern der unterschiedlichsten Größe und Form, die eine fast wadenhohe Schicht bildeten. Hier und da ragte das Fragment eines Rumpfes aus dem Chaos, ein zerborstener Arm, eine Hand, deren Finger abgesplittert waren, oder auch ein weggesprengter Kopf mit einer spiegelnden weißen Fläche, wo eigentlich ein Gesicht hätte sein sollen.

Aber das war doch nicht einmal das Schlimmste. Auch die Station war nicht annähernd so glimpflich davongekommen, wie Ben noch vor kurzem gedacht hatte. Der Müllcontainer und die Glasscheiben des Schneemobils waren längst nicht die einzigen Opfer, die Tooths wilde Schwenks mit seiner Schallkanone gefordert hatten. Nahezu alles, was nicht aus massivem Eisen oder Beton bestand oder zumindest fest im

Boden verankert war, war zertrümmert, umgeworfen, verbeult oder zerrissen. Selbst das orangefarbene Plastikzeltdach über ihren Köpfen wies mehrere hässliche Löcher auf, als wäre eine riesige Krallenhand hineingefahren und hätte wahllos Stücke herausgefetzt, und an mindestens zwei Stellen war der Kunststoff durch Feuer geschwärzt und zu bizarren Formen geschmolzen.

»Saubere Arbeit«, sagte Ramanov höhnisch und funkelte Tooth an. »Noch ein paar Verteidiger wie Sie, und wir brauchen keine Feinde mehr.«

Der Söldner schob seine Schneebrille ins Gesicht und setzte dann zu einer scharfen Antwort an, doch Gerrit kam ihm zuvor. »Seht euch das hier mal an«, sagte er, bevor sein Kamerad etwas erwidern und vermutlich endgültig in Streit mit Ramanov geraten konnte.

Ben drehte sich – wie alle anderen auch – in seine Richtung, wusste zuerst jedoch nicht, was er meinte. Gerrit hatte zwar vor ihm die Schleuse verlassen, war dann aber offensichtlich zurückgegangen und hatte die Tür halb wieder geschlossen, sodass er ihre Außenseite betrachten konnte. Als Ben nun auf die Tür zutrat, stockte ihm schier der Atem.

Auch wenn sie nicht annähernd so massiv war wie die innere Schleusentür, so bestand doch auch diese Tür aus Metall, das dick genug war, um selbst eine Gewehrkugel aufzuhalten. Trotzdem war das Metall eingedellt, zerschrammt und an mindestens einer Stelle sogar gerissen, als hätte die Tür eine Lawine aus Felsgestein aufgehalten oder wäre mehrere Stunden lang von einem durchgeknallten Schmied im Drogenrausch und mit titanischen Kräften mit dem Hammer bearbeitet worden.

Oder von einem gigantischen Ding mit Tentakeln und einem grausamen Schnabel und Krallen wie die eines Drachen …

»Was ist denn *das*, um Gottes willen?«, keuchte van Staaten hinter ihm. Niemand antwortete, aber vielleicht war dieses Schweigen schlimmer als alles, was irgendjemand hätte sagen können.

Schließlich löste sich Ramanov aus dem Halbkreis, der sich hinter Gerrit und Ben gebildet hatte, trat dicht an die Tür heran und zog den rechten Handschuh aus, um mit den Fingerspitzen über das misshandelte Metall zu fahren. »Das ist frisch. Verdammt, diese Tür besteht aus fünf Millimeter dickem *Stahl!* Man hat mir versichert, dass sie selbst dem stärksten Polarsturm standhält!« Plötzlich fuhr er herum und funkelte Tooth an. »Sie verdammter Idiot! Ich habe Sie kommen lassen, damit Sie uns verteidigen, nicht damit Sie mit Ihrem Spielzeug hier alles kurz und klein schlagen!«

»He!«, protestierte Tooth. »Ich habe nicht einmal in diese Richtung –«

»Tooth war das nicht«, unterbrach ihn Harry.

»Ach nein?«, fauchte Ramanov, dessen Zorn sich nun wieder auf Harry fokussierte. »Wer denn sonst? Wollen Sie etwa behaupten, dass diese ... *Eiskreaturen* dazu im Stande sind? Das ist doch lächerlich!«

Um seine Behauptung sofort zu untermauern, bückte er sich und hob den abgebrochenen Unterschenkel eines der Angreifer auf, um ihn wie einen makabren Knüppel mit aller Kraft gegen die Tür zu schmettern. Gerrit brachte sich mit einem hastigen Satz nach hinten in Sicherheit, als das fast armlange Gebilde aus Eis in Millionen Stücke zerbarst, ohne auch nur einen Kratzer auf der Tür zu hinterlassen.

»So viel dazu«, sagte Ramanov grimmig. Er starrte Harry herausfordernd an und ließ den abgebrochenen Stumpf seiner Eiskeule fallen, und Harry schüttelte mit einem leisen Seufzen den Kopf, trat wortlos auf ihn zu und griff nach seiner Hand. Ramanov wollte sich seinem Griff entziehen, aber Harry nahm seinen Widerstand nicht einmal zur Kenntnis, verdrehte seinen Arm, sodass seine Handfläche nun nach oben wies, und begutachtete sie etliche Sekunden lang sehr aufmerksam. Schließlich ließ er Ramanovs Hand wieder los und sagte: »Kein Kratzer. Sie haben Glück gehabt, Professor. Wenn Sie das noch einmal machen, bleiben Sie hier draußen. Das gilt für alle hier!«, fügte er mit erhobener Stimme hinzu. »Ohne Handschuhe fasst hier niemand was an, ist das klar?«

Ramanov ächzte. »Sind Sie wahnsinnig geworden? Sie wollen mich aus meiner eigenen Station –«

»Ich will genau das tun, Professor«, unterbrach ihn Harry kühl, »wofür Sie mich engagiert haben, nämlich für die Sicherheit dieser Station und aller Menschen darin zu sorgen.« Er machte eine wedelnde Handbewegung auf das Meer aus zerborstenem Eis, in dem sie standen. »Ein einziger Kratzer und Sie werden zu einem von *denen da!*«

Ramanovs Augen schienen ein Stück weit aus den Höhlen zu quellen, aber nur für eine oder zwei Sekunden, dann machte sich wieder der übliche verächtliche Ausdruck auf seinen Zügen breit. »Sie sind ja wahnsinnig. Fangen Sie jetzt auch noch mit diesen Ammenmärchen an? Eiszombies, die Menschen in ihresgleichen verwandeln, wenn sie sie verletzen?« Er lachte schrill. »Allmählich frage ich mich, ob auf der *Princess* nicht tatsächlich eine Krankheit ausgebrochen ist. Aber eine, die galoppierenden Wahnsinn zur Folge hat.«

Der Russe wandte sich mit einem auffordernden Blick an van Staaten, die in ein paar Schritten Entfernung dastand und ebenso hilflos und erschrocken aussah wie der Rest. »Was sagen Sie dazu, Frau Doktor? Menschen, die sich in Eis verwandeln! Das wäre es doch, oder? Ich meine, wenn wir das beweisen könnten, dann wäre uns beiden der Nobelpreis sicher. Und denken Sie an die Buch- und Filmrechte.«

Van Staaten schwieg.

»Wenn das so ist«, sagte Harry, »dann wissen Sie ja hoffentlich noch, auf welches Konto Sie uns unseren Anteil überweisen können.«

»Was –?«, murmelte Ramanov verwirrt.

Harry drehte sich um und begann auf eine der Lücken im Zeltdach zuzugehen. Unter seinen Stiefelsohlen zersplitterte Eis mit einem langen, anhaltenden Klirren und Scheppern, aber Ben fiel auch auf, wie behutsam er trotz allem die Füße aufsetzte. Bei jedem Schritt schaute er sehr genau, wohin er trat; vielleicht um sich nicht an einem besonders scharfen Splitter, der seine Stiefel durchbohren mochte, zu verletzen.

»Kommen Sie mit«, sagte er. »Frank, Gerrit – ihr haltet die Augen offen. Wenn sich irgendetwas nähert, dann schießt. Aber nur wenn ihr glaubt, dass sie uns angreifen.«

Das Klirren und Bersten wurde lauter und hallte nun geradezu unheimlich unter der hohen Plastikkuppel des Zeltdaches wider, als sich nicht nur die beiden Söldner, sondern auch der Rest der Gruppe in Bewegung setzte, um Harry zu folgen. Ben wollte ganz instinktiv auch diesmal den Abschluss bildeten, aber das ließ Tahia nicht zu, die nur stumm den Kopf schüttelte, ihm mit einer knappen Geste bedeutete vorauszugehen und dann ihr Gewehr von der Schulter nahm und in beiden Händen vor der Brust hielt, bevor sie als Letzte losging.

»Würden Sie uns jetzt endlich verraten, was dieses Theater soll?«, fragte Ramanov. »Es ist widerlich kalt hier draußen, und wir haben wahrlich andere Sorgen, als das Schlachtfeld abzuschreiten und gebührend zu bewundern, wie viele Feinde Ihre Krieger erschlagen haben!«

Harry machte sich nicht einmal die Mühe, zu ihm zurückzublicken. »Nur noch einen Moment Geduld, Professor. Mit ein bisschen Glück finden wir ja nichts. Und mit sehr viel mehr Glück entschuldige ich mich hinterher sogar bei Ihnen.«

Mittlerweile hatten sie den Rand des Zeltdaches fast erreicht. Das Licht war hier noch heller, sodass Ben schon wieder Mühe hatte, überhaupt etwas zu sehen, obwohl er mittlerweile ununterbrochen mit den Augen blinzelte. Dabei stand die Sonne dicht über dem Horizont und schien nicht einmal besonders grell, aber alles, was sich außerhalb des Zeltdaches befand, war von einem strahlenden Weiß, das das Licht nicht nur reflektierte, sondern zugleich auch hundertfach zu verstärken schien. Ben bedauerte längst, statt der drei Paar zusätzlichen Socken nicht die Schneebrille mitgenommen zu haben, die er zusammen mit den Kleidern in seinem Schrank gefunden hatte. Aber er hatte schließlich auch nicht damit gerechnet, dass sie die Station *tatsächlich* verlassen würden.

Sie wurden langsamer, als sie endgültig ins Freie traten. Zuerst dachte Ben, dass Harry ebenso wie er Schwierigkeiten mit dem Licht hatte, denn außer ihm war er der Einzige, der leichtsinnig genug gewesen war, seine Augen nicht zu schützen, doch nachdem er wieder ein wenig besser sehen konnte, erkannte er, dass Harry immer wieder stehen blieb, seinen Blick suchend über den Boden gleiten ließ und sich ein- oder zweimal auch bückte, um ein bizarres Bruchstück aus Eis aufzuheben und es nach kurzer Untersuchung wieder fallen zu lassen. Sie folgten nach wie vor der Spur der Verheerung, die die Schallkanone in den Schnee und die anrückende Armee der Eisungeheuer gepflügt hatte, auch wenn Harry nun am Rand des grob dreieckigen weißen Trümmerfeldes entlangging, um nicht ununterbrochen auf Splitter zu treten. Was suchte er?

Auch Ben betrachtete die Trümmerstücke nun genauer. Der Anblick hatte sich im Grunde nicht verändert; allerdings korrigierte er seine Schätzung, was die Anzahl der vernichteten Gegner anging, noch einmal um ein gutes Stück nach oben. Tooth musste mindestens hundert der Angreifer erledigt haben, vermutlich sogar mehr.

»Also, was ist jetzt?«, fragte Ramanov. »Wie lange wollen Sie dieses unwürdige Schauspiel noch aufrechterhalten?«

Harry bedeutete ihm mit einer Geste, still zu sein, ging noch drei oder vier Schritte weiter und blieb dann stehen, starrte einen Punkt zu seinen Füßen an, ließ sich in die Hocke sinken und streckte die Hand aus, zog den Arm aber wieder zurück, ohne irgendetwas angefasst zu haben. Ben hatte plötzlich ein sehr ungutes Gefühl.

»Kommen Sie her, Professor«, rief Harry.

Ramanov gab zwar ein abfälliges Schnauben von sich und versuchte – vergeblich – seine halb erstarrten Gesichtszüge zu einer Grimasse zu verziehen, trat jedoch trotzdem gehorsam neben den Söldner und beugte sich vor. Dann erstarrte er. »Aber das ist doch –«

»Genau das, was ich Ihnen zeigen wollte«, sagte Harry düster. »Tja, ich fürchte, ich werde mich nicht bei Ihnen entschuldigen müssen, Professor.«

Ramanov blickte zuerst ihn an, dann wieder das, was Harry ihm gezeigt hatte, und schließlich hielt Ben es nicht mehr aus und stapfte durch den wadenhohen Schnee zu den beiden hin. Im allerersten Moment konnte er überhaupt nichts Außergewöhnliches erkennen; zumindest nichts Außergewöhnliches an einem Ort wie diesem. Harry hockte vor den zerborstenen Überresten eines gestürzten Eismonsters und hielt etwas in der Hand, das wie …

… ein Stück Uniformjacke aussah.

Ben hatte das Gefühl, als hätte jemand einen Kübel Eiswasser über ihm ausgegossen. Er versuchte etwas zu sagen, aber seine Kehle war plötzlich wie zugeschnürt. Hinter ihm sog sein Vater erschrocken die Luft zwischen den Zähnen ein, und einer der Söldner gab einen Laut von sich, der fast wie das Bellen eines kleinen Hundes klang, aber ansonsten war es für einige Sekunden fast unnatürlich still.

Schließlich war es Ramanov, der die fast erstickend zu werdende Stille brach. »Was … was ist das jetzt wieder für ein billiger Trick?«

Harry sah nicht einmal zu ihm hoch. Er ließ den Eisbrocken fallen, sank endgültig auf die Knie und beugte sich vor, um die Eiskreatur herumzudrehen, von der das Stück abgebrochen war.

Diesmal war es kein Eiswasser, das über ihm ausgegossen wurde. Ben konnte ganz deutlich spüren, wie sein Herz für einen oder zwei Schläge aussetzte und dann wie rasend weiterhämmerte, und hinter ihm ließ van Staaten einen spitzen Schrei hören.

Die zerbrochene Kreatur unterschied sich von den Monstern, die Ben bisher zu Gesicht bekommen hatte. Auch sie bestand zur Gänze aus milchig-gesprungenem Eis, aber damit hörte die Ähnlichkeit auch schon auf. Die Gestalt war nicht so groß wie die anderen Eisungeheuer, die Ben bisher gesehen hatte, und nicht annähernd so massig und plump gebaut. Ihre Hände hatten *fünf* Finger, nicht drei, und ihr Körper war auch nicht so glatt, wie Ben es in Erinnerung hatte. Man konnte deutlich etwas wie eine Uniformjacke erkennen, ein Hemd mit einem schief sitzenden Krawattenknoten und … o ja, und natürlich hatte *dieses* Eisungeheuer ein Gesicht.

»Ich kenne diesen Mann«, sagte Harry, noch immer ohne zu Ramanov oder einem der anderen aufzusehen. »Er ist … *war* … einer der Stewards auf der *Princess.* Ich bin ihm ein- oder zweimal begegnet. Aber da hat er noch ein wenig anders ausgesehen.« Er hob nun doch den Kopf, blickte aber nicht Ramanov an, sondern zuerst Ben und dann seinen Vater. »Erinnert ihr euch an ihn?«

Ben brachte nur ein wortloses Nicken zu Stande, doch sein Vater sagte mit leiser, belegter Stimme: »Ja. Ich kenne ihn.«

»Das ist doch der blanke Unsinn!«, polterte Ramanov. »Das haben Sie inszeniert! Ich habe nicht die leiseste Vorstellung davon, wie, aber Sie haben diese ganze Farce arrangiert, um –«

»Und diese Frau dort drüben«, fuhr Harry unbeeindruckt fort, »habe ich am letzten Morgen im Frühstücksraum gesehen.« Er machte eine Handbewegung auf ein zerbrochenes glitzerndes Etwas in seiner Nähe, aber Ben hütete sich, auch nur in die ungefähre Richtung zu sehen. Sein Magen gab sich auch jetzt schon alle Mühe, in seiner Kehle nach oben zu kriechen, und seine Knie begannen immer stärker zu zittern. Und es war ihm auch gar nicht möglich, seinen Blick von dem zu Eis erstarrten Gesicht der reglosen Gestalt vor Harry loszureißen.

Jetzt, wo er seinen allerersten Schrecken überwunden hatte (oder wenigstens damit begann …), erkannte er ihn ganz deutlich wieder. Es war einer der Männer, die Schulz auf der *Princess* abkommandiert hatte, um die beiden infizierten Matrosen zu bewachen. Sein Gesicht wirkte auf schwer in Worte zu fassende Weise fremd – natürlich tat es das, schließlich bestand es aus Eis und nicht mehr aus Fleisch und Blut. Aber wenn man genau hinsah, konnte man auch erkennen, dass die Ähnlichkeit zu dem, was es einst gewesen war, nicht bis ins letzte Detail reichte. Die Fältchen um die Augen und Mundwinkel herum waren verschwunden, und auch die Lippen waren zu glatt, als hätte ein überaus talentierter Künstler versucht, das perfekte Abbild eines Menschen zu erschaffen, aber nicht mehr die Zeit für den allerletzten Feinschliff gehabt – trotz allem war die Ähnlichkeit zugleich auch zu groß, um die Augen davor zu verschließen.

Und dann …

Diesmal traf ihn der Flashback im Wachzustand, ohne jede Vorankündigung und mit solcher Wucht, dass er taumelte und einen kleinen Schrei ausstieß.

Von einem Sekundenbruchteil auf den anderen stand er nicht mehr vor der Station, sondern war wieder draußen auf dem Strand vor der Klippe, und aus dem schneegesättigten Wind war ein tobender Höllensturm geworden, der mit Klauen aus Eis auf ihn einschlug und ihm die Atemluft von den Lippen riss. Sasha war nicht bei ihm, aber er war auch nicht allein. Nur wenige Meter vor ihm torkelten zwei Gestalten durch den Sturm, beide in dick gefütterte Polaranzüge gehüllt. Es waren Rewert und sein Vater, die blind und kraftlos gegeneinander gelehnt durch den tobenden Sturm wankten. Der Steward war verletzt. Eine Anzahl braunroter Flecke verunzierte die linke Seite seiner Jacke. Trotzdem war er *es, der seinen Vater stützte, und nicht umgekehrt, als sie die Eisklamm erreichten und über die spiegelglatte Fläche nach oben zu steigen versuchten.*

Der Sturm wurde noch stärker. Die beiden Männer stürzten ein halbes Dutzend Mal, bevor sie den schmalen Spalt in der Klippe endgültig erklommen hatten, aber irgendwie schafften sie es, und jedes Mal war es der verletzte Steward, der seinem Vater wieder auf die Beine half.

Als sie die Hochebene erreichten, nahm der Sturm noch einmal an Gewalt zu. Aus seinem ohnehin ohrenbetäubenden Heulen wurde das Kreischen einer Million losgelassener Dämonen, die sich um ihre schon sicher geglaubte Beute betrogen sahen, und der Sturm trug nun tatsächlich *tödliche Messerklingen heran: spitze Eissplitter, die wie waagerecht geschleuderte Dolche aus den brodelnden Schwaden auftauchten und die Männer zum Teil nur um Haaresbreite verfehlten.*

Aber eben nur zum Teil. Eine besonders heftige Orkanböe riss die Schwaden auseinander, und nun konnte man erkennen, wie nahe die leuchtend orangefarbene Kuppel der rettenden Station schon war; vielleicht noch zehn Schritte, kaum mehr, und die beiden Männer wären in Sicherheit.

Als sie den zweiten dieser Schritte machten, bohrte sich eines der fliegenden Geschosse mit so grausamer Wucht in Rewerts Arm, dass der Steward zurück und zu Boden geschleudert wurde. Das Heulen des Sturmes machte seinen Schrei zu einem lautlosen Verziehen der Lippen, aber der Eisdolch hatte seinen Oberarm zur Gänze durchbohrt, und sein Blut tropfte hellrot in den Schnee und gefror dort augenblicklich.

Trotzdem stemmte er sich auf dem unversehrten Arm sofort wieder in die Höhe, und – noch unglaublicher – er half sogar Bens Vater, der ebenfalls gestürzt war, auf die Beine, um gemeinsam mit ihm weiterzutaumeln.

Als die beiden Männer noch fünf oder sechs Schritte entfernt waren, peitschte der Sturm einen weiteren Eissplitter heran, der Rewerts Hals durchbohrte und ihn tötete, noch bevor er in den Schnee sank. Auch Bens Vater stürzte. Zur Rolle des unbeteiligten Zuschauers verdammt, die er in dieser so gänzlich neuartigen Halluzination innehatte, musste er hilflos mit ansehen, wie er lange genug liegen blieb, dass sich kleine Schneewehen rings um seinen Körper bildeten. Schließlich jedoch bewegte er sich unsicher, grub die dick behandschuhten Hände in den verharschten Schnee und versuchte sich hochzustemmen.

Er brauchte drei oder vier Anläufe, bis es ihm gelang, doch schließlich machte er einen ersten taumelnden Schritt, fiel wieder auf die Knie hinab und stemmte sich noch einmal hoch um weiterzuwanken. Der Sturm schleuderte weiter gläserne Dolche und Säbelklingen nach ihm, die sich ringsum in den Schnee gruben, am orangefarbenen Kunststoff des riesigen Zeltdachs zerbarsten oder auch zitternd darin stecken blieben. Noch ein Schritt und er war in Sicherheit; noch nicht völlig, aber wenigstens unter dem Zeltdach und der schlimmsten Gewalt des Orkans entronnen.

Er tat ihn nie. Buchstäblich wie aus dem Nichts tauchte ein gedrungenes weißes Monster vor ihm auf; ein schimmernder Koloss ohne Gesicht und mit dreifingrigen Klauen, die blitzartig nach seinem Gesicht grabschten und ihn nur um Haaresbreite verfehlten.

Bens Vater prallte instinktiv zurück und entging so auch dem zweiten, noch heimtückischeren Schlag des Eiskriegers, verlor durch die plötzliche Bewegung aber auch endgültig die Balance und fiel schwer in den Schnee. Unverzüglich setzte das Monster ihm nach. Sein Arm stieß vor, und die grässliche Hand zielte wie eine dreizinkige Forke aus Eis nach seinem Gesicht und bohrte sich mit solcher Gewalt in den Boden, dass die Finger wie sprödes Glas zersplitterten, als sein Vater im letzten Moment den Kopf herumwarf. Gleichzeitig rollte er sich auf Hände und Knie hoch und robbte herum, doch da tauchte ein zweites gesichtsloses Ungeheuer auf der anderen Seite auf, und diesmal gab es kein Entkommen mehr. Rasiermesserscharfe Klauen blitzten in tödlicher Bereitschaft auf …

… und die Welt riss auseinander.

Es war nur ein einziger zeitloser Augenblick totaler Fremdartigkeit, so falsch *und* anders, *dass das Universum selbst den Atem anzuhalten schien. Die Wirklichkeit* faltete sich auseinander, *um den Blick in eine andere Dimension freizugeben, ein Kontinuum des Wahnsinns, dessen bloßer Anblick töten konnte. Und diese schwärende Wunde im Gefüge der Realität gebar ein Monster.*

Der wandelnde Albtraum war riesig, ein schimmernder Gigant aus Eis, fast doppelt so groß wie die Eiskrieger, denen er bisher begegnet war, aber schlanker, mit viel zu vielen Armen und einer bizarren Krone aus blitzenden Eisdornen auf dem Schädel, die ihn noch größer erscheinen ließ.

Aber das Allererschreckendste an der fürchterlichen Erscheinung war ihre Weiblichkeit.

Wenn die Ungeheuer, denen er bisher begegnet war, tatsächlich Eiskrieger waren, dann war dies ihre Herrin, die grausame Eiskönigin, die gekommen war, um das Werk ihrer Diener zu Ende zu bringen. Mit einem schrillen Kreischen, das sogar das Brüllen des Höllensturmes übertönte, griff sie an. Ihre Arme, dünn und scheinbar zerbrechlich wie Spinnenbeine, wirbelten rasend schnell durch die Luft – und zertrümmerten die beiden Eiskreaturen!

Schneller, als das Auge der Bewegung folgen konnte, barsten die grotesken Geschöpfe auseinander und regneten in Stücke geschlagen zu Boden. Beinahe augenblicklich tauchten weitere Angreifer aus dem kochenden Schnee auf: zwei, fünf, zehn und mehr, als wäre es der Sturm selbst, der sie aus seiner eigenen, schier unerschöpflichen Substanz erschuf. Die unheimliche Front rückte ebenso lautlos wie schnell näher, doch die Eiskönigin zeig-

te sich wenig beeindruckt. Ihre Arme zuckten in einem unvorstellbar schnellen Peitschen vor und rissen zwei, drei, vier Eiskrieger mit spielerischer Leichtigkeit auseinander; gleichzeitig stieß sie ein schrilles, drohendes Zischen aus.

Für einen Moment kam der Vormarsch der Eiskrieger ins Stocken. Sie wirkten … unentschlossen, etwas, von dem Ben bisher nicht einmal geglaubt hatte, dass die seelenlosen Kreaturen es kannten.

Aber ihr Zögern schien der Eiskönigin nicht zu genügen. Sie sprang mit einem weiteren, noch schrilleren Kreischen vor, zerfetzte zwei weitere Eiskrieger, und die schrecklichen Beißzangen in ihrem Spinnengesicht schnitten den Kopf eines dritten ab, der wie ein grausiger Ball aus Eis durch den Schnee davonrollte, während der krallenbewehrte Fuß der tobenden Gigantin auf den dazugehörigen Körper herunterfuhr und ihn zermalmte.

Die übrig gebliebenen Eiskrieger verharrten vollkommen reglos. Für zwei, drei weitere Atemzüge; dann wandten sie sich um, und der Sturm verschlang sie ebenso schnell, wie er sie ausgespien hatte. Die Eiskönigin schrie ihnen noch eine kreischende Herausforderung nach, dann beugte sie sich vor, lud sich die bewusstlose Gestalt fast behutsam auf die Arme und drehte sich herum, um sie zur Station zu tragen. Der tobende Schnee schloss sich hinter ihr wie ein undurchdringlicher Vorhang, der Ben vom Rest der Geschehnisse aussperrte, und im selben Sekundenbruchteil – taumelte er mit einem keuchenden Schrei in die Wirklichkeit zurück.

Gottlob verschluckte das Wimmern des Sturmes den Laut fast völlig, und der grauenvolle Anblick der Eismenschen hatte die anderen so in ihren Bann geschlagen, dass niemand seinen kurzen Schwächezustand bemerkt hatte. Einzig Gerrit warf ihm einen verwirrten Blick zu, konzentrierte sich dann aber wortlos wieder auf den uniformierten Körper im Schnee.

»Dann sind das … sind das hier alles –?«, murmelte einer der Söldner.

Harry unterbrach ihn mit einem Kopfschütteln und stand auf. »Nein. Nur die allerwenigsten. Zumindest hoffe ich das.«

Ben hatte immer mehr Mühe, der Unterhaltung zu folgen. Er war zurück in der Realität, aber irgendwie nicht ganz; hinter seiner Stirn überschlugen sich Bilder und Geräusche zu einem einzigen Chaos, das abermals an seinem Gleichgewichtssinn zerrte und ihn noch einmal schwanken ließ, diesmal allerdings ohne dass es jemand bemerkte.

»Aber das ist doch Blödsinn!«, fauchte Ramanov gerade, offenbar als Antwort auf die Frage des Soldaten. »Sie müssten sich einmal selbst reden hören! Wissen Sie eigentlich, wie das klingt, was Sie da behaupten?« Er begann wild mit den Händen in der Luft herumzufuchteln und starrte abwechselnd Harry und die schimmernde Gestalt vor sich an, und hätte seine Stimme bei diesen Worten nicht vor Angst gezittert, so hätten sie vielleicht tatsächlich die beabsichtigte Wirkung erzielt. So schüttelte Harry nur traurig den Kopf, und Ramanov sagte noch einmal und in jetzt schon fast trotzig klingendem Ton: »Das ist vollkommen unmöglich! Das ist irgendein Trick!«

Ja, und das Ganze eben war auch nur ein Trick *seines* vermaledeiten Unterbewusstseins gewesen, um ihm noch ein bisschen mehr zuzusetzen, dachte Ben. Die Vision (er weigerte sich, sie einen *Traum* zu nennen, denn das war sie ganz und gar nicht gewesen) war nur sein eigener kleiner Beitrag zu dem Irrsinn, der an allen möglichen Ecken an seinem Verstand knabberte. Nichts als eine ganz gewöhnliche Halluzination (falls es so etwas gab), ausgelöst durch den Schnee, die Kälte, die Anwesenheit seines Vaters und natürlich das grausige … *Ding* im Schnee, so einfach war das. *Eiskönigin! Lächerlich!*

Es funktionierte. Die Mischung aus Hysterie und Panik zog sich – zwar spuckend und fauchend wie eine gereizte Wildkatze – aus seinen Gedanken zurück, und es gelang ihm sogar, sich wieder einigermaßen auf die Wirklichkeit zu konzentrieren.

»Genau wie die Spinnen«, flüsterte Tahia. Ramanov fuhr mit einer abrupten Bewegung herum und funkelte sie an, dann wandte er sich, schon wieder heftig mit beiden Händen gestikulierend, an van Staaten.

»Schauen Sie sich dieses … *Etwas* an, Doktor. Und dann erklären Sie diesem Wahnsinnigen hier, womit wir es zu tun haben!«

Van Staaten sah nicht glücklich aus, setzte sich dann aber doch in Bewegung, um Ramanovs Aufforderung nachzukommen, und Harry nutzte die Bewegung, mit der er ihr Platz machte, um direkt neben Tahia – und damit auch Ben – zu treten. »Spinnen? Was hast du damit gemeint?«

Tahia machte eine Kopfbewegung auf ihren Kameraden, der zwei oder drei Dutzend Schritte entfernt auf der Kuppe einer flachen Schneewehe stand und die nähere Umgebung im Auge behielt, wie Harry es ihm aufgetragen hatte. »Gerrit und der Junge haben gestern ein paar tote Spinnen draußen gefunden. Ziemliche Riesenviecher sogar. Jedenfalls dachten wir, es wären Spinnen.«

»Ihr *dachtet?«*

»Eis«, sagte Ben an Tahias Stelle. »Sie waren komplett aus Eis.« Er zögerte einen spürbaren Moment, bevor er leiser und mit einem Blick auf die zerborstene Gestalt im Schnee hinzufügte: »Genau wie der da.«

»Spinnen«, murmelte Harry noch einmal. »Wie auf der *Princess,* nicht wahr? Habt ihr seither noch mehr von den Viechern gesehen?«

Die Frage galt Ben, aber es war Tahia, die antwortete. »Nein. Ich glaube, es ist hier zu kalt für sie zum Überleben.«

Harry schaute sie und Ben noch ein paarmal abwechselnd und sehr nachdenklich an, dann aber zuckte er nur die Achseln und ging wieder zu Ramanov. Ben zögerte nur kurz, bevor er ihm folgte. Ramanov schaute ihn an, als gäbe er ihm – und zwar ihm ganz allein – die Schuld an allem, was hier geschehen war, enthielt sich aber jeden Kommentars, und auch Harry hatte offensichtlich nichts gegen seine Anwesenheit, denn er winkte ihn sogar noch näher heran.

Van Staaten hatte sich inzwischen in die Hocke sinken lassen, den linken Handschuh ausgezogen und eines der abstoßenden Bruchstücke aufgehoben. Ben wollte es nicht einmal, denn der Anblick erfüllte ihn immer noch mit einem tiefen Entsetzen, aber aus einer morbiden Neugier heraus, die mindestens ebenso stark war, beugte er sich ein wenig vor.

Obwohl er geahnt hatte, was er sehen würde, erschrak er abermals. Es war genau wie gestern bei der vereisten Spinne. Auch bei dieser vermeintlichen Statue beschränkte sich die Lebensechtheit nicht auf die Oberfläche; unter der milchig weißen Haut setzte sich die naturgetreue Nachbildung fort. Alles war da: Knochen, Arterien, Sehnen … und alles bestand ausnahmslos aus Eis.

»Unglaublich«, murmelte van Staaten. »So etwas habe ich noch nie gesehen.«

»Also?«, knurrte Ramanov, der ihre Worte entweder nicht gehört hatte oder es wieder einmal vorzog, sie zu ignorieren. »Was sagen Sie?«

»Gar nichts«, antwortete van Staaten, während sie aufstand, den unheimlichen Eisbrocken noch einen Moment in der Hand hielt und ihn dann so erschrocken fallen ließ, als wäre ihr erst jetzt richtig klar geworden, worum es sich handelte.

»Was soll das heißen?«

»Dass ich nichts dazu sagen kann«, antwortete die Ärztin mit einem bekräftigenden, heftigen Kopfschütteln. Dann deutete sie mit der behandschuhten Rechten auf Harry. »Nur dass es ganz bestimmt kein Trick ist, den er inszeniert hat, um Sie zu beeindrucken, Professor, oder sich wichtig zu machen.«

Ramanov schürzte verächtlich die Lippen. »Woher wollen Sie das wissen?«

»Weil das, was ich hier sehe, eigentlich gar nicht möglich sein dürfte. Aber da es ganz offensichtlich doch möglich ist, muss sich jemand eine unvorstellbare Mühe gegeben haben. Jemand mit sehr, sehr viel Talent und noch mehr Mitteln.«

»Und über beides verfüge ich nicht, wollen Sie sagen?«, fügte Harry lächelnd hinzu.

Van Staaten blieb ernst. »Jedenfalls nicht über die Zeit, die nötig wäre, um so etwas zu erschaffen.« Dann wandte sie sich wieder an Ramanov. »Ich weiß nicht, was das hier ist; eine Laune der Natur, die größte und aufwändigste Charade, von der ich bisher gehört habe, oder etwas, was sich keiner von uns auch nur vorzustellen vermag. Ich muss diese …«, sie zögerte kurz und hatte offensichtlich Schwierigkeiten, das Wort auszusprechen, »… diese *Trümmer* mit in die Station nehmen und untersuchen. Vielleicht kann ich Ihnen dann mehr sagen.«

»Ganz bestimmt nicht!«, mischte sich Tooth ein. »Sie werden keines von diesen Monstern mit hineinbringen, ist das klar?«

Harry brachte ihn mit einer unwilligen Geste zum Schweigen. »Davon geht keine Gefahr mehr aus. Jetzt sucht euch zwei oder drei möglichst unbeschädigte … *Exemplare* und bringt sie in die Station. Ihr dürft euch nur nicht daran verletzen. Seid vorsichtig. Gibt es dort so etwas wie einen Kühlraum, Professor?«

Ramanov starrte ihn an. Dann nickte er und machte eine weit ausholende Armbewegung. »Den größten der Welt.«

»Es gibt an ein paar unbeheizte Lagerräume, die direkt an der

Außenseite liegen«, sagte van Staaten rasch, bevor Harry auffahren konnte. »Dort dürfte es kalt genug sein. Wir haben einen kleinen Kühlraum, aber der wird nur für Lebensmittel benutzt.«

»Haben Sie Angst, sie könnten sonst aufstehen und wieder umherlaufen?«, fragte Ramanov höhnisch.

»Nein. Aber sie könnten verschwinden. So etwas haben wir schon einmal erlebt.« Harry starrte Ramanov herausfordernd an und wartete offensichtlich auf eine Antwort. Als der Russe schwieg und ihn finster anblickte, fuhr er mit erhobener Stimme fort. »Und ihr anderen untersucht dieses Chaos hier. Wenn ihr noch mehr Tote findet, dann schafft sie zu einem freien Platz. Ich möchte, dass sie beerdigt werden.«

»Beerdigt?«, ächzte Ramanov. »Sind Sie jetzt völlig wahnsinnig geworden?«

»Das hier sind Menschen, Professor. Oder waren es jedenfalls einmal. Schlagen Sie vor, dass wir sie zusammenfegen und in Ihren Müllcontainer werfen?«

»Sie sind ja völlig übergeschnappt.« Ramanov schüttelte heftig den Kopf, machte noch einmal ein abfälliges Geräusch und drehte sich dann mit einem Ruck herum. »Das reicht. Kommen Sie, Doktor van Staaten. Wir gehen wieder hinein. Diese Irren können meinetwegen hier bleiben und zu Eiszapfen gefrieren. Wer weiß, vielleicht treffen sie am Ende ja noch auf den Yeti!«

»Ich komme in einer Stunde zu Ihnen, Professor«, rief ihm Harry nach. »Ich glaube, wir haben eine Menge zu besprechen.«

Ramanov sah nicht einmal zu ihm zurück. Er beschleunigte seine Schritte und stapfte so schnell auf die Station zu, wie es ihm in dem wadenhohen Schnee und in seiner schweren Kleidung überhaupt möglich war. Aber immerhin – das fiel Ben auf – schien auch er plötzlich darauf zu achten, nicht mehr auf die Trümmerstücke zu treten.

»Sie sollten tun, was er von Ihnen verlangt, Doktor«, wandte sich Harry an van Staaten. »Er ist so schon wütend genug. Und das, was ich ihm nachher zu sagen habe, wird ihm bestimmt auch nicht besonders gefallen.«

Die Ärztin sah ihn einen Herzschlag lang unschlüssig an und rang sich dann zu einem widerwilligen Nicken durch. »Übertreiben Sie es nicht. Ich habe es vorhin ernst gemeint, als ich gesagt habe, dass Sie auf

Notstrom laufen. Wenn das hier wirklich das bedeutet, wonach es aussieht, dann werden Sie jedes bisschen Kraft brauchen, das Sie bekommen können.« Sie wandte sich an Bens Vater. »Und du?«

»Ich … bleibe noch. Ich muss … das alles hier …«

»Ich verstehe.« Van Staaten warf jetzt Ben einen gleichermaßen fragenden wie auffordernden Blick zu, erntete jedoch auch von ihm nur ein angedeutetes Kopfschütteln und ging schließlich ohne ein weiteres Wort hinter Professor Ramanov her.

Harry wartete, bis zuerst der Professor und wenige Augenblicke später sie unter dem riesigen Plastikzeltdach verschwunden waren, bevor er sich noch einmal an seine Leute wandte. Bisher hatte sich keiner der Söldner gerührt, um seinem Befehl von gerade nachzukommen. »Ihr wisst Bescheid. Wenn eines dieser Dinger auftaucht, dann überzeugt euch davon, dass es kein Mensch ist, bevor ihr schießt.«

»Was soll das heißen?«, begehrte Tooth auf. »Dass es kein Mensch ist?« Er zermalmte einen der grotesk geformten Eisbrocken unter seinen Stiefeln. »Willst du das hier als Mensch bezeichnen?!«

»Er war es einmal«, antwortete Harry ernst und schnitt Tooth mit einer herrischen Geste das Wort ab, als dieser abermals auffahren wollte. »Das ist ein Befehl und er gilt für euch alle! Ihr schießt nur, wenn ihr direkt angegriffen werdet, und auch nur dann, wenn es gar nicht anders geht, ist das klar?«

»Hast du mich deshalb heute Morgen zurückgepfiffen?«, keuchte Tooth ungläubig. »Verdammt noch mal, die Biester hätten mich um ein Haar in Stücke gerissen! Und das nur, weil –«

»Du hältst jetzt besser die Klappe, Tooth«, sagte Tahia leise. »Oder du verlierst gleich noch ein paar Zähne.«

Tooth starrte sie einen Moment lang beinahe hasserfüllt an. Aber er hielt die Klappe.

20

SEIN VATER UND ER waren annähernd eine halbe Stunde draußen geblieben, um Harry und seinen Leuten bei der grausigen Aufgabe zu helfen, das Schlachtfeld nach Besatzungsmitgliedern und Passagieren der *Princess* abzusuchen. Zu seiner Erleichterung hatten sie nur sehr wenige menschliche Körper gefunden; fünf, zusätzlich zu dem Steward und der Passagierin, die Harry entdeckt hatte. Allerdings waren die meisten Angreifer so hoffnungslos in Stücke gesprengt worden, dass es schlichtweg unmöglich war, zu entscheiden, ob sie vor den Überresten eines Menschen oder einer Höllenkreatur aus Eis standen. In Ermangelung einer anderen Möglichkeit hatten sie sie auf eine Freifläche abseits des Schlachtfelds getragen und unter einem fast meterhohen Hügel aus Schnee begraben, den Harry und seine Leute anschließend mit ihren Stiefeln feststampften. Das war alles, was sie für sie tun konnten, und es war erbärmlich genug.

Ben fühlte sich hinterher so sonderbar wie niemals zuvor im Leben. Er hatte nicht das Gefühl, an einer Beerdigung teilgenommen zu haben, dazu war das, was er und die anderen getan hatten, zu bizarr gewesen. Trotzdem war er zutiefst erleichtert, als Harry schließlich entschied, dass sein Vater und er wieder in die Station zurückgehen sollten.

Etwas hatte sich geändert, das spürte er sofort, als er durch die innere Schleusentür trat und mit tauben Fingern versuchte, seine Handschuhe abzustreifen. Nur ein paar Schritte jenseits der Tür stand ein junger Mann mit asiatischen Zügen, der zwar einen weißen Kittel und Turnschuhe trug, was hier anscheinend so eine Art von Uniform darstellte, darüber hinaus aber in der linken Hand ein ziemlich modern aussehendes Gewehr und in der rechten ein kleines Walkie-Talkie hielt, in das er mit gedämpfter Stimme zu sprechen begann, als Ben und sein Vater hereinkamen. Ben nickte ihm nur knapp zu, viel zu durchgefroren und erschöpft, um sich auch nur zu einem einzigen Wort aufraffen zu können, aber er registrierte gleichzeitig auch noch eine andere Veränderung.

Wie bei dem ersten Angriff der Eiskrieger schien die Basis plötzlich voller Menschen; er hörte Schritte und das Echo von Stimmen und andere Laute. Seltsamerweise beruhigte ihn diese Erkenntnis nicht. Ganz im Gegenteil – er fragte sich wieder, wo sich die Verursacher all dieser Geräusche normalerweise aufhielten und warum Ramanov sie eigentlich vor ihnen versteckte.

»Gehst du zu Mutter?«, wandte er sich an seinen Vater, der genau wie er stehen geblieben war und sich mit steif gefrorenen Fingern ungeschickt aus seiner schweren Kleidung schälte. Er stampfte ein paarmal mit den Füßen auf, um den Schnee von seinen Stiefeln zu bekommen, und ging los, bevor er antwortete.

»Wenn sie wach ist.«

Auf dem Weg zu ihrem Zimmer, in dem jetzt auch sein Vater untergebracht war, begegneten ihnen weitere Menschen. Zwei oder drei von ihnen kamen Ben vage bekannt vor, bei den allermeisten aber war er vollkommen sicher, sie niemals zuvor in der Basis getroffen zu haben, und ganz davon abgesehen, dass die Blicke, mit denen die meisten ihn maßen, nicht unbedingt nur neugierig waren, fiel ihm auch ein allgemeiner Ausdruck von Nervosität und Anspannung auf den Gesichtern auf. Und als wäre das noch nicht genug, verstummte nahezu jedes Gespräch sofort, sobald er und sein Vater in Hörweite kamen.

»Das ist schon seltsam, nicht wahr?«, meinte sein Vater, als sie die Tür zur Unterkunft seiner Eltern erreicht hatten und er die Hand nach der Klinke ausstreckte. »Bisher hatte ich das Gefühl, dass wir mehr oder weniger allein hier sind. Und ganz plötzlich scheint es auf der Station von Menschen zu wimmeln. Ich frage mich, wo sie die ganze Zeit über waren.«

»Vielleicht in dem geheimen Labor unten im Keller«, antwortete Ben nur halb scherzhaft, und hinter der geöffneten Tür fragte die Stimme seiner Mutter:

»In welchem geheimen Labor?«

Ben tauschte einen erschrockenen Blick mit seinem Vater und blieb unwillkürlich für einen winzigen Moment stehen, bevor er endgültig durch die Tür trat. Seine Mutter war wach und lag auch nicht mehr im Bett, sondern hatte sich angezogen und saß auf einem der billigen Plastikstühle, die Ramanov gleich zu Hunderten erstanden haben musste.

Jetzt sprang sie auf, eilte ihrem Mann entgegen und schloss ihn kurz, aber sehr heftig in die Arme, bevor sie sich mit fragender Miene wieder an Ben wandte. »Welches geheime Labor, Ben?«

»Du bist wach?«, erwiderte Ben verdattert. Nach ihrem Zustand vorhin war er fest davon ausgegangen, dass sie noch schlafen würde. Aber sie wirkte plötzlich kein bisschen müde oder gar erschöpft. Auf ihrem Gesicht – das zwar noch immer sehr blass war, als wäre sie so lange dort draußen gewesen, dass ihre Haut schließlich den Farbton dieses Landes angenommen hatte – lag ein strahlendes Lächeln, und Ben glaubte die Energie geradezu zu spüren, die sie ausstrahlte.

»Wie du siehst. Ein paar Stunden Schlaf sind eben doch die beste Medizin.«

»Es war nicht einmal zwei«, gab Ben zu bedenken. »Und Doktor van Staaten sagt, dass –«

»Ich weiß, was Doktor van Staaten sagt«, fiel ihm seine Mutter ins Wort. »Und so ganz nebenbei bin ich selbst Ärztin und weiß wohl am besten, was ich mir zumuten kann und was nicht.« Sie sah Ben mit schräg gehaltenem Kopf an. »Welches Geheimlabor?«

»Es war … nichts. Wie fühlst du dich? Geht es dir gut?«

»Auf jeden Fall besser als dir, wenn du nicht endlich meine Frage beantwortest.« Sie lächelte noch immer, aber zwischen ihren Augenbrauen war eine steile Falte erschienen, und in ihrer Stimme war nun ein scharfer Unterton, der Ben warnte. Er warf seinem Vater einen raschen, beinahe flehenden Blick zu, aber er wusste zugleich auch, dass er keine Hilfe von ihm zu erwarten hatte. Ben kannte seine Mutter schließlich gut genug. Wenn sie sich einmal etwas in den Kopf gesetzt hatte, dann gab es abgesehen von körperlicher Gewalt kaum noch etwas, was sie aufzuhalten vermochte.

»Also das war … äh … nur ein Scherz«, sagte er trotzdem.

»Ein Scherz«, wiederholte seine Mutter in nachdenklichem Ton. Das Lächeln war noch immer auf ihrem Gesicht, aber irgendwie schien es … zu etwas anderem geworden zu sein, etwas, was Ben beinahe Angst machte.

»Ein Scherz, so. Gut, ich habe mich köstlich amüsiert, und jetzt wäre ich dir sehr dankbar, wenn ich meine Frage nicht noch einmal wiederholen müsste. Von welchem *Geheimlabor* hast du gesprochen?«

Ben gewann ein paar Sekunden, indem er sich herumdrehte und die Tür übertrieben sorgsam ins Schloss drückte, und als er sich wieder zu seiner Mutter umwandte, war die Falte über ihrer Nasenwurzel deutlich tiefer geworden, und wenn schon nicht das, so warnte ihn spätestens der Ausdruck in ihren Augen, dass er jetzt besser nicht noch einmal versuchen sollte, Zeit zu schinden.

Doch bevor er etwas sagen konnte, erklärte sein Vater: »Ben hat ein geheimes Labor entdeckt, unten im Keller.«

»Ein Labor?« Seine Mutter spitzte anerkennend die Lippen. »Was für ein finsteres Geheimnis. Noch dazu in einer wissenschaftlichen Forschungsstation.«

»Nicht so eines«, erwiderte Ben. »Hier stimmt was nicht! Der Zugang ist gesichert wie Fort Knox. Dort unten ist alles vom Feinsten: Isolierstationen und Luftschleusen und Männer in Isolieranzügen und Technik wie aus einem Science-Fiction-Film. Und hier oben haben sie nur Schrott.«

»Gesichert wie Fort Knox«, wiederholte seine Mutter. »Was genau meinst du damit?«

»Meterdicke Stahltüren mit Fingerabdruckscannern, Videokameras und Lasersperren ... das ganze Programm eben. Ich bin sicher, dass sie dort unten irgendeine Schweinerei ausbrüten.«

Sie musterte ihn kühl. »Wie genau sieht es dort unten aus? *Labor* ist ein dehnbarer Begriff. Was genau tun sie dort unten?«

»Das weiß ich nicht«, gestand Ben. »Es ging alles viel zu schnell. Ich meine, ich ... ich war ja nur ein paar Augenblicke dort, aber es ist keine meteorologische Forschung, da bin ich ganz sicher.«

»Weil du ja ein Spezialist auf diesem Gebiet bist, wie wir alle wissen«, entgegnete seine Mutter ironisch.

»Weil sogar *ich* den Unterschied zwischen einer Wetterstation und einer Giftküche kenne«, antwortete Ben heftig. »Und Ramanov hat es praktisch zugegeben.«

»Was?«

»Dass sie dort unten ... Experimente durchführen.« Er erschrak fast selbst über die Schärfe in seiner Stimme, aber er war zutiefst verunsichert und verstört. Was war mit seiner Mutter los? Sie hatte nie ein Blatt vor den Mund genommen und ihre spitze Zunge war allgemein bekannt und gefürchtet. Doch was er nun spürte, das war mehr eine Art von mühsam zurückgehaltener Feindseligkeit, die ihn vollkommen verwirrte.

»Experimente?« Sie machte ein übertrieben betroffenes Gesicht. »Das ist ja entsetzlich. Andererseits … ich kann mich täuschen … aber ist es nicht eigentlich der Zweck eines Labors, Experimente durchzuführen?«

»Nicht solche«, kam ihm sein Vater zu Hilfe. »Ramanov hat praktisch zugegeben, dass sie gefährlich sind. Ich nehme an, sie haben sich hier angesiedelt, weil diese Umgebung so extrem ist, dass praktisch nichts eine Überlebenschance hat, was zufällig aus den Labors entweichen sollte.«

»Was zufällig aus den Labors entweichen sollte«, echote Bens Mutter mit merkwürdiger Betonung. »Und was genau sollte das sein, eurer Meinung nach?«

»Was weiß ich!«, rief Ben. Urplötzlich schlug seine Verwirrung in Zorn um, und er hatte Mühe, nicht wirklich zu schreien. Er hatte nicht damit gerechnet, dass seine Mutter ihm auf Anhieb und vorbehaltlos glauben würde, aber auch nicht damit, sich *verteidigen* zu müssen, wenigstens nicht *so.* »Vielleicht experimentieren sie mit gefährlichen Stoffen. Gift. Gefährliche Medikamente. Waffen.«

»Klone?«, schlug seine Mutter vor.

»Warum nicht?«, fauchte Ben.

»Ja sicher, so wird es sein«, antwortete seine Mutter säuerlich. »Ich nehme an, sie züchten dort unten bissige Killerpinguine, die sie später benutzen, um irgendein arabisches Wüstenland anzugreifen.«

»Nein«, entgegnete Ben. »Aber zwei Meter große Eismonster, die Kreuzfahrtschiffe überfallen.«

Diesmal schwieg seine Mutter und starrte ihn nur an.

»Entschuldige«, murmelte Ben. »Das … wollte ich nicht sagen.«

»Nein, schon gut.« Plötzlich war von ihrer bisherigen Bösartigkeit nichts mehr zu spüren. Sie wirkte ganz im Gegenteil betroffen. »Ich glaube, ich bin es, die sich entschuldigen muss. Ich weiß auch nicht, warum ich so aggressiv bin.«

»Aber ich«, sagte Bens Vater. Er versuchte zu lächeln, doch es gelang ihm nicht. »Soll ich es dir erklären?«

»Nein danke, Herr Doktor, das ist nicht nötig«, antwortete seine Frau spöttisch, aber diesmal war es ein gutmütiger Spott, der niemanden verletzte. »Man ist nicht zwanzig Jahre mit einem Psychologen verheiratet, ohne das eine oder andere mitzubekommen, weißt du? Es tut mir leid.« Ben konnte sehen, wie sie sich einen sichtbaren Ruck gab, bevor sie sich wieder direkt an ihn wandte. »Du sagst, dieses Labor sei streng gesichert? Aber wie bist du dann hineingekommen?«

»Die Tür stand offen«, antwortete Ben ausweichend. Er hätte selbst nicht genau sagen können, warum, aber etwas warnte ihn wieder davor, seiner Mutter zu viel von dem zu erzählen, was zwischen Sasha und ihm war.

»Einfach so?«, fragte sie zweifelnd.

»Könnte eine Fehlfunktion gewesen sein«, meldete sich sein Vater zu Wort. »So etwas kommt vor. Anscheinend haben sie hier sowieso die eine oder andere technische Schwierigkeit.«

Seine Frau sagte nichts dazu, aber nicht nur Ben sah ihr an, wie schwer es ihr fiel, nicht schon wieder eine sarkastische Bemerkung zu machen. Vielleicht war es besser, wenn sie das Thema wechselten.

»Wie geht es deiner Freundin?«, fragte seine Mutter abrupt, beinahe als wäre sie eben gerade zu demselben Schluss gekommen – oder hätte seine Gedanken gelesen.

»Sasha?« Ben nickte. »Gut. Anscheinend hat sie unser kleines Abenteuer von allen am besten verkraftet.« Er grinste flüchtig. »Jedenfalls hat sie sich bisher nicht beschwert.«

Seine Mutter schaute ihn verwirrt an, und Ben bedauerte die Bemerkung sofort. Jetzt war wohl kaum der richtige Zeitpunkt für dumme Scherze.

»Wusstest du, dass sie Ramanovs Enkeltochter ist, Jennifer?«, fragte sein Vater.

»Seine Enkeltochter? Nein. Ich habe bisher nur ein paar Worte mit Ramanov gewechselt. Wir sind noch nicht einmal dazu gekommen, uns richtig zu begrüßen, da wird er mir wohl kaum gleich all seine Familiengeheimnisse anvertrauen … wenn Alexandra seine Enkelin ist, dann bedeutet das, Kapitän Schulz war sein Schwiegersohn. Seltsam, dass er nichts davon erwähnt hat.«

»Warum sollte er?«, fragte ihr Mann. »Wir waren schließlich nur x-beliebige Passagiere. Wenn dieser Zwischenfall mit Harry nicht gewesen wäre, dann hätten wir ihn wahrscheinlich nie näher kennen gelernt. Und seine Tochter auch nicht.«

»Ja, vermutlich.« Sie seufzte. »Ich habe das Gefühl, der selige Kapitän Schulz hat eine ganze Menge vor uns und den anderen Passagieren verheimlicht. Wie verkraftet Sasha den Tod ihres Vaters?«

Genau diese Frage hatte sich Ben immer wieder gestellt. Er hob nur die Schultern.

»Falls sie es weiß«, fügte seine Mutter hinzu.

»Sie weiß es«, behauptete sein Vater. »Nur weil sie nicht spricht, heißt das nicht, dass sie dumm ist oder nichts von dem mitbekommt, was rings um sie herum geschieht. Aber ich glaube, sie verkraftet es ganz gut.« Er wandte sich mit einem eher auffordernden als fragenden Blick an Ben. »Wolltest du nicht nach ihr sehen?«

Eigentlich hatte Ben das ganz und gar nicht gewollt; nicht jetzt. Aber er verstand. Sein Vater wollte mit seiner Mutter allein sein. Und schließlich hatte er auch jedes Recht dazu. »Sicher«, meinte er und sah auf die Uhr. »In fünfzehn Minuten dann?«

»Was ist in fünfzehn Minuten?«, wollte seine Mutter wissen.

»Großes Indianertreffen zwischen Ramanov und Harry«, witzelte ihr Mann. »Oder glaubt du, wir lassen uns die Show entgehen, wie die beiden aneinander rasseln?« Er wedelte unwillig mit der Hand. »Raus jetzt, Sohn Nummer eins. Deine Mutter und ich haben ein paar private Dinge miteinander zu besprechen.«

Ben ging natürlich nicht, ohne seinem Vater noch ein betont anzügliches Grinsen zu schenken, aber er ging. Als er sich draußen auf dem Flur umwandte, konnte er hören, wie die Tür von innen abgeschlossen wurde. Anscheinend hatten seine Eltern tatsächlich etwas Privates miteinander zu besprechen.

Auf dem Weg zu Sashas Zimmer begegnete ihm niemand mehr, aber die Station war auch jetzt alles andere als still. Von überall her ertönten aufgeregte Stimmen, schnelle Schritte, manchmal auch ein Rennen und emsiges Hantieren und Rumoren … es war, als wäre die Stimmung nun ins genaue Gegenteil umgeschlagen, wie um die fast unnatürliche Ruhe der ersten Tage wieder wettzumachen.

Er klopfte auch jetzt an und ließ drei oder vier Sekunden verstreichen, bevor er die Tür öffnete und eintrat, aber diesmal war seine Rücksicht überflüssig. Das Zimmer war leer, und durch die offene Verbindungstür zum Bad konnte er erkennen, dass es ebenfalls verlassen war. Enttäuscht wollte sich Ben schon herumdrehen und gehen, durchquerte aber dann stattdessen den Raum und trat an den Spiegel im Badezimmer. Er wusste selbst nicht genau, warum. Als er das letzte Mal bei Sasha gewesen war, hatte sie vor dem Spiegel gestanden und hineingeblickt, und Ben fragte sich, was sie wohl gesehen haben mochte.

Er lächelte. Ihr Gesicht, was denn sonst?

In einem Punkt (und vielleicht nicht nur in einem) hatte sein Vater Recht gehabt, als sie auf der *Princess* über Menschen wie Sasha gesprochen hatten: Es war schwierig, mit ihnen umzugehen. Vielleicht sogar unmöglich, denn vermutlich neigte jeder so genannte *normale* Mensch ganz instinktiv dazu, sie entweder zu unter- oder zu überschätzen. Sasha war weder dumm noch stumpfsinnig, aber er sollte sich davor hüten, in jeden Blick, jede beiläufige Geste oder zufällige Bewegung etwas hineinzuinterpretieren, was nicht da war. Sie hatte in den Spiegel gesehen, wie man es dann und wann tut, ohne sich etwas dabei zu denken. Schließlich sah auch er in dem silberbedampften Glas nichts als sein eigenes Gesicht, in dem nun wahrlich keine menschheitsgefährdenden Geheimnisse zu lesen waren.

Aber der Anblick erinnerte ihn an etwas.

Als er das letzte Mal in einem Bad gestanden und in den Spiegel geschaut hatte, hatte er am Ende das halbe Bad auseinander genommen, und dieser Gedanke erinnerte ihn wiederum an den Grund dafür.

Fast ohne sein Zutun glitt seine Hand in die Hosentasche und kramte nach dem kleinen MP3-Player, und für einen Moment drohte er fast in Panik zu geraten, als er ihn nicht fand. Dann ertasteten seine Finger doch harten, glatten Widerstand, und er zog das winzige Gerät hervor und betrachtete es nachdenklich. Möglicherweise war *das* sogar das größte Geheimnis von allen. Jetzt, mit einigem Abstand und logisch betrachtet, gestand Ben sich ein, wie vollkommen ausgeschlossen es war, dass er Sashas Hilferuf auf *diese* Weise gehört haben sollte. Vermutlich *hatte* er ihn gehört, aber nur in seinem Kopf, und sein Unterbewusstsein hatte sich den Rest dieser verrückten Geschichte selbst zusammengereimt. Doch es war überhaupt kein Problem, diese Frage hier und jetzt zu beantworten.

Am besten, dachte er, bevor er mit dieser irren Geschichte zu seinen Eltern oder gar Ramanov ging und nichts als ein Quietschen oder Musikfetzen zu hören war, sobald er den Beweis für seine unglaubliche Behauptung antreten wollte.

Ben schaltete das Gerät ein, zögerte aber dann noch einmal, den Kopfhörer ins Ohr zu stecken und den Soundclip abzuspielen. Was, wenn er nichts hörte oder nur einige Sekunden Musik, die der ehemalige Besitzer dieses Gerätes zu löschen vergessen hatte?

Und was, flüsterte es in seinen Gedanken, *wenn* er Sashas Stimme hörte?

Ben wusste nicht, was schlimmer wäre. Und er würde es auch niemals herausfinden, wenn er es nicht ausprobierte. Entschlossen drückte er mit dem Fingernagel auf die kaum stecknadelkopfgroße Play-Taste.

In der allerersten halben Sekunde (die sich zu einer schieren Ewigkeit dehnte und einfach kein Ende nehmen wollte) vernahm er tatsächlich nichts außer einem leisen Rauschen. Dann erklang wieder Sashas klare, engelsgleiche Stimme. Aber es war nicht mehr ihr verzweifelter Hilferuf, den er jetzt hörte. Diesmal war es nur ein einziger Satz, und er war in einem Tonfall solch grenzenlosen Entsetzens ausgesprochen, dass Ben spüren konnte, wie ihm alles Blut aus dem Gesicht wich.

»Sie sind da, Ben!«

21

BEN WAR SO SCHNELL zur Unterkunft seiner Eltern zurückgerannt, wie er nur konnte – mit dem Ergebnis, dass er sich (natürlich) prompt wieder einmal in den labyrinthischen Gängen und Korridoren der vermeintlichen Wetterstation verlaufen hatte. Dennoch konnten kaum mehr als drei oder vier Minuten vergangen sein, seit er seine Eltern allein gelassen hatte; ganz bestimmt nicht einmal annähernd die Zeit, die seinem Vater vorgeschwebt hatte, wofür auch immer. Aber das war Ben jetzt egal. Sasha war verschwunden und sie schwebte ohne Zweifel in großer Gefahr. Es war ihm gleich, ob und wobei er seine Eltern störte, sie *mussten* etwas unternehmen.

Beinahe ohne langsamer zu werden, drückte er mit der linken Hand die Türklinke herunter und hämmerte mit den Knöcheln der rechten dagegen – wenigstens wollte er es. Statt jedoch anzuklopfen war er die nächsten zwei oder drei Sekunden voll und ganz damit beschäftigt, mit wild rudernden Armen und um sein Gleichgewicht kämpfend durch das Zimmer zu stolpern. Die Tür war nicht mehr abgeschlossen gewesen, sodass er sie mit seiner ungestümen Bewegung weit aufgestoßen hatte und es plötzlich nichts mehr gab, woran er sich abstützen konnte. Möglicherweise wäre er tatsächlich gestürzt, hätte er sich nicht im letzten Moment an einem der leichten Plastikstühle festgehalten, der prompt umfiel und durch das ganze Zimmer polterte.

Verwirrt und ziemlich ärgerlich über seine Ungeschicklichkeit drehte sich Ben einmal im Kreis und sah sich aufmerksam um; was eigentlich vollkommen überflüssig war. Das Zimmer mochte für hiesige Verhältnisse groß sein, mit der Betonung auf *hiesige.* In Wahrheit war es kaum größer als die Kabine, die er an Bord der *Princess* gehabt hatte, und damit winzig. Niemand hätte sich hier verstecken können, selbst wenn es einen Grund dafür gegeben hätte. Ben ging trotzdem noch einmal ins angrenzende Bad und zog sogar den Duschvorhang zurück, nur um ganz sicherzugehen, aber es blieb dabei: Seine Eltern waren nicht mehr da. Und das, obwohl sein Vater ihn vor weniger als fünf Minuten quasi hinausgeworfen hatte. Das war sonderbar, um nicht zu sagen beunruhigend.

Ben dachte kurz über dieses neuerliche Rätsel nach, doch gerade als aus seiner Beunruhigung Sorge werden wollte, spürte er eine Bewegung hinter sich und gewahrte eine Gestalt aus den Augenwinkeln. Erschrocken fuhr er herum und atmete erleichtert auf. Es war Gerrit, der unter der Tür erschienen war und mindestens ebenso überrascht aussah wie er selbst.

»Störe ich gerade?«, fragte er.

Ben verstand den Sinn dieser Frage nicht, dann aber folgt er Gerrits Blick und entdeckte den umgestürzten Plastikstuhl, dem es auf seiner Schlitterpartie irgendwie gelungen war, einen Bilderrahmen von der Wand zu reißen, der jetzt zerbrochen auf dem Boden lag.

»Nein«, antwortete er. »Alles in Ordnung.«

Gerrit schaute für einen Augenblick ziemlich unglücklich drein, zuckte dann aber nur mit den Achseln. »Harry schickt mich. Ich soll deine Eltern abholen. Weißt du, wo sie sind?«

»Ich suche sie auch … was will Harry denn von ihnen?«

»Eigentlich nur von deiner Mutter.« Gerrit sah sich abermals und jetzt eindeutig misstrauisch im Zimmer um, schien aber nichts zu entdecken, was dieses Misstrauen bestätigte, denn er wandte sich schon wieder zum Gehen. »Er ist auf dem Weg zu Ramanov und wollte, dass deine Mutter dabei ist. Er hat mir nicht gesagt, warum.«

»Warte!«, rief Ben. »Ich komme mit.«

Gerrit verhielt mitten in der Bewegung und blickte über die Schulter zu ihm zurück.

»Du gehst doch zu Ramanov, oder?«, fragte Ben.

Gerrit nickte, wirkte aber ein bisschen verlegen. »Ich weiß nicht, ob –«

»– ich mitkommen darf?« Ben schüttelte heftig den Kopf. »Keine Sorge, das geht schon in Ordnung. Oder hat Harry etwa gesagt, dass ich es nicht darf?«

»Das nicht, aber –«

»Siehst du?«, unterbrach ihn Ben schon wieder. »Dann ist ja alles in Ordnung. Keine Sorge, er wird dir schon nicht den Kopf abreißen – und Ramanov auch nicht. Immerhin bin ich mit seiner Tochter befreundet, und damit sind wir ja beinahe so etwas wie Verwandte.«

Der Söldner wirkte für einen Augenblick irritiert. Dann lächelte er kurz, machte aber sofort wieder ein ernstes Gesicht und wirkte genauso unschlüssig wie zuvor. »Meinetwegen«, sagte er schließlich. »Aber ich weiß von nichts.«

»Heiliges Indianerehrenwort«, versprach Ben. Rasch trat er an Gerrits Seite, zog die Tür hinter sich zu und machte eine auffordernde Bewegung, loszugehen, als der Söldner noch einmal zögerte; offensichtlich überrascht von seiner eigenen Entscheidung. »Komm schon. Wir wollen Zar Iljitsch I. doch nicht warten lassen.«

Gerrit lächelte nicht, sondern maß ihn nur mit einem noch besorgteren Blick, ging jedoch endlich los. Ben war jetzt nicht mehr sicher, ob Gerrits ungewohnte Schweigsamkeit tatsächlich nur an ihm lag. Der Söldner wirkte erschöpft, zum Umfallen müde und ausgezehrt, als wäre er nicht eine knappe Stunde, sondern tagelang draußen gewesen, und um seinen Mund lag ein verhärmter Zug, den Ben bisher noch nie an ihm gesehen hatte.

»Sind alle wieder hier drinnen?«, fragte Ben.

Gerrit nickte.

»Habt ihr … noch mehr gefunden?«, fragte Ben, nachdem sie bereits mindestens die halbe Strecke zur Zentrale in unbehaglichem Schweigen zurückgelegt hatten.

»Zwei oder drei«, antwortete Gerrit hörbar widerwillig. »Gott sei Dank waren es nicht mehr.« Er sah Ben unsicher an. »Ist das wirklich wahr, was Harry erzählt hat? Ich meine, dass es …« Er rang fast verzweifelt nach Worten.

»Dass es Passagiere und Mannschaftsmitglieder von der *Princess* waren?«, führte Ben den begonnenen Satz zu Ende. »Ich fürchte, ja. Aber vielleicht … gibt es ja auch noch eine andere Erklärung.«

»Und welche?«

Ben schaute ihn nur hilflos an. Hätte er sie gekannt, so hätte der Söldner ihn nicht eigens danach fragen müssen. »Irgendeine, die nicht ganz so fantastisch ist«, erwiderte er in einem schwachen Versuch, scherzhaft zu klingen. *Oder unheimlich*, fügte er in Gedanken hinzu.

»Danke jedenfalls für den Versuch.«

»Welchen Versuch?«

Gerrit antwortete nicht darauf, sondern ging nur etwas schneller weiter, aber Ben fragte sich, ob er nicht, ohne es beabsichtigt zu haben, der Wahrheit ein gutes Stück näher gekommen war. Die Grauen erregenden Geschehnisse auf der *Princess,* alles, was er gesehen und erlebt hatte, schienen nur diesen einen Schluss zuzulassen – aber Tatsache war, dass er niemals mit eigenen Augen *gesehen* hatte, wie sich ein Mensch in ein Eismonster verwandelte. Möglicherweise war es in Wahrheit ganz anders. Sicherlich ebenso und vielleicht sogar noch sehr viel fantastischer, aber eben anders, und vielleicht …

… lebten Schulz und all die anderen noch?, dachte er spöttisch. Sicher nicht. Auch das war nichts als eine weitere Ausrede, die sein Unterbewusstsein für ihn fand, damit er sich nicht eingestehen musste, dass so viele Menschen vollkommen sinnlos dort draußen gestorben waren.

Sie erreichten eine weitere Abzweigung und bogen in den Korridor ein, an dessen Ende die angebliche Zentrale der Station lag. Auf dem Weg hierher war ihnen niemand begegnet, vor der geschlossenen Metalltür standen nun jedoch gleich drei Männer: der Söldner Frank und zwei Fremde, von denen der eine einen weißen Kittel, der andere Jeans und einen zerschlissenen Pullover und beide ein großkalibriges Gewehr in den Händen und eine zusätzliche Pistole im Gürtel trugen. Keiner von ihnen sagte etwas, als Ben und Gerrit näher kamen, aber das war auch nicht nötig. Die misstrauischen Blicke, mit denen sie ihn – und vor allem den Söldner – beäugten, sprachen Bände. Nicht zum ersten Mal begriff Ben, dass das Verhältnis zwischen den Söldnern und der zivilen Besatzung der Forschungsstation nicht unbedingt das allerbeste war; und ebenfalls nicht zum ersten Mal fragte er sich, warum Ramanov die Söldnertruppe überhaupt angefordert hatte, wo doch so offensichtlich niemand hier erfreut über ihre Anwesenheit war.

Frank begrüßte ihn nur mit einem Nicken und einem müden Lächeln, aber einer der beiden anderen vertrat ihm den Weg und sagte: »Professor Ramanov will nicht gestört werden.«

»So?«, antwortete Gerrit. »Dann frage ich mich, warum er mich losgeschickt hat, um Ben und seine Eltern zu holen. Wollen wir hineingehen und ihn fragen?«

Der Mann setzte dazu an, zu widersprechen, besann sich dann aber eines Besseren und gab den Weg frei.

»Danke«, murmelte Ben.

»Nichts zu danken«, antwortete Gerrit, während er bereits die Hand zur Türklinke ausstreckte. »Das ist meine anarchistische Ader. Ich war schon immer für die Abschaffung der Monarchie.«

Ohne dass der Söldner sich die Mühe gemacht hätte, anzuklopfen, traten sie ein. Der Raum kam Ben noch kleiner und schäbiger vor als beim letzten Mal, als er hier gewesen war, was aber vielleicht daran lag, dass die Beleuchtung nahezu vollkommen heruntergedimmt worden war. Ein knappes Dutzend grün leuchtender Monitore und Radarschirme verbreitete einen schon fast gruseligen, düsteren Schein, und die einzige andere Lichtquelle stellte ein riesiger Flachbildschirm dar, der an einer der Wände aufgehängt worden war. Der Schirm war neu, wie Ben feststellte. Er war eingeschaltet und zeigte ein beinahe schon klassisches Bild des Bereiches unmittelbar vor der Station. Der Sturm, der vorhin innegehalten hatte, als Ben und die anderen draußen gewesen waren, hatte offensichtlich wieder eingesetzt, denn man konnte trotz der hervorragenden Bildqualität nicht sonderlich viel erkennen. Immerhin sah er, dass es neben dem zertrampelten Schlachtfeld vom Morgen nun zwei flache Grabhügel aus Schnee gab.

Ben riss seinen Blick von der deprimierenden Szene los und schaute sich rasch und aufmerksam im Rest des Raumes um. Ramanov stand mit dem Rücken zur Tür da und starrte den Bildschirm an – wie die meisten anderen übrigens auch, wie er beiläufig registrierte, als würden sie auf etwas warten –, und abgesehen von ihm befanden sich noch Harry, die ältere Frau, die er am ersten Tag hier gesehen hatte, und zwei weitere Zivilisten in der Zentrale. Seine Eltern waren nicht hier.

Dafür entdeckte er eine schlanke, ganz in Weiß gekleidete Gestalt mit rückenlangem weißem Haar, die neben Ramanov stand und wie er den Monitor ansah, und als hätte Sasha seinen Blick gespürt, drehte sie sich plötzlich herum, und Ben glaubte trotz des schlechten Lichtes einen Ausdruck von Freude zu erkennen, der über ihr Gesicht huschte.

»Sasha!«, rief er und stürzte auf sie zu. »Hier bist du! Ich habe mir schon Sorgen um dich gemacht!«

Sasha tat etwas sehr Ungewöhnliches: Kurz bevor Ben sie erreichte, lief auch sie los und eilte ihm entgegen, und – Ben war nicht sicher, aber doch fast – sie schien sogar dazu anzusetzen, die Arme auszubreiten, führte die Bewegung dann jedoch nicht zu Ende.

Ben selbst hatte weniger Hemmungen. Mit einem einzigen Schritt überwand er die restliche Distanz zwischen ihnen, schloss das Mädchen in die Arme und drückte es heftig an sich.

»Was soll das?«, fuhr ihn Ramanov an. »Lass sie sofort los! Alexandra! Komm auf der Stelle hierher!«

Sasha reagierte nicht, weder auf Ramanovs Worte noch auf Bens Umarmung, aber sie versuchte auch nicht, seine Hände abzustreifen, und hinter sich hörte Ben Gerrits leises Lachen.

»Was soll das?«, fuhr Ramanov in noch schärferem Ton fort. »Du lässt sie sofort los, hast du das verstanden?«

Ben hatte ihn schon beim ersten Mal verstanden, und er hatte da wie auch jetzt nicht die geringste Lust, ihm zu gehorchen. Aber die Stimme seiner Vernunft riet ihm, es dennoch zu tun; es hatte wenig Sinn, ihn unnötig zu reizen.

»Alexandra, komm zu mir!«, befahl Ramanov. Als seine Enkelin nicht reagierte, fügte er ein paar Worte in seiner Muttersprache hinzu, die Ben zwar nicht verstand, die aber auch nicht so klangen, als ob er sie unbedingt verstehen *wollte*. Ramanovs Gesicht verfinsterte sich noch weiter, und er machte eine Bewegung, wie um den Arm auszustrecken und Sasha gewaltsam von ihm fortzuzerren, riss sich aber im letzten Moment zusammen und wandte sich mit vor Zorn funkelnden Augen an Ben.

»Was tust du überhaupt hier? Ich habe nicht erlaubt, dass du dich hier aufhältst. Dies ist kein Ort für Kinder!«

Das reichte. Ben holte Luft, um ihm in derselben Manier zu antworten, doch Harry kam ihm zuvor, indem er eine abwehrende Handbewegung machte. »Lassen Sie ihn, Professor. Es ist vielleicht gar nicht schlecht, wenn er dabei ist. Es könnte sein, dass ich ihm die eine oder andere Frage stellen muss.«

Einen Moment lang sah es ganz so aus, als würde Ramanov es nicht dabei belassen, sondern einen handfesten Streit mit dem Söldner vom Zaun brechen, dann aber fand sein Zorn ein neues Opfer und er wandte sich in rüdem Ton an Gerrit. »Was haben Sie sich dabei gedacht? Ich hatte Sie gebeten seine Mutter zu holen. Nicht ihn. Wo ist sie?«

»Ich dachte, sie wären schon hier«, erklärte Gerrit und hob die Schultern. »Das Zimmer war leer. Nur der Junge war da.«

Ramanov presste die Lippen zu einem dünnen, blassen Strich zusammen und wandte sich wieder an Ben. »Wo sind deine Eltern?«

»Ich dachte, sie wären schon hier«, antwortete Ben. »Das Zimmer war leer. Nur ich war da.«

Ramanov ballte so wütend die Fäuste, dass man seine Knöchel knacken hören konnte, während Harry plötzlich alle Mühe zu haben schien, ein Grinsen zu unterdrücken. Trotzdem sagte er: »Lass das, Ben.«

Ben sah ihn fragend an, und Harry deutete auf seinen Arm, der immer noch um Sashas Schulter lag, und fügte hinzu: »Und das auch. Bitte.«

Ben war viel zu verblüfft, um irgendetwas anderes zu tun, als ganz automatisch zu gehorchen. Sasha rührte sich nicht, aber er glaubte ihre Enttäuschung zu spüren. Ben schrieb Harry zum ersten Mal seit einiger Zeit ein paar Minuspunkte an, sah fast herausfordernd zu Ramanov hoch und legte Sasha dann trotzig erneut den Arm um die Schulter. Zu seiner Überraschung sagte Ramanov nichts dazu, und auch Harry schüttelte nur den Kopf und seufzte ganz leise. Ben bedauerte seine eigene Reaktion schon beinahe. Natürlich ging es Harry nichts an, was er mit Sasha tat und was nicht, und streng genommen nicht einmal Ramanov, aber er hatte ja schließlich innerlich gerade entschieden, dass es keinen Sinn hatte, den Russen noch mehr gegen sich aufzubringen.

Andererseits … wahrscheinlich konnte er es sowieso nicht noch schlimmer machen.

Ramanov wandte sich wieder an Gerrit. »Dann gehen Sie verdammt noch mal und suchen nach Doktor Berger und ihrem Mann!« Leiser und mit einem giftigen Blick in Bens Richtung fügte er hinzu: »An Orten herumzuschnüffeln, die einen nichts angehen, scheint ja wohl in der Familie zu liegen.«

»Bitte, Professor«, seufzte Harry. »Wir sind alle nervös. Aber das hilft niemandem.«

Ramanov zog die Augenbrauen hoch, verzichtete jedoch auf eine Antwort, und Harry wandte sich zu Gerrit um und nickte. Erst dann öffnete der Söldner wieder die Tür und ging, um Ramanovs Aufforderung nachzukommen.

Wenn er Bens Eltern tatsächlich gesucht hatte, dann musste er ziemlich schnell gewesen sein, denn es vergingen nicht einmal zehn Sekunden, bevor die Tür abermals aufging und Bens Vater und dicht hinter ihm seine Mutter hereinkamen. Gerrit bildete den Abschluss und sah ziemlich verdattert aus.

»Wie schön, dass Sie uns auch schon mit Ihrer Anwesenheit beehren, Frau Doktor«, sagte Ramanov. Ben war ziemlich sicher, dass er seinen Vater absichtlich ignorierte.

»Ich wusste nicht, dass Sie so großen Wert auf Pünktlichkeit legen, Herr Ramanov«, antwortete sie lächelnd. »Und tun Sie mir einen Gefallen und lassen Sie den *Doktor* weg. Ich lege keinen Wert auf Titel.« Sie warf ihrem Mann einen betont fragenden Blick zu. »Hast du nicht erzählt, dass sich hier alle duzen?«

Ihr Mann wirkte nicht so, als sei er besonders glücklich darüber, schon wieder so offensichtlich zwischen die Mühlsteine zu geraten, fand Ben. Er setzte trotzdem zu einer Antwort an, doch er kam nicht mehr dazu, denn in diesem Moment stieß Sasha erschrocken die Luft zwischen den Zähnen aus, riss sich mit einer heftigen Bewegung los und rannte davon.

»Was –?«, entfuhr es Ramanov. Ben selbst war viel zu verdattert, um auch nur einen Finger zu rühren, doch Harry reagierte blitzschnell und vertrat ihr den Weg. Sasha wich ihm jedoch mit einer noch viel schnelleren Bewegung aus und jagte mit drei, vier weit ausgreifenden Schritten auf die offen stehende Tür zu.

»Halten Sie sie fest!«, rief Ramanov.

Sowohl Gerrit als auch Bens Vater versuchten es, aber was Harry nicht gelungen war, das schafften sie schon gar nicht. Sasha tauchte unter ihren zupackenden Händen hindurch und war dann mit einem gewaltigen Satz aus der Tür und draußen auf dem Flur verschwunden. Ben hörte noch einen überraschten Schrei und ein Poltern, dann nur noch ihre Schritte, die sich rasend schnell entfernten.

»Was … was war das denn?«, murmelte Jennifer Berger.

»Laufen Sie ihr nach, Sie Idiot!«, brüllte Ramanov. »Holen Sie sie zurück! Schnell!«

Die Worte galten Gerrit, der ihn eine Sekunde lang verdattert anglotzte, dann aber plötzlich wie von der Tarantel gestochen herumfuhr und ebenfalls aus dem Raum stürmte.

Ramanov starrte ihm finster nach, dann drehte er mit einem Ruck den Kopf und funkelte Ben an. »Was hat das zu bedeuten?«

»Ich habe keine Ahnung. Ich … aber vor einer Minute war sie doch noch …«

»Wenn ich herausfinde, dass du ihr etwas getan hast, mein Junge, dann gnade dir Gott«, grollte Ramanov. »Meine Geduld mit dir ist allmählich erschöpft.«

»Professor, bitte«, sagte Bens Vater. »Ich glaube, das Thema hatten wir schon, oder?«

Ramanov blitzte ihn an, verzichtete aber auf einer Antwort, und Ben konnte nicht anders als zu sagen: »Vor mir hatte sie keine Angst.«

Diesmal schaute ihn Ramanov so hasserfüllt an, dass Ben sich nicht gewundert hätte, hätte er ihn geohrfeigt. Stattdessen drehte er sich jedoch nur zornig zu Harry um. »Worauf warten Sie?«

Harry machte ein fragendes Gesicht. »Professor?«

»Rufen Sie Ihre Leute zusammen und lassen Sie nach ihr suchen!«, verlangte Ramanov. »Wissen Sie eigentlich, was einem Kind wie Sasha hier alles passieren kann?«

»Was sollte ihr denn passieren?« Jennifer Berger kam mit langsamen Schritten näher und maß erst Ramanov, dann die drei anderen Zivilisten und schließlich wieder den Russen mit einem nachdenklich-stirnrunzelnden Blick.

»Sie haben ja keine Ahnung!«, antwortete Ramanov feindselig.

»Dann erklären Sie es mir.«

»Sie wissen ganz genau, was ich meine!«, behauptete Ramanov. »Alexandra ist kein … *gewöhnliches* Kind. Allein ist sie vollkommen hilflos. Und wir sind hier nicht in Ihrer gemütlichen Villa im Schwarzwald, Frau Doktor, sondern an einem der gefährlichsten Orte der Welt. Diese Station ist kein Kinderspielplatz.«

»Ich verstehe«, sagte Jennifer Berger kühl. »Ben hat mir erzählt, dass Sasha merkwürdig apathisch war. Lassen Sie sie unter Drogen setzen?«

Ramanov erbleichte sichtlich, und Harry hob besänftigend die Hand.

»Bitte! Das hilft keinem von uns weiter.« Er wandte sich direkt an Ramanov. »Keine Sorge, Herr Professor – Gerrit wird sie schon finden.«

»Das hoffe ich«, antwortete Ramanov, maß zuerst Bens Mutter mit einem durch und durch feindseligen Blick und dann Ben auf eine Art, aus der zumindest für Bens Geschmack pure Mordlust sprach.

»Aber wenn wir schon einmal bei diesem Thema sind«, fuhr seine Mutter fort. »Sie haben mich gerade gefragt, wo wir gewesen sind. Ich habe mich hier ein wenig umgesehen. Mein Mann war so freundlich, mir ein paar wirklich interessante Details ihrer kleinen Station zu zeigen.«

Ramanov legte lauernd den Kopf auf die Seite.

»Ich denke, Ihre Sorge um Ihre Enkeltochter ist übertrieben, Professor. Ich glaube nicht, dass sie die Station verlassen kann. Jedenfalls nicht, wenn alle Türen hier so gut gesichert sind wie die eine, die ich gerade gesehen habe.«

Harry verdrehte die Augen, sagte aber nichts mehr, und auch Ramanov schwieg, doch sein Gesicht wirkte jetzt noch verbissener.

»Ich nehme nicht an, dass Sie mir verraten, was sich hinter dieser Tür verbirgt?«, sagte sie, nachdem sie eine ganze Weile vergebens auf eine Reaktion Ramanovs gewartet hatte. »Sie wissen, von welcher ich spreche? Aber ich kann natürlich auch Ben fragen.«

Ben war überzeugt davon, dass Ramanov spätestens jetzt endgültig explodieren würde, und kurz sah es auch ganz danach aus, doch dann geschah etwas völlig anderes: Ramanov starrte sie noch ein paar Sekunden lang mit ausdruckslosem Gesicht an und schien schließlich regelrecht in sich zusammenzusacken. Ben konnte sehen, wie alle Kraft aus ihm wich. Seine Züge erschlafften, und seine Schultern sanken plötzlich so weit nach vorne, dass es schon fast komisch aussah. Einen Moment lang stand er noch so da, dann ließ er sich schwer auf einen Stuhl sinken, stützte die Ellbogen auf der Tischplatte auf und verbarg das Gesicht zwischen den Händen. Ein Laut, von dem Ben nicht ganz sicher war, ob es sich wirklich nur um einen Seufzen handelte, drang zwischen seinen Fingern hervor.

Ben wandte sich mit einem fragenden Blick an seinen Vater, doch der hob nur hilflos die Schultern.

»Ist alles in Ordnung, Professor?«, fragte Harry. Ramanov ließ noch einmal fünf oder sechs Sekunden verstreichen, aber als er die Hände schließlich herunternahm, wirkte er wieder vollkommen gefasst.

»Ja. Entschuldigen Sie. Ich … habe wohl kurz die Beherrschung verloren. Es tut mir leid.«

»Sie müssen sich nicht entschuldigen, Professor«, sagte Jennifer Berger in plötzlich fast sanftem Ton.

»Doch, das muss ich. Auch bei Ihrem Sohn. So etwas darf nicht passieren. Immerhin trage ich die Verantwortung, nicht nur für diese Station, sondern auch für über dreißig Menschen, die hier leben und arbeiten.« Er wandte sich mit einem neuerlichen Seufzen an einen der beiden Zivilisten. »Pjotr, geben Sie bitte Bescheid, dass man nach Alexandra suchen soll. Ich mache mir ernsthafte Sorgen um sie.«

Der Mann verließ wortlos den Raum, und Ramanov wandte sich mit einem fragenden Blick an Harry. »Also?«

Der Söldner maß die beiden anderen Wissenschaftler mit einem unsicheren Blick. »Es wäre vielleicht besser, wenn …«

»Das sind meine beiden Stellvertreter«, antwortete Ramanov. »Doktor Irina Walkor aus Stockholm und Professor Stephen Baxter aus Washington. Doktor Walkor hat die Basis vor mir geleitet, und Professor Baxter wird mich in zwei Monaten ablösen. Sie wissen, dass wir hier ein rotierendes System haben?«

Harry nickte, und Ramanov fuhr fort: »Alles, was mich angeht, geht sie auch etwas an. Und der junge Mann, der gerade hinausgelaufen ist, ist Pjotr, einer meiner ehemaligen Studenten und mein persönlicher Assistent. Alles, was ich erfahre, erfährt er sowieso.« Er machte eine auffordernde Geste. »Sie wollten mir etwas sagen, also tun Sie es.«

Harry wirkte nicht überzeugt, wandte sich aber dennoch mit einem fragenden Blick an die beiden Wissenschaftler. »Können wir das Gespräch auf Deutsch fortsetzen? Das wäre mir lieber.«

»Sure«, sagte Baxter.

»Kein Problem«, fügte Walkor in akzentfreiem Deutsch hinzu. »Mich müssen Sie allerdings entschuldigen. Ich habe etwas Dringendes in einem anderen Teil der Station zu erledigen.« Und damit ging sie.

Harry lächelte knapp und wandte sich dann wieder an Ramanov. »Ganz, wie Sie wollen, Professor. Also – was ist hier los?«

Ramanov sah ihn mit weit aufgerissenen Augen an. »Das fragen Sie *mich?* Ich dachte, dass *Sie mir* diese Frage beantworten können.«

»Bitte, Professor. Ich bin müde. Ich bin zu Tode erschöpft, ich bin halb erfroren und ich habe eine Scheißangst. Und ich habe vor allem keine Lust auf noch mehr Spielchen. Also sagen Sie mir, was diese angebliche Wetterstation wirklich ist, oder ich muss es selbst herausfinden. Glauben Sie nicht, dass mir das nicht gelingt – aber in der Zeit, die ich dafür brauche, könnten noch mehr Menschen zu Schaden kommen. Wollen Sie das?«

»Das ist ein ziemlich billiger Trick, meinen Sie nicht auch?«

»Aber rein zufällig auch die Wahrheit«, mischte sich Robert Berger ein. »Jetzt reden Sie endlich, Mann. Was geht hier vor?«

Das war anscheinend der falsche Ton. Ben konnte Ramanov regelrecht ansehen, wie der kurze Anfall von Sanftmütigkeit ebenso schnell wieder erlosch, wie er ihn überkommen hatte, und dem gewohnten Missmut Platz machte.

»Also gut«, knurrte Harry schließlich. »Wenn Sie darauf bestehen, Spielchen zu spielen, dann sage ich Ihnen, was hier los ist – jedenfalls soweit ich es bisher verstehe.«

»Das kann ja nicht besonders weit sein«, knurrte Ramanov.

Harry ignorierte die Spitze. »Das hier ist keine gewöhnliche Wetterstation, Herr Professor. Ich gebe gerne zu, dass ich nicht allzu viel davon verstehe, aber die technische Ausrüstung, die ich hier sehe, ist Müll. Mindestens fünfzehn Jahre alt und wahrscheinlich damals schon Schrott. Und Sie haben diese ... *Kreaturen* gestern nicht zum ersten Mal gesehen, habe ich Recht?«

Ramanov machte ein abfälliges Geräusch. »Was für ein Blödsinn!«

»Gerrit hat mir erzählt, dass Ben durch Zufall dieses geheime Labor entdeckt hat. Sie wollen mir nicht freundlicherweise verraten, was Sie dort unten treiben?«

»Nein. Das will ich nicht. Und ich darf es auch nicht, ganz nebenbei bemerkt. Erinnern Sie sich an die Geheimhaltungsklausel in Ihrem Vertrag, die Sie unterschrieben haben, Hauptmann? Nun, in *meinem* Arbeitsvertrag – wie übrigens in dem jedes einzelnen Mitarbeiters hier – steht eine ganz ähnliche Klausel. Es ist uns nicht gestattet, Außenstehenden gegenüber irgendwelche Informationen preiszugeben.«

»Informationen worüber?«, fragte Harry.

Ramanov schüttelte den Kopf. »Es tut mir leid. Aber ich kann Ihnen versichern, dass unsere Arbeit dort unten nichts mit diesen schrecklichen Zwischenfällen zu tun hat.«

»Zwischenfälle?«, wiederholte Harry. »Ein interessantes Wort in diesem Zusammenhang. Wir reden hier über den Tod von zweihundert Menschen, Professor. Mindestens. Und darunter waren auch sieben von meinen Leuten. Sie lässt das ja möglicherweise kalt, aber ich nehme die Verantwortung, die ich für meine Truppe trage, sehr ernst, zumal die meisten davon meine Freunde waren.« Plötzlich … änderte sich etwas. Sein Gesichtsausdruck war unverändert und auch der Klang seiner Stimme blieb gleich, aber seine *Körpersprache* war mit einem Mal eine vollkommen andere. Ben konnte das Gefühl nicht in Worte kleiden, aber der Söldner strahlte etwas aus, vor dem nicht nur er instinktiv zurückschrak.

»Ich will Ihnen sagen, wie *ich* die Sache sehe, Herr Professor. Verbessern Sie mich, wenn ich danebenliege. Sie betreiben in diesem Labor Forschungen, von denen niemand wissen darf. Ich habe keine Ahnung, welche, aber vermutlich sind sie gefährlich und wahrscheinlich auch verboten. Das interessiert mich nicht, ich bin kein Moralapostel, sondern tue das, wofür ich bezahlt werde.«

»Dann sollten Sie endlich damit anfangen und zugleich damit aufhören, Ihre und meine Zeit mit wilden Fantastereien zu verschwenden«, sagte Ramanov.

»Sie haben dort unten etwas ausgebrütet, und das ist gründlich schief gegangen«, fuhr Harry unbeeindruckt fort. »Deshalb sind wir hier, nicht wegen irgendwelcher Piraten, die es vermutlich niemals gegeben hat. Etwas ist aus Ihrer Hexenküche da unten entwichen, und man hat mich und meine Jungs geschickt, um die Sache wieder in Ordnung zu bringen, *bevor* der Rest der Welt davon erfährt. Es wäre nur nett gewesen, wenn man uns vorher reinen Wein eingeschenkt hätte. Dann könnten ein paar von meinen Freunden jetzt vielleicht noch leben.«

»Sie sind ja wahnsinnig«, sagte Ramanov, und der Amerikaner fügte leise hinzu:

»So war es nicht, Hauptmann West.«

Ramanov fuhr mit einer so zornigen Bewegung auf seinem Stuhl herum, dass das zerbrechliche Möbelstück ein bedrohliches Knirschen hören ließ, und starrte ihn empört an, doch Baxter machte nur eine besänftigende Geste. »Sag es ihnen, Iljitsch.«

»Du weißt genau, dass wir –«, begann Ramanov, und Harry fuhr ihn an:

»*Was* soll er mir sagen?«

Ramanov hüllte sich weiter in Schweigen, und Baxter ließ noch einmal gut fünf Sekunden verstreichen, bevor er sich mit einem enttäuschten Seufzen ganz zu Harry umdrehte.

»Sie haben Recht, Mr West. Und zugleich auch nicht.« Er machte eine Kopfbewegung auf den Monitor, auf dem der lautlose Schneesturm inzwischen deutlich an Gewalt zugenommen hatte. »Wir haben diese … *Erscheinung* tatsächlich schon gesehen. Aber ich versichere Ihnen, dass sie nichts mit unserer Arbeit zu tun hat.«

»Was ist das für eine Arbeit?«, wollte Jennifer Berger wissen.

Harry machte eine abwehrende Handbewegung. »Wann?«

»Vor gut drei Monaten«, antwortete der Amerikaner. »Am Anfang waren es nur … Spuren. Fußspuren im Schnee, draußen vor der Schleuse, obwohl nachweislich kein Mitglied der Besatzung die Basis verlassen hatte.«

»Und was ist daran so außergewöhnlich?«, fragte Robert Berger.

»Dass wir hier am Ende der Welt sind und draußen vierzig Grad minus herrschen«, sagte Ramanov verächtlich. »Es kommen relativ wenige Spaziergänger vorbei, wissen Sie?«

Harry warf ihm zwar einen missbilligenden Blick zu, gab Baxter aber nur einen wortlosen Wink, weiterzusprechen.

»Irgendwann hatten wir dann ein Bild auf einem der Überwachungsmonitore.«

»Eines von diesen … *Dingern*«, vermutete Harry.

Baxter nickte. »Sie können sich vorstellen, was hier los war, als wir diese Geschöpfe zum ersten Mal deutlich sehen konnten.«

»Sie haben geglaubt, Sie hätten den Yeti entdeckt«, vermutete Harry ganz ernsthaft.

»Wir haben gar nichts geglaubt«, antwortete Baxter in leicht verärgertem Ton. »Wir sind Wissenschaftler, keine Wünschelrutengänger. Aber uns war klar, dass wir da auf etwas Außergewöhnliches gestoßen sind.«

»Und da haben Sie versucht, eine dieser Kreaturen einzufangen«, riet Harry.

Baxter nickte stumm. Für einen Moment schien ein Schatten über sein Gesicht zu huschen.

»Wie viele Männer haben Sie verloren?«, fragte Harry.

»Zwei«, antwortete Ramanov düster. »Und einen weiteren in der darauf folgenden Woche.«

»Sie haben die Station angegriffen?«, fragte Harry.

»Nicht direkt«, erklärte Ramanov. »Aber sie tauchten häufiger auf. Ein paarmal haben wir sie auf den Monitoren gesehen, und ihre Spuren wurden zahlreicher. Also haben wir uns an ... die Firma gewandt, die unsere Forschungen finanziert, damit man uns Hilfe schickt.«

»Und Sie haben es nicht für nötig gehalten, uns zu erzählen, womit wir es wirklich zu tun bekommen?«, fragte Harry scharf.

»Woher sollten wir das wissen?«, fragte Baxter. »Bitte, Mr West – ich kann Sie gut verstehen, aber glauben Sie mir, dass wir keine Ahnung hatten. Wir haben diese Geschöpfe hin und wieder auf den Monitoren gesehen, und das ist alles. Der Erste, der ihnen von Angesicht zu Angesicht gegenübergestanden und es überlebt hat, waren Sie auf der *Princess.* Und selbstverständlich hätten wir Ihnen nach Ihrer Ankunft die Wahrheit gesagt – aber dazu ist es ja nicht mehr gekommen.«

Harry ließ sich nicht anmerken, ob er diesen Worten Glauben schenkte oder nicht. Er blickte nur schweigend auf den Monitor und fragte dann: »Und was hat das nun mit Ihren Forschungen in diesem Geheimlabor zutun?«

»Nichts«, antwortete Baxter. »Glauben Sie mir, Mr West, nicht das Geringste.«

Harry seufzte. Er starrte immer noch den Bildschirm an. »Sehen Sie, Professor. Und genau das glaube ich Ihnen nicht. Jedenfalls nicht, solange Sie mir nicht gesagt haben, was Sie dort unten tun.«

»Das geht Sie nichts an«, sagte Ramanov.

»Mag sein«, erwiderte Harry gelassen. »Aber ich frage mich, was die Presse wohl zu dieser Geschichte sagt. Glauben Sie, dass sie sich auch mit einem *Das geht Sie nichts an* abspeisen lassen wird?«

»Das wagen Sie nicht«, keuchte Ramanov.

»Lassen Sie es darauf ankommen«, meinte Harry lächelnd. »Falls wir das hier überleben, heißt das.«

»Klone. Habe ich Recht?«, fragte Jennifer Berger plötzlich. »Sie betreiben dort unten Genforschung.«

Niemand antwortete, aber es war ein ganz besonderes Schweigen, das für sich genommen schon Antwort genug war.

»Ist das wahr?«, fragte Harry schließlich.

»Ja«, antwortete Baxter. »Aber unsere Arbeit ist vollkommen ungefährlich.«

»Und warum geben Sie sich dann solche Mühe, sie vor dem Rest der Menschheit geheim zu halten?«

»Das fragen ausgerechnet *Sie*, Frau Kollegin?«, schnaubte Ramanov. »Sie sollten doch am besten wissen, wie *der Rest der Menschheit* reagiert, wenn er das Wort *Genmanipulation* nur hört.«

»Was?«, fragte Harry. Irgendwie brachte er es fertig, nicht einmal die Stimme zu heben und trotzdem fast zu schreien.

»Also gut«, seufzte Baxter. »Ich sehe, dass Sie uns nicht glauben können. Das Beste wird sein, wir zeigen es Ihnen.«

22

DAS LETZTE MAL, als er hier gewesen war, hatte diese Tür sperrangelweit offen gestanden, und selbst da hatte sie schon einen beeindruckenden Anblick geboten. Jetzt, geschlossen und mit einem in düsterem Rot glimmenden, daumennagelgroßen Licht über dem wuchtigen Rahmen, das wie das Auge eines schlecht gelaunten Dämonen auf jeden herabzuglotzen schien, der die Unverschämtheit besaß, sich dem verbotenen Refugium dahinter zu nähern, wirkte sie … einschüchternd. Sie war grau gestrichen, beinahe im gleichen Farbton wie die grauen Kunststoffwände ringsum, aber eben nur *beinahe;* der Farbton war einen Hauch dunkler und wirkte … staubig, sodass man nach Luft rang, wenn man zu lange hinsah.

»Beeindruckend«, sagte Jennifer Berger, als Ramanov zuerst eine neunstellige Ziffernkombination in das Tastenfeld neben der Tür eingab und dann die rechte Hand mit gespreizten Fingern auf eine matt leuchtende Glasplatte daneben drückte. »Und das alles nur, um ein paar ganz harmlose Forschungen zu beschützen?«

Ramanov schenkte ihr nur einen giftigen Blick, aber Baxter sagte: »Dass unsere Arbeit nicht gefährlich ist, bedeutet nicht automatisch, dass nicht eine Menge Geld auf dem Spiel stünde, meine Liebe. Von unserer Ausrüstung ganz zu schweigen. Wir haben allein für mehrere Millionen Hardware dort unten.«

»Na, da bin ich ja mal gespannt«, erwiderte sie im gleichen spöttelnden Ton.

Ramanov ignorierte sie und drückte noch eine Taste, und ein dumpfes Klacken erscholl, gefolgt vom Summen eines kraftvollen Elektromotors, der irgendwo unter ihren Füßen ansprang. Als die Tür wie von Geisterhand bewegt nach außen schwang, konnte Ben erkennen, dass sie in Wahrheit noch viel dicker war, als er angenommen hatte.

»Beeindruckend«, sagte seine Mutter erneut; aber diesmal klang es so, als wäre sie *wirklich* überrascht. Harry runzelte die Stirn.

»Die war schon hier, als wir die Anlage übernommen haben«, erklärte Ramanov, während er zurücktrat, um der aufschwingenden Tür Platz zu machen. »Zu Zeiten des Kalten Krieges war das hier eine amerikanische Radarbasis. Eine strategisch ziemlich wichtige Basis, glaube ich. Das da unten ist ein atombombensicherer Bunker. Wir haben die Anlage nur ein bisschen modernisiert.« Er machte eine einladende Handbewegung. »Bitte.«

Ben wäre um ein Haar sofort losgestürmt, aber dann geduldete er sich, bis Ramanov trotz seiner einladenden Geste als Erster durch die Tür getreten war und das Licht auf der anderen Seite automatisch aufflammte. Dann folgte er dem Russen.

Sie gingen die steile Wendeltreppe hinunter und versammelten sich vor der zweiten, ebenfalls geschlossenen Panzertür eine Etage tiefer. Ben sah Ramanov fragend an, doch der Russe wartete schweigend, bis Harry, der den Abschluss bildete, bei ihnen angekommen war, bevor er sich zu der Zwillingsschwester der Schalttafel von oben herumdrehte und die Prozedur wiederholte. Nichts geschah, aber nach einigen Augenblicken wehte ein dumpfes, sehr schweres Geräusch von oben zu ihnen herab.

»Eine weitere Sicherheitsmaßnahme«, erklärte Baxter. In seiner Stimme schwang hörbar Besitzerstolz mit. »Die untere Tür öffnet sich nur, wenn die obere geschlossen ist. Außerdem herrscht hier unten ein leichter Unterdruck, sodass keine Luft in den oberen Teil der Station gelangen kann.«

»Und das alles, obwohl Sie hier angeblich vollkommen harmlose Forschungen betreiben?«, fragte Robert Berger zweifelnd. »Ein bisschen viel Aufwand, finden Sie nicht?«

»Man kann nie *zu* vorsichtig sein, Doktor«, antwortete Baxter. Dann lachte er. »Um ehrlich zu sein, betreiben wir diesen ganzen Aufwand fast nur für den unwahrscheinlichen Fall, dass die Öffentlichkeit irgendwann doch einmal von der Existenz dieser Anlage erfährt. Schließlich wollen wir uns nichts vorwerfen lassen.«

»Dafür sind Sie aber ziemlich leichtsinnig«, sagte Ben. »Als ich das letzte Mal hier war, stand die Tür sperrangelweit offen. Beide.«

Baxter machte ein betrübtes Gesicht. »Ja, ich weiß. Anscheinend ein Softwarefehler. Wir arbeiten daran.«

Auch die zweite Tür schwang mit einem elektrischen Summen auf, und diesmal ging Ramanov los, ohne ein Wort zu sagen. Er sprühte geradezu vor schlechter Laune. Ihr Hiersein passte ihm ganz und gar nicht in den Kram, doch er hatte nicht ein einziges Mal versucht, Baxter noch einmal zu widersprechen.

Ramanov eilte im Sturmschritt voraus und betrat den Raum mit der verglasten Wand, durch die Ben bei seinem ersten Besuch hier unten geblickt hatte. Er kam Ben größer vor als beim ersten Mal, und heute hielten sich auch gleich drei Personen darin auf: die Frau, die Ben auch damals gesehen hatte, und zwei Männer unterschiedlichen Alters. Alle drei trugen weiße Kittel und dünne Gummihandschuhe und wirkten ziemlich überrascht, als sie nicht nur Ramanov und Baxter hereinkommen sahen, sondern auch Ben und seine Eltern und den Söldner.

Die Frau sprach Ramanov auf Russisch an, doch der Professor schüttelte rasch den Kopf und hob die Hand. »Lassen Sie uns deutsch reden, Doktor Vatec. Falls es Ihnen nichts ausmacht.«

»Natürlich nicht, Professor«, antwortete die Wissenschaftlerin. »Es ist nur –«

»Das geht schon in Ordnung«, unterbrach sie Ramanov. »Doktor Berger und ihr Mann genießen mein vollstes Vertrauen. Und ihren Sohn kennen sie ja bereits.«

Vatec sah zuerst Ben und dann seine Eltern irritiert an (Ben eindeutig länger, wie ihm keineswegs entging), aber sie widersprach nicht mehr, und auch die beiden anderen Wissenschaftler tauschten nur einen verwirrten Blick.

Ramanov deutete auf die Luftschleuse am anderen Ende des Raumes. »Ist das Labor im Moment keimfrei?«

»Nein«, antwortete der ältere der beiden Männer. »Sie haben doch selbst angeordnet, dass –«

»Gut«, unterbrach ihn Ramanov. »Dann öffnen Sie bitte. Und ich vermisse noch den Abschlussbericht Ihrer letzten Testserie. Wollten Sie ihn nicht heute Morgen schon fertig haben?«

»In einer Stunde liegt er auf Ihrem Schreibtisch, Professor.«

»Das will ich hoffen.« Ramanov wedelte ungeduldig mit der Hand. »Die Tür.«

Der Mann beeilte sich, an eine Schalttafel zu treten und einen auffälligen roten Knopf zu drücken, und die verglaste äußere Schleusentür und ihr Gegenstück auf der anderen Seite sprangen gleichzeitig einen Spaltbreit auf.

»Ist das denn nicht gefährlich?«, fragte Ben fast erschrocken. »Ich meine: Müssten wir nicht Schutzanzüge tragen oder so was?«

»Wie der Mann, den du dort beobachtet hast?«, fragte Baxter lächelnd. Er schüttelte den Kopf. »Nein. Das Labor wird gerade nicht benutzt. Wir tragen dort drinnen Schutzanzüge, um keine Verunreinigungen *hinein*zubringen, nicht um uns zu schützen.«

»Wir wären dann so weit«, sagte Ramanov übellaunig. »Kommen Sie.« Er ging diesmal nicht voraus, sondern überließ Bens Eltern den Vortritt. Ben konnte sich täuschen, aber es kam ihm so vor, als ob der Leiter der Station seiner Mutter einen fast schadenfrohen Blick zuwarf, als sie an ihm vorbeiging.

Bens Herz begann ein wenig schneller zu schlagen, als er seinen Eltern durch die Schleusenkammer in den angrenzenden Raum folgte. Die Kammer war gerade groß genug für eine einzelne Person, aber die Türen hatten doppelte Gummiwülste und die Scheiben bestanden aus drahtverstärktem Panzerglas. Ein wenig viel Aufwand, fand Ben, nur um zu verhindern, dass irgendwelche Keime *hineinkamen.*

Der Raum, den sie betraten, überraschte ihn. Er hatte summende Computer und emsig blinkende Bildschirme und alle möglichen verchromten Apparaturen erwartet, Mikroskope und Reagenzgläser und ganze Batterien von Flaschen voller geheimnisvoller Flüssigkeiten – gerade nach dem, was Baxter vorhin gesagt hatte –, und das alles war da, aber die komplette Rückwand des Labors wurde von mindestens zehn großen Terrarien eingenommen, die in einem schlampig zusammengezimmerten Holzregal standen. Ein sonderbarer Geruch hing in der Luft, chemisch, zugleich jedoch auch wie in einem Reptiliengeschäft, und hinter dem sorgsam polierten Glas der Terrarien bewegten sich Schatten. Es war sehr warm.

»So, da hätten wir unser finsteres Geheimnis, Frau Kollegin«, sagte Ramanov. Er ging mit schnellen Schritten an Jennifer Berger vorbei und machte eine einladende Handbewegung. »Kommen Sie, meine Liebe. Schauen Sie sich die Grauen erregenden Monster an, die wir hier züchten.«

Bens Mutter – und auch sein Vater – folgten Ramanov und traten gehorsam an das Regal mit den Terrarien heran, und als Ben ihnen folgte, konnte er nur mit Mühe einen Schrei unterdrücken.

Die Terrarien waren voller Spinnen der unterschiedlichsten Art und Größe. Es mussten Dutzende sein, wenn nicht Hunderte; zum allergrößten Teil hockten sie reglos und auf Beute lauernd da, die niemals kommen würde, einige wenige aber bewegten sich auch, flitzten in ihren Glaskästen hin und her oder krochen mit jenen behäbigen, so falsch wirkenden Bewegungen vorwärts, die der wahre Grund für die irrationale Furcht waren, die viele Menschen vor den Achtbeinern empfanden. Der Anblick schnürte Ben im allerersten Moment schier die Kehle zu – und dann zuckte er noch einmal und noch heftiger zusammen und fuhr zu seiner Mutter herum.

Und erlebte eine Überraschung.

Seine Mutter stand vollkommen ruhig da und betrachtete die Spinnen. Der Ausdruck auf ihrem Gesicht war allenfalls interessiert, vielleicht sogar ein bisschen gelangweilt. Da war keine Spur von Schrecken. Dabei hatte er damit gerechnet, dass sie einen Nervenzusammenbruch erleiden und auf der Stelle schreiend davonlaufen würde. Mindestens. Und sein Vater offensichtlich ebenfalls, denn auch er starrte seine Frau aus großen Augen an. Er was kreidebleich geworden.

»Genmanipuliert?«, fragte sie nach einem Augenblick.

»Diese hier ... ähm ... nicht«, antwortete Ramanov. Er wirkte ein bisschen enttäuscht.

»Das hier ist sozusagen unser Rohmaterial«, erklärte Baxter. »Ganz normale Hausspinnen zum größten Teil, aber es sind auch ein paar durchaus außergewöhnliche Exoten dabei. Hier, sehen Sie!« Er trat an Ben und Ramanov vorbei und deutete auf ein Terrarium, in dem eine einzelne, besonders große und besonders hässliche Spinne saß.

»Mein persönlicher Liebling. *Tarantula.* Ich weiß, es ist albern, aber ich habe sie so getauft.«

Ben trat widerwillig näher, aber nicht nur er. Zu seiner maßlosen Verblüffung machte auch seine Mutter einen weiteren Schritt, sodass sich zwischen ihrem Gesicht und der Spinne jetzt nur noch wenige Zentimeter und eine millimeterdünne Glasscheibe befand. »Was für ein hässliches Monstrum.«

Damit hatte sie Recht. Die Spinne war fast so groß wie eine Kinderhand und sah so aus, als wäre sie aus Gusseisen geschmiedet. Sie hatte ein dichtes, buschiges Fell, trotzdem wirkte alles an ihr kantig und hart. Und Ben hatte das unheimliche Gefühl, dass sie seine Mutter aus ihren stecknadelkopfgroßen Augen genauso interessiert anstarrte, wie auch sie umgekehrt angeblickt wurde.

»Ja, das stimmt«, sagte Baxter. »Aber auch ein faszinierendes Geschöpf. Das ist eine südamerikanische Trichterspinne. Die größte netzbauende Spinne der Welt – und nebenbei auch ziemlich giftig.«

»Das ist ja hochinteressant«, sagte Bens Vater. Seine Stimme klang ein bisschen schleppend, und es fiel ihm sichtlich schwer, den Blick vom Gesicht seiner Frau loszureißen; als könnte er nicht begreifen, was er sah. Ben erging es jedenfalls so. »Aber warum zeigen Sie uns das? Züchten Sie diese Viecher etwa hier?«

Baxter wollte antworten, doch Jennifer kam ihm zuvor. »Nein. Sie versuchen, hinter das Geheimnis ihrer Spinndrüsen zu kommen, habe ich Recht?«

Die Frage galt Baxter, der mit einem anerkennenden Nicken darauf reagierte. »Gut erraten. Ich sehe, Sie haben Ihren Ruf nicht zu Unrecht.«

»Man muss kein Genie sein, um darauf zu kommen«, antwortete sie in leicht verächtlichem Ton. »Daran wird schon seit Jahren überall auf der Welt geforscht … was benutzen Sie? Ziegen?«

»Am Anfang, ja«, antwortete Baxter. »Aber das hat sich als ziemlich unpraktisch erwiesen, vor allem an einem Ort wie diesem.« Er lachte. »Man kann sie schlecht zum Grasen rausschicken, und wer will schon eine Ziegenherde durch die Station laufen lassen?«

»Moment mal«, mischte sich Ben ein. »Wollen … wollen Sie sagen, Sie wollten Spinnen mit … mit Ziegen kreuzen?« Vor seinem inneren Auge erschien das Bild einer riesigen achtbeinigen Ziege mit dem Gesicht einer Spinne, die unter der Decke eines der Korridore hing und auf Beute lauerte.

»Natürlich nicht«, antwortete der Amerikaner lächelnd. »So funktioniert das nicht. Die Idee war, die Spinndrüsen einer Spinne mit den Milchdrüsen einer Ziege oder auch einer Kuh zu kombinieren – vereinfacht ausgedrückt.«

»Sie meinen, damit sie Netze spinnen, statt Milch zu geben?«, fragte Ben. Diese Vorstellung erschien ihm kaum weniger grauenhaft.

Baxter lächelte unerschütterlich weiter, auch wenn er jetzt ein bisschen gequält wirkte. »Oh, sie würden noch immer Milch geben oder wenigstens eine Art Milch. Auch wenn ich dir nicht raten würde, sie zu probieren. Es wäre eine Flüssigkeit, aus der man Spinnenseide in großen Mengen herstellen könnte.«

»Aber es hat nicht funktioniert«, vermutete Ben.

»Doch. Ganz ausgezeichnet sogar. Es gibt einige Firmen auf der Welt, die auf diesem Weg schon ziemlich weit fortgeschritten sind.«

»Und wozu das alles?«, fragte Harry. Ben hatte bisher noch nicht einmal bemerkt, dass er mit hereingekommen war, aber er stand unmittelbar hinter ihm und betrachtete *Tarantula* mit unverhohlenem Ekel.

»Spinnenseide, wie gesagt«, antwortete Baxter.

»Spinnenseide?«, wiederholte Harry verständnislos.

»Spinnenseide ist ein wahres Wundermaterial. Sie ist zehnmal so stark wie Stahl und dabei flexibel und praktisch gewichtslos. An einem Seil aus Spinnenseide, das so dick ist wie Ihr kleiner Finger, könnten Sie einen kompletten LKW aufhängen, ohne dass es reißt. Ein Netz aus Spinnenseide könnte ein U-Boot aufhalten. Sie könnten die Stützkonstruktion eines Hochhauses statt aus Stahlträgern aus Seide bauen, und es würde sehr viel weniger kosten und wäre nebenbei auch noch weitestgehend erdbebensicher.« Er machte eine wedelnde Handbewegung. »Es gibt Tausende von denkbaren Anwendungen. Was würden Sie zum Beispiel von einer Schutzweste halten, die so gut wie nichts wiegt und trotzdem eine Gewehrkugel aufhält?«

»Das klingt gut«, sagte Harry. »Und es klingt auch nach einer Menge Geld, die man damit machen kann.«

»Mehr, als Sie sich *vorstellen* können. Überall auf der Welt wird an diesem Thema geforscht. Die Firma, die zuerst einen Durchbruch auf diesem Gebiet erzielt, hat praktisch eine Lizenz zum Gelddrucken.«

»Spinnen«, sagte Harry. Er trat einen weiteren Schritt näher und beugte sich zusätzlich leicht vor, um Tarantula genauer betrachten zu können. Auf seinem Gesicht lag nach wie vor ein leicht angewiderter Ausdruck, aber sein Blick wirkte interessiert. »Spinnen«, sagte er zum zweiten Mal.

»In der Tat«, antwortete Ramanov. »Ohne Spinnen keine Spinnenseide, nicht wahr?«

Harry machte sich nicht einmal die Mühe, zu antworten. Er sah weiter die Spinne an, und Ben war jetzt beinahe sicher, dass das Miniaturungeheuer Harrys Blick aus seinen winzigen tückischen Augen erwiderte.

»So eine habe ich schon einmal gesehen«, meinte Harry schließlich.

»Sie waren schon einmal im südamerikanischen Dschungel?«, erkundigte sich Baxter.

»Nein. Auf Tahias Handy. Sie hat ein Foto von einer toten Spinne gemacht, die Gerrit und Ben draußen gefunden haben.«

Baxter schwieg eine Sekunde, aber dann fuhr er mit einem beiläufigen Schulterzucken fort. »Uns sind vor einer kleinen Weile tatsächlich einige Tiere entwischt. Wir hatten ein leichtes Erdbeben, und eines der Labore wurde in Mitleidenschaft gezogen.«

»So viel zu Ihrer Behauptung, diese Anlage wäre sicher«, bemerkte Robert Berger.

»Es hat hier vorher noch nie ein Erdbeben gegeben«, knurrte Ramanov. »Und was wollen Sie? Die toten Spinnen beweisen, dass unsere Sicherheitsvorkehrungen funktionieren. Sie sind entkommen, das stimmt und ist bedauerlich genug … und? Wie weit sind sie gekommen? Einen Meter oder zwei?«

»Das spielt doch gar keine Rolle!«, begehrte Bens Vater auf. »Es war pures Glück! Wenn es nicht so kalt gewesen wäre –«

»Hier ist es *immer* so kalt, Herr Doktor«, fiel ihm Ramanov ins Wort. »Aus genau diesem Grund haben wir das Labor an diesem Ort eingerichtet.«

Sein Vater wollte abermals widersprechen, doch Ben kam ihm zuvor, indem er sich mit einer Frage an Baxter wandte. »Wenn Sie keine Ziegen für Ihre Experimente benutzen, Professor Baxter, welche Tiere haben Sie dann genommen?« Nicht dass ihn das wirklich interessierte – aber er hatte nun wahrlich keine Lust auf eine Neuauflage des unendlichen Streites zwischen Ramanov und seinem Vater.

»Gar keine«, antwortete der Amerikaner. »Es wäre ein Rückschritt, unserer Meinung nach, ganz davon abgesehen, dass die Konkurrenz auf diesem Gebiet schon seit Jahren forscht und vermutlich einen Vorsprung hat, den wir kaum aufholen könnten.« Er wandte sich direkt an Bens Mutter, als er weitersprach.

»Sie wissen vermutlich besser als ich, welche Probleme auftauchen, wenn man zwei so grundverschiedene Genotypen zu kombinieren versucht. Deshalb haben wir uns entschlossen, einen radikal anderen Weg zu gehen.«

»Interessant«, erwiderte Jennifer Berger. Sie beugte sich vor, bis ihr Gesicht fast das Terrarium berührte, und tippte dann mit der Fingerspitze gegen das Glas. Die Spinne reagierte nicht, aber Ben tauschte einen sehr verwirrten Blick mit seinem Vater. »Und welchen Weg sind Sie gegangen, Professor Baxter?«

»Den direkten«, antwortete Baxter hörbar stolz. »Und den konsequentesten. Wir wollen Spinnenseide produzieren. Sehr viel Spinnenseide. Also brauchen wir Spinndrüsen. Sehr viele und am besten sehr große Spinndrüsen.«

Harry riss seinen Blick von dem Terrarium los und fragte: »Und deshalb züchten Sie besonders große Spinnen?«

»Sicher«, antwortete Baxter schmunzelnd. »Riesenviecher, auf denen man reiten könnte. Tarantula hier ist in Wahrheit nur ein neugeborenes Baby, keine zwei Tage alt.« Er lachte leise. »Nein, natürlich nicht. Sie bauen ja auch keine komplette Munitionsfabrik, wenn Sie neue Patronen für Ihre Waffe brauchen, oder?« Er schüttelte den Kopf, um seine eigene Frage zu beantworten. »Wie brauchen Spinn*drüsen*, keine *Spinnen*.«

»Aha«, machte Harry verständnislos.

»Sie meinen, Sie versuchen nur, die Spinndrüsen zu ...«, begann Ben überrascht.

»Klonen«, bestätigte Baxter stolz. »Sprich das Wort ruhig aus. Ja. Unser Ziel ist es, das entsprechende Organ zu reproduzieren, und zwar deutlich größer und effizienter.«

Harry starrte ihn an. »Das ist ja widerlich!«

»Das ist konsequent«, sagte Jennifer Berger ruhig. »Haben Sie auch Probleme damit, Eier zu essen? Ich meine: Finden Sie sie widerlich?«

»Nein«, antwortete Harry. »Aber was hat das mit –«

»Glauben Sie, dass Hühner von Natur aus jeden Tag ein Ei legen? Bestimmt nicht. Sie wurden so gezüchtet, Harry. Über Jahrtausende hinweg. Unsere Vorfahren haben passende Genträger ausgewählt und immer wieder miteinander gekreuzt, bis sie das gewünschte Ergebnis erzielt haben. Wir tun genau dasselbe. Nur schneller.«

Harry starrte sie an, als zweifle er an ihrem Verstand, und sie wandte sich wieder an Baxter. »Ein ehrgeiziger Plan. Darf ich fragen, wie weit Sie gekommen sind?«

»Ziemlich weit. Obwohl wir immer wieder auf unerwartete Hindernisse und Probleme stoßen. Aber wir kommen voran. Wenn es weiter so gut läuft, sind wir vielleicht in zwei oder drei Jahren am Ziel.«

»In zwei oder drei *Jahren?«*, ächzte Ben.

Baxter lächelte. »Ich kenne Kollegen, die seit *zwanzig* Jahren an demselben Projekt arbeiten und nicht nennenswert von der Stelle gekommen sind. Wissenschaftliche Arbeit besteht zum allergrößten Teil aus Geduld, weißt du?«

»Würden Sie mir Ihre Ergebnisse zeigen?«, fragte Bens Mutter. »Keine Sorge – ich will keine geheimen Details wissen, aber ich bin natürlich neugierig, wie Sie sich vorstellen können. Und wenn ich mich hier so umsehe …«

»Dann vermissen Sie das eine oder andere«, ergänzte Baxter. »Ja, das ist verständlich. Aber das hier ist nur eines von mehreren Laboratorien, die es hier unten gibt. Wir haben alles, was wir brauchen. So manche große Universität wäre neidisch auf unsere technische Ausrüstung, glauben Sie mir.« Er wandte sich mit einem fragenden Blick an Ramanov. »Professor?«

Der Russe starrte ihn beinahe feindselig an. »Meinen Sie nicht, dass Sie schon genug Geheimnisse ausgeplaudert haben?«

Ben wandte sich mit einem lautlosen Seufzen um und ging. Er konnte sich lebhaft vorstellen, wie es nun weitergehen würde: Entweder gerieten nun Ramanov und der Amerikaner aneinander oder seine Mutter begann eine endlose Fachsimpelei mit Baxter, und vermutlich sogar beides hintereinander, und auf nichts davon hatte er Lust.

Und er hatte auch keine Lust, weiter in einem Raum voller *Spinnen* zu bleiben.

23

ER VERLIESS DAS LABOR und blieb im Vorraum stehen, begann sich aber unter den Blicken Vatecs und der beiden anderen Wissenschaftler fast sofort unwohl zu fühlen und trat schließlich wieder auf den Korridor hinaus. Im allerersten Moment meinte er, eine Bewegung aus den Augenwinkeln links von sich wahrzunehmen, doch als er hinsah, war da nichts. Der Korridor endete nach einem Dutzend Schritten an einer Gabelung und einer Wand aus grauem Kunststoff. Wahrscheinlich nur Einbildung.

Aber die Richtung, in die er blickte, war auch die, in die er gestern gegangen war, als er nach Sasha gesucht hatte, und irgendetwas daran war … wichtig. Er hatte das Gefühl, dass es dort vorne etwas gab, von dem er unbedingt wissen musste. Ein vollkommen grundloses Gefühl zwar, aber wenn er nicht schon auf der *Princess* damit angefangen hätte, mehr auf seine Gefühle als auf seinen Verstand zu hören, dann wäre er jetzt wahrscheinlich nicht mehr am Leben und seine Eltern und Sasha wohl auch nicht.

Als er sich vollends dorthin wandte und losgehen wollte, sagte eine Stimme hinter ihm: »Tu das lieber nicht.«

Ben hatte nicht einmal gemerkt, dass sein Vater ihm gefolgt war. Anscheinend hatte auch er keine Lust mehr, Ramanov bei seiner Lieblingsbeschäftigung zuzusehen: sich mit irgendjemandem herumzuzanken.

»Und warum nicht?«, fragte er.

»Zar Peter der Große wird nicht besonders begeistert sein, wenn du dich hier allein herumtreibst.«

»Ja, wahrscheinlich lässt er mich sofort standrechtlich erschießen. Außerdem heißt es Iljitsch I., nicht Peter der Große.«

Sein Vater legte fragend den Kopf auf die Seite, und Ben fügte erklärend hinzu: »Die Leute hier nennen ihn Zar Iljitsch – wenn er es nicht hört.«

»Tatsächlich?« Sein Vater machte ein enttäuschtes Gesicht. »Und ich dachte, ich hätte es gerade erfunden. Schade.«

Er schüttelte den Kopf, trat einen weiteren Schritt auf Ben zu und schaute ebenfalls die Kunststoffwand an. »Ich glaube, es war ein Fehler, hierher zu kommen«, seufzte er.

»Wieso?«

»Ist dir nicht aufgefallen, wie deine Mutter auf diesen Amerikaner reagiert hat?«, antwortete sein Vater mit einem säuerlichen Lächeln.

»Nein.«

»In Baxter hat sie einen ebenbürtigen Gesprächspartner gefunden. Jetzt wird sie wahrscheinlich nicht mehr aufhören, mit ihm zu fachsimpeln, bis das nächste Frühjahr kommt.«

Ben verzog zwar die Lippen zu einem flüchtigen Lächeln, aber sein Blick blieb ernst. »Mir ist vor allem aufgefallen, wie Ramanov sie angesehen hat, als er ihr dieses Spinnenvieh gezeigt hat. Glaubst du, dass er davon gewusst hat?«

»Von Jennifers Arachnophobie?« Sein Vater nickte. »Mit Sicherheit. Wahrscheinlich hat er nur darauf gewartet, dass sie einen hysterischen Anfall bekommt. Aber sie hat ihm ganz schön die Tour vermasselt, finde ich.«

»Du meinst, sie hat sich nur zusammengerissen?«, fragte Ben zweifelnd.

»Es sei denn, ihre Arachnophobie ist über Nacht verschwunden«, antwortete sein Vater kopfschüttelnd. »Spontane Selbstheilung kommt in der Psychiatrie äußerst selten vor, weißt du?« Er wollte ganz zweifellos einen Scherz machen, aber seine Miene erstickte diese Absicht im Keim. »Entschuldige.«

»Schon gut.« Ben machte eine Kopfbewegung in Richtung Labor. »Was meinst du, wie lange das noch so geht?«

»Wenn niemand die beiden stoppt?« Sein Vater tat so, als müsse er einen Moment angestrengt nachdenken. »Drei Monate?«

Diesmal lachte Ben, aber nur kurz. »Ich meine ja nur, weil wir eigentlich aus einem anderen Grund hierher gekommen sind – und nicht, um Baxters Selbstbeweihräucherung zuzuhören.«

»Vielleicht hat das eine ja mit dem anderen zu tun? Ich weiß nicht, was hier los ist, Benjamin. Aber ich weiß, Ramanov verheimlicht uns etwas.«

»Und woher?«

»Weil ich erkenne, wenn mich jemand belügt. Ich habe das studiert, weißt du?« Sein Vater hob die Hand, als Ben etwas sagen wollte, »Nein, ich meine das ernst. Ramanov lügt oder verschweigt uns zumindest etwas. Außerdem hat Hauptmann West Recht: Für meinen Geschmack sind das ein paar Zufälle zu viel. Aber ich finde schon heraus, was hier vor sich geht, und dann –«

Er brach mitten im Wort ab, machte ein verblüfftes Gesicht und blickte stirnrunzelnd an Ben vorbei. »He!«

Ben drehte sich herum und riss überrascht die Augen auf. Vor ein paar Sekunden war der Gang hinter ihnen noch leer gewesen. Jetzt stand eine schlanke, ganz in Weiß gekleidete Gestalt mit rückenlangem weißem Haar dort und sah zu ihnen herüber. »Sasha?«, entfuhr es ihm.

Sein Vater wollte einen Schritt auf sie zumachen, aber Ben hielt ihn mit einer fast erschrockenen Bewegung zurück »Nicht!« An Sasha gewandt und in bewusst ruhigem Ton sagte er: »Wie kommst du denn hierher? Weißt du eigentlich, dass wir uns alle ziemliche Sorgen um dich gemacht haben?«

Sasha sah ihn aus großen Augen an, machte einen zögernden Schritt in seine Richtung – und fuhr dann in einer jähen Bewegung herum und stürmte davon. Ganz automatisch setzte Ben dazu an, ihr nachzulaufen, doch dann drehte er stattdessen den Kopf und blickte hinter sich.

Sein Vater und er waren nicht mehr allein. Harry und seine Mutter waren auf den Gang herausgetreten und sahen ziemlich verblüfft aus. »War das nicht … Sasha?«, fragte seine Mutter.

Bevor Ben antworten konnte, drängte sich Ramanov zwischen ihr und dem Söldner hindurch. »Alexandra? Was ist mit ihr?«

»Sie ist hier«, antwortete Harry. Er deutete zum Ende des Ganges. »Ich habe sie auch gesehen. Sie hat dort hinten gestanden. Sagten Sie nicht, dass niemand hier herunterkommt, der nicht ausdrücklich dazu befugt ist?«

»Was spielt denn das jetzt für eine Rolle?«, ereiferte sich Ramanov. »Laufen Sie ihr nach, verdammt noch mal! Wissen Sie, was ihr hier unten alles passieren kann?«

»Nein«, antwortete Harry. »Woher?« Aber er setzte sich gehorsam in Bewegung, wenn auch nicht annähernd so schnell, wie Ramanov offensichtlich erwartete, denn seine Miene verfinsterte sich noch mehr, als er sich an Ben wandte. »Bist du sicher, dass es Alexandra war?«

»Nein. Ich weiß ja nicht, wie viele Mädchen mit weißem Haar es hier noch gibt.« Er fing einen warnenden Blick seines Vaters auf und fügte – bevor Ramanov explodieren konnte – hinzu: »Natürlich war es Sasha.«

»Und warum hast du sie nicht aufgehalten?«, fauchte Ramanov.

»Weil es nicht nötig war. Sie wollte gerade zu uns kommen. Sie ist erst weggelaufen, als …« Er sprach nicht weiter, sondern sah zu seiner Mutter hin. Als *sie und Harry* herausgekommen waren. Als hätte sie Angst vor den beiden. Oder vor einem von ihnen …

»Vielleicht sollten wir ihr besser nachgehen«, sagte er, statt den begonnenen Satz zu Ende zu führen.

Ramanov maß ihn mit einem sehr sonderbaren Blick, aber er sagte nichts mehr, sondern drehte sich mit einer abrupten Bewegung herum und eilte hinter Harry her, und die anderen schlossen sich ihm an. Noch bevor sie die Gabelung erreichten, gesellte sich auch Baxter zu ihnen.

Zumindest nach Harry mussten sie nicht lange suchen. Der Söldner stand nur ein paar Schritte entfernt vor derselben Wand aus grauen Kunststoffpaneelen, vor der Bens erster Ausflug hier herunter geendet hatte, und sah ziemlich verdutzt aus. Er war allein.

»Alexandra!«, sagte Ramanov. »Wo ist sie?«

»Das ist eine gute Frage. Sobald ich sie gefunden habe, gebe ich Ihnen Bescheid.«

»Glauben Sie, dass jetzt der richtige Moment für blöde Witze ist?«, schimpfte Ramanov. »Wo ist sie?«

»Ich weiß es nicht«, antwortete Harry. »Sie müsste hier sein. Aber sie ist es nicht!«

Ben trat wortlos an eine der drei Türen heran, die auf der linken Seite von dem kurzen Korridor abgingen, und rüttelte an der Klinke, aber sie rührte sich nicht.

»Das habe ich schon überprüft«, sagte Harry. »Sind alle abgeschlossen.«

Ben versuchte es trotzdem bei den beiden anderen Türen, aber es war so, wie Harry gesagt hatte. Sie waren verschlossen.

»Kann es sein, dass sie einen Schlüssel hat?«, wandte sich Harry an den Russen.

»Unmöglich.«

»Genauso unmöglich wie das, dass sie hier heruntergekommen ist?«, spottete Harry.

Ramanov funkelte ihn an, griff dann in die Tasche und förderte einen Schlüsselbund zu Tage. Nacheinander öffnete er die drei Türen, und Harry verschwand in den dahinterliegenden Räumen und rumorte eine Weile darin herum.

Ben war nicht besonders überrascht, als er schließlich aus dem dritten Raum wieder auftauchte und den Kopf schüttelte. »Nichts.«

»Ausgeschlossen«, rief Bens Vater. »Sie kann nicht an uns vorbeigekommen sein! Wir hätten sie gesehen!«

»Sie ist nicht hier«, sagte Harry überflüssigerweise.

Ben trat nachdenklich an die Wand heran, vor der Harry gerade gestanden hatte; dieselbe Wand, vor der er Sashas Spur schon einmal verloren hatte. Die Wand, hinter der …

»Sie sagen, das hier war früher einmal eine alte Bunkeranlage?«, wandte er sich an Ramanov.

Der Russe nickte. »Das reinste Labyrinth.«

»Und Sie haben sie renoviert?«, hakte Harry nach. Anscheinend hatte er schon verstanden, worauf Ben hinauswollte. Ramanov nickte nur.

»Dann stammen diese fröhlichen Kunststoffpaneele von Ihnen?«, vergewisserte sich der Söldner.

»Ja, verdammt«, knurrte Ramanov. »Was hat denn das –«

»Was ist hinter dieser Wand?«, fiel ihm Ben ins Wort.

»Was soll dahinter sein? Eine Felswand, nehme ich an. Was soll das?«

»Nein«, sagte Ben. »Da ist keine Felswand. Dahinter liegt eine Höhle.«

»Bist du sicher?«, meinte Ramanov höhnisch. »Ich meine, bist du sicher, dass es in Wahrheit nicht eine Basis von Aliens ist, die hier in aller Heimlichkeit die Invasion der Erde vorbereiten?«

Niemand lachte.

»Es ist eine Höhle, eine riesige Höhle voller … *Dinge.*«

»Drehst du jetzt völlig durch, Jungchen?«, schnaubte Ramanov.

»Da ist eine Höhle. Gleich hinter dieser Wand.«

»Und du bist ganz sicher?«, fragte Harry. Ben nickte, und Harry wandte sich an Ramanov. »Haben Sie hier irgendwo Werkzeug?«

»Natürlich nicht«, antwortete Ramanov empört. »Und –«

»Das dachte ich mir fast«, seufzte Harry – und schmetterte seinen rechten Fuß mit einem Karatetritt wie aus dem Lehrbuch fast in Kopfhöhe gegen die Wand. Der dünne Kunststoff zerbarst wie Glas. Ramanov stieß einen keuchenden Schrei aus, fast als hätte der Tritt *ihn* getroffen, und für zwei oder drei Sekunden regnete es scharfkantige Kunststoffsplitter.

»Sind Sie wahnsinnig geworden?«, keuchte Ramanov.

Harry fand mit einer nicht mehr ganz so eleganten Bewegung sein Gleichgewicht wieder – anscheinend hatte er mit sehr viel mehr Widerstand gerechnet und mit viel zu großer Kraft zugetreten –, griff in die Jackentasche und holte etwas heraus, das wie eine zu groß geratene Taschenlampe aussah.

»Drücken wir es so aus. Irgendjemand hier *ist* wahnsinnig, meiner Meinung nach. Und ich werde herausfinden, wer das ist.« Er schaltete die Lampe ein und richtete den grellweißen Strahl in die gewaltsam geschaffene Öffnung in der Wand. Das Licht brach sich auf glitzerndem schwarzem Fels, in dem Millionen winziger Kristalle eingeschlossen waren wie achtlos verstreuter Sternenstaub.

»Eine Höhle, wie?«, schnaubte Ramanov.

Harry beachtete ihn gar nicht, sondern brach mit der linken Hand weitere Plastikteile aus der Wand. Der Strahl seiner Lampe folgte seinem splitternden Vernichtungswerk. Zuerst enthüllte er nur mehr schwarzen Fels, und dann verschwand er plötzlich, als er in einen knapp ein Meter hohen, unregelmäßig geformten Tunnel fiel, der tiefer in die Felswand hineinführte.

»Also doch«, grollte Robert Berger.

»Davon wusste ich nichts«, protestierte Ramanov. »Hier unten hat eine ganze Armee von Handwerkern gearbeitet! Oder glauben Sie vielleicht, ich hätte die Wandverkleidung höchstpersönlich angebracht?«

Niemand nahm auch nur Notiz von ihm. Harry ließ sich auf die Knie sinken und begann unverzüglich in den Tunnel im Fels hineinzukriechen.

»He!«, rief Baxter. »Was haben Sie vor?«

»Das sehen Sie doch, Professor. Ich schaue mal nach, welche kleinen Geheimnisse Sie hier unten noch so haben. Ihr bleibt alle, wo ihr seid, ist das klar?«

Natürlich war es klar, und ebenso natürlich war Ben der Erste, der sich auf die Knie hinabließ und ihm folgte.

Der Stollen wurde enger und niedriger, je tiefer sie eindrangen, und es war entsetzlich kalt. Schon nach fünf oder sechs Metern war der Stein, über den er robbte, so kalt, dass er das Gefühl hatte, die Haut würde ihm von den Fingern gebrannt, und Harry, der vor ihm kroch, wurde zu einem formlosen schwarzen Schatten, der einen Großteil des ohnehin schwachen Lichtes der Lampe verdeckte. Hinter ihm waren Geräusche, die ihm verrieten, dass er nicht der Einzige war, der Harrys Befehl in den Wind geschlagen hatte, aber er wagte es nicht, den Kopf zu drehen. Der Stollen wurde immer noch enger, sodass er sich mittlerweile eher auf dem Bauch vorwärts bewegte als auf Händen und Knien. Ben stellte sich vorsichtshalber erst gar nicht die Frage, was sie eigentlich tun sollten, wenn der Tunnel vor einer massiven Wand endete oder zu schmal wurde um weiterzukommen. Allein die Vorstellung, *rückwärts* durch diesen klaustrophobischen steinernen Schlauch zu kriechen, war schon beinahe mehr, als er ertragen konnte.

Der Weg schien kein Ende zu nehmen. Hinterher wurde ihm klar, dass es allerhöchstens zwanzig Meter gewesen sein konnten, wahrscheinlich sogar weniger, aber in diesen Momenten kam es ihm so vor, als wäre die Zeit stehen geblieben: Eine schiere Ewigkeit schien vergangen zu sein, bis Harry sich endlich vor ihm aufrichtete und dann auch er das Ende des Tunnels erreichte.

Zuerst sah er gar nichts – irgendwo links von ihm war das Licht von Harrys Taschenlampe, das seine Wahrnehmung aber eher noch weiter zu beeinträchtigen schien, statt ihm irgendetwas zu enthüllen –, doch er hatte ein fast körperliches Empfinden von Weite, als er sich aufrichtete und behutsam mit den Füßen nach festem Halt tastete.

Dann brach sich der suchende Lichtstrahl hoch über ihm an etwas Schimmerndem, und was dann folgte, war … grandios. Ein anderes Wort fiel ihm dafür nicht ein.

Es war, als wäre von einem Herzschlag auf den anderen der Sternenhimmel über ihnen aufgegangen.

Nur dass es keine Sterne waren. Der Himmel, der sich scheinbar unendlich hoch über ihnen spannte, bestand aus demselben schwarzen Stein wie der, durch den sie gerade gekrochen waren. Und genau wie bei diesem befanden sich unzählige Einschlüsse aus Kristall darin, Millionen und Millionen und Abermillionen blitzender Sterne, die das Licht der Lampe reflektierten und tausendfach verstärkten. In diesem ebenso unheimlichen wie unwirklichen Licht erkannte Ben, dass sie sich tatsächlich in einer Höhle befanden, einem Felsendom wie dem aus seinem Traum, nur ungleich größer. Der Tunnel, durch den Harry und er hereingekommen waren, befand sich nicht auf dem Boden der gewaltigen Höhle, sondern nahezu auf halber Höhe und am oberen Ende einer riesigen Schutt- und Geröllhalde. Und am Fuß dieser Höhle begann …

… die Stadt.

Natürlich wusste Ben, dass es nicht wirklich eine Stadt war. Das war unmöglich. Hier *konnte* keine Stadt sein, nicht am Ende der Welt und nicht so tief unter der Erde, und selbst wenn, dann nicht *so* eine Stadt, ganz einfach weil es eine *solche* Stadt weder geben konnte noch durfte.

Aber für ein paar Atemzüge sah er sie dennoch ganz deutlich.

Sie war gigantisch, ein düsteres, in den Augen schmerzendes Chaos aus monströsen Türmen und Kuppeln, zyklopischen Minaretten und verschobenen Winkeln, ineinander verdrehten Parallelen und Grauen erregenden … *Dingen*, die zu beschreiben keine Sprache der Welt die passenden Worte hatte. Der bloße Anblick ließ etwas in ihm gequält aufschreien, bis das unheimliche Sternenlicht am versteinerten Himmel über ihm langsam verblasste und sich barmherzige Dunkelheit über die infernalische Szenerie senkte. Allerdings nur für einen Atemzug, dann richtete Harry den Strahl seiner Lampe abermals nach oben, und das Phänomen wiederholte sich: Erneut flammte die gesamte Höhlendecke auf wie ein Firmament, an dem Tausende von Sternen standen. Die winzigen Kristalle, die in den nachtschwarzen Fels eingebettet waren, schienen das Licht tatsächlich nicht nur zu reflektieren, sondern zu verstärken, als hätte der blasse Scheine ein viel helleres, viel *älteres* Feuer geweckt, das seit Urzeiten in ihnen schlummerte.

»Unheimlich«, murmelte Harry, und Bens Vater, der gerade hinter ihm aus dem Loch im Felsen gekrochen kam und sich umständlich aufrichtete, fragte: »*Was* ist unheimlich?«

Statt zu antworten deutete Harry nur nach oben, und sein Vater folgte der Bewegung. Seine Augen wurden groß. »Aber das ist ja –«

»Wenn Sie *das* schon erstaunlich finden, dann schauen Sie erst einmal dorthin.« Harrys Lichtstrahl deutete auf das Sammelsurium unmöglicher *Dinge* unter ihnen und schien von dem schwarzen Stein regelrecht aufgesogen zu werden, und Bens Vater stieß einen Laut aus, der wie ein erschüttertes Keuchen klang. »Was um Himmels willen ist denn *das?«*

»Das ist ihre Stadt«, antwortete Ben leise. Er wusste selbst nicht, warum er das sagte. Die Worte schienen fast ohne sein Zutun über seine Lippen zu kommen, und doch wusste er im gleichen Augenblick, dass es die Wahrheit war; und zugleich auch wieder so weit davon entfernt, wie es überhaupt möglich schien.

»Was hast du gesagt?«, fragte Harry scharf.

Ben kam nicht dazu, etwas zu erwidern, denn sein Vater und er mussten beiseite treten, um Baxter Platz zu machen, der hinter ihnen aus der Öffnung gekrochen kam – gefolgt von Ramanov und als Letzter Bens Mutter, die sich einer nach dem anderen aufrichteten und, ebenso staunend wie die anderen zuvor, zuerst nach oben und dann auf das unglaubliche Bild unter sich starrten. Harry musste seine Lampe noch zweimal benutzen, um die Kristalle unter der Decke zum Leuchten zu bringen, bevor sie alle da waren, aber Ben fiel ein weiterer, unheimlicher Effekt auf: Das Leuchten hielt jedes Mal länger an, wenn Harry seine Lampe auf die sonderbaren Kristalle richtete, und es schien auch an Stärke zuzunehmen, wie Wind, der in die Glut eines bereits fast erloschenen Feuers fuhr und es mehr und mehr anfachte, bis es irgendwann wieder aus eigener Kraft brennen würde.

Das sollte er nicht tun, dachte Ben. Er konnte dieses Gefühl nicht begründen, aber er spürte, dass er Recht hatte. Möglicherweise hatte es einen *Grund*, dass diese Kristalle seit Anbeginn der Zeit hier verborgen waren, tief unter der Erde und an einem Ort, den noch nie ein Sonnenstrahl erreicht hatte. Vielleicht weckte Harrys Taschenlampe mehr als nur *Licht* in diesen Kristallen.

»Sind jetzt alle da oder kommen noch mehr?«, drang Harrys Stimme in seine Gedanken. »Ich frage ja nur. Hatte ich nicht gesagt, dass mir niemand folgen soll?«

»In der Tat, das haben Sie«, antwortete Ramanov.

Harry bedachte ihn zwar mit einem säuerlichen Blick, aber er war klug genug, nichts dazu zu sagen, und wandte sich stattdessen mit einem nachdenklichen Stirnrunzeln an Ben. »Wie hast du das gemeint: Es ist ihre Stadt?«

»Stadt?«, wiederholte sein Vater.

»Das ist keine Stadt«, sagte Ramanov. »Das sind nur ein paar Steine. Lavaformationen, wie es aussieht.«

»Das stimmt«, antwortete Ben, ganz eindeutig *gegen* seinen Willen und noch eindeutiger gegen jede Vernunft. Aber er konnte nicht aufhören. »Doch es ist trotzdem ihre Stadt … oder zumindest die Erinnerung daran. Das, was ihr am nächsten kommt und was unsere Sinne davon erfassen können.«

Harrys Stirnrunzeln vertiefte sich noch. »Wen meinst du mit *ihre?«*

Ramanov machte ein abfälliges Geräusch. »Was ist das jetzt wieder für ein Blödsinn?«

»Lassen Sie ihn, Professor«, sagte Harry rasch. Er nickte Ben aufmunternd zu. »Was hast du damit gemeint?«

»Ich weiß es nicht«, erwiderte Ben wahrheitsgemäß. »Aber ich weiß, dass es so ist.«

»Jetzt ist er völlig übergeschnappt«, fauchte Ramanov. »Ich kann mich ja irren, aber sind wir nicht eigentlich hierher gekommen, um nach Alexandra zu suchen?«

»Sie ist nicht hier«, antwortete Harry.

»Ach?«, raunzte Ramanov. »Und woher wollen Sie das wissen?«

»Ganz einfach. Weil es keinen Weg hier herein gab, bevor ich die Wand niedergerissen habe. Schon vergessen?«

»Hört auf«, sagte Bens Mutter scharf. »Das ist jetzt nicht der passende Zeitpunkt für eure albernen Macho-Spielchen!«

Ramanov warf ihr einen ärgerlichen Blick zu, beließ es aber dabei, und auch Harry ging zu Bens Erleichterung nicht weiter auf Ramanovs Sticheleien ein, sondern schüttelte nur noch einmal wortlos den Kopf. Ben war allerdings nicht sicher, ob es an seiner Vernunft lag oder nicht vielmehr an dieser unheimlichen Höhle. Irgendwie war dies ein Ort, an dem kein Platz für kleinliche menschliche Streitereien war.

Vielleicht für überhaupt nichts Menschliches …

»Das ist wirklich erstaunlich«, sagte Baxter leise. Auch er schaute wie alle anderen auf das Labyrinth aus schwarzem Fels und erstarrter Furcht hinab, und in seiner Stimme war ein ... Unterton, den Ben nicht deuten konnte, der aber immerhin klar machte, dass auch ihn der Anblick ganz und gar nicht unberührt ließ. »Ich meine: Es sieht tatsächlich ein bisschen wie eine Stadt aus.«

»Fangen Sie jetzt auch noch an?«, fauchte Ramanov.

»Ich sage nur, dass es ... merkwürdig aussieht«, verteidigte sich Baxter. »Richtig gruselig.«

Abermals begann das Licht über ihnen zu verblassen, sehr viel später als die Male zuvor und auch sehr viel langsamer, doch es verblasste.

Harry hob seine Lampe und feuerte einen weiteren Lichtstrahl auf den bizarren Sternenhimmel ab, und jetzt war das Strahlen der Kristalle so grell, dass Ben für einen Moment die Augen zusammenkneifen musste.

»Ich wünschte, du würdest das nicht tun«, murmelte er an Harry gewandt.

Der Söldner legte den Kopf in den Nacken und blinzelte zu dem schimmernden Band aus Kristallen hinauf. Zwei oder drei Herzschläge lang sagte er gar nichts, aber dann nickte er: »Ja. Ich glaube, ich weiß, was du meinst.«

Ramanov schnaubte, und auch Baxter sah ein wenig irritiert aus, aber seine Mutter maß ihn mit einem sehr langen, sehr nachdenklichen Blick.

»Das reicht jetzt«, sagte Harry. »Wir verschwinden von hier. Dieser Laden gefällt mir nicht.«

»Weil er dich an etwas erinnert?«, fragte Ben.

Harry starrte ihn nur an, doch seine Mutter sagte: »Ben hat Recht.«

Der Söldner sagte auch dazu nichts, und Ben fügte hinzu: »Das ist die Höhle aus eurem Traum, habe ich Recht?«

»Ich weiß nicht, wovon du sprichst«, behauptete Harry, aber er klang unsicher.

»Ich habe auch davon geträumt. Von genau dieser Höhle. Ihrer Stadt.«

»Fang nicht schon wieder mit diesem Unsinn an«, schnappte Ramanov. Wütend wandte er sich an Harry. »Was haben Sie jetzt vor, wenn ich fragen darf? Oder glauben Sie, wir müssen nur lange genug hier herumstehen und abwarten, bis Alexandra von selbst vorbeispaziert kommt?«

»Ihre Enkeltochter ist nicht hier, Professor«, beharrte Harry, während sein Blick aufmerksam über die Schatten zwischen den Lavagebilden unter ihnen tastete. »Und was ich als Nächstes vorhabe, das habe ich bereits gesagt, falls ich mich richtig entsinne. Wir verschwinden von hier, und zwar alle.«

Er zog ein Funkgerät aus der Tasche und hob es an die Lippen. »Hier ist Harry. Gerrit und Frank, ihr kommt sofort hier herunter, bewaffnet und mit Warp sieben!« Ben konnte die Antwort, die aus dem winzigen Gerät drang, nicht verstehen, aber nach einem Moment fuhr Harry fort: »Fragt nach dem Labor. Wenn ihr am Ende des Ganges angekommen seid, findet ihr mich schon ... und bringt Lampen und ein paar Ersatzbatterien mit. Doktor Walkor soll euch die Türen öffnen.«

Er steckte das Funkgerät wieder ein und wandte sich mit ärgerlich gerunzelter Stirn an Ramanov und die anderen. »Was muss ich tun, damit Sie endlich von hier verschwinden? Auf Sie schießen?«

»Was ist denn plötzlich los?«, wunderte sich Baxter. »Wissen Sie vielleicht etwas, was wir nicht wissen?«

»Nein. Aber das alles hier ... gefällt mir nicht. Es könnte gefährlich sein.«

»Blödsinn!«, polterte Ramanov. Es war einer der seltenen Augenblicke – genau genommen der erste bisher –, in denen Ben eine Menge darum gegeben hätte, ihm zuzustimmen. Aber er konnte es nicht, weil Harry Recht hatte. Etwas ... war hier. Etwas Unsichtbares und Dräuendes, das lautlos in den Schatten zwischen den Lavatürmen unter ihnen lauerte wie eine noch tiefere Dunkelheit, die sich in der Schwärze verbarg.

»Haben Sie vergessen, was wir Ihnen vor nicht einmal einer Stunde über diese Station erzählt haben? Das hier war vor noch nicht einmal allzu langer Zeit eine Militärbasis. Eine äußerst wichtige Militärbasis, genauer gesagt. Glauben Sie, das hier würde noch existieren, wenn es in irgendeiner Weise gefährlich wäre?«

»Falls sie davon gewusst haben«, antwortete Harry.

Und falls es damals schon da war, fügte Ben in Gedanken hinzu.

Ramanov zog eine Grimasse. »Das glauben Sie doch selbst nicht!«

»Diese Station war von enormer Wichtigkeit für das amerikanische Militär«, fügte Baxter hinzu. »Professor Ramanov hat Recht. Glauben Sie mir, wenn jemand weiß, wie paranoid meine Landsleute sind, dann ich.« Er schüttelte mit einem flüchtigen Lächeln den Kopf. »Wenn es hier irgendetwas Gefährliches gäbe, dann hätten sie es verbrannt, in die Luft gesprengt, chemisch sterilisiert, bestrahlt, klein gemahlen und anschließend zubetoniert.«

Harry runzelte wenig überzeugt die Stirn, und dann sagte Bens Vater: »He! Da unten ist Sasha.«

Ben fuhr überrascht herum, und Harry schwenkte seine Lampe gerade noch rechtzeitig nach unten, um Ben einen weißen Schemen zwischen den Lavatürmen verschwinden sehen zu lassen.

Er rannte los.

»He!«, brüllte Ramanov.

»Bleib sofort stehen«, schrie Harry. »Willst du dich umbringen?«

Ben reagierte weder auf das eine noch auf das andere, sondern sprang mit Riesensätzen die Geröllhalde hinunter und kam auf dem unsicheren Grund praktisch sofort ins Rutschen, als sich mehr und mehr Steine unter seinen Füßen lösten und mit ohrenbetäubendem Getöse vor ihm hinunterpolterten. Gottlob, am richtigen Ende einer immer größer werdenden Stein- und Gerölllawine und mit wild rudernden Armen schlitterte er nach unten und fiel schließlich doch auf Hände und Knie, aber da hatte er den Fuß der Halde bereits erreicht und das Schlimmste war vorüber. Hier und da hüpfte noch ein Stein wie ein fehlgeleitetes Geschoss umher, und die Luft war plötzlich so voller Staub, dass er husten musste, doch er war noch am Leben und anscheinend sogar einigermaßen unversehrt. Und als er sich umständlich und hustend wieder in die Höhe stemmte, sah er einen flatternden weißen Mantel zwischen den Schatten vor sich verschwinden.

»Ben!«, brüllte Harry hinter ihm. »Bleib, wo du bist! Ich komme!«

Ben dachte natürlich nicht daran, auf diesen gut gemeinten Rat zu hören. Er warf zwar einen hastigen Blick über die Schulter zurück und sah, dass Harry ihm in einigem Abstand folgte – ebenso wie sein Vater, allerdings langsamer und erheblich vorsichtiger als der Söldner, um auf dem unsicheren Untergrund nicht das Gleichgewicht zu verlieren –, wirbelte jedoch auch fast gleichzeitig herum und rannte hinter Sasha her. Harry schrie noch irgendetwas, worauf er jetzt gar nicht mehr achtete, und dann hatte er die ersten grotesken Steingebilde erreicht und war hindurch. Sasha war verschwunden, aber er glaubte zumindest, dass sie sich nach links gewandt hatte, also jagte er in dieselbe Richtung und rief dabei mehrmals ihren Namen, so laut er konnte.

Nur das Echo antwortete ihm. Und etwas stimmte damit nicht. Es schien verzerrt und verdreht. Es waren nicht nur Wortfetzen, die von schwarzem Stein zurückgeworfen wurden. Seine Worte waren zu etwas … *anderem* geworden, das außer der hörbaren noch eine zweite, unendlich alte Botschaft enthielt, vor dem alles zurückschrak, was das Menschsein in ihm ausmachte. Die Schatten, die ihn umgaben, schienen nach ihm zu greifen und ihm den Atem zu nehmen, und etwas … *regte* sich gerade unter der Oberfläche des Sichtbaren.

Irgendwo vor ihm blitzte ein weißer Schemen. Ben raste darauf zu, schrie abermals nach Sasha und bekam auch diesmal nur ein flüsterndes schwarzes Raunen vom Grunde seiner Seele als Antwort. Dennoch beschleunigte er seine Schritte noch einmal, jagte zwischen zwei seltsamen Felsformationen hindurch und begriff im allerletzten Moment noch, dass er einen Fehler gemacht hatte, als da, wo er massiven schwarzen Stein vor sich erwartete, plötzlich nichts mehr war.

Ihm blieb nicht einmal mehr Zeit, einen Schrei auszustoßen, bevor er kopfüber in ein Loch stürzte und zwei Meter tiefer auf stahlhartem Fels aufschlug, wo ihm die Sinne schwanden.

24

ALS ER DIE AUGEN AUFSCHLUG, lag er mit dem Rücken auf dem harten, kalten Stein der Höhle, blinzelte zu den Millionen leuchtender Kristalle am ebenfalls steinernen Firmament hinauf und wunderte sich ein bisschen, dass er so glimpflich davongekommen war – es war nicht nur so, dass er mit absoluter Gewissheit spürte, unverletzt zu sein, ihm tat nicht einmal etwas weh. Nicht einmal seine Stirn, obwohl er mit solcher Wucht auf dem Felsen aufgekommen war, dass er augenblicklich das Bewusstsein verloren hatte. Dann erinnerte er sich – schwach –, wie Harry und sein Vater hinter ihm hergelaufen waren. Da sich keiner von ihnen auch nur in seiner Nähe befand, konnte er bloß wenige Sekunden ohnmächtig gewesen sein.

Der Gedanke beruhigte ihn. Dies war kein Ort, an dem man längere Zeit ohne Bewusstsein bleiben sollte.

Er gewahrte eine Bewegung neben sich, drehte den Kopf nach links und entdeckte Sasha, die in lockerer Haltung auf einem schwarzen Felsbrocken saß und mit einer Mischung aus Erleichterung und schlecht verhohlener Ungeduld auf ihn herabblickte. Sie lächelte.

»Oh«, murmelte Ben. Verwirrt und fast ohne sich der Bewegung selbst bewusst zu sein, stemmte er sich auf die Ellbogen hoch und hielt dann wieder inne, als der Ausdruck von Ungeduld in Sashas Augen erlosch und dem einer kurzen, aber ehrlich empfundenen Freude Platz machte.

»Du bist wach. Das ist gut. Ich wollte gerade anfangen, mir Sorgen um dich zu machen. Es ist nicht gut, an diesem Ort zu lange zu schlafen, weißt du?«

»Aber ich schlafe doch noch«, antwortete Ben. Mit einiger Verspätung stemmte er sich weiter hoch, stand jedoch nicht endgültig auf, sondern verharrte in einer halb sitzenden, halb hockenden Position, während er sie neugierig und mit heftig klopfendem Herzen betrachtete. Sasha sprach mit ihm, und das konnte nichts anderes bedeuten, als dass er wieder einmal träumte, doch obwohl er sich dieses Umstandes vollkommen bewusst war, spielte es keine Rolle: Ihr Gesicht war so zerbrechlich und fein geschnitten wie immer, aber er hatte sie niemals zuvor so *lebendig* gesehen. Welchen Unterschied machte es da schon, ob das alles hier wirklich geschah oder er nur träumte?

»Wie kommst du darauf?«, wollte Sasha wissen.

»Weil du mit mir sprichst. Und das tust du sonst nie. Außer in meinen Träumen.«

»Oder in dem, was du für Träume hältst«, antwortete Sasha lächelnd. Sie stand auf und streckte die Hand aus, wie um ihm auf die Füße zu helfen, und Ben hätte nichts lieber getan als diese Hilfe anzunehmen. Aber das ließ sein Stolz nicht zu; nicht einmal in einem Traum. Beinahe hastig stand er auf, und Sasha wich mit einer fließenden Bewegung zwei oder drei Schritte von ihm zurück. Ben wollte ihr folgen, doch sie hob rasch die Hand und machte gleichzeitig eine entsprechende Kopfbewegung, sich umzusehen. Ben gehorchte.

Die Höhle hatte sich verändert. Sie war keine Höhle mehr. Das zu Stein erstarrte Firmament hatte einem echten Sternenhimmel Platz gemacht, und auch die massiven Felswände waren verschwunden. Sie standen nun auf einer weiten, sich schier in die Unendlichkeit erstreckenden Ebene, die irgendwo jenseits der Grenze des Sichtbaren mit dem Horizont verschmolz. Doch das war längst nicht die einzige Veränderung. Die seltsamen Felsgebilde und Türme waren endgültig zu dem geworden, woran sie ihn auf den ersten Blick erinnert hatten, einer ungeheuerlichen, albtraumhaften Stadt, die – hätte er noch den geringsten Zweifel daran gehabt – der beste Beweis war, dass dies hier nichts anderes als ein Traum sein konnte.

»Du … hast mich hierher geholt?«, fragte er stockend.

Sasha nickte. »Eure Zeit läuft ab. Es ist gefährlich hier. Wir dürfen nicht zu lange bleiben. Wenn sie uns bemerken, dann ist es um uns beide geschehen. Aber ich muss es dir zeigen, damit du es verstehst und die anderen warnst. Ihr habt nicht mehr viel Zeit.«

»Zeit?« Ben sah sich weiter um, sein Herz raste. Die Zwischenräume zwischen den sinnverdrehenden Türmen, Gebäuden und unbeschreibbaren … *Dingen* waren nicht leer. Etwas bewegte sich darin, aber er konnte nicht erkennen, was. Vielleicht *wollte* er es auch nicht erkennen. »Wofür?«

»Um sie aufzuhalten.« Sie wirkte enttäuscht. »Es ist so schwer, es zu erklären. So schwer, es so zu sagen, dass ihr es glaubt. Dabei ist das Wissen um ihre Existenz in jedem von euch, ganz tief drinnen. Ihr schreckt nur davor zurück, weil eure Angst zu groß ist.«

»Vor wem?«, fragte Ben. Als ob er die Antwort nicht wüsste!

»Den Alten«, antwortete Sasha.

»Den Alten?«, wiederholte Ben.

»Sie haben keinen Namen. Irgendwann einmal hatten sie ihn, als auch sie noch ein junges Volk waren, doch dann haben sie ihn in ihrem Hochmut abgelegt. Wozu brauchten sie einen Namen, wo sie sich doch für die Einzigen hielten?« Sie lächelte traurig und zugleich ein wenig hilflos. »Ich weiß auch nicht viel über sie. Nur was ich im Laufe der Zeit erraten konnte.«

Jetzt blickte auch sie für einen Moment in die Richtung, in der Ben gerade die Bewegung wahrzunehmen geglaubt hatte, dann drehte sie sich herum und begann mit langsamen Schritten davonzugehen. Ben folgte ihr, aber er hielt ganz instinktiv einen Abstand zu ihr ein, der deutlich größer als nötig war; als hätte etwas in ihm Angst davor, den Zauber dieses Traumes möglicherweise zu zerstören, nur indem er sie berührte.

»Aber wer sind sie?«, fragte er schließlich, nachdem sie eine ganze Weile schweigend nebeneinanderher gegangen waren, und er begriff, dass sie nicht von sich aus weitersprechen würde. Das gehörte wohl zu den absurden Regeln dieses noch absurderen Traumes: dass er eine Frage stellen musste, damit sie die Gelegenheit zur Antwort bekam.

»Die, die vor uns da waren. Vor allem.«

Ben unterdrückte den Impuls, abermals zu den wabernden Umrissen hinzusehen, aber den eisigen Schauer, den Sashas Worte ihm über den Rücken laufen ließen, konnte er nicht abschütteln. Er hatte das Gefühl, dass aus der Dunkelheit etwas näher kam. Etwas Riesiges und Gefährliches und Böses. »Du meinst, diese … *Kreaturen* … waren vor den Menschen da?«

»Lange Zeit vor ihnen.« Sie blieb stehen und deutete mit der Hand nach oben. Bens Blick folgte der Geste, und abermals verspürte er fast so etwas wie Erstaunen, festzustellen, dass am Himmel über ihnen nun tatsächlich Sterne standen. Unendlich viele und unendlich helle Sterne.

Viel mehr, als es hätten sein dürfen, und viel näher. Und nichts an dem Anblick kam ihm irgendwie vertraut vor.

»Du meinst … zur Zeit der Dinosaurier oder so?«, fragte er und hatte dabei das Gefühl, etwas ziemlich Lächerliches gesagt zu haben.

Sasha lächelte auch prompt, aber es war kein verletzender Spott, den er in ihrem Blick las. »Die Dinosaurier? Nein. Sie waren vor *allem* da, verstehst du nicht? Bevor es Leben gab, wie wir es kennen.«

»Leben, wie wir es kennen?«

»Unsere Erde ist nicht die erste. Es gab schon einmal eine Erde voller denkender Geschöpfe und Leben, auch wenn es so anders war, dass wir es uns noch nicht einmal vorstellen können. Lange, unendlich lange Zeit zurück. Damals waren sie es, die hier geherrscht haben.«

Nichts von alledem überraschte Ben. Was sie behauptete, war unglaublich, und doch schien es, als hätte sie nur ausgesprochen, was ihm tief in sich längst bewusst war. Aber hatte sie nicht gerade selbst gesagt, das Wissen um ihre Existenz sei in jedem Menschen?

»Was ist geschehen?«, fragte er.

»Ich weiß es nicht. Nicht wirklich. Auch ich weiß wie gesagt nur sehr wenig über sie. Nur das, was ich beobachtet und mir nun … zusammengereimt habe. Doch ich glaube, sie wurden zu überheblich. Am Schluss waren sie mächtig wie Götter, aber es waren grausame, gnadenlose Götter, denen das Leben anderer und ihr freier Wille nichts galten. Vielleicht haben sie die Falschen herausgefordert, nachdem sie alle Welten dieser Sonne erobert und unterworfen hatten.« Sashas Stimme wurde leiser: »Es kam zu einem Krieg, der länger andauerte, als wir jemals erahnen können, und mit unvorstellbarer Härte geführt wurde. Am Schluss brachten ihre Feinde einen Planeten aus seiner Bahn und schleuderten ihn gegen die Welt der Alten.«

»Der *Todesbote?*«, flüsterte Ben. Er hatte ihn in seinen Träumen gesehen, einen gigantischen Schatten, der wuchs und wuchs und wuchs und schließlich den gesamten Himmel ausfüllte.

»Ja. Nicht einmal ihre unvorstellbare Macht reichte aus, um diese Gefahr abzuwehren. Sie gingen unter.«

»Dann ist das hier alles …«, murmelte Ben schaudernd.

»Nichts als eine Erinnerung. Die Erinnerung an die Zeit ihrer Blüte. Die Zeit, in der sie über diesen Planeten herrschten.«

Wieder brach sie ab, und wieder spürte Ben, dass sie von ihm erwartete, eine ganz bestimmte Frage zu stellen. »Aber wenn der Todesbote … dieser Planet … ihre Welt getroffen hat, wie konnten sie überleben?«

»Gar nicht«, antwortete Sasha ernst. »Sie wurden ausgelöscht. Nichts blieb von ihnen. Die Erde brach nicht auseinander, wie es ihre Feinde vielleicht beabsichtigt hatten, doch sie wurde wieder zu einem Ball aus flüssigem Magma, wie am Tag ihrer Entstehung. Nichts Lebendes hat die Katastrophe überstanden. Nur Stein und Feuer. Und doch sind sie noch da.«

»Hier?«, flüsterte Ben. »In unseren Träumen, meinst du?«

Statt seine Frage direkt zu beantworten, sagte Sasha: »Ich habe es dir gezeigt, Ben. Erinnerst du dich? Du warst dabei, als der Letzte von ihnen starb.«

Wie hätte er sich nicht erinnern können? Auch wenn er es bisher trotz allem nur für einen Traum gehalten hatte, würde er das Gefühl des unendlich tiefen Verlustes, den hilflosen Zorn und den unbedingten Willen zum Überleben niemals vergessen, die er mit dem letzten der Alten geteilt hatte, als sich der Todesbote mit ihrer sterbenden Welt vereinte. Er nickte nur.

»Dies war einmal ihre Welt, Ben«, fuhr Sasha fort. »Und sie wollen sie wiederhaben.«

»Aber wie kann das sein?«, fragte Ben – auch wenn er zugleich das Gefühl hatte, die Antwort auf seine Frage bereits zu kennen. »Du hast es gerade selbst gesagt: Sie wurden ausgelöscht. Nichts ist von ihnen übrig geblieben.«

»Nichts außer ihren Erinnerungen. Aber sie waren mächtig, Ben. Viel mächtiger, als du dir auch nur vorstellen kannst. Als der Letzte von ihnen starb, da wurden ihre Erinnerungen zu einem Teil dieser Welt. Nicht einmal das Feuer einer Sonne, das ihre Feinde auf sie herabschleuderten, konnte diese Erinnerung gänzlich auslöschen. Und seither warten sie.«

»Worauf?«, fragte Ben.

Sasha sah ihn traurig an. Sie spürte wohl, dass er die Antworten auf all seine Fragen längst kannte. »Auf den Tag ihrer Wiederkehr.«

»Aber das ist unmöglich!«, protestierte Ben. Beinahe gegen seinen Willen drehte er sich nun doch herum und blickte in die Richtung, aus der sie gekommen waren. Die kriechenden Schatten waren näher gerückt und begannen Gestalt anzunehmen. Manche davon kamen ihm vage bekannt vor, andere waren zu schrecklich, um sie länger als einen Sekundenbruchteil ansehen zu können. Aber er spürte, dass Sasha Recht gehabt hatte mit ihrer Warnung: So wie er das Nahen dieser vor Milliarden von Jahren vergangenen Geschöpfe spürte, so spürten auch sie die Nähe der Eindringlinge. Sie konnten nicht mehr allzu lange hier bleiben.

Schließlich wandte er sich wieder an Sasha und wiederholte beinahe trotzig: »Das ist völlig unmöglich, Sasha! Du hast es doch selbst gesagt: Sie sind nichts weiter als eine Erinnerung! Und diese Welt hier ist so …«, er sah sich demonstrativ um, »… *anders.* Sie könnten in unserer Welt nicht leben.«

»Und deshalb werden sie unsere Welt zu ihrer machen. Sie warten, Ben. Sie warten, seit das Leben auf diese Welt zurückgekehrt ist, seit Tausenden von Millionen Jahren. Aber nun ist der Moment gekommen, in dem sie erwachen. Du musst die anderen warnen, Ben. Ihr dürft nicht hier bleiben. Und ihr dürft ihnen nicht die Gelegenheit geben, ihre Diener zum Leben zu erwecken. Die Menschen hätten keine Chance gegen sie.« Sie blickte auf einen Punkt irgendwo hinter Ben und erschrak. »Sie haben uns bemerkt. Wir müssen gehen!«

Auch Ben sah rasch über die Schulter zurück. Die Schatten waren abermals näher gekommen, und viel schlimmer als das, was er sah, war das, was er *spürte.* Verborgen hinter der Dunkelheit, die die tentakelbewehrten, blasphemischen Gestalten erzeugten, schien eine noch viel tiefere Schwärze heranzukriechen, die sie vernichten würde, wenn sie sie erreichte; ganz gleich ob das hier nur ein Traum war oder nicht. Trotzdem sagte er hastig: »Warte! Was soll ich tun? Ich meine – ich brauche einen Beweis, damit sie mir glauben.«

»Aber das müssen sie! Bitte! Du darfst nicht zulassen, dass sie ihre Diener neu erschaffen!« Und damit streckte Sasha die Hand aus und berührte ihn an der Stirn und …

25

... IHR GESICHT VERÄNDERTE SICH und wurde zu dem einer ungefähr vierzigjährigen, recht hübschen Frau mit schulterlangem dunklem Haar, und praktisch gleichzeitig spürte er einen so brennenden Schmerz in der rechten Armbeuge, dass er die Zähne zusammenbeißen musste, um nicht laut aufzustöhnen.

»Ich hoffe, das wird jetzt nicht zur schlechten Angewohnheit«, sagte Dr. van Staaten.

»Was?«, fragte er gepresst. »Dass Sie mir wehtun und es genießen?«

»Dass man dich bewusstlos hierher bringt und ich zusehen kann, wie ich dich wach bekomme«, antwortete sie ernst. »Wie fühlst du dich?«

»Abgesehen davon, dass Sie mir gerade Salzsäure in die Vene gespritzt haben, gut.«

Van Staaten lächelte immer noch nicht. »Das war nur ein harmloses Stärkungsmittel. Und du müsstest eigentlich rasende Kopfschmerzen haben, wenigstens nach der Größe der Beule an deiner Stirn zu schließen.« Sie zog zweifelnd die Augenbrauen zusammen. »Du spürst tatsächlich nichts?«

»Nein«, antwortete Ben wahrheitsgemäß, tastete aber trotzdem mit spitzen Fingern nach seiner Stirn und fühlte eine ordentliche Beule, die auch prompt wehtat, kaum dass er sie berührte. Trotzdem sagte er: »Nein. Ich merke nichts.«

»Keine Sorge, das kommt noch. Falls deine Kopfschmerzen zu schlimm werden, komm zu mir und ich gebe dir etwas.«

Ben grummelte irgendeine Antwort und richtete sich auf, und das anscheinend ein wenig zu schnell, denn ihm wurde prompt schwindelig und zwischen seinen Schläfen schien ein taktischer Nuklearsprengkopf zu explodieren.

Als er wieder halbwegs klar sehen und hören konnte, fragte van Staaten in beinahe fröhlichem Ton: »Oder möchtest du vielleicht jetzt schon eine Tablette?«

»Wozu? Mir geht es doch prima.«

»Harter Brocken, was? Na, dann kann ich mich ja beruhigt meinen anderen Patienten widmen. Um einen solchen Dickschädel wie deinen muss ich mir ja keine Sorgen machen.« Trotzdem betrachtete sie ihn jetzt eindeutig besorgt. Sie sagte jedoch nichts, als Ben sich mühsam – und deutlich vorsichtiger als beim ersten Mal – erneut aufrichtete und behutsam die Beine von der kunststoffbezogenen Liege schwang.

Ben fiel erst jetzt auf, dass er noch immer dieselben Kleider wie unten in der Höhle trug, einschließlich der dicken gefütterten Jacke. Van Staaten war allerdings rücksichtsvoll genug gewesen, seinen Ärmel nur hochzuschieben statt ihn kurzerhand aufzuschlitzen. Er konnte noch nicht allzu lange wieder hier sein, und …

… dann setzte seine Erinnerung vollends ein.

Es geschah so plötzlich, dass ihm noch einmal schwindelig wurde und er ein Stück nach vorne sank und das Gesicht zwischen den Händen verbarg. Für einen kurzen, aber schrecklichen Moment stürzten die Gedanken wild hinter seiner Stirn durcheinander, und für einen nicht ganz so kurzen und viel schrecklicheren Moment hatte er Mühe, echte Erinnerung und Traumbilder zu unterscheiden.

»Alles in Ordnung?«, fragte van Staaten.

»Ja.« Ben nahm hastig die Hände herunter und versuchte aufmunternd zu lächeln. Es misslang. »Das war jetzt … etwas anderes. Kein medizinisches Problem sozusagen.«

Van Staatens Gesicht wirkte eher noch besorgter. »Aha.«

»Wie bin ich hierher gekommen?«, fragte er rasch.

»Nicht aus eigener Kraft, wenn du das wissen willst. Harry und dein Vater haben dich heraufgetragen – und bevor du fragst, Sasha ist auch hier. Sie haben sie gefunden.«

»Sasha? Wie geht es ihr?«

»Eindeutig besser als dir. Ist es zu viel verlangt, wenn ich dich frage, was überhaupt passiert ist?«

»Ich bin … gestürzt«, antwortete Ben zögernd. »Ich war ungeschickt.«

»Das meine ich nicht«, sagte van Staaten in leicht verärgertem Ton.

»Da unten ist eine Höhle. Eine *große* Höhle. Irgendwie hat Sasha wohl einen Weg hineingefunden. Sehr viel mehr weiß ich auch nicht.« Er stand behutsam auf und lauschte kurz in sich hinein, bis er sicher war, von seinem Körper nicht abermals schmählich im Stich gelassen zu werden. »Wo ist sie? Kann ich zu ihr?«

»Sasha?« Van Staaten machte eine Bewegung, die irgendwo zwischen einem Kopfschütteln und einem Nicken angesiedelt war. »Professor Ramanov wäre wohl nicht besonders erbaut, wenn du jetzt bei ihr aufkreuzen würdest.«

»Ramanov? Er ist bei ihr?«

»Er ist ihr Großvater«, erinnerte van Staaten.

»Aber ich muss mit ihr reden.«

Van Staaten seufzte leise. »Sie *kann* nicht reden, Ben.«

»Mit mir schon.« Als er van Staatens irritierten Blick registrierte, fügte er mit einem leicht verunglückten Lächeln hinzu: »Irgendwie.«

»Irgendwie … so. Nur ein Tipp: Sag das nicht, wenn Ramanov dich hören kann. Ich glaube, er ist momentan nicht besonders gut auf dich zu sprechen.«

Das beruhte durchaus auf Gegenseitigkeit, aber Ben verkniff es sich, das laut auszusprechen. Wozu auch?

Er wäre wohl auch gar nicht mehr dazu gekommen, denn in diesem Augenblick ging die Tür auf, und sein Vater kam herein; natürlich ohne sich mit etwas so Überflüssigem wie etwa Anklopfen aufgehalten zu haben. Er verschwendete auch keine Zeit mit einer Begrüßung, sondern blieb einen Augenblick lang unter der Tür stehen, in dem er ihn stirnrunzelnd und sehr aufmerksam musterte, dann wandte er sich an van Staaten. »Ist alles in Ordnung?«

»Nur eine harmlose Beule, soweit ich feststellen konnte.«

Ben massierte demonstrativ seine rechte Armbeuge und sagte: »Sie hat uns belogen, weißt du das eigentlich?« Sein Vater zog wunschgemäß fragend die Augenbrauen hoch, und Ben fuhr fort. »Sie hat gesagt, sie schneidet gerne, aber das stimmt nicht. Sie tobt sich viel lieber mit Nadeln aus.«

»So groß ist der Unterschied zwischen Schneiden und Stechen nicht«, antwortete van Staaten gelassen. »Man kann fast dieselbe Wirkung erzielen, aber es hinterlässt weniger Spuren.«

Ben schenkte ihr einen vernichtenden Blick, doch sein Vater blieb vollkommen ernst. »Sei froh, dass du nicht zehn Jahre jünger bist, Sohn.«

»Wieso?«

»Weil ich dich dann ganz altmodisch übers Knie legen und dir den Hosenboden strammziehen würde. Was zum Teufel hast du dir dabei gedacht? Wolltest du dich umbringen?«

»Ich wollte Sasha holen«, verteidigte sich Ben, aber sein Vater wischte die Worte beiseite. »Für so etwas haben wir Harry und seine Leute! Du hättest dir das Genick brechen können! Oder dich in dieser verdammten Höhle verirren! Hast du überhaupt eine Ahnung, wie *groß* sie ist?«

»Es ist ja nichts passiert«, mischte sich van Staaten ein. »Bis auf ein paar Kratzer. Wie geht es deinem Bein?«

Seinem Bein? Ben stellte die Frage nicht laut, zumal sein Vater unwillig abwinkte. Erst jetzt zog er die Tür hinter sich ins Schloss und kam näher, und nun fiel Ben auf, dass er leicht humpelte. »Was ist passiert?«

»Nichts.«

»Er ist gestürzt und hat sich den Knöchel verstaucht«, sagte van Staaten, »während er hinter einem gewissen Jemand her war, der Steinlawinensurfen geübt hat.« Sie wandte sich wieder an seinen Vater. »Zieh deinen Schuh aus.«

»Es ist nur eine Kleinigkeit«, brummelte er. »Ich merke es schon kaum noch.«

»Ich will es mir trotzdem ansehen«, beharrte sie mit einer nun eindeutig befehlenden Geste auf die Liege, auf der Ben gerade wach geworden war. »Keine Widerrede!«

Sein Vater setzte sich zwar gehorsam in Bewegung, versuchte aber trotzdem noch ein letztes Mal, schwach zu protestieren. »Du weißt nicht, was du dir antust. Ich habe mir das letzte Mal vor einer Woche die Füße gewaschen.«

»Umso besser. Ich stehe auf verschwitzte, schmalzige Männerfüße, wusstest du das nicht? Los jetzt – oder ich muss darauf bestehen, dir eine prophylaktische Aufbauspritze zu verpassen, was ziemlich schmerzhaft ist. Frag deinen Sohn. Ich kann das.«

Bens Vater resignierte endgültig und zog seinen linken Stiefel aus. Als sich van Staaten vor ihm in die Hocke sinken ließ, um seinen Knöchel zu begutachten (Ben registrierte mit einem heftigen Gefühl von schlechtem Gewissen, dass er deutlich angeschwollen und gerötet war; von wegen *Kleinigkeit)*, drehte er sich zur Tür. »Ich werde dann schon mal –«

»Gar nichts tun, sondern schön hier bleiben«, fiel ihm sein Vater ins Wort. Er biss mit einem zischenden Laut die Zähne zusammen, als van Staaten etwas an seinem Knöchel tat, was ziemlich wehtun musste, und fuhr erst nach einer deutlichen Pause und mit leicht zitternder Stimme fort: »Du bewegst dich keinen Meter mehr ohne Begleitung, ist das klar?«

»Aber wieso das denn?«

»Weil Ramanov keinen Zweifel daran gelassen hat, was er mit dir anstellt, wenn er dich noch ein einziges Mal allein irgendwo erwischt! Er hat allmählich genug von deinen Eskapaden – und ich auch! Du wartest schön, bis wir hier fertig sind, und dann gehen wir gemeinsam zu deiner Mutter. Wir haben ein paar Dinge miteinander zu besprechen, weißt du?«

Das traf sich gut, denn Ben hatte umgekehrt auch einiges mit ihnen zu besprechen, aber er antwortete trotzdem gereizt: »Musst du mich wie ein kleines Kind behandeln?«

»Nur, solange du dich wie eines benimmst.«

Ben schluckte die bitterböse Antwort hinunter, die ihm auf der Zunge lag, und beruhigte sich damit, dass er seinen Eltern alles erklären würde, sobald sie allein waren, und dann würden sie ihn schon verstehen.

Vorausgesetzt, sie hielten ihn dann nicht für vollkommen durchgeknallt, hieß das.

Er geduldete sich, bis van Staaten einen elastischen Verband am verletzten Knöchel seines Vaters angelegt und mit unübersehbarer Schadenfreude zugesehen hatte, wie er mit einiger Mühe in den Stiefel schlüpfte, der plötzlich um mindestens zwei Nummern zu klein zu sein schien. Und er schwieg auch noch weiter, bis sie van Staatens Behandlungszimmer wieder verlassen hatten und über den jetzt wieder menschenleeren Flur gingen. Sein Vater humpelte nun deutlich stärker.

»Das mit deinem Fuß tut mir leid«, sagte er.

Sein Vater winkte ab. »Es ist wirklich nichts. Außerdem war ich selbst schuld. Sag mir lieber, was mit dir los war?«

Ben versuchte mit wenig Erfolg, den Ahnungslosen zu spielen, was ihm nichts außer einem weiteren ärgerlichen Blick seines Vaters einbrachte.

»Verarsch mich nicht, Ben. Wir sind alle ein bisschen neben der Spur, seit diese verrückte Geschichte angefangen hat, aber mit dir stimmt etwas ganz und gar nicht.«

»Zum Beispiel?«, fragte Ben. Er fühlte sich auf einmal in die Enge getrieben, und etwas, das unangenehm nahe an Panik grenzte, begann von seinen Gedanken Besitz zu ergreifen. Er hatte ja geahnt, dass es nicht leicht sein würde, seinen Eltern die Wahrheit zu erzählen – von der Kleinigkeit, dass sie ihm dann noch glauben mussten, erst gar nicht zu reden –, aber er hätte sich nicht träumen lassen, dass es *so* leicht sein würde, ihn aus dem Konzept zu bringen:

»Wer sind die *Alten?«*, fragte sein Vater.

Ben starrte ihn an. »Woher –?«

»Weil du die ganze Zeit von ihnen gesprochen hast.«

»Gesprochen?«

»Gestammelt, um genau zu sein. Als Harry und ich dich raufgetragen haben. *Sie kommen«*, zitierte er mit übertrieben verstellter Stimme. »*Die Alten. Sie erwachen.*« Er legte fragend den Kopf auf die Seite. »Du weißt nicht zufällig, was das bedeutet?«

Natürlich wusste er das, und genau jetzt wäre wohl der Moment gewesen, auch mit dem Rest der Geschichte herauszurücken und darauf zu vertrauen, dass sein Vater *nicht* die Jungs mit den weißen Jacken rief. Doch fast zu seiner eigenen Überraschung hörte er sich sagen: »Keine Ahnung. Vielleicht habe ich mir den Kopf doch härter angeschlagen, als ich dachte.«

»Ja, so wird es wohl sein«, antwortete sein Vater in einem Ton, der jeden weiteren Kommentar überflüssig machte. Er glaubte ihm kein Wort.

Aber mittlerweile hatten sie ihr Ziel auch erreicht, und sein Vater öffnete die Tür, um als Erster einzutreten. Ben folgte ihm dichtauf – und erlebte eine Überraschung:

Seine Mutter saß am Tisch und nippte an einem Pappbecher mit

Kaffee, und sie war nicht allein. Harry lehnte mit vor der Brust verschränkten Armen neben ihr an der Wand, als traue er den billigen Plastikstühlen nicht, und Ben hatte plötzlich das sichere Gefühl, dass zwischen den beiden etwas war, bei dem sein Vater und er nur störten.

»Hallo, Ben«, sagte seine Mutter. Harry schwieg.

Ben zog die Tür hinter sich zu und schenkte ihr ein knappes Lächeln. Das Gefühl, nicht erwünscht zu sein, ebbte nicht ab, sondern wurde stärker, nahm jetzt eindeutig die Qualität einer *Warnung* an. *Sie sind da, Ben!* Warum hatte er Sasha vorhin nur nicht gefragt, was sie damit gemeint hatte?!

Seinem Vater schien es ganz ähnlich zu ergehen wie ihm, denn auch er blickte ein paar Sekunden lang irritiert von Harry zu seiner Frau und wieder zurück, und schließlich war es der Söldner, der das allmählich quälend werdende Schweigen brach, indem er mit einer Kopfbewegung auf den freien Stuhl am Tisch deutete und sagte. »Setz dich, Ben. Wir haben ein paar Fragen an dich.«

»Kein Problem«, antwortete Ben und blieb stehen. »Schieß los.«

Harry runzelte missbilligend die Stirn, überging seine kleine Provokation aber ansonsten und faltete umständlich die Arme auseinander. Bevor er damit fertig war, fragte Ben: »Was ist mit der Höhle? Habt ihr den Eingang verschlossen?«

»Gerrit und Frank sind unten. Keine Sorge. Sie passen auf. Und ich gehe nachher mit dem Rest der Truppe runter, und wir sehen uns etwas genauer um.«

Es lächelte flüchtig, aber irgendwie brachte er dabei das Kunststück fertig, es wie eine Drohung aussehen zu lassen. »Aber vorher hätte ich gerne gewusst, was uns dort unten erwartet.«

Ben starrte ihn nur verwirrt an.

»Von dir«, fügte Harry hinzu.

»Wieso von mir?«

»Jetzt hör mit diesen albernen Spielchen auf, Junge«, seufzte Harry. »Dazu haben wir weder Zeit noch habe ich Lust dazu. Meine Jungs und ich gehen in zehn Minuten dort hinunter, und ich hätte gerne gewusst, was uns dort erwartet. Selbstverständlich nur, falls es nicht zu viel verlangt ist.«

»Aber ich weiß doch nicht –«

»Dass es eine Stadt ist?«, fiel ihm Harry ins Wort. »*Ihre* Stadt? Welche? Die der *Alten*?«

»Das war doch nur so dahingesagt«, verteidigte sich Ben. Die Stimme seiner Vernunft versuchte, ihm klar zu machen, dass das genau die Gelegenheit war, auf die er gewartet hatte, um endlich die *ganze* Geschichte zu erzählen, aber da war zugleich auch noch eine viel stärkere Macht, die es ihm unmöglich machte. *Sie sind da, Ben!*

»Lüg mich nicht an, Junge!«, sagte Harry scharf. »Ich erkenne, wenn jemand Angst hat, und du *hattest* Angst. Also, jetzt rück endlich raus mit der Sprache! Ich möchte nicht noch mehr Leute verlieren, nur weil jemand Geheimnisse für sich behält.«

»Harry hat Recht, Ben«, sagte seine Mutter, allerdings in eher sanftem Ton. »Etwas geht dort unten vor. Ich weiß nicht, was es ist, aber es macht mir auch Angst. Es macht uns *allen* Angst. Sogar Ramanov, glaube ich.«

»Es ... es war nur so ein Gefühl«, beteuerte Ben. »Ich ... ich hatte das Gefühl, das alles schon einmal gesehen zu haben, aber es war nur ein Traum.«

»Und nicht einmal dein eigener«, fügte sein Vater hinzu. Er machte eine Kopfbewegung auf seine Frau. »Erinnerst du dich? Du hast von diesem Traum erzählt, als du zurückgekommen bist.«

»Und was hat das –?«, fuhr Harry auf und wurde unterbrochen, noch bevor er die Frage ganz aussprechen konnte.

»Das ist die simpelste Erklärung, auch wenn sie sich im ersten Moment kompliziert anhört. Meistens sind die einfachsten Erklärungen zugleich auch die richtigen. Meine Frau hatte diesen seltsamen Traum, als sie zusammen mit Ihnen dort draußen war. Sie hat davon erzählt, und Ben hat ihn übernommen und unbewusst zu seinem eigenen gemacht. So etwas kommt andauernd vor. Es ist ganz normal.«

Harry machte ein verächtliches Gesicht. »Psychologengequatsche.«

»Natürlich gibt es auch noch eine andere Erklärung«, fuhr sein Vater in ernsthaftem Ton fort. »Das dort unten ist eine geheime Basis der Marsmenschen. Sie haben sie im ewigen Eis errichtet, um von hier aus in aller Ruhe die Invasion der Erde vorzubereiten. Ist Ihnen das lieber?«

»Den Film habe ich gesehen. Danke. Und ich weiß auch, wie er ausgegangen ist. Am Schluss stehen die Soldaten wie die Deppen da, und ein paar Kids retten die Welt.«

»Wie im richtigen Leben«, fügte Ben hinzu.

Harry funkelte ihn an, aber er antwortete nicht gleich darauf, sondern stapfte wütend an ihm vorbei. »Wir unterhalten uns noch, Junge«, knurrte er, während er die Tür aufriss. »Später und allein. Und sollten wir dort unten auf irgendwelche bösen Überraschungen stoßen, und ich erfahre hinterher, dass du davon gewusst hast, dann gnade dir Gott!«

»Ja, weil du es bestimmt nicht tun wirst, ich weiß«, sagte Ben.

Harry knallte die Tür mit solcher Wucht hinter sich zu, dass das ganze Zimmer wackelte, und sein Vater sagte. »Das war unnötig.«

»Was?«

»Ihn zu provozieren. Er hat Recht, weißt du? Wenn es da unten etwas gibt, was er wissen sollte, dann musst du es ihm sagen:«

Nun war Ben vollkommen verwirrt. »Aber du hast doch gerade selbst gesagt –«

»Ich habe gelogen. Und ich habe ziemlichen Blödsinn geredet. Gott sei Dank hat er es anscheinend nicht gemerkt.« Er deutete abermals auf seine Frau, ohne Ben auch nur für einen Lidschlag aus den Augen zu lassen. »Sie *hat* von diesem Traum erzählt, das stimmt, aber du hast es schon vor ihr gewusst. Ich bin alt, aber noch nicht so senil, dass ich vergesse, was du mir vor ein paar Stunden erst erzählt hast.«

»Lass ihn, Robert«, mischte sich seine Frau ein. »Du hast ja vielleicht Recht, aber es ist … einfach alles zu viel. Ich weiß selbst nicht mehr, was wirklich war. Ich bin nicht einmal mehr sicher, ob es tatsächlich ein Traum war.«

»Nein«, sagte Ben. »Das war es nicht.«

Seine Eltern starrten ihn verdutzt an, doch Ben sprach nicht sofort weiter, sondern löste sich endlich aus der trotzigen Haltung, in der er noch immer dastand, ging zum Tisch und setzte sich. Erst dann – und ohne seine Eltern direkt anzusehen – fuhr er fort: »Es war überhaupt kein Traum. Weder in deinem noch in meinem Fall.«

Seltsam: Jetzt waren sie allein und es gab nicht mehr den Hauch eines Grundes dafür, und doch sträubte sich noch immer alles in ihm dagegen, endlich alles zu erzählen. Und dieses Gefühl hatte rein gar nichts mit der Furcht zu tun, seine Eltern könnten ihm nicht glauben.

»Sondern?«, fragte seine Mutter schließlich.

Ben nahm all seine Kraft zusammen und schaute sie nun doch an. »Du warst da. Zusammen mit Harry. Es war kein Albtraum. Ihr wart dort unten, in genau dieser Höhle. Deshalb habt ihr fast zwei Tage dort draußen überleben können.«

»Woher willst du das wissen?«, fragte sein Vater.

»Weil ich auch dort war. Zusammen mit Sasha. Wir waren auch ein paar Stunden verschollen, schon vergessen?«

Sein Vater wirkte für einen Moment sehr nachdenklich, aber dann schüttelte er umso entschiedener den Kopf. »Man hat euch in einer Senke gefunden, nur ein paar Schritte von der Station entfernt.«

»Und wie hätten wir dort draußen auch nur eine Stunde überleben sollen?«, fragte Ben. »Du warst doch selbst draußen! Senke oder nicht, wenn du dich dort draußen hinlegst, dann bist du in fünfzehn Minuten tot!«

»Eher in zehn«, sagte seine Mutter leise.

Bens Vater ignorierte sie. »Und wie seid ihr dann dorthin gekommen?«, fragte er sanft.

»Keine Ahnung«, erwiderte Ben gereizt. »Ich weiß nur, dass wir dort unten waren, in genau dieser Höhle. Und ich weiß, dass es eine Stadt ist. *Ihre* Stadt.«

Jetzt war es heraus, endlich, doch er verspürte seltsamerweise nicht die geringste Erleichterung, sondern hatte plötzlich den Eindruck, einen furchtbaren Fehler gemacht zu haben.

»Wessen Stadt?«, fragte sein Vater.

Ben zögerte. Lange. Unendlich lange, wie es ihm selbst vorkam, aber schließlich gab er sich einen Ruck und begann mit leiser, immer wieder stockender Stimme zu erzählen. Das Einzige, was er wegließ, war Sashas Stimme auf dem MP3-Player; nicht einmal so sehr, weil er das Gefühl hatte, sich damit endgültig lächerlich zu machen (auch wenn das vermutlich stimmte), sondern weil er es nicht *konnte.* Alles in ihm sträubte sich dagegen, dieses letzte Geheimnis preiszugeben. So schloss er: »Und spart es euch, mich zu fragen, ob ich weiß, wie sich das anhört. Ich *weiß* es.«

»Ich finde, es hört sich ziemlich erschreckend an«, sagte seine Mutter.

Sein Vater sagte gar nichts, aber das war vielleicht schlimmer.

»Es ist die Wahrheit«, beharrte Ben.

»Oder was du dafür hältst«, fügte sein Vater hinzu und hob rasch und besänftigend die Hand, als Ben auffahren wollte. »Nein, ich will damit nicht sagen, dass du verrückt bist oder so was. Aber wir müssen genau überlegen, was deine … Geschichte zu bedeuten hat.«

Ben schwieg.

»Du hast es selbst gesagt«, fuhr seine Vater fort. »Du hast das allermeiste davon nur geträumt.«

»Sicher«, knurrte Ben. »So wie den Angriff auf die *Princess.*«

»Ich sagte, *das meiste*, nicht *alles.* Wir sollten es ein wenig … auseinander sortieren, um uns Klarheit zu verschaffen.«

»Du meinst, um zu entscheiden, was wahr sein könnte und was ich mir zusammenspinne?«

Sein Vater seufzte. »Warum bist du so feindselig? Ich versuche nur, mir Klarheit zu verschaffen, das ist alles.«

Vielleicht weil er immer noch und jetzt sogar noch mehr das Gefühl hatte, einen furchtbaren Fehler zu begehen; einen, den er nicht wieder gutmachen konnte.

»Entschuldige«, sagte er.

»Schon gut.« Sein Vater lächelte knapp und wurde fast augenblicklich wieder ernst. »Möchtest du meinen professionellen Rat oder meine persönliche Meinung hören?«

»Ist das ein Unterschied?«

»Ein gewaltiger sogar. Als Psychiater kann ich dir in fünf Sätzen erklären, warum du dir das alles nur … *zusammengesponnen* hast, um dich selbst zu zitieren, und ich brauche ungefähr fünf*zig* weitere Sätze, bist du so weit bist, es mir auch zu glauben. Allerhöchstens.«

»Und als Vater?«, fragte seine Frau. Sie wirkte sehr ernst.

»Weiß ich, dass die Sachlage etwas komplizierter ist. Nicht nur weil all die schönen Theorien leider nicht die Existenz dieser … Eismonster erklären können und auch nicht den Riesenkraken, der das Hovercraft angegriffen hat.«

»Das war kein Riesenkrake«, antwortete Ben impulsiv. »Das war einer von *ihnen.*«

»Einer der *Alten*?« Sein Vater lächelte sanft. »Lassen wir einmal außer Acht, was du gerade gesagt hast, nämlich dass sie nicht körperlich existieren, sondern nur noch als *Erinnerung*. Ich schlage vor, wir halten uns an die Fakten, also an das, was wir mit eigenen Augen gesehen haben. *Ich* habe einen Riesenkraken gesehen, und zwar ein Tier von einer Größe, wie ich es mir bis dahin nicht einmal hätte vorstellen können. Ich finde, das ist erschreckend genug, auch ohne dass man irgendwelche mythischen Gottheiten aus der fernsten Vergangenheit bemüht.«

»Aber Ben hat Recht«, wandte seine Frau ein. »Dort draußen ist etwas. Eine denkende Macht, die uns angreift.«

»Dem widerspreche ich auch gar nicht. Aber was Ben sagt, ist völlig irrwitzig, Jennifer. Ein Volk von göttergleichen Wesen, die vor einer Milliarde Jahre über die Erde geherrscht haben und nun zurückkommen!«

»Zweieinhalb«, sagte Bens Mutter.

»Wie?«

»Zweieinhalb Milliarden Jahre. Mindestens.«

»Woher willst du das wissen? Hattest du vielleicht auch solche ... *Träume?«*

»Vor ungefähr zweieinhalb Milliarden Jahren ist der Mond entstanden«, antwortete sie und machte eine Geste nach oben. »Ganz am Anfang, als die Erde entstanden ist, hatte sie keinen Mond.«

»Ach?«, machte ihr Mann. »Und woher willst du das so genau wissen?«

»Ich weiß es überhaupt nicht«, erwiderte sie kühl. »Das ist eine der akzeptierten Theorien über die Entstehung des Mondes. *Aller Wahrscheinlichkeit nach«,* fuhr sie mit spöttischer Miene fort, »ist der Mond bei der Kollision der frühen Erde mit einem anderen Planeten entstanden. Eigentlich hätte die Erde in Stücke brechen müssen, aber aus irgendeinem Grund hat sie es nicht getan. Bei dem Zusammenprall wurde jedoch so viel Materie herausgeschleudert, dass es zur Entstehung eines großen Trabanten gereicht hat. Unseres Mondes.«

»O ja, und dabei wurden die *Alten* ausgelöscht«, sagte Bens Vater höhnisch.

»Ich habe keine Ahnung. Ich war nicht dabei, weißt du?«

Bens Vater schwieg eine ganze Weile. Er versuchte zu lachen, aber alles, was er zustande brachte, war eine ziemlich unsichere Grimasse.

»Und … das ist wirklich wahr?«, fragte er schließlich.

»Wie gesagt: Es ist eine Theorie. Doch sie wird von immer mehr Fachleuten unterstützt. Ich bin Biologin, keine Astrophysikerin, aber für mich klingt es einigermaßen logisch. Und es gibt eine Menge Beweise, die sie zu belegen scheinen.«

»Und es gab … damals schon Leben auf der … auf Erde Eins?«, fragte Bens Vater zögernd.

»Das weiß niemand. Es ist möglich. Leben entwickelt sich manchmal erstaunlich schnell und unter den widrigsten Umständen. Aber wie gesagt – das ist pure Spekulation. Wenn es damals so etwas wie Leben hier gab, dann ist nichts davon übrig geblieben, und ich meine: *nichts.* Nach dem Zusammenstoß dürfte die Erde bis zum Kern hinabgeschmolzen sein. Das Leben ist hartnäckig und manchmal erstaunlich schwer umzubringen, aber in flüssigem Magma haben die wenigsten Zellen eine Überlebenschance.« Sie blinzelte amüsiert. »Ich weiß so etwas.«

»Eine … erstaunliche Theorie«, sagte sein Vater – nach einer geraumen Weile, die er anscheinend gebraucht hatte, um das Gehörte zu verarbeiten. Dann wandte er sich mit einem fragenden Blick an Ben. »Hast du sie gekannt? Vorher, meine ich?«

»Ja«, gestand Ben. »Ich weiß, worauf du hinauswillst. Aber ich –«

»Ich will auf gar nichts hinaus«, unterbrach ihn sein Vater sanft. »Aber du hast deine Mutter gerade gehört: Selbst *wenn* es so war und es diese Alten gegeben hat, dann kann nichts von ihnen übrig geblieben sein. Sie wurden ausgelöscht.«

»Bis auf ihre Erinnerungen«, sagte Ben.

»Und wie sollten die nach zweieinhalb *Milliarden* Jahren irgendeinen Einfluss auf unsere Welt haben? Noch dazu auf unsere *materielle* Welt?«

»Das wiederum solltest eigentlich du beantworten können«, meinte seine Frau, bevor Ben antworten konnte. »Was sind Erinnerungen? Oder genauer gefragt: Was ist Bewusstsein?«

»Elektrischer Strom, wenn du es genau wissen willst.« Sein Vater schien plötzlich verärgert.

»Also Energie. Habe ich Recht?«

»Wenn du es so ausdrücken willst.«

»Das will ich. Du kennst eines der unumstößlichen Naturgesetze, nach denen unser gesamtes Universum funktioniert?«

»Da gibt es mehrere«, sagte Bens Vater. »Welches genau meinst du?«

»Energie, Robert, geht niemals verloren.«

26

OBWOHL ES BEN NICHT SO VORGEKOMMEN WAR, hatte er doch eine gute halbe Stunde bei seinen Eltern gesessen und geredet. Das Gespräch war am Schluss immer wortkarger geworden; sein Vater hatte noch etwas von Ausnahmesituation, dem Hormonhaushalt von Verliebten und dem menschlichen Unterbewusstsein gemurmelt und dann geschwiegen, und auch seine Mutter hatte ihm keineswegs vorbehaltlos geglaubt, sondern seiner anfänglichen Euphorie fast sofort einen ziemlichen Dämpfer versetzt, indem sie klargestellt hatte, dass es ihr einzig darum gegangen war, gewisse *Möglichkeiten* aufzuzeigen.

Ben hatte das nicht verstanden, und er war anschließend unsicherer denn je, ob es wirklich eine so gute Idee gewesen war, seine Eltern ins Vertrauen zu ziehen. Er war regelrecht erleichtert, als es schließlich klopfte und Gerrit kurz den Kopf zur Tür hereinsteckte, um ihnen mitzuteilen, dass Harry und Professor Ramanov sie in der Zentrale erwarteten.

Er war der Erste, der das Zimmer verließ, und er ging auch ein kleines Stückchen vor seinen Eltern her; gerade weit genug, um nicht von ihnen angesprochen zu werden.

Der doppelte Wachtposten vor der Tür der Zentrale war verschwunden, als sie um die letzte Gangbiegung bogen, und die Tür selbst stand einladend offen. Schon von weitem konnte Ben Stimmen hören, und als sie näher kamen, sah er, dass der ohnehin nicht besonders große Raum vor Menschen aus allen Nähten platzte – ein Eindruck, der sich bestätigte, als er eintrat: Ramanov, Baxter, Dr. van Staaten und mindestens zehn weitere Wissenschaftler, von denen er nur die allerwenigsten kannte, waren anwesend, darüber hinaus aber auch Harry, Gerrit, der vorausgegangen war, Frank und Tahia – von Tooth und den beiden anderen Söldnern, Sonja und Gerd, war nichts zu sehen, ebenso wenig wie von Sasha. Bens Enttäuschung darüber war groß, andererseits hatte er ja auch nicht ernsthaft damit rechnen können, dass Ramanov sie mit zu diesem spontanen Treffen nehmen würde. Schon gar nicht, wenn er wusste, dass *er* auch kommen würde.

»Was gibt es denn so Wichtiges, dass wir alle sofort herkommen müssen?«, fragte seine Mutter, die als Letzte hereinkam. Obwohl sie nicht einmal besonders laut gesprochen hatte, verstummte das Durcheinander von Stimmen und anderen Geräuschen auf der Stelle, und aller Aufmerksamkeit wandte sich ihr zu.

Natürlich auch die Ramanovs und natürlich sah er weder besonders begeistert aus noch unternahm er auch nur den geringsten Versuch, den missmutigen Ausdruck von seinem Gesicht zu verbannen. Bevor er antwortete, wandte er sich jedoch mit einem knappen Nicken an Harry, der seinerseits Gerrit, der unmittelbar hinter dem Eingang stand, einen Wink gab, woraufhin dieser die Tür schloss.

Erst dann antwortete Ramanov. »Ich fürchte, wir haben schlechte Nachrichten.«

»Oh, endlich einmal eine Abwechslung«, meinte Robert Berger ironisch. »Und ich hatte schon Angst, es könnte hier vielleicht langweilig werden.«

Ramanovs Miene verdüsterte sich noch mehr, doch Harry kam ihm zuvor, als er zu einer sichtlich ärgerlichen Antwort ansetzte. »Wie schön, dass Sie sich Ihren Humor bewahrt haben, Doktor Berger. Auch wenn es eine abgedroschene Phrase ist – aber ich fürchte, Sie werden ihn brauchen.«

»Wieso?«, fragte Ben erschrocken.

»Weil wir Probleme haben. Ziemlich große sogar.«

»Was für Probleme?«, fragte Bens Mutter.

Statt direkt zu antworten, wandte sich Harry mit einem auffordernden Nicken an Ramanov, und der Russe berührte eine Taste auf dem Computer vor sich. Harry trat einen halben Schritt zurück und zur Seite und deutete mit einer weit ausholenden Geste auf den großen Bildschirm, der hinter ihm an der Wand hing. Im allerersten Moment tat sich dort allerdings gar nichts. Harry runzelte die Stirn, und Ramanov zwang ein nervöses Lächeln auf sein Gesicht und begann mit beiden Zeigefingern auf die Tastatur einzuhämmern, und nun zeigte sich tatsächlich etwas auf dem Monitor – nämlich das Startlogo des Windows-Betriebssystems, mit dem der Computer lief. Irgendwo hinter Ben lachte jemand leise, und auch er hatte Mühe, ein schadenfrohes Grinsen zu unterdrücken. Harry schenkte dem Russen nun einen eindeutig bösen

Blick, woraufhin Ramanovs Finger noch hektischer auf die Tastatur einschlugen.

Zunächst geschah auch jetzt nichts – außer dass der Bildschirm zu flackern begann und Ben schon halbwegs damit rechnete, dass er gleich blau werden und in weißer Schrift etwas von einem schweren Ausnahmefehler verkünden würde –, dann aber machte das Windows-Logo einem Durcheinander aus verschwommenen Linien und Schatten Platz.

Diesmal bestand die Reaktion nicht aus einem Lachen. Irgendwo neben Ben sog einer der Wissenschaftler erschrocken die Luft zwischen den Zähnen ein.

Ben erinnerte die Darstellung allenfalls an die schlechte Kopie einer schlechten Kopie der schlechten Kopie einer schlechten Satellitenaufnahme, und Harrys nächste Worte bestätigten seine Vermutung.

»Das ist eine Satellitenaufnahme, die wir vor einer Viertelstunde empfangen haben.«

»Dann steht die Funkverbindung wieder?«, fragte Bens Vater hoffnungsvoll.

»Ich fürchte, nein. Tahia hat eine der Antennen so ausgerichtet, dass wir ein schwaches Signal von einem oder zwei Satelliten auffangen können, aber das ist auch alles. Senden können wir nach wie vor nicht.«

»Und was bedeutet diese Aufnahme?«, wollte Jennifer Berger wissen.

Harrys Gesicht nahm einen besorgten Ausdruck an. »Mir sagt sie nichts und Ihnen wahrscheinlich ebenso wenig. Professor Ramanov dafür umso mehr.«

»Ein Unwetter?«, meinte Bens Mutter an Ramanov gewandt.

»Ein Polarsturm, ja«, antwortete der Russe. »Und zwar der schlimmste, den ich je gesehen habe. Allem Anschein nach braut er sich unweit der Küste über dem Meer zusammen. Und ich fürchte, er zieht genau in unsere Richtung.«

Seine Mutter sagte nichts mehr, und auch Ben schaute nur verwirrt und mit wachsender Beunruhigung auf den Monitor. Ihm sagten die verschwommenen Linien und verwaschenen Schatten rein gar nichts, aber natürlich glaubte er Ramanov, und als er sich rasch umsah, erblickte er auf den Gesichtern der meisten Wissenschaftler einen höchst alarmierten Ausdruck, um nicht zu sagen, den blanken Schrecken.

»Sind wir in Gefahr?«, fragte er erschrocken.

Ramanov sah ihn auf eine Art an, als versuche er sich vergeblich daran zu erinnern, wann er ihn eigentlich zu diesem Treffen eingeladen hatte, aber Harry antwortete: »Nein. Jedenfalls nicht durch den Sturm.«

»Obwohl er so stark ist?«, wollte Bens Mutter wissen.

»Professor Ramanov hat mir glaubhaft versichert, dass diese Station selbst dem heftigsten Sturm standhält, den man sich vorstellen kann«, erklärte Harry, und fast ohne es zu wollen, fügte Ben hinzu: »Und einem unvorstellbar heftigen?«

Ramanov wollte sichtlich auffahren, doch Harry hob besänftigend die Hand. »Das ist nicht unser größtes Problem, fürchte ich.«

Er gab Ramanov ein Zeichen, woraufhin dieser sich abermals an der Tastatur zu schaffen machte, und diesmal reagierte der Bildschirm sofort. Die verwaschene Satellitenaufnahme machte einer kaum weniger verschwommenen Darstellung des Bereiches unter dem Zeltdach unmittelbar vor der Schleuse Platz, nur dass die schlechte Qualität diesmal wohl kaum an der Übertragung lag, sondern an dem dichten Schneegestöber, das vor der Basis und sogar *unter* dem Zeltdach herrschte.

Trotzdem konnte man das gute halbe Dutzend unförmiger Gestalten erkennen, das wie betrunken zwischen den Trümmern unter dem Zeltdach umherwankte.

»Sie sind wieder da«, murmelte Robert Berger.

Harry nickte ernst. »Im Augenblick laufen sie nur draußen umher. Aber ich weiß nicht, wie lange das noch so bleibt.«

»Sie fürchten, sie könnten uns angreifen?«, fragte Baxter. Er gab ein Lachen von sich, doch es klang nicht echt. »Aber … warum sollten sie das tun?«

»Aus dem gleichen Grund wie die Male zuvor?«, schlug Harry vor.

Baxter runzelte die Stirn. »Und welcher wäre das?«

»Ich habe nicht die geringste Ahnung. Aber irgendetwas sagt mir, dass sie nur auf den Sonnenuntergang warten, um abermals anzugreifen.«

Für mindestens eine halbe Minute wurde es geradezu unheimlich still in dem kleinen, überfüllten Raum. Dann sagte Baxter: »Aber Sie … Sie können sie doch abwehren, oder?«

Harry blickte weiter unverwandt auf den Bildschirm. Eine der Eisgestalten hatte sich der Kamera mittlerweile weit genug genähert, um

Einzelheiten auszumachen. Natürlich nicht wirklich – eigentlich erriet man sie mehr, als dass man sie sah –, aber das Bild war trotz des schwachen Lichtes und des wirbelnden Schnees scharf genug, dass Ben erkennen konnte, wie sehr sich diese Gestalt von den Eispiraten unterschied, die sie auf der *Princess* angegriffen hatten. Auch ihre Proportionen waren auf schwer zu beschreibende Weise falsch, und sie wirkte nur entfernt menschenähnlich – und doch *war* es eine menschliche Gestalt und keine groteske Karikatur aus blankem Eis.

Nachdem eine zweite Ewigkeit verstrichen war, sagte Harry leise: »Die Wände dieser Station sind äußerst stabil. Wenn sie einem ausgewachsenen Polarsturm standhalten, dann dürfte es auch diesen … Kreaturen einigermaßen schwer fallen, hier einzudringen.«

»Das ist keine Antwort auf meine Frage«, sagte Baxter nervös. »Können Sie uns gefährlich werden?«

»Einer meiner Männer steht draußen an der Schleuse und passt auf. Wie gesagt: Solange sie nicht hereinkommen, besteht keine Gefahr.«

»Und … wenn sie hereinkommen?«, fragte einer der anderen.

Harry hob die Schultern und drehte sich fast widerstrebend vom Bildschirm weg. »Ich nehme an, Sie alle wissen, was wir heute Morgen entdeckt haben.«

Niemand erwiderte etwas darauf, nur hier und da klang ein leises, beunruhigtes Murmeln auf, und das schien Harry als Antwort zu genügen. »Ich bin kein Wissenschaftler wie Sie, sondern nur ein einfacher Soldat. Deshalb erwarten Sie jetzt bitte keine Erklärungen von mir. Ich kann Ihnen nur sagen, was ich gesehen habe. Bisher hatten wir es nur mit diesen … Eiskreaturen zu tun. Aber das da –«, er deutete auf den Bildschirm, »– ist etwas anderes.«

»Wieso?«, fragte Baxter. Seine Stimme bebte leicht.

»Weil es Menschen sind. Fragen Sie mich nicht, wieso. Ich weiß die Antwort darauf genauso wenig wie Sie. Wir sind davon ausgegangen, dass die Mannschaft und die Passagiere der *Princess* von diesen … Ungeheuern getötet wurden. Aber das stimmt nicht. Sie haben sie irgendwie … verwandelt. Sie zu ihresgleichen gemacht. Und ich habe es auch schon mit eigenen Augen gesehen. Und nicht nur ich. Wir wollten es nur nicht wahrhaben.«

»Und was genau bedeutet das?«, fragte Baxter.

»Dass dort draußen nicht nur Ungeheuer herumlaufen, auf die wir mit gutem Gewissen schießen können«, antwortete Harry leise. »Es sind Menschen. Trotz allem.«

»Soll … soll das heißen«, keuchte Baxter, »dass Sie sich nicht gegen sie wehren, wenn sie hier eindringen?«

Harry hielt seinem Blick stand, aber es fiel ihm sichtlich schwer. »Bisher sieht es nicht so aus, als könnten sie das. Und falls doch, kann ich Sie beruhigen, Herr Professor. Selbstverständlich werde ich mein und Ihrer aller Leben verteidigen, wenn es sein muss. Aber nur dann.«

»Das ist doch lächerlich!«, begehrte einer der anderen in schlechtem Deutsch auf. »Das … das sind keine Menschen mehr!«

Harry sagte einige Sekunden lang gar nichts. Dann deutete er ein Achselzucken an. Die Bewegung wirkte unendlich müde. »Wahrscheinlich nicht. Aber was, wenn doch? Was, wenn irgendwo in ihnen doch noch ein Rest von Mensch übrig geblieben ist? Ich werde nicht auf wehrlose Menschen schießen wie auf Tontauben.«

»Und was genau werden Sie tun?«, wollte Baxter wissen.

»Das, wozu Sie mich gerufen haben. Das, wofür ich bezahlt werde. Ich werde diese Station verteidigen. Das Leben jedes Einzelnen hier und auch mein eigenes.«

»Und worin besteht dann Ihr Problem?«, wollte Baxter wissen.

Harry schüttelte den Kopf. »Das Problem, Professor Baxter, ist, dass ich normalerweise spätestens beim nächsten Sonnenaufgang mit meinen Leuten hinausgegangen wäre und Jagd auf diese Dinger gemacht hätte. Wir sind ziemlich gut für eine solche Aufgabe ausgerüstet, wie dem einen oder anderen von Ihnen vielleicht aufgefallen sein dürfte. Aber das geht jetzt nicht mehr.«

»Und was heißt das?«, fragte der Mann, der gerade schon einmal das Wort ergriffen hatte.

»Das heißt, uns bleibt, solange wir keine Funkverbindung zum Festland aufbauen können, nichts anderes übrig, als abzuwarten und zu hoffen, dass sie keinen Weg hier herein finden.« Er wandte sich mit einem fragenden Blick an Ramanov. »Wie lange kann das dauern?«

»Bei diesem Sturm?« Ramanov zog eine fast verächtliche Grimasse. »Tage … möglicherweise Wochen.«

»Wochen?!«, keuchte Bens Vater.

Ramanov maß ihn mit einem Blick, in dem Ben eine vollkommen deplatzierte Schadenfreude ausmachte. »Ich bin seit fast fünf Jahren hier, Doktor Berger. Der längste Polarsturm, den ich bisher erlebt habe, hat annähernd zwei Monate gedauert.«

Diesmal wurde es sehr still. Und sein Vater war nicht der Einzige, dessen Gesicht plötzlich kreidebleich wurde.

»Aber das bedeutet nicht, *dass* er so lange dauern muss«, sagte Harry schließlich. »Vielleicht tobt sich der Sturm ein paar Stunden oder einen Tag aus, und danach ist der Spuk vorbei. Und mit ein bisschen Glück können wir bald wieder senden, Sturm hin oder her.«

»Und wenn nicht?«, wollte Bens Vater wissen.

Harry zog eine Grimasse. »Sagte ich schon, dass wir ein Problem haben?«

»Ja, das eine oder andere Mal.« Baxter schüttelte den Kopf. »Ich verstehe Sie nicht, Mr West. Man hat Sie hergeschickt, um uns vor Piraten und Räubern zu beschützen, das ist doch richtig, oder?«

Harry nickte stumm.

»Und Sie haben gerade selbst gesagt, dass Sie Ihre Aufgabe ernst nehmen. Wenn das dort draußen also Piraten wären, hätten Sie keine Skrupel, auf sie zu schießen. Immerhin sind auch Piraten lebende Menschen, ganz egal was man nun von ihnen hält.«

»Und?«, fragte Harry beinahe lauernd. Ben – und nicht nur er – sah den Amerikaner einigermaßen schockiert an, aber Baxter fuhr mit einem fast triumphierend wirkenden Lächeln fort:

»Hätten wir es also mit Piraten aus Fleisch und Blut zu tun, Mr West, dann hätten Sie keine Hemmungen, sie zu erschießen, sehe ich das richtig? Aber bei diesen … *Geschöpfen* zögern Sie, weil sie irgendwann einmal Menschen *waren?«*

Harry schloss die Augen, und Ben konnte ihm regelrecht ansehen, wie er in Gedanken langsam bis drei zählte, bevor er mit gepresster Stimme antwortete. »Wenn das dort draußen Piraten aus Fleisch und Blut wären, Mr Baxter«, sagte er, wobei er das *Mr* so übermäßig betonte, dass es schon fast einer Beleidigung gleichkam, »dann würde ich sie erschießen, falls sie hier hereinkämen und versuchen würden, mich oder einen von Ihnen umzubringen. Aber ich würde nicht hinausgehen, um sie wie die Hasen abzuschießen. Und das werde ich auch bei diesen … *Geschöpfen* nicht tun, wie Sie sie genannt haben. Ist das klar?«

Baxter schnaubte abfällig und setzte zu einem erneuten Widerspruch an, doch Bens Mutter kam ihm zuvor. »Warum haben Sie uns hierher bestellt, Harry?«

Harry warf ihr einen raschen, eindeutig dankbaren Blick zu. »Weil ich Ihre Mithilfe brauche. Ihrer aller Hilfe. Professor Ramanov hat mir erzählt, dass Sie hier so etwas wie die Ressortleiter sind. Ich möchte, dass Sie Ihre Leute über das informieren, was Sie gerade gesehen und gehört haben. Solange wir keine Funkverbindung zum Festland haben und somit nicht mit Verstärkung rechnen können, muss jeder von Ihnen besonders auf der Hut sein. Ich möchte, dass Sie Gruppen zusammenstellen, die Tag und Nacht durch die Station patrouillieren, vor allem in den Außenbereichen und in der Nähe von Luftschächten, Wartungsklappen … jeder Weg hier herein muss überwacht werden. Sie kennen diese Station weitaus besser als ich und wissen, wo ihre Schwachstellen sind. Ich werde später noch mit jedem Einzelnen von Ihnen reden und Sie bitten, mir diese Schwachstellen genau zu schildern, aber darüber hinaus müssen wir Wachen aufstellen. Bei der geringsten Unregelmäßigkeit muss ich oder einer meiner Truppe informiert werden.«

»Wäre das nicht eigentlich Ihre Aufgabe?«, protestierte Baxter. Ben verstand ihn immer weniger. Bisher hatte er ihn für einen einigermaßen vernünftigen und sogar sympathischen Mann gehalten, nun aber hatte er sich offensichtlich entschlossen, Ramanov den ersten Platz auf der Hitliste der größten Arschlöcher dieses Teils der Welt streitig zu machen.

»Ich habe nur noch sechs Leute. Und angesichts dieser Zahl ist die Station riesig. Wir können unmöglich überall gleichzeitig sein.«

»Lächerlich«, schnaubte Baxter, und Ben erlebte eine weitere Überraschung:

»Es ist gut, Professor Baxter«, sagte Ramanov, nicht einmal laut, sondern in fast resignierendem Ton, der vielleicht gerade deshalb umso wirkungsvoller war. »Hauptmann West hat Recht. Mit dem, was hier passiert ist, konnte er auf keinen Fall rechnen. Wenn wir diese … *Krise* irgendwie überstehen wollen, dann müssen wir wohl oder übel alle zusammenhalten.« Er hob leicht die Stimme. »Sie werden tun, was er von

Ihnen verlangt, meine Damen und Herren. Bis sich die Situation wieder entspannt hat, betrachten Sie ihn also als so etwas wie den militärischen Kommandanten der Basis.«

Nicht nur auf Baxters Gesicht erschien ein Ausdruck von Unmut. Hier und da wurde laut gemurrt, Köpfe wurden geschüttelt, aber Ramanov ließ die Unruhe nicht über ein gewisses Maß hinauskommen, sondern hob die Hand und fuhr hörbar lauter fort. »Das ist im Moment alles. Hauptmann West oder einer seiner Leute wird später zu Ihnen kommen und alles Nötige mit Ihnen besprechen. Bis dahin gehen Sie bitte wieder an Ihre Arbeit. Und bereiten Sie alles vor, um die entsprechenden Gruppen zusammenzustellen.«

Wieder vergingen mindestens zehn oder fünfzehn Sekunden, in denen niemand etwas sagte oder gar Anstalten machte, seiner Aufforderung Folge zu leisten, dann aber wandte sich der Erste – widerstrebend – um und machte einen Schritt in Richtung Tür. Gerrit trat vor und öffnete sie, und Harry runzelte die Stirn und nickte Ramanov noch einmal auffordernd zu.

»Professor Baxter, Doktor Vatec«, sagte Ramanov. »Wenn Sie bitte noch einen Moment bleiben würden.«

Sowohl Baxter als auch die angesprochene Wissenschaftlerin, die Ben bereits aus dem geheimen Labor unter der Station kannte, blieben gehorsam stehen, aber ihre Reaktion war so unterschiedlich, wie man es sich nur vorstellen konnte. Baxter sah verstockt und trotzig aus, nichtsdestoweniger aber auch überaus kampflustig, während Vatec nur erschrocken wirkte. Mit einem Mal kam sie Ben kleiner vor als vorhin und deutlich älter.

Ramanov wartete, bis alle anderen gegangen waren, dann bedeutete er Gerrit mit einer Kopfbewegung, die Tür wieder zu schließen, und fuhr auch erst fort, als das geschehen war. »Da ist noch etwas.«

»Ach?«, machte Baxter.

»Ich muss Sie bitten«, sagte Ramanov, und man konnte ihm überdeutlich ansehen, wie schwer ihm diese Worte fielen, »Ihre Labore zu räumen und zu versiegeln.«

Vatec riss die Augen auf, und Baxter keuchte ungläubig: *»Wie bitte?«*

»Nur bis das alles hier vorüber ist«, erklärte Ramanov hastig.

»Aber warum denn?«, murmelte Vatec.

»Eine reine Sicherheitsmaßnahme«, sagte Harry, nachdem Ramanov zu einer Antwort angesetzt und dann doch geschwiegen hatte. »Zwei meiner Leute sind gerade dabei, diese Höhle abzusuchen, die wir entdeckt haben. Aber sie ist riesig, wie Sie ja selbst gesehen haben, Baxter. Wahrscheinlich könnten zwanzig Leute eine Woche lang dort unten herumlaufen, ohne sie vollkommen erkundet zu haben.«

»Und was hat das mit unserer Arbeit zu tun?«, blaffte Baxter.

»Es gibt von dieser Höhle mindestens eine Verbindung ins Labor. Das Risiko ist zu groß.« Harry machte eine entschiedene Geste, um Baxters Widerspruch im Keim zu ersticken. »Sie könnten auf diesem Weg eindringen, Professor.«

»Ja, nachdem Sie ihnen freundlicherweise die Tür aufgemacht haben«, grollte Baxter.

Harry überging die Bemerkung. Wahrscheinlich war sie ihm zu dumm, um darauf zu antworten. »Ich kann die Verantwortung nicht übernehmen.« Er deutete auf den Bildschirm, auf dem noch immer das tobende Schneegestöber und die hin und her torkelnden Gestalten zu sehen waren. »Oder möchten Sie plötzlich einem dieser Dinger gegenüberstehen?«

»Lächerlich!«, knurrte Baxter. »Wir haben Sie hergeholt, damit Sie uns beschützen und dafür sorgen, dass wir unserer Arbeit nachgehen können – nicht, um sie zu sabotieren!«

»Sie haben ihn gehört, Professor Baxter«, sagte Ramanov. »Bitte tun Sie, was er sagt.«

»Nur unter Protest!«

»Zur Kenntnis genommen«, erwiderte Ramanov müde, doch so schnell gab sich der Amerikaner nicht geschlagen.

»Irgendwann ist das hier vorbei, Professor, und dann werde ich dafür sorgen, dass man an anderer Stelle von Ihrem Verhalten erfährt!«

»Wie lange brauchen Sie, um den Laden dichtzumachen?«, fragte Harry.

Baxter funkelte ihn an. »Zwei Tage. Mindestens. Und selbst dann verlieren wir die Arbeit von Monaten!«

Harry sah auf die Uhr. »Sie haben zwanzig Minuten. Danach sind meine Leute zurück, und *wir* machen den Laden dicht.«

Baxter ließ ein fast komisch anmutendes Quietschen hören. »Sind Sie wahnsinnig geworden? Das da unten ist kein Zeitungskiosk, den man mal eben auf die Schnelle ausräumen kann! Die Labors müssen versiegelt und sterilisiert werden. Etliche Experimente sind gerade in einem kritischen Stadium! Wir müssen die Ergebnisse in Sicherheit bringen, und allein die Versuchstiere –«

»Jetzt sind es noch neunzehn Minuten«, unterbrach ihn Harry gelassen. »Reden Sie ruhig weiter, Professor. Ich schätze, meine Leute können das Labor ebenso gut evakuieren wie Sie. Ich weiß natürlich nicht, welchen Schaden sie dabei möglicherweise anrichten …« Er hob die Schultern. »Ihre Entscheidung.«

Baxter starrte ihn auf eine Weise an, die man nur als hasserfüllt bezeichnen konnte, dann fuhr er auf der Stelle herum und stampfte so schnell davon, dass Gerrit alle Mühe hatte, rechtzeitig die Tür vor ihm aufzureißen.

»Gehen Sie mit ihm, Doktor Vatec«, wandte sich Ramanov an die Wissenschaftlerin. »Versuchen Sie so viel wie möglich zu retten.«

Vatec zögerte. »Sind Sie sicher, Professor, dass –«

»Ja, das bin ich. Bitte.«

Vatec zögerte noch einmal, aber schließlich ging auch sie.

Harry gab Gerrit einen Wink. »Geh ihr nach. Und pass auf, dass dieser Amerikaner keinen Blödsinn macht.«

Gerrit verschwand, und nun waren außer Ben und seiner Familie nur noch Ramanov, van Staaten und die Söldner in der Zentrale; eine seltsame Situation, in der sich Ben immer unbehaglicher zu fühlen begann. Irgendetwas … fehlte noch. Eigentlich fragte er sich, warum Ramanov sie überhaupt zu diesem Treffen hinzugebeten hatte.

»Können wir dann auch gehen, Professor?«, fragte sein Vater, als hätte er seine Gedanken gelesen. »Oder haben Sie noch eine besondere Aufgabe für uns?«

Ramanov antwortete nicht gleich, sondern tauschte einen langen, merkwürdigen Blick mit Harry, der Ben ganz und gar nicht gefiel. Dann wandte sich der Russe zu Dr. van Staaten um und nickte ihr, immer noch schweigend, zu. Die Ärztin drehte sich herum – wobei sie Ben mit einem Blick streifte, der ihm noch viel weniger gefiel – und verließ die Zentrale durch eine schmale Tür, die Ben bisher noch gar nicht bemerkt hatte.

»Was bedeutet das, Professor?«, fragte Bens Mutter. Sie wirkte ein bisschen alarmiert.

»Nur noch einen Moment Geduld«, bat Ramanov.

Und es war tatsächlich nur ein Moment. Der Russe hatte noch nicht einmal ganz zu Ende gesprochen, da kam van Staaten auch schon zurück, und sie war nicht mehr allein. Sasha war bei ihr.

Ben wollte ganz automatisch auf sie zueilen, doch Ramanov schüttelte so heftig den Kopf, dass er es nicht wagte, einen einzigen Schritt zu tun. Stattdessen sah er mit wachsender Beunruhigung zu, wie Ramanov Sasha beide Hände auf die Schultern legte und sie wie eine Puppe zu einem freien Stuhl bugsierte, wo er sie mit sanfter Gewalt zwang sich zu setzen. Etwas war mit Sasha nicht in Ordnung. Ihr Gesicht und ihre Augen waren so leer wie immer, aber das war nicht alles. Sie schien mit einem Mal vollkommen willenlos zu sein, mehr noch: gar nicht mehr *in der Lage,* sich aus eigenem Antrieb zu bewegen. So als …

Dann begriff er. Mit kaum verhohlener Wut fuhr er zu van Staaten herum. »Sie haben es schon wieder getan!«, stieß er mit zitternder Stimme hervor. »Sie haben –«

»Es geht Alexandra gut, Benjamin«, fiel ihm Ramanov ins Wort. »Doktor van Staaten hat ihr lediglich ein leichtes Beruhigungsmittel verabreicht, das ist alles. Und sie hat es auf *meine* Anweisung hin getan.«

»Ein Beruhigungsmittel?«, fragte seine Mutter.

Ramanov ignorierte sie, wandte sich wortlos wieder seinem Computer zu und drückte eine Taste. Auf dem Monitor erlosch das Bild des Schneesturmes.

»Oh«, sagte sein Vater.

Ben brachte nicht einmal einen Laut hervor. Er war viel zu schockiert von dem, was er sah.

Dabei war das Bild im Grunde ganz harmlos. Die Kamera zeigte das Zimmer seiner Eltern, aufgenommen aus einem Winkel hoch oben unter der Decke. Ben erkannte seinen Vater, seine Mutter und sich selbst, und es hätte Ramanovs zweiten Tastendrucks, mit dem er den Ton dazuschaltete, nicht bedurft, um ihm klar zu machen, dass diese Aufnahme noch keine halbe Stunde alt war.

»Darf ich erfahren, was das zu bedeuten hat?«, fragte seine Mutter spröde. Alle Farbe war aus ihrem Gesicht gewichen. Ihr elektronischer Zwilling auf dem Bildschirm trug gerade seine Theorie über die Entstehung des Mondes vor.

Ramanov ließ die Aufzeichnung noch einige Sekunden lang weiterlaufen, bevor er das Bild einfror und sich wieder zu Ben herumdrehte; nicht zu Jennifer Berger. »Ich wäre dir dankbar gewesen, wenn ich das alles gleich erfahren hätte.«

Bens Gedanken überschlugen sich. Plötzlich war ihm klar, warum er die ganze Zeit über das quälende Gefühl gehabt hatte, einen Fehler zu machen. Nur dass diese Erkenntnis ein bisschen zu spät kam. »Hätten Sie … mir denn geglaubt?«, fragte er lahm.

Es fiel Ramanov sichtlich schwer, weiter einigermaßen ruhig zu bleiben, aber irgendwie schaffte er es. »Ich hätte noch ein bisschen besser auf Alexandra Acht gegeben.«

»Aber wieso … wieso *hören Sie uns ab?«,* murmelte Bens Mutter fassungslos. Ihr Blick hing immer noch wie gebannt an dem eingefrorenen Bild, als könne sie nicht glauben, was sie sah; oder wollte es nicht.

»Weil diese ganze Bude verwanzt ist!«, rief Ben aufgebracht. »Du kannst hier nicht einmal aufs Klo gehen, ohne dass er es mitkriegt!«

»Ist das wahr?«, murmelte seine Mutter.

»Das mit der Toilette?« Ramanov schüttelte empört den Kopf. »Wofür halten Sie mich?«

»Das, was Ben sagt! Dass man in dieser ganzen Station abgehört wird!«

»Natürlich nicht permanent«, erwiderte Ramanov. »Aber es gibt ein Überwachungssystem an zahlreichen Stellen. Das ist richtig. Wir führen hier hochsensible Forschungsarbeiten durch. Sicherheit hat oberste Priorität.«

»Ugly Brother is watching us«, sagte Ben.

Seine Mutter funkelte Ramanov noch einen Atemzug lang an, bevor sie herumfuhr und sich kaum weniger wütend an ihn wandte. »Und du hast das gewusst?«

Ben konnte nur mit einem verlegenen Heben der Schultern darauf antworten. So unglaublich es ihm auch selbst vorkommen mochte – er hatte diese verdammten Kameras schlichtweg *vergessen!*

»Das dürfen Sie ihm nicht übel nehmen, Jennifer«, sagte Harry. »So ist das nun einmal mit Überwachungskameras. Manche Leute geben sich verdammt viel Mühe, sie zu verstecken, aber die besten sind immer noch die, die ganz offen angebracht sind. Irgendwann gewöhnt man sich so sehr an sie, dass man sie einfach vergisst. Das geht ganz schnell.«

»Und es ist ganz normal«, fügte Tahia hinzu. »Geht jedem so.«

»Das ist … ungeheuerlich!«, murmelte Bens Mutter. Bebend vor Zorn drehte sie sich wieder ganz zu Ramanov um. »Darüber wird noch zu reden sein, Professor!«

Ramanov hob nur verächtlich die linke Augenbraue und berührte abermals eine Taste an seinem Computer, woraufhin die unterbrochene Aufnahme weiterlief.

Nach ungefähr einer Minute sagte seine Mutter: »Das reicht jetzt, Professor. Wir wissen noch, was wir gerade geredet haben.«

Ramanov ließ die Aufnahme noch etliche Sekunden lang weiterlaufen, dann fror er sie mit einem Tastendruck abermals ein, und nach einer weiteren Sekunde schaltete er ganz ab. Der Bildschirm zeigte jetzt wieder einen Ausschnitt des Bereiches unter dem Zeltdach. Das Schneegestöber war stärker geworden, und auch die Anzahl umhertorkelnder Gestalten schien deutlich größer geworden zu sein. Auch kam es ihm vor, als wäre das Bild sichtbar dunkler geworden, aber er konnte nicht sagen, ob das daran lag, dass es draußen schon wieder zu dämmern begann, oder ob der anwachsende Schneesturm das bisschen Licht verschluckte, das es noch gab. So oder so konnte der Tag jedoch nicht mehr lange dauern – und wenn Harry Recht hatte (und in solchen Dingen hatte er fast immer Recht), dann würden die Ungeheuer bald zu einem weiteren Sturm auf die Basis ansetzen.

Ben verscheuchte den Gedanken und sah wieder zu Sasha hin. Aber er versuchte umsonst, ihren Blick einzufangen. Wenn da wirklich etwas gewesen war, das begonnen hatte die Mauern zu durchdringen, hinter denen die echte Sasha zeit ihres Lebens eingesperrt gewesen war, dann hatte van Staatens Mittel es ausgelöscht.

Vielleicht für immer.

»Also gut, Professor«, sagte seine Mutter plötzlich, nun wieder in ruhigem, zugleich aber auch – auf eine fast angstmachende Weise – kaltem Ton. »Sie hatten Ihren Spaß. Würden Sie uns jetzt freundlicherweise erklären, was das soll?«

»Ich dachte, das hätten Sie gerade gehört«, antwortete Ramanov mit einer Geste auf den Monitor. »Sind Sie nicht der Meinung, ich hätte das erfahren sollen? Immerhin geht es hier um meine Enkeltochter.«

Bens Mutter verzog kurz und abfällig das Gesicht. Ben konnte ihr ansehen, dass sie ernsthaft darüber nachdachte, ob es sich überhaupt lohnte, ihm zu antworten. Schließlich zuckte sie gleichmütig mit den Achseln. »Zum einen dürfte Ihnen aufgefallen sein, dass wir genauso überrascht von dem waren, was Ben uns erzählt hat, wie Sie. Und zum anderen …« Sie warf Ben einen raschen, um Verzeihung heischenden Blick zu. »… nehmen Sie es mir nicht übel, Professor, aber … Sie glauben diesen Unsinn doch nicht etwa?«

Ben war in der Tat ein bisschen beleidigt, aber Ramanov wirkte aus irgendeinem Grund eher noch zorniger. »Welchen?«, schnappte er. »Dass sich Ihr Sohn in meine Enkelin verliebt hat?«

»Und was wäre so schlimm daran?«, wollte Bens Vater wissen. »So etwas soll vorkommen, habe ich gehört. Gehören Sie zu der Sorte Großväter, denen überhaupt niemand gut genug für ihre Enkelkinder ist? Ist es das? Oder ist es, weil Sasha nun einmal so ist, wie sie ist?«

Ramanovs Augen wurden schmal. »Was wollen Sie damit sagen?«

»Anscheinend halten sie Ben ja für verrückt.«

»Und?«, fragte Ramanov.

»Vielleicht reicht Ihnen ja ein Verrückter in der Familie. Haben Sie Angst, sich noch mehr Probleme aufzuhalsen, als Sie ohnehin schon haben, jetzt, wo Sashas Vater tot ist und Sie wohl oder übel die Verantwortung für sie übernehmen müssen? Ich meine – Sie müssen das nicht. Wir sind gerne bereit, uns um sie zu kümmern.«

Ramanov starrte ihn aus hervorquellenden Augen an und schnappte einen Moment lang nach Luft wie ein Fisch auf dem Trockenen, und selbst Ben war kurz fassungslos. *So* hatte er seinen Vater noch nie erlebt. Er war Psychologe und wusste, wie man jemandem wehtun konnte, aber er hatte diese Macht noch nie missbraucht und sich schon des Öfteren über Kollegen aufgeregt, die dies taten. Und war nicht *er* es gewesen, der bei jeder Gelegenheit dazu aufgefordert hatte, den Russen nicht unnötig zu reizen?

Diesmal war es Harry, der den drohenden Streit im Keim erstickte, indem er mit einem raschen Schritt zwischen die beiden ungleichen

Streithähne trat und mit leicht erhobener Stimme sagte: »Mich interessiert im Augenblick weniger der Hormonhaushalt Ihres Sohnes, Doktor Berger. Viel spannender finde ich das, was er über diese Höhle erzählt hat.« Er runzelte demonstrativ die Stirn, wandte sich dann direkt an Ben. »Ist das wahr? Wart ihr tatsächlich dort unten, Sasha und du?«

»Ja«, sagte Ben, druckste kurz herum und fügte dann mit einem unbehaglichen Schulterzucken hinzu: »Jedenfalls bin ich … ziemlich sicher.«

»Was denn nun?«, hakte Harry nach. »Bist du sicher oder nur *ziemlich* sicher?«

»Ihr wart doch auch dort unten«, gab Ben patzig zurück. Er machte eine Kopfbewegung auf seine Mutter. »Sie und du. Oder stimmt das etwa nicht?«

Für die Dauer eines Atemzuges wirkte Harry unsicher, aber nach weniger als einer Sekunde hatte er sich bereits wieder gefangen. »Ich glaube, das war nur ein –«, begann er, und Ben unterbrach ihn.

»Ein Traum?«, fragte er und beantwortete seine eigene Frage unverzüglich mit einem Nicken. »Ja, vielleicht. Genau wie bei Sasha und mir. Und wo ist der Unterschied?«

»Zwischen einem Traum und der Wirklichkeit? Wenn du den nicht kennst, dann haben sich alle anderen Fragen erledigt, die ich dir eigentlich stellen wollte.«

»Und dir fällt gar nichts auf?«, beharrte Ben. Harry machte ein fragendes Gesicht. »Ich meine: Du findest es nicht komisch, dass wir alle unabhängig voneinander dasselbe geträumt haben?«

»Und wenn«, sagte Harry mit einer wegwerfenden Geste.

»Mich würde der Gedanke beunruhigen. Ich weiß nicht einmal, was schlimmer ist – die Vorstellung, dass wir tatsächlich dort unten waren, oder die, dass wir alle haargenau denselben bizarren Traum gehabt haben sollen.«

Harry wirkte nun vollends verunsichert, doch Ramanov blaffte sofort los.

»Das reicht jetzt!« Er schob den Söldner mit einer rüden Bewegung zur Seite und wandte sich direkt an Bens Vater. »Sie werden Ihren Sohn von meiner Enkeltochter fern halten, ist das klar?«

Ben hielt instinktiv den Atem an, doch sein Vater schien sich mittlerweile wieder beruhigt zu haben, denn er fuhr nicht aus der Haut, wie er erwartet hatte, sondern erwiderte nur kühl. »Ich fürchte, das müssen Sie mit ihm ausmachen, Professor. Ben ist kein kleines Kind mehr, dem ich einfach sagen kann, was es zu tun und zu lassen hat. Er ist fast erwachsen! Genau wie Ihre Enkeltochter, nebenbei bemerkt.«

»Am besten, wir beruhigen uns jetzt alle erst einmal wieder«, mischte sich van Staaten ein. »Ich kann mich täuschen – aber ich werde das Gefühl nicht los, dass wir im Moment ernstere Probleme haben.« Plötzlich lächelte sie zuckersüß. »Und falls Sie Schwierigkeiten haben, meine Herren – kann ich Ihnen gerne ein Medikament verschreiben, das Ihren Testosteron-Überschuss dämpft.«

Bens Mutter hatte sichtlich Mühe, ein Grinsen zu unterdrücken, und auch Harry wirkte zwar ein wenig überrascht, zugleich jedoch auch amüsiert. Ben hingegen fühlte sich auf absurde Weise von seinem Vater im Stich gelassen, obwohl dessen Worte zweifellos das genaue Gegenteil hatten bezwecken sollen. Wenn er es recht bedachte, war es das allererste Mal, dass sein Vater ihn einem anderen gegenüber als *Erwachsenen* bezeichnet hatte. Und dennoch hätte er sich wohler dabei gefühlt, doch noch einmal in die Rolle des Kindes schlüpfen zu können, das von seinem Vater in Schutz genommen wurde.

»Heidi hat Recht«, sagte seine Mutter schließlich. »Wir klären das später und in aller Ruhe, würde ich vorschlagen.« Sie wandte sich direkt an Ramanov. »Wenn Sie nichts dagegen haben, Professor, dann gehe ich hinunter ins Labor und versuche, Professor Baxter zu helfen. Er wird für jede Unterstützung dankbar sein.«

Ramanov starrte sie nur weiter und womöglich noch feindseliger als bisher an, aber Dr. van Staaten schüttelte fast erschrocken den Kopf. »Übernimm dich nicht, Jennifer. Es ist noch nicht allzu lange her, dass ich dich mehr tot als lebendig auf meinem Behandlungstisch hatte.«

»Ich fühle mich großartig«, behauptete Bens Mutter, und zumindest ihrem Aussehen nach zu schließen schien das sogar die Wahrheit zu sein. Abermals fiel Ben auf, wie frisch und ausgeruht sie wirkte; wäre die unnatürliche Blässe ihres Gesichtes nicht gewesen, hätte man meinen können, sie sei gerade aus einem langen, erholsamen Urlaub zurückgekehrt.

Van Staaten schüttelte heftig den Kopf. »Das ist nur die Wirkung des

Stärkungsmittels, das ich dir gegeben habe. Aber es wird nicht mehr allzu lange vorhalten … eigentlich wundere ich mich, dass es überhaupt noch wirkt. Sobald es nachlässt, bekommst du die Quittung dafür. Muss ich dir als Ärztin das sagen?«

»Nein. Ich passe schon auf mich auf, Frau Kollegin, keine Sorge. Ich kenne meine Grenzen. Und es dauert ja nicht lange.«

Und damit ging sie.

27

NICHT EINMAL EINE MINUTE nach ihr verließ auch Ramanov den Raum, allerdings nicht ohne Ben einen abschließenden vernichtenden Blick zugeworfen zu haben und Sasha mitzunehmen, die sich anstandslos von ihm an der Hand ergreifen ließ und so dicht an Ben vorüberging, dass er das elektrische Knistern ihres Haares auf der Wange spüren konnte.

Das war aber auch alles, was er spürte; abgesehen von einem flüchtigen eisigen Schauer, der seinen Rücken hinablief wie Spinnenbeine. Da war … *nichts.* Alles, was er jemals in Sashas Nähe gespürt hatte, jenes unsichtbare Band, das sie von der allerersten Sekunde an miteinander verbunden hatte, war nicht mehr da.

Er wartete, bis sie gegangen waren, dann drehte er sich zu Dr. van Staaten um. »Was haben Sie mit ihr gemacht?«

Er hatte sie anbrüllen wollen, aber alles, was er herausbrachte, war ein kaum verständliches Krächzen, als wäre gleichsam auch in ihm etwas gestorben.

»Gemacht?«, van Staaten versuchte mit wenig Erfolg so zu tun, als hätte sie die Frage nicht verstanden. Als sie endlich einsah, dass das nichts fruchtete, hob sie betont beiläufig die Schultern. »Nichts. Wie ich schon gesagt habe – nur ein harmloses Beruhigungsmittel.«

»Nein«, sagte Ben bestimmt. »Das war es nicht.«

»Und das kannst du beurteilen, nicht wahr?«, fragte sie verächtlich.

»In diesem Fall schon. Also, was war es?«

Für einen Moment wirkte die Ärztin betroffen, so sehr, dass Ben beinahe damit rechnete, sie würde nun endlich mit der Sprache herausrücken. Dann aber schürzte sie nur trotzig die Lippen. »Wer bin ich eigentlich, mich vor dir rechtfertigen zu müssen?«

»Vor ihm vielleicht nicht.« Ben hatte zu einer Entgegnung angesetzt, doch Tahia kam ihm zuvor, indem sie mit einer raschen Bewegung hinter die Ärztin trat, sie fast beiläufig mit der linken Hand festhielt und mit der anderen in ihre Kitteltasche griff.

»He!«, protestierte van Staaten. »Was fällt Ihnen ein?«

Sie versuchte sich loszureißen, doch die zierliche Söldnerin schien ihre Gegenwehr nicht einmal zur Kenntnis zu nehmen und hielt sie mühelos mit einer Hand fest, während sie mit der anderen weiter in ihrer Kitteltasche grub. Als sie nichts fand, nahm sie sich van Staatens andere Tasche vor, und als sie die Hand diesmal herauszog, hielt sie darin eine schmale, weiße Pappschachtel mit einem leuchtend orangefarbenen Aufdruck.

»Verdammt noch mal, geben Sie das sofort wieder her!«, schimpfte van Staaten. »Was bilden Sie sich ein?«

Tahia ignorierte ihre Worte genauso wie ihre vergeblichen Versuche, sich zu befreien, betrachtete die Packung stirnrunzelnd und warf sie dann mit einer beiläufige Bewegung in Richtung seines Vaters. Erst dann ließ sie van Staatens Schulter los und trat mit einem knappen und vollkommen humorlosen Grinsen einen Schritt zurück.

»Nennen Sie es Solidarität unter Frauen.«

Bens Vater fing das Päckchen mit einiger Mühe auf, warf einen Blick auf den Aufdruck um zog überrascht die Augenbrauen hoch. *»Das* hast du dem Mädchen gegeben?«

»Was ist das?«, fragte Ben alarmiert.

»Das sagte ich doch – ein harmloses Beruhigungsmittel«, beharrte van Staaten, während sie ihre schmerzende Schulter massierte und gleichzeitig versuchte, Tahia mit Blicken einer ausgiebigen Vivisektion zu unterziehen.

»Doktor?«, fragte Harry an Bens Vater gewandt.

»Ein Beruhigungsmittel, ja. Aber harmlos? Wohl kaum.«

»Was soll das heißen?« Ben schrie jetzt.

»Ich kenne dieses Mittel«, antwortete sein Vater. »Oder genauer gesagt: diese *Droge.* Sie wird in der Psychiatrie angewandt, um besonders aggressive Patienten gefügig zu machen. Mit dem Zeug im Leib würdest du selbst Dschingis Khan dazu bringen, in einem rosa Kleid auf den Marktplatz den sterbenden Schwan zu tanzen.«

»Du übertreibst«, sagte van Staaten. Sie versuchte zu lachen, aber es misslang kläglich.

»Du meinst, das ist so eine Art … chemische Keule?«, fragte Ben ungläubig.

»Nein«, erwiderte sein Vater, ohne van Staaten dabei aus den Augen zu lassen. Er wirkte erschüttert. »Ich würde es eher als Vorschlaghammer bezeichnen. Weißt du, was dieses Mittel anrichten kann?«

»Gar nichts. Da du dich offensichtlich so gut auskennt, weißt du hoffentlich auch, dass es praktisch keine Nebenwirkungen hat.«

»Wenn man davon absieht, dass es abhängig macht.«

»Wie bitte?«, keuchte Ben.

»Nur wenn man es über einen längeren Zeitraum einnimmt, und dazu wird es nicht kommen. Sobald wir wieder Funkkontakt zum Festland haben, wird sie weggebracht.«

»Das spielt doch überhaupt keine Rolle! Wie konntest du so etwas tun!« Sein Vater wedelte anklagend mit der Medikamentenpackung. »Das hier ist ein sehr starkes Psychopharmakon, und du hast es einem völlig gesunden Mädchen gegeben! Und das nur, weil ihr Großvater dich darum gebeten hat? Mein Gott, ich dachte, du bist Ärztin!«

Van Staaten sah ihn traurig an. »Vielleicht habe ich es getan, gerade *weil* ich Ärztin bin, Robert.«

»Blödsinn!«, begehrte Ben auf. »Zar Iljitsch hatte Angst, dass ich seiner kostbaren Enkelin zu nahe trete, habe ich Recht?«

Für den Bruchteil einer Sekunde blitzte Zorn in van Staatens Augen auf, aber dann lächelte sie mitfühlend. »Ich wollte, es wäre so einfach, Ben. Aber das ist leider nicht so. Glaub mir, ich habe getan, was ich für das Beste hielt. Für Sasha. Weil ich den Eid, den ich als Ärztin geschworen habe, sehr ernst nehme.«

Seltsam – Ben war immer noch wütend, aber er spürte zugleich auch, dass van Staaten vollkommen aufrichtig war. Oder *hätte* es zumindest gespürt, wenn er dieses Gefühl zugelassen hätte. Wozu er nicht die geringste Lust hatte.

»Würden Sie uns bitte erklären, was genau das heißen soll, Frau Doktor?«, fragte Harry.

»Nein. Ich fürchte, das kann ich nicht.«

»Na, was für eine Überraschung«, sagte Tahia ironisch.

»Die ganze Geschichte ist sehr viel komplizierter, als ich jetzt erklären könnte. Und ich darf es auch nicht.« Sie wandte sich mit einem Blick, in dem nun so etwas wie Schmerz zu erkennen war, an Bens Vater. »Ich kann dich nur bitten mir zu glauben. Das alles hier geschieht nur, um Sasha zu schützen.«

»Ja«, meinte Tahia höhnisch. »Das klingt logisch.«

Van Staaten ignorierte sie. »Ich sage die Wahrheit. Glaubst du mir?«

Robert Berger zögerte gerade lange genug mit der Antwort, um sie eigentlich überflüssig werden zu lassen. »Ich würde es gerne. Doch ehrlich gesagt, es fällt mir schwer. Ich glaube dir, dass du eine verantwortungsvolle Ärztin bist. Und gerade darum verstehe ich nicht, was hier passiert.«

»Vielleicht ist ihr Respekt vor Ramanov ja größer als der vor ihrem Eid«, sagte Ben bewusst böse.

Es funktionierte. Van Staaten hatte sich bisher trotz allem ausgezeichnet in der Gewalt gehabt, nun aber fuhr sie wie unter einem Schlag zusammen, und Ben konnte sehen, wie auch hinter ihrer Stirn etwas nachgab.

»Ich kann es euch nicht sagen«, flüsterte sie. »Nur so viel, dass es zu Sashas Schutz geschieht.«

»Schutz?«, schnappte Tahia. »Vor wem?« Sie machte eine Kopfbewegung auf Ben. »Vor ihm?«

Van Staaten schüttelte den Kopf. »Ramanov wollte, dass er das glaubt. Aber das ist nicht die Wahrheit.«

»Was dann?«, hakte Ben nach. »Vor wem muss Sasha beschützt werden – wenn nicht vor mir?«

»Vor sich selbst, Ben.«

»Vor sich –«, begann Ben, und van Staaten unterbrach ihn augenblicklich.

»Du glaubst sie zu kennen, nicht wahr? Ich fürchte, du irrst dich. Ich glaube dir, dass deine Gefühle echt sind. Du magst sie wirklich und du würdest ihr niemals schaden – aber sie ist viel sensibler und verwundbarer, als du ahnst.«

»Und deshalb muss man sie schützen?«, wiederholte Ben zornig. »Vor sich selbst, nicht wahr?«

Wieder schüttelte van Staaten den Kopf. Sie sah weiter in seine Richtung, aber ihr Blick schien geradewegs durch ihn hindurchzugehen; auf eine Weise, die ihn fast an die schreckliche Leere in Sashas Augen erinnerte. Er schauderte. »Vor diesem Ort«, sagte sie schließlich.

Für zwei oder drei Sekunden wurde es sehr still. Harry blickte sie fast erschrocken an. Tahia strengte sich weiter an, möglichst abfällig und spöttisch auszusehen, aber ganz gelang es ihr nicht, und auch Ben versuchte vergeblich, ihre Worte als lächerlich abzutun. Sie waren es nicht. Sie hatte nur etwas ausgesprochen, was jeder von ihnen die ganze Zeit über schon gespürt hatte.

»Was meinst du damit?«, murmelte sein Vater dennoch.

Abermals vergingen einige Sekunden, bevor die Ärztin antwortete. »Hast du das immer noch nicht gemerkt? Es ist ... diese Station. Dieser Ort. Er verändert die Menschen.«

»Ich nehme an, er lässt sie frieren«, sagte Tahia. Die Worte hatten scherzhaft klingen sollen, vielleicht verletzend, aber sie waren weder das eine noch das andere, sondern schienen van Staatens Behauptung eher noch zu untermauern.

»Seit ihr hierher gekommen seid, vergeht keine Stunde, in der ihr nicht mit irgendjemandem Streit habt. In der es keine Auseinandersetzung, keinen Zorn und kein böses Blut gibt. Ist das außer mir noch jemandem aufgefallen?«

»Wir sind alle ein bisschen nervös, Frau Doktor«, antwortete Harry in dem vergeblichen Versuch, belustigt zu klingen. »So etwas kommt vor, wenn man sich in einer Festung befindet, die von Ungeheuern belagert wird.«

»Das ist es nicht. Glauben Sie mir. Ich bin lange genug hier. Und ich kenne Professor Ramanov und die anderen gut genug.« Sie lächelte flüchtig und wurde sofort wieder ernst. »Er ist gewiss niemand, den ich mir als Schwiegervater wünschen würde oder auch als Hauswirt oder Nachbarn. Aber er ist auch nicht *so.* Etwas geschieht hier. Ich merke es selbst. Etwas, das uns härter macht und unsere Seelen vergiftet.«

»Wie melodramatisch«, sagte Tahia. Jetzt war ihre Stimme völlig frei von Spott, und obwohl sie erneut zu grinsen versuchte, war Ben wohl nicht der Einzige, dem die Worte der Ärztin einen eisigen Schauer über den Rücken laufen ließen.

»Es passiert in jedem Winter«, fuhr van Staaten vollkommen unbeeindruckt fort. »Je kürzer die Tage werden und je länger die Nächte, umso gereizter wird die Atmosphäre hier. Am Anfang habe ich gedacht, es liege ganz einfach an der Jahreszeit. An der ewigen Dunkelheit, die an den Nerven zerrt, und dem Sturm, der manchmal monatelang nicht aufhört. Aber das ist es nicht.«

»Lagerkoller«, mischte sich Frank ein. Bisher hatte er stumm dagestanden, nun aber war er näher gekommen und sah die Ärztin mit genauso besorgtem Gesicht an wie alle anderen.

Wieder schüttelte van Staaten den Kopf. »Das dachte ich am Anfang auch. Und bis zu einem gewissen Punkt mag das auch zutreffen. Aber es wird schlimmer. Im vorletzten Winter war es so schlimm, dass es zu tätlichen Auseinandersetzungen kam. Wir mussten zwei Männer einsperren, bis wir sie aufs Festland schaffen konnten.«

»Sag ich doch: Lagerkoller«, beharrte Frank. »Ich habe so etwas schon am eigenen Leib erlebt. Eine Schlägerei?« Er lachte, kurz und hart. »So etwas kommt vor, wenn man Menschen zu lange auf zu engem Raum einsperrt.«

»In einer Kaserne vielleicht«, antwortete van Staaten. »Kaum hier.«

»Weil Sie etwas Besseres sind?«, schnappte Tahia.

»So war das nicht gemeint. Aber es ist ein Unterschied, auch wenn Sie es wahrscheinlich nicht gerne hören. Soldaten wie Sie sind es wohl eher gewohnt, ihre Streitigkeiten auf direktem Weg auszutragen. Wir haben hier eine Gruppe hoch qualifizierter Wissenschaftler. Selbst unser Hausmeister ist ein Elektroingenieur mit zwei Doktorgraden. Solche Leute gehen nicht mit Schraubenschlüsseln aufeinander los, weil sie sich nicht einigen können, welche DVD sie einlegen sollen.«

»Offensichtlich doch«, versetzte Frank.

Van Staaten überlegte einen Moment sichtlich, auf diesen Einwand einzugehen, entschied sich dann jedoch dagegen. »Und es ist schlimmer geworden. Es wird in jedem Jahr schlimmer. Ich spüre es auch bei mir selbst. Und wenn ihr mir nicht glaubt, dann fragt die anderen. Diese Station ist berüchtigt dafür. Ich weiß nicht, woran es liegt. Vielleicht ist es tatsächlich nur die Einsamkeit oder der ewige Sturm oder die Dunkelheit. Aber was immer es ist, es existiert und es übt einen verderblichen Einfluss auf die Menschen hier aus. Deshalb hat Ramanov mich gebeten, seine Enkeltochter unter Beruhigungsmittel zu setzen.«

»Ja«, sagte Ben böse. »Das klingt logisch.«

»Das tut es, Junge. Sasha ist kein normales Mädchen. Und damit meine ich nicht ihren Autismus. Sie ist unglaublich sensibel. Sie kann es wohl nicht so ausdrücken, dass jeder es merkt, aber sie reagiert auf Stimmungen wie ein Seismograf auf die geringste Erschütterung. Was glaubst du, was ein Ort wie dieser ihr antun würde?« Sie machte eine wedelnde, ausholende Handbewegung. »Sieh dich doch um. Du bist nur ein paar Tage hier, und wie viele Auseinandersetzungen, wie viel Streit hast du schon miterlebt? Ich halte dich für einen besonnenen jungen Mann, aber auch dir fällt es immer schwerer, ruhig zu bleiben, habe ich Recht?«

Zumindest im Augenblick, ja, dachte Ben. Und bei ihr. Aber das schluckte er vorsichtshalber hinunter.

Offensichtlich aber nicht gut genug, denn van Staaten nickte, als hätte er ihre Frage laut bejaht. »Und jetzt versuch dir vorzustellen, wie ein Mädchen wie Sasha darauf reagieren würde.«

»Unsinn!«, knurrte sein Vater. »Wir sind doch hier nicht einer Gruselgeschichte!«

»Doch«, widersprach Harry.

»Aber ganz zweifellos«, sagte Tahia.

»Eindeutig«, befand Frank.

»Anscheinend finden Sie das alle irgendwie komisch. Ich allerdings nicht.«

»Niemand lacht hier, Doktor Berger«, sagte Harry. »Andererseits hat diese Story alles, was zu einer anständigen Horrorgeschichte gehört, finde ich. Ein paar niedliche Ungeheuer, Albträume, ein durchgedrehter Professor – oder besser gesagt, ein ganzer Haufen davon – o ja, und Menschen, die sich in Zombies verwandeln und uns nach dem Leben trachten …« Er lächelte, aber seine Augen blieben so kalt wie das Eis, in das die Station eingebettet war. »Allmählich beginne ich mich zu fragen, ob mir Bens verrückte Geschichte nicht sogar besser gefällt. Verglichen mit dem, was ich in den letzten Stunden erlebt habe, klingt sie geradezu normal.«

»Sie ist nicht verrückt!«, protestierte Ben.

»Sage ich doch.« Harry seufzte. »Nur leider nutzt uns das alles nichts. Wir müssen sehen, dass wir so lange durchhalten, bis wir wieder eine Funkverbindung haben, ganz egal mit wem.«

Er wandte sich mit einem fast schon flehend wirkenden Blick an van Staaten. »Hat Ramanov vorhin die Wahrheit gesagt?«

»Womit?«

»Der Sturm, von dem er erzählt hat – hat er wirklich zwei Monate gedauert?«

»Nein«, antwortete van Staaten. Harry atmete auf, und van Staaten fügte hinzu: »Der längste, den ich persönlich erlebt habe, hat beinahe fünf Monate gedauert.« Sie weidete sich ganz unverhohlen drei oder vier Sekunden lang an dem Ausdruck blanken Entsetzens, der sich auf dem Gesicht des Söldners breit machte, bevor sie mit einer besänftigenden Geste erklärte: »Allerdings sind wir noch nie länger als zwei oder drei Tage ohne Funkverbindung gewesen.«

»Wenigstens etwas«, sagte Harry finster. »Es wird Zeit – Frank, geh zur Schleuse und leiste Tooth ein wenig Gesellschaft.« Er wandte sich Tahia zu. »Du bleibst hier am Bildschirm und behältst die Umgebung im Auge. Wenn sich irgendetwas Verdächtiges tut, dann gibst du mir sofort Bescheid.«

Die Söldnerin nickte knapp.

»Und du?«

»Ich gehe nach unten und bringe unseren amerikanischen Freund auf Trab. Nicht dass er am Ende noch die Zeit vergisst, weil er sich nicht von seiner Lieblingsspinne trennen kann.«

Tahia lachte, und Ben spürte, wie sich auch auf seine Lippen ein flüchtiges Lächeln stehlen wollte – und dann wurde der Boden von einem gewaltigen Schlag getroffen, eine halbe Sekunde später gefolgt vom dumpfen Grollen einer Explosion, das fast sofort im Schrillen des Feueralarms unterging. Van Staaten schrie laut auf und kämpfte mit heftig rudernden Armen um ihr Gleichgewicht, und auch Ben hatte viel zu viel damit zu tun, irgendwie auf den Beinen zu bleiben, als dass er auch nur Zeit gefunden hätte, richtig zu erschrecken. Der ganze Raum wankte. Der Fußboden zitterte und bebte noch immer, Funken und zerbrochenes Glas wirbelten durch die Luft, und unter der Decke explodierte die Hälfte der Glühbirnen in einer rasenden Folge dumpfer, sonderbar weicher Detonationen. Für einen Moment schrien alle durcheinander, und das Gellen der Alarmsirene schien noch lauter zu werden. Beißender Gestank erfüllte die Luft, und irgendwo flackerten plötzlich rote Flammen.

»Was ist los?«, brüllte sein Vater über das Chaos hinweg. »Was bedeutet das?«

Natürlich bekam er keine Antwort. Van Staaten hatte den Kampf mit dem bockenden Boden verloren und war auf die Knie gefallen, während Harry mit einem Satz bei dem Computer war, an dem Ramanov vorher gestanden hatte, und mit fliegenden Fingern auf die Tastatur einhämmerte. Tahia hatte ein Walkie-Talkie hervorgezaubert und versuchte das Heulen des Feueralarms zu überbrüllen, und von Frank war gar nichts mehr zu sehen.

Während sein Vater zu van Staaten eilte, um ihr wieder auf die Füße zu helfen, war Ben mit einem einzigen Satz neben Harry. Der Feueralarm schrillte noch immer und machte jede Verständigung unmöglich, und auf dem Monitor wechselte das Bild nun beinahe ebenso schnell, wie Harrys Finger über die Tastatur glitten. Der Bildschirm zeigte den Bereich unter dem Zeltdach aus mindestens fünf verschiedenen Aufnahmewinkeln. Die Sonne war mittlerweile endgültig untergegangen, und das Schneegestöber hatte noch einmal zugenommen, wie auch die Anzahl der Eiskrieger, die vor der Station herumlungerten. Trotz des miserablen Bildes war jedoch deutlich zu erkennen, dass sie eben auch nicht mehr taten; eine schweigende Armee unheimlicher gesichtsloser Krieger, die die Station reglos belagerte, aber keinen Finger rührte, um sie tatsächlich anzugreifen.

Das Bild wechselte erneut und zeigte nun einen Ausschnitt des Ganges unmittelbar vor der Schleuse, in dem Tooth wie ein aufgescheuchtes Huhn hin und her rannte und sinnlos mit seiner Waffe herumfuchtelte; offensichtlich schrillte der Alarm nicht nur durch die Zentrale, sondern in der gesamten Station, und der Söldner wusste ja nicht, was er zu bedeuten hatte. Harry fluchte und drosch noch hektischer auf die Computertastatur ein, und das Bild wechselte jetzt so rasch, dass der Monitor kaum noch nachkam und die Darstellung leicht verzerrt wirkte. Der Anblick war jedoch überall derselbe: kopflos durcheinander rennende Menschen, die offensichtlich nicht wussten, was geschah, und vom an- und abschwellenden Heulen der Sirene nur noch zusätzlich in Panik versetzt wurden.

Und dann, ganz plötzlich, war es vorbei: Harry hatte endlich die richtige Taste gefunden, und der Alarm verstummte mit einem letzten, fast klagenden Wimmern. Gleichzeitig fuhr der Söldner herum und wandte sich mit einem scharfen *»Was?!«* an Tahia, die immer noch in ihr Walkie-Talkie sprach und dabei ununterbrochen und so wild auf den winzigen Tasten des Gerätes herumdrückte, als wollte sie sie zerbrechen.

»Nichts. Sie melden sich nicht.«

»*Wer* meldet sich nicht?«, fragte Ben erschrocken – als ob er das nicht wüsste!

Harry verschwendete auch keine Zeit damit, ihm zu antworten, sondern wandte sich wieder seiner Tastatur zu, und nach einem weiteren halben Dutzend vergeblicher Versuche hatte er endlich die richtige Kamera gefunden. Der Monitor zeigte jetzt den Hauptkorridor des Labors unten im Keller. Das Bild unterschied sich nicht wesentlich von denen, die sie schon aus dem Rest der Station kannten: Menschen in weißen Kitteln, die voller Panik durch den Gang stürzten und sich auch schon mal gegenseitig umrannten. Der einzige echte Unterschied war der schwarze Rauch, der sich unter der Korridordecke zu einer brodelnden Wolke sammelte, und das unverwechselbare Knattern einer MPi-Salve, das zu hören war, als Harry eine weitere Taste drückte und den Ton dazuschaltete.

»Verdammt!«, fluchte Harry. »Was geht da vor?«

»Sie antworten immer noch nicht«, sagte Tahia besorgt, und noch bevor Harry darauf reagieren konnte, flog die Tür auf und Ramanov stolperte herein – und das wortwörtlich. Er schien vergessen zu haben, dass die Tür nicht ganz ebenerdig lag, sondern eine Schwelle hatte, denn sein Fuß verhakte sich dahinter und er fiel ungeschickt auf ein Knie hinab, bevor er seinen Sturz wenigstens zum Teil auffangen konnte. »Was ist los?«, keuchte er, noch während er sich wieder aufrappelte.

Harry deutete stumm auf den Bildschirm, und Ramanovs Gesicht verlor auch noch das allerletzte bisschen Farbe, als er der Bewegung folgte. »O Gott! Was –?«

Harry fuhr mit einer hektischen Bewegung zu Frank herum, der gerade in diesem Moment mit einem Feuerlöscher in der Hand hinter einem Instrumentenpult auftauchte. Das Flackern von Feuerschein war inzwischen erloschen, aber der Brandgeruch schien eher stärker geworden zu sein, und nun hatte sich noch etwas Scharfes, Chemisches dazugesellt. »Hol unsere Waffen«, befahl Harry. »Wir treffen uns vor der Tür.«

Frank hastete davon, und Harry wandte sich an Ramanov, während er hektisch in Richtung Bildschirm wedelte. »Können Sie den Laden von hier aus dichtmachen?«

Ramanov nickte. »Ja, aber –«

»Dann tun Sie das. Sie bleiben vor dem Monitor. Wenn die Biester durchzubrechen drohen oder wir in spätestens zehn Minuten nicht zurück sind, dann versiegeln Sie das Labor!«

»Aber dort unten sind noch –«, begann Ramanov, und Harry unterbrach ihn sofort mit einer herrischen Geste. »In zehn Minuten, ganz egal wer dann noch unten ist! Auch wenn ich es selbst bin, ist das klar?«

Ramanov starrte ihn aus schreckensbleichem Gesicht an, und Harry wandte sich zu Tahia um. »Du bleibst hier. Wenn er nicht gehorcht, dann brichst du ihm so lange etwas, bis er es tut, verstanden? In zehn Minuten von …«, er sah hastig auf die Uhr, »… jetzt an.«

Er wartete Tahias Reaktion gar nicht ab, sondern stürmte aus dem Raum, und Ben starrte ungläubig erst ihm nach, dann auf den Bildschirm. *Zehn Minuten?* Er würde ja schon fast fünf Minuten brauchen, um nach *unten* zu kommen, und –

Etwas machte deutlich hörbar *Klick* hinter Bens Stirn, und erst in diesem Augenblick wurde ihm klar, dass dort unten nicht nur Baxter und all die anderen Wissenschaftler waren, *sondern auch seine Mutter.*

Er rannte los.

28

OBWOHL ER SPÄTER LOSGELAUFEN WAR, erreichte er die Sicherheitstür zum Labortrakt vor den beiden Söldnern; was ihm aber nicht besonders viel nutzte. Schon lange bevor er in den Gang einbog, an dessen Ende die gepanzerte Tür zum Treppenschacht lag, hörte er Lärm, dann kamen ihm die ersten Männer und Frauen in wehenden weißen Kitteln entgegen. Die steile Wendeltreppe hinter der Tür war hoffnungslos verstopft – nach allem, was er wusste, konnten sich dort unten allerhöchstens fünfundzwanzig oder dreißig Personen aufgehalten haben, aber seinem *Gefühl* nach zu schließen mussten es mindestens hundert oder mehr sein, die die Treppe belagerten (und selbstverständlich alle nach *oben* wollten, also in die entgegengesetzte Richtung), und der Chor durcheinander schreiender Stimmen und aufgeregter Rufe, der aus der Tiefe des Treppenschachtes wehte, machte ihm klar, dass sich unten noch sehr viel mehr Menschen drängelten.

Allein durch die Tür zu kommen erwies sich als beinahe unmöglich. Als er es fast geschafft hatte, glaubte er jemanden seinen Namen rufen zu hören. Ohne in seinem verzweifelten Drücken und Schieben innezuhalten, sah er über die Schulter zurück und erkannte Harry, der zusammen mit Frank am Ende des Korridors aufgetaucht war und hektisch mit den Armen herumfuchtelte.

»Ben! Bist du übergeschnappt? Komm sofort zurück!«

Ben dachte gar nicht daran, sondern verdoppelte seine Anstrengungen nur noch, sich irgendwie durch die Tür zu quetschen. Er sah noch einmal zurück und entdeckte seinen Vater und van Staaten, die gerade um die Gangbiegung kamen, aber keine Chance gegen die vielen heranstürmenden Menschen hatten.

Die beiden Söldner versuchten, zu ihm aufzuschließen, wurden aber ebenfalls von der panisch flüchtenden Menge zurückgedrängt wie Treibholz von einer Flutwelle. Schließlich hob Harry sein Gewehr und gab einen einzelnen Schuss in die Decke ab, die sich mit einem Hagel aus scharfkantigen Plastiksplittern dafür revanchierte. Das mochte etwas bringen oder auch nicht – Ben war mittlerweile durch die Tür und erkämpfte sich einen Platz auf der obersten Treppenstufe, und wenn Harry und Frank sich nicht buchstäblich ihren Weg freischossen, dann hatten sie keine Chance, ihn einzuholen, bevor er das Labor erreicht hatte. Und wahrscheinlich nicht einmal dann.

Trotzdem versuchte er, noch einmal schneller zu werden, schob und drängelte und schubste und quetschte sich rücksichtslos weiter und kassierte zum Dank jede Menge Rippenstöße und Knüffe und mindestens dreimal so viele blau getretene Zehen, wie er überhaupt besaß, ohne es allerdings wirklich zu registrieren.

Schließlich drohte er endgültig stecken zu bleiben und legte die letzten gut zwei Meter mit einer gewagten Flanke über das verchromte Geländer zurück; ein Sprung, an dessen Ende er ziemlich unsanft aufkam.

Der winzige Raum vor der zweiten Panzertür war tatsächlich so voll gestopft, wie er befürchtet hatte, und auf dem Weg zur Tür kassierte er weitere Rippenstöße. Jemand rammte ihm den Ellbogen so hart ins Gesicht, dass er seine Nase knacken hören konnte und ihm das Blut über Mund und Kinn lief; und als wäre das immer noch nicht genug, packte ihn ein älterer Mann auf einmal an den Schultern und versuchte ihn wieder in Richtung Treppe zu zerren.

Ben verlor weitere kostbare Sekunden, bevor es ihm gelang, sich dieser ebenso gut gemeinten wie hartnäckigen Attacke zu erwehren, und nahezu eine *Minute,* um endlich die Tür zu erreichen. Er verschwendete keinen Sekundenbruchteil damit, auf die Uhr zu sehen, aber er schätzte, dass die Hälfte seiner Frist bereits um war, wenn nicht mehr.

Immerhin wurde es ein bisschen besser, nachdem er die Tür irgendwie hinter sich gebracht hatte. Plötzlich war er allein – aber das war auch schon fast alles in puncto guter Nachrichten. Die Luft war voll schwarzem, öligem Qualm, der sich längst nicht mehr nur unter der Decke sammelte, sondern jeden Atemzug zu einer Qual werden ließ. Zuckender roter Feuerschein erfüllte die Luft, ohne dass irgendwo Flammen zu sehen waren, und der Boden hatte nun eine deutliche Neigung nach links. Überall lagen Trümmer und zersplittertes Glas, und weit entfernt glaubte er jetzt wieder Schüsse zu hören; vielleicht auch Schreie.

Wo war seine Mutter? Auf dem Weg hier herunter hatte er weder sie noch Baxter gesehen, aber etwas sagte ihm, dass er die beiden nur zusammen finden würde.

Er stolperte blindlings weiter, atmete versehentlich zu tief ein und begann qualvoll zu husten. Sofort wurde ihm schwindelig, und plötzlich hatte er einen Geschmack wie von geschmolzenem Kunststoff auf der Zunge. Der Rauch war ganz offensichtlich mehr als nur harmloser Rauch – als ob er nicht schon genug Probleme hätte!

Ben erinnerte sich an etwas, was er einmal in einem Fernsehbericht über das richtige Verhalten im Brandfall gesehen hatte, und lief so weit nach vorne gebeugt weiter, wie es gerade noch ging, ohne mit dem Kinn über den Boden zu schleifen. Zugleich versuchte er möglichst flach zu atmen. Es wurde nicht wirklich besser dadurch, aber auch nicht schlimmer, und nach fünf oder sechs taumelnden Schritten hatte er die erste Labortür erreicht und riss sie auf.

Dahinter lag ein großer, fast leerer Raum, unter dessen Decke ein defekter Starter die dazugehörigen Neonröhren ununterbrochen an- und ausgehen ließ. Weder seine Mutter noch sonst jemand war hier.

Ben warf die Tür hastig (und vollkommen sinnlos) hinter sich wieder ins Schloss und wankte über den Gang, um den nächsten Raum zu inspizieren. Er war deutlich kleiner, dafür aber so voll gestopft, dass er weitere kostbare Zeit damit verschwenden musste, ihn zu durchsuchen, nur um am Schluss festzustellen, dass er ebenfalls verlassen war.

Irgendetwas explodierte, als er wieder auf den Gang hinaustrat, und der Fußboden zitterte spürbar. Gleichzeitig hörte er erneut Gewehrfeuer, und diesmal war er ganz sicher, den spitzen Schrei einer Frau zu hören.

Eine Sekunde lang war er unschlüssig. Die Auswahl an Frauenstimmen, die schreien konnten, war hier unten nicht mehr besonders groß, aber es hatte sich nicht angehört wie die Stimme seiner Mutter, und wenn sie es nicht war und er in die falsche Richtung lief, dann verschenkte er vielleicht seine allerletzte Chance, sie doch noch zu finden, bevor Tahia die Panzertür schloss und sie alle hier unten gefangen waren.

Kurz entschlossen steuerte er die nächstbeste Tür an und fand sich in einem kleinen Vorraum mit einer Panzerglasscheibe anstelle einer Rückwand, hinter der eine Sicherheitsschleuse lag; ganz ähnlich dem

Raum, in dem Baxter ihnen seinen kleinen Vortrag über geklonte Spinnenziegen gehalten hatte. Niemand war hier, aber die meisten Computer liefen noch, überall lagen Papiere und hastig fallen gelassene Unterlagen, und auf halbem Weg zwischen der Tür und der Schleuse dampfte eine Lache aus verschüttetem Kaffee. Offenbar war dieser Raum in größter Hast verlassen worden.

Ben wandte sich bereits wieder zum Gehen, besann sich dann aber eines Besseren und eilte zur Schleuse. Er hatte ein Labor wie dieses vor gar nicht langer Zeit besichtigt und wusste schließlich, wie gut der Raum dahinter abgesichert war; möglicherweise auch schalldicht. Es war nicht sehr wahrscheinlich, dennoch aber *möglich*, dass Baxter und seine Mutter sich darin befanden und von dem allgemeinen Chaos noch gar nichts mitbekommen hatten.

Zu seiner Erleichterung wich die Panzerglastür der Schleuse von selbst beiseite, als er sich ihr näherte, und die hintere, zweite Barriere tat ihm denselben Gefallen.

Das weitläufige, mit verchromten Möbeln und futuristischen Apparaturen voll gestellte Labor dahinter war jedoch ebenfalls leer.

Das hieß: *leer* war wohl nicht das richtige Wort. Verlassen traf es zweifellos besser, allerdings nur von seinen *menschlichen* Bewohnern. Auch hier bestand eine komplette Wand aus nichts anderem als übereinander gestapelten Terrarien, in denen sich Hunderte, wenn nicht Tausende von Spinnen tummelten, keineswegs eingefroren oder betäubt, sondern quicklebendig und offensichtlich in höchster Aufregung. Ben verspürte plötzlich einen bitteren Kloß im Hals und wollte sich schon wieder angeekelt abwenden, blieb dann aber doch noch einmal stehen, weil sein Blick von etwas eingefangen wurde, das er im ersten Moment nicht einmal bewusst registriert hatte. Und Zeitnot oder nicht – er trat ein paar Schritte auf das entsprechende Terrarium zu. Allerdings tatsächlich nur ein paar Schritte, denn selbst wenn er alle Zeit der Welt gehabt hätte, er hätte es nicht über sich gebracht, sich dem … *Etwas,* das sich darin befand, auf mehr als fünf oder sechs Meter zu nähern.

Ein Teil von ihm spürte noch immer jede einzelne Sekunde wie einen scharfen Schmerz, der sich tief in seine Gedanken grub, und dennoch blieb er eine geschlagene halbe Minute einfach stehen und starrte das

Monstrum an, das reglos hinter der Glasscheibe seines sterilen Gefängnisses saß und seinen Blick aus nahezu kleinfingernagelgroßen Augen voll tückischer Bosheit erwiderte.

Es war eine Spinne, und sie hatte sogar eine gewisse Ähnlichkeit mit Tarantula, die Baxter ihnen vorhin so voller Stolz präsentiert hatte. Allerdings hätte *dieses* Ungeheuer den Namen sehr viel mehr verdient. Die Ähnlichkeit mit einer gewöhnlichen Spinne hörte im Grunde schon damit auf, dass sie auch acht Beine, ebenso viele Augen und einen durch eine Wespentaille geteilten, gedrungenen Leib hatte, und eigentlich nicht einmal das, denn als Ben genauer hinsah, stellte er fest, dass dieses Ungeheuer zehn Beine hatte. Jedes davon war ungefähr so dick wie Harrys Zeigefinger, dabei aber mindestens vierzig oder fünfzig Zentimeter lang. Sein aufgedunsener Balg hatte die Größe eines Yorkshireterriers, und die Beißzangen sahen ganz so aus, als könnten sie einem erwachsenen Mann ohne sonderliche Mühe den Daumen abtrennen.

So viel zu Baxters Behauptung, sie experimentierten hier nur mit Spinn*drüsen*, nicht mit kompletten Tieren.

Wieder wehte ein dumpfer Knall an sein Ohr. Irgendwo ganz in seiner Nähe zerbrach Glas, und es war dieser Laut, der Ben endgültig aus seiner Erstarrung riss – genauer gesagt die Vorstellung, die aus diesem Geräusch entsprang. Nämlich die von zwei- oder dreihundert gläsernen Terrarien, deren Scheiben zu Bruch gingen, sodass sich ihr lebender Inhalt wie eine krabbelnde Flut in den Raum ergoss.

Ben stürmte beinahe schon fluchtartig aus dem Labor, machte aber dann noch einmal kehrt und nahm sich die Zeit, zumindest die äußere Schleusentür zu verschließen und sorgfältig zu versiegeln. Erst dann rannte er auf den Korridor hinaus.

Obwohl er trotz allem nur wenige Augenblicke dort drinnen gewesen war, schien der Rauch deutlich dichter geworden zu sein. Der Boden zitterte nun ununterbrochen, und in der gegenüberliegenden Wand gähnte ein gezackter Riss, der vom Fußboden bis zur Decke reichte und gerade noch nicht da gewesen war. Ben hustete, wedelte mit der Hand vor dem Gesicht herum, um wenigstens den ärgsten Rauch zu vertreiben, und erkannte durch einen Schleier aus Tränen und Qualm eine hoch gewachsene Gestalt, die geduckt auf ihn zugerannt kam.

Harry hielt sich nicht damit auf, ihm Vorhaltungen zu machen, sondern fragte nur knapp: »Hast du sie gefunden?«

Bevor Ben antworten konnte, ertönte hinter ihm die kurze, abgehackte Salve aus einer Maschinenpistole, dann ein splitternder Knall.

»Nein«, stieß er mühsam hervor. Sein Hals brannte wie Feuer.

»Verdammt!«, zischte Harry. Dann deutete er mit der Hand über die Schulter zurück. »Geh da lang. Wir suchen dort vorne! Und beeil dich! Wir haben noch drei Minuten!«

Das war eindeutig mehr, als Ben erwartet hatte – zugleich aber auch viel zu wenig, als dass sie noch eine realistische Chance gehabt hätten, die Tür am oberen Ende der Treppe zu erreichen; geschweige denn seine Mutter und Baxter zu finden. Trotzdem stolperte er unverzüglich los, während Harry und Frank, der wie ein Gespenst aus den schwarzen Schwaden hinter ihm auftauchte, in die entgegengesetzte Richtung rannten.

Die Räume auf diesem Korridor hatte er jetzt alle durchsucht, also bog er nach links ab, rüttelte wahllos an der ersten Klinke – die Tür ließ sich nicht öffnen, und er hatte keine andere Möglichkeit, als darauf zu hoffen, dass sich seine Mutter und der Amerikaner *nicht* aus irgendeinem Grund eingeschlossen hatten –, torkelte über den Gang und riss die nächste Tür auf. Dahinter befand sich etwas wie ein Lagerraum, der zum größten Teil (gottlob leere) Terrarien enthielt und zu einem etwas kleineren stapelweise Kunststoffcontainer, und somit blieb nur noch ein einziger Raum auf diesem Flur übrig – das Labor von heute Morgen.

Halb blind stolperte Ben darauf zu, riss die Tür auf und hätte vor Erleichterung am liebsten laut aufgeschrien, als er die beiden Schemen hinter der Panzerglasscheibe auf der anderen Seite des Vorraums gewahrte. Mittlerweile war die Luft auch hier drinnen voller Qualm, und seine Augen tränten jetzt ununterbrochen, aber es *mussten* einfach Baxter und seine Mutter sein!

Er versuchte ihren Namen zu schreien, brachte aber nur einen krächzenden Laut hervor und stolperte weiter. Auf den letzten Schritten stolperte er, stürzte mit weit nach vorne gestreckten Armen gegen die geschlossene Glastür der Schleuse und betete darum, dass das Material tatsächlich so stabil war, wie es aussah, und er sich nicht die Pulsadern oder gleich die Kehle aufschnitt, wenn er dagegen fiel und es unter seinem Anprall zersplitterte. Er wurde erhört. Die Glastür hielt, aber der Knall, mit dem seine Stirn gegen das Glas donnerte, musste noch oben in der Zentrale zu hören sein, und für einige Augenblicke sah er Sterne.

Irgendwie gelang es ihm gegen jede Wahrscheinlichkeit, den Kampf gegen die Ohnmacht zu gewinnen und sich sogar wieder hochzustemmen. Nahezu blind tastete er nach dem Schalter, den Baxter vorhin benutzt hatte, um die Tür zu öffnen, brauchte, benommen wie er war, zwei oder drei Versuche, um ihn zu finden und zu drücken, und wankte durch die Schleuse, noch während die Glastür vor ihm lautlos zur Seite glitt.

Im allerersten Moment drohte er in Panik zu geraten, denn plötzlich konnte er weder seine Mutter noch Baxter sehen; als wäre er nur einem bösen Streich aufgesessen, den ihm seine Nerven gespielt hatten. Das Labor wirkte vollkommen unverändert. Nichts war hier beschädigt oder umgeworfen, aber es war auch niemand da!

Dann hörte er etwas: ein schleifendes Geräusch, vielleicht etwas wie ein Stöhnen, und als er sich mühsam in die entsprechende Richtung wandte, sah er den gekrümmten Rücken einer Gestalt, die hinter dem großen Labortisch auf dem Boden kniete und irgendetwas tat, was er nicht erkennen konnte.

Sich mühsam mit der linken Hand am Tisch abstützend und mit zusammengebissenen Zähnen gegen die Mischung aus Schwindel, immer stärker werdender Übelkeit und rasenden Kopfschmerzen ankämpfend, die hinter seiner Stirn tobte, wankte er weiter. Seine linke Hand stieß gegen einen Glaskolben, der auf dem Tisch stand, und riss ihn zu Boden.

Das Klirren des zerbrechenden Glases ließ die Gestalt auffahren, und nun erst erkannte Ben, dass es tatsächlich seine Mutter war. Ihr Gesicht und ihre Hände, die sie instinktiv gehoben hatte, waren voller Blut, und auf ihren Zügen stand einen Ausdruck blanken Entsetzens, dann verspürte er dasselbe Gefühl, als er einen weiteren Schritt machte und sah, was auf dem Boden lag.

Baxter. Der Wissenschaftler lag auf dem Rücken. Sein Gesicht und sein Hals waren blutüberströmt, und die Brust seines ehemals blütenweißen Kittels hatte sich ebenfalls hellrot gefärbt.

»Großer Gott! Was –«

»Ben!«, stieß seine Mutter hervor. »Was machst du denn hier?« Für eine einzelne Sekunde wirkte sie vollkommen verwirrt, erschrocken und ... ja, dachte Ben, obwohl er sich dieses Gedankens schämte, wie ... *ertappt.* Kurz darauf hatte sie sich wieder in der Gewalt und wedelte ihm hastig mit ihren blutbesudelten Händen zu. »Hilf mir! Schnell!«

Ben gehorchte ohne nachzudenken. Ihre Zeit lief ab. Sie hatten vielleicht noch eine Minute. Keine Chance mehr, hier rauszukommen, flüsterte eine dünne, boshafte Stimme in seinem Hinterkopf, aber er ignorierte sie und ging auf seine Mutter zu.

»Was ist passiert?«, stammelte er, während er sich – ohne selbst zu wissen, wozu eigentlich – neben Baxter auf die Knie fallen ließ.

»Er ist gestürzt. Eines der Terrarien ist zerbrochen, und er ist in die Scherben gefallen! Er blutet! Wir müssen ihn verbinden!«

Unverzüglich begann sie ihren Kittel abzustreifen, und Ben sah sich hastig nach etwas um, womit er den Stoff zerschneiden konnte. Tatsächlich entdeckte er einen gezackten Glassplitter unmittelbar neben Baxters Gesicht (möglicherweise derselbe, an dem er sich so schwer verletzt hatte, aber das *wollte* er im Moment gar nicht wissen). Er streckte die Hand aus ...

... und konnte einen entsetzten Schrei nicht mehr unterdrücken.

Nur wenige Zentimeter neben dem bewusstlosen Wissenschaftler hockte eine Spinne. Nicht irgendeine Spinne. Es war Tarantula, die südamerikanische Trichterspinne, die Baxter ihnen vorhin präsentiert hatte, und vielleicht lag es an dem Monster, das Ben vor kurzem gesehen hatte, vielleicht aber auch daran, dass es das schützende Glas zwischen ihm und dieser grässlichen Kreatur jetzt nicht mehr gab – er war nahezu sicher, sie war größer geworden und das Funkeln ihrer Augen heimtückischer.

Und als hätte sie seine Gedanken gelesen oder nur auf diesen Augenblick gewartet, setzte sie sich plötzlich auf die unheimliche, immer wieder unerwartet schnelle Art ihrer Spezies in Bewegung, huschte auf Baxter zu und begann an seinem Gesicht hinaufzukrabbeln. Die winzigen Giftzähne schienen aufzublitzen wie mikroskopisch kleine, tödliche Messer, und Ben erinnerte sich daran, was der Amerikaner ihnen über die Giftigkeit dieser Kreatur erzählt hatte.

Die Hand seiner Mutter zuckte in einer so raschen Bewegung vor, dass er sie fast nicht sah. Mit einem hörbaren Knacken traf sie den Leib der Spinne, die davongeschleudert wurde und gegen eines der Terrarien prallte; und ohne zu wissen, was er tat, sprang er auf und zertrat das tödliche Insekt. Dann prallte er angeekelt zurück und schubberte mit der Schuhsohle mehrmals über den Boden, ohne jedoch das fürchterliche Gefühl loszuwerden, dass sich unter seinem Fuß immer noch etwas bewegte.

Als er sich wieder zu seiner Mutter herumdrehte, starrte sie ihn an. Was war das, was er da in ihren Augen las?, dachte er schaudernd. Zorn?

»Du! Du hast sie …«, murmelte er verwirrt. Er konnte nicht begreifen, was er gerade gesehen hatte.

»Nicht jetzt«, unterbrach ihn seine Mutter. In den wenigen Sekunden, die er gebraucht hatte, um Tarantula in einen schmierigen Fleck auf dem Fußboden (und einer kribbelnden Stelle unter seiner Schuhsohle) zu verwandeln, hatte sie das Kunststück fertig gebracht, einen Streifen aus ihrem Kittel zu reißen, den sie jetzt mit beiden Händen gegen die heftig blutende Wunde an Baxters Hals drückte. »Hilf mir!«

Hastig bückte sich Ben, schob beide Arme unter die Achseln des Wissenschaftlers und hob seinen Oberkörper hoch, während seine Mutter dasselbe mit seinen Beinen tat; anscheinend mit spielerischer Leichtigkeit. Baxter war ein großer, kräftiger Mann, der gut und gerne seine zwei Zentner wiegen musste, aber seine Mutter schien das Gewicht nicht einmal zu spüren. Es war Ben, der Mühe hatte, mit ihr Schritt zu halten, als sie gemeinsam zur Schleuse zurückeilten und den hoffentlich nur ohnmächtigen Amerikaner zwischen sich trugen. Wahrscheinlich verlieh ihr die Angst übermenschliche Kräfte.

Sie stießen noch einmal auf Schwierigkeiten (die sie selbstverständlich abermals wertvolle Zeit kosteten), als sie versuchten, sich gemeinsam in die winzige gläserne Schleuse zu quetschen, deren Türen sich nicht gleichzeitig öffnen ließen. Irgendwie schafften sie es, hindurchzukommen, aber Ben musste Baxter dazu auf die Füße stellen und von hinten mit den Armen umschlingen, was zur Folge hatte, dass er anschließend nahezu ebenso blutbesudelt wie er und seine Mutter war. Aber das spielte keine Rolle. Sie kamen durch, und kurz darauf waren sie draußen auf dem Flur, wo ihnen Harry und Frank entgegenrannten.

Nur diese beiden allein, wie Ben mit einem merkwürdig kalten, fast teilnahmslosen Schrecken registrierte. Von seinen Kameraden, nach denen Harry gesucht hatte, war nichts zu sehen. Und auch das Schießen hatte aufgehört.

Harry verschwendete keine Zeit mit Erklärungen oder Fragen, griff zu und warf sich Baxters reglosen Körper so mühelos über die Schulter, als wöge er gar nichts. Praktisch in der gleichen Sekunde wirbelte er auf dem Absatz herum.

»Los! Noch vierzig Sekunden!«

Sie hatten nicht einmal den Hauch einer Chance, rechtzeitig zur Tür am oberen Ende der Treppe zu gelangen. Trotzdem jagten sie los, erreichten mit einem Dutzend weit ausgreifender Schritte die Gangkreuzung und spurteten auf die erste Panzertür zu. Kurz bevor sie bei ihr ankamen, warf Ben einen hastigen Blick über die Schulter zurück, und was er sah, spornte ihn noch einmal zu größerer Schnelligkeit an. Der Gang hinter ihnen war mittlerweile nahezu komplett mit beißendem schwarzem Qualm gefüllt; aber so dicht die Schwaden auch waren, vermochten sie doch nicht, die weißen Schemen zu verbergen, die mit wie betrunken wirkenden Schritten hinter ihnen hertaumelten.

»Schneller!«, brüllte Harry. »Das schaffen wir!«

Sicher, dachte Ben. Noch fünf oder sechs Schritte bis zur Tür, dann gute fünfzehn oder auch zwanzig Stufen eine steile Wendeltreppe hinauf und durch eine zweite Tür, und das alles in höchstens zehn Sekunden … wo war das Problem?

Er war der Letzte, der durch die überdimensionale Tresortür jagte, und wahrscheinlich auch der Letzte, der sie jemals passieren würde, denn noch während er es tat, wechselte das Licht auf der Schalttafel daneben von Grün auf Rot, und die tonnenschwere Tür begann mit einem leisen Summen, dafür aber erschreckender Schnelligkeit zuzugleiten.

Vielleicht trotzdem nicht schnell genug, denn als Ben sich mit einem verzweifelten Satz hindurchwarf, spürte er eine Bewegung hinter sich, und etwas Weißes und Schimmerndes knallte gegen den Stahl des Türrahmens und zersplitterte daran. Ben schrie vor Schrecken, und Frank drehte im Laufen den Oberkörper und gab einen einzelnen Schuss aus seiner Maschinenpistole ab, praktisch ohne zu zielen. Die Kugel pfiff so dicht an seinem Gesicht vorbei, dass er sie nicht nur hören, sondern *spüren* konnte, und unmittelbar hinter ihm erklang ein tosendes Klirren und Bersten. Eingehüllt in eine Wolke stiebender weißer Splitter stolperte er in den Gang hinein, verlor das Gleichgewicht und fiel schwer zu Boden. Dennoch drehte er sich noch im Sturz herum und sah, wie ein zweites gesichtsloses Monstrum hinter ihm in der schmalen Öffnung erschien.

Gerade im richtigen Moment, um von der Tür getroffen und sauber in zwei Hälften zerschnitten zu werden.

Eine Sekunde später rastete die Tür mit einem dumpfen Knall ein, und Ben konnte hören, wie sie sich verriegelte.

Und nur eine weitere Sekunde danach drang ein zweiter, kaum weniger lauter Schlag vom oberen Ende der Wendeltreppe zu ihnen herab.

Ihre Frist war abgelaufen. Auch die obere Tür hatte sich verriegelt.

Sie waren gefangen.

Nur ein kleines Stück neben ihm polterten die Reste des von der Tür zerschnittenen Eiskriegers zu Boden und sprangen in Stücke, aber das nahm er kaum noch zur Kenntnis. Sie waren gefangen. Aus. Sie würden nie wieder hier rauskommen.

»Weiter«, rief Harry. Obwohl er den bewusstlosen Wissenschaftler auf der Schulter trug, hatte er nicht nur als Erster die Treppe erreicht, sondern war schon fast zur Hälfte oben und fand sogar noch irgendwie die Zeit, sich im Laufen halb herumzudrehen und ungeduldig in seine Richtung zu gestikulieren. »Worauf wartest du, verdammt?«

Bens stemmte sich mühsam auf die Ellbogen hoch und starrte die geschlossene Tür über sich an. Als er sie aus dieser Perspektive betrachtete, fiel es ihm nicht mehr schwer, Baxters Behauptung zu glauben, dass sie sich hier in einer alten Bunkeranlage befanden. Die Tür sah so aus, als würde sie problemlos auch der Explosion einer kleineren Atombombe standhalten … und dem Ansturm der Eiskrieger erst recht.

Sollte ihn das beruhigen?

»Worauf wartest du?«, schrie Harry. »Machst du es dir dort unten gemütlich?«

Ben sparte sich die Antwort, stemmte sich vollends in die Höhe und schlurfte mit hängenden Schultern hinter ihm und den anderen her. Harry hatte den kleinen Absatz am oberen Ende der Treppe erreicht und lud Baxter vor der geschlossenen Panzertür ab. Auch er bot mittlerweile einen grausigen Anblick. Der improvisierte Verband, den seine Mutter am Hals des verletzten Wissenschaftlers angelegt hatte, schien nicht besonders viel zu nutzen – Harry war inzwischen von oben bis unten voller Blut, genau wie seine Mutter und er. Der Söldner hatte sich umgedreht und gestikulierte ihm abermals und noch ungeduldiger zu. »Soll ich dir einen Picknickkorb bringen?«

Ben legte einen Zahn zu, auch wenn er den Sinn nicht ganz verstand. Eigentlich war es doch herzlich egal, vor welcher verschlossenen Tür sie standen, oder?

»Wir kommen hier doch sowieso nicht mehr raus«, murmelte er. Harry schenkte ihm einen stirnrunzelnden Blick, wedelte aber nur noch einmal mit der Hand und zog mit der anderen ein Funkgerät aus der Tasche.

»Tahia? Wir sind vor der oberen Tür! Kannst du sie aufmachen?«

Er bekam keine Antwort aus dem Walkie-Talkie, doch kurz darauf erscholl ein lautes Knacken, gefolgt von Tahias Stimme, die schon fast überlaut und ein wenig verzerrt aus einem unsichtbaren Lautsprecher irgendwo unter der Decke drang. »Wir können euch sehen. Und auch hören. Du brauchst das Funkgerät nicht.«

»Wir dich aber gleich nicht mehr«, antwortete Harry Grimassen schneidend. »Dreh den Ton runter. Und mach die verdammte Tür auf.«

Als Tahias Stimme – nach ein paar Sekunden – antwortete, war sie tatsächlich leiser geworden, dennoch war der amüsiert-spöttische Unterton darin nicht zu überhören. »Ganz, wie du willst, Boss. Dauert nur einen Moment. Ich weiß nicht, welcher Trottel dieses System programmiert hat, aber es ist kompliziert. Keine Sorge«, fügte sie fast hastig hinzu, »ich schaffe das schon.«

Harry suchte die Decke mit ärgerlichen Blicken ab, schwieg jedoch, und nun konnte man ein hektisches Rascheln und Klappern hören, dann Tahias sehr viel leisere Stimme, die sich mit jemandem unterhielt, vermutlich Ramanov. Die Kontrollleuchte neben der Tür beharrte auf ihrem höhnischen Rot, und das Monstrum rührte sich um keinen Millimeter.

Harry richtete sich ganz auf dem schmalen Treppenabsatz auf, betrachtete eindeutig angeekelt seine mit Baxters Blut verschmierten

Hände und wischte sie dann an seiner Jacke ab; selbstverständlich mit dem Ergebnis, dass dadurch alles noch viel schlimmer wurde.

Während Ben die letzten Stufen überwand, drehte sich Harry zu seiner Mutter um, die neben Baxter auf die Knie gesunken war und sich an seinem Hals zu schaffen machte. »Lebt er noch?«

»So gerade noch.« Ihre Stimme zitterte hörbar. »Aber wenn er nicht sofort auf Heidis Behandlungstisch kommt …« Sie beendete den Satz mit einem angedeuteten Achselzucken, und Harry nickte.

»Tahia! Wie sieht es aus? Unsere Zeit wird allmählich knapp!«

»Eine Minute noch«, antwortete die körperlose Stimme, und Harry schüttelte zornig den Kopf.

»Wir haben keine Minute mehr. Beeil dich!«

Die Söldnerin antwortete nicht, aber nun war wieder ein helles Klappern zu hören, mit dem ihre Finger auf die Computertastatur einhämmerten. Leise und kaum verständlich glaubte Ben Ramanovs Stimme im Hintergrund zu vernehmen, und sie klang alles andere als zuversichtlich.

»Dieses Scheißprogramm!«, fauchte Tahia. »Welcher paranoide Spinner hat es geschrieben?«

Die Frage galt niemandem hier im Treppenschacht, aber Bens Mutter blickte trotzdem auf. »Das ist das Sicherheitsprotokoll. Baxter hat mir vorhin davon erzählt, bevor … es passiert ist. Der Computer versiegelt den ganzen Trakt automatisch, wenn er zu dem Schluss kommt, dass irgendeine Gefahr besteht. Falls nicht sofort etwas geschieht, verblutet Baxter.«

Und es geschah auch etwas – wenn auch sicherlich nicht das, was sie gemeint hatte. Bens Blick tastete unstet über die Decke und die mit grauem Kunststoff verkleideten Wände – und blieb dann an einem Winkel unmittelbar über der geschlossenen, unteren Panzertür hängen. Im allerersten Moment wusste er nicht einmal selbst, warum. Etwas dort … schien sich verändert zu haben. Die Farbe des Kunststoffes wirkte mit einem Mal ausgewaschen, wie mit einer dünnen, matt weißen und das Licht absorbierenden Schicht überzogen, und der unheimliche Effekt breitete sich lautlos und rasend schnell aus.

»Was ist das?«, flüsterte er erschrocken. Harry und der zweite Söldner schauten in dieselbe Richtung. Harry wirkte ebenso verwirrt und alarmiert wie er, während Frank vollkommen sinnloserweise seine Waffe hob und auf die Tür richtete, wie um auf den blinden Fleck zu schießen. Inzwischen war er nicht mehr weiß. Seine Ränder, die sich weiter rasch bewegten und mittlerweile die Tür selbst erreicht hatten, waren nach wie vor stumpf und ausgeblichen, in seinem Zentrum aber begann er zu glitzern, und dann schien etwas wie ein haarfeines, asymmetrisches Spinnennetz darin zu erscheinen, und endlich begriff Ben, was er da sah.

Und zumindest Harry schien es im selben Augenblick zu erkennen, denn er flüsterte erschrocken: »Eis!«

Es war Eis – genauer gesagt eine dünne, gesprungene Schicht aus Raureif, die sich mit einem hörbaren Knistern rasend schnell über die gesamte Wand und die Tür ausbreitete, schon nach wenigen Sekunden den Boden erreicht hatte und ihn mit einem Gewirr ineinander laufender Risse und Sprünge überzog. Gleichzeitig stürzte die Temperatur ins Bodenlose. Bens Gesicht und Hände begannen zu prickeln, und ihr Atem erschien als grauer Dampf vor ihren Gesichtern.

»Tahia?«, fragte Harry beunruhigt. »Seht ihr das?«

»Ja. Ich beeile mich!«

»Das wäre keine schlechte Idee.« Harrys Stimme zitterte. Ben versuchte sich einzureden, dass es die Kälte war, aber tief in sich wusste er es besser. Auch ihm erging es nicht anders. Es waren nicht allein die plötzlich und auf so unheimliche Weise fallenden Temperaturen und auch nicht nur der Anblick des silberfarben Spinnennetzes, das mittlerweile den gesamten Bereich zwischen Tür und Treppe bedeckte und dazu ansetzte, an den Treppenstufen und dem verchromten Geländer hinaufzuwachsen. Da war noch mehr. Etwas … näherte sich ihnen. Etwas durch und durch *Böses.*

»Verdammt noch mal, mach schneller!«, murmelte nun auch Frank. Seine Hände hatten sich so fest um die MPi geschlossen, als versuche er die Waffe in Stücke zu brechen, und er schwenkte den Lauf ununterbrochen von links nach rechts und wieder zurück, auf der Suche nach einem Ziel, das es nicht gab.

Ein schweres metallisches Klacken erscholl. Das Licht neben der Tür wechselte ganz kurz von Rot auf Grün und sprang dann wieder zu seiner bedrohlicheren Farbe zurück, und Tahias Stimme sagte: »Entschuldigung. Ich bin gleich so weit.«

Ben war nur nicht sicher, ob *gleich* schnell genug sein würde. Die knisternde Front hatte mittlerweile die Treppenstufen vor Frank erreicht und raste weiter. Der Söldner fuhr wie unter einem elektrischen Schlag zusammen, als der Raureif für einen kurzen Augenblick auch seine Stiefel überzog und sich dann beinahe hastig wieder zurückzog; wie ein Tier, das nach einer Beute geschnappt und im allerletzten Moment begriffen hatte, dass sie gefährlich war. Es wurde immer kälter. Feiner, grauer Dunst schien in der Luft zu liegen, und das Gefühl einer Annäherung wurde übermächtig. Was immer sie spürten, es war nicht mehr hinter jener Tür, sondern längst hier drinnen im Raum; noch unsichtbar, aber eindeutig *da*.

Und dann sah er es. Am Fuß der Treppe, auf halbem Weg zwischen der untersten Stufe und der Tür, türmte sich das gesprungene Eis plötzlich höher. Von einem misstönenden Klirren und Klingen begleitet, wurde aus der dünnen Raureifschicht ein unförmiges Etwas, das weiterwuchs und sich ausdehnte und Konturen anzunehmen begann. Bens Herz machte einen entsetzten Sprung bis in seinen Hals hinauf, als er sich endlich gestattete zu begreifen, was er da erblickte.

»Tahia!«, sagte Harry scharf.

»Sofort!«, antwortete die Stimme der Söldnerin. Täuschte sich Ben oder hörte er nun einen deutlichen Unterton von Panik darin?

Aus dem Eishaufen am Fuß der Treppe wurde eine Gestalt, gedrungen, ohne Gesicht und mit schrecklichen dreifingrigen Klauen, die sich langsam aufrichtete und einen unsicheren Schritt in ihre Richtung machte. Frank schrie auf, riss sein Gewehr hoch und schoss.

In der Enge des Treppenschachtes schien das Dröhnen der kurzen Salve ihre Trommelfelle zu zerreißen. Schon die erste Kugel sprengte den Eiskrieger in Stücke, der Rest der Garbe stanzte rauchende Löcher in die Plastikverkleidung der Wände oder heulte als Querschläger davon. Kaum eine Handbreit neben Frank spritzten Funken aus dem verchromten Geländer, und Harry brüllte ihn an, das Feuer einzustellen.

»Jetzt!«, schrie Tahia. Gleichzeitig erscholl hinter ihnen wieder jenes metallische Klacken, und das Licht wechselte abermals zu Grün. Summend und enervierend langsam begann sich die tonnenschwere Tür zu öffnen.

Einen Spaltbreit.

Dann verharrte sie, schien eine halbe Sekunde lang zu beben, wie gegen irgendeinen Widerstand ankämpfend – und rutschte dann mit einem dumpfen Knall wieder ins Schloss. Das Licht wechselte abermals auf Rot, und noch während Ben vergeblich versuchte zu begreifen, was vor sich ging, drang an Stelle von Tahias Stimme ein schrilles, an- und abschwellendes Heulen und Wimmern aus den Lautsprechern. »Achtung!«, schnarrte eine misstönende Computerstimme. »Kontaminationsalarm! Sicherheitsprotokoll Alpha eins wurde ausgelöst!«

»Was bedeutet das?«, schrie Harry. Unter ihnen begann sich ein zweiter Eiskrieger zu erheben, neben ihm ein dritter, vielleicht auch schon ein vierter. Frank erlegte das erste Ungeheuer mit einem einzelnen, gezielten Schuss, noch bevor es sich ganz aufrichten konnte, und Tahias Stimme antwortete:

»Ich habe keine Ahnung! Hier spielt alles verrückt! Ramanov – was ist hier los?!«

Frank feuerte erneut. Wieder zerbarsten Eiskrieger zu Millionen scharfkantiger Bruchstücke, die wie gefährliche Schrappnellgeschosse durch den Treppenschacht flogen, zitternd in den Wänden stecken blieben oder vom Metall der Treppe abprallten, und aus dem Lautsprecher kam für einige Sekunden nichts als schieres Chaos; durcheinander schreiende Stimmen, Lärm und das zeitversetzte Echo der Computerstimme, die sie gerade gehört hatten und die nun offensichtlich auch oben in der Zentrale erscholl.

»Tahia! Verdammt!«, brüllte Harry. »Macht diese verdammte Scheißtür auf!«

Frank erledigte das dritte Eisungeheuer und jagte vorsichtshalber auch gleich eine Kugel in das unförmige Etwas, das sich hinter ihm aufrichten und zu einem weiteren tödlichen Gegner werden wollte, und plötzlich war es nicht mehr Tahias, sondern Ramanovs Stimme, die aus dem Lautsprecher ertönte. »Hören Sie mich, West?«

»Ja! Ramanov, machen Sie diese verdammte Tür auf oder ich –«

»Das kann ich nicht«, unterbrach ihn Ramanov. »Der Kontaminationsalarm wurde ausgelöst. Der Computer nimmt jetzt keine Befehle mehr an. Von niemandem!«

»Blödsinn!«, fauchte Harry. »Es gibt immer einen Notfallschalter oder so etwas! Machen Sie diese Scheißtür auf oder ich schwöre Ihnen, dass ich Ihnen höchstpersönlich so in den Arsch trete, dass Sie bis nach Moskau zurückfliegen, sobald ich hier raus bin!«

»Das geht nicht. Der Computer ist darauf programmiert, automatisch zu handeln, wenn er feststellt, dass etwas aus dem Labor auszubrechen droht. Ich kann nichts machen!«

»Und was heißt das?«, fragte Harry.

Zwei oder vielleicht drei Sekunden verstrichen, ohne dass er eine Antwort bekam. Als Ramanov schließlich weitersprach, klang seine Stimme verändert. Jetzt war darin nur noch abgrundtiefes Entsetzen zu hören. »Es tut mir leid. Die ganze Anlage wird … sterilisiert.«

Ben starrte in Richtung der Decke und der unsichtbaren Stimme. »Sterilisiert?«, flüsterte er. »Was … was bedeutet das?«

Wieder vergingen endlose Sekunden, bevor Ramanov antwortete. »Der Schacht wird mit einem Gas gefüllt, das mit über zweitausend Grad Celsius abbrennt. Es … wird sehr schnell gehen. Es tut mir leid.«

Seltsam – in diesem Moment fühlte Ben überhaupt nichts. Er hätte erschrecken oder Angst haben sollen, aber er empfand nichts. Die ganze Situation war zu bizarr um wahr zu sein. Seit er sich hier nach unten begeben hatte, war kein Augenblick vergangen, in dem er sich nicht in dem Bewusstsein vorwärts bewegt hatte, sich in Lebensgefahr zu befinden, und doch beharrte nun eine Stimme in ihm darauf, dass das, was Ramanov gerade behauptet hatte, einfach nur lächerlich war.

Dann … *hörte* er etwas. Nicht Ramanovs Stimme oder das Knistern des arbeitenden Eises, sondern ein leises, gleichmäßiges Zischeln. Ein sonderbar scharfer chemischer Geruch drang in seine Nase. Er hatte immer noch keine Angst.

»Es tut mir leid«, sagte Ramanov noch einmal. »Bitte glauben Sie mir.«

»Ben, ich … wollte das nicht«, flüsterte seine Mutter. »Bitte verzeih mir.«

Ben wollte sich zu ihr herumdrehen und sie ein allerletztes Mal ansehen, doch ihre Zeit war endgültig abgelaufen, und was dann geschah, ging einfach zu schnell.

Es war genau wie in der Vision, die er draußen auf dem Eis gehabt hatte, nur dass es keine Vision war, sondern eine Wirklichkeit, die jeden Albtraum verblassen ließ. Am Fuß der Treppe, dort, wo das Eis gerade die schrecklichen Krieger geboren hatte, riss das Universum auseinander. Eine riesige gekrönte Gestalt trat mit einem staksenden Schritt aus den Dimensionen des Wahnsinns in das heraus, was er bisher für die Realität gehalten hatte; die Eiskönigin aus seinem Traum, ein drei Meter großes Monstrum mit schnappenden Kiefern und grässlichen Spinnenarmen, das sich mit einem schrillen Schrei aufrichtete und ihnen ihren Hass entgegenschleuderte.

Ben dachte an Sasha.

Die Eiskönigin sprang, und im gleichen Sekundenbruchteil, in dem sie ihre grauenvollen Glieder zu einer tödlichen Umarmung ausbreitete, verwandelte sich die Welt in ein Meer aus grellem, unerträglich *heißem* Licht, und Bens unwiderruflich letzter Gedanke war die Frage, was ihn wohl eher erreichen würde – die alles vernichtende Hitzewelle oder die mörderische Liebkosung der Eiskönigin. Und ob es wehtun würde.

Aber es tat nicht weh.

29

NATÜRLICH WAR ES WIEDER EINMAL EIN ALBTRAUM, und natürlich wachte er auch diesmal auf dem kunststoffbezogenen Folterbrett in van Staatens Behandlungszimmer auf, und – ebenso natürlich – tat ihm so ziemlich alles weh, was überhaupt nur wehtun konnte; allen voran seine linke Armbeuge, die sich anfühlte, als pule van Staaten – wieder einmal – mit großem Vergnügen mit einer bis zur Rotglut erhitzten Nadel darin herum, die sie dazu noch ausgewählt hatte, weil es die dickste in ihrer Sammlung war.

Damit hörte das *Wieder-einmal* aber auch schon auf, und die Unterschiede begannen.

Der erste war, dass er sich diesmal an einen *echten* Albtraum erinnerte, nicht an etwas … anderes, das sich nur als Albtraum oder Fieberfantasie tarnte um zu verbergen, dass es in Wahrheit etwas viel Schlimmeres war. Der zweite war, dass er sich anscheinend irgendwie noch immer in einem Traum befand, denn als er die Augen aufschlug, blickte er nicht in van Staatens schadenfrohes Grinsen, sondern in ein von glattem weißem Haar eingerahmtes Engelsgesicht, das Sasha gehörte, also war es ein Traum, wenn auch zweifellos das genaue Gegenteil eines *Alb*traumes.

Der dritte und wichtigste schließlich aber war, dass es gar kein Traum sein konnte, auch nicht die Realität, denn er war tot, und in diesem Zustand hatte weder das eine noch das andere Bestand.

Vielleicht, überlegte er träge, war er im Paradies, und das Gesicht, das er für das Sashas hielt, gehörte in Wirklichkeit einem Engel. Aber warum tat es dann so weh? Die Hölle konnte es nicht sein, denn dann wäre der Engel – oder Sasha? – nicht hier gewesen, aber der Himmel konnte unmöglich so viele Schmerzen für ihn bereithalten.

Also irgendetwas dazwischen, das Fegefeuer oder so etwas?

»Es ist jetzt gut, Ben«, sagte van Staatens Stimme hinter ihm. »Du kannst aufhören dich schlafend zu stellen.«

Ben riss seinen Blick mit einiger Mühe von Sashas Gesicht los, drehte den Kopf zur anderen Seite der Liege und schaute in das van Staatens, das ihn leicht vorwurfsvoll ansah.

»Ich bin Ärztin, weißt du? Ich merke so etwas.«

»Wie?«, murmelte Ben dümmlich.

»Und außerdem gibt es noch eine kleine elektronische Petze, die dich gnadenlos in die Pfanne haut und auch noch Spaß daran hat.« Sie tippte mit dem Zeigefinger auf den Monitor eines weißen Gerätes, das neben seinem Bett stand und gleichmäßig vor sich hin piepste. Ohne dass Ben sich der Bewegung bewusst gewesen wäre, hob er die Hand und tastete nach irgendwelchen Kabeln oder Drähten, und van Staaten schüttelte den Kopf und fügte amüsiert hinzu: »Kabellos, aber sehr zuverlässig.«

»Aha«, sagte Ben. Etwas Klügeres fiel ihm dazu nicht ein.

Die Ärztin versuchte ein möglichst grimmiges Gesicht aufzusetzen, aber es gelang ihr nicht, die Mischung aus Sorge und mühsam unterdrückter Erleichterung ganz aus ihrem Blick zu verbannen. Zugleich war da auch noch etwas anderes, was er nicht richtig einordnen konnte. Was immer mit ihm war, es *war* ernst oder zumindest ernst gewesen. Natürlich war es ernst gewesen.

»Warum?«, fragte er und wunderte sich selbst ein bisschen über diese Frage.

»Warum du mit dem Theater aufhören sollst? Weil du lange genug geschlafen hast. So lange zu schlafen ist auch nicht gesund. Vor allem nicht für einen jungen Menschen wie dich.«

»Warum lebe ich noch?«, fragte Ben und wunderte sich noch mehr. Schließlich erinnerte er sich nur an einen Traum. Seltsamerweise konnte er sich *nicht* erinnern, wie er eigentlich hergekommen war.

»Du bist der Erste, der es erfährt, wenn ich es herausgefunden habe«, versprach van Staaten. »Sofort, nachdem ich den Nobelpreis für diese Erkenntnis kassiert habe, versteht sich.« Sie lächelte flüchtig, aber ihre Augen blieben weiter auf diese sonderbare Art ernst, die ihm fast Angst machte. »Wie fühlst du dich? Hast du Schmerzen oder andere Beschwerden?«

Was für eine Frage! Ja, er hatte Schmerzen, vor allem in seinem Arm, in den sie einen glühenden Fleischerhaken gerammt haben musste. Automatisch sah er hin und blinzelte überrascht, als er feststellte, dass seine Armbeuge völlig unversehrt war. Nicht die klitzekleinste Nadel steckte in seiner Vene. Da war nicht einmal ein Pflaster. Etwas in ihm hatte wohl einfach vorausgesetzt, dass van Staaten ihr Lieblingsfolterwerkzeug an ihm ausprobiert hatte, und den Rest ziemlich überzeugend dazuerfunden.

Aber psychosomatisch oder nicht – es tat immer noch weh.

»Nein«, behauptete er trotzdem. Dann drehte er den Kopf und stellte fest, dass Sasha noch immer neben ihnen stand und auf ihn herabsah, und das war nun *wirklich* ungewöhnlich.

»Sie steht seit ungefähr vier Stunden da«, beantwortete van Staaten seine Frage, bevor er sie ausgesprochen hatte. »Sie hat sich einfach nicht davon abbringen lassen, ganz egal was ich versucht habe.« Sie lachte leise. »Nicht einmal ihr Großvater konnte sie von hier wegbringen.«

»Und wie lange bin ich schon hier?«, fragte er stockend und ohne den Blick von Sashas Gesicht zu nehmen. Er glaubte van Staaten auf Anhieb. Auch wenn Sasha ganz und gar nicht diesen Eindruck erwecken mochte, so hatte doch sogar er schon bemerkt, dass es nicht besonders viel gab, was Sasha von einem einmal gefassten Entschluss abbringen konnte.

»Und wie lange bin ich schon hier?«, fragte er noch einmal.

»Seit ungefähr vier Stunden. Sie ist gleich nach dir gekommen. Keine Ahnung, woher sie es gewusst hat.«

Die hatte Ben auch nicht. Vor allem nicht davon, was sie mit *es* meinte. Er blickte Sasha noch eine geraume Weile schweigend an, dann lauschte er einen Moment konzentriert in sich hinein und kam zu dem Schluss, dass er es riskieren konnte. Vorsichtig setzte er sich auf, schwang die Beine von der Liege – und nichts geschah. Van Staatens elektronische Petze stieß ein protestierendes Pfeifen aus, und das war auch alles; ihm wurde weder schwindelig noch übel noch tat sich der Boden auf, um ihn zu verschlingen. Ganz im Gegenteil fühlte er sich auf eine seltsame Art ausgeruht und beinahe erfrischt.

Dann erstarrte er und blieb geschlagene fünf Sekunden in der schon fast komischen Haltung sitzen, nach vorne gebeugt und beide Hände auf die Kante der Liege gestützt, um seine Hose anzustarren. Sie war verdreckt und zerrissen, und die Beine waren vom Saum an bis fast zu den Knien hinauf angesengt und verkohlt.

»Ben?«, fragte Dr. van Staaten. »Alles in Ordnung?«

Er konnte nicht antworten. Hinter seiner Stirn … bewegte sich etwas. Er konnte beinahe körperlich fühlen, wie eine komplizierte Maschinerie, die gewaltsam angehalten worden war, knirschend und ruckelnd und widerwillig wieder in Gang kam und sich eine Tür in seiner Erinnerung öffnete, hinter die er ganz gewiss nicht blicken wollte.

»Ben?«, fragte van Staaten noch einmal.

Ben riss sich mühsam vom Anblick seiner verbrannten Hose los und starrte sie an. »Das … das war kein Traum«, murmelte er. Alles um ihn herum begann sich zu drehen.

Van Staaten wirkte plötzlich alarmiert und zugleich höchst angespannt und wie zum Sprung bereit. »Ein Traum?« Sie schüttelte verwirrt den Kopf. »Nein, wie … Oh, ich verstehe.« Nun sah sie betroffen aus. »Nein, das war kein Traum.«

»Mein Gott!«, ächzte Ben. Sein Herz begann zu rasen. Seine Hände und Knie zitterten. »Was ist mit –«

»Es ist alles in Ordnung. Mach dir keine Sorgen. Deiner Mutter geht es gut. Sie ist unverletzt. Und Harry auch.«

»Aber … aber was ist *passiert?«,* keuchte Ben verständnislos. Mit einem Mal waren seine Erinnerungen wieder da, in allen grausamen Details. Genau genommen waren sie die ganze Zeit über da gewesen, aber jetzt erst wurde ihm klar, dass es tatsächlich *Erinnerungen* waren, nicht nur Fetzen eines irrsinnigen Traumbildes, die ihm in die Wirklichkeit herübergefolgt waren. Das alles war wirklich *passiert!*

»Wieso lebe ich noch?«

»Es … tut mir leid.«

»Was? Dass ich nicht tot bin?«

»Ich dachte, du wüsstest es, weil du mich gefragt hast«, erwiderte sie ungerührt.

»Wieso lebe ich noch?«, fragte Ben noch einmal, und jetzt schrie er fast. *»Und was ist passiert?«*

Dr. van Staaten wirkte nun vollends verstört und so unsicher, dass sie ein kleines Stück von ihm zurückwich, als hätte sie Angst, er könne mehr tun als sie nur anzuschreien. »Das weiß ich nicht.« Nach kurzem Zögern fügte sie hinzu: »Aber Professor Ramanov möchte uns alle sehen. Ich wollte ihn noch ein bisschen hinhalten, um dich zu schonen, aber wenn du dich stark genug fühlst …«

Stark genug, wozu?, dachte Ben. Und wie er sich *fühlte,* darüber dachte er im Moment vorsichtshalber erst gar nicht nach. Eigentlich dürfte er sich *überhaupt nicht* fühlen. Er müsste tot sein, verbrannt von einer zweitausend Grad heißen Stichflamme oder zerrissen von den grausamen Klauen der Eiskönigin oder auch beides und in beliebiger Reihenfolge. »Und meine Mutter ist auch –?«

»Unverletzt«, bestätigte van Staaten. »Genau wie Harry, ja. Ich habe dir doch gesagt, dass du dir keine Sorgen zu machen brauchst.« Sie hatte ihre Selbstbeherrschung zurückerlangt und maß ihn nun wieder auf ihre übliche Art, mit einem Blick, der durchaus freundlich war, gleichzeitig aber auch ganz so, als suche sie nach einer Stelle an seinen Körper, an der er besonders leicht zu verletzen oder besonders empfänglich für Schmerzen war.

»Ich denke, du bist so weit. Ich sage Ramanov Bescheid, dass er das große *Meeting* einberufen kann. Möchtest du hier warten oder …?« Sie beantwortete ihre eigene, nicht einmal ganz ausgesprochene Frage mit einem Nicken und bedachte dabei zuerst ihn und dann Sasha mit einem sehr eigentümlichen Blick.

»Ich lass euch jetzt allein. Tut nichts, was ich nicht auch tun würde, oder halt: Tut nicht einmal das. Bis gleich.«

Und damit verschwand sie, um hinauszugehen und Sasha und ihn allein zu lassen – etwas, womit Ben nicht nur so ziemlich als Allerletztes gerechnet hätte, sondern wofür ihr Professor Ramanov vermutlich auch den Kopf abreißen würde, wenn er davon erfuhr.

Trotzdem wartete er nicht einmal, bis sie die Tür ganz hinter sich ins Schloss gezogen hatte, bevor er sich wieder zu Sasha umwandte und ihre Hand ergriff. Ihre Haut war so eiskalt und fast unnatürlich glatt wie immer, aber tief darunter war auch eine Wärme verborgen, die er jetzt mehr denn je spürte. Was hätte er darum gegeben, diese Wärme auch nur ein einziges Mal in ihren Augen lesen zu können!

»Du weißt, was geschehen ist, nicht wahr?«, fragte er. »Ich meine: Du weißt, warum wir alle noch am Leben sind, habe ich Recht?«

Wie immer blickten ihre Augen durch ihn hindurch, und wie immer hatte er das Gefühl, dass ihr Blick nicht wirklich ins Nichts gerichtet war, sondern nur auf einen *Punkt im Nichts,* einen Ort solchen Schreckens und so unvorstellbaren Grauens, dass die ordnende Macht des

Universums selbst ihn dorthin verbannt hatte, so weit entfernt von allem Lebenden und Fühlenden, wie es überhaupt nur möglich war.

Und vielleicht trotzdem nicht weit genug.

Ben setzte dazu an, eine weitere Frage zu stellen, auf die er auch keine Antwort bekommen würde, doch dann geschah etwas … Seltsames. Sasha löste mit einer sichtbaren Anstrengung ihre Hand aus seinem Griff, was ungewöhnlich genug war. Denn sie war zwar keineswegs völlig apathisch oder willenlos – eher im Gegenteil –, aber wenn sie sich einmal dazu entschlossen hatte, etwas zu tun oder auch zuzulassen, dann blieb es dabei.

Und das war längst nicht das Unheimlichste.

Sie sah ihn an, und in ihrem, für jeden anderen wahrscheinlich ausdruckslosen, Gesicht war jetzt etwas, was ihn zutiefst beunruhigte. Dann fiel ihm auf, dass sie gar nicht wirklich *ihn* anstarrte. Das hieß, natürlich sah sie *ihn* an, aber ihr Blick war nicht auf sein Gesicht gerichtet, sondern auf einen Punkt irgendwo an seinem Gürtel. Ben schaute ganz automatisch an sich herab, aber alles, was er sah, war eine ziemlich ramponierte Hose, die an einigen Stellen zu einem mürben, aschgrauen Geflecht verkohlt war. Sicherlich war das nicht besonders kleidsam, aber trotzdem war es nichts, was Sasha normalerweise überhaupt zur Kenntnis nahm; weil Dinge wie diese in ihrem sonderbaren eigenen Universum vollkommen bedeutungslos waren.

Er sah noch einmal auf. Sasha starrte weiter seinen Gürtel an, und der nur für ihn vorhandene Ausdruck in ihren Augen wurde noch drängender, beinahe schon flehend. Ben bezweifelte, dass er wirklich nachempfinden konnte, welch ungeheure Kraftanstrengung sie dieser einfache Blick kostete, denn er verlangte nicht weniger von ihr, als die unsichtbaren Mauern zu durchbrechen, die zwischen ihr und der Welt existierten, in der er und alle anderen lebten. Seine Hand glitt fast ohne sein Zutun in die Hosentasche, und seine Finger schlossen sich um etwas Kleines und Hartes. Ganz automatisch zog er es hervor und erschrak bis ins Mark, als er einen unförmigen Klumpen sah, der sich nicht auf den zweiten, sondern erst auf den *dritten* Blick als die Überreste des MP3-Players entpuppte.

Beinahe schon entsetzt sah er wieder zu Sasha hin. Sie zitterte wie Espenlaub, und der Ausdruck unendlicher Anstrengung in ihrem Blick war nun dem einer möglicherweise noch tieferen Erschöpfung gewichen.

Vollkommen hilflos blickte er auf die jämmerlichen Überreste des Players auf seiner Handflächen hinab. Das winzige Gerät hatte das Feuer nicht annähernd so gut überstanden wie er; nicht einmal so gut wie seine Beinkleider. Es war zur Hälfte zerschmolzen, und das wenige, was noch an seine ursprüngliche Form erinnerte, sah eher wie ein dreidimensionales Puzzle aus, das sich allen Naturgesetzen zum Trotz weigerte endlich auseinander zu fallen. Das Ding *konnte* einfach nicht mehr funktionieren.

Er fummelte trotzdem ungeschickt den winzigen Kopfhörerknopf in sein rechtes Ohr und drückte mit dem Fingernagel die noch winzigere Multifunktionstaste, zu deren Funktionen es jetzt auch zu gehören schien, ein erbärmliches Knirschen und Quietschen zu produzieren. Und dann geschah ein mittelgroßes Wunder: Das Display des MP3-Players erwachte zu leuchtend blauem Leben.

»Zweihunderteinundvierzig, Ben«, flüsterte Sashas Stimme in seinem Ohr.

»Zweihunderteinundvierzig?«, wiederholte er verständnislos. »Aber was soll das heißen?«

Er bekam keine Antwort und spielte den Soundclip ein zweites und drittes Mal ab, aber es blieb dabei: Er bestand aus zwei Worten, die einfach keinen Sinn ergaben. *Zweihunderteinundvierzig?* Möglicherweise war das Ding doch kaputt.

Er spielte den Soundclip noch einmal ab – mit demselben Ergebnis, nämlich keinem – und das blaue Licht des winzigen Displays begann bedrohlich zu flackern und bei den letzten Tönen eierte die Aufnahme schon leicht. Hastig nahm er den Knopf aus dem Ohr, schaltete das Gerät aus und verstaute es wieder in der Hosentasche, bevor es endgültig den Geist aufgab. Er musste später versuchen, es zu reparieren.

»Wenn du doch nur reden könntest«, murmelte er und streckte die Hand nach ihr aus. Und als hätte sie ihn noch nicht genug überrascht, kam sie zurück und ließ es zu, dass er ihre Hand abermals ergriff. »Hast du uns gerettet?«

»Jetzt übertreibst du aber.« Van Staaten war deutlich leiser zurückgekommen, als sie gegangen war – und eindeutig schneller, als er erwartet hatte –, und sah kopfschüttelnd zur Tür herein. »Ich meine: Selbst wenn alles wahr wäre, was du über sie erzählt hast, dürfte *das* doch ihre Möglichkeiten bei weitem übersteigen.«

»Dann verraten Sie mir doch, was passiert ist«, sagte Ben in schärferem Ton, als er beabsichtigt hatte.

Van Staatens Blick blieb für einen halben Atemzug an seiner Hand hängen, die noch immer Sashas hielt. Sie runzelte die Stirn, sagte aber nichts und selbstverständlich beantwortete sie auch seine Frage nicht. »Vielleicht bringe ich euch doch besser gleich hin«, sagte sie stattdessen. »Ramanov ist auf dem Weg hierher, und er wird bestimmt nicht begeistert sein, wenn er das da sieht.«

Ben fragte sich, was genau sie mit *das da* meinte – seine Hand lag auf Sashas *Fingern*, nirgendwo sonst! –, und schürzte nur trotzig die Lippen. »Und wer sagt, dass mich das interessiert?«

Van Staaten seufzte. »Niemand. Und normalerweise würde ich dir Recht geben. Alles, was Ramanov auf seinem Weg zum Schlaganfall weiterhilft, gefällt jedem hier prinzipiell gut. Aber, weißt du – ich bin hier leider auch die einzige Ärztin, und ich habe wirklich keine Lust, ihn möglicherweise die nächsten Wochen windeln und füttern zu müssen, bis ein Flugzeug kommt und ihn abtransportiert.«

Gegen seinen Willen musste Ben lächeln, wenn auch nur kurz. Er ließ Sashas Hand nicht los.

»Kommt«, sagte van Staaten aufgeräumt. »Ich begleite euch.«

Ben stand widerwillig auf und nickte. Er hatte nichts gegen die Vorstellung eines sabbernden Ramanov, der noch dazu inkontinent war und gefüttert werden musste, aber van Staaten hatte Recht – jetzt war wirklich nicht der richtige Zeitpunkt für alberne Rachefantasien, so verlockend sie auch sein mochten. Er hielt Sashas Finger fest umklammert, während sie van Staaten auf den Gang hinausfolgten.

Er war so leer wie immer, aber nachdem sie die ersten Schritte zurückgelegt hatten, fiel Ben doch ein Unterschied auf. Das Bienenstocksummen des Sturmes war erloschen und hatte einem anderen, viel unheimlicheren Laut Platz gemacht, der an das Heulen einer Meute von Polarwölfen erinnerte, aber tausendmal machtvoller und Furcht einflößender war.

»Ramanovs Sturm?«, fragte er.

»Er ist vor einer Stunde losgegangen. Und das ist erst der Anfang. Ich schätze, in drei oder vier Stunden wird es hier *richtig* ungemütlich.«

»Sind wir in Gefahr?«, fragte er erschrocken.

»Durch den Sturm? Nein. Keine Sorge. Der Zar hat nur die Einrichtung im Sonderangebot in China gekauft. Der Rest ist stabil. Den Sturm, der dieser Station etwas anhaben kann, hat es noch nicht gegeben.«

»Woher wollen Sie das wissen?«, fragte Ben.

»Weil sie noch immer da ist.« Van Staaten blinzelte ihm zu und machte unmittelbar darauf ein umso besorgteres Gesicht. Als Ben dazu ansetzte, eine entsprechende Frage zu stellen, schüttelte sie jedoch nur rasch den Kopf und deutete mit einem fast verschwörerischen Blick auf Sasha.

»Sie weiß Bescheid«, sagte Ben. Wahrscheinlich wusste sie von allen hier am besten Bescheid.

»Mag sein, aber wir sollten trotzdem lieber still sein.«

Ben setzte leicht verärgert dazu an, nach dem Grund für diese neuerliche Abfuhr zu fragen, und sparte es sich, als selbiger vor ihnen um die Gangbiegung kam. Seine Finger schlossen sich trotzig noch fester um Sashas Hand, dann lockerte er seinen Griff wieder leicht, als ihm klar wurde, dass er Gefahr lief, ihr wehzutun. Auf den ersten Blick schien Ramanov genauso missmutig und schlecht gelaunt zu sein wie immer, aber dann kam der Russe näher, und Ben erkannte seinen Irrtum. Ramanov wirkte nicht missmutig, sondern einfach müde, auf eine nicht körperliche Weise so erschöpft und ausgelaugt, wie Ben es selten bei einem Menschen erlebt hatte. Natürlich war er nicht erfreut, Ben Hand in Hand mit seiner Enkeltochter zu erblicken, aber die Müdigkeit, die in seinen Augen stand, war vielleicht einfach zu groß, als dass er seinem Missfallen noch mit Worten Ausdruck verleihen konnte. Statt zu einer seiner gefürchteten Gardinenpredigten anzusetzen, runzelte er nur kurz die Stirn, was aber mehr nach reinem Reflex als echtem Gefühl aussah, und wandte sich dann an die Ärztin.

»Doktor. Ich übernehme die beiden. Seien Sie doch bitte so gut und gehen Sie zur Schleuse, um diesen Söldner zu holen. Einer der Techniker soll ihn ablösen.«

Van Staaten wirkte wenig begeistert über diesen Auftrag, und Ramanov überraschte Ben ein zweites Mal, indem er eine seiner Anweisungen erklärte; ein Ansinnen, das bei ihm normalerweise gleich hinter Gotteslästerung kam. Oder wahrscheinlich davor. »Harry möchte alle seine Leute dabeihaben. Holen Sie ihn – bitte.«

Van Staaten wirkte nun vollends verwirrt, was wohl an dem letzten Wort Ramanovs lag, von dem offensichtlich nicht nur Ben bisher geglaubt hatte, dass es nicht zu seinem aktiven Wortschatz gehörte. Aber schließlich drehte sie sich wortlos um und eilte davon.

»Kommt mit«, sagte Ramanov. Mehr nicht. Er rief weder ein Erschießungskommando noch bestand er darauf, eine internationale Krise zu verkünden, und verzichtete sogar darauf, Ben alle Finger der Hand zu brechen, mit der er seine Enkeltochter berührt hatte. Jemand sollte van Staaten Bescheid sagen. Ramanov musste krank sein. Sehr krank sogar.

»Wo ist meine Mutter?«, fragte er, während er Ramanov folgte, der kehrtgemacht hatte und in die Richtung zurückeilte, aus der er gekommen war.

»Keine Sorge, es geht ihr gut.« Der Russe beschleunigte seine Schritte noch, als hätte er Angst, dass er weitere Fragen stellen könne, und Ben dachte sich seinen Teil und versuchte wenigstens, mit Sasha nicht zu weit zurückzufallen. Vielleicht hätte ihn das am meisten überraschen sollen, denn soweit er sich erinnerte, war es das erste Mal, dass Ramanov ihn nicht aus Argusaugen belauerte, sobald er sich seiner Enkeltochter weiter als bis auf fünfzig Kilometer näherte.

Das an- und abschwellende Heulen des Sturmes nahm ein wenig ab, als sie zur Zentrale kamen, aber das lag vermutlich weniger daran, dass der Polarsturm schon wieder an Kraft einbüßte, sondern eher daran, dass die Zentrale ihren Namen wirklich verdiente und so weit von den Außenwänden der Basis entfernt war, wie es nur ging. Ben war jetzt sicher, dass er sich das sachte Zittern des Bodens nicht einbildete, und es war sogar mehr: ein Vibrieren, das von der gesamten Basis Besitz ergriffen hatte. Er hoffte nur, dass van Staaten Recht behalten würde mit dem, was sie vorhin über die Sicherheit dieses Gebäudes gesagt hatte.

30

BEN ERLEBTE DIE NÄCHSTE ÜBERRASCHUNG, als sie um die letzte Biegung kamen. Der Zugang zur Zentrale wurde auch jetzt wieder von zwei bewaffneten Männern bewacht, aber sie gehörten nicht zu Harrys Truppe, sondern trugen weiße Kittel und waren offensichtlich im Hauptberuf Wissenschaftler. Die Gewehre in ihren Händen wirkten reichlich deplatziert, und einer von ihnen machte sich vollends zum Narren, indem er zu salutieren versuchte, als Ramanov an ihm vorbeiging.

Noch immer ohne auch nur zu ihnen zurückgeblickt zu haben, öffnete der Russe die Tür und trat mit einem weit ausholenden Schritt über die Schwelle hinweg (immerhin war er lernfähig, wenn auch nur auf die harte Tour), und Ben sah, dass die Zentrale ausnahmsweise einmal hinlänglich beleuchtet war und nicht die schummrige Atmosphäre einer metallenen Gruft aufwies. Eine größere Anzahl von Personen hielt sich darin auf; darunter seine Mutter und sein Vater, der in ein von heftigem Gestikulieren begleitetes Gespräch mit einer Gestalt in einem weißen Polaranzug vertieft war, die Ben den Rücken zudrehte, sodass er ihr Gesicht nicht erkennen konnte.

Als er näher kam, stellte er fest, dass die Zentrale, sah man von der Gruppe der Wissenschaftler ab, nahezu genauso besetzt war wie bei seinem letzten Besuch hier am Morgen; *vor* der Katastrophe. Tahia, Gerrit und Harry, dazu seine Eltern und Dr. Vatec sowie Ramanovs junger Assistent. Wenn van Staaten mit Frank zurückkam, dann waren sie sozusagen komplett. Nur Baxter fehlte. Ben konnte im ersten Moment nicht einmal sagen, warum, aber der Gedanke beunruhigte ihn.

Mit einem übertrieben großen Schritt trat er über die erhöhte Schwelle hinweg und hätte um ein Haar das Gleichgewicht verloren, als Sasha urplötzlich stehen blieb und seine Hand unsanft zurückgerissen wurde. Alarmiert fuhr er herum.

»Sasha, was –?« Ben brach mitten im Satz ab. Ihr Gesicht war nicht mehr leer, sondern zeigte einen Ausdruck höchsten Schreckens, der fast schon an Panik zu grenzen schien. Gleichzeitig schloss sich ihre Hand so fest um seine Finger, dass es wehtat.

Und er war nicht einmal besonders überrascht, als er ihrem Blick folgte und sah, dass sie Harry anstarrte, der am anderen Ende des Raumes stand und mit seiner Mutter sprach.

Sasha versuchte sich loszureißen, aber damit hatte er gerechnet und er ließ es nicht zu. »Keine Angst. Niemand tut dir etwas. Dir kann gar nichts passieren, solange ich bei dir bin.«

Nach dem, was vor ein paar Stunden passiert war, kam er sich bei diesen Worten ein bisschen lächerlich vor, aber sie schienen zu wirken. Sasha beruhigte sich wieder und auch ihr Griff lockerte sich ein wenig.

»Ben!« Seine Mutter hatte ihn entdeckt und eilte mit weit ausgreifenden Schritten auf ihn zu, und auch Harry setzte sich in Bewegung, und das war wohl doch zu viel für Sasha. Kurz bevor die beiden heran waren, riss sie sich endgültig los, aber sie rannte wenigstens nicht davon, sondern stürmte zu ihrem Großvater, um sich wie ein kleines Kind hinter ihm zu verstecken. Harry blickte ihr stirnrunzelnd nach, während seine Mutter von dem kleinen Zwischenfall nicht einmal etwas bemerkt zu haben schien und ihn so stürmisch in die Arme schloss, dass ihm die Luft wegblieb.

»Ben! Ich bin ja so froh, dass dir nichts passiert ist! Wie geht es dir? Bist du verletzt?«

Er hätte gar nicht antworten können, denn ihre stürmische Umarmung nahm ihm nicht nur den Atem, sondern war ihm zugleich auch ziemlich peinlich. Aber er ließ sie trotzdem einige Sekunden lang über sich ergehen, ehe er seine Mutter mit sanfter Gewalt an den Schultern ergriff und schon mit ein bisschen mehr als *sanfter* Gewalt auf Armeslänge von sich schob, um sie kurz, aber sehr aufmerksam zu mustern. »Ich bin okay. Und du?«

Die Frage war im Grunde überflüssig. Seine Mutter sah sehr erschöpft aus, und unter ihren Augen lagen dunkle Ringe, die von Müdigkeit oder Angst kündeten – vielleicht auch von beidem –, aber sie war ganz offensichtlich genauso unversehrt wie er; abgesehen von einem hässlichen roten Fleck an der linken Schläfe und der Tatsache, dass sie auf derselben Seite einen Gutteil ihres Haares eingebüßt hatte, das sichtlich verschmort war.

»Das wird schon wieder«, sagte sie, als sie seinen Blick bemerkte und hob die Hand an die Schläfe. »Heidi hat mir versprochen, dass keine Narbe zurückbleibt.«

»Und wenn doch, kenne ich ein paar gute Schönheitschirurgen, die das bestimmt wieder hinkriegen«, fügte sein Vater hinzu, während er neben sie trat und ihr den Arm um die Schulter legte. Dann blinzelte er Ben kurz und übertrieben verschwörerisch zu. »Und wenn wir schon einmal dabei sind, können wir auch noch die eine oder andere kleine Verbesserung vornehmen, nicht wahr, Liebling?«

»Wenn du meinst, dass das nötig ist, *Liebling*«, antwortete seine Frau, lächelte zuckersüß und stieß ihm dann den Ellbogen gerade heftig genug gegen die Brust, dass ihm die Luft wegblieb und sein Arm von ihrer Schulter rutschte.

Ben lächelte flüchtig, warf zugleich aber auch einen raschen Blick zu Sasha und ihrem Großvater hin. Ramanov starrte missmutig in ihre Richtung und bedachte ihn mit einem Blick, als gäbe er ihm ganz allein die Schuld an allem, was seit ihrer Ankunft passiert war – an allem, was zuvor passiert war, übrigens auch –, während Sasha noch immer so erschrocken und verängstigt aussah wie gerade.

Er wandte sich wieder zu seiner Mutter um. »Was ist passiert? Wieso –?«

»– wir noch leben?« Sie zuckte mit den Achseln. »Ich weiß es nicht.«

Fragend sah er Harry an, aber der Söldner deutete nur ein Schulterzucken an und drehte sich dann wieder zu Sasha und ihrem Großvater, um sie weiter nachdenklich zu betrachten.

»Ramanov weiß es«, sagte sein Vater leise und sehr ernst.

»Ramanov weiß, was passiert ist?«, wiederholte Ben zweifelnd. Sein Vater nickte, und Harry, der offenbar wenig Lust hatte, sich an dem Gespräch zu beteiligen, deutete mit einer stummen Kopfbewegung auf den Monitor, der zwar eingeschaltet war, aber nur ein weißes Chaos aus Linien und tobendem elektronischem Schneegestöber zeigte.

»Er hat es *gesehen?«*, murmelte Ben. Das betretene Schweigen, das sich daraufhin breit machte, war Antwort genug. Einen Moment lang starrte er einfach weiter den Bildschirm an, dann nacheinander Ramanov und Tahia, die ebenso hier oben gewesen war, als das Unvorstellbare geschah. Ramanov erwiderte seinen Blick kühl. Tahia zeigte eine deutlichere Reaktion – auch wenn Ben ganz und gar nicht sicher war, ob sie ihm gefiel. Sie versuchte sich zu beherrschen und beinahe gelang es ihr auch; aber eben nur beinahe. Tief in ihren Augen war etwas, eine Unsicherheit, die ihn fast an die Furcht erinnerte, die er manchmal in den Augen Sashas zu erblicken glaubte.

Und ihm fiel auf, dass sie nicht die Einzige war, die ihn – aber auch seine Mutter und Harry – auf diese sonderbare Weise anblickte. Auch Gerrit starrte ihn ein bisschen so an, als sähe er ein Gespenst, und Vatec und der junge Russe schauten zwar nicht einmal in ihre Richtung, aber beiden war anzumerken, dass sie sich weit, weit wegwünschten.

»Was ist los?«, fragte er.

»Jetzt nicht«, antwortete Ramanov. »Es ist einfacher, wenn … wenn alle zusammen sind.«

Ben sah sich suchend um. »Baxter und Frank«, vermutete er.

»Baxter ist tot«, sagte seine Mutter.

»Und Frank auch«, fügte Harry hinzu. Es waren die ersten Worte, die er sprach, seit Ben hereingekommen war. Seine Stimme war leise und fast ausdruckslos.

»Frank?«, wiederholte Ben erschrocken. »Aber wieso denn? Ich meine, er war doch gar nicht –« Er brach verwirrt ab und betrachtete noch einmal zuerst seine Mutter, dann den Söldner. Seine Mutter hatte sich umgezogen, sodass ihr bis auf die angesengte Haarsträhne und die Verbrennung an der Schläfe nichts mehr von dem Geschehenen anzusehen war, aber Harry trug genau wie er noch immer dieselben Kleider wie vorhin, und nun erkannte Ben auch, dass er nicht ganz so unbeschadet davongekommen war, wie es bisher für ihn den Anschein gehabt hatte. Seine Jacke und sein rechtes Hosenbein waren mit zahllosen winzigen schwarzen Punkten übersät; wie Sterne auf dem weißen Himmel einer Negativaufnahme.

»Was ist passiert?«, fragte er noch einmal. Harry hob nur die Schultern. Er wusste es nicht, das sah man ihm an.

Trotzdem trat er noch einen Schritt auf den Söldner zu und sagte: »Harry!«

Er hatte nicht wirklich damit gerechnet, aber Harry riss seinen Blick nun doch von Ramanovs Gesicht los, maß ihn einen Moment lang auf eine sonderbar kühle, zugleich aber auch fast erschrockene Art und wandte sich dann mit einem Ruck ab, um mit schnellen Schritten vor den Bildschirm zu treten und gebannt das chaotische Durcheinander aus Störungen und wirbelnden weißen Funken zu betrachten, das er zeigte. Ben fragte sich, was Harry dort sah. Vermutlich nichts.

Er wollte ihm folgen, doch seine Mutter legte ihm rasch die Hand auf die Schulter und hielt ihn zurück. »Lass ihn. Bitte.«

»Warum?«

»Weil er jetzt gar nicht hier sein sollte«, antwortete sein Vater an ihrer Stelle. In seinen Augen stand noch immer eine unendliche Erleichterung geschrieben, und er wirkte auch nach wie vor fast schon aufgesetzt fröhlich, was nun einmal seine Art war, Gefühle auszudrücken. Dennoch spürte Ben, wie ernst er diese Worte meinte. »Er macht sich Vorwürfe, weißt du?«

»Nein«, antwortete Ben wahrheitsgemäß. »Wieso?«

»Wegen der beiden Leute, die er verloren hat«, sagte nun seine Mutter, und sein Vater fügte hinzu: »Er ist gar nicht so hart, wie er gerne tut. Er wollte die beiden dort unten rausholen, und das ist ihm nicht gelungen.«

Es dauerte noch einen kleinen Moment, bis Ben wirklich begriff. Und obwohl er eigentlich nicht hätte überrascht sein dürfen, erschrak er doch erneut. »Sonja und … der andere … Gerd sind auch tot?«

»Ich fürchte«, antwortete seine Mutter. »Und er hat sie dort runtergeschickt.«

Natürlich waren sie tot, dachte Ben bitter. Es gab gar keinen Zweifel daran. Schließlich hatten sie alle die Schreie gehört, und die plötzliche Stille, als die Schüsse und die Explosionen abbrachen. Der Umstand, dass er hier stehen und mit seinen Eltern reden konnte, bewies, dass der heimtückische Anschlag dieses verdammten Computers auf ihr Leben gescheitert war – doch was auch immer den beiden Söldnern dort unten in der Höhle begegnet sein mochte, sie konnten diese Begegnung nicht überlebt haben.

»Und was ist mit Frank?«, fragte er und sah seinen Vater an in der Hoffnung, wenigstens darauf eine Antwort zu bekommen. Baxter war vermutlich an den schweren Verletzungen gestorben, die er sich bei seinem Sturz im Labor zugezogen hatte – möglicherweise hatte ihn dieses Mistvieh von Spinne doch gebissen, bevor seine Mutter sie unschädlich machen konnte –, aber seine letzte Erinnerung an Frank war die, wie er quicklebendig vor ihnen auf der Treppe hockte und auf die angreifenden Eiskrieger schoss.

Aber sein Vater schüttelte nur den Kopf und drehte sich mit einer schon fast hastigen Bewegung weg.

Eine geraume Weile verging, ohne dass jemand ein Wort sagte. Die Stimmung, die schon bei seiner Ankunft alles andere als fröhlich gewesen war, sank noch weiter, und das so spürbar, als würde es kälter hier drinnen – was natürlich nicht der Fall war –, und der Sturm musste deutlich an Kraft zugenommen haben: Ben konnte das ferne Wolfsheulen nun auch hier drinnen hören, und als er sich diesmal auf das Gefühl konzentrierte, war er sicher, dass der Fußboden tatsächlich sacht zitterte und er es sich nicht nur einbildete.

Schließlich hielt er das Schweigen nicht mehr aus und ging zu Tahia und Gerrit hinüber. Die junge Söldnerin drehte sich demonstrativ weg, als er näher kam, und in ihren Augen stand ein deutliches *Versuch-es-erst-gar-nicht* geschrieben.

Ben hatte das auch gar nicht vorgehabt. Stattdessen trat er auf Gerrit zu und fragte übergangslos: »Wie bist du rausgekommen?«

Gerrit tauschte einen raschen Blick mit Tahia, bevor er antwortete. »Gar nicht«, sagte er in abweisendem Ton. »Ich war gar nicht unten. Hab's nicht geschafft.«

»Sei froh«, fügte Tahia hinzu ohne ihn anzusehen. Gerrit schaute sie fast feindselig an, und Tahia entfernte sich ein paar Schritte von ihnen.

Ben bekam plötzlich ein schlechtes Gewissen. Er hatte gewiss nicht gewollt, dass sich die beiden seinetwegen stritten, und dass ihm sein Verstand zu erklären versuchte, es sei nicht seine Schuld, änderte daran gar nichts. Fast Hilfe suchend schaute er zu Sasha hin. Sie blickte jedoch nicht einmal in seine Richtung.

Anscheinend war er jedoch nicht der Einzige, der das untätige Warten nicht mehr ertrug. »Wo bleibt Doktor van Staaten?«, fragte Ramanov unwillig. »West, würden Sie Ihren Mann bitte anfunken, damit er sich beeilt? Wir haben nicht alle Zeit der Welt.«

Harry tat nichts dergleichen, sondern warf Tahia nur einen kurzen Blick zu, woraufhin die Söldnerin ihr Funkgerät aus der Jacke zog und hineinsprach. Einmal. Zweimal. Und noch ein drittes Mal. Schließlich ließ sie das Gerät mit einem enttäuschten Kopfschütteln wieder sinken. »Er meldet sich nicht.«

Harry zog beinahe wütend sein eigenes Walkie-Talkie hervor und drückte die Ruftaste. Im Gegensatz zu Tahia sprach er laut genug, um von jedem im Raum mühelos verstanden zu werden. »Tooth, melde dich!«

Er bekam keine Antwort, versuchte es noch einmal und steckte das Gerät dann mit einer zornigen Bewegung wieder ein, während er zugleich mit der anderen Hand auf den Bildschirm deutete. »Können Sie den Bereich vor der Schleuse einsehen?«

Die Frage galt Ramanov, der wortlos aufstand und an seinen Computer trat. Aus dem elektronischen Schneegestöber auf dem großen Bildschirm wurde eine leicht unscharfe Schwarz-Weiß-Aufnahme des Korridors unmittelbar vor der Schleuse. Weder von Tooth noch von der Ärztin, die Ramanov geschickt hatte, ihn zu holen, war etwas zu sehen. Aber wenigstens war die wuchtige Stahltür geschlossen und die Kontrollleuchte darüber zeigte ein beruhigendes Grün.

Ohne dass es einer Aufforderung Harrys bedurft hätte, begann Ramanov auf seiner Tastatur zu tippen, und der Monitor zeigte in rascher Folge unterschiedliche Ansichten unterschiedlicher Korridore, die allesamt leer waren. Ben vermutete, dass es der Weg war, den van Staaten und Tooth zur Zentrale nehmen mussten. Gleichzeitig beugte sich der Russe vor, um in sein Mikrofon zu sprechen. »Doktor van Staaten, bitte melden Sie sich sofort in der Zentrale!«

Etwas wie ein um den Bruchteil einer Sekunde versetztes Echo seiner Stimme drang durch die dünnen Plastikwände – seine Worte, die jetzt lautsprecherverstärkt vermutlich durch die ganze Station hallten –, aber das war auch die einzige Reaktion.

»Da stimmt was nicht«, sagte Tahia leise.

Ramanov bedachte sie mit einem ärgerlichen Blick und tippte immer hektischer, und auf dem Monitor wechselten die Bilder jetzt immer schneller, aber sie zeigten ausnahmslos dasselbe: gleichförmige Gänge, in denen sich nichts regte.

Das hieß: *So* gleichförmig waren sie gar nicht …

»Warten Sie«, sagte Ben rasch.

Ramanov drehte den Kopf und sah ihn an, und Ben deutete auf den Bildschirm. »Die Türen. Sie haben Nummern.«

»Und?«, fragte Ramanov. »Dafür haben wir jetzt –«

Zweihunderteinundvierzig, Ben.

»Zweihunderteinundvierzig«, unterbrach ihn Ben. »Können Sie es uns zeigen?«

»Ich habe dir doch gesagt, dass –«

»Tun Sie, was er sagt«, unterbrach ihn Harry.

Selbstverständlich gehorchte Ramanov nicht, ohne ihm einen weiteren trotzigen Blick zugeworfen zu haben, und erst nachdem er einige Sekunden gezögert hatte, aber er gehorchte, und das Bild auf dem großen Flatscreen wechselte abermals. Im allerersten Moment schien sich nicht viel zu ändern: Der Schirm zeigte noch immer einen leeren Korridor mit grauen Wänden und grauen Türen; allenfalls dass eine davon etwas größer und breiter war und einen auffällig großen Griff hatte.

»Können Sie heranzoomen?«, fragte Harry.

Ramanov berührte eine Taste, und die Tür füllte den gesamten Bildschirm aus. »Sehen Sie?«, sagte er abfällig. »Da ist gar –«

»Näher!«, fiel Harry ihm ins Wort. »Und ein Stück nach unten.« Seine Stimme klang angespannt.

Ramanov berührte hastig eine Taste und hatte sich offensichtlich vertan, denn zuerst wurde die Tür wieder kleiner, bevor sie regelrecht auf die Betrachter zuzuspringen schien und dabei nach oben wegglitt.

»Geht es noch näher?«, fragte Harry.

Ramanov schüttelte den Kopf, und Harry trat so nahe an den Bildschirm heran, wie es überhaupt nur ging, und beugte sich zusätzlich vor, als könne er auf diese Weise mehr sehen. Dann fuhr er so heftig zusammen, als hätte er unversehens einen elektrischen Schlag bekommen.

»Verdammt! Gerrit! Tahia! Mitkommen!« Gleichzeitig fuhr er herum und rannte auf die Tür zu. »Alle anderen bleiben hier!«

Er und die beiden anderen waren aus dem Raum, noch bevor irgendjemand wirklich begriff, was geschah. Ben eingeschlossen. Er trat sogar fast genauso dicht an den Bildschirm heran wie Harry gerade und betrachtete das Abbild der grauen Stahltür konzentriert, aber ihm fiel absolut nichts Außergewöhnliches auf.

»Was ist hinter dieser Tür?«

»Nichts«, antwortete Ramanov. »Der Kühlraum, sonst gar nichts. Wie kommst du darauf, dass sie dort sind?« Er klang gereizt, aber auch ein ganz kleines bisschen nervös, und Ben begann vorsichtshalber schon mal damit, sich den Kopf über eine halbwegs glaubhafte Ausrede zu zerbrechen, doch in diesem Augenblick vergrößerte Ramanov den Bildausschnitt wieder, und Harry und die beiden anderen Söldner tauchten am Ende des Korridors auf. Alle drei hielten ihre Waffen in den Händen.

Ben hatte nicht die geringste Ahnung, wo Raum 241 war, doch er musste praktisch direkt um die Ecke liegen. Aber in dieser Basis, die nur groß schien, wenn man sie mit anderen Anlagen dieser Art verglich, musste praktisch alles *gleich um die Ecke* liegen.

»Was tun die da?«, murmelte sein Vater. Wie alle anderen war er hinter ihn getreten und starrte gebannt auf den Monitor. Fast alle anderen, um genau zu sein. Ben hatte plötzlich das intensive Gefühl, angestarrt zu werden, und als er den Kopf drehte, stellte er fest, dass es ihn nicht getrogen hatte.

Auch seine Mutter stand hinter ihm. Sie starrte ihn an, trotz des dramatischen Geschehens auf dem Bildschirm.

Ben hielt ihrem Blick ein paar Sekunden lang stand und wandte sich dann wieder dem Monitor zu. Die drei Söldner hatten die Tür des Kühlraumes inzwischen erreicht, und Tahia und Gerrit hatten bereits rechts und links davon Aufstellung genommen, während Harry auf der gegenüberliegenden Seite des Ganges auf das rechte Knie gesunken war und sie über den Lauf seiner Waffe hinweg anvisierte. Auf ein Zeichen hin streckte Tahia die Hand aus und zog an dem überdimensionalen Riegel, und die Tür schwang mit einer Bewegung auf, der man ihr enormes Gewicht ansah. Der Kamerawinkel war so eingestellt, dass man nicht erkennen konnte, was hinter dieser Tür lag, aber Ben sah flüchtigen grauen Hauch, der auf den Gang herauswehte, und er glaubte die Kälte geradezu zu spüren, die aus der Tür strömte.

Harry schoss. Der Ton war genauso schlecht wie das Bild und viel zu leise. Eigentlich war nur ein gedämpftes *Plopp* hören. Hinter ihm sog jemand scharf die Luft ein, und jemand – nicht Ramanov – stieß ein paar erschrockene Worte auf Russisch aus. Harry drückte noch zwei-, dreimal rasch hintereinander ab, wobei er den Lauf seiner Waffe kaum merklich herumschwenkte.

Ramanov beugte sich hastig über sein Mikrofon. »West!«, schrie er. »Was ist da los?«

Harry reagierte natürlich nicht auf Ramanovs Worte, sondern gab noch zwei weitere Schüsse ab, sprang dann auf und war mit einem einzigen gewaltigen Satz durch die Tür. Nur einen halben Atemzug später folgten ihm die beiden anderen, und weitere Schüsse waren zu hören und gedämpftes Klirren.

»Was ist da los, verdammt noch mal?«, flüsterte Robert Berger erschrocken. Ramanov fügte etwas auf Russisch hinzu, und hinter der geschlossenen Tür drang eine letzte, abgehackte Salve hervor und dann nichts mehr. Für drei, vier endlose Sekunden kehrte nahezu vollkommene Stille ein, dann tauchte Tahia wieder auf, rückwärts gehend und die MPi in beiden Händen haltend. Nur einen Augenblick später folgten Gerrit und Harry. Sie hatten ihre Waffen über die Schulter gehängt, und jeder von ihnen trug eine reglose Gestalt in den Armen, die eine in einem weißen Polaranzug, die andere in einem ebenfalls weißen Kittel und mit schulterlangem Haar.

»Van Staaten!«, entfuhr es Ramanov.

Als hätte er den Russen gehört, legte Harry den Kopf in den Nacken und suchte nach der Kamera. Er fand sie nicht, was leicht irritierend wirkte, denn er blickte nun direkt an ihnen vorbei. »Ramanov! Bringen Sie die Ärztin in die Krankenstation! Sofort! Alle anderen bleiben, wo sie sind!«

Aber er hielt ja die einzige Ärztin in den Armen und sie war bewusstlos oder tot, dachte Ben verwirrt. Erst dann wurde ihm klar, dass Harry von seiner Mutter sprach.

Als er sich herumdrehte, war seine Mutter bereits im Laufschritt auf dem Weg nach draußen. Ramanov machte eine Bewegung, wie um ihr zu folgen, blieb aber nach einem einzigen Schritt schon wieder stehen und sah unsicher zum Bildschirm zurück.

Harry und Gerrit waren bereits aus dem Bereich der Kamera verschwunden, und Tahia schmetterte gerade die Tür mit einem gewaltigen Fußtritt ins Schloss. Aber sie machte keine Anstalten, den beiden zu folgen, sondern nahm mit schussbereiter Waffe auf der gegenüberliegenden Seite des Ganges Aufstellung.

»Was ist in diesem verdammten Kühlraum?«, fragte Bens Vater.

Statt zu antworten beugte sich Ramanov wieder über seine Tastatur, und das Bild wechselte. Zunächst erkannte Ben nichts außer einem weißen Durcheinander, dann stellte der Russe das Bild scharf ein, und der Monitor zeigte genau das, was nach Ramanovs Worten auch zu erwarten gewesen war: einen Kühlraum, an dem das einzig Ungewöhnliche seine Größe war. Graue Schwaden von Kälte erfüllten die Luft. Ganze Schweine- oder Rinderhälften hingen, in halb durchsichtige, hart gefrorene Plastikfolie eingewickelt, an Ketten von der Decke, und es gab Reihen von Metallregalen, in denen eisverkrustete Kisten und Kartons und zahllose Paletten mit Dosen gestapelt waren. Boden, Wände und Decke waren mit einem dicken Panzer aus Eis überzogen.

Ramanov schwenkte die Kamera herum, und nun kam doch etwas Außergewöhnliches ins Bild: Eine der verpackten Rinderhälften wies ein halbes Dutzend hässliche Einschlusslöcher auf und schwankte noch leicht hin und her. Auch in der Wand dahinter gähnte eine Anzahl runder schwarzer Löcher, und unmittelbar unter dem Riesensteak lag etwas, was ein Mensch hätte sein können, wäre es nicht aus Eis und in Stücke zerbrochen gewesen, die über einen Gutteil des Kühlraums verstreut lagen.

Die Kamera schwenkte weiter, und mehr zerborstene Eiskrieger kamen ins Bild. Es waren mindestens ein Dutzend, vermutlich sogar noch mehr ... aber keiner von ihnen hatte ein Gesicht, und die wenigen, nicht vollkommen zerfetzten Hände, die er erkennen konnte, hatten nur drei Finger. Immerhin etwas.

»Wo zum Teufel kommen diese Biester her?«, murmelte Ramanov. »Wie sind die reingekommen?«

»Das fragen Sie jetzt nicht im Ernst, oder?«, fragte Ben. »Sie wundern sich, wo diese Eiskreaturen herkommen ... in einem *Kühlraum?«* Eigentlich war die Frage gar nicht so weit hergeholt – und eigentlich fragte sich Ben eher, wozu man einem Ort wie diesem überhaupt einen Kühlraum *brauchte.*

Ramanov starrte ihn misstrauisch an. »Sag mir lieber, woher du das wusstest.«

»Was?«, fragte Ben – im Grunde nur, um Zeit zu gewinnen.

Ramanov machte eine Kopfbewegung auf den Monitor. »Raum zweihunderteinundvierzig. Woher hast du gewusst, dass sie dort sind?«

»Nirgendwoher«, behauptete Ben. Plötzlich schauten ihn alle an; sein Vater eingeschlossen.

»Zweihunderteinundvierzig«, sagte Ramanov noch einmal, wobei er das Wort auf eine sehr sonderbare Weise betonte. »Woher hast du das gewusst?«

»Nirgendwoher«, beharrte Ben. »Das ... das war nur so ein Gefühl.« Er kam sich selbst lächerlich bei diesen Worten vor, und Ramanov machte sich nicht einmal die Mühe, etwas dazu zu sagen, sondern schürzte nur abfällig die Lippen und wandte sich dann wieder dem Monitor zu. Ben konnte fast körperlich spüren, wie Vatec und der junge Russe ihn weiter anstarrten. Sein Vater natürlich auch.

Ramanov schwenkte die Kamera noch ein paarmal hin und her, ohne dass auf dem Bild mehr zu sehen war als jede Menge Eis in den unterschiedlichsten Formen. Schließlich schaltete er ab.

»Also gut. Die Besprechung ist verschoben. Bitte gehen Sie in Ihre Quartiere zurück. Wir treffen uns in einer Stunde wieder hier. Pünktlich, wenn ich bitten darf.

31

SELBSTVERSTÄNDLICH WAR ER SOFORT ZUR KRANKENSTATION GEEILT – zusammen mit seinem Vater –, aber Ramanov war ihnen zuvorgekommen: Schon als sie auf den Flur einbiegen wollten, vertraten ihnen zwei seiner Leute den Weg, die zwar weder bewaffnet noch auch nur annähernd so Respekt einflößend waren wie Harrys Soldaten, aber mindestens genauso stur. Sein Vater versuchte es mit Engelszungen, dann mit Drohungen und schließlich mit Bitten, aber nichts davon konnte die beiden Männer dazu bringen, ihnen den Weg frei zu geben – was auch daran liegen mochte, dass die beiden offensichtlich kein Deutsch verstanden; und auch keine der drei anderen Sprachen, mit denen sein Vater es darüber hinaus versuchte.

Schließlich gaben sie frustriert auf und zogen sich ein paar Schritte weit zurück. »Allein dafür reiße ich Ramanov den Kopf ab!«, grollte sein Vater. »Was fällt diesem Kerl ein? Ich werde doch noch zu meiner eigenen Frau dürfen!«

»Er … wird schon seine Gründe haben«, sagte Ben und fragte sich gleichzeitig – vergebens –, warum ausgerechnet *er* Ramanov verteidigte.

»Ja, möglicherweise. Aber er scheint ja nicht der Einzige hier zu sein, der Geheimnisse hat, nicht wahr?«

Ben war vollkommen verwirrt. Wieso attackierte sein Vater plötzlich *ihn?* Nur weil niemand anderer da war?

»Aber ich weiß doch nicht, was da unten –«, begann er.

»Ich rede nicht von dem, was im Labor passiert ist«, unterbrach ihn sein Vater. »Raum zweihunderteinundvierzig. Und jetzt komm mir bloß nicht damit, es wäre nur *so ein Gefühl* gewesen. Die Wahrheit, wenn ich bitten darf. Woher hast du gewusst, dass sie in diesem Kühlraum sind?«

»Ich habe es nicht gewusst!«, antwortete Ben heftig, sah, wie sich das Gesicht seines Vaters noch weiter verfinsterte, und fügte deutlich leiser hinzu: »Von Sasha.«

»Oh, ich nehme an, sie hat es dir im Traum verraten«, antwortete sein Vater böse.

Der beißende Spott in seinen Worten tat weh. Nach dem, was Ben seinen Eltern über seine ganz besondere Art, mit Sasha zu kommunizieren, anvertraut hatte, hätte er ein wenig mehr von ihnen erwartet. »Ja«, sagte er einfach.

»Und warum hast du die beiden dann nicht gewarnt?«

»Weil es nicht so einfach ist. Ich dachte, du hättest das verstanden! Es ist kein Videofilm, den ich sehe und so lange abspielen kann, bis ich ihn begreife, weißt du? Es sind nur … Bilder. Bilder, die manchmal einen Sinn ergeben und manchmal eben nicht.« Einen Moment lang sah sein Vater ganz so aus, als würde er nun endgültig explodieren, aber dann geschah das genaue Gegenteil. Er beruhigte sich nicht nur zusehends, sondern wirkte jetzt beinahe verlegen.

»Entschuldige. Ich glaube, ich bin …«

»Ja«, unterbrach ihn Ben. »Das sind wir wohl alle.«

Unbehagliches Schweigen begann sich zwischen ihnen auszubreiten, und Ben war beinahe erleichtert, als er ein Geräusch hinter sich hörte und sah, wie Gerrit aus dem Behandlungszimmer kam. Er sah sehr ernst aus, wenn auch nicht ganz so besorgt, wie Ben befürchtet hatte. Harry kam zu seiner Enttäuschung nicht heraus, doch Gerrit steuerte mit energischen Schritten auf sie zu, und aus der Sorge auf seinem Gesicht wurde ein Ausdruck grimmiger Entschlossenheit, noch bevor er sie ganz erreicht hatte.

Ganz instinktiv wichen nicht nur die beiden improvisierten Wachtposten, sondern auch Ben und sein Vater zur Seite, aber Ben streckte trotzdem die Hand aus, wie um ihn zurückzuhalten, beließ es dann aber bei der bloßen Geste.

»Wo willst du hin?«

»Ich räuchere diese Saubande aus, was glaubst du denn?«, murmelte Gerrit. Er ging weiter, und Ben und nach einem fast unmerklichen Zögern auch sein Vater schlossen sich ihm an.

»Was ist denn überhaupt passiert?«, fragte Ben, während sie neben dem Söldner zurück in Richtung Kühlraum gingen.

Gerrit sah ihn an, als hätte eigentlich er ihm diese Frage stellen wollen, aber schließlich antwortete er doch. »Sie hätten sie um ein Haar erwischt, das ist passiert. Vielleicht *haben* sie sie erwischt. Ich hoffe, wir sind noch früh genug gekommen.«

Wieder sah er Ben auf diese eigentümliche Weise an, und Ben konnte in seinem Gesicht lesen, dass er dazu ansetzte, ihm genau die Frage zu stellen, die er ganz bestimmt nicht beantworten würde, doch da kam ihm sein Vater zu Hilfe. »Was haben sie erzählt?«

»Erzählt?« Gerrit maß ihn mit einem fast verächtlichen Blick. »Da drin herrschen dreißig Grad minus! Was glauben Sie, was man erzählt, wenn man fünf Minuten da drinnen war?«

»Aber sie leben noch?«, fragte Ben erschrocken.

»Ja. Aber es war knapp. Ein paar Minuten später und ...«

»Sind sie verletzt?«, fragte sein Vater.

»Verletzt?«, wiederholte Gerrit und nahm seine MPi von der Schulter, um das leere Magazin gegen ein volles auszutauschen, das er aus der Jackentasche zog. »Sie meinen, ob diese Biester sie gebissen haben oder gestochen oder so was? Keine Ahnung. Ich glaube nicht. Ihre Frau untersucht sie gerade. Verdammt, was wollen diese Scheißviecher von uns?«

Genau das, dachte Ben. *Uns.* Und er hatte noch immer nicht die geringste Ahnung, warum.

Da Gerrit immer schneller ausgriff und das letzte Stück des Weges schon beinahe rennend zurücklegte, kam er nicht dazu, die Frage zu stellen, die Ben so gefürchtet hatte, aber er zweifelte nicht daran, dass er sie stellen *würde,* und wenn nicht er, dann Ramanov oder sein Vater oder spätestens seine Mutter. Diesen beiden konnte er vielleicht noch die Wahrheit erzählen (obwohl er aus einem ihm selbst nicht völlig verständlichen Grund davor zurückschrak), aber was sollte er Harry und Gerrit sagen oder gar Ramanov? Die Wahrheit, dass Sasha mittlerweile nicht nur in seinen Träumen mit ihm sprach, sondern auch über einen (defekten) MP3-Player mit ihm kommunizierte?

Ja, sicher. Das würden sie ihm bestimmt auf Anhieb glauben. Ganz bestimmt.

Auf dem Weg zum Kühlraum begegneten ihnen nur wenige Menschen, von denen Ben noch weniger bekannt vorkamen und die ausnahmslose rasch und respektvoll (oder ängstlich) vor ihnen zurückwichen. Einige von ihnen pressten sich mit dem Rücken gegen die Wand, bis sie vorüber waren, und mindestens einmal war Ben sicher, echte Angst in einem Gesicht zu erkennen.

Er versuchte sich einzureden, dass es nur an dem Soldaten in ihrer Begleitung lag; seiner martialischen Aufmachung und der gefährlich aussehenden Waffe in seinen Händen. Allerdings hätten ihnen mehr Menschen begegnen müssen, jetzt, wo die Labore und damit die gesamte untere Etage geschlossen waren.

Zumindest Tahia war noch immer da, wo er sie das letzte Mal gesehen hatte, und stand sogar in scheinbar haargenau derselben Haltung da, um mit schussbereiter Waffe die geschlossene Tür mit der Nummer 241 zu bedrohen. Als sie Gerrit und seine Begleiter erblickte, ließ sie ihre MPi sinken und trat ihnen entgegen.

»Was ist mit Tooth?«

»Alles in Ordnung«, sagte Gerrit rasch. Das klang ein bisschen anders als das, was er noch vor ein paar Minuten erzählt hatte, fand Ben, aber er verzichtete auf eine entsprechende Bemerkung, und Gerrit fuhr fort: »Er kommt wieder auf die Beine. Wird wohl ein paar Frostbeulen davontragen, wenn er Pech hat, aber das ist auch alles.«

Er machte eine Kopfbewegung auf die geschlossene Tür. »Irgendwas Besonderes?«

Tahia verneinte, und Gerrit erklärte mit einem grimmigen Nicken: »Gut. Dann geh in unser Quartier und hol unsere Jacken. Und bring genug Munition mit. Wir räuchern diese Bande endgültig aus.«

Tahia verschwand ohne ein weiteres Wort, und Gerrit lud seine Waffe durch und nahm ihren Posten ein. Ben tauschte einen besorgten Blick mit seinem Vater, bevor er sich wieder an den Söldner wandte: »Darf ich fragen, was du vorhast?«

»Ich dachte, das hätte ich schon gesagt«, antwortete Gerrit grob. »Ich jage die Bande zur Hölle. Noch mal passiert das nicht, das garantiere ich dir.«

»Sie glauben, da sind noch welche drin?«, fragte Bens Vater besorgt.

Gerrit zuckte mit den Achseln. »Keine Ahnung. Aber wenn, dann nicht mehr sehr lange.«

»Halten Sie das für eine gute Idee?«, gab Bens Vater mit einem unsicheren Lachen zurück; oder jedenfalls etwas, was ein Lachen hatte werden sollen. »Ich meine: Glauben Sie, dass Professor Ramanov begeistert sein wird, wenn Sie dort drinnen alles kurz und klein schießen?«

Gerrit sah ihn nur kalt an und schwieg.

»Und du willst ganz allein dort hineingehen?«, fragte Ben. »Vielleicht wartest du wenigstens, bis –«

»Was?«, fiel ihm Gerrit grob ins Wort. »Du alt genug bist, um uns zu begleiten? Keine Sorge, wir schaffen das schon.«

Ben prallte regelrecht vor ihm zurück. Bisher war ihm Gerrit nur ein wenig gereizt vorgekommen, was er auf seine Nervosität und die Angst um das Leben seines Kameraden geschoben hatte, aber das stimmte nicht. Es war keine Nervosität. Was er spürte, war blanke Feindseligkeit.

»Was ist los, verdammt noch mal?«, fragte er bewusst herausfordernd. »Habe ich dir was getan?«

»Mir?« Gerrit schüttelte heftig den Kopf. »Nein. Und was soll los sein? Ich habe eben meine kleinen Geheimnisse. Kennst du das Gefühl etwa nicht?«

Im ersten Moment war Ben einfach zu perplex, um überhaupt zu antworten. Dann tauschte er einen ebenso fragenden wie erschrockenen Blick mit seinem Vater, der gerade eine ganz ähnliche Bemerkung gemacht hatte, und zwar mit nahezu derselben verletzenden Absicht. Aber seinen Vater konnte er trotz allem noch irgendwie verstehen, auch wenn ihm seine Reaktion wehgetan hatte. Doch Gerrit? Was zum Teufel hatte er *ihm* getan?

»Das frage ich mich allerdings auch«, sagte sein Vater, und erst dann – und nachdem er sich eine halbe Sekunde lang allen Ernstes gefragt hatte, ob er etwa seine Gedanken las – wurde ihm klar, dass er diese Frage wohl laut ausgesprochen haben musste, ohne es zu merken. »Mein Sohn kann schließlich nichts dafür, dass er noch lebt und Ihr Kamerad nicht.«

»Ist das der Grund?«, murmelte Ben verstört. »Ist es wegen Frank?«

Gerrit funkelte ihn nur an.

»Aber das war doch nicht meine Schuld!«, protestierte Ben. »Glaubst du etwa –«

»– Frank könnte noch leben, wenn wir von Anfang an gewusst hätten, womit wir es zu tun haben?«, unterbrach ihn Gerrit und nickte heftig. »Ja, das glaube ich. Und ein paar von den anderen auch. Das glaube ich in der Tat!«

Ben starrte ihn nur weiter fassungslos und vollkommen schockiert an, aber sein Vater sagte, nach einer spürbaren Pause und in fast sanftem Ton: »Das ist jetzt nicht besonders fair, finde ich. Mein Sohn hat von Anfang an versucht, allen hier klar zu machen, womit wir es zu tun haben. Es war wohl eher so, dass ihm niemand geglaubt hat – nicht einmal ich, um ehrlich zu sein.«

»*Das* hat er uns nicht gesagt«, beharrte Gerrit.

Sein Vater wollte antworten, doch Ben kam ihm zuvor. Er wusste selbst nicht genau, warum – sein Vater war ganz eindeutig besser dazu geeignet, Gerrit zum Schweigen zu bringen –, aber er wollte das gar nicht mehr. Er hatte den jungen Söldner erst vor ein paar Tagen kennen gelernt, und dennoch war ihm plötzlich unendlich viel daran gelegen, dass er ihn verstand. Vielleicht weil Gerrit es zwar ganz gewiss noch nicht war, aber ebenso gewiss das *Potenzial* hatte, zu einem Freund zu werden, und die Anzahl seiner möglichen Freunde war mittlerweile bedrohlich geschrumpft.

»Es tut mir wirklich leid um Frank«, sagte er. »Ich habe ihn auch gemocht. Aber es war doch nicht unsere Schuld. Ich meine: Wäre es dir lieber gewesen, wenn diese verdammte Verbrennungsanlage *nicht* versagt hätte?«

Gerrit starrte ihn an. »Wer sagt, dass sie versagt hat? Frank ist *verbrannt*, Kleiner, *bei lebendigem Leib*. Soll ich mich darüber freuen?«

»Was … was meinst du da–« Dann begriff er und starrte Gerrit aus weit aufgerissenen Augen an. »Du weißt, was passiert ist! Du hast es gesehen! Oder Tahia hat es dir erzählt, habe ich Recht?«

»Ist das wahr?«, fragte sein Vater. »Sie wissen, was wirklich passiert ist? Dann sagen Sie es uns!«

»Ja, es ist wahr, und nein, er wird es Ihnen nicht sagen«, sagte eine Stimme hinter ihnen. Tahia kam zurück. Sie musste gerannt sein, um die Strecke in der kurzen Zeit zu schaffen, und ihr Atem ging hörbar schneller. Sie trug ihre eigene dick gefütterte Jacke und eine zweite gleichartige über dem linken Arm. In der anderen Hand hielt sie ihre Maschinenpistole und auf dem Rücken hing etwas, was in Bens Augen unangenehme Ähnlichkeit mit einem Flammenwerfer hatte.

»Was soll das heißen, er wird es mir nicht sagen?«

»Dass *ich* es *ihm* erzählt habe und es schon hundertmal bereue.« Sie warf Gerrit die Jacke zu. »Wenn Sie etwas wissen wollen, dann fragen

Sie Ramanov. Und jetzt verschwinden Sie von hier. Es könnte gleich unangenehm werden.«

»Das bezweifle ich«, sagte eine Stimme, die wie aus dem Nichts über ihnen erscholl. Sie war verzerrt und viel zu leise, aber Ben erkannte sie trotzdem als die Ramanovs. »Was immer Sie vorhaben, Sie werden es schön bleiben lassen, haben Sie das verstanden? Verschließen Sie die Tür, und dann kommen Sie in die Zentrale. Ich schicke jemanden, der aufpasst.«

»Ja«, sagte Gerrit spöttisch. »Sicher doch.« Er legte seine MPi auf den Boden, um seine Jacke anzuziehen, dann hob er die Waffe wieder auf und gab einen einzelnen Schuss auf die Decke ab. Ben konnte nicht erkennen, ob er die Kamera oder den Lautsprecher oder sogar beides – oder auch nichts – getroffen hatte, aber Ramanovs körperlose Stimme meldete sich nicht noch einmal.

»So«, sagte er ruhig. »Nachdem das erledigt wäre …« Er wandte sich wieder Tahia zu und streifte Ben und seinen Vater dabei mit einem fast gelangweilten Blick. »Verschwindet lieber. Oder bleibt meinetwegen, aber dann tut ihr es auf eigenes Risiko.«

»Macht die Tür nicht auf!«, sagte Ben erschrocken.

Gerrit beachtete ihn gar nicht, aber Tahia stockte noch einmal in der Bewegung. »Warum?«

Ben konnte nur hilflos mit den Schultern zucken. Die Worte waren fast gegen seinen Willen über seine Lippen gekommen, aber … da … war etwas. Vielleicht eine Erinnerung, die er noch nicht ganz greifen konnte, die ihn aber beunruhigte.

Nein. Warnte.

Die Söldnerin sah ihn nachdenklich an, dann aber wandte sie sich mit einem Ruck ab und trat an die Tür heran. Gerrit bedeutete ihr mit einem Nicken, dass er bereit sei, und wich gleichzeitig zwei Schritte zur Seite und ein Stück zurück, um freies Schussfeld zu haben, und Tahia zog die wuchtige, an eine zu groß geratene Kühlschranktür erinnernde Klinke zurück und die Tür in der gleichen Bewegung auf.

Und da öffnete sich auch in Bens Erinnerung eine Tür, und ihm wurde klar, dass *nichts* von dem, was ihm am Morgen wie ein wirrer Albtraum vorgekommen war, *nicht* geschehen war. *»Nicht!«,* schrie er, so laut er nur konnte. *»Macht die Tür nicht auf!«*

Es war zu spät. Tahia öffnete die Tür nur einen winzigen Spaltbreit, dann schien sie von einem Hammerschlag getroffen und mit solcher Gewalt nach außen geschleudert zu werden, dass selbst die blitzartige Reaktion der Söldnerin viel zu spät kam. Sie taumelte von der Kante der schweren Tür getroffen zurück, stürzte und riss im Fallen Bens Vater mit sich. Er selbst konnte sich gerade noch mit einem entsetzten Sprung in Sicherheit bringen, und das dumpfe Krachen, mit dem die zentnerschwere Tür gegen den dünnen Kunststoff der Wände prallte und ihn zertrümmerte, verschluckte seinen Schreckensschrei und ging dann selbst im Rattern von Gerrits Maschinenpistole unter.

Buchstäblich im Bruchteil einer Sekunde verwandelte sich der Flur in ein Chaos. Gerrits MPi-Salve jagte nicht durch die Tür in den dahinter liegenden Raum, sondern explodierte an einer kompakten weißen Masse, die aus der Tür herausbrechen wollte. Eissplitter und heulende Querschläger füllten die Luft und schlugen weitere Löcher in die grauen Kunststoffwände; größere Trümmerstücke aus gesprungenem, milchigem Eis regneten vor der Tür zu Boden wie eine kleine Lawine, und Ben hatte nur einen allgemeinen, chaotischen Eindruck von plumpen Leibern und grabschenden Krallen, die schneller aus der Tür herausdrängten, als die Waffe des Söldners sie in Stücke reißen konnte.

Gerrit erledigte sofort mindestens fünf oder sechs der unheimlichen Angreifer, trotzdem waren plötzlich zwei, drei von ihnen aus der Tür heraus und hier auf dem Gang, und er hätte vermutlich allerhöchstens noch eine Sekunde durchgehalten, hätte nicht auch Tahia im Liegen ihrer Waffe hochgerissen und abgedrückt. Die Salve jagte so dicht über den Rücken seines Vaters hinweg, dass dieser sich mit einem Schrei gegen den Boden presste und das Gesicht vor Schmerz verzerrte, sprengte zwei der Ungeheuer in Stücke, dann gab Tahia einen einzelnen, gezielten Schuss ab, der das dritte Monstrum zurück und gegen die Wand schmetterte, wo es in Stücke brach, und vereinigte ihr Feuer schließlich mit dem Gerrits.

Der konzentrierten Feuerkraft von zwei dieser schrecklichen Waffen waren ihre Gegner nicht gewachsen. Ben konnte drinnen im Raum keine Einzelheiten mehr erkennen – niemand konnte das, da war nur ein kochendes Durcheinander aus blitzendem Weiß und fliegenden Trümmern –, aber die Eiskrieger wurden zurückgetrieben, und dann stoben Funken auf und etwas zerbrach mit einem peitschenden Knall, als die Geschosse jetzt ungehindert durch den Kühlraum jagten und gegen Ketten, Fleischerhaken oder das Metall der Regale prallten.

Gerrits Waffe war leer geschossen. Er fluchte, griff in die Tasche, um ein neues Magazin herauszunehmen, und Tahia sprang mit einer federnden Bewegung auf die Füße und gab jetzt nur noch kurze, abgehackte Feuerstöße auf einzelne Eiskrieger ab, die in ihrem Sichtfeld erschienen. Sie wartete, bis Gerrit das volle Magazin eingesetzt hatte, dann war sie mit einem Satz an seiner Seite, hängte sich die MPi über die Schulter und nahm in der gleichen Bewegung ihre zweite, deutlich klobigere Waffe herunter. Noch bevor sie sie ganz auf die Tür gerichtet hatte, begann vor ihrem Lauf eine winzige blaue Flamme zu brennen. Also doch ein Flammenwerfer, dachte Ben schaudernd. War sie verrückt geworden?

Offensichtlich ja, denn sie zögerte nicht einen Sekundenbruchteil, bevor sie losstürmte. Gerrit rannte einen halben Schritt vor ihr her, ließ sich unmittelbar vor der offen stehenden Tür auf die Knie fallen und schlitterte mit einem gewaltigen Klirren und Getöse durch die Eistrümmer, die den Boden fast kniehoch bedeckten. Er erreichte die Tür, warf sich nach vorne und gab eine kurze Salve nach links ab, der ein gewaltiges Scheppern und Klirren folgte und das weiße Stieben von Eissplittern und Kristallen. Dann war die Söldnerin hinter ihm, stieß den Lauf ihrer bizarren Waffe durch die Tür und in dieselbe Richtung und drückte ab. Eine zischende, unerträglich *helle* Flammenzunge leckte aus der Mündung der Waffe und traf irgendetwas, was mit einem hörbaren *Wusch* Feuer fing. Ganz kurz bildete sich Ben ein, etwas wie einen gequälten Schrei zu hören, auch wenn es vermutlich nur das Geräusch von berstendem Eis war. Gerrit hatte aufgehört zu schießen und presste sich so fest gegen den Boden, wie es gerade noch ging, um den Kopf und seine Waffe heben zu können, und Tahia schwenkte den Flammenwerfer mit einer fast bedächtigen Bewegung von rechts nach links und wieder zurück, und hinter Ben schrie eine schrille, sich fast überschlagende Stimme:

»Aufhören! Sofort aufhören!«

Tahia hatte die Worte entweder nicht gehört oder wollte sie nicht hören, denn sie feuerte weiter, und auch Gerrit hatte sich wieder auf die

Ellbogen hochgestemmt und gab nun einzelne Schüsse ab. Der Befehl wurde nicht wiederholt. Dafür stürmte schon im nächsten Augenblick eine hünenhafte, blonde Gestalt mit gewaltigen Schritten an Ben vorbei, erreichte die beiden mit einem einzigen Satz und trat Gerrit die Waffe aus der Hand. Praktisch im gleichen Sekundenbruchteil packte Harry auch die Söldnerin an der Schulter, riss sie zurück und entrang ihr mit der anderen Hand den Flammenwerfer, der noch eine kurze, lodernde Feuerzunge ausspie und dann erlosch.

So wütend, wie Ben Harry noch nie zuvor erlebt hatte, schleuderte er den Flammenwerfer zu Boden, versetzte Tahia einen Stoß, der sie mit haltlos rudernden Armen vor die gegenüberliegende Wand taumeln ließ, und zerrte Gerrit mit einem einzigen Ruck aus der Tür, bevor er sie packte und ins Schloss warf. Es gelang ihm nicht auf Anhieb, weil sie von zertrümmerten und halb geschmolzenen Eisbrocken blockiert wurde. Laut vor sich hin fluchend trat Harry das Eis zur Seite, versuchte es wieder und musste noch einmal mit dem Fuß nachhelfen und Eissplitter wegfegen, bevor es ihm endlich gelang, die Tür zu schließen. Der Griff weigerte sich einzurasten, vielleicht hatte sich der Rahmen unter der ungeheuren Hitze verzogen, und Harry löste das Problem auf seine Art, indem er sich mit seinem ganzen Körpergewicht gegen die Tür warf und den Griff dann kurzerhand abbrach. Dann fuhr er zu Tahia und Gerrit herum, der sich gerade benommen aufzurichten versuchte.

»Seid ihr wahnsinnig geworden?!«, schrie er. *»Was habt ihr vor? Wollt ihr den ganzen Laden abbrennen?«*

Gerrit versuchte zu antworten, aber Harry schnitt ihm mit einer Geste, der man ansah, dass er sie am liebsten in einen Fausthieb mitten in sein Gesicht verwandelt hätte, das Wort ab und brüllte: *»Verschwindet! Auf der Stelle! Wir sehen uns in zehn Minuten!«*

Gerrit hatte es auf einmal sehr eilig, seine Waffe aufzuheben und sich davonzumachen, während Tahia noch kurz stehen blieb und abwechselnd Harry und die verzogene Tür des Kühlraums anstarrte. In ihrem Gesicht arbeitete es. Sie sah ein bisschen trotzig aus, viel mehr aber verwirrt und beinahe entsetzt, als hätte sie erst jetzt begriffen, was sie gerade getan hatte. Schließlich aber bückte auch sie sich nach dem Flammenwerfer, hängte sich die Waffe über die Schulter und verschwand in dieselbe Richtung wie Gerrit.

»Das war wirklich in letzter Sekunde«, sagte Bens Vater, der die Zeit genutzt hatte, um sich ebenfalls wieder hochzustemmen. Er sah ziemlich ramponiert aus und mehr als nur ein wenig erschrocken. »Wenn Sie nicht –«

»Halten Sie den Mund«, unterbrach ihn Harry. »Ich –« Er brach ab, presste die Kiefer so fest zusammen, dass Ben seine Zähne knirschen hörte, und entspannte sich dann mit einer sichtbaren Anstrengung. Oder versuchte es wenigstens.

»Entschuldigen Sie«, seufzte er. »Aber allmählich bin ich mit den Nerven auch am Ende. Ich verstehe einfach nicht, was in die beiden gefahren ist.«

»Heißt das, sie haben nicht auf Ihren Befehl hin gehandelt?«, fragte Bens Vater überrascht.

»Auf meinen Befehl?« Harry schüttelte heftig den Kopf. »Ich begreife es nicht. Normalerweise sind die beiden ziemlich besonnen … oder wenigstens Tahia ist es.« Er sah auf die Uhr.

»Wir sollten sehen, dass wir pünktlich zur Audienz beim Zaren erscheinen. Ich will jetzt endlich ein paar Antworten!«

»Das habe ich gehört«, ertönte Ramanovs Stimme über ihnen.

32

FÜNF MINUTEN VOR DEM ZEITPUNKT, für den Ramanov seine improvisierte Krisensitzung Teil zwei anberaumt hatte, trafen sie zufällig Harry wieder. Gemeinsam machten sie sich auf den Weg zur Zentrale. Zu Bens Erleichterung hatte ihn sein Vater nicht noch einmal auf das Rätsel um Raum 241 angesprochen, aber er hatte seine bohrenden und durchaus misstrauischen Blicke natürlich bemerkt. Vermutlich hatte er ihn nur deshalb nicht noch einmal darauf angesprochen und auf einer Erklärung beharrt, weil er sich ebenso wie Ben des Umstandes bewusst war, dass Ramanov jedes Wort hörte, das sie miteinander wechselten. Aber das Thema war nur aufgeschoben, das war ihm klar.

Der Russe erwartete sie in seinem rostigen Thronsaal an dem mit Papieren und Computerausdrucken übersäten Tisch, und ganz offensichtlich hatte Gerrit zumindest das Mikrofon nicht erwischt, denn er sah ihnen nicht nur auf seine gewohnte missmutige Art entgegen, sondern geradezu kampflustig. Außerdem hatte er sich Verstärkung organisiert. Mit Ausnahme von Bens Mutter und der Söldner erwartete sie nahezu dieselbe Besatzung wie vorhin – Dr. Vatec und Ramanovs junger Assistent saßen rechts und links neben ihm, und zu seiner Überraschung entdeckte Ben auch van Staaten, als er dicht hinter Harry und seinem Vater eintrat. Die Ärztin sah krank aus und sehr müde. Ihr Haar wirkte strähnig und stumpf, als hätte sie es seit Wochen nicht mehr gewaschen, und ihr Gesicht hatte einen grauen Farbton. Als sie das Geräusch der Tür hörte, sah sie auf und versuchte sich zu einem matten Lächeln zu zwingen, aber ihre Miene war höchstens dazu geeignet, den Eindruck von Erschöpfung noch zu unterstreichen, den sie machte. Darüber hinaus lümmelten noch zwei junge Männer neben der Tür herum und gaben sich so auffällig Mühe, unauffällig auszusehen, dass es schon fast lächerlich war.

Ramanov ließ Harry gar nicht erst zu Wort kommen, sondern fragte, noch bevor der Söldner die Zentrale ganz betreten hatte: »Sagen Sie, West, hatte ich Sie und Ihre Männer nicht angefordert, um für die

Sicherheit meiner Mitarbeiter und dieser Station zu sorgen? Oder täuscht mich da meine Erinnerung?«

Er wartete eine Sekunde lang vergeblich auf eine Reaktion des Söldners, bevor er übertrieben demonstrativ Kopf und Oberkörper drehte und in Richtung des Monitors blickte. Auf dem Bildschirm war ein Ausschnitt des Kühlraumes zu sehen – oder besser ein Ausschnitt dessen, was einmal ein Kühlraum gewesen war. Jetzt war es ein Trümmerfeld, das aussah wie nach einer Bombenexplosion. »Wenn es also so war«, fuhr der Russe fort, »warum, verdammt noch mal, tun Sie und Ihre Leute dann alles, um die Basis in Schutt und Asche zu legen?«

Ben fragte sich, ob Ramanov sich diesen Satz in den wenigen Minuten zurechtgelegt hatte, die seit dem Zwischenfall vergangen waren, oder schon viel länger daran gefeilt und nur auf eine passende Gelegenheit gewartet hatte, um ihn anzubringen.

Harry schien die Sache mit deutlich weniger Humor zu nehmen, denn er antwortete mit zwei oder drei Sätzen auf Russisch, woraufhin Ramanovs Gesicht jedes bisschen Farbe verlor, während sein Assistent sichtlich alle Mühe hatte, nicht vor Lachen laut herauszuplatzen. Van Staaten runzelte flüchtig die Stirn, reagierte sonst aber gar nicht.

Harry wandte sich, nun wieder in seiner Muttersprache, an die beiden Männer neben der Tür. »Verschwindet.«

»Also, ich finde, das geht jetzt aber –«, begann Ramanov, und Harry sagte noch eine Spur kälter: »Verschwindet!«

Das Eis in Harrys Stimme oder etwas in seinem Blick hatte die beiden Männer wohl davon überzeugt, dass es gesünder sei, ihm zu gehorchen, denn sie taten es; zwar nach einem fast unmerkliche Zögern, dann aber so schnell, dass sie zu *verschwinden* schienen und nicht einfach zu gehen. Erst nachdem sich die Tür hinter ihnen geschlossen hatte, wandte sich Harry wieder zu Ramanov um. Sein Gesicht wirkte jetzt wieder vollkommen beherrscht, aber nicht nur Ben schien zu spüren, wie es unter dieser Maske brodelte.

»Und jetzt will ich ein paar antworten, Ramanov«, sagte er.

»*Professor* Ramanov. Oder Iljitsch – ganz, wie Sie wollen.«

»Was ist hier los, Ramanov? Die Wahrheit!«

Ramanov wirkte plötzlich deutlich nervöser als bei ihrem Eintreten, aber er brachte es trotzdem fertig, das überhebliche Lächeln wieder auf seinem Gesicht erscheinen zu lassen. »Sie sind entweder ein viel besserer Schauspieler, als ich dachte, oder Sie erinnern sich wirklich nicht.« Seltsamerweise warf er Ben bei diesen Worten einen fragend-durchdringenden Blick zu, wandte sich dann aber wieder an den Söldner.

»Woran?«

»Das ist erstaunlich«, sagte Ramanov, selbstverständlich ohne Harrys Frage zu beantworten. »Es gibt natürlich auch noch eine dritte Möglichkeit: Sie sind ziemlich naiv.« Er zuckte mit den Schultern, sagte ein paar Worte in seiner Muttersprache zu seinem Assistenten und brach dann mit einem betroffenen Blick in Harrys Richtung ab, als er sich – zu spät – daran zu erinnern schien, dass der Söldner ihn gerade in derselben Sprache angeredet hatte. Harry schwieg, aber auf seiner Stirn erschien eine Falte, die gerade noch nicht da gewesen war. Wenn sie noch länger hier blieben, dachte Ben, dann musste er unbedingt Russisch lernen.

»Darf ich fragen, was das hier zu bedeuten hat?«, meldete sich sein Vater zu Wort und fügte hinzu: »Wo ist meine Frau?«

Tatsächlich hatten sie sie bisher nicht wieder gesehen. Auch nach dem dramatischen Zwischenfall vor dem Kühlraum hatten die beiden Aushilfswachen sich weiter stur geweigert, sie zu van Staatens Behandlungszimmer durchzulassen.

Ramanov schien ihn erst jetzt überhaupt zu bemerken. »Sie ist auf dem Weg«, sagte er schließlich, stand auf und trat an seinen Computer heran. Schweigend berührte er eine Taste, und auf dem großen Monitor an der Wand wechselte die Abbildung des verwüsteten Kühlraums zu der eines elektronischen Schneesturmes. Wenigstens dachte Ben, dass es sich nur um Störungen handelte, bevor er begriff, dass es eine Aufnahme des Bereiches unter dem Zeltdach war. Allerdings war sie von so schlechter Qualität, dass man mit Mühe und Not *erraten* konnte, was das Bild zeigte.

»Wieso ist die Übertragung so schlecht?«, fragte Harry.

Ramanov hob die Schultern und drückte ein paar Tasten. Das Bild wurde besser, wenn auch nicht sehr und auch nur kurz, bevor es wieder zu silbernem Schneetreiben auf schwarzem Grund zerstob, doch diese wenigen Sekunden hatten ausgereicht, um ihnen zu zeigen, dass die schweigende Menge der unheimlichen Eiskrieger immer noch da war und ihre Anzahl sogar noch zugenommen hatte.

»Ich weiß es nicht«, beantwortete Ramanov Harrys Frage, mit einiger Verspätung und ohne den Blick vom Monitor zu nehmen. Seine Finger glitten wieder über die Tastatur, diesmal allerdings ohne Erfolg. »Alle Außenkameras spinnen seit einer Weile. Wahrscheinlich der Sturm. Einer der Techniker kümmert sich bereits darum.«

»Sie haben jemanden bei diesem Sturm nach draußen geschickt?«, entfuhr es Robert Berger. Er klang entsetzt.

»Nein. Es gibt dort draußen keine herkömmlichen Kameras. Nur lichtempfindliche Glasfaserkabel. Der Fehler muss irgendwo in der Elektronik hier bei uns liegen. Wie gesagt, jemand kümmert sich bereits herum. Deshalb habe ich Sie nicht hierher gebeten, West.«

»Hauptmann West«, sagte Harry kühl. »Oder Harry – ganz wie Sie wollen, *Professor.«*

Ramanov tat so, als hätte er gar nichts gesagt, machte sich wieder an seiner Tastatur zu schaffen, und das Bild wurde diesmal für einen deutlich längeren Moment scharf, bevor es erneut zusammenbrach. »Es werden mehr. Man sieht es ganz deutlich ... wenn man etwas sieht.«

»Was tun sie?«, fragte Ben.

»Nichts was man erkennen könnte. Sie scheinen einfach nur so herumzustehen. Aber es werden mehr, ganz eindeutig.«

»Seit wann?«, wollte Harry wissen. »Ich meine: Seit wann werden es mehr? Seit der Sturm losgegangen ist, seit Sonnenuntergang oder seit der Sache im Kühlraum?«

Ramanov schenkte ihm einen hilflosen Blick, der aber Antwort genug war.

»Also?«, fragte sein Vater in die betretene Stille hinein.

»Das können sie nicht«, rief der Russe. »Völlig unmöglich!« Er schüttelte ein paarmal sehr heftig den Kopf, um seine Behauptung noch zu unterstreichen, womit er Ben an den Chefsteward eines Flugzeuges erinnerte, der den Passagieren zum zwanzigsten Mal versichert, es gebe absolut keinen Grund zur Panik, wobei er das Fenster zu verstellen versucht, durch das man die brennende Tragfläche sehen kann. Wie dieser erreichte der Russe mit seinen Beteuerungen das genaue Gegenteil von dem, was er beabsichtigt hatte, aber er fuhr trotzdem fort: »Auch wenn dieses Gebäude nicht den Eindruck erweckt – aber es ist in Wahrheit eine Festung, glauben Sie mir.«

Bens Vater sah ganz und gar nicht so aus, als ob er ihm glaubte, und Ben drehte sich demonstrativ herum und klopfte mit den Fingerknöcheln gegen die graue Plastikwand neben der Tür. Es klang wie ein Hammerschlag auf einer längst mürbe gewordenen Tupperware-Dose, und Ben rechnete halbwegs damit, dass seine Attacke ein paar Sprünge oder zumindest Dellen in der Wand hinterlassen würde. Van Staaten lächelte wieder.

Ramanov wirkte jedoch ziemlich verärgert. Er wandte sich mit einem Ruck wieder seiner Tastatur zu und begann hektisch zu tippen. Auf dem Monitor wechselte das elektronische Schneegestöber zu einer zweidimensionalen Grafik in grellen Farben, die Ben erst auf den zweiten Blick als Grundriss der Station identifizierte. Obwohl er nun schon lange genug hier war und sich mehr als einmal in den labyrinthischen Gängen und Korridoren verlaufen hatte, war er doch erstaunt über die große Anzahl von Räumen und Fluren. Er korrigierte seine Schätzung, was die Menge an Personen anging, für die dieses Gebäude ursprünglich errichtet worden war, um ein gehöriges Stück nach oben.

»Das ist die Basis«, erklärte Ramanov überflüssigerweise, griff in die Jackentasche und förderte etwas zu Tage, was Ben an ein silberfarbenes Feuerzeug erinnerte, bevor er es einschaltete und es sich als Laserpointer entpuppte.

»Wie Sie alle sehen können, gibt es nur einen einzigen Eingang«, der zitternde rote Lichtpunkt huschte so schnell über die Grafik, dass der Blick ihm kaum folgen konnte, »sowie einige wenige Be- und Entlüftungsschächte und ein paar Serviceklappen für die Techniker, die aber allenfalls groß genug für einen Pinguin sind. Einen nicht besonders großen Pinguin. Auf diesem Weg *können* sie nicht herein.«

Harry legte zweifelnd die Stirn in noch mehr Falten, aber er sagte nichts, sondern trat nur näher an den Bildschirm heran und betrachtete die Grafik sehr aufmerksam.

»Es sei denn, sie brechen durch die Wände«, sagte Ben.

Ramanov lächelte abfällig. »Ja, ich dachte mir, dass *du* auf diese Idee kommst. Immerhin bist du ja schließlich so etwas wie ein Spezialist im Demolieren, nicht wahr?«

Er wartete sichtlich auf eine Antwort, doch Ben schwieg und gönnte ihm den Spaß. Schließlich fuhr Ramanov ein wenig enttäuscht, wie es ihm vorkam, fort. »Bei der Inneneinrichtung haben wir selbstverständlich Wert auf möglichst leichte Baumaterialien gelegt – du hast ja keine Ahnung, was jedes Kilogramm kostet, das hierher transportiert werden muss –, aber bei den Außenwänden sieht die Sache etwas anders aus.« Der rote Punkt des Laserpointers umkreiste die äußeren Umrisse der schematischen Darstellung wie ein winziger roter Käfer, der nervös nach einem Eingang in ein Versteck sucht, in dem er eine Beute vermutet. »Sie sind leicht, aber trotzdem äußerst stabil.«

»Metall oder Beton?«, fragte Bens Vater, womit er sich einen weiteren verächtlichen Blick des Russen einhandelte.

»Molekularverstärkte Carbonfasern«, sagte Ramanov. Man sah ihm an, wie sehr er diese beiden Worte genoss, und er ging ganz offensichtlich davon aus, dass sie außer ihm niemanden hier etwas sagten.

»Extrem leicht, flexibel und praktisch unzerstörbar«, nickte Harry.

»Ähm ... ja«, räumte Ramanov ein. »Dieses Material hält selbst dem stärksten vorstellbaren Sturm stand.«

»Und einem *unvorstellbar* starken Sturm?«, fragte Ben.

Ramanov funkelte ihn an. »Sie werden auch nicht halten, wenn uns ein hunderttausend Tonnen schwerer Meteor auf den Kopf fällt oder ein Vulkan unter unseren Füßen ausbricht. *Diese* Dinger kommen jedenfalls nicht durch die Wände!«

»Das brauchen sie auch gar nicht«, murmelte Harry. Sein Blick tastete noch immer über die Computergrafik und schien nach etwas zu suchen. »Sie sind schon hier.«

»Quatsch!«, sagte Ramanov, und Harry wandte sich mit einem fragenden Blick an van Staaten. »Was ist in diesem Kühlraum passiert? Sie haben es uns immer noch nicht genau erzählt, Doktor.«

»Weil ich es nicht genau weiß. Es ging alles viel zu schnell. Tooth muss irgendetwas an der Tür entdeckt haben, was ihn misstrauisch gemacht hat. Er hat sie aufgemacht und *zack* ...«, sie schnippte mit den Fingern, »hatten sie uns. Das war alles.«

»Mehr nicht?«, fragte Ramanov zweifelnd.

»Sie haben uns gepackt und weggezerrt, Professor, *mehr nicht.* Hinter dieser Tür herrschen zwanzig oder dreißig Grad minus. Was glauben Sie, wie lange wir überlebt hätten, wenn Harry und die beiden anderen nicht gekommen wären?«

»Entschuldigung.« Ramanov wirkte ein bisschen betroffen. »So habe ich das nicht gemeint.«

»Ich weiß«, antwortete van Staaten. Sie schloss die Augen. Sehr viel leiser, beinahe nur noch im Flüsterton, fügte sie hinzu: »Ich dachte, es wäre vorbei.«

»Haben Sie eine Vorstellung davon, was sie von Ihnen wollten?«, fragte Ramanov.

»Und wie sie hereingekommen sind?«, fügte Bens Vater hinzu. Van Staaten schüttelte schweigend und ohne die Augen zu öffnen den Kopf.

»Gar nicht«, sagte Ben leise.

Nicht nur Ramanov sah ihn stirnrunzelnd an, aber bei dem Russen ärgerte es ihn, weil er seine Verständnislosigkeit für gespielt hielt. »Sie haben gesehen, was vorhin unten im Labor passiert ist«, fuhr er mit einer Kopfbewegung auf den Monitor fort, ohne Ramanov dabei aus den Augen zu lassen. »Dann wissen Sie auch, wie sie hereingekommen sind. Oder eben auch nicht.«

»Nein«, antwortete Ramanov, und es klang durchaus ehrlich – auch wenn Ben sich dagegen sträubte, das zur Kenntnis zu nehmen.

»Warum zeigen Sie es uns nicht einfach?«, verlangte nun auch Bens Vater.

»Gleich«, antwortete Ramanov, wobei er einen sehr sonderbaren, fast erschrockenen Blick mit van Staaten tauschte. »Wir warten nur noch auf ihre Frau, Doktor Berger.«

»Warum?«

Ramanov schaute auf die Armbanduhr, bevor er antwortete. »Weil es einfacher ist. Sie werden mich verstehen, ganz bestimmt.«

»Das war aber keine Antwort auf das, was Ben gesagt hat«, mischte sich Harry ein. *Darauf* erwiderte Ramanov vorsichtshalber gar nichts.

Harry wartete kurz, dann drehte er sich wieder zum Monitor und machte eine wedelnde Handbewegung. »Zeigen Sie uns noch einmal den Kühlraum.« Ramanov gehorchte. Die Computergrafik tauschte wieder den Platz mit dem verwüsteten Kühlraum, und Harry trat noch ein Stück näher an den Bildschirm heran, während der Russe die Hand auf der Tastatur ließ und die Kamera langsam von rechts nach links schwenkte.

Der Raum sah aus, als hätte sich eine ganze Armee stundenlang und mit großer Begeisterung für die Sache darin ausgetobt. Alles, was nicht aus Metall oder Glas oder nicht brennbarem Kunststoff bestand, war verkohlt, zu bizarren Formen verklumpt, und die vorherrschende Farbe auf dem Monitor war schwarz, nicht das schimmernde Weiß von Frost. Etliche der Metallregale waren zusammengebrochen, als ihre Stützträger geschmolzen oder zumindest so weit erhitzt worden waren, dass sie dem Gewicht nicht mehr standhalten konnten, die meisten der wie in einem Schlachthaus an Haken aufgehängten Rinder- und Schweinehälften waren völlig verkohlt (an einer der spröde gewordenen Ketten hing nur noch ein verbranntes halbes Schweineskelett, wie Ben schaudernd registrierte) und der Kunststoff der Wände war größtenteils einfach verschwunden. Hier und da hatten Raureif und Eis schon wieder damit angefangen, eine dünne, gesprungene Decke zu bilden, wie um das Chaos wenigstens notdürftig vor ihren Blicken zu verbergen, und an manchen Stellen stieg etwas wie Dampf auf; Kälte, die in der Luft hing und schon bei der bloßen Erinnerung an die Feuerhölle, die vor weniger als einer Stunde dort drinnen geherrscht hatte, zurückzuschrecken schienen.

Der Kameraschwenk endete mit einem spürbaren Ruck und begann dann in der entgegengesetzten Richtung wieder anzulaufen. »Und der Rest?«, fragte Harry.

»Es ist nur eine Kamera übrig geblieben«, antwortete Ramanov mürrisch. »Den Rest haben Ihre Leute zerstört.«

Harry zog es vor, gar nichts dazu zu sagen, und Ben fragte sich ganz automatisch, warum sogar der *Kühlraum* dieser Station von gleich mehreren Kameras überwacht worden war.

»So ganz nebenbei«, fuhr Ramanov unaufgefordert fort, »haben wir den allergrößten Teil unserer Lebensmittel eingebüßt. Ich weiß nicht, was noch zu retten ist, aber wenn wir noch länger als ein paar Tage hier festsitzen, müssen wir wohl alle eine unfreiwillige Diät einlegen.«

Harry sagte auch dazu nichts. Wozu auch?, dachte Ben. *Lebensmittel* waren vermutlich ihr kleinstes Problem. Wenn sie noch länger als wenige Tage hier festsaßen, würden sie wahrscheinlich keine mehr brauchen.

»Schwenken sie noch einmal nach links«, bat Harry.

Ramanov gehorchte. Die Kamera schwenkte zurück.

»Halt«, sagte Harry. »Funktioniert der Zoom noch?«

Ramanov versuchte es. Er funktionierte nicht. Der Bildausschnitt wurde um eine Winzigkeit größer und kam dann mit einem so heftigen Ruck zum Stehen, dass Ben sich fast einbildete, das Knirschen der beschädigten Mechanik zu hören; die Kamera würde sich vermutlich nie wieder bewegen. Harry schwieg auch dazu, ging noch einmal einen Schritt näher heran und beugte sich vor, um etwas zu betrachten, was sich ganz unten am linken Bildschirmrand befand. Auch Ben löste sich von seinen Platz und trat neben den Söldner, um den Monitor genauso aufmerksam wie er zu betrachten. Im ersten Moment fiel ihm nichts auf, dann durchfuhr ihn ein eisiger Schrecken. Das halb zerschmolzene Trümmerstück, das so offensichtlich Harrys Interesse geweckt hatte, war kein Trümmerstück, und es war eigentlich auch nicht halb zerschmolzen, sondern das genaue Gegenteil. Es war ein unförmiger Klumpen aus schmutzigem Eis, in das sich Ruß und Asche gemengt hatten, und der sich zu … *bewegen* schien. Ganz sacht nur, aber wenn man genau hinsah, erkannte man es trotzdem.

Er *wuchs.*

Ben sog erschrocken die Luft ein und wollte etwas sagen, doch Harry warf ihm einen raschen, fast beschwörenden Blick zu und drehte sich dann zu Ramanov herum. »Laufen die Kühlaggregate in diesem Raum noch?«

Der Russe sah ihn verwirrt an. »Kühlaggregate?« Er lachte leise. »Wir sind hier am Südpol. Wir *heizen* diesen Raum, damit es nicht zu kalt darin wird.«

»Dann würde ich vorschlagen, Sie drehen die Heizung ein bisschen höher. Und wenn Sie schon einmal dabei sind, tun Sie das in der gesamten Station.«

»Warum?«, wollte Ramanov wissen. Plötzlich klang auch er unsicher. Er verdrehte sich den Hals, um an Harry und Ben vorbei einen Blick auf den Bildschirm zu werfen. Der Söldner rührte sich nicht vom Fleck.

»Tun Sie es einfach. Ich nehme an, Sie haben ein Schweißgerät hier und jemanden, der damit umzugehen versteht?«

»Natürlich.«

»Dann schaffen Sie den Kerl mit seiner Ausrüstung zum Kühlraum«, sagte Harry. »Er soll die Tür zuschweißen.«

Ramanov blickte ihn fragend an, aus seinen Augen sprach Angst, aber auch jetzt machte Harry keine Anstalten, seine Forderung irgendwie zu erklären. Es war auch nicht nötig. Selbst Ramanov schien begriffen zu haben, dass der Söldner auf dem Bild etwas entdeckt hatte, was ihn erschreckte. Vorsichtig ausgedrückt. Und Harrys entsetztes Erstaunen war echt, nicht gespielt, begriff Ben, der bei diesen Gedanken seinerseits erschrak.

Konnte es sein, dass Harry tatsächlich keine Erinnerung mehr an die schrecklichen letzten Augenblicke unten im Labor hatte? Die Vorstellung erschien ihm geradezu absurd. Auch er hatte eine Weile gebraucht, um zu begreifen, dass er sich keineswegs an einen Albtraum erinnerte, sondern an etwas, was zwar die Qualitäten eines Albtraumes gehabt hatte, dennoch aber geschehen war. Seine Erinnerungen *waren* also zurückgekommen – warum sollte das bei Harry oder seiner Mutter anders sein?

Vielleicht weil *er* Hilfe gehabt hatte, schien eine Stimme in seine Gedanken zu flüstern, die nicht wirklich die Sashas war, die etwas in ihm aber dazu machte.

Er schüttelte den Gedanken ab, und das mit einem so heftigen Kopfschütteln, dass nicht nur Ramanov, sondern auch Harry und van Staaten ihn anstarrten und ganz offensichtlich darauf warteten, dass er etwas sagte.

Möglicherweise hätte einer von ihnen jetzt auch endgültig auf einer Erklärung beharrt, vor der Ben immer noch genauso zurückschrak wie am Anfang – hätte das Schicksal nicht endlich ein Einsehen mit ihm gehabt. Denn genau in diesem Moment ging die Tür auf und seine Mutter kam herein. Tahia und Gerrit waren bei ihr. Die beiden Söldner wichen nicht nur Harrys Blick aus, sondern versuchten ganz allgemein so zu tun, als wären sie gar nicht da; das personifizierte schlechte Gewissen.

Robert Berger trat seiner Frau entgegen und wollte sie in die Arme schließen, aber sie wich ihm mit einer ruppigen Bewegung aus, lächelte dann entschuldigend, ehe sie sich herumdrehte und einem abermaligen Versuch ihres Mannes, sie zu umarmen, dadurch entging, dass sie übertrieben sorgsam die Tür hinter sich ins Schloss zog. Bens Vater wirkte irritiert, versuchte es aber kein drittes Mal.

»Doktor Berger«, sagte Ramanov. »Gut, dass sie kommen. Dann können wir ja jetzt endlich anfangen.«

Ben wollte darauf zumindest mit einem wütenden Blick reagieren, doch als er in Ramanovs Gesicht schaute, wurde ihm klar, dass dieser Bemerkung jegliche Doppeldeutigkeit, die er dem Russen mittlerweile schon per se unterstellte, abging. Er war einfach froh, anfangen zu können. Womit auch immer.

»Wie geht es Tooth?«, fragte Harry jedoch, bevor Ramanov fortfahren konnte.

Seine Mutter sah ihn nicht einmal an, sondern ging zum Tisch und ließ sich schwer auf einen der zerbrechlichen Plastikstühle sinken. Sie wirkte ebenso müde und ausgelaugt wie van Staaten, wenn auch auf eine andere Art, und obwohl ihr Gesicht nahezu ausdruckslos schien, deutlich gereizt. Aber das war etwas, woran sich Ben mittlerweile zu gewöhnen begann. Wenn sie diese verrückte Geschichte überleben und jemals nach Hause kommen sollten, wo immer das auch liegen würde, dann hatten sie eine Menge zu besprechen, dachte er traurig.

»Einigermaßen«, sagte sie endlich, um Harrys Frage zu beantworten. Praktisch gleichzeitig machte sie eine vage Geste mit der Hand. »Er hat eine hübsche Sammlung blauer Flecken und Prellungen. Wie es aussieht, hat er sich wohl heftig gewehrt.«

»Und?«, fragte Harry alarmiert.

Wieder vergingen einige Sekunden, bevor er eine Antwort bekam, und auch diesmal war es vermutlich nicht die, die er hatte hören wollen. »Ihm fehlt nichts bis auf ein paar Stunden Schlaf und die größte Wärmflasche, die wir auftreiben können. Aber er hat eine Verletzung am Arm, die mir nicht gefällt.«

»Welche Verletzung?«, fragte Ben alarmiert.

Anders als bei Harry sah seine Mutter ihn an, als sie antwortete. »Nur eine Schramme«, sagte sie, schüttelte zugleich aber auch den Kopf und wirkte noch besorgter. »Ein kleiner Kratzer. Aber er blutet.«

Ben erschrak, denn er begriff nur zu gut, worauf seine Mutter hinauswollte.

Harry offensichtlich auch, denn er fragte hastig: »Ist er infiziert?«

»Ich habe keine Ahnung. Genau genommen weiß ich ja nicht einmal, ob es sich wirklich um eine Infektion im herkömmlichen Sinne handelt.« Sie warf van Staaten einen fast um Verzeihung heischenden Blick zu, den die Ärztin ohne sichtbare Reaktion erwiderte. »Niemand weiß das. Aber Sie haben gesehen, was auf der *Princess* passiert ist, Harry. Wir müssen vorsichtig sein.«

»Soll das heißen, er … er verwandelt sich jetzt auch in eins dieser Monster?«, flüsterte Tahia.

Als Reaktion auf diese Frage kehrte für fünf oder sechs Sekunden vollkommenes Schweigen ein. Dann schüttelte Jennifer Berger den Kopf. »Nicht unbedingt. Es kann ja sein, dass er sich diese Verletzung auf andere Weise zugezogen hat. Wir müssen abwarten.«

»Wie lange?«, wollte Ramanov wissen.

»Wahrscheinlich nicht sehr lange. Auf dem Schiff ging es schnell. Ein paar Stunden …« Sie schüttelte mit einem matten Seufzen den Kopf. »Ich habe ihm ein starkes Schlafmittel gegeben, das ihn für eine Weile ausschaltet. Wenn er wach wird, sehen wir wahrscheinlich, ob die Verletzung harmlos war oder wir anfangen sollten, uns Sorgen zu machen.« Sie wandte sich direkt an Ramanov. »Bis dahin habe ich die beiden Männer, die Sie vor der Tür postiert haben, darum gebeten, dann und wann einen Blick auf ihn zu werfen. Ich hoffe, ich habe damit keine Insubordination begangen.«

»Aber sicher doch«, feixte Gerrit. Er wandte sich mit fragendem Gesicht zu Ramanov um. »Soll ich sie vor Ihren Augen erschießen oder bestehen Sie darauf, dass ich sie nach draußen bringe?«

»Sie finden das komisch, wie?«, fragte Ramanov. »Na, dann hoffe ich nur, dass sie Ihren Humor behalten, wenn wir es mit *dem da* zu tun bekommen.« Er stieß den Zeigefinger so wuchtig auf die Tastatur hinunter, dass der Kunststoff hörbar knirschte, und das Bild des verwüsteten Kühlraums auf dem Monitor wich dem eines kleinen Heeres reglos dastehender, gesichtsloser Gestalten aus Eis. Tahia riss die Augen auf, und Gerrit wurde blass.

Ramanov ließ Gerrit nicht aus den Augen. Offenbar genoss er den Anblick wachsenden Entsetzens, der sich auf dem Gesicht des Söldners breit machte. »Sie lachen ja gar nicht mehr.«

»Sie sind immer noch da. Was haben sie vor? Sie scheinen einfach nur rumzustehen«, murmelte Tahia.

»Bisher schon«, antwortete Harry. »Aber das wird wahrscheinlich nicht mehr lange so bleiben.«

»Vielleicht doch«, sagte Robert Berger nervös. »Ramanov hat es doch gesagt – sie *können* nicht herein. Ich meine … vielleicht … vielleicht müssen wir nur warten –«

»– bis das Frühjahr kommt und sie schmelzen?«, fiel ihm Harry ins Wort. »Wohl kaum. Nein. Die hecken irgendetwas aus. Das spüre ich.«

»Das würde aber voraussetzen, dass sie denkende Wesen sind«, wandte Jennifer Berger ein. »Und bisher gibt es dafür keine Hinweise.«

»Klar doch«, maulte Gerrit. »Außer dass sie alles angreifen, was ihnen über den Weg läuft.«

»Das tun Feuerameisen und Piranhas auch. Wollen Sie sie deshalb als intelligente Wesen bezeichnen?« Sie schüttelte heftig den Kopf. »Bisher wissen wir nichts über diese … Geschöpfe. Außer dass sie da sind.«

Gerrit wollte antworten, doch Ramanov kam ihm zuvor. »Und um genau das zu ändern, habe ich Sie alle zu diesem Treffen gebeten«, sagte er mit leicht erhobener Stimme. »Sie werden mir zustimmen, *Harry*, dass man einen Feind nur dann wirksam bekämpfen kann, wenn man möglichst viel über ihn weiß. Seine Absichten, seine Möglichkeiten, seine Ressourcen …«

»Es hilft«, bestätigte Harry. Er wirkte ein bisschen verwirrt, aber auch misstrauisch. »Zumindest wenn man weiß, womit man es überhaupt zu tun hat. Was leider nicht der Fall ist.«

»Das können wir ändern«, antwortete Ramanov, »wenigstens zum Teil. Aus keinem anderen Grund sind wir hier.« Er machte eine einladende Handbewegung, die niemand bestimmtem galt. »Nehmen Sie Platz. Bitte.«

Zögernd gehorchten erst Harry, dann Ben und schließlich auch die beiden Söldner, und wieder wurde es für endlose Momente still. Trotzdem hatte sich etwas geändert, dachte Ben. Seit seine Mutter hereingekommen war, hatte das Schweigen eine … besondere Qualität angenommen. Keine, die ihm sehr gefallen hätte.

»Machen Sie es nicht so spannend, Professor«, sagte Harry schließlich. »Oder warten wir, bis jemand kommt und Sekt und Horsd'œuvres bringt?«

»Habe ich schon erwähnt, was ich von Ihrem Humor halte?«, fragte Ramanov.

»Von meinem? Nein.«

Ben fragte sich, was das sollte. Draußen, keine dreißig Meter entfernt und nur durch eine papierdünne Wand aus irgendwelchem Molekularscheiß und eine Menge Hoffnungen von ihnen getrennt, stand eine ganze Armee von Ungeheuern bereit, die es nach ihrem Leben und ihrer Wärme gierte, und die beiden hatten nichts Besseres zu tun als herumzublödeln? Doch dann begriff er, dass der Russe aus irgendeinem Grund davor zurückschreckte, ihnen zu sagen, weshalb er sie alle hierher zitiert hatte.

Harry wartete einen Atemzug lang vergebens darauf, dass Ramanov ihm den Ball zurückspielte, und wurde dann schlagartig wieder ernst. »Also?«

Ramanov drehte sich betont langsam zu Ben herum. »Warum erzählst du uns nicht einfach alles, was du über sie weißt. Über diese … wie hast du sie genannt? … *Alten?*«

Ben blinzelte. »Ich?«

»Warum nicht?«, Ramanov machte eine überflüssige Geste in Richtung des großen Wandmonitors, wahrscheinlich damit auch noch der Letzte in diesem Raum an die Filmaufnahmen seines Geständnisses von gestern erinnert wurde, die der Russe zur allgemeinen Belustigung dort abgespielt hatte. »Du scheinst ja hier am besten über sie Bescheid zu wissen.«

Bens Laune sank so schlagartig in den Keller, dass er den Knall zu hören glaubte, mit dem sie dort aufschlug. »Haben Sie mich herkommen lassen, um sich über mich lustig zu machen?«

»Nein«, versicherte Ramanov mit einem angedeuteten Lächeln. »Bitte, Ben – ich kann verstehen, dass du mich nicht unbedingt in dein Herz geschlossen hast. Aber ich meine es ernst. Bitte sag uns alles, was du über sie weißt. Ich muss dir nicht erzählen, wie wichtig es ist.«

Ben war nun völlig verwirrt, zumal er in Ramanovs Gesicht vergebens nach einer Spur von Hinterlist oder Spott suchte, aber auch schon wieder beunruhigt.

»Moment mal«, sagte Harry. »Verstehe ich Sie richtig? Wollen Sie uns erzählen, dass Sie ihm mit einem Mal glauben?«

»Habe ich denn eine andere Wahl?«

»Vor ein paar Stunden hätten Sie ihn am liebsten noch geteert und gefedert«, erinnerte Bens Vater.

»Vor ein paar Stunden«, sagte Ramanov, griff mit einer irgendwie kompliziert aussehenden Bewegung hinter sich und angelte die Computertastatur vom Regal, auf der er bisher so begeistert herumgehämmert hatte (Ben sah erst jetzt, dass sie kabellos war, und fragte sich, warum es sich der Russe bisher so schwer gemacht hatte), und drückte eine einzelne Taste, bevor er nach einer bewusst dramatische Pause hinzufügte: »kannte ich ja auch das hier noch nicht.«

Auf dem Monitor erlosch das Standbild einer schweigenden Eisarmee und machte einer Aufnahme Platz, bei deren Anblick Ben um ein Haar laut aufgestöhnt hätte. Er sah sich selbst, seine Mutter und Harry, der eine blutüberströmte reglose Gestalt in einem weißen Kittel über der Schulter trug und vor ihnen her die schmalen Stufen einer verchromten Wendeltreppe hinaufhetzte. Die Aufnahme war aus dem hier anscheinend üblichen Winkel hoch oben unter der Decke gemacht worden und zeigte nur einen Teil der Treppe, aber mehr war auch nicht nötig, um Bens Erinnerung vollkommen und schlagartig zurückkehren zu lassen. Es war ein Film ihrer verzweifelten Flucht aus dem Labor und ihres Wettlaufs gegen die Zeit und das Selbstzerstörungsprogramm des Computers, den sie letzten Endes verloren hatten. Die Bilder waren aus irgendeinem Grund ohne Ton, aber den brauchte er auch nicht, um auf die Sekunde genau zu wissen, wann sie aufgenommen worden waren. Hätte es eine Tonspur gegeben, dann hätten sie jetzt Ramanovs Stimme gehört, die ihnen zu erklären versuchte, warum sie gleich sterben würden.

33

»IST DAS WIRKLICH NOTWENDIG?«, fragte Robert Berger.

»Ich fürchte, ja«, antwortete Ramanov. »Sie haben mich doch gefragt, wieso ich Ben jetzt glaube. Sehen Sie einfach hin. In ein paar Augenblicken wissen Sie es.«

Die Kamera schwenkte ein Stück weit herum, sodass sie nun Franks Kopf und Schultern sehen und auch erkennen konnten, wie er ein Stück unter ihnen auf den schmalen Treppenstufen hockte und auf etwas schoss, aber nicht worauf. Ben nahm in Gedanken wenigstens teilweise zurück, was er Ramanov an den Hals gewünscht hatte. Offensichtlich hatte er wirklich nicht gesehen, wie die Eiskrieger praktisch aus dem Nichts erschienen waren. Plötzlich schien etwas wie ein zarter Dunst in der Luft zu schweben, und Ben beobachtete sich selbst, seine Mutter und Harry, wie sich ihre Gesichter in blankem Entsetzen verzerrten. Irgendwo begann ein gleißendes Licht zu zucken.

»Ich frage noch einmal, ist das wirklich notwendig?«, wiederholte sein Vater.

Ramanov kam nicht mehr dazu, zu antworten, denn noch bevor sein Vater ganz zu Ende gesprochen hatte, flackerte etwas wie ein weißer Schemen durch das Bild, und dann flammte der Monitor in einem so gleißenden, unerträglich hellen Licht auf, dass Ben mit einem schmerzerfüllten Zischen die Augen schloss.

Als er sie wieder öffnete, hatte der Bildschirm abgeschaltet und war schwarz geworden, aber vor seinen Augen tanzten immer noch kreischend grüne Nachtbilder, die nur ganz allmählich verblassten und es ihm zunächst schwer machten, Ramanov überhaupt anzusehen.

»Und was sollte das jetzt?«, fragte sein Vater aufgebracht.

Ramanov beachtete ihn gar nicht, sondern blickte Ben weiter durchdringend an. »Du siehst, Ben«, sagte er mit einer Kopfbewegung auf Gerrit, »er hat dir die Wahrheit gesagt. Die Sterilisationsanlage *hat* funktioniert.«

»Ach, hat sie das?« Bens Mund war so trocken, dass er beinahe Mühe hatte, zu sprechen. Unsicher schaute er wieder zum Monitor hin. Den anderen mochte es viel zu schnell gegangen sein, als dass sie mehr erkannt hatten als ein blitzartiges Huschen und grelle Flammen, aber er musste nichts sehen. Jetzt erinnerte er sich. Endgültig. Da war die Eiskönigin gewesen, ein Ungeheuer wie aus den tiefsten Abgründen der Hölle. Etwas in ihm hatte sich bis jetzt noch immer geweigert, sich an dieses allerletzte, grässliche Detail zu erinnern – ihn vielleicht davor *geschützt* –, aber Ramanovs Film hatte nun auch diese Barriere niedergerissen.

»Und wieso leben wir dann noch?«, fragte er.

»Genau das haben wir uns auch gefragt«, sagte van Staaten müde.

»Und dann haben wir uns die Aufnahmen noch einmal angesehen«, fügte Ramanov hinzu. »Etwas genauer. Und langsamer.«

Seine Finger flogen wieder über die Tasten, und die Wiedergabe begann noch einmal an derselben Stelle, wackelte kurz und erstarrte dann, um schließlich, zehn- oder auch dreißigmal langsamer als normal, weiterzulaufen. Ben beobachtete sich und die anderen dabei, wie sie – nicht wirklich in Zeitlupe, sondern eher in einer ruckelnden Folge einzelner Bilder, zwischen denen jeweils unnatürlich lange Pausen lagen; ein verwirrender Anblick, der die unheimliche Wirkung dessen, was sie beobachteten, noch verstärkte – die Treppe hinaufhetzten und Frank auf etwas zu schießen begann, was nicht zu erkennen war, sah etwas wie flüchtigen Dunst in der Luft erscheinen und dann in einem unerträglich grellen Blitz ausgelöscht werden, der aus allen Richtungen zugleich auf die verwundbaren Gestalten einstürmte, den Bruchteil eines Atemzuges später auch die Kamera erreichte und sie ebenfalls auslöschte.

Aber in jenem unendlich kurzen Moment, *bevor* es geschah, für die Dauer eines einzelnen Lidschlages …

»Großer Gott!«, hauchte seine Mutter. Harry schwieg, aber sein Gesicht verlor jede Farbe, und auch die anderen starrten den Bildschirm mit eindeutigem Entsetzen an.

Genau genommen waren es *drei* Bilder, die im Abstand mehrerer Sekunden über den Monitor ruckelten. Auf dem ersten war ein weißer Schemen zu sehen, der sich von unten in das Bild schob und Frank dabei halb verdeckte: ein weißes Spinnengesicht mit Zähnen und schnappenden Beißzangen und glotzenden Augen, das von einem gewaltigen Stachelkranz wie von einer bizarren Tiara gekrönt wurde.

Das zweite Bild zeigte dieselbe Kreatur, nur jetzt nahezu zur Gänze, während sie mit einem gewaltigen Satz zu den vier hilflosen Menschen auf dem Treppenabsatz hinaufsprang und dabei scheinbar schwerelos in der Luft zu hängen schien. Ihr fast drei Meter hoher Körper war womöglich noch grotesker als der stachelgekrönte Schädel: in der Mitte eingeschnürt wie der einer Weste, gepanzert und mit einem absurd dicken, aufgeblähten Hinterleib, der in einem grausamen, mit Widerhaken besetzten Stachel endete. Das Ding *hatte* etwas von einer Spinne, denn seine Arme, mindestens sechs, wenn nicht gar acht oder zehn, die es im Sprung weit ausgebreitet hatte, um nach seiner Beute zu greifen, waren ganz eindeutig die einer solchen, auch wenn sie in dreifingrigen, gebogenen Raubvogelklauen endeten. Die Beine hingegen waren eher die eines riesigen Vogels, muskulös und mit nach hinten geknickten Kniegelenken und gigantischen Krallen.

»Was für ein Monster«, murmelte Gerrit.

»Die Eiskönigin«, flüsterte Ben.

Auf dem dritten und letzten Bild schließlich hatte die Bestie ihre Opfer erreicht und hockte, weit nach vorne gebeugt und mit weit aufgerissenen Kiefern, über Harry, den sie offensichtlich niedergerissen hatte, Ben und seiner Mutter. Von Frank war nichts mehr zu sehen, was aber nicht an dem veränderten Bildausschnitt lag, sondern eher an dem grellen Licht, das von allen Seiten her auf den Bildschirm zuzuspringen schien und bereits damit begonnen hatte, alle Einzelheiten auszulöschen. Aber es war nicht nur ein optischer Effekt. Zum größten Teil, ja, vor allem an den Rändern, und doch glaubte Ben zu erkennen, wie das unerträgliche Leuchten Teile der Grauen erregenden Kreatur *tatsächlich* auflöste.

Dann erlosch der Bildschirm, und Ramanov sagte: »Das war das letzte Bild. Die Explosion hat die Kamera zerstört. Wir wissen nicht, was danach passiert ist.«

»Aber das … das kann nur ein Irrtum sein«, murmelte Jennifer Berger. Ihre Stimme war kaum mehr als ein heiseres Flüstern und ihr Blick hing immer noch wie gebannt am schwarzen Bildschirm. »Eine … eine optische Täuschung. Irgendein … *Phantombild,* das sich eingeschlichen hat. Sie haben es doch eben selbst gesagt: Die Kameras sind zerstört worden!« Bei den letzten Worten klang ihre Stimme fast hysterisch, obwohl sie zugleich noch leiser zu werden schien.

»Sie erinnern sich nicht?«, fragte Ramanov. Bens Mutter schüttelte erschrocken den Kopf, und Ramanov wandte sich mit einem fragenden Blick an Harry. Von ihm bekam er gar keine Reaktion.

»Aber du?«, sagte er schließlich an Ben gewandt. Eigentlich war es keine Frage. Er beantwortete sie auch gleich selbst mit einem Nicken. »Nun, irgendwie überrascht mich das nicht. Wie hast du dieses Geschöpf genannt? Die Eiskönigin? Warum?«

»Der Name kam mir irgendwie passend vor.«

»Das stimmt. Er ist wirklich passend. Aber das ist keine Antwort auf meine Frage. Was weißt du über dieses Geschöpf?«

»Nichts. Wirklich, ich weiß nicht mehr als Sie über dieses Ding oder die *Alten.* Nur das, was ich schon erzählt habe.«

»Das ist bedauerlich.« Fast zu Bens Erstaunen verzichtete der Russe darauf, nachzuhaken und keinen Zweifel daran zu lassen, dass er ihm kein Wort glaubte. »Und ich fürchte, es macht unsere Probleme nicht unbedingt kleiner.«

»Aber das ist doch lächerlich!«, begehrte Bens Vater auf. »Sie wollen uns auf den Arm nehmen!«

Ramanov blieb immer noch überraschend ruhig. »Ich kann Ihnen versichern, dass mir nicht nach Scherzen zu Mute ist.«

»Dann ... dann hat meine Frau eben Recht! So muss es gewesen sein! Genau! Die Hitze hat die Elektronik gestört. Es war ... irgendein Bild, das auf Ihrer Festplatte war. Vielleicht ein Ausschnitt aus einem albernen Horrorfilm!«

»Eine hübsche Vorstellung«, meinte Ramanov. »Und unter normalen Umständen wäre ich der Erste, der mit Begeisterung nach Beweisen dafür suchen würde. Aber leider ...« Er deutete auf Ben, dann auf den erloschenen Monitor. »Die Kameras sind ausgefallen, sodass ich es Ihnen nicht zeigen kann, aber ich versichere Ihnen, dass die Sterilisation ordnungsgemäß durchgeführt wurde. Dort unten *sieht* es aus wie in einem Raum, der mit mehr als zweitausend Grad Celsius ausgebrannt worden ist.«

Er berührte eine Taste, und das letzte der drei Bilder erschien noch einmal. Gleichzeitig schaltete er seinen Laserpointer wieder ein. »Hier, sehen Sie?« Der rote Lichtpunkt zitterte über die Höllenvision der Eiskönigin und blieb an einem Punkt am unteren linken Bildschirmrand hängen. »Das Metall beginnt bereits zu brennen. Ein Teil der Treppe und die komplette Wandverkleidung samt Decke ist geschmolzen. Aber Ihr Sohn, Ihre Frau und Harry sitzen völlig unversehrt hier.« Ein Schatten huschte über sein Gesicht. »Leider hatten der bedauernswerte Professor Baxter und dieser arme Soldat weniger Glück.«

»Sie wissen ganz genau, dass das unmöglich ist!«, beharrte Robert Berger. Er versuchte, abfällig zu klingen, aber es blieb bei dem bloßen Versuch. »Ich dachte, Sie wären Wissenschaftler!«

»Ich habe in den letzten Tagen eine Menge Dinge erlebt, die unmöglich sind.«

»Und wieso sind sie dann noch am Leben?!«, rief sein Vater fast verzweifelt.

»Weil sie schlicht und einfach Glück hatten, vermute ich.« Ramanovs Laserpointer stieß nun nach dem Kopf der Eiskönigin. »Oder dieses Ding einfach zu gierig war. Vermutlich beides. Sehen Sie es sich an. Es war hinter Ihrer Frau und den anderen her. Nur einen Atemzug später und es hätte sie erwischt. So hat es ihnen wahrscheinlich das Leben gerettet – wenn auch gewiss nicht absichtlich.«

»Das ist absurd!«, sagte sein Vater. »Absolut absurd!«

Ben hatte ein ganz ähnliches Gefühl, wenn auch vermutlich aus einem völlig anderen Grund. *Gerettet?* Die Eiskönigin hatte sie nicht *gerettet!* Das Verhalten der Eiskönigin hatte ein ganz bestimmtes Motiv. Und für den Bruchteil einer Sekunde *kannte* er es sogar.

Aber dann seufzte Ramanov übertrieben laut, und das Geräusch zerriss den dünnen Faden, den er für einen Moment in Händen gehalten hatte und der ihn vielleicht zu jenem Punkt irgendwo tief in seinen Gedanken geführt hätte, an dem die Wahrheit verborgen war. Einen Punkt, den es gab. Noch während sich die Schleier wieder vor sein inneres Auge senkten und alles rätselhaft und erschreckend wurde, begriff er, dass er es wusste und die ganze Zeit über gewusst hatte. Alles. Die furchtbare Bedeutung all der verwirrenden und bedrohlichen Dinge, die er in den letzten Tagen erlebt hatte, das wirkliche Geheimnis, dem sie bisher noch nicht einmal nahe gekommen waren, die Antworten auf alle Fragen, die er noch nicht einmal gestellt hatte.

»Ja«, sagte Ramanov. »Das stimmt. Die ganze Situation ist vollkommen absurd – aber irgendwie müssen wir damit zurechtkommen, fürchte ich. Ob es uns nun gefällt oder nicht.« Er sah abwechselnd Ben, seine Mutter und Harry an, schien darauf zu warten, dass einer von ihnen etwas sagte, und schüttelte schließlich sichtbar enttäuscht den Kopf. Bevor er weitersprach, maß er Ben noch einmal mit einem sehr langen, sehr prüfenden Blick.

»Und du bist sicher, dass das alles war? Jede Kleinigkeit könnte wichtig sein.«

Zuerst schienen Ramanovs Worte keinen Sinn zu ergeben; nur Laute ohne Bedeutung. Das verbotene Wissen war fort, aber allein das Begreifen, dass es da war, hatte ihn bis ins Mark erschüttert. Er hatte Mühe, überhaupt zu antworten. »Ich … ich habe Ihnen alles erzählt, was ich weiß.«

Ramanov schwieg, wandte sich wieder dem Monitor zu und rief das zweite der drei Horrorbilder auf, auf dem die Eiskönigin mitten im Sprung und auch am deutlichsten zu sehen war. Eine ganze Weile betrachtete er es sehr konzentriert, bevor er sich mit einem neuerlichen Blick zuerst an Harry, dann wieder an Ben und seine Eltern wandte.

»Ist Ihnen ein solches … Geschöpf auch schon auf der *Princess* oder auf dem Weg hierher begegnet?«

Ben und seine Eltern schüttelten unisono den Kopf, während Harry auch jetzt nicht reagierte, sondern die Monstrosität auf dem Bildschirm nur weiter anstarrte. Man konnte ihm ansehen, wie es hinter seiner Stirn arbeitete.

»Das ist bedauerlich«, sagte Ramanov.

»Bedauerlich?« Bens Vater zog erstaunt die Augenbrauen zusammen. »Also, ich hätte es eher bedauerlich gefunden, *wären* wir einem solchen Ding begegnet.«

»Wahrscheinlich wären sie dann gar nicht hier«, fügte Tahia hinzu.

»Das habe ich nicht gemeint. Ich finde es bedauerlich, dass wir nichts über dieses Geschöpf wissen. Die Kreaturen, mit denen wir es bisher zu tun gehabt haben, sind schon schlimm genug, aber *dieses* Ding …« Er schauderte sichtbar und ließ den Satz unbeendet.

»Vielleicht … vielleicht wissen wir ja doch etwas darüber«, sagte Ben leise. Irgendwo in seinen Gedanken begann die Gestalt auf dem Bildschirm eine Geschichte zu erzählen, die zu grässlich war, um sie in Worte zu fassen. Und das Allerschlimmste dabei war ein durch und durch aberwitziges, aber nichtsdestotrotz grauenhaftes Gefühl, das vollkommen von ihm Besitz ergriffen hatte; das Gefühl, dieses unheimliche Ding sei immer noch hier. Nicht *hier* im Sinne von: in der Station oder irgendwo in den lichtlosen Höhlen tief unter ihren Füßen oder draußen in der sturmumtosten eisigen Einöde, sondern *hier*, in diesem Raum. Er konnte seine Nähe spüren. Das Gefühl war völlig absurd und entbehrte jeder Grundlage und trotzdem drohte es ihn zu ersticken.

»Was genau meinst du damit?«, erkundigte sich Ramanov stirnrunzelnd. »Erinnerst du dich jetzt doch an etwas?«

»Nein«, antwortete Ben. »Aber *Sie* vielleicht.«

»Ich?«, wiederholte Ramanov konsterniert. »Wie kommst du auf diese Idee?«

»Das da«, antwortete Ben betont und deutete auf den Monitor, »ist eine Spinne. Oder etwas, das irgendwann einmal eine Spinne *war.*«

Plötzlich wurde es sehr still. Ben ließ den Russen nicht aus den Augen, aber er konnte fast körperlich spüren, wie ihn alle anstarrten.

»Eine Spinne?«, wiederholte Ramanov und schaute noch einmal über die Schulter zurück zum Bildschirm hin, wie um sich davon zu überzeugen, dass sie beide von demselben Geschöpf sprachen. Er schüttelte den Kopf und zwang ein nervöses Lächeln auf sein Gesicht. »Ja, in der Tat – wenn man es will, kann man etwas von einer Spinne darin sehen.« Mit einer bewusst langsamen Bewegung drehte er sich wieder zu Ben herum und fügte mit leicht veränderter, spöttisch klingender Stimme hinzu: »Aber auch von allem anderen. Worauf willst du hinaus?«

»Es hat mit Spinnen angefangen«, sagte sein Vater sinnierend, bevor er antworten konnte. Seine Mutter runzelte die Stirn und schien angestrengt über etwas nachzudenken. Selbst Harry hatte endlich seinen Blick vom Bildschirm losgerissen und sah nun abwechselnd ihn und Ramanov an.

»Und Sie arbeiten hier mit Spinnen, nicht wahr?«, führte Ben endlich seinen Satz zu Ende. Er glaubte fast körperlich zu spüren, wie sich hinter seiner Stirn winzige Teile eines bisher hoffnungslos verstreuten Bildes zusammenfügten und etwas wie einen Sinn ergaben.

»Aber das ist doch Unsinn«, antwortete Ramanov unerwartet sanft. »Ich weiß, was du meinst. Unsere Forschungen dort unten –«

»Ich habe sie gesehen«, fiel ihm Ben ins Wort. Aus den Augenwinkeln erkannte er, wie sich Harry gerade aufsetzte und mit einem Male *sehr* aufmerksam wirkte.

»Gesehen?«, fragte Ramanov scharf.

»Die Spinne«, antwortete Ben. »Das kleine Monster, das sie sich dort unten zusammengebastelt haben.«

Ramanov war entweder ein wirklich begnadeter Schauspieler oder er wusste nicht, wovon Ben sprach. Er schaute beinahe ein bisschen hilflos drein. Dann hellte sich sein Gesicht auf und es erschien etwas wie ein Lächeln darauf. »Oh, jetzt verstehe ich. Tarantula. Du meinst Baxters Haustier.«

»Nein«, antwortete Ben. »Ich meine die andere, die Große.«

»Wovon spricht der Junge?«, fragte Harry scharf. Ramanov schüttelte schon beinahe automatisch den Kopf, als wäre es ihm in Fleisch und Blut übergegangen, prinzipiell nichts zuzugeben, was er nicht unbedingt zugeben musste. Harry richtete sich noch ein wenig mehr in seinem Stuhl auf, und obwohl er nach wie vor in fast entspannter Haltung dasaß, wirkte er jetzt … bedrohlich.

»Ich habe nicht die –«, begann Ramanov.

»Hören Sie auf«, mischte sich van Staaten ein. Ihre Stimme klang ebenso müde wie resigniert.

»Was fällt Ihnen ein?«, fuhr Ramanov sie an, doch die Ärztin zeigte sich weder von seinem scharfen Ton noch von dem wütenden Blick, der seine Worte begleitete, irgendwie beeindruckt.

»Das hat doch keinen Sinn, Professor. Sie haben Harry gerade gefragt, wie man sich am besten gegen diese Ungeheuer verteidigen kann. Wenn Sie wollen, dass er das tut, dann sagen Sie ihm auch alles.«

»Schweigen Sie jetzt lieber, Doktor«, antwortete Ramanov kühl. »Das gehört nicht hierher.«

»Vielleicht überlassen Sie es mir, zu beurteilen, was hierher gehört und was nicht«, sagte Harry schneidend. Er wies mit der Hand zuerst auf den Bildschirm, dann auf Dr. van Staaten. »Ihre Kollegin hat Recht, wissen Sie? Um einen Feind zu bekämpfen, ist es wichtig, möglichst viel über ihn zu wissen. Aber noch wichtiger ist es, etwas über seine Verbündeten zu wissen. Zumindest, ob es wirklich Verbündete *sind.«*

Ramanov machte nur eine ärgerliche Geste. »Sie wissen ja nicht, wovon Sie reden. Unsere Forschungen haben nichts mit *dem da* zu tun.«

»Ja, das sieht man«, sagte Tahia spöttisch.

»Nur weil dieses Ding zufällig acht Arme hat und sich das Startgeld für jede Schönheitskonkurrenz sparen könnte?«, schnappte Ramanov. »Das bedeutet überhaupt nichts!«

»Also gut«, sagte van Staaten, ohne ihn oder irgendjemand anderen hier direkt anzusehen. »Dann sage ich es Ihnen. Es ist kein Zufall, dass wir ausgerechnet *hier* arbeiten.«

»Schweigen Sie!«, fauchte Ramanov. Niemand beachtete ihn.

»Es ist auch kein Zufall, dass wir diese komplette Anlage so preiswert übernehmen konnten«, fuhr van Staaten fort. Sie lachte, aber ohne die geringste Spur von Humor. »Die Amerikaner haben sie uns praktisch geschenkt. Das hätte uns misstrauisch machen müssen.«

»Das reicht jetzt!«, sagte Ramanov scharf. »Doktor van Staaten, ich darf Sie daran erinnern, dass Sie eine Verschwiegenheitsklausel unterschrieben haben. Sie wissen, welche Folgen es für Sie –«

»Sie können mich ja verklagen, Professor«, unterbrach ihn van Staaten kopfschüttelnd. »Wenn das alles hier vorbei ist und wir noch leben, heißt das.«

»Was meinen Sie damit – es hätte Sie misstrauisch machen müssen?«, erkundigte sich Harry. Ramanov wollte abermals auffahren, aber jetzt brachte ihn der Söldner mit einem so eisigen Blick zum Verstummen, dass er es nicht wagte, auch nur den Mund aufzumachen.

»Dasselbe, was ich dir schon gestern zu erklären versucht habe«, antwortete van Staaten, noch immer im gleichen müden Tonfall, nun aber direkt an Ben gewandt. »Dieser Ort übt einen schlechten Einfluss auf Menschen aus. Er verdirbt sie, glaube ich. Er bringt sie zum Beispiel dazu«, sagte sie mit einem raschen Seitenblick auf Ramanov, »sich gegenseitig zu misstrauen und ihre Freunde zu belügen.«

Ramanov funkelte sie an, hüllte sich darüber hinaus aber jetzt in beleidigtes Schweigen.

»Wenn das wirklich wahr ist«, fragte Harry, »wieso sind Sie dann alle noch hier?«

»Weil es verdammt gut bezahlt wird?«, schlug van Staaten vor und lächelte flüchtig. »Nein. Das ist es nicht, auch wenn es die Sache sicherlich ein wenig schmackhafter macht. Der wirkliche Grund ist ein ganz anderer. Wir haben es ziemlich schnell herausgefunden, nachdem wir einmal hier waren und mit unseren Arbeiten begonnen hatten.« Sie schwieg und wandte sich dann zu Bens Mutter um. »Baxter hat dir gezeigt, wie weit sie gekommen sind?«

»Ja«, antwortete sie, hob die Schultern und warf Ben einen verunsichert-fragenden Blick zu, bevor sie sich verbesserte: »Vielleicht. Bis vor ein paar Minuten habe ich das wenigstens noch geglaubt.«

»Und was haben Sie erwartet?«, mischte sich Ramanov ein. »Dass wir dem Erstbesten, der an unsere Tür klopft, gleich all unsere Geheimnisse offenbaren?« Weder Bens Mutter noch van Staaten taten ihm den Gefallen, darauf einzugehen.

»Dein Sohn hat nicht alles gesehen«, fuhr van Staaten fort. »Er hat wohl etwas Beeindruckendes gesehen, etwas, was ihn zweifellos erschreckt hat, aber längst nicht alles. Ich bin nur eine einfache Ärztin, Jennifer, und verstehe kaum mehr von den Dingen, die dort unten geschehen, als ich zufällig aufgeschnappt habe. Aber selbst ich habe mittlerweile begriffen, wie weit Baxter und seine Kollegen waren. Ich bin sicher, dass sie dem Rest der Welt um ein Jahrzehnt voraus sind, wenn nicht sogar mehr.«

»Was wollen Sie damit sagen?«, fragte Harry.

»Nichts. Nur dass ich glaube, es liegt an diesem Ort. Ich habe selbst ein paar Dinge erlebt, die …« Sie brach ab, und für die Dauer eines halben Atemzuges schien sich ihr Blick zu verschleiern, als müsse sie an etwas denken, woran sie nicht denken wollte, dann hatte sie sich wieder in der Gewalt und setzte mit veränderter, kräftigerer Stimme neu an. »Ich habe keinerlei Beweise dafür, also fragen Sie mich erst gar nicht danach. Aber ich bin sicher, dass es an diesem Ort liegt. An dieser Basis oder an dem Flecken Erde, auf dem sie errichtet worden ist. Er verändert nicht nur die Menschen. Er verändert auch Dinge. Manches ist hier eben …« Sie unterbrach sich abermals und suchte für zwei oder drei Sekunden nach Worten. »… *anders.*«

»Merken Sie nicht, was für einen Unsinn sie redet?«, mischte sich Ramanov ein und versuchte, Harry mit einem geringschätzigen Lächeln zu beeindrucken. »Sehen Sie sie sich doch nur an! Sie ist völlig fertig. Wahrscheinlich fantasiert sie.«

»Halten Sie die Klappe, Iljitsch«, sagte Harry gelassen. Er gab van Staaten einen Wink, fortzufahren.

»Sprechen Sie mit unseren Technikern«, sagte die Ärztin. »Fragen Sie sie, mit welchen Problemen sie zu kämpfen haben. Nichts funktioniert hier. Jedenfalls nicht so, wie es selbst unter den extremen Bedingungen hier funktionieren sollte. Und ich habe alte Aufzeichnungen meines Vorgängers gefunden; des amerikanischen Arztes, der die Soldaten damals betreut hat. Es war dasselbe.«

»Haben sie auch Riesenspinnen gezüchtet?«, fragte Gerrit nervös.

»Er war im Grunde genauso überflüssig wie ich«, fuhr van Staaten völlig unbeeindruckt fort.

»Warum?«, erkundigte sich Bens Mutter.

»Weil hier niemand krank wird. Und ich meine: niemand. Das Einzige, was ich hier behandeln muss, sind Erfrierungen oder Unfälle. Niemand wird krank. Niemand hat Migräne, Kopfschmerzen, Durchfall oder auch mal Zahnschmerzen.« Sie lachte wieder auf diese sonderbare Art, die eher erschreckend wirkte. »Ein Traumjob, nicht wahr? Ich verdiene ein Schweinegeld, und die schwierigste Aufgabe, die ich zu bewältigen habe, ist, irgendwie die Zeit totzuschlagen, ohne mich allzu sehr zu langweilen. Die letzten Tage ausgenommen.«

»Ist das wahr?«, wandte sich Harry an Ramanov. Der Russe erwiderte seinen Blick trotzig und schwieg.

»Das hätten Sie uns sagen müssen, Professor«, meinte Jennifer Berger vorwurfsvoll. Ramanov sagte auch dazu nichts.

Harry starrte ihn noch eine Weile mit mühsam unterdrücktem Ärger in den Augen an, bevor er sich wieder zum Bildschirm herumdrehte und auch diesen für endlose Sekunden einfach nur anstarrte. Schließlich riss er sich von dem schrecklichen Anblick los, wandte sich wieder zu dem Russen um – und beugte sich rasch vor, um die Computertastatur an sich zu nehmen, die vor Ramanov auf dem Tisch lag.

»He!«, beschwerte sich Ramanov. »Was soll das?«

Harry drehte die Tastatur in den Händen und betrachtete sie so interessiert, als hätte er etwas Derartiges noch nie zuvor gesehen. »Ich glaube, es wird Zeit, dass wir uns einen Überblick über die *wirkliche* Situation hier verschaffen. Ich nehme an, dass Sie von diesem Computer aus Zugriff auf die gesamte Station haben. Alle Daten, alle Aufzeichnungen … und auch auf alle Überwachungskameras und Mikrofone?«

»Und wenn?«, sagte Ramanov. Er machte eine Bewegung, wie um

nach der Tastatur zu greifen, wagte es aber nicht, sie zu Ende zu führen, als er Harrys Blick begegnete. »Was geht Sie das an?«

Statt direkt zu antworten, gab Harry die Tastatur an Tahia weiter. »Schau dir den ganzen Laden mal gründlich an«, sagte er, zwar an die Söldnerin gewandt, aber ohne Ramanovs Blick loszulassen. »Keine Sorge, sie versteht etwas davon. Sie wird weder etwas löschen noch durcheinander bringen, und Ihre kleinen Geheimnisse sind bei uns auch bestens aufgehoben.«

Ramanovs Augen schienen zu brennen. »Dazu haben sie kein Recht! Überlegen Sie sich gut, was Sie tun!«

»Das habe ich, Professor, keine Sorge«, versicherte Harry. »Keine Angst. Sie bekommen Ihr Spielzeug wieder, sobald sie damit fertig ist. Und ich weiß, auf welcher Seite Sie wirklich stehen.«

34

BEN ERWACHTE AM NÄCHSTEN MORGEN ungewöhnlich früh. Die Digitalanzeige des Weckers neben seinem Bett behauptete, es wäre noch vor fünf, was hieß, dass es noch Stunden bis zum nächsten Sonnenaufgang waren, aber es konnte ebenso gut auch fünf Uhr *nachmittags* bedeuten. Ben hatte nie so wirklich den Unterschied zwischen a. m. und p. m. – die amerikanische Art, die Uhrzeit zu rechnen – begriffen. Noch während er dalag und den letzten Rest an Schlaf wegblinzelte, wurde ihm klar, dass seine innere Uhr, die schon auf der *Princess* aufgehört hatte, richtig zu ticken, mittlerweile stehen geblieben war. Und es gab keine Möglichkeit, die Tageszeit festzustellen. Sein Zimmer hatte kein Fenster, und er hätte draußen ohnehin nichts als Dunkelheit gesehen. Bis zum nächsten Sonnenaufgang waren es so oder so noch Stunden (möglicherweise auch *Monate,* doch darüber dachte er vorsichtshalber erst gar nicht nach), aber selbst wenn nicht, hätte es ihm wohl kaum genutzt. Auch im Licht des kurzen antarktischen Tages wäre nicht wirklich etwas zu erkennen gewesen, denn das Wolfsgeheul des Sturmes war noch immer da und es schien sogar noch lauter geworden zu sein. Und zitterte das Bett, auf dem er lag, nicht ganz sacht unter ihm?

Nein, zumindest das war ganz klar Einbildung.

Ben blieb noch einen Moment lang mit geschlossenen Augen auf dem Rücken liegen und lauschte auf das unheimliche Wimmern und Wehklagen des Sturmes, dann setzte er sich mit einem Ruck auf und stellte überrascht fest, wie überaus erfrischt und ausgeruht er sich fühlte; als hätte er nicht wenige Stunden, sondern einen ganzen Tag geschlafen.

Vielleicht hatte er das ja.

Und noch etwas war außergewöhnlich: Er hatte nicht geträumt.

Das beunruhigte ihn. Es war eines der wenige Male, dass er ohne die Erinnerung an schreckliche Bilder und Grauen erregende Visionen aufgewacht war, seit die *Princess* Kapstadt verlassen und diese Höllenfahrt begonnen hatte. Wie oft hatte er sich genau das verzweifelt gewünscht?

Aber die Dinge hatten sich geändert, und er spürte keine Erleichterung, sondern eine große Leere und beinahe so etwas wie Enttäuschung. Wieso war Sasha diese Nacht nicht im Traum zu ihm gekommen, um ihn mit sich in ihre Welt zu nehmen?

War es vorbei? Hatte sie ihm, indem sie ihn mit in die versunkene Stadt der *Alten* genommen hatte, ihr letztes Geheimnis verraten, sodass es jetzt nichts mehr gab, was sie ihm zeigen konnte, und er sie niemals wiedersehen würde?

Das wollte er nicht glauben. Ben stand auf, ging ins Bad – das man inzwischen notdürftig repariert hatte – und wusch sich eher symbolisch, indem er den Wasserhahn zwar aufdrehte, aber gerade einmal die Fingerspitzen in den rauschenden Strahl tauchte, der so eisig war, dass er seine Kälte fühlen konnte, noch bevor er ihn berührte, und sich dann behutsam die Augenlider mit Wasser betupfte. Eigentlich war nicht einmal das nötig, denn ihm fiel nicht nur erneut auf, wie erstaunlich frisch und agil er sich fühlte – als er vom Waschbecken zurücktrat und in den Spiegel blickte, sah er auch genauso aus.

Er musste an das denken, was van Staaten – vorhin? Gestern? – über diesen Ort erzählt hatte und welchen Einfluss er nicht nur auf die Seele der Menschen ausübte, sondern auch auf ihre Gesundheit. Konnte es sein, dass er diesen Einfluss bereits zu spüren begann? Absurd. Es war eine der seltenen Nächte in letzter Zeit gewesen, in der er richtig ausgeschlafen hatte, so simpel war die Erklärung.

Aber warum hatte sich Sasha nicht gemeldet?

Ben dachte noch einen Moment über diese Frage nach, ohne zu einer Antwort zu gelangen, und kam endlich zu dem Schluss, dass es wohl das Einfachste war, zu ihr zu gehen und sie ihr selbst zu stellen. Jedem anderen wäre diese Idee lächerlich vorgekommen – Sasha hatte in ihrem ganzen Leben noch keine Frage beantwortet –, aber er war zuversichtlich, dass es *ihm* gelingen würde, mit ihr zu reden. Irgendwie.

Aber nicht so, wie er aufgewacht war – nur in Socken und zerschlissenen Boxershorts … obwohl es zumindest von den Temperaturen her kein Problem gewesen wäre. Ramanov musste Harrys Rat beherzigt und die Heizung voll aufgedreht haben. Und die Vorstellung, wie Zar Iljitsch I. wohl reagieren würde, wenn er nur in Unterhosen ins Schlafzimmer seiner Enkeltochter spazierte, bereitete ihm natürlich auch eine diebische Freude. Er seufzte. Eine nette Vorstellung, doch mehr auch nicht, und ziemlich albern dazu. Aber trotzdem nett.

Er ging zum Bett zurück, bückte sich nach den Kleidungsstücken, die er achtlos daneben auf den Boden geworfen hatte, und ließ sie dann wieder fallen. Er hatte seine Kleidung seit seiner Ankunft in der Basis erst einmal gewechselt und sie roch alles andere als gut. Statt sie anzuziehen nahm er nur den beschädigten MP3-Player aus der Hosentasche und ging dann zu dem schmalen Einbauschrank, der zu seinem *Apartment* gehörte. Wie er gehofft hatte, enthielt er eine Auswahl an frischen Kleidern: einfache weiße Leinenhosen, wie sie Krankenpfleger oder Ärzte in einer Klinik trugen, und dazu passende, ebenfalls weiße Strickpullover, die ihm aber allesamt um gut zwei Nummern zu groß waren. Kurz fragte er sich, ob Ramanov das absichtlich so arrangiert hatte, damit er sich vollkommen lächerlich machte, wenn er in diesem Aufzug durch die Station spazierte, sagte sich dann aber, dass er jetzt mit seinem Misstrauen wohl etwas zu weit ging. Außerdem war er nicht bereit, Ramanov ein solches subtiles Vorgehen zuzugestehen.

Immerhin waren die Sachen sauber und nicht überall zerrissen – ein ganz neues Gefühl zur Abwechslung – und er wollte schließlich nicht zu einer Modenschau. Und wahrscheinlich würde es Sasha gefallen, wenn er ganz in Weiß gekleidet bei ihr auftauchte.

Er zog sich an, ging zur Tür und blieb noch einmal stehen, um den MP3-Player einzuschalten. Immerhin war es ja möglich, dass sie ihm eine weitere Nachricht auf diesem Wege hinterlassen hatte.

Aber sie hatte es nicht. Als er den Kopfhörer ins Ohr schob und die winzige Taste drückte, hörte er die gleichen Worte wie gestern. *Zweihunderteinundvierzig, Ben.* Mehr nicht.

Er hätte es nicht sein dürfen, aber er war enttäuscht. Es wurde wirklich Zeit, dass er mit Sasha sprach.

Entschlossen verließ er das Zimmer und wandte sich nach links. Das monotone Heulen des Sturmes wurde lauter, als er auf den Gang hinaustrat, und das Licht kann ihm deutlich matter vor als bisher. Vielleicht herrschte hier gerade tatsächlich *Nacht,* falls es in der Basis einen Unterschied zwischen Tag und Nacht gab und die Leute nicht einfach in zwei oder drei Schichten arbeiteten und lebten, statt sich um den Hell-Dunkel-Rhythmus draußen zu scheren, der sowieso tat, was er wollte. Möglicherweise hatte sich Ramanov auch nur entschlossen, ein bisschen Energie zu sparen. Schließlich wusste niemand, wie lange sie noch an diesem Ort festsaßen, und er hatte auch nicht vergessen, was van Staaten gestern über die Zuverlässigkeit technischer Gerätschaften hier erzählt hatte.

Immerhin wusste er sofort, in welche Richtung er gehen musste. Die Karte, die er auf dem Monitor gesehen hatte, war kompliziert gewesen, aber Ben hatte schon immer ein gutes Gedächtnis für Bilder gehabt und fand sich nun mühelos in der Station zurecht.

Er brauchte nur wenige Minuten, um den Gang zu erreichen, auf dem Sashas Zimmer lag. Niemand hielt ihn auf, und die Tür war auch nicht abgeschlossen, wozu auch? Das Zimmer war verlassen. Das schmale Bett war abgezogen, und die Schubladen des kleinen Schränkchens, die er nacheinander aufzog, allesamt leer. Sasha war nicht einfach nicht da, sondern ganz offensichtlich ausgezogen.

Ben war verwirrt und beunruhigt, aber auch ein wenig ärgerlich auf sich selbst. Was hatte er erwartet – dass Ramanov sie einfach hier lassen würde, wo er sie jederzeit sehen konnte? Kaum.

Wütend fuhr er herum und wäre um ein Haar mit van Staaten zusammengeprallt, die so leise unter der Tür erschienen war, dass er sie nicht gehört hatte.

»Wusste ich doch, dass ich dich hier finde.«

»Wieso?«, fragte Ben. Er erschrak selbst über den scharfen Klang seiner Stimme und ermahnte sich in Gedanken zu ein bisschen mehr Höflichkeit. Spätestens seit gestern war van Staaten ein gutes Stück weiter auf die Seite seiner möglichen Verbündeten gerutscht.

»Weil ich gerade bei dir war und dich nicht gefunden habe«, antwortete van Staaten, ohne auf seinen aggressiven Ton zu reagieren. »Und als ich dich nicht in deinem Zimmer gefunden habe, dachte ich, ich schaue mal hier nach. War nicht schwer zu erraten.«

»Wo ist Sasha?«, fragte Ben mit einer fast anklagenden Geste auf das Bett. »Wo haben Sie sie hingebracht?«

»Ich?« Van Staaten zog die linke Augenbraue hoch. »Nirgendwohin. Ich habe damit nichts zu tun. Und – he – sie ist nicht krank und ans Bett gefesselt, weißt du? Sie ist bei ihrem Großvater.«

»Ja, wo sonst«, grollte Ben. Warum war er eigentlich überrascht?

»Sie hat dort ein größeres Zimmer. Es ist doch schön, wenn sie mehr als einen Schritt in jede Richtung machen kann, ohne sofort gegen die Wand zu rennen. Und sie ist dort wahrscheinlich auch sicherer.«

»Vor mir?«, fragte Ben.

Van Staaten verdrehte die Augen, aber sie ging ansonsten nicht auf seine – ebenso überflüssige wie dumme – Bemerkung ein, sondern sagte: »Harry möchte mit dir reden.«

»Harry? Warum?«

»Das hat er mir nicht gesagt«, antwortete sie spitz, während sie rückwärts wieder auf den Gang hinaustrat und eine einladende Geste machte, ihr zu folgen. »Ich bin nur eine unterbeschäftigte und überbezahlte Ärztin, die froh ist, mal einen kleinen Botengang erledigen zu dürfen. Kommst du nun mit oder soll ich ihm sagen, dass du keine Zeit für ihn hast?«

Ben beeilte sich, ihr auf den Gang zu folgen – allerdings nicht ohne noch einmal einen Blick auf das verwaiste Bett geworfen zu haben. Natürlich hatte van Staaten Recht, was dieses Zimmer anging, es war kaum mehr als ein bewohnbarer Schuhkarton – aber das war es nicht. Das leere Zimmer hatte für ihn plötzlich eine düstere symbolische Bedeutung. Wieso hatte sie sich nicht gemeldet?

»Kann ich sie sehen?«, fragte er, während er neben van Staaten durch den verlassenen Korridor ging. »Sasha, meine ich?«

»Warum nicht? Es spricht nichts dagegen, zumindest aus ärztlicher Sicht. Aber nicht jetzt.«

»Warum nicht?«

»Also zuerst einmal, weil es fünf Uhr morgens ist und sie vermutlich schläft«, antwortete van Staaten. Ben atmete innerlich auf. Wenigstens hatte er keine zwanzig Stunden durchgeschlafen, wie er befürchtet hatte. »Und zweitens, weil du im Moment ...« Sie schwieg eine Sekunde und setzte dann neu an. »Es ist wohl besser, wenn du sie im Augenblick ein wenig in Ruhe lässt.«

Ben blieb wie angewurzelt stehen. »Warum?«

»Entschuldige. Das war dumm formuliert. Ich meine nicht nur dich, wirklich. Sie sollte jetzt einfach ihre Ruhe haben, das ist alles.«

Ben verkniff sich eine böse Bemerkung über Betäubungsmittel und verantwortungslose Ärzte, aber van Staaten musste seinen Gedanken wohl erraten haben, denn das leicht verlegene Lächeln blieb zwar auf ihrem Gesicht, wurde jedoch schlagartig um mehrere Grade kühler. Sie ging weiter – eine Spur schneller, wie Ben auffiel, der sich am liebsten die Zunge abgebissen hätte –, aber nach einem guten Dutzend Schritten brach sie das unbehagliche Schweigen von sich aus, und zwar in eher nachdenklichem als beleidigtem Ton, wenn auch ohne ihn dabei direkt anzusehen. »Darf ich dir eine Frage stellen?«

»Noch eine?«

Van Staaten schaute ihn einen Augenblick lang verwirrt an, dann lachte sie flüchtig. »Nicht die Frage, ob ich dir eine Frage stellen darf.«

»Sicher.«

Das spöttische Funkeln, das er so sehr an ihr mochte, auch wenn er immer noch nicht bereit war es zuzugeben, kehrte für eine Sekunde in ihre Augen zurück, und für dieselbe Zeit war er sicher, dass sie die Nonsensdiskussion fortsetzen würde, dann aber fragte sie: »Du hast gestern Abend etwas von einer Spinne erzählt. Was hast du damit gemeint?«

Ben fragte sich, was *sie* damit meinte. Sie hatten über eine Menge Spinnen geredet. Über die an Bord der *Princess,* über die, die sie draußen auf dem Eis gefunden hatten, über die Eiskönigin, die ihm, seiner Mutter und Harry das Leben gerettet hatte, ohne dass er verstand, warum …

Van Staaten schien seine Ratlosigkeit zu spüren, denn sie fügte erklärend hinzu: »Unten im Labor. Du hast etwas gesehen. Ich hatte das Gefühl, dass es Professor Ramanov nicht gefallen hat.«

»Dieses Riesenvieh?«, vergewisserte sich Ben. Er nickte. »Ja. Aber ich dachte, Sie –?«

Van Staaten schüttelte heftig den Kopf. »Du meinst, ich wüsste Bescheid? Wo denkst du hin! Alles, was dort unten geschieht, ist streng geheim. Ich bin seit fünf Jahren hier, aber ich war nur ein einziges Mal im Labor, als es einen Unfall gegeben hat und ich mich um einen Verletzten kümmern musste, und da haben sie einen Riesenaufstand gemacht, damit ich bloß nichts zu sehen bekomme. Dass sie mir nicht die Augen verbunden und mich hinuntergetragen haben, war auch schon alles.« Sie legte den Kopf schräg. »Aber ich habe natürlich das eine oder andere gehört. Es gab Gerüchte.« Sie lachte nervös. »Ziemlich verrückte Gerüchte.«

»Ziemlich *wahre* Gerüchte. Haben Sie Tarantula gesehen?«

»Baxters kleines Kuscheltier?«, erwiderte van Staaten. Sie schauderte übertrieben. »Ja. Er hat sie zwei- oder dreimal mit heraufgebracht, bevor die Hälfte der Leute hier auf die Barrikaden gegangen ist und Ramanov es ihm verboten hat. Ein widerliches Vieh.«

»Dann stellen Sie sich dieses Schmusetierchen jetzt in der Größe eines Bullterriers vor«, sagte Ben und breitete die Arme aus, um die Spannweite der gigantischen Kreatur anzudeuten, die er dort unten gesehen hatte, »und Sie wissen, wovon ich spreche.«

Van Staaten starrte ihn eindeutig schockiert an, und auch Ben hatte bei der bloßen Erinnerung an das grässliche Geschöpf einen säuerlichen Geschmack auf der Zunge. Ihn fröstelte. Ganz flüchtig fragte er sich, wie seine Mutter wohl auf den Anblick des geklonten Monsters reagieren würde, dachte diesen Gedanken aber vorsichtshalber nicht zu Ende. Wenn man ihre Arachnophobie berücksichtigte, dann hatte sie sich erstaunlich tapfer verhalten, als sie Tarantula erschlagen hatte, um Baxter zu retten ... beim Anblick ihrer großen Schwester allerdings hätte sie vermutlich einen Herzinfarkt bekommen.

»Also doch«, flüsterte van Staaten. »Wie gesagt: Es gab Gerüchte. Aber natürlich habe ich es nicht geglaubt. Niemand hier hat das.«

Ben schaute sie wie vom Donner gerührt an. »Aber ich dachte –«

»– dass hier jeder Bescheid weiß, außer einer gewissen dummen Landärztin und dem Hausmeister? Da kennst du Ramanov schlecht. Und Baxter noch schlechter. Zu seinem Allerheiligstes hatte nur eine Hand voll Leute Zutritt ... und mir wird allmählich auch klar, warum.« Sie schüttelte sich wieder, nur dass Ben jetzt ganz und gar nicht mehr sicher war, ob es gespielt war. »Allein die Vorstellung, dass diese Viecher jetzt dort unten herumwuseln ...«

»Also ich glaube nicht, dass da noch was herumwuselt.« Er versuchte beruhigend zu klingen. »Dort unten ist doch alles ausgebrannt, oder?«

Seltsamerweise antwortete van Staaten darauf nicht, sondern sah ihn nur unsicher an, und bevor er eine weitere, entsprechende Frage stellen konnte, hatten sie ihr Ziel erreicht, und die Ärztin blieb stehen. Ben folgte ihr ein wenig verwirrt. Konnte es sein, dass van Staaten insgeheim längst bedauerte, ihm die Frage nach den Spinnen gestellt zu haben, und seine Antworten gar nicht mehr hören wollte?

Er erkannte den Raum erst wieder, als er hinter van Staaten eingetreten war und die Tür geschlossen hatte. Es war die Messe, in der er das erste Mal auf Harrys Truppe getroffen war, nur hatte sie sich ziemlich verändert. Sie wirkte unordentlicher und irgendwie kleiner, obwohl sich jetzt weniger Personen darin aufhielten. Genau genommen waren es Tahia, Gerrit und – zu Bens nicht geringer Überraschung, aber auch Erleichterung – Tooth, der mit dem Rücken zur Tür am Tisch saß und anscheinend konzentriert auf den Bildschirm eines Laptops starrte, der absolut nichts zeigte, soweit Ben erkennen konnte. Er reagierte nicht, obwohl er das Geräusch der Tür unmöglich überhört haben konnte, während Gerrit und Tahia sich fast erschrocken herumdrehten. Gerrits Gesicht blieb nahezu ausdruckslos, auf dem der Söldnerin erschien jedoch ein warmes Lächeln, als sie Ben erblickte. Von Harry, den er nach van Staatens Worten am ehesten hier anzutreffen erwartet hatte, war nichts zu sehen.

»So, da ist er«, sagte van Staaten, während sie sich bereits wieder zum Gehen wandte. »Ich lasse euch dann allein, habt bitte keine Hemmungen, mich zu rufen, wenn ihr etwas braucht. Ich meine, wenn ich euch Kaffee kochen soll oder eine Zeitung holen oder irgendwas in der Art.«

Ben sah sie verwirrt an, und auch Tahia wirkte einfach nur verdutzt, doch die Ärztin verschwand, bevor einer von ihnen etwas sagen oder eine Frage stellen konnte. Tahias Gesicht hellte sich wieder auf, als sie sich an Ben wandte, allerdings wich ihr erfreutes Lächeln fast sofort einem Ausdruck von unübersehbarem Spott. »Schick«, sagte sie, während sie ihn demonstrativ von Kopf bis Fuß musterte. »Bist du unterwegs zu einer Modenschau?«

Ben reagierte ebenfalls mit einem Lächeln, auch wenn es eher gequält ausfiel. »Das war das Einzige, was ich gefunden habe.« Van Staaten hatte sich nichts anmerken lassen, aber Tahias Gesichtsausdruck machte klar, wie albern er aussehen musste. Die Klamotten waren ihm viel zu groß und auch der Schnitt war alles andere als modisch; oder auch nur praktisch. »Wahrscheinlich eine kleine Gehässigkeit von Ramanov«, erklärte er.

»Vielleicht können wir da Abhilfe schaffen«, meinte Tahia. »Wenn du willst.« Sie drehte sich um, ohne seine Antwort abzuwarten, und Ben folgte ihr. Als sie am Tisch vorbeikamen, hielt Tahia an und blickte auf den Monitor, den Tooth noch immer konzentriert anstarrte. Ben tat dasselbe, ohne mehr zu sehen als zuvor: Der Bildschirm war nicht ausgeschaltet, wie er zuerst angenommen hatte, sondern zeigte etwas wie ein schwarzes Muster auf noch schwärzerem Untergrund und die vage Andeutung von Bewegung.

»Tooth, was du dir da ansiehst, ist eine Infrarotaufnahme«, sagte Tahia beinah sanft.

»Ich weiß«, antwortete der Söldner, ohne seinen Blick vom Monitor loszureißen. »Draußen ist es ja auch dunkel.«

»Draußen ist es vor allem *kalt«,* erwiderte Tahia mit einem milden Lächeln, »und die Typen, die vor der Tür herumlungern, leiden nicht gerade an fliegender Hitze, weißt du?«

Tooth blickte sie verständnislos an, wobei er Ben demonstrativ übersah, und Tahia seufzte ganz leise, schüttelte den Kopf und streckte die Hand aus, um eine Taste auf dem Laptop zu drücken. Das Bild flackerte und erstrahlte dann in allen nur denkbaren Grünschattierungen. Aus dem schwarzen Wogen wurde eine grobkörnige monochrome Darstellung des Bereiches unter dem Zeltdach, unmittelbar vor der Schleuse. Ben fuhr ganz leicht zusammen, als er die zahllosen massigen Gestalten sah, die reglos in dem verwüsteten Eingangsbereich standen. »So, jetzt sieht man auch etwas«, seufzte Tahia.

»Was tun sie?«, fragte Ben erschrocken.

Tooth schaute weiter durch ihn hindurch und wandte sich dann wieder dem Bildschirm zu, während Tahia nur die Schultern hob. »Nichts. Sie stehen einfach nur herum.«

Das stimmte. Auf dem Bild rührte sich rein gar nichts. Hätte man nicht im Hintergrund, dort, wo auf der restlichtverstärkten Aufnahme die keilförmigen Zwischenräume des riesigen Zeltdaches zu erkennen waren, das lautlose Toben von Schnee gesehen, den der Sturm vor sich hertrieb, man hätte meinen können, es wäre ein Standbild.

»Sie stehen einfach nur so herum«, sagte Tahia noch einmal. »Unheimlich, nicht?«

Ben wären dazu noch ein paar ganz andere Worte eingefallen, aber er sah wenig Sinn darin, die erdrückende Wirkung noch zu verstärken, die das Bild offensichtlich nicht nur auf ihn ausübte.

Tahia ging weiter, und Ben schloss sich ihr nach einem letzten, prüfenden Blick in Tooths Gesicht an. Der Söldner war sehr blass, und seine rechte Wange war ein wenig geschwollen, als hätte er einen Schlag abbekommen, aber er wirkte sehr lebendig, und zumindest sein Gesicht und seine Hände hatten ganz eindeutig *nicht* angefangen, sich in Eis zu verwandeln. Und wenn seine Mutter und van Staaten der Meinung waren, dass mit ihm alles in Ordnung sei, dann hatten sie vermutlich Recht.

»Was will Harry von mir?«, erkundigte er sich.

Tahia hob die Schultern, ohne sich zu ihm herumzudrehen, ließ sich in die Hocke sinken und klappte einen weißen Plastikcontainer von der Größe eines Kindersarges auf, von denen es jetzt einen ganzen Stapel an der Rückwand der umfunktionierten Messe gab. Ben erinnerte sich flüchtig, eine große Anzahl dieser Behälter an Bord der *Princess* gesehen zu haben, als er damals heimlich in den Laderaum eingedrungen war.

»Keine Ahnung«, behauptete sie. »Aber er ist auf dem Weg hierher. Er wird es dir schon selbst sagen.«

Sie grub hektisch in dem Container herum, richtete sich dann auf und reichte ihm einen flachen Stapel ordentlich zusammengelegter, aber ziemlich schräger Kleidungsstücke; Hose, Hemd und Jacke in olivfarbenem Tarnanzug-Design. »Probier die mal. Sie müssten dir passen.«

Ben griff automatisch zu, betrachtete die Kleidungsstücke einen Moment lang beinahe hilflos und legte sie dann auf den Tisch neben sich. Er hatte den Military-Look noch nie gemocht, aber vermutlich sah er darin immer noch besser aus als in den Klamotten, die er jetzt trug. Rasch schlüpfte er aus dem weißen Pullover (der so ganz nebenbei wie Sandpapier auf der Haut gescheuert hatte), zog das Hemd an und stellte fest, dass es so perfekt passte, als wäre es eigens für ihn geschneidert worden, dasselbe galt für Hose und Jacke.

»Das sieht schon besser aus«, sagte Tahia zufrieden.

Ben deutete mit dem Kopf auf den breiten, mit zahllosen Taschen gespickten Gürtel, den die Söldnerin trug; genauer gesagt auf das Pistolenhalfter an ihrer rechten Hüfte. »Jetzt fehlt nur noch so was.«

»Das könnte dir so passen, wie?«, grinste Tahia.

»Ich könnte es brauchen.«

Das Grinsen blieb auf Tahias Gesicht, wurde aber irgendwie ernster. »Ja, das könnte sein. Aber jetzt wohl eher nicht.«

»Sie haben keinen Versuch gemacht, reinzukommen?«, fragte Ben. »Die ganze Zeit über nicht?« Während er das sagte, knüllte er die alten Kleider zu einem unordentlichen Ball zusammen und hielt bereits nach einem Mülleimer Ausschau, in die er sie stopfen konnte, besann sich dann eines Besseren und zog den MP3-Player aus der Hosentasche.

»Was willst du denn damit?«, wunderte sich Tahia.

Eine halbe Sekunde lang war Ben ganz nahe daran, es ihr zu sagen. Dann aber deutete er nur ein Schulterzucken an. »Weiß ich auch nicht genau. Ein Erinnerungsstück. Ich bin eben sentimental, auch wenn man es mir nicht ansieht.«

Tahia blieb ernst und beugte sich im Gegenteil ein bisschen vor, um den halb zerschmolzenen Player genauer in Augenschein zu nehmen. »Das sieht ja schlimm aus. Man muss wohl schon eine ziemlich sentimentale Ader haben, um das Ding aufzuheben.«

»Es hat Sasha gehört«, antwortete Ben und verbesserte sich fast hastig. »Es *gehört* ihr. Aber es funktioniert nicht mehr.«

»Hätte mich auch gewundert, so wie das Ding aussieht. Was ist damit passiert? Hat sie versucht, dir Rauchzeichen zu geben?«

Natürlich sollte das nur ein Scherz sein, aber Ben musste sich zusammenreißen, um ihr keine patzige Antwort zu geben oder etwas noch Drastischeres zu tun. Er verstand nicht, warum sie so verletzend sein musste – aber noch viel weniger verstand er die heiße Wut, die bei diesen Worten in *ihm* hochgekocht war.

»Ich hatte ihn in der Tasche«, antwortete er schließlich gepresst. »Unten, im Labor.«

»Entschuldige«, sagte Tahia, die seine Reaktion natürlich bemerkt, aber falsch gedeutet hatte. Sie lächelte nervös. »Soll ich mir das Gerät mal ansehen? Ich verstehe ein bisschen was von Elektronik.

»Nein«, antwortete Ben grob.

»Ganz, wie du willst. Aber um noch mal auf deine Frage von eben zurückzukommen: Nein, sie tun überhaupt nichts. Aber sie stehen überall herum – da, wo der Sturm sie nicht weggeputzt hat, heißt das. Wenn wir ein bisschen Glück haben, wird er noch stärker und die Sache erledigt sich von selbst.«

»Was macht er denn überhaupt?«, fragte Ben. »Der Sturm, meine ich.« Er hatte Mühe, sich auf seine eigene Frage zu konzentrieren. Tahias Worte hatten ihn auf etwas gebracht, und er grübelte darüber nach, wie er die Frage, die er eigentlich stellen wollte, möglichst unverfänglich formulieren könnte. Wahrscheinlich war das gar nicht möglich.

»Ich bin kein Wetterfrosch«, antwortete Tahia schulterzuckend, »aber nach dem, was man auf den Satellitenaufnahmen erkennt, sieht es nach einem ziemlich großen Brocken aus. Schätze, dass wir noch eine ganze Weile hier festsitzen.«

»Das heißt, wir haben wieder Satellitenempfang?«, fragte Ben. Er betrachtete weiter den MP3-Player in seiner Hand.

»Wenn man es so nennen will«, antwortete sie säuerlich. »Aber nur empfangen. Senden ist nicht.«

»Und selbst wenn, würde es nicht viel nutzen«, mischte sich Gerrit ein, der sich bis jetzt völlig im Hintergrund gehalten hatte. Er kam herbeigeschlendert und warf einen raschen und eher desinteressiert wirkenden Blick auf den Miniaturschrotthaufen auf Bens Handfläche.

»Warum?«

»Weil es nichts nutzen würde«, sagte Tahia nun wieder. »Bei diesem Wetter kann weder ein Flugzeug noch ein Hubschrauber hier landen. Nicht einmal ein Schiff wird sich unter solchen Umständen in diese Gewässer wagen.« Sie machte eine wedelnde Geste. »Ich könnte versuchen, schlauer zu sein als all die studierten Ingenieure und Eierköpfe hier und mir die Anlage einmal ansehen – aber wozu? Im Moment habe ich Dringenderes zu tun.«

»Wir könnten dem Rest der Welt wenigstens mitteilen, was hier passiert«, meinte Ben.

Gerrit lachte. »Sicher. Erklären wir allen, dass wir auf die Überreste einer versunkenen Kultur von Monstern gestoßen sind und jetzt von einer ganzen Armee von Zombies belagert werden. Eiszombies.« Er machte ein nachdenkliches Gesicht. »Wer weiß, vielleicht schicken sie dann doch eine Rettungsexpedition … und bringen gleich die größte Zwangsjacke der Welt mit.«

Ben schwieg. Gerrit hatte ja Recht. So wie er die Geschichte erzählte, hörte sie sich ziemlich unglaubwürdig an; charmant formuliert. Und dabei war er nicht einen Millimeter von der Wahrheit abgewichen.

Statt auf die Worte des Söldners einzugehen, hob er die Hand mit dem Player und wandte sich mit fragendem Gesicht an Tahia. »Du sagst, du verstehst etwas davon?«

»Ein bisschen.« Tahia sah das beschädigte Gerät plötzlich auf eine fast misstrauische Art an, die Ben dazu bewog, hastig die Finger darum zu schließen. »Warum?«

»Oh … nur so«, behauptete Ben, was natürlich unglaublich überzeugend klingen musste. »Ich … stelle mir schon seit einer ganzen Weile eine Frage …«

Tahia wartete darauf, dass er weitersprach, und ihre Augenbraue rutschte dabei ein Stück weit an ihrer Stirn hinauf, was ihm sehr klar zeigte, dass er dabei war, sich endgültig zum Narren zu machen. »Ich frage mich, wie die Dinger überhaupt funktionieren.«

»Wie?«, fragte Tahia verwirrt.

»Also, ich habe da einmal eine verrückte Geschichte gehört«, improvisierte Ben, »nämlich dass man unter gewissen Umständen selbst mit einem kaputten Radio noch Empfang haben soll.«

»Ein Kühlschrank tut's auch.«

»Wie bitte?«, fragte Ben entgeistert.

»Oder ein Toaster, ein Rasierapparat – und wenn der Sender stark genug ist, sogar ein Gartenzaun aus Metall«, sagte Tahia. »Den meisten kommt alles, was mit Elektronik zu tun hat, ziemlich geheimnisvoll vor. Oder mit Radio oder Fernsehen oder Funk. Dabei ist die Geschichte im Grunde ganz einfach. Wir verstehen sie nur nicht, weil all diese Dinge unsichtbar sind, verstehst du?«

»Ja«, sagte Ben und schüttelte heftig den Kopf.

Tahia lächelte flüchtig. »Die Leute glauben an Zauberei oder doch wenigstens an etwas, was an Magie grenzt, weil sie nicht sehen, was passiert. Wir Menschen sind visuelle Wesen. Das Augenlicht ist unser wichtigster Sinn. Wir sind es gewohnt, Dinge zu betrachten und dann zu verstehen, jedenfalls die meisten von uns. Könnten wir Radiowellen sehen, dann würden wir wahrscheinlich begreifen, wie simpel die Sache im Grunde ist.«

Ben nickte zwar, aber er bedauerte seine Frage schon fast. Er hatte eine simple Antwort erwartet, keinen Vortrag, der sich so anhörte, als könnte er genauso ausufernd werden wie die, die sein Vater manchmal zu halten pflegte, wenn man den Fehler beging, ihm eine ganz harmlose Frage zu stellen.

»Eigentlich ist Funkübertragung etwas ganz Einfaches«, fuhr Tahia fort. »Du schickst Wellen aus, die auf einer gewissen Frequenz den Empfänger zum Vibrieren bringen. Das ist schon alles. Natürlich vereinfacht ausgedrückt.«

»Natürlich«, sagte Ben mit einem leicht verunglückten Lächeln.

»Es kommt schlichtweg auf die Leistung an«, fuhr Tahia unbeeindruckt fort. »Wenn du genug Saft draufgibst, dann funktioniert praktisch alles als Empfänger. Alles, was aus Metall besteht.« Sie lachte leise. »Vor ein paar Jahren gab es in Bayern einen ziemlichen Aufstand unter der Bevölkerung, weil ein amerikanischer Soldatensender seine Leistung zu sehr erhöht hat. Die Leute konnten das Programm überall hören, ob sie wollten oder nicht. Aus der Heizung, aus ihren Kühltruhen … angeblich hat so ein armer Hund mit seinen veralteten Amalgam-Füllungen in den Zähnen Radio gehört.« Sie lachte noch einmal, schüttelte den Kopf und sah dann wieder genauso misstrauisch aus wie gerade. »Warum fragst du?«

»Nur so«, behauptete Ben noch einmal. »Eigentlich –«

»– wolltest du wissen, ob du mit dem Ding etwas empfangen kannst, oder?«, fiel ihm Tahia ins Wort.

Ben klappte buchstäblich der Unterkiefer herunter. Konnte sie Gedanken lesen oder war sein Versuch, eine diskrete Frage zu stellen, so stümperhaft gewesen?

Dieses Rätsel sollte er nie ergründen, und im nächsten Moment interessierte es ihn auch nicht mehr, denn Tahia griff blitzschnell zu und nahm ihm den MP3-Player aus der Hand.

»He!«, begehrte Ben auf. »Was fällt dir ein?!«

Er machte eine Bewegung, wie um danach zu greifen, doch Gerrit schüttelte nur den Kopf und vertrat ihm den Weg, und Ben zog es vor, die Bewegung nicht zu Ende zu führen.

Tahia drehte den MP3-Player ein paar Sekunden lang nachdenklich in den Händen, schaltete ihn ein und zog erstaunt die Augenbrauen hoch. »He! Er funktioniert ja doch noch!«

»Lass das«, sagte Ben scharf, lächelte dann hastig und nervös und fügte etwas leiser hinzu: »Bitte.«

Die Söldnerin zögerte, und Ben glaubte ihr anzusehen, dass sie überlegte, ob das, was sie zu tun gedachte, auch wirklich richtig war. Aber dann zuckte sie die Schultern, schob sich den kleinen Kopfhörer ins Ohr und drückte die Play-Taste. Ihr Gesichtsausdruck sprach Bände. Zwei-, drei- oder vielleicht sogar viermal hintereinander hörte sie sich die kurze Aufnahme an, bevor sie den Kopfhörer wieder herausnahm.

»Das hättest du uns sagen müssen.«

»Dazu hattest du kein Recht!«, sagte Ben wütend.

»Mag sein«, antwortete Tahia ungerührt, »aber du hättest es uns trotzdem sagen müssen.«

»*Was* hätte er uns sagen müssen?«, fragte Harrys Stimme hinter ihnen. Ben widerstand der Versuchung, sich zu ihm herumzudrehen, und deutete stattdessen ärgerlich auf Tahia und den Player, den sie in der Hand hielt.

»Das gehört mir!«, sagte er aufgebracht. »Gib es mir wieder!« Selbst in seinen Ohren hörte er sich an wie ein verstocktes Kind.

Tatsächlich streckte Tahia die Hand aus – allerdings nicht, um ihm sein Eigentum zurückzugeben, sondern um den MP3-Player wortlos an Harry weiterzugeben, der sich den Knopf ebenso wortlos ins Ohr fummelte und das Gerät wieder einschaltete. Auch er hörte sich die Aufnahme mehrmals nacheinander an.

»Zweihunderteinundvierzig. Also daher hast du es gewusst.«

»Könnte ich auch mal erfahren, was hier los ist?«, maulte Gerrit. Ben konnte hören, dass hinter ihm jetzt auch Tooth aufstand und sich zu ihnen gesellte.

»Zweihunderteinundvierzig«, sagte Harry noch einmal, zwar an Gerrit gewandt, aber ohne Ben dabei aus den Augen zu lassen. Der Söldner machte ein fragendes Gesicht, und Harry wedelte mit dem Player und fügte, als Gerrit nur noch ratloser aussah, hinzu: »Das ist die Nummer, die auf der Tür der Kühlkammer steht. Deshalb hat er gewusst, dass dort etwas nicht stimmt.« Er wedelte noch einmal mit dem Gerät, jetzt in Bens Richtung. »Woher hast du das?«

Ben schwieg.

Harry wartete einen Moment vergeblich auf irgendeine Reaktion, die über einen trotzigen Blick hinausging, dann hörte er sich die Aufnahme noch einmal an. »Eine hübsche Stimme. Sasha?«

»Woher weißt du das?«, fragte Ben verblüfft.

»So groß ist die Auswahl ja nicht«, antwortete Harry. Er nahm den Kopfhörer heraus und gab Tahia den Player zurück. »Schau dir das Ding mal genauer an. Aber sei vorsichtig.«

»Keine Sorge, ich gebe schon Acht«, versicherte Tahia, allerdings mehr an Ben gewandt als an ihn. »Ich reparier ihn dir.«

»Den Teufel wirst du tun«, sagte Harry. »Du lässt das Ding ganz genau so, wie es ist. Lade meinetwegen den Akku auf, wenn es sein muss, aber ansonsten bleibt alles so, wie es jetzt ist, klar?« Er unterstrich seine Ermahnung mit einem bedeutungsschweren Blick, bevor er sich wieder Ben zuwandte und ihn fast vorwurfsvoll ansah. »Hast du noch mehr solcher … Nachrichten bekommen?«

»Nein«, antwortete Ben, verbesserte sich und sagte: »Ja. Eine oder zwei.«

»Und du hast es nicht für nötig gehalten, uns etwas davon zu sagen?«

»Na klar. Und du hättest mir geglaubt!«, antwortete Ben patzig. Er streifte den MP3-Player in Tahias Händen mit einem sehnsüchtigen Blick. Wenn sich Sasha in der kommenden Nacht nicht in seinem Traum meldete, dann war dieses erbarmungswürdige Stück Technik vielleicht die einzige Verbindung, die er noch zu ihr hatte.

»Keine Sorge, Ben«, sagte Harry. »Du bekommst ihn zurück. Und weißt du was? Ich *hätte* dir geglaubt. Ich bin nämlich mittlerweile so weit, dass ich so ziemlich alles glaube.«

Er scheuchte Tooth mit einer unwilligen Geste an seinen Computer zurück und bedeutete Ben zugleich und fast mit derselben Bewegung, sich zu setzen. Ben gehorchte widerstrebend. Ihm war nicht nach einem gemütlichem Plauderstündchen mit Harry zu Mute, aber der Söldner erweckte nicht den Eindruck, als würde er ein *Nein* akzeptieren. Harry wechselte noch zwei oder drei halblaute Sätze mit Tahia und Gerrit, dann gesellte er sich zu ihm und nahm auf der gegenüberliegenden Seite Platz, unmittelbar neben Tooth. Eine Weile sah er ihn einfach nur durchdringend an.

»Das alles ist zum Verrücktwerden«, seufzte er schließlich. »Ich brauche deine Hilfe, Ben.«

»Meine?«, vergewisserte sich Ben.

»Warum nicht?«, erwiderte Harry sehr ernst. »Sehe ich aus, als könnte ich es mir leisten, irgendeine Hilfe auszuschlagen? Außerdem«, fügte er mit einem flüchtigen Schmunzeln hinzu, »ist meine Truppe mittlerweile ziemlich zusammengeschmolzen. Ich könnte Verstärkung gebrauchen, und du siehst sowieso schon aus wie einer von uns. Bei uns bekommst du alles, was du dir wünschst – schlechte Bezahlung, mieses Essen, miserable Unterkünfte und jede Menge Lebensgefahr. Also, was sagst du?«

»Ständig schlecht gelaunte Vorgesetzte nicht zu vergessen«, fügte Tahia hinzu.

»Stimmt«, sagte Harry ungerührt. »Also – Interesse an dem Job?«

»Und wenn nicht?«, fragte Ben. Gegen seinen Willen musste er lächeln.

»Dann wirst du kurzerhand schanghait«, sagte Tahia. »Ist mir auch passiert.«

»Und mir auch«, behauptete Gerrit.

Ben lächelte wieder flüchtig und sah erwartungsvoll zu Tooth hin, doch Harry schüttelte nur den Kopf. »Den wollte keiner haben. Nicht einmal wir.«

»Und was macht er dann hier?«

»Es ist uns irgendwann mal zugelaufen«, antwortete Harry, »und jetzt werden wir ihn nicht mehr los.«

Ben musste nun wirklich lachen. Obwohl Harrys Versuche, die unangenehme Stimmung mit einem Scherz aufzulockern, ziemlich verkrampft wirkten, erfüllten sie doch ihren Zweck. Manche Tricks schienen sogar dann zu funktionieren, wenn man sie durchschaute.

»Also – was willst du von mir?«, fragte er.

»Das, was ich gerade schon einmal gesagt habe«, antwortete Harry. »Deine Hilfe.«

»Kein Problem. Gib mir ein Gewehr oder besser noch einen von diesen coolen Flammenwerfern, wie Tahia ihn benutzt hat.«

»Wir haben nur diesen einen«, antwortete Harry bedauernd, »und der ist fast leer geschossen, sorry. Aber *diese* Art von Hilfe habe ich auch nicht gemeint. Im Augenblick sind wir sicher, schätze ich. Und sollten sie hereinkommen, dann nutzen uns unsere Waffen wahrscheinlich auch nichts mehr.«

»Was willst du dann von mir?«

»Ein paar Auskünfte«, erwiderte Harry, nachdem er ihn einen Moment lang nachdenklich angesehen hatte … oder misstrauisch? »Vorgestern Abend, als du Ramanov gegenüber die Spinne erwähnt hast. *Die andere«,* zitierte er nicht nur seine Wortwahl, sondern machte auch ziemlich genau seine Betonung nach, *»die Große.* Was genau hast du damit gemeint?«

Ben fragte sich, ob es wirklich Zufall war, dass nun auch Harry ihn auf dieses Thema ansprach, oder ob er van Staaten draußen getroffen und mit ihr geredet hatte. Besser, er ging davon aus und bemühte sich, ihm dasselbe zu erzählen wie ihr. »Soll das heißen, er hat euch nichts –«, begann er, brach dann mitten im Satz ab und sah Harry verdutzt an.

»Vorgestern?« Das musste ein Irrtum sein!

»Vorgestern.« Du hast anderthalb Tage durchgeschlafen, Kleiner.«

Anderthalb Tage? Kein Wunder, dass er sich fühlte, als könnte er Bäume ausreißen. »Aber wieso hat mich niemand geweckt?«

»Wozu?«, wollte Harry wissen. »Du hattest es nötig und du hast nichts verpasst.«

»Wir hätten dich schon geweckt, wenn sie hereingekommen wären und wir deine Hilfe gebraucht hätten«, fügte Gerrit feixend hinzu.

Ben nahm seine Worte gar nicht zur Kenntnis. *Anderthalb Tage?* Und Sasha hatte sich in all der Zeit kein einziges Mal bei ihm gemeldet?

»Du hast meine Frage nicht beantwortet«, erinnerte Harry. »Die Spinne.«

Ben brauchte noch ein paar Sekunden, um seine Überraschung zu überwinden, dann aber setzte er dazu an, Harrys Frage zu beantworten (und sei es nur, weil er das unangenehme Gefühl hatte, Harry würde sie ein drittes Mal in nicht ganz so höflichem Ton stellen), stockte aber dann wieder und sah fast automatisch zur Decke hoch.

»Keine Sorge.« Harry schüttelte den Kopf. »Niemand hört mit.«

»Ihr habt die Kamera abgeschaltet?«, vergewisserte sich Ben.

»Tahia hat die ganze Überwachungsanlage lahm gelegt. Ich habe doch gesagt, sie versteht was von Computern. Keiner von uns findet die Vorstellung besonders lustig, auf Schritt und Tritt abgehört zu werden. Ramanov hat gelogen, weißt du? Es gibt Kameras auf den Toiletten.«

»Der Kerl muss völlig paranoid sein«, sagte Gerrit. Tahia schwieg dazu, und als Ben aufsah und ihr einen flüchtigen Blick zuwarf, sah er sie am anderen Ende des Tisches über dem MP3-Player gebeugt dasitzen und mit einem Schraubenzieher hantieren, dessen Spitze allein fast größer war als das ganze Gerät.

»Sei bitte vorsichtig«, sagte er.

»Keine Angst, ich weiß, was ich tue. Wenn ich den Vorschlaghammer und eine Flex hole, *dann* hast du Grund, nervös zu sein.«

Harry grinste kurz und sah Ben dann wieder ernst und auffordernd an. »Also?«

Wahrscheinlich, dachte Ben, war es genau andersherum. Van Staaten hatte ihm diese Frage gestellt, weil sie von Harry erfahren hatte, dass er mit ihm über dieses Thema reden wollte. Er hoffte nur, dass er der Ärztin nicht zu viel anvertraut hatte. Verdammt, er wusste mittlerweile wirklich nicht mehr, wem er hier überhaupt noch trauen konnte!

Schließlich gab er sich einen Ruck und erzählte Harry dasselbe wie van Staaten; wenn auch etwas ausführlicher, denn Harry beließ es nicht dabei, schweigend zuzuhören und immer blasser zu werden, wie van Staaten es getan hatte, sondern unterbrach ihn mehrmals, um knappe, gezielte Fragen zu stellen. Fragen, die Ben klar machten, wie schwer es ihm fiel, zu glauben, was er hörte.

»Und du bist ganz sicher, dass du dir das nicht alles nur eingebildet hast?«, fragte er dann auch prompt, als Ben mit seinem Bericht an dem Punkt angekommen war, an dem sie sich wieder getroffen hatten. »Ich meine: Immerhin war es ziemlich aufregend dort unten. Alles ging sehr schnell, und ich nehme an, du hattest verdammte Angst. Ich jedenfalls hatte sie.«

»Es war so, wie ich es erzähle. Glaub mir, es war schlimm genug. Es ist nicht nötig, irgendetwas dazuzuerfinden.«

»Spinnen!«, sagte Tahia schaudernd, hob aber nicht einmal den Blick, sondern stocherte fröhlich weiter mit ihrem Monsterschraubenzieher in seinem Player herum. »Ich hasse diese Biester!«

»Und deine Mutter auch, nicht wahr?«, fragte Harry.

Ben sah ihn leicht alarmiert an. Die Frage klang unverfänglich, aber sie *war* es nicht. Er nickte nur, und Harry fuhr fort: »Ich meine, sie leidet an dieser … wie heißt es noch gleich?«

»Arachnophobie.« Harry wusste verdammt genau, wie das Wort hieß!

»Arachnophobie«, wiederholte der Söldner. »Ja, genau, das war es.

Ich erinnere mich, wie sie an Bord der *Princess* auf eine harmlose Spinne reagiert hat. Und du sagst, sie hat dieses Vieh mit der bloßen Hand von Baxters Gesicht gefegt?«

»Ja.« Bei der bloßen Erinnerung an die Szene lief Ben schon wieder ein eisiger Schauer über den Rücken. Er war nicht sicher, ob *er* das fertig gebracht hätte. »Wahrscheinlich hat sie einfach reagiert, ohne darüber nachzudenken.«

»Ja. Ich finde das sehr tapfer für jemanden, der solch eine krankhaften Angst vor Spinnen hat.«

Ben hasste Harry fast für diese Bemerkung. Das war so ziemlich dasselbe, was auch er schon unzählige Male gedacht hatte; jedes Mal, wenn er sich an diese furchtbaren Augenblicke erinnerte, um genau zu sein. Trotzdem erwiderte er: »Sie ist doch Ärztin. Wahrscheinlich hat sie einfach nur daran gedacht, dass Baxter in Lebensgefahr ist.«

»Verstehe«, sagte Gerrit. »Wegen dem Eid des Hippotalamus oder wie das heißt.« Sehr witzig.

»Ja, wahrscheinlich«, antwortete Harry ruhig. Aber er tat es in einem Tonfall, der irgendwie das genaue Gegenteil auszudrücken schien. Worauf wollte er hinaus?

»Na ja, gut«, sagte Harry, nachdem etliche weitere Sekunden unangenehmer Stille verstrichen waren. »Das ist ja alles sehr interessant. Aber deshalb wollte ich nicht mit dir sprechen. Jedenfalls nicht nur. Ich werde mir unseren lieben Professor Ramanov später noch einmal vorknöpfen und ihm ein paar Fragen stellen. Aber ich wollte etwas ganz anderes von dir.«

»Und was?«, fragte Ben misstrauisch.

»Die Höhle.« Er verbesserte sich. »Die Stadt.«

»Was soll damit sein?«, erwiderte Ben. Plötzlich hatte er ein sehr ungutes Gefühl, ein noch schlechteres als bisher, obwohl er das kaum für möglich gehalten hätte.

Harry wiegte den Kopf hin und her. »Du weißt das aus deinem … Traum?«, fragte er, wobei er das Wort *Traum* auf eine Weise betonte, die Ben schier die Zornesröte ins Gesicht trieb.

»Das hast du doch gehört«, antwortete er mit einer Kopfbewegung zur Decke und den – hoffentlich – ausgeschalteten Kameras.

Harry schwieg und sah ihn ganz unverhohlen misstrauisch an, und schließlich fragte Ben ärgerlich: »Was soll das? Was genau willst du wissen?«

»Deine Mutter. Sie hat erzählt, sie sei auch in dieser Höhle gewesen.«

»Sie?«, wiederholte Ben. Er schüttelte den Kopf. »Nein! Ihr! Ihr beide. Und sie war die halbe Zeit bewusstlos!«

»Dann muss sie wohl Schlafwandlerin sein«, sagte Harry. Er lehnte sich zurück und hob die Hände, um die Fingerspitzen aneinander zu legen und sie scheinbar sehr interessiert zu betrachten. »Weil ich mich nämlich nicht daran erinnern kann, weißt du?«

Nun fiel es Ben mehr als nur schwer, weiterhin die Fassung zu wahren. Worauf wollte Harry hinaus?

»Ach?«, machte er. »Und wie seid ihr dann rausgekommen?«

Harry zuckte nur mit den Schultern. »Das wüsste ich auch gerne. Ich kann mich nicht erinnern. Jedenfalls nicht an diese ... Stadt. Woran ich mich erinnere, ist ein Labyrinth aus Eis.« Er nahm endlich die Hände herunter und sah Ben nun so durchdringend an, dass dieser sich unter seinen Blicken körperlich unwohl zu fühlen begann. »Kein einziger Stein. Kein Haus. Keine Aliens.«

»Das sind sie ja auch nicht!«, rief Ben aufgebracht, und Tahia, die immer noch mit wachsender Begeisterung in den Eingeweiden des MP3-Players herumfuhrwerkte und inzwischen ganz den Eindruck machte, als überlege sie ernsthaft, eine Brechstange oder ein ähnliches chirurgisches Präzisionswerkzeug zu Hilfe zu nehmen, fügte hinzu:

»Das Wort *Aliens* bedeutet streng genommen nichts anderes als *Fremde,* Ben. Eigentlich heißt es nicht, dass sie von den Sternen oder einem anderen Planeten kommen. Daran sind Hollywood und ganze Armeen von Science-Fiction-Autoren schuld. Na also! Da haben wir ja den Übeltäter!«, fügte sie mit veränderter Stimme und hörbar lauter hinzu.

Ben fragte lieber nicht, was sie mit ihren letzten Worten meinte, und er gestattete es sich auch nicht, den halb auseinander genommenen MP3-Player mit mehr als einem flüchtigen Blick zu streifen. Stattdessen wandte er sich wieder und nun in eindeutig herausforderndem Ton an Harry.

»Was genau willst du damit sagen? Dass meine Mutter lügt?«

»Um diese Frage zu beantworten, müssten wir uns erst einmal über die Bedeutung des Wortes *Lüge* einig werden. Seit wir hierher gekommen sind, fällt es mir immer schwerer, zu entscheiden, wer die Wahrheit sagt und wer nicht – oder was überhaupt die Wahrheit ist.«

»Redest du von mir?«, schnappte Ben. Gut, wenn Harry das Gespräch auf diesem Niveau fortsetzen wollte, das konnte er haben. »Du meinst, ich hätte mir das alles nur ausgedacht, wie? Die ganze Geschichte mit den *Alten,* mit der Stadt und alles andere.«

Wieder antwortete Harry nicht sofort, sondern drehte sich umständlich halb in seinem Sitz herum und betrachtete stirnrunzelnd den MP3-Player vor Tahia. Ben tat dasselbe und bedauerte es sofort. Er wusste nicht, wie sie es geschafft hatte, aber sie hatte mittlerweile eine ganze Reihe winziger elektronischer Bauteile aus dem halb zerschmolzenen Gehäuse herausgenommen; mehr, als nach den Regeln der Physik hineinpassen konnten.

»Ich glaube dir, Ben«, sagte Harry leise. »Wie gesagt, ich bin mittlerweile so weit, dass ich so ziemlich alles glaube. Obwohl ich noch nie eine so haarsträubende Geschichte gehört habe wie deine. Irgendetwas sagt mir, dass es die Wahrheit ist. Und«, fügte er mit leicht erhobener Stimme hinzu, als Ben ihn unterbrechen wollte, »ich glaube auch deiner Mutter. Aber *ich* kann mich nicht an diese Höhle erinnern, und das bedeutet, dass mit einem von uns etwas nicht stimmt. Beziehungsweise mit unseren Erinnerungen.«

Ben war nun völlig verwirrt. »Wie?«, murmelte er.

»Setzen wir einfach mal voraus, dass alles, was du erzählt hast, wahr ist. Dass das alles wirklich passiert und wir über der Stadt einer untergegangenen Rasse von Monstern sitzen, die uns ans Leder wollen. Wenn sie tatsächlich so mächtig sind, wie du behauptest – wer sagt dir dann, dass sie nicht auch unsere Erinnerungen manipulieren können?«

Niemand, dachte Ben. Aber das durfte einfach nicht sein, denn dann hätten sie überhaupt keine Chance mehr.

»Und wenn es so ist, was bedeutet das dann … für uns?«, flüsterte er.

Harry setzte zu einer Antwort an, doch er kam nicht mehr dazu. Ein dumpfer Knall wehte durch die dünnen Kunststoffwände zu ihnen herein, nur den Bruchteil einer Sekunde später gefolgt von einem gewaltigen Klirren und Scheppern, als alles, was hier drinnen aus Glas war, wie unter einer unsichtbaren Druckwelle zu vibrieren begann. Harry sprang mit einer so erschrockenen Bewegung auf, dass sein Stuhl umfiel und scheppernd über den Boden rutschte, und im gleichen Moment ertönte draußen ein spitzer, lang anhaltender Schrei, gefolgt von einem Schuss und dann noch mehr und noch gellenderen Schreien.

35

BEN WAR DER TÜR ZWAR AM NÄCHSTEN GEWESEN, war aber trotzdem der Letzte, der auf den Korridor hinausstürmte, obwohl er sich nicht einmal erinnern konnte, von Harry oder einem der anderen überholt worden zu sein. Die Söldner hatten wie durch Zauberei alle Waffen in den Händen, obwohl er zumindest in Harrys Fall ziemlich sicher war, dass er bei seinem Eintreten keine getragen hatte.

Es fielen keine Schüsse mehr, aber die Schreie und der Lärm wurden schlagartig lauter und schienen aus allen Richtungen zugleich zu kommen. Selbst Tahia rannte ein paar Schritte weit in die falsche Richtung und machte dann so abrupt kehrt, dass sie ihn beinahe über den Haufen gerannt hätte.

»Du bleibst hier!«, keuchte sie, während sie an ihm vorüberhetzte.

»Sicher«, knurrte Ben und setzte unverzüglich zur Verfolgung an.

Er rannte, so schnell es überhaupt nur ging, fiel aber dennoch rasch zurück, doch immerhin war klar, dass sie sich jetzt auf dem richtigen Weg befanden – der Chor aus Schreien, Lärm und hastigen Schritten wurde noch einmal lauter, und noch bevor sie um die dritte Gangbiegung stürmten, kamen ihnen die ersten Flüchtenden entgegen, Männer und Frauen in größtenteils weißen Kitteln (und größtenteils überraschend jung, wie Ben beiläufig registrierte; keiner von ihnen schien die dreißig schon lange hinter sich zu haben), die in solcher Panik heranhetzten, dass Harry und die anderen alle Mühe hatten, ihnen auszuweichen. Gerrit wurde tatsächlich von einer jungen Frau umgerannt, schlug der Länge nach hin und war für einen Augenblick hinter Ben, bevor er ihn mit weit ausgreifenden Schritten wieder überholte.

»Du sollst verschwinden, Kleiner!«, brüllte er ihm zu.

Ben verdoppelte seine Anstrengungen, zu ihm und den anderen aufzuschließen, nur, und diesmal gelang es ihm auch, denn Harry und die anderen kamen immer langsamer voran. Immer mehr Gestalten in wehenden weißen Kitteln und mit vor Schrecken verzerrten Gesichtern kamen ihnen entgegen, sodass der schmale Gang vor ihnen regelrecht verstopft war. Schreie und Lärm steigerten sich zu einem solchen Crescendo, dass Ben praktisch gar nichts mehr hörte und plötzlich gegen ein immer stärker werdendes Gefühl von Desorientierung ankämpfen musste. Für einen Augenblick erging es ihm nicht anders als Harry und Frank vorgestern vor der Tür zum Labor: Wie von einer Flutwelle wurde er von der Menge einfach mitgerissen und ein gutes Stück weit wieder den Weg zurückgespült, den er sich gerade erst so mühsam freigekämpft hatte, bevor ihn jemand so derb an die Wand schubste, dass ihm schwarz vor Augen wurde. Sein Schädel dröhnte, und sein Rücken fühlte sich an, als wäre irgendetwas darin zerbrochen.

Als sein Blick sich wieder klärte, hatte sich das Zentrum des Lärms in den Bereich des Ganges hinter ihm verlagert, aber auf der anderen Seite war immer noch hektische Bewegung, und er hatte einen Eindruck von etwas Riesigem, Hellem, das den Gang vor ihm wie eine kompakte Mauer auszufüllen schien. Irgendetwas knallte – kein Schuss, sondern ein anderes, schärferes Geräusch –, und zu allem Überfluss begann nun auch noch der Feueralarm zu schrillen und zerrte zusätzlich an seinen Nerven.

Ben stieß sich mit einem kraftvollen Ruck von der Wand ab, machte zwei oder drei Schritte und blieb dann abrupt wieder stehen, als er um die nächste Biegung kam: Er war bei den Söldnern angelangt, aber vor ihnen waren fünf oder sechs Eiskrieger, die entweder mit torkelnden Schritten in ihre Richtung wankten oder einfach nur herumstanden, als hätten sie mitten in der Bewegung vergessen, weshalb sie hergekommen waren. Eine der grotesken Kreaturen versuchte vergeblich, eine Tür zu öffnen, indem sie die Klinke zwar mit beiden Händen heruntergedrückt hatte, nun jedoch mit aller Kraft drückte und schob ohne zu begreifen, dass sie sich nach außen öffnete.

Neben ihm riss Tooth seine Pistole in die Höhe und zielte mit beiden Händen, und Ben reagierte ganz instinktiv und schlug seine Arme nach oben. *»Nicht!«*

Der Schuss löste sich trotzdem, riss einen Splitterregen aus der Decke und dröhnte in der Enge des Korridors wie ein mittlerer Kanonenschlag, und Tooth fuhr mit vor Wut verzerrtem Gesicht zu ihm herum. »Was fällt dir ein, du –?«

»Lass ihn, Tooth!«, sagte Harry scharf. »Er hat Recht!« Lauter und an die beiden anderen gewandt fügte er hinzu: *»Nicht schießen!«*

Harry musste es wohl im gleichen Moment erkannt haben wie er. Es waren nicht die plumpen dreifingrigen Ungeheuer, *diese* Kreaturen hatten *Gesichter!*

»Verdammt!«, fluchte Harry, hob seine Waffe und zielte auf eine stämmige Frauengestalt, die die aus Eis geformte Kopie einer Designersonnenbrille und eines modischen Parkas trug, der in einer Nobelboutique einmal ein kleines Vermögen gekostet haben musste, und mit unsicheren Schritten auf ihn zuwankte, ließ die Waffe aber dann wieder sinken und machte stattdessen ein paar hastige Schritte zurück, um aus der Reichweite der grabschenden Hände zu gelangen. Die grässliche Karikatur eines Menschen machte noch einen weiteren Schritt, blieb dann stehen und ließ die Arme sinken. Obwohl ihr Eisgesicht starr und zu keinerlei Regung fähig war, schien sie etwas ... Ratloses auszustrahlen; vor allem als sie auf ihre Hände hinabsah, als müsse sie angestrengt überlegen, was sie überhaupt damit anfangen sollte.

Harry sah mindestens genauso ratlos aus, und Gerrit und Tahia erging es nicht anders. Tooth wirkte einfach nur wütend. Aber niemand schoss, und im Augenblick war das auch nicht nötig. Keines der grotesken Geschöpfe – es waren sieben, wie Ben jetzt erkannte – versuchte sie anzugreifen. Mit Ausnahme des einen, das noch immer verbissen gegen die Tür drückte, standen sie einfach nur da und sahen ziemlich belämmert aus.

»Was zum Teufel tun die da?«, flüsterte Tahia.

Ben hob die Schultern, und Tooth knurrte: »Gute Frage. Aber ich habe eine bessere: Was tun *wir* jetzt? Knallen wir sie ab?«

Harry schenkte ihm einen giftigen Blick, aber das änderte nichts daran, dass Tooth Recht hatte. Sie mussten irgendetwas *tun.*

Der Eiskrieger rüttelte noch immer verbissen an der Türklinke wie eine Maschine, deren Programmierung durcheinander geraten war, sodass sie einfach nicht mehr in ihrem sinnlosen Tun innehalten konnte, und der Anblick, lächerlich und schrecklich zugleich, brachte Ben auf eine Idee.

Ohne auf Tahias erschrockenes Keuchen zu achten, huschte er kaum auf Armeslänge an der Frau mit der Designerbrille vorbei (aus den Augenwinkeln registrierte er, wie sie mit einem Ruck den Kopf hob und dazu ansetzte, nach ihm zu greifen, dann aber fast sofort wieder das Interesse an ihm zu verlieren schien), schlängelte sich irgendwie zwischen den anderen hindurch und steuerte das Geschöpf bei der Tür an.

»Ist er jetzt völlig übergeschnappt?«, hörte er Tooth hinter sich murmeln.

Wahrscheinlich kam er mit dieser Frage der Wahrheit ziemlich nahe, dachte Ben – was ihn allerdings nicht daran hinderte, seinen Weg fortzusetzen und sich schließlich unmittelbar neben der Kreatur zu postieren. Der vage Plan, der in seinem Hinterkopf Gestalt anzunehmen begonnen hatte, ohne dass er ihn bewusst greifen konnte, schien zumindest bis zu diesem Punkt aufzugehen. Kaum war er im Blickfeld der Kreatur erschienen, ließ sie den Türgriff los, drehte sich mit einer schwerfälligen Bewegung zu ihm um und versuchte ihn zu packen.

Sie war so langsam, dass es schon fast lächerlich war. Ohne die geringste Mühe wich Ben ihr aus, machte einen vorsichtigen Schritt zurück und dann noch einen und blieb wieder stehen, als er spürte, dass er die Grenze zu überschreiten drohte, jenseits derer das Geschöpf das Interesse an ihm verlor. Offensichtlich reagierten die Kreaturen ganz nach dem Motto: *Aus den Augen, aus dem Sinn.* Hastig warf er einen Blick zu Harry und den anderen hin. Die Söldner rührten sich nicht, sondern starrten ihn mit einer Mischung aus Fassungslosigkeit und Entsetzen an, aber zumindest Harry schien begriffen zu haben, was er vorhatte (womit er einem Teil von Bens Bewusstsein gegenüber eindeutig im Vorteil war), denn er visierte das Ungetüm vor Ben zwar an, machte aber nicht den Eindruck, als wollte er im nächsten Augenblick abdrücken.

Ben wich einen weiteren Schritt vor dem Eisgeschöpf zurück (er brachte es nicht einmal in Gedanken fertig, es als *Menschen* zu bezeichnen) und hatte endlich genug Distanz zwischen sich und die Tür gebracht, um seine Idee in die Tat umzusetzen. Hastig sprang er zurück, riss die Tür auf und trat schnell wieder ins Blickfeld der unheimlichen Kreatur, bevor sie das Interesse an ihm verlieren konnte. Sofort nahm das Ding wieder Kurs auf ihn und hob die Hände. Die lautlos kreischende Stimme in seinem Kopf, die (zu Recht) behauptete, dass er den Verstand verloren hatte und gerade dabei war, die komplizierteste

Selbstmordmethode aller Zeiten zu entwickeln, wurde ein wenig leiser, verstummte aber längst nicht vollkommen, und Ben ging langsam rückwärts durch die offen stehende Tür. Das Ungetüm folgte ihm, ganz wie er es gehofft hatte. Ben machte einen weiteren Schritt und noch einen, wobei er immer wieder kurz stehen blieb, um seinem Verfolger Gelegenheit zu geben, wieder zu ihm aufzuschließen, und schickte mit einiger Verspätung ein Stoßgebet zum Himmel, dass hinter ihm ein richtiges Zimmer war und keiner jener bewohnbaren Schuhkartons, wie er sie von seinem ersten Erwachen hier in der Station her kannte.

Es wurde erhört. Mit einem – sehr hastigen – Blick über die Schulter zurück stellte er fest, dass er sich in einem hoffnungslos voll gestellten Büro befand, in dem ein halbes Dutzend Schreibtische in chaotischer Ordnung herumstanden. Immer noch rückwärts gehend und im Slalom schlängelte er sich zwischen ihnen hindurch, bis sein grotesker Verfolger weit genug von der Tür entfernt war, um keine Chance mehr zu haben, sie rechtzeitig zu erreichen. Dann flankte er über einen Schreibtisch, machte drei, vier schnelle Schritte und hielt inne, um sich zu dem Geschöpf herumzudrehen; jederzeit dazu bereit, blitzartig den Rückzug anzutreten.

Seine Eile wäre jedoch gar nicht nötig gewesen. Das Ding war stehen geblieben und sah irgendwie … verdutzt aus. Wäre es dazu in der Lage gewesen, dachte Ben fast schon belustigt, dann hätte es jetzt vermutlich ratlos die Stirn gerunzelt oder sich am Kopf gekratzt. Aber da es das nicht war, starrte es einfach ins Leere und tat überhaupt nichts mehr.

»Na also«, feixte Ben. »Geht doch.«

Beinahe hätte er fröhlich vor sich hin gepfiffen, als er sich herumdrehte und ohne die geringste Hast auf den Gang hinaustrat.

Seine gute Laune währte nur so lange, bis etwas riesiges Weißes auf ihn zuraste und nach seinem Gesicht stach.

Es war pures Glück. Ben reagierte rein instinktiv, indem er sich einfach fallen und gleichzeitig zur Seite wegkippen ließ, aber hätte er auch nur zehn Zentimeter weiter links gestanden, hätte ihn die Eiskralle dennoch erwischt. So bohrte sie sich mit einem gewaltigen Splittern und Krachen in die dünne Kunststoffverkleidung der Wand, und als Ben mit einer Rolle wieder auf die Füße kam und herumwirbelte, wurde er mit einem Anblick belohnt, der trotz allem so komisch war, dass er beinahe laut aufgelacht hätte: Der Schlag war anscheinend ein wenig zu heftig gewesen, nicht nur für die Wand, sondern auch und vor allem dem Angreifer nicht besonders gut bekommen. Einer seiner Finger war abgebrochen und steckte wie ein bizarrer Armbrustbolzen in der Plastikwand, die anderen waren zersplittert, und das Ding stand da und starrte (tatsächlich mit offenem Mund) den Stumpf seines rechten Armes an.

Vielleicht eine halbe Sekunde lang. Dann rollte der peitschende Donnerschlag eines Pistolenschusses durch den Gang, und die weiße Gestalt verwandelte sich in eine Wolke aus Eissplittern, sodass Ben sich hastig wieder fallen ließ und den Kopf zwischen den Armen verbarg. Ein rasend schneller, feiner Hagelschauer fegte über ihn hinweg, dann krachte etwas, das sich anfühlte wie ein aus fünfzig Metern Höhe aus einem Flugzeug abgeworfener Smart, auf seinen Rücken und presste ihm die Luft aus den Lungen.

Er verlor nicht das Bewusstsein, aber für einen Moment war er doch so benommen, dass er nichts mehr von dem Geschehen rings um sich herum wahrnahm, sondern sich mit aller Kraft an einem schmalen Grat festklammerte, unter dem ein schwarzer, bodenloser Abgrund in seinen Gedanken zu gähnen schien. Erst als ihn eine starke Hand am Arm ergriff und unsanft, unter den Überresten des gestürzten Eisungeheuers hervor, auf die Füße und ein Stück weit zur Seite zerrte, kam er vollends zu sich.

Es war Harry, der ihn gepackt hatte und auch jetzt, als er wieder aus eigener Kraft zu laufen versuchte, kein bisschen weniger derb mit sich zog. Ben hatte alle Mühe, überhaupt auf den Beinen zu bleiben, und nachdem sie endlich wieder bei den anderen angekommen waren, setzte Harry noch einen drauf, indem er ihn nicht etwa einfach losließ, sondern ihn so grob vor die Wand schubste, dass ihm abermals die Luft wegblieb und seine Knie weich wurden.

»Bist du wahnsinnig geworden?«, schrie er ihn an. »Wolltest du dich umbringen oder was sollte das?« Ben blinzelte verständnislos ins Gesicht des Söldners hinauf, das zu einer Grimasse der Wut verzogen war, in dessen Augen aber auch blanke Angst geschrieben stand. »Das war unglaublich dumm! Ist dir das klar?!«

»Also ich … ich fand es eher … unglaublich clever«, murmelte Ben stockend.

»Es war das Dämlichste, was ich seit langer Zeit gesehen habe!«, polterte Harry. Dann fügte er zu Bens Überraschung hinzu: »Aber zugleich auch so ziemlich das Raffinierteste.«

Er überließ Ben einfach seiner Verblüffung, drehte sich gestikulierend zu den anderen herum und fuhr nun wieder in scharfem, befehlendem Ton fort. »Ihr habt es gesehen. Also los, worauf wartet ihr?«

Tahia und Gerrit setzten sich unverzüglich in Bewegung, während Tooth ihn nur anstarrte und sich erst rührte, als Harry einen fast drohenden Schritt in seine Richtung tat.

Ben fand nur ganz allmählich in die Wirklichkeit zurück. Sein Kopf dröhnte, und er musste sich wohl auf die Zunge gebissen haben, denn in seinem Mund war der bittere Kupfergeschmack von Blut. Außerdem fühlte sich sein rechtes Handgelenk an, als hätte jemand versucht, es abzureißen. Nichts davon hatte er den Eismonstern zu verdanken, dachte er missmutig. Harry hatte ihm bei seiner Rettungsaktion deutlich mehr wehgetan, als es den unheimlichen Angreifern gelungen war. Vielleicht mehr, als sie *gewollt* hatten.

Mit einiger Anstrengung blinzelte er die letzten roten Schleier vor seinen Augen weg und drehte sich herum. Gerrit, Tooth und Tahia hatten inzwischen damit begonnen, Türen zu öffnen und die grotesken Eisgeschöpfe in die dahinterliegenden Räume zu locken, wie er es ihnen gerade vorgemacht hatte. Harry selbst beteiligte sich nicht daran, sondern stand mit leicht gespreizten Beinen mitten im Gang, hielt seine Pistole am ausgestreckten Arm vor sich und versuchte, die drei Söldner und vor allem natürlich die Eiskrieger, die ihnen folgten, gleichzeitig im Auge zu behalten, um sofort eingreifen zu können, sollte etwas schief gehen.

Es sah allerdings nicht danach aus. Sowohl Tahia als auch die beiden anderen lockten jeweils eines der bizarren Ungeheuer, ohne sichtliche Mühe oder dabei gar in Gefahr zu geraten, durch eine offen stehende Tür hinter sich her, und es vergingen nur wenige Augenblicke, bis es auf dem Gang nur noch zwei schimmernd weiße Kopien ehemaliger Menschen gab, die nichts weiter taten, als herumzustehen und einen durch und durch Furcht erregenden Anblick zu bieten. Dann knallten nahezu gleichzeitig drei Türen, und Gerrit und Tahia machten sich daran, auch die beiden restlichen Geschöpfe in ein leer stehendes Zimmer zu bugsieren, während Tooth langsam und rückwärts gehend wieder zu ihnen kam, wobei er seine Pistole unentwegt von links nach rechts schwenkte; er wirkte eindeutig enttäuscht, weil er nichts entdeckte, worauf er schießen konnte.

Ben sah mit gemischten Gefühlen zu dem bizarren Trümmerhaufen hin, unter dem Harry ihn gerade hervorgezogen hatte. Natürlich war er erleichtert, mit dem Leben davongekommen zu sein, aber ein wirkliches Triumphgefühl wollte sich nicht einstellen.

»War das nötig?«, fragte er. Seine Stimme klang vorwurfsvoller, als er beabsichtigt hatte, und als Harry sich zu ihm umwandte, erkannte er, dass sich sein Gesicht schon wieder vor Zorn verdunkelt hatte.

»Nein. Genau das wollte ich vermeiden.«

Ben musste ein paarmal schlucken, um den bitteren Kloß loszuwerden, der plötzlich in seinem Hals war. Harry war rücksichtsvoll genug, nicht weiterzusprechen, aber Ben wusste, was er meinte. Hätte er sich nicht wie ein kleines Kind über seinen vermeintlichen Erfolg gefreut und wäre er nur ein bisschen vorsichtiger gewesen, dann hätte Harry die Kreatur nicht erschießen müssen, die vielleicht – nur vielleicht, aber schon dieses *vielleicht* war eindeutig zu viel! – irgendwo tief in sich drinnen immer noch ein Mensch gewesen war.

Vor ihnen knallten wieder zwei Türen, und Tahia und Gerrit kamen zurück. Tahia wirkte unangemessen fröhlich, während Gerrit es Tooth gleichtat und sich zwei- oder dreimal um die eigene Achse drehte und den Pistolenlauf in seiner Hand die Bewegung nachvollziehen ließ. Er fand ebenso wenig ein Ziel wie Tooth, ging dann aber mit schnellen Schritten zum anderen Ende des Korridors und warf einen raschen Blick in die Gänge, die dort rechts und links abgingen. Erst dann entspannte er sich ein bisschen.

»Das war verdammt knapp«, sagte Tahia, wobei sie Ben auf eine Art ansah, die es ihm unmöglich machte, zu entscheiden, was genau sie meinte.

»Ja, aber es hat funktioniert, oder?«, antwortete er mit einem nervösen Lächeln.

»Mit mehr Glück als allem anderen«, setzte Harry hinzu. »Jetzt wollen wir nur hoffen, das waren alle. Nicht dass uns am Ende noch die Zimmer ausgehen.«

Ben hätte beinahe laut aufgelacht, aber ein einziger Blick in Harrys Gesicht überzeugte ihn davon, dass das im Moment wohl nicht die klügste aller vorstellbaren Reaktionen gewesen wäre. Er zog es vor, gar nichts zu sagen.

»Wie zum Teufel konnte das passieren?«, fuhr Harry fort, immer noch in aufgebrachtem Ton und mit wütendem Gesicht, aber mehr an sich selbst als an die anderen gewandt.

Trotzdem antwortete Tooth: »Ich schwöre, es war nichts zu sehen! Ich habe den Bildschirm keine Sekunde aus den Augen gelassen! Sie haben sich nicht gerührt! Das schwöre ich!«

Ben war es, als würde das Blut in seinen Adern gefrieren. Er wusste nicht, warum: Aber er hatte das Gefühl, als hätte Tooth mit seinen Worten sein Todesurteil ausgesprochen.

Sein und Sashas Todesurteil. Und vielleicht auch das aller anderen.

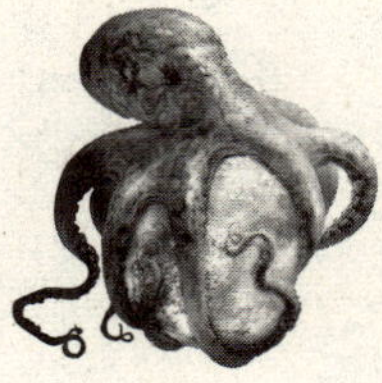

GENESIS 3

DIAMANT

Was sich erhoben hat, mag VERSINKEN,
und was versunken ist, mag sich ERHEBEN.
Die ABSCHEULICHKEITEN warten
und träumen in der TIEFE,
und der VERFALL breitet sich
über die STÄDTE der Menschen aus.

H. P. LOVECRAFT, CTHULHUS RUF

1

EINE HALBE STUNDE SPÄTER trafen sie alle wieder in der Zentrale zusammen – die übliche Besatzung in der üblichen Umgebung, dachte Ben. Mit der Zentrale verbanden sich für ihn mittlerweile nur noch negative Assoziationen. War er überhaupt jemals in diesem Raum gewesen, ohne dass der Besuch auf die eine oder andere Weise in einem Missklang geendet hatte?

So genau wusste er das nicht mehr, aber dafür wusste er umso besser, dass die Erinnerung an fünfundzwanzig der dreißig Minuten, die seit ihrem Zusammentreffen mit den Eiskreaturen vergangen waren, derart unerfreulich war, dass er vorgezogen hätte, sie für immer zu vergessen. Den deutlich kleineren (wenn auch deutlich unangenehmeren) Teil dieser fünfundzwanzig Minuten hatte er damit zugebracht, sich eine Standpauke seines Vaters anzuhören – was *genau* er ihm gesagt hatte, das gehörte zu den Dingen, die er *tatsächlich* ausgeblendet hatte, und den deutlich längeren (allerdings auch deutlich peinlicheren) unter den kundigen Händen seiner Mutter, die seinen Körper Zentimeter für Zentimeter in Augenschein genommen und abgetastet hatte, um sicherzugehen, dass er auch wirklich ohne den klitzekleinsten Kratzer davongekommen war. Er hatte sich zwar ein paar üble Schrammen eingehandelt, vor allem an den Händen, die aber ausschließlich von seinem Sturz herrührten. Jetzt saßen sie zusammen an dem großen Tisch in Ramanovs Allerheiligstem, und Harry stritt sich – zur Abwechslung – wieder einmal mit dem Russen. Eines war allerdings neu: Diesmal war es Harry, der sich in der Defensive befand.

»Falls ich mich richtig erinnere«, sagte Ramanov gerade, und er musste sich nicht einmal anstrengen, um seiner Stimme dabei den anheimelnden Klang einer Kreissäge zu verleihen, »dann ist es noch keine vierundzwanzig Stunden her, seit Sie behauptet haben, dass wir vollkommen sicher sind. *Nichts und niemand kommt hier herein, ohne dass wir es merken*«, zitierte er mit verstellter Stimme. »Das waren doch Ihre Worte, oder?«

Harry starrte ihn beinahe schon hasserfüllt an und presste die Kiefer so fest aufeinander, dass Ben seine Zähne knirschen hören konnte. »Das stimmt«, sagte er schließlich. »Und ich bleibe auch dabei, immer vorausgesetzt …« Er sprach nicht weiter, sondern wandte sich übertrieben langsam zu Tahia um, die mit vor der Brust verschränkten Armen und in betont lässiger Haltung an der Wand neben dem Monitor lümmelte. Die Söldnerin führte den begonnenen Satz für ihn zu Ende.

»… wir haben vollen Zugriff auf das System.«

»Was soll das heißen?«, schnappte Ramanov. »Wollen Sie etwa behaupten –?«

»Ich behaupte gar nichts«, unterbrach ihn Tahia. Ben konnte ihr deutlich ansehen, wie gründlich sie sich überlegt hatte, was sie sagte, und wie sehr sie jedes einzelne Wort genoss. Noch bevor sie auch nur den ersten Satz zu Ende gesprochen hatte, war ihm klar, dass Ramanov zumindest diesmal keine Chance haben würde; und ein rascher Blick ins Gesicht des Russen zeigte ihm, dass er das wohl genauso sah. Er wirkte … überrascht, aber auch verunsichert … und ein bisschen bestürzt.

»Ich *sage«,* fuhr Tahia nach einer dramatischen Pause und mit veränderter Betonung fort, »dass Tooth ununterbrochen aufgepasst und sämtliche Kameras beobachtet hat. Ich war fast die ganze Zeit bei ihm und Gerrit auch. Wir hätten ihr Eindringen schon alle drei übersehen müssen.«

»Vielleicht funktionieren ja nicht mehr alle Kameras«, murmelte Ben. Er hörte selbst, wie wenig überzeugend das klang.

»Oder Sie haben schlichtweg schlecht gearbeitet«, bemerkte Ramanov verächtlich.

Tahia ignorierte ihn und schlenderte scheinbar gelangweilt heran. »Nein. Die Kameras funktionieren alle.« Sie warf Harry einen – fast – unmerklich fragenden Blick zu, den dieser mit einem ebenso angedeuteten Nicken beantwortete. Gerade auffällig genug, dass das stumme Zwiegespräch Ramanov eben nicht entging. »Unser Problem ist ein ganz anderes«, erklärte sie schließlich.

Ramanov runzelte wunschgemäß die Stirn und fragte: »Und welches?«

Tahia tauschte einen weiteren Blick mit Harry, bevor sie antwortete und zugleich die Hand in einer fast beiläufig wirkenden Bewegung nach der Computertastatur ausstreckte, die vor Ramanov auf dem Tisch lag. Der Russe machte eine Bewegung, wie um sie daran zu hindern, wagte es dann aber doch nicht. Ben nahm an, dass es auch gesünder für ihn war.

»Eigentlich sind es zwei Probleme. Vielleicht fange ich mit dem kleineren an.« Ihre Finger huschten über die Tastatur, und der Monitor hinter ihr erwachte lautlos zum Leben. In der ersten Sekunde zeigte er das gewohnte Schneegestöber, aber schon nach einem Augenblick leuchtete das Bild in allen nur vorstellbaren Grüntönen und ähnelte plötzlich dem, was er vorhin auf Tooths Laptop gesehen hatte, nur dass es deutlich größer war und um einiges schärfer.

Trotzdem erkannte man keine Einzelheiten, und nach ein paar Sekunden fragte Ramanov dann auch: »Und? Was bedeutet das?«

Tahias Finger glitten weiter über die Tastatur, ohne dass sie auch nur hingesehen hätte, und das Bild wurde noch einmal schärfer; vielleicht hatte sich Ben inzwischen auch nur an den Anblick gewöhnt. So oder so konnte er jetzt tatsächlich Details ausmachen. Aus den grünen Gespenstern wurden menschenähnliche und klar unterscheidbare Gestalten, immer noch Gespenster, nun aber *menschliche* Gespenster. Hinter ihnen, gerade weit genug entfernt, um ein unheimlicher, zitternder Schemen zu bleiben, stand etwas Großes und Helles, das eine bizarre Krone zu tragen schien. Es war nicht nötig, es genau zu erkennen.

»Das war vor einer Stunde«, sagte Tahia ruhig.

»Als Sie ganz fest davon überzeugt waren, dass alles in Ordnung ist«, schnaubte Ramanov.

»Das ist die der Rückseite der Station«, fuhr Tahia fort, als hätte er gar nichts gesagt. »Dort gibt es eine Serviceklappe, den Zugang zu einem Schacht, der zur Klimaanlage und dem Belüftungssystem gehört.«

»Eine sensationelle Erkenntnis«, stichelte Ramanov.

»Allerdings ist er mit einem ziemlich massiven Gitter gesichert – und zusätzlich natürlich mit der Alarmanlage gekoppelt.«

Sie sah den Russen an, als erwarte sie eine ganz bestimmte Antwort, und Ramanov tat ihr auch den Gefallen. »Was Sie und Ihre Kollegen offensichtlich nicht davon abgehalten hat, ihr Eindringen nicht zu bemerken. Ich nehme doch an, sie sind auf diesem Weg hereingekommen?«

»Schauen Sie in die rechte obere Ecke des Bildschirms, Professor«, sagte Tahia ruhig. »Sie sehen die Uhrzeit und die Nummer der Kamera, von der diese Aufnahme stammt, nicht wahr?« Sie berührte eine einzelne Taste. »Und was sehen Sie nun?«

Das Bild wechselte zu der ebenfalls falschfarbenen Aufnahme einer wesentlich kleineren Gruppe plumper dreifingriger Gestalten, die einfach mitten im tobenden Sturm standen und gar nichts taten.

Das Einzige, was sich nicht änderte, war die Uhrzeit und die Nummer der Überwachungskamera in der Bildschirmecke.

Ramanov beugte sich mit gerunzelter Stirn vor und starrte den Monitor mindestens fünf Sekunden lang an: »Und was … ist das?«

»Das, Professor«, meldete sich Harry an Tahias Stelle zu Wort, »ist die Aufnahme, die *wir* gesehen haben. Dieselbe Kamera – angeblich – und dieselbe Uhrzeit.«

Ramanov nickte. »Sie wollen behaupten, es sei ein technischer Defekt gewesen und Sie könnten gar nichts dafür?«, vermutete er spöttisch.

»Genau das habe ich im ersten Moment auch geglaubt«, antwortete Harry. »Aber dann hat sich Tahia diese Avi-Datei genauer angesehen.«

Avi-Datei?, dachte Ben verwirrt. Wieso Avi-Datei? Das war ein komprimiertes Bildformat, mit dem man Dateien besonders platzsparend und klein auf einer DVD oder Festplatte unterbringen konnte – aber diese Bilder waren eine Realzeitübertragung des Kamerabildes … oder?

Er glaubte nicht, dass Harry dieses Wort rein zufällig gewählt hatte, aber wenn es Ramanov etwas sagte, dann ließ er es sich jedenfalls nicht anmerken. Er sah Harry nur auffordernd und eher noch misstrauischer an. Der Söldner gab Tahia ein Zeichen.

»Das ist keine Liveübertragung«, sagte sie.

»Sondern?«, fragte Ben, wobei er allerdings das ungute Gefühl hatte, die Antwort bereits zu kennen.

»Eine Schleife. Neunzig Sekunden, in ständiger Wiederholung … aber raffiniert gemacht, das muss ich zugeben. Die Datenmenge ist klein genug, dass es weder zu einem Ruckeln noch zu einer erkennbaren Verzögerung bei der Übertragung kommt, und dazu gibt es noch ein winziges Programm, das den Clip in zufällig wechselnden Variationen abspielt, mal um eine Winzigkeit schneller oder langsamer, in unterschiedlicher Qualität und Helligkeit und auch mal rückwärts.« Sie machte ein anerkennendes Gesicht. »Die Unterschiede sind so klein, dass man sie bewusst gar nicht wahrnimmt, aber trotzdem hat man nicht das Gefühl, immer dasselbe zu sehen. Wie gesagt: sehr raffiniert.«

»Das ist ja ganz beeindruckend«, meldete sich Jennifer Berger zu Wort. »Aber warum erzählen Sie uns das? Meinen Sie nicht, dass wir im Moment andere Probleme haben, als uns über ein raffiniertes Computerprogramm zu unterhalten?«

»Ich fürchte, das *ist* unser Problem, Jennifer«, sagte Harry betont. Bens Vater runzelte die Stirn, als Harry seine Frau so ganz selbstverständlich mit dem Vornamen ansprach. Seine Mutter fragte nur:

»Wieso?«

»Das war keine technische Fehlfunktion, meine Liebe«, sagte Ramanov, noch bevor Harry oder Tahia antworten konnten. »Habe ich Recht?«

Die letzte Frage galt Harry, der sie mit einem finsteren Nicken beantwortete. »Ja. Jemand hat uns diese Bilder untergeschoben. Ganz gezielt.« Er deutete auf den Laptop, den Tooth mitgebracht hatte. »Wir haben uns auch die anderen Aufzeichnungen angesehen. Sie sind in Ordnung. Nur diese eine wurde manipuliert.«

»Das heißt, jemand hat sich an der Kamera zu schaffen gemacht?«, fragte van Staaten erschrocken.

»Ich wünschte, es wäre nur das«, sagte Harry ernst. »Hätten sie nur die Kamera zerstört oder sich irgendwie daran zu schaffen gemacht, würde mich das nicht einmal sehr beunruhigen, offen gestanden. Mir ist ein Gegner, der scheinbar gar nichts tut, eindeutig unheimlicher als einer, *der* etwas unternimmt, auch wenn er mich damit in Schwierigkeiten bringt. Aber das da ist ein ganz anderes Kaliber.«

»Ach?«, meinte Ramanov. »Und wieso?«

»Weil es nicht unsere Freunde dort draußen waren. Verstehen Sie, Professor? Diese Bilder wurden *vorbereitet,* und zwar lange bevor sie angefangen haben das Gitter zu entfernen. Wie gesagt, jemand hat sie uns untergeschoben.« Er legte eine spürbare Pause ein, in der sein Blick kurz, aber sehr aufmerksam über die Gesichter der Anwesenden tastete. Dann sagte er betont: »Jemand von *hier drinnen.«*

»Wissen Sie, was Sie da behaupten?«, fragte Ramanov schockiert.

»Dass wir einen Verräter unter uns haben. Ja.«

»Aber das ist doch Unsinn!«, rief Bens Mutter. »Man sollte niemals vorschnell einen Verdacht äußern. Vor allem nicht in einer Situation wie unserer. Vielleicht war es wirklich ein technisches … Versagen. Oder diese … Dinger da sind schlauer, als wir bisher angenommen haben.«

»Die Alarmanlage wurde ebenfalls manipuliert«, sagte Tahia ruhig. »Und zwar von hier drinnen. Ich kann Ihnen sogar sagen, wann und von wo.«

»Von wo?«, wollte Ramanov wissen.

»Genau von hier aus, Professor. Von Ihrem Rechner aus, um genau zu sein, und mit Ihrem Passwort. Das war, bevor ich die Zugriffscodes geändert habe.«

Ramanov wollte auffahren, doch Tahia hob rasch die Hand. »Das bedeutet überhaupt nichts, Professor. Wer immer für diese Sache verantwortlich ist, ist ganz bestimmt auch clever genug, ein Passwort zu knacken.

»Sie haben die Zugriffscodes geändert? Das heißt, Sie verweigern mir den Zugriff auf unser System? Wer hat Ihnen den Auftrag erteilt, hier das Kommando zu übernehmen? Ich –«

Tahia fegte Ramanovs Protest einfach beiseite: »Es gibt gar keinen Zweifel, dass es so ist, wie Harry sagte: Wir haben einen Verräter unter uns.«

»Und ich vermute sogar, dass er hier im Raum ist«, fügte Harry hinzu. »Es ist einer von uns.«

Für einige Augenblicke wurde es sehr still, aber dann sagte Jennifer Berger: »Ich kann das immer noch nicht glauben, tut mir leid.«

»Wie viele Beweise brauchen Sie denn noch?«, fragte Tahia.

»Es geht hier nicht um irgendwelche *Beweise,* sondern um Logik.«

»Genau wie bei dem hier«, sagte Tahia und legte demonstrativ die Hand auf den Laptop. »Computer lügen nicht, und sie arbeiten streng logisch.«

»Ihre Behauptung ist aber vollkommen unlogisch.«

»Wieso?«

»Also, ich bin bestimmt keine Militärexpertin«, erwiderte Bens Mutter, »aber das muss man auch nicht sein, um den Denkfehler in Ihren Überlegungen zu entdecken. Nehmen Sie's mir nicht übel, aber … es ergäbe für keinen hier irgendeinen Sinn, mit diesen Kreaturen zusammenzuarbeiten.«

»Wieso nicht?« Harry klang misstrauisch.

»Weil keiner von uns etwas zu gewinnen hätte«, antwortete sie unerwartet heftig. »Hier geht es doch nicht um … um Geld oder Einfluss oder Macht oder worum auch sonst Krieg geführt wird, sondern um das nackte Überleben. Was hätte irgendeiner von uns – *irgendein Mensch auf der ganzen Welt* – denn zu gewinnen, wenn er mit diesen Geschöpfen zusammenarbeiten würde? Ich meine: Falls das alles so ist, wie wir annehmen, dann ist in ihrer Welt nicht allzu viel Platz für unsereins.«

»Ein berechtigter Einwand«, sagte Harry, sah sie dabei aber auf eine Art an, die ganz offensichtlich nicht nur Ben überhaupt nicht gefiel. »Sobald ich die Antwort herausgefunden habe, sind Sie garantiert die Erste, der ich sie verrate. Aber leider ist das nicht unser einziges Problem.« Er seufzte und gab Tooth einen Wink. »Ich fürchte beinahe, das hier ist noch schlimmer.«

Der Söldner trat schweigend neben ihn, griff unter seine Jacke und zog einen der größten Schraubenschlüssel hervor, die Ben jemals gesehen hatte. Eigentlich hätte er gar nicht unter seine Jacke passen dürfen. Der

Tisch machte einen kleinen Hüpfer, als er ihn mit einem Knall auf die Platte warf.

»Ah«, machte Ramanov. Er tat so, als würde er sich neugierig vorbeugen und das Werkzeug aufmerksam betrachten, schenkte ihm in Wahrheit aber nicht einmal einen flüchtigen Blick. »Ein Schraubenschlüssel. Wie interessant.«

»Das ist er in der Tat. Wenn Sie sich vielleicht die Mühe machen würden, sich diesen Schraubenschlüssel ein wenig genauer anzuschauen, Professor?«

Natürlich reagierte Ramanov zuallererst mit einem wütenden Blick in Harrys Richtung, beugte sich dann aber gehorsam ein zweites Mal vor und betrachtete den Schraubenschlüssel tatsächlich aufmerksamer.

Ben tat dasselbe (wobei er allerdings den wütenden Blick wegließ) und es dauerte nicht einmal eine Sekunde, bis er erkannte, was Harry gemeint hatte: Es war ein ganz gewöhnlicher und allenfalls ein bisschen zu groß geratener Schraubenschlüssel, aber der Schriftzug, der in das Metall eingraviert war, ließ Ben entsetzt die Augen aufreißen: *Princess of the Dawn, Hamburg.*

»Aber das ist doch –!«, keuchte Ramanov.

»Ganz genau. Dieses Werkzeug stammt von der *Princess.* Und von uns hat es ganz bestimmt niemand mitgebracht.«

»Und was … was bedeutet das?«, murmelte van Staaten verstört.

»Dass sie es sich geholt haben«, antwortete Harry.

»Ja, sicher, aber –«, begann van Staaten, und Bens Mutter unterbrach sie mit leiser, erschütterter Stimme:

»Verstehst du nicht, was das bedeutet? Bisher hatten wir es nur mit besseren Zombies zu tun.« Sie machte eine fast schüchtern wirkende Geste auf den Monitor. »*Diese* Dinger da benutzen Werkzeuge!«

»Es sind ja auch nicht dieselben«, sagte Harry. Jennifer Berger warf ihm einen verstörten Seitenblick zu und schwieg.

»Und was heißt das jetzt für uns?« Auch Ramanov wirkte jetzt deutlich nervöser, gab sich aber alle Mühe, sachlich zu klingen.

»Das, was ich die ganze Zeit über befürchtet habe. Diese neuen …« Harry schien dieselben Schwierigkeiten zu haben wie Ben. Auch ihm wollte es nicht gelingen, diese Geschöpfe als *Menschen* zu bezeichnen. »… Kreaturen sind nicht nur schnell, sondern auch eindeutig intelligent. Das waren einmal Menschen. Vielleicht sind sie es auf irgendeine Weise sogar immer noch. Wir sollten besser davon ausgehen, dass sie auch genauso raffiniert wie menschliche Gegner sind. Das bewahrt uns möglicherweise vor weiteren unangenehmen Überraschungen.«

»Also, sonderlich intelligent haben sie sich nicht verhalten, nach dem, was Sie erzählt haben«, bemerkte van Staaten: »Ich verstehe sowieso nicht, was dieser Angriff sollte … wenn es einer war.«

»Das versteht niemand«, antwortete Harry. »Aber auch darüber sollten wir froh sein.«

»Es wurde niemand verletzt?«, vergewisserte sich Ben.

»Außer dir?«, fragte Harry spöttisch. »Nein. Ich verstehe es nicht. Sie haben sich verdammt große Mühe gegeben, um hier reinzukommen, und kaum haben sie es geschafft, scheinen sie schlagartig vergessen zu haben, warum sie überhaupt gekommen sind.«

»Oder sie hatten es schon erledigt«, murmelte Ben, ohne genau zu wissen, warum, und im Grunde auch nur zu sich selbst. Trotzdem starrten ihn plötzlich alle an, und vor allem Harry sah mit einem Mal sehr nachdenklich aus.

»Was? Hab ich was Falsches gesagt?«

Statt zu antworten wandte sich Harry leicht hektisch an Tahia. »Zeig mir noch mal die Karte!«

Auf dem Monitor erschien beinahe augenblicklich wieder die grafische Darstellung der Station, und Harry stand auf und ging hin, um sie aufmerksam und aus der Nähe zu betrachten. »Hier sind sie reingekommen, und hier haben wir sie erwischt«, sagte er, während sein Zeigefinger auf die entsprechenden Punkte auf der Karte tippte. »Aber was gibt es dazwischen, was für sie von Interesse sein könnte? Wir haben die Strecke dreimal abgesucht, aber da ist nichts.«

»Vielleicht habt ihr ja in der falschen Richtung gesucht«, meinte Ben. Harry starrte ihn an. »Es könnte ein Ablenkungsmanöver gewesen sein.« Er deutete auf die Karte. »Was liegt in der anderen Richtung?«

»Nichts«, sagte Ramanov. »Ein paar Lager und leer stehende Räume.«

»Was für Lager?«, fragte Harry.

»Nichts Besonderes. Ersatzteile. Wissenschaftliches Material und …«

»Und?«, fragte Harry.

»Lebensmittel«, flüsterte Ramanov. »Der Vorratsraum. Alles, was nicht in den Kühlraum gehört, wird dort aufbewahrt. Die Tür am anderen Ende des Ganges.«

»Verdammt«, zischte Harry. Ohne dass es einer Aufforderung bedurft hätte, klapperten Tahias Finger über die Computertastatur, und das Bild auf dem Monitor wechselte in rasender Folge fast ein Dutzend mal, bevor sie die richtige Kamera gefunden hatte.

Ein allgemeines Aufstöhnen ging durch den Raum.

Ben war nicht ganz sicher, ob das, was er sah, tatsächlich einmal ein Vorratsraum gewesen war – jetzt jedenfalls war es ein einziges Chaos. Die Regale, die sich in langen Reihen und deckenhoch an den Wänden entlangzogen, waren unversehrt – sie zu zerstören oder umzuwerfen hätte zu viel Mühe gekostet und vermutlich auch zu viel Lärm gemacht –, aber buchstäblich alles, was sie enthalten hatten, war in der Mitte des Raumes zu einem mehr als meterhohen Berg aufgetürmt worden. Und selbst auf dem nicht besonders guten Bild war zu erkennen, dass der gesamte Haufen mit irgendeiner Flüssigkeit überschüttet worden war, die sich in einer unregelmäßigen Lache fast im ganzen Raum ausgebreitet hatte.

»O nein«, flüsterte van Staaten.

Harry sagte noch einmal: »Verdammt!«, fuhr dann herum und machte sich mit Riesenschritten auf den Weg zur Tür. »Gerrit! Tooth! Tahia! Mitkommen!«

Selbstverständlich war niemand dageblieben, um in aller Seelenruhe abzuwarten, bis Harry und die anderen eventuell zurückkamen und ihnen Bericht erstatteten; ganz im Gegenteil waren sie ihm und den drei anderen *en bloc* gefolgt. Und ebenso selbstverständlich bildete Ben die Spitze der kleinen Verfolgertruppe.

Sie fielen schon nach einem Dutzend Schritten zurück, und etwa auf halber Strecke blieb Tahia auf einen Wink Harrys stehen und versuchte sie aufzuhalten – mit dem Ergebnis, dass sie um ein Haar über den Haufen gerannt worden wäre und sich gerade noch mit einem erschrockenen Satz in Sicherheit bringen konnte. Kaum eine Minute später erreichten sie den Vorratsraum, und Ben stürmte fast unmittelbar hinter Gerrit durch die Tür.

Jedenfalls wollte er es, aber er hatte den Raum noch nicht ganz betreten, da wurde er von Tooth gepackt und zurückgerissen. Obwohl sie auf dem Bildschirm gesehen hatten, dass der Raum leer war, hatten Gerrit und er rechts und links des Eingangs Stellung bezogen und sicherten die Kammer mit angeschlagenen Waffen. Auch Harry hatte seine Pistole wieder gezogen und sah sich sehr aufmerksam und immer wieder nach allen Seiten um. Doch er schien wohl Augen im Hinterkopf zu haben, denn er sagte: »Lass ihn rein.«

Tooth ließ seinen Arm los, und Ben ging rasch zu Harry, wobei er sich genauso aufmerksam umschaute wie er. Hinter ihm versuchte sich Ramanov Zutritt zu verschaffen und scheiterte im ersten Moment genau wie er an Tooth, doch Ben sah nicht einmal hin. Schaudernd betrachtete er den gewaltigen Berg aus Lebensmittelpackungen, der sich vor Harry und ihm nahezu bis auf Brusthöhe türmte. Sein Blick wanderte zu den Regalen, ein – erbärmlich kleiner – Rest von Vorräten lag noch an seinem Platz, aber das Allermeiste hatten die Angreifer in der Mitte des Raumes zusammengetragen und zerstört: zerfetzt, zerrissen und zerbrochen und dann großzügig mit einer farblosen, scharf riechenden Flüssigkeit durchtränkt.

»Was ist das?«, fragte er angewidert, während er sich in die Hocke sinken ließ und zögernd die Hand nach der glitzernden Lache ausstreckte, in der Harry und er standen. Der Geruch kann ihm sehr bekannt vor, trotzdem konnte er ihn nicht einordnen.

»Lass das lieber«, sagte Harry.

»Warum?«

»Das würde mich auch interessieren«, bemerkte Ramanov hinter ihm. Irgendwie war es ihm gelungen, an Tooth vorbeizukommen, und die Söldner mussten wohl kapituliert haben, denn nun drängten alle hinter ihm in den Raum. »Um Gottes willen! Ist … ist alles zerstört?«

»So ziemlich«, sagte Harry düster. »Die Jungs haben ganze Arbeit geleistet.« Er drehte sich endlich herum und warf einen stirnrunzelnden Blick auf Ramanov und die anderen, die genauso hilflos und verwirrt aussahen wie der Russe.

»Fassen Sie das nicht an«, rief er, als van Staaten Anstalten machte, sich zu bücken und den Zeigefinger in die Lache zu tunken. »Ach ja, und falls einer von Ihnen raucht, dann wäre er wahrscheinlich gut beraten, diesem Laster im Augenblick nicht zu frönen. Wenigstens so lange nicht, bis er hier hinaus ist und die Schuhe gewechselt hat.«

Und endlich erkannte Ben den Geruch. Eigentlich hätte er ihn gleich identifizieren müssen. »Benzin?«, murmelte er verwirrt.

»Hundert Oktan, sehr hochwertiges Zeug«, bestätigte Harry ungerührt. »Vermutlich ebenfalls von der *Princess.*«

»Benzin?«, wiederholte Ramanov ungläubig. »Aber warum sollten sie hier *Benzin* ausgießen?«

»Weil es nicht nur gut brennt,«, meldete sich Jennifer Berger zu Wort, »sondern auch ziemlich giftig ist.« Sie zog eine Grimasse und versetzte dem Berg aus aufgeweichten und zerrissenen Lebensmittelkartons und -tüten vor sich einen eher behutsamen Tritt. »Natürlich müssen wir uns jede Packung einzeln ansehen, aber ich schätze, das meiste davon ist ungenießbar.«

»Ungenießbar«, wiederholte Ramanov, als hätte er Mühe, die Bedeutung dieses Wortes zu verstehen, dann wandte er sich mit einem fast Hilfe suchenden Blick an van Staaten. Die Ärztin schüttelte jedoch nur den Kopf.

»Ich fürchte, sie hat Recht, Professor.«

»Soll das heißen, dass wir … dass wir jetzt fast alle unsere Lebensmittel verloren haben?«, fragte Ramanov stockend.

»Den größten Teil davon«, bestätigte Harry.

»Lebensmittel für vierzig Leute und ein halbes Jahr?«, ächzte Ramanov. »Aber… aber das ist doch nicht möglich!«

»Wie Sie sehen, ist es das doch«, antwortete Harry, noch immer in einem gelassenen Ton, der Ben allmählich rasend zu machen begann. Vor allem weil er etwas wie widerwillige Anerkennung darin zu hören glaubte. »Sie sollten ein paar Ihrer Leute herbringen, Professor, die sich alles genau ansehen. Vielleicht ist ja das eine oder andere noch zu retten.«

»Aber warum haben sie das getan?« Ramanov flüsterte nun fast. »Das … das ergibt doch überhaupt keinen Sinn!«

»Das meinen Sie jetzt nicht im Ernst!«, rief Robert Berger. »Wir haben den größten Teil unserer Lebensmittel verloren, und Sie meinen, es ergäbe keinen Sinn?«

»Das tut es auch nicht!«, widersprach Ramanov heftig. »Wenn sie uns schaden wollten, dann verraten Sie mir, warum sie nicht einfach ein Streichholz hinterhergeworfen haben. Das hätte die halbe Station in Schutt und Asche gelegt!«

Niemand sagte etwas dazu, und selbst sein Vater sah Ramanov nur einen Herzschlag lang zuerst verblüfft und dann mit noch größerem Schrecken an, aber schließlich murmelte Ben: »Vielleicht haben sie ja Angst vor Feuer.«

Ramanov tat sein Möglichstes, um ihn mit seinem Blick zu vergiften, und Ben bedauerte diese alberne Bemerkung bereits, noch bevor er sie ganz ausgesprochen hatte. Nur Harry sah ihn sehr nachdenklich an.

»He! Das war ein Scherz!«

»Ich weiß. Aber möglicherweise war das, was ihr drei gerade gesagt habt, gar nicht so dumm.«

Ihr drei?, dachte Ben verwirrt. Und als hätte er seine Gedanken gelesen, deutete Harry auf Ramanov, seinen Vater und ihn. »Was wäre denn, wenn sie tatsächlich *uns* schaden wollen, aber nicht der Station?«

»Was soll denn das jetzt schon wieder heißen?«, maulte Ramanov.

»Genau das, was ich gesagt habe, Professor. Wenn diese Biester schlau genug geworden sind, zur *Princess* zurückzugehen und sich dort nicht nur Werkzeuge zu besorgen, sondern auch gleich kanisterweise Benzin, dann verraten Sie mir bitte, warum sie das Zeug nicht über die Station gekippt und sie komplett abgefackelt haben.« Eine oder zwei Sekunden lang sah er Ramanov geradezu triumphierend an, bevor er dazu ansetzte, seine eigene Frage zu beantworten. Ben kam ihm zuvor.

»Weil sie nur *uns* schaden wollen. Nicht der Station.«

»Genau. Sie brauchen sie unbeschädigt.« Das war alles, was er sagte! Aber er legte den Kopf auf die Seite und sah ihn auf eine Weise an, die Ben zutiefst verwirrte. Sein Blick mochte anerkennend sein, wirkte aber irgendwie auch misstrauisch … und es lag noch etwas darin, was Ben über die Maßen irritierte, ohne dass er das Gefühl wirklich in Worte fassen konnte. Doch es gefiel ihm nicht.

»Was für ein Quatsch«, ereiferte sich Ramanov. »Hast du vergessen, womit wir es zu tun haben? Was sollten sie wohl mit dieser Station anfangen? Sich unterstellen, weil es ihnen draußen zu kalt ist?«

»Das ist gar keine so dumme Frage, Professor«, sagte Harry. »Wenn wir nur ein bisschen mehr über unseren Feind wüssten, dann könnte ich sie Ihnen vielleicht sogar beantworten.«

Wieder sah er Ben auf diese ganz besondere Art und Weise an, was diesmal auch den anderen nicht verborgen blieb. Schließlich seufzte er und sagte mehr zu sich selbst als zu Ramanov: »Wenn wir wenigstens wüssten, was sie *wollen.*«

»Uns umbringen?«, schlug Ramanov vor.

Harry sah weiter Ben an. Wortlos. Ungefähr zehn Sekunden, dann seufzte er tief, schloss kurz die Augen und seufzte noch einmal. Als er die Augen wieder öffnete, hatte sich der Ausdruck auf seinem Gesicht geändert. »Also gut. Das hat alles wenig Sinn, jedenfalls im Moment nicht. Gehen Sie jetzt bitte wieder an Ihre Arbeit.«

»Welche Arbeit?«, fragte Bens Vater.

»Und lassen Sie uns unsere tun.« Mit leicht erhobener Stimme und an Tahia gewandt, die als Einzige draußen auf dem Gang zurückgeblieben war, fügte Harry hinzu: »Tahia, schau dir den verdammten Computer noch einmal an. Ich will wissen, wer von uns für diese Schweinerei verantwortlich ist. Und ihr«, wandte er sich an die beiden anderen, »seht euch die Karte noch einmal an. Ich will jede einzelne Schwachstelle dieses verdammten Rattenlochs kennen, und danach schweißen wir sie zu.«

Die drei Söldner verschwanden, und Harry sah sich übertrieben erstaunt um. »Worauf warten Sie noch?«

»Sie haben vergessen *verdammt* zu sagen«, antwortete van Staaten spöttisch, aber Ramanov nahm die Sache mit deutlich weniger Humor.

»Wer hat Sie eigentlich zum Kommandanten gemacht?«

»Derselbe, der für diese Schweinerei hier verantwortlich ist. Oder kennen Sie jemanden hier, dem sie noch hundertprozentig vertrauen?«

»Ich frage mich, ob wir *Ihnen* trauen sollten«, sagte der Russe spitz.

»Warum?«, fragte Harry ruhig. »Weil ich schon zwei Drittel meiner Leute verloren habe und Sie alle schon tot wären ohne uns?«

Nicht nur zu Bens Überraschung ging Ramanov nicht hoch wie eine Silvesterrakete, sondern schaute sein Gegenüber nur einen Atemzug lang fast betroffen an. »Entschuldigen Sie. Das war … unpassend von mir. Aber es war alles ein bisschen viel. Auch für mich.«

»Ich weiß, Professor«, antwortete Harry. »Schwamm drüber. Gehen Sie und schicken Sie mir ein paar Leute, die gerade nichts Besseres zu tun haben. Wir müssen uns einen Überblick verschaffen, was von diesem Zeug noch zu gebrauchen ist.«

2

ER HATTE SICH ANGEBOTEN, beim Sichten der übrig gebliebenen Lebensmittel oder wenigstens beim Aufräumen zu helfen, aber Harry hatte das nicht nur abgelehnt, sondern ziemlich gereizt darauf reagiert und ihn am Ende regelrecht hinausgeworfen, was Ben auf der einen Seite beinahe verstehen konnte, was ihn zugleich aber natürlich maßlos ärgerte. Er hätte wirklich nicht mit den Söldnern tauschen wollen, doch wenn Harry immer noch nicht begriffen hatte, auf welcher Seite er stand, dann sollte er wohl besser anfangen, sich ernsthafte Sorgen um seine geistige Gesundheit zu machen.

Unglücklicherweise war Ärgern aber auch so ziemlich alles, was er tun konnte … außer sich zu langweilen. Als er den verwüsteten Vorratsraum verließ (um ganz genau zu sein, hatte ihn Harry an den Schultern gepackt und ziemlich unsanft nach draußen bugsiert), hatte er damit gerechnet, auf einige der anderen zu treffen, aber er war allein gewesen, was seine Laune noch weiter in den Keller beförderte, und schließlich hatte er sich, in Ermangelung irgendeiner anderen sinnvollen Tätigkeit, auf den Weg zum Quartier der Söldner gemacht. Vielleicht fand er dort jemanden, mit dem er reden konnte; möglicherweise konnte er Tahia davon abbringen, seinen MP3-Player endgültig zu massakrieren … falls das nicht schon längst geschehen war.

Die ehemalige Messe war jedoch verlassen (was eigentlich zu erwarten gewesen war), und die bemitleidenswerten Überreste des MP3-Players waren überall auf dem Tisch verteilt und sahen nicht so aus, als würden sie sich jemals wieder zusammensetzen lassen.

Zumindest nicht zu etwas, das funktionierte. So viel zu Tahias hochheiligem Versprechen, dass er sich keine Sorgen zu machen brauchte.

Der Anblick hätte ihn wütend machen sollen, aber Ben fühlte sich nur niedergeschlagen und enttäuscht. Er hatte Vertrauen zu der jungen Soldatin gefasst – mehr als zu allen anderen –, und deshalb taten ihm die chaotisch durcheinander liegenden elektronischen Bauteile ganz besonders weh. Vielleicht weil er gegen jede Logik erwartet hatte, dass Tahia ahnen musste, wie viel ihm dieses winzige Gerät bedeutete. Tahia hatte diese Erwartung enttäuscht, und Ben fühlte sich verraten.

Also war jetzt auch noch seine letzte Verbindung zu Sasha zerstört; und wie es aussah, unwiderruflich. Ben verwarf die *Idee*, es mit einem anderen ähnlichen Gerät zu probieren, sofort wieder. Die Vorstellung war albern. Er wusste einfach, es würde nicht funktionieren.

Das Geräusch der Tür drang in seine Gedanken, eine durchaus willkommene Unterbrechung … wenigstens so lange, bis er sich herumdrehte und sah, *wer* hereingekommen war. Insgeheim hatte er auf Tahia gehofft oder Harry, selbst mit Gerrit hätte er noch leben können – aber es war ausgerechnet Tooth, der ihn selbstverständlich sofort anfuhr: »Was machst du denn hier? Ich mag es nicht, wenn einer hier herumschnüffelt, wenn keiner da ist.«

Ben schluckte die ärgerliche Antwort hinunter, die ihm auf der Zunge lag. Er kannte Tooth nicht gut genug, um zu wissen, wie weit er bei ihm gehen konnte, und außerdem war er nicht hierher gekommen, um Streit anzufangen. »Ich bin ja auch nicht *einer*«, sagte er betont und mit einer Geste auf seine Kleidung, »sondern gehöre schon fast zu euch.«

Das war ganz offensichtlich die falsche Antwort, denn Tooths Gesicht verfinsterte sich noch weiter. Er war unter der Tür stehen geblieben und hatte den Laptop, den er offensichtlich aus Ramanovs Allerheiligstem geholt hatte, unter den linken Arm geklemmt. Jetzt schob er die Tür mit dem Fuß hinter sich ins Schloss, dass es knallte, ging zum Tisch und lud den Computer geräuschvoll und alles andere als sanft darauf ab. »Willst du mich verarschen, Kleiner?«

»Nein.« Ben zwang sich zu einem Lachen (was ihm *wirklich* schwer fiel) und deutete auf den elektronischen Schlachthof vor sich. »Ich hatte gehofft, Tahia wäre hier. Aber ich fürchte, den Weg hätte ich mir sparen können.«

Tooth starrte ihn eine Sekunde lang noch misstrauischer an, dann setzte er sich, klappte den Computer auf und schaltete ihn ein, bevor er antwortete. »Keine Angst, Kleiner. Wenn es jemand schafft, das Ding wieder zum Laufen zu bringen, dann sie.«

Für eine Sekunde erfüllten die Worte Ben tatsächlich mit einer wilden Hoffnung, dann aber sah er noch einmal auf das ausgeschlachtete Gerät hinab und sagte sich, wie unsinnig sie war. Trotzdem fragte er: »Ist sie echt so gut?«

Tooth startete mit wenigen raschen Tastenanschlägen ein Programm auf dem Laptop, und Ben schlenderte wie zufällig hinter ihn, um einen Blick auf den Monitor werfen zu können.

»Gut?« Tooth lachte. »Gib ihr ein paar Büroklammern und eine Rolle Klebeband, und sie baut dir ein Spaceshuttle.«

Ben verzog die Lippen zu einem pflichtschuldigen Lächeln, das Tooth aber gar nicht sah, weil seine ganze Konzentration mittlerweile dem Bildschirm galt. Außerdem war er nicht einmal sicher, ob der Söldner diesen Blödsinn nicht tatsächlich ernst gemeint hatte.

»Solltet ihr nicht die Basis nach Schwachstellen absuchen?«, fragte er und hoffte, dass Tooth diese Frage nicht als Kritik auffassen und zu einem willkommenen Anlass nehmen würde, eine kleine zahnkosmetische Korrektur an ihm vorzunehmen.

Tooth lachte jedoch nur. »Tu ich doch. Gerrit und ich haben gewettet und er hat verloren. Jetzt kriecht er durch irgendwelche ölverschmierten Schächte und friert sich den Arsch ab, und ich tue das hier.«

Ben trat mit einem weiteren Schritt direkt hinter ihn und beugte sich vor, um auf den Monitor zu sehen. Er war mittlerweile zum Leben erwacht, zeigt aber nichts Dramatischeres als die Computergrafik, die er bereits kannte; eine schematisierte Darstellung der Station mit allen Gängen und Räumen, die auf den allerersten Blick wie ein einziges sinnloses Durcheinander aussah. Dennoch spürte er, dass sich etwas geändert hatte, musste aber noch einmal hinsehen, um den Unterschied zu erkennen. Zwischen den dünnen grünen Linien auf schwarzem Grund waren jetzt zahlreiche weiße, rote und grüne Punkte auszumachen. Manche von ihnen bewegten sich träge, die meisten aber blieben da, wo sie waren.

»Was ist das?«, fragte Ben.

Tooth lachte leise. »Ich hab dir doch gesagt, dass Tahia Klasse ist, Kleiner. Sie hat sich Ramanovs kleine Spionageanlage gründlich angesehen. Dieser Irre hat tatsächlich die gesamte Anlage verwanzt – aber er war dabei nicht besonders clever. Es hat Tahia ungefähr drei Minuten gekostet, seine Passwörter zu knacken und durch andere zu ersetzen, auf die nur wir Zugriff haben. Außerdem ist der ganze Rattenbau nur so gespickt mit Bewegungsmeldern. Tahia hat sie aktiviert … und noch ein hübsches kleines Tool dazugeschaltet, von dem Ramanov wahrscheinlich keine Ahnung hat. Hier.«

Mit einem erstaunlichen Geschick, das Ben ihm niemals zugetraut hätte, platzierte er den Cursor über einem der leuchtenden Punkte und drückte die rechte Maustaste, und auf dem Bildschirm öffnete sich ein winziges Fensterchen, in dem sein Name erschien.

»He!«, sagte Ben überrascht. »Das ist ja toll!«

»Sag ich doch, dass Tahia gut ist«, griente Tooth. »Ich wette, nicht einmal der Zar selbst hat eine Ahnung, was er wirklich mit seinem Computer anfangen könnte. Wenn er es könnte.«

Ben sah in leicht irritiert an. »Das heißt, du kannst feststellen, wo sich jeder Einzelne hier in der Station gerade aufhält?« Plötzlich kam ihm eine Idee. Sie war verrückt und würde wahrscheinlich auch nicht funktionieren, aber trotzdem …

»Und was sie tun. Ungefähr jedenfalls«, fügte Tooth stolz hinzu.

»Kannst du … erkennen, wo Ramanov ist?«, fragte Ben zögernd.

»Sicher. Aber ich kann auch gleich nachsehen, wo deine kleine Freundin gerade ist und ob sie allein ist und wie du am besten zu ihr kommst, ohne dass Ramanov es merkt. Warum fragst du nicht einfach danach?«

Ben glotzte.

Tooth schenkte ihm ein gelbes, zahnlückiges Grinsen, aber seine Finger huschten bereits wieder über die Tastatur, und einer der kleinen weißen Punkte begann zu pulsieren und wechselte gleichzeitig seine Farbe und wurde rot. »Hast Glück. Sie scheint allein zu sein, und wie es aussieht, schläft sie. Jedenfalls bewegt sie sich nicht, und ihre Atmung ist ziemlich flach und gleichmäßig.«

»Wo ist sie? Immer noch bei ihrem Großvater?«, fragte Ben.

Tooths Zeigefinger stieß auf den Monitor hinab. »Sieht aus wie … ja, Ramanovs Zimmer. Der Thronsaal des Zaren.« Er fuhr den Weg mit dem Cursor ab. »Ist ganz leicht. Zweimal links, einmal rechts, wieder links und dann zweimal rechts, und dann nur den Nippel durch die Lasche ziehen.« Er kicherte leise. »Wird dir aber nichts nützen.«

»Wieso?« Ben sah weiter gebannt auf den Schirm. Mittlerweile kannte er sich gut genug in der Station aus, um sich zuzutrauen, den Weg zu finden.

»Die Tür ist elektronisch gesichert. Ohne die Codenummer kommst du weder rein noch raus … ups!«

»Ups?« Ben sah ihn fragend an, und Tooths fleckiges Grinsen wurde noch breiter.

»Jetzt hab ich doch die Verriegelung ganz aus Versehen abgeschaltet! Dabei kann ich das eigentlich gar nicht.«

Ben blickte ihn nur verständnislos an, und aus Tooths Grinsen wurde ein eher ungeduldiger Gesichtsausdruck. »Worauf wartest du? In spätestens fünf Minuten haut mit der Computer gewaltig auf die Finger, und dann brauchst du eine Kanone, um diese Tür aufzukriegen.«

Ben wartete auf nichts mehr. Er rannte los.

Die fünf Minuten, von denen Tooth gesprochen hatte, reichten allemal, um jeden beliebigen Punkt innerhalb der Station zu erreichen, aber er war so nervös, dass er sich prompt verlief, obwohl er der Meinung gewesen war, sich den Weg gründlich eingeprägt zu haben. Dazu kam, dass ihm deutlich mehr Menschen begegneten, als ihm lieb sein konnte. Keinen einzigen davon kannte er, aber ganz zweifellos kannten sie alle *ihn*, und ebenso zweifellos war irgendein übereifriger Gefolgsmann Ramanovs dabei, der dem Boss unverzüglich Bericht erstatten würde, dass sich ein gewisser jugendlicher Wüstling auf dem Weg zu seinen Gemächern befand; und damit zu seiner Enkeltochter.

Aber das war ihm egal. Er musste Sasha sehen. Jetzt.

Ganz wie Tooth es ihm versprochen hatte, war die Tür am Ende des grauen Plastikkorridors, auf die er schließlich zustürmte, nicht verschlossen, aber das nutzte ihm erst mal wenig; Sasha war nicht da, und das Zimmer war kein Zimmer, sondern nur ein Teil einer ganzen Zimmer*flucht*, die zudem kaum beleuchtet war, sodass er prompt über irgendetwas stolperte und alle Mühe hatte, nicht auf die Nase zu fallen. Nachdem es ihm gelungen war, mit wild rudernden Armen sein Gleichgewicht zurückzuerobern (das Ergebnis war ein gewaltiges Scheppern und Klirren, mit dem etwas umfiel und zerbrach, ein Geräusch, das sich ziemlich teuer anhörte), sah er sich ratlos um. Er fand sich in grauer Schwärze und Stille wieder. Das einzige Licht fiel durch die offen stehende Tür, und kurz darauf hörte er ein Ticken wie das einer altmodischen Standuhr, ohne das Geräusch jedoch eindeutig orten zu können.

Wenigstens tauchte Ramanov nicht hinter einem Möbelstück auf, um auf ihn zu schießen.

Ben verscheuchte diesen albernen Gedanken, überlegte kurz und tat dann etwas, was ihm eigentlich die Haare zu Berge hätte stehen lassen müssen: Er zog die Tür ganz hinter sich zu, woraufhin die Dunkelheit um ihn herum natürlich *vollkommen* wurde.

Zumindest so lange, bis sich seine Augen an die veränderten Lichtverhältnisse gewöhnt hatten – zwei oder drei Sekunden, in denen sein Herz zu Höchstform auflief und eine Taktfrequenz erreichte, bei der jeder Heavy-Metal-Drummer blass geworden wäre. Dann gewahrte er einen blassgelben Strich irgendwo vor sich, tappte mit vorsichtig ausgestreckten Armen darauf zu und erreichte schließlich eine Tür, zu seinem Erstaunen ohne weiteren nennenswerten Schaden angerichtet zu haben. Sein Herz legte noch einen Zahn zu, als er nach der Klinke griff und sie herunterdrückte. Als er die Tür öffnete, war er nahezu hundertprozentig sicher, gleich Ramanov gegenüberzustehen, der ihn grinsend und mit vor der Brust verschränkten Armen (und in Begleitung eines Dutzends Kosaken) erwartete, um ihn zu fragen, was er hier zu suchen hatte.

Ausnahmsweise trafen seine schlimmsten Befürchtungen nicht ein. Das Zimmer, in das er trat, wurde nur von einer einzelnen altmodischen Lampe mit einer noch altmodischeren Glühbirne in schattendurchwobenes, gelbes Licht getaucht. Ramanov (und schon gar kein Dutzend schnauzbärtige Kosaken) erwartete ihn nicht, und das, was er suchte, lag mit einer dünnen weißen Decke zugedeckt und in ein ebenfalls weißes seidenes Nachthemd gehüllt und mit geschlossenen Augen auf einem riesigen geschnitzten Himmelbett, das nahezu das gesamte Zimmer einnahm, und schien tief und fest zu schlafen. Jedenfalls deutete der Umstand, dass Sasha leise schnarchte, darauf hin.

Ben musste lächeln. Was Schnarchen anging, blickte er auf eine lange leidvolle Erfahrung mit seinem Vater zurück, der regelmäßig abends vor dem Fernseher einschlief und dabei schon den gesamten südamerikanischen Regenwald umgesägt haben musste, und ihm war es immer peinlich gewesen, dieses Geräusch auch nur zu hören. Bei Sasha fand er es irgendwie … *niedlich.*

Sie lag in entspannter Haltung auf dem Bett, den Kopf halb auf die Seite gedreht und den Mund leicht geöffnet, sodass er ihre regelmäßigen, strahlend weißen Zähne sehen konnte, und ihr leises Schnarchen setzte ein so überwältigendes Gefühl von Zärtlichkeit in ihm frei, dass er sich mit aller Kraft gegen den Impuls wehren musste, sich über sie zu beugen und sie in die Arme zu schließen.

Stattdessen blieb er neben dem überdimensionalen Bett stehen, sah auf sie hinab und genoss die Wärme und Geborgenheit, die ihr bloßer Anblick in ihm wachrief. Er kannte dieses Mädchen gerade einmal ein paar Tage, und genau genommen wusste er außer ihrem Namen so gut wie nichts über sie – aber zugleich war sie ihm vertrauter als jeder andere Mensch auf der Welt. Und dabei war die intimste Berührung, die es bisher zwischen ihnen gegeben hatte, das Gefühl ihrer Finger in seiner Hand gewesen.

Verrückt, dachte er. Und trotzdem wunderschön.

Dieser Glücksmoment wurde jäh beendet, als hinter ihm die Tür aufflog und eine Stimme, die er ohne den geringsten Zweifel als die Ramanovs identifizierte, ihn anraunzte: »Was zum Teufel machst du hier?!«

Ben schloss die Augen, zählte in Gedanken ganz langsam bis fünf und versuchte ein möglichst unverfängliches Lächeln auf sein Gesicht zu zaubern, als er sich herumdrehte. Ramanov stand in der geöffneten Tür hinter ihm, zwar ohne ein Dutzend Kosaken, die mit angelegten Gewehren auf ihn zielten, aber mit einem Blick, der deren Abwesenheit allemal wettmachte.

»Ich … ich wollte nur nach Sasha sehen«, antwortete er stockend. Gleichzeitig blickte er verstohlen auf die Armbanduhr – und riss ungläubig die Augen auf. Ein Teil von ihm hatte sich schon mit großer Vorfreude die perfidesten Foltermethoden für Tooth ausgedacht, der ihn offensichtlich ins offene Messer hatte laufen lassen – aber der Söldner konnte nichts dafür. Ben hätte unmöglich sagen können, wo die Zeit geblieben war … aber er hatte länger als zwanzig Minuten neben Sashas Bett gestanden und sie angesehen. Das war fast schon unheimlich. Er konnte sich nicht einmal erinnern, was er in dieser Zeit gedacht hatte.

»Nach ihr sehen?«, wiederholte Ramanov. Er knallte die Tür hinter sich zu, kam näher und musterte zuerst das schlafende Mädchen und dann ihn und schließlich noch einmal Sasha mit einem Ausdruck, der Ben nicht nur die Schames-, sondern auch die Zornesröte ins Gesicht trieb.

»Nach ihr sehen«, bestätigte Ben. »Ich habe mir Sorgen um sie gemacht, weil ich so lange nichts mehr von ihr gehört hatte, und da habe ich eben nach ihr gesucht.«

»Hier?« Ramanov trat noch näher. »Nun ja, jetzt hast du sie ja gesehen und dich davon überzeugt, dass sie wohlauf ist. Dann kannst du ja jetzt beruhigt wieder gehen. So ganz nebenbei, das hier ist mein Schlafzimmer. Ist es da, wo du herkommst, üblich, ungefragt in anderer Leute Wohnungen einzubrechen?«

Wenn es etwas gab, was ihn in diesem Moment noch wütender machen konnte, dann waren es diese völlig überflüssigen Worte. Ben war praktisch schon bereit gewesen, einen strategischen Rückzug anzutreten, jetzt aber wandte er sich mit einem trotzigen Schnauben um, beugte sich über die schlafende Sasha und rüttelte an ihrer Schulter.

Sie reagierte genau so, wie er es erwartet hatte, nämlich gar nicht.

Auch nicht, als er noch einmal und jetzt deutlich stärker an ihrer Schulter rüttelte. Sasha *schlief* nicht einfach, begriff er. Das war etwas anderes.

»Sie haben es wieder getan. Warum?«, fuhr er zu Ramanov herum.

Es funktionierte nicht. Der Russe sah ihn nur kalt an und lächelte dann knapp und noch kälter. »Ich habe gar nichts getan. Sie ist müde und sehr erschöpft, wie wir alle. Wenn du ihr einen Gefallen tun willst, mein Junge, dann solltest du sie jetzt in Ruhe lassen.«

Vielleicht war es das *mein Junge,* das Ben endgültig rasend machte.

»Ich tue *Ihnen* gar keinen Gefallen«, sagte er eisig – und nicht ganz richtig –, während er sich nicht nur zu Ramanov herumdrehte, sondern sich in derselben Bewegung auch demonstrativ zwischen ihm und Sasha postierte, wie um sie vor seiner bloßen Anwesenheit zu beschützen. »Es sei denn, Sie sagen mir endlich, warum Sie ihr das antun!«

»Antun?«, wiederholte Ramanov. »Was genau meinst du damit, mein Junge?«

Das machte Ben noch wütender. So wütend, dass er nahe daran war, Ramanov zu packen und so lange zu schütteln, bis er mit der Wahrheit herausrückte. Und womöglich hätte er es sogar getan, hätte es nicht genau in diesem Moment an der Tür geklopft.

Ramanov runzelte die Stirn und wirkte regelrecht beleidigt, und Ben schickte ein lautloses Dankgebet zum Himmel. Noch ein paar Sekunden länger und er wäre wirklich auf Ramanov losgegangen; und das war so ziemlich das Letzte, was sie alle jetzt noch brauchen konnten.

Es klopfte wieder – und jetzt deutlich energischer – und Ramanov wandte sich mit einem Ruck um und verschwand durch eine zweite Tür auf der anderen Seite des Raumes. Ben blickte ihm ebenso irritiert wie zornig hinterher, aber dann wandte er sich wieder fast schuldbewusst zu Sasha um.

Aus dem Nachbarzimmer, in das Ramanov verschwunden war, drangen plötzlich laute und aufgeregte Stimmen; die Ramanovs, aber auch mehrere andere, die wild durcheinander zu reden schienen, und mindestens eine davon erkannte er. Sie gehörte seiner Mutter.

»Ich sorge dafür, dass das aufhört. Sie werden dir nichts mehr geben«, versprach er der schlafenden Sasha, während er rasch um das Bett herumeilte und Ramanov folgte. Der Raum, in den er kam, war deutlich größer als Ramanovs Schlafzimmer und erinnerte so stark an den Thronsaal eines alten russischen Zaren, dass er überzeugt war, Tooth müsse ihn schon einmal gesehen haben. Wände, Fußboden und Decke bestanden auch hier aus dem allgegenwärtigen grauen Kunststoff, von dem allerdings nicht viel zu sehen war, denn auf dem Fußboden lagen abgewetzte, trotzdem aber unübersehbar wertvolle Teppiche, und die Wände waren mit goldgerahmten Bildern, Wandteppichen und Fahnen geschmückt. An einem der Bilder, das in einem besonders prachtvollen, reich mit Schnitzereien verzierten Rahmen hing, blieb sein Blick für den Bruchteil einer Sekunde hängen. Es zeigte eine dunkelhaarige Frau undefinierbaren, aber noch nicht sehr weit fortgeschrittenen Alters, die ihn an irgendjemanden erinnerte. Aber er konnte nicht sagen, an wen. Die Einrichtung hätte mühelos die der luxuriösen Kabinen auf der *Princess* in den Schatten gestellt, und auch hier kam das Licht nicht aus einer Leuchtstoffröhre, die das Spektrum natürlichen Sonnenlichts imitierte, wie sonst überall in der Station, sondern einem gewaltigen Kristalllüster, auf dem mindestens zwei Dutzend altmodische Glühbirnen brannten, die die Form von Kerzenflammen nachahmten. Ben hatte so etwas bisher nur auf Fotos und in Filmen gesehen, aber auch in natura wirkte es kein bisschen weniger kitschig.

Nicht dass ihn das im Moment interessierte. Wie er vermutet hatte, war es seine Mutter, die sich gerade heftig mit Ramanov stritt, und sie war nicht allein gekommen. Sein Vater war bei ihr, aber auch Dr. van Staaten, und zu seiner leisen Überraschung (und Beunruhigung) entdeckte er hinter den dreien Tahia und Harry. Die beiden Söldner waren noch nicht ganz eingetreten, sondern in der offenen Tür stehen geblieben, was daran liegen mochte, dass Ramanov nicht die geringsten Anstalten machte, den Weg freizugeben, sondern im Gegenteil so heftig mit den Händen herumfuchtelte, als könnte er sich gerade noch beherrschen, die uneingeladenen Besucher nicht gewaltsam wieder nach draußen zu befördern. Was war passiert? Neue schlechte Nachrichten?

Er trat hinzu und platzte mit der Frage »Was ist los?« in das Gespräch.

Ramanov setzte dazu an, etwas zu sagen, was er wahrscheinlich gar nicht hören wollte, doch seine Mutter kam ihm zuvor. »Wir haben dich gesucht«, sagte sie, machte eine Kopfbewegung auf Harry und Tahia und fügte mit sonderbarer Betonung hinzu: »Deine Freunde haben uns gesagt, wo wir dich finden.«

»Ich wollte nur –«, begann Ben, doch Ramanov unterbrach ihn.

»Ich finde, es trifft sich gut, dass deine Eltern hier sind, mein Junge. Vielleicht können sie dir ja begreiflich machen, warum an manchen Türen Schlösser sind. Und was es zu bedeuten hat, wenn man sie abgeschlossen vorfindet.« Er warf einen kurzen, aber giftigen Blick in Harrys Richtung, der klar machte, dass er sehr wohl wusste, wie es Ben gelungen war, in sein Allerheiligstes vorzudringen, und Ben blickte seine Mutter an und sagte leise: »Er hat es schon wieder getan.«

»Was?«, fragte sie alarmiert.

»Sasha.«

Seine Mutter runzelte nur fragend die Stirn, van Staaten jedoch fuhr sichtbar zusammen und eilte dann wortlos an Ramanov und ihm vorbei, um im angrenzenden Schlafzimmer zu verschwinden. Ramanov machte eine Bewegung, wie um ihr zu folgen, doch nun streckte Bens Mutter rasch die Hand aus, um ihn am Arm zu ergreifen und festzuhalten.

Ramanov riss die Augen auf. »Was fällt Ihnen ein?«

»Wir müssen mit Ihnen reden, Professor.« Dann sah sie Ben an. »Und mit dir auch.«

Sie ließ Ramanovs Arm los, woraufhin dieser einen Schritt zurückprallte und sein Handgelenk zu massieren begann, als hätte sie es ihm übel gequetscht, trat zur Seite und gab Harry und Tahia mit einer Kopfbewegung zu verstehen, endgültig hereinzukommen. Beide gehorchten. Harry postierte sich (ganz gewiss nicht zufällig) so neben und ein Stück hinter Ramanov, dass dieser praktisch zwischen ihm und den anderen eingesperrt war, während Tahia direkt auf Ben zutrat, in die Tasche griff und etwas hervorzog, was er erst nach einer Sekunde, aber mit einem Gefühl ungläubiger Überraschung als den MP3-Player identifizierte. Noch überraschter war er, als sie den winzigen Kopfhörer auffordernd in seine Richtung schwenkte.

»Du hast ...?«

»Ich habe dir doch gesagt, dass du dir keine Sorgen zu machen brauchst. Aber kannst du mir erklären, was das bedeutet?«

Ben hatte auf einmal ein seltsames Gefühl. Er griff gehorsam nach dem dünnen Kabel und bugsierte den Knopf in sein Ohr, aber Tahia machte eine abwehrende Geste, als er auch nach dem daran hängenden Gerät greifen wollte. An seiner Stelle drückte sie die winzige Play-Taste, und ganz leise, von einem sonderbaren Echo begleitet, als käme sie aus weiter Ferne, hörte er Sashas Stimme:

»JVC.«

Er runzelte verwirrt die Stirn, und hinter der offen stehenden Tür auf der anderen Seite des Zimmers erklang ein erschrockener Laut, sodass er sich mit aller Kraft zusammenreißen musste, nicht herumzufahren und nachzusehen, was van Staatens Reaktion zu bedeuten hatte. Zweifellos nichts Gutes. Mit einem Nicken bedeutete er Tahia, den Soundclip noch einmal abzuspielen, und wurde mit demselben vermeintlich bedeutungslosen *JVC* belohnt.

»Was soll das?«, fragte er.

»Genau das wollten wir von dir wissen, Ben«, sagte Harry. Täuschte er sich oder war der Klang seiner Stimme eisig, fast feindselig?

»Die Stimme ist dieselbe, nicht wahr?«, vergewisserte sich Tahia.

Er nickte. »Sasha.«

Ramanov riss die Augen auf.

»Aber das –«

»Das ist nicht dasselbe, was wir vorher gehört haben«, führte Tahia seinen Satz zu Ende.

Und dafür war ihre erste Botschaft verschwunden. Ben war völlig verwirrt. Er konnte nur nicken.

»Das ist wirklich seltsam«, fuhr Tahia fort, mehr an sich selbst und allenfalls Harry gewandt als an ihn. »Ich meine: Ich glaube es zwar nicht, aber natürlich ist es möglich, dass ich das Soundfile versehentlich gelöscht habe, als ich an dem Gerät gearbeitet habe.« Sie sah nun doch ihn an, und das auf eine sehr seltsame Art. »Aber es ist ausgeschlossen, dass ich aus Versehen stattdessen eine neue Nachricht platziert habe. Noch dazu mit Sashas Stimme.«

»Sashas Stimme?«, mischte sich Ramanov ein. Er versuchte zu lachen, aber es misslang kläglich. »Das ist doch lächerlich! Woher wollen Sie wissen, wie Sashas Stimme klingt? Niemand hat sie je gehört.«

»Doch«, widersprach Tahia. Sie deutete auf Ben. »Er. Und wir«, fügte sie mit einer zweiten Geste auf das kleine Gerät auf ihrer rechten Handfläche hinzu. Ramanov starrte den MP3-Player an und wirkte für die Dauer eines einzelnen Herzschlags einfach nur erschüttert. Dann aber lachte er abermals, leise und bewusst höhnisch.

»Sie sind ja verrückt.«

Tahia sagte gar nichts dazu, sondern wandte sich wieder an Ben. »Und du hast keine Ahnung, was das bedeuten könnte?«

Und wo es herkommt, fügte sie hinzu, zwar ohne es laut auszusprechen, trotzdem aber auch unüberhörbar. Ben schüttelte hilflos den Kopf.

»Drehen hier jetzt langsam alle durch?«, fragte Ramanov aufgebracht. »Wollen Sie mir etwa weismachen, dass Alexandra über dieses Ding da mit Ihnen spricht?«

»Nicht mit uns«, sagte Tahia beinahe sanft. »Aber mit Ben.«

»Sicher«, erwiderte Ramanov abfällig.

»Sie erinnern sich? Zweihunderteinundvierzig?«

»Was soll das sein?«

»Die Nummer, die auf der Tür des Kühlraumes stand«, erklärte Harry an Tahias Stelle. »Ben hat uns darauf aufmerksam gemacht.«

»Ja«, grollte Ramanov. »Und die Erklärung, woher er das wusste, ist er uns bis jetzt schuldig geblieben, falls ich mich richtig erinnere.«

»Nur Ihnen, Professor.« Harry wies auf den Player. »Es war dort drauf. Mit Sashas Stimme.«

Ramanov starrte ihn geschlagene drei Sekunden durchdringend an, aber selbstverständlich schüttelte er nur wieder den Kopf und sagte noch abfälliger: »So ein Blödsinn!«

»Das habe ich zuerst auch gedacht«, bestätigte Tahia. Sie drehte den MP3-Player in der Hand. »Wissen Sie, wie lange so ein Gerät mit einer Akkuladung läuft, Professor?«

»Nein, und es interessiert mich auch nicht.«

»Über zwölf Stunden. Diese Geräte brauchen extrem wenig Energie. Praktisch gar keine.«

»Wie interessant«, erwiderte Ramanov verächtlich.

»Genau genommen sind Gedanken auch nichts anderes als Energie, Professor«, mischte sich Bens Vater ein. »Eigentlich sollten Sie das wissen.«

Ramanov lachte, laut und völlig unecht. »Jetzt wird es wirklich albern. Also, nur damit ich das richtig verstehe ... Sie wollen damit andeuten, dass Alexandra ihre ... Gedanken auf dieses Gerät übertragen hat, um mit Ihrem Sohn zu sprechen? Ist es das, was Sie sagen wollen?«

Der ätzende Spott in Ramanovs Stimme schien wirkungslos an seinem Vater abzuprallen. »Vielleicht. Die junge Dame hier hat Recht, wissen Sie? Ich verstehe nicht viel von dieser Art von Technik, aber sie hat es mir erklärt. Ich bin zwar nicht sicher, aber es scheint durchaus möglich, dass diese Geräte in der Lage sind, Alphawellen zu empfangen.«

»Sicher. Lassen wir einmal beiseite, geschätzter Kollege, dass Sie gerade vollkommen hanebüchenen Unsinn reden – warum sollte sie das tun?«

»Um uns etwas mitzuteilen«, sagte Ben. »Das ist schon ein paarmal passiert. Die Nummer des Kühlraums war nicht die erste Warnung, die sie mir auf diesem Weg geschickt hat.« Er überlegte kurz, von ihrem ersten Hilferuf zu berichten, kam aber dann zu dem Schluss, dass es im Moment erstens nicht nötig war und zweitens überhaupt nichts brachte, Ramanov noch weiter zu reizen.

»Und du hast es nicht für notwendig befunden, uns etwas davon zu sagen?«, erkundigte sich Ramanov mit einem falschen Lächeln.

»Hätten Sie mir denn geglaubt?«, gab Ben zurück.

»Nein. Genauso wenig wie jetzt.« Der Russe schürzte abfällig die Lippen. »Meine Herrschaften, wir haben wirklich andere Probleme, als uns mit einem solchen Unsinn zu beschäftigen, finden Sie nicht?«

»Dieser Unsinn könnte das Einzige sein, was uns noch rettet«, sagte Harry.

Ramanov beachtete ihn gar nicht und wandte sich direkt an Jennifer Berger. »Also gut, wenn Sie meine und Ihre Zeit damit vergeuden wollen, bitte. Ich vergesse jetzt mal, dass wir alle erwachsene Menschen und im Vollbesitz unserer geistigen Kräfte sind, und tue so, als würde ich diesen Blödsinn glauben. Selbst wenn es so ist: Warum sollte Sasha auf diesem komplizierten Weg Kontakt zu Ihrem Sohn aufnehmen, meine Liebe? Er selbst hat uns doch gesagt, dass sie normalerweise in seinen Träumen mit ihm spricht. Warum also dieser Umweg?«

»Weil sie nicht mehr träumt!«, erwiderte Ben heftig. »Dafür haben Sie ja gesorgt!«

Seine Mutter runzelte fragend die Stirn, und auch Harry sah deutlich misstrauisch aus, während Ramanov – er gab sich alle Mühe, es zu verbergen, aber es gelang ihm nicht – leicht zusammenfuhr und wie das personifizierte schlechte Gewissen aussah. Gleich darauf hatte er sich wieder in der Gewalt und der übliche herablassende Ausdruck erschien auf seinen Zügen.

»Blödsinn! Alexandra ist –«

»Ich weiß nicht, was mit Ihrer Enkeltochter ist«, sagte van Staatens Stimme hinter ihnen. Ben fuhr überrascht herum. Die Ärztin war wieder unter der Tür des Schlafzimmers erschienen. Sie war blass und ihre Lippen zitterten vor Aufregung. In der rechten Hand hielt sie eine kleine bunt bedruckte Pappschachtel. »Aber ich weiß, was mit Ihnen los zu sein scheint. Sie müssen den Verstand verloren haben!« Sie erwachte aus ihrer Starre, kam mit so schnellen Schritten auf Ramanov zu, als wollte sie sich auf ihn stürzen, und wedelte anklagend mit der Medikamentenpackung. »Wie konnten Sie das tun? Ich habe Ihnen gesagt, was passieren kann!«

Ben, seine Mutter und auch die beiden Söldner sahen van Staaten nur ebenso fragend wie erschrocken an, sein Vater nahm der Ärztin jedoch die Pappschachtel aus der Hand und zog dann erstaunt die Augenbrauen hoch.

»Noch eine taktische Atombombe?«, murmelte Ben. Warum war er überrascht? Er hatte es doch gewusst.

Sein Vater schüttelte den Kopf. »Nein. Das hier ist schon eher eine

Wasserstoffbombe.« Plötzlich schien ihn Wut zu überkommen. Er schloss die Finger so fest um die Schachtel, dass er sie dabei in der Faust zerquetschte. »Sind Sie völlig verrückt geworden, Professor? Wenn Sie schon keine Ahnung haben, womit Sie da herumspielen, dann sollten Sie sich wenigstens die Mühe machen, jemanden zu fragen – oder zumindest den Beipackzettel lesen. Wollen Sie sie umbringen?«

»Unsinn!«, verteidigte sich Ramanov. Er wirkte immer noch trotzig, aber sein Blick flackerte jetzt unsicher. »Ich kenne Alexandra besser als Sie. Glauben Sie mir, ich weiß, was ich ihr zumuten kann und was nicht.«

»Was ist das?«, wollte nun auch Bens Mutter wissen.

Ihr Mann presste wütend die Lippen aufeinander und ließ zwei oder drei Sekunden verstreichen, bevor er antwortete. »Ich habe dieses Medikament noch nie selbst eingesetzt, aber ich kenne es. Es gehört zu den stärksten Psychopharmaka, die es überhaupt gibt. Es versetzt den Betroffenen in einen Tiefschlaf, den man schon beinahe als Koma bezeichnen kann. Und falls auch nur das Geringste schief geht oder man sich auch nur um eine Winzigkeit in der Dosierung verschätzt, dann fällt er ins Koma, und mir sind mindestens ein Dutzend Fälle bekannt, in denen der Patient nicht wieder aufgewacht ist. Warum haben Sie das getan? Ich dachte, sie lieben Ihre Enkeltochter.«

»Gerade weil ich sie liebe«, sagte Ramanov. Sein Trotz und auch der Zorn, der ihn begleitete, bröckelten nun sichtlich. Er wirkte jetzt nur verstört, eingeschüchtert. Und er hatte Angst, das sah man ihm deutlich an. Aber es war nicht die Angst vor Bens Vater oder den Söldnern, sondern etwas ganz anderes. Etwas, was wahrscheinlich keiner hier verstand.

»Ja«, sagte Bens Vater sarkastisch, »das klingt logisch.«

»Sie wissen ja nicht, wovon Sie reden«, flüsterte Ramanov.

»Dann erklären Sie es uns!«

Ramanov starrte ihn nur an, doch van Staaten sagte leise: »Tun Sie es, Professor. Oder ich tue es.«

Noch ein letztes Mal schien es, als verwandele sich Ramanov wieder ganz in den alten zurück, aber die hitzige Wut, die in seinem Blick aufflammte, erlosch beinahe ebenso schnell, wie sie kam. Ein paar Sekunden lang schaute er die Ärztin fast traurig an, dann konnte Ben regelrecht sehen, wie etwas in ihm nachgab. Er senkte den Kopf. Aber er schwieg weiter.

»Was wolltest du uns erzählen?«, wandte sich Bens Vater schließlich an van Staaten, nachdem er eine Zeit lang vergebens darauf gewartet hatte, dass der Russe von sich aus begann.

Die Ärztin setzte dazu an, etwas zu sagen, trat aber dann stattdessen mit einem schnellen Schritt an Ramanov vorbei und auf Harry zu. »Würden Sie uns bitte alleine lassen?«

»Also ich denke, dass –«, sagte Tahia, wurde aber sofort von Harry unterbrochen.

»Selbstverständlich.« Er bedeutete Tahia mit einem gleichermaßen mahnenden wie auffordernden Blick, es dabei zu belassen und ihm zu folgen, und die Söldnerin machte mit ihm kehrt, drehte sich dann aber noch einmal zu Ben herum.

»Ich behalte den Player erst mal. Es gibt noch eine Kleinigkeit, die ich reparieren will. Und falls dir einfallen sollte, was diese drei Buchstaben bedeuten, dann gib uns Bescheid, versprochen?«

»Versprochen«, antwortete Ben, während er das Gerät in Tahias Hand mit einer Mischung aus Sehnsucht und Enttäuschung betrachtete.

Van Staaten wartete, bis sich die Tür hinter den beiden Söldnern geschlossen hatte, sprach jedoch nach wie vor nicht, sondern drehte sich zu Ramanov herum und sah ihn an, wie um ihm eine letzte Chance zu geben, doch noch an ihrer Stelle das Wort zu ergreifen. Der Russe starrte nur an ihr vorbei ins Leere, und schließlich schüttelte van Staaten traurig den Kopf.

»Es geht um seine Tochter.«

Seine Eltern tauschten einen überraschten Blick und Ben spürte beinahe so etwas wie Schrecken. Plötzlich fuhr er herum und starrte noch einmal das goldgerahmte Bild an. Wieso hatte er es nicht sofort erkannt? Es war *Sashas* Gesicht, um zwanzig oder fünfundzwanzig Jahre älter, aber ganz eindeutig dasselbe Gesicht.

Van Staaten nickte wortlos, und der Russe drehte sich langsam zu ihm herum, sah ihn an und wandte sich dann ab, um ins Schlafzimmer zurückzugehen. Van Staaten wirkte enttäuscht und wollte fortfahren, doch Bens Mutter gab ihr keine Gelegenheit dazu, sondern folgte Ramanov und holte ihn ein, noch bevor er die Tür erreicht hatte.

»Was war mit Ihrer Tochter, Professor?« Sie hatte auch jetzt wieder die Hand ausgestreckt, wie um ihn notfalls mit Gewalt zurückzuhalten, doch das war nicht nötig. Ramanov war stehen geblieben. Er schwieg. Nicht nur alle Farbe, alles … *Leben* schien aus seinem Gesicht gewichen zu sein.

»Sie hatte dieselben Fähigkeiten, habe ich Recht?«, fragte Ben leise.

Sein Vater riss ungläubig die Augen auf und starrte ihn an, doch seine Mutter wirkte kein bisschen überrascht, und nach einer kleinen Ewigkeit nickte Ramanov.

»Ist sie das?«, fragte Ben mit einer Geste auf das Porträt an der Wand.

Ramanovs Blick folgte seiner Bewegung, und etwas in seinen Augen schien endgültig zu erlöschen. »Nikita. Ja. Sie war meine einzige Tochter. Mein einziges Kind.«

»Was ist passiert?«, wollte Jennifer Berger wissen.

Ramanov sah immer noch das Bild an. In seinen Augen war ein so großes Leid, dass Ben nicht anders konnte, als tiefes Mitgefühl mit ihm zu empfunden. »Meine Frau ist kurz nach ihrer Geburt gestorben, und sie war alles, was ich noch hatte. Ich habe sie allein großgezogen.«

Er brach wieder ab, offensichtlich überwältigt von dem Schmerz, den ihm die Erinnerung bereitete, und Ben sah ihm an, dass er mit den Tränen kämpfte. Er wollte eine Frage stellen, doch seine Mutter brachte ihn mit einer raschen Geste und einem fast erschrockenen Blick zum Verstummen, und er geduldete sich. Er sagte auch nichts, als sich Ramanov schließlich wieder umwandte und seinen Weg fortsetzte. Sie folgten ihm.

Ramanov war neben Sashas Bett stehen geblieben. Ben konnte sein Gesicht nicht wirklich erkennen, und doch war es, als könne er den Ausdruck unendlicher Zärtlichkeit und Liebe, der mit einem Mal darauf lag und allen Zorn und selbst den Schmerz ausgelöscht hatte, regelrecht spüren.

»Du hast Recht, Ben«, murmelte der Russe. »Nikita hatte dieselben Fähigkeiten.« Er schüttelte den Kopf und fügte mit veränderter, bitterer Stimme hinzu: »Denselben *Fluch.«*

»Sie meinen, Sie hat Ihnen auch von den *Alten* erzählt?«, flüsterte Ben.

»Sie hatte Visionen. Schreckliche Albträume, zeit ihres Lebens. Ich habe gedacht, es wäre nicht mehr als das. Nur Träume. Aber sie wurden immer verstörender und schrecklicher.«

»Waren Sie bei einem Arzt?«, erkundigte sich Bens Vater.

»Bei einem?«, antwortete Ramanov, ohne den Blick vom Gesicht seiner schlafenden Enkeltochter zu lösen. Er lachte hart. »Bei Dutzenden! Bei jedem, der versprochen hat, ihr helfen zu können, und auch bei fast jedem, der das nicht getan hat. Bei den besten ihres Faches, bei Scharlatanen und Gesundbetern …« Er seufzte tief. »Ich habe alles versucht. Es wurde erst besser, als sie … als sie ein gewisses Alter erreichte. Ein Alter, in dem gewisse … körperliche Veränderungen einsetzen, Sie verstehen?«

Jennifer Berger lächelte flüchtig. »Die Pubertät, meinen Sie?«

Ramanov nickte. »Die Träume hörten nicht auf, aber sie wurden seltener und waren nicht mehr ganz so schlimm.«

»Hat Schulz das gewusst?«, fragte Bens Mutter.

Ramanov schüttelte den Kopf.

»Sie haben es ihm nicht gesagt?«, fragte sein Vater. Er klang ein bisschen ungläubig.

»Nein. Ich wollte es, aber Nikita wollte es nicht. Und soviel ich weiß, hörten die Träume auch ganz auf, nachdem sie verheiratet war. Jedenfalls bis …«

»Bis wann?«, hakte Bens Mutter nach, als Ramanov nicht weitersprach, sondern nur ein paarmal hörbar und schwer schluckte und schließlich die Hand ausstreckte, um Sasha eine Strähne ihres weißen Haars aus dem Gesicht zu streichen.

»Sie war hier«, sagte er.

»Hier?«, wiederholte Ben ungläubig.

»Und in diesem Moment fingen die Träume wieder an, habe ich Recht?«, fragte seine Mutter.

»Ja.« Ramanov nickte. »Schlimmer denn je. Es war ganz am Anfang. Ich hatte gerade angefangen hier zu arbeiten, als ganz normaler, kleiner Wissenschaftler, und ich war so stolz, dass ich ihr unbedingt zeigen musste, was ich geschafft hatte.« Er schloss die Augen, und nach einer Pause fuhr er mit bebender Stimme fort. »Es war furchtbar. Sie ist regelrecht zusammengebrochen. Wir … mussten ein Flugzeug kommen lassen, das sie wegbringt.« Er lachte ganz leise. »Um ein Haar hätte es mich meine Stellung gekostet. Hätte es das doch. Dann wäre all das hier nicht passiert.«

»Und Kapitän Schulz hat von alledem nichts gewusst?«, fragte Bens Mutter zweifelnd.

»Nein«, beharrte Ramanov. »Er war damals Offizier auf irgendeinem Schiff und die meiste Zeit des Jahres unterwegs, und bis ich ihn benachrichtigen konnte und er zurück war, ging es ihr schon wieder besser. Nikita hat behauptet, es sei ein Nervenzusammenbruch gewesen, der Stress der Reise, die Klimaveränderung …« Er hob die Schultern. »Ich weiß nicht, ob sie ihm irgendwann einmal die Wahrheit erzählt hat. Wenn ja, so hat er jedenfalls nie etwas erwähnt. Ein Jahr später wurde sie schwanger und Alexandra kam auf die Welt.«

Er brach ab, doch Ben spürte, dass das nicht die ganze Geschichte war. Nicht einmal der schlimmste Teil. Seiner Mutter musste es ähnlich ergehen, aber sie bedeutete ihm auch jetzt mit einem raschen, verstohlenen Kopfschütteln, nichts zu sagen, und so schwieg er und wartete, bis Ramanov von selbst weitersprach; auch wenn es eine kleine Ewigkeit zu dauern schien.

»Ich hatte es beinahe vergessen. Nein, das stimmt nicht. Ich *wollte* mich nicht mehr daran erinnern. Aber dann kam Alexandra auf die Welt und ... und ...« Seine Stimme versagte endgültig. Er drehte sich halb herum, und Ben konnte sehen, wie Tränen über sein Gesicht liefen. Er tat ihm noch immer unendlich leid.

»Und sie ist gestorben«, führte er an Ramanovs Stelle den Satz zu Ende.

Der Russe schüttelte den Kopf. »Nein.«

»Nein?«, vergewisserte sich Bens Vater. »Aber Kapitän Schulz hat uns erzählt, Sashas Mutter sei bei ihrer Geburt gestorben.«

»Ich weiß. Doch das ist nicht die Wahrheit. Sie lebt.«

»Aber warum –?«, begann Bens Vater.

»Weil sie den Verstand verloren hat«, unterbrach ihn Ramanov hart. »Sie befindet sich in einer Heilanstalt in der Schweiz.«

»Und Kapitän Schulz war es zu peinlich, zuzugeben, dass seine Frau verrückt geworden ist?«, fragte Bens Mutter. Ben starrte sie beinahe schockiert an, doch Ramanov schien die Bemerkung nicht übel zu nehmen.

»Wir haben uns auf diese Geschichte geeinigt. Es war meine Idee. Jedermann sollte glauben, dass sie tot ist.«

»Warum?«, fragte Ben.

Ramanov und deutete auf Sasha. »Um ihretwillen. Vielleicht war es ein Fehler. Ich weiß es nicht. Aber wir wollten beide nicht, dass sie mit diesem Wissen aufwächst.«

»Vor allem weil sie so ist, wie sie ist«, vermutete seine Mutter. Auch sie sah auf das schlafende Mädchen hinab, aber Ben entdeckte nur sehr wenig Mitgefühl in ihrem Blick. Sie wirkte allenfalls interessiert, das jedoch auf eine rein wissenschaftliche Art.

»Als Alexandra geboren wurde und Nikita sie das erste Mal gesehen hat«, fuhr Ramanov fort, »hat sie angefangen zu schreien. Und wenn die Ärzte sie nicht ruhig gestellt hätten, würde sie das wohl heute noch tun.«

»Und welche Diagnose hat man gestellt?«, wollte Bens Vater wissen.

Ramanov hob die Schultern. »Sehr viele. Ich bin kein Psychologe wie Sie, Doktor Berger, aber ich glaube, die Ärzte wissen es selbst nicht. Möglicherweise hat sie einen Traum zu viel geträumt und findet den Weg zurück jetzt nicht mehr.«

Die Worte jagten Ben einen eisigen Schauer über den Rücken, denn sie erinnerten ihn an sein letztes Zusammentreffen mit Sasha, an die furchtbare Stadt der *Alten* und die Grauen erregenden Kreaturen, die näher gekommen waren. Sasha hatte eindeutig Angst vor ihnen gehabt und ihn gewarnt, dass sie nicht zu lange bleiben durften. Er hatte sich vergebens gefragt, was diese Geschöpfe ihnen denn antun sollten, denn schließlich existierten sie ja gar nicht und war nur Gebilde in einem Traum. Doch nun glaubte er zu wissen, was passiert wäre, wären sie zu lange geblieben.

»Und jetzt haben Sie Angst, dass es Sasha genauso ergehen könnte«, vermutete sein Vater. Ramanov nickte, und er fuhr fort: »Deshalb haben Sie ihr dieses Medikament verabreicht.«

»Damit sie nicht träumt, ja.«

»Ich will Sie gar nicht fragen, wie Sie daran gekommen sind, Professor.« Er streifte van Staaten mit einem knappen, aber eindeutig anklagenden Blick, und die Ärztin wandte sich rasch und schuldbewusst ab. »Ich kann Sie verstehen, Professor. Was Sie getan haben, war gefährlich und unverantwortlich, aber ich kann Sie verstehen. Aber Sie müssen damit aufhören. Versprechen Sie mir das?«

Ramanov schien wie aus einem Traum zu erwachen und sah ihn verwirrt und ein wenig erschrocken an. »Aber wie kann ich das? Haben Sie mir nicht zugehört? Diese Träume haben Nikitas Geist ausgelöscht. Sie werden auch Sashas auslöschen, wenn ich sie nicht beschütze.«

»Ich sagte doch gerade, ich kann Sie verstehen. Aber Sie helfen Ihr nicht, Professor. Ich rede jetzt nichts als Bens Vater mit Ihnen, sondern als Fachmann. Glauben Sie mir – diese Pillen beschützen sie vielleicht vor den Träumen, und nicht einmal dessen bin ich mir ganz sicher, aber sie bringen sie auch um. Wenn nicht physisch, dann psychisch.«

»Aber was soll ich denn tun?«, flüsterte Ramanov.

»Lassen Sie mich mit ihr reden«, sagte Ben. Sein Vater sah ihn fast strafend an, und auch seine Mutter runzelte die Stirn – auch wenn Ben das ungute Gefühl hatte, den wahren Grund für dieses Stirnrunzeln nicht einmal erahnen zu können –, doch Ramanov verzog nur bitter die Lippen.

»Wie könntest du ihr schon helfen, mein Junge?«

»Vielleicht können wir das alle«, antwortete Ben. Der Blick seines Vaters wurde noch ärgerlicher, aber er ignorierte ihn einfach. »Es sind keine Träume, Professor, verstehen Sie das immer noch nicht? Sie versucht uns etwas zu sagen. Uns allen, nicht nur mir. Ich bin nur zufällig der Einzige, der sie versteht. Lassen Sie mich zu ihr, im Traum. Sie kann mir womöglich sagen, wie wir ihr helfen können.«

»Ich glaube nicht, dass das so eine gute Idee –«, begann seine Mutter.

Ben blickte weiter den Russen an. »Bitte!«

»Scheint mir nicht einmal die schlechteste Idee«, sagte sein Vater plötzlich und offensichtlich nicht nur zu Bens vollkommener Verblüffung. »Ich wüsste auf jeden Fall nicht, was es schaden könnte.« Er hob die Hand, als Ben etwas sagen wollte. »Aber ich muss deinen Hoffnungen leider einen kleinen Dämpfer verpassen, Ben. Ich weiß nicht, wie lange das Medikament noch wirkt, aber es wird auf jeden Fall lange sein. Mindestens vier oder fünf Stunden.« Er deutete ein trauriges Kopfschütteln an. »Ich kann dir nicht einmal versprechen, dass sie überhaupt noch einmal wach wird.«

3

ER WAR NOCH LANGE BEI SASHA GEBLIEBEN, für eine kleine Weile zusammen mit Ramanov, van Staaten und seinen Eltern, dann, nachdem sie gegangen waren, für eine sehr viel längere Zeit allein. Zwei- oder dreimal hatte er – wider besseres Wissen – versucht sie zu wecken, aber sie hatte nicht reagiert, weder auf seine Stimme noch auf seine vorsichtige Berührung und auch nicht, als er sich schließlich neben sie setzte und sie behutsam an sich drückte. Sie schlief einfach weiter; so tief und fest, dass er ein paarmal vorsichtig ihr Kinn anhob und ihr ins Gesicht sah, wie um sich davon zu überzeugen, dass sie noch atmete.

Irgendwann spürte er, dass er beobachtet wurde, und als er aufsah, blickte er in Ramanovs Gesicht, der hinter ihm in der Tür stand. Es war Ben unmöglich, in seinem Mienenspiel zu lesen, aber etwas hatte sich verändert. Beinahe schon schuldbewusst wollte er Sasha loslassen, doch Ramanov schüttelte rasch den Kopf.

»Nicht. Bleib ruhig. Das ist schon in Ordnung. Im Gegenteil. Ich bin froh, dass es jemanden gibt, der sich um sie sorgt.«

Ben war völlig verwirrt. Obwohl er zu spüren glaubte, dass diese Worte ehrlich gemeint waren, ließ er Sashas Kopf und Schultern behutsam auf das Kissen zurücksinken und zog noch behutsamer den Arm unter ihr hervor in dem völlig widersinnigen Bestreben, sie nicht zu wecken. Ramanov beobachtete ihn weiter, leicht amüsiert, aber immer noch voller Sorge, und bedeutete ihm anschließend mit einer Geste, ihm nach nebenan zu folgen. Ben gehorchte und ertappte sich auch auf dem Weg zur Tür dabei, möglichst leise aufzutreten und nur kein überflüssiges Geräusch zu machen, und selbst Ramanov zog die Tür so gut wie lautlos hinter ihm ins Schloss – wo ihnen doch nichts lieber gewesen wäre, als sie zu *wecken*! Manche Verhaltensweisen ließen sich anscheinend nur sehr schwer ablegen.

Van Staaten und sein Vater waren nicht mehr da, seine Mutter jedoch saß an einem kleinen, schrecklich kitschigen Tisch mit geschwungenen Beinen, der allem Anschein nach zur Gänze mit Blattgold überzogen war, und winkte ihn herbei. Während Ben der Einladung folgte und auf einem der beiden freien Stühle Platz nahm – Ramanov steuerte den anderen an – tastete sein Blick noch einmal und jetzt vielleicht zum ersten Mal wirklich aufmerksam durch den Raum. Er hatte ja vorhin festgestellt, wie überladen und … sonderbar dieses Zimmer war. Dieser Eindruck bestätigte sich jetzt. Es war kein Thronsaal, wie Tooth es scherzhaft bezeichnet hatte, sondern eher eine Mischung aus Museum und Mausoleum. Flüchtig musste er an die Transportkosten denken, die jedes Kilogramm Fracht verursachte, das hierher ans Ende der Welt geschafft wurde. Aber schließlich blieb sein Blick wieder an dem goldgerahmten Ölgemälde von Sashas Mutter hängen.

Er verstand weniger denn je, dass er sie nicht sofort erkannt hatte, denn die Ähnlichkeit war nicht nur verblüffend, sondern schon beinahe unheimlich. Die Frau auf dem Bild war deutlich älter und hatte schulterlanges dunkles Haar, doch davon abgesehen hätte sie eine eineiige Zwillingsschwester Sashas sein können.

Ramanov beugte sich vor, um nach einer geschliffenen Karaffe mit einer dunkelrot schimmernden Flüssigkeit zu greifen. Es konnte ihm unmöglich entgangen sein, wie aufmerksam Ben das Ölgemälde gemustert hatte, aber er sagte nichts dazu, sondern nahm den gläsernen Stopfen von der Karaffe und deutete gleichzeitig auf ein leeres Glas. »Möchtest du Wein?«, fragte er, fuhr ganz leicht zusammen und warf Bens Mutter einen raschen, fast schon schuldbewussten Blick zu. »Ich meine: Du … du hast doch schon einmal Alkohol getrunken, oder?«

Wenn du wüsstest, dachte Ben. Seine Mutter schien alle Mühe zu haben, einigermaßen ernst zu bleiben, und Ramanov wirkte nun vollends irritiert.

»Dann und wann«, sagte Ben schließlich.

Ramanov schenkte ihm ein Glas ein – in den beiden anderen, die auf dem Tisch standen, befand sich bereits ein Rest Wein, und wenn man es genau nahm, war die Karaffe auch nur noch halb voll – und fuhr mit einem nervösen Lächeln fort: »Das sind wohl die Gelegenheiten, bei denen mir klar wird, dass ich allmählich alt werde. Die jungen Leute heutzutage sind wohl ein wenig … weiter als wir damals.«

»Ein ganz kleines bisschen, Professor«, fügte seine Mutter spöttisch hinzu, während sie nach ihrem eigenen Glas griff und vorsichtig daran nippte. Ben tat dasselbe und musste sich beherrschen, um nicht angewidert das Gesicht zu verziehen. Der Wein war grauenhaft.

»Wo ist Vater?«, fragte er, eigentlich nur um den peinlichen Moment zu überspielen.

»Er ist mit dieser …«, begann seine Mutter scharf, unterbrach sich dann und nippte noch einmal an ihrem Wein, ehe sie mit veränderter Stimme und nun wieder völlig beherrscht neu ansetzte. »Doktor van Staaten und er hatten etwas zu besprechen. Aber deshalb haben Iljitsch und ich dich nicht hierher gebeten.«

Doktor van Staaten?, dachte Ben. Interessant. Und *Iljitsch.* Noch interessanter. Er sagte nichts dazu, sondern gab dem Wein noch eine zweite Chance. Es blieb dabei: Das Zeug schmeckte, als hätte sich Ramanov die Füße darin gewaschen, und zwar ganz eindeutig mehr als ein Mal.

»Und warum dann?«, fragte er schließlich.

Ramanov sah das Bild seiner Tochter an, als er antwortete. »Ich möchte mich bei dir entschuldigen, Benjamin. Ich glaube, ich habe mich dir gegenüber ziemlich unfair benommen.«

Ben tat ihm nicht den Gefallen, ihm zu widersprechen oder gar die Absolution zu erteilen; schon wegen *Benjamin.* Ramanov wartete einen Herzschlag lang vergebens auf irgendeine Reaktion, bevor er enttäuscht die Schultern hob und dann wieder zu Nikitas Porträt hinüberschaute. Bens Blick folgte dem des Russen, blieb jedoch an etwas hängen, was auf dem Teppich lag. Es war klein und weiß, und es dauerte einen Moment, bis er begriff, was es war. Und als er es begriff, sah er fast hastig weg und wieder auf das Ölgemälde.

»Du musst Professor Ramanov verstehen, Ben«, sagte nun auch seine Mutter. »Was er getan hat, war sicherlich nicht richtig, aber seine Absichten waren ehrenhaft. Und darauf kommt es doch schließlich an, oder?«

Nicht richtig?, dachte Ben. Ramanov hätte Sasha um ein Haar *umgebracht!* Ja, das konnte man durchaus als *nicht richtig* bezeichnen.

»Alexandra ist alles, was mir noch geblieben ist«, sagte Ramanov leise und noch immer ohne den Blick vom Porträt seiner Tochter zu lösen. Fast als gälten seine Worte viel weniger ihm als Nikita; als bäte er sie um Vergebung für das, was er ihrer Tochter angetan hatte. »Es hat in meinem ganzen Leben drei Menschen gegeben, die mir etwas bedeutet haben. Meine Frau, meine Tochter und Alexandra. Zwei von ihnen wurden mir genommen. Ich würde es nicht ertragen, Alexandra auch noch zu verlieren.«

Ben schluckte die Frage hinunter, warum er dann alles in seiner Macht Stehende tat, um genau das zu erreichen, aber Ramanov musste sie trotzdem irgendwie gehört haben, denn als er weitersprach, schlich sich ein fast um Verständnis bettelnder Ton in seine Stimme.

»Vielleicht war es falsch, was ich getan habe, aber dieser Ort … wird sie töten, das spüre ich.«

»Dieser Ort, Professor«, antwortete Ben so ruhig, wie es ihm in diesem Moment möglich war, »wird uns *alle* töten, wenn wir noch lange hier bleiben.« Er stand auf, ging betont langsam durch den Raum und blieb auf halber Strecke zu dem Ölgemälde stehen. Es fiel ihm ziemlich schwer, weiterhin nur das Bild anzusehen und nicht das, was ihn in diesem Augenblick sehr viel mehr interessierte. Aber irgendwie gelang es ihm.

»Vielleicht ist es ja weniger dieser *Ort*«, sagte seine Mutter.

Alarmiert drehte sich Ben herum – gerade noch rechtzeitig genug um zu sehen, dass seine Mutter zwar weiterhin scheinbar gelassen an ihrem Wein nippte, trotzdem aber einen sonderbaren Blick mit Ramanov tauschte; einen Blick, der ihm ganz und gar nicht gefiel.

»Was genau meinst du damit?«, fragte er – größtenteils weil er spürte, dass seine Mutter genau dieses Stichwort von ihm erwartet hatte. Zugleich arbeiteten seine Gedanken auf einer tieferen Ebene wie besessen an einem anderen Problem. Die Idee war verrückt – um nicht zu sagen: der schiere Wahnsinn! –, aber sie nahm dennoch immer mehr Gestalt hinter seiner Stirn an. Was hatte er zu verlieren außer seinem Leben?

»Du hast vorhin mit Harry gesprochen, nicht wahr?«, antwortete seine Mutter mit einer Gegenfrage. Ben starrte sie nur an. Wenn man es genau nahm, dann hatte er in den letzten Tagen *unentwegt* mit Harry gesprochen; wie alle hier.

»Bevor diese hässliche Geschichte mit dem Vorratsraum passiert ist«, fügte Ramanov erklärend hinzu.

»Und?«

»Er hat dich auf die Höhle angesprochen, in der er ja angeblich nicht war«, meinte seine Mutter und tauschte einen weiteren dieser sonderbaren Blicke mit dem Russen. Ben war zwar voll und ganz damit beschäftigt, seine kleine Charade zu inszenieren, spürte aber dennoch eine wachsende Beunruhigung. Außerdem war er überrascht. Woher konnte sie das wissen? Harry hatte ihr ganz bestimmt nichts gesagt, und ...

Natürlich kannte er die Antwort im gleichen Augenblick, in dem er sich die Frage stellte. Anscheinend gehörte es in dieser Station zu den beliebtesten Freizeitbeschäftigungen, dass jeder jeden belauschte und abhörte. Er musste unbedingt mit Tahia reden und ihr sagen, dass sie die Überwachungsanlage offenbar doch nicht so gut unter Kontrolle hatte, wie sie annahm. Aber natürlich *ohne* dass Ramanov oder sonst wer mithörte ...

»Und?«, fragte er noch einmal.

Seine Mutter wirkte jetzt leicht ungehalten, gab sich aber alle Mühe, weiterhin nachdenklich zu klingen. »Ich muss die ganze Zeit an das denken, was passiert ist ... was diese Söldnerin gesagt hat ...«

»Tahia«, half ihr Ben aus. Seine Mutter wusste verdammt gut, wie sie hieß.

»Tahia. Ja. Jemand hat am Computer manipuliert. Jemand von hier drinnen.«

»Worauf willst du hinaus?«, fragte Ben in schärferem Ton, als er beabsichtigt hatte. »Glaubst du etwa, dass sie es ist? Oder Harry?«

»Wenn ich das glauben würde«, antwortete Ramanov an ihrer Stelle, »dann lägen Hauptmann West und seine Spielzeugsoldaten schon längst in Ketten.«

So viel also zu seiner Hoffnung, dass Ramanov durch eine wundersame Fügung des Schicksals zu einem normalen Menschen mutiert sein könnte. Er war immer noch ganz der alte; nur schien er ein deutlich besserer Schauspieler zu sein, als Ben bisher geglaubt hatte. Er sparte es sich, diese Gedanken laut auszusprechen, genau wie die Frage, wie Ramanov

Harry und seine Leute eigentlich *in Ketten* legen wollte. Die Söldner waren zwar nur noch zu viert, aber Ben zweifelte nicht daran, dass Tahia ausreichen würde, um diese gesamte Station aufzumischen; wenn es sein musste, auch mit auf dem Rücken gefesselten Armen.

»Und was soll das Ganze dann?«, fragte er. Sein Fuß rutschte eine Winzigkeit nach links.

»Nichts«, behauptete seine Mutter. »Wir machen uns nur so unsere Gedanken. Genauer gesagt fragen wir uns, ob wir wirklich einen Verräter unter uns haben. Und wer es ist.«

Das war nicht nur albern, dachte Ben, das wurde allmählich peinlich. »Warum sagst du nicht geradeheraus, dass du Harry verdächtigst?« Sein Blick schweifte wie zufällig über den Boden und blieb dann an seinem Schuh hängen. Er runzelte demonstrativ die Stirn. Nur schade, dass niemand da war, um seine oscarverdächtige schauspielerische Leistung zu würdigen.

»Ich sage ja gar nicht, dass ich ihn verdächtige«, antwortete seine Mutter, während sie der Bewegung, mit der er sich nach seinem Schuh bückte, mit unangenehm aufmerksamen Blicken folgte. »Ich frage mich nur, warum er bestreitet, in dieser Höhle gewesen zu sein.«

Ben band – völlig unnötigerweise – seinen Schuh fester zu, und die Bewegung, mit der er nicht nur den Schuhbändel liebevoll richtete, sondern auch noch etwas in seiner Hand verschwinden ließ, war nicht nur oscarreif, sondern hätte auch einen Houdini vor Neid erblassen lassen.

Vielleicht.

Vielleicht auch nicht, denn Ramanov starrte nun wie gebannt seine rechte Hand an. »Manche Dinge machen einen nun mal misstrauisch.«

Ben konnte spüren, wie ihm alles Blut aus dem Gesicht wich. »Was ... zum Beispiel?«

»Es fällt mir immer noch schwer, zu glauben, dass Alexandra ... über *diesen* MP3-Player Kontakt mit dir aufgenommen haben soll. Aber selbst wenn es so sein sollte – oder wenn West und die anderen es auch nur *glauben* –, warum haben sie uns dann nichts davon gesagt?«

»Aber das haben sie doch«, protestierte Ben.

»Viel zu spät und auch erst, nachdem sie sowieso keine andere Wahl mehr hatten«, sagte seine Mutter. Sie hob die Hand, als er abermals auffahren wollte. »Also gut, lass uns offen sprechen.« Sie wandte sich an den Russen. »Zeig es ihm, Iljitsch.«

Ramanov stand auf und ging zu einem kleinen Schränkchen mit Dutzenden von Schubladen, dessen Kitschigkeit den kleinen Tisch um mindestens eine Zehnerpotenz übertraf. Ben nutzte die Gelegenheit, den Inhalt seiner rechten Hand rasch in die Hosentasche gleiten zu lassen.

»Warum sollte Harry das überhaupt tun?«, fragte er an seine Mutter gewandt. »Du hast es doch vorhin selbst gesagt, erinnerst du dich? Keiner von uns hat irgendetwas zu gewinnen, wenn er mit diesen Ungeheuern zusammenarbeitet.«

Ramanov schob die Schublade zu und wandte sich zu ihm um. »Das ist wahr. Aber da kannte Jennifer auch das hier noch nicht.« Er kam näher, streckte die Hand aus und hielt Ben etwas hin, das ihm im ersten Moment wie ein mandarinengroßer Klumpen aus mattem Kandiszucker vorkam. Allerdings war er dafür entschieden zu schwer.

»Was ist das?« Der Brocken war nicht nur schwer, er fühlte sich ... *seltsam* an. Alles andere als angenehm.

»Das habe ich mich auch gefragt«, antwortete der Russe. »Du erinnerst dich doch an die Stadt ... die Höhle?«

»Die, über die wir vor drei Sekunden gesprochen haben?«, fragte Ben spitz. Er nickte.

Ramanov überging den Seitenhieb. »Ich habe es dort gefunden und eingesteckt. Ohne recht zu wissen, warum. Und ehrlich gesagt habe ich es hinterher einfach vergessen. Schließlich hatten wir alle genug anderes im Kopf. Aber dann hat mir Jennifer von ihrem Verdacht berichtet, und da ist es mir wieder eingefallen.«

»Spannend«, sagte Ben und drehte den glitzernden Klumpen weiter ratlos in der Hand. Das unangenehme Gefühl, das ihm seine Berührung bereitete, wurde nicht schwächer, sondern schien im Gegenteil ganz allmählich zuzunehmen. Und es war eigentlich kein ... körperliches Unbehagen. »Und was hat das mit Harry zu tun?«

»Erinnerst du dich an die Sterne?«, fragte Ramanov. »Die Kristalle an der Höhlendecke, die angeordnet waren wie ein Sternenhimmel?«

Ob er sich erinnerte? Wie hätte er diesen unheimlichen Anblick jemals vergessen können? Auch wenn Ramanov es nicht wissen konnte, es *war* ein Sternenhimmel gewesen. Er hatte das glitzernde Band aus Tausenden und Abertausenden schimmernder Lichtpunkte noch einmal gesehen, als Sasha ihn mit in die Stadt der *Alten* genommen hatte; nur war es dort ein wirklicher Sternenhimmel gewesen; Sternbilder und -konstellationen, wie er sie vor mehr als zweieinhalbtausend Millionen Jahren gesehen hätte, hätte er genau an diesem Ort gestanden und den Blick in den Himmel gehoben.

Und dann begriff er. »Das sind sie?«, fragte er beinahe erschrocken. »Diese Kristalle?«

Seine Mutter nickte und wandte sich mit einem Lächeln an Ramanov. »Schenkst du ihn Ben, Iljitsch?«

»Kein Problem. Er gehört dir, mein Junge.«

Ben blickte verwirrt von ihm zu seiner Mutter und wieder zurück. Er verstand nichts mehr.

»Herzlichen Glückwunsch, Ben«, sagte seine Mutter. »Du bist jetzt Millionär.«

»Ich ... verstehe nicht«, murmelte Ben. Hilflos blickte er auf den Kristall in seiner Hand. Das Tasten und Regen unter seiner Oberfläche schien noch weiter zugenommen zu haben; als wäre etwas darin eingesperrt, was nun langsam zu erwachen begann und *heraus*wollte.

»Oh, das wirst du schon noch«, meinte Ramanov. »Ich habe es auch nicht gleich erkannt. Aber stell ihn dir geschliffen und poliert vor. Er dürfte danach nicht ganz so groß sein wie der Koh-I-Noor, aber viel fehlt wahrscheinlich nicht.«

Es dauerte noch einen Moment, bis diese Worte Ben etwas sagten, aber dann riss er noch einmal und fast schon entsetzt die Augen auf. »Sie meinen, das ... das ist ein –?«

»Ein Diamant, ja«, erklärte seine Mutter. »Und es ist nur einer von Tausenden. Vielleicht von Zehntausenden.«

Ben starrte sie an. »Und Sie ... Sie sind sicher?«, wandte er sich nach einer kleinen Ewigkeit und mit bebender Stimme an den Russen.

»Dass es ein Diamant ist? Ich bin kein Mineraloge und kann nichts über seine Qualität sagen, aber *dass* es ein Diamant ist, da bin ich mir sogar ganz sicher.«

»Selbst wenn sie nicht lupenrein sind«, fügte seine Mutter hinzu, »dann liegt unter unseren Füßen immer noch der größte Schatz, den es auf diesem Planeten geben dürfte. Milliarden, Ben. Nicht nur Millionen. *Milliarden.* Sehr viele Milliarden.«

Natürlich wusste er, was sie damit sagen wollte – aber er weigerte sich trotzdem, es zu glauben. So sehr *konnte* er sich doch nicht in Harry getäuscht haben!

»Wir *waren* in dieser Höhle«, erklärte seine Mutter betont; aber auch sehr sanft. »Ich wäre jetzt nicht hier, wenn er mich nicht getragen hätte, Ben. Er muss es gesehen haben.«

»Aber das ist doch verrückt«, murmelte Ben. »Ich meine ... er wäre doch völlig wahnsinnig, dieses Risiko einzugehen! Was nutzt ihm denn alles Geld der Welt, wenn wir hier sterben, wenn er hier stirbt?« Die Frage war so überflüssig, dass es beinahe schon schade um den Atem war, den er gebraucht hatte, um sie auszusprechen. Ramanov beantwortete sie trotzdem.

»Menschen tun die verrücktesten Dinge, sobald es um Geld geht. Ich will nicht vorschnell urteilen, aber ...«

Er sprach nicht weiter. Wozu auch? Er hatte alles gesagt, was zu sagen war.

Eindeutig mehr, als Ben überhaupt hören wollte.

»Das glaube ich nicht«, erwiderte er trotzig.

»Ja, das kann ich sogar verstehen«, sagte seine Mutter leise. »Du magst diesen Harry, nicht wahr? Ich meine: Er ist ziemlich gewöhnungsbedürftig, aber er ... er hat irgendetwas. Schwer vorstellbar, dass er uns alle in Gefahr bringen sollte, nur wegen ein paar lächerlicher Milliarden.«

Ben fand zumindest diesen letzten Satz höchst überflüssig, fast schon verletzend, aber es dauerte auch nur einen Moment, bis ihm der Denkfehler in dieser Argumentation auffiel.

»Das wäre doch völlig sinnlos. Falls dort unten wirklich so viel zu holen ist, wie du behauptest, dann reicht es doch für uns alle! Warum sollte er dieses Risiko eingehen? Weil es einen Unterschied macht, ob er als fünfzig- oder als fünf*hundert*facher Millionär in Frührente geht?«

»Wir sind hier mehr als vierzig Menschen, Ben«, sagte Ramanov. »Und nicht alle davon interessieren sich für Geld. Er kann sich nicht darauf verlassen, dass jeder seinen Anteil nimmt und Stillschweigen bewahrt. Würdest du es tun, wenn Alexandra etwas zustieße? Würdest du ein paar Millionen einstecken und schweigen?«

»Natürlich nicht!«, antwortete Ben heftig.

»So wenig wie ich. Oder dein Vater, wenn deine Mutter ums Leben käme. Nein. Dieses Risiko kann er nicht eingehen. Ich an seiner Stelle jedenfalls täte es nicht.«

Ben glaubte es trotzdem nicht, und er sprach es auch aus, aber Ramanov lächelte nur müde, als hätte er genau mit dieser Reaktion gerechnet.

»Vielleicht gibt es ja auch noch eine ganz andere Erklärung«, sagte er mit wenig Überzeugung. »Auf jeden Fall sollten wir ihn fragen.«

»Aber vorsichtig«, fügte seine Mutter hinzu, was Bens Meinung nach *noch* überflüssiger war als ihre vorhergehende Bemerkung.

Er war völlig verwirrt. Alles in ihm sträubte sich fast verzweifelt dagegen, diesem ungeheuerlichen Verdacht auch nur eine Spur von Glauben zu schenken, aber er war einmal da und weigerte sich schlichtweg, wieder zu verschwinden; wie ein bösartiges, schleichendes Gift, das sich in seinen Gedanken ausbreitete.

»Wir wollten es dir nur sagen, Ben«, erklärte seine Mutter. Sie stand auf. »Du hast von allen hier das größte Recht, die Wahrheit zu erfahren. Aber jetzt tu bitte nichts Unüberlegtes. Wir müssen herausfinden, was *wirklich* passiert ist, bevor wir ihn zur Rede stellen oder irgendetwas anderes unternehmen.«

»Was genau meinst du mit *unternehmen*«, fragte er misstrauisch.

»Nichts Konkretes.« Ben spürte genau, dass das eine Lüge war. »Denk einfach in Ruhe über das nach, was wir dir gesagt haben.«

Ben starrte den riesigen Rohdiamanten auf seiner Handfläche sekundenlang wortlos an. Er sah völlig unscheinbar aus, tatsächlich wie ein zu groß geratener Brocken Kandiszucker oder schmutziges Eis. Aber er spürte immer deutlicher, dass er das nicht war. Etwas … lebte in ihm.

»Weiß Vater davon?«, fragte er.

»Ich habe es selbst erst vor kurzem erfahren. Aber Iljitsch und ich gehen jetzt zu ihm, um es ihm zu sagen. Du kannst uns begleiten, wenn du möchtest.«

»Aber du kannst auch hier bei Alexandra bleiben, falls dir das lieber ist«, fügte Ramanov hinzu.

Ben musste ihn wohl ziemlich fassungslos angestarrt haben, denn seine Mutter lachte plötzlich leise. »Daran bin ich nicht ganz unschuldig«, beantwortete sie die unausgesprochene Frage, die dafür umso deutlicher auf seinem Gesicht abzulesen sein musste. »Ich habe ihm klar gemacht, dass es besser ist, wenn jemand auf Sasha aufpasst. Und ich habe mich für dich verbürgt«, fügte sie mit einem Augenzwinkern hinzu. »Also tu bitte nichts, was ihr Schande bereiten würde.«

Gut, das war nun die *allerüberflüssigste* Bemerkung, die sie hatte machen können. Fand sie das irgendwie witzig?

Ben schaute seine Mutter nur durchdringend an, und nach einer weiteren Sekunde begann ihr Lächeln auch prompt zu entgleisen. »Also wir … ähm … wir gehen dann jetzt. Du bleibst?«

Ben nickte, immer noch beleidigt, und streckte Ramanov die Hand mit dem riesigen Rohdiamanten entgegen, doch der Russe schüttelte den Kopf. »Er gehört dir. Das war mein Ernst.«

»Sie werden ihn brauchen, um meinen Vater zu überzeugen«, wandte Ben ein.

»Wenn er meinem Wort nicht mehr glaubt«, sagte seine Mutter, »dann wird ihn dieser Klunker wahrscheinlich auch nicht überzeugen.«

»Und schlimmstenfalls kannst du ihn ihr ja noch einmal leihen«, fügte Ramanov hinzu. »Außerdem weiß ich, wo ich noch mehr davon finde.« Er machte ein fragendes Gesicht. »Du bleibst hier und passt auf Alexandra auf?«

Damit sie nicht wegläuft?, dachte Ben spöttisch. *Klar.* Er nickte nur.

»Gut«, seufzte Ramanov. »Ich schicke van Staaten später her, damit sie noch einmal nach ihr sieht. Wenn sie vorher aufwacht oder irgendetwas anderes passiert, dann rufst du mich. Siehst du die kleine rote Taste neben der Tür?«

Bens Blick folgte seiner deutenden Geste. Die *kleine rote Taste* war nicht ganz so groß wie eine Postkarte und bestand eigentlich aus Gold mit einem ziselierten Rand, der ein wenig an eine Häkeldecke erinnerte, hatte aber immerhin einen winzigen roten Punkt in der Mitte, der sich auf den zweiten Blick als Leuchtdiode entpuppte. Er nickte.

»Wenn du sie drückst, dann ist deine Stimme in der ganzen Station zu hören«, fuhr Ramanov fort. »Ich bin dann sofort hier. Aber denk dran: *Jeder* kann dich hören.«

Er ging zusammen mit seiner Mutter, und Ben blieb vollkommen verstört und hin- und her gerissen zwischen Wut und Verwirrung und einem Gefühl abgrundtiefer nagender Furcht zurück. Für einen Moment hasste er Ramanov – ja, und auch seine Mutter – für das, was er gerade erfahren hatte. Selbst wenn sich am Ende für alles eine völlig plausible Erklärung finden würde, er hatte gespürt, wie schnell das Gift des Misstrauens wirkte und wie immun es seinerseits gegen jede Vernunft und allen guten Willen war. Wieso war es nur um so vieles leichter, zu zerstören, als etwas aufzubauen?

Und wem in dieser ganzen verdammten Station konnte er überhaupt noch trauen?

Die Antwort befand sich nur wenige Schritte neben ihm, hinter der offen stehenden Tür zu Ramanovs Schlafzimmer. Aber er hatte plötzlich beinahe Hemmungen, zu ihr zu gehen; und sei es nur aus dem lächerlichen Grund, dass Ramanov es ihm nicht nur erlaubt, sondern ihn geradezu dazu *aufgefordert* hatte.

Trotzdem ging er natürlich.

Sasha schlief immer noch. Was hatte er erwartet? Dass sie alle Gesetze der Natur und der Biochemie mit einem Schulterzucken abtat und quietschvergnügt die Augen aufschlug und ihn anlächelte, als wäre nichts geschehen? Und es schien dunkler und irgendwie … kälter hier drinnen geworden zu sein. Und das, obwohl es hier drinnen genauso unangenehm warm war wie im Rest der Station.

Aber die Kälte, die er spürte, kam auch nicht von außen.

Er hatte das Gefühl, dass da noch etwas war; eine unsichtbare eiskalte Präsenz, die in den Schatten lauerte …

Mit einiger Anstrengung schüttelte er den Gedanken ab und trat wieder dichter an das riesige geschnitzte Himmelbett heran, in dem Sasha jetzt so unendlich verloren und verwundbar wirkte, dass der Anblick beinahe körperlich schmerzte. Vier oder fünf Stunden hatte sein Vater gesagt, mindestens. Das war nicht einmal besonders lange, wenn er berücksichtigte, was sie durchgemacht hatte, aber zugleich auch eine kleine Ewigkeit, in der alles Mögliche passieren konnte.

Und passieren *würde.*

Das wusste er plötzlich.

Es war nicht nur ein Gefühl. Er wusste, dass etwas Schreckliches geschehen würde, vielleicht gerade in diesem Moment bereits geschah, und dass Sasha möglicherweise der einzige Mensch auf diesem ganzen Kontinent war – wenn nicht gar auf dem ganzen Planeten! –, der sie vor dieser Gefahr warnen konnte.

Oder es gekonnt hätte, hätte Ramanov es ihr nicht unmöglich gemacht …

Ben blickte noch einmal auf den riesigen, flüsternden Diamanten in seiner Hand, dann wechselte er ihn von der Rechten in die Linke und griff mit der frei gewordenen Hand in die Tasche, um die winzige weiße Gelatinekapsel herauszunehmen, die er vorhin unbemerkt aufgehoben hatte. Weder sein Vater noch irgendjemand anders hier hatte bemerkt, wie sie aus der Medikamentenpackung gefallen war, die er wütend in der

Hand zerquetscht hatte. Die Kapsel sah so harmlos aus, aber er hatte nicht vergessen, was sein Vater ihm über ihre Wirkung erzählt hatte; und hätte er es, so hätte ein einziger Blick auf die schlafende Sasha gereicht, um ihn wieder daran zu erinnern. Auf einmal hatte er furchtbare Angst.

Aber er hatte auch keine Wahl. Wenn er die fünf – oder mehr – Stunden abwartete, dann mochte es sein, dass sie *nie wieder* aufwachte … oder die Einzige war, die es noch konnte.

Bevor sein Verstand die Chance bekommen konnte, ihn zur Vernunft zu bringen, schluckte er die Pille kurzerhand hinunter, setzte sich neben Sasha auf die Bettkante und schwang dann (mit einem kindischen Gefühl von Schadenfreude, das etwas mit Ramanov und der zweifellos kostbaren Seidenbettwäsche zu tun hatte) die Beine auf das Bett, ohne die Schuhe ausgezogen zu haben.

Dann wartete er.

Nach dem, was sein Vater über dieses Teufelszeug erzählt hatte, musste jetzt eigentlich etwas wirklich Dramatisches passieren. Aber alles, was er spürte, war ein leichtes nervöses Kribbeln in der Magengegend, das wahrscheinlich nur an seiner Nervosität lag und nichts anderes als pure Einbildung war. Er war beinahe schon ein bisschen enttäuscht.

Was immer er auch erwartet hatte, es war nichts gegen den Hammerschlag, der sein Bewusstsein ohne jede Vorwarnung traf und regelrecht zerschmetterte.

4

DER KOLOSS GLITT LAUTLOS durch die immerwährende Dunkelheit eines Ozeans, der für ihn das feindlichste aller Elemente war. Er würde ihn töten – nicht bald, denn der schweigende Leviatan gehörte zu einem Volk, dessen Lebensspanne sich gegen die der Menschen ausnahm wie das tausendjährige Leben eines Baumes gegen den Flügelschlag eines Schmetterlings – aber irgendwann. Er spürte, wie das Gift, durch das er glitt, mit jedem seiner unendlich langsamen Herzschläge an seiner zähen Haut fraß, jeder seiner unendlich tiefen Atemzüge den Tod in seine mächtigen Lungen pumpte, und das Licht der grausamen Sonne, vor der er in die ewige Nacht dieser Meerestiefen geflohen war, ihn bald auch hier erreichen würde. Er konnte noch tiefer gehen, weiter hinab und fort von dem gnadenlosen Licht, denn die Ozeane dieser Welt waren tiefer als die, in der er geboren worden war und an die er sich nur noch manchmal erinnerte. Doch so tief sie auch waren, sie *hatten* einen Grund, und da sich seine Lebenszeit an der von Sternen orientierte, war die einer Welt kaum mehr als ein Wimpernschlag für ihn, und er wusste, dass ihm das sengende Licht folgen würde. Vielleicht würde es eine Million Jahre dauern – selbst für ihn eine lange Zeit –, vielleicht zwei oder drei, aber irgendwann würde es ihn erreichen, und dann würde er sterben.

Für ein Wesen, dem der Begriff *Tod* fremd war, war diese Erkenntnis bitter. Umso bitterer, als er der Letzte seiner Art war … und das, wo er doch der Erste hatte werden sollen.

Der Gedanke stimmte ihn traurig, aber er machte ihn auch wütend, sodass er die schützende Dunkelheit verließ und ins Reich des Lichtes hinaufglitt, auf der Suche nach etwas, woran er seine Wut auslassen konnte.

Er musste nicht lange warten, bis er die Aufmerksamkeit der räuberischen Bewohner dieser jungen Welt erregt hatte und sie herankamen. Es waren gefährliche Bestien, wahre Riesen mit furchtbaren natürlichen Waffen und fast unzerstörbaren Panzerplatten. Manche sahen beeindruckend und Ehrfurcht gebietend aus, und etliche reichten an Größe und vermeintlicher Körperkraft durchaus an den Leviatan heran oder übertrafen ihn sogar.

Doch Größe allein besagt gar nichts. Die titanischen Fangarme der Bestie schossen vor, packten die ersten fünf oder auch zehn Angreifer nahezu gleichzeitig und rissen sie so schnell in Stücke, dass die meisten nicht einmal Zeit fanden, zu begreifen, was ihnen widerfuhr. Andere kamen heran, manche von ihnen größer und wilder und vielleicht auch intelligenter als ihre Vorgänger, nur um fast ebenso schnell zu sterben. Das Meer färbte sich rot. Ganze Wolken von Blut filterten das Licht der hungrigen Sonne. Doch das gewaltige Sterben und Schreien ringsum fachten den Blutdurst des Giganten nur noch mehr an. Sein Zorn steigerte sich zur Raserei, die wiederum zu reiner Mordgier wurde, die mehr und mehr und immer mehr wollte, ganz egal mit wie vielen Leben er sie auch zu stillen versuchte. Seine Raserei war die eines tobenden Gottes, und sie währte ein Jahrtausend lang, bis es in dem giftigen Meer, in dem er schwamm, nichts mehr gab, was seine Tentakel noch ergreifen und zermalmen oder sein schrecklicher Riesenschnabel packen und zerfetzen konnte.

Und als die Raserei endete und nichts mehr da war, was er hätte töten können, hatte die schreckliche Sonne am Himmel ihr Werk getan, und nun war er an der Reihe, zu sterben. Er war zu lange an der Oberfläche geblieben, und in seinem Blutrausch hatte er den Pesthauch nicht gespürt, der das verwundbare Fleisch seines künstlich geschaffenen Leibes durchdrungen und von innen heraus zerfressen hatte. Und nun war es zu spät. Er hätte in die lichtlosen Tiefen des Ozeans zurückkehren können, um das Unvermeidliche so um einige Millennien hinauszuzögern, doch das tat er nicht.

Stattdessen wandte er seine Aufmerksamkeit dem Land zu und der Fülle von Leben, die es hervorgebracht hatte. Sein Toben hatte es unberührt gelassen, und eine Zeit lang beschäftigte er sich damit, es zu studieren; all die kleinen und großen sanften und blindwütigen, schönen und hässlichen Kreaturen, die in seiner Erde lebten, auf gewaltigen Schwingen durch die Luft glitten oder ihre Köpfe über die Wipfel seiner dampfenden Dschungel erhoben, um mit gewaltigem Brüllen ihren Herrschaftsanspruch über eine Welt kundzutun, die ihnen nie gehört hatte und niemals gehören würde.

Die Vielfalt an Leben erstaunte selbst ihn. Es gab buchstäblich unzählige unterschiedliche Lebensformen, die meisten aggressiv und wild, manche verschlagen, und einige wenige viel versprechend, doch keine davon wirklich geeignet.

Er hatte versagt.

Die Erkenntnis war bitter. Bitterer noch als die seines bevorstehenden Todes. Man hatte ihn geschickt, um die Welt auf die Rückkehr seines Volkes vorzubereiten, doch in *dieser* Welt würde sein Volk nicht existieren können.

Einen Moment lang – für ihn ein Moment, für diesen Planeten lange genug, seinen Weg um die verheerende Sonne ein halbes Dutzend Mal zu vollenden – überlegte er, an Land zu steigen und sein Wüten dort fortzusetzen; jenes falsche und nutzlose Leben dort ebenso auszulöschen, wie er es in den Meeren getan hatte – selbst dazu wäre er vermutlich noch immer in der Lage gewesen – und seine Existenz in einem Akt reinigender Raserei zu beenden und die Bühne für denjenigen seiner Brüder vorzubereiten, der nach ihm kommen würde, um es noch einmal –

und hoffentlich klüger – zu versuchen. Er hätte es gekonnt, und gleichzeitig auch wieder nicht, denn dazu reichte die Zeit nicht mehr.

Aber er konnte etwas anderes tun.

Tausend weitere, langsame Wanderungen des Planeten lang überlegte er, dann schickte er seinen Geist in die große Leere zwischen den Welten hinaus, bis er ein anderes, kleineres Kind der Sonne gefunden hatte, das ihm geeignet schien. Groß genug, um diese Welt zu reinigen, aber nicht so groß, um sie vollends zu zerstören. Dann rief er es herbei.

Der Meteor brannte eine feurige Spur durch die vergiftete Atmosphäre, prallte auf das Meer und riss in einem Gebiet, das unzählige Millionen Jahre später von einem anderen und schwächeren Volk auf den Namen *Golf von Mexiko* getauft werden sollte, einen Krater von fast dreihundert Kilometer Durchmesser in den Meeresboden. Die Explosion hatte die Kraft von mehr als einer Million Atombomben und war nicht nur gewaltig genug, selbst den Körper dieses gottgleichen Wesens spurlos zu verzehren, sondern auch neunzig Prozent allen Lebens auf diesem Planeten auszulöschen.

5

ER ERWACHTE zur Abwechslung endlich einmal wieder auf van Staatens Operationstisch, umgeben von seiner Familie, die besorgt um ihn herumstand und noch besorgter auf ihn herabsah, und mit einer Injektionsnadel im rechten Arm, aus der unverdünnte Schwefelsäure in seinen Blutkreislauf floss.

Nun, genau genommen war es nicht der Operationstisch, sondern immer noch das riesige Himmelbett, auf dem er eingeschlafen war, und die Nadel, die die Ärztin gerade jetzt aus seiner Vene zog, enthielt natürlich keine Schwefelsäure, auch wenn es sich so anfühlte.

Und *ganz* genau genommen stand auch nicht seine komplette Familie neben ihm, sondern nur sein Vater; und er blickte auch nicht wirklich besorgt auf ihn herab, sondern allenfalls ein bisschen erleichtert und darüber hinaus sehr, *sehr* wütend.

»Allmählich beginne ich mich zu fragen, ob du wirklich mein Sohn bist«, sagte er, noch bevor Ben auch nur die Augen ganz aufgemacht hatte. »Weißt du, ich kann mir nämlich einfach nicht vorstellen, einen kompletten Idioten gezeugt zu haben.«

»Ja, danke. Ich freue mich auch, dich zu sehen«, nuschelte Ben, der sich noch immer ein wenig schlaftrunken fühlte. Außerdem hatte er rasende Kopfschmerzen.

Der Vorrat an Humor, über den sein Vater verfügte, schien jedoch ziemlich begrenzt zu sein, denn plötzlich war er nur noch einen Hauch davon entfernt, zu schreien. »Bist du wahnsinnig geworden? Hast du gar nicht zugehört? Weißt du, was dir hätte passieren können, verdammt noch mal?! Was dir vielleicht passiert *ist*?!«

»Nein«, murmelte Ben. Irgendwie prallte der Zorn seines Vaters von ihm ab, aber als er sich aufzusetzen versuchte, wurden seine Kopfschmerzen noch stärker und ihm war schrecklich schwindelig. Trotzdem drehte er sich mühsam nach rechts und stellte ohne große Überraschung, aber mit einem Gefühl tiefer Enttäuschung fest, dass Sasha nicht mehr da war.

»Wo ist Sasha?«, fragte er.

»Wir haben sie weggeschickt, nachdem sie wach geworden ist«, antwortete van Staaten. »Vor gut zwei Stunden.«

»Zwei Stunden?«, wiederholte Ben verständnislos. »Wie lange … wie lange war ich denn –?«

»Sei froh, dass du überhaupt noch einmal wach geworden bist! Mein Gott, ich dachte, ich wäre deutlich genug gewesen, als ich über dieses Scheißzeug geredet habe! Was hattest du vor? Dich umzubringen?«

»Es ist doch gar nichts passiert«, verteidigte sich Ben schwächlich. Er versuchte sich einzureden, dass sich sein Vater nur aus Angst um ihn so aufregte, und an diesem Gedanken war sicherlich auch etwas dran … aber er klang tatsächlich *sehr* wütend. »Ich meine: Ich bin schließlich wieder aufgewacht, oder?«

»Schon mal das Wort *Nebenwirkungen* gehört, du Intelligenzbolzen, oder *Spätfolgen?«*

»Von einer einzigen Tablette?«, fragte Ben und schüttelte heftig den Kopf, bedauerte diese leichtsinnige Bewegung jedoch sofort wieder, als ihm ein pulsierender Schmerz durch den Hinterkopf schoss und zwischen seinen Schläfen explodierte.

»Also gut, ich habe Kopfschmerzen«, gestand er mit zusammengebissenen Zähnen.

»Oh, die kommen nicht davon«, sagte van Staaten fröhlich. »Die kommen von dem Mittel, das ich dir gespritzt habe, um dich wach zu kriegen. Aber keine Sorge«, sie blinzelte ihm zu, »sie vergehen nach ein paar Stunden. Es könnte allerhöchstens sein, dass sie bis dahin noch schlimmer werden.«

»Na prima«, nörgelte Ben. Noch einmal – jetzt allerdings sehr viel vorsichtiger – versuchte er die Beine vom Bett zu schwingen und es gelang ihm sogar, ohne dass sich sein Kopf in einem Atompilz auflöste. Gut, er hatte nun das Gefühl, dass jemand hinter seiner Stirn Klavierspielen übte (und zwar mit einem Presslufthammer), aber ein bisschen Schwund war schließlich immer.

»Wie geht es Sasha?«, fragte er gepresst.

»Ganz bestimmt besser als dir«, antwortete sein Vater. »Verdammt – was sollte denn der Blödsinn? Weißt du eigentlich, in welche Gefahr du dich gebracht hast? Und warum? Sag mir nicht, dass du auf diese Weise mit dem Mädchen sprechen wolltest!«

»Irgendwie musste ich es doch versuchen«, antwortete Ben kleinlaut.

»Indem du ein Medikament nimmst, von dem ich dir vorher lang und breit erklärt habe, dass es keinem anderen Zweck dient, als das Unterbewusstsein ruhig zu stellen und dafür zu sorgen, *dass man nicht mehr träumt?!*« Die letzten Worte hatte er beinahe schon wieder geschrien.

»Es war wichtig«, sagte Ben störrisch.

»Ach ja? Wieso?«

»Das weiß ich nicht. Ich ... ich habe es ... gespürt.«

»Gespürt, so. Und deshalb riskierst du dein Leben – oder zumindest deine Gesundheit? Ich hätte dich für schlauer gehalten!«

»Aber was soll denn passieren? Es war nur ein Schlafmittel.«

»Was passieren soll?« Sein Vater machte ein abfälliges Geräusch. »Gleichgewichtsstörungen, Kreislaufzusammenbruch, Herzinfarkt, Schlaganfall ... such dir was aus.«

Ben hatte einen bitteren Geschmack im Mund. »Aber du hast doch selbst gesagt, dass man das Mittel in Kliniken anwendet, und –«

»Unter ärztlicher Aufsicht und streng kontrollierten Bedingungen«, unterbrach ihn sein Vater.

»Jetzt ist es gut«, sagte van Staaten. »Lass den Jungen in Ruhe, Robert. Du hast ihm jetzt lange genug Angst gemacht. Ich glaube, er wird es sich merken.«

Ben warf ihr einen (vorsichtig) dankbaren Blick zu, aber die Ärztin wirkte kaum weniger verärgert als sein Vater, als sie sich schließlich zu ihm herumdrehte. »Wie es aussieht, hast du noch mal Glück gehabt. Mit ziemlicher Sicherheit kommst du mit einem blauen Auge davon.«

»Kopfschmerzen«, verbesserte Ben sie. »Atomkopfschmerzen, um genau zu sein.« Das stimmte. Mittlerweile trieb ihm das dröhnende Hämmern Tränen in die Augen, und van Staaten hatte nicht gescherzt: Die Schmerzen wurden eindeutig *schlimmer.*

»Aber dein Vater hat völlig Recht. Das war ziemlich dumm von dir. Zumindest leichtsinnig.«

Eher beides, dachte Ben niedergeschlagen. Aber die Strafe dafür hatte er ja schon. Er bekam sie mit jedem Pulsschlag, der sein Gehirn weiter zu Brei zermanschte.

»Hat es wenigstens funktioniert?«, fragte sie.

»Nein.«

»Es hätte mich auch sehr gewundert«, sagte sein Vater, und Ben fuhr fort:

»Ich meine, ich habe Sasha nicht gesehen, aber geträumt habe ich trotzdem.«

Er wusste sehr wohl, dass das nicht besonders klug war, aber als er seinen Vater ansah, konnte er nicht anders als hinzuzufügen: »Ganz so toll scheint dein Wundermittel wohl doch nicht zu funktionieren.«

Nein, es war *wirklich* nicht sehr klug gewesen. Im Gesicht seines Vaters zog ein Unwetter auf, das den tobenden Polarsturm draußen mühelos in den Schatten stellte, und van Staaten fragte fast hastig:

»Was hast du denn geträumt?«

Beinahe hätte Ben ganz impulsiv geantwortet, aber dann wurde ihm trotz seiner Kopfschmerzen klar, wie verrückt sich die Geschichte anhören musste, die er zu erzählen hatte, und dass sie aber auch rein gar nichts mit Sasha zu tun gehabt hatte.

»Nur verrücktes Zeug. Wo ist Sasha? Ich möchte sie sehen.«

»Das ist im Moment vielleicht nicht die beste Idee«, sagte sein Vater.

»Wieso? Was ist mit ihr?« Ben richtete sich erschrocken auf, und sein Kopf verwandelte sich endgültig in eine riesige Bronzeglocke, auf die zehntausend hässliche Zwerge mit Stahlhämmern einschlugen.

»Nichts. Aber ihr Großvater ist im Moment nicht besonders gut auf dich zu sprechen, fürchte ich.«

Nicht dass das etwas Neues wäre.

»Aber vorhin war er ganz freundlich zu mir.«

»Vorhin«, erwiderte sein Vater betont, »hat er ja auch noch geglaubt, dass du auf seine Enkeltochter aufpassen würdest. Er war nicht begeistert davon, dich neben ihr im Bett vorzufinden, völlig zugedröhnt und beinahe im Koma.«

»Ganz so war es nicht!«, protestierte Ben – sehr vorsichtig und ohne den Kopf auch nur um einen Millimeter zu bewegen.

»Das weiß ich. Aber Ramanov sieht es leider so. Du kennst ihn. Es dürfte ziemlich schwierig sein, ihn vom Gegenteil zu überzeugen.«

Damit hatte er nur *zu* Recht, dachte Ben niedergeschlagen. Er dachte noch einmal an seinen Traum, dann drehte er sich ungeachtet seines dröhnenden Schädels mit einem Ruck herum und streckte die Hand nach der Bettdecke aus.

»Suchst du das hier?«, fragte sein Vater.

Ben riss die Augen auf, als er den milchigen Kristall sah, den sein Vater in der Hand hielt.

»Den hattest du in der Hand, als Ramanov uns alarmiert hat. Ich dachte schon, ich müsste dir die Finger brechen, so fest hast du ihn gehalten. Er muss dir sehr wichtig sein.«

»Das ist –«

»Ich weiß, was das ist. Ramanov hat es uns gesagt.«

Aber ganz zweifellos nicht alles, dachte Ben. Und wie auch? Ramanov und alle anderen hielten dieses Ding für einen ganz gewöhnlichen, wenn auch verführerisch großen Diamanten, aber er wusste es besser. Schon ihn anzusehen machte ihn nervös. Trotzdem streckte er die Hand aus. »Kann ich ihn wiederhaben?«

Sein Vater zögerte für Bens Geschmack eine Winzigkeit zu lange, hob dann aber die Schultern und gab ihm den Diamanten. Ben schloss die Faust darum und lauschte mit geschlossenen Augen in sich hinein. In der allerersten Sekunde spürte er nichts, aber dann … es war immer noch da. Das lautlose Flüstern unter der glatten, harten Oberfläche, das Zerren und Wogen, das *Herauswollen* …

Hastig steckte er den Stein ein und öffnete erst dann wieder die Augen. Wenn er den Blick, mit dem sein Vater – aber auch van Staaten – ihn maß, auch nur halbwegs richtig deutete, dann war ihnen beiden klar, dass dieser Stein für ihn mehr war als ein ganz besonders kostbarer Diamant.

»Habt ihr Harry schon darauf angesprochen?«, fragte er.

»Noch nicht, aber –«

»Dann tut es bitte auch nicht«, sagte Ben hastig. »Wenigstens für eine kleine Weile. Ich … ich möchte ihn noch etwas fragen.«

»Dann musst du dich aber beeilen«, meinte van Staaten. »Soviel ich weiß, trifft er sich gerade mit Ramanov und deiner Mutter in der Zentrale.«

»Wozu?«, fragte Ben erschrocken.

»Keine Ahnung. Ich glaube, diese Söldnerin, diese …«

»Tahia«, half Ben aus.

»Tahia«, bestätigte van Staaten und runzelte die Stirn. »Ein komischer Name … niemand heißt *Tahia.* Wahrscheinlich hat sie ihn sich selbst gegeben. Ist ja heutzutage wohl üblich, dass sich die jungen Leute ihre Namen selbst ausdenken. Je verrückter, desto besser.«

Schließlich hatte ja nicht jeder das Glück, auf einen so originellen Namen wie *Heidi* zu hören, dachte Ben spöttisch. »Und was ist mit ihr?«

»Keine Ahnung. Aber sie scheint ja so eine Art Computerfreak zu sein oder spielt sich jedenfalls so auf. Angeblich hat sie irgendwas im Computer entdeckt, was sie Ramanov jetzt mit großem Tamtam präsentieren will.«

»Wann?«, fragte Ben erschrocken.

Van Staaten sah auf die Uhr. »Jetzt.«

Kopfschmerzen hin oder her – Ben sprang mit einem Satz auf und war mit wenigen schnellen Schritten aus dem Zimmer, noch bevor van Staaten oder sein Vater richtig begriff, was er vorhatte. Als er die Tür erreichte, blieb er jedoch noch einmal stehen und schlug mit der flachen Hand auf Ramanovs kleine rote Taste.

»Professor! Professor Ramanov! Hier ist Ben! Was immer Sie tun, warten Sie bitte damit. Ich bin in einer Minute bei Ihnen!«

6

IN DER ANGEKÜNDIGTEN MINUTE hätte er es ohnehin nicht geschafft, denn der Weg zur Zentrale betrug zwar nur knapp drei Dutzend Schritte, aber er hatte noch nicht die Hälfte davon zurückgelegt, da explodierten seine Kopfschmerzen zu solcher Agonie, dass ihm zuerst übel und dann schwarz vor Augen wurde und er sich gegen die Wand lehnen musste, um nicht zusammenzubrechen.

Irgendwie gelang es ihm, sich so weit zusammenzureißen, dass er sich zumindest nicht übergeben musste, aber er stand minutenlang zitternd da, schluckte bittere Galle, die sich immer schneller unter seiner Zunge zu sammeln schien, je hektischer er sie hinunterzuwürgen versuchte, und wartete darauf, dass das quälende Hämmern hinter seiner Stirn endlich aufhörte.

Es geschah nicht, aber es sank zumindest von *vollkommen unerträglich* auf ein nur *unerträgliches* Maß hinab, und schließlich wagte er es, vorsichtig die Augenlider zu heben. Das Licht stach wie mit Messern in seine Augen und seine Knie zitterten so stark, dass er ganz und gar nicht sicher war, ob er seinen Weg fortsetzen konnte, das Schlimmste jedoch schien vorbei. *Was für ein Teufelszeug hatte van Staaten ihm da gespritzt?*

Er war allein. In dem von roten Nebeln durchzogenen Wust hinter seiner Stirn, der seine einzige Erinnerung an die letzten drei oder auch vier Minuten darstellte, waren Schritte und das Gefühl, jemand sei da gewesen und habe sogar einen kurzen Moment neben ihm angehalten, doch diese Person schien es nicht für nötig befunden zu haben, ihn anzusprechen oder sich gar zu erkundigen, ob der junge Mann, der kreidebleich an der Wand lehnte und sichtbar mit aller Kraft dagegen ankämpfte, nicht den ganzen Laden voll zu kotzen, vielleicht Hilfe brauchte. Es war schon eine reizende Truppe, die Ramanov da um sich geschart hatte.

Erstaunlicherweise half ihm der Ärger, den dieser Gedanke in ihm auslöste, die Übelkeit endgültig zurückzudrängen. Auch seine Kopfschmerzen besserten sich, und als er mit langsamen, tappenden Schritten weiterging, nahm er sich vor, in Zukunft besser auf das zu hören, was van Staaten – oder irgendein anderer Arzt auf der Welt – ihm riet.

Falls er die Welt außerhalb dieses grauen Kunststoff-Albtraumes jemals wiedersah, hieß das.

Mit einer Verspätung von gut acht- oder neunhundert Prozent erreichte er den zentralen Computerraum, bekam mit einiger Mühe die Tür auf, die mit einem Mal gut eine Tonne zu wiegen schien, und stolperte hindurch. Das Licht war viel heller als draußen auf dem Gang und tat ihm in den Augen weh, und zuerst sah er nur ein paar verschwommene Schemen.

»Hi, Ben«, sagte eine spöttische Stimme. »Pünktlich wie immer, wie?«

Ben konnte sie erst nach einer geschlagenen Sekunde Tahia zuordnen und drehte sich blinzelnd in die ungefähre Richtung, aus der sie gekommen war. Tahias breites Grinsen machte einer eindeutig erschrockenen Miene Platz. »Alles in Ordnung?«

»Sicher, das sieht man doch«, mischte sich eine andere Stimme ein. »Er sieht doch aus wie das blühende Leben!«

Rasche Schritte näherten sich ihm, aber er erkannte seine Mutter erst, als sie ihn erreicht hatte und ihn ohne viel Federlesens zum Tisch führte, um ihn auf einen freien Stuhl hinunterzudrücken. Normalerweise hasste es Ben, derartig bemuttert zu werden, auch – und gerade – *wenn* ihm etwas fehlte, doch nun war er einfach nur dankbar dafür. Was war nur mit ihm los? Seine Kopfschmerzen waren mittlerweile tatsächlich auszuhalten, aber nun begann sich alles um ihn herum zu drehen, und das Gesicht seiner Mutter sah aus, als betrachte er es durch einen Zerrspiegel.

»Was ist los mit dir?«, fragte sie, eindeutig besorgt, aber zugleich auch in strengem Ton.

Ben widerstand der Versuchung, mit den Schultern zu zucken, nicht nur weil diese Bewegung ihm den Schädel möglicherweise endgültig von den Schultern gesprengt hätte, sondern auch weil er seiner Mutter ansah, dass sie nicht besonders freundlich auf eine solche Antwort reagiert hätte … und das Letzte, was er jetzt brauchte, war jemand, der ihn *anschrie.*

»Ich weiß es nicht. Mein Kopf … van Staaten hat mir –«

»Van Staaten«, grollte seine Mutter. »Natürlich, wer sonst! Ich werde dieser verkappten Pferdeärztin …«

»Schon gut«, unterbrach sie Ben. »Es war nicht ihre Schuld. Ich meine … sie hat mich gewarnt, mich nicht zu schnell zu bewegen, aber ich habe nicht auf sie gehört.«

Das entsprach zwar nicht ganz der Wahrheit, würde ihren Zorn auf van Staaten aber vielleicht ein bisschen dämpfen, den Ben ohnehin nicht verstand. Als seine Mutter das letzte Mal (gut, das *vor*letzte oder, wenn er jetzt genauer darüber nachdachte, das *vorvor*letzte) über van Staaten gesprochen hatte, da hatte sie es in durchaus freundlichem Ton getan. Die beiden hatten sich sogar beim Vornamen genannt, was bei seiner Mutter schon einen gewaltigen Vertrauensbeweis darstellte. Irgendetwas musste zwischen ihnen vorgefallen sein. Etwas ziemlich Ernstes.

Aber jetzt war ganz bestimmt nicht der richtige Zeitpunkt, danach zu fragen.

Er wäre auch gar nicht dazu gekommen, denn in diesem Augenblick erklang hinter ihm van Staatens Stimme, die in zuckersüßem Ton fragte: »Was werden Sie mit dieser verkappten Pferdeärztin tun, meine Liebe?«

Seine Mutter fuhr wie von der sprichwörtlichen Tarantel gestochen herum, und auch Ben drehte behutsam den Kopf und sah zur Tür. Van Staaten und sein Vater waren hereingekommen, und es brauchte trotz seines jämmerlichen Zustandes nur einen einzigen Blick, um Ben wissen zu lassen, was mit seiner Mutter los war.

Eigentlich war es eher etwas mit seinem *Vater*, dachte er erschrocken. Er stand einen halben Schritt neben van Staaten und berührte sie nicht einmal, aber da war etwas unglaublich *Vertrautes* zwischen ihm und der belgischen Ärztin, und er sah eindeutig *ertappt* aus.

»Was haben Sie ihm gegeben?«, fuhr seine Mutter van Staaten an. »Sind Sie völlig verrückt geworden, ihn in diesem Zustand allein losgehen zu lassen?«

»Gegeben?« Van Staaten sah ehrlich überrascht aus. Sie kam mit schnellen Schritten näher, und sein Vater folgte ihr in einigem Abstand. »Nichts. Nur ein harmloses Stärkungsmittel, um seinen Kreislauf zu –« Sie brach ab, als sie nahe genug war, um ihm ins Gesicht sehen zu können, und wirkte plötzlich regelrecht erschrocken. Anscheinend sah er genauso aus, wie er sich fühlte. »Ich schwöre Ihnen, es war nur –«

»Ist schon gut«, sagte Ben schwach. »Ich fühle mich schon besser. Und es war wirklich meine Schuld. Hab mir wohl ein bisschen zu viel zugemutet.«

Weder seine Mutter noch van Staaten wirkten auch nur im Geringsten überzeugt von dieser Behauptung; die Spannung zwischen ihnen schien noch zuzunehmen. Man konnte es regelrecht knistern hören, und Ben hätte sich wahrscheinlich auch gar nicht mehr gewundert, wären nun kleine blaue Blitze zwischen ihnen hin und her gezuckt.

»Wenn ich den Damen Duellpistolen bringen soll, sagen Sie Bescheid«, rief Harry in die aggressive Stille hinein. »Ansonsten wäre es nett, wenn wir weitermachen könnten. Wir haben schon genug Zeit verloren, und ich habe eindeutig Besseres zu tun, als mir Ihren Zickenkrieg anzuschauen.«

Van Staaten und seine Mutter fuhren in einer vollkommen synchronen Bewegung herum, und nun schien sich ihr Zorn auf Harry zu konzentrieren; Ben begriff, dass das zweifellos der Sinn seiner Worte gewesen war.

Dann lachte van Staaten, und das Geräusch brach den Bann. Bens

Mutter lachte nicht und – viel schlimmer – er hatte das unheimliche Gefühl, dass sie es auch gar nicht mehr *konnte.*

Harry kam nun auf ihn zu, während Tahia weiter mit verschränkten Armen an die Wand neben dem eingeschalteten Bildschirm gelehnt stehen blieb, ihn aber voller Sorge musterte. Die einzige andere Person im Raum – Ramanov – rührte sich nicht, und Ben zog es auch vor, ihn nicht genauer anzusehen. Er war ziemlich sicher, dass ihm *sein* Gesichtsausdruck nicht besonders gefallen würde.

Halt. Das mit der *einzigen* anderen Person im Raum stimmte nicht. Es war noch jemand da, nämlich Sasha, die völlig reglos neben ihrem Großvater auf einem Stuhl saß und ins Leere starrte. Ramanov verdeckte sie halb, aber Ben verstand trotzdem nicht, wieso er sie nicht sofort bei seinem Eintreten bemerkt hatte. Ausgerechnet sie!

»Was ist mit dir?«, fragte Harry geradeheraus.

»Nichts«, behauptete Ben. »Wie gesagt: Ich habe mir zu viel zugemutet. Vielleicht werde ich auch allmählich alt.«

Harry blieb ernst. »Zumindest senil. Dein Vater hat mir erzählt, was du getan hast. Ziemlich leichtsinnig. Ich hätte dich für klüger gehalten.«

Dem konnte Ben wohl schwerlich widersprechen, ohne sich endgültig zum Narren zu machen. Aber er tat es trotzdem. »Es war wichtig! Ich musste mit Sasha reden!«

Harry grinste knapp und völlig humorlos. »Na, dann tu das doch«, sagte er spöttisch, indem er mit der Hand auf Sasha deutete. »Nur zu.«

Ben schenkte ihm einen zornigen und Sasha einen beinahe schon flehenden Blick, auf den keiner der beiden reagierte, und Harry fuhr in verändertem, jetzt wieder ernsthaftem Ton fort: »Aber es trifft sich ganz gut, dass du da bist. Wir müssen euch etwas zeigen. Vor allem dir.«

»Mir? Warum?«

»Weil du nicht ganz unschuldig daran bist«, antwortete Tahia vom anderen Ende des Raumes aus. »Genauer gesagt haben wir es dir zu verdanken.«

»Aha«, sagte Ben. Er hatte schon wieder dieses ungute Gefühl.

Tahia lachte jedoch, nahm die Arme herunter und erklärte beinahe fröhlich: »Du hast mich auf eine Idee gebracht. Eigentlich Sasha und du.«

Jetzt verstand Ben überhaupt nichts mehr, aber dem amüsierten Funkeln in den Augen der Söldnerin nach zu schließen, sollte er das wohl auch nicht. Sie genoss den Augenblick sichtlich und fuhr erst fort, als selbst sie zu begreifen schien, dass sie dabei war, nicht nur seine Geduld überzustrapazieren.

»JVC – erinnerst du dich?«

Natürlich erinnerte er sich. Er nickte.

»Und diese Buchstaben sagen dir gar nichts?«, bohrte Tahia.

»Nein.« Er hatte sich lange genug den Kopf über die Bedeutung dieser kryptischen Botschaft von Sasha zerbrochen, aber keine Erklärung gefunden. Allerhöchstens …

»Ich kenne es als Firmenlogo«, sagte er schulterzuckend. »Stereoanlagen, MP3-Player und so weiter, aber –«

»Und Videokameras«, unterbrach ihn Tahia. »Ganz genau.« Sie klang äußerst zufrieden. Und sie sah noch zufriedener aus, als sie in die Jackentasche griff und etwas Silberfarbenes von der Größe einer Zigarettenschachtel herausholte. Erst als sie es aufklappte und Ben das LCD-Display sah, identifizierte er es als digitale Videokamera.

»JVC. Das war es, was Sasha uns sagen wollte.«

»Dass Sie eine Videokamera besitzen?«, fragte Ramanov bissig.

»Nicht ich«, antwortete Tahia. »Sie hat Sonja gehört. Unserer Kameradin, die unten in der Höhle … verschwunden ist.«

»Und?«, fragte Ramanov.

Ben schaute konzentriert zu Sasha hin. Er war nicht sicher, ob er es sich vielleicht nur einbildete, weil er es sehen wollte – doch als Tahia die Videokamera herausgenommen hatte, schien so etwas wie Interesse in ihren Augen aufgeflammt zu sein. Aber es war sofort wieder erloschen.

»Ich habe sie unten in der Höhle gefunden«, erklärte Harry. »Sie war in ihrem Rucksack. Das war alles, was ich von Gerd und ihr noch entdecken konnte.«

»Das ist äußerst tragisch«, antwortete Ramanov, »und es tut mir auch aufrichtig leid um die beiden. Aber warum erzählen Sie uns das?«

»Weil die Kamera offensichtlich die ganze Zeit über gelaufen ist«, sagte Tahia. »Wir haben es bei der vielen Aufregung total vergessen, aber nachdem ich Sashas Nachricht gehört hatte, ist es mir wieder eingefallen … wenn auch leider nicht sofort.«

»Sashas Nachricht!«, sagte Ramanov höhnisch. »Sie glauben diesen Unsinn also? Telepathische Botschaften auf einem MP3-Player?«

»Energie, Professor«, entgegnete die Söldnerin ruhig. »Ich habe mich ein bisschen schlau gemacht und mit einigen Ihrer Kollegen gesprochen.

Die Energie einer durchschnittlichen Alpha-Welle würde tatsächlich ausreichen, um von einem solchen Gerät empfangen zu werden. Vorausgesetzt man findet einen Weg, Gehirnströme in elektromagnetische Signale umzuwandeln, noch dazu in solche, die ein Gerät wie dieses aufzeichnen kann.

Ramanov machte ein abfälliges Geräusch. »Mit welchem meiner so genannten *Kollegen* haben Sie gesprochen?«

»Das werde ich Ihnen nicht sagen«, erwiderte Tahia lächelnd. »Nachher stellen Sie den armen Kerl noch an die Wand.«

»Kaum. Ich würde ihn allerhöchstens auspeitschen lassen. Und jetzt machen Sie es bitte nicht so spannend und zeigen Sie uns schon, was diese Kamera aufgenommen hat. Deswegen haben Sie uns doch herbeizitiert, oder?«

Tahia wirkte ein ganz kleines bisschen aus dem Konzept gebracht. Allerdings nur für einen Moment, dann bückte sie sich, hob einen reichlich mitgenommen aussehenden weißen Rucksack auf und beförderte ihn mit einem gekonnten Schwung auf ihren Rücken. Fast in der gleichen Bewegung befestigte sie die Videokamera mit einem Clip so an dessen Gurt, dass das Objektiv wie ein neugieriges elektronisches Auge über ihre rechte Schulter linste.

»Das machen wir immer so. Auf diese Weise können wir unsere Einsätze hinterher in Ruhe ansehen und auswerten.«

»Wie interessant«, schnappte Ramanov.

Tahia wirkte jetzt ein wenig beleidigt, nahm den Rucksack aber wieder von der Schulter und verband die Kamera mittels eines USB-Kabels mit dem großen Monitor. Statt sie jedoch einzuschalten, streckte sie die Hand nach der Tastatur aus und berührte eine Taste, und der Anblick des ewig gleichen Schneegestöbers draußen wich einem Bild, das Ben nur zu gut kannte. Es war das Zimmer, in dem sie die Eiskreatur gefangen hatten, die der dicken Frau mit der Designerbrille glich. Zuerst glaubte Ben sogar, es sei dieselbe Aufnahme, die er schon kannte, denn die unheimliche Gestalt stand noch immer in völlig unveränderter erstarrte Haltung da, doch dann fielen ihm winzige Unterschiede auf: die alberne Sonnenbrille sah jetzt noch designermäßiger aus, ihre Kanten und Linien waren weicher und das ganze Ding wirkte runder und insgesamt ein wenig asymmetrisch. Oder anders ausgedrückt: Es begann zu schmelzen. Und wenn man genauer hinsah, konnte man erkennen, dass das nicht nur für die Sonnenbrille galt, sondern für die ganze bizarre Gestalt. Anscheinend hatte Ramanov Harrys Wunsch nicht entsprochen, die Heizung in den entsprechenden Räumen abzudrehen.

»So, und jetzt schauen Sie bitte ganz genau hin«, sagte Tahia, gerade als Ramanov zu einer weiteren spitzen Bemerkung ansetzte. »Es sind nur einige wenige Bilder. Ich habe fast eine Stunde gebraucht, um sie überhaupt zu entdecken.«

Sie drückte einen Knopf auf der Videokamera, und das Bild wechselte zu einem Durcheinander aus Schatten und wild hüpfenden Lichtern. Erst nach ein paar Sekunden begriff Ben, dass das jetzt die Aufnahme der Videokamera war, die die verschollene Söldnerin offensichtlich auf der Schulter getragen hatte, während sie rannte. Das Bild schwankte, hüpfte und ruckelte so wild, dass einem wahrscheinlich schwindelig wurde, wenn man zu lange hinsah. Trotzdem half dieses Begreifen Ben, mehr Einzelheiten zu identifizieren. Was sie sahen, war die riesige Höhle unter der Station, aber sie war nicht mehr so verlassen und – vermeintlich – friedlich wie vor ein paar Tagen, als er selbst dort unten gewesen war. Die Kamera lieferte auch die passenden Geräusche zu den Bildern, doch Tahia war rücksichtsvoll genug gewesen, den Ton weit herunterzudrehen. Sie hörten trampelnde Schritte, die keuchenden Atemzüge der Söldnerin, aber auch Schüsse und zwei- oder dreimal das kurze abgehackte Rattern einer MPi-Salve. Und auf einmal erschien etwas Riesiges, Weißes ohne Gesicht im Bild und zerbarst danach in eine Million fliegende Splitter, als die automatische Waffe erneut losratterte.

»Jetzt«, sagte Tahia. »Sehen Sie genau hin!«

Das tat Ben, aber er erkannte trotzdem nichts als ein rasches weißes Aufblitzen – vielleicht Gestalten? –, das zu schnell verschwunden war, um mehr als einen vagen Eindruck von Unbehagen zu hinterlassen.

»Was war das?«, fragte van Staaten alarmiert.

Tahia warf ihr einen fast dankbaren Blick zu, dass wenigstens sie etwas gesehen hatte und ihre Leistungen damit würdigte, fummelte gleichzeitig an der Kamera herum, und das Bild lief ein Stück weit zurück und erstarrte dann.

Und nicht nur Ben konnte ein erschrockenes Keuchen nicht mehr unterdrücken.

Es waren Eiskrieger. Dutzende, wenn nicht Hunderte der unheimlichen gesichtslosen Kreaturen, die die *Princess* überfallen und sie quer über das antarktische Eis hierher gejagt hatten – aber nicht nur sie.

Zwischen ihnen bewegten sich menschliche Gestalten. Die meisten taumelten anscheinend willenlos über den schwarzen Stein des Höhlenbodens, und viele schienen von ihren unheimlichen Bewachern einfach vor sich hergetrieben oder auch mitgezerrt zu werden.

»Was ... bedeutet das?«, murmelte Ramanov stockend.

Statt zu antworten tat Tahia irgendetwas an der Kamera, und ein bestimmter Bildausschnitt zoomte heran. Die Qualität nahm dadurch noch einmal ab, doch es reichte immer noch, um die Person in der Bildmitte zu erkennen.

Es war eine kleine, eher dickliche Frau, die einen zerrissenen und hoffnungslos verdreckten Parka trug, dem man aber immer noch ansah, wie teuer er einmal in irgendeiner Nobelboutique gewesen sein musste, und eine geschmacklose (und zweifellos noch teurere) Designerbrille.

»Spinne ich jetzt?«, murmelte van Staaten.

»Ich wollte, es wäre so«, sagte Tahia düster. »Sie erkennen sie wieder, oder?«

Van Staaten antwortete nicht, aber Bens Mutter sagte: »Das sind die Passagiere von der *Princess.*«

»Und die Mannschaft«, fügte Harry hinzu. »Geh mal zwei Bilder vor.«

Tahia gehorchte, und auf dem Monitor erschien jetzt ein dunkelhaariger Mann in einer zerschlissenen Borduniform.

»Den kennen wir auch«, sagte Harry.

Er hatte Recht. Sie alle hatten dieses Gesicht schon einmal gesehen; genauer gesagt seine zerbrochene Kopie aus milchigem Eis, die inmitten des verwüsteten Schlachtfeldes oben vor der Station gelegen hatte. Ben hatte eigenhändig mitgeholfen sie zu beerdigen.

»Die Leute von der ... von der *Princess*?«, wiederholte Ramanov stockend. Er klang viel mehr verwirrt als erschrocken, fand Ben.

»Aber ... wozu ... ich meine: Warum tun sie das?«

»Warten Sie, Professor«, sagte Harry. »Es kommt noch besser. Tahia!«

Die Söldnerin machte sich abermals über die Computertastatur her, und auf dem Monitor erschien jetzt ein Bild, das sie alle schon kannten: die falschfarbenen, grünen Gespenster im Sturm, die sich an der Rückseite der Station zu schaffen machten. Allerdings war das Bild um so vieles besser, dass Ben sich fragte, ob es auch dasselbe war.«

»Tahia hat lange gebraucht, um es so gut hinzukriegen«, erklärte Harry beinahe im Plauderton, »aber es hat sich doch gelohnt, oder? Erkennen Sie irgendjemanden darauf?«

»Das ist unmöglich!«, sagte Ramanov. »Der Mann ist tot. Wir haben seine Überreste gefunden. Ich habe sie *in der Hand* gehalten.«

Genau dieser Meinung war Ben auch. Es war sogar erst ein paar Sekunden her, dass er dasselbe Gesicht auf einer anderen Aufnahme gesehen hatte, die gut zwei Tage *älter* war als diese Bilder – in Stücke gebrochen. Es war der Steward von der *Princess.*

»Das war nur eine Kopie«, sagte Harry. »Und wie es aussieht, nur eine von mehreren Kopien – und jetzt fragen Sie mich bitte nicht, wie das möglich ist. Ich habe nämlich nicht die geringste Ahnung.«

»Aber es ergibt Sinn«, sagte van Staaten. Alle starrten sie an. »Bisher waren diese Dinger ziemlich dämlich. Gefährlich, aber ziemlich blöd. Das hat sich geändert, seit diese … zweite Generation aufgetaucht ist.«

»Zweite Generation?«, wiederholte Jennifer Berger zweifelnd. »Was soll das sein?«

»Es war ja nur so eine Idee«, verteidigte sich van Staaten.

»O ja, und was für eine!«

»Immerhin *sind* sie gefährlicher geworden, seit es diese … menschenähnlichen Geschöpfe gibt«, sagte Harry.

»Ja, weil sie jetzt bessere Vorlagen haben, nach denen sie ihre Kopien anfertigen können«, sagte Bens Mutter spöttisch. Jedenfalls sollte es spöttisch klingen, aber niemand lachte, und Ben war auch ganz und gar nicht der Einzige, der sie verwirrt ansah. Es war noch gar nicht so lange her, dass seine Mutter ziemlich vehement eine ganz ähnliche Theorie verteidigt hatte. Vielleicht gefiel sie ihr ja nur nicht, weil sie von van Staaten kam – aber das konnte er sich eigentlich nicht vorstellen. Seine Mutter mochte ja sauer auf die Ärztin sein, womöglich sogar mit Recht eifersüchtig, aber sie war auch und vor allem *Wissenschaftlerin*, für die in einer Situation wie dieser nur die Fakten zählten.

»Ich finde, es klingt irgendwie logisch«, meinte Harry. »Diese Biester sind eindeutig gefährlicher geworden, seit wir ihnen das erste Mal begegnet sind.«

»Weil sie dazugelernt haben, wie?«

»Nein. Aber die, die sie lenken.« Er seufzte hörbar. »Allerdings ändert das alles nichts daran, dass wir noch einmal dort hinuntermüssen.«

Für zwei oder drei Sekunden wurde es vollkommen still.

»Wozu?«, fragte Ramanov schließlich.

»Das fragen Sie noch?«, schnaubte Harry. »Sie haben es doch gesehen! Die Leute sind noch am Leben. Sollen wir sie etwa dort lassen?«

Ramanov überlegte einen Moment angestrengt, schüttelte aber dann nur noch einmal den Kopf. »Vielleicht waren sie das, als diese Aufnahmen gemacht wurden. Aber das ist länger als zwei Tage her. Sie müssen inzwischen alle längst erfroren sein.«

»Vielleicht«, räumte Harry ein. »Vielleicht aber auch nicht. Sie haben nicht genau hingesehen, wie?« Ohne auf eine entsprechende Anweisung zu warten, schaltete Tahia wieder um, und auf dem Monitor war nun wieder das Bild der gefangenen Passagiere und Besatzungsmitglieder der *Princess* zu sehen, die von einer Armee unheimlicher weißer Gestalten durch die Höhle getrieben wurden. »Fällt Ihnen gar nichts auf, Professor?«

Ramanov tat ihm zwar den Gefallen, noch einmal hinzusehen, schüttelte aber dann nur erneut den Kopf.

»Schauen Sie sich die Leute genau an, Professor. Diese Frau dort hinten – sie trägt nur Jeans und ein T-Shirt. Oder der junge Mann gleich neben ihr. Er hat nur einen Pullover an und nicht einmal vernünftiges Schuhwerk. Selbst wenn es in dieser Höhle wärmer sein sollte als draußen – und das ist es nicht, wie wir alle wissen –, dürften diese Leute nicht mehr am Leben sein.«

»Genau das versuche ich Ihnen ja gerade klar zu machen.«

»Was Harry meint«, mischte sich van Staaten ein, »ist eher: Sie hätten gar nicht lebend dort ankommen dürfen, Professor. Auch ohne den Polarsturm, der draußen tobt, hätten sie es niemals drei Kilometer weit über das Eis geschafft. Nicht bei dreißig Grad unter null und ohne entsprechende Kleidung.«

»Aber wie ist das möglich?«, fragte Ramanov.

»Eigentlich gar nicht.« Van Staaten klang ein bisschen unglücklich. Vor allem als sie hinzufügte: »Jemand schützt sie. Oder *etwas.«*

»Ich verstehe«, antwortete Ramanov finster. »Sie fangen jetzt also auch noch an mit diesem Unsinn?«

»Es ist kein Unsinn!«, mischte sich Ben ein. Ramanov maß ihn mit einem eindeutig verächtlichen Blick, der auszusagen schien, dass es sich nicht einmal lohnte, über seine Worte nachzudenken, aber Ben gab sich nicht geschlagen:

»Sie haben es doch vorhin selbst erzählt, Professor. Sie wissen, dass mit diesem Ort etwas nicht stimmt! Sie wissen von Sashas Träumen! Und von denen Ihrer Tochter!«

Ramanov fuhr ganz leicht zusammen, und Harry war nicht der Einzige, der zu ihm hinsah und fragend die Stirn runzelte. Doch der Russe hatte sich sofort wieder in der Gewalt.

»Unsinn! Ich weiß ganz gut, was ich gesagt habe, mein Junge, aber ich habe damit ganz bestimmt nicht gemeint, dass wir über der letzten Kolonie der Yetis sitzen und uns der Angriffe irgendwelcher vorzeitlicher Ungeheuer erwehren müssen!«

Ben hätte wütend werden sollen, aber er spürte eher so etwas wie Betroffenheit und vielleicht Verwirrung. Abgesehen von ihm selbst und Sasha musste Ramanov derjenige hier sein, der am besten wusste, dass mit diesem Fleckchen Erde etwas ganz und gar nicht stimmte – und bis zu einem gewissen Punkt auch, was –, und doch schien er sich zu weigern, es zur Kenntnis zu nehmen. Wieso versuchte er diese Situation, die schon so viele unschuldige Leben gekostet hatte, noch immer ins Lächerliche zu ziehen?

Harry schüttelte den Kopf. »Ich weiß ja nicht, was noch alles passieren muss, bis Sie es einsehen, Professor, aber für mich ist dieser *Unsinn* die plausibelste Erklärung, die ich bisher gehört habe.« Er hielt Ramanov mit einer raschen Geste davon ab, zu widersprechen. »Und selbst wenn es Unsinn ist, spielt es jetzt überhaupt keine Rolle. Wir können uns später gern darüber streiten, gegen wen oder was wir gekämpft haben. Jetzt müssen wir dort hinunter, um diese Leute zu holen.«

Ramanov starrte den Bildschirm an. »Dort hinunter?«, vergewisserte er sich, als hätte er immer noch nicht ganz richtig verstanden.

»Sehr versessen bin ich auch nicht darauf. Aber dort unten könnten an die zweihundert Menschen sein und auf unsere Hilfe warten.«

»Zweihundert Menschen? Ihnen ist klar, dass wir gar nicht genug Platz haben, um zweihundert Flüchtlinge hier aufzunehmen? Und dass wir gerade den größten Teil unserer Lebensmittelvorräte verloren haben? Wir haben nicht einmal genügend für *zwanzig* Leute, geschweige denn für *zweihundert.*«

Ben starrte ihn fassungslos an – und nicht nur er – und Harry fragte: »Sollen wir sie einfach diesen Kreaturen ausliefern, Professor? Weil wir hier nicht genug Platz haben und uns der Kaffee ausgehen könnte?«

»Kaffee haben wir noch genug«, antwortete Ramanov kalt. »Mit allem anderen sieht es ziemlich schlecht aus. Und ich schlage keineswegs vor, dass wir diese Leute da unten im Stich lassen. Ich weise nur auf ein paar Probleme hin, die wir haben, das ist alles.« Er versuchte etwas verständnisvoller zu klingen. »Sie hoffen, dass Ihre vermissten Kameraden auch noch am Leben sein könnten, habe ich Recht? Nun, das kann ich verstehen, aber –«

»Ich würde auch dann dort hinuntergehen, wenn ich ganz genau *wüsste*, dass sie nicht mehr am Leben sind, Professor«, unterbrach ihn Harry. Auch seine Stimme war so kalt wie Eis. »Aber selbstverständlich haben Sie Recht. Das *ist* einer meiner Beweggründe. Neben der Möglichkeit, dass zum Beispiel auch Kapitän Schulz noch am Leben sein könnte … Sashas Vater.«

Ben sah fast erschrocken zu Sasha hin, aber sie reagierte auf diese Worte so wenig wie auf alles andere, was bisher gesprochen worden war.

Einen quälend langen Moment schien jeder in dem Raum darauf zu warten, dass einer der anderen etwas sagte, und schließlich räusperte sich Harry unecht und gab Tahia ein Zeichen, die Kamera abzuschalten. »Wir gehen dort hinunter«, sagte er noch einmal. »Uns bleibt keine andere Wahl. Immerhin wissen wir jetzt, dass es sich nicht um Menschen handelt, und brauchen keine Hemmungen mehr zu haben, unsere Waffen einzusetzen … was immer uns das nützen mag. Und jetzt entschuldigen Sie uns bitte. Meine Leute und ich haben noch ein paar Vorkehrungen zu treffen.«

Tatsächlich wollte er sich auf der Stelle herumdrehen und gehen, doch Ramanov hielt ihn zurück. »Einen Augenblick noch«, sagte er, tauschte einen nervösen Blick mit Bens Mutter und fügte dann ein beinahe noch nervöseres »Bitte« hinzu.

Harry blieb auch wirklich stehen, maß den Russen und sie aber mit einem sehr nachdenklichen Stirnrunzeln. »Ja?«

»Da ist noch etwas, worüber wir reden müssen. Ich weiß, der Zeitpunkt ist ungünstig, aber –«

»Oh, das macht nichts«, unterbrach ihn Harry. »Ich habe es nicht eilig, dort runterzugehen.«

»Als Sie das erste Mal dort unten waren«, sagte Ramanov, hörbar unsicher und indem er sich immer wieder mit der Zungenspitze über die Lippen fuhr; ein linkisches Verhalten, das Ben noch nie an ihm beobachtet hatte, »ist Ihnen da irgendetwas … Außergewöhnliches aufgefallen?«

»Außergewöhnlich?«, wiederholte Harry verdutzt. »Was genau meinen Sie damit? Eigentlich habe ich ziemlich wenig *Gewöhnliches* gesehen …

genau wie Sie, Professor. Wenn ich mich richtig erinnere, waren Sie dabei.«

»Das meine ich nicht. Sie haben nicht zufällig irgendetwas –«

»Was Professor Ramanov meint«, mischte sich Bens Mutter ein, eine Spur zu hastig und kaum weniger nervös als der Russe, »ist ein zweiter Eingang. Eine Spalte oder Schlucht oder etwas in der Art.«

Ben sah sie fassungslos an, und auch Harry wirkte mit einem Mal viel eher misstrauisch als verwirrt. Aber sie deutete nur auf den abgeschalteten Monitor und fuhr fort: »All diese Leute müssen ja wohl irgendwie hereingekommen sein, und durch das Labor sind sie ganz bestimmt nicht spaziert, ohne dass wir es bemerkt hätten.«

»Das ist richtig«, bestätigte Harry. Der Ausdruck von Misstrauen in seinem Gesicht wurde nicht einmal um eine Spur schwächer. »Und?«

»Es wäre wohl klüger, einen anderen Eingang zu suchen. Wenn diese Wesen jetzt tatsächlich so intelligent sind, wie Sie annehmen, dann rechnen sie möglicherweise damit, dass Sie kommen. Möchten Sie, dass es Ihnen genauso ergeht wie Ihren Kameraden?«

»Daran haben wir auch schon gedacht«, sagte Harry. »Es gibt mit Sicherheit einen zweiten Eingang, aber bei diesem Sturm haben wir keine Chance, ihn zu finden. Selbst wenn wir wüssten, wo er ist, kämen wir niemals dorthin.«

Er wartete einen Moment lang vergebens darauf, dass jemand noch etwas sagte, hob schließlich die Schultern und wandte sich zum zweiten Mal zum Gehen. Diesmal versuchte niemand mehr, ihn zurückzuhalten. »Sie entschuldigen mich bitte. Wir brechen in einer Stunde auf, und da gibt es noch einiges zu tun.«

»Was zum Teufel sollte das?«, polterte Ramanov los, kaum dass die Söldner den Raum verlassen hatten. »Wieso hast du mich daran gehindert –?«

»Ihn zu warnen?« Bens Mutter schüttelte heftig den Kopf. »Du glaubst doch nicht wirklich, dass diese Kamera zufällig ausgerechnet jetzt aufgetaucht ist?« Ein knappes, fast höhnisches Lächeln huschte über ihre Lippen. »Anscheinend hält er sich für ziemlich schlau, aber eigentlich ist er ziemlich leicht zu durchschauen.«

»Was meinst du damit?« Ramanov wirkte leicht erschrocken, aber auch ein wenig konsterniert.

»Vielleicht hat er Verdacht geschöpft. Auf jeden Fall ahnt er wahrscheinlich, dass *wir* Verdacht geschöpft haben. Und wir müssen ihn ja nicht unbedingt mit der Nase darauf stoßen, oder? Lass uns doch sehen, was er jetzt tut.«

»Und dann?«, fragte Ben.

»Woher soll ich das wissen?«, gab seine Mutter grob zurück, lächelte aber auch praktisch sofort zerknirscht. »Tut mir leid, Ben. Ich bin wohl etwas nervös. Aber ich habe es auch nicht jeden Tag mit einem verrückt gewordenen Möchtegern-Rambo zu tun, von dem ich nicht genau weiß, ob er mich nicht im nächsten Augenblick umbringt.«

»Jetzt übertreibst du es aber ein bisschen mit deinem Misstrauen, Liebling«, sagte Bens Vater.

»Findest du?«, gab seine Frau kühl zurück. Ihr Blick streifte van Staaten und kühlte dabei noch einmal sichtbar ab, aber sie fuhr trotzdem an ihn gewandt und mit einer heftigen Kopfbewegung auf den dunkel gewordenen Bildschirm fort: »Du glaubst doch nicht etwa, dass dieser Film echt ist, oder?«

»Warum sollte er ihn fälschen?«, fragte van Staaten.

»Und wie?«, wollte Ben wissen.

»Weil er noch einmal in diese Höhle will«, antwortete seine Mutter, ohne van Staaten dabei auch nur anzusehen. »Und das *Wie* ist wohl das kleinste Problem. Du hast doch gehört, was er über diese Kleine gesagt hat. Sie kennt sich mit Computern aus. Ich glaube nicht, dass es sehr schwer ist, ein paar unscharfe Wackelbildchen wie die zu türken, die sie uns gerade gezeigt haben.«

Ben schwieg. Er wusste nichts gegen die Überlegungen seiner Mutter vorzubringen, und trotzdem kam ihm nichts von alledem irgendwie überzeugend vor. Es ergab … keinen Sinn.

So wenig wie irgendetwas anderes.

Statt noch etwas zu sagen, stand er auf und ging um den Tisch herum auf Sasha und ihren Großvater zu. Ramanov sah ihn zwar alles andere als freundlich an, schien aber trotzdem nichts dagegen zu haben, dass er neben Sasha Platz nahm (hätte er es gehabt, hätte es ihn auch nicht interessiert), und van Staaten versuchte noch einmal, seine Mutter von ihrer Anwesenheit in Kenntnis zu setzen, indem sie fragte:

»Was sollte Harry denn davon haben, noch einmal dort hinunterzugehen?«

»Das weiß ich nicht. Vielleicht wollen sie ja ihre Reisekasse ein wenig auffüllen.«

»Jetzt übertreibst du *wirklich*«, sagte Bens Vater.

»Ja, wahrscheinlich. Tut mir leid. Aber ich bleibe dabei. Ich traue dem Kerl nicht.«

Ben wünschte sich, er hätte einfach weghören können. Seine Mutter war gereizt und übelster Laune (und sie hatte vermutlich allen Grund dazu), aber im Moment schien sie beinahe schon krampfhaft nach Argumenten zu suchen, die gegen Harry und seine Leute sprachen.

Und er?

Suchte er gerade krampfhaft nach Argumenten, die *für* ihn sprachen?

Möglicherweise. Aber er wusste, dass die Erklärung nicht so simpel war, wie seine Mutter glaubte. Harry und seine Leute hatten mehr als einmal ihr Leben riskiert, um sie und die anderen hier auf der Station und auf dem Schiff zu beschützen. Er weigerte sich zu glauben, dass sie nun das Leben all dieser Menschen hier wegen ein bisschen *Geld* aufs Spiel setzen sollten … auch wenn es mehr als nur *ein bisschen* war …

Seine Gedanken begannen sich im Kreis zu drehen, genau wie das Gespräch zwischen seinen Eltern und van Staaten, dem er jetzt gar nicht mehr richtig folgte, und seine Hand glitt fast ohne sein Zutun in die Tasche und zog den Diamanten heraus. Er war jetzt nicht mehr so kalt wie vorhin und fühlte sich absurderweise leichter an. Seine Kopfschmerzen schienen schlagartig wieder zuzunehmen, kaum dass er ihn berührt hatte; was zweifellos nichts als Einbildung war.

Und auch das unheimliche Flüstern und Tasten unter seiner milchigen Oberfläche war immer noch da. Eine körperlose Stimme, die uralte Geschichten vom Leben und Tod eines tobenden Gottes erzählte, der geschickt worden war, eine Welt zu erschaffen, und sie am Ende zerstört hatte.

Aber da war auch noch mehr. Eine Erinnerung. Nicht die falsche Erinnerung, die ihm der Diamant eingeflüstert hatte, sondern etwas, was er erlebt und mit eigenen Augen gesehen hatte, etwas, was –

»Ben?«

Die Stimme seiner Mutter riss ihn nicht nur aus seinen Gedanken, sondern durchtrennte auch den dünnen Faden, an dem er sich gerade hatte entlangtasten wollen. Das Bild, das noch nicht deutlich genug Gestalt in seinen Gedanken angenommen hatte, um es wirklich erkennen zu können, war fort, und Ben sah mit einer Mischung aus Enttäuschung und Ärger zu seiner Mutter auf. Erst im Nachhinein kam ihm zu Bewusstsein, dass sie ihn mindestens das zweite oder dritte Mal angesprochen haben musste.

»Ja?«, antwortete er hastig.

Seine Mutter deutete auf Ramanov, dann auf den Bildschirm. »Professor Ramanov hatte gerade eine Idee, die uns helfen könnte endlich Klarheit über deinen Freund und seine Leute zu gewinnen«, sagte sie. Ihr Blick sagte etwas anderes. Sie sah ihn auf eine Art an, dass er sich beinahe vor ihr zu fürchten begann.

»Und wie?«

»Es ist ... ein kleines bisschen gewagt. Aber nur ein bisschen. Und hinterher wissen wir ohne jeden Zweifel, ob wir Harry trauen können – dir liegt doch etwas daran, das zu beweisen, oder?«

Ben hob nur die Schultern. Seiner Mutter lag ganz offensichtlich etwas am Gegenteil, aber er schluckte alles, was ihm dazu einfiel, hinunter und sah sie nur weiter fragend und auffordernd an.

»Aber wir benötigen deine Hilfe dazu«, erklärte sie.

7

HÄTTE ER NOCH EINEN BEWEIS dafür gebraucht, dass Ramanov seinen Vorschlag ernst meinte, dann wäre er hiermit erbracht gewesen: Ramanov hatte nicht nur nichts dagegen gehabt, dass Sasha ihn begleitete, sondern sie ihm regelrecht angeboten. Nachdem Ben seine erste ungläubige Überraschung überwunden hatte, argwöhnte er zwar, seine Mutter sei nicht ganz unschuldig an dieser Entscheidung, aber das änderte nichts daran, dass er es selbst dann noch nicht ganz glaubte, als sich Sasha und er bereits auf dem Weg zum Quartier der Söldner befanden. Seine Mutter musste den Russen hypnotisiert haben oder etwas Ähnliches, anders war Ramanovs abrupter Sinneswandel kaum zu erklären. Noch vor ein paar Stunden hätte er ihm am liebsten eine Kette mit einer fünfzig Kilo schweren Eisenkugel ans Bein gebunden, und jetzt ...?

Gut, wenn man es genau nahm, dann hatte er das auch getan. Sasha wog zwar bestimmt keine fünfzig Kilo, und die Kette, die sie miteinander verband, war unsichtbar und bestand nicht aus Stahl, aber sie war genauso massiv, und allein ihre Nähe würde ihn zuverlässiger daran hindern, irgendetwas zu tun oder zu sagen, was Ramanov nicht gefiel, als alles andere, was sich der Russe ausdenken mochte. Aber gut – mit *dieser* Art Misstrauen konnte er leben. Vielleicht sollte er sich in Zukunft sogar öfter freiwillig zu irgendwelchen Botengängen oder Spionagemissionen melden, wenn Ramanov ihn jedes Mal *so* an die Kette legte …

Nicht dass er besonders viel davon gehabt hätte: Sasha ließ sich widerstandslos von ihm an der Hand ergreifen und aus dem Raum führen (auch wenn Ben das missbilligende Stirnrunzeln schon beinahe körperlich zu spüren glaubte, das beim Anblick dieser vertrauten Berührung auf Ramanovs Gesicht erschien), und als er sie nach ein paar Schritten losließ, ging sie auch weiter neben ihm her, ohne dass er sie dazu auffordern musste – aber all seine Versuche, sie anzusprechen oder irgendwie ihre Aufmerksamkeit zu erregen, blieben nutzlos. Selbst als er ihr schließlich den Arm um die Schulter legte und sie im Gehen sacht an sich drückte, hatte er das Gefühl, eine willenlose Puppe im Arm zu halten statt eines lebenden Menschen, sodass er den Arm schon nach ein paar Augenblicken wieder herunternahm. Außerdem war es ziemlich wahrscheinlich, dass Ramanov ihn über seine verdammten Kameras auf Schritt und Tritt beobachtete, und diese Vorstellung war ihm wirklich *unangenehm.* Sie machte aus einer harmlosen Geste etwas … Anzügliches.

Er hatte eine Atmosphäre von Hektik oder Nervosität im Quartier der Söldner erwartet, vielleicht auch etwas wie mühsam unterdrückte oder überspielte Furcht, aber nichts von alledem war zu spüren. Ganz im Gegenteil: Es herrschte eine schon fast fröhliche Stimmung. Harry und die drei anderen waren damit beschäftigt, ihre Ausrüstung zusammenzustellen und ihre Waffen ein letztes Mal zu überprüfen. Tooth fummelte an seinem Gewehr herum, hatte dabei die Füße auf den Tisch gelegt und balancierte einen der billigen Plastikstühle so auf den zwei hinteren Beinen, dass sie sich nicht nur deutlich unter seinem Gewicht durchbogen, sondern der Söldner auch alle Gesetze der Physik außer Kraft gesetzt zu haben schien, weil er nicht einfach umfiel. Als Ben und Sasha hereinkamen, schenkte er ihm ein breites Grinsen und fuhr dann beim Anblick des Mädchens so überrascht zusammen, dass er nun tatsächlich das Gleichgewicht verlor und garantiert hintenübergekippt wäre, hätte er nicht im letzten Moment das rechte Bein heruntergenommen und kraftvoll auf den Boden gestampft, um sich so abzustützen. Auch Harry, der mit dem Rücken zur Tür an der Küchenzeile stand und irgendetwas in einen weißen Rucksack stopfte, drehte kurz den Kopf und zog dann erstaunt die Augenbrauen hoch, als er das Mädchen hinter Ben entdeckte, während Tahia und Gerrit gar keine Notiz von ihm zu nehmen schienen. Die beiden standen so weit von der Tür entfernt da, wie es nur ging, waren ebenfalls damit beschäftigt, ihre Ausrüstung zusammenzusuchen, und unterhielten sich dabei mit gedämpften Stimmen. Ben konnte die Worte nicht verstehen, aber da war etwas ungemein Vertrautes zwischen ihnen, das ihn mit einem flüchtigen Gefühl von Wärme erfüllte. Gerrit hätte ihm gar nicht sagen müssen, dass Tahia und er mehr waren als Kameraden, spätestens jetzt hätte er es ohnehin gewusst.

»Komm rein, Ben«, sagte Harry, während er sich wieder seiner Beschäftigung zuwandte. Im Herumdrehen streifte er Sasha allerdings mit einem leicht neugierigen Blick, der Ben nun seinerseits erschrocken zusammen- und hastig zu ihr herumfahren ließ. Er hatte etwas vergessen. Es war zwei Tage her, und inzwischen war so vieles und so Schreckliches geschehen, dass er gar nicht mehr daran gedacht hatte … aber als Sasha Harry das letzte Mal gegenüberstand, hatte sie bei seinem bloßen Anblick panisch die Flucht ergriffen.

Jetzt reagierte sie gar nicht. Ben war nicht einmal sicher, ob sie den Söldner überhaupt *sah.* Der Anblick ihrer leeren Augen jagte ihm nicht zum ersten Mal einen eisigen Schauer über den Rücken, und obwohl er dabei das Gefühl hatte, sie irgendwie im Stich zu lassen, drehte er sich hastig weg und ging schon beinahe ein bisschen zu schnell auf Harry zu. Tooth schaute ihm stirnrunzelnd hinterher, sagte aber nichts, sondern nahm seinen Kampf gegen die Schwerkraft wieder auf, indem er nun den rechten Fuß wieder auf die Tischkante pflanzte.

»Hat dich der Zar geschickt?«, fragte Harry, noch bevor er auch nur ein einziges Wort sagen konnte. Ben war sehr froh, dass Harry nicht in seine Richtung blickte, denn sonst hätte ihm kaum entgehen können, wie ihm plötzlich alles Blut aus dem Gesicht wich. Woher konnte er das wissen?

»Wieso?«, brachte er nur hervor.

Harry lachte leise. »Na, um uns zur Vernunft zu bringen und uns doch noch davon abzuhalten, zweihundert Menschenleben zu retten?«

Ben atmete innerlich auf und tat so, als betrachte er interessiert den weißen Rucksack, an dem sich Harry zu schaffen machte. Eigentlich tat er nicht nur so, aber sein Interesse erlosch beinahe augenblicklich wieder.

Für das, was er vorhatte, war das Ding vollkommen ungeeignet. »Nein. Ich bin gekommen, um dir anzubieten, euch zu begleiten.«

Das war purer Unsinn, zugleich aber auch das Einzige, was ihm spontan eingefallen war, und immerhin bewirkte es, dass Harry nun nicht nur von seinem Rucksack aufsah, sondern ihn überrascht anblinzelte und sich seine Gedanken möglicherweise nicht mehr in eine andere Richtung bewegten, die ihm weit unangenehmer gewesen wäre.

»Eine hervorragende Idee«, sagte er spöttisch. »Nur du oder willst du deine Freundin auch mitnehmen?«

»Ich meine es ernst. Ihr seid schließlich nur noch zu viert. Ich dachte, ihr könntet jede Hilfe gebrauchen.«

»Jau«, sagte Tooth. »Vor allem brauchen wir einen kleinen Jungen, der uns auf Schritt und Tritt im Weg ist und auf den wir auch noch aufpassen müssen, wenn's ernst wird.«

»Ben ist kein kleiner Junge mehr, Tooth«, widersprach Harry mit einem angedeuteten Lächeln, während sich seine Augen auf eine Art und Weise in Bens Gesicht bohrten, die ihm überhaupt nicht gefiel, »sondern ein junger Mann, der ziemlich genau weiß, was er tut.« Er drehte sich endgültig von seinem Rucksack weg, lehnte sich gegen die Kante der Küchenzeile und verschränkte die Arme vor der Brust, bevor er fortfuhr: »Sagst du uns jetzt, warum du wirklich hier bist?«

Ben war nahe daran, es tatsächlich zu tun. Vorhin, als seine Mutter und Ramanov ihm ihren Plan unterbreitet hatten, war er schockiert und ein bisschen empört gewesen, aber mit jeder Sekunde, die seither verstrichen war, wuchs sein Widerwille eher noch, die einzigen Menschen in dieser Station auszuspionieren, die er als so etwas wie Freunde bezeichnen konnte. Und dass seine Mutter mit ihrer Argumentation durchaus Recht hatte, änderte daran gar nichts. Aber natürlich tat er es nicht, sondern rettete sich nur in ein hilfloses Achselzucken und ein noch verunglückteres Lächeln.

»Ich wollte nur sehen, ob ich euch irgendwie helfen kann«, behauptete er. Harrys Stirnrunzeln wurde noch fragender, und nach zwei oder drei weiteren Sekunden gestand Ben kleinlaut: »Ehrlich gesagt weiß ich selbst nicht genau, warum ich gekommen bin. Ich habe es in der Zentrale einfach nicht mehr ausgehalten.«

»Ja, das kann ich sogar verstehen.« Harry lachte leise und wandte sich wieder seinem Gepäckstück zu, um weiter scheinbar wahllos Dinge hineinzustopfen, von denen die allermeisten Ben überhaupt nichts sagten –

außer dass rein gar nichts davon wie eine Waffe aussah, was ihn in dieser Situation ein wenig überraschte –, deutete zugleich aber auch mit einer Kopfbewegung auf Sasha: »Womit hast du Ramanov erpresst, sie von der Kette zu lassen?«

»Es war eher umgekehrt«, antwortete Ben. Harry sah ihn fragend an, und er fügte hinzu: »Ich glaube, *sie* ist die Kette.«

»Um ganz sicher zu sein, dass du auch zurückkommst, ich verstehe.« Harry machte die Verschlüsse seines Rucksacks zu, überprüfte noch einmal alles auf festen Sitz und zog dann eine Schublade auf, in der sich vor ein paar Tagen vermutlich noch Dinge wie Essbesteck, Dosenöffner und Eierschneider befunden hatten, jetzt war sie randvoll mit gebogenen schwarzen Magazinen für Maschinenpistolen. Harry nahm vier Stück davon heraus, zögerte noch einmal kurz und ergriff dann noch zwei weitere, um sie alle zusammen auf den Tisch zu legen. Ben zog fragend die Augenbrauen hoch.

»Erwartest du größere Probleme?«

»Man kann nie wissen«, antwortete Harry. »Außerdem sind sie für uns alle zusammen.«

»Und sollten wir auf unerwartete Schwierigkeiten stoßen, haben wir immer noch das da«, sagte Tahia. »Mein Lieblingsspielzeug.« Sie deutete auf ein klobiges Gewehr mit einem absurd langen Lauf und einer Mündung, die an eine aufgequollene schwarze Zwiebel erinnerte. Ben erkannte es erst auf den zweiten Blick als den Flammenwerfer, mit dem sie den Kühlraum ausgeräuchert hatte. Anscheinend war es Harry bitterernst gewesen, als er vorhin gesagt hatte, sie bräuchten nun keine Hemmungen mehr zu haben, ihre Waffen einzusetzen.

»Hast du mir nicht erzählt, ihr hättet keine Munition mehr dafür?«

»Richtig«, bestätigte Harry ungerührt. »Aber man braucht nur ein paar simple Chemikalien, die sich in jeder gut sortierten Wetterstation am Südpol finden lassen. Tahia ist ganz gut in solchen Dingen.«

Tahia. Ben sah die Söldnerin an. »Gibt es irgendetwas, was du nicht kannst?«

Tahia tat so, als müsse sie angestrengt über diese Frage nachdenken, dann deutete sie ein Achselzucken an. »Kochen?«

»Das ist gelogen«, mischte sich Gerrit ein. »Sie kauft die besten Big Macs, die ich jemals gegessen habe.«

Tahia lächelte und stieß ihm gleichzeitig den Ellbogen so hart in die Rippen, dass er keuchend nach Luft rang.

»Lasst den Unsinn!«, sagte Harry streng.

»Zu Befehl, Boss!« Tahia salutierte übertrieben zackig, und Harry setzte zu einem noch strengeren Verweis an und beließ es dann bei einem resignierenden Seufzen und einem Kopfschütteln.

»Kinder«, murmelte er, wandte sich dann mit einem Ruck um und ging wieder zur Küchenzeile, um eine weitere Schublade aufzuziehen, die ursprünglich wohl für Kochtöpfe oder andere, größere Utensilien gedacht gewesen war, nun aber die Maschinenpistolen enthielt, die zu den Magazinen gehörten. Er packte drei davon auf den Tisch, und Ben runzelte schon wieder die Stirn.

»Nur drei?«

»Tooth bleibt hier. Nur für alle Fälle.«

»Für *welche* Fälle?«

Harry sah ein bisschen genervt aus. »Man geht nie, ohne eine Reserve zurückzulassen.«

»Könnte ja was passieren«, fügte Tooth hinzu. »Und dann ist es ganz clever, wenn man seine besten Leute in Reserve hat, um einen herauszuhauen.« Er blickte erwartungsvoll von einem zum anderen. Als weder Harry noch Tahia oder Gerrit irgendetwas sagten, sondern sich nur bedeutungsvoll ansahen, kippte er seinen Stuhl so weit nach hinten, dass er endgültig Übergewicht bekam, sprang im allerletzten Moment auf die Füße und schaffte es sogar noch, den Plastikstuhl mit der linken Hand aufzufangen, bevor er umfallen konnte. Beifallheischend sah er sich um, doch als niemand seine artistische Leistung entsprechend würdigte, schob er den Stuhl beleidigt wieder an den Tisch, setzte sich und klappte seinen Laptop auf.

Ben trat neugierig an den Tisch, um die Waffen zu betrachten, zog sich aber wieder zurück, bevor Harry eine entsprechende Bemerkung machen konnte.

»Vielleicht trifft es sich ja ganz gut, dass du gekommen bist«, sagte Harry, sah zuerst ihn, dann die drei Maschinenpistolen und dann wieder ihn an, und Ben machte vorsichtshalber zwei weitere Schritte vom Tisch zurück, zumal er aus den Augenwinkeln bemerkte, dass Sasha ihm gefolgt war. Die MPis hatten allesamt keine Magazine und waren zusätzlich gesichert, aber ihm wäre nicht wohl gewesen, wenn sie sie berührt hätte.

Beinahe hätte er gelächelt, als ihm klar wurde, dass er genauso über Sasha dachte wie Harry anscheinend über ihn.

»Wieso?«

»Was weißt du über die Höhle?«

»Ich?« Ben war ehrlich überrascht. »Nichts. Wie kommst du darauf? Ich habe sie genauso lange gesehen wie du, und –«

»He, reg dich nicht auf! So war das nicht gemeint.«

»Wie denn sonst?« Ben bedauerte seinen aggressiven Ton schon wieder, aber nicht so sehr, dass dieses Bedauern sein Misstrauen vollständig beseitigt hätte.

»Du hast gesagt, du warst schon einmal da«, erinnerte Tahia.

»Ich habe – was?«

»Im Traum. Schon vergessen?«

»Natürlich nicht, aber das war doch nur –«

»Ein Traum, ja«, unterbrach ihn Harry. »Und wahrscheinlich bedeutet er nichts. Aber es kann auch nicht schaden, oder? Los, zeig uns noch mal die Bilder von der Kamera.«

Ben sah sich automatisch nach der kleinen Videokamera um, doch Tooth drückte nur ein paar Tasten auf seinem Computer; offensichtlich hatte er den Film bereits auf die Festplatte kopiert. Er startete sofort, und auf dem viel kleineren Monitor des Laptops war das Bild auch deutlich schärfer als auf dem riesigen Wandbildschirm, aber es fiel Ben trotzdem schwer, irgendetwas zu erkennen, was über Schatten und bloße Bewegung und blitzende Lichtreflexe hinausging.

Vielleicht lag es auch an ihm. Für Ben waren diese Bilder mehr als nur ein paar verwackelte Aufnahmen von einer billigen Videokamera. Für Harry und die drei anderen sicher auch, denn sie zeigten immerhin die letzten Augenblicke im Leben ihrer Kameraden, aber für ihn bedeuteten sie weit mehr. Er war *dort* gewesen. Nicht in dieser unheimlichen Landschaft aus erstarrter Lava unter der Station, sondern in der Stadt, die ihr als Vorbild gedient hatte, und er hatte ihre Bewohner *gesehen.* Für einen Moment war die Erinnerung so übermächtig, dass er sich mit aller Kraft beherrschen musste, um nicht erschrocken zurückzuprallen.

»Alles in Ordnung?«, fragte Harry alarmiert. Anscheinend hatte er sich doch nicht so gut in der Gewalt, wie er angenommen hatte.

»Klar«, antwortete Ben hastig. »Es war nur …« Er hob die Schultern, und Harry sah ihn eine Sekunde noch aufmerksamer an, zuckte aber dann ebenfalls mit den Achseln und machte eine Kopfbewegung auf den Bildschirm.

»Kommt dir irgendetwas davon bekannt vor?«

Ben kämpfte sein Unbehagen mit aller Macht nieder, zwang ein nervöses Lächeln auf sein Gesicht (nur für den Fall, dass irgendjemand hier noch nicht gemerkt hatte, wie es wirklich in ihm aussah) und lehnte sich gehorsam vor, um noch einmal auf den Bildschirm zu sehen. Harry tat neben ihm dasselbe, und auch Sasha, die keinen Schritt von seiner Seite gewichen war, blickte auf den Laptop hinab.

Das kam Ben nicht nur ungewöhnlich vor, sondern beunruhigte ihn auch, sodass er sich zu ihr umwandte und ihr aufmerksam ins Gesicht sah. Es war so schön – und ausdruckslos – wie immer, und ihr Blick war zwar tatsächlich auf den Bildschirm gerichtet, aber er konnte nicht sagen, ob sie das Bild darauf sah oder etwas ganz anderes – oder vielleicht auch gar nichts.

»Ben?«, fragte Harry.

»Schon gut.« Ben sah abermals auf den Computer hinunter.

Er erkannte immer noch nichts, dann konzentrierte er sich und identifizierte immerhin einige der bizarren Umrisse, die er bei seinem ersten Besuch unten in der Höhle gesehen hatte. Im allerersten Moment nutzte ihm auch dieses Begreifen nicht viel, dann aber schien hinter seiner Stirn irgendetwas spürbar einzurasten, und plötzlich ergab zumindest einiges von dem, was er sah, Sinn.

»Fahr mal ein Stück zurück. Ein paar Sekunden.«

Tooth gehorchte, und das Bild ruckelte ein Stück weit zurück und hielt dann an, als Ben eine entsprechende Geste machte.

»Und?« Harry gab sich zwar Mühe, eher desinteressiert zu klingen, aber es gelang ihm nicht, seine Anspannung zu verbergen.

»Ich bin nicht ganz sicher«, antwortete Ben zögernd. »Aber dieses hohe Gebäude dort, das … könnte es sein.«

»Was?«, fragte Harry.

»Welches Gebäude?«, wollte Tooth wissen.

Er hatte natürlich Recht. Es war kein Gebäude, sondern ein bizarres Gebilde aus Lava, dessen bloßer Anblick schon so unangenehm war, dass es Ben Mühe kostete, sich nicht davon abzuwenden. Aber in seinen Träumen *war* es ein Gebäude gewesen und nicht nur irgendeines, sondern ein gewaltiger, düsterer Koloss, der sich wie ein zu schwarzem Stein erstarrter Schrei in einen von fremden Sternen beherrschten Himmel wand. Und irgendwie … war er es immer noch, wenn auch nur für ihn und nur in seiner Erinnerung, und das sagte er auch.

»Du meinst, das ist so etwas wie …« Harry suchte nach Worten. »Ihr Zentrum?«

»Das weiß ich nicht. Aber dort halten sie Sasha gefangen.«

Tooth sah ihn zweifelnd an.

»Ihren Geist.«

Nun blickte auch Harry skeptisch.

»Also, im Traum«, fügte Ben nervös hinzu.

»Klar«, sagte Tooth.

»Und da drinnen haben sie auch die Leute von der *Princess* gefangen?«, vergewisserte sich Harry.

»Das habe ich nicht gesagt. Aber es ist das Einzige, das ich nicht nur von außen kenne. Und ich hatte das Gefühl, dass es irgendwie wichtig für sie ist.«

Das entsprach nicht völlig der Wahrheit. Er *wusste*, dass dieses spezielle Gebäude (selbst es nur so zu nennen, und sei es auch nur in Gedanken, fiel schwer) von größter Wichtigkeit für die Erbauer dieser Stadt war, aber er sparte es sich, das auszusprechen. Harry hätte ihn vielleicht gefragt, *woher* er dieses Wissen nahm, und diese Frage hätte er unmöglich beantworten können. Er hob nur die Schultern.

»Denkbar wäre es immerhin«, sagte Harry. »Das Ding habe ich gesehen, nicht einmal allzu weit vom Eingang entfernt.«

»Und wenn sie da nicht sind, verliert ihr nur wertvolle Zeit«, sagte Tooth.

»Ja, und können anfangen blind herumzusuchen«, bestätigte Harry. »Du meinst, genau das zu tun, was wir sowieso tun müssen … nur ohne vorher nachgesehen zu haben. Verstehe ich dich recht?«

Tooth zog eine Grimasse. »Schade, dass es draußen so viele Bäume gibt. Sonst würde ich euch eine Wünschelrute basteln.«

»Und wahrscheinlich würde ich sie sogar benutzen«, antwortete Harry kühl. »Zeig uns noch mal die Bilder mit den Gefangenen.«

Tooth war klug genug, jetzt nichts mehr zu sagen, sondern ließ seinen Ärger stattdessen an seinem Laptop aus, indem er mit solcher Gewalt auf die Tasten einschlug, dass es knirschte. Das Bild wechselte erneut und zeigte nun wieder die Passagiere und Besatzung der *Princess*, die von ihren unheimlichen Bewachern vorwärts getrieben wurden. Ben sah noch einmal genauer hin, erkannte aber auch jetzt im ersten Moment keinerlei Einzelheiten, jedenfalls nicht in der Höhle …

»Warte!«, rief er.

Tooth stoppte das Bild, und Ben deutete auf eine der winzigen verschwommenen Gestalten. Sie unterschied sich kaum von allen anderen in ihrer Nähe, und doch hatte irgendetwas daran seine Aufmerksamkeit erregt. *Einen* Unterschied gab es doch: In gewisser Weise ähnelte sie den Eiskriegern, die sie bewachten, denn auch sie war weiß.

»Kannst du den da näher heranholen?«, fragte er.

Tooth versuchte es, und tatsächlich sprang die verschwommene Silhouette plötzlich regelrecht auf sie zu und füllte nahezu den gesamten Bildschirm aus, zerlief aber dabei auch endgültig zu etwas wie einem matschigen weißen Fleck ohne irgendwelche Details.

Tooth probierte es weiter. Der Umriss wurde ein wenig schärfer, allerdings nicht in einem Ausmaß, das wirklich hilfreich gewesen wäre.

»Besser geht's nicht«, sagte Tooth, und Tahia beugte sich zwischen Harry und Ben hindurch über seine Schulter und begann auf dem Laptop zu tippen, ohne sein verärgertes Stirnrunzeln auch nur zur Kenntnis zu nehmen. Das Bild veränderte sich abermals und wurde nun tatsächlich schärfer und detailreicher, wenn auch immer noch nicht annähernd so sehr, wie Ben es sich gewünscht hätte.

Trotzdem …

»Ich glaube fast, du hattest Recht, Harry.«

»Womit?«, erkundigte sich Tooth.

Harry starrte ebenfalls auf den Bildschirm und wirkte ziemlich erschrocken. »Ja, vielleicht. Es könnte Schulz sein.«

Ben war ganz und gar nicht sicher – aber die Gestalt, die selbst jetzt kaum zu erkennen war, hatte etwas sonderbar Vertrautes, ohne dass er genau sagen konnte, was. Selbst ihre Farbe, die ihn zunächst so irritiert hatte, konnte ganz gut die zerschlissene weiße Galauniform sein, die der Kapitän am letzten Abend auf der *Princess* getragen hatte.

Irgendwo hinter ihnen sog jemand keuchend die Luft ein, und im gleichen Moment – wenn auch eindeutig zu spät – erinnerte sich Ben daran, dass er nicht allein war, und fuhr hastig herum.

Sasha war zwar einen halben Schritt zur Seite gewichen, um der Söldnerin Platz zu machen, stand aber immer noch so da, dass sie ohne Probleme auf den Bildschirm blicken konnte. Und für den Bruchteil einer Sekunde, dennoch aber so deutlich, dass es diesmal ganz gewiss keine Einbildung war, *erkannte* er etwas in ihren Augen.

Furcht.

»O verdammt!«, fluchte er und machte einen raschen halben Schritt nach links, um ihr die Sicht auf den Bildschirm zu nehmen.«

»Was ist los?«, fragte Tahia alarmiert. Eine halbe Sekunde lang starrte sie ihn an, dann folgte sie seinem Blick und fuhr sichtbar zusammen, als sie in Sashas Gesicht sah. »Sag nicht, sie hat etwas gesehen!«

»Sasha?«, fragte Ben.

Sie reagierte nicht, aber auch die Furcht in ihren Augen war weg. Ihr Blick war jetzt wieder leer und auf einen imaginären Punkt irgendwo im Nichts gerichtet, und wohl zum allerersten Mal, seit Ben sie kannte, war er fast froh darum. Ihren Vater in der Gewalt dieser Ungeheuer zu erblicken, das wäre jetzt so ungefähr das Letzte gewesen, was er ihr gewünscht hätte.

»Ich … weiß nicht.« Das war Blödsinn. Er wusste es genau, aber manchmal half es eben, sich selbst zu belügen. Und wenn das Schicksal einigermaßen gnädig zu ihr war, dann hatte sie es bereits wieder vergessen.

Aber irgendetwas sagte ihm, dass das Schicksal nicht gnädig zu Sasha war. Das war es nie gewesen. Selbst die nahezu unheimlichen Fähigkeiten, über die sie ganz zweifellos verfügte, ob ihr Großvater das nun zugeben wollte oder nicht, erwiesen sich am Ende wahrscheinlich eher als Fluch, denn die einzige Welt, in der sie aus ihrer immerwährenden Isolation flüchten konnte, war ein nie endender Albtraum, von dem er selbst bisher allenfalls einen Schatten wahrgenommen hatte; und schon das war beinahe mehr, als er ertragen konnte. Und so war er auch sicher, dass sie den Anblick ihres Vaters nicht vergessen, sondern nur in ihren unsichtbaren Kerker mitgenommen hatte, wo er sie weiterquälen würde.

»Ich glaube, das reicht jetzt auch«, sagte Harry. Die Worte galten Tooth, der zu Bens Erleichterung ausnahmsweise darauf verzichtete, den Hofnarren zu geben, sondern den Computer ausschaltete und gleichzeitig den Bildschirm herunterklappte. »Es wird sowieso Zeit. Habt ihr eure Sachen beisammen?«

»Noch fünf Minuten«, sagte Tahia, wandte sich um und ging mit schnellen Schritten zu Gerrit zurück, der auf der anderen Seite stehen geblieben war und die kurze Szene mit gerunzelter Stirn beobachtet hatte. Ben ergriff Sasha bei der Schulter und führte sie zwei, drei Schritte weit weg, obwohl der Computer jetzt ausgeschaltet war, und kurz wusste er nicht genau, was er tun sollte. Am liebsten hätte er Tooth gebeten, ihm das Bild noch einmal zu zeigen, aber erstens wusste er, der Söldner würde diesen Wunsch ganz bestimmt nicht erfüllen, und zweitens hatte er das Gefühl, das Sasha nicht antun zu können. Harry sah ihn mal wieder durchdringend und nachdenklich an, und Ben befürchtete, dass er ihm möglicherweise den wahren Grund seines Hierseins verraten würde, wenn er jetzt auch nur noch einige weitere Worte mit ihm wechselte.

»Kommst du noch einmal, Ben?«, bat Tahia.

Ben drehte sich gerade noch rechtzeitig zu ihr herum, um zu sehen, wie sie einen verstohlenen Blick mit Harry tauschte, und sein Herz begann ein bisschen schneller zu schlagen. Mit einem Mal war er gar nicht mehr sicher, ob die Söldner nicht längst wussten, warum er wirklich hier war. Schließlich hatten sie ihre elektronischen Augen und Ohren buchstäblich überall in der Station.

Er ging trotzdem zu ihr, und Sasha folgte ihm auch jetzt, ohne dass er sie extra dazu auffordern oder gar an der Hand ergreifen musste. Vielleicht hatte sie ja Glück, dachte er, und es war fast wie ein Stoßgebet, und sie hatte das furchtbare Bild tatsächlich schon wieder vergessen.

Tahia nahm eine dick gefütterte Jacke von einem Stuhl und streifte sie über, als er sie erreichte. »Da gibt es noch etwas, was ich dir sagen wollte. Ich will nicht unken, aber ich denke, dir ist auch klar, wir gehen nicht zum Picknicken dort hinunter.«

»Natürlich.« Worauf wollte sie hinaus?

»Falls irgendetwas schief geht«, fuhr die Söldnerin fort und lächelte gleichzeitig in dem – vergeblichen – Versuch, ihren Worten etwas von ihrem düsteren Ernst zu nehmen, »dann halte dich an Tooth. Er weiß, was zu tun ist. Und noch etwas: Tooth weiß ebenfalls Bescheid, aber ich denke, dass du besser mit Ramanov klarkommst als er. Wenn wir aus irgendeinem Grund nicht zurückkehren oder nicht in der Lage sind, es selbst zu tun, dann fragst du den Zaren nach der Bedeutung einer versteckten Computerdatei, die ich in seinem Rechner gefunden habe. Ihr Name lautet: OMEGA DOOM.«

»Omega Doom?« Das klang irgendwie … unheimlich. »Was bedeutet das?«

»Wenn ich das wüsste, müsstest du ihn nicht danach fragen, oder?« Aber auch das war eine Lüge, das spürte er genau. Ebenso deutlich, wie er spürte, dass sie ihm keine weitere Frage über dieses Thema beantworten würde.

»Mach ich. Aber du rechnest doch nicht wirklich damit, nicht zurückzukommen, oder?«

»Natürlich nicht. Wenn ich ernsthaft damit rechnete, würde ich nicht gehen. Ramanov bezahlt uns nicht schlecht, aber so gut nun auch wieder nicht, dass Selbstmord in der Leistung inbegriffen wäre.« Sie war damit fertig, die schwere Jacke überzuziehen und all die komplizierten Reißverschlüsse und Schnallen zu schließen, ergriff ein Paar dicke Handschuhe, die auf demselben Stuhl lagen, und schob sie unter ihren Gürtel, bevor sie zum Tisch ging und zwei der Maschinenpistolen sowie vier Reservemagazine ergriff. Ben warf einen raschen Blick in Gerrits Richtung – er war gerade voll und ganz damit beschäftigt, sich ebenfalls in eine klobige Thermojacke zu hüllen, und ging dabei nicht annähernd so geschickt oder schnell zu Werke wie Tahia –, bevor er einen weiteren Schritt machte und sich erneut neugierig über den futuristisch aussehenden Flammenwerfer beugte. Sasha blieb stehen, wo sie war.

»Fass das nicht an!«, sagte Tahia scharf.

»Keine Sorge. Ich bin nicht lebensmüde. Ich finde das Ding nur … seltsam.«

Das war noch untertrieben. Die Waffe sah so aus, als stamme sie aus der Requisitenkammer eines Science-Fiction-Filmes. Der Lauf war lächerlich dünn und mindestens so lang wie sein Arm, und an dem klobigen Schaft gab es beinahe ein Dutzend Knöpfe, Schalter und winzige Lämpchen, dazu eine Anzahl buckelige Erhebungen, deren Sinn ihm völlig verschlossen blieb. Aber der Anblick brachte ihn auf eine Idee. Verstohlen griff er in die Tasche und zog den winzigen Gegenstand heraus, den Ramanov ihm gegeben hatte.

»Das Ding sieht verrückt aus. Es hat ja nicht einmal einen Tank.«

»Du meinst einen, den man auf dem Rücken trägt, damit deine Feinde darauf schießen und dich abfackeln können? So etwas ist heute nicht mehr nötig. Gerrit – deine Waffe.«

Ben wandte sich immer noch nicht zu ihr herum, aber er sah aus den Augenwinkeln, wie sich Gerrit herumdrehte und den Arm ausstreckte, und wenn er es jetzt nicht riskierte, hätte er vermutlich überhaupt keine Chance mehr. Im gleichen Moment, in dem Tahia ihrem Freund die Maschinenpistole und die Reservemagazine reichte, beugte er sich noch weiter über die sonderbare Waffe und tat so, als würde er bewundernd mit den Fingern über den schlanken Lauf streichen.

»Ich habe dich gebeten, es nicht anzufassen!«, sagte Tahia erwartungsgemäß in jetzt wirklich scharfem Ton und auf jeden Fall laut genug, um das ohnehin fast unhörbare Klicken zu übertönen, mit dem sich die winzige magnetische Kamera an die Unterseite des Laufes schmiegte. Ben prallte übertrieben erschrocken zurück, und Tahia war mit einem einzigen zornigen Schritt neben ihm, riss den Flammenwerfer vom Tisch und legte ihn sich über die Schulter. »Das ist kein Spielzeug!«

»Entschuldige. Ich wollte nur –«

»Ja, schon gut«, unterbrach ihn Harry. »Wenn das alles hier vorbei ist, schenke ich dir die größte Wasserpistole, die ich finden kann, versprochen. Aber jetzt müssen wir los.«

8

IMMERHIN HATTEN HARRY und die beiden anderen ihm noch gestattet, sie gemeinsam mit Sasha ein Stück weit zu begleiten – das lag wohl weniger daran, dass sie ihn so sehr ins Herz geschlossen hatten, sondern wohl eher an der simplen Tatsache, dass sie auf dem Weg zum Labor an der Zentrale vorbeimussten.

Die drei Söldner gaben sich ungewohnt schweigsam, was Ben zuerst auf sich münzte und den Missklang, in dem ihr Treffen geendet hatte; er hatte Harry selten und Tahia noch nie so verärgert erlebt, zumindest nicht im Umgang mit ihm. Und Harrys allerletzte Worte beim Verlassen der Messe, die Ben vorgezogen hatte sich nicht zu merken, waren höchst überflüssig gewesen und hatten irgendetwas mit unvernünftigen Kindern und Fingern zu tun gehabt, die einem unter gewissen Umständen ziemlich schnell abhanden kommen konnten.

Trotzdem war viel wahrscheinlicher, dass mittlerweile auch die drei Söldner Nerven zeigten. Immerhin wussten sie alle, was sie dort unten erwartete. Er hätte im Moment um nichts auf der Welt mit ihm und den beiden anderen tauschen wollen.

Kurz bevor sie die Abzweigung zur Zentrale erreichten, blieb Sasha stehen und machte dann mit einer so abrupten Bewegung kehrt, dass Ben erschrocken zusammenfuhr und Tahia ihr bis zur nächsten Gangbiegung folgte. Als sie wieder zurückkehrte und Ben Anstalten machte, Sasha nachzugehen, hielt sie ihn mit einer raschen Handbewegung zurück.

»Lass sie. Sie ist in ihr Zimmer gegangen. Sie will einfach für eine Weile ihre Ruhe haben.«

Tahia hatte offensichtlich keine Ahnung, wie viel *Ruhe* Sasha in den letzten Tagen gehabt hatte, und außerdem kannte sie das Mädchen natürlich nicht annähernd so gut wie er. So phlegmatisch wie sie sich in den letzten Tagen benommen hatte, kam diese plötzliche Initiative geradezu einem Temperamentsausbruch gleich. Er machte abermals eine Bewegung, um ihr nachzugehen, und diesmal vertrat ihm Tahia ganz offen den Weg und schüttelte energisch den Kopf.

»Lass sie besser in Ruhe«, sagte sie und hob gleichzeitig die Hand, um seinem Widerspruch zuvorzukommen. »Ich weiß, du bist so ziemlich der Einzige hier, der es wirklich gut mit ihr meint, und wohl *wirklich* der Einzige, dem sie vertraut. Aber im Moment ist es sicher besser, wenn sie allein ist.«

»Tahia«, sagte Harry ungeduldig.

»Gleich.« Tahia hob die Hand, aber ihr Blick ließ Ben nicht los. »Versprichst du es mir?«

»Du glaubst, sie hat das Bild doch gesehen?«

»Nein, das glaube ich nicht. Ich *weiß* es. Schließlich habe ich Augen im Kopf. Und außerdem bin ich ebenfalls eine Frau, und Frauen spüren so etwas. Also lass sie eine Stunde in Ruhe, und sobald wir zurück sind, reden wir gemeinsam mit ihr. Wenn du willst, spreche ich mit ihr.«

»Wenn du so weitermachst, sind wir in einer Stunde noch nicht einmal aufgebrochen, geschweige denn zurück«, nörgelte Harry, aber Tahia ignorierte ihn.

»Sie kann nicht reden«, gab Ben zu bedenken.

»Aber zuhören. Und sie ist auch nicht blind. Also lass sie jetzt einfach in Ruhe, und mit ein bisschen Glück kommen wir ja vielleicht sogar mit ihrem Vater zurück, und dann sieht die Welt schon ganz anders aus.«

»Mutter Teresa?«, fragte Harry. »Wenn Sie mit Ihrer seelsorgerischen Tätigkeit fertig sind, könnten wir dann weitergehen oder willst du warten, bis die Klimaerwärmung die Höhlen freigelegt hat?«

Tahia verdrehte die Augen und ließ – vermutlich ganz bewusst – noch eine weitere Sekunde verstreichen, bevor sie sich herumdrehte und Harry und Gerrit folgte. Ben sah ihnen nach, bis sie hinter der nächsten Abzweigung verschwunden waren, und er blieb auch dann noch kurz stehen und dachte ernsthaft daran, doch zu Sasha zu gehen, entschied sich dann aber dagegen. Vielleicht hatte Tahia ja sogar Recht und es war besser, wenn sie jetzt allein blieb.

Stattdessen setzte er seinen Weg fort und betrat nach wenigen Augenblicken die Zentrale.

Wie er es erwartet hatte, waren sowohl Ramanov und van Staaten als auch seine Eltern anwesend, sonst aber niemand, was ihn einigermaßen überraschte. Obwohl er bis heute nicht wusste, welche Rolle Dr. Vatec in der komplizierten Hierarchie hier genau spielte, war er doch ziemlich sicher, dass sie so etwas wie seine rechte Hand darstellte – spätestens nach Baxters Tod –, und ohne seinen jungen Assistenten war Ramanov selten in der Zentrale anzutreffen, ganz zu schweigen von dem Dutzend als Möchtegern-Soldaten verkleideten Technikern und Wissenschaftlern, mit denen sich der Russe normalerweise umgab. Aber es blieb dabei: Seine Eltern und die beiden anderen waren allein, und irgendwie spürte er, dass auch niemand mehr kommen würde. Dabei ging es bei dem, was die drei Söldner gerade taten, möglicherweise um nicht weniger als ihr aller Überleben.

»Hat alles funktioniert?«, fragte Ramanov, statt sich mit etwas so Überflüssigem wie einer Begrüßung aufzuhalten.

Ben schloss mit einer betont langsamen Bewegung die Tür und drehte sich dann noch – beinahe schon provozierend – langsamer um. »Ja«, sagte er knapp.

»Dann können Sie die Kamera jetzt einschalten, meine Liebe«, wandte sich Ramanov an Bens Mutter.

»Lieber nicht. Ich weiß nicht, wie lange die Batterien in diesem winzigen Ding halten. Im Moment können wir sie doch noch über die normalen Kameras verfolgen, oder?«

Ramanov setzte wieder seinen gewöhnlichen Gesichtsausdruck auf – er blickte finster –, griff aber nach seiner Computertastatur und lehnte sich auf seinem Stuhl zurück. Immerhin schien er mittlerweile von Tahia gelernt zu haben, dass das Ding nicht kaputt war, sondern kein Kabel brauchte, um auch auf dieser Seite des Tisches zu funktionieren.

»Haben sie etwas gemerkt?«, fragte seine Mutter.

»Ich glaube nicht.« Ben steuerte einen freien Stuhl am Tisch an und ließ sich darauf nieder, und erst als er saß, stellte er fest, dass er so weit von Ramanov entfernt saß, wie es überhaupt nur ging; und auch von seiner Mutter.

»Du *glaubst* nicht?«, fragte Ramanov.

»Ich bin sicher«, gab Ben gereizt zurück. »Aber Harry ist nicht dumm. Es würde mich nicht wundern, wenn er mit etwas in dieser Art gerechnet hätte.«

Ramanov sparte sich eine Antwort, tippte einen Befehl auf seiner Tastatur, und der große Wandmonitor erwachte zum Leben. Im Moment zeigte er allerdings nichts Dramatischeres als einen leeren grauen Korridor und ein Stück einer massiven Panzertür, neben der sich eine kompliziert aussehende Schalttafel befand.

»Sie müssten längst da sein«, sagte Ramanov. »Wo zum Teufel –?«

Wie auf ein Stichwort hin erschienen Harry und die beiden anderen in diesem Moment im Bild. Sie schienen es tatsächlich nicht besonders eilig zu haben (was Ben gut verstehen konnte) und hielten schließlich auf halber Strecke an, um in aller Ruhe, fast schon übertrieben umständlich, noch einmal ihre Ausrüstung zu überprüfen und schließlich ihre Kapuzen hochzuschlagen und die Handschuhe überzustreifen. Ben fragte sich beiläufig, wie Harry mit diesen klobigen Dingern die winzigen Knöpfe der Tastatur neben der Tür bedienen wollte.

Aber das wollte er gar nicht. Harry hatte seine Kapuze noch nicht hochgeschlagen, kam ein paar Schritte näher und sah dann zielsicher in das Objektiv der versteckt angebrachten Kamera hinauf.

»Geben Sie mir den Code durch oder können Sie die Tür von dort aus öffnen, Professor?«

Ramanov zog die Augenbrauen zusammen. »Woher weiß er, dass wir ihn sehen können?«

»Ja, woher bloß?«, fragte Bens Vater spöttisch.

Ramanov schenkte ihm einen giftigen Blick, schwieg jedoch, machte sich erneut an seiner Tastatur zu schaffen und tippte eine mindestens zehn- oder auch zwölfstellige Ziffer ein. Auf dem Monitor erwachte das Kontrollfeld für einen Moment zu einem fast bedrohlich anmutenden Rot und wechselte nach einigen Sekunden zu Grün, und selbst über die alles andere als gute Verbindung hinweg war das dumpfe Klacken zu hören, mit dem sich das Monstrum von Tür entriegelte und wie von Geisterhand aufschwang.

»Gut«, sagte Harry. »Wir lassen eine Kamera unten vor der zweiten Tür zurück. Tahia gibt Ihnen die Frequenz durch, auf der Sie das Bild empfangen können. Behalten Sie es im Auge. Es könnte sein, dass wir es auf dem Rückweg ziemlich eilig haben.«

»Sechsundachtzig Komma zwei, Professor«, drang Tahias Stimme von außerhalb des Bildes aus den Lautsprechern.

»Aber tun Sie sich selbst einen Gefallen und schalten Sie den Ton ab. Wir senden zwar gar keinen, aber irgendetwas hier stört die Audiofrequenzen. Die Störungen sind mörderisch.«

»Dafür ist der Ton aber ziemlich gut«, sagte Jennifer Berger ironisch.

»Er kommt über Kabel, nicht per Funk«, antwortete Ramanov abwesend, während er bereits wieder auf seinen Tasten herumhackte. »Er hat Recht. Fast alle unsere Funkfrequenzen sind gestört, seit dieser Irrsinn angefangen hat. Hoffentlich verlieren wir nicht die Verbindung zu *unserer* Kamera.«

In einer Ecke des Bildschirms erschien jetzt ein kleineres Fenster, das absolut nichts zeigte.

Ramanov zog die Augenbrauen zusammen und griff nach einem Mikrofon, das hinter ihm auf dem Schrank stand. Da es im Gegensatz zu seiner Tastatur ein Kabel hatte, hätte er es um ein Haar heruntergerissen und sogar die Balance auf seinem Stuhl verloren. Es sah wirklich komisch aus, aber niemand lachte.

»Da ist nichts zu sehen.« Harrys heftigem Zusammenzucken nach zu schließen, musste er den Lautsprecher auf der anderen Seite voll aufgedreht haben.

»Das könnte daran liegen, dass wir sie noch nicht eingeschaltet haben«, antwortete Harry trocken. »Halten Sie trotzdem die Augen auf. Wir gehen jetzt los.«

Nacheinander traten die drei Söldner durch die Tür, die sich nur zur Hälfte geöffnet hatte. Dahinter war nichts als Dunkelheit zu erkennen, die auch dann nicht wich, als sie ihre Scheinwerfer einschalteten. Ganz im Gegenteil schien das geisterhafte Licht die Schwärze hinter der Tür eher noch zu betonen, bevor es nach ein paar Augenblicken wieder erlosch.

»Funktionieren die Kameras unten im Labor noch?«, fragte Bens Vater.

»Nein«, antwortete Ramanov. »Aber wir haben ja noch einen Trumpf im Ärmel. Schauen wir doch mal, was unsere Freunde dort unten *wirklich* vorhaben.«

Der triumphierend-erwartungsvolle Ton in seiner Stimme gefiel Ben nicht im Geringsten, aber er wandte seine Aufmerksamkeit trotzdem vollends dem Monitor zu, auf dem das Bild des Korridors nun einer körnigen Schwarz-Weiß-Aufnahme wich, die rein gar nichts zeigte … jedenfalls nichts, was irgendeinen Sinn ergeben hätte. Alles, was er sah, waren tanzende Schatten und verschwommene Schemen.

»Aha«, sagte van Staaten. Niemand erwiderte etwas. Der Tanz der Schatten und Flecken auf dem Monitor wurde noch eine Spur hektischer.

»Und was ist das?«, fragte van Staaten. Auch darauf antwortete niemand. Ben schon gar nicht.

Das Bild blieb, wie es war, doch nach einigen weiteren Sekunden erschien eine ebenfalls schwarz-weiße, aber gestochen scharfe Abbildung der unteren Panzertür in dem kleineren Bildschirmfenster, und Harrys Stimme sagte: »Sieht ganz schön wüst aus hier unten. Ihre Selbstzerstörungsanlage funktioniert jedenfalls, Professor. Schade, dass Sie nicht sehen können, wie gut.«

»Schwenken Sie die Kamera herum«, sagte Ramanov in sein Mikrofon.

»Clevere Idee«, erklang nun – leiser – Tahias Stimme.

»Immerhin ist er Professor«, fügte die Gerrits hinzu. »Er *muss* clevere Ideen haben.«

Harry lachte glucksend, aber das Kamerabild begann sich prompt wackelnd zu drehen.

»Halten Sie die Kamera ruhig, West«, knurrte Ramanov, »bevor hier oben jemand einen epileptischen Anfall bekommt.«

»Ich stelle sie auf die Treppe. Auf diese Weise haben Sie die Tür auch besser im Blick.« Trotzdem versuchte er offensichtlich, die Kamera ruhiger zu halten, denn das Bild stabilisierte sich einigermaßen, während er sie herumschwenkte und zurück zur Treppe trug, sodass man jetzt mehr Einzelheiten erkennen konnte – nur bedauerte Ben diesen Umstand fast. Selbst wenn man bedachte, dass das grelle Scheinwerferlicht und die schwarzweiße Darstellung den Effekt sicherlich noch verstärkten, war der Anblick noch immer so unheimlich, dass ihm ein eisiger Schauer über den Rücken lief. Die Kammer war vollkommen ausgebrannt. Der graue Kunststoff, mit dem die Wände verkleidet gewesen waren, war nicht geschmolzen, sondern *verschwunden*; zusammen mit sämtlichen Rohrleitungen, Kabeln und überhaupt allem anderen außer dem nackten Beton der Wände und des Fußbodens. Sogar von der massiven Metalltreppe war nur noch ein ausgeglühtes Skelett geblieben, dem Ben unter normalen Umständen nicht einmal sein eigenes Körpergewicht anvertraut hätte. Er verstand immer weniger, wie er lebend aus dieser Hölle herausgekommen war.

Harry setzte die Kamera auf einer der unteren Stufen der Treppe ab, drehte sie so, dass sie nun genau auf die Tür gerichtet war, und legte seine eingeschaltete Taschenlampe daneben.

»Die Batterie hält eine gute Stunde«, kam er Ramanovs Frage zuvor. »Machen Sie sich keine Sorgen. Wenn wir nicht zurück sind, bevor sie leer ist, dann haben Sie vermutlich andere Probleme, über die Sie sich den Kopf zerbrechen sollten.«

»Blödmann«, sagte van Staaten, aber es klang eher amüsiert.

»Das habe ich gehört. Wir wären dann so weit, Professor.«

»Das sehe ich. Und?«

»Die Tür. Es wäre nett, wenn Sie sie öffnen würden. Natürlich nur, falls es Ihnen nichts ausmacht.« Er richtete einen zweiten Scheinwerferstrahl auf die Schalttafel neben der Tür – genauer gesagt das rechteckige verkohlte Loch, wo sie einmal gewesen war.

»Einen Moment.« Ramanov berührte ein paar Tasten, und aus dem Lautsprecher drang ein gedämpfter Knall.

»Was war das?«, erkundigte sich Harry misstrauisch.

»Die obere Tür. Sie glauben doch nicht ernsthaft, dass ich beide Türen öffne? Weiß der Teufel, was sich da unten herumtreibt.«

Harry sparte sich jeden Kommentar und erschien nun zum ersten Mal selbst im Bild, während er sich der Tür näherte. Ramanov tippte wieder auf seiner Tastatur, und erneut erscholl das dumpfe, sonderbar schwere Klacken. Diesmal verging jedoch eine geraume Weile, bevor sich die Tür zu öffnen begann, und auch dann öffnete sie sich nur langsam und ruckelnd und mit einem erbärmlichen Quietschen, das in den Ohren schmerzte.

»Die Mechanik muss etwas abbekommen haben«, sagte Harry, als er sich als Letzter durch den schmalen Spalt quetschte. »Besser, Sie lassen sie offen, bis wir zurück sind. Wer weiß, wie oft sie noch funktioniert.«

»Worauf Sie sich verlassen können«, knurrte Ramanov. Er wartete, bis Harry endgültig durch den Türspalt geschlüpft und auch das Licht ihrer Scheinwerfer erloschen war, dann berührte er eine weitere Taste, und die beiden unterschiedlichen Bilder auf dem Monitor tauschten wieder die Plätze.

Allerdings war auf dem Bild der kleinen Kamera noch immer nicht mehr zu sehen als tanzende Schatten und graue und weiße Schemen.

»He!«, rief van Staaten erfreut. »Ein Diaabend! Soll ich Getränke und Kräcker holen?«

Niemand reagierte auf den Scherz. Bestimmt eine Minute sahen sie alle schweigend zu, wie ein monotones Flecken- und Schattenmuster über den Bildschirm zog, dann fragte seine Mutter beinahe im Plauderton:

»Sag mal, Ben, wo genau hast du die Kamera angebracht?«

»An … ähm … einem sicheren Platz, wo sie bestimmt nicht danach sucht«, antwortete Ben ausweichend.

»Sie?«, fragte Ramanov.

»Tahia. Ich habe die Kamera an ihrer Waffe befestigt. Unter dem Lauf. Dort schaut bestimmt niemand nach.«

»Unter dem Lauf?«, vergewisserte sich Ramanov. Täuschte sich Ben oder klang seine Stimme ein ganz kleines bisschen schrill? »Du meinst, unter dem Lauf *des Gewehres, das sie sich nun über die Schulter gehängt hat*?«

Ben verfolgte das Muster auf dem Bildschirm interessiert weiter. Wenn man einmal von der mangelnden Bildqualität absah, war es eigentlich ganz hübsch. Er widerstand der Versuchung, sich herumzudrehen, aber er konnte beinahe körperlich spüren, wie ihn alle anstarrten.

»Das ist jetzt nicht dein Ernst, oder?«, fragte seine Mutter schließlich.

»Das war der sicherste Platz, und schließlich musste ich improvisieren«, verteidigte sich Ben. »Und sie wird sie schon herunternehmen, sobald sie in die Höhle kommen.«

»Warum?«, fragte Ramanov.

»Weil man normalerweise seine Waffe in die Richtung hält, in die man zielt«, antwortete Ben spitz.

»Vorausgesetzt, es ist etwas da, worauf man zielen müsste«, erwiderte Ramanov.

»Jetzt lassen Sie ihn doch in Ruhe, Professor«, sagte van Staaten. »Er hat Recht. *Ich* würde meine Waffe herunternehmen, bevor ich auch nur einen Schritt in diese Höhle täte.«

Wieder kehrte für eine geraume Weile unangenehme Stille ein, in der Ben weiter stur auf den Monitor sah. An dem Bild änderte sich im Großen und Ganzen nichts, und doch kam es ihm immer sonderbarer vor, je länger er es ansah. Dabei betrachtete er bloß die Decke des Korridors, die noch dazu nur blass im Streulicht der Scheinwerfer zu erkennen war, die die Soldaten in den Gang richteten.

Dann begriff er es.

»Sagt mal … bin ich der Einzige hier, dem etwas auffällt?«

»Was denn?«, fauchte Ramanov. »Eine Gangdecke?«

»Sie ist unbeschädigt. Sollte sie nicht verbrannt sein? Der Kunststoff draußen im Vorraum ist regelrecht verdampft.«

»Und hier ist nicht einmal ein Rußfleck zu sehen«, fügte van Staaten hinzu. »Sieht so aus, als hätte die Sterilisation doch nicht überall funktioniert.«

»Auf diesem Bild erkennt man gar nichts«, gab Ramanov trotzig zurück. Dennoch konnte Ben hören, wie er wieder auf seiner Tastatur zu hämmern begann. Zwei oder drei Sekunden später sagte er: »Zu den Kameras bekomme ich jedenfalls keine Verbindung. Und zu allem anderen auch nicht. Aber sie müssten gleich an der Abzweigung sein. Der Gang dahinter ist niedriger. Dort sehen wir besser. Vor allem die Decke«, fügte er – völlig überflüssig – hinzu.

Wie gebannt saßen alle da und starrten den Bildschirm an. Das Muster aus Schatten und hellen und dunklen Bereichen veränderte sich für endlose Sekunden scheinbar gar nicht, dann flackerte das Bild kurz, und als es sich wieder stabilisierte, zeigte es tatsächlich eine völlig unversehrte, mit geriffelten grauen Kunststoffplatten verkleidete Decke.

»Verdammt!«, sagte van Staaten.

»Das muss noch gar nichts bedeuten«, gab Ramanov nervös zurück. »Vielleicht sind nur einige Bereich des Labors –«

»Was?«, unterbrach ihn van Staaten. »Die ganze Anlage sollte mit zweitausend Grad ausgebrannt werden. Das da sieht nicht nach zweitausend Grad Celsius aus, Professor. Sie wissen, wie empfindlich diese billigen Deckenplatten sind.«

Ramanov sagte nichts dazu, sondern grollte: »Wenn wir wenigstens etwas sehen könnten.«

»Wir können sie doch über Funk erreichen, oder?«, fragte Robert Berger.

»Sicherlich«, antwortete Ramanov abfällig. »Damit sie uns fragen können, woher wir wissen, dass dort unten etwas nicht stimmt – meinen Sie das?«

»Es ist ohnehin komisch, dass *sie* sich noch nicht gemeldet haben«, murmelte Bens Mutter. »Bisher sind wir doch alle davon ausgegangen, das Labor sei komplett zerstört worden. Harry scheint nicht besonders überrascht zu sein, dass –«

Sie brach ab, als das Bild abermals flackerte und dann endgültig erlosch. »Was ist denn jetzt?«

Statt zu antworten machte sich der Russe mit verbissenem Eifer über die Computertastatur her. Gut zwei oder drei Minuten lang probierte er eine Sache nach der anderen aus und wurde dabei immer nervöser und fahriger, schließlich aber gab er es auf und warf die Tastatur mit einer so wütenden Bewegung auf den Tisch, dass Ben halbwegs damit rechnete, die Tasten in alle Richtungen davonfliegen zu sehen.

»Nichts«, sagte er wütend und maß Ben dabei mit einem noch wütenderen Blick. »Die Kamera ist tot … was für ein Zufall!«

»He!«, protestierte Ben. »Schauen Sie mich nicht so an. Es ist nicht meine Schuld. Ich habe sie genau so angebracht, wie Sie es mir gezeigt haben.«

»Und wieso funktioniert sie dann nicht mehr?«

»Woher soll ich das wissen?«

»Das genügt!«, fuhr seine Mutter dazwischen. »Ich bin sicher, dass Ben alles richtig gemacht hat, Iljitsch.«

»Die Kamera war völlig intakt«, beharrte der Russe. »Ich habe sie selbst überprüft, bevor ich sie Ihnen gegeben habe.«

»Vielleicht ist der Sender ja zu schwach«, schlug sein Vater vor. »Immerhin liegt das Labor gut zehn Meter unter unseren Füßen … und ich habe keine Ahnung, wie viel davon massiver Stahlbeton ist. Wissen Sie es?«

»Nein«, raunzte Ramanov, »und es spielt auch –«

»– eine ziemlich große Rolle«, fiel ihm Bens Vater ins Wort, nun schon eine Spur schärfer. »Sie haben uns selbst erzählt, dass das alles dort unten einmal eine Art Bunker war; und diese ganze Station eine amerikanische Spionageeinrichtung, während des Kalten Krieges. Liegt es da nicht nahe, dass die Räume dort unten auch gegen Funkwellen und andere Strahlen isoliert sind?«

Ramanov funkelte ihn ärgerlich an, aber er schwieg, und nach ein paar Augenblicken hatte Ben auch das Gefühl, dass der Ärger viel mehr ihm selbst galt, weil er nicht auf diese naheliegende Erklärung gekommen war. Schließlich zuckte der Russe nur noch einmal fast trotzig mit den Schultern, angelte die Tastatur vom Tisch und legte wortlos das Bild von Harrys Kamera wieder auf den Monitor.

»Und was tun wir jetzt?«, nörgelte er.

»Wie wäre es mit dem, worum Harry uns gebeten hat?«, fragte Bens Vater und deutete auf den Schirm. »Hier bleiben und aufpassen, dass nichts durch diese Tür kommt.«

Ben wünschte sich, er hätte das nicht gesagt. Auf dem Bild rührte sich nichts, und zwischen der Treppe und ihnen war auch immer noch eine zweite, tonnenschwere Panzertür, aber er hatte nicht vergessen, was er dort unten gesehen hatte … und wenn das Labor tatsächlich nicht zerstört worden war, dann bedeutete das nichts anderes, als dass etliche von diesen Kreaturen jetzt frei dort unten umherspazierten.

Er versuchte sich damit zu trösten, dass Baxters kleine Lieblinge vermutlich längst erfroren waren. Aber wirklich funktionierte es nicht. Allein bei dem Gedanken an die grausige Kreatur hinter der Panzerglasscheibe lief ihm schon wieder ein eisiger Schauer über den Rücken.

»Mein Vorschlag gilt noch«, sagte van Staaten. »Ich hole Kräcker und Salzstangen, und wir machen uns einen gemütlichen Videoabend.«

Ramanov blickte sie böse an. »Wenn Sie irgendwo Kräcker und Salzstangen finden, dann tun Sie sich keinen Zwang an.«

Van Staatens Grinsen wirkte nun ein wenig gezwungen und Ben fragte: »So schlimm?«

»Schlimmer«, antwortete Ramanov. »Wir haben noch keine endgültige Bestandsaufnahme, aber ich fürchte, dass wir höchstens noch für zwei oder drei Tage Lebensmittel haben. Vielleicht für eine Woche, wenn wir sie streng rationieren und uns damit abfinden, mit knurrenden Mägen ins Bett zu gehen.«

»Eine Woche ist eine lange Zeit«, sagte Bens Vater. »Möglicherweise ist der Sturm bis dahin ja vorbei oder wir haben wenigstens eine Funkverbindung und können Hilfe anfordern.«

»Und wenn nicht?«, fragte Ben.

»Dann dauert es eben länger«, sagte Ramanov unfreundlich. »So schnell verhungert man nicht. Das dauert Wochen.«

»Sie haben eine reizende Art, jemanden aufzumuntern, Professor«, meinte Robert Berger.

»Es ist nur die Wahrheit«, antwortete Ramanov ungerührt. »Ich kann natürlich auch gerne behaupten, dass es ganz schnell geht und wir binnen vierundzwanzig Stunden alle verhungert sind, sobald wir unsere letzten Vorräte aufgebraucht haben. Wäre Ihnen das lieber?«

»Haben wir wenigstens genug Wasser?«, fragte Ben fast hastig und auch nur, damit sich sein Vater und Ramanov nicht noch weiter in die Haare gerieten.

»Wasser?« Ramanov sah ihn an, als hätte er die Frage überhaupt nicht verstanden.

»Wasser«, bestätigte Ben. »Was ist daran so komisch?«

»Wir sind hier in der Antarktis. Du weißt, was passiert, wenn das Eis am Nordpol schmilzt?«

»Der Wasserspiegel steigt.« Was sollte das?

»Ja, und zwar um schätzungsweise anderthalb oder zwei Meter. Wenn das Eis hier in der Antarktis schmilzt, steigt er um über *sechzig* Meter. Wir sitzen hier auf dem größten Süßwasserreservoir der Welt … da werden wir ein paar Liter für uns abzweigen können.«

»Aber all dieses viele Eis ist nicht hier drinnen«, sagte Ben stur.

Ramanov verzog das Gesicht. »Wir haben genug Wasser.«

»Jetzt fangt ihr beiden bitte nicht auch noch an«, seufzte seine Mutter. »Unser aller Nerven schleifen im Moment am Fußboden, aber unsere Situation wird nicht besser, wenn wir uns jetzt gegenseitig an die Kehle gehen. Wir werden hier ganz bestimmt nicht verhungern, und ich bin sicher, wir finden auch einen Weg, um Verbindung mit dem Festland aufzunehmen.«

»Wir können ja Rauchzeichen geben«, schlug ihr Mann vor.

»Wir haben hier fast drei Dutzend der besten Wissenschaftler der Welt versammelt, Doktor Berger«, sagte Ramanov abfällig. »Es wäre doch gelacht, wenn es ihnen nicht gelingen würde, eine simple Funkanlage auszutricksen.«

»Und den Sturm des Jahrhunderts«, fügte Bens Vater böse hinzu.

Ramanov wollte auffahren, und Bens Mutter verdrehte die Augen und setzte dazu an, die erhitzten Gemüter zu besänftigen, und van Staaten rief: »Dort! Seht doch!«

Sie alle fuhren zum Bildschirm herum.

Auf den ersten Blick hatte sich dort nichts verändert. Der Monitor zeigte noch immer eine Aufnahme der unteren Panzertür, die von einer Taschenlampe angestrahlt wurde, dann aber erschien ein Schatten, der nicht dorthin gehörte und der sich bewegte …

»Was ist das?«, murmelte Ramanov.

Bevor auch nur irgendjemand etwas sagen konnte, bekam er die Antwort auf seine Frage. Der Schatten bewegte sich weiter, und eine schlanke, in einen dünnen weißen Mantel gehüllte Gestalt trat ins Bild und näherte sich der offen stehenden Tür.

»Sasha?!«, entfuhr es Ben.

»Alexandra?«, murmelte Ramanov. Dann beugte er sich über sein

Mikrofon und schrie, so laut er konnte: »Alexandra! Bleib sofort stehen!«

Wenn es dort unten noch irgendetwas gab, was seine Worte übertragen konnte, so reagierte Sasha jedenfalls nicht darauf. Nicht einmal sehr schnell, aber ohne zu zögern, ging sie weiter auf die Tür zu und hatte sie schon nahezu erreicht, als Ramanov auf einen Schalter schlug, woraufhin sich die schwere Metallplatte mit einem erbärmlichen Quietschen zu schließen begann.

»Sind Sie verrückt geworden?«, keuchte Robert Berger. »Wollen Sie sie zerquetschen?«

Ramanov ließ noch eine weitere kostbare Sekunde verstreichen, aber dann stoppte er die Bewegung der gewaltigen Tür wieder. Bens Vater hatte Recht. Die Tür bewegte sich viel zu langsam, als dass sie sich noch schließen konnte, bevor Sasha sie erreichte, und an ihrer Art, sich zu bewegen, war etwas schrecklich Zielsicheres, das selbst ihren Großvater davon zu überzeugen schien, dass sie nicht anhalten würde. Hilflos mussten sie zusehen, wie Sasha die Tür erreichte und ohne innezuhalten durch den Spalt schlüpfte. Ramanov schrie noch zwei- oder dreimal ihren Namen in sein Mikrofon und gab erst dann auf, als sie schon längst außer Hörweite sein musste. Dann wirbelte er zu Ben herum und fuhr ihn an:

»Wie konnte das passieren? Ich dachte, du wolltest auf sie aufpassen?«

»Das habe ich auch!«, verteidigte sich Ben. »Sie ist in ihr Zimmer gegangen!«

»Ja, aber offensichtlich ist sie nicht dort geblieben!«, brüllte Ramanov. »Wie konntest du sie allein lassen? Ich habe sie dir anvertraut!«

»Hören Sie auf, Professor«, sagte Bens Vater scharf. »Ben kann nichts dafür. Erklären Sie uns lieber, wie sie dort hinunterkommen konnte! Ich denke, Sie haben die Tür geschlossen?«

»Das habe ich auch«, fauchte Ramanov. »Sie ist –«

Er brach überrascht mitten im Wort ab. Inzwischen hatte er wieder umgeschaltet, sodass der Monitor nun erneut den Korridor vor der oberen Panzertür zeigte. Sie stand sperrangelweit offen.

»Da waren wir wohl ein bisschen nachlässig, Professor, wie?«, fragte Bens Vater.

»Das war ich nicht!«, protestierte Ramanov. »Ich weiß ganz genau, dass ich die Tür geschlossen habe. Sie haben es doch gehört!«

»Was ich *sehe*, ist auf jeden Fall etwas anderes.«

»Hört auf!«, sagte Ben scharf. »Professor Ramanov hat Recht. Die Tür *war* zu.«

Ramanov wirkte ziemlich verdutzt, dass ausgerechnet er ihn verteidigte, und seine Mutter fragte ruhig:

»Kennt Sasha den Code?«

»Den braucht sie nicht«, antwortete Ben, bevor Ramanov etwas dazu sagen konnte. »Sie hat diese Tür schon einmal geöffnet. Erinnert ihr euch nicht mehr?«

Ein paar Sekunden lang sagte niemand etwas, dann murmelte Ramanov: »Aber … was will sie denn dort unten?«

»Das ist meine Schuld«, flüsterte Ben.

Diesmal dauerte das Schweigen länger.

»Was soll das heißen?«, fragte Ramanov schließlich.

»Sie … sie war bei mir, als ich bei Harry und den anderen war. Wir haben uns noch einmal die Bilder aus der Höhle angesehen, und ich habe Schulz auf einem davon erkannt und Tahia gebeten es zu vergrößern.«

»Kapitän Schulz?«, vergewisserte sich van Staaten. »Sashas Vater?«

»Hat Alexandra diese Bilder gesehen?«, schnappte Ramanov.

»Ja«, gestand Ben. »Zuerst habe ich geglaubt, sie habe nichts gemerkt, aber jetzt … Ja, wahrscheinlich hat sie sie gesehen.«

»Und jetzt will sie ihren Vater suchen«, sagte seine Mutter leise.

»Ist das denn überhaupt möglich?«, wandte sich van Staaten in zweifelndem Ton an Robert Berger.

»Alexandra ist doch nicht schwachsinnig!«, polterte Ramanov.

»In diesem Fall sind wir wohl ausnahmsweise einmal einer Meinung«, bestätigte Bens Vater. »Nur weil sie nicht spricht und nicht auf äußere Reize reagiert, bedeutet das nicht, dass sie nichts von ihrer Umgebung mitbekommt. Und auch nicht, dass sie auf gar nichts reagieren könnte. Ich fürchte beinahe, Ben hat Recht. Aber es ist trotzdem nicht deine Schuld«, fügte er fast hastig und direkt an Ben gewandt hinzu.

Ramanov schwieg, aber seinem Blick nach zu urteilen, sah er das wohl etwas anders.

»Ich gehe ihr nach«, sagte Ben entschlossen.

»Das kommt überhaupt nicht in Frage«, widersprach sein Vater. »Das verbiete ich. Es ist viel zu gefährlich.«

»Aber es ist meine Schuld! Wenn ich nicht so blöd gewesen wäre, hätte sie dieses verdammte Bild gar nicht gesehen, und –«

»– und für so etwas haben wir hier Fachleute«, fiel ihm sein Vater ins Wort. »Rufen Sie diesen Söldner, Professor.«

Ramanov berührte eine Taste. Das Bild auf dem Monitor änderte sich nicht, aber aus den Lautsprechern kam ein rauschendes Knistern, und Ramanov beugte sich über sein Mikrofon. »Hier spricht Professor Ramanov«, begann er und wurde fast augenblicklich von Tooths Stimme unterbrochen.

»Ist schon alles klar, Professor. Ich habe das Bild auch auf dem Schirm.«

»Worauf warten Sie dann noch?«, polterte Ramanov. »Sie müssen meine Enkeltochter holen! Auf der Stelle!«

»Tut mir leid, Professor. Aber ich kann hier nicht weg. Harrys Befehl war da ganz eindeutig. Ich bleibe als Eingreif-Reserve zurück, falls was passiert.«

»Was soll das heißen?«, erwiderte Ramanov. »Es *ist* ein Notfall, und ich befehle Ihnen –«

»Keine Chance, Professor. Ich nehme nur Harrys Befehle entgegen.«

»Sind Sie wahnsinnig?«, schrie Ramanov. »Haben Sie vergessen, wer Ihr Gehalt bezahlt?«

»Harry«, erwiderte Tooth gelassen.

»Tooth, bitte!«, mischte sich Ben ein. »Tu es für mich. Sasha ist in Gefahr. Du musst ihr helfen!«

»Keine Chance, Kleiner«, antwortete Tooth. »Und es wäre auch völlig sinnlos – und überflüssig. Harry und die beiden anderen sind da unten. Sie werden sich um deine kleine Freundin kümmern, keine Angst.«

»Dann funken Sie ihn an!« schnappte Ramanov.

»Habe ich schon versucht. Im Moment kriege ich keine Verbindung. Aber ich versuche es weiter.«

Ben war der Verzweiflung nahe. Warum hatte Harry auch ausgerechnet *Tooth* zurücklassen müssen?! Wären Tahia oder Gerrit als Reserve zurückgeblieben, er war sicher, *sie* hätten ihm geholfen. Aber Tooth würde sich eher ins Knie schießen lassen, bevor er sich von seinem verdammten Computer wegbewegte!

Ramanov schien das wohl genauso zu sehen, denn er trennte die Verbindung kommentarlos, starrte das Mikrofon aber so wütend an, als würde er es am liebsten in Stücke brechen.

»Jetzt mach dir keine Sorgen«, sagte seine Mutter. »Er hat Recht.

Harry wird sie ganz bestimmt finden und sich um sie kümmern. Er ist gut. Du weißt das.«

Natürlich wusste er das. Harry war gut. Aber er spürte, dass Sasha in Gefahr war. Und dieses Gefühl wurde mit jedem Atemzug stärker und unerträglicher.

Er drehte sich mit einem Ruck herum und ging zur Tür. Als er sie fast erreicht hatte, sagte sein Vater: »Nur für den Fall, dass du auf irgendwelche absonderlichen Ideen kommen solltest, Sohn – kannst du diese Tür ebenfalls ohne den Code öffnen?«

Ben drehte sich alarmiert zu ihm um.

»Würden Sie freundlicherweise die obere Tür wieder verriegeln, Professor?«, sagte sein Vater.

»Bitte!«, flehte Ben.

Sein Vater wandte sich jedoch bloß mit einem auffordernden Blick an Ramanov, und der Russe nickte, beugte sich über seine Tastatur und hob dann mit einem Ruck den Kopf, um den Monitor anzustarren, bevor er auch nur eine einzige Taste berührt hatte.

Ben fuhr hastig in dieselbe Richtung herum, und für die kaum messbare Zeitspanne, die diese winzige Bewegung brauchte, erfüllte ihn eine wilde Hoffnung.

Aber sie wurde enttäuscht. Der Bildschirm zeigte noch immer die halb offen stehende Panzertür im unteren Schleusenraum, und Sasha war nicht zurückgekommen. Stattdessen huschte etwas Kleines, nur schemenhaft Erkennbares durch den Lichtstrahl der Taschenlampe und war im nächsten Augenblick wieder verschwunden.

»Was war das?«, fragte van Staaten erschrocken.

»Können Sie das bitte ranzoomen?«, fragte Robert Berger.

»Keine Ahnung«, antwortete Ramanov wahrscheinlich auf beide Fragen gleichzeitig.

Doch es war auch nicht nötig. Der Schatten tauchte erneut auf, und seine rasend schnellen ruckartigen Bewegungen ließen Ben jetzt erkennen, worum es sich handelte.

Es war eine Spinne. Nicht das riesige Monster, das er in Baxters Labor entdeckt hatte, aber trotzdem ein Riese seiner Art, eckig und mit drahtigem grauem Fell und mindestens so groß wie eine gespreizte Männerhand. Auf den ersten Blick sah sie beinahe normal aus – abgesehen von ihrer Größe natürlich –, aber als sie näher herankam, konnte man doch einige Unterschiede ausmachen. Ihre Beine schienen zu viele Gelenke zu haben, und ihr Hinterleib war unförmig aufgequollen und mit fast ins Groteske vergrößerten Spinndrüsen übersät, die wie nässende, entzündete Geschwüre aussahen.

»Was für ein Ungeheuer.« Van Staaten schüttelte sich und starrte Ramanov an. »Eines von Baxters Spielzeugen?«

»Ich vermute es«, antwortete der Russe. Auch seine Stimme klang belegt. »Ich hatte keine Ahnung, dass er *solche* Ungeheuer züchtet.«

Wenn du wüsstest …, dachte Ben schaudernd. Aber er sah auch zugleich ins Gesicht seiner Mutter, und was er dort erblickte, das ließ ihn für einen Moment alles andere vergessen.

Er hatte erwartet, seine Mutter schreckensbleich und am Rande der Panik zu erblicken. Normalerweise reichte bei dieser sonst so beherrschten Frau schon eine harmlose Hausspinne, um sie kreischend auf den nächsten Tisch oder wenigstens einen Stuhl springen zu lassen – aber sie blieb nicht nur vollkommen ruhig, sondern schien dieses abgrundtief hässliche Geschöpf sogar höchst interessiert zu betrachten. Und es war nicht das erste Mal, dass er diese neue Reaktion an ihr beobachtete. Unheimlich …

Die Spinne kam näher, füllte kurz den gesamten Bildschirm aus und stakste dann so dicht an der Kamera vorbei, dass man das Klicken ihrer harten Beine auf dem Metall der Treppenstufe hören konnte.

»Jetzt sollten Sie wirklich die Tür schließen, Professor«, sagte sein Vater. »Es sei denn, Sie möchten dieses niedliche Tierchen hier oben in der Station haben.«

Ramanov hatte es plötzlich sehr eilig, wieder umzuschalten und den entsprechenden Code einzugeben, der die Tür schloss. Als sie mit einem dumpfen Geräusch einrastete, atmete er hörbar auf.

»Ich muss dort hinunter!«, rief Ben.

»Ben, sei vernünftig«, sagte sein Vater. »Du –«

»Du verstehst nicht«, unterbrach ihn Ben. Er gestikulierte aufgeregt in Richtung des Bildschirmes, auf dem jetzt wieder die untere, offen stehende Tür zu sehen war. Zumindest im Augenblick kamen keine weiteren Ungeheuer heraus, aber was bedeutete das schon? »Dieses Ding da war … gar nichts! Da unten lauern noch ganz andere Ungeheuer, und Sasha ist allein! Ich … ich muss sie da rausholen!«

Sein Vater antwortete gar nicht, sondern sah ihn nur erschrocken an, und nach zwei oder drei Sekunden wandte sich Ben wieder zu Ramanov um. »Professor! Bitte!«

Ramanov schwieg. Zehn Sekunden. Fünfzehn. Zwanzig.

Dann nickte er. »Falls dein Vater einverstanden ist. Aber nimm ein Funkgerät mit. Und eine Waffe.«

»Und du gehst nicht allein«, fügte sein Vater hinzu. »Ich begleite dich.«

9

DIE SPINNE SASS AUF DER OBERSTEN STUFE DER TREPPE, fast als hätte sie damit gerechnet, dass sich die Tür in unmittelbarer Zukunft öffnen und sich ihr so eine Gelegenheit zur Flucht bieten würde.

Womit sie höchstwahrscheinlich nicht gerechnet hatte, war Bens Vater, der den Fuß hob und sie kurzerhand zu Brei zerstampfte.

Ben verspürte einen kurzen, aber heftigen Schub von Übelkeit. Er hatte normalerweise kein Problem mit Spinnen, aber das Tier war noch deutlich größer gewesen, als es auf dem Bildschirm den Anschein gehabt hatte; und noch um einiges hässlicher. Noch eine Kleinigkeit größer und sein Vater hätte sie vermutlich nicht einmal zertreten können.

Was jetzt an seinem Stiefel klebte, das hatte auch mehr Ähnlichkeit mit den Überresten eines Yorkshireterriers oder einer besonders fetten Ratte, die unter eine Dampfwalze geraten war, als mit einer Spinne.

»Unglaublich«, murmelte sein Vater, während er ungeschickt auf einem Bein balancierte und zugleich mit dem Schuh über die Kante der Treppenstufe scharrte, um die Schweinerei irgendwie loszuwerden. »Dieser Baxter muss doch echt einen Sprung in der Schüssel gehabt haben.«

Ben schluckte ein paarmal, um den säuerlichen Geschmack in seinem Mund loszuwerden. »Macht dir das … gar nichts aus?«, fragte er mühsam.

»Die Sauerei an meinem Stiefel? Und ob!«

»Die Spinne, meine ich.«

»Nein«, antwortete sein Vater und grinste breit. »Ein Phobiker in der Familie reicht. Und schließlich bin ich Psychologe.«

»Und die haben vor nichts Angst?«

»Doch.« Er hatte seinen Schuh gereinigt, so gut es eben ging, und langte nach dem ausgeglühten Treppengeländer. Die gesamte Konstruktion ächzte hörbar, und Ben bildete sich ein, sie unter sich wanken zu fühlen. Und vielleicht bildete er es sich ja nicht nur ein …

»Aber wir kennen mehr Tricks, um sie uns nicht anmerken zu lassen.«

Direkt in Bens rechtem Ohr erscholl ein scharfes Knacken, gefolgt von Ramanovs Stimme, die mindestens genauso unangenehm klang und laut genug war, gerade noch nicht *wirklich* wehzutun. »Falls Sie mit Ihrer Privatvorlesung fertig sind, Herr Doktor, wäre ich Ihnen äußerst verbunden, wenn Sie weitergingen. Alexandra ist jetzt schon seit gut fünf Minuten da unten.«

Ben und sein Vater drehten in einer vollkommen synchronen Bewegung und beide gleich hastig die Lautstärke der Funkempfänger herunter. Sein Vater verzog übertrieben schmerzhaft das Gesicht und sagte scheinbar ins Nichts hinein: »Und sie ist seit gut fünfzehn Jahren *Ihre* Enkeltochter, Professor, nicht meine.«

Er schaltete ganz ab, bevor ihn Ramanovs Antwort erreichen konnte, setzte sich aber trotzdem rasch in Bewegung und begann die Treppe hinunterzugehen, und Ben begriff, dass er gerade keiner Täuschung erlegen war: Die Treppe vibrierte unter ihren Schritten, und wenn er sich darauf konzentrierte, konnte er spüren, wie sie ganz sacht schwankte. Hätten Sie sich nun auf der *Enterprise* befunden, dachte er, dann hätte der Bordcomputer ihnen jetzt vermutlich in beiläufigem Ton erklärt, dass die strukturelle Integrität gefährdet sei; aber mit einem Mal hörte sich das gar nicht mehr komisch an – vermutlich weil es die Wahrheit war. Die massive Metalltreppe *war* schwer beschädigt, was ihn erneut zu der Frage brachte, wie um alles in der Welt Harry, seine Mutter und er das Inferno hatten überleben können, das hier drinnen getobt hatte.

Er fand die Antwort darauf jetzt so wenig wie die unzähligen Male zuvor, die er sich dieselbe Frage gestellt hatte, und versuchte sich davon zu überzeugen, dass diese wirklich massive Treppe die paar lächerlichen Kilos schon noch aushalten würde, die sein Vater und er auf die Waage brachten.

Als sie die Hälfte der Strecke nach unten hinter sich gebracht hatten, ertönte ein dumpfer Knall, und diesmal schwankte die gesamte Treppe *spürbar* unter ihnen. Etwas fiel von der Decke und zerbrach krachend unter ihnen. Er blieb erschrocken stehen, und sein Vater schaltete mit einer hastigen Bewegung den Funk wieder ein.

»Was war das?«

»Nur die obere Tür, Herr Kollege«, antwortete Ramanov gelassen. »Irgendwie musste ich doch Ihre Aufmerksamkeit erregen.«

»Das ist Ihnen gelungen«, antwortete Bens Vater säuerlich. »Und jetzt machen Sie sie bitte wieder auf.«

»Ganz bestimmt nicht. Es sei denn, Sie garantieren mit, dass der Raum sauber ist und wir hier oben keinen unerwünschten Besuch bekommen.«

»Die Spinne ist tot«, mischte sich Ben ein. »Mein Vater hat sie erledigt.«

»Gut. Aber wenn ich mich richtig erinnere, dann hast du selbst mir erklärt, dass da unten noch viel übleres Ungeziefer herumkriecht.« Seine Stimme wurde hörbar härter. »Diese Tür geht erst wieder auf, wenn ich euch zusammen mit Alexandra zurückkommen sehe.«

Ben wollte auffahren, aber sein Vater schüttelte nur rasch den Kopf, und er beließ es bei einem schweigenden Blick zum oberen Ende der Treppe. Ramanov hatte ja Recht – aber er hatte trotzdem für einen Moment das Gefühl, in einer riesigen unterirdischen Gruft eingesperrt zu sein, aus der er nie wieder hinauskommen würde. Und was Ramanov über *zusammen mit Alexandra* gesagt hatte, das überhörte er. Er hatte ohnehin nicht vor, *ohne* Sasha zurückzukommen.

»Und schalten Sie bitte die Kamera ein«, fügte Ramanov hinzu, als keiner von ihnen antwortete.

Sein Vater sagte auch dazu nichts, griff aber mit beiden Händen nach oben und schlug die Kapuze seiner gefütterten weißen Jacke zurück, bevor er mit der rechten Hand einen der beiden starken Scheinwerfer einschaltete, mit denen Ramanov sie ausgerüstet hatte, und mit der anderen die winzige drahtlose Kamera an seinem Stirnband. Es sah einigermaßen abenteuerlich aus, war aber zugleich auch ziemlich praktisch, denn auf diese Weise nahm die Kamera automatisch alles auf, was er anschaute.

»Und jetzt sollten Sie losgehen, Doktor Berger«, fuhr Ramanov fort. »Alexandra ist schon ziemlich lange dort unten.« Der bissige Spott war aus seiner Stimme verschwunden, und er klang jetzt nur noch besorgt.

»Er hat Recht«, sagte Bens Vater. »Komm. Und bleib immer dicht hinter mir.«

Das war nicht unbedingt das, was Ben vorgehabt hatte, aber zumindest auf dem ersten Stück blieb ihm ohnehin nichts anderes übrig. Der Türspalt, durch den Sasha so mühelos geschlüpft war, erwies sich beim

Näherkommen als so schmal, dass sie nur hintereinander hindurchkonnten. Sein Vater schien es nicht besonders eilig zu haben, denn er leuchtete das schmale Stück des Fußbodens dahinter lange und misstrauisch mit seinem Scheinwerferstrahl ab, und er zögerte auch dann noch einen spürbaren Moment, bevor er sich mühsam durch den Spalt quetschte. Ben konnte es ihm nicht verdenken. Auch ihm wären auf Anhieb ungefähr zweitausend Orte eingefallen, wo er lieber gewesen wäre als in dem unheimlichen Labor auf der anderen Seite.

Aber dort drüben war auch Sasha und sie war in Gefahr, und das bedeutete, dass er selbst dann durch diese Tür gegangen wäre, wenn er genau gewusst hätte, dass der Teufel persönlich auf der anderen Seite auf ihn wartete.

Und wer weiß – vielleicht tat er das ja.

Er wartete nicht einmal ab, bis sein Vater ganz durch den Türspalt war, sondern drängte ungeduldig hinter ihm her und dankte Ramanov im Stillen für die dick gefütterte Jacke und die Handschuhe, ohne die er sich vermutlich an den scharfen Kanten der Tür blutige Schrammen geholt hätte. Trotzdem kam er nicht einmal auf den Gedanken, Ramanov darum zu bitten, die Tür weiter zu öffnen. Genau genommen war der Türspalt für seinen Geschmack noch viel zu breit, wenn er an gewisse … *Geschöpfe* dachte, die möglicherweise hier umherstaksten …

Er drückte die Sprachtaste seines Funkgerätes. »Professor Ramanov, geht diese Tür noch einmal auf, wenn Sie sie schließen?«

Fünf oder sechs Sekunden Schweigen, dann: »Ich bin nicht sicher. Das Metall scheint sich unter der Hitze verzogen zu haben.« Ramanovs Stimme war sehr ernst, aber auch sehr sachlich. »Ich verstehe, was du meinst … doch das Risiko ist zu groß, dass sie nicht mehr aufgeht und ihr dort unten eingesperrt seid.«

»Gut«, sagte sein Vater. »Oder besser: schlecht. Lassen Sie die Tür offen. Aber behalten Sie die zweite Kamera im Auge.« Er wandte sich an Ben. »Schalt deine Lampe ein.« Ben gehorchte, und sein Vater sog scharf die Luft zwischen den Zähnen ein und fügte blinzelnd hinzu: »Aber halt sie nicht unbedingt in mein Gesicht!«

Ben senkte die Lampe zwar gehorsam, tröstete sich aber damit, dass er nicht nur seinen Vater geblendet hatte, sondern wahrscheinlich auch Ramanov.

»Also los«, sagte sein Vater. »Suchen wir sie. Und … Ramanov?«

»Ja, Berger?«

»Versuchen Sie weiter, Harry und die anderen zu erreichen.«

Ben schwenkte seinen Scheinwerfer herum und rief zwei- oder dreimal Sashas Namen, so laut er konnte. Natürlich bekam er keine Antwort, aber er bezweifelte auch fast, dass er sie gehört hätte. Die unheimliche Szenerie, die sein Scheinwerferstrahl der Dunkelheit vor ihm entriss, hielt all seine Sinne gefangen.

Die Selbstzerstörungsanlage hatte tatsächlich nicht funktioniert – aber das Labor war auch nicht unbeschadet davongekommen. Er sah keine Spinnen oder andere Monster, doch die Wand auf der linken Seite war schwarz verkohlt und die Kunststoffverkleidung überall geschmolzen; sie gab den Blick auf den nackten Beton und ein Gewirr aus verkohlten Kabeln und Rohrleitungen frei. Ein Teil der Deckenverkleidung war heruntergebrochen und bildete eine regelrechte Barrikade, die zu übersteigen nicht gerade leicht sein würde. Und als wäre das alles noch nicht genug, hatte das Erdbeben, das der Katastrophe vorausgegangen war, einen gut doppelt handbreiten Riss im Beton des Fußbodens hinterlassen, aus dem ein unheimlicher, fast weißer Dunst emporstieg.

Ben wollte unverzüglich losgehen, aber sein Vater hielt ihn mit einem Kopfschütteln zurück. »Es hat keinen Zweck, blind draufloszurennen. Hast du eine Ahnung, wo sie sein könnte?«

»Vermutlich in der Höhle, um ihren Vater zu suchen.«

»Dann wäre sie Harry und den anderen direkt in die Arme gelaufen, und sie wären schon längst auf dem Rückweg. Ich schlage vor, wir durchsuchen erst einmal das Labor. Du kennst dich ja hier aus … wenigstens besser als ich.«

Und genau das war der Grund, aus dem Ben allein bei diesen Worten schon wieder ein eisiger Schauer über den Rücken lief. Er wusste nur zu gut, was sich hinter einer dieser Türen verbarg.

»Ein guter Vorschlag«, drang Ramanovs Stimme aus ihren Kopfhörern, bevor Ben antworten konnte. »Machen Sie es so. Aber beeilen Sie sich … oder noch besser: Teilt euch auf. Es reicht, wenn einer von euch das Labor durchsucht. Wenn Alexandra bei diesen Söldnern ist, heißt das automatisch, dass sie *nicht* in Gefahr ist.«

»Kommt nicht in Frage«, sagte Bens Vater in entschiedenem Ton. »Aber wir beeilen uns. Komm.« Er kletterte – vorsichtig, aber mit erstaunlichem Geschick – über die Barriere aus Splittern und Betontrümmern hinweg und schwenkte dabei seine Lampe unablässig von links nach rechts. Einmal glaubte Ben etwas Kleines durch den Lichtstrahl huschen zu sehen, aber es war verschwunden, bevor er sicher sein konnte, und danach rührte sich nichts mehr. Vielleicht nur seine Nerven.

Sein Vater ließ den Lichtstrahl weiter aufmerksam über Fußboden, Decke und Wände gleiten und folgte ihm mit Blicken, vermutlich damit Ramanov und die anderen oben in der Zentrale sahen, was er sah; aber er rührte sich nicht; auch nicht als Ben das Hindernis überwunden und neben ihm angekommen war.

Er sah seinen Vater fragend an, doch Ramanovs Stimme aus dem Kopfhörer kam ihm zuvor. »Was ist los? Worauf warten Sie?«

»Irgendetwas stimmt hier nicht«, sagte Bens Vater nachdenklich.

»Ja, das kommt mir auch so vor«, antwortete Ramanov sarkastisch. »Ich sollte die Putzfrau rauswerfen.«

Sein Vater machte sich nicht einmal die Mühe, zu antworten, sondern lenkte den Scheinwerfer weiter durch den Gang. Das bleiche Licht riss grauen Kunststoff und zerrissene Kabel und Ruß- und Brandflecken aus der Dunkelheit, und ein paarmal brach sich das Licht schimmernd auf geborstenem Glas ...

Aber auch *nur* auf Glas.

»Du hast Recht«, sagte Ben. »Hier stimmt etwas nicht.« Sein Vater sah ihn fragend an, und Ben machte eine fast ungeduldige deutende Geste. »Fällt dir nichts auf?«

»Mach es nicht so spannend«, polterte Ramanovs Stimme in seinem Ohr. »Was hast du entdeckt?«

»Kein Eis. Seht ihr das nicht? An den Wänden ist kein Eis. Es ist viel zu warm hier drin!«

»Ich finde es nicht unbedingt *warm*«, sagte sein Vater betont, aber Ben schüttelte nur noch einmal den Kopf.

»Hier müssten zwanzig oder dreißig Grad unter null sein! Aber hier ist nicht einmal ein einziger Eiskristall zu sehen! Weißt du, was das heißt? Dass die Heizung noch funktioniert!« *Und all die kleinen oder auch nicht ganz so kleinen Ungeheuer, die Baxter erschaffen hatte, vielleicht noch am Leben waren ...*

»Unsinn!«, widersprach Ramanov. »Die ganze Anlage ist tot! Auf meinem Monitor ist nichts zu sehen!«

Das glaubte ihm Ben sogar ... aber es bedeutete im Grunde auch nicht mehr als das, was Ramanov gerade selbst gesagt hatte: dass sein Computer nichts anzeigte. Und es *war* entschieden zu warm hier unten.

Die Gedanken seines Vaters mussten sich wohl auf ganz ähnlichen Pfaden bewegen, denn er stellte zwar keine weitere Frage mehr, griff aber mit der Hand in die Tasche und zog die Pistole heraus, die Ramanov ihm gegeben hatte. Genau genommen hatte er ihnen *zwei* Pistolen gegeben, aber sein Vater hatte sie *beide* eingesteckt.

»Deine Lampe«, sagte er, während er sich der nächstgelegenen Tür näherte.

Ben richtete seinen Scheinwerferstrahl gehorsam auf die Tür, während der seines Vaters – und die Mündung seiner Pistole – auf den Boden unmittelbar vor seinen Füßen gerichtet blieb, als er sich der Tür näherte.

Ben wusste nicht, was er erwartet hatte – vielleicht etwas Hässliches mit zu vielen Beinen –, aber hinter der Tür bewegte sich nichts, als er sie behutsam aufzog.

Jetzt *sahen* sie Eis, das in einer dünnen gesprungenen Schicht auf dem Fußboden glitzerte, dann Trümmer und zerborstenes Glas und schließlich genau das, was Ben befürchtet hatte: eine Spinne.

Eine ziemlich große Spinne sogar.

Allerdings war sie tot.

Sie war beinahe so groß wie Tarantula, Baxters Schoßtierchen; sie lag auf dem Rücken, hatte im Tod die Beine an den Leib gezogen und sah zwar noch immer ziemlich widerwärtig aus, aber kein bisschen gefährlich.

Sein Vater schob die Tür weiter auf, und sie sahen noch mehr – und allesamt tote – Spinnen. Die Tiere waren ganz offensichtlich erfroren; manche von ihnen waren mit glitzerndem Raureif überzogen, und als er schließlich dicht hinter seinem Vater durch die Tür trat und dieser die Lampe herumschwenkte, bot sich ihm ein besonders grausiger Anblick: Einige Tiere waren regelrecht an den Wänden oder auch Möbelstücken festgefroren.

Er erkannte den Raum jetzt zweifelsfrei wieder. Es war das Labor, in dem er das Monster entdeckt hatte – allerdings hatte es sich verändert. Nachdem er gegangen war, musste es eine zweite Explosion gegeben haben, denn die gläserne Trennwand war verschwunden, und die Sicherheitsschleuse hatte sich in eine bizarre Skulptur aus Glas, Gummi und Metall verwandelt. Nun wusste er auch, woher all die toten Spinnen stammten. Die Explosion oder Druckwelle, oder was immer es auch gewesen war, hatte all die Terrarien zerschmettert, in denen sie gefangen gewesen waren.

Ben betete, dass es nicht wirklich *alle* gewesen waren.

Sein Herz jagte, und der unangenehme Geschmack auf seiner Zunge wurde noch stärker. Am liebsten hätte er auf der Stelle kehrtgemacht, aber sein Vater ging bereits weiter, und sosehr sich Ben auch vor dem fürchtete, was er auf der anderen Seite der zerborstenen Glaswand finden mochte, so wenig war es ihm möglich, sich *nicht* mit eigenen Augen davon zu überzeugen.

Wie er erwartet hatte, enthüllte der Scheinwerferstrahl eine Szenerie, gegen die sich Dantes Inferno ausnahm wie eine harmlose Walt-Disney-Produktion. Nahezu sämtliche Terrarien und Glaskästen waren zerbrochen, und ihre ehemaligen Bewohner lagen tot und erfroren auf dem Boden; Hunderte, wenn nicht Tausende toter Spinnen.

Er machte einen weiteren Schritt. Glas knirschte unter seinen Stiefelsohlen, und sein Herz schlug ihm bis zum Hals und schien plötzlich ebenfalls mindestens ein Dutzend dünne Beine auszuklappen, auf denen es in seine Kehle heraufzukriechen versuchte.

Die schlechte Nachricht war: Auch das große Terrarium existierte nicht mehr. Die Scheibe aus fast zentimeterdickem Glas war tausendfach gesprungen und hatte sich selbst in etwas wie ein kompliziert verästeltes Spinnennetz verwandelt.

Die gute war: Die Riesenspinne war noch da.

Die *wirklich* gute war: Sie war ebenso tot wie alle anderen.

»Großer Gott«, murmelte sein Vater. »Was … was ist denn … *das?!*« Der Scheinwerfer in seiner Hand zitterte so stark, dass er Mühe hatte, ihn weiter auf das tote Ungeheuer gerichtet zu halten; was den unheimlichen Anblick aber eher noch verstärkte. Die tote Spinne lag mit angezogenen Beinen auf dem Rücken wie die meisten ihrer kleineren Brüder und Schwestern ringsum, doch das zitternde Licht erschuf eine grässliche Illusion von Bewegung.

»Aber das … das ist doch gar nicht möglich!«, krächzte sein Vater. »So … so etwas kann es doch gar nicht geben!«

»Ja«, antwortete Ben leise. »Dasselbe habe ich auch gedacht, als ich sie das erste Mal gesehen habe.«

»Soll das heißen, du hast dieses Ungeheuer schon einmal gesehen?«, erklang Ramanovs Stimme in seinem Ohr.

»Ja. Genau wie Sie, Professor.«

»Unsinn!«, sagte Ramanov. »Ich schwöre, ich habe dieses ... *Ding* noch nie gesehen! Ich hatte keine Ahnung, was Baxter dort unten treibt, verdammt! Hätte ich es gewusst, ich hätte ihn eigenhändig umgebracht!«

»Ja, das klingt glaubhaft«, meinte sein Vater spöttisch. Jedenfalls gab er sich alle Mühe, spöttisch zu klingen, aber dass seine Stimme beinahe ebenso sehr zitterte wie der Lichtstrahl, den er noch immer auf das erfrorene Spinnenmonstrum richtete, verdarb ihm irgendwie den Effekt. Trotzdem fuhr er fort: »Wer leitet noch mal diese Station?«

»Das reicht jetzt«, sagte Ramanov streng. »Wir haben alles aufgezeichnet und reden später darüber. Jetzt suchen Sie bitte weiter nach Alexandra.«

»Darauf können Sie sich verlassen, dass wir noch darüber reden!«, grollte sein Vater. »Und zwar nicht nur über dieses ... *Ding* hier!«

Er drehte sich mit einem Ruck herum, und da sein Scheinwerfer die abrupte Bewegung mitmachte, hatte Ben für einen Sekundenbruchteil tatsächlich den Eindruck, dass die Spinne aufsprang, um sich auf ihn zu stürzen. So schnell er es gerade noch konnte, ohne zu rennen, folgte er seinem Vater und atmete erst vorsichtig auf, als sie wieder draußen auf dem Gang waren und er die Tür hinter sich zugezogen hatte.

»Dieser verdammte Mistkerl!«, ereiferte sich sein Vater. »Das hat er gewusst, mein Wort drauf! Er hat uns von Anfang an belogen! Von der ersten Sekunde an! Das hier ist keine Wetterstation, das ist Frankensteins Labor!«

Ben hoffte, dass er das Funkgerät abgeschaltet hatte – aber eigentlich war es ihm egal. Jetzt, wo sie diesen schrecklichen Raum verlassen und die Tür hinter sich geschlossen hatten, klärte sich das Durcheinander hinter seiner Stirn allmählich. Seine Angst verschwand nicht ganz, aber er empfand nun zusätzlich beinahe so etwas wie Erleichterung, denn immerhin wusste er jetzt, dass van Staaten ihr Wort gehalten und niemandem etwas von dem verraten hatte, was er ihr anvertraut hatte. Und – es war seltsam, und er wunderte sich beinahe selbst darüber und konnte nicht den leisesten Grund dafür angeben – er *glaubte* Ramanov, dass er nichts von der wahren Natur von Baxters Experimenten gewusst hatte.

Außerdem erinnerte er sich nun wieder daran, warum sie hier waren.

»Sasha«, sagte er.

Sein Vater nickte stumm, griff ebenso wortlos in die Jackentasche und nahm die zweite Pistole heraus, die Ramanov ihm gegeben hatte. »Du schießt auf nichts, was weniger als sieben Beine hat, ist das klar?«

»Sehr komisch«, antwortete Ben, griff aber natürlich trotzdem fast hastig nach der Pistole und steckte sie ein; was ein sehr sonderbares Gefühl in ihm auslöste. Als sein Vater sich vorhin geweigert hatte, ihm die Waffe zu geben, war er enttäuscht und auch ein bisschen zornig gewesen, so offensichtlich wie ein Kind behandelt zu werden, und im Umkehrschluss hätte er jetzt ein bisschen stolz sein oder sich zumindest sicherer fühlen sollen.

Keines von beidem war der Fall. Der lahme Scherz seines Vaters hatte natürlich keinem anderen Zweck gedient, als seine eigene Nervosität zu überspielen und Ben spüren zu lassen, wie wenig wohl ihm dabei war, seinem Sohn eine geladene Waffe auszuhändigen. Dass er es trotzdem getan hatte, ließ gewisse Rückschlüsse über den Ernst ihrer Situation zu, über die Ben lieber nicht genauer nachdachte …

Gerade als sie das Labor endgültig verlassen wollten, knackte es in seinem rechten Ohr, aber jetzt war es nicht Ramanovs Stimme, sondern die seiner Mutter, die aus dem Funkgerät drang.

»Robert, bitte dreh dich noch einmal langsam im Kreis. Ich möchte einen Komplettschwenk, den wir später auswerten können.«

»Dafür haben wir keine Zeit«, widersprach ihr Mann missmutig. »Wozu überhaupt?«

»Du sollst das Labor ja auch nicht gründlich durchsuchen, sondern nur einmal aufnehmen. Vielleicht ist es später wichtig, zu wissen, was da unten noch funktioniert und was nicht.«

Sein Vater zierte sich noch einen Moment, gehorchte aber dann und benötigte für den gewünschten Kameraschwenk einen Bruchteil der Zeit, die sie zuvor mit dieser sinnlosen Diskussion verschwendet hatten. Schließlich aber verließen sie das verwüstete Labor endgültig und machten sich daran, auch die übrigen Räume des Labortraktes in aller Eile zu durchsuchen. Überall stießen sie auf Zeichen der Zerstörung unterschiedlichen Ausmaßes – und auf eine unangenehm große Anzahl *lebender* Spinnen, auch wenn es sich zum allergrößten Teil um ganz durchschnittliche Arachnoiden handelte und nicht ein einziges Ungetüm etwa jener Größe dabei war, wie es sein Vater oben auf der Treppe zertreten hatte.

Einige der (gottlob zumeist toten) Tiere, die sie sahen, waren jedoch … sonderbar. Hätte Ben sie an irgendeinem anderen Ort der Welt gesehen, hätte er sie für Missgeburten gehalten – oder den schlechten Scherz eines ebenso begnadeten wie gelangweilten Modellbauers –, aber hier und jetzt bekam ihre Entdeckung einen unangenehmen Beigeschmack. Diese Spinnen hatten zu viele (oder auch zu wenige) Beine, manche eine zusätzliche Taille oder die falsche Anzahl und Form von Augen, und sehr viele wiesen aufgequollene Hinterleiber und absurd vergrößerte Spinndrüsen auf; was zumindest ein *Indiz* dafür war, dass Baxters eigentliche Intention darin bestanden hatte, Spinnen*seide* in größerem Stil zu produzieren, nicht Spinnen*monster*.

Das Schlimmste aber war, dass ihm etliche dieser absurden Monstrositäten *bekannt* vorkamen. Er hatte sie schon einmal gesehen, genauer gesagt ihre Kopien aus Eis, die Gerrit und er draußen an der Spalte gefunden hatten. Weder sein Vater noch er verloren auch nur eine Bemerkung darüber, aber seine wachsende Nervosität ließ keinen Zweifel daran aufkommen, dass auch er sich sehr wohl an ihren grausigen Fund erinnerte und sich seine Gedanken dazu machte.

Schließlich aber – nach wahrscheinlich weniger als fünf Minuten, die sich jedoch zu einer schieren Ewigkeit dehnten – hatten sie den Labortrakt durchsucht, ohne auf eine Spur von Sasha gestoßen zu sein.

»Dann muss sie in der Höhle sein«, sagte Ramanov, der ihre erfolglose Suche über seinen Monitor mitverfolgt hatte.

»Dann hätten Harry und seine Leute sie finden müssen«, wandte sein Vater ein.

Sie standen jetzt am Ende des Korridors, und vor ihnen lag der Eingang des kniehohen Tunnels, der zur Höhle führte. Ben betrachtete ihn voller Unbehagen. Sasha war irgendwo auf der anderen Seite, und natürlich würde er ihr folgen – aber das änderte nichts daran, dass ihm dieses schwarze Loch im Fels in diesem Moment vorkam wie das gierig aufgerissene Maul eines Ungeheuers, das nur auf ein paar Dummköpfe wartete, die freiwillig hineinkrochen, um sie zu vertilgen.

Und zumindest seinem Gesichtsausdruck nach zu schließen schien es seinem Vater ganz genauso zu ergehen.

»Das ist gut möglich«, antwortete Ramanov. »Aber sie melden sich immer noch nicht. Sie werden wohl hineingehen und nachsehen müssen.«

Der Gedanke, sich auf Hände und Knie hinabzulassen und freiwillig in dieses steinerne Drachenmaul zu kriechen, gefiel Ben immer weniger und im nächsten Moment …

… spielte all das keine Rolle mehr, denn aus dem bodenlosen schwarzen Loch vor ihnen drang das mehrfach gebrochene, peitschende Echo eines Schusses.

10

NOCH BEVOR SIE DAS ENDE DES STOLLENS ERREICHTEN, der übrigens wie durch Zauberei auf das mindestens Zehnfache der Länge angewachsen zu sein schien, die Ben in Erinnerung hatte, fiel zuerst die Bildverbindung aus, dann wurde auch Ramanovs über genau diesen Umstand nörgelnde Stimme in seinem Ohr immer unverständlicher und verstummte schließlich ganz. Als Ben und sein Vater sich auf der anderen Seite des Stollens wieder aufrichteten, drang aus ihren Kopfhörern nur noch ein monotones statisches Rauschen, und sein Vater schaltete das Funkgerät ab. Die Stille, die sich daraufhin ausbreitete, traf Ben so unverhofft und mit solcher Wucht, dass er tatsächlich wankte und einen hastigen halben Schritt zur Seite tat, um nicht das Gleichgewicht zu verlieren.

Es lag wohl an dieser Höhle. In der Realität war er erst einmal hier gewesen, aber im Traum immer wieder, und er hatte sie aus den unterschiedlichsten Blickwinkeln auf dem Bildschirm gesehen – und doch kam ihm nichts hier irgendwie bekannt vor. Für einen ganz kurzen, aber sehr unangenehmen Moment wurde das Schwindelgefühl noch stärker. Aus den Augenwinkeln sah er, dass es seinem Vater nicht besser erging: Auch er machte einen Schritt zur Seite und ein kleines Stück zurück, wobei er die Beine leicht spreizte; wie ein Seemann an Deck eines kleinen Schiffchens, das unversehens von einer kräftigen Welle getroffen worden war. Vielleicht war es, weil dieser Ort einem das Gefühl gab, dass man nicht hierher gehörte – dass er einen *nicht wollte* –, und das mit einer Intensität, die körperlich spürbar war.

Ben verscheuchte diesen albernen Gedanken und konzentrierte sich mit einiger Mühe wieder auf den Grund, aus dem sie hier waren. Sasha war irgendwo hier unten, und sie mussten sie finden.

Aber möglicherweise hätte er diesen Plan besser doch nicht so klar in Worte gefasst, denn ihm wurde fast gleichzeitig auch bewusst, wie lächerlich er war. Sie standen wie bei ihrem letzten Besuch hier unten auf dem Geröllhang und blickten auf die bizarre Landschaft aus Felsen und zu grotesken Formen erstarrtem Lava hinab. Und dann erkannte er, dass sie sich verändert hatte. Vielleicht war diese Veränderung nicht einmal wirklich sichtbar, zumindest nicht auf eine Art, die man mit Worten beschreiben konnte: Alles schien noch einmal eine Spur düsterer und abweisender – *fremder* –, als es ohnehin gewesen war, als hätte sich diese ganze gewaltige Felsenlandschaft um eine Winzigkeit weiter in Richtung dessen entwickelt, was es eigentlich sein wollte. Noch einmal und jetzt ganz deutlich spürte er, dass sie nicht hier sein sollten. Dieser Ort war nicht nur fremd, er war *feindselig*.

»Das ist unheimlich«, sagte sein Vater in diesem Moment. Er war also nicht allein mit seinem Gefühl.

»Ja. Ich hätte nicht gedacht, dass du es auch –«

Er brach mitten im Satz ab, als er sich zu seinem Vater herumdrehte und feststellte, dass dieser gar nicht in die Höhle hinunterschaute, sondern den Kopf in den Nacken gelegt hatte und den künstlichen Sternenhimmel über ihnen betrachtete. Ben widerstand ganz bewusst dem Impuls, dasselbe zu tun. Der Anblick machte ihm Angst.

»Was?«, fragte er ungeduldig.

»Was schätzt du, wie tief wir hier unter der Erde sind?«, entgegnete sein Vater. »Zehn, zwölf Meter?« Er beantwortete seine Frage gleich selbst mit einem Nicken.

»Allerhöchstens. Aber jetzt ist wirklich nicht der –«

»Und was schätzt du, wie hoch diese Decke über uns ist?«, fuhr sein Vater in nun eindeutig triumphierendem Ton fort. »Vierzig Meter? Fünfzig?«

Eher mehr, dachte Ben bedrückt. Und zwar *deutlich* mehr. Als er das erste Mal hier gewesen war und bewusst nach oben gesehen hatte, da hatte er das vom Boden der Höhle aus getan, die ihrerseits gute zwanzig oder dreißig Meter unter ihnen am Fuß der riesigen Schutthalde lag. Es war ihm schlicht und einfach nicht aufgefallen, aber die Höhle schien ganz eindeutig höher zu sein, als es überhaupt möglich war.

»Das ist völlig unmöglich«, murmelte sein Vater.

Und durch und durch unheimlich dazu, dachte Ben, aber sie waren trotzdem aus einem anderen Grund hier.

»Sasha«, erinnerte er.

Sein Vater wirkte fast ein bisschen enttäuscht, aber er riss seinen Blick trotzdem mit einiger Mühe von dem erstarrten Sternenhimmel über sich los und nickte, schüttelte aber auch praktisch in derselben Bewegung den Kopf, als Ben losgehen wollte.

»Es hat keinen Sinn, blindlings draufloszustürmen. Wir sollten einen Moment nachdenken. Wo könnte sie sein?«

Unglückseligerweise hatte er Recht, dachte Ben. So gigantisch und sonderbar die Höhle auch war, die sich unter ihnen ausbreitete, rührte sich doch nirgendwo etwas, und wenn das Geräusch, das sie letzten Endes hierher gelockt hatte, tatsächlich ein Schuss gewesen war, dann ließ sich der Schütze jedenfalls nicht blicken. Es war, als hätte die riesige Höhle Harry und seine Begleiter verschlungen. Genauso wie Sasha. Er zuckte nur hilflos mit den Schultern.

»Denk nach«, drängte sein Vater. »Wo könnte sie hingegangen sein?«

»Falls du glaubst, ich hätte in letzter Zeit telepathische Fähigkeiten entwickelt, muss ich dich enttäuschen«, erwiderte Ben in schärferem Ton, als er beabsichtigt hatte, und er bedauerte die Worte auch im gleichen Moment schon wieder.

Sein Vater schien sie ihm jedoch nicht übel zu nehmen. »Wohin wollten Harry und die anderen? Erinnerst du dich, wohin die Gefangenen gebracht worden sind?«

Nein, daran erinnerte er sich nicht. Und soviel er wusste, war das auf dem winzigen Filmschnipsel auch gar nicht zu sehen gewesen. Aber er erinnerte sich, was Harry ihn *gefragt* hatte – und daran, dass Sasha neben ihnen gestanden hatte, als er antwortete …

Statt die ohnehin bewundernswerte Geduld seines Vaters noch mehr auf die Probe zu stellen, drehte er sich wieder herum und ließ seinen Blick aufmerksam durch die riesige Höhle streifen.

Es wäre nicht einmal wirklich nötig gewesen – das monströse Gebilde, in dem er Sasha in seinem Traum begegnet war, überragte alles in weitem Umkreis, sodass man es gar nicht übersehen konnte, aber Ben zögerte trotzdem kurz, bevor er in die entsprechende Richtung deutete. Dieses … *Etwas* war das Einzige hier, was ihm überhaupt etwas sagte, aber das bedeutete ganz und gar nicht, dass sie Sasha auch dort finden würden. Er kleidete seine Bedenken in Worte, doch sein Vater schüttelte nur den Kopf.

»Es ist der beste Hinweis, den wir haben. Wenn sie dort nicht ist, können wir immer noch anfangen wild herumzusuchen.« Er runzelte die Stirn. »Habe ich etwas besonders Komisches gesagt oder warum grinst du so?«

»Ich musste nur daran denken, dass Harry und Tooth vor einer halben Stunde fast wortwörtlich dieselbe Unterhaltung geführt haben. Nur mit vertauschten Rollen.«

»Dann seid ihr euch anscheinend ähnlicher, als ich dachte«, antwortete sein Vater.

»Wer?«

»Tooth und du, wer denn sonst?«

Ben verzichtete klugerweise auf eine Antwort und setzte seinen Weg vorsichtig fort. Als er diesen Hang das erste Mal hinuntergestürzt war, hatte er die Strecke in kaum zwanzig Sekunden (und inmitten einer Steinlawine) zurückgelegt. Jetzt brauchte er zwei oder drei Minuten, und als er unten angelangt war, zitterten seine Knie. Trotzdem machte er rasch zwei oder drei Schritte zur Seite, bloß für den Fall, dass sein Vater diesmal derjenige sein sollte, der einen mittleren Erdrutsch auslöste. Es kam allerdings nur ein einziger kleiner Stein angeflogen, der mit einem hellen *Plink!* von einem Felsen abprallte und in der Dunkelheit verschwand, nur einen Moment später gefolgt von seinem Vater, der mit unerwartetem Geschick über den unsicheren Grund heranbalanciert kam.

»Findest du den Weg?«, fragte er.

Von hier aus war das Gebäude im Herzen der Stadt der *Alten* nicht zu sehen, aber Ben beantwortete seine Frage trotzdem mit einem Nicken. Er war schon einmal dort gewesen, im Traum, und irgendetwas sagte ihm, dass er den Weg auch mit traumwandlerischer Sicherheit finden würde.

Vielleicht wäre mit *albtraumhafter Sicherheit* treffender gewesen. Bens Zeitgefühl erlosch schon nach den ersten Schritten, wie seine räumliche Orientierung, kaum dass sie den ersten Schritt in das Labyrinth aus schwarzem Stein und eishartem Irrsinn getan hatten, aber er spürte immerhin, dass nicht allzu viel Zeit vergangen sein konnte, als sie den großen Platz im Zentrum der Stadt erreicht hatten. Sie waren niemandem begegnet, niemand (und was viel wichtiger war: *nichts)* hatte sie aufgehalten, und doch gehörten die Augenblicke, die sie hierher gebraucht hatten, zu den bisher schrecklichsten seines Lebens. Jeder Quadratzentimeter Boden, auf den sie ihren Fuß setzten, schien ihnen das Atmen schwer zu machen, jeder Schatten wurde zu einer schneidenden Messerklinge, jedes Stück Dunkelheit zu einem verschlingenden Abgrund. Ben geriet nicht in Panik, nicht einmal annähernd, aber er lernte eine neue Bedeutung des Wortes *Furcht* kennen, bevor sie ihr Ziel erreichten.

»Ist es das?« Sein Vater deutete auf das riesige … Lavagebilde auf der anderen Seite des Platzes, das an den bizarren Turm aus seinem Traum erinnerte, zugleich aber auch an nichts, was er jemals gesehen hätte. Aber er erkannte die Treppe wieder, die er hinaufgegangen war (auch wenn es in Wirklichkeit alles war, nur keine *Treppe*), und nickte, und sein Vater ging mit schnellen Schritten weiter, sodass er ihm wohl oder übel folgen musste. Sein Herz klopfte immer schneller.

In seinem Traum war es sehr mühsam gewesen, die Treppe hochzusteigen und das steinerne Drachenmaul des Eingangs zu erreichen, der fast auf halber Höhe des Lavafelsens lag, jetzt, in der Realität, überstieg es beinahe ihre Kräfte. Sein Vater war so erschöpft, dass er sich zitternd an den grotesk geformten Torbogen lehnte, als sie endlich oben angekommen waren, und auch Bens Knie zitterten vor Anstrengung, und sein Atem ging schnell und schmeckte so scharf in seiner Kehle, dass es beinahe wehtat. Außerdem war es hier in der Höhle spürbar kälter als oben im Labor. Jeder Atemzug erschien als graue Dampfwolke vor seinem Gesicht, seine Haut prickelte, und seine Finger waren trotz der dicken Handschuhe bereits so steif gefroren, dass jede noch so kleine Bewegung schmerzte. Flüchtig dachte er an die Waffe in seiner rechten Jackentasche und fragte sich, ob er überhaupt noch fähig sein würde sie zu benutzen, falls sie angegriffen würden.

»Und jetzt?«, fragte sein Vater.

Ben sah sich ebenso ratlos um, wie sein Vater klang. Sie befanden sich in einer sonderbar geschnittenen Kammer, die nur eine einzige Ähnlichkeit mit dem Raum aus seinem Traum hatte: Sie war genauso unheimlich. Es war nicht wirklich ein künstlich geschaffener Raum, aber auch keine Höhle, sondern etwas … dazwischen, das sich immer dann zu bewegen schien, wenn er nicht direkt hinsah.

»Dort … vorne«, murmelte er unschlüssig. Das *glaube ich,* fügte er nur in Gedanken hinzu; auch wenn sein Vater es irgendwie trotzdem gehört zu haben schien, seinem Gesichtsausdruck nach zu schließen.

Der tanzende Schein ihrer beider Handscheinwerfer machte es auch nicht gerade leichter, sich zu orientieren. Immer da, wo sich das Licht zurückzog, schien sich etwas zu bewegen, wie ein Meer winziger tastender Ärmchen, über das ein unfühlbarer Wind strich.

Nach einem knappen Dutzend Schritten erreichten sie einen weiteren Durchgang, hinter dem ein bodenloser Abgrund gähnte, der das Licht ihrer Scheinwerfer einfach zu verschlucken schien. Sein Vater sparte sich die Frage, ob dies der richtige Weg sei, und wandte sich wortlos einem zweiten, missgestalteten Torbogen zu, hinter dem eine schräge Rampe in die Tiefe führte. Sie war nicht einmal allzu steil, aber der Fels glitzerte vor Eis, und nach vielleicht acht oder zehn Schritten machte der Stollen einen scharfen Knick nach links, hinter dem von einer massiven Wand bis hin zu einem gähnenden Abgrund alles Mögliche lauern konnte. Die Vorstellung, *dort* hinunterzugehen, erfüllte ihn nicht gerade mit Begeisterung.

Sein Vater nahm ihm die Entscheidung ab, indem er die Lampe irgendwie so an seinem Gürtel befestigte, dass der Lichtstrahl auf den Boden unmittelbar vor seinen Füßen fiel, und dann, mit vorsichtigen kleinen Schritten und sich mit ausgestreckten Armen rechts und links an der Wand abstützend, losging. Es sah ganz leicht aus, aber als Ben ihm auf die gleiche Weise zu folgen versuchte, hatte er alle Mühe, auf den Beinen zu bleiben. Der Boden war spiegelglatt, und die verrückte Geometrie dieses Ortes narrte auch hier seine Augen: Die Neigung des Stollens war deutlich stärker, als es den Anschein gehabt hatte. Ben war nicht einmal sicher, dass sie den Rückweg auf die gleiche Weise bewältigen würden.

Sein Vater verschwand hinter der Biegung und rief ihm irgendetwas zu, das er nicht verstand; aber zumindest klang seine Stimme nicht erschrocken. Ben versuchte ein wenig schneller zu gehen, mit dem Ergebnis, dass er auf dem spiegelglatten Boden prompt den Halt verlor und das letzte Stück nicht nur hilflos schlitternd zurücklegte, sondern auch ziemlich unsanft gegen seinen Vater prallte, der unmittelbar hinter der Biegung auf ihn wartete.

Gut, auf diesem Weg würden sie ganz bestimmt nicht zurückkommen.

Sein Vater löste die Lampe vom Gürtel und ließ den Strahl durch den riesigen asymmetrischen Raum schweifen, in den der Schacht mündete. Er war deutlich höher, als es eigentlich möglich war, wenn man den Höhenunterschied bedachte, den der Schacht hinter ihnen überwunden hatte, aber über solche Kleinigkeiten zerbrach sich Ben mittlerweile schon gar nicht mehr den Kopf. Sie waren eben in einem Winkel der Welt gestrandet, in dem die Naturgesetze, wie sie sie kannten, keine Gültigkeit mehr hatten, basta.

Außerdem schlug ihn das, was er im bleichen Licht des Scheinwerfers sah, viel zu sehr in seinen Bann, als dass er auch nur noch einen Gedanken an diese weitere Unmöglichkeit verschwendet hätte.

Die Decke der Höhle war mit schimmernden Sternen aus Kristall übersät, auch wenn es nicht einmal annähernd so viele waren wie draußen, und auf den Wänden … befand sich etwas.

Ben konnte es nicht genauer in Worte fassen. Hätte er ein Foto betrachtet, so hätte er geglaubt, es sei unscharf und hoffnungslos verwackelt, nur dass es eben keine Fotografie war, sondern die Realität. Der Effekt war jedoch derselbe. Was immer die Wände vom Boden bis zur Decke übersäte, entzog sich auf fast schwindelig machende Weise ihren Blicken.

»Es sieht aus wie ein … Bild«, murmelte sein Vater, während er zögernd näher an die nächstgelegene Wand herantrat und den Lichtstrahl auf eine bestimmte Stelle richtete. Das unheimliche Flimmern wurde dadurch allerdings eher noch verstärkt. Man erkannte immer noch keine Einzelheiten, aber wenn man zu lange hinsah, bekam man Kopfschmerzen. Vielleicht hatte sein Vater mit seiner Vermutung Recht, vielleicht auch nicht … auf dem schwarzen Stein war jedenfalls etwas, was einem Bild ähnelte, oder genauer gesagt etwas, was versuchte ein Bild zu *werden*, ohne dass es ihm richtig gelang. Ben glaubte Formen zu identifizieren, wabernde Umrisse, Linien und … Dinge, und je länger er hinsah, desto intensiver wurde das Gefühl, sie *kennen* zu müssen. Und doch entzog sich ihm dieses Begreifen stets im allerletzten Moment, und zwar so, als läge es nicht an ihm, sondern als *verhindere* etwas, dass er wirklich erkannte, was er da sah. Der Anblick löste ein heftiges Unbehagen in ihm aus.

»Unheimlich, nicht?«

»Ja«, antwortete Ben automatisch und begriff erst, als sein Vater neben ihm erschrocken herumwirbelte, dass es gar nicht seine Stimme gewesen war, auf die er geantwortet hatte. Beinahe entsetzt fuhr auch er herum und kniff geblendet die Augen zusammen, als er in das grelle Licht eines starken Scheinwerfers blinzelte, der direkt auf sein Gesicht gerichtet war.

»Und verdammt leichtsinnig von euch«, fuhr eine Stimme irgendwo hinter dem grellen Licht fort, die er als die Harrys zu identifizieren glaubte, ohne allerdings völlig sicher zu sein. »Wenn ich Tooth mitgenommen hätte statt Gerrit, dann hätte er erst geschossen und mich dann gerufen, um nachzusehen, was er getroffen hat. *Was zum Teufel tut ihr hier, verdammt noch mal?*«

Die letzten Worte hatte er fast geschrien. Ben konnte immer noch nichts erkennen außer gleißendem Licht, das ihm die Tränen in die Augen trieb, aber er hörte, wie der Söldner näher kam, und auch noch die Schritte einer zweiten Person. Außerdem machte er eine sehr interessante, wenn auch alles andere als angenehme Erfahrung:

Man konnte spüren, wenn jemand eine Waffe auf einen richtete, auch ohne dass man sie sah …

»Nimm die Funzel herunter und ich erkläre es dir«, sagte er, bevor sein Vater antworten konnte.

Eine Sekunde lang geschah gar nichts, dann aber löste sich der blendend weiße Lichtstrahl von seinem Gesicht, doch er brauchte noch einmal drei oder vier Sekunden, in denen er heftig blinzelte, bevor er überhaupt wieder etwas sehen konnte und die verschwommenen Schatten vor seinen Augen zu Harrys Gesicht zusammenflossen. Hinter ihm arrangierte sich ein zweiter Schemen zu einer menschlichen Gestalt, doch bevor er ihr Gesicht erkennen konnte, wurde aus seinem unangenehmen Gefühl Gewissheit. Er hatte sich nicht nur eingebildet, dass der Lauf einer Waffe auf ihn gerichtet war. Allerdings wurde ihm ein bisschen flau im Magen, als er erkannte, dass es keine Maschinenpistole war, sondern etwas Größeres mit einem viel längeren Lauf, der in einer knollenförmigen Mündung endete …

»Ich frage noch einmal, was zum Teufel ihr hier zu suchen habt?«, wiederholte Harry. Er gab sich jetzt Mühe, nicht mehr zu schreien, aber das Ergebnis war eher noch einschüchternder.

»Wir dachten, wir hätten einen Schuss gehört«, antwortete sein Vater.

»Habt ihr«, knurrte Harry. »Das war ich, draußen. Ich habe auf einen Schatten geschossen, weil wir alle ein ganz kleines bisschen nervös sind … und das hätten ebenso gut Sie oder Ihr Sohn sein können, verdammt! Also: Was wollt ihr hier?«

»Sasha«, antwortete Ben. Er sah Harry an, aber ihm entging dabei keineswegs, dass Tahia langsam auf ihn zukam und die Mündung des Flammenwerfers weiterhin direkt auf ihn zielte. »Sie ist weggelaufen. Ich fürchte, sie hat ihren Vater auf dem Bild erkannt und will ihn jetzt suchen.«

»Sie ist hier«, bestätigt Harry.

»Hier?!«, wiederholte Ben erschrocken. »Sie ist euch –«

»Sie war *vor uns* hier«, fiel ihm Harry ins Wort. »Und jetzt frag mich bitte nicht, wie sie das geschafft hat. Wir sind gerade noch rechtzeitig gekommen, um sie von einer ziemlichen Dummheit abzuhalten.« Er schüttelte den Kopf und sah plötzlich eher resigniert als wütend aus. »Und jetzt ihr. Sind das jetzt alle oder kommen noch mehr? Ich meine: Am Platz soll es nicht liegen. Wir kriegen locker die gesamte Besatzung unter.«

»Wir hätten Sie angefunkt, aber die Verbindung ist abgebrochen«, sagte Bens Vater gereizt.

»Geht es Sasha gut?«, wollte Ben wissen.

Harry sah sie abwechselnd an, als könne er sich nicht entscheiden, wem er zuerst antworten solle, und sagte dann gar nichts, und Tahia kam noch näher und starrte Ben ebenso durchdringend wie misstrauisch an. Die Mündung des Flammenwerfers berührte jetzt fast seine Brust.

»Könntest du mir einen Gefallen tun und äh … das Ding herunternehmen?«, bat Ben stockend. »Es macht mich ein bisschen nervös.«

Tahia starrte ihn weiter auf diese beunruhigende Weise an. Sie dachte nicht daran, ihre schreckliche Waffe zu senken, sondern streckte die andere Hand aus – Ben fiel erst jetzt auf, dass sie trotz der grausamen Kälte keine Handschuhe trug – und kniff ihm so kräftig in die Wange, dass er vor Schmerz aufschrie und einen Schritt zurückprallte.

»He! Was soll das?!«

»Ich glaube, er ist echt«, sagte Tahia an Harry gewandt. Immerhin nahm sie ihre Waffe herunter.

»Seid ihr übergeschnappt?«, keuchte Ben, während er seine schmerzende Wange massierte. Für einen Scherz ging das entschieden zu weit. Es tat *weh*, verdammt noch mal! »Sehe ich etwa aus wie eine wandelnde Eisskulptur?«

»Ich finde auch, das geht ein wenig zu weit«, pflichtete ihm sein Vater bei.

»Ach, finden Sie?«, fragte Harry kühl. »Na, dann kommt mal mit.« Er wedelte auffordernd mit seiner Waffe (warum behandelte er sie immer so, als wären sie seine Gefangenen?, dachte Ben verwirrt) und gestikulierte zugleich ungeduldig mit der freien Hand in die Richtung, aus der Tahia und er gerade gekommen waren, und Ben und sein Vater setzten sich widerwillig in Bewegung.

Sie verließen die Höhle durch einen schmalen Spalt, an dessen jenseitigem Ende ein unwirkliches blasses Licht schimmerte. Ben hatte das ungute Gefühl, zu wissen, was dieses Licht bedeutete, und er wurde nicht enttäuscht: Sie gelangten in eine zweite, deutlich größere Höhle, deren Decke ebenfalls mit verschiedenfarbenen Diamanten übersät war. Nur dass diese hier wie Hunderte winziger Lampen von innen heraus leuchteten. Harry hatte sich offensichtlich zunutze gemacht, was sie schon bei ihrem ersten Besuch hier unten bemerkt hatten, und einen seiner mitgebrachten Scheinwerfer so auf den Boden gelegt, dass der Strahl gegen die Decke gerichtet war und die Kristalle zum Leuchten brachte.

Und wieder galt: Was immer der grelle Scheinwerferstrahl in den Kristallen zum Leben erweckte, es war nicht nur Licht …

Doch er kam nicht dazu, seine Bedenken in Worte zu kleiden, denn der Anblick, der sich ihm im flackernden Streulicht der diamantbesetzten Decke bot, war zu bizarr; und zugleich zu erschreckend. Gerrit – und auch Sasha! – hielten sich nur wenige Schritte jenseits des Eingangs auf, und Ben stürmte sofort zu ihnen hin, aber sie waren ganz und gar nicht die einzigen … Gestalten, die es hier drinnen gab. Ben gewahrte auf Anhieb mindestens fünfzig oder sechzig Männer und Frauen, die reglos dastanden; lebensecht und komplett aus schimmerndem Eis bestehend. Zwei oder drei lagen in Stücke zerbrochen da, und er glaubte zu wissen, wer dafür verantwortlich war, verschwendete jedoch kaum einen Gedanken daran, sondern eilte zu Sasha und schloss sie in die Arme.

»Ist alles in Ordnung mit dir? Bist du verletzt?«

»Nein«, antwortete sie. »Mir … fehlt … nichts.«

11

BEN PRALLTE SO HEFTIG ZURÜCK, als hätte sich Sasha in seinen Armen von einem Sekundenbruchteil auf den nächsten in etwas Gefährliches und Bissiges verwandelt, und starrte sie an, und Sasha starrte zurück. Das hieß: Sie *starrte* nicht, aber sie sah ihn ganz eindeutig an, nicht nur auf einen Punkt im Nichts irgendwo in seiner Richtung, und in ihren Augen stand *Erkennen* geschrieben. Und sie hatte gesprochen. Langsam und schleppend zwar, so als bereite ihr jedes Wort große Mühe, aber sie hatte *gesprochen*!

Falls er nicht verrückt geworden oder einer besonders heimtückischen Halluzination aufgesessen war …

Verwirrt sah er sich um und blickte nacheinander seinen Vater und die drei Söldner an. Wenn es eine Halluzination war, dann eine, der zumindest auch sein Vater erlegen war, denn er sah genauso fassungslos und ungläubig aus wie er. In Harrys Gesicht rührte sich nichts, während Tahia auf eine schon fast unangemessen fröhliche Art grinste.

»Du spinnst nicht«, sagte sie. »Sie spricht.«

»Aber … aber wie ist denn das … möglich?«, stammelte Ben.

»Keine Ahnung«, antwortete Harry. »Es hat angefangen, als wir hier hereingekommen sind.«

»Du kannst mich … auch selbst … fragen«, fügte Sasha stockend hinzu.

Ben fuhr schuldbewusst zusammen und wandte sich hastig wieder zu ihr um. Etwas war anders als in seinem Traum, und das war vielleicht der endgültige Beweis, dass er wach war und das alles hier wirklich erlebte: ihre Stimme. Es war noch immer eine sehr schöne, fast sinnliche Stimme, eine Spur tiefer und rauer, als er erwartet hätte, was möglicherweise daran lag, dass ihr das Sprechen so sichtliche Mühe bereitete – aber es war ganz eindeutig die Stimme eines Menschen, nicht mehr das engelsgleiche Flüstern, mit dem sie in seinen Träumen zu ihm gesprochen hatte.

»Aber wie ist das möglich?«, wandte er sich nun direkt an sie.

»Nahe. Sie sind … fast schon … erwacht, Ben.« Während sie sprach, erschien in ihren Augen ein alter, wenn auch unwillkommener Bekannter: ein Ausdruck tiefer Verzweiflung, auch wenn Ben das Gefühl hatte, sie galt eher dem Umstand, dass es ihr nicht gelingen wollte, die richtigen Worte zu finden.

»Streng dich nicht an«, sagte er hastig. »Es reicht, wenn du nickst oder den Kopf schüttelst, okay?«

Sasha nickte, und Tahia sagte fast empört: »Bist du jetzt ganz durchgeknallt? Sei doch froh, dass sie sprechen kann!«

»Ben hat Recht«, mischte sich sein Vater ein. »Sie hat noch nie gesprochen. Ich habe auch keine Erklärung dafür, wieso sie es plötzlich kann, aber es muss zweifellos sehr anstrengend für sie sein.« Rasch trat er zwischen Ben und Sasha, ergriff sie bei den Schultern und sah ihr ernst in die Augen. »Du verstehst mich, Alexandra?«

Sie nickte. »Sasha … kann Alexandra nicht … leiden.«

Bens Vater lächelte flüchtig, wurde aber sofort wieder ernst. »Sasha, gut. Du weißt, warum wir hier sind?« Wieder ein Nicken, diesmal wortlos, und er fuhr fort: »Dann weißt du, wo dein Vater und die anderen sind? Und wie wir zu ihnen kommen?«

»Oh, das können wir Ihnen auch sagen«, sagte Harry ruhig.

Nicht nur Ben, sondern auch sein Vater fuhren überrascht zu ihm herum und starrten ihn an.

»Kommt mit«, sagte Harry, wandte sich zu Gerrit um und deutete auf Sasha. »Pass auf sie auf.«

»He, was soll das?«, beschwerte sich Ben, aber Harry ging einfach, und Gerrit baute sich in beinahe drohender Haltung hinter Sasha auf und legte ihr die Hand auf die Schulter.

»Geh einfach mit«, sagte er, »dann verstehst du es schon.«

Ben zögerte noch kurz – Sasha wehrte sich nicht gegen den Griff des Söldners, und sie sagte auch nichts, doch sie sah ihn so vorwurfsvoll an, dass ihm schier das Herz brach, und außerdem *wollte* er sich nicht von ihr trennen, nicht jetzt, wo sie endlich aus ihrem Gefängnis ausgebrochen war und er die *wahre* Sasha kennen gelernt hatte! –, aber schließlich wandte er sich doch widerstrebend um und folgte Harry und seinem Vater.

Der Weg war nicht weit, stellte aber das bisher unangenehmste Stück dar, denn sie mussten die Höhle komplett durchqueren und dabei im Slalom den Gestalten aus Eis ausweichen. Etliche davon glaubte Ben wiederzuerkennen – Passagiere und Besatzungsmitglieder der *Princess* –, doch er zog es vor, nicht zu genau hinzusehen. Keine von ihnen rührte sich, und es gab noch einen viel gewaltigeren Unterschied zu den Eisgeschöpfen, denen sie bisher begegnet waren: Bei diesen … Dingern handelte es sich um nichts anderes als perfekte, aber trotzdem vollkommen leblose Statuen; präzise Kopien aus Eis, doch mehr auch nicht. Aber irgendwie machte das ihren Anblick beinahe noch unheimlicher.

»Was bedeutet das?«, fragte sein Vater.

»Keine Ahnung«, antwortete Harry und zuckte mit den Schultern, sodass sein Scheinwerferstrahl für einen Moment wild auf und ab hüpfte und die tanzenden Schatten die unheimliche Phalanx der Eisstatuen nun doch zu lautlosem Leben zu erwecken schien. »Aber wenn Sie mich fragen, dann ist das eine verdammte Armee! Nebenan stehen noch einmal so viele, und wer weiß, wie viele von diesen Höhlen es noch gibt. Ein paar sind doppelt oder auch dreifach da – aber das wollte ich Ihnen nicht zeigen.« Er wies mit seinem Scheinwerferstrahl direkt nach vorne. »Passt bloß auf, wo ihr hintretet.«

Ben ging zögernd an ihm vorbei, nahm sich seinen Rat aber trotzdem zu Herzen und war nur einen Moment später sehr froh, es getan zu haben.

Der Scheinwerferstrahl verlor sich vor ihnen im Nichts, weil die gegenüberliegende Wand viel zu weit entfernt war, als dass er sie erreichen konnte.

Aber es gab auch keinen Boden mehr.

Wo sich der mit glitzerndem Raureif bedeckte Fels erstrecken sollte, gähnte ein bodenloser Abgrund.

»Seid vorsichtig«, sagte Harry, erstens völlig unnötigerweise und zweitens trat er selbst so nah an die Kante heran, dass Ben schon allein vom

Hinsehen schwindelig wurde, und als wäre das noch nicht genug, ließ er sich so dicht vor dem Abgrund in die Hocke sinken, dass seine Zehen ein gutes Stück über die Kante hinausragten. Ben rechnete halbwegs damit, dass er auch noch auf den Zehenspitzen zu wippen beginnen würde, aber so weit ging seine Angeberei dann doch nicht. Er beließ es dabei, sie mit einer weit ausholenden Geste heranzuwinken.

Ben näherte sich der Kante äußerst vorsichtig und beugte sich noch behutsamer vor, um in den Abgrund hinunterzuspähen. Trotzdem wurde ihm prompt wieder schwindelig, sodass er sich hastig neben Harry auf die Knie sinken ließ, bevor er es ein zweites Mal versuchte.

Der Abgrund war nicht ganz so tief, wie es ihm in seinem ersten Schrecken vorgekommen war, aber er maß dennoch gut und gerne seine dreißig Meter, und die Wand unter ihm war nicht nur so spiegelglatt, als wäre sie sorgsam poliert worden, sondern stürzte auch vollkommen lotrecht in die Tiefe. Ben konnte im allerersten Moment nicht genau erkennen, was sich unter ihnen befand, doch dann lenkte Harry seinen Scheinwerferstrahl an ihm vorbei in die Tiefe, und Ben stockte der Atem.

Unter ihnen befanden sich die vermissten Passagiere. Die Entfernung war zu groß, um Einzelheiten zu erkennen oder gar eine bestimmte Person zu identifizieren, aber es waren ganz eindeutig lebende Menschen, keine seelenlosen Eisskulpturen.

Wenigstens hoffte Ben, dass sie noch am Leben waren, denn nicht eine der Gestalten rührte sich. Sie saßen oder lagen auf dem Boden, zum Teil wild übereinander gestürzt, als wären sie mitten in der Bewegung von einer unsichtbaren Macht niedergestreckt worden.

»Wir konnten deine kleine Freundin gerade noch davon abhalten, kopfüber hinunterzuspringen«, sagte Harry. »Eine Sekunde später und sie wäre gesprungen.«

Sein Vater blickte betroffen, und auch Ben verspürte ein plötzliches, heißes Erschrecken, aber es fiel ihm zugleich schwer, Harrys Worten wirklich zu glauben. Der Söldner hatte keinen Grund, ihn zu belügen, aber er konnte sich einfach nicht vorstellen, dass Sasha *so etwas* tun sollte. Sie war vielleicht sonderbar, aber nicht dämlich. Und sie war ganz bestimmt nicht hier heruntergekommen, um Selbstmord zu begehen.

Langsam beugte er sich ein zweites Mal vor und sah nach unten. Der Anblick hatte sich nicht verändert und schien beim zweiten Mal eher noch unheimlicher zu sein.

»Wenn du Schulz suchst, er ist da drüben auf der anderen Seite.« Harry reichte ihm ein klobiges Fernglas und gestikulierte mit der anderen Hand nach unten und links. Ben rutschte vorsichtshalber ein kleines Stück von der Kante zurück, bevor er das Fernglas ansetzte und ein paar Augenblicke fast hektisch herumsuchte, bevor er sah, was Harry offensichtlich vor ihm entdeckt hatte. Eine untersetzte Gestalt in einer zerfetzten Borduniform, deren ursprüngliches Weiß man nur noch erahnen konnte, und die ebenso reglos wie alle anderen dastand und ihm den Rücken zuwandte, sodass er ihr Gesicht nicht erkennen konnte. Er war beinahe sicher, dass es Kapitän Schulz war, aber es war wie auf dem Bild oben auf Tooths Computer: eben nur *beinahe.*

Neugierig beugte er sich noch etwas weiter vor, spürte den Sog der Tiefe und wankte ein wenig, und sein Vater rief erschrocken: »Pass auf!«

Wahrscheinlich lag es nur an diesen Worten, dass ihm das Fernglas entglitt. Viel zu hastig griff er mit beiden Händen danach, spürte, dass er dem Abgrund dadurch nun tatsächlich gefährlich nahe zu kommen drohte, und prallte instinktiv wieder zurück, wodurch der Feldstecher nun endgültig zwischen seinen Fingern hindurchrutschte und in die Tiefe fiel.

Wenn auch nicht besonders weit.

Statt wie ein Stein in die Tiefe zu fallen, beschrieb das Fernglas einen engen Bogen und flog dann mit einem hellen Laut gegen die Wand.

Und das war noch nicht alles. Ben tauschte einen ebenso betroffenen wie überraschten Blick mit Harry, beugte sich hastig vor und riss dann mit einem ungläubigen Keuchen die Augen auf.

Das Fernglas klebte keine dreißig Zentimeter unter ihm an der Wand.

Ben blinzelte, presste eine Sekunde lang die Augen zusammen und sah noch einmal hin, aber der Feldstecher hing nach wie vor an der senkrechten Wand.

»Was ist denn *das?*«, murmelte sein Vater fassungslos. Auch er hatte sich vorgebeugt und starrte das Fernglas aus aufgerissenen Augen an – ebenso wie Harry, der aber eher verdutzt aussah. Er hob nur die Schultern.

»Kann die Wand … magnetisch sein?«, vermutete sein Vater.

»Das Ding ist aus Kunststoff und Glas«, antwortete Harry. Er beugte sich – sehr behutsam – weiter vor, griff in die Jackentasche und zog einen billigen Kugelschreiber aus durchsichtigem Plastik heraus. Vermutlich, um auch ganz sicherzugehen, dass sein Testobjekt kein Metall enthielt, schraubte er ihn auseinander, warf die Mine und die Feder achtlos hinter sich und ließ den Rest dann vielleicht zehn Zentimeter jenseits der Kante fallen.

Die Einzelteile des Kugelschreibers fielen auch ungefähr zehn Zentimeter tief, beschrieben einen perfekten Bogen und prallten dann ein Stück oberhalb des Feldstechers gegen die Wand, wo sie wie angeklebt hängen blieben. Nur der winzige Plastikring, der die beiden Teile auf Abstand gehalten hatte, rollte noch ein gutes Stück weiter und kippte schließlich auf die Seite. Jetzt riss auch Harry ungläubig die Augen auf.

»Das ist … seltsam«, murmelte er.

Seltsam, dachte Ben, war gar kein Ausdruck. Unendlich behutsam beugte er sich vor und streckte die Hand aus. Zuerst spürte er nichts, dann jedoch schien eine unsichtbare Kraft nach seinem Arm zu greifen und ihn sacht, aber beharrlich an die Wand zu drücken. Es kostete ihn spürbare Anstrengung, den Arm wieder zurückzuziehen.

»Das gibt's doch nicht«, ächzte Harry. »Was …?«

Ben überlegte noch einen Moment, dann setzte er sich, rutschte auf dem Hosenboden wieder an die Kante heran und ließ die Beine in den Abgrund baumeln.

Nur dass sie nicht baumelten, sondern von derselben Kraft, die er gerade schon einmal gespürt hatte, sanft an die Wand herangezogen wurden.

»Kannst du mir verraten, was das ist?«, fragte sein Vater alarmiert.

Statt zu antworten ließ Ben sich weiter über die Kante gleiten, nahm all seinen Mut zusammen – und stieß sich mit einer kraftvollen Bewegung ab. Sein Vater stieß eindeutig entsetzt die Luft zwischen den Zähnen aus, und Harry machte eine blitzartige Bewegung, wie um nach ihm zu greifen, die aber viel zu spät kam. Ben schlitterte ein kurzes Stück die Wand hinunter und erwartete, nun von derselben unsichtbaren Hand ergriffen und gegen die Wand gepresst zu werden.

Das geschah auch, aber auf eine Art, die er nun wirklich *nicht* erwartet hätte. Er stürzte nicht, doch er hatte auch nicht das Gefühl, gegen die Wand gedrückt und dort festgehalten zu werden. Stattdessen stülpte sich nicht nur sein Magen um, sondern seine gesamten inneren Organe (einschließlich seines Gehirns), und praktisch im gleichen Sekundenbruchteil vollführte die Welt vor seinen Augen einen komplizierten, anderthalbfachen Salto.

Als sie sich wieder beruhigte, fand sich Ben auf dem Rücken liegend und die Decke über seinem Kopf anstarrend wieder, die eben noch der gegenüberliegende Rand des Abgrunds gewesen war.

»Ben? Alles in Ordnung?«

Ben legte den Kopf in den Nacken und sah mit klopfendem Herzen nach oben (auch wenn sein Gleichgewichtssinn hartnäckig darauf bestand, es wäre *hinter ihm*). Sein Vater und Harry starrten aus bleichen Gesichtern auf ihn herab, und irgendetwas an ihrer Haltung war auf schreckliche Weise falsch.

»Ich glaube schon«, murmelte er benommen, während er sich umständlich auf die Ellbogen hochstemmte und dann aufstand, ohne auch nur einen Gedanken an diese Bewegung zu verschwenden.

Im nächsten Augenblick hätte er beinahe schon wieder das Gleichgewicht verloren, diesmal allerdings aus purer Überraschung.

Er stand aufrecht auf den Füßen, aber irgendwie … konnte das nicht stimmen, denn der Feldstecher lag nun direkt neben ihm auf dem Boden, zusammen mit den Einzelteilen des Kugelschreibers. Sein Vater und Harry waren ebenfalls erschrocken in die Höhe gefahren … nur dass sie von seiner Perspektive aus auf dem Rücken zu liegen schienen …

»Aber das … das ist doch … das ist doch absolut unmöglich!«, stammelte sein Vater.

Ben sagte gar nichts dazu, sondern drehte sich mit klopfendem Herzen herum und sah hinter sich. Was jetzt hinten war, das war vor einem Augenblick noch unten gewesen, und all die Leute dort boten jetzt denselben unmöglichen Anblick wie Harry und sein Vater auf der anderen Seite: Sie schienen an der Wand zu kleben, als hätte die Schwerkraft für sie keine Bedeutung mehr; die meisten lang ausgestreckt und liegend, einige aber auch sitzend oder auf den Beinen stehend und waagerecht der Schwerkraft spottend.

Denselben Anblick musste er für Harry und seinen Vater bieten, und als er diesen Gedanken dachte, begriff Ben endlich. Unmöglich oder nicht, an dieser Wand war die Schwerkraft um neunzig Grad gekippt.

»Anscheinend war Sasha doch nicht ganz so verrückt«, sagte er und begriff erst danach, was er da gerade gesagt hatte. Am liebsten hätte er sich auf die Zunge gebissen, aber die Worte waren nun einmal heraus und ließen sich nicht mehr zurücknehmen, und Harry hatte sie zweifellos genauso verstanden, wie er sie gemeint hatte: *Woher hatte Sasha das wissen können?*

Harry sah ihn jedoch nur zwei oder drei schwere Herzschläge lang durchdringend an, dann drehte er den Kopf und rief über die Schulter zurück – genauer gesagt *hinunter:* »Tahia! Gerrit! Kommt her! Und bringt das Mädchen mit!«

»Und du bleibst, wo du bist!«, sagte sein Vater streng. »Rühr dich bloß nicht von der Stelle!«

Ben hatte ohnehin nicht vor, etwas Derartiges zu tun. Er hatte ganz im Gegenteil alle Mühe, überhaupt auf den Beinen zu bleiben. Sein Verstand war zwar ziemlich schnell mit einer (ganz und gar absurden, nichtsdestotrotz aber überzeugenden) Erklärung bei der Hand gewesen, aber was ihm seine Augen zeigten, war etwas anderes. Für einen Moment wurde ihm so schwindelig, dass er sich mit aller Kraft zusammenreißen musste, um sich nicht zu setzen – auf eine lotrecht nach unten stürzende Wand. *Unmöglich?* Nein; dieses Wort reichte nicht. Für das, was hier geschah, hätte man einen neuen Begriff erfinden müssen.

Es verging nicht einmal eine Minute, bevor Gerrit, Tahia und Sasha hinter – genauer gesagt *unter* – ihm auftauchten. Die beiden Söldner rissen ebenso ungläubig die Augen auf wie Harry und sein Vater zuvor und erstarrten für eine halbe Sekunde, und Sasha nutzte die Chance, um Gerrits Hand abzustreifen und ohne das geringste Zögern über die Kante zu treten … wodurch sie von der Waagerechten wieder in die Senkrechte kippte; sie bewältigte diesen Wechsel weitaus souveräner als Ben einige Augenblicke zuvor. Sie strauchelte zwar leicht, fand ihr Gleichgewicht aber augenblicklich wieder und trat mit zwei oder drei schnellen Schritten neben ihn.

Mit dem nächsten Schritt wäre sie an ihm vorbei und weitergegangen, hätte Ben nicht rasch die Hand ausgestreckt und sie am Arm festgehalten. »Warte.«

Sasha blieb tatsächlich stehen, bedachte ihn aber mit einem fast zornigen Blick, bei dem sich Bens schlechtes Gewissen regte. Übertrieben hastig ließ er ihr Handgelenk los, schüttelte aber zugleich den Kopf.

»Warte. Wir gehen zusammen.«

Sashas Blick wurde noch vorwurfsvoller, aber sie blieb trotzdem stehen, und Ben wandte sich wieder zu seinem Vater und den Söldnern um – oder *hinab*, je nachdem. Sein Vater starrte ihn weiter schockiert an, während die Söldner – Harry voran – Sasha und ihm folgten, wobei sie es allerdings nicht ihr gleichtaten, sondern ihm, indem sie sich auf den Hosenboden hinabließen, über die Kante rutschten und dann in einer überaus kompliziert wirkenden Bewegung wieder *aufstanden.* Das sah zwar einigermaßen lächerlich aus, aber Ben hatte auch vollstes Verständnis dafür. Ganz egal, was ihnen ihr Verstand auch sagte – alles in ihnen musste sich dagegen sträuben, einen Schritt ins Nichts zu machen.

»Willkommen in der Twilight-Zone«, murmelte Harry, während er sich umständlich in die Senkrechte hochstemmte … oder auch Waagerechte … oder welche Richtung auch immer.

Als Letzter (und genauso umständlich) folgte sein Vater, und endlich machten sie sich auf den Weg nach *unten.* In der Senkrechten war es eine Ewigkeit gewesen. Sie brauchten nur wenige Sekunden, um die paar Dutzend Schritte bis zum Ende des Schachtes zurückzulegen.

Sasha wurde immer nervöser, je näher sie ihrem Ziel kamen, aber sie versuchte wenigstens nicht noch einmal, ihnen davonzurennen, auch wenn ihr Blick immer hektischer über die Menschenmenge tastete, die vor ihnen an der Wand klebte. Ben versuchte genau wie sie, eine bestimmte Gestalt unter den gut zweihundert Männern und Frauen zu identifizieren, aber die auf so unheimliche Weise verschobene Perspektive machte es ihm völlig unmöglich. Ihm wurde fast schlecht, wenn er nur hinsah.

Am Ende ihres unheimlichen Weges angekommen fragte sich Ben flüchtig, wie sie den neuerlichen *Richtungswechsel* bewältigen sollten, und bekam die Antwort augenblicklich: Er machte eine letzten zaghaften Schritt und fand sich unversehens der Länge nach auf dem Boden wieder; nur den Bruchteil einer Sekunde später gefolgt von Sasha, die (natürlich) sofort und höchst elegant wieder aufstand und sich nach allen Seiten umsah. Hastig folgte Ben ihrem Beispiel und trat rasch ein paar Schritte zur Seite, um nicht unter Harry oder einem der anderen begraben zu werden, die hinter ihm aufrecht gehend und mit sehr verstörten Gesichtern die senkrechte Wand herunterspaziert kamen.

Sasha hatte sich inzwischen schon den ersten reglos daliegenden Gestalten zugewandt und blickte immer hektischer von einem Gesicht ins andere, wobei sich ein Ausdruck wachsender Verzweiflung auf ihren Zügen breit zu machen begann.

»Lass das«, sagte Ben beruhigend. »Das hat keinen Sinn. Harry weiß, wo dein Vater ist. Wir finden ihn, keine Sorge.«

»Wir müssen … uns beeilen«, antwortete Sasha stockend. »Sie sind … auf dem Weg.«

Ben ertappte sich dabei, wie er sie schon wieder überrascht ansah. Er war es einfach nicht *gewohnt*, dass sie überhaupt auf seine Worte reagierte. Und noch viel weniger war er es gewohnt, sie antworten zu hören.

Harry hatte damit anscheinend weniger Probleme, denn er kam gerade neben ihnen die Wand heruntermarschiert, sprang mit einer federnden Bewegung in die Höhe und fragte: »Wen meinst du mit *sie*?«

Sasha sah ihn nur erschreckt an und schwieg. Ungeduld blitzte in Harrys Augen auf, beinahe so etwas wie Zorn, aber dann drehte er sich nur mit einem Ruck zu den beiden anderen um und gestikulierte ihnen hektisch zu. Im Grunde war es auch gar nicht nötig, dass sie antwortete, dachte Ben niedergeschlagen. Sie wussten alle, von wem sie sprach.

»Schulz«, sagte er direkt an Harry gewandt. »Wo ist er?«

Harry blickte ihn nun beinahe so feindselig an wie Sasha gerade, drehte sich dann aber gehorsam um und blickte suchend in die Runde. Für einen Moment wirkte er fast hilflos, was Ben verstehen konnte. Ihm selbst erging es kaum besser und den anderen vermutlich auch nicht. Oben und unten hatten wieder ihre angestammten Plätze eingenommen, doch die bloße Erinnerung an das eben Erlebte ließ ihre Sinne immer noch revoltieren.

»Da hinten«, sagte er schließlich und hob die Hand. Er klang nicht wirklich überzeugt, fand Ben, und auch seine Geste machte eher den Eindruck total willkürlich zu sein. Er ging auch nicht los, sondern ließ sich neben dem nächsten reglosen Körper auf die Knie sinken, drehte ihn wenig sanft auf den Rücken und zerrte mit den Zähnen seinen rechten Handschuh herunter, um nach seinem Puls zu tasten. Ben kannte den Mann nicht – seiner reichlich mitgenommenen Kleidung nach zu schließen gehörte er zur Besatzung der *Princess*, nicht zu den Passagieren –, doch sein Anblick versetzte ihm einen heftigen Stich. Sein Gesicht war mit dunklen Flecken und rauen Stellen übersät – Erfrierungen, vermutete Ben – und er hatte ein paar üble Verletzungen an den Händen. Seine Kleider waren zerrissen, und er trug nur noch einen Schuh, was bedeutete, dass er *barfuß* die ganze Strecke über das Eis hierher gelaufen sein musste. Das Schlimmste aber war der Ausdruck auf seinem Gesicht.

Es gab keinen.

Seine Züge waren so schlaff und leer, wie es die Sashas bisher gewesen waren; als wäre nicht nur das Bewusstsein, sondern auch noch etwas anderes, sehr viel Größeres und Wichtigeres daraus gewichen. So wie es Sasha endlich gelungen war, die Wände des Kerkers niederzureißen, in dem sie zeit ihres Lebens gefangen gewesen war, schien dieser bedauernswerte Mann nun in denselben bodenlosen Abgrund gestürzt zu sein.

Und nicht nur er …

Ben wandte sich einer zweiten Gestalt zu, dann einer dritten und vierten und schließlich einer jungen Frau in einem viel zu dünnen Kleid, die wie mitten in der Bewegung erstarrt neben ihnen stand und aus toten Augen ins Nichts starrte, und er begegnete überall derselben schrecklichen Leere.

Als hätte sie seine Gedanken gelesen – was im Moment vermutlich nicht besonders schwer war –, sagte Sasha leise: »Sie sind dort, wo ich bisher war.«

Die Worte jagten nicht nur Ben einen eisigen Schauer über den Rücken. Auch Harry und sein Vater sahen das weißhaarige Mädchen betroffen an und auf eine Art, die keinen Zweifel daran aufkommen ließ, dass sie ganz genau verstanden hatten, was ihre Worte bedeuteten. Am wenigsten zu ertragen war, wie *schuldbewusst* sich Sasha anhörte.

»Ich hätte sie warnen müssen«, fuhr sie traurig fort. »Sie hätten nicht hierher kommen dürfen.«

»Also, dafür kannst du nun wirklich nichts, Kleines.« Ben war ein wenig überrascht, dass es ausgerechnet Harry war, der Sasha zu beruhigen versuchte, aber natürlich hatte er Recht. »Ich weiß ja nicht, wie viel du … mitbekommen hast … aber sie wurden hierher verschleppt, weißt du? Niemand hätte das verhindern können. Auch du nicht.«

Und natürlich nutzte es nichts. Sasha schüttelte nur den Kopf, und Ben glaubte mühsam unterdrückte Tränen in ihren Augen schimmern zu sehen. Der Anblick schnürte ihm die Kehle zu. Zum allerersten Mal stand er der wahren Sasha gegenüber, und das erste Gefühl, das er in ihren Augen las, war *Schmerz.*

»Sie hätten nicht hierher kommen dürfen. Nicht in diesen Teil der Welt. Ich habe es gewusst. Ich hätte sie warnen müssen. Aber ich … wollte hierher.«

Und plötzlich … glaubte Ben zu begreifen, was sie meinte. Aber diesen Gedanken würde er nicht zulassen.

»Du hast es ja schließlich auch versucht«, antwortete er in fast wütendem Ton. Sein Vater warf ihm einen erschrockenen Blick zu und versuchte ihm irgendwie zu bedeuten, auf der Stelle die Klappe zu halten, aber Ben ignorierte seinen fachmännischen Rat. »Wenn hier jemanden die Schuld trifft, dann mich, weil ich zu dumm war, dich zu verstehen!«

In Sashas Augen schimmerten immer noch Tränen, aber sie lächelte zugleich matt; auch wenn er das ungute Gefühl hatte, dass dieses Lächeln nur der guten Absicht hinter seinen Worten galt, nicht dem, *was* er gesagt hatte.

»Wir müssen uns beeilen«, sagte sie nur. »Sie kommen.«

»Da hinten.« Harry deutete noch einmal in dieselbe Richtung wie gerade. »Ich glaube, dort ist es.«

Das wirkte genauso überzeugend wie beim ersten Mal, aber Ben beeilte sich nun trotzdem, ihm zu folgen; und sei es nur, um dem schrecklichen Anblick dieser leeren Gesichter und Augen zu entkommen. Ganz automatisch wollte er nach Sashas Hand greifen und sie mit sich ziehen, bevor er sich daran erinnerte, dass das nicht mehr nötig war, und die Hand mit einer fast beschämten Geste wieder zurückzog ... und dann war es Sasha, die nach *seiner* Hand griff und sie festhielt.

»Gerrit, Tahia, alles in Ordnung?«, rief Harry.

»Alles klar«, erwiderten die beiden Söldner im Chor. Tahias Stimme kam von links und aus unmittelbarer Nähe, wie es schien, während Gerrits ein deutliches Echo hatte und leicht verzerrt klang, als käme sie aus einem Tunnel. Ben sah jedoch weder nach rechts oder links oder auch nur zu Harry und seinem Vater hin. Sein Blick blieb wie hypnotisiert an Sashas Gesicht hängen. Sie war so ... so *anders*, obwohl sie sich nicht im Mindesten verändert hatte; als hätte er bisher nur ein vermeintlich lebensechtes Bild von der wahren Sasha gesehen und niemals sie selbst.

»Man könnte meinen, du hättest mich noch nie zuvor gesehen, so wie du mich anstarrst«, sagte Sasha. »Dabei hattest du doch Zeit genug, mich anzusehen.«

»Das ... das hast du ... gemerkt?«, stammelte Ben betroffen.

Sasha lächelte spöttisch. »Ich bin autistisch. Nicht blind.«

Ben starrte sie einen Moment betroffen an und grub dann einen deutlich längeren Moment und ziemlich hektisch in seinem Gedächtnis, um sich möglichst an alles zu erinnern, was er jemals in ihrer Gegenwart zu ihr oder über sie gesagt hatte. Natürlich gelang es ihm nicht, aber Sashas Lächeln wurde noch spöttischer, auch wenn der Schmerz in ihren Augen keinen Deut schwächer wurde.

»Mach dir keine Sorgen«, sagte sie. »Das meiste war ziemlich nett.«

»Das meiste?«, wiederholte Ben. »Aha.« Allmählich verstand er seine eigene Reaktion nicht mehr. Seit er Sasha kennen gelernt hatte, hatte er sich nichts mehr gewünscht als das – und nun war es eingetroffen, und das Einzige, was er tat, war sie anzugaffen und herumzustottern.

Sasha lachte leise, als hätte sie auch diesen Gedanken gelesen, aber sie verzichtete zu seiner Erleichterung auf einen weiteren Kommentar und schritt nun ein wenig rascher aus, um zu Harry aufzuschließen, und dabei schienen sich ihre Rollen endgültig umzukehren, denn jetzt war ganz eindeutig sie es, die ihn hinter sich herzog, und Ben, der alle Mühe hatte, mit ihr Schritt zu halten. Er hätte seinen ersten Schock mittlerweile überwunden haben sollen, aber das genaue Gegenteil war der Fall: Es fiel ihm immer schwerer, auch nur einen einzigen klaren Gedanken zu fassen. Er kam sich schon wieder wie in einem Traum vor, nur in einem, in dem gar keine Regeln mehr zu gelten schienen. Er war beinahe froh, als sie endlich anhielten und Harry mit einer stummen Kopfbewegung auf eine untersetzte Gestalt deutete. Schulz.

Sasha trat langsam dichter an ihren Vater heran, und Ben ließ sie dabei keinen Sekundenbruchteil aus den Augen. Sie wirkte abgrundtief entsetzt, blieb jedoch äußerlich vollkommen ruhig und sah ihren Vater an. Ben konnte nicht anders als ihre Kraft zu bewundern. Er bezweifelte, dass er es geschafft hätte, die Fassung zu bewahren, hätte er seinen Vater im selben Zustand vorgefunden.

Schulz bot einen schrecklichen Anblick. Seine Kleider waren zerrissen und angesengt, aber das waren sie auch auf der *Princess* schon gewesen. In seinen Augen stand dieselbe schreckliche Leere wie in denen aller anderen, die Ben bisher hier unten gesehen hatte, und die grausame Kälte hatte auch von ihm einen Tribut gefordert: Ben verstand nicht allzu viel davon, aber er schätzte, dass Schulz mindestens die Hälfte seiner Finger einbüßen würde und möglicherweise auch die Nase und die Ohren. Das alles hatte sich schwarz verfärbt und ein Teil seines Gesichts und sein rechtes Handgelenk ebenfalls.

»Er ist bei ihnen«, sagte Sasha leise. »Sie sind alle bei ihnen. Wir müssen sie wegbringen.«

»Aus keinem anderen Grund sind wir hier«, erwiderte Harry ernst. »Ich fürchte nur, dass das gar nicht so einfach sein wird.«

»Sie kommen näher«, sagte Sasha, ohne den Blick vom Gesicht ihres Vaters zu lösen. »Wir müssen sie wegbringen. Wenn sie herkommen und sie finden, sind sie verloren.«

»Von welchem *sie* sprichst du gerade, Kleines?« Tahia war unbemerkt hinter sie getreten und bemühte sich, ein möglichst freundliches Lächeln zur Schau zu stellen – dessen Wirkung allerdings von dem brachialen Flammenwerfer über ihrer rechten Schulter und der schussbereiten Maschinenpistole in ihrer Armbeuge ziemlich zunichte gemacht wurde.

Nicht nur zu Bens Überraschung reagierte Sasha jedoch auf ihre Worte. Sie stand noch weitere zwei oder drei endlose Sekunden einfach da und sah ihren Vater auf diese fast Angst machende Weise an, dann jedoch trat sie einen halben Schritt zurück und schenkte Tahia ein kurzes, aber sehr warmes Lächeln, während sie sich zu Ben herumdrehte.

»Kommt mit.«

Ben tauschte einen verwirrten Blick mit seinem Vater – auf den er wie erwartet nur einen noch verwirrteren Blick und ein Achselzucken zur Antwort bekam –, folgte ihr und registrierte fast beiläufig, dass sowohl er als auch Harry und Tahia sich ihnen anschlossen.

Sasha führte sie zurück zu der Wand, die sie gerade *heruntermarschiert* waren. Natürlich war es ihm nicht aufgefallen, so aufgedreht, wie er gewesen war, aber nun sah er, dass auch diese Wand mit unheimlichen Bildnissen und Formen übersät war.

Und sie waren weitaus deutlicher zu erkennen als die, die sie oben gesehen hatten …

Diesmal waren es nicht nur die *Ahnungen* von Bildern; es *waren* Reliefs, vor Millennien in den schwarzen Stein gemeißelt und …

Ben taumelte wie unter einem Schlag zurück, als sein Blick auf das Bild fiel, das Sasha ihm zeigen wollte.

»Nyarlathotep«, keuchte er.

Das Geschöpf war gigantisch, ein grausamer Gott mit peitschenden Armen und riesigen starren Augen und einem schrecklichen Schnabel, groß genug, um ganze Welten zu zerfetzen, und obwohl es nur Linien und Flächen waren, die ein unbekannter Künstler vor unvorstellbaren Zeiten in den schwarzen Stein gemeißelt hatte, war es doch zugleich auch mehr, spürte er die brodelnde Wut und den Hass auf alles Lebende und Fühlende, die dieses Ungeheuer beseelten. Nyarlathotep. Das Ungeheuer mit den tausend Kindern. Erschaffer von Welten.

Und Vernichter.

»Wie hast du ihn genannt?«, murmelte sein Vater mit belegter Stimme.

»Was?«, meinte Harry.

»Wie bitte?«, fügte Tahia verwirrt hinzu.

»Das ist sein Name«, sagte Sasha.

»*Was* ist *wessen* Name?«, wollte sein Vater wissen. Er klang … alarmiert, fand Ben. Aber er hatte das Gefühl, dass diese Beunruhigung nicht allein dem schrecklichen Geschöpf galt, das das Relief abbildete, sondern noch einen anderen Grund hatte.

»Das … das ist das *Ding*, das ich im Traum gesehen habe.« Ben deutete auf die Wand. Unter dem schwarzen Stein schien sich etwas zu bewegen. Etwas *Böses.* »Das ist Nyarlathotep. Einer der *Alten.«*

»Woher weißt du das?«, fragte sein Vater.

Weil er ihn gesehen hatte. In der furchtbaren Vision, von der er nun endgültig wusste, dass sie weit mehr gewesen war als ein Drogentrip, den er sich versehentlich eingeworfen hatte, war er *es* gewesen. Er hatte miterlebt, wie dieser tobende Gott das Leben einer ganzen Welt ausgelöscht hatte, er hatte seine maßlose Enttäuschung gespürt und seine Wut darüber, dass sich das Leben auf dieser Welt nicht so entwickelt hatte, wie es ihm aufgetragen worden war, sodass sie – wieder einmal – von vorne anfangen mussten, noch einmal Millionen und Abermillionen Jahre des geduldigen Abwartens und Beobachtens und behutsamen Lenkens, eine Zeitspanne, die selbst die Geduld eines Gottes strapazierte; und vielleicht nur, um am Ende festzustellen, dass das Ergebnis auch diesmal wieder nicht gut genug war.

Aber in dieser Vision hatte er den Namen des Ungeheuers nicht gewusst. Nun wusste er ihn und noch mehr.

Er blieb seinem Vater die Antwort auf seine Frage schuldig und trat stattdessen noch ein wenig dichter an das Bild heran, das in seinen Gedanken raunte und uralte, düstere Geschichten erzählte, Geschichten von Macht und Untergang, von Triumph und Schmerz und einem unendlich tiefen, unstillbaren Hass auf alles Lebende und Fühlende.

»Sie … kommen zurück«, hörte er sich selbst flüstern. Fast ohne sein eigenes Zutun machte er einen weiteren Schritt auf das Bild zu und hob die Hand, um es zu berühren, und Sasha sagte erschrocken: »Fass es nicht an!«

Ben prallte so abrupt zurück, als wäre er kurz davor gewesen, die Hand auf eine glühende Herdplatte zu legen, und machte dann noch einen weiteren Schritt zurück. Die lautlose Stimme in seinen Gedanken wurde leiser, aber sie brach nicht ganz ab, und Ben verspürte ein neuerliches, noch eisigeres Frösteln. Für einen Moment hatte er den Geist des uralten Geschöpfes beinahe berührt; und für den Bruchteil der Zeit, die ein Gedanke braucht, um zu entstehen und wieder zu vergehen, hatte er seine Absichten und Pläne erkannt. Nicht wirklich und nicht einmal in Ansätzen, und doch war diese bloße Ahnung einer Ahnung schon beinahe mehr, als er ertragen konnte. Er wagte nicht, sich vorzustellen, was geschehen wäre, hätte er das Bild tatsächlich berührt.

»Danke«, sagte er.

»Ihr dürft sie nicht berühren«, sagte Sasha ernst. »Niemals.«

»Warum?«, fragte Harry. Fast schon provozierend trat er an Ben und ihr vorbei und streckte die Hand nach dem Bild aus, führte die Bewegung aber dann nicht zu Ende. »Es ist doch nur ein Bild.«

»Es sind nicht nur Bilder«, widersprach Ben, und auch dieses Wissen war urplötzlich und jenseits alles Zweifels einfach *da*. Er wusste, dass niemand diese Bilder gemacht hatte, und auch, wieso sie deutlicher und klarer wurden, je tiefer sie kamen.

Harry sah abwechselnd ihn und das unheimliche Bild an, und auch Tahia trat nun näher, hielt aber einen deutlich größeren Abstand, und das Unbehagen, mit dem sie das Bild erfüllte, war ihr überdeutlich anzusehen.

»Was *ist* das?«, hauchte sie. »Es sieht ein bisschen aus wie ein Krake … aber mit Flügeln?«

»Es sieht aus wie …« Harry brach ab und wurde sichtbar blass, und Bens Vater sprach aus, was er so offensichtlich erst jetzt erkannt hatte:

»Es sieht aus wie das Ding, das die *Princess* angegriffen hat. Großer Gott, Mann – erkennen Sie es denn nicht? Das ist das Ungeheuer, das Ihr Hovercraft verschlungen hat!«

Harry antwortete nicht darauf, aber er sah noch nachdenklicher aus und es fiel ihm sichtlich schwer, sich seinen Schrecken nicht anmerken zu lassen.

»Unsinn«, sagte Tahia. Sie versuchte zu lachen, aber es misslang und ihre Stimme klang viel mehr hysterisch als abfällig. »So ein … *Ding* gibt es doch gar nicht.«

»Ich fürchte, er hat Recht, Tahia«, meinte Harry düster. »Du warst nicht dabei, aber ich. Genau dieses Vieh hat das Hovercraft geholt.« Er warf Sasha einen unsicheren Blick zu und setzte sichtlich dazu an, eine Frage zu stellen, aber dann zuckte er nur mit den Schultern und wandte sich mit veränderter Stimme wieder an Tahia.

»Also gut, Schluss mit der Geschichtsstunde. Tahia, du fotografierst hier alles, und wir streiten uns später darüber, was wir wirklich gesehen haben und was nicht. Im Moment haben wir ein anderes Problem.«

Sie gingen zurück zu Schulz, der noch immer in unveränderter Haltung dastand; wie eine lebensechte Puppe. Harry betrachtete ihn stirnrunzelnd und wandte sich dann mit einem niedergeschlagenen Seufzen an Bens Vater. »Haben Sie eine Idee?«

»Was für eine Idee?«, erkundigte sich Bens Vater misstrauisch.

»Nur falls Sie es vergessen haben sollten«, antwortete Harry, »wir sind hier, um diese Leute rauszuholen. Aber dazu müssen wir sie irgendwie wach kriegen ... es sei denn, Sie wollen sie tragen. Also – ich bin für Vorschläge offen.«

»Ich verstehe nicht, was ich dabei tun kann.«

»Sind Sie hier der Arzt, oder nicht?«, fragte Tahia.

»Oder nicht. Ich bin Psychologe, junge Dame. Von dem hier verstehe ich ungefähr so viel wie Sie.«

»Dann *haben* wir ein Problem«, erklärte Harry. Wieder sah er Sasha fragend an, aber sie schüttelte nur traurig den Kopf. Harry zog eine Grimasse, wandte sich Schulz zu und griff nach seinem Arm. Schulz reagierte nicht, aber er leistete auch keinen Widerstand, als Harry ihn zwei Schritte weit hinter sich herzog, sondern folgte ihm gehorsam. Er blieb allerdings sofort wieder stehen, als Harry seinen Arm losließ.

»Wenigstens etwas«, murrte Harry. Sonderlich begeistert klang er nicht.

»Das meinst du jetzt nicht ernst«, keuchte Tahia. »Hier sind mindestens zweihundert Menschen! Wir können sie unmöglich alle einzeln –«

»Hier lassen?«, fiel ihr Harry ins Wort.

Tahia sah ihn betroffen an und schwieg.

»Also gut«, meinte Harry, nachdem er kurz nachgedacht hatte. »Wir verschwinden von hier und nehmen ihn mit. Sonst niemanden. Vielleicht findet Ihre Frau heraus, wie man sie wach bekommt, oder van Staaten.«

»Aber wir können sie doch nicht hier lassen!«, rief Ben erschrocken. Verzweifelt wandte er sich an Sasha, aber die schüttelte auch jetzt wieder nur traurig den Kopf.

»Glaubst du etwa, mir gefällt das?«, fragte Harry bitter. »Wenn hier einer eine bessere Idee hat – immer her damit. Wenn nicht ...«, er sah sich auffordernd um, aber niemand sagte etwas. »Ja«, seufzte er, »das habe ich mir gedacht. Also los!«

12

DIE WAND HINAUFZUGEHEN war ein beinahe noch seltsameres Erlebnis, als es der Weg nach unten gewesen war. Ben beobachtete mit klopfendem Herzen, wie sein Vater einen letzten Schritt auf die senkrechte Wand zumachte und sich dann umständlich auf Hände und Knie und schließlich ganz in die Höhe stemmte, um plötzlich nur ein paar Zentimeter über dem Boden waagerecht in der Luft zu schweben; wie ein bizarrer Astronaut auf dem Rumpf eines noch viel bizarreren steinernen Raumschiffes. Allein bei dem bloßen Anblick wurde ihm schon schwindelig.

Er selbst drehte sich im letzten Moment herum, sodass er sich auf dem Rücken liegend wiederfand, als die Schwerkraft umkippte, aber das machte es auch nicht wirklich besser. Das Einzige, was ein wenig half, war, als er die Augen schloss und wartete, bis Sasha und die anderen ihm gefolgt waren.

Wenigstens Schulz machte keine Probleme. Ben hatte befürchtet, dass es sich als fast unmöglich erweisen würde, ihn mitzunehmen, aber das genaue Gegenteil war der Fall: Harry legte ihm die Hand auf die Schulter und schob ihn mit sachtem Druck vor sich her. Es sah aus wie ein Blinder, der von einem Sehenden geführt wurde, nur umgekehrt.

Als sie die halbe Strecke nach oben hinter sich hatten, gesellte sich Gerrit wieder zu ihnen. Er wirkte ein bisschen verdutzt, als er Sashas Vater erblickte, sagte aber kein Wort, sondern eilte auf einen Wink Harrys mit weit ausgreifenden Schritten voraus und kippte nach wenigen Sekunden in einer ganz und gar magenumstülpenden Bewegung über die Kante und war dann verschwunden – nicht ganz problemlos, wie es klang. Ben konnte ihn zwar nicht mehr sehen, aber irgendetwas schepperte lautstark und er hörte den Söldner ungehemmt fluchen.

Es erwies sich dann auch als äußerst kompliziert, den Schwerkraftwechsel in *dieser* Richtung zu bewältigen, aber durch Gerrits Beispiel gewarnt schafften sie es irgendwie ohne größere Blessuren – Schulz absurderweise am elegantesten.

Gerrit war bereits an die Stelle vorausgeeilt, wo er und Sasha vorhin auf sie gewartet hatten, um den Scheinwerfer und diverse andere Utensilien einzusammeln, die dort zurückgeblieben waren. Ben löste ganz automatisch seine eigene Lampe vom Gürtel, als Gerrit den großen Scheinwerfer ausschaltete, denn er rechnete natürlich damit, dass es dunkel würde, aber die diamantbesetzte Decke flackerte nur kurz und schien danach eher noch heller zu leuchten – auch wenn das Licht plötzlich … *anders* war. Es schien zu flüstern.

»Sie … rufen … uns«, sagte Sasha stockend. Auch sie war stehen geblieben und hatte den Kopf in den Nacken gelegt, um zu den unheimlichen leuchtenden Kristallen hinaufzusehen. Das bunte Licht überzog ihr Gesicht mit unheimlichen grünen und roten und blauen und orangefarbenen Flecken, und zusammen mit ihren Worten war die Wirkung dieses Anblicks so schrecklich, dass Ben sich beherrschen musste, um nicht erschrocken zurückzuprallen.

»Was meinst du damit?«, fragte er beunruhigt. Vielleicht waren die Farben und ihre Worte nicht der einzige Grund für den jähen Schreck, den er empfand. Etwas … fehlte in ihrem Gesicht, ausgelöscht von den unheimlichen Farben, die wie schattenhafte Tiere über ihre Haut huschten.

»Das spielt jetzt keine Rolle«, mischte sich Harry ein. »Wir müssen weiter! Gerrit – pack deinen Kram zusammen, und dann nichts wie weg.«

Gerrit beeilte sich tatsächlich, allerdings nur für zwei oder drei Sekunden, dann stockte er mitten in der Bewegung, runzelte die Stirn und streckte die Hand nach einem milchigen Klumpen von der Größe einer Babyfaust aus, der neben ihm auf dem Boden lag. »He!«, sagte er.

»Was?« Harry klang alarmiert. »Was ist los?«

Statt zu antworten drehte Gerrit den Kristall nachdenklich in der Hand, zog dann sein Messer aus dem Gürtel und schabte damit an seinem Fund. Das Ergebnis waren drei schimmernde Kratzer – auf der Messerklinge. »Unglaublich!«, murmelte er.

»Was?«, fragte Harry gereizt. »Verdammt, lass dir nicht jedes Wort einzeln aus der Nase ziehen!«

Gerrit stand auf, steckte das Messer ein und ließ seinen Fund auf der ausgestreckten Handfläche hin und her rollen. »Also ich bin kein Spezialist für so was, aber wenn du mich fragst, ist das hier ein ungeschliffener Diamant!«

»Blödsinn!«, sagte Harry, beugte sich aber trotzdem neugierig vor, um den Stein zu betrachten. Auf Gerrits anderer Seite tat Tahia dasselbe und nickte dann.

»Das *ist* ein Diamant«, sagte sie bestimmt.

»Ach? Und woher willst du das so genau wissen?«, fragte Harry.

»Weil ich eine Frau bin und Frauen wissen so was«, behauptete Tahia grinsend. »Außerdem war mein Großvater Diamantschleifer, und ich habe ihn oft genug in seiner Werkstatt besucht. Wenn das kein astreiner Rohdiamant ist, dann die perfekteste Fälschung, die ich je gesehen habe. Mein Gott, das Ding muss eine halbe Million wert sein, mindestens!«

»Eine halbe Million?« Gerrit riss die Augen auf. »Du meinst, nur dieser eine Stein?«

Tahia trat einen Schritt zurück und legte den Kopf in den Nacken, um zu den funkelnden Sternen über ihnen emporzusehen. Gerrit folgte ihrem Beispiel und stieß mit einem Keuchen die Luft aus, als hätte er einen Schlag in den Magen bekommen.

»Du meinst, dass da oben sind *alles Diamanten?«*

»Sieht so aus«, meinte Tahia.

»Aber dann wäre das ja … ich meine, das würde ja bedeuten, dass …« Er atmete hörbar ein. »Aber sie sind so bunt! Gibt es denn grüne und rote Diamanten?«

»Die meisten sind farblos oder hellblau«, antwortete Tahia. »Aber im Prinzip gibt es sie in allen Farben. Sogar schwarz.«

»Wie interessant«, knurrte Harry. »Jetzt steck das Ding ein und dann weg hier. *Pronto!*«

»Aber verstehst du denn nicht?«, keuchte Gerrit. »Das da oben sind … Millionen! Ach, was sag ich! Mindestens –«

»Na, dann flieg hoch und pflück dir ein paar«, schnappte Harry. »Und falls du das nicht kannst, verschwinden wir von hier, und zwar auf der Stelle!« Er machte eine Handbewegung, um dem Widerspruch zuvorzukommen, zu dem Gerrit ansetzte. »Wenn das alles hier vorbei ist, kommen wir zurück und kümmern uns darum. Aber jetzt gehen wir – klar?«

Eine Sekunde lang war Ben beinahe sicher, dass Gerrit sich ihm widersetzen würde, aber dann sah er nur noch einmal nach oben und nickte schließlich. Er versuchte erst gar nicht, seine Enttäuschung zu verhehlen.

Als sie sich endgültig daranmachten, den Saal zu verlassen, lief eine lautlose Welle aus Farben über die Decke.

Ben blieb erschrocken stehen und sah nach oben, und neben ihm stieß Sasha einen dünnen, halblauten Schrei aus.

»Sie kommen! Wir müssen weg hier! Sie … rufen ihre … Krieger!«

»Was soll das heißen?«, fragte Harry, der gerade wieder die Hand auf Schulz' Schulter gelegt hatte, sie jetzt aber hastig zurückzog und stattdessen die Maschinenpistole von der Schulter nahm. Hinter ihm griffen auch Gerrit und Tahia zu ihren Waffen. »Was meinst du mit ›rufen‹?«

Bevor Sasha antworten konnte, flackerte eine weitere lautlose Farbexplosion über sie hinweg, und nun fuhr auch Harry erschrocken zusammen.

»Farben«, sagte Sasha mühsam. »Ihre Sprache sind … Farben … und Licht.«

Wie als Reaktion darauf lief eine dritte, noch heftigere Woge von Farben durch den Raum, und als wäre das noch nicht unheimlich genug, schienen die tanzenden Schatten die zahllosen Gestalten aus Eis zu ruckhaftem Leben zu erwecken. Was hatte Sasha gerade gesagt? *Sie rufen ihre Krieger?*

»Okay«, sagte Harry. »Das reicht. Raus hier! Schnell!«

Aber sie waren nicht schnell genug. Der diamantene Himmel über ihnen pulsierte jetzt in einer ununterbrochenen Folge greller Farben, und noch bevor sie dem Ausgang auch nur nahe gekommen waren, wurde Ben klar, dass er sich getäuscht hatte: Es war nicht das flackernde Licht, das die Eisgestalten scheinbar zum Leben erweckte.

Sie erwachten tatsächlich.

In den ersten Momenten war die Bewegung kaum wahrzunehmen. Hier hob sich eine Hand, da drehte sich ein Kopf um eine Winzigkeit, dort öffnete sich ein Augenpaar langsam, und schließlich machte die erste Gestalt einen einzelnen torkelnden Schritt auf Tahia zu.

Die Söldnerin wich ihr ohne die geringste Mühe aus, aber schon griff eine zweite, weiß schimmernde Gestalt nach ihr und diesmal packte Tahia den ausgestreckten Arm, wirbelte die weiße Gestalt herum und schmetterte sie gegen die Wand, wo sie in Stücke zerbrach.

Doch das war erst der Anfang. Ein weiterer Angreifer taumelte auf sie zu und dann noch einer und noch einer, und auch Gerrit und Harry wurden plötzlich aus allen Richtungen bedrängt. Noch gelang es ihnen, den unbeholfenen Angreifern auszuweichen, aber die Bewegungen der Eiskrieger wurden bereits flüssiger, und man musste kein Hellseher sein, um zu erkennen, dass sie es nicht bis zum Ausgang schaffen würden.

Harry schien wohl zum gleichen Schluss gelangt zu sein, denn er ließ Sashas Vater abermals los, hob seine Waffe und gab rasch hintereinander drei Schüsse ab. Jeder einzelne traf, und drei der unheimlichen Gestalten explodierten regelrecht.

Harry hatte nicht auf die am nächsten stehenden Angreifer geschossen, damit die herumwirbelnden Eissplitter niemanden verletzten, und Tahia und Gerrit machten es ihm im nächsten Moment nach. Die wenigen Angreifer, die ihrer ersten Salve entgingen, warfen sie kurzerhand um und sie zerbrachen ausnahmslos. Das lautlose Flackern über ihren Köpfen wurde hektischer.

»Doc!«, brüllte Harry. »Nehmen Sie ihn! Und Beeilung, sie werden schneller!« Er versetzte Schulz einen Stoß, der ihn auf Bens Vater zutaumeln ließ, und gab gleichzeitig zwei weitere Schüsse ab, die von einem lang anhaltenden Splittern und Bersten hinter ihren Rücken belohnt wurden. Ben ergriff ganz instinktiv Sashas Hand, während sein Vater Schulz wenig sanft am Arm packte und kurzerhand hinter sich herzerrte.

Harry hatte Recht gehabt: Die Eiskrieger *wurden* schneller, als sie sich dem Ausgang näherten. Gerrit, Tahia und er mussten noch drei- oder viermal feuern, bevor sie den niedrigen Durchgang erreichten, und als Ben sich im Laufen umsah, bot sich ihm ein durch und durch Angst einflößender Anblick: Nur die allerwenigsten der unheimlichen Geschöpfe hatten sie direkt angegriffen – was wahrscheinlich der einzige Grund war, aus dem sie es überhaupt bis hierher geschafft hatten –, die meisten torkelten einfach mit betrunken wirkenden Bewegungen durcheinander oder standen mit leeren Gesichtern da. Manche starrten ihre Hände an, als müssten sie angestrengt überlegen, was sie damit anfangen sollten, und zwei oder drei hatten offensichtlich Probleme, sich zu orientieren, denn sie liefen immer wieder vor die Wand, taumelten zurück und versuchten es aufs Neue. Es hätte komisch ausgesehen, hätten sich nicht mehr und mehr der grotesken Gestalten in ihre Richtung gewandt, um mit pendelnden Armen und hängenden Schultern hinter ihnen herzuschlurfen. Ihre Bewegungen waren eckig und schon beinahe lächerlich langsam, aber es war auch etwas schrecklich Unaufhaltsames daran, und sie wurden zusehends fließender und schneller.

Als sie den Ausgang erreichten, drehte sich Harry herum und gab ein halbes Dutzend Schüsse auf diejenigen Kreaturen ab, die vorwitzig genug gewesen waren, ihnen zu folgen, aber wirklich besser machte er es damit nicht. Die Eiskrieger, auf die er gezielt hatte, barsten in Millionen Stücke, aber er hatte nur fünf oder sechs erledigt, und ein Mehrfaches dieser Zahl wandte sich bereits wieder um und schlurfte auf sie zu. Vermutlich würde es höchstens noch eine Minute dauern, bis die gesamte Bande endgültig aufgewacht war und auf sie losging.

Harry schien zu demselben Schluss gekommen zu sein, denn er gab zwar noch einmal drei oder vier Schüsse ab, dann ließ er seine Waffe sinken und zog etwas Kleines aus der Jackentasche.

»Das ist nicht Ihr Ernst!«, keuchte Bens Vater. »Das können Sie nicht –«

»Und ob ich das kann«, sagte Harry, während er den Splint aus der Handgranate zog und ausholte. »Fünf Sekunden. Beeilt euch lieber!«

Und damit warf er die Granate.

Ben unterdrückte einen erschrockenen Schrei und verwandte seinen Atem lieber darauf, schneller zu laufen. Dicht hinter Schulz und seinem Vater stürmte er durch den Ausgang und warf sich nach links, und hinter ihnen rannte Harry heraus und machte eine blitzschnelle Drehung in die entgegengesetzte Richtung.

Kaum hatte er es getan, da wehte ein gewaltiger Knall aus der angrenzenden Höhle heraus. Ein greller, fast weißer Blitz löschte die pulsierenden Farben aus, und die dazugehörige Explosion marterte nicht nur ihre Trommelfelle, sondern schien das gesamte riesige Gebäude in seinen Grundfesten zu erschüttern. Eine brüllende Wolke aus zermahlenem Eis und Schnee, Splittern und zertrümmertem Gestein schlug aus dem Durchgang, und für einen Moment regnete es auch überall um sie herum Trümmer und Kristalle, die aus der wankenden Decke brachen. Bens Ohren klingelten, und die Luft war so voller Staub und wirbelndem Schnee, dass er husten musste.

»Sind Sie wahnsinnig?«, brüllte sein Vater. »Wollen Sie uns alle umbringen?«

Harry sagte gar nichts dazu, sondern trat mit einem raschen Schritt wieder in die Höhle zurück, und Ben ließ Sashas Hand los und folgte ihm. Zuerst sah er kaum etwas. Die Decke leuchtete jetzt nur noch in einem matten, zusehends verblassenden Glanz, und die Luft war auch hier so voller Staub und pulverfein zermahlenem Eis, dass er kaum mehr als Schemen ausmachen konnte.

Trotzdem erkannte er, dass die Handgranate ganze Arbeit geleistet hatte. Die Explosion und viel mehr wohl noch die nachfolgende Druckwelle hatte die allermeisten Eiskreaturen zerstört oder doch zumindest schlimm genug zugerichtet, dass sie keine Gefahr mehr darstellten. Alles in allem standen weniger als drei Dutzend der unheimlichen Geschöpfe noch auf ihren Füßen, und die erledigte Harry mit wenigen Schüssen. Als die letzte Gestalt zerbarst, erloschen die Diamanten unter der Decke.

Als sie zurückkamen, war Gerrit emsig dabei, sich die Taschen mit walnussgroßen milchigen Brocken voll zu stopfen, die überall auf dem Boden verstreut lagen. Harry setzte zu einer entsprechenden scharfen Bemerkung an, doch er kam nicht einmal zu einem einzigen Wort, bevor Bens Vater ihn anfuhr: »Was sollte dieser Wahnsinn, Sie Irrer? Können Sie nichts anders, als von Zeit zu Zeit etwas in die Luft zu jagen? Sie hätten uns alle umbringen können!«

»Halten Sie die Klappe, Doc«, sagte Harry gelassen. »Wäre es Ihnen lieber gewesen, wenn die Biester uns verfolgt hätten?« Er fuhr mit einer wütenden Bewegung zu Gerrit herum. »Hör sofort mit diesem Blödsinn auf! Geh vor und sichere den Weg!«

Gerrit ließ es sich nicht nehmen, hastig noch zwei oder drei weitere Diamanten vom Boden aufzuklauben, nahm aber dann fast ebenso hastig sein Gewehr von der Schulter, schaltete seine Lampe ein und rannte los, und Harry blickte ihm finster nach und schüttelte den Kopf – und bückte sich dann selbst nach einem besonders großen Diamantbrocken. Allerdings nur, um ihn einen Moment lang unschlüssig in der Hand zu drehen und ihn dann wieder fallen zu lassen. »Los! Ich traue dem Frieden nicht. Wer weiß, wie viele von diesen *Dingern* noch hier herumkriechen.«

Er machte keine Anstalten, sich wieder Schulz anzunehmen, sondern ging mit schnellen Schritten hinter Gerrit her, wenn auch erst, nachdem er Tahia bedeutet hatte, den Abschluss zu bilden, sodass Bens Vater den Kapitän nun wieder am Arm ergriff. Ben wollte dasselbe bei Sasha tun, bevor er sich abermals daran erinnerte, dass das nicht mehr nötig war – und sie es ihm möglicherweise verübeln würde, wenn er sie weiter wie ein hilfloses Kind behandelte. Also drehte er sich nur zu ihr herum und sah sie auffordernd an.

Seltsamerweise reagierte sie nicht darauf, sondern erwiderte seinen Blick nur verwirrt. Etwas stimmte nicht mit ihr, dachte er alarmiert. Sie sah verängstigt aus und irgendwie … desorientiert. »Ist alles in Ordnung?«, fragte er.

Es verging beinahe eine Sekunde, bis sie auf seine Frage antwortete. »Nein«, sagte sie, lächelte matt und verbesserte sich dann: »Doch. Ich meine … es *ist* alles in … Ordnung. Mach dir … keine Sorgen. Ich bin nur … erschöpft. Das ist … sehr … anstrengend.«

Nichts war in Ordnung, dachte Ben erschrocken. Sie war blass, ihre Hände zitterten und ihre Stimme klang genauso schleppend und angestrengt wie vorhin, als er sie das erste Mal gehört hatte. Was, wenn das alles hier nur ein kurzer grausamer Traum gewesen war und er sie wieder verlieren würde, noch bevor er sie auch nur richtig gefunden hatte?

»Ben, bitte!«, drängte Tahia.

Vielleicht täuschte er sich ja. Vielleicht hatte sein Vater Recht und das alles hier war einfach zu viel für sie. Er ergriff nun doch ihre Hand und zog sie hinter sich her, während er sich beeilte, seinem Vater und den anderen zu folgen.

Er hätte nicht sagen können, ob sie denselben Weg zurücknahmen wie den, auf dem sie hier heraufgekommen waren. Trotz der starken Scheinwerfer, mit denen Tahia und Harry den Weg beleuchteten, kam ihm die Dunkelheit massiver und bedrohlicher vor als auf dem Hinweg, und er spürte, dass irgendetwas in ihr lauerte, aber es war zu schnell und zu verstohlen, um von den Lichtstrahlen erfasst zu werden. Wahrscheinlich brauchten sie nicht einmal fünf Minuten, um den Ausgang und damit den Anfang der unmöglichen Treppe zu erreichen, die wieder hinunter in die Stadt der *Alten* führte, aber Ben starb in diesen wenigen Minuten innerlich tausend Tode.

Und was sie erwartete, war auch nicht unbedingt dazu angetan, seine Stimmung zu heben.

Seine größten Befürchtungen bewahrheiteten sich nicht. Niemand wartete auf sie. Aber die riesige Höhle war auch nicht mehr dunkel. Die zahllosen Kristallsterne unter der Decke funkelten in einem milden Licht, das die Bereiche zwischen den bizarren Gebilden unter ihnen mit unheimlichen Schatten und lautlos wogender Bewegung erfüllte.

»Also los«, befahl Harry. »Gerrit, du gehst voraus. Wir anderen bleiben dicht zusammen. Wenn wir getrennt werden, versucht sich jeder auf dem kürzesten Weg ins Labor durchzuschlagen. Seid ihr bewaffnet?«

Die Frage galt Ben und seinem Vater. Sein Vater nickte nur, während Ben die Pistole aus der Tasche zog und sie demonstrativ in die Höhe hielt.

Harry zog eine Grimasse. »Ganz wunderbar. Pass nur auf, dass du dir nicht selbst ins den Fuß schießt.«

Ben warf einen raschen Blick in Sashas Gesicht. In dem faserigen bleichen Licht war der Ausdruck darauf nicht zu deuten, aber was seine Augen nicht sahen, das fügte seine Fantasie mit großer Begeisterung hinzu. »Sasha?«, fragte er.

»Es ist … alles … in Ordnung«, antwortete sie. Schleppend und mit einer Stimme, die das genaue Gegenteil ausdrückte. »Wir müssen … uns … beeilen. Sie … wissen … dass wir … hier sind.«

»Kannst du uns etwas über sie sagen?«, fragte Harry. »Oder kennst du einen anderen Weg hier hinaus?«

Sasha schüttelte traurig den Kopf, und Harry machte zwar ein enttäuschtes Gesicht, ging aber ohne ein weiteres Wort los.

Der Weg die Treppe hinunter war ein schierer Albtraum, und das auch in rein körperlicher Hinsicht. Das unmögliche Gebilde aus Schrägen, Stufen, Winkeln, Rampen und namenlosen *Etwassen* hinaufzusteigen war schon schwierig genug gewesen, es in umgekehrter Richtung zu bewältigen erwies sich als nahezu unmöglich. Sasha taumelte vor Schwäche, als sie endlich am Fuße des zyklopischen Tunnels angekommen waren, und auch er selbst hätte in diesem Moment seinen rechten Arm dafür gegeben, auch nur eine einzige Minute ausruhen zu dürfen, doch Harry trieb sie unbarmherzig weiter. Er hatte kein einziges Wort gesagt, während sie nach unten gegangen waren, aber seine Nervosität war mit jedem Schritt sichtbar gewachsen. Hätte Ben ihn nicht besser gekannt, er hätte behauptet, der Söldner habe Angst.

Immer wieder sah er beunruhigt in Sashas Gesicht. Die körperliche Anstrengung hatte deutliche Spuren darauf hinterlassen, aber ihre Augen waren noch immer voller Leben, und als er sie das dritte oder vierte Mal ansah, raffte sie sich sogar zu einem matten Lächeln auf und sagte: »Keine Sorge. Ich … ich gehe dir schon … nicht verloren.«

»Das würde ich auch nicht zulassen«, antwortete Ben und kam sich dabei selbst ein bisschen lächerlich vor. Und eigentlich meinte er es auch gar nicht so, aber er hatte irgendwie das Gefühl, dass es in einer Situation wie dieser angebracht sei, also fügte er hinzu: »Du glaubst doch nicht, ich lasse dich jemals wieder los, oder?«

Sasha lächelte zwar, aber ihre Antwort war ganz und gar nicht das, was er hatte hören wollen, sondern jagte ihm im Gegenteil einen eisigen Schauer über den Rücken.

»Das solltest du dir lieber nicht wünschen, Ben«, sagte sie.

13

DER ANGRIFF ERFOLGTE, als sie die Stadt schon beinahe verlassen hatten, und hinterher wurde Ben klar, dass sie es hätten wissen müssen, denn es geschah keineswegs überraschend. Das matte Leuchten der diamantbesetzten Decke über ihnen nahm zu, je weiter sie sich vom Zentrum der Stadt entfernten, und schon bald war es kein gleichmäßiger Schein mehr, sondern ein rhythmisches Pulsieren, das an das Schlagen eines gewaltigen, düsteren Herzens erinnerte, und nach einer weiteren kurzen Weile gesellten sich die ersten, noch sanften Farben hinzu; eine Woge von pastellfarbenen Grün-, Rot-, und Blautönen, die lautlos über den steinernen Himmel rollte.

Und trotzdem fuhren sie alle – auch Harry – erschrocken zusammen, als Gerrit vor ihnen einen Schrei ausstieß und praktisch gleichzeitig eine kurze abgehackte MPi-Salve aufbrüllte.

»Ihr bleibt hier!«, befahl Harry. »Tahia! Pass auf sie auf!«

Ben setzte zu einem geharnischten Protest an, aber Harry war bereits auf dem Absatz herumgefahren und stürmte davon. Allerdings kehrte er schon nach wenigen Augenblicken zurück und gestikulierte hektisch.

»Falscher Alarm. Es war nur einer, und den hat Gerrit erledigt. Aber du hattest Recht, Sasha – sie kommen. Los jetzt!«

Eine weitere Aufforderung war nicht nötig. Sie alle erinnerten sich noch zu gut an das stumme Horrorkabinett, und selbst sein Vater sah mit einem Mal ziemlich erleichtert aus, dass Harry zumindest die Eiskrieger hinter ihnen unschädlich gemacht hatte. So schnell es mit dem immer noch willenlosen, aber eben auch alles andere als schnellen Schulz im Gefolge möglich war, stürmten sie los und kamen nach wenigen Dutzend Schritten bei Gerrit an. Der Söldner hatte sich auf ein Knie sinken lassen und die Lampe neben sich auf den Boden gelegt, und seine Waffe schwenkte ununterbrochen von rechts nach links und wieder zurück. Es sah beeindruckend aus, fand Ben, allerdings auch ziemlich übertrieben – vor ihm war nämlich absolut nichts, worauf er zielen konnte.

»Und?«, fragte sein Vater ungeduldig. »Worauf warten wir?«

Die Frage entbehrte nicht einer gewissen Berechtigung, dachte Ben. Sie hatten zwischen den letzten Gebäuden der monströsen Stadt angehalten, und vor ihnen lagen allerhöchstens noch hundert Meter nahezu ebenes, mit Trümmern und zum Teil mehr als mannsgroßen Lavabrocken übersätes Gelände und dann die Geröllhalde, an deren oberem Ende der Durchgang zum Labor lag. Nirgends war eine Bewegung zu erahnen, und es war fast unheimlich still.

Trotzdem schien der Anblick Harry nicht zu gefallen. Er wirkte angespannt und nervös, und Ben sah ihm deutlich an, dass er am allerliebsten kehrtgemacht und nach einem anderen Weg gesucht hätte.

Natürlich tat er das nicht. Er stand zwar noch einige weitere Sekunden lang da und spähte aus misstrauisch zusammengekniffenen Augen in die Runde, aber schließlich nickte er widerwillig. »Los!«

Gerrit und er gingen auch diesmal voraus; die anderen bildeten eine dicht geschlossene Gruppe mit Tahia am Schluss, deren Tempo auch jetzt wieder von Schulz bestimmt wurde. Immerhin erwies sich Bens größte Angst als grundlos: Sasha blieb so schweigsam, wie sie es die ganze Zeit über gewesen war, und sie wirkte noch immer leicht desorientiert und sehr müde, aber ihr Zustand schien sich zumindest nicht verschlechtert zu haben.

So weit zu den guten Nachrichten.

Die schlechten begannen, als sie die ersten acht oder zehn Schritte zurückgelegt hatten.

Eine Explosion von Farben loderte über den steinernen Himmel, und ein Stück vor und links von ihnen erschien eine gedrungene weiße Gestalt ohne Gesicht.

Harry erledigte sie mit einem einzigen Schuss, aber das peitschende Echo war noch nicht ganz verklungen, als eine zweite und dritte Gestalt zwischen den Felsen auftauchte, und auch auf der anderen Seite war plötzlich weiße Bewegung, wo zuvor nur leere Schatten gewesen waren.

Und dann brach die Hölle los.

Ben hätte hinterher nicht mehr sagen können, *wer* zuerst das Feuer eröffnete – Tahia oder Gerrit. Die Waffen der beiden ratterten nahezu gleichzeitig los, und ebenfalls beinahe im selben Sekundenbruchteil stoben rechts und links von ihnen Funken und Splitter aus dem Stein, gefolgt von blitzenden und schimmernden Eistrümmern, die in einem klirrenden Scherbenregen überall zugleich niederzuprasseln schienen. Etwas Kleines, Weißes jagte mit einem hässlichen Zischen direkt zwischen Ben und Sasha hindurch und zerstob nur wenige Meter hinter ihnen an einem Felsen zu glitzerndem Staub, und kurz darauf begann auch Harry abermals zu feuern. Glitzernde gedrungene Gestalten ohne Gesichter explodierten überall rings um sie herum, brachen wie von Hammerschlägen getroffen in Stücke oder schienen einfach zu *verschwinden*, wenn sie in die Bahn der rasenden MPi-Geschosse gerieten, und irgendetwas Großes, das inmitten des tobenden weißen Infernos nicht genau zu erkennen war, bäumte sich für einen Moment hinter den Felsen auf und explodierte dann ebenso. Das Ganze dauerte deutlich weniger als eine Minute (wahrscheinlich nicht einmal zwanzig *Sekunden*, auch wenn es Ben wie eine schiere Ewigkeit vorkam), und als es vorbei war, hatte sich die Höhle rings um sie herum so drastisch verändert, wie es nur möglich schien. Von den schwarzen Lavafelsen war praktisch nichts mehr zu sehen. Wohin sie auch blickten, türmten sich schimmerndes Eis und glitzernde Schneewehen, zerborstene Gliedmaßen und zerbrochene Leiber und Köpfe ohne Gesichter, und die Luft war von einem feinen, dunstigen Nebel erfüllt, der sich nur ganz allmählich zu senken begann und zum Niesen reizte, wenn man nicht ganz vorsichtig oder durch den Mund einatmete. Bens Ohren klingelten, und als er sich hastig zu Sasha herumdrehte, hatte auch sie schmerzhaft das Gesicht verzogen und beide Hände gegen die Ohren gepresst.

»Puh«, sagte sein Vater vor ihm. »Das war verflixt –«

»– zu leicht«, unterbrach ihn Harry scharf. »Verdammt noch mal, ich erwarte nicht, es mit lauter kleinen Blüchers zu tun zu bekommen, aber das war zu simpel! So dämlich *können* sie nicht sein!«

»Also ich fand es schlimm genug«, sagte Bens Vater. Er klang ein wenig empört, aber Harry ignorierte ihn.

»Gerrit, auf diesen Brocken da!« Er deutete auf einen fast hausgroßen Lavabrocken mit spiegelglatt wirkenden Wänden neben dem Schlachtfeld und wandte sich selbst in die entgegengesetzte Richtung. »Wir gehen dort lang.«

»Aber das ist die falsche Richtung!«, protestierte sein Vater – was stimmte. Wenn sie in die von Harry vorgeschlagene Richtung gingen, dann entfernten sie sich vom Labor, statt sich ihm zu nähern.

»Ja, aber das Gelände ist dort übersichtlicher«, antwortete Harry ungeduldig. »Ich habe keine Lust, in einen Hinterhalt zu laufen. Und jetzt gehen Sie los – oder bleiben Sie hier, mir auch egal.« Er stiefelte los, und Tahia schloss sich ihm an. Und nach einem kurzen, aber spürbaren Zögern auch sein Vater mit Schulz im Schlepptau.

Ben atmete erleichtert auf. Obwohl er Harry im Stillen Recht gab, hätte er nicht gewusst, was er tun sollte, hätte sein Vater sich offen gegen Harry gestellt.

Eine weitere pulsierende Woge aus Farben lief über die Höhlendecke, erreichte das jenseitige Ende und schwappte in verändertem Rhythmus zurück, und irgendwo vor ihnen blitzte es weiß zwischen den Felsen auf. Aber es war nur ein verirrter Lichtstrahl, der sich auf Eis brach; *ganz normalem Eis*, keinem, das zu der unheimlichen Karikatur von Leben erwacht war.

Irgendwie musste es Gerrit gelungen sein, auf den Felsen hinaufzukommen, denn sie hatten noch keine zwanzig Schritte zurückgelegt, als sich Harrys Funkgerät meldete. Er hatte die Lautstärke weit genug aufgedreht, dass sie Gerrits Worte verstehen konnten.

»Du hattest Recht, Harry. Sie warten zwischen den Felsen auf uns. Eine ganze Bande. Mindestens fünfzig.«

»Und was tun sie?«

»Gar nichts. Sie stehen nur rum. Aber da sind … noch andere Viecher dabei. Ziemlich groß. Solche hab ich noch nie gesehen. Aber sie rühren sich nicht.«

»Wundert mich kein bisschen. Wie sieht es vor uns aus?«

»Alles frei, soweit ich von hier aus sehen kann. Aber allzu viel *kann* ich nicht sehen. Also passt besser auf.«

»Okay. Dann bleib noch eine Minute, und wenn sich bis dahin nichts tut, dann kommst du nach.« Harry schaltete das Walkie-Talkie aus und steckte es ein. »Ihr habt es gehört«, sagte er, ohne zu ihnen zurückzublicken. »Seid vorsichtig.«

»Sobald wir hier heraus sind, werde ich noch ein paar Takte mit diesem Möchtegern-General reden«, grollte sein Vater.

»Oh, das können Sie auch gleich, Doc«, sagte Harry. Anscheinend hatte sein Vater lauter gesprochen, als er beabsichtigt hatte – oder gerade so laut, *wie* er beabsichtigt hatte. »Wenn Sie ein Problem mit mir haben, können Sie gerne verschwinden. Ich habe Sie nicht gebeten herzukommen, Doc. Wenn Sie allerdings möchten, dass ich Sie trotzdem hier raushole, dann halten Sie die Klappe und tun, was ich Ihnen sage. Das hier ist keine Demokratie.«

Ben befürchtete, dass der Streit jetzt erst richtig losgehen würde, aber sein Vater war klug – oder auch einfach nur perplex – genug, um nichts mehr zu sagen.

Gerrit schien Harrys Befehl nicht unbedingt wortwörtlich ausgelegt zu haben, denn es verging kaum mehr als eine Minute, bis er mit weit ausgreifenden Schritten angelaufen kam und sich zu Harry gesellte, woraufhin Tahia wieder zurückfiel und ihren Rücken deckte. Inzwischen hatten sie sich ein gutes Stück vom Tunnel zum Labor entfernt, und Ben begann sich allmählich zu fragen, ob Harry vorhatte, eine Abkürzung über den Nordpol zu nehmen, als sie endlich nach rechts schwenkten und sich wieder dem Anfang der Schutthalde näherten. Den Tunnel von hier aus zu erreichen, dachte er missmutig, würde deutlich länger dauern als der Weg herunter und ungefähr zehnmal anstrengender sein. Trotzdem musste er widerwillig zugeben, dass er an Harrys Stelle vermutlich nicht anders entschieden hätte. Auf dem Weg, den sie gewählt hatten, gab es nur ein paar kleinere Trümmerstücke und Risse, nichts, wohinter sich etwas von der ungefähren Größe eines Menschen verbergen konnte. Hier konnten ihre Verfolger auf keinen Fall auf sie warten, und das taten sie auch nicht.

Sie warteten auf dem Hang.

Ben spürte es den Bruchteil einer Sekunde, bevor es geschah. Es war ein Gefühl des Herannahens, das beinahe schon körperliche Empfinden von etwas unvorstellbar *Mächtigem* und *Bösem*, das erwachte und sich unsichtbar über ihnen aufbäumte. Gut, was dabei vielleicht auch ein wenig half, war, dass Sasha einen spitzen Schrei ausstieß und die Decke über ihren Köpfen plötzlich in einer noch heftigeren orangefarbenen und roten Explosion düsterer Farben aufflammte, aber er spürte es eindeutig *vorher* und versuchte noch, Harry irgendwie zu warnen, doch es war zu spät.

Und alles, was danach geschah, passierte so schnell und scheinbar gleichzeitig, dass Ben selbst hinterher nicht ganz sicher war, was sich genau abgespielt hatte und in welcher Reihenfolge. Die Geröllhalde explodierte, als hätte ein Titan mit einem Hammer von unten dagegen geschlagen, und überschüttete sie mit einem Hagelschauer aus Steinen und zerbrochener Lava, und noch bevor die ersten dieser heimtückischen Geschosse auch nur den Zenit ihrer Bahn überschritten hatten, ergoss sich eine wahre Flut schimmernder weißer Gestalten aus der aufgebrochenen Erde. Harry sank auf das linke Knie hinab und begann noch in der gleichen Bewegung zu schießen, und neben ihm versuchte Gerrit dasselbe zu tun, schrie auf und griff sich an die Schulter, wo ihn einer der heranwirbelnden Steinbrocken getroffen hatte. Seine Waffe polterte zu Boden, während er mit schmerzverzerrtem Gesicht zur Seite kippte. Dafür feuerten Harry und Tahia umso schneller. Beide hatten ihre Waffen auf Dauerfeuer geschaltet und jagten der heranstürmenden Front der Ungeheuer eine vernichtende Salve entgegen, die selbst die scheinbar unerschöpfliche Flut zurückwarf. Ben hatte sich – ebenso wie sein Vater und Schulz – instinktiv geduckt und sich dabei schützend über Sasha geworfen, aber er sah trotzdem, dass sie es diesmal nicht mit den gesichtslosen dreifingrigen Ungeheuern zu tun hatten, sondern mit den gleichen Geschöpfen, denen sie vorhin im Turm begegnet waren: blitzenden weißen Kopien der Menschen, die von Bord der *Princess* entführt worden waren. Und ihre Bewegungen hatten nichts mehr mit dem betrunkenen Taumeln jener Geschöpfe zu tun, die Harry vor ein paar Minuten auf so dramatische Weise ausgeschaltet hatte. Sie bewegten sich schnell und fast elegant und vor allem *zielgerichtet*. Der größte Teil der Angreifer hatte keine Chance, Tahias und Harrys Feuer zu entgehen, aber die wenigen, *denen* es gelang, stürzten sich keineswegs blindwütig auf ihre Gegner, sondern taten genau das, was auch *wirkliche* Menschen getan hätten: Sie suchten hastig Deckung hinter Lavabrocken und Felsen oder versuchten das Sperrfeuer zu umgehen und zu ihren Gegnern zu gelangen.

Und es blieb nicht bei dem Versuch. Tahia und Harry feuerten ununterbrochen weiter, und auch Gerrit stemmte sich benommen in die Höhe und tastete nach seiner Waffe, doch mindestens zwei der unheimlichen Angreifer hatten das Sperrfeuer irgendwie durchbrochen und wollten sich auf Tahia stürzen. Diesmal war Ben geistesgegenwärtig genug, einen warnenden Schrei auszustoßen, aber seine Stimme ging im Höllenlärm der Schüsse unter.

Sasha reagierte wesentlich besser: Sie riss sich los, klaubte einen faustgroßen Stein vom Boden auf und schleuderte ihn auf einen der Angreifer. Der Stein – der gar kein Stein war, sondern ein milchiger Rohdiamant, wie Ben erkannte – traf die Kreatur an der Schulter und zerschmetterte sie. Ihr rechter Arm brach ab und polterte zu Boden, und die Wucht des Wurfes war so gewaltig, dass die ganze Gestalt taumelte und der Länge nach an Tahia vorbei hinfiel. Den zweiten Angreifer erledigte Tahia mit einem blitzschnellen Kolbenhieb, der ihn regelrecht in Stücke sprengte. Aus der gleichen Bewegung heraus drehte sie sich um, warf Sasha ein dankbares Lächeln zu und nutzte die Zeit auch noch, um ihr leer geschossenes Magazin gegen ein frisches auszutauschen und den gestürzten Eiskrieger, der ungeschickt versuchte, sich auf dem verbliebenen Arm in die Höhe zu stemmen und seinen Angriff fortzusetzen, mit einem fast beiläufigen Fußtritt endgültig in Stücke zu schlagen.

Dann riss sie ihre MPi hoch und feuerte auf Sasha und ihn.

Natürlich schoss sie nicht *wirklich* auf sie, aber im allerersten Moment kam es ihm ganz genau so vor, und diesmal waren seine Reaktionen schneller als sein Verstand: Er warf sich mit weit ausgebreiteten Armen auf Sasha und riss sie mit solcher Wucht zu Boden, dass sie zuerst vor Schrecken und dann ganz eindeutig vor Schmerz aufschrie, als sie auf die eisenharte Lava aufschlug – und möglicherweise war seine Reaktion doch nicht *so* überzogen gewesen, denn Tahias MPi-Salve jagte so dicht über sie hinweg, dass er sich das Pfeifen der Geschosse nicht nur einbildete, sondern es tatsächlich *hörte*. Sasha so fest an sich gepresst, wie er nur konnte, rollte er fast ein halbes Dutzend Mal herum, bevor er es wagte, sie loszulassen und in die Richtung zu blicken, in die Tahia immer noch schoss.

Er war nicht besonders überrascht, auch von dort eine ganze Armee weißer Gestalten heranstürmen zu sehen. Auch bei diesen Kreaturen handelte es sich zum größten Teil um Kopien der menschlichen Gefangenen, aber es waren auch etliche gesichtslose, dreifingrige Gestalten dabei.

Und es waren *viele*.

Tahias Maschinenpistole wütete fürchterlich unter ihnen, und jedes einzelne ihrer Geschosse streckte mindestens zwei oder drei der bizarren Angreifer nieder, indem es ihre zerbrechlichen Körper durchschlug und hinter ihnen weitermachte. Aber ihre Zahl schien unerschöpflich zu sein; Dutzende, wenn nicht Hunderte, die rasend schnell und scheinbar aus allen Richtungen zugleich auf sie zustürmten, mehr und schneller, als Tahias verbissenes Feuer sie zurückwerfen konnte. Die Söldnerin nahm den Zeigefinger gar nicht mehr vom Abzug und erledigte in jeder Sekunde ein halbes Dutzend der seelenlosen Bestien, aber ihre Front rückte trotzdem näher. Und Ben bezweifelte, dass Tahia überhaupt genug Munition dabeihatte, um auch nur die Hälfte der unheimlichen Angreifer abzuwehren.

Die Söldnerin schien das wohl genauso zu sehen, denn sie feuerte zwar verbissen weiter, bis auch ihr zweites (und damit vorletztes) Magazin leer geschossen war, wechselte es aber nicht aus, sondern ließ die Waffe sinken und zerrte stattdessen den Flammenwerfer von der Schulter. Ben stockte vor Entsetzen fast der Atem, als er für einen Sekundenbruchteil direkt in die brandgeschwärzte Mündung blickte und die winzige blaue Zündflamme darin sah.

Tahia war mit einem einzigen weit ausgreifenden Schritt neben Sasha und ihm und schoss. Der dünne, zischende Feuerstrahl war kaum zu sehen, aber die Wirkung war verheerend. Die drei oder vier Angreifer, die direkt davon getroffen wurden, lösten sich im Bruchteil einer Sekunde in kochenden Dampf auf – die pure Wucht des Strahls riss auch ihre unmittelbaren Nachbarn in Stücke – und die ungeheure Hitze ließ mindestens noch einmal so viele mitten in der Bewegung zerschmelzen.

Der Rest der Kreaturen stürmte unbeeindruckt weiter heran, einer Armee aus Robotern gleich, die weder Tod noch Schmerzen fürchteten (und warum auch?), doch Tahia schwenkte ihre Waffe in aller Seelenruhe herum und gab drei, vier weitere kurze Feuerstöße ab, und damit hatte der Spuk ein Ende. Die wenigen Eiskrieger, die den künstlichen Feuersturm überstanden hatten, erledigte sie mit gezielten einzelnen Schüssen aus ihrer MPi, bevor sie sich herumdrehte, um Harry und Gerrit zu helfen, obwohl der Angriff auf dieser Seite inzwischen spürbar an Schwung verloren hatte.

Tahia beendete ihn endgültig, indem sie einen Feuerstrahl in die gewaltsam geschaffene Öffnung jagte, aus der die Eismonster hervorquollen. Eine gewaltige Dampfexplosion riss die letzten Angreifer in Stücke, und an mindestens einem Dutzend Stellen rings um die Öffnung im Hang schlugen Flammen und winzige graue Dampfgeysire aus der Geröllhalde, dann war auch hier Ruhe. Trotzdem blieb Ben noch gute zehn Sekunden mit angehaltenem Atem und über Sasha gebeugt liegen, bevor er es wagte, auch nur den Kopf zu heben und sich dann – behutsam – in die Höhe zu stemmen.

Sasha japste hörbar nach Luft. »Danke. Ich wusste gar nicht, dass du so … stürmisch bist.«

»Stürmisch?« Ben blinzelte.

»Atemberaubend wäre wohl … eher passend«, keuchte Sasha.

»Vor allem weil dein rechtes Knie in ihrem Magen war«, fügte Tahia hinzu.

Ben starrte sie betroffen an, dann fuhr er erschrocken wieder zu Sasha herum. »Ist das wahr?«

»Halb so … schlimm«, behauptete Sasha, während sie sich umständlich aufsetzte. Sie war keine besonders gute Lügnerin. »Es war ja … gut … gemeint.«

Ben zwang sich zwar zu einem nervösen Lächeln – und er empfand auch tatsächlich Erleichterung, weil Sasha so offensichtlich unversehrt davongekommen war – aber hinter seiner Stirn schrillte auch schon wieder eine leise, aber penetrante Alarmglocke. Sasha war nicht nur außer Atem. Auch, ja, aber ihre Worte klangen deutlich schleppend und auf eine Art angestrengt, die nichts mit der Atemlosigkeit zu tun hatte. Hastig streckte er die Hand aus und half ihr, auf die Beine zu kommen.

Nur ein Stück neben ihm rappelte sich auch sein Vater in die Höhe und benutzte seinen ersten Atemzug dafür, Harry anzufauchen: »War Ihnen das jetzt raffiniert genug oder immer noch zu simpel?«

Eine pochende Welle aus Farbe brandete über den versteinerten Himmel, wie um seinen Worten noch mehr Nachdruck zu verleihen. Ben verstand nicht ganz, was dieser plötzliche Ausbruch sollte, und Harry anscheinend auch nicht, denn er sah seinen Vater nur eine halbe Sekunde lang irritiert an und wandte sich dann zu Tahia um.

»Danke. Lange hätten wir nicht mehr durchgehalten.«

»Den Eindruck hatte ich nicht«, sagte Ben, aber Harry sah ihn nur düster an, zog das Magazin aus seiner MPi und rammte ein neues hinein, das er aus der Jackentasche zog. »Das letzte. Fünfzig Schuss, dann ist Feierabend.«

»Bei mir auch«, fügte Gerrit hinzu. Tahia nickte nur stumm, und eine weitere lautlose Explosion aus farbigem Licht raste über den Himmel. Täuschte er sich oder wurde der Rhythmus schneller?

»Aber wir haben doch noch den Flammenwerfer!«, sagte Bens Vater. Er klang nervös.

»Ja. Nur eignet der sich nicht besonders gut für den Nahkampf«, antwortete Harry ernst. »Wir müssen hier weg, und zwar schnellstens.« Er wandte sich an Sasha. »Kommst du allein zurecht?«

Sasha sah ihn einen halben Atemzug lang an, als wüsste sie mit diesen Worten nichts anzufangen, aber dann nickte sie – mühsam –, und Harry drehte sich wieder zu Ben um, deutete jedoch gleichzeitig auf Schulz und seinen Vater. »Du hilfst ihm! Wir müssen uns beeilen!«

Ben war wenig begeistert von der Idee, aber natürlich hatte Harry Recht: Schulz leistete seinem Vater zwar keinerlei Widerstand, doch er war auch nicht unbedingt kooperativer als eine Aufziehpuppe, die sich starr in eine einmal eingeschlagene Richtung bewegt, selbst wenn sie direkt vor eine massive Wand führt. Allein würde es seinem Vater wahrscheinlich nicht einmal gelingen, ihn den Hang hinaufzubekommen.

Außerdem gab Harry ihm nicht einmal die Chance, ihm zu widersprechen. Er schlug zwar einen respektvollen Bogen um den neu geschaffenen Tunnelausgang, aus dem noch immer Flammen und brodelnder grauer Dampf quollen, marschierte aber trotzdem auf der Stelle los, und Gerrit schloss sich ihm wortlos an.

»Geh ruhig«, sagte Tahia. Sie deutete mit einem knappen, aber sehr warmen Lächeln auf Sasha. »Ich passe schon auf, dass sie nicht verloren geht.«

Das war mit Sicherheit ebenso ehrlich wie beruhigend gemeint, dachte Ben, aber es funktionierte nicht. Ben sah rasch in Sashas Gesicht, und was er darin erblickte, weckte eine tiefe Trauer in ihm. Sasha erwiderte seinen Blick und versuchte sogar mit einigem Erfolg zu lächeln, aber es wirkte nicht echt, und er spürte, welch große Kraft es sie kostete. Er wusste, was geschehen würde. Und auch, dass er absolut machtlos dagegen war.

Plötzlich hatte er einen so harten, bitteren Kloß im Hals, dass er kaum noch Luft bekam. Seine Augen begannen zu brennen. Mit einem hastigen Ruck drehte er sich zu seinem Vater um und half ihm, Schulz wie eine zu groß geratene, fette Barbiepuppe auf die Beine zu stellen. Als sie losgingen, jagte eine weitere Farbwelle über den Himmel, und diesmal gab es keinen Zweifel mehr daran, dass sie sich verändert hatte. Die Farben waren düsterer, unheimlicher, und etwas war in ihrem Rhythmus, was ihm Angst machte.

Seine Einschätzung, was Kapitän Schulz anging, erwies sich als richtig. Sein Vater und er ergriffen ihn an den Armen und führten ihn mit sanfter Gewalt zwischen sich her, und er gehorchte zwar problemlos, aber dass man die Füße heben sollte, um einem im Weg liegenden Stein auszuweichen, schien er irgendwie vergessen zu haben – und es gab nicht nur *eine Menge* Steine; Schulz erwies sich als so etwas wie ein menschliches Trüffelschwein, was Lavabrocken anging. Er stolperte buchstäblich über jeden einzelnen Brocken, der ihm im Weg lag – was bei einer fünfundzwanzig Meter hohen und mindestens dreißig Grad steilen Böschung ziemlich viele waren. Sie fielen schon auf den ersten Schritten hoffnungslos zurück, obwohl Harry und Gerrit nicht einmal besonders schnell gingen, und es wurde schlimmer, je weiter sie sich den Hang hinaufarbeiteten.

Auch das Flackern über ihren Köpfen nahm zu. Ben vermied es krampfhaft, nach oben zu schauen, aber auch so konnte ihm nicht entgehen, dass das hektische Pulsieren immer schneller und aggressiver wurde, und es waren jetzt eindeutig Farben dabei, die er noch nie zuvor gesehen hatte und die ihn mit einer Furcht erfüllten, die an Panik grenzte.

Dafür blickte er immer öfter zu Sasha zurück. Sie folgte ihnen in kaum einem halben Dutzend Schritten Abstand, und genau wie sie es versprochen hatte, ging Tahia hinter ihr und achtete darauf, dass sie nicht zu weit zurückfiel. Aber Ben erkannte auch, dass ihr jeder Schritt schwerer zu fallen schien als der vorhergehende. Der größte Schrecken, nach dem er Ausschau hielt, zeigte sich nicht. In ihren Augen war noch immer Leben, und allein die Tatsache, dass sich die Anstrengung so deutlich auf ihrem Gesicht widerspiegelte, bewies, dass ihr Bewusstsein noch nicht wieder in jenen bodenlosen schwarzen Abgrund gestürzt war – aber er spürte mit unerschütterlicher Gewissheit, dass er sie verlor. Jetzt. Für einen kurzen und unendlich kostbaren Moment, während sie an jenem schrecklichen Ort im Herzen der schwarzen Stadt gewesen waren, hatte sie sich aus dem Gefängnis befreit, doch das Tor begann sich bereits wieder zu schließen, mit jedem Schritt mehr, den sie sich davon entfernten.

Schulz stolperte und wäre um ein Haar gestürzt, und sein Vater fuhr ihn an: »Pass doch auf, verdammt!«

Ben griff hastig fester zu, überlegte es sich dann anders und schlang sich Schulz' linken Arm um die Schulter, und auf der anderen Seite folgte sein Vater fast augenblicklich seinem Beispiel. Auf diese Weise spürten sie das Gewicht des Mannes sehr viel deutlicher, denn sie trugen ihn jetzt mehr, als dass sie ihn führten, aber es war trotzdem einfacher.

»Entschuldige«, sagte er.

Sein Vater rückte Schulz' Arm in seinem Nacken in eine etwas bequemere Position und sah ebenfalls rasch zu Sasha zurück. »Schon gut. Ich verstehe, was du meinst. Mist, verdammter!«

Vor ihnen krachte ein Schuss.

Ben fuhr so erschrocken zusammen, dass er Schulz um ein Haar losgelassen hätte, und gerade noch rechtzeitig herum, um zu sehen, wie nur ein kurzes Stück vor Harry und Gerrit etwas Weißes und Riesiges in Stücke zersprang.

Diesmal war es keine Höhle, die sich vor ihnen auftat. Stattdessen waren wie aus dem Nichts mindestens ein Dutzend hell leuchtender Gestalten überall um sie herum erschienen, und während Ben hinsah, polterten auch links von ihnen Steine den Hang hinunter und lösten eine dröhnende Geröllawine aus, und weitere bizarre Gestalten wuchsen in die Höhe. Etwas war anders, nicht so, wie es sein sollte, aber Ben konnte im ersten Moment nicht sagen, was.

Und als er es begriff, war es beinahe zu spät.

Es war einzig Harrys schnelle Reaktion, die eine *wirkliche* Katastrophe verhinderte. Gerrit fuhr auf dem Absatz herum und riss seine MPi in die Höhe, und Harry bewegte sich womöglich noch rascher und schlug den Lauf seiner Waffe mit einer blitzartigen Bewegung nach oben. Nur eine einzige Kugel der kurzen Salve traf einen der Eiskrieger und sprengte ihn in Stücke, der Rest prallte als Funken sprühende Querschläger von den Felsen ab oder jagte harmlos nach oben. Gerrit wollte sich schon wütend zu Harry herumdrehen und riss dann stattdessen ungläubig die Augen auf.

»Scheiße«, sagte Tahia inbrünstig.

Ben konnte ihr nur beipflichten. Er erkannte jetzt, was ihn am Anblick der Angreifer so gestört hatte: Nur ungefähr die Hälfte von ihnen waren Eiskrieger, bei den anderen handelte es sich um Menschen, genauer gesagt die entführten Passagiere der *Princess,* die die Ungeheuer wie lebende Schutzschilde vor sich herstießen.

»So ein verdammter Mist!«, schrie Harry. Er erledigte mit einem gezielten Schuss einen Eiskrieger, der ihm schon bedrohlich nahe gekommen war, und brüllte, ohne sich zu ihnen herumzudrehen: »*Haut ab! Wir geben euch Deckung!*« Gleichzeitig gab er einen weiteren Schuss ab und schaltete damit ein zweites Ungeheuer aus, diesmal ebenfalls, ohne dass sein lebender Schutzschild auch nur eine Schramme abbekam. Aber die anderen rückten unbeeindruckt näher, und es waren deutlich mehr, als Ben im ersten Moment angenommen hatte.

Auch Gerrit gab einen Schuss ab, der ebenso präzise platziert war wie die Harrys, und Ben erwachte endlich aus seiner Erstarrung, packte Schulz' Arm fester und lief weiter. Zu seiner Erleichterung sah er aus den Augenwinkeln, wie sich Sasha ihnen unaufgefordert anschloss, und auch sein Vater schien den Ernst der Situation endlich begriffen zu haben. Sie versuchten nicht mehr, Schulz zum Gehen zu animieren, sondern trugen ihn jetzt endgültig zwischen sich her, was unglaublich kräftezehrend war, sie aber sehr schnell von der Stelle brachte. Zwischen ihnen und dem rettenden Tunnel lagen vielleicht noch fünfzig oder sechzig Meter, selbst auf einem mit losem Geröll und Schutt übersäten steilen Hang und mit einem hilflosen Zwei-Zentner-Mann zwischen sich eine Strecke, die zu schaffen war. Hinter ihnen begann auch Tahia zu feuern, und ein hastiger Blick über die Schulter zurück zeigte Ben, dass sich die Söldner nun Schritt für Schritt zurückzogen und sich dabei ziemlich gut hielten. Hätten sie es mit normalen Gegnern zu tun gehabt, hätte es keinen Zweifel am Ausgang des Kampfes gegeben, denn die Eiskrieger fielen wortwörtlich wie die Fliegen. Tahia und Gerrit und Harry schossen schnell und äußerst präzise, aber nur dann, wenn sie sicher sein konnten, keinen der lebenden Schutzschilde zu treffen, und der Abstand zwischen ihnen schrumpfte ganz allmählich zusammen; ein kleiner werdender Dreiviertelkreis, in dessen Zentrum sich die drei Söldner befanden und der sich langsamer als sie, aber in dieselbe Richtung den Hang hinaufbewegte.

Schulz stolperte, riss seinen Vater komplett und ihn beinahe mit sich von den Füßen und gab zum ersten Mal, seit sie ihn gefunden hatten, einen Laut von sich: ein schmerzerfülltes Keuchen, als sein Knie mit einem dumpfen Krachen gegen einen Felsbrocken stieß. Ein Geräusch, das ihm sagte, dass sie ihn von jetzt an tragen *mussten.*

»Verdammt noch mal, beeilt euch!«, schrie Harry. »Ich weiß nicht, wie lange wir sie noch zurückhalten können!«

Ben sparte sich die Zeit, noch einmal zu ihnen zurückzublicken, ergriff Schulz kurzerhand unter den Armen, während sein Vater seine Füße ergriff. Sie mussten sich jetzt seitwärts den Hang hinaufbewegen, was sogar noch anstrengender war, aber nach weiteren quälenden zwei oder drei Minuten hatten sie es geschafft und den Tunnel erreicht, der zum Labor führte. Sein Vater sank mit einem erschöpften Seufzen in die Knie, und auch Ben ließ Schulz' Oberkörper so behutsam zu Boden sinken, wie er noch konnte (was nicht wirklich behutsam war; Schulz würde wahrscheinlich nicht nur mit einem pochenden Knie aufwachen, sondern auch mit ziemlich üblen Kopfschmerzen), blieb ein paar Sekunden lang mit geschlossenen Augen auf den Knien hocken und wartete darauf, dass sein Herz seine Versuche einstellte, aus seinem Hals zu springen.

Es tat ihm den Gefallen nicht, sondern begann im Gegenteil noch rasender in seiner Brust zu hämmern, als er sich herumdrehte, um nach Sasha zu sehen.

Sie war ihnen nicht gefolgt, sondern genau dort stehen geblieben, wo Schulz gestürzt war, und starrte aus weit aufgerissenen, starren Augen zu ihnen herauf. Harry und die beiden anderen schossen noch immer, aber nicht mehr annähernd so schnell wie zuvor, sie beschränkten sich jetzt darauf, nur die Angreifer zu erledigen, die ihnen gefährlich nahe zu kommen drohten, und zogen sich dafür immer rascher in ihre Richtung zurück. Beiläufig registrierte Ben, dass sich die heimtückische Taktik der

Eiskrieger, ihre hilflosen Gefangen als lebende Schutzschilde zu benutzen, nun gegen sie wandte: Wären sie allein gewesen, hätten sie die drei Söldner längst durch ihre schiere Zahl überrannt.

Als ob das jetzt eine Rolle spielte!

»Bring Schulz in Sicherheit!«, keuchte er, während er bereits aufsprang und so schnell zu Sasha zurückstolperte, wie es nur ging. Er brauchte nur ein paar Sekunden, um sie zu erreichen, doch in dieser Zeit schloss sich der Belagerungsring um die drei Söldner noch enger, und seine Bestürzung steigerte sich zu Entsetzen, als er den Ausdruck auf ihrem Gesicht sah. Es war nicht die Leere, die er befürchtet hatte, sondern ganz im Gegenteil ein Ausdruck höchster, fast schmerzhafter Konzentration, als tobe in ihrem Inneren ein so gnadenloser Kampf, dass sie schier daran zu zerbrechen drohte.

»Sasha, was … was ist mit dir?«, stammelte er. »Was hast du?«

Sasha reagierte nicht, aber es war diesmal nicht so, dass sie seine Stimme nicht hörte. Sie konnte es nicht. Ihr ganzer Körper zitterte vor Anstrengung, und der Ausdruck auf ihrem Gesicht, den er bisher für Konzentration gehalten hatte, war purer Schmerz.

Ben griff nach ihren Schultern, und die Berührung schien den Bann zu brechen, unter dem sie stand. Der Ausdruck qualvoller Anstrengung auf ihren Zügen erlosch und sie stieß ein halblautes, fast erleichtert klingendes Seufzen aus. Dann wich so abrupt alle Kraft aus ihr, als wäre hinter ihrer Stirn ein Schalter umgelegt worden, und sie brach so warnungslos zusammen, dass Ben gerade noch die Arme ausstrecken und sie auffangen konnte, bevor sie sich an dem mit spitzen Steinen übersäten Boden verletzte.

Ohne auch nur darüber nachzudenken, was er tat, nahm er sie kurzerhand auf die Arme, wirbelte herum und stürmte los. Ein Teil von ihm erschrak, als er spürte, wie leicht sie war. Er fühlte ihr Gewicht kaum, und das hätte nicht sein dürfen, nicht einmal wenn er bedachte, dass sich das Mischungsverhältnis von Blut und Adrenalin in seinen Venen im Moment wahrscheinlich umgekehrt hatte; als wäre mehr aus ihrem Körper gewichen als nur das Bewusstsein.

Hinter ihm ertönte ein spitzer, wenngleich auch eher wütender Schrei, und für einen kurzen Moment wurde das Schießen wieder hektischer. Eine MPi-Salve brüllte auf, gefolgt von einem gewaltigen Klirren und Bersten, als trampele eine Herde wütender Elefantenbullen durch den größten Porzellanladen der Welt, und plötzlich wuchs auch vor ihm eine bizarre weiße Gestalt in die Höhe, die mit einer plumpen dreifingrigen Hand nach ihm grabschte. Ben entging dem Angriff mit einer ganz instinktiven Bewegung (als er später darüber nachdachte, gestand er sich ein, dass es in Wahrheit wohl nichts anderes als Glück gewesen war), stapfte weiter und sah sich im nächsten Augenblick von gleich drei der riesigen gesichtslosen Gestalten attackiert, und *diese* Ungeheuer waren ohne lebende Schutzschilde gekommen, was nichts anderes hieß, als dass sie *schnell* waren.

Er versetzte dem ersten Eiskrieger, der dumm genug gewesen war, ihn frontal zu attackieren, einen Fußtritt, der ihn hintenüber auf die Felsen schmetterte, wo er in Stücke zersprang, aber er verlor durch die Bewegung das Gleichgewicht und kämpfte wie wild, um nicht zu stürzen oder gar Sasha fallen zu lassen oder beides.

Durch sein hektisches Herumstolpern entging er dem wütenden Prankenhieb des zweiten Eiskriegers, und als er sein Gleichgewicht wiedergefunden hatte, fielen hinter ihm praktisch gleichzeitig zwei Schüsse, und die beiden Ungeheuer explodierten wie von Hammerschlägen getroffen. Ben schrie vor Schmerz auf, als sich etwas Kleines und Spitzes wie ein glühender Nagel in seine Schläfe bohrte. Blut lief über sein Gesicht und machte ihn beinahe blind, und kurz wurde der Schmerz so stark, dass ihm fast übel wurde. Dennoch taumelte er verbissen weiter.

Als er den Tunnel erreichte, wurde ihm vor Anstrengung und Schmerz endgültig schwarz vor Augen. Er sank auf die Knie und kippte hilflos nach vorne. Seine Kraft reichte nicht mehr, Sashas Körper zu halten. Sie glitt zu Boden und wäre haltlos den Hang wieder hinabgerollt, hätte nicht im letzten Moment eine riesige weiße Hand nach ihrem Fußgelenk gegriffen und sie festgehalten.

Der eisige Schrecken riss ihn in die Wirklichkeit zurück. Er warf sich mit einem Schrei nach vorne, bevor er sah, dass die Hand zwar weiß und groß war, aber *fünf* Finger hatte und nicht aus Eis bestand, sondern in einem dick gefütterten weißen Handschuh steckte. Sie gehörte keinem Eiskrieger, sondern seinem Vater.

»Beeil dich!«, brüllte er. »Sie sind gleich da!«

Ben wagte es nicht, hinter sich zu blicken, sondern drängte Übelkeit und Schmerz zurück und ergriff Sasha an den Schultern, um sie in den Tunnel zu schieben, während sein Vater nun auch ihren anderen Fuß packte und mit aller Kraft zerrte. Sasha kam nicht ohne Schrammen und Blessuren davon, aber irgendwie schafften sie es, sie in den Tunnel hineinzuzerren und zu -schieben, und nachdem sich Ben erst einmal auf Hände und Knie aufrichten konnte, ging es leichter: Er griff unter ihre Arme und hielt ihren Rücken mit zusammengebissenen Zähnen wenigstens hoch genug, dass ihr Hinterkopf nicht über den harten Fels schrammte. Es war unglaublich anstrengend, aber sie kamen von der Stelle. Bis ungefähr zur Mitte des Tunnels …

… dann schloss sich eine unvorstellbar starke dreifingrige Klaue um seinen Knöchel und zerrte ihn mit solcher Gewalt zurück, dass er vor Schmerz aufbrüllte und Sasha losließ. Ihr Kopf schlug mit einem Geräusch auf dem Fels auf, das er wie einen körperlichen Schmerz spürte, und auch Ben kippte nach vorne, drehte sich aber noch im Fallen auf den Rücken und trat blindlings mit dem anderen Fuß zu. Der schwere Stiefel krachte ins nicht vorhandene Gesicht des Eismonsters und verwandelte es in ein milchig graues Spinnennetz aus Rissen und ineinander laufenden Sprüngen, aber die Kreatur schleifte ihn erbarmungslos weiter zurück.

Ben trat noch einmal und mit noch größerer Gewalt zu, und diesmal zielte er auf die Hand, die seinen Knöchel umklammerte. Die Finger zerbarsten, und er spürte einen neuerlichen stechenden Schmerz, der durch seinen Körper schoss, gefolgt von der klebrigen Wärme seines eigenen Blutes. Er war frei, aber nur für den Bruchteil einer Sekunde; dann warf sich der Eiskrieger mit seinem ganzen Gewicht auf seine Beine und presste ihn gegen den Boden. Seine verbliebene Hand krallte sich in Bens Gürtel und zog ihn mit solcher Gewalt zusammen, dass ihm die Luft wegblieb und statt eines Schreis nur ein japsender Laut über seine Lippen kam. Mit verzweifelter Kraft bäumte er sich auf, strampelte und trat und hämmerte mit beiden Fäusten auf den Schädel des Eismonsters ein, aber es nutzte nichts. Ebenso gut hätte er auch auf massiven Fels einschlagen können. Er wurde weiter zurückgezerrt, trat noch einmal und mit der Kraft der schieren Todesangst zu und wurde mit dem Geräusch von splitterndem Eis belohnt, zugleich aber auch ein weiteres Stück zurückgerissen. Und selbst wenn es ihm gelungen wäre, das Ungeheuer zu zertrümmern, hätte es nichts genutzt: Hinter dem Monster, das ihn gepackt hielt, schimmerte das schmutzige Weiß eines weiteren Angreifers und hinter diesem weitere. Der Tunnel war voller Ungeheuer, die nur darauf warteten, ihn zu packen und in ihr finsteres Reich zurückzuschleppen!

Verzweifelt griff er in die Tasche, riss die Pistole heraus, die sein Vater ihm gegeben hatte, und drückte ab. Nichts geschah. Der Abzug rührte sich nicht, und als er die Waffe herumdrehte und nach dem Sicherungshebel suchte, zog ihn das Monster ein weiteres Stück zurück. Die Pistole entglitt seinen Fingern und polterte zu Boden, und am jenseitigen Ende des Tunnels ging eine weiße, grausam kalte Sonne auf.

Ben schrie vor Schmerz und Angst, riss instinktiv die Arme über das Gesicht und hielt den Atem an, als eine gewaltige Hitzewelle über ihn hinwegfegte. Seine Haut schien zu brennen. Er hatte das Gefühl, flüssiges Feuer zu atmen, und roch verbrannten Kunststoff und schwelenden Stoff. Flammen tobten ringsum. Ein heller, zischend-boshafter Laut marterte sein Gehör, und die Hitze nahm noch weiter zu. Verzweifelt zerrte und riss er, bekam seinen linken Fuß frei und dann mit einer letzten, ungeheuerlichen Anstrengung auch den anderen, warf sich herum und kroch blind auf Händen und Knien los, bis er das Ende des Tunnels erreicht hatte und sein Vater nach ihm griff, um ihn endgültig ins Freie zu zerren.

Alles drehte sich um ihn. Ben war übel vor Schmerz und Anstrengung, und für zwei oder drei rasende Herzschläge war er so desorientiert, dass er nicht wusste, wo er war. Irgendwo links von ihm flackerte ein Licht, er hörte die Stimme seines Vaters, ohne die Worte zu verstehen – vermutlich irgendeine intelligente Frage, der Wie-geht-es-dir-Art –, und rechnete ernsthaft damit, jetzt das Bewusstsein zu verlieren.

Das Gegenteil war der Fall. Aus irgendeiner verborgenen Quelle strömte neue Kraft in seinen Körper. Schmerz und Erschöpfung und Furcht blieben, sanken aber auf ein Maß hinab, das es ihm nicht vollkommen unmöglich machte, einen klaren Gedanken zu fassen, nur die schreckliche Orientierungslosigkeit blieb – was allerdings auch daran liegen konnte, dass es um ihn herum dunkel war. Benommen tastete er nach dem Scheinwerfer an seinem Gürtel.

Sein Vater kam ihm zuvor, indem er seine eigene Lampe einschaltete und einen Moment lang direkt auf ihn richtete; zweifellos nur, um sich davon zu überzeugen, dass ihm auch wirklich nichts fehlte. Das Licht blendete ihn trotzdem. Er blinzelte und hob demonstrativ die Hand vors Gesicht, aber der Scheinwerferstrahl wanderte trotzdem nur ganz langsam weiter an seinem Körper hinab und blieb schließlich an seinen Stiefeln hängen.

Sie qualmten. Die Sohlen hatten sich halb aufgelöst und zogen klebrige Fäden, als er die Füße vom Boden löste. Wenigstens wusste er jetzt, woher der Geruch nach verbranntem Gummi gekommen war. Nun ja, immerhin hatte es nicht nach verbranntem *Fleisch* gerochen …

»Sasha«, sagte er nur.

Sein Vater schwenkte den Scheinwerfer zwar gehorsam zur Seite, richtete den Strahl aber nicht auf das Mädchen, sondern auf den Tunnelausgang, aus dem er ihn gerade herausgezerrt hatte. Ben war zwar enttäuscht – er musste sich um Sasha kümmern –, aber natürlich hatte sein Vater Recht. Wenn die Ungeheuer ihnen folgten und über sie herfielen, konnte er nichts mehr für Sasha tun. Mit klopfendem Herzen beugte er sich vor und spähte in den Tunnel.

Sie wurden nicht verfolgt, aber der Anblick jagte ihm trotzdem einen eisigen Schrecken über den Rücken.

Der Strahl des kräftigen Scheinwerfers brach sich nach kaum fünf oder sechs Metern an blitzendem Eis. Die grausame Hitze, die Tahias Flammenwerfer entfesselt hatte, war noch immer deutlich zu spüren. Die Luft roch verbrannt, und von den unregelmäßig geformten Wänden und der Decke des Felstunnels tropfte Wasser. Trotzdem war das geschmolzene Eis bereits wieder erstarrt und bildete einen regelrechten Pfropfen, der den Tunnel hermetisch abschloss, und eine Laune des Zufalls wollte es, dass Schultern und Kopf des Eiskriegers, der ihn gepackt hatte, nahezu unversehrt aus dieser schimmernden Barriere herausragten. Das gesprungene Un-Gesicht schien ihn angstvoll anzustarren, und seine fingerlose rechte Hand war noch immer in seine Richtung ausgestreckt, als versuche die Kreatur selbst jetzt noch nach ihm zu greifen.

»Das war verdammt knapp«, murmelte er.

»Knapp?«, sein Vater machte ein abfälliges Geräusch. »Diese Irre mit ihrem Flammenwerfer hätte dich beinahe umgebracht! Diese Typen sind doch alle gleich! Kaum haben sie eine Waffe in der Hand, schalten sie ihr Gehirn aus!«

»Ohne diese *Irre mit dem Flammenwerfer* wäre ich jetzt tot«, antwortete Ben mit belegter Stimme. »Oder bei *denen da.*« Er schüttelte den Kopf, als sein Vater widersprechen wollte. »Tahia und die beiden anderen sind da drüben eingesperrt. Wir müssen ihnen helfen!«

»Prima Idee«, antwortete sein Vater. Er deutete auf die Barriere aus Eis und verschmolzenen weißen Gliedmaßen. »Mit dem richtigen Werkzeug und ein paar Stunden Zeit kommen wir da spielend durch – falls deine schießwütige Freundin nicht zwischendurch auf die Idee kommt, sich den Weg freizuschießen, und wir gegrillt werden, heißt das.«

Sowenig es Ben gefiel, er musste ihm Recht geben. Sie hatten keine

Chance, sich durch die zwei oder drei Tonnen Eis zu graben, die den Tunnel versperrten, und Tahia konnte sich den Weg jederzeit mit ihrem Flammenwerfer freischmelzen. Wenn sie es noch konnte …

Der Tunnel versank wieder in barmherzige Dunkelheit, als sein Vater die Lampe herumschwenkte und zuerst auf Schulz und dann auf seine Tochter richtete. Der ehemalige Kapitän der *Princess* stand reglos und mit leerem Gesicht da wie eine menschengroße Aufziehpuppe, und auch Sasha, die auf dem Boden lag, rührte sich nicht; sie hatte offensichtlich das Bewusstsein verloren. Ihr Gesicht war zerschrammt, schmutzig und mit Blut bedeckt, und sie hatte einen Handschuh verloren. Ben beugte sich hastig über sie und tastete nach ihrem Puls. Er war schwach und sehr langsam und verriet ihm zwar, dass sie noch am Leben war, doch damit waren seine medizinischen Kenntnisse auch schon erschöpft. Ohne ein weiteres Wort lud er sie sich wieder auf die Arme. Neben ihm ergriff sein Vater Schulz am Arm, und sie marschierten los.

14

ER ERINNERTE SICH NICHT MEHR GENAU, wie sie es zurück nach oben geschafft hatten. Nach ein paar Schritten war die Funkverbindung zu Ramanov wieder da, und ungefähr auf halber Strecke musste sich wohl auch das Kamerabild wieder aufgebaut haben, denn die Stimmen in seinem Kopfhörer wurden aufgeregter; auch wenn er inzwischen viel zu erschöpft war, um die Worte zu verstehen. Sie wurden nicht noch einmal aufgehalten oder gar angegriffen, und auch die Anzahl und Größe der Spinnen, denen sie begegneten, hielt sich in Grenzen. Ben erinnerte sich verschwommen, dass sein Vater die größten und vorwitzigsten von ihnen zertreten hatte, und irgendwie musste es ihm wohl auch gelungen sein, Ramanov zu überreden ihnen Hilfe zu schicken, denn als sie den Vorraum erreichten, war plötzlich alles voller Männer in plumpen Schutzanzügen und mit Waffen, die sie in Empfang nahmen und ihn von Sashas Gewicht befreiten, und obwohl er lieber seinen rechten Arm geopfert hätte, als sie in die Obhut eines anderen zu geben, ließ er es zu; den Weg die steile Treppe hinauf hätte er ohnehin nicht mehr geschafft.

Wie er anschließend in van Staatens Krankenzimmer gekommen war, wusste er nicht mehr. Er verlor nicht das Bewusstsein, aber alles wurde zu einem einzigen Durcheinander aus Bildern und Geräuschen, sodass die Wirkung nahezu die gleiche wie die einer echten Ohnmacht war: Er fand sich urplötzlich lang ausgestreckt und nur noch in seinen Boxershorts auf dem mit Leder bezogenen Behandlungstisch wieder, und der einzige *wirkliche* Unterschied zu den vielen Malen davor war der, dass van Staaten nicht mit einer Nadel in seiner Vene herumstocherte.

Das hatte diesmal seine Mutter übernommen.

»Bleib ganz still liegen. Nur einen Moment. Das Mittel wirkt in einer Minute.«

»Was für ein Mittel?« Seine Zunge und seine Lippen waren taub und gehorchten ihm nicht richtig, sodass er es eher nuschelte, aber seine Mutter verstand ihn trotzdem.

»Nur ein harmloses Stärkungsmittel, aber wenn du dich zu früh bewegst, bekommst du rasende Kopfschmerzen. Sollte dir bekannt vorkommen. Van Staaten hat es dir auch schon einmal gegeben. Tut mir leid, aber die Auswahl an Medikamenten ist hier nicht besonders groß.«

Ben sah sie verständnislos an und schlug – natürlich – ihre Warnung in den Wind, indem er sich vorsichtig aufsetzte und die Beine von der Liege schwang. Prompt wurde ihm schwindelig, aber die befürchteten Kopfschmerzen blieben aus.

»Was ist passiert?«, murmelte er. »Wo ist Sasha? Wie geht es ihr?«

»Gut, nebenan und das weißt du besser als ich«, antwortete ihm seine Mutter.

»Wie?«

»Warum stellst du drei Fragen auf einmal, wenn du die Antwort nicht verstehst?« Sie lächelte nicht bei diesen Worten, und sie klang auch eher verärgert, fuhr aber trotzdem nach einem Augenblick fort: »Sie hat ein paar Schrammen abbekommen, ansonsten scheint sie jedoch unversehrt zu sein. Sie ist nebenan, zusammen mit ihrem Vater. Doktor van Staaten kümmert sich um sie … und was passiert ist, weiß ich nicht. Wir hatten keine Verbindung mehr zu euch, nachdem ihr das Labor verlassen habt. Dein Vater hat mir in Stichworten erzählt, was passiert ist … aber alles habe ich nicht verstanden, wenn ich ehrlich sein soll. Es klang … ziemlich sonderbar.«

Wenigstens wusste sein Vater jetzt, wie es sich anfühlte, wenn man eine Geschichte zu erzählen hatte, die einem niemand glaubte, dachte Ben grimmig. Er sagte nichts dazu, sondern ließ sich vorsichtig von der Kante der Liege gleiten und biss im nächsten Moment die Zähne zusammen, als ein scharfer Schmerz durch seinen Knöchel schoss. Erst dann sah er an sich hinab und erblickte den dicken weißen Verband an seinem rechten Fußgelenk.

»Das ist nichts Ernstes«, kam seine Mutter seiner Frage zuvor. »Nur eine ziemlich tiefe Schramme. Der Kratzer an deiner Schläfe macht mir mehr Sorgen … was hat dich getroffen? Stein oder Eis?«

Ben hob die Hand an die Schläfe und spürte auch dort einen frischen, straff angelegten Verband. Er konnte nur hilflos mit den Schultern zucken. Wenn es Eis war, haben wir ein Problem, oder?«, fragte er mit einem verunglückten Grinsen.

»Nicht wir, sondern du. Und es kommt ganz darauf an, welches Eis.«

Das war nicht komisch, aber Ben hatte auch nicht das Gefühl, dass es witzig gemeint gewesen war.

Kommentarlos – und mit einem Ächzen wie ein alter Mann – bückte er sich nach seinen Kleidern, doch seine Mutter schüttelte rasch den Kopf und stieß sie mit dem Fuß beiseite. »Auf dem Stuhl liegen frische Kleider. Und beeil dich. Ramanov möchte mit dir sprechen.«

Ben schlurfte gehorsam durch den winzigen Raum und begann sich anzuziehen, sagte aber: »Zuerst möchte ich Sasha sehen.«

Zu seinem Erstaunen erhob seine Mutter keine Einwände, auch wenn sie ein Gesicht machte, als hätte er gerade etwas *wirklich* Dummes gesagt. Sie wartete schweigend, bis er sich fertig angezogen hatte, und deutete dann stumm auf die Tür.

»Wie lange –?«, begann er.

»Eine Viertelstunde, nicht einmal ganz«, unterbrach ihn seine Mutter. »Bitte beeil dich. Wir müssen dringend mit dir reden.«

Gerade hatte sie noch *Ramanov* gesagt, dachte Ben. Jetzt war es schon *wir.* Aber er behielt diese Erkenntnis für sich und beeilte sich stattdessen, auf den Gang hinauszutreten. Das Licht flackerte ganz leicht, und das Bienenstocksummen des Sturmes hatte hörbar an Lautstärke zugenommen.

Außerdem wurden sie erwartet. Zwei von Ramanovs Männern standen rechts und links der Tür und schlossen sich ihnen schweigend an, als sie sich nach links wandten. Beide trugen weiße Kittel und zumindest einer von ihnen ganz sichtbar eine Waffe im Gürtel.

»Was soll das?«, murrte Ben.

Seine Mutter machte eine rasche, besänftigende Geste; vielleicht war sie auch befehlend. »Sei froh, dass sie dich überhaupt rauslassen. Ramanov wollte dich einsperren, bis wir sicher sind, ob du infiziert bist oder nicht. Ich habe mich für dich eingesetzt.« Sie deutete auf den Verband an seiner Stirn, und sie sagte es, als wäre sie nicht seine Mutter und die Tatsache, dass sie sich für ihn eingesetzt hatte, etwas Besonderes.

Ben kam nicht dazu, seiner Verwunderung Ausdruck zu verleihen, denn sie hatten ihr Ziel bereits erreicht. Sasha war nicht wirklich *nebenan* untergebracht, aber tatsächlich nur wenige Türen weiter, und er hätte es vermutlich auch erraten, wenn seine Mutter nicht mit davor stehen geblieben wäre. Auch vor dieser Tür standen zwei bewaffnete Posten, von denen sich der eine alle Mühe gab, möglichst grimmig dreinzuschauen, während man dem anderen ansah, wie wenig wohl er sich in seiner Haut fühlte.

»Was soll denn das?«, beschwerte sich Ben. »Sasha ist nicht verletzt worden.«

»Aber Ramanov wollte, dass sich Doktor van Staaten davon selbst überzeugt«, antwortete seine Mutter kühl. »Und niemand weiß, was mit ihrem Vater ist. Wessen Idee war es eigentlich, ihn mitzubringen.«

»Meine. Warum?«

»In seinem Zustand?«

»Hätten wir ihn dalassen sollen?«

Seine Mutter streckte die Hand nach der Türklinke aus. »Hast du schon vergessen, was auf der *Princess* geschehen ist?«

Sie öffnete die Tür und trat ein, bevor Ben etwas darauf erwidern konnte, und im nächsten Moment hatte er alles andere vergessen und stürmte an ihr vorbei, denn er hatte Sasha entdeckt. Sie lag auf einem Bett auf der anderen Seite des überraschend großen Raumes, und van Staaten stand über sie gebeugt da und tupfte ihr gerade mit einem Wattebausch, der mit einer scharf riechenden Flüssigkeit getränkt war, das Gesicht ab.

»Sasha!« Ben war mit einem einzigen Satz neben dem Bett. »Was ist mir ihr?!«

»Nichts«, antwortete van Staaten. »Keine Sorge, ich habe sie untersucht. Soweit ich es beurteilen kann, hat sie keinen Kratzer abbekommen.« Sie tauschte das mittlerweile verschmutzte Wattebällchen gegen ein neues aus, das sie aus einer verchromten nierenförmigen Schale neben dem Bett nahm, runzelte die Stirn und verbesserte sich mit einem flüchtigen Lächeln: »Na ja, ein paar Schrammen hat sie schon, aber mehr auch nicht. Was ist passiert? Sie sieht aus, als hätte sie jemand mit dem Gesicht über ein Reibeisen geschleift. Du übrigens auch«, fügte sie nach einem raschen Blick in sein Gesicht hinzu, »nur dass deines zusätzlich noch ziemlich heiß gewesen sein muss.«

Ben hob instinktiv die Hand ans Gesicht und verzog gleich darauf schmerzhaft die Lippen. Es tat ziemlich weh, und seine Haut fühlte sich heiß und rau an. Er nahm sich vor, bei der nächsten sich bietenden Gelegenheit ein eingehendes Gespräch mit Tahia über das Thema zu führen, welche Waffe man in welcher Situation einsetzen sollte.

Dann fuhr er zusammen, als ein weiterer Teil seiner Erinnerung zurückkam. »Harry? Was ist mit ihm und den anderen?«

Van Staaten hob die Schultern. »Keine Ahnung. Ich war mit ihr beschäftigt, seit ihr zurückgekommen seid.«

Fragend sah er seine Mutter an, aber die zuckte ebenfalls mit den Schultern. »Dito.«

»Hat sie … irgendetwas gesagt?«, fragte Ben. Sasha war nicht bewusstlos, sondern lag wach und mit weit offenen, aber leeren Augen auf dem Bett und starrte die Decke an.

Van Staaten starrte *ihn* an.

»Ich meine: Hat sie irgendetwas gesagt?«

»Nein. So wenig wie die letzten sechzehn Jahre, soviel ich weiß.«

Ben wollte ganz instinktiv und aufgebracht widersprechen, besann sich aber dann eines Besseren. Van Staaten würde ihm sowieso nicht glauben, und wie auch? »Und ihr Vater?«

»Den untersuche ich gleich.« Van Staaten deutete auf die Verbindungstür am anderen Ende des Zimmers. »Er ist dort drüben. Gut bewacht, keine Sorge. Ich glaube nicht, dass er eine Gefahr darstellt. Er ist völlig katatonisch.«

Die letzten Worte schienen eher seiner Mutter zu gelten als ihm, aber sie reagierte nur mit einem kurzen Hochziehen der linken Augenbraue und wandte sich direkt an ihn. »Du hast dich überzeugt, dass es ihr gut geht. Können wir jetzt weiter?«

Irgendetwas war in ihrer Stimme, ein neuer, eisiger Unterton, der Ben alarmierte, ohne dass er ihn einordnen konnte. Und was vielleicht noch seltsamer war: Als er sich wieder zu van Staaten herumdrehte, gewahrte er dieselbe spröde Kälte in ihrem Blick.

»Was geschieht jetzt mit ihr?«, fragte er mit einer Geste auf Sasha.

»Nichts. Ich gebe ihr ein leichtes Beruhigungsmittel.« Van Staaten hob die Hand, als Ben auffahren wollte. »Keine Sorge, wirklich nur ein leichtes Beruhigungsmittel. Sie ist ziemlich erschöpft, und Schlaf ist im Augenblick wahrscheinlich die beste Medizin.«

Das fand Ben auch, wenn auch aus einem gänzlich anderen Grund. »Davon könnte ich auch eine kleine Dosis gebrauchen. Wenn Sie noch ein bisschen davon übrig haben ...«

»Später«, mischte sich seine Mutter ein. »Wir müssen jetzt mit Ramanov und deinem Vater sprechen. Dringend, Ben. Wir haben Probleme, weißt du?«

Er war nicht sicher, ob das nur eine Ausrede war oder nicht, aber er hatte das dafür umso sicherere Gefühl, dass es nicht besonders klug wäre, noch länger hier zu bleiben. Er warf einen letzten Blick auf Sasha und suchte in ihren Augen vergeblich nach einer Spur des Lebens, das er vorhin darin gesehen hatte, dann fuhr er ihr zärtlich mit den Fingerspitzen über die Wange und wandte sich mit einem Ruck um. Van Staaten wirkte ein wenig überrascht, aber auf eine angenehme Art, während seine Mutter ... irritiert aussah. Und nicht besonders erfreut.

»Gehen wir.«

Die beiden Aushilfsbodyguards, die draußen vor der Tür zurückgeblieben waren, schlossen sich ihnen wortlos wieder an, als sie sich auf den Weg zur Zentrale machten, blieben aber diskret zwei oder drei Schritte hinter ihnen zurück – wenn auch erst, nachdem seine Mutter ihnen einen vernichtenden Blick zugeworfen hatte.

»Keine Sorge. Der eine kommt aus Kasachstan, der andere vom Mars, glaube ich. Sie sprechen kein Deutsch.«

Aber Ramanov, dachte Ben. Und er war ganz sicher, dass er jetzt vor irgendeinem seiner verdammten Monitore hockte und sie nicht nur auf Schritt und Tritt beobachtete, sondern auch jedes ihrer Worte hörte.

Eine Zeit lang gingen sie schweigend nebeneinanderher, doch schließlich hielt Ben die Stille nicht mehr aus. »Was war da gerade los, zwischen van Staaten und dir?«

Im Gesicht seiner Mutter regte sich kein Muskel, und sie sah ihn auch nicht an, als sie antwortete. »Frag deinen Vater.«

Ben schwieg. Er war nicht einmal überrascht. Nur sehr traurig.

Sie schwiegen weiter, bis sie die Zentrale erreichten (deren Zugang selbstverständlich von zwei weiteren bewaffneten Möchtegern-Soldaten bewacht wurde), wo Ramanov und sein Vater auf sie warteten. Sonst niemand. Ben war ziemlich überrascht. Er hatte einen *großen Bahnhof* erwartet oder doch zumindest Dr. Vatec und Ramanovs Assistenten – und vor allem natürlich Tooth, den das Geschehen unten in der Höhle von allen wohl am meisten anging –, aber die beiden waren allein, und Ben konnte die angespannte Stimmung, die zwischen ihnen herrschte, geradezu mit Händen greifen. Der große Wandmonitor war eingeschaltet, zeigte jedoch nur eine verschwommene Schwarz-Weiß-Aufnahme der unteren Labortür.

»Ben!« Sein Vater empfing ihn mit einem matten Lächeln und winkte ihn zugleich heran. Er trug noch immer dieselben verdreckten Kleider wie vorhin, sogar die dick gefütterte Jacke, obwohl es hier drinnen beinahe schon zu warm war. Ramanov versuchte mit wenig Erfolg durch ihn hindurchzusehen und zwang sich schließlich zu einer Begrüßung.

»Ich freue mich, dich zu sehen«, sagte er – in einem Ton und vor allem mit einem Blick, die das genaue Gegenteil besagten. »Vielen Dank, dass du Alexandra unversehrt zurückgebracht hast.« Aber auch das sagte er, als gäbe er ihm die Schuld daran, dass sie überhaupt erst gegangen war. Ben warf einen fragenden Blick in das Gesicht seines Vaters, bekam aber nur ein hilfloses Schulterzucken zur Antwort. Einen Moment lang wartete er vergebens darauf, dass einer der beiden etwas sagte, dann fragte er: »Es gibt Probleme?«

»So könnte man es ausdrücken«, antwortete Ramanov unfreundlich. »Unsere Satellitenverbindung steht.«

Ben brauchte geschlagene drei Sekunden, um zu begreifen, was Ramanov gerade gesagt hatte. Dann starrte er ihn ungläubig an. »Soll das heißen, Sie haben wieder eine Funkverbindung zum Festland?«

Ramanov nickte.

»Und was ist daran so schlimm?«

Statt direkt zu antworten angelte Ramanov nach seiner Computertastatur und drückte eine einzige Taste, und das Bild auf dem Monitor wechselte. Ben erkannte allerdings nicht mehr als einen Wust von größtenteils düsteren Farben und geschwungenen Linien, die mit winzigen Dreiecken gespickt waren.

Er kramte angestrengt in seinem Gedächtnis und fragte dann: »Eine … meteorologische Karte?«

Ramanovs Blick drückte fast so etwas wie widerwillige Anerkennung aus. »Was du da siehst, ist einer der stärksten Polarstürme seit Beginn der Wetteraufzeichnung.« Nach einer bewusst eingelegten dramatischen Pause fuhr er fort: »Und er zieht genau auf uns zu.«

Die grauen Farbkleckse auf dem Monitor blieben graue Farbkleckse, aber sie wirkten mit einem Mal düsterer und bedrohlicher als noch vor einem Augenblick.

»Aber Sie … haben Funkkontakt?«, fragte Ben zögernd.

Ramanov nickte, genauso zögerlich. »Ja. Aber es nutzt uns leider nichts. Solange dieser Sturm tobt, kann uns niemand helfen.«

»Aber –«

»Professor Ramanov hat Recht«, unterbrach ihn sein Vater. Er klang auf eine Art mutlos, die ihm beinahe Angst machte. »Kein Schiff der Welt wird sich bei diesem Sturm auch nur in unsere Nähe wagen. Und ein Flugzeug schon gar nicht.«

»Und was heißt das im Klartext?«, fragte Ben.

»Dasselbe, was wir sowieso schon wussten«, sagte seine Mutter hinter ihm. »Dass wir hier festsitzen, solange dieser Sturm tobt. Nur dass wir jetzt auch noch die offizielle Bestätigung haben.«

Das hatte Ben nicht gemeint, und er sagte es auch. »Aber dieser Sturm kann uns doch nicht gefährlich werden, oder? Ich meine: Sie haben doch gesagt, dass diese Station jedem vorstellbaren Sturm standhält.«

»Ja«, sagte Ramanov, und sein Vater fügte hinzu: »Es sei denn, wir erleben einen *unvorstellbar* starken Sturm.«

Für ein paar Sekunden wurde es sehr still.

»Aber Sie … Sie haben ihnen gesagt, was hier los ist?«, fragte Ben schließlich.

»Dass wir hier Probleme haben?« Ramanov nickte. »Ja.«

»Probleme? Sie meinen, Sie haben Ihnen nichts von –«

»Ich habe nichts von …«, Ramanov tat so, als müsste er eine Sekunde nach den richtigen Worten suchen, und machte eine wedelnde Handbewegung auf den Bildschirm, »… deinen Ungeheuern erzählt, wenn du das meinst.«

»Es sind nicht *meine* Ungeheuer!«, ereiferte sich Ben. Allmählich wusste er nicht mehr, an wessen Verstand er zweifeln sollte – an seinem oder Ramanovs. »Was um Gottes willen muss denn noch passieren, bis Sie mir glauben?«

»Es geht nicht darum, ob ich dir glaube oder nicht. Dass hier etwas vorgeht, was keiner von uns erklären kann, ist unbestritten. Aber es wäre nicht klug, gleich mit der ganzen Geschichte herauszurücken. In den Filmen, die ihr Jugendlichen so gern seht, würde wahrscheinlich eine ganze Armee Ledernacken anrücken, aber in Wirklichkeit schicken sie vermutlich eher ein Lazarettschiff mit einer ganzen Ladung Zwangsjacken.«

»Hauptsache, sie schicken *überhaupt jemanden*«, gab Ben aufgebracht zurück. »Außerdem ist es in diesen Filmen immer so, dass dem einsamen Helden niemand glaubt, bis es beinahe zu spät ist.«

»Ja, und es ist nach zwei Stunden vorbei«, sagte Ramanov ungerührt. »Aber wir werden hier wohl eher zwei Wochen durchhalten müssen – oder auch zwei Monate, falls wir Pech haben.«

Ben starrte ihn an. Zwei Monate? Nach dem, was er gerade unten in der Höhle erlebt hatte, war er nicht einmal sicher, dass sie noch die nächsten zwei *Stunden* überstehen würden!

»Und was genau bedeutet das jetzt?« Ramanov und sein Vater tauschten einen Blick, der ihm gar nicht gefiel.

»Dass wir noch eine ganze Weile hier bleiben müssen und keine Ahnung haben, womit wir es *wirklich* zu tun haben«, antwortete Ramanov. »Vielleicht ist es nicht ganz so schlimm, wie es sich anhört. Ein französisches Unterseeboot ist auf dem Weg hierher, aber sie werden uns nicht vor dem Sturm erreichen. Und solange er andauert, können sie weder auftauchen noch haben wir die geringste Chance, die Küste zu erreichen und an Bord zu gehen.« Er hob bedauernd die Schultern, machte zugleich aber auch eine abwehrende Geste, als Ben erneut widersprechen wollte. »Wir können auch noch bis morgen hier herumsitzen und mit dem Schicksal hadern, aber dadurch wird es nicht besser.«

Ben schenkte ihm zwar einen bösen Blick, musste ihm im Stillen jedoch Recht geben und schluckte die ärgerliche Antwort hinunter, die ihm auf der Zunge lag. »Und warum haben Sie mich rufen lassen?«

»Dein Vater hat uns schon in groben Zügen berichtet, was dort unten in der Höhle passiert ist. Was meinst du? Werden sie uns angreifen?«

Ben sah kurz auf den Schirm, der immer noch die meteorologische Karte zeigte. »Wenn sie durch die Tür kommen ...«

»Kaum.« Ramanov schaltete wieder zur Kammer am Fuß der Treppe um, und Ben sah nun, dass auch die untere Panzertür geschlossen war. »Wenn sie das könnten, hätten sie es vermutlich längst getan. Außerdem bin ich nicht sicher, ob sich die Tür überhaupt noch öffnen lässt. Ich hatte ziemliche Schwierigkeiten, sie hinter euch zu schließen.«

»Und Harry und die beiden anderen?«, fragte er zögernd.

Ramanov sah ihn nur wortlos und völlig unbeeindruckt an, aber sein Vater sagte in mitfühlendem Ton: »Sie hatten ohnehin keine Chance, Ben.«

»Aber das kannst du doch gar nicht wissen!«, protestierte Ben; allerdings leise und in nicht annähernd so empörtem Ton, wie er es beabsichtigt hatte. Vermutlich hatte sein Vater Recht, so schmerzhaft der Gedanke auch war. Als er die Söldner das letzte Mal gesehen hatte, waren sie noch mindestens dreißig oder vierzig Meter vom Eingang des rettenden Tunnels entfernt gewesen, und der Belagerungsring um sie hatte sich rasend schnell weiter geschlossen … nein, sein Vater hatte Recht. Die Söldner konnten der Übermacht nicht entkommen sein, die sie aus allen Richtungen bedrängt hatte. Trotzdem fuhr er fort: »Und wenn doch? Was ist, wenn sie es geschafft haben und jetzt vor dieser verdammten Tür stehen?«

»Du weißt, dass das nicht der Fall ist«, sagte Ramanov fast sanft. »Sie sind tot … wenn sie Glück haben.«

»Und das scheint Sie zu freuen, wie?«, entfuhr es Ben zu seiner eigenen Überraschung.

»Ganz bestimmt nicht, Ben. Ich gebe ja gerne zu, dass ich Hauptmann West und seine Leute nicht unbedingt ins Herz geschlossen habe, aber wir hätten sie *gebraucht*. Jetzt steht zwischen uns und diesen Ungeheuern nur noch ein einziger Mann, dieser Tooth … und wieweit wir ihm trauen können, weiß ich nicht. Glaub mir, mein Junge, ich bin alles andere als fröhlich über den Verlust der Söldner.«

Ramanov sprach über sie wie über ein … *Ding*, dessen Verlust zwar unangenehm war, mehr aber auch nicht, dachte Ben. Doch er schluckte diese Bemerkung vorsichtshalber hinunter, und bevor er eine weitere Frage stellen konnte, mischte sich seine Mutter ein.

»Was uns am meisten interessiert, ist das Labor. Eure Kamera hat nicht besonders viel aufgenommen. Und die wenigen Bilder waren von minderer Qualität. Wie sieht es dort unten aus?«

»Viel sehen konnten wir nicht«, antwortete Ben wahrheitsgemäß. »Aber ich glaube nicht, dass das Feuer allzu großen Schaden angerichtet hat.«

»Wie?«, machte sein Vater.

»Es ist alles ein bisschen verrußt und angesengt. Und es ist eine Menge

Glas zu Bruch gegangen ... aber wirklich große Schäden habe ich nicht bemerkt. Ich schätze, das meiste dürfte noch funktionieren, wenn man ein bisschen Staub wischt und den Strom wieder einschaltet ... warum?«

»Oh, nur ... so«, antwortete seine Mutter. Es klang nicht sonderlich überzeugend.

»Du hast Angst vor den Spinnen«, sagte ihr sein Vater auf den Kopf zu. »Aber das brauchst du nicht. Die meisten sind erfroren, und die, die es noch nicht sind, werden es bald sein. Die Räume müssen ziemlich gut isoliert sein, aber allmählich wird es verdammt kalt da unten.«

»Außerdem sind beide Türen geschlossen«, fügte Ramanov hinzu. Dann wandte er sich wieder direkt an Ben. »Dein Vater hat mir gesagt, du hättest den Namen eines dieser Ungeheuer genannt?«

»Nyarlathotep, ja.« Ben wunderte sich fast ein bisschen selbst, wie leicht ihm dieses Wortungeheuer von den Lippen ging. Er nickte.

»Woher kennst du ihn?«

»Ich kenne ihn eben. Sasha hat auch gesagt, dass er so heißt.«

»Alexandra?« Ramanov lächelte geringschätzig. »In deinen Träumen, nehme ich an.«

»Als wir unten in der Stadt waren.«

»Gesagt?« Ramanovs Stimme hörte sich sonderbar an, aber nicht überrascht. Er tauschte einen raschen Blick mit seinem Vater, der Ben begreifen ließ, dass er dem Russen offensichtlich alles erzählt, dieser ihm aber anscheinend nicht alles *geglaubt* hatte.

»Ja, gesagt«, antwortete Ben in leicht gereiztem Ton. »Ich weiß, es klingt unglaublich, aber sie ist dort unten aufgewacht.«

»Aufgewacht?« Ramanov klang immer noch abfällig, doch jetzt auf eine seltsam *gewollte* Art, beinahe als versuche er mit aller Kraft, *nicht* zu glauben, was er hörte. »Du meinst, sie hat mir dir gesprochen?«

»Was soll das, Professor?«, fragte sein Vater scharf. »Ich habe Ihnen erzählt, was passiert ist.«

»Ja, das haben Sie. Aber das macht es nicht unbedingt glaubhafter. Alexandra hat in ihrem ganzen Leben noch nichts aus eigener Veranlassung getan. Geschweige denn auch nur ein einziges Wort gesprochen.«

»Was soll das? Ben hat es gehört, ich habe es gehört und Harry und die beiden anderen auch.«

»Die aber leider Gottes nicht hier sind, um Ihre Worte zu bestätigen.«

»Wollen Sie mir unterstellen, dass ich lüge?«

»Nein, sicher nicht.« Ramanov machte eine besänftigende Geste. »So wenig wie Ihr Sohn, Doktor Berger. Aber das dort unten ist zweifellos ein … merkwürdiger Ort. Falls auch nur die Hälfte von dem stimmt, was Sie darüber erzählt haben, dann sollte es mich nicht wundern, wenn er einen gewissen … Einfluss auf den menschlichen Geist ausübt.«

»Das tut er, Professor«, sagte Ben. »Aber anders, als Sie glauben.« Er ignorierte den fragenden Blick, den ihm sein Vater zuwarf, ebenso wie das fast erschrockene Stirnrunzeln, das auf dem Gesicht seiner Mutter erschien – aber er übersah es keineswegs.

»Wie meinst du das?«, fragte Ramanov.

»Ich glaube, dass nichts von dem hier Zufall ist. Dass meine Eltern und ich hier sind, vielleicht. Bestimmt sogar. Aber Sasha? Sie hat mir erzählt, dass sie hierher *wollte.«*

»Hierher?«, wiederholte Ramanov überrascht. »Zu mir?«

»An diesen Ort«, erwiderte Ben, wobei er Ramanovs Frage ganz bewusst nicht beantwortete. »Sie gibt sich die Schuld an dem, was den Menschen auf der *Princess* passiert ist.«

»Was für ein Unsinn!«, schnaubte Ramanov. Ben war nicht ganz sicher, was er damit meinte.

»Sie sagt, sie habe zeit ihres Lebens hierher gewollt, und ich glaube ihr. Und ich weiß auch, warum.«

»Warum?«, wollte seine Mutter wissen.

»Wenn du mit uns da unten gewesen wärst, wüsstest du es. Man … man spürt es einfach. Ich kann es nicht anders erklären. Vielleicht ist das, was von ihnen übrig ist, dort unten am stärksten. Vielleicht ist diese Stadt so etwas wie ihr Zentrum oder es sind die Diamanten … ich habe keine Ahnung. Aber sie hat mir erzählt, dass sie hierher wollte, solange sie denken kann, und sie gibt sich die Schuld an dem, was ihrem Vater passiert ist … und allen anderen auf dem Schiff.«

»Und deshalb hat sie angefangen zu sprechen?« Ramanov versuchte immer noch spöttisch zu klingen, aber es gelang ihm nicht.

»Man konnte regelrecht dabei zusehen, Professor«, erklärte sein Vater. »Sie wurde … wacher, je tiefer wir in dieses Gebäude eingedrungen sind. Und auf dem Rückweg war es genau andersherum. Mein Sohn hat Recht, Professor. Irgendetwas dort unten hat Ihre Enkeltochter beeinflusst. Was immer es ist, es hilft ihr, aufzuwachen.«

Das überhebliche Lächeln blieb auf Ramanovs Gesicht, aber es wirkte jetzt so falsch, wie es überhaupt nur ging. Hinter seiner Stirn arbeitete es. Schließlich stand er auf, machte die paar Schritte zum Bildschirm und blieb mit hinter dem Rücken verschränkten Händen davor stehen. Bestimmt eine Minute – eine kleine Ewigkeit – stand er reglos da und starrte die grobkörnige Schwarz-Weiß-Aufnahme der geschlossenen Panzertür zehn Meter unter ihren Füßen an. Dann sagte er ganz leise: »Sie meinen, wenn man sie dort hinunterbringen würde, dann … dann könnte sie … gesund werden?«

Weder Ben noch sein Vater antworteten darauf, doch nach einigen weiteren Sekunden sagte Jennifer Berger: »Wenn es wirklich so ist, wie Ben glaubt, dann ist es wohl eher umgekehrt, fürchte ich, Professor.«

Ramanov fuhr mit einem Ruck herum. »Wie meinen Sie das?«

»Offensichtlich ist Ihre Enkeltochter irgendwie mit diesen Wesen verbunden, Professor. Genau wie Ihre Tochter – Sashas Mutter – und möglicherweise auch noch andere. Dann ist das da unten eher die *Ursache* für Sashas Zustand und nicht die Therapie.«

Ramanov starrte sie ausdruckslos an, und Ben musste sich beherrschen, um nicht aufzufahren. Sein Verstand sagte ihm, dass seine Mutter als Wissenschaftlerin sprach und sie – von diesem Standpunkt aus – vermutlich sogar Recht hatte. Aber da war zugleich auch noch etwas in ihr, was ihn beinahe … abstieß. Und unglaublich wütend machte. Er schwieg. Alles, was er hätte sagen können, wäre in diesem Augenblick nicht unbedingt konstruktiv gewesen.

Es vergingen noch einmal gute zehn Sekunden, in denen Ramanov sie weiter wortlos ansah und auch sonst niemand etwas sagte.

Schließlich räusperte sich sein Vater unecht, und Ramanov fuhr sichtbar zusammen und wandte sich mit einer ebenso sichtbaren Anstrengung ganz zu Ben um. »Diesen Namen, den du gerade genannt hast. Nyarlathotep … woher kennst du ihn? Ich meine: Bist du sicher, dass du ihn nie zuvor gehört oder irgendwo gelesen oder sonst wie aufgeschnappt hast?«

»Ja!«, antwortete Ben hilflos. »Was –?«

»Nyarlathotep. Was ist mit Wendigo? Cthulhu?« Er tauschte einen sehr sonderbaren Blick mit seinem Vater. »Was ist mit diesen Namen? Sagen die dir etwas?«

Ben wollte – schon aus Prinzip – auffahren, aber dann las er etwas im Gesicht seines Vaters, was ihn davon abhielt, und er tat Ramanov den Gefallen und kramte angestrengt in seinem Gedächtnis. Nein, da war nichts. Diese Namen waren ihm noch nie zuvor begegnet. An diese zungenbrecherischen Ungeheuer (die Ramanov übrigens erstaunlich glatt über die Lippen gingen) hätte er sich ganz bestimmt erinnert.

Und doch …

Da … *war* … etwas. Diese unheimlichen Worte berührten etwas in ihm. Keine Erinnerung, sondern etwas Älteres, was ihm einen eisigen Schauer über den Rücken laufen ließ.

Aber schließlich schüttelte er trotzdem den Kopf. »Nein.«

Ramanov wirkte nicht überzeugt, und auch sein Vater sah nicht unbedingt so aus, als hätte er das gehört, was er erwartet hatte. Plötzlich überkam ihn das Gefühl, etwas ziemlich Falsches gesagt zu haben. Er hatte nur nicht die geringste Ahnung, was.

Gottlob sprang ihm in diesem Moment seine Mutter bei. »Ich glaube, dass das im Moment nicht unser vordringlichstes Problem ist, Professor. Viel wichtiger als die Frage nach den Namen dieser Kreaturen dürfte das sein, was Robert und Ben über das veränderte Verhalten der Eiskrieger berichten. Was wir ja ohnehin befürchtet haben, scheint sich zu bewahrheiten. Sie lernen dazu. Schneller, als wir gehofft haben.«

»Man könnte es fast als Evolution bezeichnen, nicht wahr?«

Sie alle – Ben eingeschlossen – fuhren zur Tür herum, als van Staatens Stimme erklang. Keiner von ihnen hatte gehört, wie die Ärztin hereingekommen war, aber dem Anschein nach stand sie schon eine geraume Weile da und hatte ihnen zugehört. »Nur dass es ein bisschen schnell geht.« Sie löste sich von ihrem Platz an der Tür und schlenderte näher, wobei ihr Blick aufmerksam von einem Gesicht zum anderen tastete und jedes Mal einen neuen Ausdruck annahm. Zumindest Ben sah sie einigermaßen freundlich an. »Zuerst waren sie kaum mehr als Roboter … gefährlich, aber blöd. Kurz darauf verwendeten sie Werkzeuge und ließen sich raffinierte Ablenkungsmanöver einfallen, und jetzt benutzen sie menschliche Schutzschilde, um uns auszutricksen. Leider ziemlich brutal, aber clever. Ich bin gespannt, was sie sich als Nächstes einfallen lassen. Falls es so war.«

»Was soll das heißen?«, fragte Bens Vater scharf.

»Nichts. Versteh mich nicht falsch. Ich will damit nicht sagen, dass du lügst oder dein Sohn. Aber da unten ging alles drunter und drüber, und ihr wart in Lebensgefahr. Da kommt einem manches hinterher anders vor, als es wirklich war.« Sie kam seinem Widerspruch mit einer gleichermaßen besänftigenden wie energischen Handbewegung zuvor. »Vielleicht war es ja auch so. Das werden wir wahrscheinlich nie erfahren. Oder aber doch.«

»Was heißt das?«, fragte Ramanov.

»Möglicherweise gibt es noch einen weiteren Zeugen«, antwortete van Staaten, die die Situation sichtlich genoss. »Ihren Schwiegersohn.«

»Schulz?«, entfuhr es Bens Vater. »Ist er wach?«

»Noch nicht, doch ich habe ihn gerade noch einmal untersucht, und ich schätze, dass er dabei ist, aufzuwachen. Auf jeden Fall hat er die ganze Geschichte erstaunlich gut verkraftet.«

»Den Eindruck hatte ich nicht«, widersprach Robert Berger.

»Er wird zwei, drei Finger verlieren, möglicherweise auch die Ohren, aber er ist nicht lebensgefährlich verletzt. Und er ist ein sehr kräftiger Mann. Ich glaube nicht, dass er bleibende Schäden davonträgt. Deshalb bin ich hier.«

Ramanov sah sie fragend an. »Wieso?«

»Wie gesagt – ich werde ihm zwei oder drei Finger amputieren müssen. Am besten, bevor er aufwacht.«

»Um ihn vor vollendete Tatsachen zu stellen, Frau Kollegin?«, fragte Bens Mutter spöttisch.

Van Staaten ignorierte sie und fuhr an Ramanov gewandt fort: »So wie die Dinge liegen, sind Sie, außer Sasha, sein einziger lebender Verwandter, und um sein Einverständnis kann ich ihn nicht bitten, solange er bewusstlos ist. Natürlich können wir warten, aber es wäre eine unnötige Belastung, gleich wieder die Narkose einzuleiten. Aber es ist natürlich Ihre Entscheidung.«

»Falls es wirklich notwendig ist«, erwiderte Jennifer Berger.

»Sie können Kapitän Schulz gerne untersuchen und meine Diagnose überprüfen, Frau Kollegin.«

»Meine Damen – bitte!« Ramanov klang müde. Mit einem resignierenden Blick wandte er sich an van Staaten. »Wie lange wird es dauern, bis ich mit ihm sprechen kann?«

»Wenn es keine Komplikationen gibt?«, van Staaten überlegte kurz. »Es ist keine besonders schwierige Operation. Ziemlich blutig und endgültig, aber nicht kompliziert. Drei Stunden … allerhöchstens vier.«

»Dann tun Sie es.« Er drehte sich zu Bens Vater um. »Und Sie, Doktor Berger, möchte ich um einen persönlichen Gefallen bitten.«

»Worum geht es?«

Ramanov schwieg gerade einen Sekundenbruchteil zu lange, damit es nicht auffiel. »Dieser Soldat«, sagte er schließlich. »Der letzte Söldner, der noch übrig geblieben ist.«

»Tooth«, half Ben aus.

»Tooth.« Ramanov nickte. »Ist das sein richtiger Name?«

»Nein – aber ich glaube, seinen richtigen Namen hat er selbst vergessen. Jeder nennt ihn so. Was ist mit ihm?«

»Falls uns diese Kreaturen noch einmal angreifen sollten, ist er der Einzige, der uns verteidigen kann«, antwortete Ramanov, allerdings weiter an seinen Vater gewandt. »Ich würde mich wohler fühlen, wenn Sie mit ihm reden und ihm ein bisschen auf den Zahl fühlen würden – nur um sicherzugehen, dass er nicht genau in dem Moment zusammenklappt, in dem wir ihn am dringendsten brauchen.«

»Sie trauen ihm nicht?«, empörte sich Ben.

»Das habe ich nicht gesagt, aber –«

»Professor Ramanov hat Recht«, mischte sich sein Vater ein. »Und du natürlich auch. Tooth ist sicher absolut vertrauenswürdig und loyal, aber ich weiß nicht, wie er auf diesen Druck reagiert. Vielleicht gehen wir besser noch einmal hin und reden mit ihm. Nur für alle Fälle.«

Er stand auf, ohne Bens Antwort abzuwarten, und wandte sich zur Tür; viel zu hastig und er sah dabei weder in van Staatens Richtung noch in die seiner Frau. Er hatte es sichtbar eilig, hier herauszukommen, aber ganz bestimmt nicht nur, weil er mit Tooth sprechen wollte.

Ben folgte ihm, doch er ging nur ein paar Schritte weit, bevor er noch einmal stehen blieb und sich zu Ramanov herumdrehte. »Professor?«

»Was?«, fragte Ramanov unfreundlich.

»Da ist noch etwas. Tahia hat es mir gesagt. Omega Doom, Professor. Was bedeutet das?«

15

SIE WAREN NICHT DIREKT in die Messe gegangen, um mit Tooth zu sprechen, sondern in das Zimmer, das sein Vater zusammen mit seiner Mutter bewohnte – oder bewohnt hatte.

Ben wusste, dass sich etwas geändert hatte; etwas Dramatisches und nicht besonders Gutes. Die eine Hälfte des Bettes, das den Großteil des vorhandenen Platzes beanspruchte, war demonstrativ abgezogen, und etwas … fehlte. Nichts, was man hätte greifen können, aber er spürte es auch zu deutlich, um es zu ignorieren. Es war …

»Du hast Recht, Ben«, sagte sein Vater hinter ihm. Er schob mit einem hörbaren Klicken die Tür ins Schloss, sah ihn einen Moment lang schweigend an und eilte dann mit raschen Schritten an ihm vorbei zu einem kleinen Schränkchen, das sich als gut bestückte Bar entpuppte, als er es öffnete. Ben sah mit einigem Erstaunen zu, wie er ein Glas aus geschliffenem Kristall fast bis zur Hälfte mit einer goldgelben Flüssigkeit füllte und dann mit einem einzigen Zug leerte. Seine Hände zitterten.

»Womit habe ich Recht?«

Sein Vater setzte dazu an, das Glas neu zu füllen, stellte es dann aber wieder ab und schwenkte die Flasche mit einem fragenden Blick in Bens Richtung. Ben schüttelte den Kopf – sein Vater wusste, dass er nur sehr selten Alkohol trank und auch dann allenfalls einmal ein Bier, ganz bestimmt keine harten Sachen –, doch er begriff sehr wohl den Sinn dieser Geste. Sein Vater schenkte sich nun doch einen weiteren, diesmal allerdings normalen Cognac ein, und er trank auch nicht davon, sondern hielt das Glas nur in der Hand. Als bräuchte er etwas, um sich daran festzuklammern.

»Mit deiner Mutter. Sie wohnt nicht mehr hier. Sie hat Ramanov gebeten, ihr ein eigenes Quartier zuzuweisen, und natürlich hat er ihrem Wunsch sofort entsprochen.«

»Iljitsch«, korrigierte ihn Ben. Der bittere Unterton in der Stimme seines Vaters war ihm nicht entgangen. »Sie nennt ihn Iljitsch … wenigstens wenn sie allein sind.« Sein Vater sah ihn nachdenklich an und ging dann mit seinem Glas zum Tisch, und Ben fügte hinzu: »So wie du Doktor van Staaten Heidi.«

»Zwischen Ramanov und deiner Mutter ist nichts«, antwortete sein Vater überzeugt und nippte nun doch an seinem Cognac. »So wenig wie zwischen Doktor van Staaten und mir.«

»Den Eindruck hatte ich allerdings nicht.«

»Stell dir vor, das ist sogar mir aufgefallen«, antwortete sein Vater spöttisch und nickte übertrieben heftig, um seine Behauptung zu unterstreichen – was ihm *damit* ganz bestimmt nicht gelang –, nippte noch einmal an seinem Glas und forderte Ben mit einer Kopfbewegung auf, sich zu ihm zu setzen.

Ben gehorchte, wenn auch widerstrebend. Er fühlte sich alles andere als wohl. Er wollte dieses Gespräch nicht führen, schon gar nicht *jetzt* – aber er spürte zugleich auch, dass es seinem Vater wichtig war.

»Doktor van Staaten – Heidi – ist eine gute Freundin. Sie ist reizend. Sie ist hübsch und witzig und sie ist eine gute Zuhörerin, aber das ist auch alles. Sie ist viel zu jung für mich«, er lächelte schmerzerfüllt, »das klingt irgendwie charmanter, als dass ich zu alt für sie bin, finde ich, und zwischen uns liegen Welten; und das wortwörtlich. Außerdem kenne ich sie gerade erst ein paar Tage.«

»Und warum dann«, Ben machte eine Kopfbewegung auf die leere Betthälfte, »das?«

»Wir sind in einer extremen Situation, Ben. Und in extremen Situationen neigen Menschen manchmal dazu, Dinge auf den Punkt zu bringen.«

Das verstand Ben nicht.

»Ich kann mir vorstellen, wie unangenehm diese Situation für dich ist, Ben. Gerade jetzt. Du bist zum ersten Mal im Leben verliebt.« Er hob die Hand, als Ben ganz automatisch widersprechen wollte. »Du kannst dir nicht vorstellen, dass es irgendwann auch einmal anders sein könnte, und dann siehst du, was zwischen deiner Mutter und mir geschieht. Das willst du nicht verstehen. Und es macht dich wütend, habe ich Recht?«

Ben schwieg. Sein Vater kannte die Antwort. Wenn nicht er, wer dann?

»Zwischen deiner Mutter und mir läuft schon lange einiges schief. Ich weiß, du hast nichts davon gemerkt. Niemand hat das, glaube ich. Wir waren sehr … diskret. Vermutlich war es dumm, denn gerade ich hätte es besser wissen müssen, aber wir haben uns eine Weile eingebildet, dass es besser für dich ist, wenn du nichts davon weißt. Vielleicht sogar, dass sich die Sache schon wieder einrenkt, wenn wir nur lange genug so tun, als wäre alles in bester Ordnung.« Er lachte bitter. »Natürlich hat es nicht funktioniert. Die Wahrheit ist, dass unsere Ehe schon seit zwei Jahren am Ende ist.«

»Seit zwei Jahren? Aber wieso? Das verstehe ich nicht. Euer Umzug! Eure neuen Jobs und diese Reise und …«

Er konnte nicht weitersprechen. Seine Kehle war mit einem Mal wie zugeschnürt, und seine Stimme versagte ihm den Dienst. Er musste wieder an jenen Abend auf der *Princess* denken, an dem er seine Eltern Arm in Arm und so glücklich wie seit langer Zeit nicht mehr gesehen hatte. Das konnte doch nicht alles nur Theater gewesen sein!

»Nein, das war es auch nicht«, sagte sein Vater.

Ben starrte ihn verstört an, bevor er begriff, dass er zumindest seinen letzten Gedanken laut ausgesprochen hatte. Und möglicherweise nicht nur diesen.

»Diese Kreuzfahrt war sozusagen unser letzter Versuch, es doch noch zu schaffen. Naiv, ich weiß, aber du wärst erstaunt, wie oft so etwas tatsächlich funktioniert.«

»Und?«, fragte Ben bitter. »Hat es funktioniert?«

»Bis diese Geschichte auf der *Princess* losgegangen ist, dachten wir das wenigstens. Vielleicht hätte es wirklich funktioniert ... aber das spielt keine Rolle mehr.«

»Wieso?«

»Weil es nicht nur darum geht, Ben. Es ist ... Sie hat sich verändert. Jennifer. Deine Mutter. Seit wir hergekommen sind, ist sie ... *anders* geworden. Ich kann es nicht besser ausdrücken, aber ich spüre es. Sie ist ... irgendwie nicht mehr sie selbst.«

Also war es keine Einbildung gewesen. Trotzdem sagte er: »Sie ist wohl nur eifersüchtig.«

»Auf Doktor van Staaten?« Ben war sicher, dass sein Vater ihren Vornamen ganz bewusst nicht benutzte. »Ja, das dachte ich zuerst auch. Vielleicht ist sie sogar ein bisschen eifersüchtig, und vielleicht habe ich ihr auch Grund dazu gegeben, obwohl es nicht in meiner Absicht lag. Aber das allein ist es nicht. Sie hat sich verändert, seit sie mit diesem Harry in der Höhle war.«

Ben lächelte matt, obwohl ihm nicht danach zu Mute war. »Was ist das? Bist du jetzt eifersüchtig auf ihn?«

»Nein. Ich zähle nur zwei und zwei zusammen. Dieser Ort ... verändert die Menschen. Wir waren nicht mal eine Stunde dort, aber sie viele Stunden.« Er gab sich einen sichtbaren Ruck, nippte noch einmal an seinem Glas und fuhr dann in deutlich verändertem Ton fort. »Ich wollte nur, dass du das weißt.«

»Und was erwartest du von mir? Wessen Partei soll ich ergreifen?«

»Partei?« Sein Vater wirkte ehrlich überrascht. »Niemandes Partei natürlich. Glaubst du etwa, ich hätte dir das alles nur erzählt, damit du *meine Partei ergreifst?* Nein. Ich wollte, dass du es weißt, das ist alles.« Er setzte sein Glas an, stellte es dann aber wieder auf den Tisch zurück, ohne auch nur daran genippt zu haben, und schob es schließlich demonstrativ ein Stückchen zur Seite. »Ich weiß, es ist nicht leicht zu verstehen ... für mich auch nicht, glaub mir. Ich hätte es dir gar nicht gesagt, aber ich wollte, dass du ... Falls die Geschichte hier schief geht, und ...«

»Ich verstehe«, murmelte Ben. In seiner Stimme war ein bitterer Ton, der ihn selbst erschreckte, gegen den er aber machtlos war. Er war nicht einmal überrascht. Die Eröffnung, die ihm sein Vater gerade gemacht hatte, war ohne jede Vorwarnung gekommen und hätte ihn wie der berühmte Blitz aus heiterem Himmel treffen sollen, und in gewissem Sinne *hatte* sie das auch – und zugleich auch wieder nicht. Als hätte er tief in sich schon längst gespürt, dass etwas nicht stimmte, und dieses Gefühl nur nicht zugelassen.

»Wie kommst du darauf, dass es schief gehen könnte?«, fragte er, als sein Vater ihn nur weiter ansah ohne zu reagieren.

»Weil Dinge nun einmal schief gehen. Manchmal. Das ist der Unterschied zwischen einer Geschichte und der Wirklichkeit, weißt du? In deinen Büchern und Filmen kann man die schrecklichsten Risiken auf sich nehmen, und hin und wieder wird es auch eng, aber am Ende geht dann doch alles gut aus. Aber das muss nicht so sein.«

»Du glaubst, ich halte das alles hier nur für ein ... Abenteuer?«

»Abenteuer sind die Geschichten, die am Ende gut ausgehen. Von den anderen hört man meistens gar nichts mehr.« Er stand auf. »Entschuldige. Ich glaube, ich rede Unsinn. Komm – sehen wir nach Sasha.«

Ben erhob sich gehorsam, aber er zögerte, seinem Vater zu folgen. Er war vollkommen durcheinander, und er fühlte sich so hilflos, dass es beinahe körperlich wehtat. Sein Vater hatte ihm längst nicht alles gesagt, was er ihm hatte sagen wollen, das spürte er, aber er spürte auch genauso deutlich, dass er ihm jetzt keine weiteren Fragen beantworten würde. Schließlich gab er sich einen sichtbaren Ruck und trat dicht hinter ihm auf den Korridor hinaus, doch dann blieb er stehen und runzelte fragend die Stirn, als sich sein Vater nach rechts wandte. Sashas Unterkunft lag in der anderen Richtung.

»Ich muss vorher noch mit diesem Soldaten reden, du erinnerst dich«, sagte sein Vater, noch bevor er seine Verwunderung in Worte kleiden konnte. »Und es wäre mir lieber, wenn du dabei bist. Du kennst ihn am besten.«

Das stimmte zwar, aber ihn *am besten* zu kennen bedeutete in diesem Zusammenhang ganz und gar nicht, ihn *gut* zu kennen. Trotzdem widersprach er nicht. Mittlerweile war er nicht mehr sicher, ob er überhaupt noch irgendjemanden wirklich kannte.

»Das, wonach du Ramanov gerade gefragt hast«, sagte sein Vater, nachdem sie ungefähr die halbe Entfernung hinter sich gebracht hatten – also nach weniger als einer Minute. »Dieses Computerprogramm …?«

»Omega Doom«, half Ben aus, obwohl er sehr sicher war, dass sich sein Vater an den Namen erinnerte. Diese Worte vergaß man nicht so schnell.

»Omega Doom, ja. Was genau bedeutet das?«

Ben hob die Schultern. Ramanov hatte behauptet, nichts mit diesem Begriff anfangen zu können, und sich auch stur geweigert, weiter darüber zu reden. Aber Ben hatte ihm angesehen, dass er sehr wohl wusste, was dieses Wort bedeutete, und es ihn zu Tode erschreckt hatte. Und sein Vater musste es auch gesehen haben, wenn er nicht mit Blindheit geschlagen war. »Es ist eine Computerdatei, kein Programm. Aber mehr weiß ich auch nicht. Tahia hat mich gebeten, Ramanov darauf anzusprechen, falls … etwas passiert und sie nicht zurückkommt.«

»Und sonst nichts?«

»Sonst nichts. Omega Doom … das klingt beunruhigend, finde ich.«

»Das klingt nach einem zweitklassigen Science-Fiction-Film aus den achtziger Jahren. Oder wie etwas, was unsere amerikanischen Freunde zurückgelassen haben. Sie haben ein Faible für Mickymaus-Melodramatik.«

Ben war klug genug, nichts dazu zu sagen. Sein Vater ließ keine Gelegenheit aus, um zu betonen, dass er ein durch und durch unpolitischer Mensch sei, aber auch keine, um auf die amerikanische Außenpolitik gegen Ende des vergangenen Jahrhunderts zu schimpfen. Ben interessierte dieses Thema herzlich wenig. Ganz im Gegenteil: Im Moment gab es nicht besonders viel, was er sich mehr gewünscht hätte als eine Kompanie schwer bewaffneter Marines.

Auch wenn er das sehr sichere Gefühl hatte, dass ihnen das auch nichts mehr helfen würde …

Als sie sich der Messe näherten, ging die Tür auf und seine Mutter kam heraus.

Für eine oder zwei Sekunden standen sie alle drei nur da und starrten sich an, und Ben hatte das verrückte Gefühl – er hasste sich fast dafür, aber er war machtlos dagegen –, dass seine Mutter nicht nur unangenehm überrascht, sondern regelrecht *ertappt* aussah.

»Was tust du hier?«, fragte sein Vater schließlich, und *das* war beinahe noch seltsamer.

»Ich ... ich habe diesen Soldaten gesucht, diesen ... Tooth. Professor Ramanov wollte mit ihm sprechen.«

»Worüber?« Irrte er sich oder war in der Stimme seines Vaters deutliches Misstrauen zu hören?

»Das weiß ich nicht«, antwortete seine Mutter, während sie die Tür vollends hinter sich ins Schloss zog und sich zugleich mit einer linkischen Bewegung glättend über die Jacke fuhr. »Ich sollte ihn nur zu ihm bringen. Aber er ist nicht da. Umso besser. Ich habe ohnehin Besseres zu tun.« Und damit ging sie.

Ben schaute ihr verwirrt nach, zumal seine Mutter so demonstrativ an ihm vorbeistarrte, dass man es gar nicht mehr übersehen *konnte*. Und er fand auch, dass sie eindeutig zu schnell ging. Es sah schon beinahe nach einer Flucht aus.

Ohne ein weiteres Wort setzten sie ihren Weg fort und betraten die Messe. Der große Raum war verwaist, ganz wie seine Mutter behauptet hatte. Auf den Tisch, auf dem immer noch Tooths aufgeklappter Laptop stand, herrschte ein heilloses Chaos. Aus einem antiquierten CD-Walkman dudelte dreißig Jahre alte Rockmusik, und in einem überquellenden Aschenbecher qualmte eine halb heruntergebrannte Zigarette vor sich hin. Seltsam – Ben konnte sich nicht erinnern, einen der Söldner jemals rauchen gesehen zu haben.

Er schaltete die Musik aus, warf im Vorbeigehen einen Blick auf den Monitor des Laptops – er zeigte nichts außer einem albernen Bildschirmschoner, auf dem eine vampirzähnige Maus mit langen Klauen und Fledermausohren ein verschüchtertes Kätzchen jagte – und überlegte, die Zigarette auszudrücken, aber sein Ekel davor, das Ding anzufassen, war zu groß. So ging er weiter, umkreiste den Tisch mit schnellen Schritten und ließ seinen Blick dabei aufmerksam über das Tohuwabohu darauf schweifen.

»Was suchst du?«, fragte sein Vater von der Tür aus.

»Meinen MP3-Player. Tahia wollte ihn reparieren, aber ...« Er war nicht da. Dort, wo die Söldnerin gesessen hatte, lag inmitten des Chaos sogar noch der monströse Schraubenzieher, mit dem sie in den empfindlichen Eingeweiden des Gerätes herumgewühlt hatte, von dem winzigen Player selbst fehlte jedoch jede Spur.

»Bist du sicher, dass du ihn hier gelassen hast?«, erkundigte sich sein Vater, während er mit gemächlichen Schritten um den überladenen Tisch herumkam. »Ich meine: Bei all der Aufregung und dem Durcheinander ...?«

Ben wollte antworten, doch da erklang hinter der Tür am anderen Ende des Raumes das unverkennbare Geräusch der Toilettenspülung, und sie fuhren beide im gleichen Moment überrascht herum.

»Hat sie nicht gesagt, es sei niemand hier?«, murmelte sein Vater.

Ben sah ihn verstört an – zumal er nicht nur nahezu wortwörtlich dasselbe gedacht, sondern auch das neu aufflammende Misstrauen in der Stimme seines Vaters gespürt hatte. Trotzdem sagte er: »Nun ja, *da* wird sie vielleicht nicht nachgesehen haben.«

Die Tür ging auf und Tooth kam herein. Wenn er erstaunt war, ihn und seinen Vater hier zu sehen, so ließ er es sich jedenfalls nicht anmerken. Er maß sie nur mit einem müden Blick, wischte sich seine noch nassen Hände an der Hose ab und angelte den Zigarettenstummel aus dem Aschenbecher, bevor er sich wieder hinter den Laptop setzte. Erst dann schien ihm aufzufallen, dass etwas nicht stimmte, denn er streckte die Hand nach dem CD-Player aus, zog sie aber dann wieder zurück, ohne ihn eingeschaltet zu haben. Seine Besucher ignorierte er weiter.

»Ich ... ähm ... wusste gar nicht, dass du rauchst«, sagte Ben schließlich; und aus keinem anderen Grund als dem, überhaupt etwas zu sagen.

»Tu ich auch nicht« antwortete Tooth, ohne ihn anzusehen und indem er gleichzeitig einen tiefen Zug von seinem Glimmstängel nahm. »Hab vor zwei Jahren damit aufgehört.«

»Warum haben Sie wieder angefangen?«, fragte Bens Vater.

»Wieso, Doc? Haben Sie Angst, dass das meiner Gesundheit schadet? Ich glaube kaum, dass ich meine Lebenserwartung mit den Dingern noch drastisch verkürzen kann.«

Wieder machte sich ein sehr unangenehmes Schweigen zwischen ihnen breit, bis sich Bens Vater schließlich laut räusperte und sagte: »Das mit Ihren Kameraden tut mir leid. Wirklich.«

»Ja«, murmelte Tooth, nahm einen weiteren Zug und starrte auf den Monitor. »Mir auch.« Seine Augen schimmerten feucht, aber vielleicht lag das ja nur am Zigarettenqualm.

»Und wie … wie soll es jetzt weitergehen?«, fuhr sein Vater unsicher fort. »Ich meine: So wie die Dinge liegen, sind Sie der Letzte.«

»Der Letzte *was*?«, fragte Tooth, noch immer ohne den Blick von seinem Laptop zu nehmen. Ben trat unauffällig hinter ihn, sah auf den Monitor und stellte ohne Überraschung fest, dass der Bildschirmschoner immer noch aktiv war und die Vampirmaus noch immer hinter der Katze herjagte, ohne dass sie sie jemals fangen würde.

»Tooth, es tut uns wirklich leid. Ich will nicht behaupten, dass ich verstehe, wie du dich jetzt fühlst, aber ich habe Harry und die anderen auch gemocht. Ich fürchte nur, uns bleibt jetzt keine Zeit, zu trauern. Sie werden angreifen, weißt du, und du bist der Einzige, der uns noch beschützen kann.«

Zwei oder drei Sekunden lang reagierte Tooth überhaupt nicht, dann sah er ihn an, und für weitere zwei oder drei Sekunden war Ben fast sicher, dass seine Worte Wirkung zeigten; doch dann schüttelte Tooth nur den Kopf und grinste ebenso knapp wie humorlos. »Netter Versuch, Kleiner. Aber ich wüsste nicht, was ich noch tun könnte. Wir waren ein Dutzend, als wir hier angekommen sind, und jetzt bin nur noch ich übrig. Was glaubst du wohl, kann ich noch tun?«

Ben wollte antworten, doch sein Vater kam ihm zuvor. »Zum Beispiel damit aufhören, sich selbst zu bemitleiden, und endlich das tun, wofür Sie bezahlt werden!«

Tooth fuhr mit einem Ruck herum und seine Augen wurden schmal. Etwas in seinem Blick erlosch und machte etwas anderem, Gefährlicherem Platz, aber Bens Vater fuhr in unverändert scharfem, fast schon herausforderndem Ton fort: »Verdammt, Mann, reißen Sie sich zusammen! Wir werden vermutlich angegriffen, und Sie sind der einzige Soldat, den es hier noch gibt! Es interessiert mich herzlich wenig, ob Sie sich selbst für einen guten Soldaten halten oder für einen schlechten! Wir brauchen Sie!«

Eine halbe Sekunde lang stand es wirklich auf der Kippe. Ben sah Tooth deutlich an, wie nahe er daran war, aufzustehen und etwas ziemlich Unangenehmes zu tun. Dann aber erlosch das gefährliche Glitzern in seinen Augen wieder, und Ben konnte regelrecht beobachten, wie er innerlich zusammensackte und auch noch das letzte bisschen Kraft aus seinem Körper wich. »Sie sind ja verrückt«, murmelte er.

»Bitte, Tooth!«, sagte er in fast flehendem Ton. »Wenn du aufgibst, dann war das alles hier umsonst.«

Der Söldner lächelte müde, nahm einen weiteren, tiefen Zug von seiner Zigarette und setzte zu einer Antwort an, von der Ben ganz sicher war, dass er sie nicht hören wollte, wurde dann jedoch von einem Hustenanfall gepackt und brauchte endlose Sekunden, bevor er wieder zu Atem kam. Mit einer so zornigen Bewegung, dass die Funken flogen, rammte er die Zigarette in den Aschenbecher und wedelte übertrieben mit der flachen Hand vor dem Gesicht herum, um den Rauch zu vertreiben. »Sie glauben, dass sie noch einmal angreifen?«

»Ich wundere mich fast, dass sie es nicht schon getan haben. Vielleicht versuchen sie im Moment noch, durch die Tür zu kommen. Aber sobald sie begriffen haben, dass sie sich die Zähne daran ausbeißen, suchen sie garantiert nach einem anderen Weg.« Bens Vater machte eine Kopfbewegung auf den hochgeklappten Bildschirm des Laptops. »Muss ich Sie daran erinnern, dass sie es schon einmal geschafft haben?«

Tooth starrte eine geraume Weile wortlos auf den Bildschirm. Die Vampirmaus mühte sich weiter vergebens ab, das verschüchterte Kätzchen zu fangen, und je länger er dieser aussichtslosen Jagd zusah, desto weniger komisch kam sie ihm vor. Es war nur ein albernes Programm, das irgendein gelangweilter Computerspezialist in einer freien Minute ersonnen hatte, und doch machte ihm der Anblick mit einem Mal fast Angst. Er fragte sich, wer in diesem Spiel eigentlich die Katze und wer die Maus war.

»Also gut«, sagte Tooth plötzlich. »Aber macht euch keine zu großen Hoffnungen. Die Hälfte von dem Müll hier funktioniert nicht mehr richtig.« Er beugte sich vor und begann mit Zeige- und Mittelfinger beider Hände auf die Tastatur einzuprügeln, und der Bildschirmschoner erlosch und machte der Ben schon hinlänglich bekannten grafischen Darstellung der Station Platz. Es schien sich nichts daran geändert zu haben. Verschiedenfarbige Linien und winzige Punkte mit noch winzigeren Buchstaben- und Zahlenkombinationen daneben; aber irgendetwas an diesem Bild erweckte seine Aufmerksamkeit …

Ben beugte sich vor, runzelte konzentriert die Stirn und starrte angespannt auf den Monitor, bis ihm die fragenden Blicke seines Vaters und des Söldners auffielen. Rasch richtete er sich wieder auf und schüttelte den Kopf, um die unausgesprochene Frage, die er in den Augen seines Vaters las, zu beantworten. Da war nichts. Er war nervös, das war alles.

Und doch: Ein sonderbares Gefühl der Beunruhigung, des *Falschen* blieb.

»Ich checke noch einmal die Außenkameras und Sensoren«, sagte Tooth. »Wenn das stimmt, was der Russe über diese Station erzählt hat, bräuchten sie schon ein kleines Schiffsgeschütz, um durch die Wände zu kommen. Die Schleuse macht mir Sorgen.«

»Die Schleuse?« Er erinnerte sich an die massiven Stahltüren und die womöglich noch massivere Schleusenkammer, und er wollte seine Zweifel gerade in Worte kleiden, als ein anderes Bild vor seinem inneren Auge auftauchte: tiefe Schrammen und Kratzer in der vermeintlich so unzerstörbaren Stahltür draußen; Schrammen wie von gewaltigen Krallen …

Tooth berührte eine Taste, und die Stationsgrafik machte einem zumindest für Ben völlig sinnlosen Durcheinander aus Anzeigen und winzigen leuchtenden Symbolen Platz. Wenigstens war das Bild schön bunt.

»Ich kann von hier aus –« , begann Tooth, stutzte dann und starrte den Bildschirm mit neuer Konzentration und aus misstrauisch zusammengekniffenen Augen an.

»Was?«, fragte Ben alarmiert.

Der Söldner antwortete nicht sofort, sondern ließ weitere zwei oder drei Sekunden verstreichen, in denen er den Bildschirm betrachtete; dann schüttelte er den Kopf und seine Lippen bewegten sich lautlos – als hätte er sich in Gedanken eine Frage gestellt und sie auch gleich selbst beantwortet. »Nichts.«

»Das sah aber nicht nach *nichts* aus«, meinte Bens Vater.

Tooth blickte ihn verunsichert an. »War es aber. Ich verstehe nicht viel davon. Jedenfalls nicht so viel wie Tahia.«

»Sie machen das schon«, erwiderte Bens Vater, und er brachte sogar das Kunststück fertig, einigermaßen überzeugend zu klingen. »Wenn Sie irgendwelche Hilfe brauchen, dann sagen Sie Ben oder mir Bescheid. Wir reden dann mit Ramanov.«

Er gab Ben einen fast unmerklichen Wink und wandte sich zur Tür, und Ben folgte ihm auch gehorsam, blieb aber schon nach dem ersten Schritt wieder stehen und deutete auf den zugemüllten Tisch. »Ich suche meinen MP3-Player. Weißt du zufällig, wo er geblieben ist?«

Tooth schüttelte den Kopf, ohne auch nur in die entsprechende Richtung zu sehen. »Keine Ahnung. Vielleicht hat Tahia ihn weggeräumt.«

Das hatte sie ganz bestimmt nicht. Ihr Aufbruch war zwar einigermaßen überhastet gewesen, aber *daran* hätte Ben sich erinnert. Er sparte es sich, Tooth weiter damit zu behelligen, trat jedoch noch einmal an den

Tisch heran und begutachtete das Durcheinander darauf aufmerksam; natürlich mit demselben Ergebnis wie bisher.

Und schließlich gab er es auf und folgte seinem Vater auf den Gang hinaus.

»Glaubst du, dass er es schafft?«, fragte sein Vater, nachdem sie ein kleines Stück gegangen und ganz sicher außer Hörweite des Söldners waren.

»Was?«, fragte Ben.

»Ich kenne Menschen wie ihn.« Sein Vater klang besorgt. Von dem aufgesetzten Optimismus, der gerade noch in seiner Stimme gelegen hatte, war nichts mehr geblieben. »Sie spielen die Unbesiegbaren, aber unter Druck brechen sie leicht zusammen. Wir hätten es nicht schlechter treffen können.«

»Wenn das deine wahre Meinung ist, dann hast du dich gerade aber wirklich gut verstellt.«

Sein Vater lächelte müde. »Ich bin Psychologe, schon vergessen? Wir werden dafür bezahlt, uns zu verstellen.« Er schüttelte noch einmal den Kopf und wurde dann übergangslos sehr ernst. »Aber wie es aussieht, bleibt uns sowieso keine andere Wahl, als ihm zu vertrauen. Vielleicht geht ja doch noch alles gut aus. Mit ein bisschen Glück schicken sie Hilfe.«

Ben war sehr nahe daran, seinen Vater zu fragen, wen er mit *sie* meinte. Aber dann ließ er es bleiben. Sein Vater mochte sich selbst für einen guten Lügner halten, und was seine Patienten anging, war er das wohl auch. Wenn es darum ging, sich selbst etwas vorzumachen, war er es eindeutig nicht.

Außerdem hatten sie ihr Ziel beinahe erreicht. Er beendete die ohnehin sinnlose Diskussion mit einem angedeuteten Achselzucken und einem bedauernden Blick ins Gesicht seines Vaters, schritt jetzt schneller aus und steuerte Sashas Zimmer an. Gerade als er die Hand nach der Klinke ausstrecken wollte, wurde die Tür von innen aufgerissen und eine höchst aufgeregte Dr. van Staaten kam so schnell herausgestürmt, dass sie ihn beinahe über den Haufen gerannt hätte. Ben konnte gerade noch mit einem hastigen Schritt zur Seite weichen, und sie war viel zu schnell an ihm vorbei, als dass er auch nur Gelegenheit gehabt hätte, eine einzige Frage zu stellen – aber der erschrockene, beinahe schon entsetzte Ausdruck auf ihrem Gesicht war ihm trotzdem nicht entgangen. Irgendetwas stimmte nicht!

Hinter ihm rief sein Vater van Staaten irgendetwas hinterher, aber darauf achtete er gar nicht, sondern war mit einem einzigen Satz durch die Tür und an Sashas Bett.

Sie schlief. Wie es aussah, sehr tief und sehr friedlich, und sie war diesmal auch nicht an ein Spinnennetz aus Drähten und Kabeln angeschlossen. Der Anblick hatte trotzdem nichts Beruhigendes. Im Gegenteil. Die Bettdecke war zurückgeschlagen, und van Staaten hatte einen Ärmel ihres weißen Nachthemds hochgeschoben und den Arm so herumgedreht, dass die Handfläche nach oben zeigte. Die zu diesem Arrangement passende Spritze lag nur eine Handbreit neben ihrer Armbeuge, und ganz offensichtlich war er buchstäblich im letzten Moment gekommen, denn van Staaten hatte die Schutzhülle bereits von der Nadel gezogen und Sashas Vene mit dem Wattebausch betupft, der ebenfalls neben ihr lag und einen hässlichen dunklen Fleck auf dem Bettzeug hinterlassen hatte. Ein durchdringender Geruch nach Alkohol stieg Ben in die Nase, als er sich hastig über das schlafende Mädchen beugte.

»Sasha? Was hast du?«

»Was ist los?«, fragte nun auch sein Vater, der ihm gefolgt war. Seine Stimme klang alarmiert.

Ben hob die Schultern. »Ich weiß es nicht. Aber irgendetwas …«

Sein Vater hatte das Bett mittlerweile umkreist und beugte sich von der anderen Seite über Sasha, und ganz offensichtlich erfasste er die Lage eindeutig schneller als Ben. Er sah dem schlafenden Mädchens zwar vielleicht eine Sekunde lang ebenso hilflos und erschrocken ins Gesicht wie Ben, dann aber blieb sein Blick an etwas hängen und seine Augen wurden groß. Hastig beugte er sich vor, hob die Spritze auf, die neben Sashas Arm auf dem Bett lag, und kniff die Augen zusammen, um die winzige Schrift darauf zu entziffern. Ben konnte sehen, wie jedes bisschen Farbe aus seinem Gesicht wich.

»Um Gottes willen!«, keuchte er. »Hat sie ihr etwa –?«

Er sprach nicht weiter, sondern beugte sich abermals und so hastig und weit vor, dass er beinahe das Gleichgewicht verloren hätte, um mit der freien Hand nach Sashas Arm zu greifen und ihn in die Höhe zu heben.

»Was hast du?«, fragte Ben alarmiert.

Sein Vater antwortete nicht, sondern unterzog Sashas Arm einer gründlichen Untersuchung, ließ ihn dann einfach fallen und schlug auch die Decke auf der anderen Seite zurück, um sich ihre rechte Armbeuge ebenso aufmerksam anzusehen. Dann schüttelte er zornig den Kopf, machte eine Bewegung, wie um die Spritze wütend zu Boden zu schleudern, besann sich dann aber eines Besseren und kam mit schnellen Schritten um das Bett herum. Beinahe grob stieß er Ben zur Seite, nahm mit spitzen Fingern den Wattebausch hoch und tastete durch jede Falte des Bettzeugs, bis er gefunden hatte, wonach er so offensichtlich suchte: die winzige Plastikschutzhülle, die auf der Nadel gesessen hatte. Sehr sorgfältig streifte er sie wieder über die Nadel und verstaute die komplette Spritze dann in seiner rechten Jackentasche.

»Das kann nicht sein.« Er klang fassungslos und zornig. »Das *kann* sie nicht getan haben!«

»Was?!«, schrie Ben. Er musste sich beherrschen, um seinen Vater nicht am Kragen zu packen und so lange zu schütteln, bis er die Frage beantwortete. »Was hat sie mit Sasha gemacht?!«

»Nichts.« Er versuchte beruhigend zu lächeln, aber seine Miene drückte eher das Gegenteil aus. »Sie hat es ihr nicht gegeben, keine Sorge.«

»Was?«, fragte Ben zum dritten Mal. Dann konnte er selbst spüren, wie ihm das Blut aus dem Gesicht wich und er erbleichte. »Sie … sie hat ihr nicht wieder dieses … dieses Teufelszeug gegeben, um sie zu betäuben?!«

»Nein«, antwortete sein Vater, eindeutig eine Spur zu hastig, um überzeugend zu klingen. »Sie hat ihr gar nichts gegeben. Aber es sieht so aus, als …« Er brach ab und machte einen so verlorenen Eindruck, dass er Ben leidgetan hätte, hätte er jetzt noch irgendetwas anderes empfinden können als Angst um Sasha. »Hier stimmt etwas nicht.« Dann fuhr mit einem Ruck herum und war schon wieder bei der Tür, noch bevor Ben auch nur dazu ansetzen konnte, eine Frage zu stellen. »Komm mit!«

Das tat Ben – allerdings erst, nachdem er sich noch einmal zu Sasha herumgedreht und davon überzeugt hatte, dass ihr auch wirklich nichts fehlte, und auch erst, nachdem er ihren Arm ordentlich wieder neben sie gelegt und sie zugedeckt hatte. Als er das Zimmer schließlich verließ, sah er seinen Vater gerade noch hinter der nächsten Gangbiegung verschwinden. Er lief, so schnell er konnte, um ihn einzuholen, aber es gelang ihm erst, als sie van Staatens Behandlungszimmer erreicht hatten.

Sein Vater stieß die Tür so ungestüm auf, dass sie gegen die Wand krachte und van Staaten, die mit dem Rücken zu ihnen dastand und sich über eine Gestalt auf ihrem Behandlungstisch beugte, erschrocken zusammenfuhr und irgendetwas fallen ließ, das klirrend auf dem Boden zerbrach.

»Was hast du getan?!«, schrie sein Vater die Ärztin an.

Van Staaten sah kurz völlig verwirrt aus, aber sie fing sich sofort wieder, schüttelte den Kopf und schnitt seinem Vater zugleich mit einer Handbewegung das Wort ab. »Nicht jetzt!«, sagte sie scharf. »Hilf mir!«

Sein Vater bewies in diesem Moment, dass er ein Profi war, denn er verschwendete keine Zeit mehr mit überflüssigen Fragen, sondern war mit zwei schnellen Schritten neben ihr und am Behandlungstisch, und Ben trat – aus einem unerfindlichen Grund zögernd – hinter ihm ein und machte einen Schritt zur Seite, um den Patienten besser erkennen zu können. Es war Schulz. Er war offensichtlich nackt und nur bis zur Hüfte mit einem sterilen grünen Tuch zugedeckt, und im Gegensatz zu Sasha *war* er an ein gutes halbes Dutzend Kabel angeschlossen, die mit einer fast so großen Anzahl beeindruckend klickender und blinkender Instrumente auf einem kleinen Bord an der Wand verbunden waren. An einem verchromten Gestell über seinem Kopf hingen gleich zwei durchsichtige Infusionsbeutel, deren Schläuche mit einem kleinen T-Stück miteinander verbunden waren, sodass sie ihren Inhalt gleichzeitig in den zu einer Nadel in seiner Vene führenden Schlauch abgeben konnten. Sein Mund und seine Nase waren unter einem Mundstück aus halb durchsichtigem Kunststoff verborgen.

»Was ist hier los?«, erkundigte er sich.

Van Staaten zog in aller Hast eine Injektionsspritze auf, warf aber trotzdem zugleich einen raschen Blick über die Schulter zu ihm zurück. »Nicht jetzt!«, schnappte sie. »Verschwinde! Oder mach die Tür zu!«

Ben dachte nicht daran, zu verschwinden, aber er ging zumindest zur Tür zurück, drückte sie ins Schloss und legte nach sekundenlangem Zögern auch den winzigen Riegel vor. Er sah nicht so aus, als könnte er irgendjemanden, der es wirklich ernst meinte, daran hindern, dieses Zimmer zu betreten, doch vermutlich sollte er auch nur verhindern, dass jemand unabsichtlich mitten in eine Operation am offenen Herzen hereinplatzte.

Van Staaten drückte die fertige Spritze seinem immer noch ziemlich verdattert dreinschauenden Vater in die Hand und sagte knapp: »Gib sie ihm! Schnell!«, während sie bereits herumfuhr und mit wehendem Kittel zu einem Medikamentenschrank am anderen Ende des Zimmers eilte, um eine winzige Medikamentenflasche und eine steril in Cellophan eingeschweißte Spritze zu holen.

»Was ist los?«, fragte Ben noch einmal. Er war immer noch unglaublich wütend auf van Staaten, doch er konnte zugleich auch spüren, wie seine Wut rasch verebbte und einer dafür immer größer werdenden Verwirrung Platz machte. Ganz offensichtlich war es so, wie sein Vater gerade behauptet hatte: Hier stimmte etwas nicht. Doch wie es aussah, in ganz anderer Hinsicht, als er bisher angenommen hatte.

Van Staaten antwortete auch diesmal nicht, sondern rammte die Spritze – zu Bens Entsetzen – in Schulz' Brust; und wenn er sich nicht sehr irrte, direkt in sein Herz. Ihr Gesicht war vollkommen ausdruckslos, aber Ben spürte ihre Angst.

Nachdem sie den Kolben langsam heruntergedrückt und die Nadel dann ebenso vorsichtig wieder herausgezogen hatte, wie sie sie vorher grob hineingestoßen hatte, legte sie die Spritze aus der Hand, drehte sich zu den Überwachungsmonitoren herum und betrachtete sie fünf oder sechs Sekunden lang konzentriert, bevor sie sich langsam wieder zu ihnen umwandte. Sie versuchte noch immer, möglichst ruhig auszusehen, aber ganz gelang es ihr nicht.

»Jetzt können wir nur noch abwarten. Falls er in einer halben Stunde noch lebt, kommt er durch.«

Ben wollte abermals – und vermutlich zum vierten Mal – dieselbe Frage stellen, doch sein Vater brachte ihn mit einer raschen Geste zum Schweigen. »Was ist passiert?«, fragte er, gab van Staaten aber gar keine Gelegenheit, zu antworten, sondern griff in die Jackentasche und zog die Spritze heraus, die er aus Sashas Zimmer mitgebracht hatte. »Das wolltest du nicht wirklich dem Mädchen geben, oder?«

Van Staaten schüttelte beinahe erschrocken den Kopf. »Nein. Ich wollte es nicht. Aber beinahe hätte ich es.« Sie schwieg zwei oder drei endlose Sekunden, bevor sie mit hörbar leiserer und fast tonloser Stimme hinzufügte: »Und *ihm* habe ich es gegeben.«

Ben wusste immer noch nicht, worum es sich bei dem geheimnisvollen Medikament handelte, aber allem Anschein nach war es nicht nur harmlose Kochsalzlösung, denn sein Vater stieß mit einem Keuchen die Luft aus, und auch van Staaten wirkte erschrocken und sehr mutlos.

»Was ist da drin?«, murmelte Ben mit einer Geste auf die Spritze, die sein Vater immer noch in der Hand hielt. »Doch nicht dasselbe Teufelszeug, das Sie Sasha schon einmal gegeben haben, oder?«

Van Staaten sah ihn traurig an. »Nein. Jedenfalls nicht genau dasselbe.«

»Was soll das heißen?«

»Es ist im Prinzip derselbe Wirkstoff«, antwortete sein Vater an ihrer Stelle. »Nur mindestens zwanzigmal konzentrierter.«

»Und was bedeutet das?«

Van Staaten sah weg, und sein Vater antwortete: »Dass sie möglicherweise daran gestorben wäre, hätte sie ihr die Spritze gegeben. Zumindest bei dieser Menge.«

Ben verspürte einen eisigen, fast lähmenden Schrecken. Er wartete darauf, abermals wütend zu werden, doch nichts geschah. Der Ausdruck in van Staatens Gesicht machte es ihm unmöglich, ein derartiges Gefühl zu empfinden. Er las nichts als Entsetzen und Schuldbewusstsein in ihren Augen. Dabei hatte sie Sasha die Spritze doch gar nicht gegeben, sondern …

Und dann begriff er.

»Aber Sie haben es Kapitän Schulz gespritzt.«

Van Staaten sah ihn immer noch nicht an. »Ja.«

»Wie viel?«, erkundigte sich Bens Vater.

»Zwei Einheiten.«

Bens Vater erbleichte noch weiter. »Zwei –?«

»Ich wusste es nicht. Ich habe die Spritzen vorbereitet, drei Stück – eine für Sasha, damit sie noch ein paar Stunden ruhig schläft, und zwei für Schulz, zur Vorbereitung auf die Operation und um ihn vielleicht ein etwas milderes Anästhetikum geben zu können. Ich schwöre, ich habe ein ganz harmloses Beruhigungsmittel aufgezogen. Ich habe mich zweimal davon überzeugt! Ich habe keinen Fehler gemacht, ich bin ganz sicher! Aber als ich gerade bei Sasha war, da …« Sie brach mitten im Wort ab, starrte eine Sekunde lang ins Leere und fuhr dann mit einem Ruck herum, um wieder zum Medikamentenschrank zu gehen. Als sie zurückkam, hielt sie eine in Cellophan eingeschweißte, schlanke Einwegspritze in der Hand.

»Hier! Das ist es. Ich nehme an, du kennst dieses Mittel.«

Sein Vater legte die Spritze in seiner Hand behutsam neben Schulz auf das Kunstleder des Operationstisches, griff nach jener, die van Staaten ihm hinhielt, und betrachtete sie lange und aufmerksam. Dann nickte er. Auch Ben beugte sich neugierig vor. Er verstand nichts von solcherlei Dingen, aber auch ihm fiel auf, dass sich die beiden Spritzen ähnelten; hinlänglich genug jedenfalls, um sie verwechseln zu können, wenn man nicht allzu genau hinsah.

»Und was … was bedeutet das?«, fragte er schließlich unsicher.

»Dass jemand die Spritzen ausgetauscht hat«, antwortete sein Vater an van Staatens Stelle. »Wenn Heidi die Wahrheit sagt. Und ich glaube ihr.«

Wieder spürte Ben einen eisigen Schauer, der ihm wie eine Armee eisiger Spinnenbeine den Rücken hinunterlief. Auch er glaubte der Ärztin. Ganz egal, was er bei der einen oder anderen Gelegenheiten auch über sie gedacht und auch schon mal gesagt hatte – sie war eine sehr verantwortungsvolle Ärztin und ganz bestimmt niemand, der schlampig mit gefährlichen Medikamenten umging. Und das konnte nur bedeuten …

»Jemand wollte sie umbringen«, flüsterte er. »Sasha und ihren Vater.«

»Sasha ist nicht in Gefahr«, sagte sein Vater rasch. »Aber bei Schulz …«

»… ist es ihm vielleicht sogar gelungen«, flüsterte van Staaten niedergeschlagen. »Ich weiß nicht, ob ich es noch rechtzeitig genug bemerkt habe. Ich kann es nur hoffen.«

»Aber Sie müssen etwas tun!«, protestierte Ben.

Die Ärztin lächelte knapp und ohne jeden Humor. »Was ich tun konnte, habe ich getan, Ben. Jetzt können wir nur noch abwarten. Er ist ein ziemlich kräftiger Mann und er hat eine robuste Konstitution, soweit ich das beurteilen kann. Mit ein bisschen Glück schafft er es.« Aber sie klang nicht sehr optimistisch, fand Ben.

»Ich bleibe hier«, sagte sein Vater, während er sich vollends zu Ben herumdrehte. »Du gehst zu Ramanov und bittest ihn herzukommen. Aber unauffällig. Ich möchte nicht, dass irgendjemand erfährt, was hier passiert ist. Wenigstens noch nicht.«

16

AUS DEN DREISSIG MINUTEN, von denen die Ärztin gesprochen hatte, waren gute zwei Stunden geworden; vielleicht auch mehr, so genau konnte er das hinterher nicht mehr sagen. Ben war sofort in die Zentrale geeilt und hatte Ramanov unter einem Vorwand gebeten, in van Staatens Behandlungszimmer zu kommen, und obwohl er sich nicht einmal mehr erinnern konnte, welchen Grund er sich aus den Fingern gesogen hatte, musste er doch gut gewesen sein – der Russe hatte nicht einen Augenblick gezögert, ja nicht einmal eine Frage gestellt und war auf der Stelle losgegangen. Ben war ihm gefolgt, aber nur ein kleines Stück, dann hatten sich ihre Wege getrennt, und er war wieder zu Sasha gelaufen, so schnell er konnte.

Auf den letzten Metern war er beinahe gerannt, plötzlich von einer nagenden Furcht erfüllt – und einem immer stärker werdenden schlechten Gewissen, Sasha allein gelassen zu haben, und sei es auch nur für eine einzige Sekunde.

Womöglich war das, was er erfahren hatte, einfach zu schockierend gewesen, um es sofort und in voller Tragweite zu begreifen. Jemand hatte versucht Schulz und auch Sasha *umzubringen* – Schulz ganz gezielt und Sashas Tod hatte er zumindest in Kauf genommen, und schon die bloße Vorstellung erfüllte ihn mit einem solchen Grauen, dass er kaum noch eines klaren Gedankens fähig war.

Dabei hätte er nicht einmal wirklich erschrocken sein dürfen. Der Teil seines Lebens, in dem ihm niemand nach selbigem trachtete und er Gewalt und Gefahren allerhöchstens aus dem Kino kannte, war längst und unwiderruflich vorbei. Aber es war ein großer Unterschied, gegen eine Armee bizarrer Ungeheuer und größenwahnsinniger Götter kämpfen zu müssen, die vor etlichen hundert Millionen Jahren schlichtweg vergessen hatten zu sterben, oder zu wissen, dass irgendwo ein Mörder auf sie lauerte. Es machte die Sache persönlicher und auf schwer in Worte zu fassende Weise ungleich erschreckender. So entsetzlich und böse die Mächte waren, mit denen sie sich auseinander setzen mussten, hatten sie doch zugleich etwas Anonymes, es war wie die Bedrohung, die von einer Naturgewalt ausgeht und die man fürchten und bekämpfen, aber schwerlich hassen konnte. Das hier war etwas ganz anderes.

All seine Befürchtungen erwiesen sich jedoch als überflüssig. Sasha lag noch immer tief und friedlich schlafend und in unveränderter Haltung auf dem Bett, und das einzige Lebenszeichen, das sie von sich gab, waren ihre beruhigend gleichmäßigen, tiefen Atemzüge. In seiner allerersten Erleichterung wollte er sie an den Schultern packen und so lange schütteln, bis sie wach war, aber dann schloss er ganz im Gegenteil die Tür so leise wie nur möglich hinter sich und schlich auf Zehenspitzen um das Bett herum, um sich daneben auf einen Stuhl zu setzen und behutsam ihre Hand zu ergreifen. Sasha schlief, und sooft und verzweifelt er sich auch gewünscht hatte, sie möge aufwachen, hatte sie diesen Schlaf *jetzt* bitter nötig. Er hätte in diesem Moment alles darum gegeben, nur einen einzigen weiteren Satz mit ihr zu wechseln und noch einmal das Leben in ihre Augen zurückkehren zu sehen, aber er wagte es nicht, auch nur ein unvorsichtiges Geräusch zu machen. Früher oder später würde sie von selbst erwachen, und obwohl er wusste, wie närrisch dieser Gedanke war, klammerte er sich trotzdem an die Hoffnung, er würde ein zweites Wunder erleben und sie vielleicht *tatsächlich* erwachen sehen.

Während der nächsten beiden Stunden stand er nur ein einziges Mal auf, um zur Tür zu gehen, als draußen Schritte und aufgeregte Stimmen näher kamen, sich aber nicht mehr entfernten. Seine wild gewordene Fantasie nutzte die knappe Sekunde, die er für den Weg brauchte, selbstverständlich, um ihn mit allem möglichen Schrecknissen und Vorstellungen der grässlichsten Ungeheuer zu peinigen, die draußen auf dem Gang standen und nur darauf warteten, dass er dumm genug war, den Kopf durch die Tür zu strecken. Aber es waren nur zwei von Ramanovs Männern, die mit unglücklichen Gesichtern, trotzdem jedoch entschlossen wirkend und beide bewaffnet rechts und links der Tür Aufstellung genommen hatten. Offensichtlich waren sie des Deutschen nicht mächtig, denn der eine beantwortete seine entsprechende Frage nur mit einem dümmlichen Grinsen, der andere mit einem angedeuteten Schulterzucken, und Ben war in diesem Moment viel zu aufgeregt, um seine Frage auf Englisch zu wiederholen. Anscheinend hatte van Staaten Ramanov überzeugt; sowohl von ihrer Unschuld als auch von ihrem Verdacht, dass der vermeintliche Attentäter es ernst meinte, und er hatte die beiden Männer geschickt, um seine Enkeltochter zu bewachen.

Ben vertrieb sich die nächste gute Stunde damit, sich abwechselnd um Sasha zu sorgen und den Kopf darüber zu zerbrechen, wer in dieser Station zu einer solch ungeheuerlichen Tat fähig sein könnte. Es gab einfach keinen *Grund* dafür.

Nachdem auf diese Weise mehr als eine kleine Ewigkeit vergangen war, wurde an die Tür geklopft, und noch bevor Ben auch nur einen Laut hervorbrachte, kam einer von Ramanovs Mitarbeitern herein und forderte ihn in gebrochenem Deutsch auf, mit ihm zu kommen; der Professor wolle ihn sehen. Ben war auf der einen Seite erleichtert, dass die Ungewissheit endlich enden würde, auf der anderen Seite widerstrebte es ihm zutiefst, Sasha allein zu lassen, auch wenn dieses Gefühl jeglicher Logik entbehrte: Wer immer es schaffte, an den beiden bewaffneten

Männern draußen vor der Tür vorbeizukommen, den würde vermutlich auch er nicht mehr aufhalten können.

Aber was, wenn Sasha erwachte, während er weg war? Wenn sie *wirklich* erwachte?

Das würde nicht geschehen. Ben gestand sich niedergeschlagen ein, dass er sich einer Illusion hingegeben hatte, und noch dazu einer, die nicht einmal er selbst glauben konnte, sosehr er sich auch bemühte.

Und außerdem musste Ramanov einen triftigen Grund haben, ihn zu rufen. Sie waren nun wahrlich nicht gut genug befreundet, als dass er ihn zu sich bestellt hätte, um ein kleines Schwätzchen zu halten; also erhob er sich widerwillig und folgte Ramanovs Mann; wenn auch nicht, ohne Sasha nochmals zärtlich mit der Hand über die Wange zu streichen und eine halbe Sekunde lang zu versuchen, sie mit purer Willenskraft zum Aufwachen zu zwingen. So albern das sein mochte, er konnte nicht anders.

Dann aber trat er hinter dem Mann auf den Gang hinaus, machte einen Schritt und blieb noch einmal stehen, als er aus den Augenwinkeln sah, wie einer der beiden Wächter die Tür schloss und wieder auf seinen Posten zurückkehren wollte. Fast erschrocken schüttelte er den Kopf und gestikulierte auf die geschlossene Tür, erntete aber nur verständnislose Blicke. Also wandte er sich an seinen Führer und bat ihn, wenigstens einen der beiden drinnen bei Sasha zu postieren. Der Blick, mit dem ihn der Mann maß, war beinahe noch verständnisloser, aber er hob nur die Schultern und übersetzte Bens Ansinnen in eine Sprache, die er nicht kannte, und tatsächlich nahm einer der beiden das Gewehr auf, das er lässig neben sich gegen die Plastikwand gelehnt hatte, und betrat Sashas Zimmer. Der Gesichtsausdruck der beiden anderen ließ keinen Zweifel daran, dass sie ernsthaft an seinem Verstand zweifelten – doch das war Ben egal. Schließlich hatte er selbst vor nicht einmal langer Zeit bewiesen, dass es möglich war, jedes Zimmer in dieser Basis zu betreten, ohne eine Tür benutzen zu müssen.

Sie gingen nicht in die Zentrale, wie er erwartet hatte, sondern nur die wenigen Schritte bis zu van Staatens Behandlungszimmer, und Ben war nicht wirklich überrascht, auch vor dieser Tür zwei bewaffnete Männer zu entdecken. Ramanov hatte van Staaten und seinem Vater offenbar geglaubt. Doch auch dieser Anblick beruhigte ihn keineswegs.

Noch weniger beruhigend fand er die Atmosphäre, die in dem kleinen

Behandlungsraum herrschte. Er spürte es, noch bevor er ganz durch die Tür getreten war und sich zum ersten Mal umgesehen hatte: etwas wie eine knisternde elektrische Spannung, die in der Luft lag und sich wie klebrige Spinnfäden auf seine Haut legte. Etwas war passiert, während er weg gewesen war. Nichts Gutes.

»Schulz?«, fragte er erschrocken.

»Er ist außer Gefahr, keine Sorge«, sagte Ramanov, der zusammen mit seinem Vater in van Staatens winzigem Schlafzimmer stand, das an das Krankenzimmer angrenzte; er machte eine beruhigende Geste und rang sich sogar zu einem Lächeln durch, was äußerst selten war. »Bitte schließ die Tür, Ben.«

Ben gehorchte ganz automatisch, aber seine Verwirrung wuchs eher noch, als er erst jetzt außer van Staaten auch noch den vierten Besucher erkannte: niemand anderen als Tooth, der am gegenüberliegenden Ende des kleinen Raumes an der Wand lehnte, mit halb geschlossenen Augen die Decke anstarrte und im Übrigen so zu tun versuchte, als wäre er gar nicht da. Ausgerechnet Tooth? Abgesehen von ihm selbst war der Söldner vermutlich der Mensch in der Station, den Ramanov am allerwenigsten in seiner Nähe haben wollte. Aus dem nagenden Gefühl in Ben wurde Gewissheit. Etwas *war* passiert.

»Wie geht es ihm?«, fragte er, während er an den Untersuchungstisch herantrat und auf Schulz deutete. Er glaubte Ramanov natürlich, aber was er sah, das schien eher das Gegenteil zu beweisen. Schulz hatte schon vorher nicht gut ausgesehen, aber jetzt hätte er problemlos eine prachtvolle Leiche abgegeben. Was von seinem Gesicht unter der transparenten Plastikmaske zu sehen war, das war nicht mehr blass, sondern *grau*, eine Farbe, wie Ben sie noch nie bei einem lebenden Menschen gesehen hatte. Das Ohr, das Ben sehen konnte, hatte sich schwarz verfärbt und begann sich an zwei Stellen vom Schädel zu lösen, und auch der Rest seines Gesichts war mit zahllosen schwarzen Punkten übersät; Erfrierungen, die ihre Spuren hinterlassen hatten. Die Kunststoffmaske machte es unmöglich, zu erkennen, ob van Staaten seine Nase hatte retten können oder nicht, aber seine Hände steckten in unförmigen weißen Verbänden, und aus den zwei Infusionsbeuteln neben seinem Bett waren inzwischen drei geworden. Schmutzige Operationstücher, achtlos fallen gelassene Einwegspritzen, zerknüllte Plastikhandschuhe und mit dunkelbraunem, eingetrocknetem Blut besudelte Verbände lagen unter und neben dem Tisch auf dem Boden, und als er sich vorbeugte, stieg ihm ein leiser, aber sehr unangenehmer Geruch in die Nase. Das Ganze erinnerte ihn mehr an ein Schlachthaus oder ein Feldlazarett in irgendeinem Dritte-Welt-Land als einen Operationssaal, in dem gerade ein Menschenleben gerettet worden war.

Offensichtlich war es das – aber vielleicht auch nicht viel mehr. Ben hatte schon gar nicht mehr mit einer Antwort gerechnet, doch nach ein paar Sekunden sagte van Staaten: »Er kommt durch, aber mehr kann ich noch nicht sagen.«

»Was genau … meinen Sie damit?«, fragte Ben stockend. Er war nicht sicher, ob er wirklich eine Antwort auf diese Frage haben wollte.

»Körperlich ist er so weit in Ordnung«, erwiderte van Staaten matt. Sie klang nicht nur müde, sie sah auch noch sehr viel erschöpfter aus. Unter ihren Augen lagen dunkle Ringe, und ihre Gesichtsfarbe unterschied sich auch nicht sehr von der ihres Patienten. Ihre Hände zitterten leicht, und Ben war nun nicht mehr sicher, ob der Geruch nach kalt gewordenen Schweiß tatsächlich nur von Schulz kam. Anscheinend war es doch nicht damit getan gewesen, dabeizustehen und abzuwarten, ob Schulz den Kampf gegen das heimtückische Gift gewann oder nicht.

»Und … nicht körperlich?«, fragte er zögernd.

Van Staaten warf einen raschen Blick in Ramanovs Richtung, ehe sie antwortete, und Ben bedauerte seine Frage schon fast. Immerhin war Kapitän Schulz Ramanovs Schwiegersohn.

»Das kann ich nicht sagen«, meinte sie schließlich mit einem bedauernden Seufzen. »Wenn ich ein EEG machen könnte oder eine eingehende neurologische Untersuchung …« Sie hob die Schultern. »Das hier ist nur eine kleine Unfallstation am Ende der Welt, kein komplett ausgestattetes Krankenhaus. Und ich bin auch keine Neurologin, sondern nur eine einfache praktische Ärztin – und nicht einmal eine besonders gute, fürchte ich. Wir können nur abwarten und hoffen.« Sie zuckte abermals mit den Schultern und wollte sich abwenden, doch dann schien ihr noch etwas einzufallen und sie drehte sich ganz im Gegenteil vollends in seine Richtung und fragte: »Als ihr dort unten wart, ist dir da irgendetwas an ihm und den anderen Gefangenen aufgefallen?«

»Nein«, antwortete Ben. Natürlich war ihm *eine ganze Menge* aufgefallen, doch er wusste auch, was van Staaten meinte. »Sie waren völlig apathisch. Als ob sie … hypnotisiert wären oder so etwas.«

»Das habe ich dir doch alles schon erzählt«, sagte sein Vater.

»Ja, aber es kann nie schaden, eine zweite Meinung einzuholen. Alte Ärzteweisheit, weißt du?« Sie lächelte, aber dieses Lächeln schien ihre Müdigkeit nur noch zu unterstreichen. Gleichzeitig warf sie Ben einen weiteren, ebenso fragenden wie auffordernden Blick zu.

»Also, sie waren nicht an irgendwelche Tentakel angeschlossen und hatten auch keinen außerirdischen Parasiten im Nacken, wenn Sie das meinen. Aber sie standen ganz eindeutig unter einem fremden Einfluss. Wir hatten gehofft, dass er schwächer wird, wenn wir ihn von dort wegbringen, aber zumindest dort unten …« Er sah seinen Vater an. »Hast du ihr von Sasha erzählt?«

»Natürlich.«

»Bei ihr war es genau andersherum«, fuhr er trotzdem fort. »Je weiter wir uns der Stadt genähert haben, desto –«

»Wir wissen das, Ben«, fiel ihm Ramanov ins Wort. »Bitte hör auf damit. Wir sprechen später darüber, wenn du willst.« Seltsamerweise klang er eher traurig, statt wie gewohnt ungeduldig und gereizt. Vielleicht wollte er in diesem Moment nicht über Sasha reden.

»Und worüber reden wir jetzt?«, fragte Ben. Ramanov hatte ihn nicht ohne Grund herbringen lassen, das war ihm klar.

Ramanov antwortete allerdings nicht. Ganz im Gegenteil geschah etwas, was Ben noch vor einer Sekunde für völlig unmöglich gehalten hätte: Der Russe schien plötzlich nicht die Kraft zu haben, seinem Blick standzuhalten, und sah fast hastig weg.

»Was ist hier los?«, wandte sich Ben jetzt in forderndem Ton an seinen Vater. Aber auch dieser schüttelte nur den Kopf und sagte: »Bitte gedulde dich noch einen Moment. Es tut mir leid.«

»Ah«, sagte Ben. *Was* tat seinem Vater leid? Er verstand nichts mehr. Da er spürte, dass er weder von Ramanov noch von seinem Vater eine Antwort bekommen würde, wandte er sich zu van Staaten um, aber auch die Ärztin wich seinem Blick aus, drehte sich mit einem Ruck weg und begann an ihren Instrumenten zu hantieren; Ben war sicher, ohne jeden Anlass.

Schließlich versuchte er sein Glück mit Tooth, doch der Söldner hatte mittlerweile eine andere Taktik eingeschlagen – er tat jetzt nicht mehr so, als wäre *er* nicht da, sondern so, als wäre Ben gar nicht im Raum.

Er musste sich tatsächlich nicht mehr allzu lange gedulden, vermutlich nur zwei oder drei Minuten, die sich aber zu einer schieren Ewigkeit dehnten und in denen er immer verwirrter, jedoch auch immer wütender wurde. Das war nun wirklich keine Situation, in der ihm der Sinn nach irgendwelchen *Spielchen* stand.

Schließlich aber wurde lautstark an der Tür geklopft, und Ramanov rief ein einzelnes Wort auf Russisch, woraufhin sie aufging und seine Mutter hereinkam. Sie wirkte ebenso zornig wie aufgebracht, und bevor sie die Tür hinter sich ins Schloss warf, konnte Ben noch einen raschen Blick auf den Gang hinaus werfen und dabei feststellen, dass sie nicht allein gekommen war. Zwei weitere von Ramanovs Männern (auch diese waren bewaffnet) hatten sie offensichtlich hierher begleitet, waren aber draußen auf dem Korridor zurückgeblieben.

»Was soll das?«, begann sie, noch bevor Ramanov oder irgendeiner der anderen auch nur Luft holen konnten. »Wieso werde ich wie eine Gefangene behandelt?«

»Wie eine Gefangene?« Ramanov gab sich redliche Mühe, überrascht zu klingen und den Ahnungslosen zu spielen, aber es gelang ihm nicht wirklich. Van Staaten hantierte immer noch an ihren Instrumenten herum, und auch sein Vater sah überallhin, nur nicht ins Gesicht seiner Frau. Tooth spielte weiter den unsichtbaren Mann und betrachtete höchst interessiert die Decke.

»Verkaufen Sie mich nicht für dumm, Professor!«, zischte Bens Mutter. »Die beiden Orang-Utans, die mich hergebracht haben, waren ziemlich deutlich. Wahrscheinlich kann ich noch von Glück sagen, dass sie mich nicht in Ketten gelegt haben!«

»Das tut mir aufrichtig leid, meine Liebe«, versicherte Ramanov. Er begann mit den fleischigen Händen zu ringen. »Ich muss mich entschuldigen. Sie haben meine Worte wohl falsch verstanden.«

»Hatten Sie ihnen aufgetragen, mich in Ketten zu legen?«, gab sie spitz zurück.

»Ich habe sie nur gebeten, Sie hierher zu bringen«, versicherte Ramanov. »Allerdings habe ich ihnen gesagt, dass ich sie persönlich für Ihre Sicherheit verantwortlich mache. Das haben sie offensichtlich falsch verstanden. Aber nach dem, was in den letzten Tagen hier geschehen ist, kann man fast verstehen, dass die Nerven der Leute blank liegen.«

Ihr Gesichtsausdruck machte sehr deutlich, was sie von dieser Behauptung hielt, aber sie schien einzusehen, dass es sinnlos war, weiter auf diesem Thema herumzureiten, denn sie beließ es bei einem zornigen Blick und fragte dann mit veränderter, gezwungen höflicher Stimme: »Also, warum haben Sie mich *hergebeten*, Professor?«

Ramanov deutete auf den bewusstlosen Schulz. »Sie wissen, was passiert ist?«

»Natürlich. Aber deshalb haben Sie mich doch bestimmt nicht –«

»Doktor van Staaten«, fiel ihr Ramanov ins Wort, »konnte glücklicherweise sein Leben retten … aber sie ist auch sehr sicher, dass es sich um einen Mordanschlag gehandelt hat.« Van Staaten drehte sich nun doch herum und sah Bens Mutter ruhig ins Gesicht.

»Ach?«, fragte diese. »Sind Sie das, Frau Kollegin?«

»Das bin ich. Die Dosis wäre mit Sicherheit tödlich gewesen, hätte ich es auch nur zehn Minuten später gemerkt.«

»Ja, das war Glück. So etwas nennt man wohl einen ärztlichen Kunstfehler. Es sollte nicht vorkommen, aber es passiert leider immer wieder. Selbst den besten. Und es ist ja auch noch mal gut gegangen.«

»Es war kein Kunstfehler«, sagte Ramanov. Seine Stimme war sehr viel leiser geworden und er klang auf unbestimmte Weise traurig. Bens Mutter sah ihn wortlos an und zog die linke Augenbraue hoch.

»Sondern?«

»Die Ampullen sind vertauscht worden«, antwortete van Staaten. »Und ich bin ziemlich sicher, absichtlich.«

»Vertauscht?«, wiederholte Jennifer Berger. Zwei oder drei Sekunden lang starrte sie die belgische Ärztin an, dann Ramanov für eine etwas längere Zeit, dann ihren Mann für eine noch sehr viel längere Zeit und schließlich wieder van Staaten. »Und was genau wollen Sie damit sagen?«

»Dass jemandem hier offensichtlich sehr daran gelegen ist, wenn Kapitän Schulz nicht wieder aufwacht.«

»Und wer genau soll das sein?«, fragte Bens Mutter. Ihre Stimme zitterte. Jeglicher Ausdruck war aus ihrem Gesicht gewichen, aber ihre Augen schienen zu brennen.

Im ersten Moment antwortete niemand. Das betretene Schweigen, das sich breit machte, war beinahe wie etwas Körperliches zu spüren. Van Staaten hielt ihrem Blick zwei oder drei Sekunden lang stand, dann drehte sie sich herum und trat neben Bens Vater. Vermutlich war es nur Zufall. Der Raum war winzig, und sie berührten sich auch nicht, ja, sie kamen sich nicht einmal wirklich nahe – und doch war etwas an der Art, wie sie nebeneinander standen, was Ben dazu brachte, noch einmal über die Behauptung seines Vaters nachzudenken, Dr. van Staaten sei nur eine gute Freundin und sonst nichts.

»Was soll das?«, fragte sie schließlich, als weiterhin niemand Anstalten machte, etwas zu sagen.

Ramanov räusperte sich unbehaglich, Bens Vater starrte zu Boden, aber van Staaten antwortete. »Es war kein Zufall, dass der Attentäter ausgerechnet dieses Medikament ausgesucht hat. Die Ampullen ähneln sich zum Verwechseln. Sogar die Beschriftung ist ähnlich, zumindest wenn man nicht genau hinsieht. Es war pures Glück, dass ich es noch rechtzeitig bemerkt habe. Wer immer die Medikamente vertauscht hat, hat genau gewusst, was er tut.«

»Worauf wollen Sie hinaus?«

»Dass es nur jemand gewesen sein kann, der über medizinische Vorkenntnisse verfügt«, erklärte Ramanov an van Staatens Stelle.

Jennifer Berger starrte weiter van Staaten an und erwiderte höhnisch: »O ja, und ich bin die Einzige hier mit medizinischen Vorkenntnissen, nicht wahr … Frau Kollegin? Und es ist natürlich ausgeschlossen, dass Sie schlichtweg unaufmerksam waren und die Spritzen verwechselt haben – wo sie sich doch so ähnlich sehen, wie Sie gerade selbst gesagt haben.«

Bens Vater wollte auffahren, aber van Staaten legte ihm rasch die Hand auf den Unterarm. Ben wünschte, sie hätte es nicht getan. »Genau das habe ich am Anfang auch geglaubt. Ich konnte es mir nicht vorstellen, aber es wäre möglich gewesen, Sie haben Recht. Zumal die Spritzen, die ich ursprünglich aufgezogen und vorbereitet habe, verschwunden sind. Aber es gibt etwas, was dagegen spricht.«

»Und was?«

Statt direkt zu antworten griff van Staaten in die Kitteltasche und zog drei winzige zusammengeknüllte Pappschachteln heraus. Ben war viel zu weit entfernt, um den Aufdruck lesen zu können, er hätte ihm vermutlich sowieso nichts gesagt, aber er verspürte trotzdem einen raschen, eisigen Schauer. Es war nicht besonders schwer, sich vorzustellen, was van Staaten da in der Hand hielt.

»Das habe ich in meinem Mülleimer gefunden.«

»Abfall?«, erwiderte Bens Mutter spöttisch. »Wie originell. An einem solchen Ort hätte ich wirklich zuletzt danach gesucht.«

»Es ist die Verpackung des Beruhigungsmittels, das ich ursprünglich aufgezogen habe. Wer immer die Spritzen vertauscht hat, war vorausschauend genug, die Originale verschwinden zu lassen. An die Verpackung hat er nicht gedacht. Ich hätte es vermutlich auch vergessen.«

»Und was soll uns das sagen?«

»Dass Heidi keinen Fehler gemacht hat«, mischte sich Robert Berger ein. Er brachte es immer noch nicht fertig, seiner Frau ins Gesicht zu sehen, doch seine Stimme klang jetzt kräftiger. »Hätte sie das Medikament tatsächlich aus Versehen vertauscht, dann gäbe es diese drei leeren Packungen nicht.«

Wieder wurde es für zwei oder drei Sekunden unangenehm still. Dann seufzte Bens Mutter tief, sah noch einmal jedem Einzelnen – Tooth vielleicht ausgenommen – lange ins Gesicht und sagte dann: »Ich verstehe. Warum nennt ihr das Kind nicht beim Namen? Ihr glaubt, ich sei es gewesen.«

Niemand antwortete.

»Ich schätze«, fuhr sie fort, »dass ihr selbst recht gut wisst, wie blödsinnig sich das anhört. Warum sollte ich so etwas tun?«

»Ich dachte, dass Sie uns das sagen«, antwortete Ramanov leise.

Jennifer Berger machte ein verächtliches Geräusch. »Von Doktor van Staaten habe ich nichts anderes erwartet, wenn ich offen sein darf – und von meinem Mann eigentlich auch nicht. Aber Sie, Professor?« Sie schüttelte den Kopf. »Lassen wir einmal beiseite, wie ungeheuerlich diese Anschuldigung ist und dass ich absolut keinen Grund hätte, so etwas zu tun. Lassen wir auch beiseite, dass niemand hier weiß, wie Sie zu Ihrem Schwiegersohn stehen, Professor, und dass Doktor van Staaten und ich nicht die Einzigen sind, die sich mit Medikamenten auskennen – zumindest mit dieser speziellen Sorte von Psychopharmaka. Selbst wenn wir über all das nicht reden – haben Sie auch nur die Spur eines Beweises, dass ich dahinterstecke … falls es sich tatsächlich um einen Anschlag auf Schulz handelt?«

Ganz allmählich war Ben wieder in der Lage, einen halbwegs klaren Gedanken zu fassen. Bisher hatte er nur dagestanden und zugehört und einfach nicht glauben können, was er da erlebte. Dass sich seine Mutter seit ihrer Ankunft hier verändert hatte, war unbestritten, und auch dass es sicher keine Veränderung zum Guten gewesen war; aber seine Mutter eine *Mörderin*? Das war völlig absurd!

Ramanov schaute sie wieder zwei oder drei Sekunden lang wortlos und traurig an, wandte sich dann aber zu Tooth um. Der Söldner hatte die ganze Zeit über vollkommen reglos dagestanden und weiter die Decke angestarrt, nun aber erwachte er aus seiner scheinbaren Lethargie.

Seltsamerweise sah er für gute drei oder vier Sekunden – eine Ewigkeit – Ben an, nicht seinen Vater oder seine Mutter. Und auch dann ergriff er nicht unmittelbar das Wort, sondern ließ sich mit einer kompliziert aussehenden Bewegung und einem Ächzen, das man eher von einem Mann dreifachen Alters erwartet hätte, in die Hocke sinken, um nach seinem Laptop zu greifen, den er neben sich gegen die Wand gelehnt hatte. Ben bemerkte überhaupt erst jetzt, dass er das Gerät mitgebracht hatte.

»Was soll das?«, fragte seine Mutter. Niemand beachtete sie.

»Du warst vorhin bei mir und hast mich nach deinem MP3-Player gefragt, Ben«, sagte Tooth, während er den Laptop auf dem linken Unterarm ausbalancierte, mit der anderen Hand den Bildschirm hochklappte und ihn dann einschaltete.

»Hast du ihn gefunden?«, fragte Ben hoffnungsvoll.

»Nein. Tut mir leid. Aber ich habe noch einmal darüber nachgedacht, weißt du, und ich bin ziemlich sicher, dass Tahia ihn auf dem Tisch liegen gelassen hat.«

»Und was hat das alles mit *dem hier* zu tun?«, wollte seine Mutter wissen. Ihre Stimme klang gereizt.

Tooth ignorierte sie. »Ich kann so was nicht leiden, weißt du?« Sein Laptop meldete sich mit dem charakteristischen Windows-Klang dienstbereit, und der Söldner zog eine Grimasse und begann nur mit einem Finger auf die Tastatur einzuhämmern, wobei der gesamte Computer bedrohlich auf seinem Arm hin und her schwankte. »Wenn ich mir einer Sache sicher bin, und dann stimmt plötzlich alles nicht mehr, so was macht mich rasend. Die Leute glauben immer, ich wäre blöd, aber das bin ich nicht. Ich bin vielleicht nicht so schlau wie der eine oder andere hier im Zimmer, aber ich bin nicht dämlich.«

Bens Vater räusperte sich, und Ramanov gab einen unüberhörbar unwilligen Laut von sich und sagte: »Ich glaube eher, Sie spielen gerne den Dummkopf, damit Ihnen die Leute hinterher versichern können, dass Sie es nicht sind. Aber für so etwas haben wir jetzt wirklich keine Zeit.«

Tooth warf ihm einen flüchtigen Blick zu, sah dann wieder auf seinen Bildschirm und fuhr fort, als wäre nichts geschehen. »Dein alter Herr hat mich auf eine Idee gebracht, Junge.« Er drückte eine weitere Taste auf seinem Laptop, runzelte die Stirn und dann hellte sich sein Gesicht auf. »Na also.« Ramanovs unwilliges Stirnrunzeln war mittlerweile beinahe schon zu hören, aber Tooth zeigte sich nicht im Geringsten beeindruckt davon, sondern trug seinen Computer zum Tisch, setzte ihn darauf ab und drehte ihn dann mit einer gekonnten Bewegung so herum, dass sie alle auf den Bildschirm schauen konnten. Er zeigte auch jetzt wieder nichts als den Grundriss der Station in verschiedenen Farben, doch Tooth deutete mit einer so triumphierend-zufriedenen Geste darauf, als hätte er soeben den Stein der Weisen entdeckt.

»Wenn das hier so weitergeht«, meldete sich Bens Mutter zu Wort, »dann verabschiede ich mich. Ich habe weiß Gott Besseres zu tun, als mir diesen Unsinn anzuhören!«

»Nur noch einen Moment, meine Liebe«, sagte Ramanov. Bens Vater warf dem Söldner einem auffordernden Blick zu:

»Du erinnerst dich an das Programm, das Tahia geschrieben hat.« Tooth berührte eine Taste. Auf dem Monitor erschien jetzt ein Gewirr winziger Pünktchen und Buchstaben- und Zahlenkombinationen, die so klein waren, dass sie einfach nur zu weiteren, verschmierten Punkten zusammenzuschmelzen schienen.

»Was soll das?«, herrschte seine Mutter ihn an.

»Tahia hat die Bewegungsmelder und Wärmesensoren mit dem Zentralrechner gekoppelt«, erklärte ihr Mann. »Jeder hier in der Station trägt einen kleinen Sender bei sich, schon aus Sicherheitsgründen. Wir auch. Ich habe es bis vor ein paar Minuten selbst nicht gewusst, aber in jedem Kleidungsstück, das es hier gibt, befindet sich ein winziger Chip.«

Seine Frau starrte erst ihn, dann Ramanov an. Zorn spiegelte sich auf ihrem Gesicht, aber Ben war nicht sicher, dass da nicht noch mehr war. Vielleicht Erschrecken? »Soll das heißen, wir werden hier auf Schritt und Tritt bespitzelt? Haben Ihnen die Kameras nicht gereicht?«

»Ihr Mann hat Recht«, sagte Ramanov ungerührt. »Dieses persönliche Ordnungssystem dient einzig und allein der Sicherheit. Wir sind hier nicht in New York oder Frankfurt, meine Liebe, sondern in einem Teil der Welt, in dem ein einziger falscher Schritt fatale Folgen haben kann. Wenn hier jemand in Not gerät, kann es buchstäblich um Sekunden gehen.«

»Sobald wir zurück in der zivilisierten Welt sind, werde ich Ihren Vorgesetzten davon berichten«, sagte Jennifer Berger eisig. »Ich bin gespannt, ob sie das genauso sehen.« Aber ihre Empörung klang nicht echt. Es gelang ihr jetzt immer weniger, ihre Beunruhigung zu verhehlen. Sie sah beinahe aus, als hätte sie Angst. Aber wovor?

»Ganz, wie Sie wollen. Tooth, bitte.«

Der Söldner drückte wieder eine Taste. Auf dem Bildschirm änderte sich nicht viel, einzig die Anordnung der unterschiedlichen Punkte, von denen jeder für ein anderes Mitglied der Stationsbesatzung stand, schien sich ein wenig geändert zu haben. »Wie gesagt«, bemerkte Tooth, »ich war sicher, dass sie das Ding auf dem Tisch liegen gelassen hat. Und dein Vater hat mich an den Computer erinnert. Er ist so programmiert, dass er die Daten automatisch einen halben Tag lang speichert, bevor sie gelöscht werden.«

»Was nichts anderes bedeutet«, fügte Bens Vater leise und in beinahe bedauerndem Ton hinzu, »als dass man mit seiner Hilfe feststellen kann, wo sich jeder Einzelne innerhalb der letzten zwölf Stunden befunden hat.«

»Und deshalb bin ich ein Stück zurückgegangen und habe mir unseren Aufenthaltsraum ein wenig genauer angesehen«, erklärte Tooth weiter. »Es war genau so, wie ich gesagt habe: Seit Harry und die anderen aufgebrochen sind, ist keiner außer mir dort drinnen gewesen. Keiner außer mir und einer anderen Person, heißt das.«

Er hantierte abermals an seiner Tastatur. Die grafische Darstellung der Station zoomte heran, bis sie nur noch einen einzigen, mit dünnen grünen Linien umrissenen Raum zeigte. Ein Lichtpunkt befand sich darin, der vermutlich Tooth darstellte. Die Zahlenkombinationen daneben sagten Ben nichts. »Das war, kurz nachdem Harry, Gerrit und Tahia aufgebrochen sind«, sagte Tooth. »Ich lasse ein wenig vorlaufen.« Genau das tat er. Der Punkt begann zu flackern, bewegte sich hektisch hin und her und verschwand dann von einer Sekunde auf die andere. Zehn oder fünfzehn weitere Sekunden lang tat sich nichts, dann erschien ein anderes Symbol in der Tür, bewegte sich quer durch den Raum und glitt eine ganze Weile unstet hin und her, bevor es ebenfalls wieder verschwand. Tooth ließ das Bild einen kurzen Augenblick zurücklaufen, hielt die Aufnahme an und zoomte noch weiter heran. Der Lichtpunkt wurde größer, das war aber auch alles.

»Und?«, fragte Bens Mutter.

»Du siehst die Codenummer auf dem Bildschirm, direkt neben dem Lichtpunkt?«, fragte ihr Mann. Sie blickte ihn nur ausdruckslos an. »Wir haben sie mit der Datenbank abgeglichen. Es ist genau der Chip, den du in deiner Kleidung trägst. Ich kann es dir zeigen, wenn du willst.«

»Und?«, gab sie trotzig zurück. »Was beweist das? Ich war dort, ja. Ich dachte, ich würde Ben dort finden. Aber er war nicht da.«

»Dafür haben Sie den MP3-Player gefunden«, sagte Tooth. Er spießte mit dem ausgestreckten Zeigefinger auf den Monitor hinab. »Man sieht es hier nicht, aber Sie müssen sich eine ganze Weile direkt am Tisch herumgetrieben haben. Wonach haben Sie gesucht?«

»Erwischt«, antwortete sie böse. »Ich gestehe alles. In Wahrheit bin ich keine erfolgreiche Wissenschaftlerin. Ich lebe seit vielen Jahren davon, Unterhaltungselektronik im Wert von zehn Euro zu stehlen. Sind hier jetzt alle übergeschnappt? Warum um alles in der Welt sollte ich dieses Ding mitnehmen?«

»Weil das Sashas einzige Möglichkeit ist, uns Nachrichten zu schicken?«, fragte van Staaten.

»Das ist ein solcher Unsinn! Das höre ich mir nicht mehr an!«

Tatsächlich machte seine Mutter Anstalten, herumzufahren und aus der Tür zu stürmen, aber Tooth vertrat ihr mit einem blitzschnellen Schritt den Weg und deutete ein Kopfschütteln an. Für eine einzelne Sekunde war Ben beinahe sicher, dass sie versuchen würde ihn gewaltsam aus dem Weg zu schieben, dann aber wandte sie sich nur mit einem Ruck um, schürzte die Lippen und verschränkte die Arme vor der Brust. Sie sah jetzt aus wie ein trotziges Kind, und dennoch jagte der Anblick Ben einen eisigen Schauer über den Rücken. Er fühlte sich noch immer wie vor den Kopf geschlagen. Wieso verdächtigten hier plötzlich alle seine Mutter?

»Aber das ist noch nicht alles«, fuhr Ramanov fort.

Bens Mutter würdigte ihn nicht einmal eines Blickes, aber Tooth ging wieder zu seinem Laptop und tippte einen Befehl ein. Ben hatte mehr und mehr das Gefühl, einer genau einstudierten Szene zuzusehen.

»Dass da«, sagte sein Vater mit einer Kopfbewegung auf den aufgeklappten Laptop, »hat uns auf eine Idee gebracht. Das System überwacht nicht nur die Messe und die Gänge, sondern auch die Krankenstation.«

»Wie interessant«, fauchte seiner Frau. »Worauf willst du hinaus? Dass ich hier gewesen bin? Stimmt. Und?«

»Sie haben eine ganze Weile draußen auf dem Gang gestanden«, sagte van Staaten. »Ich bin noch einmal kurz hinausgegangen, nachdem ich die Spritzen aufgezogen hatte, und in dieser Zeit waren Sie hier drinnen.«

»Und bei der Gelegenheit habe ich die Spritzen ausgetauscht, ich verstehe. Das ist ungeheuerlich! Was wollen Sie mir unterstellen? Dass ich versucht habe Schulz umzubringen?«

»Das habe ich nicht gesagt. Aber Sie waren die Einzige, die diesen Raum in der fraglichen Zeit betreten hat.«

»Das stimmt. Nachdem ich Ben in der Messe nicht gefunden habe, bin ich hergekommen. Und was beweist das Ihrer Meinung nach?«

»Nichts«, sagte Ramanov, bevor van Staaten antworten konnte. Er klang traurig. »Aber Sie müssen selbst zugeben, dass es … beunruhigend ist.«

Ben hatte das sichere Gefühl, dass er eigentlich ein anderes Wort im Sinn gehabt und es sich nur im letzten Moment noch anders überlegt hatte. Völlig schockiert starrte er seine Mutter, dann den Russen und schließlich wieder seiner Mutter an. Was ging hier vor? Das alles war … vollkommen absurd!

»Warum hast du das getan?«, murmelte sein Vater.

»Ich habe nichts getan!«, antwortete sie heftig. »Dieser … Mist da auf dem Computer beweist gar nichts! Höchstens, dass ich hier war, aber das streite ich auch gar nicht ab.«

»Wir vier hier«, sagte van Staaten mit einer Handbewegung, die sie, Bens Eltern und Ramanov einschloss, »sind die Einzigen in dieser Station, die das nötige Wissen haben, um so etwas zu tun. Und nur Sie sind hier gewesen.«

Einige Sekunden lang war Ben fast sicher, dass seine Mutter van Staaten nicht einmal einer Antwort würdigen würde. Schließlich aber verzog sie abfällig die Lippen. »Also gut, ich verstehe. Ihr habt euch einen Schuldigen ausgeguckt und der bin zufälligerweise ich.« Sie hob die Hand, als ihr Mann etwas sagen wollte. »Bliebe nur noch die Frage zu klären, warum ich so etwas tun sollte. Ich kenne Schulz nicht. Er hat mir nichts getan.«

»Vielleicht wolltest du ja verhindern, dass er aufwacht«, antwortete ihr Mann traurig.

»Und warum, wenn ich fragen darf?«

Für endlose Sekunden machte sich ein ungutes Schweigen breit. Dann räusperte sich Ramanov, straffte die Schultern und warf Tooth gleichzeitig einen Blick zu, der Ben endgültig davon überzeugte, dass sie sich vorher ausführlich abgesprochen hatten. Zumindest in einem Punkt hatte seine Mutter wohl Recht: Wenn das hier so etwas wie eine improvisierte Gerichtsverhandlung sein sollte, dann hatte das Urteil von vornherein festgestanden.

»Ich bin sicher, wir finden die Wahrheit heraus«, sagte Ramanov, leise und ohne Bens Mutter anzusehen. »Womöglich ist es ein unglücklicher Zufall gewesen oder eine Verkettung von Umständen, für die niemand etwas kann. Aber leider befinden wir uns in einer Situation, in der ich nicht das geringste Risiko eingehen kann. Ich hoffe, das verstehen Sie.«

Bens Mutter gab sich alle Mühe, ihn mit Blicken aufzuspießen. »Nein. Vielleicht verstehe ich es besser, wenn Sie mir erklären, worauf Sie eigentlich hinauswollen.«

Ramanov fühlte sich sichtlich mit jedem Herzschlag unwohler in seiner Haut. Aber er fuhr trotzdem fort: »Ich muss Sie bitten, in Ihr Zimmer zu gehen und es vorerst nicht zu verlassen.« Er deutete auf Tooth. »Er wird Sie begleiten.«

»Einfach so oder werde ich vorher in Ketten gelegt?«

»Bitte, Jennifer«, sagte ihr Mann leise. »Mach es nicht noch schlimmer.«

Er bekam keine Antwort – denn in diesem Moment heulte in der gesamten Station der Feueralarm auf. Praktisch in der gleichen Sekunde wurde die Tür aufgerissen und einer der Männer, die Ben vorhin draußen auf dem Gang gesehen hatte, streckte den Kopf herein und sagte etwas auf Russisch zu Ramanov. Das Gesicht des Stationsleiters verlor schlagartig jede Farbe.

»Was ist geschehen?«, fragte sein Vater.

Ramanov starrte einen halben Atemzug lang aus weit aufgerissenen Augen ins Leere, bevor er sich mit einer irgendwie mühsam aussehenden Bewegung herumdrehte. »Wir werden angegriffen«, flüsterte er.

17

DAS HEULEN DES FEUERALARMS schien noch einmal an Lautstärke zuzunehmen, als sie auf den Gang hinausstürmten, und für einen Moment wurden das allgemeine Chaos und der Lärm so schlimm, dass Ben allen Ernstes befürchtete, von den Füßen gerissen und totgetrampelt zu werden. Irgendwie musste sich die Anzahl der Menschen hier in der Basis schlagartig verzehnfacht haben – allerwenigstens –, und er war auch sicher, jedem Einzelnen davon auf dem Weg zur Zentrale mindestens dreimal zu begegnen. Aber irgendwie schafften sie es, lebend anzukommen, und Ben brachte sogar das Kunststück fertig, nicht von seinen Eltern und den anderen getrennt zu werden. Selbst seine Sammlung an blauen Flecken und Blutergüssen vergrößerte sich nur ganz minimal.

Ramanov brüllte irgendetwas auf Russisch, noch bevor er ganz durch die Tür gestürmt war, bekam eine kaum weniger erregte Antwort in derselben Sprache und begann wild mit beiden Armen in der Luft herumzufuchteln, ohne auch nur einen Moment in seinem Gebrüll innezuhalten. Die Alarmsirene heulte noch einmal schriller auf und verstummte mit einem letzten, klagenden Laut, gerade als Ben hinter ihm in die Zentrale stürmte.

»Was ist los?«, schrie sein Vater hinter ihm – vielleicht war es auch Tooth oder van Staaten, so genau konnte Ben das nicht beurteilen, oder auch alle zusammen –, und Ramanov wandte sich an einen von vier oder fünf jungen Männern, die im Grunde nichts anderes taten, als herumzustehen und ebenso nervös wie erschrocken und hilflos auszusehen, bekam eine gestammelte Antwort in irgendeiner slawisch klingenden Sprache – kein Russisch – und deutete dann fahrig auf den großen Wandmonitor, der nur elektronisches Schneegestöber zeigte. »Jemand versucht die Schleuse aufzubrechen. Oder etwas.«

»Aha«, sagte Bens Vater und blickte vielsagend auf den Schirm. Ramanov funkelte ihn böse an, sparte sich aber jeden Kommentar und raunzte stattdessen den jungen Burschen an, mit dem er gerade schon gesprochen hatte. Der arme Kerl begann hektisch auf einer Tastatur herumzuhämmern, und die elektronischen Störungen sahen jetzt irgendwie … anders aus. Aber es blieben Störungen.

»Lasst mich mal!« Tooth schob ihn unsanft beiseite, stürmte zum

Tisch und scheuchte Ramanov und seinen Gehilfen weg, um sich selbst über die Tastatur herzumachen. Im ersten Moment blieben die Störungen, was sie waren – Störungen eben –, aber dann flackerte der Bildschirm heftig und zeigte kurz darauf den Bereich unter dem Zeltdach, offensichtlich aufgenommen von einer Kamera, die sich unmittelbar über der Tür befinden musste.

Zu erkennen war allerdings nicht viel. Es war stockfinster, und obwohl das typische grünstichige Bild verriet, dass die Kamera mit einem Restlichtverstärker gekoppelt war, hatte man den Eindruck von Chaos. Irgendetwas bewegte sich. Schnell. Und es war groß.

»Großer Gott!«, murmelte van Staaten hinter ihm. »Sind das –?«

»Unsere Freunde, ja«, knurrte Tooth. »Und wie es aussieht, sind sie alle gekommen.«

Ben sah ihn einen halben Atemzug lang verstört an – und dann hatte er alle Mühe, einen erschrockenen Aufschrei zu unterdrücken. Tooths Worte bewirkten, dass er plötzlich erkannte, was er da sah.

Der Bereich unter dem Zeltdach wimmelte nur so von Eiskriegern.

Es mussten Hunderte sein, vielleicht tatsächlich alle, über die ihr unheimlicher Gegner gebot. Und jetzt, wo er wusste, was er da sah, glaubte er auch ein dumpfes Krachen und Dröhnen zu hören, das sich durch das allgegenwärtige Heulen des Sturmes drängte, wie das Geräusch zahlloser eiskalter Fäuste, die gegen die Wände der Station hämmerten. Vermutlich war es reine Einbildung, ein weiterer böser Streich, den ihm seine angstgesättigte Fantasie spielte, aber das änderte rein gar nichts an der unheimlichen Wirkung.

Sein Vater sprach aus, was er dachte. »Können sie durch die Wände brechen?«

»Ich habe keine Ahnung«, gestand Ramanov unglücklich.

»Aber vielleicht durch die Schleuse«, fügte Tooth hinzu. Ben hasste ihn fast für diese Bemerkung. Tooth liebte es doch sonst so sehr, den Schweigsamen zu spielen – warum konnte er nicht auch *jetzt* die Klappe halten?

Der Söldner machte sich einige Sekunden lang hektisch an der Tastatur zu schaffen, wobei sein Gesichtsausdruck immer missmutiger wurde. »Irgendwas stimmt da nicht.«

»Was soll das heißen?« Ramanovs Blick irrte immer hektischer zwischen dem Bildschirm und Tooths Tastatur hin und her.

»Dass mit dem verdammten Ding was nicht in Ordnung ist!«, fauchte Tooth. »Ganz und gar nicht in Ordnung. Jemand hat daran rumgemacht!«

»Daran *rumgemacht?* Sie meinen … jemand hat den Computer sabotiert?«

Statt Ramanov zu antworten fuhr Tooth auf dem Absatz herum und stürmte aus dem Raum. Ben war nicht der Einzige, der ihm mit offenem Mund nachstarrte.

»Was soll denn das?«, murmelte Ramanov. »Ist er jetzt völlig übergeschnappt?«

Niemand antwortete – auch Ben nicht, obwohl er eine ungefähre Ahnung zu haben glaubte, warum Tooth es plötzlich so eilig hatte. Stattdessen wandte er sich wieder dem Bildschirm zu und starrte die schwarzgrünen Gespenster darauf schaudernd an. Selbst jetzt erkannte er kaum mehr als Schemen, die sich beständig zu verändern schienen.

»Und was tun wir, wenn sie hereinkommen?«, fragte van Staaten leise.

Auch darauf antwortete niemand.

Als Tooth kurz darauf zurückkam, sah Ben seinen Verdacht bestätigt: Tooth trug seinen aufgeklappten Laptop in beiden Händen, stürmte damit zum Monitor und kramte ein graues Kabel aus der Jackentasche, das er mit fliegenden Fingern einstöpselte. Das Bild auf dem Monitor machte dem elektronischen Grundriss der Station Platz, den Ben schon kannte, erlosch dann und wurde wieder zur falschfarbenen Wiedergabe des Bereiches vor der Schleuse. Tooth murmelte irgendetwas Unverständliches, tippte mit einem Finger auf seinem Computer herum, den er jetzt wieder auf dem linken Unterarm balancierte, und die Darstellung wurde schlagartig deutlicher. Sie blieb monochrom und von einem geisterhaften Grün, aber nun waren deutlich mehr Einzelheiten zu erkennen.

Nicht dass Ben Wert darauf gelegt hätte …

»Sie wollen mir jetzt nicht erzählen, dass Ihr Spielzeugcomputer da besser ist als unser System, oder?«, grollte Ramanov.

Tooth schüttelte den Kopf und tippte weiter auf seinem Laptop herum. Das Bild wurde noch einmal besser. »Nein. Nur unberührt.«

»Aber das ist doch –« , Ramanov brach mitten im Satz ab, drehte mit einem Ruck den Kopf und stieß dann hörbar die Luft zwischen den Zähnen aus. »Wo ist sie?!«

»Wer?«, fragte Ben.

»Deine Mutter«, fauchte Ramanov. »Doktor Berger. Verdammt, Sie sollten auf sie aufpassen!«

Die letzten Worte galten Tooth, der sich aber nicht einmal die Mühe machte, zu ihm hinzusehen, sondern weiter hektisch auf seinem Laptop herumhämmerte. Er war so weit von dem großen Wandmonitor zurückgewichen, wie es das mittlerweile straff gespannte Kabel zuließ, und sah abwechselnd auf den Bildschirm und seine Tastatur.

»Regen Sie sich nicht künstlich auf, Professorchen. Wo kann sie schon hin? Im Augenblick haben wir andere Probleme, meinen Sie nicht?« Er drückte fast triumphierend auf eine Taste – das Bild wurde noch einmal besser –, stellte den Laptop behutsam auf den Boden und trat rasch ein paar Schritte zurück, um das Bild aus größerer Entfernung zu betrachten. Es war jetzt nahezu perfekt, sah man von den verstörend falschen Farben ab, aber man konnte immer noch nicht wirklich erkennen, was all diese unheimlichen Gestalten taten, außer sich von Zeit zu Zeit träge zu bewegen – doch dann zuckte irgendetwas durch das Bild. Obwohl Ben nicht einmal eine *Ahnung* hatte, was es gewesen war, machte ihm der flackernde Schemen Angst …

»Was war das?«, fragte van Staaten erschrocken.

Tooth zuckte die Achseln, tippte eine oder zwei Sekunden lang auf seinem Laptop herum und hob dann noch einmal die Schultern. Er schwieg.

»Schwenken Sie die Kamera!«, befahl Ramanov unwirsch.

»Hab ich versucht«, antwortete Tooth gelassen. »Geht nicht. In Ihrem ganzen System ist der Wurm drin, Professor, vielleicht wortwörtlich.«

Ramanov starrte ihn noch finsterer an, doch er sagte nichts mehr, sondern wandte sich wieder dem Monitor zu – und abermals zuckte etwas blitzartig über den unteren Bildschirmrand und verschwand wieder, bevor der Blick es richtig erfassen konnte. Es sah aus wie die Spitze eines … *Flügels*, dachte Ben schaudernd.

Das Bild flackerte. Etwas, was aussah wie eine riesige Kralle, hackte nach dem Monitor – und dann zeigte er plötzlich nur noch Schwärze.

»Das war's«, sagte Tooth düster. »Sie haben die Kamera erwischt.«

»Und was … tun wir jetzt?«, murmelte van Staaten.

»Nur keine Panik.« Er hämmerte wie besessen auf seiner Tastatur herum, aber seine Stimme strahlte trotzdem so etwas wie Zuversicht aus. »Die Schleusentür ist fünf Zentimeter dick. Da können sie zehn Jahre lang draufhämmern, ohne auch nur eine Schramme zu hinterlassen.«

Das klang beruhigend, und Ben gab sich auch redliche Mühe, es zu glauben – aber da war ein Bild vor seinem inneren Auge, eine Erinnerung, die noch gar nicht so lange zurücklag und die er aus irgendeinem Grund schlichtweg *vergessen* hatte: eine riesige geflügelte Kreatur mit einem tentakelgesäumten Schädel, einem schrecklichen Papageienschnabel und Ehrfurcht gebietenden Klauen, die ohne Mühe Stahl zerreißen konnten ... und zentimeterdicke Furchen und Schrammen im angeblich so unzerstörbaren Metall der Schleusentür ...

»Da wäre ich nicht so sicher«, sagte er leise.

Alle starrten ihn an. Tooth auch.

»Was genau meinst du damit?«, fragte er misstrauisch.

Ben deutete nervös auf den schwarz gewordenen Monitor. »Gibt es ... gibt es noch eine andere Kamera da draußen?«

»Nicht auf dieser Seite«, antwortete Tooth, und Ramanov sagte: »Vielleicht.«

»Was heißt das?« Tooth deutete auf seinen Laptop. »Hier ist –«

»Nichts zu sehen, ich weiß.« Ramanov wirkte plötzlich aufgeregt. »In den Schneekatzen sind ebenfalls Kameras. Mit ein bisschen Glück funktionieren sie noch.«

»Schneekatzen?«, wiederholte Tooth verständnislos.

»Das Schneemobil draußen«, erinnerte Ben. Daran, dass Tooth es mit der Schallkanone ziemlich übel ramponiert hatte, erinnerte er die anderen vorsichtshalber nicht. Sie hatten ja auch gar keine andere Wahl, als zu hoffen, dass die Kamera noch funktionierte.

Tooth starrte ihn noch kurz an, machte sich dann aber gehorsam über seine Tastatur her, und der Monitor erwachte wieder zum Leben, zeigte allerdings nichts als unverständliches Computerkauderwelsch.

»Nun ja«, murmelte Ramanov enttäuscht. »Einen Versuch war es –«

Der Monitor flackerte, und dann erschien ein grünstichiges, aber gestochen scharfes Abbild des Bereiches um die Schleuse herum, aufgenommen von einem Punkt zwanzig oder dreißig Meter entfernt und außerdem um neunzig Grad gekippt, als läge die Kamera – oder vielleicht auch das gesamte Schneemobil – auf der Seite.

Diesmal dauerte das erschrockene Schweigen beinahe eine Minute.

»Was um alles in der Welt ist das?«, murmelte Ramanov schließlich.

»Ich habe keine –« , begann Ben, und Tooth unterbrach ihn gefährlich leise:

»Erzähl keinen Scheiß, Jungchen. Du weißt ganz genau, was das ist! Also?«

Ben antwortete auch jetzt noch nicht gleich, sondern blickte mit klopfendem Herzen auf das schreckliche Bild. Die Schleuse wurde von Dutzenden Eiskriegern belagert, aber sie sahen plötzlich winzig und harmlos aus, verglichen mit dem geflügelten Giganten in ihrer Mitte, der so monoton und unermüdlich wie eine Maschine mit seinen gewaltigen Klauen auf die gepanzerte Tür einschlug.

»Ich ... habe so eine Kreatur schon einmal gesehen«, gestand er schließlich. »Im Maschinenraum der *Princess.* Und auch später noch einmal, in ... in meinen Visionen. Ich weiß nicht, was es ist, aber ich nenne ihn den Drachenmann.«

»Mist!«, sagte Tooth nachhaltig. »Wenn sie hereinkommen, sind wir erledigt.«

»Aber ... Aber Sie haben doch noch Ihre Waffen!«, sagte van Staaten nervös.

Tooth bedachte sie mit einem fast mitleidigen Blick und schwieg.

»Jetzt bitte keine Panik! Die Tür ist massiv. Es ist noch gar nicht sicher, dass sie überhaupt hereinkommen«, sagte Ramanov, und auf dem Monitor war zu sehen, wie das Schleusentor unter einem letzten gewaltigen Hieb des Drachenmannes zerbrach und dann komplett nach innen kippte. Die Erschütterung, mit der die tonnenschwere Stahlplatte auf dem Boden aufschlug, war selbst hier drinnen noch deutlich zu spüren.

»Nummer eins«, sagte Tooth düster. »Ist die innere Tür genauso stabil?«

»Nein«, sagte der Russe. »Nicht einmal halb so dick.«

»Na ja«, sagte Tooth. »Wenigstens eine gute Nachricht.« Er starrte den Bildschirm noch zwei oder drei Atemzüge lang an, dann drehte er sich mit einem Ruck zur Tür. »Ich brauche drei oder vier von Ihren Leuten, die mir helfen, Professor. Und jeden anderen, der weiß, an welcher Seite man ein Gewehr anfasst. Schicken Sie sie in zehn Minuten zur Schleuse. Bewaffnet!«

»Aber was –« , begann Ramanov und klappte den Mund wieder zu, denn Tooth war bereits aus dem Raum.

»– hat er denn vor?«, führte van Staaten den Satz zu Ende.

»Keine Sorge«, sagte Bens Vater. »Wenn jemand weiß, was er zu tun hat, dann er.«

Ramanov schnaubte. »Ihren Optimismus möchte ich haben, Doktor. Der Kerl ist ein Dummkopf!«

»Aber er ist zufällig auch der einzige Soldat, den es hier gibt. Also tun Sie besser, was er von Ihnen verlangt. Es sei denn, Sie wollen sich selbst ein Gewehr schnappen und die Schleuse verteidigen.«

Ramanov starrte ihn eine geschlagene Sekunde trotzig an, aber dann drehte er sich mit einem plötzlichen Ruck herum und sagte ein paar Worte auf Russisch zu seinem Assistenten, und der junge Mann hatte es plötzlich sehr eilig, hinter Tooth herzustürmen.

»Wir sollten auch gehen«, sagte Ben. Er blickte nervös auf den Schirm. Keines der Eisungeheuer war dem Drachenmann in die Schleuse gefolgt, doch die schweigende Armee stand bereit, die Basis zu stürmen, sobald ihr bizarrer Anführer das letzte Hindernis beseitigt hatte.

»Wozu?«, fragte sein Vater scharf. »Um ein bisschen Rambo zu spielen?« Er schüttelte heftig den Kopf. »*Ich* gehe, und du bleibst schön hier!«

»Ich bin kein Kind mehr!«, beschwerte sich Ben.

Sein Vater setzte sichtbar zu einer noch schärferen Entgegnung an, doch van Staaten kam ihm zuvor.

»Hört auf zu streiten. Professor, können Sie das Bild vergrößern?«

Ramanov sah sie zwar verdutzt an, kam aber gehorsam näher und ließ sich vor Tooths Computer in die Hocke sinken und begann zu tippen. Der Bildausschnitt, auf den van Staaten gedeutet hatte, zoomte heran, zeigte aber auch jetzt nichts als die stumm dastehenden Eiskrieger; nur eben vergrößert.

»Und?«, fragte Ramanov.

»Fällt euch nichts auf?«, van Staaten deutete auf irgendetwas auf der linken Hälfte des riesigen Monitors. »Ich meine: Kommt euch da niemand bekannt vor?«

Auch Ben trat einen Schritt näher heran und konzentrierte sich, und jetzt dauerte es nur noch einen Augenblick, bis er antwortete: »Madame Sonnenbrille … und?«

»Aber ich dachte, die haben wir in Verwahrung?«, murmelte Ramanov.

»Haben wir auch«, sagte van Staaten grimmig. Fast gleichzeitig fuhr sie auf dem Absatz herum und stürmte los.

Diesmal gab Ben seinem Vater erst gar keine Gelegenheit, ihn zurückzuhalten, sondern rannte hinter der Ärztin her. Erst als er schon draußen auf dem Flur und halb an seinem Ende war, gesellte sich auch sein Vater zu ihnen, aber weder er noch Ben kamen dazu, van Staaten auch nur eine einzige Frage zu stellen – die sie vermutlich ohnehin nicht beantwortet hätte. Sie stürmte mit wehendem Haar und Kittel die Gänge entlang und hielt erst an, als sie die Tür erreicht hatte, hinter der sie die Eiskreatur vor zwei Tagen eingesperrt hatten. Mit fahrigen Bewegungen griff sie in die Kitteltasche, grub einen Schlüssel heraus und stockte dann, als Bens Vater ihr die Hand auf den Unterarm legte.

»Hältst du das für klug? Es könnte gefährlich sein.«

»Es könnte noch gefährlicher sein, nicht nachzusehen.« Sie riss sich los, nestelte den Schlüssel ins Schloss und zögerte dann doch, die Klinke herunterzudrücken. Allerdings nur für eine Sekunde, dann zog sie die Tür mit einer umso entschlosseneren Bewegung auf und trat ein. Sein Vater und er selbst folgten ihr dichtauf.

Ihre Vorsicht erwies sich jedoch als überflüssig. Die bizarre weiße Gestalt stand noch immer in derselben unveränderten Haltung da, in der Ben sie in Erinnerung hatte; steif aufgerichtet und mit dem Gesicht zur Wand. Dennoch zögerte van Staaten noch einmal, sich ihr zu nähern, und als sie es schließlich tat, ging sie in auffällig großem Bogen um sie herum.

Ben tat auf der anderen Seite dasselbe – und riss erstaunt die Augen auf, als er ins Gesicht der unheimlichen Gestalt blickte.

Es hatte sich auf grausige Weise verändert. Die Züge waren noch immer die der dicklichen Passagierin mit der albernen Sonnenbrille, aber sie wirkten nun sonderbar … unfertig. Lippen und Wangenknochen schienen ein wenig eingefallen, die Nase flacher und breiter und die Designerbrille war ein gutes Stück nach unten gerutscht. Das ganze Gesicht glänzte nass und wirkte irgendwie … zerschmolzen.

Was es auch war.

Zögernd streckte Ben die Hand aus und berührte das Gesicht der Eiskreatur mit den Fingerspitzen. Es war nass und eiskalt, und etwas … *fehlte.* Die bösartige Karikatur von Leben, die dieses unheimliche Geschöpf bisher beseelt hatte, war nicht mehr da. Was vor ihm stand, war jetzt nichts weiter als die perfekte Kopie eines Menschen aus Eis; geradezu angsteinflößend perfekt, aber mehr auch nicht.

»Und?«, fragte van Staaten. Ben registrierte erst jetzt, dass sie es offensichtlich nicht gewagt hatte, Madame Sonnenbrille zu berühren, sondern ihn nur ebenso ängstlich wie erwartungsvoll ansah.

»Nichts. Da ist nichts mehr.«

Van Staaten verstand offensichtlich, was er meinte, denn auf ihrem Gesicht erschien ein Ausdruck deutlicher Erleichterung. »Das hatte ich gehofft.«

»*Was* hast du gehofft?«, fragte sein Vater.

»Ihre Kopie läuft draußen herum. Vielleicht können sie immer nur *eine* Kopie eines Menschen gleichzeitig erschaffen. Wenigstens hoffe ich, dass es so ist.«

»Und es würde Sinn machen«, fügte Ben hinzu. »Wozu sollten sie sonst zweihundert Menschen entführen?« Sein Vater sah ihn fragend an, und van Staaten lieferte die Erklärung an seiner Stelle:

»Wenn sie beliebig viele Kopien gleichzeitig erschaffen könnten, dann würde es reichen, wenn sie nur einen einzigen Menschen entführen oder zwei oder drei, meinst du nicht?«

Sein Vater überlegte einen Moment und nickte dann, auch wenn es eindeutig widerwillig wirkte. »Wenn ihr Recht habt, dann bedeutet das, dass sie maximal so viele Krieger aufbieten können, wie sie Menschen von der *Princess* entführt haben … um die zweihundert.«

»Immer noch eine Menge«, sagte van Staaten, »aber immerhin besser als zwei*tausend*.«

Etwas störte Ben an dieser Überlegung, aber er konnte das Gefühl nicht in Worte kleiden, sosehr er sich auch bemühte. Und außerdem hatte van Staaten Recht: Sie befanden sich in einer Situation, in der sie nach dem berühmten Strohhalm greifen mussten.

»Das dürfte Tooth interessieren. Ich gehe hin und sage es ihm.«

Und damit stürzte er aus dem Raum – ganz bewusst so schnell, dass sein Vater nicht einmal Luft holen konnte, um ihn zurückzupfeifen.

Tatsächlich rief er ihm etwas nach, aber Ben zog es vor, seine Worte nicht zu verstehen, sondern beschleunigte seine Schritte ganz im Gegenteil nur noch und ging so schnell in Richtung Schleuse, wie er es gerade noch konnte, ohne zu rennen.

Nicht dass es aufgefallen wäre, hätte er es getan. Er dachte den Gedanken von vorhin noch einmal und fast wortwörtlich: Irgendwie musste die Station plötzlich hundert Bewohner mehr haben als noch vor einer Stunde, und mindestens *zwei*hundert dieser hundert Menschen begegneten ihm auf dem Weg zur Schleuse, alle in heller Aufregung und erstaunlich viele bewaffnet, wenn auch zumeist nur mit altmodischen Gewehren oder Pistolen. Als er sich der Schleuse näherte, begegneten ihm allerdings auch zwei oder drei moderne Waffen; Maschinenpistolen und Revolver, die vermutlich von Tooth stammten.

Was er nicht fand, war Tooth selbst.

Obwohl es der Söldner vorhin so eilig gehabt hatte, traf Ben ihn weder auf dem Weg zur Schleuse noch vor der Schleuse selbst. Der schmale Gang vor dem wuchtigen Stahltor wimmelte von Männern (und einigen wenigen Frauen), die zwar nahezu alle bewaffnet waren, aber auch ausnahmslos ziemlich unglücklich aussahen – was möglicherweise an den regelmäßigen Schlägen gegen das innere Schleusentor lag.

Das Geräusch war nicht einmal besonders laut: ein dumpfes, vibrierendes Dröhnen, das die gesamte Station zu erschüttern schien und eigentlich mehr zu spüren als zu hören war. Das Licht über der Tür wechselte im Rhythmus der Schläge von Grün zu Rot und wieder zurück; ein höchst unheimlicher Anblick, auch wenn es sich vermutlich nur um einen Wackelkontakt handelte. Es gelang ihm nur mit Mühe, sich davon zu lösen.

»Wo ist Tooth?«, wandte er sich brüsk an die erstbeste Person, die er sah. Erst danach fiel ihm auf, dass er sie kannte: Es war Dr. Vatec. Die ältliche Wissenschaftlerin trug ein schartiges Küchenmesser im Gürtel und einen altmodischen Karabiner in der rechten Armbeuge; was Ben irgendwie unpassend fand.

»Ich weiß nicht. Wollte er herkommen?«

Ben musste nicht antworten, denn in diesem Moment kam Tooth – wenn auch auf völlig andere Art, als er erwartet hatte.

Eigentlich sah er im ersten Moment nicht einmal Tooth, sondern nur zwei der vier Männer, die er angefordert hatte, sowie die seltsame Konstruktion, die sie scheppernd und klirrend vor sich herschoben.

Seltsam auf den ersten Blick.

Auf den zweiten entpuppte sie sich als hölzerne Palette, unter die jemand mit deutlich mehr gutem Willen als handwerklichem Geschick vier viel zu klapprige Räder montiert hatte, was nicht nur zu einem erbärmlichen Quietschen führte, sondern auch dazu, dass sich das obskure Gefährt ungefähr so gehorsam von der Stelle bewegte wie ein achtzig Jahre alter störrischer Maulesel. Auf dem hinteren Teil der Palette stand ein altersschwacher Bürostuhl ohne Räder, davor thronte etwas, was wie eine futuristische (und viel zu groß geratene) Satellitenschüssel aussah – Tooths selbstgebastelter Infraschall-Panzer.

Ben fielen fast die Augen aus dem Kopf, als er begriff, was er da sah. »Das … das meinst du nicht ernst!«

Tooths Gesicht – das mittlerweile unter einem in Nato-Tarnfarben lackierten Wehrmachtshelm aus dem Zweiten Weltkrieg steckte – tauchte hinter der quietschenden Palette auf, und in diesem Moment erschütterte ein besonders heftiger Schlag die Schleusentür, wie um seine Antwort schon im Voraus zu unterstreichen.

»Nein. Ich hatte eigentlich vor, mich mit einer Fliegenklatsche und Silvesterknallern zu verteidigen.«

»Aber du kannst doch nicht …!« Ben sparte es sich, den Satz zu Ende zu sprechen. Tooth würde sich erstens nicht von seinem Entschluss abbringen lassen, und zweitens hatte er Recht: Wenn der Drachenmann durch die Tür brach (also in ungefähr zwei oder drei Minuten), dann war die Schallkanone vermutlich das Einzige, womit sie sich noch verteidigen konnten.

»Hör auf, den Schlaumeier zu spielen, und hilf uns lieber«, keuchte Tooth.

Ben dachte ja nicht daran, etwas Derartiges zu tun, aber er trat immerhin demonstrativ zur Seite und versuchte auch nicht, Tooth noch einmal von seinem Entschluss abzubringen. Wahrscheinlich würde er mit diesem Teufelsding die halbe Station in Schutt und Asche legen – aber wenn er es nicht einsetzte, dann lebten sie vermutlich nicht einmal mehr lange genug, um zu erfrieren.

Tooth und seine mehr oder weniger freiwilligen Helfer schoben ihr pittoreskes Gefährt schnaubend an ihm vorbei und hielten etwa fünf Meter vor dem Schleusentor an. Tooth sank ächzend auf die Knie, gestattete sich drei oder vier Sekunden, um zu Atem zu kommen, und stemmte sich dann mühsam wieder hoch, um ein dickes Gummikabel abzuwickeln, das zusammengerollt auf der Palette lag.

»Schließ das an«, knurrte er, indem er das Ende des Kabels dem erstbesten Mann in die Hand drückte, den er sah. »Ich brauche Starkstrom.«

Der Mann blickte abwechselnd ihn und das Kabelende gleichermaßen verständnislos an, und Ben kramte hektisch in seinen bescheidenen Englischkenntnissen, um Tooths Worte wenigstens halbwegs verständlich zu übersetzen, und Dr. Vatec trat an ihm vorbei und sagte etwas in einer wirklich exotisch klingenden Sprache, woraufhin der Mann davoneilte, um (hoffentlich) eine Steckdose zu suchen.

»Na also. Geht doch. Und was machst du hier? Hat dir dein Vater doch freigegeben, um den Helfer zu spielen?«

Ben schluckte seinen Ärger hinunter und erinnerte sich daran, warum er hergekommen war. »Doktor van Staaten hat etwas herausgefunden.«

»Ach ja?« Tooth wischte sich mit dem Handrücken den Schweiß von der Stirn und schob in der gleichen Bewegung den Helm in den Nacken. Es sah albern aus. »Und was genau?«

Ben erklärte ihm mit wenigen Worten, was van Staaten und er herausgefunden zu haben meinten, und als Tooth – nachdem er ein paar Sekunden lang nachgedacht hatte – antwortete, wurde ihm klar, was ihn an van Staatens Theorie so gestört hatte.

»Prima«, sagte Tooth säuerlich. »Du meinst, sie hätten unendlich viele Krieger, aber sie kommen nicht gleichzeitig, sondern immer nur nacheinander?« Er machte ein übertrieben erstauntes Gesicht. »Also immer nur zweihundert auf einmal und danach die nächsten zweihundert und noch einmal zweihundert und so weiter … ja, das beruhigt mich ungemein. Dann kann uns ja gar nichts passieren.«

Bevor Ben antworten konnte, sagte eine scharfe Stimme hinter Tooth: »Wenn Sie tatsächlich so denken, warum geben wir dann nicht gleich auf?«

Es war Ramanov, der mit grimmigem Gesicht am Ende des Korridors aufgetaucht war, und er kam nicht allein, sondern begleitet von van Staaten und Bens Vater – und zu Bens wirklich großer Überraschung auch seiner Mutter, die mit steinernem Gesicht zwischen der Ärztin und ihrem Mann ging. »Doktor van Staaten hat mir ihre Theorie dargelegt. Ich finde, sie klingt überzeugend. Warum also versuchen Sie nicht wenigstens, ein bisschen Optimismus zu verströmen, mein Freund?« Irgendwie brachte er es fertig, das *mein Freund* wie etwas Abfälliges klingen zu lassen.

»Weil das nicht mein Job ist«, antwortete Tooth gelassen.

Ein besonders heftiger Schlag erschütterte die Schleusentür, und Ben war gewiss nicht der Einzige, der herumfuhr und erschrocken die Luft zwischen den Zähnen ausstieß. Das Licht über der Tür hatte aufgehört zu flackern, und in der grauen Kunststoffwand daneben war ein fast handbreiter, gezackter Riss erschienen, der vom Boden bis nahezu zur Decke reichte.

»Also gut«, knurrte Tooth. »Jeder, der eine Waffe hat, geht auf die andere Seite. Und bleibt bloß aus meiner Schusslinie!«

Knapp die Hälfte der Männer reagierte sofort, der Rest, nachdem Vatec seine Worte zuerst ins Englische und dann in eine andere, düsterer klingende Sprache übersetzt hatte; zwei oder drei rannten auch davon.

Tooth ließ mit einer tausendfach geübten Bewegung die MPi von der Schulter gleiten, warf sie van Staaten zu und schwang sich in der gleichen Bewegung auf den wackeligen Bürostuhl, der ein Geräusch von sich gab, als würde er im nächsten Augenblick zusammenbrechen. Dann deutete er auf Ramanov, Ben und seine Eltern. »Und ihr verschwindet von hier oder steht wenigstens nicht im Weg herum. Wenn sie durchbrechen, dann müsst ihr selbst sehen, wie ihr klarkommt.«

Ja, genau das war es, was Ben in diesem Moment hatte hören wollen.

Tooth lehnte sich in seinem Bürostuhl zurück – das altersschwache Möbel knarrte noch protestierender, und Ben rechnete jetzt ernsthaft damit, dass die Lehne abbrach und der Söldner einen Salto rückwärts machte, aber natürlich geschah das nicht – und legte mit einer einzigen Bewegung ein halbes Dutzend Schalter an der Rückseite der *Satellitenschüssel* um. Das Gerät erwachte mit einem tiefen Brummen zum Leben, das für zwei oder drei Sekunden immer lauter und auch körperlich unangenehm wurde und dann abbrach, allerdings für einige weitere Sekunden noch zu spüren war. Dann erschütterte ein berstender Schlag die Tür, und als er verklang, war auch das Brummen erloschen. Was blieb, war ein vages Unbehagen, das Ben irritierte, obwohl ihm sein Verstand zu erklären versuchte, dass es vermutlich eine rein körperliche Reaktion auf die Infraschallwellen der im Stand-by-Betrieb laufenden Waffe war.

»Und jetzt?«, fragte Ramanov.

»Jetzt warten wir«, sagte Tooth.

Und das taten sie.

Eine Minute.

Zwei.

Dann drei.

Und jede einzelne dehnte sich zu einer Ewigkeit.

Das Schlimmste waren die Schläge, die die Rückseite der Tür mit der unbarmherzigen Gleichmäßigkeit einer Maschine trafen. Wenn Ben bedachte, wie lange der Drachenmann gebraucht hatte, um die äußere, viel massivere Schleusentür einzubrechen, dann hielt die innere Tür erstaunlich lange – aber irgendwann *gab* sie nach, und als es passierte, geschah es trotz allem mit erschreckender Plötzlichkeit: Die Tür erbebte unter einem letzten, gewaltigen Schlag, zerbrach in zwei unterschiedlich große Hälften und kippte dann mit einem ohrenbetäubenden Bersten nach innen. Als die Stücke auf den Boden donnerten, erbebte die gesamte Station.

Niemand achtete darauf, denn in der gewaltsam geschaffenen Öffnung erschien ein Albtraum.

Er war riesig, geflügelt und krallen- und schnabelbewehrt, mit glotzenden gelben Augen ohne Pupillen, ein lebendig gewordener Nachtmahr, der kreischend und tentakelschwingend hereinbrach und dem eine Welle purer, körperlich spürbarer Gewalt vorauseilte, der nichts auf dieser Welt standhalten konnte.

Tooth feuerte seine Schallkanone ab und riss ihn in Stücke.

Es war das Entsetzlichste, was Ben jemals gesehen hatte.

Die Schallkanone stieß ein tiefes, in den Eingeweiden vibrierendes Brummen aus, und der Drachenmann *explodierte.*

Das hatte Ben erwartet. Genauer gesagt hatte er eine Wolke aus auseinander stiebenden Eissplittern und -trümmern erwartet, aber was er sah, war eine Woge aus Fleisch- und Knochenfetzen, Blut und zerrissener Haut, die in alle Richtungen zerspritzte und Wände, Boden und Decke besudelte; und vielleicht auch den einen oder anderen von Ramanovs Männern. Zwei oder drei von ihnen prallten angeekelt zurück, und einer der Männer fiel auf die Knie und übergab sich würgend. Jemand gab einen einzelnen Schuss ab, der allerdings nur harmlos in die Decke fuhr.

Der Einzige, der die Nerven bewahrte, war Tooth.

Er hielt den ebenso unsichtbaren wie lautlosen Infraschall-Strahl der Schallkanone geschlagene zwei oder drei Sekunden lang weiter auf die Stelle gerichtet, an der der Drachenmann gestanden hatte, selbst als von dem bizarren Ungeheuer nur noch ein blutiger Brei übrig war; und ein hauchdünner nass-rot schimmernder Film, der sich über Decke, Boden und Wände des Ganges (und über das eine oder andere Gesicht) gelegt hatte. Und dann schwenkte er die Waffe fast gelassen herum. Der unsichtbare Strahl blieb unsichtbar, aber seine Wirkung war dafür umso verheerender. Der blutbesudelte graue Kunststoff zerbarst wie unter einem titanischen Hammerschlag und regnete in einem Splitterhagel zu Boden, und selbst der stählerne Rahmen der Schleuse schien sich auf unheimliche Weise zu kräuseln wie ein Spiegelbild auf bisher unbewegtem Wasser, über das eine plötzliche Windböe fuhr. Für den winzigen Teil einer Sekunde erschien eine schimmernde weiße Gestalt unter der gewaltsam aufgebrochenen Tür und zersplitterte dann in einer Wolke aus brodelndem Weiß, als Tooth die Waffe direkt in die Schleusenkammer richtete. Ein tosendes Klirren und Bersten verschlang jeden anderen Laut, und die Schleusenkammer verwandelte sich in einen Vulkankrater, aus dem sich ein tödlicher Splitterregen in den Gang ergoss. Der Strahl der Schallkanone zertrümmerte alles, worauf er traf. Nicht einem der schrecklichen Eiskrieger gelang es, die Schleusenkammer zu verlassen. Hätte Tooth seine unheimliche Waffe nur wenige Minuten länger auf diese Art eingesetzt, der Kampf wäre vorüber gewesen, noch bevor er richtig begonnen hatte.

Aber natürlich funktionierte es nicht.

Der Angriff hörte so plötzlich auf, wie er losgebrochen war. Eine letzte blitzende Gestalt tauchte aus der Schleuse auf und wurde in Stücke gerissen, dann krachte der Strahl nur noch gegen die Wandverkleidung im Inneren der Schleusenkammer und zertrümmerte sie – für eine oder zwei Sekunden, bevor Tooth den Daumen vom Feuerknopf nahm und sich misstrauisch vorbeugte, um über den Rand seiner Waffe hinwegzuspähen. Es wurde geradezu unheimlich still. Das Einzige, was zu hören war, war das Heulen des Sturmes, das nun ungehindert durch die zerborstene Stahltür hereindrang.

Ben trat vorsichtig ein paar Schritte an der Schallkanone vorbei und zur Seite, um einen Blick nach draußen werfen zu können. Zunächst sah er kaum etwas. Es war nahezu stockdunkel unter dem riesigen Plastikzeltdach, und der eisige Wind, der ihm jetzt völlig ungehindert ins Gesicht blies, trieb ihm augenblicklich die Tränen in die Augen. Er war so kalt, dass er spüren konnte, wie sie auf seinen Wangen gefroren.

Dennoch gewöhnten sich seine Augen offensichtlich nach überraschend kurzer Zeit an die schlechten Lichtverhältnisse – er begann verschwommene Konturen und Umrisse wahrzunehmen und vielleicht die Andeutung von Bewegung, auch wenn er nicht sagen konnte, ob sie nur Ausgeburt seiner Fantasie war oder dem Sturm entsprang. Etwas Großes,

Schimmerndes tauchte in seinem eingeschränkten Sichtfeld auf und verschwand dann wieder, und ganz kurz glaubte er ein Aufblitzen von Farben zu sehen, war sich dessen aber noch weniger sicher.

»Sei bloß vorsichtig!«, warnte Tooth hinter ihm.

Als ob diese Warnung nötig gewesen wäre.

»Komm zurück, Ben!«, rief sein Vater.

Das war noch weniger nötig.

Ben reagierte auch nicht darauf, sondern machte mit klopfendem Herzen einen weiteren Schritt und fuhr sich mit dem Handrücken über das Gesicht, um sich die Tränen aus den Augen zu wischen, was es aber eher noch schlimmer zu machen schien. Dort draußen … *bewegte* sich etwas, aber er konnte nicht erkennen, was es war. Vielleicht die Eiskrieger, vielleicht noch etwas anderes, Größeres. Wieder lief eine Welle aus pastellfarbenem Licht über das Eis und erlosch, bevor sein Blick sie richtig erfassen konnte, und etwas … *kam.* Er spürte es.

»Kannst du was erkennen?«, fragte Tooth nervös.

Ben schüttelte den Kopf. Er strengte seine Augen so sehr an, dass sie zu schmerzen begannen, aber das Bild wollte einfach nicht klarer werden.

Und dann …

Die beiden Eiskrieger erschienen so urplötzlich in der Schleuse, als wären sie buchstäblich aus dem Nichts aufgetaucht. Ben schrie vor Schreck auf und prallte zurück, und hinter ihm brüllte Tooth ebenfalls und noch sehr viel lauter und drückte auf den Auslöser seiner Waffe.

Diesmal war Ben dem unsichtbaren Strahl nahe genug, um ihn zu *spüren.* Ein unvorstellbar harter, dumpfer Schlag fuhr durch seinen rechten Arm, die Schulter und das rechte Bein, und jeder einzelne Nerv in seinem Körper schien in Flammen zu stehen. Der Schmerz war so gewaltig, dass er nicht einmal mehr schreien konnte, sondern es nur noch irgendwie schaffte, sich zur Seite zu drehen, bevor sein plötzlich kraftlos gewordenes Bein unter ihm nachgab und er zu Boden fiel. Die beiden Angreifer rasten heran, was sie unweigerlich in die Schusslinie der Schallkanone bringen musste, und hinter ihnen kamen weitere, torkelnde Gestalten, doch während Ben fiel, sah er etwas noch ungleich Schrecklicheres: Nur eine der beiden Gestalten bestand aus Eis. Die andere war ein Mann mit leerem Blick und zerrissenen Kleidern, den das Ungeheuer an Arm und Schultern gepackt hatte und wie ein willenloses Kind vor sich herschob.

»Nein!«, schrie er verzweifelt. *»Tooth! Nicht!«*

Übelkeit stieg in ihm hoch und für einen Moment wurde ihm vor Schmerz schwarz vor Augen, sodass er nicht sagen konnte, ob der Söldner auf seine Worte reagiert hatte oder nicht. Ein heller, splitternder Laut drang durch das Rauschen des Blutes in seinen Ohren, und dann waren da plötzlich mehr entsetzte Schreie, und es fielen auch wieder Schüsse, von denen zumindest einer unangenehm nahe neben ihm in den Boden fuhr.

Als sich Übelkeit und Schmerz wenigstens so weit wieder gelegt hatten, dass er es wagte, die Augen zu öffnen, hatte sich der graue Gang endgültig in ein Tollhaus verwandelt. Von den Eiskriegern war nichts mehr zu sehen, aber der hilflose Matrose, den sie als lebenden Schutzschild vor sich gehalten hatten, lag mit weit ausgebreiteten Armen auf dem Boden. Immerhin lebte noch, aber er zitterte am ganzen Leib und blutete aus Mund, Nase und Ohren. Gut die Hälfte von Ramanovs Aushilfsarmee hatte die Waffen fallen gelassen und war kopflos davongestürmt, und die, die geblieben waren, stellten für sich eine fast ebenso große Gefahr da wie die Angreifer. Zwei oder drei von ihnen hatten tatsächlich ihre Waffen gehoben, aber keiner schoss, und Ben konnte das gut verstehen – bei weitem nicht alle der Gestalten, die plötzlich die Schleusenkammer füllten und nur deshalb noch nicht in voller Stärke hereingekommen waren, weil sie sich in ihrer Hast gegenseitig behinderten, waren Eiskrieger. Bei den anderen handelte es sich um Menschen, die die unheimlichen Kreaturen als lebende Schutzschilde benutzten: Besatzungsmitglieder und Passagiere der *Princess*, Männer und Frauen. Die meisten boten einen durch und durch erbarmungswürdigen Anblick und schienen kaum noch die Kraft zu haben, sich auf den Beinen zu halten, sodass sie von den Eiskriegern mehr geschoben und mitgeschleift wurden, als sie aus eigener Kraft gingen, aber mehr war auch nicht notwendig. Die ersten drei oder vier Eiskreaturen hatten die Schleusenkammer gerade durchschritten und ließen ihre lebendigen Schutzschilde los, um sich unverzüglich auf ihre Gegner zu stürzen.

Ben begriff zu spät, dass er möglicherweise einer dieser Gegner war.

Er lag noch immer hilflos am Boden. Sein rechter Arm und das Bein taten so grässlich weh, dass er ein leises Wimmern nichts mehr ganz unterdrücken konnte, und jeder einzelne Herzschlag jagte neue Wellen von pulsierender Qual durch seinen Körper. Er schmeckte Blut, und sein

Kopf fühlte sich an, als wollte er jeden Moment einfach explodieren. Er konnte auch nicht mehr richtig sehen. Alles verschwamm vor seinen Augen, und der Gang schien plötzlich voller grauer Nebelschwaden zu sein.

Trotzdem erkannte er den riesigen Eiskrieger, der mit einem Mal vor ihm in der Schleusentür auftauchte und sich unverzüglich auf ihn stürzte. Vage ähnelte er dem Matrosen, den Harry damals vor seiner Kabine niedergeschlagen hatte, wirkte aber zugleich auch hundertfach gefährlicher und bösartiger. Seine gewaltigen Pranken grabschten nach ihm, um ihn zu töten oder ihn – schlimmer noch – vielleicht in ein ebensolches Ungeheuer zu verwandeln. Ben krümmte sich innerlich vor Entsetzen und versuchte mit der puren Kraft der Verzweiflung, sich hochzustemmen oder wenigstens zur Seite zu werfen, aber sein Körper gehorchte ihm nicht mehr.

Ein einzelner Schuss fiel, und der Eiskrieger zerbarst wie von einem gewaltigen Hammerschlag getroffen.

Einem zweiten, der hinter ihm hereinstürmte, erging es nicht besser, und dann wurde irgendwo hinter ihm ein dumpfes, in den Zähnen schmerzendes Brummen laut, als Tooth abermals seine Schallkanone abfeuerte.

Ben schrie in purem Entsetzen auf. Der Söldner musste den Verstand verloren haben! Die ultratiefen Schallwellen seiner Waffe mussten die unschuldigen Menschen, die die Ungeheuer als Schutzschilde benutzten, ebenso töten wie die Angreifer selbst!

Aber Tooth hatte seine Taktik geändert. Der Strahl hämmerte einen halben Meter neben der Tür in das, was von der Kunststoffverkleidung der Wand noch übrig geblieben war, und zerbröselte es endgültig zu feinem grauem Staub, wanderte weiter, schlug Dellen in den Stahl des Rahmens und erwischte einen der schrecklichen Angreifer voll; einen zweiten Eiskrieger streifte er offensichtlich nur, doch schon diese flüchtige Berührung reichte aus, den linken Arm und die Schulter der Kreatur wegzusprengen und sie haltlos nach hinten und gegen zwei weitere Angreifer zu schleudern, die sie mit sich zu Boden riss.

Dann erlosch der Strahl.

Die beiden Männer, die ihnen als Schild gedient hatten, taumelten noch ein paar Schritte vorwärts und stürzten dann wie Marionetten, deren Fäden zerschnitten worden waren. Eine grauhaarige Gestalt in einem weißen Kittel sprang plötzlich vor und ergriff einen der Gestürzten mit einer Hand an Kragen, um ihn hastig aus der Schusslinie zu zerren, mit der anderen richtete sie eine stupsnasige Maschinenpistole in die Schleusenkammer und erledigte einen weiteren Angreifer. Dr. Vatec. Hinter ihr hoben jetzt endlich auch zwei oder drei andere die Waffen, mit denen Ramanov und Tooth sie ausgerüstet hatten, und eröffneten das Feuer, und auch Tooth hatte den Daumen offensichtlich wieder vom Feuerknopf der Schallkanone genommen und schoss mit einer Pistole; einhändig und scheinbar ohne wirklich zu zielen, aber dennoch mit erstaunlicher Treffsicherheit. Jeder seiner Schüsse streckte einen der Gegner nieder, ohne seinen lebenden Schutzschild zu verletzen. Für einen Moment sah es tatsächlich so aus, als könnten sie den ungleichen Kampf doch noch gewinnen.

Aber nur für einen Moment.

Ben spürte, wie das Leben kribbelnd (und von noch mehr Schmerzen begleitet) in seine Glieder zurückkehrte, biss stöhnend die Zähne zusammen und stemmte sich auf Hände und Knie hoch, um von der Schleuse wegzukriechen. Vielleicht hätten seine Kräfte nicht einmal mehr dafür gereicht, doch nach ein paar Sekunden packte ihn jemand an den Schultern und schleifte ihn weg. Erst als sie hinter Tooths improvisierter Geschützlafette angekommen waren, erkannte er, dass es seine Mutter war.

»Bleib liegen!«, herrschte sie ihn an, als er Anstalten machte, sich mit zusammengebissenen Zähnen aufzurappeln. Obwohl sie wissen musste, wie weh sie ihm damit tat, drehte sie ihn grob auf den Rücken, fiel neben ihm auf die Knie und zog seine Augenlider hoch, um ihm aufmerksam in die Pupillen zu blicken. Mehr und hektischere Schüsse fielen, und für zwei oder drei Sekunden wurde auch wieder das Brummen der Infraschallkanone laut, gefolgt vom Geräusch berstenden Eises, einem gellenden Schrei und der ungehemmt fluchenden Stimme des Söldners.

»Wie fühlst du dich?«, fragte seine Mutter. »Wo hast du Schmerzen? Ist dir übel?«

»Ja«, würgte Ben mühsam hervor. Sein Kopf fühlte sich immer noch an, als wollte er im nächsten Moment explodieren, und die Übelkeit, die er für kurze Zeit vergessen hatte, bedankte sich für die Erinnerung, indem sie nun umso heftiger in seinen Eingeweiden wühlte. Ben musste sich mit aller Kraft zusammenreißen, um sich nicht zu übergeben. Er spürte, wie warmes Blut aus seiner Nase und seinem rechten Ohr lief, und seine Mutter musste nicht sagen, was sie von dieser Beobachtung hielt; was er in ihrem Gesicht las, war eigentlich schon mehr, als er wissen wollte.

»Dieser verdammte Irre! Dafür wird er bezahlen, das schwöre ich!«

Ben kämpfte Schmerz und Übelkeit nieder, so gut er es konnte, stemmte sich nun doch auf die Ellbogen hoch und versuchte an seiner Mutter vorbei einen Blick auf die Schleuse zu werfen, und was er sah, ließ ihn daran zweifeln, dass sie noch Gelegenheit bekommen würde, Tooth für das zur Verantwortung zu ziehen, was er ihm ihrer Meinung nach angetan hatte.

Vatec – zu seinem nicht geringen Erstaunen tatkräftig unterstützt von Dr. van Staaten, die die Waffe, die Tooth ihr zugeworfen hatte, so geschickt und selbstverständlich handhabte wie ihr Skalpell oder ein Stethoskop – war es mittlerweile gelungen, nicht nur sämtliche menschliche Geiseln aus der Schusslinie zu ziehen, sondern so etwas wie einen Widerstand zu organisieren. Die vier oder fünf Männer, die noch bei den Wissenschaftlerinnen waren, hatten sich ein gutes Stück zurückgezogen, benutzten ihre Waffen aber nur mit erstaunlicher Effektivität. Die Eiskrieger fielen jetzt nahezu so schnell, wie sie durch die aufgebrochene Schleusentür hereinstürmten … aber eben nur *nahezu.* Die Feinde zerrten jetzt keine Menschen mehr mit sich, aber sie kannten weder Furcht noch Zögern, und ihre Zahl schien buchstäblich unerschöpflich zu sein. Immer mehr und mehr der bizarren Kreaturen drängten herein. Die meisten wandten sich van Staaten und deren Kampfgefährten zu, aber etliche versuchten auch sich auf Tooth zu stürzen.

Der Söldner gab kurze, auf den Rand der Schleusenkammer gezielte Schüsse ab, von denen jeder einzelne zwei oder drei Eiskrieger in Stücke zerbersten ließ. Aber es war, als versuche er einen Schneesturm mit bloßen Händen aufzuhalten. Für jedes Ungeheuer, das er erledigte, tauchten mindestens zwei neue auf, und es war nur eine Frage der Zeit, bis das erste über ihm war.

Von *sehr wenig* Zeit.

Tooth feuerte jetzt abwechselnd mit seiner Schallkanone und der Pistole, und auch auf der anderen Seite der Tür fielen jetzt immer mehr und schnellere Schüsse, aber Ben hörte auch Schreie. Er versuchte zu erkennen, was dort drüben geschah, sah jedoch nichts außer weißem Chaos, und plötzlich sprang eine der Kreaturen mit einem erstaunlich behänden Satz auf die Palette und streckte ihre schrecklichen Klauen nach Tooth aus. Der Söldner schoss ihr aus unmittelbarer Nähe in die Brust. Genauer gesagt er versuchte es, doch seine Waffe gab nur ein leises metallisches Klicken von sich, das Ben trotz des Höllenlärms der Schlacht so laut wie einen Kanonenschuss zu hören meinte. Das Magazin der Pistole war leer.

Tooth zerschmetterte den Schädel des Monstrums mit einem einzigen Hieb seines Pistolenlaufs. Es kippte lautlos nach hinten und zerbarst auf dem Boden, und Tooth rammte im Bruchteil einer Sekunde ein neues Magazin in den Griff seiner Waffe; gleichzeitig schlug er mit dem Ellbogen auf den Feuerknopf der Schallkanone, und der Eiskrieger, der gerade versuchte über die rechteckige *Satellitenschüssel* zu klettern, bestand plötzlich nur noch aus Kopf, Schultern und Armen und einer Wolke aus Eisstaub, die in alle Richtungen auseinander trieb. Der unsichtbare Strahl tobte weiter, fuhr wie eine Sense unter die Eismonster auf der anderen Seite der Schleuse und verschaffte den Verteidigern eine letzte kurze Atempause; abgesehen von Vatec vielleicht, die ihre Waffe fallen ließ, auf die Knie sank und mit beiden Händen das Blut zurückzuhalten versuchte, das ihr plötzlich aus Mund, Nase und Ohren schoss.

Und damit war es endgültig vorbei.

Van Staaten gab noch einen abgehackten Feuerstoß aus ihrer MPi ab und ging dann mit einem spitzen Schrei zu Boden, als sich gleich drei Eiskrieger auf sie warfen. Und auch Tooth kam nicht mehr dazu, seine Waffe zu benutzen. Der verhinderte Luis Trenker vor ihm bestand zwar nur noch aus Kopf, Schultern und Armen, griff aber trotzdem blitzschnell nach oben und entrang ihm die Pistole. Praktisch gleichzeitig warf sich ein zweites weißes Ungeheuer mit solcher Wucht auf ihn, dass der Söldner mitsamt seinem Bürostuhls rücklings von der Palette geschleudert wurde und schwer zu Boden fiel.

Ben registrierte ein grellweißes Aufblitzen über und hinter seiner Mutter und versuchte noch, einen warnenden Schrei auszustoßen, aber es war zu spät. Eine gewaltige dreifingrige Klaue senkte sich auf ihre Schulter und riss sie mit unbarmherziger Kraft in die Höhe und davon, und eine zweite, noch riesigere Pranke grabschte nach seinem Gesicht und zersplitterte auf dem Boden, als er im letzten Moment den Kopf herumwarf.

Die schiere Todesangst – nein, die *Gewissheit* seines bevorstehenden

Todes – brach den Bann. Ben zog verzweifelt die Knie an den Leib und trat mit aller Gewalt zu. Seine Kraft reichte nicht, um das Ungeheuer ganz davonzuschleudern, aber der Eiskrieger torkelte zwei oder drei Schritte weit zurück, und das reichte ihm, um sich auf Hände und Knie herumzuwälzen und hastig ein Stück weit davonzukriechen. Aus irgendeinem Grund hatte der Eiskrieger plötzlich jedes Interesse an ihm verloren und verzichtete darauf, ihm nachzusetzen, aber überall um ihn herum wurde gekämpft. Irgendwo vor ihm lag Tooths Pistole, vielleicht sogar nahe genug, um sie mit einer beherzten Bewegung zu erreichen, doch er versuchte es nicht einmal. Wozu? Es war vorbei. Diesmal unwiderruflich.

Ein dumpfes Krachen erschütterte den Gang. Ein orangefarbener, sonderbar lang anhaltender Blitz flackerte über ihn hinweg und erlosch nur zögernd, und plötzlich erfüllte ein durchdringender, irgendwie chemischer Geruch die Luft. Ben wälzte sich mühsam auf den Rücken und hob schützend die Hand vor die Augen, als sich die Schleusenkammer in einen grellweiß lodernden Glutofen verwandelte, aus dem Flammen und halb zerschmolzene weiße Gestalten stürzten.

Ben spürte, wie ihm endgültig die Sinne zu schwinden begannen. Das unwiderruflich Letzte, was er für die nächste halbe Stunde sah, war Tahia, die aus der Schleusentür stürmte und die lodernde Mündung ihres Flammenwerfers von rechts nach links schwenkte.

18

DER HIMMEL WAR NICHT SCHWARZ, sondern grau; wenn auch von einem Grau, wie er es noch nie zuvor im Leben gesehen hatte: eine staubige, raue Farbe, die einem beim bloßen Hinsehen das Atmen schwer machte und an Dinge erinnerte, die besser vergessen blieben. Sie bildete Schlieren und vergängliche Umrisse am Himmel, Grauen erregende Formen, die stets dann wieder auseinander trieben, wenn sie gerade Gestalt anzunehmen drohten. Dinge, deren bloßer Anblick töten konnte. Etwas sickerte aus dem grauen Wogen und Fließen am Himmel in seinen Geist und begann ihn zu vergiften; ein unhörbares düsteres Flüstern in einer Sprache, die älter war als die Welt; vielleicht älter als die Sterne.

Ben riss sich mühsam von dem tief hängenden grauen Himmel los, und das Wissen in seinen Gedanken erlosch. Aber der Anblick, der sich ihm bot, als er nach unten sah, war auch nicht viel erfreulicher.

Er stand am Rand einer Klippe aus schwarzem Fels, die Hunderte und Aberhunderte Meter weit lotrecht in einen ebenfalls schwarzen Ozean stürzte, der aussah, als wäre auch er aus schwarzem Stein gemeißelt. Das Wasser schluckte das Licht der unsichtbaren Sonne, statt es zu reflektieren, und die schmutzig grauen Schaumkronen rührten sich nicht und wirkten wie von ätzender Säure hineingefressen. Trotzdem bewegte sich etwas in diesem Ozean aus erstarrter Nacht: Weit draußen, dem Horizont näher als der Küste, glitt ein zyklopischer Schatten unter dem Meer dahin, ein Riese mit träge schlagenden Tentakeln und glotzenden Augen, groß genug, um ein Schiff zu verschlingen, und alt. Uralt. Und böse.

»Er ist jetzt fast da«, sagte Sasha. Sie stand nur einen halben Schritt neben ihm, dem lockenden Abgrund noch ein gutes Stück näher als er, und sah ihn nicht an, während sie sprach. Der Wind, der einen sachten, aber unangenehmen Geruch wie nach brennendem Stein und verfaulendem Wasser mit sich trug, spielte mit ihrem Haar und bauschte ihren Mantel, ein Anblick der so künstlich und inszeniert aussah, dass er ihm unter allen anderen denkbaren Umständen lächerlich vorgekommen wäre.

Jetzt schnürte er ihm schier die Kehle zu.

Warum konnte er sie nur hier so sehen, in dieser falschen, für ihn auf immer unerreichbaren Welt, die bloß in seinen Träumen existierte; und vielleicht nicht einmal dort wirklich?

»Nicht mehr lange«, fuhr sie fort, als er nicht antwortete. »Noch zwei Tage oder drei, dann ist er hier. Und dann geht es zu Ende.«

Ihre Worte jagten Ben einen eisigen Schauer über den Rücken; womöglich, weil er ganz genau wusste, was sie bedeuteten, auch wenn er sich beharrlich weigerte, dieses Wissen Gestalt werden zu lassen. Trotzdem fragte er: »Wen meinst du mit *er?«*

»Nyarlathotep.« Sasha deutete auf den zyklopischen Schatten im Wasser. »Der Verheerer.«

Täuschte er sich oder war der schweigende Gigant näher gekommen? Vielleicht lag es auch nur an dieser unheimlichen Scheinrealität, die ihren eigenen, nicht logischen Regeln gehorchte, dass er den Koloss nun deutlicher erkannte: ein Titan, der vage an einen Kraken erinnerte, so groß wie die *Princess* und von nichts anderem als dem Willen, zu zerstören, beseelt, ein uraltes, schreckliches *Ding*, dessen bloße Existenz dem Universum ins Gesicht schlug. Schon bei dem Gedanken, dass es ihn *gab*, wurde ihm übel.

Dennoch zwang er sich, den sinistren Schatten weiter anzusehen. Er war nicht näher gekommen, das begriff er jetzt. Er erkannte ihn deutlicher, weil er präsenter geworden war, wirklicher. »Nyarlathotep«, wiederholte er, wobei ihm das Wort nicht annähernd so glatt über die Lippen kam wie Sasha. Er brauchte all seine Willenskraft, um überhaupt weitersprechen zu können.

»Ist das hier … ihre Welt?«, fragte er mühsam. »So wie sie einmal war?«

Sasha antwortete nicht gleich, sondern trat einen halben Schritt vom Abgrund zurück und wandte sich dann ganz zu ihm um. Ein trauriges Lächeln huschte über ihr porzellangleiches Gesicht und erlosch wieder.

»Ihre Welt?« Sie schüttelte den Kopf. »Ja. Aber nicht so, wie sie war. So wie sie sein wird, wenn sie ihre Herrschaft wieder angetreten haben. Bald.«

Es dauerte einen Moment, bis Ben begriff, was sie meinte.

Schaudernd sah er sich um. Die Klippe, auf der sie standen, setzte sich hinter ihnen endlos weit fort, bis auch sie mit dem Horizont verschmolz. Fast hätte man sie mit dem lichtfressenden Ozean auf der anderen Seite verwechseln können, nur dass *diese* Ebene tatsächlich aus schwarzem Stein bestand, eine tote Einöde aus zertrümmertem Stein. Wenn es hier jemals etwas Lebendes gegeben hatte, dann war es vor einer Ewigkeit vergangen.

»Du meinst, das … das ist das, was sie aus unserer Welt machen?«, murmelte er.

»Sie haben schon angefangen. Schon vor langer Zeit. Aber es wird schlimmer.«

Bens Blick tastete immer verzweifelter über den zu Stein gewordenen Albtraum, der sich hinter ihnen erstreckte, suchte nach irgendetwas, was die schreckliche Monotonie unterbrach, irgendeinem Anzeichen von *Leben*.

Aber da war nichts.

Wäre er wirklich hier gewesen und nicht nur im Traum, hätte er nicht einmal die Luft atmen können.

»Warum?«, flüsterte er fast mehr zu sich gewandt als an Sasha. »Warum tun sie uns das an?«

»Weil es ihre Welt ist. Sie wollen sie wiederhaben.« Sie lächelte matt. »Würdest du anders handeln an ihrer Stelle?«

Zuerst schockierte die Frage Ben geradezu. Wieso *verteidigte* Sasha diese Ungeheuer, ausgerechnet *sie*, die so viel mehr über diese Kreaturen und ihre Absichten und Pläne wusste als jeder andere Mensch – und nach allem, was sie ihr angetan hatten?

Aber seine Empörung hielt nicht einmal so lange an, wie er gebraucht hätte, sie in Worte zu kleiden, bevor sie ins Gegenteil umschlug und dann fast zu etwas wie Scham wurde. Natürlich hatte Sasha Recht und natürlich hatte sie sie *nicht* verteidigt, sondern nur versucht, sie ihn *verstehen* zu lassen. Diese uralten Kreaturen waren nicht verdammenswert, weil sie weder Mitleid noch Erbarmen kannten. Diese Gefühle gehörten nicht zu ihrer Art zu denken, so wenig wie irgendein anderes menschliches Gefühl. Zwischen ihm und dem schweigenden Koloss dort draußen lagen nicht nur zweitausend Millionen Jahre und Untergang und Wiedergeburt einer ganzen Welt, sondern mehr, unendlich viel mehr; eine Barriere, die keine Macht des Universums, nicht einmal Gott selbst, jemals überwinden konnte. Und so unmöglich es für ihn und jeden anderen Menschen auf der Welt war, mit diesen Geschöpfen zu reden oder ihre Beweggründe nachzuvollziehen, so wenig möglich war es, mit ihnen zu verhandeln; oder gar auf Erbarmen zu hoffen. Sasha appellierte nicht an sein Verständnis für die *Alten*, sondern an sein *Verstehen.*

»Nein«, sagte er nur.

»Sie können nicht anders. Sie wollen dasselbe wie wir: leben. Aber auf dieser Welt ist kein Platz für sie und uns.«

Abermals sah Ben sich schaudernd um. Tief in sich spürte er mit absoluter Gewissheit, dass Sasha die Wahrheit sagte und das hier tatsächlich die Erde einer fernen Zukunft war und nicht die einer noch viel ferneren Vergangenheit – aber alles in ihm weigerte sich einfach, diesem Gedanken Wahrhaftigkeit zuzubilligen. Nichts lebte hier mehr. Nichts existierte hier mehr außer diesem schwarzen Meer und der endlosen schwarzen Ebene. Er war nicht einmal sicher, ob es hinter den grauen Wolken am Himmel noch eine Sonne gab.

»Wie?«, fragte er mühsam.

Sasha antwortete nicht gleich, sondern wandte sich wieder um und sah auf den erstarrten Ozean hinaus. »Ich weiß es nicht. Das hier ist nur, wie es sein könnte. Wie es sein wird, wenn wir sie nicht aufhalten.«

»Du meinst, sie werden uns vernichten?«

»Wenn wir zulassen, dass sie erwachen?« Sie nickte. »Sie würden uns hinwegfegen, Ben, so mühelos, wie ein Kind eine Ameise zertritt. Vielleicht bringen sie uns auch dazu, es selbst zu tun. Aber es wird geschehen, wenn sie erwachen.«

Es gab so viel, was er darauf erwidern konnte, so viele Fragen, die er stellen wollte … aber er schwieg. Sasha hatte alles gesagt, was man mit Worten sagen konnte. Stattdessen streckte er fast zu seiner eigenen Überraschung die Hand aus, zog sie zu sich heran und schloss sie in die Arme. Ohne selbst sagen zu können, warum, war er fest davon überzeugt, dass sie sich wehren und seiner Umarmung entziehen würde, aber das genaue Gegenteil war der Fall. Tatsächlich erschauerte sie spürbar unter seiner Berührung, aber statt sich ihm zu entziehen, umarmte sie ihn plötzlich ebenfalls und schmiegte sich eng an ihn. Ihre Wärme durchströmte ihn wie ein prickelnder, elektrischer Fluss. Der süße Duft ihres Haares stieg ihm in die Nase.

»Komm mit mir«, flüsterte er.

»Das kann ich nicht.« Mit – sehr – sanfter Gewalt löste sie sich nun doch aus seiner Umarmung, trat jedoch nur gerade weit genug von ihm zurück, um ihm ins Gesicht sehen zu können. Ihre Augen schimmerten feucht, und der Schmerz, den er darin las, war wahrscheinlich größer als jeder, den er bisher darin erblickt hatte. Der Anblick schnürte ihm die Kehle zu, umso mehr, als er begriff, dass *er* es diesmal gewesen war, der ihr diesen Schmerz zugefügt hatte.

»Warum nicht?« Abermals wollte er sie in die Arme schließen, doch diesmal entzog sie sich seinem Griff sofort und wich weiter vor ihm zurück, bis sie dem Abgrund so gefährlich nahe war, dass er es nicht wagte, sich auch nur einen Millimeter in ihre Richtung zu bewegen. Lange Zeit stand sie nur da und sah ihn an, bevor sie sich wieder herumdrehte und auf das Meer hinausschaute.

Noch mehr Zeit verging. Irgendwann hob sie schließlich den Arm und deutete auf den titanischen Schatten im Wasser. »Ich gehöre ihm. Solange er lebt, kann ich seine Welt nicht verlassen.«

»Dann bleibe ich hier.« Im ersten Moment schien ihm dies als durchaus realistische Möglichkeit; schon weil es vielleicht die einzige war, um bei ihr zu bleiben.

»Das geht nicht. Du bist schon zu lange hier. Du musst gehen!« Obwohl sie weiter auf das Meer und den gemächlich herantreibenden Koloss blickte und er ihr Gesicht nicht sehen konnte, wusste er, dass nun Tränen über ihre Wangen liefen. Der bittere Kloß in seinem Hals wurde größer, aber ihre Worte weckten auch seinen Trotz.

»Warum hast du mich dann gerufen?«

»Vielleicht, weil …« Ihre Stimme versagte und sie musste neu ansetzen. »Vielleicht, weil es das letzte Mal sein könnte, dass wir uns sehen.« Sie hob die Hand, um sich über das Gesicht zu fahren, und obwohl sie sich noch immer nicht zu ihm herumdrehte, wusste er, dass sie es tat, um die Tränen fortzuwischen. »Und ich brauche deine Hilfe.«

»Wobei?«

Wieder verstrichen endlose Sekunden, gerade genug, dass er sich beinahe gefragt hätte, ob sie seine Frage überhaupt gehört hatte, doch dann drehte sie sich herum und deutete auf die Ebene hinter ihm. Als Bens Blick der Bewegung folgte, sah er, dass sie nicht mehr allein waren. Es gab doch noch weiteres Leben in dieser Albtraumwelt: eine einsame Gestalt in einem zerschlissenen weißen Anzug, die irgendwo auf halber Strecke zwischen ihnen und dem Horizont aufgetaucht war. Sie näherte sich schnell, obwohl sie mit schleppenden Schritten ging, und auch wenn sie noch viel zu weit entfernt war, um ihr Gesicht erkennen zu können, wusste Ben ohne jeden Zweifel, dass es Schulz war.

»Dein Vater?«

»Du musst ihn mit zurücknehmen. Er würde viel zu lange brauchen, um den Weg aus eigener Kraft zu bewältigen. Willst du das für mich tun?«

»Aber … warum ich? Was ist an mir so Besonderes?« Dann fiel ihm etwas ein und er beantwortete seine Frage – plötzlich aufgeregt – selbst: »Wenn ich das kann, dann kann ich auch dich mit zurücknehmen, habe ich Recht? Du musst es mir nur erlauben.«

»Nein«, antwortete Sasha traurig. »Das kannst du nicht. Und ich kann es auch nicht. Sie schnitt seinen Widerspruch mit einer sanften Handbewegung ab. »Du musst dich beeilen, Ben. Nyarlathotep wird dich töten, wenn er dich hier antrifft, oder dir Schlimmeres antun. Bring ihn zurück. Womöglich kann er euch helfen. Ich kann es nicht mehr.«

Ben wollte widersprechen, doch Sasha hinderte ihn daran, indem sie sich auf die Zehenspitzen stellte und ihn auf den Mund küsste; nur ganz kurz, beinahe flüchtig, und es war auch nichts Forderndes und Verlangendes in diesem Kuss, kein Versprechen, sondern nur Wärme und Trauer, und noch bevor sich ihre Lippen wieder voneinander lösten und sie abermals einen Schritt zurück tat, wusste er, dass es ein Abschiedskuss war.

»Bitte ...«, flüsterte er. Seine Augen wurden warm und brannten.

»Ihr müsst jetzt gehen. Schnell! Er weiß, dass du da bist!«

Ben wagte es jetzt nicht mehr, sich zum Meer herumzudrehen, aber er spürte, dass sie Recht hatte. Der Titan war näher gekommen, und so wie Ben seine Nähe spürte, fühlte das Ungeheuer seine Anwesenheit. Es kam, schnell, unaufhaltsam und unendlich *böse*. Rasch drehte er sich zu Schulz herum, stellte ohne Überraschung fest, dass er nahezu heran war, und streckte die Hand nach ihm aus.

19

DIESMAL WAR ES GENAU UMGEKEHRT. Ben erwachte zwar mit der deutlichen Erinnerung an den zurückliegenden Traum, aber *er* war es, der auf dem Rücken lag und sich mühsam in das zurückkämpfte, was die meisten anderen für die Wirklichkeit hielten, und Sasha, die neben ihm wachte und seine Hand hielt. Vielleicht hatte sie es sich im letzten Augenblick anders überlegt. Vielleicht hatte ihre Furcht vor dem herantobenden Ungeheuer am Ende die Oberhand gewonnen oder ihre Liebe zu ihm, und sie hatte ihm doch gestattet sie mitzunehmen oder war ihm aus eigener Kraft gefolgt oder – Ben fuhr mit einem so heftigen Ruck hoch, dass die schmale Campingliege ein protestierendes Quietschen von sich gab und bedrohlich ins Wanken geriet, und im nächsten Augenblick hätte er vor Enttäuschung beinahe laut aufgeschrien.

Sasha saß auf einem Stuhl neben seinem Bett, sie hielt seine Hand, und sie sah auf ihn herab und lächelte.

Aber ihre Augen waren leer. Als er die Beine von der Liege schwang und sich vollends hochstemmte, blieb ihr Blick auf die Stelle gerichtet, an der sein Kopf gelegen hatte, und sie lächelte jetzt das zerknautschte Kissen an. Das Gefühl der Enttäuschung, das sich in ihm ausbreitete, tat fast körperlich weh.

Dennoch suchte er noch einige weitere Sekunden fast verzweifelt in ihren Augen nach einem Rest von dem, was er gerade in jener anderen Welt gesehen hatte.

Aber da war nichts. »Sasha?«, murmelte er.

»Sie wird dir nicht antworten. Ich dachte, du wüsstest das.«

Ben fuhr noch einmal und noch erschrockener herum und registrierte erst jetzt, dass Sasha und er nicht allein waren, und sein Vater fuhr mit einem verlegenen Schulterzucken und einem noch verlegeneren Lächeln fort: »Tut mir leid. Ich dachte, du hättest sie gerne bei dir, wenn du aufwachst. Mein Fehler. Entschuldige.«

Ben wollte wütend auffahren. So wie sein Vater über Sasha sprach, hörte es sich an, als rede er über eine Sache, nicht über einen Menschen – und schon gar nicht über Sasha! –, aber dann sah er in sein Gesicht und erkannte, dass er es ehrlich meinte. »Schon gut«, brummte er.

»Sie ist völlig in Ordnung, keine Sorge«, sagte sein Vater hastig, so als hätte er plötzlich das Bedürfnis, sich zu verteidigen. »Ich glaube sogar, dass sie …« Er suchte einen Herzschlag lang nach Worten und hob schließlich die Schultern. »… irgendwie *wacher* geworden ist. Aber vielleicht täusche ich mich auch.« Er atmete hörbar ein. »Geht es dir gut?«

Nun, das ging es ganz gewiss nicht, doch Ben nickte trotzdem; eindeutig zu heftig, denn zwischen seinen Schläfen explodierte ein so grausamer Schmerz, dass er die Zähne zusammenbeißen musste und ihm prompt übel wurde. Er schmeckte Blut, wusste im gleichen Augenblick aber auch, dass dieser Geschmack nicht neu war; er war die ganze Zeit über in seinem Mund gewesen, nur hatte er ihn bisher nicht bemerkt.

»Ja, das dachte ich mir«, sagte sein Vater. »Ist dir schwindelig? Tinnitus? Zittern die Hände?«

»Ich dachte, du bist der Gehirnklempner.«

»Ja, und es könnte durchaus sein, dass du einen Hirnschaden davongetragen hast. Ich meine das ernst. Weißt du eigentlich, was Schallwellen einem menschlichen Körper antun können? Und vor allem seinem Gehirn?«

»Besser als du, fürchte ich«, stöhnte Ben. Seine Kopfschmerzen erreichten einen neuen Höhepunkt und ebbten dann genauso rasch wieder ab, wie sie gekommen waren, aber der widerwärtige Geschmack in seinem Mund und das flaue Gefühl im Magen blieben.

»Doktor van Staaten wird dich später noch genauer untersuchen, doch bis dahin ist es besser, wenn du liegen bleibst und dich möglichst wenig bewegst. Es sei denn, du hast Spaß an Kopfschmerzen und möchtest sie noch ein paar Tage behalten.«

Ben fand seinen Ton ziemlich unangemessen; was aber nichts daran änderte, dass er vermutlich Recht hatte. Streng genommen war es ein Wunder, dass er überhaupt noch lebte – wenigstens wenn er seinen Erinnerungen trauen konnte. »Im Moment hat sie genug anderes zu tun«, vermutete er, während er dem Rat seines Vaters folgte und sich wieder setzte. »Wie lange war ich weggetreten?«

»Nicht lange. Ungefähr eine halbe Stunde.«

»Dann nehme ich an, wir haben gewonnen.«

»Ganz so würde ich es nicht ausdrücken«, antwortete sein Vater. »Eher ein Unentschieden für uns.«

»So schlimm?«

»Ohne Harry und die beiden anderen würden wir dieses Gespräch jetzt wahrscheinlich nicht führen.« Sein Vater kam näher, sah sich vergebens nach einer Sitzgelegenheit in dem winzigen Raum um und kehrte zu seinem Platz neben der Tür zurück, um sich mit verschränkten Armen gegen die Wand zu lehnen. »Ein paar Augenblicke später und sie hätten uns überrannt. Aber es war auch so schlimm genug.«

»Wo sind sie so plötzlich hergekommen?«

Sein Vater schwieg kurz, als müsse er ernsthaft über die Antwort auf diese Frage nachdenken – was ganz bestimmt nicht der Fall war. »Sie haben sich zum anderen Ende der Höhle durchgeschlagen und sind dann über das Eis zurückgekommen. Jedenfalls behaupten sie das.«

»Behaupten?«

Abermals hob sein Vater die Schultern. »Es sind gut und gerne zwei Kilometer. Bei minus vierzig oder fünfzig Grad und in der Mutter aller Stürme – und noch dazu waren sie nicht unbedingt passend gekleidet.«

»Du glaubst ihnen nicht?«

»Dieser Harry ist ein harter Bursche. Ich würde dort draußen vermutlich keine fünf Minuten überleben, doch das bedeutet vermutlich nichts.«

»Vermutlich«, antwortete Ben. Sein Vater sagte nichts dazu, aber er bedachte ihn mit einem Blick, der keinen Zweifel daran ließ, dass er eine andere Antwort erwartet hatte.

»Und wie sieht es hier aus?«, fragte Ben; hauptsächlich um das Thema zu wechseln.

»Wie gesagt – sie haben uns gerettet«, antwortete sein Vater, indem er seinem Blick auswich. »Aber es ist schlimm genug. Es gab zwei Tote und ein halbes Dutzend Verletzte. Du hast Recht: Doktor van Staaten hat alle Hände voll zu tun.«

»Du kannst sie ruhig weiter Heidi nennen.«

Sein Vater überging die Bemerkung zwar, wirkte jedoch ein bisschen verletzt, und Ben fühlte sich nicht nur ziemlich mies, sondern fragte sich auch vergebens, warum er das gesagt hatte. »Zwei der Passagiere, die sie mitgebracht haben, haben es nicht geschafft, und zwei oder drei andere sind in ziemlich ernstem Zustand. Aber das spielt jetzt keine Rolle. Die Hauptsache ist, du bist in Ordnung.«

»Und Mutter.«

Sein Vater wich seinem Blick aus.

»Was ist mir ihr? Ist sie –?«

»Ich weiß es nicht«, fiel ihm sein Vater ins Wort. »Sie ist verschwunden. Ramanovs Männer suchen die Station ab, aber bisher haben sie sie nicht gefunden.«

»Sie … werden sie schon finden«, sagte er mit einem nervösen Lächeln. »So groß ist die Station ja schließlich nicht.«

Sein Vater sagte auch dazu nichts, aber allein sein Schweigen machte Ben klar, dass gerade das das Problem war. Auch wenn es ihm in den zurückliegenden Tagen manchmal genau andersherum vorgekommen war, so war die Station in Wahrheit doch winzig. Hier einen einzelnen Menschen zu finden – selbst wenn er sich versteckt hielt –, hätte eigentlich nicht schwierig sein dürfen.

»Aber sie kann doch nicht verschwunden sein«, murmelte er.

Im Gesicht seines Vaters rührte sich kein Muskel.

»Du hast Angst, sie hätten sie mitgenommen.« Es war im Moment ziemlich leicht, die Gedanken seines Vaters zu erraten – es waren so ziemlich seine eigenen. »Warum sollten sie das tun?«

Sein Vater schwieg beharrlich weiter. Und Ben glaubte jetzt auch zu wissen, warum.

»Vielleicht … Vielleicht weiß Schulz ja etwas«, rief er plötzlich. »Ich hatte das Gefühl, dass er uns etwas zu sagen hat.« Er war sogar ziemlich sicher, dass es so war. Sasha hätte ihn niemals grundlos um Hilfe gebeten.

Sein Vater sah ihn jedoch nur verständnislos an.

»Kapitän Schulz«, erklärte Ben mit einer Geste auf Sasha. »Sashas Vater.«

»Ich weiß, wer Kapitän Schulz ist«, antwortete sein Vater gereizt. Oder beunruhigt? »Wie kommst du darauf, dass wir mit ihm sprechen könnten?«

»Weil er –« , begann Ben. Beinahe hätte er gesagt: *Weil er wach ist.* Aber dann besann er sich eines Besseren. Sein Vater war zwar nicht annähernd so skeptisch wie Ramanov, aber das bedeutete noch lange nicht, dass er ihm vorbehaltlos alles glauben würde. »Immerhin könnte es ja sein, dass er inzwischen wach ist«, erklärte er stattdessen.

Anscheinend war das auch nicht unbedingt die richtige Antwort. Das Misstrauen im Gesicht seines Vaters wuchs, und diesmal verging eine geraume Weile, bevor er überhaupt reagierte. Und er sagte auch nichts, sondern stieß sich von der Wand ab, öffnete die Tür und verschwand.

Ben blickte ihm ziemlich hilflos nach. Er hatte das Gefühl, etwas Falsches gesagt zu haben, aber er wusste einfach nicht, was. Doch wahrscheinlich konnte man in dieser Situation auch gar nichts Richtiges sagen.

Auf einmal fühlte er sich elend; als wäre jedes Unglück, das ihm und allen anderen hier widerfahren war, ganz allein seine Schuld. Vielleicht war es das sogar, irgendwie. Vielleicht wäre ja nichts von alledem geschehen, wenn er sich nicht eingemischt und so die Aufmerksamkeit Nyarlathoteps und der anderen *Alten* auf sich gelenkt hätte, und vielleicht –

Was für ein Unsinn.

Im allerersten Moment dachte er, es sei die Stimme seiner eigenen Vernunft, die ihm diese Worte zuflüsterte, dann für einen noch viel kürzeren, aber von einer wilden Hoffnung erfüllten Augenblick war er vollkommen überzeugt davon, dass es Sashas Stimme war, die er gehört hatte. Doch als er aufsah und in ihre Augen blickte, las er darin rein gar nichts. Ihr Lächeln war wunderschön und betörend, aber so leer wie das eines Gemäldes.

Und doch … War da nicht trotz allem … etwas? Was hatte sein Vater vorhin gesagt? Sie sei ihm … *wacher* vorgekommen?

Ben suchte aufmerksam in ihrem Blick, und er … war tatsächlich nicht mehr sicher, ob da nicht etwas in ihren Augen war, das er bisher nicht gesehen hatte; etwas wie ein verzweifeltes Aufbegehren und Rufen, eine Spur von Leben, das durch die Tore des Verlieses schimmerte, in dem die wahre Sasha gefangen war.

»Verstehst du mich?«, fragte er sanft. Der Druck ihrer Hand, die weiter seine Finger hielt, veränderte sich nicht, und auch ihr Lächeln blieb das einer kunstvoll bemalten Porzellanpuppe.

Aber da *war* etwas – ganz einfach, weil etwas da sein *musste.*

Oder er war dabei, verrückt zu werden. Eigentlich war es nicht einmal erstaunlich, wenn er allmählich durchdrehte. Immerhin war er gerade beinahe ums Leben gekommen. Er hatte gesehen, wie die Station von einer Armee lebendig gewordener Albträume überrannt wurde, sein Vater hatte ihm soeben eröffnet, dass seine Mutter verschwunden war, und er hatte nicht die leiseste Vorstellung von der allgemeinen Lage in der Basis – war es da etwa ein Wunder, wenn er anfing Gespenster zu sehen?

»Ich weiß, dass du mich verstehst«, fuhr er trotz – oder womöglich gerade wegen – dieser Überlegung fort. »Ich weiß auch, dass du nicht antworten kannst, aber das spielt keine Rolle. Wir müssen hier raus. Ich muss mit Harry sprechen und mit deinem Vater – einverstanden?«

Er stand auf. Ganz ohne nachzudenken wollte er Sashas Hand loslassen, doch sie klammerte sich so plötzlich und mit so unerwarteter Kraft an ihn, dass er überrascht innehielt und sie beinahe erschrocken ansah.

»Was hast du?«, fragte er automatisch. Auch diesmal glaubt er wieder … *irgendetwas* in ihrem Blick zu erkennen; nicht wirklich eine Antwort, aber doch den verzweifelten Versuch einer Reaktion, nicht sichtbar, aber dafür umso deutlicher zu spüren.

Aber wahrscheinlich war es auch jetzt wieder nur Einbildung …

»Komm mit«, entschied er kurzerhand. Er hatte kein gutes Gefühl dabei, Sasha aus der – wenn auch nur trügerischen – Sicherheit dieses Zimmers mit sich hinauszunehmen, aber er hätte ein noch viel schlechteres Gefühl dabei gehabt, sie allein zu lassen. Anscheinend nahmen seine Beschützerinstinkte mittlerweile überhand.

Was ihm allerdings ziemlich egal war. Er beschloss, ihr Schweigen auch diesmal als Zustimmung zu werten, ergriff ihre Hand seinerseits fester und trat auf den Gang hinaus.

Beinahe hätte er laut aufgelacht. Der Raum lag auf demselben Flur wie van Staatens Behandlungszimmer und offensichtlich auch das Zimmer, in dem Kapitän Schulz untergebracht war, denn just in diesem Moment ging eine Tür am anderen Ende des Korridors auf und sein Vater kam heraus. Er wirkte … verstört. Und auf eine fast unangenehme Art überrascht, als er Sasha in seiner Begleitung entdeckte.

»Woher hast du das gewusst?«, begann er übergangslos, kaum dass Ben ihm auch nur auf fünf Schritte nahe gekommen war.

»Was?«

»Schulz.« Sein Vater machte eine ärgerliche Geste. »Stell dich nicht dumm. Woher hast du gewusst, dass er wach ist?«

Ben suchte erst gar nicht mehr nach einer Ausrede. Von der ohnehin nur schlecht gespielten guten Laune seines Vaters war nichts mehr geblieben. »Weil ich ihn mit zurückgebracht habe. Und außerdem –« Er sprach nicht weiter, sondern starrte seinen Vater geschlagene fünf Sekunden einfach nur betroffen an. Er konnte spüren, wie ihm das Blut aus dem Gesicht wich.

»Was ist los?«, fragte sein Vater. Auch er klang alarmiert, aber Ben blickte ihn nur weiter verwirrt und erschrocken zugleich an. Wie hatte er nur so blind sein können? Wenn er Sashas Vater tatsächlich mit zurückgebracht hatte, dann bedeutete das nichts anderes, als dass auch *alles andere wahr war*, was sie gesagt hatte.

»Ben?«, fragte sein Vater. »Alles in Ordnung?«

»Nein.« *Nichts* war in Ordnung. »Ich muss mit Harry sprechen. Sofort!«

Unverzüglich wollte er herumfahren und van Staatens Behandlungszimmer ansteuern, doch sein Vater hielt ihn mit einer rasche Bewegung zurück.

»Da hast du ein kleines Problem. Doktor van Staaten hat ihn und die anderen flachgelegt – bevor sie zusammengebrochen wären.«

»Dann müssen wir mit Schulz sprechen«, rief Ben aufgeregt. »Sofort.« Mit einem Mal war er so aufgeregt, dass er kaum noch ruhig auf der Stelle stehen konnte. Er hätte unmöglich sagen können, warum – aber er *wusste* plötzlich, dass ihnen noch sehr viel weniger Zeit blieb, als er ohnehin schon angenommen hatte. Vielleicht gar keine mehr.

Aber auch diesmal reagierte sein Vater nicht sofort und auch dann vollkommen anders, als Ben erwartet hatte: Er sah ihn nur stirnrunzelnd und fast angsterfüllt an, bevor er den Kopf schüttelte: »Also allmählich wird mir das unheimlich.«

»Was?«, fragte Ben.

»Genau das hat Schulz auch gesagt. Dass er dringend mit dir reden muss.« Fast gleichzeitig hob er jedoch abwehrend die Hand, als Ben an ihm vorbeigehen wollte. »Es wäre mir lieber, wenn Doktor van Staaten dabei wäre.«

»Heidi«, korrigierte ihn Ben schon fast automatisch, was sein Vater wie gewohnt ignorierte. »Und warum?«

Statt einer direkten Antwort tastete der Blick seines Vaters rasch und unsicher über Sashas Gesicht, und Ben schüttelte rasch den Kopf. »Sie verkraftet das. Sie weiß, was mit ihrem Vater geschehen ist, glaub mir. Besser als wir.«

»Trotzdem … tut mir den Gefallen und wartet kurz. Es dauert nicht lange.« Und damit ging er, allerdings nur wenige Schritte weit, bevor er die Tür zu van Staatens Behandlungszimmer erreichte und – ohne anzuklopfen – eintrat. So rasch wie er die Tür hinter sich schloss, hätte man meinen können, er hätte irgendetwas zu verbergen.

Ben schalt sich in Gedanken einen Narren – ein wenig Paranoia war in einer Situation wie dieser wohl nicht nur verständlich, sondern sogar angebracht, aber allmählich übertrieb er es eindeutig –, schüttelte den Kopf und überlegte, den Rat seines Vaters in den Wind zu schlagen und einfach weiterzugehen, doch so schnell, wie sein Vater verschwunden war, tauchte er auch wieder auf; in van Staatens Begleitung.

In den Augen der Ärztin erschien ein flüchtiges, aber sehr warmes Lächeln, als sie Sasha ansah, und ein Ausdruck von mit Sorge gemischter Missbilligung, als sie ihn entdeckte.

Ben kam ihr zuvor. »Mit mir ist alles in Ordnung. Keine Kopfschmerzen, keine Übelkeit und mehr schwindeln als sonst tue ich auch nicht.«

Van Staaten blieb ernst. »Stimmt das auch? Ich habe wirklich genug zu tun und keine Lust auf einen weiteren Patienten, nur weil du zu stolz bist zuzugeben, dass du dich schlecht fühlst.«

»Ich fühle mich ausgezeichnet. Heiliges Indianerehrenwort.«

Natürlich stimmte das nicht, und ebenso natürlich hätte van Staaten nicht einmal Ärztin sein müssen, um ihm anzusehen, *wie* miserabel er sich fühlte – aber sie beließ es bei einem tiefen Seufzen und einem angedeuteten Kopfschütteln und ging weiter. Vielleicht spürte sie ja auch, dass es wichtig war.

Ben war – vor Sasha – der Letzte, der das winzige Zimmer betrat, in dem Kapitän Schulz untergebracht war, und als sein Vater zur Seite trat und damit den Blick auf die Liege freigab, auf der der ehemalige Kapitän der *Princess* lag, verstand er dessen Zögern von gerade schon ein bisschen besser; genau wie den zweifelnden Blick, den er Sasha zugeworfen hatte.

Schulz lag auf einer der wackeligen Campingliegen, die Ramanov anscheinend ebenso im Sonderangebot erstanden hatte wie seine geliebten Plastikstühle, aber anders als er selbst gerade und Sasha zuvor war er darauf *festgebunden* und er bot auch darüber hinaus einen Anblick zum Gotterbarmen. Sein Gesicht war *grau*, nicht mehr bleich und mit zahllosen winzigen schwarzen Sprenkeln übersät. Van Staaten hatte seine Nase retten können – aber er war ganz und gar nicht sicher, dass Schulz ihr dafür dankbar sein würde. Ihre Form hatte sich verändert, als wäre sie geschmolzen und flacher und nicht mehr ganz symmetrisch wieder erstarrt, und sie wirkte irgendwie angefressen. Seine Lippen waren gerissen und spröde und entweder geschrumpft oder ein Teil davon fehlte, sodass er den Mund nicht mehr ganz schließen konnte, und auch das Zahnfleisch, das dahinter zum Vorschein kam, war gut zur Hälfte schwarz geworden. Zusammen mit seinen eingefallenen, blutunterlaufenen Augen und dem wilden Blick wirkte er ebenso bemitleidenswert wie Furcht einflößend. Als er Ben – und vor allem Sasha – sah, stieß er ein unartikuliertes Keuchen aus und versuchte sich aufzubäumen, wurde aber von den Mullbinden, mit denen er an sein Lager gefesselt war, daran gehindert; mit dem Ergebnis, dass die gesamte Liege ächzte und bedrohlich zu wanken begann.

»Van Staaten war mit einem einzigen schnellen Schritt bei ihm, ließ sich auf die Kante der Liege sinken, um sie mit ihrem eigenen Körpergewicht hinunterzudrücken, und legte ihm gleichzeitig beruhigend die flache Hand auf die Brust.

»Es ist alles in Ordnung. Keine Angst. Sie sind unter Freunden. Niemand tut Ihnen etwas.«

»Warum ist er gefesselt?«, fragte Ben. Zugleich maß er Sasha mit einem alarmierten Blick; aber wenn sie den Anblick ihres Vaters überhaupt zur Kenntnis nahm, so reagierte sie jedenfalls nicht darauf.

»Weil er um sich geschlagen und gebrüllt und sich wie ein Wilder gebärdet hat«, antwortete van Staaten, »und ich Angst hatte, dass er sich selbst verletzt.« Und Schulz fügte, dank seiner verwüsteten Lippen ein wenig nuschelnd, aber trotzdem klar verständlich hinzu:

»Ja, aber nun bin ich wieder bei klarem Verstand, junge Dame, und wenn Sie nicht aufhören, mich wie ein kleines Kind zu behandeln, und mir nicht sofort diese verdammten Fesseln abnehmen, dann bekommen Sie mehr Ärger, als Sie sich vorstellen können.«

Van Staaten blinzelte überrascht, während Bens Vater plötzlich alle Mühe zu haben schien, ein schadenfrohes Grinsen zu unterdrücken. »Ich habe dir doch gesagt, dass er wach ist. Kapitän Schulz, wie er leibt und lebt. Charmant wie eh und je.«

»Sie sollten besser auf ihn hören, junge Dame«, fügte Schulz hinzu. »Machen Sie mich los, verdammt noch mal!« Er zerrte abermals und noch heftiger an seinen Fesseln. Sie hielten, aber die gesamte Liege wackelte, trotz van Staatens zusätzlichem Gewicht. »Wissen Sie überhaupt, wer ich bin?«

»Ein renitenter Patient? Damit habe ich Erfahrung.« Van Staaten griff in die Kitteltasche und zog eine Spritze mit einer ekelhaft langen, aber dünnen Nadel heraus. »Ein bisschen davon und Sie küssen mir die Füße und nennen mich Herrin.«

Sein Vater konnte sich offensichtlich kaum noch beherrschen, nicht laut herauszuplatzen, aber er wirkte zugleich auch immer besorgter, und Ben sagte sehr ernst: »Machen Sie ihn los … bitte. Ich verbürge mich für ihn.«

»Wie beruhigend«, sagte die Ärztin spöttisch, ließ die Spritze aber trotzdem wieder in ihrer Kitteltasche verschwinden und zog stattdessen eine verchromte Schere heraus, mit der sie zuerst Schulz' Fuß- und dann seine Handfesseln aufschnitt. Schulz wartete nicht einmal ab, bis sie ganz damit fertig war, sondern zerriss die letzte, erst halb durchgetrennte Mullbinde mit einem ungeduldigen Grunzen und stand aus der gleichen Bewegung heraus auf. Durch die Gewichtsverlagerung geriet die Liege vollends aus der Balance und wäre um ein Haar umgekippt. Van Staaten wäre um ein Haar der Länge nach auf die Nase gefallen, fand aber gerade noch rechtzeitig und mit heftig rudernden Armen ihr Gleichgewicht wieder. Niemand nahm auch nur Notiz davon.

Schulz war mit einem einzigen Schritt an seinem Vater und dann an Ben vorbei und schloss seine Tochter in die Arme. Sicher eine Minute lang stand er mit geschlossenen Augen da, drückte Sasha an sich und sah einfach nur glücklich und unendlich erleichtert aus, bevor er sie fast behutsam losließ und sich zu Ben umwandte.

»Ich wusste gleich, dass ich mich auf dich verlassen kann, Ben. Schon als ich dich das erste Mal auf der *Princess* gesehen habe.«

Das war entweder eine glatte Lüge, oder Schulz' Erinnerungen stammten aus einer anderen Wirklichkeitsebene des Universums, aber Ben spürte die gute Absicht hinter diesen Worten.

Trotzdem brachte er nicht mehr als ein nervöses Lächeln zustande und wich vorsichtshalber einen halben Schritt vor dem bulligen Kapitän zurück. Schulz hatte zwar ein paar Finger verloren, doch er wog noch immer gut doppelt so viel wie er. »Ich habe nur –« , begann er.

»Ich weiß, was du für meine Tochter getan hast, mein Junge«, unterbrach ihn Schulz. »Und ich danke dir aus ganzem Herzen. Du hast etwas gut bei mir. Mehr, als ich jemals zurückzahlen kann. Aber dafür ist im Moment keine Zeit, fürchte ich«, fuhr er in verändertem Ton fort, seufzte tief und drehte sich zu Bens Vater herum.

»Wir müssen dringend mit Iljitsch sprechen, Doktor Berger. Ich meine: Professor Ra–«

»Wir wissen, wer Sie sind«, unterbrach ihn Bens Vater.

»Gut. Das erleichtert manches. Wir müssen zu meinem Schwiegervater gehen und mit ihm reden. Sofort.«

»Sie gehen nirgendwohin«, sagte van Staaten streng. Niemand beachtete sie, und sie wiederholte ihren Protest auch nicht, der vermutlich sowieso kaum mehr als ein bloßer Reflex gewesen war.

»Bitte, Doktor Berger«, fuhr Schulz fort. »Uns läuft die Zeit davon – falls es nicht sowieso schon zu spät ist.«

»Darf ich fragen, worum es geht?«, fragte Bens Vater nervös.

»Um unser aller Leben, Doktor. Und vielleicht um das aller anderen Menschen auf dieser Welt. Ich spreche über die Eiskönigin.«

Robert Berger wirkte ehrlich bestürzt – aber dann hellte sich sein Gesicht auf und man konnte ihm seine Erleichterung überdeutlich ansehen. »Wenn es das ist, was Sie so erschreckt hat, Kapitän, dann kann ich Sie beruhigen. Sie können es nicht wissen, aber wie haben die Kreatur schon vor zwei Tagen unschädlich gemacht.«

»Das glaube ich kaum, Doktor Berger«, antwortete Schulz traurig. »Ich rede von der Eiskönigin.«

»Ich weiß«, sagte Bens Vater. »Dieses Ungeheuer, das –« , und Schulz unterbrach ihn abermals:

»Ihrer Frau.«

20

DIE ZEIT SCHIEN STEHEN ZU BLEIBEN. Für einen endlosen Augenblick wurde es so still, dass man die berühmte Stecknadel hätte fallen hören können, und selbst das Heulen des Sturmes schien innezuhalten, als hätte diese ungeheuerliche Behauptung sogar der Natur selbst den Atem verschlagen. Ben starrte Schulz einfach nur an und wartete darauf, dass er weitersprach; *irgendetwas* sagte, was seine Behauptung als eben das entlarvte, was sie zweifellos nur sein konnte – ein besonders geschmackloser Scherz –, aber das geschah nicht, und auch sein Vater machte keinerlei Anstalten, auf diese groteske Unterstellung entsprechend zu reagieren.

Und schließlich war es weder er noch Ben, der das immer niederschmetternder werdende Schweigen unterbrach, sondern Dr. van Staaten. »Das ist eine ziemlich … haarsträubende Behauptung, meinen Sie nicht auch?« Sie versuchte ein Lachen, doch es geriet so unsicher, dass es den Schrecken in ihrer Stimme eher noch zu verstärken schien; genau wie das kalte Entsetzen, das unter der Empörung, die Schulz' Worte in ihm wachgerufen hatten, allmählich in Ben heranwuchs.

Schulz sah die Ärztin nur traurig an, bevor er sich wieder auf die Kante der Campingliege sinken ließ und mit einem erschöpften Seufzen die Unterarme auf die Knie stützte. Seine Schultern sanken nach vorne, und Ben konnte regelrecht sehen, wie jedes bisschen Kraft aus ihm wich; als hätte ihn die kleine Anstrengung alle Energie gekostet, die er noch aufbringen konnte. »Ich weiß, wie sich das für Sie anhören muss, Doktor Berger, aber glauben Sie mir, es ist die Wahrheit.« Der Kapitän lachte, leise und ohne die geringste Spur eines echten Gefühles. »Oder nein. Ich habe wahrscheinlich kein Recht, von Ihnen zu erwarten, dass Sie mir glauben. Ich an Ihrer Stelle könnte es wahrscheinlich nicht. Aber es ist so.«

»Sie … wissen, was Sie da behaupten?«, krächzte Bens Vater. Seine Stimme hatte kaum noch Ähnlichkeit mit der, die Ben kannte, aber er war seltsam: Er klang nicht schockiert oder gar empört … entsetzt ja, aber auf eine sonderbar resignierende Art, als hätte ihn das, was er gerade gehört hatte, nicht wirklich überrascht, sondern als hätte er es – wenn auch voller Angst und dem verzweifelten Wunsch, es möge doch nicht wahr sein – erwartet.

Und er, Ben, selbst?

Ihm erging es nicht anders, wie er sich eher traurig als erschrocken eingestand. Er verspürte noch immer ein kaltes, immer stärker werdendes Entsetzen, das nicht nur seine Gedanken, sondern auch seinen Körper zu lähmen begann, als hätten sich Schulz' Worte in unsichtbare Zentnerlasten verwandelt, die an seinen Gliedern zerrten und ihm das Atmen schwer machten, und doch war es – genau wie bei seinem Vater – das Entsetzen vor einem Schrecken, den man hatte kommen sehen, nicht minder schlimm als ein völlig überraschender Schicksalsschlag, aber anders. Vielleicht schlimmer, weil er zu allem Überfluss auch noch mit einem Gefühl der Hilflosigkeit einherging; fast des Versagens. Er starrte Schulz an und suchte verzweifelt nach Worten, irgendeiner passenden Entgegnung, die seiner empörenden Unterstellung den Boden unter den Füßen entziehen würde, aber er fand nichts.

Was hätte er auch sagen sollen?

Schulz sprach die Wahrheit.

So einfach war das.

Tief in sich hatte er es die ganze Zeit über gewusst. Er hatte es nur nicht wahrhaben wollen.

»Das ist absurd!«, sagte van Staaten noch einmal. Ihre Stimme klang jetzt schrill, fast schon ein bisschen hysterisch, als sie sich direkt an Bens Vater wandte. »Er weiß nicht, was er sagt!«

»Ich wünschte, Sie hätten Recht, junge Dame«, meinte Schulz leise, »aber ich fürchte –«

»*Ich* fürchte«, unterbrach ihn van Staaten in scharfem Ton, »es war ein Fehler, Sie aufzuwecken!«

Schulz lächelte matt. »Da müssen Sie sich bei Ben beschweren.«

Van Staaten ignorierte ihn oder versuchte es wenigstens, auch wenn sie einen raschen, irritierten Blicke in Bens Richtung nicht ganz unterdrücken konnte. Trotzdem fuhr sie mit einem energischen Kopfschütteln und in noch energischerem Ton fort: »Von Rechts wegen dürften Sie gar nicht mehr am Leben sein, ist Ihnen das eigentlich klar? Ich glaube nicht, dass Sie im Moment –«

»Lass es gut sein, Heidi«, mischte sich Robert Berger ein. »Er hat Recht.«

Van Staaten starrte ihn schockiert an, und Schulz wirkte nun noch trauriger.

»Wann?«, fragte Bens Vater ruhig. »Schon auf der *Princess* oder erst nachdem wir an Land gegangen sind?«

»Das weiß ich nicht«, gestand Schulz. »Ich weiß nur, dass sie schon lange auf sie gewartet haben. Seit Jahrhunderten, seit Jahrtausenden.«

»Ich wusste gar nicht, dass deine Frau so viel älter ist als du«, sagte van Staaten böse. »Ich hoffe nur, du hast mir nicht noch mehr verschwiegen. Sollte ich mir deinen Pass zeigen lassen?«

„Bitte sei so nett und hol Ramanov hierher«, sagte Robert Berger »Er sollte das hören. Aber ich fürchte, Kapitän Schulz ist nicht in der Verfassung –«

»Einen klaren Gedanken zu fassen?«, fiel ihm van Staaten ins Wort. »So wie du?«

»Zu ihm zu gehen«, antwortete Bens Vater sanft. »Der Weg wäre zu anstrengend.«

Van Staatens Augen blitzten so wütend wie die einer gereizten Raubkatze, und Ben hätte sich nicht einmal mehr gewundert, wenn sie aufgesprungen wäre, um seinem Vater das Gesicht zu zerkratzen.

Sie sprang auch tatsächlich auf, allerdings nur, um mit einem gezischelten »Sehr wohl, Massa!« aus dem Zimmer zu stürmen und die Tür hinter sich zuzuknallen.

»Bitte verzeihen Sie ihr, Kapitän«, sagte Bens Vater. »Das alles war ...« Er stockte, deutete ein Schulterzucken an und maß Ben mit einem langen, betroffenen Blick, bevor er leiser und mit veränderter Stimme neu ansetzte. »Ich fürchte, es war für uns alle ein bisschen viel in letzter Zeit.«

»Und es kommt noch schlimmer«, murmelte Ben. »Habe ich Recht?«

Er hätte seinen rechten Arm für ein Kopfschütteln von Schulz gegeben, aber er bekam keine Antwort. Wieder breitete sich für endlose Sekunden Schweigen in dem winzigen Raum aus, eine Stille, die allmählich Substanz zu gewinnen schien und zu etwas Bedrohlichem wurde. Ben lauschte angestrengt auf das Heulen des Sturmes, aber selbst dieses Geräusch war erloschen, als hielte die Natur noch immer den Atem an. Vielleicht weil sie das Schlimmste noch gar nicht erfahren hatten.

»Was haben Sie damit gemeint, sie hätten seit Jahrhunderten auf sie gewartet?«, fragte Ben schließlich, nur um die immer schwerer lastende Stille zu durchbrechen. Er wusste die Antwort, fuhr aber trotzdem mit dem – furchtbar verunglückten – Versuch eines Lächelns fort: »In einem hat Doktor van Staaten Recht, wissen Sie? So alt sind meine Eltern noch gar nicht, auch wenn es mir früher manchmal so vorgekommen ist.«

»Auf jemanden wie sie«, antwortete Schutz ernst. Sasha löste sich plötzlich von ihrem Platz neben Ben, ging zu ihm und ließ sich neben ihrem Vater auf die Kante der Campingliege sinken. Ihr Vater griff nach ihrer Hand. Ihre Finger verschwanden fast vollkommen in dem klobigen weißen Handschuh aus Verbandsmull, der Schulz' Pranke noch größer machte, und das rasche Zucken, das über sein Gesicht lief, machte klar, dass ihm die Berührung Schmerzen bereitete. Trotzdem griff er nur noch fester zu; fast als wollte er sich mit aller Kraft an sie klammem, um nicht den Halt in der Wirklichkeit zu verlieren.

»Du warst da, Ben«, sagte er. »Du hast ihre Welt gesehen. Sie ist nicht wie unsere.«

»Es ist ein Albtraum«, bestätigte Ben, doch Schulz schüttelte – sonderbarerweise beinahe wütend – den Kopf.

»Nein!«, sagte er heftig. »Ein Albtraum ist nicht real und er endet irgendwann. Sie … beginnen erst. Und ich fürchte, es ist schon beinahe zu spät, um sie aufzuhalten.«

Die Stille kehrte zurück, gerufen von seinen Worten, und diesmal brachte sie etwas mit, das Ben bis auf den Grund seiner Seele erschütterte und alles, was menschlich in ihm war, in schierer Qual aufschreien ließ.

»Was genau haben Sie gesehen, Kapitän?«, fragte sein Vater, und bevor Schulz antworten konnte, ging die Tür hinter ihnen auf und Ramanov polterte: »Er ist kein Kapitän mehr, Doktor. Ein anständiger Kapitän geht mit seinem Schiff unter.«

Schulz sah ihn eine Sekunde lang vollkommen ausdruckslos an, aber dann lächelte er plötzlich: »Hallo, Iljitsch. Ich freue mich auch dich zu sehen.« An Bens Vater gewandt und in einem Ton, als hätte das kurze Intermezzo gar nicht stattgefunden, fuhr er fort: »Ich habe nichts *gesehen*, Doktor Berger. Ich war …« Er suchte nach den passenden Worten, ohne sie zu finden. »… sie«, sagte er schließlich. Ramanov lachte abfällig und schob die Tür mit einem unnötig lauten Knall hinter sich zu, ohne dass van Staaten mit ihm hereingekommen wäre, und Schulz fuhr fort:

»Ich weiß ein wenig von dem, was sie planen … nicht viel … und ich wünschte, ich wüsste nicht einmal das.« Ein Schatten huschte über sein Gesicht, unsichtbar und lautlos und spinnenbeinig, und als er weitersprach, war seine Stimme noch leiser geworden und klang brüchig und kraftlos wie die eines uralten Mannes. »Sie sind gewaltig. Nichts auf dieser Welt kann ihnen widerstehen, wenn sie erwachen. Und das werden sie.«

»Van Staaten hatte Recht«, schnaubte Ramanov. »Er fantasiert.« Aber der hämische Ton, den er in seine Stimme zwang, klang nicht überzeugend. Dennoch fuhr er fort: »Ich habe wirklich eine Menge zu tun. Wenn es also nichts Wichtiges gibt –«

»Jetzt ist nicht der richtige Zeitpunkt, unsere persönlichen Zwistigkeiten zu pflegen, Iljitsch«, unterbrach ihn Schulz leise, aber auf eine Art, die selbst Ramanov zu beeindrucken schien, denn er erwiderte nichts mehr. »Jetzt, wo die Eiskönigin bei ihnen ist.«

»Die Eiskönigin.« Ramanov tat mit wenig Erfolg so, als müsse er angestrengt darüber nachdenken, was Schulz damit meinte. Dann lächelte er spöttisch. »O ja, ich verstehe.« Er wandte sich an Bens Vater. »Ihre Frau.«

»Er hat Recht, Professor«, sagte Ben. »Bitte hören Sie ihm zu.«

Ramanov war offenkundig nicht überzeugt, doch er beließ es bei einem verächtlichen Verziehen der Lippen und verschränkte demonstrativ die Arme vor der Brust. Es lag Ben auf der Zunge, ihn darüber aufzuklären, dass er dadurch einfach nur wie ein trotziges Kind aussah, aber er schluckte die Bemerkung im letzten Moment hinunter. »Bitte, Kapitän«, sagte er. Schulz lächelte dankbar, wenn auch nur ganz kurz. Als er weitersprach, schien sein Blick in unbekannte Gefilde abzugleiten, und was Ben darin las, erinnerte ihn auf unheimliche Weise an die schreckliche Leere, die er manchmal in Sashas Augen erkannte. Eine Leere, die alles war, nur eben nicht leer, sondern von namenlosen uralten Schrecknissen erfüllt, die kein Mensch jemals schauen sollte.

»Ich kann nicht sagen, was genau ihre Aufgabe ist«, fing er an. »Aber sie warten seit unendlich langer Zeit auf sie.«

»Und du weißt natürlich nicht, warum«, sagte Ramanov spöttisch. »Das hätte mich auch gewundert.«

»Es hat etwas mit diesem Ort zu tun«, antwortete Schulz, allerdings immer noch an Bens Vater gewandt und immer noch mit diesem unheimlich leeren Blick. »Etwas, was hier war, schon immer … und etwas, was wir hierher gebracht haben.«

Ramanov machte ein abfälliges Geräusch. »Ja, etwas in dieser Art habe ich mir gedacht. Nur nicht konkret werden, wie? Immer schön in Andeutungen schwelgen.« Er begann rhythmisch auf den Zehenspitzen und Fersen zu wippen, was seiner ohnehin lächerlichen Körperhaltung gewissermaßen die Krone aufsetzte. Aber Ben war nicht nach Lachen zu Mute. Ganz im Gegenteil. Man musste kein sehr guter Menschenkenner sein, um zu spüren, dass Ramanov kurz davor war, die Beherrschung zu verlieren. Er fragte sich, was zwischen diesen beiden Männern vorgefallen war, dass der Russe seinen Schwiegersohn so sehr hasste. »Wie lange wollen wir uns diesen Unsinn eigentlich noch anhören? Sieht hier außer mir niemand, wie *krank* dieser Mann ist?«

Bens Vater wollte auffahren, doch Schulz machte eine besänftigende Geste mit der freien Hand und deutete zugleich ein Kopfschütteln an. »Bitte, Iljitsch. Ich weiß, was du für mich empfindest, und du hast wahrscheinlich jedes Recht, so zu fühlen. Aber was zwischen uns ist, ist jetzt nicht wichtig. Wir müssen sie aufhalten, solange es noch nicht zu spät ist.«

»Die Eiskönigin«, vermutete Ramanov spöttisch. Ben hatte plötzlich Lust, ihn zu packen und so lange zu schütteln, bis er zur Vernunft kam.

»Die *Alten*«, antwortete Schulz. »Ich kenne ihre Pläne, Iljitsch. Ich war ein Teil von ihnen.«

»Wunderbar! Dann kannst du uns ja bestimmt auch sagen, wie wir hier herauskommen.«

Schulz lächelte bitter. »So funktioniert das nicht.«

»Natürlich nicht«, versetzte Ramanov böse

»Ich war sie«, fuhr Schulz unbeeindruckt fort, leise, beinahe sanft, aber zugleich auch in einem Ton, der Ben einen neuerlichen eisigen Schauer über den Rücken laufen ließ. »Alle, die sie geholt haben, sind sie. Hätten Alexandra und Ben mich nicht befreit, dann wäre ich vielleicht ganz zu ihnen geworden.«

In einem Punkt musste Ben Ramanov Recht geben – er war nicht ganz sicher, ob er verstand, was Schulz ihnen sagen wollte. Allmählich wurde ihm das alles irgendwie zu … esoterisch. »Sie meinen, Sie wissen, was sie vorhaben?«

»Sie denken nicht wie wir, Ben. Ich war einer von ihnen und zugleich alle, aber auch wieder …« Er brach ab und rang sichtbar nach den richtigen Worten, aber er fand sie auch diesmal nicht.

Und wie hätte er es auch gekonnt?, dachte Ben. Er selbst hatte das fremde Universum, in dem die Seelen der *Alten* seit so vielen Ewigkeiten gefangen waren, nur ein einziges Mal flüchtig berührt, und die bloße Ahnung seiner so vollkommenen Fremdartigkeit war schon beinahe mehr gewesen, als er ertragen konnte. Die bloße *Vorstellung* dessen, was Sashas Vater erfahren haben musste, erfüllte ihn mit panischer Angst.

»Sie warten seit unendlich langer Zeit darauf, zu erwachen«, fuhr Schulz schließlich fort. »Aber nun ist ihre Zeit gekommen. Und etwas hier … hilft ihnen. Etwas, was wir hierher gebracht haben.« Er hob unglücklich die Schultern. »Ich kann es nicht genauer ausdrücken. Ich weiß nur, dass es wahr ist.« Er wandte sich mit einer unendlich mühsamen Bewegung zu Ben um. »Es ist deine Mutter, Ben. Ihr müsst sie finden. Ich weiß nicht, warum, aber sie ist der Schlüssel zu allem.«

»Praktischerweise ist sie verschwunden«, sagte Ramanov. Er versuchte weiter, auf verletzende Art spöttisch zu klingen, aber ganz gelang es ihm nicht.

Niemand beachtete ihn.

»Und was … wollen sie?«, fragte Robert Berger stockend.

»Was alle wollen«, antwortete Schulz, und wie bei seiner Tochter vorhin in Bens Traum lag in seiner Stimme nun Verständnis, beinahe so etwas wie Mitgefühl. »Leben. Sie wollen wiederhaben, was ihnen einmal gehört hat.«

»Ihre Welt«, sagte Bens Vater düster.

»Ja. Aber für uns ist in dieser Welt kein Platz.«

»Das ist ja lächerlich!«, rief Ramanov. »Wie lange müssen wir uns diesen Unsinn noch anhören?«

Aber es *war* kein Unsinn, dachte Ben schaudernd. Er hatte *gesehen*, was die *Alten* erschaffen würden. Eine Welt, die so verheert und *anders* war, dass darin nicht einmal mehr für den Tod Platz war.

»Ich frage mich, wie lange wir uns *Ihren* Unsinn eigentlich noch anhören müssen!«, begehrte Bens Vater auf, laut und so unvermittelt, dass selbst Ramanov ihn nur verdutzt anstarrte. »Was muss noch passieren, damit Sie begreifen, womit wir es hier zu tun haben, Professor? Verdammt, Sie haben doch mit eigenen Augen *gesehen*, was geschieht! Oder haben Sie schon vergessen, dass wir vor kaum einer Stunde beinahe überrannt worden wären?«

»Keineswegs, Doktor. Ich behaupte nicht, dass ich verstehe, womit wir es hier zu tun haben. Ich will Ihnen auch gerne zugestehen, dass wir es mit einem überaus gefährlichen Gegner zu tun haben; wahrscheinlich mit einer vollkommen fremden und zweifellos äußerst aggressiven Spezies.« Ramanovs Blick streifte das Gesicht seines Schwiegersohns, und als er nach einer kaum merklichen Pause weitersprach, klang seine Stimme nicht nur eine Spur schärfer, sondern hatte auch etwas von ihrer alten Überheblichkeit zurückgewonnen. »Ich bin nicht dumm, mein hochverehrter Kollege. Ich weiß sehr wohl, dass wir alle in großer Gefahr schweben. Aber der Untergang der Welt? Ich bitte Sie! Haben Sie es nicht ein bisschen kleiner?«

»Und wo ist der Unterschied?«, fragte Ben.

Ramanov sah ihn verständnislos an. »Wie?«

»Wo ist der Unterschied. Für uns, meine ich? Ob nun die ganze Welt untergeht oder nur wir sterben, bleibt sich für uns ziemlich gleich, finde ich.«

»Ja, und vielleicht gibt es so etwas wie eine Welt auch gar nicht, und das ganze Universum und ihr alle hier seid nur ein Produkt meiner Einbildung«, fügte Ramanov hinzu. »Ich habe ebenfalls Kant gelesen – und ich halte ihn für einen Spinner.« Er bedachte Bens Vater mit einem fast mitleidigen Blick. »Sie sollten besser auf die Lektüre Ihres Sohnes achten, Doktor Berger. Superman-Hefte wären wohl doch angemessener als Hegel und Kant.«

Jetzt *musste* sich Ben beherrschen, um Ramanov nicht tatsächlich am Schlafittchen zu packen und seinen Schädel so lange gegen die graue Plastikwand zu knallen, bis eines von beiden nachgab.

»Ich finde, Ben hat Recht«, sagte sein Vater ruhig. »Mir ist es herzlich egal, ob die ganze Welt zum Teufel geht oder nur ich sterbe. Warum konzentrieren wir uns nicht einfach darauf, am Leben zu bleiben?« Seine Stimme – und vor allem sein Blick – wurden um mehrere Grade kühler. »Und wo wir schon einmal dabei sind, Professor: Gibt es bereits eine Spur von meiner Frau?«

»Nein«, räumte Ramanov ein, widerwillig und auch erst nach einem spürbaren Zögern. »Wie Ihnen nicht entgangen sein dürfte, ist die Lage hier im Moment etwas chaotisch. Ich habe jeden Mann, den ich erübrigen konnte, für die Suche nach Ihrer Frau Gemahlin abgestellt, aber die meisten werden leider benötigt, um die dringendsten Reparaturen durchzuführen:«

»Sie ist bei ihnen«, sagte Schulz.

Ramanov lag unübersehbar etwas anderes auf der Zunge, aber er beherrschte sich. »Sollte das der Fall sein, fände ich es überaus bedauerlich, aber es würde auch bedeuten, dass wir ohnehin nichts für sie tun können. Ich muss wohl niemanden daran erinnern, was das letzte Mal geschehen ist, als wir versucht haben in diese Höhle einzudringen?« Beinahe schon triumphierend sah er sich um, und er wirkte eindeutig noch zufriedener, als er keine Antwort bekam. »Was also soll ich Ihrer Meinung nach tun? Selbst nach ihr suchen?«

Bens Vater antwortete nicht, doch mittlerweile schien es auch ihm immer schwerer zu fallen, ruhig zu bleiben. Das erschreckte Ben vielleicht am meisten, und er musste abermals an das denken, was van Staaten vor ein paar Tagen über diesen Ort gesagt hatte: dass er die Menschen veränderte, dass er sie … *böse* machte.

»Ihr müsst sie suchen«, beharrte Schulz. »Ihr müsst sie aufhalten, solange es noch geht.«

Ramanov setzte zu einer weiteren, zweifellos noch zynischeren Entgegnung an, schüttelte aber dann nur den Kopf, faltete umständlich die Arme auseinander und verließ das Zimmer ohne ein weiteres Wort. Ben war nicht der Einzige, der erleichtert aufatmete.

»Danke«, sagte sein Vater leise und an Schulz gewandt. »Ich weiß nicht, wie lange –«

»Schon gut«, unterbrach ihn Schulz. »Das war meine Schuld. Ich hätte wissen müssen, wie er auf meinen Anblick reagiert.« Ein flüchtiges, sehr bitteres Lächeln huschte über seine Lippen und verschwand wieder hinter der grauen Maske aus Erschöpfung und Schmerz, die sein Gesicht bedeckte. »Ich hätte nur nicht gedacht, dass –«

»Es ist nicht Ihre Schuld«, sagte Ben. »Es ist …« Er machte eine müde Handbewegung in die Runde. »… dieser Ort. Er verändert die Menschen.«

Unter allen anderen erdenklichen Umständen und in jeder anderen Situation hätten diese Worte einfach nur dumm geklungen; bestenfalls theatralisch. Hier und jetzt aber schienen sie etwas zu wecken, etwas heraufzubeschwören, das unheildrohend über ihnen schwebte. Plötzlich hatte er Angst davor, mehr zu sagen, als könne allein der Klang seiner Stimme die Tür in jene düsteren Gefilde noch weiter aufstoßen und etwas hereinlassen, das auf der anderen Seite der Wirklichkeit lauerte …

Und schließlich war es sein Vater, der sich unbehaglich räusperte und dem schrecklichen Augenblick ein Ende setzte. »Und Sie … Sie wissen wirklich nicht, was … was genau sie von meiner Frau wollen?«

Schulz schüttelte bedauernd den Kopf. »Sie sollten wohl besser aufhören, von ihr als *Ihrer Frau* zu reden, Doktor.«

»Aber sie ist –«

»Sie *war* Ihre Frau, Doktor Berger«, fiel ihm Schulz ins Wort. »Jetzt gehört sie *ihnen.* Es tut mir leid.«

»Aber das ist doch –«

Diesmal war es Ben, der ihn unterbrach. »Er hat Recht, Vater. Es ist so, wie er sagt.«

Sein Vater starrte ihn aus Augen an, in denen sich die verzweifelte Weigerung, das Gehörte zu akzeptieren, und das lähmende Wissen um dessen Wahrhaftigkeit einen stummen, erbitterten Zweikampf lieferten. Ben fühlte sich schuldig; absurderweise gerade wegen der Dinge, die ihm sein Vater gestern über das wahre Verhältnis zwischen ihm und seiner Mutter erzählt hatte. Plötzlich musste er die Hände zu Fäusten ballen und sämtliche Muskeln anspannen, um die Tränen zurückzuhalten. Aber es gelang ihm nicht ganz, sodass er sich schließlich mit einem Ruck abwandte und die Wand hinter Schulz' Bett anstarrte.

»Woher willst du das wissen?«, murmelte sein Vater. Seine Stimme war nur noch ein Flüstern und zitterte so sehr, dass Ben Mühe hatte, die Worte überhaupt zu verstehen. Gleichzeitig klangen sie in seinen Ohren wie ein Schrei.

Ben hätte es ihm erklären können, doch Worte waren nicht im Stande, die düstere Macht der *Alten* zu beschreiben, und so deutete er nur ein Kopfschütteln an und starrte weiter gegen die Wand.

»Aber … aber niemand weiß, was wirklich passiert ist!«, begehrte sein Vater auf. Seine Stimme wurde fast flehend. »Schulz! Sie sind ihnen doch auch entkommen! Und Ihre Tochter ebenfalls, wenn auch nur für eine Weile!«

»Das war etwas anderes. Alexandra ist etwas ganz Besonderes, genau wie ihr Sohn, und dort unten … gelten die Gesetze unserer Welt nicht mehr. Und an mehr …« Ben sah Schulz nicht an, aber er konnte sein resignierendes Schulterzucken direkt spüren. »Vielleicht hatten Sie kein so großes Interesse an mir. Vielleicht waren sie unaufmerksam oder mit etwas Wichtigerem beschäftigt. Auf mich und die anderen haben sie nicht so lange gewartet wie auf Ihre Frau.«

»Aber warum?!«, rief Bens Vater. »Was soll an ihr denn so wichtig sein? Sie … sie ist doch nur ein ganz normaler Mensch!«

»Das weiß ich nicht. Aber sie muss von großem Wert für sie sein. Sie haben schon lange vor unserer Ankunft hier gewusst, dass sie kommen wird. Ich glaube, sie haben sie gerufen.«

Ben löste nun doch seinen Blick von jenem imaginären Punkt an der Wand, an dem er sich bisher festgehalten hatte wie ein Ertrinkender an einem Strohhalm, und blickte Schulz stirnrunzelnd an. »Wie meinen Sie das?«

»Erinnerst du dich, was Hauptmann West gesagt hat? Dieser Söldner?«

»Harry?« Ben nickte. Praktisch gleichzeitig schüttelte er den Kopf. »Er hat eine Menge gesagt, aber –«

»Als er auf die *Princess* zurückgekommen ist, hat er behauptet, Iljitsch – Professor Ramanov – hätte ihn geschickt, um deine Mutter zu holen.«

Ben kramte angestrengt in seinem Gedächtnis, doch er war nicht ganz sicher; obwohl seither nur wenige Tage verstrichen waren, schien jener Moment Jahre zurückzuliegen, eine verschwommene Erinnerung an ein Leben, das einem anderen gehört zu haben schien.

Auch sein Vater setzte offensichtlich ganz automatisch dazu an, ihm zu widersprechen, runzelte jedoch dann die Stirn und sah auf einmal sehr nachdenklich aus. Dann aber schüttelte er nur umso heftiger den Kopf. »Nein. Das stimmt nicht. Ramanov hat ihm nichts dergleichen befohlen. Er wusste nicht einmal, dass meine Frau und ich an Bord der *Princess* waren.« Schulz wollte widersprechen, doch er schnitt ihm mit einer beinahe wütenden Bewegung das Wort ab. »Ich habe ihn gefragt.«

»Und Iljitsch hat gesagt, dass er sich nicht an diesen Befehl erinnert«, vermutete Schulz. »Vielleicht stimmt das sogar. Vielleicht hat er diesen Befehl tatsächlich gegeben und gleich wieder vergessen, oder die Söldner *glauben* nur, sie hätten diesen Befehl erhalten … Wo ist der Unterschied?«

Sein Vater wirkte nun vollends irritiert, zugleich aber auch so hilflos, dass er Ben unendlich leidtat. Er musste sich schrecklich … ausgesperrt vorkommen. Wie sollte er auch verstehen, wovon Schulz sprach? Selbst ihm, der in der Welt der *Alten* gewesen war, der ihre fürchterliche, unsagbar *fremde* Gegenwart gespürt hatte, fiel es noch immer schwer, Schulz' Worten zu folgen – nicht weil sie so kompliziert oder unverständlich gewesen wären, sondern weil etwas in ihm entsetzt vor dem zurückprallte, was diese Worte implizierten, wenn Schulz' Vermutung zutraf.

»Ich weigere mich einfach, das zu glauben!«, sagte sein Vater. Er schrie fast. »Das ist … Unsinn! Es ergibt keinen Sinn! Warum sie?«

»Ich kann Sie verstehen, Doktor Berger«, antwortete Schulz. »Ich an Ihrer Stelle würde wohl genauso reagieren. Und ich kann Ihnen diese Frage nicht beantworten … wie auch? Sie sollten am besten wissen, was an Ihrer Frau so Besonderes ist.«

Bens Vater sagte jetzt gar nichts mehr, sondern starrte den ehemaligen Kapitän der *Princess* nur fast hasserfüllt an, und Ben …

… *wusste es plötzlich.*

Die Erkenntnis blitzte grell und warnungslos wie ein sonnenheller Funke hinter seiner Stirn auf, aber es war ein Wissen, das zu schrecklich war, um es zu akzeptieren. Und im nächsten Augenblick war der Gedanke wieder fort, vergangen wie das Spiegelbild eines Furcht erregenden Ungeheuers auf schnell fließendem Wasser.

Was zurückblieb, war nichts als ein Gefühl schrecklicher Leere. Und zugleich die fast panische Angst vor dem, was diese Leere verbergen mochte.

21

SIE WAREN NICHT MEHR LANGE BEI SCHULZ GEBLIEBEN. Das Gespräch – so kurz es letzten Endes auch gewesen war – hatte Sashas Vater vollkommen erschöpft, sodass es ihm immer schwerer gefallen war, überhaupt zu reden, und er schließlich nach wenigen weiteren Minuten praktisch mitten im Wort eingeschlafen war. Bald darauf – wenn er es richtig bedachte, war ziemlich genau die Zeit verstrichen, die sie für den Weg von ihrem Behandlungszimmer hierher brauchen würde, was Ben zu gewissen Überlegungen veranlasste, ob ihr Gespräch tatsächlich so vertraulich gewesen war, wie er bisher angenommen hatte – war van Staaten hereingeplatzt und hatte sie mit einer unwirschen Geste aus dem Weg gescheucht, um Schulz einer kurzen, dennoch aber gründlichen Untersuchung zu unterziehen. Sie verlor kein Wort über das Ergebnis, zu dem sie gekommen sein mochte, aber der vorwurfsvolle Blick, mit dem sie ihn – und vor allem seinen Vater! – streifte, nachdem sie fertig war und wieder aufstand, machte im Grunde auch jede weitere Bemerkung überflüssig.

Noch unwirscher und immer noch ohne ein Wort gesagt zu haben, scheuchte sie Ben und seinen Vater aus dem Raum, während Sasha bei Schulz zurückblieb. Van Staaten schien noch nicht einmal etwas dagegen zu haben, dass sie auch weiterhin seine bandagierte Rechte umklammerte; obwohl die Berührung seinen frisch operierten Fingern ganz bestimmt nicht gut tat. Ben registrierte es mit einer Mischung aus Erstaunen und einem dünnen Stich von Eifersucht – und einem sofort aus diesem Gefühl resultierenden schlechten Gewissen.

Natürlich hütete er sich, irgendetwas davon laut auszusprechen, aber van Staaten schien seine Gedanken zu lesen, denn ihre Augenbraue rutschte ein gutes Stück weit an ihrer Stirn nach oben. Ihr Gesichtsausdruck war vorwurfsvoll. Als Ben endlich draußen auf dem Flur war und sich nach links wenden wollte, hielt sie ihn mit einer fast herrischen Geste zurück und bugsierte ihn unsanft zu ihrem Behandlungszimmer, wo sie es sich nicht nehmen ließ, ihn all seinen Beteuerungen, wie gut es ihm ginge, zum Trotz nicht nur einer eingehenden Befragung über seinen Gesundheitszustand, sondern auch einer hochnotpeinlichen Untersuchung zu unterziehen; und ihm zu allem Überfluss anschließend auch noch zwei Injektionen verpasste, die wie die Hölle in seiner Armbeuge brannten und von denen Ben argwöhnte, dass sie keinem anderen Zweck dienten, als ihn zu quälen; ein Zweck, den sie seiner Meinung nach ganz hervorragend erfüllten.

Sein Groll auf van Staaten hielt sich allerdings in Grenzen, als ihm nach und nach das Ausmaß der Katastrophe klar wurde, die er noch nach seinem Erwachen für einen Sieg gehalten hatte. Sein Vater hatte kräftig untertrieben, als er vor einem halben Dutzend Verletzten berichtete, und anscheinend nur von denen gesprochen, die *schwer* verwundet worden waren – Tatsache war, dass mit Ausnahme seines Vaters *niemand* ungeschoren davongekommen war, der das Pech gehabt hatte, sich zum Zeitpunkt des Angriffs in der Nähe der Schleuse aufzuhalten. Es gab Knochenbrüche, Hautabschürfungen und Prellungen und Verstauchungen en masse, und auch Tahias Zielsicherheit hatte anscheinend zu wünschen übrig gelassen, denn ein Großteil der unglückseligen Verteidiger wies eine hübsche Sammlung mehr oder minder schwerer Brandwunden auf; die allermeisten gottlob harmlos, zweifellos aber schmerzhaft.

Am schlimmsten hat es Tooth erwischt. Ben hatte ihn in van Staatens Schlafzimmer gefunden, eingewickelt wie eine Mumie und an einen improvisierten Tropf angeschlossen. Und obwohl er den Söldner nun wahrhaftig nicht in sein Herz geschlossen hatte, hatte ihm der Anblick doch einen tiefen Stich versetzt – vor allem als sein Vater ihm erzählte, dass es nicht die Angreifer gewesen waren, die ihn so zugerichtet hatten. Vielmehr hatte Tahia ihre schreckliche Waffe auf einen ganzen Pulk aus Eiskriegern gerichtet, die gerade drauf und dran gewesen waren, sein improvisiertes Geschütz zu überrennen, und dabei nicht nur die unheimlichen Kreaturen getroffen, sondern mit einem letzten, ungeschickten Schwenk auch ihren Kameraden. Sein Vater war nicht ins Detail gegangen, aber das war auch nicht nötig gewesen: Tooths Kopf war fast zur Gänze verbunden, und das wenige, was Ben unter der dicken Gazeschicht von seinem Gesicht erkennen konnte, hatte ihn mehr an kross gebratenen Schinken erinnert als an ein menschliches Antlitz; und zu seinem maßlosen Entsetzen auch so *gerochen.* Van Staaten war nicht sicher, ob der Söldner die kommende Nacht überleben würde, und Ben wagte nicht einmal sich vorzustellen, wie Tahia sich fühlen würde, wenn sie aus dem künstlichen Tiefschlaf erwachte, in den van Staaten sie und die beiden anderen versetzt hatte, und erfuhr, was sie Tooth angetan hatte.

Irgendwann wurde er schläfrig, dann plötzlich so müde, dass er gerade noch die Kraft aufbrachte, sich in sein Zimmer zu schleppen und angezogen auf sein Bett fallen zu lassen. Mit dem Gedanken, dass diese plötzliche Schläfrigkeit ganz bestimmt nichts mit den beiden Spritzen zu tun haben konnte, die van Staaten mit so großem Vergnügen in seine Vene gejagt hatte, schlief er ein und hatte das Gefühl, schon nach Sekunden wieder aufzuwachen.

Allerdings konnte das nicht stimmen, denn er erwachte zwar mit dem schlimmsten Muskelkater seines Lebens und dem Gefühl, sich in eine besonders perfide Mutation verwandelt zu haben, die über mindestens fünfmal so viele Nervenenden verfügte wie andere Menschen (und jedes einzelne davon tat höllisch weh), dennoch aber auf eine sonderbare Weise erfrischt; als hätte er in sich ein neues, ihm bisher vollkommen unbekanntes Reservoir an Kraft entdeckt, aus dem er zwar noch nicht schöpfen konnte, das aber eindeutig da war. So wie er mit dem Gedanken an van Staatens Lieblingsspielzeug, ihre Spritzen, eingeschlafen war, wachte er auch damit auf, nur dass dieser Gedanke jetzt von einem Gefühl widerwilliger Dankbarkeit begleitet wurde. Was immer sie ihm gegeben hatte …

Ben fuhr vor Schrecken so heftig zusammen, dass er um ein Haar von der schmalen Liege gerutscht wäre, als ihm klar wurde, dass er nicht allein war.

Sasha lag neben ihm. Sie hatte sich im Schlaf an seine Schulter gekuschelt und den rechten Arm auf seine Brust gelegt. Die Wärme, die er gespürt und die ihn vermutlich auch geweckt hatte, war die ihrer Finger, die genau auf seinem Herzen lagen.

Ben war so verwirrt, dass er zunächst eigentlich gar nichts empfand … dann – so schwer es ihm auch fiel, sich vom Anblick ihres Gesichts loszureißen, das in einer unendlich vertraut anmutenden Art auf seiner Schulter lag – schloss er die Augen und lauschte in sich hinein.

Aber da war nichts. Wenn er geträumt hatte, erinnerte er sich nicht daran. Zum ersten Mal war ihm Sasha körperlich wirklich nahe gekommen und ausgerechnet jetzt hatte sie ihn nicht in ihre Traumwelt entführt. Das war seltsam und auch ein bisschen enttäuschend, aber auf eine verwirrende Art auch beruhigend.

Vorsichtig hob er ihre Hand von seiner Brust, richtete sich auf und zog dann unendlich behutsam den Arm unter ihrem Nacken hervor, um sie nicht aufzuwecken. Sasha seufzte unwillig im Schlaf, zugleich schien jedoch die Andeutung eines Lächelns über ihre Züge zu huschen. Sie sah sehr klein aus und so unendlich verletzbar und zerbrechlich, dass Ben sich mit aller Kraft beherrschen musste, um sie nicht in die Arme zu nehmen und beschützend an sich zu drücken.

Stattdessen stand er jedoch leise auf, setzte dazu an, die Decke, die irgendwann während der Nacht von der Liege gerutscht und zu Boden gefallen war, aufzuheben und über ihr auszubreiten, und ließ es dann sein, als er erst jetzt registrierte, dass Sasha nicht nur genau wie er vollkommen angezogen auf dem Bett gelegen hatte, sondern sogar ihren weißen Fellmantel trug; und das obwohl es hier drinnen schon fast unangenehm warm war.

Ben stand noch etliche Sekunden einfach so da und blickte auf das schlafende Mädchen hinab, bevor er die Stirn runzelte und abermals in seinem Gedächtnis grub – diesmal allerdings auf der Suche nach einer gänzlich anderen Erinnerung. Aber er fand auch sie nicht. Anscheinend hatte er tatsächlich geschlafen wie ein Stein.

Der allergrößte Teil von ihm war froh darüber.

Das änderte allerdings nichts an seiner Ratlosigkeit. Sosehr ihm die Vorstellung auch schmeichelte, dass Sasha während der Nacht zu ihm gekommen war, um seine Nähe zu suchen, fragte er sich doch zugleich auch, warum eigentlich. Ein kleiner Teil von ihm (um genau zu sein: der, der *nicht* froh darüber war, so tief und fest geschlafen zu haben) beharrte darauf, dass der Grund *er* war und sonst nichts. Aber seit ihrer Ankunft hier war so viel und so Schreckliches geschehen, dass es ihm mittlerweile unmöglich erschien, dass irgendetwas *einfach so* passierte, ohne einen (möglichst schlimmen) Grund.

Das Geräusch der Tür ließ in erschrocken zusammen- und gleichzeitig herumfahren, und im nächsten Augenblick zuckte er noch einmal fast schuldbewusst zusammen, als er ins Gesicht seines Vaters blickte, der offensichtlich schwungvoll hereingekommen und dann mitten in der Bewegung erstarrt war. Zuerst wirkte er nur verdutzt, als er das schlafende Mädchen erblickte; dann erschien ein sehr sonderbarer Ausdruck auf seinem Gesicht – nicht unbedingt missbilligend, irgendwie aber auch nicht wirklich erfreut.

»Ähm ... also ... also das ist jetzt nicht so, wie ...«, stammelte Ben und brach dann hilflos wieder ab, als er dem Blick seines Vaters begegnete. Er kam sich ziemlich dämlich vor.

»Ja, das ... glaube ich dir«, antwortete sein Vater. Er klang verlegen. »Außerdem geht es mich nichts an.« Er räusperte sich unecht, drehte sich dann demonstrativ ein Stück zur Seite, sodass die schlafende Sasha nicht mehr in seinem Blickfeld war, und machte die Situation dann vollends peinlich, indem er gute fünf oder sechs Sekunden lang gar nichts sagte, sondern nur betreten auf seine Schuhspitzen starrte. Schließlich räusperte er sich erneut und fuhr, mit veränderter Stimme und immer noch ohne Ben anzusehen, fort: »Professor Ramanov möchte uns sehen.«

»Sicher«, sagte Ben hastig. Er machte eine Bewegung, wie um unverzüglich das Zimmer zu verlassen, hielt dann aber noch einmal inne, als ihm auffiel, dass er nach wie vor die Decke in Händen hielt. Er wollte sie zu Boden fallen lassen, drehte sich dann aber herum, um sie nun doch über Sasha auszubreiten.

Obwohl er vorsichtig war, wachte sie auf. Im ersten Moment sah sie genauso verwirrt und hilflos aus, wie er sich gerade gefühlt hatte, dann trafen sich ihre Blicke, und diesmal war er sicher, zumindest die Andeutung eines Lächelns in ihren Augen zu sehen. Ein Gefühl beinahe wilder Freude breitete sich in ihm aus. Es war nur eine Winzigkeit, nicht mehr als ein vergängliches, rasches Verziehen der Lippen und ein Funke, der tief in ihren Augen aufgeglommen und beinahe ebenso rasch wieder erloschen war, aber es *war* da gewesen. Vielleicht hatte sein Vater ja Recht gehabt. Und vielleicht hatte Sasha sich ja getäuscht. Vielleicht war es ihr doch möglich, dem Würgegriff des Ungeheuers zu entkommen, das sie seit so langer Zeit gefangen hielt. Etwas geschah mit ihr, daran bestand nicht der geringste Zweifel, auch wenn es ihm immer noch nicht gelingen wollte, den Unterschied in Worte zu fassen. Seit sie diesen schrecklichen Ort am Ende der Welt betreten hatten, war Sashas Autismus deutlich schlimmer geworden; nun aber schien sie sich zusehends zu erholen. Noch ein paar Tage und sie war womöglich wieder so ... nun ja ... *normal* ... wie an Bord der Princess, als sie sich zum ersten Mal gesehen hatten.

Wenn sie lange genug lebten, hieß das.

»Ben?«

Die Stimme seines Vaters riss ihn in die Wirklichkeit zurück, auch wenn er das im Augenblick gar nicht wollte. Jetzt, wo er diesen Funken von Leben in Sashas Augen erblickt hatte, waren ihm Ramanov und der Rest der Welt herzlich egal. Statt sich herumzudrehen ließ er sich neben Sasha in die Hocke sinken und schaute ihr wieder in die Augen. Nach allem, was er bisher erlebt hatte, war er fest davon überzeugt, dass er nichts sehen würde, weil er nur einer weiteren, bösen Täuschung aufgesessen war – aber das Wunder geschah: Die Leere kehrte nicht in ihren Blick zurück, und für die Dauer eines einzelnen, schweren Herzschlages sah sie ihn direkt an. Dann richtete sie sich auf, schwang die Beine von der Liege und streckte ihm die Hand entgegen, um sich aufhelfen zu lassen.

Ben war so überrascht, dass er das Gleichgewicht verlor und sich hastig mit der linken Hand abstützen musste, um nicht zu fallen und damit endgültig eine lächerliche Figur abzugeben. Wahrscheinlich tat er es trotzdem, als er sich ebenso ungeschickt wie hastig aufrappelte und dabei gleichzeitig nach Sashas ausgestrecktem Arm griff. Irgendwie kam er in die Höhe, doch er hatte das ziemlich sichere Gefühl, dass es eher *sie* war, die *ihm* aufhalf, statt umgekehrt.

Zu seinem Erstaunen sagte sein Vater nichts über die unübersehbare Veränderung, die mit Sasha vorgegangen war – obwohl sein überraschter Gesichtsausdruck klar machte, dass sie ihm nicht entgangen war. Er bedeutete ihm jedoch nur mit einer fast ungeduldigen Geste, sich zu beeilen. Obwohl seit der Beinahekatastrophe von gestern viele Stunden vergangen sein mussten, lag die Station immer noch wie ausgestorben da, als sie sich auf den Weg zur Zentrale machten. Das einzige Geräusch, das Ben überhaupt hörte, war das an und ab schwellende Heulen des Polarsturms. Man konnte die niedergeschlagene Stimmung, die in der Basis herrschte, fast mit Händen greifen. Ben hatte keine Ahnung, wie spät es war, ob draußen Tag oder Nacht herrschte, und das spielte an diesem Ort am Ende der Welt vermutlich auch keine Rolle, doch wer von der Besatzung nicht verletzt oder damit beschäftigt war, die Schäden zu beheben, die der Angriff der Eismonster verursacht hatte, der hatte sich anscheinend in sein Quartier zurückgezogen und verhielt sich mucksmäuschenstill.

Aber was hatte er erwartet? Die Männer und Frauen hier waren Wissenschaftler, keine Soldaten.

Sasha und er waren die Letzten, die die Zentrale betraten. Zum ersten Mal seit Tagen standen keine bewaffneten Posten vor der Tür und ebenfalls zum ersten Mal seit langer Zeit war der Raum taghell erleuchtet. Der große Wandmonitor war eingeschaltet und hatte einen noch sehr viel größeren Bruder bekommen – Ramanov und Nyarlathotep allein mochten wissen, wo er so plötzlich hergekommen war – und beide zeigten eine restlichtverstärkte, grünstichige Aufnahme des Bereichs unter dem Zeltdach. Ben hätte erwartet, sich mittlerweile an diese ungewöhnlichen Bilder gewöhnt zu haben, erkannte aber auch jetzt kaum mehr als sinnlose, seltsam zerbrochen wirkende Umrisse und vage Bewegung, sie schienen jedoch nicht von Eiskriegern zu stammen.

»Ben!« Schulz, der zusammen mit Ramanov, dessen jungem Assistenten und Dr. Vatec an dem großen Konferenztisch saß, winkte ihm mit einer unförmig verbundenen Hand zu und setzte zum Aufstehen an, verzog aber dann nur schmerzhaft das Gesicht, ließ sich wieder zurücksinken und machte eine einladende Kopfbewegung auf den freien Stuhl neben sich. Und Sasha überraschte Ben – und alle anderen Anwesenden mit ihm – ein weiteres Mal, indem sie rasch um den Tisch herumeilte und sich nicht nur neben ihren Vater setzte, sondern auch nach seiner Hand griff. Obwohl ihm die Berührung zweifellos auch jetzt wieder

Schmerzen bereiten musste und es ihm nicht vollkommen gelang, diesen Umstand zu verhehlen, strahlte er über das ganze Gesicht, während der Anblick Ben einen abermaligen Stich versetzte.

Im ersten Moment glaubte er, er sei wieder nur auf eine besonders perfide Art eifersüchtig, und möglicherweise traf das sogar ein ganz kleines bisschen zu – aber der wahre Grund für seinen Schrecken war ein ganz anderer. Er hatte nicht vergessen, was Sasha ihm beim letzten Mal gezeigt und vor allem *gesagt* hatte. Nyarlathotep kam näher. Und sie gehörte ihm. Vielleicht sollte er sich besser nicht darüber freuen, dass sie allmählich zu erwachen schien …

»Bitte setz dich, Benjamin«, drang Ramanovs Stimme in seine Gedanken.

Ben fuhr erschrocken zusammen und begriff erst im Nachhinein, dass er eine gute halbe Minute lang einfach dagestanden und Sasha und ihren Vater angestarrt hatte – und alle anderen, Sasha eingeschlossen, während derselben Zeit ihn. Er spürte, wie er einen roten Kopf bekam, senkte verlegen den Blick und wäre beinahe über seine eigenen Füße gestolpert, während er hastig einen freien Platz am Tisch ansteuerte. Es gab reichlich davon. Der lange Tisch war zwar wie üblich mit Papieren, Büchern, Computerausdrucken und allem möglichen anderen Krempel übersät, außer Ramanov und seinem Assistenten, Vatec und Schulz waren aber neben Sasha nur er und sein Vater anwesend.

»Ich sitze«, sagte er, nachdem er Platz genommen hatte. In seiner Stimme war ein scharfer Ton, der ihn selbst fast ein bisschen erschreckte, den der Russe jedoch ignorierte. Er wandte sich sofort an seinen Vater.

»Wie fühlen Sie sich, Doktor? Ich hoffe, Sie haben den Schock einigermaßen überwunden.«

Bens Vater reagierte nur mit einem eisigen Blick, mit dem er gleichermaßen ihn und Schulz maß, und Ben fragte sich, ob in der Zwischenzeit noch etwas zwischen ihnen vorgefallen war. Aber das würde er vermutlich gleich erfahren.

Ramanov wartete einige Sekunden lang vergebens darauf, eine Antwort zu bekommen, und fuhr dann mit einem unbehaglichen Räuspern fort: »Also gut … Susanna – Doktor Vatec – und ich haben die Zeit genutzt, um eine … Bestandsaufnahme zu machen. Ich fürchte, das Ergebnis ist nicht besonders …«, er suchte nach Worten und schloss mit einem resignierenden Schulterzucken, »… ermutigend.«

»Was wollen Sie damit sagen?«, fragte Bens Vater. Seine Stimme klang mindestens so scharf wie seine eigene gerade, aber zusätzlich war eine Feindseligkeit darin zu hören, die selbst Ben erschreckte. Irgendetwas war geschehen, während er geschlafen hatte, daran bestand gar kein Zweifel.

Vatec setzte zu einer Antwort an, doch Ramanov brachte sie mit einer fast ängstlichen Geste zum Schweigen und erklärte zögernd: »Wir haben ... eine Spur von Ihrer Frau Gemahlin gefunden, Doktor Berger.«

Ben richtete sich kerzengerade in seinem Stuhl auf, und auch sein Vater sah nicht unbedingt *angenehm* überrascht aus. »Eine Spur? Was genau soll das heißen?«

Statt direkt zu antworten streifte Ramanov seinen Schwiegersohn mit einem flüchtigen, beinahe schuldbewussten Blick und wandte sich dann mit einem auffordernden Nicken an seinen Assistenten – Pjotr, wenn Ben sich richtig erinnerte. Er registrierte erst jetzt, dass Ramanov sich von seiner heiß geliebten Funktastatur getrennt hatte, die nun vor dem jungen Russen lag. Pjotrs Finger begannen geschäftig über die Tasten zu huschen, und für eine Weile war das leise Klappern das einzige Geräusch, das zu hören war.

Schließlich deutete Ramanov auf die beiden Monitore.

Der kleinere zeigte noch immer das grüne Gespensterbild, während sein größerer Bruder erloschen war. Ben geduldete sich zehn Sekunden, in denen er vergebens darauf wartete, dass irgendetwas geschah, dann wandte er sich mit einem fragenden Blick an Ramanov. Der Russe leitete ihn – um ein strafendes Stirnrunzeln verstärkt – an seinen Assistenten weiter, und Pjotr murmelte ein einzelnes kleinlautes Wort in seiner Muttersprache und schrumpfte sichtbar auf seinem Stuhl zusammen. Seine Finger schienen sich aufzulösen und in verschwommene Schemen zu verwandeln, während sie immer schneller über die Tastatur huschten. Der Monitor begann zu flackern und zeigte nun zumindest die Andeutung eines Bildes.

»Verzeihung«, sagte Ramanov, während er einen weiteren, nun eindeutig bösen Blick in Richtung seines armen Assistenten abschoss.

Der Monitor flackerte indessen ungerührt weiter. Zwei- oder dreimal schien sich etwas wie ein klar erkennbares Bild herauskristallisieren zu wollen, allerdings nur, um gleich darauf wieder auseinander zu treiben.

»Es ist nicht Pjotrs Schuld«, sagte Ramanov – wenn auch mit einer Betonung, als gäbe er seinem Assistenten *sehr wohl* die Schuld an der rauschenden Katastrophe auf dem Monitor (und an allem anderen, was ihnen in den letzten Tagen zugestoßen war) – und unterstrich seine Worte mit einer flatternden Geste auf das chaotische Durcheinander auf dem Schirm. »Wir haben die halbe Nacht gearbeitet, um die Verbindung hinzubekommen, aber irgendetwas stört unser Computersystem. Wir wissen nicht, was.«

»Und deshalb haben Sie uns mitten in der Nacht herzitiert?«, erkundigte sich Robert Berger ärgerlich.

»Genau genommen ist es hier immer *mitten in der Nacht*, Doktor Berger«, sagte Vatec ruhig. »Zumindest für die nächsten drei Monate.«

Bens Vater schenkte ihr einen ärgerlichen Blick – und runzelte dann verwirrt die Stirn. Und auch Ben sah die Wissenschaftlerin überrascht an. Vatec hatte nahezu akzentfrei Deutsch gesprochen. Er sagte nichts dazu, dachte sich aber seinen Teil.

»Nur einen Moment Geduld noch bitte«, sagte Ramanov hastig.

Der Moment zog sich dahin, aber schließlich setzten sich die Streifen und Schlieren auf dem riesigen Monitor widerwillig zu einem grobkörnigen Schwarz-Weiß-Bild zusammen, das zwar den Eindruck erweckte, ständig gegen das Auseinanderfallen zu kämpfen, dennoch aber einigermaßen stabil blieb.

»Tut mir leid«, meinte Ramanov, »aber das ist das Beste, was wir hinbekommen.«

Niemand antwortete, was aber nur zum Teil daran lag, dass ihnen Ramanov mit seinem ständigen Bedürfnis, sich zu entschuldigen, allmählich auf die Nerven ging. Der eigentliche Grund war vermutlich das, was der Bildschirm zeigte … und die unangenehmen Erinnerungen, die dieses Bild wohl in jedem wachrief. Es war die leicht aus der Horizontalen gekippte Darstellung der unteren Schleusenkammer; des Bereichs vor der zweiten Sicherheitstür des Labors. Auf dem Bild regte sich nichts, dennoch spürte Ben, dass es kein Standbild war, sondern eine Filmaufnahme. Wenigstens gab es diesmal keine Spinne, die dasaß und in die Linse grinste.

»Und?«, fragte sein Vater, nachdem etliche weitere Sekunden verstrichen waren.

»Wie gesagt. Meine Leute konnten einen Teil des Überwachungssystems wieder in Betrieb nehmen. Leider nicht alles und auch die Qualität lässt zu wünschen übrig.« Ramanov hob die Hand, und Pjotr begann emsig zu tippen. Das Bild auf dem Monitor flackerte plötzlich und lief dann rückwärts – irgendwie wusste man es, obwohl sich auf dem Bildschirm rein gar nichts tat.

Wenigstens zuerst. Dann schien ein verschwommener Schemen durch den Raum zu huschen, und das Bild stabilisierte sich. Die tonnenschwere Panzertür, die zuvor fest verschlossen gewesen war, stand nun einen deutlichen Spaltbreit offen.

»Diese Aufnahme ist gestern entstanden«, erklärte Ramanov. »Kurz nach dem Angriff.« Ben sah nicht hin, bemerkte aber trotzdem aus den Augenwinkeln, wie Ramanov einen raschen, unsicheren Blick ins Gesicht seines Vaters warf, bevor er fortfuhr. »Es tut mir wirklich leid.«

Eine weitere, endlose Sekunde verstrich, dann zitterte das Bild leicht, als die ganze Treppe unter schweren Schritten zu erbeben begann, und etwas, was aussah wie ein aus Eis modellierter, modischer Stiefel, erschien im Aufnahmebereich der Kamera und stieß sie dabei halb um, sodass das Bild nun deutlich gekippt war.

Weitere Beinpaare wurden sichtbar, als mehr und mehr der unheimlichen Eiskreaturen die Treppe herunterstürmten und hinter der offen stehenden Panzertür verschwanden.

»Sie wollten ins … Labor?«, sagte Bens Vater überrascht.

Ramanov antwortete nicht, und Ben versuchte die Gestalten zu zählen, die die Kammer durchquerten und in den dahinterliegenden Laborräumen verschwanden, gab es aber schon bald wieder auf. Es mussten Dutzende sein, vermutlich alle, die in die Station eingedrungen und dem Gemetzel an der Schleuse entkommen waren.

»Aber warum?«, wunderte sich sein Vater. »Sie hätten doch sehr viel leichter durch die Höhle –« Er brach mitten im Satz ab, als eine Gestalt zwischen den weißen Schemen erschien, halb zwischen ihnen verborgen und zu schnell wieder verschwunden, um mehr zu erkennen, als dass sie sich irgendwie von ihnen unterschied.

»Was?«, murmelte sein Vater erschrocken.

Ramanov nickte seinem Assistenten wortlos zu, und Pjotrs Finger huschten abermals wie geschäftige kleine Spinnen über die Tastatur. Das Bild erstarrte, lief dann ruckelnd wieder ein Stück zurück und fror abermals ein, bevor Pjotr einen bestimmten Bildausschnitt heranzoomte und damit vergrößerte. Nicht dass es nötig gewesen wäre.

Schließlich erkannte Ben seine eigene Mutter, selbst wenn er sie nur auf einem verwackelten Video und von hinten sah.

»Aber was … was bedeutet das?«, murmelte jemand – Ben vermutete, dass es sein Vater war, war aber nicht ganz sicher.

»Ich fürchte, ich muss mich bei meinem Schwiegersohn entschuldigen«, meinte Ramanov unbehaglich. »So wie es aussieht, hatte er wohl Recht.«

Das Bild lief ruckelnd und unscharf weiter, bis der verwaschene Schemen, in dem Ben seine Mutter wiedererkannt hatte, erneut hinter der offen stehenden Panzertür verschwunden war.

»Dann … dann haben sie sie … entführt«, murmelte sein Vater. »Aber … aber warum?«

»Also für mich sah das nicht unbedingt nach einer Entführung aus«, sagte eine Stimme hinter ihnen.

Ben war nicht der Einzige, der überrascht herumfuhr, und vermutlich auch nicht der Einzige, der ebenso ungläubig wie beinahe erschrocken die Augen aufriss, als er van Staaten und Harry unter der Tür erblickte. Die Ärztin sah womöglich noch abgekämpfter und erschöpfter aus als gestern, aber auch unübersehbar zornig, während der Söldner ganz den Eindruck erweckte, als hielte er sich nur noch mit allerletzter Mühe auf den Beinen – und selbst was gelang ihm nicht mehr aus eigener Kraft, sondern mittels etwas, was Ben erst auf den zweiten Blick als umfunktionierten Skistock identifizierte. Er stand so gedrückt und kraftlos da, dass er kleiner wirkte als die belgische Ärztin an seiner Seite und eindeutig verwundbarer; und wenn Ben noch vor wenigen Stunden gedacht hatte, Schulz sähe aus wie der Tod auf Latschen, so revidierte er seine Meinung nun bei Harrys Anblick. Gegen den Söldner wirkte Sashas Vater wie das blühende Leben.

Verwirrt wandte er sich an Ramanov. »Aber ich dachte –?«

»Ich dachte«, erklärte Harry, »dass ich vielleicht besser an dieser kleinen Betriebsversammlung teilnehme, und habe mich selbst entlassen.«

»Gegen meinen Willen!«, fügte van Staaten mit einem giftigen Seitenblick auf den Söldner hinzu. »Das ist Wahnsinn! Und unverantwortlich!«

»Ihr Einspruch wurde zur Kenntnis genommen, Frau Doktor«, erwiderte Harry spöttisch.

»Und ignoriert, ich weiß.«

Darauf sagte Harry gar nichts mehr, sondern setzte sich mühsam in

Bewegung, wobei er sich nicht nur schwer auf seinen Stock stützte, sondern auch bei jedem einzelnen Schritt schmerzhaft das Gesicht verzog. Dr. van Staaten hatte Recht, dachte Ben besorgt. Es *war* unverantwortlich. Aber er kannte Harry auch gut genug, um zu wissen, wie sinnlos jeder Versuch van Staatens war, ihn zur Vernunft zu bringen.

»Von wann sind diese Bilder?«, fragte Harry, nachdem er ächzend Platz genommen hatte.

»Von gestern«, antwortete Ramanov. »Unmittelbar nach dem Angriff.«

Harry lehnte sich für einen Moment in seinem Stuhl zurück und schloss die Augen. Er wirkte sehr erschöpft, aber zu Bens leiser Beunruhigung kein bisschen überrascht, als er sich wieder aufrichtete und das eingefrorene Videobild auf dem Schirm erneut und sehr aufmerksam musterte. »Dann war das also der Grund für ihren Angriff.«

»Sie haben sie entführt und –«, erklärte Robert Berger, und Harry brachte ihn mit einem durchdringenden Blick und einem angedeuteten Kopfschütteln zum Verstummen.

»Wachen sie endlich auf, Doktor. Dieser Angriff galt nicht der Station. Sie haben Ihre Frau nicht entführt. Sie haben sie *geholt.*«

»Aber das ist –«

»Er hat Recht«, warf Schulz ein. »Und das wissen Sie. Geben Sie es zu, Doktor.« Er lächelte milde, auch wenn dieses Lächeln seine Augen nicht erreichte; und schon gar nicht den Ausdruck von mitfühlender Trauer darin. »Das macht es leichter, glauben Sie mir … ich weiß das. Sie war schon lange nicht mehr die Frau, die Sie gekannt haben.«

»So, ist das so?«, fauchte Bens Vater wütend. »Sie glauben also, sie hätten sie sich geholt, als sie draußen in dieser Höhle waren?« Er deutete anklagend auf Harry. »Wenn ich mich richtig erinnere, war sie nicht allein dort.«

»Das ist richtig«, sagte Ramanov. Harry starrte seinen Vater nur vollkommen ausdruckslos an, und Ramanov fuhr fort: »Das ist richtig, aber wir sprechen hier nicht über Hauptmann West, Doktor.«

»Haben Sie selbst ihn nicht –?«, begehrte Bens Vater auf, doch Ramanov unterbrach ihn:

»Die Diamanten, ich weiß.« Er warf Harry ein rasches, um Verzeihung heischendes Lächeln zu – auf das dieser natürlich nur mit einem verständnislosen Blick reagierte – und schüttelte den Kopf. »Ich befand mich im Irrtum.«

»Und das wird Ihnen so plötzlich klar?«

»Sie haben es selbst gesagt, Doktor.« Ramanov deutete mit der Hand in Bens Richtung, wie um ihn als Zeugen zu zitieren. »Sie wussten nichts davon.«

Harry sah abwechselnd ihn und Bens Vater an und wirkte immer verstörter, aber dann hellte sich sein Gesicht auf und verdüsterte sich gleich darauf umso mehr. »Sie haben nicht wirklich geglaubt, dass wir wegen dieser Diamanten dort runtergegangen sind.« Er klang eher ungläubig als wütend.

»Der Gedanke ist mir gekommen«, gestand Ramanov. »Immerhin liegt unter unseren Füßen ein Schatz von nahezu unvorstellbarem Wert.«

»Ja, sicher«, sagte Harry spöttisch. »Ich wollte immer schon lieber als Millionär sterben, als als armer Söldner weiterzuleben.« Er lachte leise, und obwohl er allen Grund gehabt hätte, wütend zu sein, wirkte der Blick, mit dem er dem Russen maß, eher amüsiert. »Darüber unterhalten wir uns später, Professor. Ich schätze es nicht, wenn meine Auftraggeber mir nicht vorbehaltlos trauen.«

»Wie sie selbst gesagt haben, Harry«, Schulz hob besänftigend die Hand, »darüber sollten Sie später reden.« Er wandte sich wieder an Bens Vater. »Er war nicht dort unten, glauben Sie mir.«

»Verzeihung, Herr Kapitän«, sagte Harry, »aber ich –«

»Nicht bei *ihnen*. Ich hätte es gespürt, wenn Sie dort gewesen wären.«

»Aber was wollen sie von ihr?«, murmelte van Staaten. »Was will *sie* dort unten?«

»Das wissen wir nicht.« Ramanov hob demonstrativ die Hand, um die allgemeine Aufmerksamkeit wieder auf den Monitor zu lenken, und seine Stimme nahm einen fast gezwungen sachlichen Ton an. »Wir haben versucht auch die Kameras in den Laborräumen wieder in Betrieb zu nehmen, aber es ist uns nicht gelungen. Vermutlich wurden sie alle zerstört.«

»Dann müssen wir dort hinunter«, drängte Bens Vater. »Wir müssen –« Seine Stimme versagte. Er starrte weiter den Schirm an, und seine Hände, die flach nebeneinander auf der Tischplatte lagen, begannen immer heftiger zu zittern. Van Staaten löste sich endlich von ihrem Platz neben der Tür, wo sie trotzig stehen geblieben war, ging zu ihm und legte ihm die Finger auf den Unterarm, während sie neben ihm Platz nahm. Noch vor einem Tag hätte der Anblick Ben rasend gemacht, aber jetzt empfand er nichts dabei.

»Sie haben Recht, Robert«, sagte sie leise.

»Ich weiß.« Seine Stimme war kaum mehr als ein schwaches Flüstern.

Ramanov deutete abermals auf den Monitor. »Ich fürchte, ich habe noch mehr schlechte Nachrichten.« Die anderen schwiegen. Irgendwie schien niemand überrascht. Ramanov ließ einige Sekunden verstreichen, bevor er sich mit einer übertrieben umständlichen Bewegung erhob und – langsamer, als notwendig gewesen wäre – um den Tisch herum und zu den beiden Monitoren ging. Die Vorstellung kam Ben selbst ein wenig absurd vor, aber der Russe musste diese Szene wohl vorher mit seinem Assistenten geprobt haben, denn Pjotr wartete, bis er die beiden ungleichen Bildschirme nicht nur erreicht, sondern auch die Hand gehoben hatte, um auf den größeren davon zu deuten, bevor er erneut auf seine Tastatur einzuschlagen begann. Das Bild auf dem kleinen Monitor änderte sich nicht, das auf dem anderen aber machte einer von Buchstaben- und Zahlenkombinationen und verwirrenden meteorologischen Symbolen überlagerten Satellitenaufnahme der antarktischen Ostküste Platz. Sie sagten Ben nichts – aber er hatte das Gefühl, dass er auch gar nicht so genau wissen wollte, was all diese Symbole und bedrohlichen schwarzen Flecken zu bedeuten hatten. *Ganz besonders* nicht die schwarzen Flecken …

»Sagte ich schon, dass wir ein Problem haben?«, fragte Ramanov.

»Mehrmals«, antwortete van Staaten spitz.

»Ja, also … wie gesagt: Wir haben ein Problem. Es ist uns gelungen, die Satellitenverbindung wiederherzustellen. Was sie dort sehen, ist die aktuelle Wetterlage über der Küste.«

»Ich finde, es sieht eher wie eine *Schlecht*wetterlage aus«, sagte Harry.

»Und damit haben Sie leider Recht, fürchte ich«, seufzte Ramanov, und – Ben war vollkommen sicher, dass es *keine* Einbildung war – genau in diesem Moment hob der Sturm zu einem kurzen, noch lauteren Heulen an, wie um seine Worte zu unterstreichen. »Der Sturm hat noch einmal an Kraft zugenommen. Nach Aussage aller Kollegen, mit denen ich gesprochen habe, entwickelt er sich zu einer Art Supersturm.«

»Ist die Station in Gefahr?«, fragte Ben.

»Vermutlich nicht durch den Sturm unmittelbar. Aber irgendwie … schon.«

»Aha«, sagte sein Vater verwirrt, und Harry brachte es auf den Punkt, indem er fragte: »Wie lange wird es dauern? Eine Woche?«

»Eher einen Monat. Oder auch drei.« Ben konnte spüren, wie er blass wurde. »Ich weiß, es ist ungewöhnlich für diese Jahreszeit … eigentlich sogar unmöglich … aber Tatsache ist, dass wir hier festsitzen und nicht mit Hilfe von außen rechnen können. Jedenfalls für die nächsten ein oder zwei Wochen. Vielleicht länger.«

»Und so lange reichen unsere Lebensmittel nicht«, murmelte Bens Vater. Niemand sagte etwas dazu. *Lebensmittel* waren nicht ihr Problem.

»Was ist mit diesem U-Boot, von dem Sie erzählt haben?«, fragte Harry.

»Oh, es ist da«, antwortete Ramanov unglücklich. Ohne dass es einer Aufforderung bedurft hätte, klapperten Pjotrs Finger wieder über die Computertastatur, und der Bildausschnitt wurde so rasend schnell kleiner, als wäre der Satellit, der die Aufnahme übertrug, jäh aus seiner Umlaufbahn geraten und stürzte nun mit immer größerer Geschwindigkeit auf die Erde herab; genauer gesagt auf einen bestimmten Ausschnitt der Küste, an dessen oberem Rand ein winziger orangefarbener Fleck sichtbar wurde. Gerade als Ben ernsthaft erwartete, die Kamera geradewegs in den Boden rasen und dann gar nichts mehr zu sehen, hielt das Bild mit einem Ruck an. Es war tatsächlich ihre Station samt der Steilküste, dem Strand mit dem Wrack der *Princess* und ein bis zwei Kilometer offenem Meer. Ben musste einen bitteren Kloß hinunterschlucken, als er das gestrandete Schiff sah.

»Oder jedenfalls so gut wie«, fuhr Ramanov fort. Ein kleines Stück hinter und neben der *Princess* – etwa einen Kilometer, schätzte Ben – erschien ein winziger blinkender Punkt, der vermutlich die Position des Unterseebootes markierte. »Leider nutzt uns das im Moment wenig. Sie können nicht auftauchen. Nicht bei diesem Wetter.« Er machte eine Kopfbewegung auf den Monitor. »Dort draußen herrschen im Augenblick Windgeschwindigkeiten von mehr als dreihundert Stundenkilometern. Sie würden einfach in Stücke gerissen.« Er warf einen langen, düsteren Blick in die Runde. »Ganz davon abgesehen, dass keiner von uns eine Chance hätte, auch nur in die Nähe der Küste zu kommen.«

Zumindest den Teil mit dem U-Boot hielt Ben für ein wenig übertrieben, was aber nichts daran änderte, dass ihm Ramanovs Worte einen eisigen Schauer über den Rücken jagten. Mit einem Mal erschien ihm das grünstichige Bild, das auf dem kleineren der beiden Monitore zu sehen war, nicht mehr nur unheimlich, sondern wie eine Drohung, die ganz persönlich gegen ihn gerichtet war.

»Und … und wenn Sie sich irren?«, fragte er stockend. »Ich meine: Wenn Sie eine Funkverbindung zum Festland haben, dann könnten wir doch dort nachfragen! Vielleicht ist der Sturm gar nicht so schlimm, und …«

Er sprach nicht weiter, als er Ramanovs Blick sah. Er war hier in einer *Wetterstation*, umgeben von den vermutlich besten Meteorologen, die es auf der ganzen Welt gab. Ramanov irrte sich nicht.

Harry beugte sich vor. »Ich kann mich täuschen, Professor, aber haben wir dieses Gespräch nicht schon einmal geführt?«

Ramanov bedachte ihn mit einem kühlen Blick. »Sie sind der Soldat hier. Eigentlich hätte ich erwartet, dass Sie ein paar sinnvolle Vorschläge machen, wenn Sie schon hier sind.«

»Im Prinzip gerne. Aber es wäre gar nicht erst so weit gekommen, wenn ich von Anfang an gewusst hätte, womit wir es zu tun haben. Sie trauen mir nicht, Professor. Wieso wusste ich zum Beispiel nichts von diesem Treffen?«

Ramanov antwortete, aber Ben hörte schon gar nicht mehr hin. Wahrscheinlich würden sich die beiden nur wieder in die Haare geraten, und es war vermutlich am besten, wenn er sich raushielt, bevor er am Ende Prügel von beiden Seiten bekam. Er fühlte sich hilflos und so elend wie schon lange nicht mehr. Nicht einmal Sashas Anwesenheit war ein Trost. Sie saß auf der anderen Seite des Tisches, hatte die Hand ihres Vaters ergriffen und sah so glücklich aus, dass Ben es nicht wagte, diesen kostbaren Augenblick zu zerstören.

Aber vielleicht hatte er das schon getan. Das Lächeln blieb zwar auf Sashas Gesicht, und sie ließ die Hand ihres Vaters auch nicht los, doch plötzlich sah sie ihn an und etwas … änderte sich in ihrem Blick. Wirkte sie … erschrocken?

»Sasha?«, murmelte Ben. Abgesehen von van Staaten, die nachdenklich die Stirn runzelte und abwechselnd ihn und das weißhaarige Mädchen ansah, schien niemand Notiz davon zu nehmen, und auch Sasha reagierte nicht auf seine Stimme. Stattdessen löste sie ihre Hand beinahe sanft aus der ihres Vaters, stand auf und ging um den Tisch herum und auf Ramanov zu. Ihr Großvater betrachtete sie zwar irritiert, hörte aber nicht auf, geschliffene Unfreundlichkeiten mit Harry auszutauschen, und er war auch nicht wirklich ihr Ziel. Sie trat an den Monitor heran, um das spiegelfreie Glas mit den Fingerspitzen zu berühren.

Sie wirkte jetzt eindeutig alarmiert.

Ben stand ebenfalls auf und folgte ihr. Der Blick, mit den Ramanov ihn maß, war deutlich unfreundlicher als der, mit dem er seine Enkeltochter gerade bedacht hatte, aber er trat trotzdem gehorsam zur Seite und machte ihm Platz. Ben beugte sich neugierig vor, um erkennen zu können, was Sashas Aufmerksamkeit so fesselte. Zuerst hatte er angenommen, es sei der blinkende rote Punkt, der die Position des Unterseebootes markierte, aber er war erloschen, und Sashas Fingerspitzen berührten auch eine Stelle ein gutes Stück weiter draußen auf dem Meer. Irgendetwas … *war* da, aber er konnte nicht genau erkennen, was.

»Was ist los?«, fragte er. »Was hast du gesehen?«

Sasha löste nicht einmal den Blick vom Monitor, aber er konnte spüren, wie ihr Schrecken größer wurde. Mit angestrengt zusammengekniffenen Augen beugte er sich weiter vor, bis sein Gesicht beinahe das Glas des Monitors berührte, aber alles, was er erkennen konnte, war ein leichtes Kräuseln der Meeresoberfläche. Ein Schatten, der sich darunter bewegte?

Beunruhigt richtete er sich wieder auf und drehte sich zu Pjotr um. »Können Sie diesen Ausschnitt vergrößern?«

Pjotr sah ihn zwar an, doch sein Blick spiegelte vollkommenes Unverständnis.

»Er spricht deine Sprache nicht«, erklärte Ramanov. »Ben, wir haben im Moment –«

»Sasha hatte etwas entdeckt«, unterbrach ihn Ben.

Ramanov zog irritiert die Brauen zusammen, aber er trat wieder neben sie und sah ebenfalls auf den Bildschirm. Nach zwei oder drei Herzschlägen hob er die Hand und sagte ein paar Worte in seiner Muttersprache, und der Bildausschnitt zoomte heran, bis er den gesamten Monitor ausfüllte. Der Schatten war nun deutlicher zu erkennen, gab sein Geheimnis allerdings noch nicht preis. Irgendetwas war dort draußen, das konnte man sehen. Etwas, was Ben nicht gefiel.

»Kriegen Sie das noch größer hin?«

Ramanov sagte jetzt gar nichts mehr, sondern wiederholte nur sein unwilliges Wedeln mit der Hand, und für zwei oder drei Sekunden war das einzige Geräusch, das zu hören war, Pjotrs hektisches Tippen. Dann wuchs der Bildausschnitt abermals heran, und gleichzeitig wurde die Darstellung deutlich schärfer.

Sasha prallte mit erschrockenen Bewegung zwei oder drei Schritte zurück und presste die Hand so heftig an die Brust, als hätte sie sich verbrannt, und Ben hätte um ein Haar laut aufgeschrien.

Das Bild war von geradezu fantastischer Qualität. Obwohl von einem Satelliten aus Hunderten von Kilometern Höhe aufgenommen, konnte man jede Welle auf der Meeresoberfläche erkennen ... ebenso wie den zyklopischen Schatten, der dicht unter der Wasseroberfläche dahintrieb.

Der Schatten eines Giganten, schwarz, größer als ein Schiff und mit gewaltigen, peitschenden Fangarmen.

22

TAHIA UND GERRIT ERWACHTEN EINE STUNDE SPÄTER – wenn auch nicht unbedingt von selbst, wie Ben vermutete. Die improvisierte Krisensitzung hatte nicht mehr allzu lange gedauert. Der Anblick des Furcht erregenden Kolosses hatte sich wie eine drückende Last auf ihre Seelen gelegt und ihnen die Lust auf weitere Diskussionen genommen. Ramanov und Harry hatten noch ein paar Nettigkeiten ausgetauscht, und schließlich hatte Schulz der Quälerei ein Ende bereitet, indem er behauptete, er fühle sich nicht wohl und müsse sich hinlegen. Vermutlich entsprach das sogar der Wahrheit.

Ben war allein in sein Quartier zurückgekehrt. Sasha hatte sich ihrem Vater angeschlossen – er hatte nichts anderes erwartet und fragte sich betrübt, ob es jemals wieder wie früher werden würde, nun, wo Schulz wieder hier war –, und seinen Vater anzusprechen hatte er nicht gewagt.

Als er an van Staatens Behandlungszimmer vorbeikam, wurde er Zeuge eines heftigen Streits zwischen ihr und Harry. Er hatte nicht alles verstanden, sehr wohl aber herausgehört, dass Harry von ihr verlangte, die beiden Söldner aufzuwecken – ein Wunsch, dem sich die Ärztin vehement widersetzte. Er hütete sich jedoch, sich einzumischen, setzte seinen Weg fort und kehrte niedergeschlagen in sein winziges Quartier zurück.

Die Station war noch immer auf dieselbe, fast unheimliche Weise still. Das an und ab schwellende Heulen des Sturmes hielt an, dann und wann waren aber auch andere Geräusche zu hören – ein dumpfes Hämmern, ein einzelnes gerufenes Wort, das Zischen eines Schweißbrenners, ein Poltern, bei dem sich Ben alarmiert auf seiner Liege aufrichtete, dem aber keine weiteren ungewöhnlichen Laute folgten, sodass er schließlich wieder zurücksank –, doch sie alle klangen sonderbar unwirklich, als gehörten sie schon nicht mehr zu jener Welt, in der sie gestrandet waren, oder als hätten sie hier zumindest keinerlei Bedeutung mehr.

Nyarlathotep kam näher. Und diesmal hatte er ihn nicht nur im Traum gesehen, eine Vision, von der er sich wenigstens einreden konnte, sie sei nicht real. Diesmal hatten ihn *alle* gesehen.

Eine Stunde oder länger lag er völlig reglos und mit hinter dem Kopf verschränkten Händen auf seinem Bett, starrte die graue Kunststoffdecke über sich an und versuchte vergebens, einen klaren Gedanken zu fassen. Für einige wenige kostbare Stunden hatte er (und vermutlich alle anderen hier auch) neue Hoffnung gefasst, nachdem die Söldner zurückgekehrt waren, doch diesem Aufatmen folgte nun eine umso tiefere Ernüchterung.

Vielleicht vergingen auf diese Weise auch drei Stunden. Ben verlor jegliches Zeitgefühl, aber schließlich hatte er das Gefühl, es einfach nicht mehr auszuhalten – lieber würde er sich mit Ramanov streiten oder seinem Vater dabei zusehen, wie er mit van Staaten turtelte, bevor er noch länger allein hier herumlag und grübelte. Entschlossen stemmte er sich hoch, schwang die Füße von der Liege und setzte sie gerade noch rechtzeitig genug auf den Boden, um aufspringen und mit wild rudernden Armen um sein Gleichgewicht kämpfen zu können, als die gesamte Station unter einem plötzlichen harten Schlag erbebte; ein brutaler Ruck, nicht wie eine Explosion, sondern ein Gefühl wie in einem Eisenbahnwaggon, der hart und vollkommen ohne Vorwarnung an einen anderen Wagen angekoppelt worden war. Ben stolperte hilflos gegen die Wand neben der Tür, versuchte einen Schritt zu machen und fiel dann doch auf beide Knie hinab, als die Station von einem zweiten, noch härteren Schlag getroffen wurde. Diesmal folgten ein dumpfes Grollen und ein Chor gedämpfter Schreie, die durch das dünne Plastik der Tür hereindrangen.

Hastig rappelte Ben sich wieder auf und blieb eine Sekunde lang mit angehaltenem Atem und dazu bereit, sich irgendwo festzuklammern, reglos stehen, aber den beiden Erschütterungen folgte keine dritte.

Brandgeruch schlug ihm entgegen, als er die Tür öffnete und auf den Gang stolperte. Das Licht flackerte und hatte auf der linken Seite einen deutlichen Stich ins Rötliche. Die Schreie waren nun deutlicher zu hören. Sie schienen aus allen Richtungen zugleich zu kommen, hörten sich aber eindeutig eher nach Schreckens- als Schmerzensschreien an.

Sasha! Sein erster Gedanke galt Sasha, dann dachte er an seinen Vater – aber natürlich wandte er sich nach links und rannte in die Richtung los, in der er Sasha und ihren Vater wusste.

Als er um die Gangbiegung raste, prallte er mit einem Mann der Stationsbesatzung zusammen.

»Was ist passiert?«, keuchte Ben. »Was war das?«

Der Mann verstand ihn entweder nicht oder war viel zu sehr in Panik, um zu antworten. Ohne ein Wort stürmte er weiter, und auch Ben setzte seinen Weg fort und erreichte nach einem Dutzend hastigen Schritten die Tür zu Schulz' Zimmer.

Sie wurde von innen aufgerissen, gerade als er die Hand nach der Klinke ausstrecken wollte, und Schulz kam ihm entgegen. Er blutete aus einer frischen Platzwunde über dem Auge und sah völlig verstört aus (anscheinend hatte er weniger Glück gehabt als Ben und war tatsächlich gestürzt), aber Sasha saß zu Bens Erleichterung völlig unbeschadet auf der Kante der wackeligen Campingliege und wirkte nur ein bisschen verwirrt.

»Ben! Was ist passiert?«, stammelte Schulz.

»Das wollte ich Sie auch gerade fragen«, antwortete Ben, schob sich aber zugleich an Schulz vorbei und eilte zu Sasha. Anders als sonst reagierte sie auf sein Auftauchen, indem sie – wenn auch auf eine unendlich mühsame Art – den Kopf drehte und zu ihm hochsah. Diesmal jedoch entdeckte er kein Lächeln in ihren Augen, keinen Ausdruck von Freude, sondern nur ein abgrundtiefes Erschrecken; und Qual, all das, was sie dachte und fühlte, nicht in Worte fassen zu können. Sie kämpfte gegen ihre Ketten, das spürte er, mit einer Verzweiflung und Kraft, die er wahrscheinlich nicht einmal annähernd nachempfinden konnte. Der Anblick schloss sich wie eine unbarmherzige Faust aus Eis um sein Herz und schnürte ihm schier die Kehle zu.

»Ist alles in Ordnung?«, fragte Schulz.

Ben war nicht ganz sicher, wem diese Frage galt, und er reagierte auch nur mit einer Bewegung, deren Bedeutung Schulz sich aussuchen konnte. Fast hastig richtete er sich wieder auf und war nicht einmal überrascht, als Sasha ebenfalls aufstand und nach seiner Hand griff. Jetzt war es Schulz, in dessen Augen ein Funke von Eifersucht aufglomm, wenn auch nur für einen winzigen Moment, dann warf er Ben einen auffordernden Blick zu und wandte sich zur Tür. Sasha und er folgten ihm auf den Gang, auf dem der Lärm und das Durcheinanderrennen mittlerweile deutlich zugenommen hatten. Auch der Brandgeruch war deutlich stärker geworden, und irgendwo wimmerte wieder einmal eine Sirene; wenn auch gottlob nicht so trommelfellzerreißend wie sonst. Das Licht flackerte, und ein chemischer Geruch lag in der Luft; vermutlich von einem Feuerlöscher.

»Zur Zentrale!«, rief Schulz. Er rannte auch unverzüglich los – genauer gesagt: Er versuchte es. Seine Kräfte waren jedoch noch lange nicht wiederhergestellt. Alles, was er zu Stande brachte, war ein schlurfendes Humpeln, sodass Ben – selbst mit Sasha im Schlepptau – Rücksicht auf ihn nehmen musste und nicht annähernd so schnell vorwärts kam, wie ihm lieb gewesen wäre. Immerhin hörte der Feueralarm auf zu heulen, und auch das Stimmengewirr und die allgemeine Aufregung schienen ein wenig nachzulassen. Auf halbem Weg zur Zentrale kamen ihnen van Staaten und sein Vater entgegen, aber Ben sparte sich gleich jede entsprechende Frage, als er den ratlos-erschrockenen Ausdruck auf den Gesichtern der beiden sah. Nebeneinander eilten sie weiter.

Die Tür der Zentrale stand weit offen. Der Feueralarm hatte aufgehört zu randalieren, dafür flackerte das Licht in der Zentrale wie wild. Zuerst erkannte Ben nichts als Chaos; es kam ihm vor, als hielten sich zwanzig oder dreißig Menschen in der Zentrale auf, die noch dazu wild durcheinander liefen und schrien. Dann wurde ihm klar, dass es kaum ein halbes Dutzend Leute waren. An dem großen Konferenztisch saß Harry und beugte sich mit konzentriertem Gesichtsausdruck über den Bildschirm des Laptops. Er sah als Einziger im Raum nicht erschrocken aus, sondern nur auf eine sehr sachliche Weise angespannt; allenfalls dass ein leiser Ausdruck von Unwillen auf seinem Gesicht lag, der vermutlich aber nur dem allgemeinen Durcheinander galt.

»Was ist passiert?«, stieß sein Vater hervor, kaum dass er vor ihm durch die Tür gestolpert war – und das wortwörtlich; hätte van Staaten ihn nicht blitzschnell am Arm gepackt, wäre er wohl über seine eigenen Füße gefallen und der Länge nach hingeschlagen. Noch bevor er sein Gleichgewicht wiedergefunden hatte und seine Frage noch mal stellen konnte, tat es eine andere Stimme hinter ihnen.

»Was zum Teufel ist hier los?«

Natürlich hatte Ben die Stimme erkannt, aber er fuhr trotzdem erschrocken herum und blickte fast schuldbewusst in Ramanovs Gesicht. Der Russe drängelte Sasha und ihn grob zur Seite und stürmte mit kampflustig gesenkten Schultern in den Raum. »Was ist passiert? Ich verlange eine Erklärung!«

Harry hatte bereits zu einer Antwort angesetzt, aber nun ließ er – vermutlich ganz bewusst – eine geschlagene Sekunde verstreichen, in der er Ramanov nur ausdruckslos anstarrte, dann deutete er ein Schulterzucken an und sagte fast schon provozierend sanft: »Irgendetwas scheint explodierte zu sein. Wenn hier nicht alle wie die aufgeschreckten Hühner umherlaufen und Chaos verbreiten würden, hätte ich vielleicht sogar schon herausgefunden, was, Professor.«

Ramanov sah schon wieder aus, als träfe ihn gleich der Schlag, aber zu Bens nicht geringem Erstaunen beherrschte er sich, ballte nur verärgert die Fäuste und schrie dann irgendetwas in mindestens vier verschiedenen Sprachen; Ben verstand keine davon, hatte aber das sichere Gefühl, dass es jedes Mal dasselbe Wort war. Was vermutlich auch stimmte, denn seine Mitarbeiter hatten es plötzlich sehr eilig, die Zentrale zu verlassen. Ramanov wandte sich mit einem weiteren, noch ungeduldigeren Blick an Harry, doch der Söldner lächelte ungerührt weiter und machte eine Kopfbewegung auf die Tür.

Ramanov überraschte Ben ein weiteres Mal, indem er auch jetzt nicht explodierte, sondern nur herumfuhr, mit zwei wütenden Schritten an ihm vorbeistampfte und die Tür mit einem Krachen schloss.

»Also?«

Anscheinend, überlegte Ben, wollte Harry ausprobieren, wie weit er dieses Spielchen treiben konnte, denn er antwortete auch jetzt noch nicht auf Ramanovs Frage, sondern lächelte nur knapp und ungefähr so amüsiert wie eine Schlange, die ein von ihr hypnotisiertes Kaninchen mustert und dabei angestrengt überlegt, an welcher Stelle sie zubeißen soll. Als einzige Reaktion auf Ramanovs Worte deutete er mit der linken Hand auf die beiden großen Wandmonitore, die nun dasselbe Bild zeigten: die Ben schon wohl bekannte grafische Darstellung der Station. Einige Bereiche davon – nicht sehr viele und sie waren auch nicht besonders groß – flackerten rot, und darüber hinaus wuselten Dutzende winzige Punkte auf der Grafik durcheinander.

»Es scheint nicht so schlimm zu sein, wie es zunächst den Anschein gehabt hat. Ein paar harmlose Brände. Sieht so aus, als bekämen Ihre Leute die allein unter Kontrolle … schließlich sind wir ja auch nicht die Feuerwehr.«

Ramanov starrte den Söldner nur aus hervorquellenden Augen an, was Harry jedoch nicht im Geringsten zu beeindrucken schien, denn er drehte sich lediglich mit einem lauten Ächzen in seinem Stuhl herum und sah zu einem Punkt am anderen Ende des Raumes. Ramanovs Gesicht lief allmählich dunkelrot an, und Ben fragte sich, was Harry bezweckte. Für alberne Machtspielchen war jetzt *wirklich* nicht der richtige Zeitpunkt.

Dann folgte sein Blick dem des Söldners, und er entschuldigte sich in Gedanken bei Harry. Sie waren nicht so allein, wie er angenommen hatte. Ein ganzer Teil der gegenüberliegenden grauen Kunststoffverkleidung war auseinander geschraubt und die einzelnen Paneele aufrecht daneben an die Wand gelehnt worden. Ben konnte in dem Durcheinander, das dahinter zum Vorschein kam, nicht allzu viel erkennen (und eigentlich wollte er es auch nicht, denn der Anblick weckte eine von zahlreichen Erinnerungen in ihm, auf die er liebend gern verzichtet hätte), aber nach ein paar Augenblicken erschien ein Paar Stiefel in der Öffnung, dessen Besitzer sich umständlich und unter sichtbarer Anstrengung rücklings ins Freie schob.

Es war Tahia. So viel zu der Frage, wer als Sieger aus dem ungleichen Duell hervorgegangen war: van Staaten oder Harry.

»Was zum Teufel haben Sie angestellt?!«, keuchte Ramanov.

»Nichts«, antwortete Harry ruhig. »Ich habe Tahia lediglich gebeten, sich Ihr Computersystem noch einmal genauer anzusehen.«

Ramanovs Miene verdüsterte sich noch weiter, obwohl Ben das noch vor einer Sekunde nicht einmal für möglich gehalten hätte. Seine Augen schienen kleine Blitze abwechselnd in Harrys und Tahias Richtung abzufeuern, während er mit mühsam beherrschter, zitternder Stimme fragte: »Das Computersystem? Ich kann mich irren, aber benutzt man dazu nicht normalerweise eine Tastatur statt einer Brechstange?«

»Eigentlich schon«, antwortete Tahia an Harrys Stelle. Sie hatte sich weit genug aus den staubigen Eingeweiden der Station herausgeschoben, um sich herumdrehen und aufrichten zu können. Ohne Ramanov auch nur eines Blickes zu würdigen, begann sie sich den Schmutz von Jacke und Hose zu klopfen und eilte gleichzeitig zum Tisch zurück, um sich nun tatsächlich über die Funktastatur zu beugen, die neben ihrem Laptop auf dem Tisch stand. »Es sei denn, irgendjemand ist so schlau und versteckt gewisse wichtige Komponenten des Systems hinter einer Wandverkleidung, die man nur mit einer Brechstange aufbekommt. Falls Sie irgendwann einmal wieder in die Zivilisation zurückkehren, Professor, empfehle ich Ihnen einen Besuch in einem Baumarkt. Es gibt da eine neue Erfindung, die sich Schraube nennt.« Sie hob nun doch für einen Moment den Blick und sah Ramanov an, als verrate sie ihm eines ihrer bestgehüteten Geheimnisse. »Ich gebe zu, sie sind etwas schwieriger zu handhaben als ein Elektrotacker, aber man spart hinterher eine Menge Zeit und Arbeit.«

Sie deutete auf die misshandelte Wand, und Ramanov wurde zur Abwechslung leichenblass. Ben konnte ihn sogar verstehen, als er ebenfalls noch einmal hinsah und erkannte, dass Tahia in der Tat eine Brechstange benutzt zu haben schien, um die Wandverkleidung zu entfernen. Der Boden rings um die gewaltsam geschaffene Öffnung war mit grauen Plastiksplittern und verbogenem Metall übersät.

»Tahia, bitte«, sagte Harry. Er versuchte ein strafendes Gesicht aufzusetzen, konnte das belustigte Funkeln in seinen Augen aber nicht ganz unterdrücken.

»Ich frage noch einmal!« Ramanov flüsterte jetzt nur noch, klang aber trotzdem irgendwie so, als würde er schreien. »Was ist passiert?«

»Das versuche ich gerade herauszufinden, Professor«, antwortete Tahia plötzlich sehr ernst. »Es hat jedenfalls nichts mit dem zu tun, was ich getan habe.«

»Und was *haben* Sie getan?«, fragte Ramanov mühsam beherrscht.

»Nichts«, sagte Harry. Er bekräftigte seine Worte mit einem Nicken und einem ernsten Blick und stand gleichzeitig auf, um mit langsamen Schritten um den Tisch herumzukommen. Er humpelte nicht nur leicht, seine Bewegungen hatten ihre kraftvolle Geschmeidigkeit auch noch lange nicht zurückgewonnen. Was im Übrigen auch für Tahia galt, wie Ben nicht ohne Sorge registrierte. Die beiden waren am Ende ihrer Kräfte und hielten sich nur noch mit Mühe und Not auf den Beinen, das war unübersehbar, ganz egal wie sehr sie auch versuchten, es zu überspielen. »Irgendetwas ist explodiert oder zusammengebrochen, und wir finden heraus, was.«

Ben fand seinen Ton reichlich unangemessen. Wie es aussah, schien im Augenblick keine unmittelbare Gefahr zu bestehen – aber Harry benahm sich, als hätte nur das Licht einmal kurz geflackert, und nicht, als wäre ihnen gerade der halbe Himmel auf den Kopf gefallen.

Ramanov schwieg, warf aber einen bezeichnenden Blick auf die halb auseinander gerissene Wand, und Harry fuhr mit einem Stirnrunzeln und in hörbar schärferem Ton fort: »Nur nebenbei … interessiert es Sie, was Tahia entdeckt hat?«

Ramanov wäre nicht Ramanov gewesen, hätte er sich herabgelassen, auf diese Frage zu antworten, aber das schien Harry auch gar nicht erwartet zu haben. »Jemand hat kräftig an ihrem Computersystem herumgepfuscht, Professor.«

»Aber das wissen wir doch«, sagte Bens Vater, und Harry fügte ungerührt hinzu: »Und zwar nicht erst heute oder gestern, sondern schon vor einer geraumen Weile.«

Ramanov wirkte irritiert. »Was soll das heißen?«

»Sie haben sich einen hübschen kleinen Computervirus eingefangen, Professor«, sagte Tahia. »Aber nicht über eine E-Mail oder weil einer von Ihren Leuten auf einer Schmuddelseite im Internet war.« Sie deutete ein Achselzucken an. »Ich habe noch nicht herausgefunden, wann und von welchem Terminal aus, aber er wurde eindeutig hier eingegeben. Ein raffiniertes kleines Biest, nebenbei bemerkt. Wer immer es geschrieben hat, wusste, was er tat. Ich bin beeindruckt.«

Draußen auf dem Gang heulte der Feueralarm noch einmal lauter auf und verstummte dann mit einem letzten, beinahe resignierend klingenden Wimmern, und Tahia unterbrach sich für einen Moment, um einen raschen Blick auf den hochgeklappten Monitor ihres Laptops zu werfen. »Kein Grund zur Sorge. Anscheinend nur ein Kurzschluss. Kriegen Ihre Leute das in den Griff?«

Ramanov deutete ärgerlich auf den großen Monitor, auf dem vermutlich dasselbe zu sehen war wie auf Tahias Laptop. »Wie Sie sehen.«

Sasha drückte Bens Hand so fest, dass er zusammenfuhr und sie überrascht ansah. Sie sah alarmiert aus; ihr Blick ruhte auf der gewaltsam geschaffenen Bresche in der Wand. Als Ben ebenfalls hinsah, glaubte er einen davonhuschenden Schatten zu erkennen, winzig und wuselnd und viel zu schnell verschwunden, um ihn wirklich identifizieren zu können. Eine … Spinne?

»Ganz genau«, sagte Tahia, als hätte er die Frage laut ausgesprochen.

Anscheinend war es im Moment nicht schwer, in seinem Gesicht zu lesen. Sie verzog angeekelt die Lippen. »Es wimmelt da drinnen von den Viechern. Sie sollten dringend einen Kammerjäger kommen lassen, Professor.«

Ramanov verstand nun sichtlich gar nichts mehr, und Tahia setzte zu einer Erklärung an, runzelte aber dann plötzlich die Stirn, ging mit raschen Schritten zur Wand und hob den Fuß, um irgendetwas wuchtig zu zerstampfen. »Spinnen!«, sagte sie angewidert.

Ein rascher, eisiger Schauer lief über Bens Rücken, und für einen kurzen, aber unbeschreiblich widerwärtigen Augenblick glaubte er das flüchtigen Tasten Hunderter eiskalter Spinnenbeine auf der Haut zu fühlen. Natürlich war es nur Einbildung, aber das machte es nicht besser.

Ramanov schien etwas erwidern zu wollen, doch in dieser Sekunde wurde die Tür hinter ihnen aufgerissen, und ein Mann in einem rußverschmierten weißen Kittel stürmte herein und sagte ein paar Worte, die Ben nicht verstand. Ramanov antwortete nur mit einem unwilligen Kopfnicken und scheuchte den Mann mit einer Geste wieder hinaus, bevor er sich an Harry wandte. »Das Feuer ist gelöscht. Es war nur ein harmloser Kurzschluss. Sie hatten Recht.«

»Ich weiß«, antwortete Harry, nachdem er einen raschen Blick auf den Monitor an der Wand geworfen hatte. Die winzigen Leuchtpunkte wuselten noch immer wie verrückt durcheinander, aber das rote Flackern war erloschen.

»Aber das ist immer noch keine Antwort auf die Frage«, meldete sich Robert Berger zu Wort, »was überhaupt passiert ist. Gab es eine Explosion?«

»Das glaube ich nicht.« Tahias Fuß stieß ein weiteres Mal wuchtig auf den Boden nieder und Ben glaubte ein leises Knacken zu hören. »Es hat sich eher angefühlt, als wäre etwas zusammengebrochen. Etwas Großes.«

»Die Höhle?«, murmelte van Staaten erschrocken.

»Kaum«, sagte Harry. »Wenn die gesamte Höhle zusammengebrochen wäre, dann säßen wir jetzt wahrscheinlich nicht mehr hier. Vielleicht ein Teil.«

»Aber wieso?«, fragte Ramanov unsicher.

»Warum gehen Sie nicht hinunter und schauen nach?«, erkundigte sich Tahia, während ihr Blick aufmerksam über den Boden huschte und nach etwas Ausschau hielt, was sie zertreten konnte. Sie fand nichts.

Ben wandte sich beunruhigt wieder zu Sasha herum. Sie wirkte nicht mehr ganz so erschrocken wie gerade eben, aber immer noch angespannt, und auch ihm wollte es einfach nicht gelingen, das eingebildete Kribbeln und Tasten ganz abzuschütteln. Da war eine Erinnerung, die …

»Das sind nicht nur einfach Spinnen«, hörte er sich selber murmeln.

»Was soll das heißen?«, fragte van Staaten nervös.

Ben hörte sich selbst weiter zu, als lausche er den Worten eines Fremden. »Es hat schon auf der *Princess* angefangen. Erinnert ihr euch nicht? Sie … sie waren auch da.«

»Unsinn!«, schnappte Ramanov. »Ungeziefer gibt es überall auf der Welt. Vielleicht sind ein paar Tiere aus dem Labor entkommen –«

»Der Junge hat Recht«, unterbrach ihn Schulz. Auch er war an die Öffnung in der Wand herangetreten und blickte in das schattige Halbdunkel dahinter. Sein Gesicht wirkte sonderbar leer. »Sie sind *Ihre* Augen und Ohren. Das waren sie schon immer.«

Die Worte schienen noch eine Weile in der Luft zu hängen, nachdem er sie ausgesprochen hatte, wie ein unhörbares Echo, das etwas Düsteres aus einer fremden, feindseligen Welt mitgebracht hatte. Ben versuchte vergeblich, das Gefühl abzuschütteln oder wenigstens als so lächerlich abzutun, wie es sein musste – doch je mehr er es versuchte, desto schlimmer schien es zu werden.

»Blödsinn«, sagte Ramanov verächtlich. »Als ob wir nicht schon genug echte Probleme hätten!«

Niemand antwortete. Schulz sah seinen Schwiegervater nur beinahe traurig an, und schließlich drehte sich Ramanov mit einem demonstrativen Ruck zu Tahia um und fragte: »Also, was genau bewirkt dieser Virus?«

»Das habe ich noch nicht herausgefunden.« Ihre scharfen Augen schienen noch etwas erspäht zu haben, was sich zu zermanschen lohnte, denn ihre Stiefelspitze stieß plötzlich so wuchtig auf den Boden hinab, als wolle sie sich einen Weg in das Labor unter ihren Füßen bahnen. »Jedenfalls macht er nichts kaputt, wenn Sie das meinen. Das Biest ist viel raffinierter.«

Sollte sie das etwa beruhigen? Nicht nur Ben sah die Söldnerin irritiert an.

»Im Klartext wollen Sie mir erklären, dass wir so etwas wie einen Verräter unter uns haben«, sagte Ramanov. »Das ist lächerlich. Ich lege die Hand für jeden einzelnen meiner Mitarbeiter ins Feuer.«

Niemand tat ihm den Gefallen, zu erwidern, dass er aufpassen solle, sich dabei nicht zu verbrennen, aber die Bemerkung stand trotzdem irgendwie im Raum, und wieder machte sich eine sonderbar unwirkliche Stimmung zwischen ihnen breit. Ramanov sah sich kampflustig um und schien nur darauf zu warten, dass jemand den Mund aufmachte, damit er sich auf ihn stürzen konnte, und es war, als knistere die Luft unter einer unsichtbaren elektrischen Ladung. *Van Staaten hat Recht gehabt,* dachte Ben wieder. *Es ist dieser Ort. Er machte die Menschen böse.*

»Machen Sie sich keine Sorgen, Professor«, sagte Harry. »Wenn jemand herausfindet, was hier los ist, dann Tahia. Sie ist wirklich gut in solchen Dingen.« Er nickte bekräftigend und schien noch etwas hinzufügen zu wollen, stutzte dann aber und sah plötzlich konzentriert auf den Monitor seines Laptops. »Tahia.«

Die Söldnerin eilte wortlos zu ihm, beugte sich über seine Schulter und schaute dann genauso überrascht und ein bisschen besorgt drein wie er.

»Was ist los?«, fragte Ramanov.

»Nichts«, murmelte Tahia und beugte sich weiter vor – Harry erhob sich wortlos und nahm im Stuhl daneben Platz –, um nach einem eindeutig beunruhigten Stirnrunzeln hinzuzufügen: »Das ist interessant.«

Ramanov schürzte ärgerlich die Lippen, trat hinter sie und blickte ebenfalls auf den Laptop, aber man sah seinem Gesicht an, dass ihm das, was er darauf erblickte, rein gar nichts sagte.

»Was?«, fragte Ben. Täuschte er sich oder hatten Sashas Finger in seiner Hand zu zittern begonnen?

»Jemand … hat den Strom unten im Labor wieder eingeschaltet«, erklärte Tahia. »Oder es jedenfalls versucht … schon vor ein paar Stunden.«

»Aber das ist unmöglich«, sagte Ramanov.

»Ich habe ja auch gesagt: *versucht.*« Tahias Finger begannen über die Tastatur zu huschen. Ben sah unwillkürlich auf den großen Wandmonitor, aber dort änderte sich nichts. Das nervöse Wuseln der Lichtpunkte, die die Position jedes einzelnen Menschen hier in der Station markierten, hatte sich etwas beruhigt. Das war alles.

»Dort unten kann niemand sein. Es ist alles zerstört«, murmelte Ramanov.

Der Rest der Menschen im Raum schwieg. Sie alle wussten, *wer* dort unten war.

Außerdem täuschte sich Ramanov oder versuchte einfach, die Augen vor der Wirklichkeit zu verschließen – dort unten war längst nicht *alles zerstört.* Schließlich hatten Ben, sein Vater und auch die Söldner das Labor mit eigenen Augen gesehen. Die Selbstvernichtungsmaschinerie, die der Computer in Gang gesetzt hatte, hatte nicht annähernd so gut funktioniert, wie sein Erbauer es vorgesehen hatte. Das Labor und seine Einrichtung waren beschädigt, mehr nicht.

»Können Sie … von hier aus alles abschalten?«, fragte Ramanov plötzlich und nun hörbar unsicher. Ben sah überrascht auf. Hätte er es nicht besser gewusst, er hätte geschworen, nun auch in seinem Gesicht einen deutlichen Ausdruck von Furcht zu erkennen.

Tahia hämmerte auf ihre Tastatur ein und hob gleichzeitig die Schultern. »Theoretisch ja. Falls ich vollen Zugriff auf das gesamte System bekomme.«

»Wenn Sie mein Passwort brauchen –«, begann Ramanov und brach dann mit einem irgendwie verdutzt wirkenden Stirnrunzeln wieder ab, als Tahia den Kopf verdrehte, um ihm einen fast mitleidigen Blick zuzuwerfen.

Nein, Ben hatte sich nicht getäuscht. Sashas Finger zitterten, und er konnte durch ihre Haut hindurch fühlen, wie schnell und hart ihr Herz schlug. Abermals sah er sie besorgt an. Die Furcht in ihren Augen war wieder da. Sie blickte immer noch das Loch in der Wand an, das Ben jetzt weniger wie ein roh herausgerissenes Paneel vorkam, sondern ihn an das aufgerissene Maul eines Ungeheuers erinnerte. Bewegte sich dahinter etwas?

»Ah!«, sagte Tahia. »Da bist du ja, du kleines Miststück!«

»Was?«, fragte Ramanov. »Der Virus?«

»Ich würde es eher als Trojaner bezeichnen«, antwortete Tahia, ohne mit Tippen innezuhalten oder den Blick vom Monitor zu lösen. Was Ben dabei auf ihrem Gesicht las, gefiel ihm ganz und gar nicht. Was sie entdeckt hatte, beunruhigte sie anscheinend mehr, als sie zugab. »Wenigstens ungefähr …« Sie zog eine Grimasse. »So etwas habe ich noch nie gesehen …«

»Sie haben ihn gefunden?«, vergewisserte sich Ramanov. Er klang zweifelnd. »So schnell?«

»Wenn man weiß, wonach man suchen muss, ist es nicht besonders schwierig«, meinte Tahia; allerdings in einem Ton, der Ben noch weniger gefiel als ihr Gesichtsausdruck.

»Und Sie können ihn unschädlich machen?«

Sashas Finger zitterten immer heftiger. Ben sah rasch in ihr Gesicht und dann beinahe noch rascher wieder weg. Aus der Furcht in ihren Augen war etwas geworden, was an Panik grenzte. Und auch ihm selbst erging es nicht anders. Irgendetwas … würde geschehen. Das spürte er.

»Das Ding zu finden und es zu killen sind zwei verschiedene Paar Schuhe, Professor.« Ihre Finger huschten weiter emsig über die Tastatur, und in das leise Klappern schien sich nun noch ein anderes Geräusch zu mischen: etwas Unheimliches, Wisperndes. »Um ehrlich zu sein, habe ich nicht die geringste Ahnung, womit ich es hier zu tun habe … aber ich kann es erledigen … hoffe ich.«

Ramanov ignorierte die letzten beiden Worte. »Wann?«

»In zehn Minuten …« Ramanov atmete erleichtert auf. »… oder einer Stunde …«, fuhr die Söldnerin fort, und Ramanov runzelte fragend die Stirn. »… oder vielleicht auch einer Woche«, schloss Tahia, und der Russe sah nun so perplex aus, dass er Ben vermutlich sogar leidgetan hätte, wäre er nicht voll und ganz damit beschäftigt gewesen, das überwältigende Gefühl von Angst niederzukämpfen, das von seinen Gedanken Besitz ergreifen wollte. Etwas … kam.

»Sie haben also in Wirklichkeit nicht die geringste Ahnung, was Sie tun«, grollte Ramanov.

Tahia warf ihm über die Schulter einen ärgerlichen Blick zu, und Harry mischte sich in strengem Ton ein: »Ich schätze, sie kommt schneller voran, wenn wir sie nicht andauernd mit dummen Fragen ablenken, Professor. Sollen wir dich allein lassen?«

Die letzte Frage galt Tahia, die jedoch nur stumm den Kopf schüttelte und sich weiter auf ihren Computer konzentrierte. Das Gefühl, dass etwas kam, wurde stärker … und offenbar nicht nur in Ben. Auch Schulz, der noch immer neben dem zerborstenen Wandpaneel stand, wirkte immer nervöser.

»Ich denke, ich schalte erst einmal den kompletten Stromkreis dort unten ab. Nur zur Vorsicht. Das dürfte kein –«

Sasha fuhr wie unter einem elektrischen Schlag zusammen, und Schulz gab ein erschrockenes Ächzen von sich und prallte zwei Schritte zurück, als die Dunkelheit hinter der Öffnung in der Wand plötzlich zu unheimlichem Leben erwachte. Van Staaten keuchte und schlug dann die Hand vor den Mund, und selbst Harry fuhr heftig auf seinem Stuhl zusammen und machte eine instinktive Bewegung, wie um nach einer Waffe zu greifen, die er gar nicht trug.

Spinnen. Es waren Spinnen, die aus dem Loch herauskamen; Hunderte der winzigen, Ekel erregenden Tiere, die sich in einer seltsam geordneten Formation über den Boden ergossen. Schulz schrie und wich dann hastig so weit zurück, bis er gegen den Tisch stieß, und van Staaten fuhr entsetzt herum und verbarg das Gesicht an der Brust seines Vaters.

Dann stoppte die grässliche Invasion so abrupt, wie sie begonnen hatte. Die Tiere bedeckten den Boden vor der Öffnung wie ein zitternder Teppich, eine lebende Masse aus zahllosen dürren, haarigen Beinen und schnappenden Zangen. Der Anblick war so ekelhaft, dass Ben den säuerlichen Geschmack von Erbrochenem auf der Zunge zu spüren glaubte, zugleich aber auch auf eine morbide Art so faszinierend, dass es ihm unmöglich war, den Blick davon zu lösen. Nicht eines der Tiere überschritt die unsichtbare Linie, die einen präzisen Halbkreis vor der Öffnung markierte. Trotz seiner Absurdität erinnerte ihn der Anblick an eine schweigende Armee, die aufmarschiert war und nur auf das Signal zum Angriff wartete.

»Was zum Teufel –?«, krächzte Ramanov.

Ein lautes, trockenes Knacken erscholl, und über ihren Köpfen sagte eine Stimme: »*Damit* hat es nun wirklich nichts zu tun, Professor.«

Noch vor einer Sekunde hätte Ben geschworen, dass es nichts mehr gab, was ihn noch erschrecken konnte. Aber das stimmte nicht. Die körperlose Stimme traf ihn wie ein Schlag in den Magen.

»Wenn Sie die Freundlichkeit hätten, die Videoverbindung zu öffnen«, fuhr die Stimme fort, »könnten wir dieses Gespräch von Angesicht zu Angesicht führen. Ich finde, das macht es leichter.«

In den ersten Sekunden tat Ramanov gar nichts. Niemand tat etwas. Bens Vater sah aus, als wäre er einem leibhaftigen Gespenst begegnet. Er begann am ganzen Leib zu zittern. Dann gab Harry Tahia einen Wink, und die Söldnerin tauschte ihren Laptop mit Ramanovs Tastatur und gab einen Befehl ein. Die grafische Darstellung des Stationsgrundrisses auf dem großen Monitor erlosch und machte dann einem Bild Platz, das Ben noch einmal dasselbe denken ließ wie gerade: dass er sich abermals getäuscht hatte und es *immer* etwas gab, was schlimmer war.

Es war das Gesicht seiner Mutter. Die Übertragungsqualität war miserabel: Das Bild hatte kaum Farbe, war hoffnungslos verrauscht und versuchte unentwegt, zur linken Seite wegzukippen. Ben war fast dankbar dafür; zumindest konnte er sich so einreden, dass der hasserfüllte Ausdruck auf den Zügen seiner Mutter nicht echt, sondern nur eine Folge der schlechten Bildqualität war.

»Jennifer?«, flüsterte sein Vater. »Aber du ... was ...?«

»Erspar uns das, Robert. Nimm deine neue Freundin in den Arm und lass dich von ihr trösten ... und mach dir keine Vorwürfe. Ich bin nicht verärgert.« Sie lachte ganz leise. »Ich wünsche Ihnen viel Vergnügen, meine Liebe. Ich fürchte nur, Sie wissen nicht, worauf Sie sich einlassen.«

»Jennifer!«, flehte ihr Mann. »Bitte! Du ... du musst dich doch erinnern!«

»Nein«, murmelte Schulz. »Das ist nicht mehr Ihre Frau.«

»Kapitän Schulz, ich bitte Sie!«, sagte das Gesicht auf dem Bildschirm tadelnd. »Wir wollen doch ein Mindestmaß an Höflichkeit wahren, oder?« Der Blick der kalten, unmenschlichen Augen irrte unstet über den Schirm, schien nach etwas zu suchen, ohne es zu finden.

»Was wollen Sie?«, fragte Harry. Auch er wirkte erschrocken, schien sich aber von allen hier dennoch am besten in der Gewalt zu haben.

»Zuallererst einmal Sie von etwas abhalten, was Sie bedauern würden.«

»Zum Beispiel?«, fragte Harry.

Blanke Wut blitzte in ihren Augen auf, aber sie hatte sich auch beinahe sofort wieder unter Kontrolle. »Bitte, Harry. Mir steht weder der Sinn nach albernen Spielchen noch haben wir Zeit dafür. Befehlen Sie Ihrer kleinen Freundin, die Finger von der Stromversorgung zu lassen.«

Harry nickte, als hätte er gerade etwas überaus Interessantes erfahren. Ein dünnes, allerdings nicht besonders humorvolles Lächeln huschte über seine Lippen. »Oder?«

»Oder Sie zwingen mich, etwas zu tun, was ich eigentlich nicht will. Bitte legen Sie es nicht auf eine Kraftprobe an. Sie würden verlieren.«

Harry stand auf. Sein Blick tastete über die Decke. Ramanov kam ihm zur Hilfe, indem er mit einer Kopfbewegung auf den Winkel über der Tür wies. Harry sprach in diese Richtung gewandt weiter, nicht zum Bildschirm hin. »Wer sind Sie? Ich meine: Wer sind Sie wirklich? Jetzt?«

»Aber ich bitte Sie!«, antwortete Bens Mutter mit gespielter Entrüstung. »Erinnern Sie sich nicht mehr an mich? Das wundert mich. Wo Sie doch schon auf der *Princess* keine Gelegenheit ausgelassen haben, mir auf den Hintern zu starren.«

»Was wollen Sie?«, fragte Harry abermals. Ben starrte das verzerrte Abbild seiner Mutter schockiert an. Es fiel ihm schwer, zu glauben, was er gerade gehört hatte – nicht wegen der Worte an sich. Seine Mutter hatte niemals ein Blatt vor den Mund genommen und auch kein Problem mit dem einen oder anderen anzüglichen Witz. Es war die *Absicht,* die er hinter diesen Worten spürte.

»Vielleicht einfach nur in Ruhe gelassen werden. Im Prinzip also dasselbe, was auch Sie wollen. Lassen Sie die Finger von der Stromversorgung, und niemandem geschieht etwas.«

»Ich verstehe. Damit Sie in aller Ruhe tun können, was immer Sie dort unten auch vorhaben, um uns dann umso bequemer umzubringen.«

»Umbringen?« Wenn die Überraschung auf dem Gesicht seiner Mutter gespielt war, dachte Ben, dann perfekt. Sie schüttelte den Kopf. »Sie verstehen nichts. Niemand hat vor, irgendjemanden umzubringen. Ich dachte, das hätten Sie mittlerweile verstanden.«

»Nein, das habe ich nicht«, antwortete Harry. »Warum erklären Sie es mir nicht?«

»Ich wollte, ich könnte. Aber ich fürchte, das kann ich nicht. Was hier geschieht, ist viel größer, als sich irgendeiner von euch auch nur vorstellen könnte. Und viel wichtiger.« Sie hob die Hand, als Harry etwas sagen wollte. Irgendwo hinter ihr bewegte sich etwas. Etwas Großes, Verschwommenes. »Irgendwann werden Sie es verstehen, doch jetzt ist nicht der richtige Zeitpunkt, darüber zu reden. Ich gebe Ihnen mein Wort, dass Sie alle nicht in Gefahr sind, solange Sie nicht versuchen das zu behindern, was hier unten geschieht.«

Harry lachte leise. »Und wenn doch?«

Das Ding auf dem Bildschirm, das einmal Bens Mutter gewesen war, antwortete nicht, aber von der anderen Seite des Zimmers her erscholl ein unheimliches Rascheln und Klicken, und als Ben hinsah, erkannte er, dass noch mehr der hässlichen Achtbeiner hereingekommen waren. Der Halbkreis, den die Tiere bedeckten, maß nun gut anderthalb Meter, wenn nicht mehr. Und die Dunkelheit dahinter wogte und waberte, als wollte sie den Raum zur Gänze erfüllen.

»Beeindruckend«, sagte Harry mit einer Stimme, die ganz und gar nicht beeindruckt klang. »Aber ich fürchte, das reicht mir nicht.«

Das Rasseln und Klicken wurde lauter, und der Halbkreis war nun kein Halb-, sondern ein Dreiviertelkreis, der nahezu zwei Meter maß. Aber Ben fiel auch auf, dass der kribbelnde Teppich nicht mehr ganz so dicht zu sein schien wie bisher. Und als er sich zwang genauer hinzusehen, fiel ihm noch etwas auf: So grässlich die Ungeheuer auch aussahen, waren sie letztendlich doch vor allem eines: winzig. Keines der Tiere war größer als sein Daumennagel. Wenn sich nicht ein ausgesprochen giftiges Exemplar darunter befand, dann war die kribbelnde Armee zwar Ekel erregend, aber nicht gefährlich.

Harry musste das wohl ganz ähnlich sehen, denn er blickte die unsichtbare Kamera über der Tür kopfschüttelnd an, wandte sich dann wortlos ab, ging quer durch den Raum – und begann die Spinnen methodisch und schnell mit seinen schweren Kampfstiefeln zu zertreten. Ben hielt instinktiv den Atem an, denn er rechnete damit, dass sich die gesamte Masse der Spinnen auf ihn stürzen würde, aber das genaue Gegenteil geschah: Die Tiere, die seinem wütenden Stampfen entgingen, flohen vor ihm und zogen sich hastig wieder in ihr staubiges Schattenreich hinter der Wand zurück.

»Das sollten Sie nicht tun«, sagte Bens Mutter.

»Ich denke darüber nach«, erwiderte Harry, der inzwischen schon fast Mühe hatte, noch etwas zum Zertrampeln zu finden. »Tahia, Liebes, ich habe mir unsere letzte Stromrechnung angesehen, und sie war entschieden zu hoch. Würdest du freundlicherweise das Licht im Keller ausschalten?« Er machte einen Ausfallschritt, um eine letzte Spinne auszulöschen, die ihm auf verzweifelt wirbelnden Beinen zu entkommen versuchte. »Und such diese verdammte Spionagekamera und dreh ihr den Hals um!«

23

RAMANOV hatte für den bevorstehenden *Abend* – was nach Bens Dafürhalten mittlerweile zu einem vollkommen willkürlichen Begriff geworden war – so etwas wie eine *Krisensitzung* einberufen … ein Wort, das ihm beinahe noch lächerlicher vorkam. Seiner Meinung nach war ihr Aufenthalt hier bisher nichts als eine einzige, ununterbrochen anhaltende Krise gewesen.

Dennoch hatte er nicht widersprochen, sondern sich – wie alle – fast hastig in sein Quartier zurückgezogen, um das soeben Erlebte zu verarbeiten. Nur hatte es nichts genutzt … Irgendwie hielt er das Eingesperrtsein beinahe eine Viertelstunde lang aus, aber schließlich hatte er das Gefühl, hier nicht mehr richtig atmen zu können, und es beinahe fluchtartig wieder verlassen, um zu Schulz (und vor allem Sasha) zu gehen.

Sie waren jedoch nicht da. Die Tür war nur angelehnt, und das Zimmer machte einen so verlassenen Eindruck, als seien Sasha und ihr Vater bisher noch gar nicht zurückgekommen; dabei war Schulz *vor* ihm gegangen, und er selbst hatte Sasha bis zur letzten Gangbiegung begleitet und sich – wenn auch mit einem schlechtem Gewissen – darauf verlassen, dass sie die wenigen Schritte bis zum Zimmer ihres Vaters schon schaffen würde. Für einen Moment drohte er in Panik zu geraten, aber dann rief er sich in Gedanken zur Ordnung. Schulz musste aus irgendeinem Grund aufgehalten worden sein oder er war noch einmal weggegangen, um mit jemandem zu reden, und hatte Sasha mitgenommen. Natürlich hatte er sie mitgenommen. Schulz hätte sie niemals allein zurückgelassen – so wenig, wie er sie allein hätte gehen lassen sollen.

Ben überlegte, wieder in sein Zimmer zurückzugehen, aber schon die bloße Vorstellung, dort allein zu sein, jagte ihm wieder einen eisigen Schauer über den Rücken. Und zu seinem Vater und van Staaten wollte er nicht; und sei es nur wegen der hässlichen Worte, die seine Mutter gerade zu ihm und van Staaten gesagt hatte. Er konnte rein gar nichts dafür – nichts für ihre Worte und schon gar nichts für das, was (möglicherweise) zwischen seinem Vater und der Ärztin war, und trotzdem fühlte er sich so schuldig, als wäre er ganz allein für alles verantwortlich. Und sei es nur, weil er van Staaten trotz allem sympathisch fand; und irgendwie das Gefühl hatte, seine Mutter damit zu verraten.

»Kann ich dir helfen?«, fragte eine Stimme hinter ihm.

Ben fuhr fast erschrocken herum und blinzelte dann verdutzt in Dr. Vatecs Gesicht. Die grauhaarige Wissenschaftlerin stand nur zwei Schritte hinter ihm, und sie machte ganz den Eindruck, als hätte sie ihn schon eine geraume Weile beobachtet.

»Ich … ähm … suche Kapitän Schulz. Und seine Tochter.«

»Ich glaube, ich habe sie gerade auf dem Weg zur Messe gesehen. Jedenfalls vermute ich, dass sie dorthin wollten. Sie schienen es ziemlich eilig zu haben … wie ich übrigens auch.«

Sie ging weiter, blieb aber nach zwei Schritten schon wieder stehen und wandte sich erneut und stirnrunzelnd in seine Richtung, und Ben wurde klar, dass er sie anstarrte.

»Ist sonst noch etwas?«

»Nein.« Ben schüttelte eindeutig zu heftig den Kopf. »Ich bin nur … Bitte entschuldigen Sie. Ich … war nur ein bisschen überrascht, dass Sie so gut Deutsch sprechen.«

Vatecs Stirnrunzeln vertiefte sich noch. »Warum sollte ich das nicht? Schließlich ist es meine Muttersprache.«

»Sie sind Deutsche?«

»Aus Frankfurt, um genau zu sein. Ist daran irgendetwas besonderes?«

»Nein. Ich war nur … ich habe Sie nur noch nie länger Deutsch reden hören und gedacht …«

»… dass sich die Station fest in russischer Hand befindet?«, vermutete Vatec mit einem angedeuteten Lächeln und schüttelte gleichzeitig den Kopf. »Wir sind hier ziemlich international. Außer Professor Ramanov und seinem Assistenten gibt es nur noch einen Russen und der arbeitet unten im Labor.« Ein Schatten huschte über ihr Gesicht, und sie verbesserte sich etwas leiser: »Oder hat dort gearbeitet.« Sie machte eine Handbewegung hinter sich. »Wenn du deine Freundin und ihren Vater suchst – ich vermute, sie sind bei diesen Söldnern. Und jetzt entschuldige mich bitte.«

Sie ging weiter, und Ben sah ihr verwirrt nach, bis sie hinter der nächsten Gangbiegung verschwunden war. Er war schon vorher nicht wirklich schlau aus Vatec geworden, aber jetzt war sie ihm regelrecht unheimlich. Vielleicht war das auch das falsche Wort, obwohl ihm keine passendere Bezeichnung einfiel. Er glaubte jedenfalls nicht, dass es reiner Zufall war, wenn sie bisher in seiner Gegenwart (und soviel er wusste, auch in der seines Vaters) den Eindruck erweckt hatte, nicht viel von dem zu verstehen, was gesprochen wurde.

Ben schüttelte den Gedanken ab und machte sich auf den Weg zur Messe. Selbst wenn er Sasha und ihren Vater dort nicht antraf, würde er wenigstens mit Harry reden können. Es gab tausend Fragen, die er ihm stellen musste.

Schulz war jedoch in der Messe, genau wie Sasha. Die beiden saßen Hand in Hand an dem überladenen Tisch, und Schulz war in ein halblautes Gespräch mit Harry vertieft. Als er das Geräusch der Tür hörte, sah er fast erschrocken auf, winkte Ben dann jedoch mit einem flüchtigen, aber sehr ehrlich wirkenden Lächeln heran. Zu Bens Erstaunen sah Sasha nicht nur ebenfalls auf und lächelte, sondern erhob sich auch von ihrem Stuhl und eilte ihm entgegen.

»Ben! Komm her und setz dich zu uns. Wir haben gerade über dich gesprochen.«

Ben gehorchte, allerdings erst nachdem er Sasha kurz in die Arme geschlossen und an sich gedrückt hatte. Ihr Vater legte vielsagend die Stirn in Falten, sagte aber auch dazu nichts, sondern geduldete sich, bis sie sich gesetzt hatten. Er wirkte sehr müde; das aber auf eine Art, die zugleich klar machte, dass ihm nicht die geringste Kleinigkeit entging.

»Was gab es denn über mich zu reden?«

»Genau genommen haben wir über die Spinnen geredet«, antwortete Schulz mit einer neuerlichen Kopfbewegung in Harrys Richtung. »Sie waren schon auf der *Princess.* Ich habe mir nichts dabei gedacht, aber ich bin sicher, dass sie uns auch da schon beobachtet haben.« Er machte eine auffordernde Geste. »Warum erzählst du Hauptmann West nicht davon?«

»Harry. Ein Hauptmann kommandiert im Allgemeinen eine Truppe. Wir sind nur noch drei und …« Der Söldner schwieg kurz, und als er weitersprach, tat er es erst nach einem verlegenen Lächeln und einem angedeuteten Achselzucken. »Wenn ich ehrlich sein soll, habe ich mir diesen Titel selbst zugelegt.«

»Warum?« Schulz sah nicht so aus, als wäre er sonderlich überrascht oder gar empört.

»Ich dachte, es kommt bei unseren Kunden besser an und ich könnte auf diese Weise ein höheres Honorar herausschlagen.« Er grinste erneut, aber diesmal wirkte es ganz und gar nicht verlegen. »Bei Ramanovs Chefs in Brüssel hat es funktioniert.«

Schulz wirkte ein kleines bisschen irritiert, aber nicht wirklich verärgert. »Seis drum. Hören Sie sich an, was Ben erlebt hat. Erzähl ihm von den Spinnen auf dem Schiff.«

Ben setzte gehorsam dazu an, von seiner ersten Begegnung mit einem der ekligen kleinen Krabbler zu erzählen, hielt dann aber sofort wieder inne. »Harry war dabei«, erinnerte er.

»Bei diesem unseligen Frühstück, ich weiß«, sagte Schulz. »Ich meine die Geschichte unten im Lagerraum.«

Erneut holte Ben Luft, um Schulz' Wunsch nachzukommen, und abermals tat er es nicht, sondern sah ihn nur verblüfft an. »Woher wissen Sie davon? Ich habe Ihnen nichts davon erzählt.«

»Ich war dabei.« Jetzt verstand Ben gar nichts mehr, und Schulz fuhr erklärend fort: »Nicht damals. Aber als ich … bei *ihnen* war.«

»Das war später, Kapitän«, sagte Harry, zwar in beinahe sanftem Ton, aber dennoch hörbar misstrauisch.

»Nein«, behauptete Schulz, schüttelte den Kopf und fuhr mit leiserer, sonderbar veränderter Stimme fort. »Oder doch, natürlich. Sie haben Recht. Aber Zeit … bedeutet dort nicht dasselbe wie hier. Ich kann es nicht anders erklären.«

Harry sah ihn weiter skeptisch an, hob aber dann nur die Schultern, und Schulz wiederholte sein aufforderndes Nicken in Bens Richtung, und schließlich berichtete er dem Söldner von seiner unheimlichen Begegnung mit einer weißen Spinne auf der *Princess.* Er sprach langsam, eindeutig langsamer als nötig, und ertappte sich dabei, immer wieder zu stocken und nach den richtigen Worten zu suchen. Damals (es kam ihm vor, als wäre es Jahre her) war ihm seine Begegnung der achtbeinigen Art allenfalls ein bisschen gruselig vorgekommen, aber jetzt – und vor allem nach dem, was gerade in der Zentrale geschehen war – ließ die bloße Erinnerung daran sein Herz schneller schlagen. »Ich hatte das Gefühl, dass sie mich beobachtet«, schloss er. »Aber natürlich … habe ich diesem Gefühl nicht geglaubt.«

»Das hätte ich auch nicht«, sagte Harry. »Es fällt mir auch jetzt noch schwer, obwohl ich … das vorhin gesehen habe. Ich habe selten etwas Widerwärtigeres erlebt.«

Dann warst du nicht im richtigen Labor, dachte Ben. Und er schickte ein Stoßgebet zum Himmel, dass der achtbeinige Koloss, dessen Kadaver er gesehen hatte, tatsächlich der einzige seiner Art gewesen war.

»Sie glauben also, diese Biester hätten uns schon damals beobachtet«, vermutete Harry, aber Schulz schüttelte den Kopf.

»Nein. Schon immer.«

»Schon immer? Was soll das heißen?«

»Genau das, was ich sage. Sie beobachten uns schon immer. Seit es uns gibt. Sie sind ihre Augen und Ohren. Wussten Sie, dass praktisch kein Ort auf der Erde existiert, an dem es keine Spinnen gibt?«

Harry nickte stumm, und Ben überkam ein Gefühl von Trauer, als er daran denken musste, dass er das schon einmal gehört hatte und sogar beinahe wortwörtlich: aus dem Mund des jungen Soldaten, der jetzt so tot war wie die meisten seiner Kameraden. Er erinnerte sich nicht einmal mehr an seinen Namen.

»Sie meinen, sie haben sie als eine Art ... *Spione* ... erschaffen«, vermutete Harry. »Gar nicht dumm. Wenn Spinnen wirklich so weit verbreitet sind, wie Sie sagen, dann wissen Sie über vieles von dem Bescheid, was auf der Welt geschieht.«

»Über alles«, verbesserte ihn Schulz. »Glauben Sie mir – es gibt praktisch kein Fleckchen auf diesem Planeten, auf dem sie sich weiter als einen Meter von einer Spinne entfernt befinden.«

Harry zeigte sich zwar entsprechend beeindruckt, machte aber trotzdem ein skeptisches Gesicht. »Das klingt nicht besonders ermutigend ... doch die Sache hat einen Haken. Ich bin zwar kein Fachmann, aber gibt es Spinnen nicht schon viel länger als Menschen?«

»Sehr viel länger sogar. Sie waren schon vor den Dinosauriern da. Aber sie haben sie auch nicht erschaffen, um uns zu beobachten.«

»Sondern?« Harry klang immer noch skeptisch, jetzt vielleicht sogar noch mehr.

»Das weiß ich nicht.« Schulz machte eine niedergeschlagene Geste und wandte sich mit einem ebenso niedergeschlagenen Blick an Ben – wenigstens nahm er das an, bevor er begriff, dass Schulz in Wahrheit Sasha anblickte, und sich ebenfalls zu ihr herumdrehte. Das Lächeln, mit dem sie ihn begrüßt hatte, war längst erloschen, und in ihren Augen stand nun wieder etwas geschrieben, was ihm die Kehle zuschnüren wollte. Sie wusste die Antwort. Sie wusste *alle* Antworten. Wenn er doch nur mit ihr reden könnte!

»Das weiß ich nicht«, sagte Harry betont, »ist mir ein bisschen zu dünn, Kapitän.«

»Aber es ist die einzige Antwort, die ich Ihnen geben kann. Womöglich war es ihr erster Versuch, ein Volk nach ihrem Vorbild zu schaffen, und er ist gescheitert.«

»Nach ihrem Vorbild? Also ich will ja nicht kleinlich sein, und Spinnen sind nun weiß Gott nicht meine bevorzugten Kuscheltierchen –«, er hob den Fuß, um seine Stiefelsohle zu betrachten, unter der noch Spinnenreste klebten, »– aber wenn ich bisher alles richtig verstanden habe, dann waren diese … *Alten* keine Lebewesen wie wir. Eine völlig andere Biologie und so weiter …«

»Sie haben gut zugehört«, sagte Schulz.

»Aber Spinnen sind ganz eindeutig von dieser Welt. Eklig, aber von dieser Welt.«

»Sie sind das, war *ihrer* Form auf unserer Welt am nächsten kommt. Vielleicht war das der Grund, aus dem sie es am Ende nicht geschafft haben.«

»Muss ich das verstehen?«, fragte Harry.

»Aber ich glaube, er hat Recht«, mischte sich Ben ein. »Ich meine: Hast du dich nie gefragt, warum so viele Menschen Angst vor Spinnen haben?«

»Ich nicht. Ich finde sie ziemlich hässlich, aber Angst …?« Er schüttelte heftig den Kopf. »Nein.«

»Es gab eine Zeit während der Erdgeschichte«, sagte Schulz, »in der die Gliederfüßer beinahe die Vorherrschaft gewonnen hätten.«

»Aha«, sagte Harry und nickte mit todernstem Gesicht. »Gliederfüßer. Ich verstehe. Was ist das?«

»Mollusken«, antwortete Ben an Schulz' Stelle. »Kraken, Spinnen, Skorpione … so ein Zeug.«

»Wahrscheinlich haben sie unzählige Male versucht, Leben nach ihrem Vorbild zu erschaffen; etwas, das dem entspricht, was sie verloren haben«, fuhr Schulz fort. »Aber das neue Leben, das *diese* Welt hervorgebracht hat, war am Ende immer stärker. Also haben sie sich zurückgezogen und auf uns gewartet.«

»Auf uns?«

»Oder etwas wie uns. Leben, das klug und stark genug war, sich diese Welt untertan zu machen. Und dumm genug, ihnen dabei zu helfen, sie wieder zu zerstören.«

Harry sagte jetzt gar nichts mehr, aber sein Blick sprach Bände. Ben konnte ihm seine Zweifel nicht einmal übel nehmen. Selbst ihm fiel es schwer, Schulz' Worten Glauben zu schenken. Hätte er die düstere Welt der *Alten* nicht mit eigenen Augen gesehen, hätte er es wahrscheinlich gar nicht gekonnt.

»Das klingt ziemlich verrückt«, bemerkte Harry nach einer Weile des unbehaglichen Schweigens. Wieder betrachtete er seine Stiefelsohlen und versuchte dann – vergebens – die Schweinerei auf dem Boden abzustreifen. »Andererseits ...«

Die Tür ging auf, und Tahia kam herein. Ben erschrak, als er sie sah. Schon vorhin in der Zentrale war ihm aufgefallen, wie schlecht sie aussah, aber danach war alles viel zu schnell gegangen. Ihr Gesicht war totenbleich, und auch sie hatte sich die eine oder andere Erfrierung eingehandelt, auch wenn sie nicht annähernd so schlimm waren sie bei Schulz. Aber ihre Augen, die immer – selbst in den schlimmsten Situationen – so fröhlich gewirkt hatten, wirkten jetzt trüb, nicht einfach nur müde, sondern als hätten sie etwas gesehen, was nicht für menschliche Augen bestimmt war, und ihr Haar hatte jeglichen Glanz verloren. Auch ihre Bewegungen waren mühsam und wirkten erzwungen; fast roboterhaft. Trotzdem lächelte sie knapp, als sie Ben und Sasha erkannte, eilte aber nur wortlos zu Harry hin und flüsterte ihm etwas ins Ohr. Harry überlegte einen Moment. »In Ordnung. Tu das.«

Unverzüglich wandte sich Tahia wieder zum Gehen, strauchelte jedoch schon nach dem ersten Schritt und musste sich hastig an einer Tischkante festhalten.

»Alles in Ordnung?«, fragte Harry.

Tahia nickte so heftig, dass ihre Antwort allein dadurch schon jegliche Glaubwürdigkeit verlor. »Es geht schon wieder. Ich bin ein bisschen ... wackelig auf den Beinen, das ist alles.«

»Dann geh zu Doktor van Staaten und lass dir etwas geben.« Tahia machte ein zweifelndes Gesicht und wollte augenscheinlich widersprechen, als Harry hinzufügte: »Sag ihr, du willst dasselbe, was ich bekommen habe. Wenn sie Schwierigkeiten macht, schlag sie einfach nieder. Die Pillen sind in dem kleinen Schränkchen neben der Tür, in der oberen Schublade, ganz rechts.«

Tahia zuckte nur mit den Schultern und ging, und Ben warf Harry einen verstörten Blick zu. Manchmal war er nicht ganz sicher, wann Harry scherzte und wann er es ernst meinte.

So wie jetzt zum Beispiel.

»Bist du sicher, dass du nicht zu viel von ihr verlangst?«

»Ja, ich bin sicher. *Dass* ich zu viel von ihr verlange. Eigentlich bräuchten wir alle einen hübschen kleinen Urlaub in der Karibik. Strand, Sonne, eine eiskalte Pina Colada … wenn du irgendwo noch ein paar Last-Minute-Tickets rumliegen hast, nehmen wir Sie gerne in Anspruch.«

»Sie waren bei *andererseits*, Hauptmann …«, mischte sich Schulz hastig ein, als er den scharfen Unterton in Harrys Stimme gewahrte. »… Harry«, verbesserte er sich.

Harry sah ihn nachdenklich an und nickte zwar, schüttelte aber in der gleichen Bewegung den Kopf. »Es war nichts. Nur eine dumme Idee.«

»Im Moment haben wir gar keine Ideen«, sagte Ben. »Da ist eine *dumme* immer noch besser.«

»Kaum.« Harry rieb sich mit Daumen und Zeigefinger über die Augen und versuchte ein Gähnen zu unterdrücken. »Jedenfalls nicht diese.« Er gab den Kampf gegen die Müdigkeit auf, gähnte nun ungeniert und reckte sich ausgiebig. Seine Gelenke knackten leise.

»Ich glaube, ein paar Stunden Schlaf würden uns allen gut tun«, sagte er, sah – immer noch mit halb offenem Mund gähnend – auf die Armbanduhr und fügte in fast resignierendem Ton hinzu: »Na ja, oder wenigstens zwei, bevor wir alle beim großen Boss zum Appell antreten müssen.«

Ben ertappte sich dabei, die schmucklose Uhr an Harrys Handgelenk anzustarren und sich zu fragen, was für ein Ding das war. Zeit schien an diesem unheimlichen Ort am Ende der Welt nicht nur keinerlei Bedeutung mehr zu haben; er schien den Bezug zu dem Leben, das er bisher gelebt hatte, und allem, was dazugehörte, auch immer schneller zu verlieren. Dann lächelte er über seinen Gedanken.

Harry sah ihn fragend an.

»Schlafen?«, wiederholte Ben zweifelnd. »Du glaubst im Ernst, ich könnte jetzt *schlafen*?«

»Ich für meinen Teil kann es und werde es auch. Und du solltest es auch. Wer weiß, wann wir das nächste Mal dazu kommen.«

Womit er zweifellos Recht hatte. Und Ben *war* müde, aber irgendwie war sein Verhältnis zwischen Schlafen und Müdigkeit durcheinander geraten. Er war müde, wenn er sich ausgeruht fühlen sollte, und umgekehrt … selbstverständlich nicht immer. Er überlegte, ob das vielleicht auch an der sonderbaren Ausstrahlung dieses Ortes liegen konnte, sagte sich zugleich jedoch selbst, dass er es sich damit vermutlich ein bisschen zu leicht machte. Eher schon an seinem ramponierten Nervenkostüm.

Andererseits … hatten ihn Harrys Worte auf die Idee gebracht. Auch *Schlaf* bedeutete hier schließlich längst nicht mehr nur das, was er bisher gekannt hatte …

»Denk nicht einmal daran«, sagte Schulz, als er sich zu Sasha herumdrehte und sie nachdenklich ansah. Die Furcht in ihren Augen war immer noch da, und er hatte das sichere Gefühl, dass sie ihm mit schon fast verzweifelter Kraft etwas zu sagen versuchte. Aber die Ketten waren zu stark.

Harry hüstelte. »Also, ich will mich ja nicht einmischen, Kapitän, und wenn Sie jetzt sagen, es geht mich nichts an, dann haben Sie damit vollkommen Recht … schließlich ist sie Ihre Tochter und wahrscheinlich noch nicht einmal ganz volljährig, aber die beiden sind … äh … na ja, beinahe erwachsen, und … na ja … keiner von uns weiß, ob wir hier lebend rauskommen und …«

Nicht nur Ben sah ihn verwirrt an. Auch Schulz runzelte – im ersten Moment sichtlich verständnislos – die Stirn, und Harry geriet ins Stammeln und brach dann ganz ab. Natürlich wurde er nicht *wirklich* rot; aber irgendwie sah er trotzdem so aus …

»Das habe ich nicht gemeint, Harry«, sagte Schulz. Die Andeutung eines Lächelns huschte über sein Gesicht, doch Ben war nicht sicher, ob dieses Lächeln dem galt, was Harry gesagt hatte, oder der plötzlich unübersehbaren Verlegenheit dieses *harten Mannes.* »Und ich glaube, Ben weiß das auch sehr gut … nicht wahr?«

Bei den letzten beiden Worten drehte er sich zu Ben herum und sah ihn ernst an. Ben schwieg.

»Du versprichst mir, keine Dummheiten zu machen, okay?«, beharrte Schulz.

Ben schwieg weiter, doch er spürte, dass sich Schulz damit nicht zufrieden geben würde, und so zuckte er schließlich trotzig mit den Achseln und streckte dann demonstrativ den Arm aus, um ihn um Sashas Schultern zu legen. »Vielleicht ist es der einzige Weg. Und ich habe es schon einmal –«

»– mit Mühe und Not überlebt«, fiel ihm Schulz mit einem heftigen Kopfschütteln ins Wort. »Dein Vater hat mir erzählt, was du getan hast.

Du bist wahrscheinlich der Meinung, es wäre besonders mutig gewesen. Aber es war einfach nur besonders dumm.«

»Würde mich einer der Herren aufklären, worüber ihr überhaupt redet?«, fragte Harry.

»Wir müssen herausfinden, was sie vorhaben«, antwortete Ben, ließ Schulz' Gesicht dabei jedoch nicht aus den Augen, und eigentlich galten seine Worte auch ihm, nicht dem Söldner. »Und ich glaube, Sasha kann es mir zeigen.«

»Ja, oder du stirbst dabei oder wachst als sabbernder Blumenkohl wieder auf«, fügte Schulz hinzu und schüttelte noch einmal und noch heftiger den Kopf. »Es ist zu spät, Ben. Sie sind schon zu nahe. Wenn du dich noch einmal in ihre Welt begibst, findest du vielleicht nie wieder zurück.« Er deutete heftig gestikulierend auf seine Tochter. »Möchtest du so werden wie sie?«

Das war böse und verletzend, und ganz genau das war auch seine Absicht gewesen, das begriff Ben. Er wollte ihn schockieren – trotzdem spürte er für einen Moment eine Woge so heißer Wut in sich emporkochen, dass er sich beherrschen musste, um nicht aufzuspringen und Schulz anzuschreien.

Stattdessen sagte er ganz leise: »Und wenn wir dadurch zusammen wären ...«

»Aber das wärt ihr nicht. Ihr würdet an einem Ort sein, der für euch beide die Hölle wäre. Ich verbiete dir, irgendetwas zu tun, was dich in Gefahr bringt, hörst du?«

»Ich dachte, es sei *mein* Leben«, versetzte Ben aufmüpfig, aber Schulz schüttelte nur noch einmal und jetzt eindeutig wütend den Kopf. »Das war es einmal, bevor du hierher gekommen bist. Aber jetzt hast du die Verantwortung für meine Tochter übernommen. Ich weiß nicht, ob einer von uns lebend hier herauskommt oder ob wir es uns auch nur wünschen sollten, aber du bist der Einzige, der Sasha helfen kann. Ich werde nicht tatenlos zusehen, wie du diese Chance verspielst oder sie gar in Gefahr bringst.«

Um ein Haar hätte Ben genauso heftig widersprochen, doch dann sah er den wütenden, verletzten Mann vor sich nur schweigend an, und plötzlich begann er zu ahnen, was zwischen ihm und Ramanov vorgefallen sein musste. Sein Zorn verrauchte und machte einer Mischung aus Verständnis und schlechtem Gewissen Platz.

»Au Mann, Familienstress«, seufzte Harry. »Also, da halte ich mich raus, wenn's gestattet ist.« Er stand auf, reckte sich noch einmal ausgiebig und fügte mit einem demonstrativen Gähnen hinzu: »Wenn die Herren mich jetzt entschuldigen würden? Ich bin ein unterbezahlter, müder Mietsoldat, der dringend ein paar Stunden Schlaf braucht.« Eigentlich sah er so aus, als bräuchte er dringend ein paar *Monate* Schlaf, dachte Ben, schluckte die Bemerkung aber vorsichtshalber hinunter und stand auf.

Schulz schüttelte verdrossen den Kopf und schob ihn sanft, aber auch mit unerbittlicher Entschlossenheit weg, als er nach Sashas Hand greifen wollte. »Sie kommt mit mir. Und komm mir nicht auf irgendwelche dummen Ideen. Ich werde mit deinem Vater reden, damit er ein Auge auf dich wirft.«

Und das hatte er anscheinend wirklich getan, denn als er kurz darauf (nach einem von Schulz misstrauisch beäugten Abschied von Sasha) in sein Zimmer zurückkehrte, fand er dort eine Nachricht vor, sich *sofort* bei ihm und van Staaten zu melden.

Ben war ein bisschen beleidigt – nicht nur weil sich sein Vater offensichtlich einbildete, ihn wie ein kleines Kind herumkommandieren zu können, sondern vor allem weil er nicht damit gerechnet hatte, dass Schulz seine Drohung wahr machen würde, und weil er einfach mies drauf sein *wollte,* basta! Er dachte nicht daran, diesem *Befehl* Folge zu leisten, warf sich stattdessen aufs Bett und versuchte den Schlaf herbeizuzwingen. Schulz' Sorge um ihn (und vor allem seine Tochter) mochte ja durchaus echt sein, aber er hatte letzten Endes nicht die geringste Ahnung, was zwischen Sasha und ihm war. Sosehr ihn auch schon die bloße Erinnerung an das erschreckte, was er auf der anderen Seite der Wirklichkeit gesehen hatte, er war trotzdem sicher, dass Sasha und er gemeinsam dort drüben bestehen würden. Und irgendwie würde er sie herausholen.

Nyarlathotep? Sollte er doch kommen, dieser größenwahnsinnig gewordene Oktopussy!

Aber er kam nicht, schon weil der Schlaf nicht kommen wollte, denn natürlich erreichte er mit seinem krampfhaften Bemühen das genaue Gegenteil.

Schließlich resignierte er und ging doch.

Ganz wie er erwartet hatte, traf er in dem winzigen Behandlungszimmer nicht nur Dr. van Staaten, sondern auch seinen Vater. In Ermangelung einer anderen Sitzgelegenheit hatte er sich auf der Kante der schmalen Behandlungsliege niedergelassen und baumelte mit den Beinen. Er wich seinem Blick aus, als Ben eintrat.

»Das hat aber gedauert«, begrüßte ihn van Staaten, ohne sich mit etwas so Überflüssigem wie einer Begrüßung aufzuhalten. »Wo bist du so lange gewesen?«

»Spazieren. Ich wollte die schöne Aussicht genießen, wissen Sie? Wer weiß, wann ich wieder einmal in diese Gegend komme.«

Van Staatens dünne, wie mit einem feinen Stift gezogenen Augenbrauen rutschten ein Stück in die Höhe, aber sie ging mit keinem Wort darauf ein, sondern deutete nur mit dem Kopf auf die Liege, auf der sein Vater saß. »Setz dich dorthin. Und zieh dein Hemd aus.«

»Zu Befehl!« Ben salutierte übertrieben zackig, und jetzt zog van Staaten nicht mehr die Brauen hoch, sondern verdrehte genervt die Augen, schwieg aber nach wie vor. Anscheinend hatte sie sich vorgenommen, sich durch nichts aus der Ruhe bringen zu lassen. Vielleicht, dachte Ben böse, hatten sich die beiden Turteltäubchen ja gründlich auf dieses Gespräch vorbereitet.

Er spürte, wie schon wieder eine vollkommen übertriebene Wut von ihm Besitz ergreifen wollte, riss sich gerade noch zusammen und wartete, bis sein Vater die Liege freigegeben hatte und sich trollte … geradewegs durch die schmale Verbindungstür, hinter der van Staatens schuhkartongroßes Schlafzimmer lag.

Van Staatens Blick folgte dem Bens, und jetzt zogen sich ihre Augenbrauen zu einem scharfen »V« zusammen. »Dein Hemd«, erinnerte sie.

Ben begann zwar gehorsam, sein Hemd aufzuknöpfen, fragte aber trotzdem: »Wozu eigentlich?«

»Weil ich dich untersuchen muss. Nicht weil du so ein hübscher Bursche bist. Mach dir keine falschen Hoffnungen.«

»Um sicherzugehen, dass es keine Erbkrankheiten in unserer Familie gibt?«

»Natürlich«, antwortete sie ungerührt. »Oder möchtest du einen Halbbruder mit zwei Köpfen oder Tentakeln statt Armen?«

Ben fuhr leicht zusammen, biss sich auf die Unterlippe und murmelte: »Entschuldigung.«

»Kein Problem«, erwiderte van Staaten kühl. »Ich habe nichts anderes erwartet.«

»Weil ich so charmant bin?«

»Weil wir *hier* sind.« Plötzlich wedelte sie ungeduldig mit der Hand. »Nun mach schon. Ich habe noch andere Patienten, weißt du?«

Ben schlüpfte hastig aus seinem Hemd und hob auch gehorsam die Arme, als van Staaten ihn mit einer entsprechenden Geste dazu aufforderte. Er erwartete, dass sie ein Stethoskop hervorziehen oder ihn mit einer ihrer heiß geliebten Nadeln piesacken würde, aber sie begnügte sich damit, seinen Oberkörper und seine Arme mit den Fingerspitzen abzutasten. Sie waren ziemlich kalt.

Trotzdem ließ er die eher peinliche als unangenehme Prozedur etliche Minuten lang geduldig über sich ergehen, aber schließlich reichte es ihm. »Dürfte ich erfahren, was das soll? Ich dachte, Sie hätten mich heute Morgen schon gründlich untersucht.«

»Heute Morgen war gestern Abend, um genau zu sein«, antwortete van Staaten ungerührt, griff in die Kitteltasche und zog nun doch eine lange, *sehr* spitze Nadel hervor, die sie ihm ohne viel Federlesens in den Arm stieß. Ben biss die Zähne zusammen, um ein Stöhnen zu unterdrücken.

»Das hat wehgetan.«

»Kaum«, presste Ben hervor, und van Staaten rammte ihm die Nadel noch heftiger in den anderen Arm.

»Und das?«

»Verdammt noch mal, natürlich tut das weh!«, fauchte Ben. Er musste sich beherrschen, um ihre Hand nicht zur Seite zu schlagen – was wahrscheinlich keine besonders clevere Idee gewesen wäre, solange die Nadel noch in seinem Arm steckte. »Was soll denn das?«

Van Staaten zog die Nadel unerwartet behutsam aus seinem Arm und warf sie dann achtlos in eine emaillierte Schale, in der sich schon eine ganze Anzahl ähnlicher Folterwerkzeuge befanden. An einigen davon klebte Blut.

Ben zog fragend die Augenbrauen hoch.

»Du hast gestern Abend ein paar hübsche Kratzer abbekommen«, sagte van Staaten, und er war ziemlich sicher, sich den leicht schadenfrohen Unterton in ihrer Stimme dabei nicht nur einzubilden.

»Stimmt«, bestätigte er, während er die schmerzende Stelle an seinem Unterarm massierte. Tatsächlich hatte sie die Nadel unmittelbar neben einem der *Kratzer*, von denen sie gesprochen hatte (und bei denen es sich in Wirklichkeit um ziemlich tiefe, blutig verstaubte Schrammen handelte), in seine Haut gestochen. »Was soll das sein? Antarktische Akupunktur?« Warum hatte sie nicht gleich ein Schwert genommen?

»Da bist du nicht der Einzige. So ziemlich jeder, der dabei war, hat was abgekriegt – ich auch, siehst du?« Sie zog den Kragen des zerschlissenen Pullovers herunter, den sie unter ihrem (irgendwann vor langer Zeit einmal weißen) Kittel trug, sodass er den langen, blutigen Kratzer an ihrem Hals sehen konnte.

»Und?« Bens Mitleid hielt sich in Grenzen.

»Als ich dich gestochen habe, hat es wehgetan«, sagte sie; als wäre das Antwort genug.

»Ach?«

»Und ich verspreche dir, dass ich das nächste Mal noch sehr viel fester zustechen werde, wenn du noch ein einziges Mal *Sie* zu mir sagst. Aber das nur nebenbei. Du solltest froh sein, dass es wehgetan hat. Das dürfte es nämlich gar nicht.«

»Wieso?«

»Wenn es auf der *Princess* wirklich so war, wie ihr erzählt habt, dann müsstest du jetzt schon eine Schmelzspur hinterlassen. Das waren Eissplitter.«

Ben blickte betroffen an sich herab. Natürlich waren es Eissplitter gewesen, die ihn getroffen hatten … aber er konnte nicht einmal sagen, was ihn in diesem Moment mehr erschreckte: Die Tatsache, dass er eigentlich für die Hauptrolle im neuesten Iglo-Werbespot prädestiniert sein sollte, oder der Umstand, dass er diese Kleinigkeit schlichtweg *vergessen* hatte. Bisher hatte sich jeder, dem die unheimlichen Kreaturen auch nur den winzigsten Kratzer zugefügt hatten, unweigerlich in Eis verwandelt!

»Wie lange hat es bisher gedauert, bis die …« Es schien ihr immer noch schwer zu fallen, das Wort auszusprechen. »… *Verwandlung* angefangen hat?«

Ben hob unglücklich die Schultern. Sein Arm tat plötzlich nicht mehr weh, sondern wurde taub und dann so kalt, als begänne er von innen heraus zu Eis zu erstarren. Aber das war nur Einbildung. Ganz bestimmt. »Ich … weiß nicht genau. Aber nicht lange.«

»Auf jeden Fall hätte es längst anfangen müssen. Doch das hat es nicht. Bei keinem.«

Dessen war sich Ben gar nicht so sicher. Verdammt, sein Arm *fühlte* sich kalt an. »Und was … bedeutet das?«, fragte er stockend.

»Das weiß ich nicht.« Was hatte er denn erwartet? »Entweder haben sie ihre Taktik geändert oder …«

»Oder?«

»Keine Ahnung. Und es ist mir auch egal, denn wenn es anders wäre, hätten wir gar keine Chance mehr.« Sie nickte auffordernd. »Zieh dein Hemd wieder an. Ich schätze, auf eine Blutprobe können wir verzichten.«

Ben atmete innerlich auf. Wie er van Staaten einschätzte, hätte sie dazu eine Gartenschere und einen Strohhalm benutzt.

»Und vielleicht solltest du jetzt mit deinem Vater reden«, sagte sie, während er umständlich wieder in sein Hemd schlüpfte. »Ich glaube, er wartet darauf.«

Ben knöpfte sein Hemd unnötig langsam zu, brauchte noch mehr Zeit, um es in die Hose zu stopfen und kletterte deutlich umständlicher von der Liege herunter, als er die Eigernordwand bewältigt hätte. Er hatte auch das Gefühl, eine gute Stunde für die wenigen Schritte zu brauchen, aber irgendwann schob er doch die Tür auf und trat in den winzigen, nur schummrig erhellten Raum.

Er kam ihm noch kleiner vor als bisher und auf eine Schauder machende Art … düsterer. Sein Vater saß auf einem niedrigen, lehnenlosen Schemel, der nahezu den gesamten Platz zwischen der Tür und dem schmalen Bett beanspruchte, und blickte die unförmig bandagierte Gestalt an, die auf den weißen Kissen lag. Er sah nicht einmal auf, als Ben das Zimmer betrat.

»Wie geht es ihm?« Ben machte die Tür so leise hinter sich zu, wie er konnte, und beugte sich mit einem bangen Gefühl über den Söldner. Er hatte ganz instinktiv geflüstert, aber das wäre gar nicht nötig gewesen. Tooth war bewusstlos.

»Er stirbt«, antwortete sein Vater, genau wie er in einem fast ängstlichen Flüsterton. »In einem richtigen Krankenhaus könnte man ihn wahrscheinlich retten, aber hier …«

Bens Blick tastete über Tooths dick bandagiertes Gesicht. Im Grunde konnte er kaum mehr als seine geschlossenen Augen erkennen. Selbst die Haut auf seinen Lidern war verbrannt. Er wollte etwas sagen, aber seine Stimme verweigerte ihm den Dienst.

»Er hat keine Schmerzen«, sagte sein Vater, fast als hätte er seine Gedanken gelesen. »Heidi hat ihm ein starkes Schmerzmittel gegeben … Doktor van Staaten, meine ich.«

»Heidi ist schon in Ordnung. Ich glaube, ich habe ein paarmal ziemlichen Blödsinn geredet. Tut mir leid.«

»Das muss es nicht. Es war dein gutes Recht. Vielleicht *hattest* du sogar Recht … aber das spielt jetzt keine Rolle mehr. Dir ist klar, dass wir hier wahrscheinlich nicht mehr herauskommen?«

Ben riss endlich den Blick von Tooths misshandeltem Gesicht los und wandte sich seinem Vater zu. Er wusste nicht, was er erwartet hatte, auf jeden Fall aber nicht, dass er in fast gelassener Haltung dasaß und ihn sogar anlächelte. Er brauchte allerdings nicht einmal eine Sekunde, um diese Maske zu durchschauen. »Noch ist es nicht so weit.« Sollte es nicht so sein, dass sein Vater *ihn* aufmunterte? »Im Augenblick sieht es doch gar nicht so schlecht aus.«

»Ja«, erwiderte sein Vater säuerlich. »Wenn wir den Sturm überstehen und in der Zwischenzeit nicht verhungern oder von einer Armee von Ungeheuern überrannt werden … habe ich etwas vergessen?«

»Wahrscheinlich. Aber im Prinzip reicht das schon.« Was taten sie hier? Anscheinend bemühten sie sich beide nach Kräften, über alles zu reden, nur nicht über das, worüber sie eigentlich reden *wollten.* Er war beinahe wütend auf sich selbst, als er fortfuhr: »Doktor van Staaten … *Heidi* … hat mir erzählt, dass der … Verwandlungszauber nicht mehr funktioniert?«

Sein Vater lächelte zwar, als er dieses sonderbare Wort benutzte, aber Ben spürte zugleich auch, wie sehr es ihn in Wahrheit erschreckte. Genauso sehr wie ihn selbst. »Es sieht jedenfalls so aus. Zumindest geht es nicht mehr so schnell wie am Anfang. Vielleicht haben sie ihre Taktik geändert.«

»Du meinst, sie wollen uns lebend? Wozu?«

»Deine Mutter haben sie auch nicht getötet.«

Nein, dachte Ben, *sie haben ihr etwas viel Schlimmeres angetan.* Er brachte die Worte allerdings nicht über die Lippen. »Wenn sie zurückkommt, würdet ihr –?«

»Du meinst, ob wir wieder zusammenkommen werden? Nein, vermutlich nicht. Aber das hat nichts mit Heidi zu tun … oder irgendeiner anderen Frau. Du hast sie erlebt. Vorhin.«

»Aber das war doch nicht mehr sie!«, protestierte Ben.

»Natürlich nicht. Aber zugleich ... irgendwie schon.« Ben starrte seinen Vater an. Er war so schockiert, dass er nicht einmal mehr zornig werden konnte. »Natürlich war das nicht mehr Jennifer. Schulz hat vollkommen Recht. Irgendetwas ... hat Besitz von ihr ergriffen.« Er lachte, nervös und unecht. »Jemand wie ich sollte dieses Wort nicht einmal in den Mund nehmen, ich weiß, aber anscheinend ist sie wirklich von einem dieser Geschöpfe ... *besessen.* Aber es ist nicht so leicht, die Psyche eines Menschen vollkommen auszulöschen. Wahrscheinlich ist es sogar unmöglich.«

»Du meinst, Nyarlathotep hat nur das in ihr zum Vorschein gebracht, was immer schon da war.«

»So krass würde ich es nicht ausdrücken. Aber was wir da auf diesem Bildschirm gesehen haben, das war auch keine völlig Fremde. Nicht für mich.«

Jetzt *wurde* Ben wütend und er versuchte nicht einmal, es zu verhehlen. »Du suchst nicht zufällig nach einer Ausrede, um eine gewisse holländische Ärztin noch netter zu finden?«

»Belgische«, verbesserte ihn sein Vater ruhig. »Heidi ist Flämin ... und nein, es hat nichts damit zu tun. Ich hab's dir ja schon gesagt: Wir hätten uns wohl auch getrennt, wenn all das hier nicht passiert wäre. Das vorhin ... hat mir nur klar gemacht, warum.«

»Weil sie im Grunde ihres Herzens ein böser Mensch ist?« Ben wusste selbst nicht, warum er das sagte, denn trotz aller Verärgerung war das Letzte, was er wollte, seinem Vater wehzutun. Er wollte es einfach nur verstehen.

Sein Vater wurde jedoch immer noch nicht ärgerlich. »Hart. Nicht böse. Das ist ein Unterschied. Und wahrscheinlich der Grund, aus dem es zwischen uns nicht mehr geklappt hat. Sie ist eine sehr liebenswerte Frau und sie kann sehr sanft sein und überaus großzügig ... aber auch hart wie Stahl.«

Obwohl Ben spürte, wie aufrichtig diese Worte gemeint waren – vielleicht war sein Vater in seinem ganzen Leben noch nie so ehrlich zu ihm gewesen wie jetzt –, fiel es ihm schwer, das zu glauben. Er hatte nicht das Gefühl, dass sein Vater und er wirklich über dieselbe Frau sprachen.

Er sagte nichts von alledem, aber seine Zweifel mussten ihm ziemlich deutlich anzusehen sein, denn sein Vater fuhr unaufgefordert fort: »Das erschreckt dich, ich weiß, und du willst es auch nicht glauben. Es ... hört sich auch schlimmer an, als ich es meine. Aber du weißt, wer deine Mutter ...« Um ein Haar hätte er gesagt: *war*, das spürte Ben, aber er korrigierte sich im letzten Augenblick. »... ist. Eben nicht nur deine Mutter und meine Frau, sondern auch eine der brillantesten Wissenschaftlerinnen der Welt. Du weißt, wie viele Doktortitel sie hat?«

Die Frage war rein rhetorisch, aber Ben schüttelte trotzdem den Kopf: »Ich habe irgendwo zwischen vier und sechs den Überblick verloren.«

»Ich auch. Und manchmal glaube ich, sie ebenfalls. Es hat sie auch nie echt interessiert. Tatsache ist, dass Jennifer vermutlich zu den zehn intelligentesten Menschen gehört, die es im Moment auf diesem Planeten gibt.«

»Du meinst, sie ist so eine Art ... weiblicher Stephen Hawking?«, fragte Ben zweifelnd.

»Wir haben immer versucht, dir diesen ganzen Rummel vom Hals zu halten. Wenigstens bis vor einer Weile.« Er seufzte leise, und sein Blick, obwohl er weiter fest auf Bens Gesicht gerichtet blieb, schien sich in weiter Ferne zu verlieren. »Sie hat sich verändert. Ich weiß nicht mehr, wann es angefangen hat. Vor zwei oder drei Jahren, vielleicht auch schon eher, ohne dass es mir aufgefallen ist. Ehrlich gesagt habe ich mich immer ein bisschen gewundert, wieso sie sich mit einem einfachen Gehirnklempner wie mir abgegeben hat, und irgendwann ... hat es ihr dann auch nicht mehr gereicht. Und wie auch?«

»Was meinst du damit?« Ben kramte angestrengt in seinem Gedächtnis, aber da war nichts. Er konnte sich an keine Auffälligkeiten in der Art erinnern, wie sein Vater sie beschrieb ... oder wollte es nicht?

»Warum glaubst du wohl, hat sie diesen Lehrstuhl ausgerechnet jetzt angenommen? Deinetwegen, Ben.«

»Wie?«, murmelte er verdutzt.

»Ich wollte es nicht wahrhaben«, sagte sein Vater leise und sehr bitter. »Habe ich schon erwähnt, dass ich ein Meister darin bin, mir selbst etwas vorzumachen? Ja, ich glaube schon ... oder auch nicht, ist ja auch egal. Jedenfalls glaube ich, dass sie nur gewartet hat, bis du alt genug bist, um dein eigenes Leben zu leben. Sie hat vor zwei Jahren angefangen sich nach einer Position umzusehen, die ihren Fähigkeiten gerecht wird, und sie hatte nach einer Woche so viele Angebote, dass wir das ganze Haus damit hätten tapezieren können.«

»Und sie hat keines davon angenommen?«

»Du warst noch nicht alt genug. Aber von da an war mir klar, dass es zu Ende geht.«

»Aber du –«

»Mach dir nichts vor, Ben. Ich tue es auch nicht. Dieser Lehrstuhl in Brisbane wäre nur der Anfang gewesen. Ein Sprungbrett in ein neues Leben, in dem für jemanden wie mich kein Platz ist.«

»Und das macht sie automatisch hart?« Ben hatte das Gefühl, allmählich den Boden unter den Füßen zu verlieren. Es konnte doch nicht sein, dass er seine eigene Mutter so wenig gekannt haben sollte!

»Nein. Aber niemand legt in Rekordzeit eine solche Karriere hin, wenn er nicht über einen eisernen Willen verfügt.« Sein Vater schloss die Augen, und für ein paar Sekunden sah er sehr alt aus und unendlich müde.

»Das tut mir leid«, murmelte Ben. »Ich habe … von alledem nichts gewusst.«

»Und das hätte auch so bleiben sollen. Es tut *mir* leid. Aber du musst mir etwas versprechen.«

»Schon passiert«, sagte Ben rasch. »Und was?«

»Wenn du das hier überlebst«, sagte er, und Ben erschrak bis ins Mark, als ihm klar wurde, dass er ganz bewusst *du* gesagt hatte und nicht *wir*, »dann pass gut auf deine kleine Freundin auf und versprich mir, dass ihr immer ehrlich zueinander seid. Ganz egal, was passiert.«

»Das werde ich«, gelobte Ben.

Sein Vater stand auf, trat auf ihn zu, und dann tat er etwas, was Ben vollkommen überraschte: Er schloss ihn in die Arme und drückte ihn fest an sich. Zuletzt hatte er das getan, als Ben acht oder neun Jahre alt gewesen und vollkommen niedergeschlagen und in Tränen aufgelöst von einem Schulsportfest nach Hause gekommen war, auf dem er unter gut hundert Teilnehmern den vorletzten Platz belegt hatte … und auch das nur, weil seine Mutter gerade nicht zu Hause war, um ihn zu trösten.

Noch vor wenigen Tagen hätte er eine so vertraute Berührung empört abgewehrt und wäre sich dabei wie ein kleines Kind vorgekommen. Aber jetzt war ihm die Umarmung seines Vaters nicht peinlich, ganz im Gegenteil: Plötzlich musste er sich beherrschen, sich nicht fest an ihn zu pressen. Es war das erste Mal seit langer Zeit, dass er seinem Vater so nahe war.

Und gleichzeitig und mit einer Sicherheit jenseits allen Zweifels wusste er, dass es auch das letzte Mal war.

24

ER MACHTE EINEN UMWEG ÜBER DIE SCHLEUSENKAMMER, als er sich – viel zu früh, aber er hatte es in der Einsamkeit seines Zimmers mal wieder nicht ausgehalten – auf den Weg zur Zentrale machte. Die Station befand sich nach wie vor im Griff jener unheimlichen, würgenden Stille, doch schon lange bevor er den Ort ihres vermeintlichen Sieges erreichte, drangen ihm helle, klingende Hammerschläge entgegen. Ein scharfer Geruch lag in der Luft, der ihm vage bekannt vorkam, aber er identifizierte ihn erst, als er sich der letzten Gangbiegung näherte und ein flackerndes, kaltes blaues Licht sah. Als Nächstes erblickte er eine Gestalt in einem grau-weiß gefleckten Tarnanzug, die – mit dem Rücken zu ihm – über die Innereien der halb auseinander gebauten Schallkanone gebeugt dastand und in regelmäßigen Abständen ein Elektroschweißgerät aufblitzen ließ. Zuerst dachte er, es sei Harry, aber dann richtete sich die Gestalt auf, und er erkannte Gerrit.

Der Söldner musste sich vollkommen auf seine Arbeit konzentriert haben, denn er fuhr eindeutig erschrocken herum und wirkte für eine halbe Sekunde so kampfbereit, dass Ben alarmiert innehielt und vorsichtshalber einen halben Schritt zurückwich. »Keine Sorge! Ich bin es nur. Ben.«

Gerrits Gesicht war hinter der wuchtigen Schweißerbrille, die er aufgesetzt hatte, kaum zu erkennen, aber seine Haltung blieb weiter angespannt wie die eines sprungbereiten Raubtieres, und er hielt den Schweißbrenner wie eine Waffe halb erhoben. Dann ließ er seinen improvisierten Totschläger sinken und schob mit der anderen Hand die schwarz getönte Brille in die Stirn.

»Alles in Ordnung?«, fragte Ben besorgt. Eigentlich war die Frage überflüssig. Gar nichts war in Ordnung. Der Söldner wirkte mindestens so erschöpft und übermüdet wie Tahia und Harry, und er sah zwar eindeutig erleichtert aus, jetzt wo er Ben offensichtlich erkannt hatte, aber es blieb etwas an ihm, das an ein gehetztes Raubtier erinnerte. Ein verletztes Raubtier auf der Flucht, dachte Ben, das dadurch nur umso gefährlicher wurde. Er ertappte sich dabei, ganz instinktiv einen weiteren halben Schritt zurückzumachen.

»Ein guter Rat für die Zukunft, Kleiner«, murmelte Gerrit. »Schleich dich nie an einen Mann mit einer Waffe an –«

»– dessen Nerven am Fußboden schleifen? Außerdem hast du keine Waffe.«

Gerrit betrachtete nachdenklich das Elektroschweißgerät in seiner Hand – einen wuchtigen hölzernen Griff, in den eine kleinfingerdicke, doppelt handlange Schweißkathode eingespannt war, deren Ende immer noch dunkelrot glühte –, beließ es darüber hinaus jedoch bei einem stummen Achselzucken, und Ben nahm sich vor, in Zukunft lieber zweimal nachzudenken und erst dann zu reden.

»Alles in Ordnung?«, fragte er noch einmal.

»Sicher.« Gerrit ließ sich ächzend in die Hocke sinken, schaltete das Schweißgerät aus und legte den Handgriff sorgsam so auf der Schallkanone ab, dass das immer noch glühende Ende das Metall nicht berührte. Er stand wieder auf. »Und wenn ich dieses verdammte Ding wieder hinkriege, bleibt es vielleicht auch so.«

Ben trat zögernd näher und reckte den Hals, um einen Blick in die offen stehende Reparaturklappe der Infraschallkanone zu werfen. Nicht dass er mehr sah als ein für ihn vollkommen sinnloses Durcheinander aus Platinen, Drähten und Spulen. Er fragte sich, was Gerrit in den Innereien eines offensichtlich so empfindlichen High-Tech-Gerätes mit einem *Schweißbrenner* tat. »Was ist denn damit?«

Gerrit bedachte ihn mit einem fast mitleidigen Blick und zog es vor, gar nicht darauf zu antworten. »Fass bitte nichts an.«

Das hatte Ben auch nicht vorgehabt. Nur um den peinlichen Moment zu überspielen, stand er noch einige Sekunden lang da und versuchte den Eindruck zu erwecken, etwas von dem zu verstehen, was er sah, hob dann die Schultern und drehte sich betont langsam herum, um zu der Schleusentür auf der anderen Seite des Ganges zu sehen. Oder um genauer zu sein: zu dem, was einmal eine Schleuse gewesen war. Jetzt war sie kaum noch wiederzuerkennen. Ramanovs Männer – oder Gerrit und Harry – hatten die brutal aus den Angeln gerissene massive Stahlplatte wieder aufgerichtet und kurzerhand an einem Dutzend Stellen mit dem

Rahmen verschweißt. Ben fragte sich vorsichtshalber nicht, wie sie dieses Ding jemals wieder aufbekommen wollten. *Das* war vermutlich ihr kleinstes Problem.

»Mach dir keine Sorgen«, sagte Gerrit hinter ihm, als hätte er seine Gedanken gelesen. »Die äußere Tür ist auch verschweißt. Da kommt so schnell nichts durch.« Wie beruhigend.

Ben dachte an das, was gestern Abend hier geschehen war, und sparte sich vorsichtshalber jede Antwort. Stattdessen wandte er sich wieder der Schallkanone zu. Sah man von der offen stehenden Reparaturklappe und dem durchdringenden Geruch nach verbranntem Metall ab, der in der Luft hing, wies die Waffe eigentlich keinerlei sichtbare Schäden auf – der Bürostuhl, auf dem Tooth gesessen hatte, war verschwunden und die beiden vorderen Räder abgerissen, sodass die Konstruktion ein wenig schräg stand, aber das war auch schon alles.

»Was ist denn damit?«, fragte er noch einmal, und diesmal bekam er fast zu seiner eigenen Überraschung sogar eine Antwort.

»Nichts«, sagte Gerrit, während er die Schweißerbrille endgültig abnahm und so achtlos zu Boden fallen ließ, dass Ben halbwegs auf das Klirren von zerbrechendem Glas wartete. »Ich versuche das Schätzchen ein bisschen zu tunen, das ist alles. Sieht gut aus.«

»Tunen?« Ben warf einen nervösen Blick auf die klobige, an eine Satellitenschüssel erinnernde Konstruktion. Er traute Gerrit ja eine Menge zu, aber letzten Endes war der Mann *Soldat*, kein Ingenieur. »Geht denn das?«, fragte er vorsichtig.

Diesmal war er sicher, dass Gerrit seine Gedanken gelesen hatte, denn er musterte ihn eine geschlagene Sekunde lang wenig freundlich und aus misstrauisch zusammengekniffenen Augen, bevor er antwortete. »Keine Ahnung. Ich dachte mir, ich verdopple einfach die Stromstärke und schaue mal, was passiert.« Ben starrte ihn an. »Natürlich funktioniert es«, fuhr Gerrit fort, nachdem er sich eine Weile an Bens verdattertem Gesichtsausdruck geweidet hatte. »Diese Schätzchen sind ursprünglich für das Militär entwickelt worden. Das hier ist zwar die zivile Version, aber das zu Grunde liegende Prinzip und die Konstruktion sind identisch. Man muss nur ein paar Teile austauschen, und du kannst damit einen Panzerspähwagen bis zum Mond pusten.«

Und dieses Ding wollte er hier drinnen einsetzen?, dachte Ben beinahe hysterisch. Allerdings formulierte er seine Bedenken vorsichtshalber ein wenig diplomatischer. »Bist du der Meinung, dass wir ein … ähm … solches Kaliber brauchen?«

»Keine Ahnung. Aber ich habe lieber zu viel Feuerkraft und brauche sie nicht als zu wenig, wenn ich sie bräuchte.«

Ben ließ seinen Blick abermals aufmerksam über die Vorderseite der Science-Fiction-Waffe gleiten. Gegen seinen Willen tauchten die Bilder der verzweifelten Schlacht vom vergangenen Abend noch einmal vor seinem inneren Auge auf. Aus welchem militärischen Lehrerbuch Gerrits vermeintliche Weisheit auch stammen mochte – seinem Kameraden hätte auch eine zehnmal so hohe Feuerkraft nichts mehr genutzt, dachte er bedrückt. Ganz im Gegenteil …

Ben drehte sich herum und blickte wieder zu der demolierten Schleusentür hin. Abgesehen davon, dass sie ungefähr so Vertrauen erweckend aussah wie ein eingeschlagenes Fenster, das jemand notdürftig und in aller Hast mit Brettern verkleidet hatte, wiesen die grauen Kunststoffwände rechts und links daneben überdeutliche Spuren dessen auf, was Tooth mit seiner – nicht getunten! – Schallkanone angerichtet hatte. Sie sahen aus, als hätte jemand stundenlang mit einem Vorschlaghammer darauf eingeschlagen. Der graue Kunststoff war zerbrochen und an zahllosen Stellen regelrecht pulverisiert, sodass das von einem Durcheinander aus Kabeln und Versorgungsleitungen erfüllte Innere der Zwischenwände dahinter zum Vorschein kam – dem die Schallkanone in den allermeisten Fällen ebenfalls den Garaus gemacht hatte. Selbst die angeblich nahezu unzerstörbare Wand dahinter war an mindestens zwei Stellen gerissen. Was sollte ihnen schon eine Waffe nutzen, die zwar jeden Angreifer vernichtete, die Station aber auch gleich mit?

Ein einziger Blick in Gerrits Gesicht machte ihm jedoch klar, wie wenig Sinn es hatte, dieses Argument vorzubringen. Vermutlich wusste Gerrit es besser als er, und möglicherweise diente das, was er tat, in Wahrheit auch nur dem Zweck, seine Hände zu beschäftigen und ihn irgendwie abzulenken. Wenn sie diesen ungleichen Kampf überhaupt gewinnen konnten, dann ganz bestimmt nicht mit *Waffen.* Aber auch das sprach er nicht aus.

»Wie geht es dir?«, fragte er stattdessen.

Die Frage schien Gerrit zu verwirren. »Wie soll es mir gehen?«

»So wie du aussiehst? Ziemlich mies, würde ich sagen. Was ist gestern da draußen passiert? Wie seid ihr rausgekommen?«

Er rechnete nicht wirklich damit, eine Antwort zu bekommen, und der Söldner zögerte auch eine geraume Weile. Dann aber sagte er mit einem Schulterzucken und in beinahe feindseligem Ton: »Ich würde sagen, mit mehr Glück als Verstand. Neben seiner Waffe ist das der treueste Verbündete eines Soldaten, weißt du?«

»Verstand?«, fragte Ben, in ganz bewusst zweifelndem Ton und mit einem spöttischen Lächeln.

»Glück«, antwortete Gerrit ernst. Sein Gesicht verdüsterte sich. »Wenn ich es nicht besser wüsste, dann würde ich behaupten, sie haben uns absichtlich davonkommen lassen. Als ihr weg wart, dein Vater und du, da war ich ziemlich sicher, dass es vorbei ist. Aber dann sind sie einfach verschwunden. Als hätten sie jedes Interesse an uns verloren.«

»Und dann?«

Gerrit setzte dazu an, etwas zu sagen, und fuhr plötzlich herum. Sein Fuß stampfte so wuchtig auf den Boden, dass Ben erschrocken zusammenfuhr. »Verdammte Mistviecher!«

Ben sparte sich die Frage, was er damit gemeint hatte. Als Gerrit den Fuß hob, erblickte er einen braunrot verschmierten Fleck auf dem Boden.

»Aus der Höhle rauszukommen war gar nicht so schwierig«, fuhr Gerrit fort, als wäre gar nichts geschehen, aber auch ohne ihn anzublicken. »Hat nur eine Weile gedauert. Das Ding ist gewaltig. Danach wurde es erst richtig lustig.«

»Es ist schlimm draußen, wie?«

»Das willst du gar nicht wissen.«

Ben glaubte ihm.

Gerrit ging wieder in die Hocke und streckte die Hand aus, wie um den Schweißbrenner aufzuheben, begann aber dann in einem kleinen Werkzeugkasten herumzukramen, der neben der Palette auf dem Fußboden stand. »Wenn du dich nützlich machen willst, dann hilf mir. Ich habe nämlich noch eine Menge zu tun.«

Das war deutlich. Sogar Ben verstand, wenn er unerwünscht war. Er war jetzt ganz sicher, dass Gerrit nur an dem Apparat herumbastelte, um irgendetwas zu tun, und darüber hinaus allein sein wollte. Und er wollte schon gar nicht darüber sprechen, was dort draußen auf dem Eis passiert war. »Ramanov wollte uns sehen. Kommst du nicht mit?«

Gerrit schüttelte den Kopf, ohne ihn anzusehen oder mit seinem nervösen Herumsuchen aufzuhören. »Wo denkst du hin? So einfach bekommt ein kleiner Soldat wie ich doch keine Audienz beim Zaren. Aber wenn du ihn siehst, dann richte ihm schöne Grüße von mir aus und erinnere ihn an meinen Rucksack. Ich hätte ihn gerne wieder – und zwar komplett mit Inhalt.«

»Die Diamanten«, vermutete Ben.

Gerrit hielt nun doch für einen Augenblick inne und sah unfreundlich zu ihm hoch.

»Am besten, du vergisst sie. Es sind keine Diamanten. Jedenfalls keine, die du wirklich haben möchtest.«

»Warum überlässt du diese Entscheidung nicht mir, Kleiner?« Gerrit wollte ganz offensichtlich noch mehr sagen, schürzte aber dann nur abfällig die Lippen und wandte sich demonstrativ wieder seiner vollkommen sinnlosen Tätigkeit zu, und Ben resignierte endgültig und setzte seinen Weg fort.

Nach ein paar Schritten blieb er noch einmal stehen und sah nachdenklich zu Gerrit zurück. Der Söldner hatte sich wieder aufgerichtet und hantierte in der offen stehenden Reparaturklappe herum. Er musste seinen Blick spüren, ließ sich jedoch nichts anmerken. Irgendetwas … stimmte nicht mit ihm, das spürte Ben immer deutlicher. Etwas war dort draußen auf dem Eis geschehen. Etwas Schlimmes. Aber er fragte nicht, was, und er war auch beinahe sicher, dass er die Antwort gar nicht wissen wollte.

Sein Gespräch mit Gerrit schien länger gedauert zu haben, als ihm bewusst gewesen war, denn er war der Letzte, der in der Zentrale eintraf, und allein der Blick, mit dem Ramanov ihn begrüßte, machte ihm klar, dass der Russe nicht nur nicht damit gerechnet hatte, dass er überhaupt kam, sondern über seine Anwesenheit auch nicht unbedingt erbaut war. Sasha, die genau wie am Morgen auf der anderen Seite des Tisches neben ihrem Vater saß und seine bandagierte Hand ergriffen hatte, lächelte ihm flüchtig zu. Mit Ausnahme Tahias waren sie wieder in der gleichen Zusammensetzung zusammengekommen wie am Morgen. Wenn es ein Morgen gewesen war und kein Nachmittag oder mitten in der Nacht. Ganz automatisch suchte sein Blick die Stelle, an der sich Tahia am Morgen (oder wann auch immer) so unsanft Zutritt zu den dahinterliegenden Computersystemen verschafft hatte. Zu seiner Überraschung konnte er keine Beschädigung entdecken – das herausgerissene Paneel war offensichtlich ausgetauscht und mit so großem Geschick wieder eingesetzt worden, dass man schon zweimal hinsehen musste, um einen Unterschied zu erkennen.

»Hab ich was verpasst?«, fragte er, während er einen freien Platz am Tisch ansteuerte; ganz und gar nicht zufällig genau gegenüber von Sasha. Ramanovs Blick wurde noch ein bisschen feindseliger, während sein Vater mit Mühe ein Lächeln unterdrückte und van Staaten das gar nicht erst versuchte.

»Ich würde sagen, ein paar Jahre gute Kinderstube«, murmelte Ramanov, in einem Ton wie an sich selbst gewandt, aber vermutlich ganz bewusst so laut, das jedermann es hören musste. Mit einem auffordernden Nicken wandte er sich zu Vatec um, die ganz allein am anderen Kopfende des Tisches saß. Genau wie am Morgen lag ein säuberlich ausgerichteter Stapel Papier vor ihr, nur dass er diesmal deutlich größer war.

Die Wissenschaftlerin setzte dazu an, etwas zu sagen, und Ramanov fuhr fort: »Ich habe Susanna gebeten, unsere allgemeine Lage in ein paar Stichworten zusammenzufassen, damit wir uns einen Überblick verschaffen können.«

Ben warf einen schrägen Blick auf den gut fünf Zentimeter hohen Stapel eng beschriebene Blätter, der vor Dr. Vatec auf dem Tisch lag, und runzelte demonstrativ die Stirn, und sie setzte abermals zum Sprechen an, nur um schon wieder von Ramanov unterbrochen zu werden. »Lassen Sie sich nicht erschrecken. Susannas Listen sind berüchtigt. Aber meistens hat sie Recht.«

Jetzt war es Ramanov, den Ben verwirrt musterte. Er erblickte einen Ausdruck auf seinem Gesicht, den er bisher nur höchst selten gesehen hatte – nämlich ein Lächeln –, und auch Vatec schmunzelte flüchtig; offensichtlich ein Witz, den nur sie beide verstanden. Dann aber nickte sie, legte die linke Hand mit gespreizten Fingern auf ihren Papierstapel, setzte zum dritten Mal zum Reden an und sah dann fast erwartungsvoll zu Ramanov hin.

Der Russe machte eine auffordernde Geste.

»Unsere Lage ist vorsichtig ausgedrückt … bescheiden«, begann sie. »Unsere Lebensmittelvorräte reichen noch für zwei oder drei Tage, und ich fürchte, mit Trinkwasser sieht es noch schlechter aus.«

»Trinkwasser?«, vergewisserte sich Bens Vater, als hätte er nicht richtig gehört. Auch Ben sah die grauhaarige Wissenschaftlerin verwundert an.

»Trinkwasser. Ohne Essen kommt man eine ganze Weile aus. Länger, als die meisten Menschen glauben. Ohne Wasser leider nicht.«

»Nur damit ich Sie richtig verstehe. Sie meinen, dass wir hier auf dem größten Süßwasserreservoir der Welt sitzen und demnächst nichts mehr zu trinken haben?«

Vatec lächelte wie eine Lehrerin, der ein Schüler gerade eine ganz besonders naive Frage gestellt hatte. »Ja, genau das meine ich, Doktor Berger. Unsere Trinkwasser-Aufbereitungsanlage hat den letzten … ähm … Zwischenfall leider nicht überstanden, und die Tanks sind nur noch zu einem kleinen Teil gefüllt. Wir sind hier immer noch über dreißig Menschen, und die brauchen nun mal eine Menge Wasser, Doktor Berger.«

»Aber dort draußen liegt genug Schnee, um –«

»Das stimmt. Möchten Sie hinausgehen und ihn holen? Sagen wir … zwanzig Eimer am Tag?«

Niemand antwortete darauf. Vatec sah sich eine Sekunde lang beinahe triumphierend um, schüttelte dann den Kopf und wurde schlagartig wieder ernst. »Ich fürchte nur, das ist momentan unser kleinstes Problem.«

»Endlich einmal eine gute Nachricht«, spöttelte Harry. Ramanov warf ihm einen ärgerlichen Blick zu.

»Was heißt das?«, fragte Schulz.

»Abgesehen davon, dass –«, erklärte Vatec und unterbrach sich, als die Tür aufgerissen wurde und Tahia hereinstürmte. Ohne ein Wort und mit weit ausgreifenden Schritten eilte sie zum Tisch, nahm Pjotr die Funktastatur weg und begann zu tippen. »Das solltet ihr euch ansehen.«

Die beiden Monitore an der gegenüberliegenden Wand erwachten synchron zum Leben, um dasselbe Bild zu zeigen. Zuerst unterschied es sich nicht von dem von heute Morgen – eine falschfarbene, grünstichige Wiedergabe der immerwährenden Nacht unter dem riesigen Zeltdach –, dann berührte Tahia eine weitere Taste, und die Monitore zeigten jetzt ein Bild, das offensichtlich von einer anderen Kamera aufgenommen wurde: einen langen Kameraschwenk über die scheinbar endlose Schneeebene hinter der Station mit ihren sanft gewellten Hügeln und Schneewehen. Auch sie schimmerte in einem unwirklichen, gespenstischen Grün, bis Tahia mit einem ärgerlichen Murmeln eine weitere Taste drückte.

Ein erstauntes Raunen ging durch den Raum. Das Bild zeigte jetzt nicht mehr die sonderbar falschen Farben, an die sich Ben mittlerweile schon beinahe gewöhnt hatte, aber auch nicht das Schwarz des Himmels und das kalte Weiß von Schnee, das er erwartet hatte. Die Ebene schimmerte in allen nur vorstellbaren sanften Pastellfarben, in denen der Schnee widerspiegelte, was sich am Himmel darüber abspielte. Der Sturm hatte die Wolken vertrieben und das Firmament leer gefegt, wie um ihnen einen besonders guten Blick auf das prachtvolle Schauspiel zu ermöglichen, und eigentlich hätte es auch genau das sein sollen: ein ebenso wundervolles wie majestätisches Feuerwerk, das ihnen die Natur bot, und nicht mehr.

Aber es *war* mehr.

Der Anblick versetzte Ben in blankes Staunen, aber zugleich machte er ihm Angst. Was sie da sahen, das waren keine normalen Polarlichter. Aus dem majestätischen Wehen seidenzarter aus nichts anderem als Licht bestehender Vorhänge war ein wütendes, rasches Pulsieren und Flackern geworden, der zornige Tanz leuchtender Dämonen, die mit ihren farbigen Blitzen so hart und unbarmherzig auf die Erde einhämmerten, dass sich die schneebedeckte Ebene darunter zu ducken schien wie ein verängstigtes Tier.

»Was ist das?«, murmelte van Staaten.

»Normale Polarlichter sind es jedenfalls nicht«, flüsterte Ramanov.

Und dann, eine halbe Sekunde bevor Harry es aussprach, wusste Ben, woran ihn dieser Anblick erinnerte. »Genau wie unten in der Höhle. Die Kristalle … erinnert ihr euch?«

Ramanov und auch van Staaten und Vatec sahen den Söldner nur verständnislos an, aber Ben nickte ruckartig. Selbst wenn er etwas hätte sagen wollen, er hätte es nicht gekonnt. Der Anblick schnürte ihm die Kehle zu. Harry hatte Recht. Es waren dieselben pulsierenden Wellen düsterer Farben, die über den diamantbesetzten steinernen Himmel der Höhle gerast waren, einen Rhythmus, den man unmöglich erkennen, aber noch viel unmöglicher nicht spüren konnte. Und der nicht willkürlich war.

»Es scheint irgendeine Art von Muster zu sein«, murmelte Tahia. Im Gegensatz zu Ramanov und Harry klang sie nicht besorgt, sondern eher fasziniert. »Aber ich kann es nicht erkennen.«

»Was wollen Sie damit sagen?«, fragte Ramanov. Er versuchte zu lachen, brachte aber nur ein eher sonderbares Quietschen zu Stande. »Wollen Sie etwa behaupten, dass –«

»Es ist ihre Sprache«, sagte Ben leise.

Nicht nur Ramanov verstummte. Auch die anderen starrten ihn mehr oder weniger schockiert an.

»Unsinn«, widersprach Ramanov schließlich. Aber er tat es mit so wenig Überzeugungskraft, dass das Wort dadurch eher zu seinem genauen Gegenteil wurde.

Tahia betrachtete den unheimlichen Anblick auf dem Monitor noch einen Moment lang stirnrunzelnd, dann legte sie die Tastatur auf den Tisch und begann hektisch zu tippen. Das Bild machte wieder der falschfarbenen Wiedergabe des Bereiches unter dem Zeltdach Platz – Ben konzentrierte sich zu spät darauf, um erkennen zu können, ob sich dort etwas bewegte oder nicht –, wechselte für eine Sekunde erneut zu dem Farbspektakel am Himmel und geriet dann vollends durcheinander, und Tahia wandte sich in ebenso ungeduldigem wie nervösem Ton an Pjotr. »Sie können besser damit umgehen als ich. Ich brauche eine Satellitenaufnahme der Küste.«

Der Russe starrte sie nur verständnislos an, bis Ramanov Tahias Worte übersetzte. Die Söldnerin schob ihm die Tastatur hin, und er brauchte weniger als eine Sekunde, bis das gewünschte Bild auf dem größeren der beiden Monitore erschien: die gleiche Aufnahme wie am Morgen, nur dass diesmal die eingeblendeten Zahlen und meteorologischen Symbole fehlten. Ben registrierte mit einem Gefühl leiser Überraschung, dass über dem gesamten riesigen Areal nicht eine einzige Wolke zu sehen war. Und noch etwas fehlte, aber er konnte nicht sagen, was.

Van Staaten offensichtlich schon. »Wo sind die Farben?«

Tahia deutete mit dem Daumen über die Schulter zurück. »Hinter dem Satelliten. Polarlichter entstehen in den obersten Schichten der Atmosphäre. Er kann sie nicht aufnehmen.« Sie wandte sich wieder an Pjotr und deutete gleichzeitig mit der anderen Hand auf Ramanov. »Ich brauche eine Ausschnittvergrößerung. Dieselbe wie heute Morgen. Diesen …« Sie wusste den Namen dessen, was dort draußen vor der Küste lauerte, so gut wie jeder andere hier im Raum, aber offensichtlich brachte sie es nicht über sich, ihn auszusprechen. »… Schatten.«

Ramanov übersetzte rasch, und Pjotr brauchte diesmal noch weniger Zeit, um den gewünschten Bildausschnitt heranzuzoomen. Der *Schatten*, von dem Tahia gesprochen hatte, war nach wie vor da. Wenn Pjotr die Kamera tatsächlich auf dieselbe Position gerichtet hatte wie am Morgen, dann war er nicht sichtbar näher gekommen. Aber er war … *deutlicher* geworden. Vielleicht erkannte Ben ihn auch nur besser, jetzt, da er wusste, was der verschwommene Schemen unter dem Meer zu bedeuten hatte.

»Und?«, fragte Ramanov nervös.

»Das gesamte Farbspektrum«, sagte Tahia. »Kann er das Bild über einen Farbfilter laufen lassen? Von Ultraviolett bis Infrarot?«

Ramanov sah sie zwar immer noch verständnislos an, übersetzte ihre Worte aber gehorsam, und Pjotr strahlte so erfreut wie ein kleines Kind, das überglücklich darüber war, seine gerade erlernten Zauberkunststücke vorführen zu dürfen, und begann hektisch zu tippen. Der Monitor flackerte, zeigt einen Moment nichts als ein wüstes Durcheinander aus Farben und Linien und stabilisierte sich dann wieder.

Mit einem einzigen, aber furchtbaren Unterschied.

Der Schatten unter dem Meer war nicht mehr grau. Die Umrisse des riesigen krakenähnlichen Geschöpfes waren nun deutlich zu erkennen, und auch wenn sie nicht in allen Farben des Regenbogens, sondern nur in einem düsteren Rot pulsierten, wusste nicht nur Ben sofort, was er da sah.

Ohne besondere Aufforderung berührte Pjotr eine Taste, und auf dem kleineren Monitor erschien nun wieder das Abbild des pulsierenden Nachthimmels über der Ebene.

»Es ist eindeutig derselbe Rhythmus«, flüsterte Tahia.

»Der Junge hat Recht«, flüsterte Harry mit belegter Stimme. Sein Blick hing noch immer wie gebannt an den beiden Monitoren. »Es *ist eine* Sprache.«

»Diese … Diskobeleuchtung?«, murmelte Ramanov nervös. »Das ist ja absurd!«

Harry ignorierte ihn. »Kannst du das entschlüsseln?«, wandte er sich an Tahia.

»Sicher. Wenn du mir drei Monate Zeit gibst und einen Cray-Computer … und ein paar wirklich gute Kryptologen …« Sie schüttelte heftig der Kopf. »Keine Chance.«

»Sie glauben, dass dieses … Feuerwerk eine Sprache ist?«, fragte Ramanov. Er klang immer noch zweifelnd, aber wenigstens nicht mehr so aggressiv wie bisher.

»So etwas ist nicht ungewöhnlich«, sagte Vatec mit einer ruhigen

Sachlichkeit, die anscheinend nicht nur Ben ziemlich deplatziert fand. Auch Ramanov sah sie fast böse an, doch sie fuhr ungerührt fort: »Es gibt gewisse Tiefseefische, die mit Licht ihre Beute anlocken. Das nennt man Biolumineszenz.«

»Finden Sie, dass das jetzt der richtige Zeitpunkt ist, um mit Ihrem Fachwissen zu glänzen, Frau Kollegin?«, fragte Ramanov.

»Manche andere Arten stehen seit einer Weile im Verdacht, sich mittels Biolumineszenz untereinander zu verständigen. Kraken zum Beispiel gehören dazu … zumindest einige Unterarten. Und so nebenbei, Professor – es gibt eine ganze Anzahl renommierter Wissenschaftler, die den gemeinen Oktopus für den intelligentesten Meeresbewohner halten … deutlich intelligenter als zum Beispiel Delfine. Nur falls es Sie interessiert.«

Ramanov blickte sie finster an, hüllte sich darüber hinaus aber in beleidigtes Schweigen, und Ben verspürte einen raschen, eiskalten Schauder. Was Vatec gesagt hatte, war ihm nicht neu, aber es gab Dinge, die besser unausgesprochen blieben.

»Sie reden also miteinander«, hauchte van Staaten. »Wenn wir herausfinden könnten, was –«

»– würde uns das gar nichts nutzen«, unterbrach sie Schulz. »Verstehen Sie es denn immer noch nicht? Wir haben nicht die geringste Chance gegen sie!«

Vatec räusperte sich gekünstelt. »So ganz stimmt das nicht, Kapitän«, sagte sie, während sich ihre Hand erneut auf den Papierstapel vor ihr senkte. »Immerhin haben wir ein paar entscheidende Schwächen bei unseren Gegnern entdeckt.«

Das sicherte ihr sogar Harrys Aufmerksamkeit. Er riss seinen Blick mit einem Ruck vom Monitor los und starrte die Wissenschaftlerin an. »Welche?«

Vatec antwortete nicht sofort, sondern genoss den Augenblick sichtlich. »Ja, ich dachte mir, dass Sie das interessiert. Dabei liegt die Antwort auf der Hand … wenn man genau hinsieht, heißt das.«

Harry wirkte deutlich verärgert, aber er beherrschte sich. »Also gut, ich gebe zu, ich bis nur ein dummer kleiner Soldat, der gerade mal bis drei zählen kann. Würden Sie mir trotzdem verraten, was Sie herausgefunden haben?«

»So war das nicht gemeint. Ich habe mir lediglich die Aufnahmen Ihrer beiden … Zusammenstöße mit diesen Geschöpfen noch einmal genauer angesehen und dabei ist mir etwas aufgefallen. Wir haben es ganz eindeutig mit zwei verschiedenen Arten von Gegnern zu tun.«

»Hört, hört«, sagte Tahia spöttisch, ohne dass sich Vatec davon auch nur im Mindesten beeindruckt zeigte. Sie wandte sich an Schulz.

»Die Kreaturen, die Sie auf der *Princess* angegriffen haben und später auf dem Strand … es waren ziemlich viele, nicht wahr?« Sie sah Tahia an. »Und die, die im Kühlraum aufgetaucht sind … wie es aussieht, können sie sie in nahezu beliebiger Anzahl erschaffen, aber sie sind nicht besonders effektiv.«

»Mir waren sie effektiv genug«, sagte Ben. »Danke.«

Vatec schüttelte fast sanft den Kopf. »Auf der *Princess* vielleicht, als sie den Vorteil der Überraschung auf ihrer Seite hatten. Und auf dem Strand seid ihr in Panik völlig kopflos geflohen. Aber du warst selbst dabei, als sie versucht haben die Schleuse zu stürmen. Gegen ein paar entschlossene Männer –«, sie warf einen raschen Blick in Tahias Gesicht hinauf, »– und Frauen mit den entsprechenden Waffen sind sie ziemlich chancenlos.«

»Das stimmt«, bestätigte Harry. »Ziemlich viele, aber auch ziemlich blöd. Solange uns die Munition nicht ausgeht, halten wir sie bis zum Sankt-Nimmerleins-Tag auf. Unglücklicherweise –«

»– sieht das bei der zweiten Generation ein wenig anders aus. Es handelt sich anscheinend tatsächlich um eine Art … Evolution. Irgendwie … benutzen sie die Menschen, die sie von der *Princess* entführt haben, als eine Art … *Matrix*, um nach ihrem Vorbild ein zweite, weitaus gefährlichere Generation von Kriegern zu erschaffen.«

»Bitte verzeihen Sie, Doktor«, sagte Harry, »aber wissen wir das nicht alles bereits?«

»Schon. Ich wollte es nur noch einmal zusammenfassen – weil darin nämlich zugleich auch unsere größte Chance besteht.«

»Wieso?«, fragte Tahia scharf.

»Zum einen begrenzt es die Anzahl der Angreifer, die sie gleichzeitig gegen uns ins Feld schicken können auf ungefähr zweihundert – minus die, die ihnen bei ihrem gestrigen Angriff *abhanden gekommen* sind.« Sie legte eine kurze, dramatische Pause ein. »Und zum anderen werden ihnen ihre restlichen *Spender* nicht mehr lange zur Verfügung stehen.«

Harry wurde hellhörig. »Wieso?«

»Weil sie sterben«, antwortete Vatec.

Alle – vielleicht mit Ausnahme van Staatens, die einfach nur traurig aussah – starrten sie wie vom Donner gerührt an, und schließlich fragte Harry: »Wie … meinen Sie das?«

Vatec deutete auf van Staaten. »Doktor van Staaten hat die beiden Gefangenen untersucht, die uns gestern Morgen in die Hände gefallen sind.«

»Ich dachte, sie sind tot?«, fragte Tahia misstrauisch.

»Ja, bedauerlicherweise. Aber das macht in diesem besonderen Fall keinen Unterschied. Ganz im Gegenteil. Bitte halten Sie mich jetzt nicht für zynisch, aber es war eher ein Glücksfall. Es … ähm … erleichtert die Obduktion.«

Das *war* zynisch, fand Ben, fragte aber trotzdem: »Und was hat diese Obduktion ergeben?«

»Dass sie am Ende waren«, antwortete van Staaten an Vatecs Stelle. »Zumindest körperlich. Sie wären in spätestens zwei oder drei Tagen sowieso gestorben.«

»Woran?«, fragte Ramanov.

Van Staaten hob unglücklich die Schultern. »Kälte … Hunger … allgemeine Erschöpfung. Menschen sind nun einmal nicht dafür geschaffen, tagelang bei Minusgraden und ohne Essen und Trinken auszuhalten.« Sie sah Schulz an, wie um ihn als lebendes Beispiel heranzuziehen, und bekam ein ebenso grimmiges wie mitfühlendes Nicken zur Antwort.

»Sie scheinen nicht besonders fürsorglich mit ihren Gefangenen umzugehen«, bestätigte Harry. »Ziemlich dumm, wenn man bedenkt, wie wichtig sie für sie sind. Andererseits … hat jemand dort unten eine Gulaschkanone gesehen?«

Van Staaten schenkte ihm einen strafenden Blick, und Robert Berger sagte fast hastig: »Und wieso ist das ein Vorteil für uns, Doktor Vatec?«

»In spätestens zwei oder drei Tagen haben wir es nur noch mit Kriegern der ersten Generation zu tun.« Sie machte eine Kopfbewegung auf Harry. »Ziemlich viele, aber ziemlich blöd. Gegen sie können wir uns möglicherweise behaupten, bis der Sturm vorüber ist und Hilfe eintrifft. Es wird zwar ziemlich hart werden, aber wir hätten eine Chance.«

»Ja«, sagte Bens Vater düster. »Dann müssen wir ja nur abwarten, bis sie alle tot sind. Gute Frau, wissen Sie eigentlich, was sie da sagen?«

»Ja, das weiß ich sehr wohl«, antwortete Vatec kühl. »Aber leider haben wir nicht die geringste Möglichkeit, sie zu retten.« Plötzlich wirkte sie ehrlich verletzt. »Glauben Sie etwa, ich hätte nicht darüber nachgedacht? Es ist unmöglich. Selbst wenn es dieses ...«, sie gestikulierte heftig zum Bildschirm hin, »... *Ding* da draußen nicht gäbe, kämen wir nicht einmal in die Nähe der Höhle. Ich bin nicht herzlos, sondern nur realistisch. Leider ist das manchmal dasselbe.«

»Bitte!« Harry hob besänftigend die Hände. »Sie haben Recht – beide. Aber es hilft niemandem, wenn wir uns jetzt gegenseitig Vorwürfe machen.« Er wandte sich an van Staaten. »Drei Tage, sagen Sie?«

»Allerhöchstens«, bestätigte sie düster. »Und das gilt nur für die Kräftigsten von ihnen. Für viele käme schon jetzt jede Hilfe zu spät.«

»Trotzdem müssen wir sofort etwas unternehmen«, sagte Robert Berger.

Harry nickte. »Und was?«

Schweigen. Ein sehr langes, unangenehmes Schweigen, das sich wie eine erstickende unsichtbare Zentnerlast auf sie herabzusenken schien. Etwas, was verdächtig an pure Verzweiflung grenzte, begann von Ben Besitz zu ergreifen, aber auch ein Gefühl von Ohnmacht, das beinahe noch schlimmer war. Er starrte die beiden Monitore an, und seine Augen füllten sich mit Tränen, als ihm die brutale Schönheit der ununterbrochen lodernden Farbexplosionen am Himmel über der Station zu Bewusstsein kam und das ungleich düsterer rote Pulsieren des schweigenden Kolosses draußen im Meer.

»Aber das alles ergibt überhaupt keinen Sinn«, murmelte er. »Sie sprechen miteinander.«

»Und?«, fragte Vatec.

»Warum das alles?«, fuhr Ben kopfschüttelnd fort. »Was immer diese Kreaturen auch sind, sie sind nicht dumm und sie würden ganz bestimmt nichts Sinnloses tun!«

Selbst Schulz wirkte interessiert. »Sinnlos?«

»Es *ist* sinnlos. Wenn sie uns einfach nur umbringen wollten, dann hätten sie das längst gekonnt.«

»Immerhin haben sie es oft genug versucht«, wandte Ramanov ein, und Ben bekam Hilfe von unerwarteter Seite.

»Eigentlich nicht«, sagte Harry. Ramanov blinzelte verdutzt, und Harry fuhr fort: »Sie haben uns ziemlich zugesetzt, das stimmt – aber wenn sie es wirklich gewollt hätten, hätten sie uns längst überrennen können. Einmal ganz davon abgesehen, dass dieser Zirkus hier von ihrem Standpunkt aus eher kontraproduktiv ist.«

»Wieso?«, fragte Ramanov ziemlich verwirrt.

»Man könnte auch sagen, ziemlich dämlich. Ben hat vollkommen Recht. Wenn es ihnen nur darum gegangen wäre, uns umzubringen, hätten sie es längst tun können.«

»Aber sie *können* uns gar nicht gehen lassen!«, protestierte Ramanov. »Alle Welt würde von ihrer Existenz erfahren!«

Und vielleicht, dachte Ben, *spielt das nicht mehr die geringste Rolle, wenn wir hier verlieren.*

»Das zu vermeiden«, sagte Tahia spöttisch, »wäre das allerkleinste Problem gewesen. Sie hätten das Schiff einfach nur nicht anzugreifen brauchen.«

Ramanov sah nun eindeutig verwirrt aus – aber nur kurz, dann schüttelte er umso heftiger den Kopf und deutete auf Bens Vater. »Sie vergessen Frau Doktor Berger, meine Liebe«, sagte er triumphierend.

Tahia setzte zu einer Antwort an, von der Ben spürte, dass sie Ramanov vermutlich nicht gefallen würde, löste sich dann aber von ihrem Platz und ging zur Wand mit dem neuen Paneel hinüber. Ihr Blick tastete aufmerksam über den Boden, als suche sie nach etwas oder hätte etwas gesehen, wäre sich aber nicht ganz sicher, doch dann zuckte sie nur mit den Schultern und antwortete, mit einiger Verspätung und ohne Ramanov anzusehen: »Ich habe nicht behauptet, dass ich alles verstehe.«

Ben fiel auf, wie aufmerksam (oder besorgt?) van Staaten die Söldnerin plötzlich musterte, und auch er schaute Tahia noch einmal fast misstrauisch an. Von der totalen Erschöpfung, die noch am Morgen überdeutlich auf ihrem Gesicht zu sehen gewesen war, war jetzt nichts mehr zu entdecken. Ganz im Gegenteil: Tahia sah schon beinahe unheimlich frisch und energiegeladen aus, aber zugleich schien sie auch etwas wie eine … kribbelnde Nervosität auszustrahlen; jene Art von enervierender Rastlosigkeit, die es einem unmöglich macht, stillzustehen. Er dachte an das kurze Gespräch zwischen ihr und Harry zurück, und ein Blick in van Staatens besorgtes Gesicht machte ihm klar, woher diese neue Kraft zu plötzlich kam – und dass die Söldnerin vermutlich einen hohen Preis dafür bezahlen würde.

»Was ist los?«, fragte Harry. Natürlich war Tahias sonderbares Verhalten auch ihm nicht entgangen.

»Nichts«, behauptete Tahia, setzte dazu an, noch etwas zu sagen, und stampfte dann stattdessen sehr kraftvoll mit dem Fuß auf. Als sie den Stiefel wieder zurückzog, blieb ein braunroter Schmierfleck auf dem Boden zurück.

»Was –?«, entfuhr es Ramanov, während er so heftig von seinem Stuhl aufsprang, dass er beinahe umgestürzt wäre. Van Staaten wurde kreidebleich, und auch Bens Vater sog hörbar erschrocken die Luft zwischen den Zähnen ein. Harry erhob sich – wenn auch deutlich langsamer als der Russe – und ging zu Tahia. Sein Blick tastete aufmerksam über den grauen Betonfußboden und dann über die reparierte Stelle an der Wand.

»Ich dachte, Sie hätten sie zuschweißen lassen?«, fragte er stirnrunzelnd und an Ramanov gewandt.

»Das habe ich auch. Ich verstehe nicht, was –«

Harry unterbrach ihn mit einem raschen Heben der Hand und ließ sich gleichzeitig in die Hocke sinken. Bens Herz begann spürbar schneller zu klopfen, als sein Blick dem des Söldners folgte.

Nur ein kleines Stück neben der Stelle, wo Tahia die Spinne zertreten hatte, war ein zweites, kaum kleinfingernagelgroßes Tier aufgetaucht. Hätte es den unheimlichen Zwischenfall von heute Morgen (und vor allem das anschließende Gespräch mit Schulz) nicht gegeben, hätten sie es für eine ganz normale, harmlose kleine Spinne gehalten. Aber es war *grau,* von exakt derselben stumpfen Farbe wie der Betonfußboden, und irgendetwas an dieser Farbe war … beunruhigend. Ben konnte das Gefühl nicht genauer in Worte kleiden, aber es war da. Etwas … *stimmte* einfach nicht damit.

Tahia hob den Fuß, um auch dieses Tier in einen hässlichen Schmutzfleck auf dem Boden zu verwandeln, aber Harry hielt sie mit einer beinahe erschrockenen Geste zurück. »Warte!«

Tahia maß ihn mit einem irritierten Blick, aber der Söldner wedelte nur noch einmal abwehrend mit der Hand und streckte gleichzeitig den anderen Arm aus. Nicht nur Ben stockte schier der Atem, als seine Fingerspitzen den Boden unmittelbar vor der kleinen Spinne berührten und auch dort liegen blieben, als sich das winzige Tierchen ruckartig in Bewegung setzte – und dann mit einem Satz auf seinen Handrücken sprang!

Als es seine Haut berührte, veränderte es sich. Es war jetzt nicht mehr grau wie der Betonfußboden, über den es bisher gekrochen war, sondern hatte exakt den Farbton von Harrys Hand angenommen. Hätte es sich nicht ganz leicht bewegt, wäre es so gut wie unsichtbar gewesen.

»Unglaublich!«, hauchte Tahia.

»Aber das … das ist doch unmöglich!«, murmelte Ramanov.

Harry stand vorsichtig auf. Die rechte Hand mit der winzigen Spinne streckte er im ersten Moment so weit von sich weg, wie es nur ging, dann aber brachte er sie dicht vor sein Gesicht (schon bei dem Anblick drehte sich Ben schier der Magen herum) und betrachtete das unheimliche Tier aus konzentriert zusammengekniffenen Augen.

»Eine Chamäleonspinne«, kommentierte Vatec, zwar stirnrunzelnd und mit einem leicht erstaunten Gesichtsausdruck, aber demselben vollkommen unangemessen sachlich-dozierenden Ton, der Ben gerade schon so geärgert hatte.

»Das ist das perfekteste Beispiel von Mimikry, das ich jemals gesehen habe«, flüsterte Tahia. Ihr Gesichtsausdruck machte deutlich, mit welchem Ekel sie der Anblick erfüllte, aber sie beugte sich trotzdem weiter vor, um das Geschöpf genauer zu betrachten. Die Spinne zitterte sacht, drehte sich dann halb herum, wie um ihren Blick aus ihren winzigen schwarzen Augen zu erwidern, und wandte sich dann wieder Harrys Gesicht zu. Es sah nicht nur so aus, dachte Ben entsetzt, sie schaute ihn ganz eindeutig an!

Für ein paar Sekunden wurde es vollkommen still. Jeder hier im Raum starrte die Spinne auf Harrys Handrücken an und in allen Gesichtern stand das gleiche Entsetzen … außer vielleicht bei Schulz, der zwar ebenfalls erschrocken aussah, aber auf eine eindeutig resignierte Art. Schließlich trat Harry an den Tisch und ließ behutsam die Hand auf die Platte sinken. Die Spinne stakste auf ihren dürren Beinen an seinen Fingern hinab und schien dann gleichermaßen unsichtbar zu werden, als sich ihre Farbe der der Tischplatte anpasste.

Vatec wischte sie mit einer unwilligen Handbewegung zu Boden und zertrat sie.

»Warum haben Sie das getan?«, keuchte Bens Vater.

»Weil ich Spinnen nicht mag«, sagte die grauhaarige Wissenschaftlerin, lächelte kühl und fügte eindeutig spöttisch hinzu: »Keine Sorge. Ich schätze, es sind noch genug davon da.«

»Hat das auch zu Ihrer Arbeit hier gehört?«, wandte sich Harry an Ramanov, bevor Robert Berger etwas darauf erwidern konnte.

»Was? Unsichtbare Spinnen zu züchten? Ganz bestimmt nicht!«

»Das dachte ich mir«, murmelte Harry düster. Er starrte die zertretenen Überreste der Spinne an, bevor er sich mit einem leisen Seufzen, aber auch einem beinahe mitfühlenden Blick an Robert Berger wandte.

»Ich schätze, das beantwortet die Frage, warum sie so scharf auf Ihre Frau waren, Doktor.«

»Wie bitte?« Bens Vater bemühte sich, einfach nur verständnislos zu klingen, aber natürlich gelang es ihm nicht, den abgrundtiefen Schrecken zu verhehlen, mit dem ihn Harrys Worte erfüllten. »Was … was soll das heißen? Was hat Jennifer mit …«

»Ihre Frau war –« , Harry verbesserte sich hastig, »– *ist* Genforscherin, nicht wahr?«

»Die korrekte Bezeichnung lautet Reproduktionswissenschaftlerin.« Der Blick seines Vaters irrte nervös zwischen Harrys Gesicht und dem hässlichen Schmutzfleck neben Vatecs rechtem Fuß auf den Boden hin und her. »Und was hat das … *damit* zu tun?«

Der Anteil von Mitgefühl in Harrys Blick wurde deutlich größer, und er verzichtete darauf, etwas auszusprechen, was in diesem Moment – spätestens in diesem Moment! – jeder hier begriffen hatte. Auch Ben, obwohl er sich mit fast verzweifelter Kraft dagegen zu wehren versuchte.

»Das … das ist vollkommener Unsinn«, murmelte sein Vater. »Sie haben ja keine Ahnung, wovon Sie reden. So etwas … ist wissenschaftlich gar nicht möglich. Und wenn doch, dann würde es Jahre dauern, und es …« Seine Stimme versagte.

Harry sah ihn nur traurig an, und Tahia berührte ihn an der Schulter und deutete mit der anderen Hand hinter sich.

Dort war eine weitere Spinne wie aus dem Nichts aufgetaucht. Sie war deutlich größer und nicht grau wie ihre Vorgängerin, sondern von einem strahlenden, beinahe schon unnatürlich hellen Weiß. Und sie rührte sich nicht, sondern hockte vollkommen reglos und mit weit gespreizten Beinen da (sie war so groß wie ein Babyhand, dachte Ben schaudernd), auch als Tahia sich näherte und schon einmal vorsichtshalber den Fuß hob.

»Nicht«, sagte Harry. »Lass sie.«

Tahia warf ihm einen verstörten Blick zu, trat aber dann gehorsam beiseite, und auch Harry machte einen raschen, halben Schritt zurück, als sich die Spinne auf eine sonderbar eckige, abgehackt wirkende Art in Bewegung setzte. Trotzdem beinahe unheimlich schnell huschte sie zwischen ihm und der Söldnerin hindurch, krabbelte die Wand hinauf und enterte den größeren der beiden Monitore. Sie blieb genau auf dem immer noch hektisch in einem düsteren Rot pulsierenden Schatten unter der Meeresoberfläche sitzen. Ben fragte sich alarmiert, ob das wirklich Zufall war.

»Was um Himmels willen bedeutet das?«, flüsterte van Staaten.

Statt zu antworten wandte sich Harry nur mit einem auffordernden Nicken an Tahia, und die Söldnerin riss ihren Blick mit sichtlicher Mühe von der weißen Spinne los, eilte um den Tisch herum und nahm Pjotr kommentarlos die Tastatur aus der Hand. Der Monitor flackerte kurz, während sie ein paar Tasten berührte, und noch bevor sich das Bild darauf wieder stabilisierte, huschte die Spinne auf wirbelnden Beinen davon und schien im nächsten Augenblick einfach verschwunden zu sein.

Nicht dass irgendjemand noch *darauf* geachtet hätte …

Ben fragte sich, warum er erschrak. Er hatte gewusst, was er sehen würde, und trotzdem schnürte ihm der Anblick schier den Atem ab. Es war das Gesicht seiner Mutter. Anders als am Morgen war die Aufnahme jetzt kristallklar und frei von jeder Störung, und auch der Bildhintergrund war deutlich zu erkennen. Statt eines Schemens mit einer gewaltigen Krone aus Eis sah man jetzt die Rückwand des großen Labors, das Ben bei seinem ersten Besuch dort unten besichtigt hatte. Die Schäden, die die Explosionen und das nachfolgende Feuer angerichtet hatten, waren unübersehbar, aber das war es nicht, was Ben an seinem Verstand zweifeln ließ. Ein Geflecht aus dünnen, glitzernden Strängen überzog die Wand vom Boden bis zur Decke, und es wirkte auf eine unmöglich in Worte zu fassende Weise … *lebendig*.

»Kompliment«, drang die Stimme seiner Mutter aus den Lautsprechern unter der Decke. »Das war jetzt eindeutig schneller, als ich erwartet hätte.«

Ben hörte, wie sein Vater erschrocken die Luft einsog und dann den Atem anhielt, und natürlich wollte er besorgt zu ihm hinsehen, aber es war ihm nicht möglich, seinen Blick von dem schmalen, gleichzeitig so vertrauten wie schrecklich fremden Gesicht auf dem Bildschirm loszureißen. Es war das Gesicht seiner Mutter, ganz ohne jeden Zweifel; allenfalls dass es ein wenig müder als am Morgen aussah, abgekämpft. Aber zugleich kam es ihm auch so unbekannt vor, dass es ihn seine gesamte Kraft zu kosten schien, den Anblick überhaupt zu ertragen – als wäre alles, was den Menschen ausmachte, den er zeit seines Lebens gekannt hatte, daraus verschwunden und durch etwas anderes und Feindseliges ersetzt worden.

»Eigentlich hätte ich es mir denken können«, sagte Harry. Wie alle anderen blickte er zwar mit einer Mischung aus Faszination und Schrecken auf den Monitor, aber die Worte galten Tahia. »Ich nehme an, du hast getan, worum ich dich gebeten habe, und den Strom dort unten abgeschaltet?«

»Sicher«, antwortete Tahia.

»Ja, und wie es aussieht, hätten wir uns die Mühe sparen können«, seufzte Harry.

»Hatte ich nicht erwähnt, dass ich über gewisse andere … Möglichkeiten verfüge, meine Bedürfnisse zu befriedigen?«, fragte das Gesicht auf dem Bildschirm. Dass die dazugehörige Stimme nicht aus derselben Richtung kam, sondern von oben, war irritierend und machte die Szenerie irgendwie noch unwirklicher. »Aber im Grunde sind wir damit schon beim Thema. Es gibt trotzdem etwas, was ich von Ihnen möchte.«

Ben hörte, wie auf der anderen Seite des Tisches ein Stuhl zurückgeschoben wurde und sich Schritte näherten. Es war sein Vater, der so zögernd zu Harry und Tahia ging, als wolle er seine Kräfte dafür aufsparen, dem unheimlichen Anblick standzuhalten, und schließlich zitternd stehen blieb. »Jennifer. Was … was haben sie mit dir –?«

»Nicht jetzt, Robert«, unterbrach ihn seine Frau. »Wir werden später noch viel Zeit haben, miteinander zu reden – wenn du das wünschst. Aber im Moment gibt es wichtigere Themen.« Sie unterstrich ihre Worte mit einer ebenso knappen wie energischen Geste und wandte sich wieder an Harry. »Ich nehme an, Ihre talentierte junge Kollegin ist ebenfalls anwesend?«

Tahia sah für ein Sekunde einfach nur verdutzt aus – schließlich hatte sie erst vor wenigen Augenblicken mit Harry gesprochen –, trat dann aber einen halben Schritt zur Seite und gleichzeitig etwas näher an den Monitor heran. Dennoch war Ben sicher, dass seine Mutter sie immer noch nicht sah. Ihr Blick blieb ebenso suchend wie leer. Erst nachdem mindestens zwei oder drei weitere Sekunden verstrichen waren, deutete sie ein Nicken an.

»Gut. Es freut mich, Sie unverletzt zu sehen, meine Liebe – obwohl ich Ihnen eigentlich böse sein müsste.«

»Ach?«, machte Tahia.

»Ich weiß einen würdigen Gegner zu schätzen und auch seine Leistung. Ich nehme an, dass Sie für den kleinen … Engpass in der Stromversorgung hier unten verantwortlich sind.«

»Anscheinend war ich nicht würdig genug«, antwortete Tahia. »Aber was nicht ist, kann ja noch werden.«

»Ich fürchte, nein.« Sie machte eine ungeduldige Handbewegung, als Tahia antworten wollte. »Wie gesagt: Ich erkenne das, was Sie getan haben, durchaus an – wir hatten ja bisher leider wenig Gelegenheit, uns richtig kennen zu lernen, aber ich nehme an, Sie sind so etwas wie die … Computerspezialisten dort oben?« Tahia zuckte nur mit den Achseln und schwieg. »In diesem Fall habe ich ein paar Anweisungen für Sie.«

Tahia machte ein ungläubiges Gesicht. »Anweisungen? Was bringt Sie auf die Idee, dass Sie irgendjemandem hier Anweisungen geben könnten – geschweige denn dass wir sie befolgen würden?«

»Ich kann es auch eine Bitte nennen. Allerdings fürchte ich, dass ich ein Nein als Antwort nicht akzeptieren kann.«

»Ich könnte dir sagen, *was* du mich kannst«, murmelte die Söldnerin, allerdings so leise, dass Ben Mühe hatte, die Worte zu verstehen, und die wo-auch-immer versteckten Mikrofone erst recht. Dennoch erschien auf dem Gesicht im Monitor ein unwilliger Ausdruck.

»Ich hoffe doch, Sie zwingen mich nicht, Ihnen zu demonstrieren, dass ich durchaus in der Lage bin, meinen Forderungen … meiner *Bitte* … entsprechenden Nachdruck zu verleihen.«

»Das kommt ganz darauf an, wie dieser Nachdruck aussieht«, sagte Harry.

»Bitte«, seufzte sie. »Ich dachte, über dieses Niveau wären wir hinaus.«

»Da haben Sie falsch gedacht. Aber bitte: Was wollen Sie?«

Jennifer Berger wirkte ein wenig enttäuscht, aber nicht wirklich verärgert. »Ich verlange zweierlei, und zwar innerhalb einer Stunde. Sie stellen die komplette Energieversorgung des Labors wieder her, und ich bekomme Zugriff auf die Back-up-Dateien der Laborrechner.«

Harry sagte gar nichts, sondern starrte sie nur ungläubig und ein bisschen amüsiert an, aber Ramanov gab einen Laut von sich, als kämpfe er gerade gegen einen heftigen Erstickungsanfall. »Haben Sie den Verstand verloren?«

»Keineswegs, Professor. Und übrigens auch nicht meine guten Manieren. Ich verlange nichts Unmögliches von Ihnen. Ich dachte, das wäre klar.«

»Nein«, antwortete Ramanov abfällig. »Nur damit wir Ihnen das Messer auch noch liefern, das Sie uns in die Brust stechen wollen.«

»Ich gebe Ihnen mein Wort, Professor, dass niemand von Ihnen durch das, was hier unten geschieht, in irgendeiner Form in Gefahr gebracht wird. Ich bin nicht Ihr Feind. Keiner von uns ist das. Ich verlange nicht, dass Sie es verstehen oder mir gar glauben, aber das ist die Wahrheit. Mir ist nach wie vor an einer friedlichen Lösung gelegen, bei der niemand zu Schaden kommt. Aber ich muss darauf bestehen, dass Sie meine Forderungen erfüllen.«

Ramanov wollte auffahren, aber Harry kam ihm zuvor. »Was bekommen wir dafür? Immer vorausgesetzt, wir würden es tun?«

»Mein Wort darauf, dass keinem von Ihnen etwas geschieht.« Sie machte eine abwehrende Geste, obwohl Harry gar nicht dazu angesetzt hatte, etwas zu sagen. »So wie die Dinge liegen, ist das vermutlich mehr, als Sie erwarten können.«

»Oh, ich verstehe«, antwortete Harry spöttisch. »Sie versprechen, uns nichts zu tun, sondern nur abzuwarten, bis wir verhungert oder verdurstet sind?«

»Das wird nicht geschehen. Der Sturm ist in spätestens drei Tagen vorüber, und dann können Sie an Bord des Rettungsschiffes gehen, das draußen vor der Küste auf Sie wartet. Ich werde nicht versuchen, Sie aufzuhalten.«

»Keine Chance. Warum sollte ich Ihnen glauben … was immer Sie mittlerweile auch sind?«

Für einen winzigen Moment verzerrte sich das Gesicht seiner Mutter vor blanker Wut, und für den gleichen unendlich kurzen Zeitraum glaubte Ben auf dem kleineren der beiden Bildschirme ein heftiges, zorniges Pulsieren zu erkennen, das durch das Farbspektrum am Himmel über der Station raste. Dann hatte sich seine Mutter wieder in der Gewalt, und auch das Toben am Himmel erlosch.

»Ganz, wie Sie wollen. Ich würde eine andere Lösung vorziehen, aber bitte …« Sie seufzte, eindeutig enttäuscht. »Ich gebe Ihnen zwei Stunden Zeit, sich zu entscheiden. Nutzen Sie diese Zeit gut.«

Der Bildschirm wurde für eine halbe Sekunde schwarz und zeigte dann wieder die Satellitenaufnahme der Küste; komplett mit dem in einem schmutzigen Rot pochenden Schatten unter dem Meer. Der Rhythmus des wütenden Pochens hatte sich ein wenig beruhigt, und als Ben einen raschen Blick auf den kleineren Monitor warf, stellte er fest, dass auch die unheimlichen Polarlichter am Himmel nun in einem sanfteren, langsameren Takt pulsierten.

»Sind Sie völlig wahnsinnig geworden, sie so zu provozieren?«, polterte Ramanov.

Harry schien fest entschlossen, noch jemand anderen hier zu provozieren, denn er drehte sich so langsam zu dem Russen herum, dass es schon beinahe albern aussah. »Provozieren? Ich glaube, Sie –«

»Sie wissen, wozu diese Geschöpfe im Stande sind!«, fiel ihm Ramanov ins Wort, beinahe noch gereizter.

»Sie haben gar nicht verstanden, was gerade passiert ist, nicht wahr?«, erkundigte sich Harry und schüttelte gleichzeitig den Kopf, um seine eigene Frage zu beantworten. »Und ich dachte, das wäre klar.«

»Mir jedenfalls nicht«, sagte van Staaten.

»Immerhin haben wir jetzt eine Menge über unseren Feind erfahren.« Er deutete ein Achselzucken an und tauschte einen kurzen, aber unübersehbar zufriedenen Blick mit Tahia. »Ich würde sagen, diese Runde ist klar an uns gegangen. Zumindest nach Punkten.«

»Wie bitte?«, ächzte Ramanov.

Harry machte ein Gesicht, als hätte ihn jemand aufgefordert, einem Kind zu erklären, warum zwei und zwei unmöglich sechsundachtzig ergeben konnte. »Wir sind bisher davon ausgegangen, dass unser Gegner nahezu allmächtig ist. Immerhin wissen wir jetzt, dass das nicht stimmt. Sie will etwas von uns. Und es ist wichtig genug für sie, um mit uns zu verhandeln.« Er wandte sich mit einem langen, nachdenklichen Blick wieder zu Ramanov um. »Ich kann nachvollziehen, wozu sie dort unten Strom brauchen. Aber was ist mit diesen Computerdateien, von denen sie gesprochen hat?«

Ramanov zuckte beinahe trotzig mit den Schultern. »Was soll damit sein? Ich verstehe nichts von Computern. Für so etwas haben wir hier Spezialisten.« Er schoss einen kurzen, fast hasserfüllten Blick in Tahias Richtung ab. »Oder hatten sie, als ich noch Zugriff auf meinen eigenen Computer hatte.«

Harry nahm die Spitze mit einem beiläufigen Schulterzucken zur Kenntnis und wandte sich wieder an Tahia. »Schnapp dir einen dieser

Spezialisten und rede mit ihm. Ich will wissen, was es mit diesen Dateien auf sich hat und warum sie so wichtig –«

»Ich glaube, das kann ich Ihnen beantworten«, mischte sich Vatec ein. Ramanov durchbohrte zur Abwechslung sie mit rot glühenden Blicken, was sie aber vollkommen ignorierte. »Als der Computer das Selbstzerstörungsprogramm gestartet hat, ist nicht nur die Verbrennungsanlage in Betrieb genommen worden. Das Programm sieht vor, dass gleichzeitig auch sämtliche Computerdateien in den Laboratorien gelöscht werden.«

»Sie meinen, selbst wenn die Computer dort unten noch funktionieren, haben sie jetzt nichts mehr als einen Haufen vollkommen leerer Festplatten und Massenspeicher?«, vergewisserte sich Tahia.

Vatec nickte, und Ramanov sagte, noch lauter, jetzt aber mit sehr ernster und um Sachlichkeit bemühter Stimme: »Susanna, Sie wissen, dass Sie über diese Dinge mit Außenstehenden nicht sprechen dürfen.«

Vatec ignorierte ihn geflissentlich weiter und strich gedankenverloren mit den Fingerspitzen über den Papierstapel vor sich. »Ja, genau das.«

»Die Arbeiten dort unten sind streng geheim!«, versuchte es Ramanov noch einmal. Er klang jetzt beinahe beschwörend.

»Und deshalb werden sämtliche Forschungsergebnisse auch automatisch vernichtet, wenn irgendetwas schief geht«, murmelte Harry. »Weil niemand erfahren darf, was Sie dort unten getan haben … kommt das so ungefähr hin, Professor?«

Ramanov sagte gar nichts, aber dieses Schweigen war Antwort genug.

»Findest du nicht, dass es an der Zeit wäre, uns zu erzählen, was ihr dort unten wirklich getrieben habt?«, fragte Schulz.

Für drei oder vier endlose Sekunden starrte Ramanov finster ins Leere, und Ben glaubte schon, dass er es auch jetzt bei einem trotzigen Achselzucken belassen würde, aber dann sagte er leise und resigniert. »Ich weiß es nicht. Nicht genau jedenfalls. Das ist die Wahrheit.«

»Machen Sie sich nicht lächerlich, Professor«, sagte Harry verärgert. »Sie sind der Leiter dieser Station! Und Sie wollen mir erzählen, Sie wissen nicht, was Ihre Leute dort unten getrieben haben?«

»Ich weiß nur, dass es sich um streng geheime Forschungen auf dem Gebiet der Genmanipulation gehandelt hat. Mehr hat man mir nicht gesagt.«

»Und mehr wollten Sie auch gar nicht wissen, vermute ich«, fügte Robert Berger grimmig hinzu.

»Ich glaube Ihnen«, sagte Harry rasch. »Umso wichtiger ist es, dass wir herausfinden, was an diesen Dateien so ungemein wertvoll ist, dass Doktor … die *Eiskönigin* sogar bereit ist, mit uns zu verhandeln, um es zu bekommen. Wir haben zwei Stunden Zeit, es herauszufinden. Also schlage ich vor, dass wir nicht noch mehr davon verschwenden.«

25

DIE FRIST MUSSTE LÄNGST VERSTRICHEN SEIN, ohne dass sich seine Mutter noch einmal gemeldet hatte oder irgendetwas anderes Außergewöhnliches geschehen war. Ben war noch eine Weile in der Zentrale geblieben, aus reiner Neugier und dem Gedanken heraus, vielleicht irgendwie helfen zu können, wie er sich (mit wenig Erfolg) selbst einzureden versuchte. Schließlich waren van Staaten und sein Vater wortlos aufgestanden und hinausgegangen. Kurz darauf gefolgt von Sasha und Schulz, den das Erlebte völlig erschöpft zu haben schien, denn er stützte sich so schwer auf Sashas Schulter, dass sie unter seinem Gewicht sichtbar wankte; und Ben hätte schon blind und taub auf einmal sein müssen, um nicht zu begreifen, dass er fortan unerwünscht hier war. Niemand machte auch nur eine entsprechende Bemerkung, aber Ramanov hatte ihn immer öfter mit giftigen Blicken bedacht, während Dr. Vatec, Tahia und auch Harry voll und ganz mit dem Computer beschäftigt waren. Einzig Pjotr, Ramanovs junger Assistent, warf ihm dann und wann einen fragenden Blick oder auch einmal ein schüchternes Lächeln zu, das ihn zumindest erahnen ließ, dass sich der junge Russe im Augenblick wohl ebenso überflüssig und nutzlos vorkam wie er.

Irgendwann hatte er es aufgegeben und war – allerdings nur für kurze Zeit – in die Einsamkeit seines winzigen Zimmers zurückgekehrt, um die Wände anzustarren und darauf zu warten, dass irgendetwas geschah. Sein Verstand (und sein schlechtes Gewissen) hatten ihm klar zu machen versucht, dass er jetzt an die Seite seines Vaters gehörte, um ihn zu trösten oder einfach nur da zu sein, aber irgendwie hatte er es nicht über sich gebracht. Und ohne dass er erklären konnte, warum, galt dasselbe für Sasha. Natürlich wünschte er sich, bei ihr zu sein, aber sie war wieder bei ihrem Vater, und Ben reagierte noch immer ein wenig beleidigt. Das war kindisch, aber es war nun einmal so, und er konnte und wollte nicht aus seiner Haut.

Also hatte er seine winzige Isolationszelle bald wieder verlassen und damit begonnen, unruhig und ziellos durch die leeren Gänge und Korridore der Station zu streifen. Soweit es möglich war, hieß das. Zwei- oder dreimal war er auf verschlossene Türen gestoßen, die es vorher noch nicht gegeben hatte, und zumindest in einem Fall hatte seine immer noch mangelhafte Kenntnis vom Grundriss der Station ausgereicht, um ihm zu sagen, was dahinter lag – der Korridor, der zu den ausgebrannten Lagerräumen führte. Anscheinend reichte Harrys Vertrauen in die Festigkeit der Außenwände doch nicht so weit, wie er vorgegeben hatte.

Irgendwann hatte er sich dann doch ein Herz gefasst und van Staatens Behandlungszimmer angesteuert. Aber wie es aussah, zu spät. Die Tür hatte zwar einen Spaltbreit offen gestanden, aber der Raum war leer, und Ben wollte schon (insgeheim erleichtert, wenigstens hatte er es versucht) wieder kehrtmachen, als er ein Geräusch aus dem Nebenzimmer hörte. Auch diese Tür war nur angelehnt, sodass er erkennen konnte, dass dahinter Licht brannte. Vielleicht kümmerten sich die beiden ja um den verletzten Söldner.

Es waren ein Mann und eine Frau, aber nicht sein Vater und van Staaten, sondern Harry und Tahia. Sie standen mit dem Rücken zur Tür da, und Harry hatte die Hand nach Tooths Gesicht ausgestreckt, die Bewegung aber nicht ganz zu Ende geführt, sodass seine Finger ein paar Zentimeter über der Stirn des Sterbenden schwebten. Sie zitterten sichtbar.

Ben machte auf Zehenspitzen einen halben Schritt zurück, aber obwohl er vollkommen sicher war, nicht den geringsten Laut verursacht zu haben, hatte Harry ihn offenbar nicht nur bemerkt, sondern auch erkannt.

»Bleib ruhig hier«, sagte er, ohne sich zu ihm herumzudrehen oder auch nur die Hand zurückzuziehen. Tahia zuckte zusammen, fuhr auf dem Absatz herum und stürmte wortlos und mit steinernem Gesicht an ihm vorbei und aus dem Raum und warf die Tür hinter sich ins Schloss.

Ben sah ihr mit klopfendem Herzen nach. Er hatte das Gefühl, die drei Söldner in einem Moment überrascht zu haben, der nur ihnen gehören sollte.

»Bist du sicher, dass ich … nicht störe?«, murmelte er.

Harry atmete hörbar ein, bevor er nun doch die Hand zurückzog und sich mit einer irgendwie mühsam aussehenden Bewegung ganz zu ihm herumdrehte. Ein sonderbarer Ausdruck lag auf seinem Gesicht, Sorge und Mitleid, aber auch noch etwas anderes, Schlimmeres. Er versuchte zu lächeln und brachte es sogar halbwegs fertig. »Das ist schon in Ordnung. Tooth hätte bestimmt nichts dagegen.« Sein Lächeln wurde eine Spur deutlicher und zugleich wärmer. »Weißt du, dass er dich gemocht hat?«

Ben entging keineswegs, dass Harry in der Vergangenheitsform gesprochen hatte, und er fand es trotz allem irgendwie … unpassend … aber er sagte nichts dazu, sondern warf nur einen überraschten Blick in das bandagierte Gesicht des Söldners. Für eine halbe Sekunde glaubte er, Tooths Augen stünden einen Spalt offen, doch er musste sich wohl getäuscht haben. Sein Vater hatte ihm ja gesagt, dass van Staaten den Söldner in ein künstliches Koma versetzt hatte, um ihm unnötige Schmerzen zu ersparen. Tooth und ihn gemocht? Er hatte den Söldner ja kaum gekannt, aber irgendwie konnte er sich nicht vorstellen, dass Tooth überhaupt irgendjemanden *gemocht* hatte. Vielleicht sagte Harry das ja nur, um ihm den schrecklichen Anblick ein wenig zu erleichtern; oder weil er der Meinung war, es seinem Kameraden schuldig zu sein.

»Du weißt, dass er …?«

»Stirbt?« Harry nickte traurig. »Ja. Doktor van Staaten hat es mir gesagt. Das ist schlimm, aber er kannte das Risiko, bevor er hierher gekommen ist. Wie wir alle.«

»Du weißt, dass das nicht stimmt«, sagte Ben leise. Harry wollte widersprechen, doch er fuhr rasch fort: »Ihr habt nicht gewusst, womit wir es hier zu tun bekommen. *Niemand* hat das gewusst.«

»Das stimmt. Oder auch nicht. Ich bin … nicht sicher.«

»Was meinst du damit?«

Harry maß ihn mit einem sonderbaren Blick, wischte die Frage dann jedoch mit einer Handbewegung zur Seite. »Unsinn. Das war … nur so dahingesagt.«

Ben sah ihn zwar stirnrunzelnd an – das war ganz bestimmt nicht nur *so dahingesagt* gewesen –, beschloss aber, nicht nachzufragen. Er spürte, dass Harry ihm sowieso keine Antwort geben würde.

Stattdessen drehte er sich noch einmal in die Richtung, in die Tahia verschwunden war. »Weiß sie, was … wirklich mit Tooth passiert ist?«

Der überraschte Blick, mit dem Harry ihn maß, ließ ihn erschrocken zusammenfahren. Möglicherweise war sein Mundwerk schon wieder einmal schneller gewesen als sein Verstand – er wusste ja noch nicht einmal, ob *Harry* wusste, was Tooth wirklich zugestoßen war. Und er hatte nun wahrlich keine Lust, sich um die Rolle des Überbringers schlechter Nachrichten zu reißen.

Dann aber schüttelte Harry abgehackt den Kopf. »Nein. Und das bleibt auch so, hast du das verstanden? Ich brauche sie und ich brauche sie mit halbwegs klarem Kopf.«

Du meinst, zugedröhnt bis unter die Haarspitzen, dachte Ben. Allerdings hütete er sich, es auszusprechen. Harry sah ebenfalls aus, als hätte er sein letztes Frühstück mit einer gehörigen Portion Speed gewürzt. Bens persönliche Erfahrungen mit Drogen hielten sich in – sehr engen – Grenzen, aber er war auch nicht weltfremd. Harrys blasses Gesicht, seine Rastlosigkeit und sein leicht irrer Blick sprachen eine deutliche Sprache. »In Ordnung«, sagte er nur.

Irgendwie schien dieses Friedensangebot Harry jedoch nicht zu genügen, denn er fühlte sich sichtlich genötigt zurückzuschießen. »Muss hart für dich sein.«

»Was?«

»Das mit deiner Mutter.« Harry zog eine Grimasse, die ebenso mitfühlend sein mochte wie das genaue Gegenteil. »Ich hab meine Eltern kaum gekannt, aber es muss wehtun, wenn man feststellt, dass einen die eigene Mutter verraten hat.«

Ben antwortete nicht sofort darauf, schon weil er genug damit zu tun hatte, die Welle brodelnder Wut niederzukämpfen, die Harrys Worte in ihm ausgelöst hatten. Er fragte sich, warum er es so offensichtlich darauf anlegte, ihn zu verletzen. Erst nach ein paar Sekunden und schon fast unnatürlich ruhig sagte er: »Ist es nicht. Das da unten … ist nicht mehr meine Mutter.«

Harry zog die linke Augenbraue hoch und schwieg, und Ben stellte mit einem Gefühl sachter Verblüffung fest, dass er diese Worte völlig ernst gemeint hatte. Er empfand keinen Zorn. Nicht einmal Enttäuschung. Wenn er an seine Mutter dachte, dann an die Frau, mit der er aufgewachsen war und den allergrößten Teil seines bisherigen Lebens verbracht hatte, nicht an dieses … *Ding* da unten. Nicht einmal an die Frau, von der sein Vater vorhin gesprochen hatte, denn auch die hatte er niemals kennen gelernt.

»Vielleicht hast du Recht«, sagte Harry schließlich. »Und außerdem ist es auch egal. Wir wissen jetzt jedenfalls, was sie will. Oder *es* … was immer dir lieber ist.«

Ben überging die letzte Bemerkung. Harry *wollte* ihn provozieren, warum auch immer. »Was?«, fragte er nur.

»Tahia und Vatec haben die Computerdateien geknackt, auf die sie so scharf ist.«

»Und was steht drin?«, fragte Ben, als Harry nicht von sich aus weitersprach.

»Fachchinesisch. Die Back-ups sämtlicher Forschungsergebnisse, die sie in den letzten zwei oder drei Jahren da unten erzielt haben.«

»Und was steht drin?«, fragte Ben noch einmal, nur um noch einmal exakt dieselbe Antwort zu bekommen.

»Fachchinesisch. Tahia versteht nichts davon und Vatec und Ramanov angeblich ebenfalls nicht … auch wenn ich das nicht glaube.« Er machte ein abfälliges Geräusch. »Wenn du mich fragst, dann haben sie da unten mehr getan, als ein paar Ziegen dazu zu bringen, Spinnweben zu pinkeln.«

Ben blieb ernst; zumal Harrys Worte abermals das Bild des gigantischen zehnbeinigen Monsters hinter der Panzerglasscheibe vor seinem inneren Auge erscheinen ließ. »Aber was interessiert *sie* daran?«

»Oh, da hätte ich schon die eine oder andere Idee«, sagte Harry düster. »Sie könnten zum Beispiel –«

Ein aufdringliches Piepsen, das direkt aus seiner rechten Jackentasche kam, ließ ihn innehalten. Hastig griff er in die Tasche, zog ein kleines Walkie-Talkie heraus und hielt es ans Ohr. Er sagte kein Wort. Ben konnte nicht verstehen, worum es bei dem einseitigen Gespräch ging, aber es dauerte auch nur ein paar Sekunden, bevor Harry das Gerät wieder abschaltete und einsteckte. Er sah besorgt aus.

»Probleme?«, fragte Ben.

»Keine, mit denen ich nicht gerechnet hätte. Es geht los.«

Ben kam nicht dazu, ihn zu fragen, was genau er damit meinte, denn Harry hatte es plötzlich so eilig, das improvisierte Krankenzimmer zu verlassen, dass er gerade noch einen hastigen Schritt zur Seite machen konnte, um nicht über den Haufen gerannt zu werden. Erst als Harry die Tür auf der anderen Seite des Zimmers schon beinahe erreicht hatte, erwachte auch Ben aus seiner Erstarrung. Rasch setzte er sich in Bewegung, wenn auch nicht, ohne noch einen letzten Blick auf den bewusstlosen Tooth geworfen zu haben. Er musste daran denken, wie er Tahia und Harry gerade hier angetroffen hatte, und aus irgendeinem Grund, den er nicht benennen konnte, gefiel ihm die Erinnerung mit jedem Moment weniger. Irgendetwas sagte ihm, dass die beiden nicht nur gekommen waren, um nach ihrem verletzten Kameraden zu sehen.

Hastig verscheuchte er den Gedanken und beeilte sich, Harry zu folgen. Der Söldner rannte nicht unbedingt, stürmte aber mit so weit ausgreifenden Schritten vor ihm dahin, dass er schon beinahe hinter der nächsten Gangbiegung verschwunden war und Ben für ein kurzes Stück tatsächlich rennen musste, um zu ihm aufzuschließen.

»Was ist los?«, stieß er atemlos hervor, während er neben Harry langstolperte und vergeblich darauf wartete, dass der Söldner wenigstens etwas langsamer ging.

»Irgendetwas tut sich«, erwiderte Harry. Was ungefähr genau die Art Auskunft war, die Ben jetzt erwartet hatte. Fast widerwillig und auch erst, als sie ihr Ziel schon beinahe erreicht hatten, fügte er hinzu: »Sieht so aus, als hätten wir am falschen Ende auf sie gewartet.«

Das verstand Ben noch viel weniger als alles andere, aber dann stürmte Harry neben ihm um die nächste Biegung, und er erkannte mit einiger Verspätung, dass ihr Ziel die verrammelte Schleusentür war. Wenn ihn seine Erinnerung nicht täuschte, waren inzwischen noch etliche Metallplatten dazugekommen, die jemand (vermutlich Gerrit) mit der verbeulten Tür und dem Rahmen verschweißt hatte. Der Anblick war jedoch nicht ermutigend, sondern ließ die gesamte Szenerie sonderbarerweise eher noch bedrohlicher wirken. Vor allem als er sich zu Gerrit und der Schallkanone herumdrehte und sah, dass die Reparaturklappe des Geräts immer noch offen stand und Gerrit mindestens den halben Inhalt seines Werkzeugkastens in einem wüsten Durcheinander auf dem Boden verstreut hatte. Der Söldner sah auch nicht besonders optimistisch aus.

»Du hast es nicht hingekriegt«, vermutete er.

Gerrit schenkte ihm einen bösen Blick und versetzte der Palette einen wütenden Fußtritt.

»Es hätte auch nichts genutzt«, sagte Harry. »Sie kommen durch das Labor.«

Natürlich kommen sie durch das Labor, dachte Ben verwirrt. Was hatte Harry denn erwartet? Dass sie sich mühsam und unter enormen Verlusten ein zweites Mal ihren Weg durch die mittlerweile zugeschweißte Schleusentür erkämpfen würden, wo ihnen der viel bequemere Weg durch das Labor praktisch offen stand? Er blickte den Söldner verwirrt an, aber Harry ignorierte ihn kurzerhand und deutete grimmig auf den Gang hinter Gerrit. »Sieh zu, ob du noch irgendetwas retten kannst. Wir versuchen sie irgendwie aufzuhalten.«

Gerrit funkelte ihn wütend an, wandte sich aber wieder seiner improvisierten Lafette zu. Ben registrierte beiläufig und ein wenig verwirrt, dass Gerrit einen Teil ihrer kostbaren Zeit damit verschwendet hatte, die beiden abgebrochenen Räder seines selbstgebastelten Palettenpanzers wieder anzubringen, aber der Gedanke entglitt ihm, als Harry sich zu ihm herumdrehte und eine auffordernde Geste machte. »Du kannst mitkommen oder in dein Zimmer gehen. Aber steh nicht im Weg herum.«

Weder die eine noch die andere Alternative gefiel Ben irgendwie, aber vor die Wahl gestellt, schloss er sich dem Söldner an.

Der Weg war nicht besonders weit. Ben hatte den Grundriss der Station immer noch nicht gut genug im Kopf, um nicht überrascht zu sein, als sie schon nach wenigen Dutzend Schritten und zwei oder drei Abzweigungen am Anfang des Korridors standen, an dessen Ende sich die schwere Panzertür befand, die hinunter ins Labor führte. Sie waren nicht die Ersten. Tahia war bereits da – das Walkie-Talkie, das neben ihr auf dem Boden lag, machte Ben auch klar, wer Harry gerade angepiepst hatte –, und sie hatte nicht nur ihren geliebten Flammenwerfer, sondern gleich drei oder vier kurzläufige Maschinenpistolen sowie eine ganze Kiste voller Magazine mitgebracht. Eine dieser Waffen lag bereits geladen und entsichert neben ihrem rechten Knie, eine zweite reichte sie an Harry weiter, der sie jedoch nur kurz betrachtete und dann Ben hinhielt.

Ben war viel zu verblüfft, um sofort danach zugreifen, aber hinter ihm sagte eine beinahe entsetzt klingende Stimme:

»Sind Sie völlig wahnsinnig geworden? Was soll das?«

Harry reagierte nicht so darauf, wie Ben erwartet hätte: Betont langsam und mit beinahe gelangweiltem Gesichtsausdruck drehte er sich herum und hielt die Waffe nun Bens Vater hin. Ben hatte es nicht einmal gemerkt, aber er und van Staaten mussten ihnen unmittelbar gefolgt sein, und zwar im Laufschritt; van Staatens Atem ging schnell. »Möchten Sie sie lieber? Nur keine falsche Bescheidenheit. Wir haben genug davon.«

Bens Vater starrte die klobige Waffe an, als handele es sich um ein außergewöhnlich ekelhaftes Insekt. »Was –?«

»Ihr Sohn ist kein kleines Kind mehr, Doktor«, unterbrach ihn Harry kühl.

»Und das da ist kein Spielzeug!«, erwiderte sein Vater aufgebracht.

Harry ließ sich nicht aus der Ruhe bringen. »Wir hatten auch nicht vor, zu spielen.« Damit war das Thema für ihn offensichtlich erledigt, denn er wandte sich wieder Ben zu und hielt ihm abermals die Waffe hin. Diesmal sagte er nichts, aber nach einem letzten, unbehaglichen Zögern griff Ben danach und hielt sie nicht nur so in der Armbeuge, wie er es zuvor bei ihm und den anderen Söldnern gesehen hatte, sondern richtete die Mündung der Waffe auch beinahe hastig zu Boden.

Harry sah irgendwie zufrieden aus, schüttelte aber trotzdem den Kopf. »Beinahe richtig. Wenn der Boden nicht aus Beton wäre. Schon mal das Wort *Querschläger* gehört?«

Ben richtete den Lauf der MPi nach oben. Harry sah nun *eindeutig* zufrieden aus, und Ben verspürte eine absurdes Gefühl von Stolz – so lange, wie er brauchte, um sich herumzudrehen und festzustellen, dass sich mittlerweile auch Sasha und ihr Vater zu ihnen gesellt hatten. Schulz war zwar direkt hinter der Gangbiegung stehen geblieben und hatte die Hand auf Sashas Schulter gelegt, um sie zurückzuhalten, aber für den Bruchteil einer Sekunde – viel zu kurz, um sicher sein zu können – glaubte er ein spöttisches Aufblitzen in ihren Augen zu sehen; und, eingebildet oder nicht, dieser Blick reichte, um ihn sich plötzlich ziemlich albern fühlen zu lassen. Mit einem verlegenen Grinsen gab er Harry die Waffe zurück, der sie mit emotionsloser Miene entgegennahm und das Magazin austauschte. Erst dann begriff er, dass sie offensichtlich leer gewesen war. Empört sah er Harry an, aber er erntete nur ein breites Grinsen, nach dem der Söldner allerdings umso ernster wurde.

»Okay. Alle, die sonst noch Angst vor Schusswaffen haben, verschwinden jetzt besser. Hier könnte es gleich ziemlich ungemütlich werden.«

Niemand rührte sich. Nur Schulz sah mit einem Mal deutlich nervöser aus, und auch Sasha wirkte … angespannt. Ben ging rasch zu ihnen, strich Sasha kurz und zärtlich mit den Fingerspitzen über die Wange und wandte sich dann an ihren Vater. »Bringen Sie sie hier weg«, bat er.

Schulz nickte zwar, rührte sich aber trotzdem keinen Millimeter von der Stelle. »*Sie* hat *mich* hierher geführt.«

»Und?«, fragte Ben verständnislos.

»Hast du schon einmal versucht, sie von etwas abzubringen, was sie sich in den Kopf gesetzt hat? Wenn nicht, hast du etwas verpasst. Was ist überhaupt los?«

Ben warf Sasha einen irritierten Blick zu, auf den sie diesmal – natürlich – nicht reagierte. »Ich weiß es nicht genau. Harry rechnet anscheinend damit, dass sie aus dem Labor kommen.«

Schulz wirkte mindestens so überrascht wie er selbst gerade. »Selbstverständlich kommen sie durch das Labor. Was hat er denn –«

»Jetzt«, unterbrach ihn Ben.

Jetzt *sah* Schulz erschrocken aus, allerdings nur für einen Moment, dann nahm er die Hand von Sashas Schulter und eilte zu Harry, und an seiner Stelle ergriff Ben rasch Sashas Hand. Weder widersetzte sie sich ihm noch reagierte sie in irgendeiner anderen Weise, und doch glaubte er ihren Widerwillen fast körperlich zu spüren. Galt er … ihm?

Dann folgte sein Blick dem Sashas und er verbesserte sich in Gedanken. Was er in Sasha spürte, war kein Widerwille, sondern Furcht und sie galt auch nicht ihm.

Sashas Augen hingen wie gebannt an der geschlossenen Panzertür am anderen Ende des Ganges. Das Licht darüber zeigte ein beruhigendes Rot. Die komplizierte Schalttafel mit der Eingabetastatur und dem Handflächenscanner war komplett erloschen; vermutlich hatte Ramanov – oder wohl eher Tahia – sie abgeschaltet.

Als ob das irgendetwas nutzen würde, dachte Ben schaudernd. Was immer auch von seiner Mutter Besitz ergriffen hatte, würde sich ganz bestimmt nicht von einer elektronischen Sperre aufhalten lassen.

Und für einen Moment … glaubte er sie zu spüren, so deutlich, als hätte sich die tonnenschwere Stahltür am anderen Ende des Korridors plötzlich in ein geheimnisvolles Fenster verwandelt, das ihm einen Blick in eine verbotene Welt gewährte.

Etwas Großes, Düsteres, mit Klauen und Flügeln und peitschenden, mit schrecklichen Saugnäpfen bewehrten Tentakeln …

Sasha fuhr erschrocken zusammen und löste ihre Hand aus seinen Fingern, und die schreckliche Vision war verschwunden und die Tür wieder eine Tür.

Wenigstens für eine halbe Sekunde.

Dann ging das Licht aus.

Jemand – vermutlich van Staaten – stieß einen halblauten Schrei aus, irgendetwas polterte, und Harry sagte rasch: »Keine Sorge. Damit habe ich gerechnet.«

Noch bevor er die Worte auch nur ganz ausgesprochen hatte, flammte ein starker Handscheinwerfer auf, dessen grellweißes Licht wie ein Speer durch die Dunkelheit stieß und die Panzertür in gleißende Helligkeit tauchte, fast unmittelbar darauf ein zweiter, den er vor sich auf den Boden legte und so ausrichtete, dass das Licht gegen die Decke fiel und so reflektiert wurde, dass es die gesamte hintere Hälfte des Gangs ausleuchtete.

»Was … was hat das zu bedeuten?«, murmelte van Staaten nervös.

»Nichts anderes als das, was ich auch getan hätte an ihrer Stelle«, antwortete Harry, griff in die Jackentasche und zog sein Walkie-Talkie hervor. »Ramanov! Wir könnten hier ein bisschen Hilfe gebrauchen.« Er bekam keine Antwort, überzeugte sich rasch, aber gründlich davon, dass das Gerät eingeschaltet und in Ordnung war, und wiederholte dann, hörbar lauter: *»Professor! Verstehen Sie mich?«*

»Geben Sie sich keine Mühe«, sagte sein Vater verächtlich. »Wahrscheinlich hat er sich irgendwo verkrochen und wartet ab, bis alles vorbei ist.«

Harry sagte nichts dazu, aber sein grimmiger Gesichtsausdruck ließ Ben erahnen, dass seine eigenen Gedanken zu diesem Thema nicht allzu weit von denen seines Vaters entfernt waren. Entschlossen steckte er das Walkie-Talkie wieder ein, ließ sich neben Tahia auf das rechte Knie sinken und hob seine Waffe. »Verschwindet jetzt.«

Und genau das sollten sie tun, dachte Ben beunruhigt. Ganz instinktiv machte er einen halben Schritt zurück und hielt dann wieder inne, als Sasha ihm nicht folgte. Ihr Vater war neben Harry und der Söldnerin stehen geblieben und starrte die in gleißendes Licht getauchte Sicherheitstür zehn oder zwölf Meter vor ihnen an. Der Lichtstrahl war so direkt darauf gerichtet, dass er jeden, der hindurchkommen mochte, blenden musste, schaffte es aber sonderbarerweise nicht, das rot glühende Licht direkt darüber auszulöschen; ein böses, strahlendes Dämonenauge, dem nichts entging.

Der Anblick machte Ben nervöser, als er zugeben wollte. Nervöser, als er sollte. Er musste an ein riesiges, stampfendes Geschöpf mit ledernen Schwingen und einem schrecklichen Papageienschnabel denken, und plötzlich sammelte sich bitterer Speichel unter seiner Zunge. Er versuchte vergeblich, sich einzureden, dass es nur seine Nerven waren, die ihm einen bösen Streich spielten, dass es nur die Erinnerung an das grässliche Ding war, das er in seiner Vision auf der *Princess* gesehen hatte, und *vielleicht* (tatsächlich nur vielleicht. Er war mittlerweile längst nicht mehr sicher, ob es nicht ebenfalls ein Trugbild gewesen war, da es außer ihm niemand gesehen zu haben schien) für den Bruchteil eines Augenblicks gestern, bei dem gescheiterten Sturm auf die Schleuse. Irgendwie hatte er Sashas Furcht gespürt und zu seiner eigenen gemacht, hatte möglicherweise ihre Gedanken oder zumindest doch ihre *Gefühle* empfangen. So musste es sein.

Die Zeit verstrich quälend langsam, ohne dass irgendetwas geschehen wäre. Wahrscheinlich waren es nur Sekunden, die sich für Ben – und alle anderen auch – aber zu einer schieren Ewigkeit dehnten, bis er sich schließlich beinahe danach zu sehnen begann, dass endlich etwas passierte.

Und als wäre dieser Gedanke ein Stichwort gewesen, sagte Tahia: »Irgendetwas tut sich. Passt auf!«

Einen halben Atemzug lang starrte Ben mit klopfendem Herzen weiter auf die geschlossene Panzertür, dann blickte er erstaunt zu Tahia hinab und bemerkte erst jetzt, dass sie ihren Laptop mitgebracht hatte, der mit hochgeklapptem Bildschirm vor ihr auf dem Boden stand. Irgendetwas bewegte sich darauf, aber er konnte nicht genau sagen, was.

Zunächst geschah nichts; außer dass sich sein Vater und van Staaten hastig ein paar Schritte zurückzogen und auch Schulz zurückkam. Rasch nahm Ben wieder Sashas Hand und machte eine auffordernde Kopfbewegung. »Bringen Sie sie hier weg.«

Schulz schien widersprechen zu wollen, aber Ben gab ihm gar keine Gelegenheit dazu, sondern ging schnell zu Harry und Tahia und ließ sich neben ihnen auf das rechte Knie sinken. Ohne ein Wort griff er nach einer der zusätzlichen Waffen, die Tahia so pedantisch ausgerichtet neben sich auf den Boden gelegt hatte wie ein Chirurg seine Instrumente vor einer besonders komplizierten Operation. Harry sah ihn an und zog nur die linke Augenbraue hoch. »Ich nehme an, die hier *sind* geladen?«

Harry nickte. Er sagte immer noch nichts. Auf dem Computerbildschirm vor Tahia bewegte sich eine Armee winziger grün leuchtender

Punkte vor einem fast fingerdicken dunkelroten Streifen. Ben erschrak, als ihm klar wurde, dass es Hunderte sein mussten.

Er schickte ein lautloses Stoßgebet zum Himmel, dass das, was er da betrachtete, kein Bewegungsmelder war und der rote Streifen nicht die Tür vor ihnen darstellte. Aber er war nie ein besonders gläubiger Mensch gewesen; selbst wenn er es gewesen wäre, hätte er wohl diesmal nicht damit gerechnet, dass sein Gebet erhört werden würde.

»Ben, sei vernünftig«, sagte sein Vater mit leiser, zitternder Stimme. »Komm da weg!«

Ben ignorierte ihn. Es gelang ihm mit einiger Mühe, seinen Blick vom Monitor des Computers loszureißen und sich wieder auf die Tür zu konzentrieren. Sie hatte sich immer noch nicht bewegt, aber er war jetzt sicher, dass ihm das rote Licht darüber spöttisch zublinzelte. »Warum schickt Ramanov uns keine Männer?«, murmelte er nervös.

»Weil es Wissenschaftler sind und keine Soldaten«, antwortete Harry. »So wenig wie du. Verschwinde lieber.«

Ben spürte, dass er es nicht ernst meinte. Auch wenn er durchaus Recht hatte. Er hatte in seinem Leben noch nicht oft eine Waffe in der Hand gehabt, und schon der Gedanke, dass er im Stande sein könnte, den Abzug zu betätigen und auf irgendetwas Lebendiges zu schießen, kam ihm noch immer völlig grotesk vor.

Aber die Vorstellung, wegzulaufen und sich irgendwo zu verkriechen, erschien ihm absolut unerträglich.

»Wir schaffen es auch so«, sagte er.

Harrys Reaktion fiel vollkommen anders aus, als er erwartet hatte. Der Söldner sah in zwei oder drei Sekunden lang stirnrunzelnd an, dann schüttelte er den Kopf und lächelte bitter. »Schaffen? Kaum. Ich habe vor, mein Leben so teuer wie möglich zu verkaufen, und ich finde, dasselbe steht dir auch zu – aber mach dir nichts vor. Wir haben keine Chance.«

Ein Schlag ins Gesicht hätte Ben kaum härter treffen können. Bisher war da trotz allem etwas in ihm gewesen, das unerschütterlich an Harrys Unbesiegbarkeit geglaubt hatte. Die Vorstellung, dass es nicht so sein könnte, war einfach … absurd.

»Aber du –«

»Du solltest zu deiner Freundin gehen und dich um sie kümmern«, unterbrach ihn Harry. »Könnte sein, dass du nicht mehr allzu lange Gelegenheit dazu hast.«

»Achtung!«, rief Tahia. »Sie kommen!«

Und diesmal geschah tatsächlich etwas. Das rote Licht über der Panzertür flackerte und wechselte dann zu Grün, was in einer genauen Umkehrung der üblichen Bedeutung dieser Farbe plötzlich drohend und angsterfüllend wirkte. Gleichzeitig erscholl ein dumpfes, ungemein schweres Klacken, und die tonnenschwere Tür bewegte sich mit einem hörbaren Summen nach außen. Harry hob seine Waffe, schoss aber noch nicht, und auch Tahia spannte sich sichtbar an. Irgendwo hinter ihnen erscholl ein erschrockenes Keuchen und dann das Geräusch hastiger Schritte, die sich entfernten; aber nur ein kleines Stück weit, bevor sie wieder innehielten.

Die Tür schwang summend weiter auf, bis sie mit einem dumpfen Schlag gegen die Wand prallte. Dahinter gähnte absolute und vollkommene Dunkelheit, eine Schwärze, wie Ben sie niemals zuvor gesehen hatte und die selbst das Licht des starken Scheinwerfers verschluckte, als blicke er in ein anderes Universum, in dem so etwas wie Licht einfach nicht existieren konnte.

Dann …

Ben wusste selbst nicht einmal, ob er es war, der schrie, oder Sasha. Alle seine Albträume wurden wahr. Es war keine Vision gewesen, weder auf der *Princess* noch gestern vor der Schleuse. Unter der offen stehenden Tür erschien der Drachenmann, ein Gigant, dessen breite Schultern die Öffnung nahezu zur Gänze ausfüllten und der sich bücken musste, um ins Freie treten zu können und seine gewaltigen, peitschenden Schwingen zu spreizen. Riesige pupillenlose Augen von der Farbe geronnenen Eigelbs starten sie an, und der schreckliche Papageienschnabel öffnete sich zu einem lautlosen Schrei, der etwas in Ben sich wie einen getretenen Wurm krümmen ließ.

Tahia und Harry feuerten gleichzeitig. Das dumpfes Hämmern der Maschinenpistolen und das lautlose Schreien der Bestie verbanden sich in Bens Seele zu einem grauenerregenden Crescendo. Seine Hände schlossen sich so fest um das schwarze Metall der Maschinenpistole, dass es wehtat, aber er war nicht fähig, den Abzug zu betätigen; als hätte er vergessen, wozu der Gegenstand in seinen Händen gut war. Schließlich ließ er die Waffe fallen und schlug wimmernd die Hände auf die Ohren, aber es nützte nichts, denn das Brüllen und Wüten der Bestie war in ihm und ließ sich nicht aussperren. Und sowenig er die Ohren vor dem

Schreien verschließen konnte, das direkt aus der Hölle heraufzuschallen schien, konnte er den Blick von dem schrecklichen Geschehen direkt vor sich abwenden. Tahia und Harry schossen beide, hatten ihre Waffen aber offensichtlich von Dauer- auf Einzelfeuer umgeschaltet, aber es war in der Enge des Ganges auch nahezu unmöglich, vorbeizuschießen – was das gigantische Ungeheuer jedoch nicht sonderlich zu beeindrucken schien. Ben konnte sehen, wie eine Kugel nach der anderen seine Brust traf, und *diese* Kreatur bestand ganz eindeutig aus Fleisch und Blut, nicht aus Eis.

Dennoch rückte sie unbarmherzig weiter vor. Die Schüsse, die die beiden Söldner fast so gleichmäßig und monoton wie Maschinen auf sie abfeuerten, ließen sie wanken, aber sie vermochten nicht, sie aufzuhalten. Langsam, doch mit derselben schrecklichen Unaufhaltsamkeit, die Ben schon zuvor an den Dienern der *Alten* beobachtet hatte, stampfte sie heran.

Und als wäre das noch nicht genug, trat hinter ihr eine zweite, ebenso große geflügelte Gestalt aus der geronnenen Schwärze hinter der Tür.

»Schieß, verdammt noch mal!«, schrie Harry. Gleichzeitig und ohne mit Feuern innezuhalten, wechselte er seine Waffe von der rechten in die linke Hand und griff mit der frei gewordenen Hand in die Jackentasche, um sein Walkie-Talkie herauszuziehen.

Ben versuchte es. Er *wollte* die Waffe benutzen, um sich gegen diesen grässlichen, lebendig gewordenen Albtraum zu verteidigen, aber seine Hände verweigerten ihm den Dienst. Seine Finger umklammerten die MPi so fest, dass Blut unter seinen Nägeln hervorzuquellen begann und ihm der Schmerz die Tränen in die Augen trieb, aber er war vollkommen unfähig, *etwas* zu tun, irgendeinen Gedanken zu fassen, irgendetwas zu empfinden außer alles hinwegfegende Angst. Es war nicht einmal die Erscheinung des geflügelten Giganten, so schrecklich sie auch sein mochte, oder das Wissen um die absolute Unausweichlichkeit seines bevorstehenden Todes – was ihn ungleich mehr erschreckte und lähmte, das war der Odem des absolut Fremden, den der Drachenmann verströmte, die beinahe körperlich und mit Händen greifbare Woge von *Bösartigkeit*, die ihm vorauseilte und den Gang erfüllte wie ein erstickender Gestank nach Fäulnis und etwas, was schlimmer war als der Tod.

»Gerrit!«, brüllte Harry in sein Funkgerät. *»Jetzt!«*

Zuerst geschah gar nichts, dann glaubte Ben ein sachtes, unglaublich tiefes, machtvolles Vibrieren und Summen zu vernehmen; einen Laut, der als ein leises Gefühl von Unwohlsein im Magen begann und sich rasend schnell zu einem vibrierenden Schmerz steigerte, der bis in seine Zähne und den Schädel ausstrahlte …

… und dann von einem Atemzug auf den anderen abbrach.

Die Stille traf ihn wie ein Schlag; auf eine eigentümliche Weise vielleicht schlimmer als das peinigende Geräusch und die Schüsse und Schreie zuvor. Ben wankte und musste sich mit der rechten Hand am Boden abstützen, um nicht das Gleichgewicht zu verlieren. Neben ihm fluchte Harry laut.

Und plötzlich ertönte auch hinter ihm ein trockener, sonderbar weicher Knall. In der gleichen Bewegung, in der Ben sich hochrappelte, warf er einen Blick über die Schulter zurück und sah, dass nun doch eine Hand voll von Ramanovs Männern am Ende der Korridors aufgetaucht waren. Zwei oder drei von ihnen waren mit Pistolen bewaffnet, die anderen mit zum Teil altertümlichen Gewehren, mit denen sie dennoch unverdrossen auf die heranstürmenden Höllenkreaturen feuerten, ohne sie allerdings merklich verlangsamen zu können.

»Gerrit!«, brüllte Harry. »Schieß, verdammt noch mal!«

Was immer das bedeuten mochte, im ersten Moment geschah wieder nichts, außer dass nun noch eine weitere, ebenso Furcht einflößende Gestalt mit peitschenden Tentakeln und gewaltigen Schwingen unter der Tür auftauchte. Hinter ihm fielen weitere Schüsse, einige davon so schlecht gezielt, dass er meinte, die Kugeln an sich vorbeipfeifen zu spüren. Tahia und Harry konzentrierten ihr Feuer nun auf den vordersten Drachenmann, der vielleicht noch fünf oder sechs seiner gewaltigen, raumgreifenden Schritte von ihnen entfernt war. Seine Brust waren mittlerweile nur noch eine einzige brodelnde Wunde, und er wankte unter der Wucht der Einschläge, wich aber keinen Schritt zurück, sondern kam ganz im Gegenteil immer näher.

Und nun gewahrte Ben etwas, was sein Herz fast stillstehen ließ. Die beiden Söldner mussten den Drachenmann schon Dutzende Male getroffen haben, aber die schrecklichen Wunden, die die Geschosse rissen, schlossen sich beinahe ebenso schnell wieder, wie sie entstanden; als hätten sie es tatsächlich mit einem Geschöpf aus einer Welt zu tun, die so anders war, dass keine Waffe ihres Universums ihm wirklich etwas anhaben konnte.

»Achtung!«, schrie Tahia.

Ben fand nicht einmal Zeit, darüber nachzudenken, was diese Warnung bedeuten mochte. Das Summen und Vibrieren begann erneut, steigerte sich im Bruchteil eines Atemzuges zu einem reißenden, unerträglich quälenden Schmerz, der seinen ganzen Körper von innen heraus in Stücke zu reißen schien, und erreichte dann eine Frequenz, die sein Gehör nicht mehr wahrnahm, die dafür aber jeden Nerv in seinem Körper in Agonie aufkreischen ließ.

Die Wand zu ihrer Linken erbebte, beulte sich aus und zerfiel dann zu Staub. Ben spürte, wie etwas in ihm zerbrach, und dann schoss ihm warmes Blut aus Nase und Ohren. Der Schmerz war so unerträglich, dass er nicht einmal mehr schreien konnte, ganz einfach weil er keine Luft mehr bekam. Vor seinen Augen verschwamm alles. Trotzdem sah er, wie die Welle unsichtbarer Verheerung weiterraste, die Luft in Stücke hämmerte und selbst den massiven Betonboden vibrieren ließ wie das zum Zerreißen gespannte Fell einer Trommel, das ein wahnsinniger Schlagzeuger mit seinen Stöcken malträtiert – und schließlich die drei Drachenmänner erreichte.

Das Ergebnis war schlichtweg Grauen erregend. Die beiden vorderen Drachenmänner wurden wie von einer Riesenhand gepackt, herumgewirbelt und in Stücke gerissen, bevor das, was von ihnen übrig war, gegen die gegenüberliegende Wand geschleudert und zusammen mit der grauen Plastikverkleidung einfach pulverisiert wurde. Dem dritten Drachenmann, der noch immer damit beschäftigt war, seinen breitschultrigen Körper durch die viel zu schmale Tür zu zwingen, erging es nicht viel besser. Die Welle der Vernichtung streifte ihn nur, doch diese flüchtige Berührung reichte bereits, einen seiner schrecklichen Arme und seine rechte Schwinge in einen rosafarbenen Nebel zu verwandeln, der von einem unsichtbaren Sturmwind gepackt und davongetragen wurde, während der lautlos kreischende Koloss nach hinten kippte und wieder in der Dunkelheit verschwand, die ihn ausgespien hatte.

Wimmernd vor Schmerz und von einer nie zuvor erlebten Übelkeit geschüttelt, ließ Ben endlich die ohnehin vollkommen nutzlose Maschinenpistole fallen und kroch auf Händen und Knien rückwärts davon. Wie durch einen blutgetränkten Nebel hindurch (irgendwo in seinen Augen musste etwas zerrissen sein) sah er, wie auch Tahia ihre Waffe fallen ließ, sich krümmte und Harry hastig nach ihr griff, um sie ein Stück weit nach hinten zu ziehen. Das grauenhafte Dröhnen und Vibrieren hatte längst aufgehört, der Boden zitterte nicht mehr, aber der Schmerz in seinem Inneren wollte nicht verschwinden. Vielleicht fielen immer noch Schüsse, aber alles, was er hörte, war ein dumpfes, an und ab schwellendes Meeresrauschen und das rasende Hämmern seines eigenen Herzens.

Seine Kraft reichte nicht mehr. Hilflos kippte er zur Seite, schlug so schwer mit der Schläfe auf dem harten Betonboden auf, dass ihm schwarz vor Augen wurde, und registrierte kaum, wie ihn jemand unter den Achseln ergriff und davonschleifte.

»Habt ihr vollkommen den Verstand verloren?!«, schrie eine Stimme, die ihm vage bekannt vorkam. Jemand zerrte ihn unsanft in eine halbwegs sitzende Position und lehnte seine Schultern gegen die Wand, und in dem tanzenden roten Schleier vor seinen Augen erschien ein Gesicht, das er eigentlich genauso hätte erkennen müssen wie die Stimme, das er aber ebenso wenig einordnen konnte. Alles wurde sonderbar irreal und leicht, und selbst der Schmerz, der immer noch da war und gar nicht daran dachte, ihn loszulassen, veränderte sich und schien plötzlich zu jemand anderem zu gehören. Etwas – jemand – machte sich an seinem Gesicht zu schaffen, dann spürte er, wie ihm das Blut von Mund und Wangen gewischt wurde, und endlich kehrte wenigstens ein rudimentärer Teil seines Erinnerungsvermögens zurück, und er identifizierte das ebenso wütende wie besorgte Gesicht vor sich als das Dr. van Staatens. Ohne viel Federlesens und alles andere als liebevoll drückte sie sein Kinn nach oben, hob mit der anderen Hand seine Augenlider an und wirkte schlagartig nur noch besorgt.

»Verdammte Scheiße! Wolltet ihr ihn umbringen?«

Ihre Hände tasteten über sein Gesicht und seinen Hals, was sehr unangenehm war, dann schien sie etwas zu entdecken, was sie noch mehr erschreckte, denn sie ließ von ihm ab und verschwand aus seinem Blickfeld – das so ganz nebenbei bemerkt immer kleiner wurde. Da war plötzlich eine rauchige Schwärze, die aus allen Richtungen zugleich auf ihn zukroch und in der irgendetwas zu lauern schien. Etwas Gefährliches.

Ben versuchte zu sprechen, den Kopf zu drehen und van Staaten wenigstens einen Hilfe suchenden Blick zuzuwerfen, aber nicht einmal dazu war er in der Lage. Die Dunkelheit kroch näher, und er wusste mit vollkommener Sicherheit, dass sie ihn verschlingen und nie wieder freigeben würde, wenn sie ihn erreichte.

Stattdessen erschien ein anderes, schmaleres Gesicht im Zentrum seines unerbittlich schrumpfenden Blickfelds.

Sashas Augen waren groß und schwarz vor Sorge um ihn. Eine endlose Sekunde lang sah Sasha ihn nur an und schien etwas in seinem Blick zu suchen, dann hob sie die Hand und berührte mit den Fingerspitzen sanft seine Stirn.

Der Schmerz erlosch nicht, aber er zog sich zurück, knurrend und geifernd und mit den Zähnen fletschend wie ein wütendes Raubtier, das seine bereits geschlagene Beute einem aus dem Nichts aufgetauchten, stärkeren Gegner überlassen muss, und auch die Übelkeit war nun wenigstens nicht mehr so schlimm, dass sie ihm das Atmen schwer machte. Sonderbarerweise hatte er das Gefühl, dass sie etwas Falsches tat, etwas, was sie beide bereuen würden.

Aber was immer es war – es half. Schmerz und Übelkeit sanken rasch auf ein erträgliches Maß herab, nur die roten Schleier vor seinen Augen blieben; anscheinend hatte er tatsächlich eine Augenverletzung davongetragen.

Ben schenkte Sasha das Äußerste, was er an einem dankbaren Lächeln zu Stande brachte (er war nicht ganz sicher, ob sie es überhaupt sah), stemmte sich mühsam in die Höhe und wollte sich zu van Staaten herumdrehen, und Sasha gab einen klagenden Laut von sich und kippte zur Seite. Ben konnte gerade noch die Arme ausstrecken und sie auffangen, aber er war selbst so schwach, dass ihn ihr eigentlich lächerliches Gewicht mit zu Boden riss.

Noch bevor er sich wieder aufrappeln konnte, tauchte Schulz neben ihm auf. Wortlos beugte er sich über seine Tochter, sah ihr ins Gesicht und schüttelte fast hastig den Kopf, als Ben etwas sagen wollte. »Schon gut. Ihr fehlt nichts.«

Aber das stimmte nicht. Plötzlich wusste Ben, woher das Gefühl gekommen war, etwas Falsches zu tun. Die neue Kraft, die sie ihm gegeben und die ihm möglicherweise das Leben gerettet hatte, hatte er ihr in Wahrheit gestohlen.

»Ich bringe sie weg«, sagte Schulz, während er sich bereits hochstemmte und Sasha dabei auf die Arme nahm. Schon diese kleine Anstrengung schien auch seine Kräfte nahezu zu übersteigen, aber er schüttelte nur abwehrend den Kopf, als Ben ihm helfen wollte. Unter Sashas Gewicht wankend, doch ohne innezuhalten, drehte sich herum und ging.

Ben sah ihm mit klopfendem Herzen und schlechtem Gewissen nach, bis er hinter der nächsten Abzweigung verschwunden war, und drehte sich dann wieder zu van Staaten um. Die Ärztin hatte sich mittlerweile über Tahia gebeugt, die stöhnend auf dem Rücken lag und vergebens versuchte mit den Händen das Blut zurückzuhalten, das ihr aus der Nase schoss, und untersuchte sie ebenso rasch und ebenso wenig sanft wie ihn zuvor.

»Was ist mit ihr?«, fragte Harry. Auch sein Gesicht war blutüberströmt und kreidebleich. Er hielt die Maschinenpistole zwar immer noch in der linken Armbeuge, musste den Lauf aber mit der rechten Hand abstützen, weil seine Kraft offensichtlich nicht mehr ausreichte, und seine Aussprache war so undeutlich und schleppend wie die eines Betrunkenen.

Van Staaten warf ihm nur einen vernichtenden Blick zu – ohne dass sie ihre professionelle Sorge als Ärztin ganz unterdrücken konnte – und richtete sich schließlich mit einem Ruck auf. »Das ist wohl einer der seltenen Fälle, in denen Dummheit wirklich wehtut.« Wütend schüttelte sie den Kopf und gestikulierte in Richtung des verheerten Ganges. »War das etwa ihre Verteidigungstaktik? Sich selbst umzubringen, damit die anderen es nicht mehr können?«

Harry war klug genug, gar nichts darauf zu sagen, und Ben riss seinen Blick mühsam vom blutüberströmten Gesicht der Söldnerin los und sah die niedergerissene Wand an. Sie war – buchstäblich – verschwunden. Dahinter gähnte ein grob ovales Loch von mindestens vier oder fünf Metern Durchmesser, hinter dem man eine zweite, ebenfalls durchbrochene Wand sehen konnte. Und eine dritte und vierte, hinter der sich schließlich eine Konstruktion erhob, die in etwa wie eine futuristische Satellitenschüssel aussah. Gerrits Gesicht, der neben der Schallkanone stand und den Hals reckte, um Einzelheiten erkennen zu können, war totenbleich.

»Ich dachte, das Ding funktioniert nicht«, murmelte Ben.

»Ja, genau das solltest du auch.« Harry fuhr sich mit dem Handrücken über den Mund und betrachtete irgendwie verständnislos das hellrote Blut, das darauf zurückgeblieben war. »Und alle anderen auch.«

Jetzt war es Ben, der ihn verwirrt anblinzelte; wenigstens für eine Sekunde. Dann nickte er. Was hatte Schulz gesagt? *Sie sind ihre Augen und Ohren.* Und mit Sicherheit hatten sie mehr davon als die drei oder vier, die Gerrit und Tahia zertreten hatten …

»Wenn Gerrit das nächste Mal eine Maschine frisiert, dann gib mir vorher Bescheid, damit ich mich auf einen anderen Kontinent verkrümeln kann. Auch wenn es nur ein CD-Player ist.«

Harry antwortete nur mit einem Grinsen, das von seinen blutverschmierten Zähnen allerdings zu einer durch und durch Furcht erregenden Grimasse gemacht wurde, doch van Staaten blitzte ihn an. »Das ist nicht komisch! Hat einer von euch auch nur eine *Ahnung* davon, was dieses Ding anrichten kann?«

Ben sah schaudernd an ihr vorbei auf das, was von der hinteren Hälfte des Ganges übrig war. Die Wand auf der linken Seite war nahezu vollkommen verschwunden, aber auch die auf der anderen Seite bot keinen wesentlich besseren Anblick. Die grauen Plastikpaneele waren zertrümmert und geborsten, und über das, was die unsichtbaren Infraschallwellen den technischen Innereien dahinter angetan hatten, dachte er vorsichtshalber erst gar nicht nach; mit Sicherheit weniger als denen auf der anderen Seite, die es schlicht und einfach nicht mehr gab. In einem Punkt hatte van Staaten vollkommen Recht, dachte er niedergeschlagen: Sehr viele solcher *Siege* konnten sie sich nicht mehr leisten. Vielleicht war dieser schon einer zu viel gewesen.

Falls es ein Sieg war …

Nicht einmal dessen war sich Ben wirklich sicher. Was von den Drachenmännern übrig geblieben war, das hatte sich als rosafarbene Schmiere über Boden und Wände verteilt, aber es gab mindestens noch ein drittes dieser albtraumhaften Ungeheuer, und verletzt oder nicht, Ben war ganz und gar nicht davon überzeugt, dass es keine Gefahr mehr darstellte. Und niemand wusste, wie viele dieser Bestien noch hinter der offen stehenden Tür lauerten.

»Was um alles in der Welt waren das für Kreaturen? Und Sie bleiben schön liegen, ist das klar?« Die letzten Worte, die van Staaten schärfer hervorgestoßen hatte, galten Tahia, die dazu ansetzte, ihre Hand zur Seite zu schieben und sich aufzusetzen. Die Worte der Ärztin bewogen die Söldnerin natürlich allerhöchstens dazu, ihre Bemühungen noch zu verstärken. Unsicher und zitternd, aber mit einer Beharrlichkeit, die der der

Drachenmänner in nichts nachstand, stemmte sie sich in eine halb sitzende Position hoch und tastete nach ihrer Maschinenpistole.

Van Staaten zog die Augenbrauen zusammen. »Ganz, wie Sie meinen. Wenn Sie auf rasende Kopfschmerzen, Übelkeit und Gleichgewichtsstörungen stehen … und das für den Rest Ihres Lebens.«

Tahia wirkte nun doch ein wenig erschrocken, allerdings nur für einen ganz kurzen Moment, dann setzte sie ihre angefangene Bewegung – langsamer – fort, und Harry sagte: »Ihre Fürsorge in Ehren, Doktor, aber es könnte sein, dass Sie nur noch über ein paar Minuten reden.«

Van Staaten wurde ein wenig blass, und Harry machte eine Kopfbewegung auf Tahias Laptop. Das Gerät stand ein wenig schräg und gab ein ungesundes Rattern von sich, funktionierte aber noch und zeigte dasselbe, beunruhigende Bild wie zuvor: eine Unzahl winziger, hektisch durcheinander wuselnder grüner Punkte vor einer massiven roten Linie.

Harry grub mit zitternden Fingern das Walkie-Talkie aus der Tasche. »Gerrit. Wir haben da noch ein kleines Problem hinter der Tür … aber mit etwas weniger Power, wenn es geht.«

Gerrit streckte den linken Daumen in die Höhe und verstellte mit der anderen Hand nicht nur etwas an seiner Höllenmaschine, sondern schwenkte die gesamte Konstruktion ein kleines Stück zur Seite. Ben biss instinktiv die Zähne zusammen, doch diesmal war alles, was er spürte, ein gerade noch wahrnehmbares tiefes Brummen und ein leicht unangenehmes Kribbeln im Magen. Dafür sah er umso mehr. Aus den Rändern des Lochs, das er mit seiner ersten Attacke so brutal in die Eingeweide der Station gestanzt hatte, explodierten winzige graue Staubgeysire, und plötzlich zertrümmerte eine Riesenfaust auch die Kunststoffwände rechts und links der Panzertür. Die noch immer in einem boshaften Grün glühende Leuchte über der Tür zerbarst mit einem peitschenden Knall, und dieselbe unsichtbare Gewalt zerschmetterte auch die Kontrolltafel zu staubfeinen Krümeln. Die Dunkelheit, die die Türöffnung erfüllte, zitterte und wogte wie ein Vorhang aus nachtfarbenem Samt, der von einer Orkanböe getroffen wurde.

Auf dem Monitor des Laptops wurden die grünen Leuchtpunkte davongewirbelt wie trockenes Herbstlaub im Sturm.

»Okay«, sagte Harry. »Bleib auf der Hut – und pass das nächste Mal auf, wohin du zielst.«

Gerrit reagierte nur mit einer wedelnden Handbewegung, machte sich an seiner Schallkanone zu schaffen, und Ben atmete innerlich auf. Wenn man bedachte, dass Gerrit seine ersten Schüsse praktisch blind durch drei massive Wände hindurch abgefeuert hatte, konnten sie vermutlich alle von Glück sagen, sich nicht ebenfalls in rote Schmiere verwandelt zu haben. Ganz kurz fragte er sich, was Ramanov wohl zu dem hübschen Loch sagen würde, das Gerrit in seine Station gestanzt hatte.

»Da tut sich was.« Harry wies zum zweiten Mal auf den Monitor, auf dem schon wieder eine Anzahl grüner Leuchtpunkte aufgetaucht war, die sich der Tür näherten. Gerrit wartete, bis sie nahezu heran waren, und gab dann einen einzelnen Schuss aus seiner Schallkanone ab, und die allermeisten Leuchtpunkte verschwanden. Die, die blieben, rührten sich nicht mehr.

Zeit verstrich. Eine halbe Minute, eine ganze, zwei und schließlich drei, in denen sie alle – selbst van Staaten – gebannt auf den Monitor starrten, ohne dass irgendetwas geschah.

Schließlich war es Bens Vater, der das immer atemloser werdende Schweigen brach. »Ich glaube, sie haben genug.«

»Das war viel zu leicht«, knurrte Harry. »So einfach geben sie nicht auf.« Er strich sich mit der bisher sauber gebliebenen Hand über das Gesicht, ohne mehr zu erreichen, als dass er das Blut noch mehr verschmierte und seine unfreiwillige Kriegsbemalung endgültig komplettierte. Gleichzeitig streckte er die andere Hand nach seiner Waffe aus, und auch Tahia stemmte sich ächzend auf beide Knie und schob ein frisches Magazin in ihre Waffe. Ben wünschte sich, sie hätte es nicht getan, denn das helle Klicken des einrastenden Magazins kam ihm wie ein böses Omen vor. Eine Herausforderung.

»Geht lieber«, sagte Harry. »Ich schätze, der lustige Teil kommt erst noch.«

Ben hatte immer noch Mühe, ihn zu verstehen. Harrys Aussprache glich immer mehr der eines Betrunkenen, der Probleme hatte, nicht über seine Zunge zu stolpern, und seine Bewegungen waren fahrig und unsicher. Auch wenn er sich verbissen darum bemühte, sich nichts anmerken zu lassen, war doch klar, dass er schwer verletzt war. Ben sparte sich jedoch jede entsprechende Bemerkung, als Harry abermals in die Jackentasche griff und nacheinander ein halbes Dutzend Handgranaten herausnahm, die er sorgfältig vor sich und Tahia aufreihte.

Bens Vater sog hörbar die Luft zwischen den Zähnen ein. »Sie wollen die Dinger doch nicht etwa hier drinnen benutzen?«

»Nein«, antwortete Harry ruhig. »Sowenig wie ich hier sein will, Doktor.«

Neue Lichtpunkte erschienen auf dem Monitor, unterschiedlich groß und schnell. Ben sah aus den Augenwinkeln, wie sich Gerrit über die Schallkanone beugte und Harry rasch die Hand hob, um ihn zurückzuhalten …

Und dann brach die Hölle los.

Diesmal waren es keine Drachenmänner, die die Dunkelheit jenseits der Tür ausspie, sondern Eiskrieger, Kreaturen der ersten und zweiten Generation, unterschiedlich groß, aber ausnahmslos *schnell*, die wie eine lebendige weiße Lawine aus der Tür brachen und sich auf sie stürzten.

Tahia und Harry eröffneten gleichzeitig das Feuer, und nur eine Sekunde später schoss Gerrit seine Schallkanone ab. Das dumpfe Brummen war diesmal vollkommen unhörbar, die Wirkung dafür umso verheerender. Alles, was sich in einem Umkreis von drei oder vier Metern von der Tür befand, explodierte in einem Splitterregen, der die geschundenen Wände ringsum mit Millionen scharfkantiger Scherben spickte. Die wenigen Angreifer, die dem tödlichen Schallimpuls entgingen, erledigten Tahia und Harry mit ihren Maschinenpistolen. Keines der schimmernden Ungeheuer kam ihnen auch nur nahe.

Aber damit war es noch lange nicht vorbei. Noch während die Splitter der zertrümmerten Eisungeheuer klirrend zu Boden regneten, stürmte die nächste Welle schimmernder Angreifer aus der Tür, nur um von den MPi-Salven der beiden Söldner ebenfalls in Stücke gerissen zu werden. Aber immer mehr und mehr Eiskrieger brachen aus dem Vorhang aus wogender Schwärze heraus, plumpe Gestalten mit nur drei Fingern und ohne Gesicht, aber auch die schrecklichen Karikaturen von Menschen, die sich ungleich schneller und zielgerichteter bewegten. Tahia und Harry löschten sie mit gezielten Schüssen oder kurzen, vernichtenden Salven aus, Gerrits Schallkanone brummte und schlug eine Bresche schrapnellgesättigter Verheerung in die Front der Angreifer, und die Luft war plötzlich so voller Pulverdampf und ätzendem Staub, dass Ben kaum noch atmen konnte. Auch hinter ihm fielen jetzt wieder Schüsse, und irgendetwas schien sich *über* ihnen zu bewegen, aber das allgemeine Chaos war einfach zu groß, um irgendwelche Einzelheiten zu erkennen. Sowohl die Maschinenpistolen der beiden Söldner als auch Gerrits Infraschallkanone streckten die unheimlichen Angreifer zu Dutzenden nieder, aber ihre Zahl schien unerschöpflich. Für jedes Eismonster, das aus der Tür stürmte und zerfetzt wurde, tauchte unverzüglich ein neues auf, und es war genau wie gerade beim Angriff der Drachenmänner: Ganz gleich wie rücksichtslos die Söldner auch von ihren Waffen Gebrauch machten, die Front der Angreifer *kam* näher. Es war, als versuchten sie eine Lawine zu erschießen. Es *konnte* nicht gut gehen.

Und es ging auch nicht gut.

Gerrits Schallkanone stieß ein letztes, ultratiefes Brummen aus und verstummte dann, und die Flut gesichtsloser Angreifer stürmte mit doppelter Wucht heran. Harry fluchte, ließ die Waffe fallen und griff zu einer anderen, und schon diese winzige Unterbrechung reichte, den Abstand zwischen ihnen und den vordersten Angreifern auf wenige Meter zusammenschmelzen zu lassen.

»Gerrit!«, brüllte Harry mit schriller Stimme. *»Worauf wartest du?«*

Gerrit antwortete nicht – er war voll und ganz damit beschäftigt, laut schreiend durch den Gang hinter der Schallkanone zu taumeln und dabei wie wahnsinnig mit beiden Händen auf sein Gesicht und seinen Körper einzuschlagen. Etwas ... *bewegte sich auf ihm.*

Und nicht nur auf ihm. Der gesamte Gang jenseits der zerborstenen Wand schien zu unheimlichem Leben erwacht zu sein. Überall brodelte und kroch und krabbelte es, ohne dass man wirklich erkennen konnte, was die Ursache dieser Bewegung war, und Gerrit torkelte schreiend und immer verzweifelter um sich schlagend weiter, bis er schließlich stürzte und damit aus ihrem Blickfeld geriet.

Harry fluchte noch lauter, verschaffte sich mit einer lang anhaltenden Salve Luft, die ihn den Rest seines Magazins kostete, ließ die MPi fallen und griff stattdessen nach einer Handgranate, um sie in hohem Bogen zu schleudern. Das Geschoss segelte zielsicher zwischen den heranstürmenden Monstern hindurch und verschwand in der offen stehenden Tür, bevor es explodierte. Die albtraumhafte Schwärze verschluckte den grellen Lichtblitz, aber aus der Tür explodierte ein Vulkan scharfkantiger Eissplitter, und die nachfolgende Druckwelle riss ein weiteres halbes Dutzend Angreifer von den Füßen. Zwei oder drei zerbrachen durch die Wucht des Aufpralls, und die, die wieder aufzustehen versuchten, schaltete Tahia mit präzise gezielten Schüssen aus.

Etwas fiel von der Decke und prallte mit einem dumpfen Laut auf Tahias Schulter. Sie wischte es weg, bevor Ben genau erkennen konnte, was es war, aber er hatte einen flüchtigen Eindruck von wirbelnden Beinen und klickenden Mandibeln und warf erschrocken den Kopf in den Nacken.

Eine eiskalte Hand schloss sich um sein Herz und presste es unbarmherzig zusammen.

Er wusste jetzt, was Gerrit passiert war.

Die Decke brodelte vor Spinnen. Es mussten Hunderte der Ekel erregenden Tiere sein, wenn nicht Tausende, die im kalten Licht des Scheinwerfers lautlos herangekrochen waren. Manche von ihnen waren winzig, kaum größer als ein Fingernagel, andere aber auch riesig wie eine Männerhand mit weit gespreizten Fingern, und die allermeisten waren von einer fast unwirklichen weißen Farbe.

Eine zweite, noch größere Spinne landete auf Tahias Rücken, eine dritte in ihrem Haar, und mindestens drei oder vier weitere regneten auf Harry herab. Der Söldner fegte sie mit einer wütenden Handbewegung davon, befreite aus der gleichen Bewegung heraus auch Tahia von ihren Plagegeistern und schwenkte gleichzeitig seine Maschinenpistole herum, um einen Eiskrieger niederzustrecken, der ihnen schon bedrohlich nahe gekommen war.

Der Hammer der Waffe schlug mit einem hellen Klicken ins Nichts. Das Magazin war leer geschossen. Harry hatte zur falschen Waffe gegriffen.

Tahia schleuderte eine weitere Spinne davon, die sich in ihrem Haar festgekrallt hatte und versuchte sie in die Wange zu beißen, warf Harry ihre eigene MPi zu und hechtete nach ihrem Flammenwerfer. Noch während der Eiskrieger unter einem einzelnen Schuss zerbarst, den Harry aus allernächster Nähe auf ihn abfeuerte, rollte sie auf den Rücken und schleuderte einen lodernden Flammenstrahl gegen die Decke – und plötzlich regnete es *brennende* Spinnen.

Ohne den Finger vom Abzug zu nehmen, schwenkte Tahia den Flammenstrahl von links nach rechts und wieder zurück, rollte sich in eine kniende Position hoch und bestrich die Gangdecke methodisch mit Feuer. Hunderte, Tausende brennender Spinnen fielen zu Boden, und die Flammen setzten einen Teil der Decke und der Wandverkleidung in Brand, aber Tahia achtete nicht einmal darauf, sondern bewegte ihre furchtbare Waffe scheinbar seelenruhig weiter von links nach rechts und wieder zurück und lenkte den Strahl schließlich in die offen stehende Panzertür. Irgendetwas fing dahinter mit einem dumpfen Schlag Feuer, aber es war nur zu hören, nicht zu sehen, denn die unwirkliche Dunkelheit verschluckte auch diesen Feuerschein.

Und dann, von einem Atemzug auf den anderen, war es vorbei. Aus der offen stehenden Tür torkelte ein letzter, lichterloh brennender Eiskrieger und zerbarst in Stücke, als Harry einen einzelnen Schuss auf ihn abgab, und dann nichts mehr. Tahias Flammenwerfer erlosch mit einem letzten boshaften Zischen, und alles, was jetzt noch zu hören war, war das Prasseln von Flammen und ein gelegentliches Knacken, wenn eine der toten Spinnen darin zerplatzte.

26

DIE GUTE NACHRICHT WAR, dass das Licht und mit ihm die Stromversorgung im größten Teil der Station nach wenigen Minuten wieder angegangen war, und die sehr viel bessere, dass die Spinnen offensichtlich nicht giftig gewesen waren; keiner von ihnen – Ben eingeschlossen – war ohne zahlreiche winzige Bisswunden an Gesicht und Händen davongekommen, die zwar mehr oder weniger wehtaten oder zumindest wie verrückt juckten, aber nicht weiter gefährlich schienen.

Zumindest hatte van Staaten das gesagt, und Ben hütete sich, sich auch nur den leisesten Zweifel an dieser Behauptung zu gestatten. Ihre Lage war auch so schon verzweifelt genug, ohne dass er sich Sorgen darüber machte, an einem *Spinnenbiss* zu sterben.

Vor allem Gerrit sah übel aus. Seine Hände waren so dick geschwollen, dass er Mühe hatte, die Finger zu bewegen, und sein Gesicht sah aus, als hätte er versucht, sich mit einem Rasenmäher zu rasieren: Seine Lippen waren aufgequollen und dick und erinnerten an das hoffnungslos misslungene Machwerk eines besonders untalentierten Schönheitschirurgen, sein rechtes Auge war vollkommen und das linke zur Hälfte zugeschwollen, und die unnatürliche Blässe seiner Haut war unter zahllosen mehr oder weniger heftigen Rötungen verschwunden. Er musste gleich Dutzende, wenn nicht Hunderte von Bissen abbekommen haben, die einzeln allenfalls lästig, in ihrer Gesamtheit vermutlich aber unerträglich waren. Dennoch gab er keinen Laut der Klage von sich, als van Staaten – die ihre Ordinationsräume kurzerhand in die Kommandozentrale der Station verlegt hatte – damit begann, all die zahllosen kleinen Wunden, Schrammen, Kratzer und Risse in seinem Gesicht mit einem in eine scharf riechende Flüssigkeit getauchten Wattebausch zu betupfen; eine möglicherweise notwendige, aber äußerst schmerzhafte Prozedur, die nach Gerrit auch die beiden anderen Söldner, Bens Vater und als Letzter auch er selbst über sich ergehen lassen mussten.

So weit zu den guten Neuigkeiten. Eine der schlechten war, dass Ramanov sich keineswegs irgendwo versteckt und zitternd vor Angst darauf gewartet hatte, dass es vorbei war, wie sein Vater unterstellt hatte, sondern die bizarre Schlacht – zwar aus der vermeintlichen Sicherheit der Zentrale heraus, aber doch sehr aufmerksam – beobachtet hatte und vor Wut schäumte, als sie nacheinander dort eintrafen.

»Allmählich beginne ich mich zu fragen«, polterte er an Harry gewandt, »wer unsere wahren Feinde sind. Habe ich irgendetwas übersehen, als ich den Vertrag mit Ihnen aufgesetzt habe? Zum Beispiel einen Passus, in dem steht, dass Sie bei Ihren so genannten Verteidigungsmaßnahmen meine gesamte Basis in Schutt und Asche legen müssen?«

Harry blieb zwar äußerlich ruhig, aber Ben spürte, wie schwer es ihm fiel. Für eine Weile hatte es keinem von ihnen wirklich etwas ausgemacht, Ramanovs ständige Nörgeleien und sein tyrannisches Gehabe zu ertragen; irgendwie hatte es dazugehört, und Ben hatte sich ein paarmal sogar dabei ertappt, dass ihm regelrecht etwas gefehlt hatte, wenn der Russe nicht an allem und jedem herummeckerte. Aber mittlerweile war ihrer aller Nervenkostüm über die Maßen strapaziert, und der Ausdruck, den er tief in Harrys Augen gewahrte, machte ihm klar, dass Ramanov möglicherweise eine sehr unangenehme Überraschung erleben würde, wenn er hier weiter den verhinderten Zaren gab und erwartete, dass irgendjemand das lustig fand.

Jedenfalls in diesem Moment war es aber noch nicht so weit. Harry ließ zwar ganz bewusst zwei oder drei Sekunden verstreichen, in denen er Ramanov nur mit mitleidigem Blick maß, dann aber sagte er ganz ruhig: »Es gibt da tatsächlich einen Passus, der uns ausdrücklich aus jeder Verantwortung für Kollateralschäden entlässt, Professor. Sollten Sie ihn nicht gelesen haben, wäre das bedauerlich, aber nicht meine Schuld.«

Ramanov japste hörbar nach Luft. »Kollateralschaden? Ist das ein neues Wort für *Dummheit*?«

Das Flackern in Harrys Augen näherte sich ein weiteres Stück dem Punkt, an dem es zu einem Vulkanausbruch werden würde. Er schwieg.

»Ich meine«, fuhr Ramanov mit einem wütenden Gestikulieren in Richtung des großen Bildschirms fort, der wieder eingeschaltet war und den verheerten Gangabschnitt vor der Labortür zeigte, samt der nicht mehr vorhandenen linken Wand, »gab es irgendeinen nachvollziehbaren Grund, mit diesem verdammten Ding quer durch die Basis zu schießen, statt es direkt vor der Tür aufzustellen?« Er deutete nacheinander auf Harry, Tahia und Ben. »Einmal ganz davon abgesehen, dass Sie allesamt Glück gehabt haben, die Schießkünste Ihres Kameraden zu überleben!«

Ganz offensichtlich nicht nur zu Bens Erstaunen beherrschte sich Harry immer noch. »Einen Grund?«, wiederholte er, hob die Schultern und ließ seinen Blick dann nachdenklich durch den Raum schweifen. Dann lächelte er plötzlich knapp, löste sich mit einer abrupten Bewegung von seinem Platz und eilte auf Ramanov zu. Es dauerte nicht einmal eine Sekunde, doch was sich in dieser Zeit auf dem Gesicht des Russen abspielte, war durchaus sehenswert. Sein heiliger Zorn wich Überraschung, dann Verwirrung und schließlich Schrecken, und als Harry ihn erreicht hatte, war er offensichtlich fest davon überzeugt, dass der Söldner ihn schlagen würde.

Was Harry natürlich nicht tat. Stattdessen blieb er abrupt stehen und stampfte kräftig mit dem Fuß auf.

»Da haben Sie Ihren Grund, Professor«, sagte er und fügte zu den beiden Bildschirmen gewandt hinzu: »Nichts für ungut, Verehrteste.«

Ramanov starrte ihn an, als zweifele er an seinem Verstand, aber wenn es so war, schien er damit ziemlich allein dazustehen. Nicht nur Ben verspürte einen neuerlichen, heißen Schrecken, der ihm vielleicht nur deshalb nicht den Atem nahm, weil er zu erschöpft war, um noch die Kraft für ein so intensives Gefühl aufzubringen. Auch sein Vater wurde eine Spur blasser, und van Staaten blickte ein paarmal nervös vom Bildschirm zu der Stelle, an der Harrys Stiefel einen schmierigen roten Fleck auf dem Boden zurückgelassen hatte, und wieder zurück.

»Hätten wir die Waffe vor der Labortür aufgebaut, Professor«, sagte

Harry, sein Ton machte deutlich, für wie überflüssig er diese Erklärung hielt, »dann wären sie durch die Schleuse gekommen. Sie sind nicht der Einzige hier, der ein Faible für Abhöranlagen hat, fürchte ich. Nur dass Ihre weniger Beine haben ...«

»Sie meinen ... das ... war eine Falle?«

»Ich würde es *Taktik* nennen«, erklärte Gerrit an Harrys Stelle. Seine Aussprache war ein wenig undeutlich. In den paar Augenblicken, die das Gespräch gedauert hatte, waren seine Lippen noch mehr angeschwollen. Noch eine oder zwei Minuten, dachte Ben, und er würde gar nicht mehr sprechen können. Er betete, dass van Staatens Behauptung zutraf.

»Ich fürchte nur«, fuhr Harry nun fort, »dass dieser Trick nicht noch einmal funktioniert.« Wieder wandte er sich zum Bildschirm, als erwarte er eine Bestätigung von dort, was Ramanovs Verwirrung sichtbar noch vergrößerte.

»Sie meinen, sie ... könnten noch einmal angreifen? Aber Sie ... Sie haben sie doch besiegt. Wir haben gewonnen!«

»Gewonnen?« Harry erschien Mühe zu haben, die Bedeutung dieses Wortes zu verstehen. »Sie haben *aufgehört*, Professor. Das ist ein Unterschied.«

Ramanov schüttelte heftig den Kopf wie ein trotziges Kind, das einfach die Augen vor der Wirklichkeit verschließt und hofft, damit sei alles gut. »Aber Sie *haben* sie geschlagen. Ich habe es gesehen, und –«

»Sie haben genau das gesehen, was Sie und wir alle sehen sollten«, fiel ihm Harry ins Wort, nicht unbedingt schärfer, aber in doch deutlich verändertem Ton. »Wir haben drei von diesen ... *Was-auch-immer* ausgeschaltet und ein paar Dutzend Eiskrieger. Sie hätte zehnmal so viele gegen uns aufbieten können, von diesen verdammten Spinnen gar nicht zu reden. Ich weiß nicht, warum sie aufgehört haben. Aber es lag ganz bestimmt nicht daran, dass wir gewonnen haben.«

Der Bildschirm flackerte. Für den Bruchteil eines Atemzuges schien etwas darauf Gestalt annehmen zu wollen und löste sich wieder auf, bevor Ben sicher sein konnte, aber es konnte keine Täuschung gewesen; er war ganz eindeutig nicht der Einzige, der plötzlich beunruhigt auf den großen Monitor blickte.

»Aber welchen Grund sollte sie haben –«, begann van Staaten, zuckte fast unmerklich zusammen und verbesserte sich nach einem raschen Seitenblick auf seinen Vater, »– *sollten* sie haben, uns zu verschonen?«

Natürlich machte es das nur noch schlimmer. Sie hatte zuerst in der Einzahl gesprochen, nicht in der Mehrzahl – was es vermutlich auch traf –, aber er wünschte sich, sie wäre etwas pietätvoller gewesen, als er den Schatten sah, der erneut über das Gesicht seines Vaters huschte.

»Vielleicht weil es ihnen gar nichts nützen würde, uns zu besiegen«, sagte er, eigentlich aus keinem anderen Grund als dem, nicht schon wieder dieses erstickende Schweigen aufkommen zu lassen.

»Wieso?«, erkundigte sich Ramanov.

Bevor Ben antworten konnte, mischte sich Tahia ein. »Er hat Recht. Sie will diese verdammten Back-up-Dateien und sie verlangt die Wiederherstellung der Stromversorgung unten in den Labors. Ich kann mich täuschen … aber ich glaube nicht, dass sie nicht im Stande ist, sich auch nur eines von beiden selbst zu besorgen.«

»Wieso?«, wunderte sich Ramanov.

Tahias Lächeln wurde eine Spur verächtlich. »Weil sie es dann längst getan hätte, Professor. Und wenn sie uns alle umbringen lässt, nutzt ihr das vermutlich auch nichts. Sie braucht uns.«

»Und warum … warum geben wir ihr nicht einfach, was sie will?«

Harry machte sich nicht einmal die Mühe, auf Ramanovs Worte zu reagieren, sondern drehte sich wieder zu dem großen Wandbildschirm herum, um ihn auf eine Art anzusehen, als bräuchte er nur lange genug darauf zu starren, um die Antworten auf alle seine Fragen zu bekommen.

»Ich meine es ernst« beharrte Ramanov. »Wenn Sie Recht haben und das da gerade nur eine Warnung war oder eine Machtdemonstration, was bleibt uns dann noch für eine Wahl?«

Harry löste – widerwillig – den Blick vom Monitor; sein mitleidiges Lächeln schien Ramanovs Entschlossenheit nur zu stärken. Bevor Harry etwas sagen konnte, machte er eine herrische Geste, wie um ihm das Wort abzuschneiden, und fuhr fort: »Ich hatte noch keine Zeit, um mir einen gründlichen Überblick zu verschaffen, aber sehr viele dieser *Siege* hält die Station nicht mehr aus. Es grenzt schon an ein Wunder, dass wir diesen verkraftet haben. Ein Großteil der Stromversorgung und die wichtigsten Systeme funktionieren anscheinend noch, aber wenn Sie mich fragen, war das pures Glück.«

»Ich dachte, ihre famose Basis ist so gut wie unzerstörbar«, sagte Gerrit spöttisch.

Ramanov blieb ernst. »Diese Station sieht, zugegeben, aus wie ein lustiges buntes Zelt, guter Mann, aber sie ist es nicht. Ihre Außenhülle mag so gut wie unzerstörbar sein, aber ihr Inneres ist ein äußerst kompliziertes Gebilde, in dem man nicht nach Belieben herumstochern kann. Ich dachte nicht, dass ich das extra erklären muss.«

Gerrit wollte antworten, aber Harry kam ihm zuvor. »Das müssen Sie auch nicht, Professor. Ich bin mir über unsere Lage durchaus im Klaren. Aber ich vermute, Tahia hat Recht. Im Augenblick wollen *sie* etwas von *uns,* und solange das so ist, denke ich nicht daran, unnötigerweise Boden preiszugeben.«

»Boden preisgeben? Wenn Sie das Gefühl haben, das hier sei eines Ihrer Sandkastenspielchen, dann –«

Der Bildschirm flackerte erneut. Diesmal dauerte es länger, und als sich das Bild wieder stabilisierte, zeigte der Monitor nicht mehr den verwüsteten Gang, sondern die Satellitenaufnahme vom Morgen. Auch jetzt fehlten die Ziffern und meteorologischen Kürzel, und der Bildausschnitt hatte sich geändert. Nur am oberen Rand war ein schmaler blendend weißer Streifen mit einem winzigen orangefarbenen Punkt in der Mitte zu erkennen. Den allergrößten Teil der Darstellung nahm das offene Meer ein; eine monotone stahlgraue Fläche mit nur zwei Unterbrechungen.

Zwei?

Zumindest Tahia schien es im selben Augenblick bemerkt zu haben wie Ben, denn sie eilte wortlos an ihm vorbei zum Tisch, griff nach Ramanovs Tastatur und begann im Stehen zu tippen. Nichts geschah.

»Was bedeutet das?«, fragte Harry, ohne den Blick vom Monitor zu lösen. Er klang alarmiert.

Auch Ben starrte weiter auf den Bildschirm, aber er konnte Tahias hilfloses Achselzucken spüren. »Ich weiß es nicht. Ich habe keinen Zugriff auf das System.«

Ben machte einen zögernden Schritt in Richtung des Monitors und blieb wieder stehen, als sich nun doch etwas darauf änderte. Der Bildausschnitt zoomte heran, sodass die Küste mit dem orangefarbenen Punkt, der die Station darstellte, an seinem oberen Rand verschwand, gleichzeitig wurden die beiden verschwommenen grauen Schemen in seiner Mitte deutlicher. Einer davon war lang gestreckt und wabernd und sah auf unheimliche Weise *lebendig* aus, der andere …

Nein, Ben weigerte sich, es zu glauben.

»Na also«, sagte Ramanov, und natürlich gelang es ihm irgendwie, die Worte nicht wie ein Lob, sondern wie das genaue Gegenteil klingen zu lassen.

»Ich war das nicht«, sagte Tahia. Ben warf ihr einen überraschten Blick zu, aber anscheinend sagte die Söldnerin die Wahrheit: Sie war ein paar Schritte vom Tisch zurückgetreten und hatte beide Hände gehoben, wie um zu demonstrieren, dass sie wirklich nichts mit dem Geschehen auf dem Bildschirm zu tun hatte. Rasch sah er wieder hin.

Der Bildausschnitt veränderte sich weiter. Jetzt war deutlich zu erkennen, dass es sich bei dem rechten der nahezu gleich großen verschwommenen Schatten tatsächlich um etwas auf schreckliche Weise Lebendiges handeln musste, wenn es auch von so absurder Größe war, dass ihm der bloße Gedanke lächerlich erschien. Auch der zweite Umriss wurde schärfer …

»Das … das ist das Unterseeboot«, hauchte van Staaten. »Aber was –?«

Sie brach mitten im Satz ab, als die Lautsprecher unter der Decke knackend und rauschend zum Leben erwachten. Diesmal sah nicht nur Ben gleichermaßen erschrocken wie fragend zu Tahia hin, aber sie schüttelte nur stumm den Kopf.

»Soll das heißen, jemand pfuscht an unserem Computersystem herum?«, fauchte Ramanov.

»Pfuschen würde ich das nicht unbedingt nennen«, antwortete Tahia trocken. »Ich habe nicht die geringste Ahnung, wie sie es gemacht hat … noch dazu in dieser Schnelligkeit. Eigentlich ist es unmöglich.«

Niemand antwortete. Der Bildausschnitt auf dem Monitor war abermals kleiner geworden, und nun lief ein sonderbares vibrierendes Zucken und Flackern über den Schirm.

Als es vorüber war, zeigte der Monitor falsche Farben, aber das Bild war zugleich auch so scharf geworden, dass es fast in den Augen schmerzte.

»Und das ist sogar noch unmöglicher«, sagte Tahia ruhig.

»Was?«, fragte Ramanov. »Dass Sie Probleme haben, die Farben richtig einzustellen? So ein Computersystem ist wohl doch ein wenig komplizierter zu bedienen als eine Maschinenpistole.«

»Das stimmt. Und sonst fällt Ihnen nichts auf? Oder sonst jemandem hier?«

»Es ist … dreidimensional …«, murmelte. Harry. »Unglaublich!«

»Dreidimensional?« Ramanov blinzelte verdutzt. »Aber das ... kann nicht sein. Das ... das ist kein Drei-D-Schirm.«

»Sie waren zu lange allein am Südpol, Professor«, sagte Harry, ohne den Blick auch nur für eine Sekunde vom Monitor zu lösen. »Es *gibt* keine Drei-D-Schirme. Außer in Science-Fiction-Romanen. Das da ist vollkommen unmöglich.«

Ben starrte weiter auf den Monitor. Harry und Tahia hatten vollkommen Recht, aber unmöglich oder nicht, sie sahen es alle mit eigenen Augen: Der Schirm zeigte eine zwar falschfarbene, aber glasklare und *dreidimensionale* Darstellung dessen, was sich in diesem Moment draußen auf dem Meer abspielte.

Das Geräusch aus den Lautsprechern über ihren Köpfen wurde deutlicher. Dann hörten sie eine aufgeregte Stimme, die irgendetwas auf Französisch schrie.

»Das ... das ist ihr Funkverkehr«, murmelte van Staaten. »Aber ich kann nicht verstehen, was sie sagen.«

Auch Ben versuchte, sich auf die aufgeregte Stimme zu konzentrieren. Er sprach ein paar Brocken Französisch – gerade genug, um sich halbwegs verständigen zu können –, aber in diesem Fall erging es ihm nicht besser als van Staaten: Er verstand kein Wort.

Dann war es auch nicht mehr nötig, etwas zu verstehen.

Die beiden Schatten auf dem Monitor begannen sich einander anzunähern, und die Stimmen aus den Lautsprechern wurden hektischer und lauter. Lärm gesellte sich hinzu und schließlich etwas wie das Schrillen einer Alarmglocke.

»O mein Gott«, flüsterte van Staaten. Irgendjemand sog scharf und erschrocken die Luft zwischen den Zähnen ein, und etwas fiel zu Boden und zerbrach klirrend.

Ben achtete nicht darauf, sondern starrte wie alle anderen gebannt und mit hämmerndem Puls auf den Monitor, wo das Geschehen unerbittlich seinen Höhepunkt erreichte. Die beiden Schatten bewegten sich jetzt schneller – millimeterweise nur, wie es schien, aber allein diese winzige Bewegung machte Ben klar, was für ein unbeschreibliches Drama sich dort draußen in den Tiefen des Meeres abspielen musste: Der kaum fingerlange Schatten war in Wahrheit ein mehr als hundert Meter langer Koloss aus Stahl, der mit fantastischer Geschwindigkeit durch das Wasser pflügte, um seinem unheimlichen Verfolger zu entkommen.

Es gelang ihm nicht.

Aus dem Lautsprecher drangen jetzt mehr und lautere Schreie, Rufe, Lärm und das Schrillen der Alarmsirenen und noch andere schrecklichere Geräusche, die sich immer mehr steigerten ... bis sich der größere der beiden Schatten schließlich auffaltete wie eine riesige zehnfingrige Hand, die sich um ihre Beute schloss und sie verschlang.

Das Letzte, was aus den Lautsprechern zu hören war, war ein Chor gellender Schreie und durcheinander rufender Stimmen und ein schreckliches, krachendes Bersten.

Dann nichts mehr.

»O mein Gott«, flüsterte van Staaten noch einmal. »Warum ... warum hat sie das getan?«

Der Bildschirm wurde für eine Sekunde dunkel und zeigte dann wieder das Bild des ausgebrannten Korridors, und Harry sagte mit leiser, tonloser Stimme: »Um uns zu zeigen, wozu sie fähig sind. Nur deshalb.«

»Aber das ... das ist Wahnsinn«, stammelte van Staaten. »Das ... das waren Menschen! Auf diesem U-Boot müssen ... müssen über hundert Menschen gewesen sein!«

»Hundertachtundzwanzig, um genau zu sein«, sagte Ramanov düster. »Ich habe gestern noch mit dem Kommandanten gesprochen.«

»Hat hier irgendjemand immer noch nicht begriffen, wie wenig ihnen Menschenleben wert sind?«, fragte Harry beinahe verächtlich. »Egal ob eines oder hundert?«

Beinahe wie als Reaktion auf diese Worte (nein, Ben war plötzlich sicher: nicht *beinahe*) flackerte der Monitor erneut und wurde dann schwarz.

Dann ging das Licht aus.

Jemand stieß einen erschrockenen Schrei aus (Ben konnte die Stimme nicht identifizieren, aber sie gehörte eindeutig einem Mann), und nahezu im gleichen Moment ging die Beleuchtung flackernd wieder an. Nur der Monitor blieb schwarz.

»Was zum Teufel ist jetzt wieder los?«, fragte Ramanov nervös.

Harry gab die Frage mit einem entsprechenden Blick an Tahia weiter, die sich unverzüglich über ihre Tastatur beugte und hektisch zu tippen begann. Allerdings auch nur ein paar Augenblicke lang. Ben war nicht sonderlich überrascht, als sie sich wieder aufrichtete und wortlos den Kopf schüttelte.

Das Licht flackerte erneut, ging aus und – nach einer kleinen Ewigkeit – wieder an, brannte aber jetzt nur noch düster.

»Was hat das jetzt wieder zu bedeuten?«, fragte Robert Berger.

»Keine Ahnung«, antwortete Tahia. »Ich brauche meinen Laptop ... oder was davon übrig ist.«

Sie ging, um den angeschlagenen Computer zu holen, den sie unweit der Tür abgestellt hatte, und Ben sah zur Decke hoch. Die Beleuchtung war höchstens noch halb so hell wie vorher. Begriff Ramanov tatsächlich nicht, was das – möglicherweise – bedeutete, oder wollte er es nicht?

Tahia kam zurück, klappte ihren ramponierten Laptop auf und schaltete ihn mit der gleichen Bewegung ein. Das Gerät begann asthmatisch zu röcheln, und Ben bildete sich ein, den charakteristischen Gestank von schmorendem Plastik wahrzunehmen, aber nach einer kleinen Ewigkeit erwachte der Bildschirm flackernd zum Leben. Tahia fragte im Plauderton: »Hat jemand Interesse an einer schlechten Nachricht?«

»Tahia!«, sagte Harry streng.

»Das mit dem Licht ist kein Zufall. Wir sind auf Notstrom. Der Computer ist unten.«

»Was soll das heißen?«, keifte Ramanov. »Sie haben doch –?«

»Gar nichts«, unterbrach ihn Tahia mit einer Geste auf den hochgeklappten Bildschirm des Laptops. »Gar nichts mehr. Der Stationscomputer ist entweder abgeschaltet oder niemand hier hat noch Zugriff auf das System. Das Ergebnis ist dasselbe. Neben ein paar anderen unangenehmen Kleinigkeiten, Professor, dürfte auch die Heizung ausgefallen sein. Ich schätze, in ein paar Stunden wird es hier ziemlich kalt.«

»Unsinn!«, sagte Ramanov mit einer Geste zur Decke hinauf. »Auf so etwas sind wir vorbereitet. Bei einem Totalausfall schaltet das System automatisch auf Batteriebetrieb um ... wie Sie sehen.«

Ben sah aus den Augenwinkeln, wie zumindest sein Vater vorsichtig erleichtert aufatmete, und Tahia sagte lächelnd: »Ja. Die spannende Frage ist, wie lange sie halten. Ein paar Stunden?«

Darauf antwortete Ramanov nichts, aber er wurde noch ein bisschen blasser und sah nun deutlich nervös aus.

Wieder lief ein rasches Flackern über den Bildschirm. Ben wartete darauf, dass irgendetwas geschah, aber der Monitor blieb schwarz. Für eine Weile wurde es wieder still, und schließlich sagte sein Vater: »Aber das alles ergibt überhaupt keinen Sinn!« Der Blick, mit dem er sich an Harry wandte, wirkte flehend. »Sie haben es doch selbst gesagt! Sie brauchen uns.«

»Ich habe gesagt, es könnte so sein, Doktor. Aber Sie haben Recht – alles andere ergäbe tatsächlich keinen Sinn.« Harrys Lippen verzogen sich zu einem vollkommen humorlosen Lächeln. »Ich nehme an, sie wollen uns einfach nur weichkochen. Und ich fürchte, es gelingt ihnen auch.« Er tauschte einen sonderbaren Blick mit Tahia – und ohne dass es einen Grund dafür zu geben schien, musste Ben wieder an die Szene von vorhin denken, als er Harry und sie am Bett ihres bewusstlosen Kameraden gesehen hatte. Irgendetwas ging zwischen Tahia und Harry vor, das spürte er; etwas, von dem nur sie wussten und das sie vielleicht aus gutem Grund geheim hielten.

Ben schüttelte den Gedanken ab. Sie hatten wahrlich genug Probleme, auch ohne dass er sich damit amüsierte, seine Paranoia zu pflegen.

»Und ... wenn wir versuchen mit ihr zu verhandeln?«, fragte Ramanov nervös.

Harry machte eine einladende Geste zur Tür. »Nur zu, Professor. Lassen Sie sich nicht aufhalten.«

Ramanov verzichtete zur allgemeinen Erleichterung darauf, mit einer weiteren spitzen Bemerkung zu antworten, und wieder machte sich unbehagliches Schweigen in dem großen, jetzt nur noch unzureichend erleuchteten Raum breit. Ben starrte den erloschenen Monitor an und ertappte sich bei dem kindischen Versuch, mit bloßer Willenskraft irgendein Bild darauf entstehen zu lassen. Alles wäre ihm lieber gewesen als diese höhnische Schwärze, die ihm wie eine düstere Ahnung dessen vorkam, was ihnen allen bevorstand.

»Vielleicht sollten wir jetzt erst einmal alle –« , begann van Staaten und wurde unterbrochen, als die Tür aufflog und einer von Ramanovs Männern hereinstolperte. Sein Gesicht war blutüberströmt und sein Atem ging so schnell, dass er im ersten Moment nur ein unverständliches Keuchen hervorbrachte, bevor er zu einem mühsamen zweiten Versuch ansetzte. »Sie ... greifen wieder an!«

»Wer?«, brüllte Ramanov.

»Wo?«, wollte Harry wissen.

»In der ...« Der Mann deutete über die Schulter zurück und rang vergeblich nach Luft, während er sich mit der anderen Hand am Türrahmen festklammerte. Er atmete so mühsam, dass er erneut ansetzen musste und trotzdem kaum einen Ton herausbekam. »Im …«

»Ganz ruhig!«, sagte Harry rasch. »Ganz langsam. Jetzt beruhigen Sie sich erst einmal, und dann erklären Sie uns ganz genau, was passiert ist. Wer hat Sie angegriffen und wo?«

»Im … die… diese Eis…dinger«, würgte der Mann mühsam hervor. Er zitterte am ganzen Leib, aber immerhin schien er nicht ernsthaft verletzt zu sein. Das viele Blut auf seinem Gesicht stammte nur von einer harmlosen Platzwunde über seinem linken Auge.

»Schulz«, keuchte er endlich. »Und … das Mädchen.«

Mehr musste Ben nicht hören. Noch bevor Harry auch nur begriff, was er tat, war er bereits auf dem Absatz herumgewirbelt und aus der Tür.

»Ben, verdammt, bist du übergeschnappt?!«, brüllte Harry. »Bleib hier!«

Ben rannte schneller. Hinter ihm schrie nun auch sein Vater seinen Namen, und er hörte polternde Schritte, aber das brachte ihn nur dazu, noch einmal schneller zu laufen. *Sasha!* Sasha war in Gefahr, und das war ganz allein seine Schuld! Wie hatte er sie nur einfach so … *vergessen* können! Wenn ihr etwas zustieß, dann war das ganz allein! seine! Schuld!

»Ben! Verdammt!«, rief Harrys Stimme hinter ihm. »Warte wenigstens, bis –«

Ben stürmte um eine Gangbiegung, und Harrys Stimme blieb ebenso hinter ihm zurück wie die hektisch trappelnden Schritte, und im nächsten Augenblick wäre er um ein Haar über eine Gestalt in einem weißen Kittel gestolpert, die reglos und mit angezogenen Beinen auf dem Boden lag. Mit einem fast grotesken Hüpfer wich er aus, erkämpfte sich mit wild fuhrwerkenden Armen sein Gleichgewicht zurück, sah aus den Augenwinkeln, wie sich der Mann aufrichtete und stöhnend die Hand an den Schädel hob, und rannte weiter. Sasha. Er musste zu ihr! Das war das Einzige, was zählte.

Noch einmal schneller werdend, raste er um die nächste Biegung und hätte beinahe vor Entsetzen aufgeschrien.

Der Mann, über den er gerade fast gestolpert wäre, war nicht der einzige. Zwei oder drei weitere von Ramanovs Aushilfssoldaten lagen oder hockten mehr oder weniger übel zugerichtet auf dem Boden, und zwischen ihnen schimmerte etwas, das verdächtig nach den Bruchstücken einer menschenähnlichen Eisskulptur aussah; außerdem wuselten mindestens zwei Dutzend unterschiedlich großer, aber ausnahmslos *großer* Spinnen über den Boden, was er jedoch nicht einmal zur Kenntnis nahm; ebenso wenig wie das widerliche Knacken, mit dem eines der haarigen Biester unter seinem Fuß zerplatzte.

Die Tür zu Sashas Zimmer lag aus den Angeln gerissen und in Stücke zerbrochen auf dem Boden. Mit zwei, drei gewaltigen Sätzen war er dort und schrie nun wirklich vor Entsetzen auf, während er fast gegen Schulz geprallt wäre, der sich genau in diesem Moment aus dem Chaos zu erheben versuchte, in das sich das Zimmer verwandelt hatte. Die Möbel waren umgeworfen und zertrümmert. Unter dem schräg stehenden Bett, dessen vordere Beine abgebrochen waren, ragten die milchiggesprungenen Überreste eines gesichtslosen Eiskriegers hervor.

»Sasha«, keuchte er. »Wo ... ist Sasha?«

»Sie haben sie mitgenommen«, antwortete Schulz benommen. Er versuchte zum zweiten Mal, sich hochzustemmen, aber seine Arme knickten einfach unter ihm weg. »Sie ... waren zu viert oder fünft. Ich habe versucht sie aufzuhalten, aber –«

»Sasha!«, fuhr Ben ihn an. »Wo ist sie?«

»Sie ... haben sie mitgenommen. Ich konnte nichts tun! Ich habe es versucht, aber –«

Ben hörte nicht mehr zu, er war bereits wieder aus dem Zimmer – und rannte direkt in eine breitschultrige Gestalt hinein, die unmittelbar hinter der Tür auf ihn wartete.

Diesmal ließ ihm Harry keine Chance. Ben wollte sich losreißen, aber Harry ergriff ihn mit erbarmungsloser Kraft an den Schultern und hielt ihn fest.

»Lass mich los! Sie haben Sasha!« In seiner Verzweiflung versuchte Ben sogar nach Harry zu schlagen, aber der Söldner wich seinem ungeschickten Hieb mit einer fast gelangweilten Bewegung aus. Schließlich aber schien es ihm doch zu viel zu werden. Als Ben zum zweiten Mal nach ihm schlug, fegte er seine Hand mit einer ärgerlichen Bewegung zur Seite und schüttelte ihn dann so derb, dass seine Zähne aufeinander schlugen und ihm vor Schmerz die Tränen in die Augen schossen.

»Das reicht jetzt! Du wirst dich jetzt beruhigen. *Ist das klar?!* Was zum Teufel ist hier überhaupt passiert?«

»Sasha!«, keuchte Ben nur noch einmal. Seine Gedanken wirbelten so chaotisch durcheinander, dass er nichts anderes herausbekam. Sie hatten Sasha, und es war seine Schuld. Er hätte sie niemals allein lassen dürfen, nicht in ihrem Zustand, nicht *jetzt!* »Sie haben Sasha geholt!«

»Ist das wahr?«, schnappte Harry. Ben registrierte erst jetzt, dass er nicht allein gekommen war. Gerrit stand nur ein paar Schritte hinter ihm und sicherte mit angelegter Waffe ihren Rücken gegen einen Feind, der längst wieder weg war, während sich van Staaten und Tahia um die Verletzten kümmerten. »Verdammt noch mal, *reden Sie endlich!*«

Die Worte galten nicht ihm, sondern Schulz, der sich irgendwie doch aufgerappelt und zu ihnen herausgeschleppt hatte.

»Sie … ich konnte nichts tun.« Schulz stützte sich am Türrahmen ab und schien dennoch kaum in der Lage, sich auf den Beinen zu halten. Ben sah erst jetzt, dass sein Hemd zerrissen und die Haut darunter blutig zerkratzt war, außerdem begann sein Gesicht auf der linken Seite bereits anzuschwellen und sich dunkel zu verfärben. Er musste gekämpft haben wie ein Löwe, um Sasha zu verteidigen.

Trotzdem fuhr Ben ihn an: »Warum haben Sie nichts getan? Sie hätten sie beschützen müssen!«

Schulz fuhr wie unter einem Schlag zusammen, aber er sah sonderbarerweise eher … *traurig* aus als schuldbewusst. »Du verstehst nicht. Ich konnte nichts tun. Sie ist –«

»Verdammt noch mal, ich verstehe, dass Sie Sasha im Stich gelassen haben!«, brüllte Ben, und Schulz schloss mit leiser Stimme:

»– freiwillig mit ihnen gegangen, Ben.«

Ben starrte ihn eine halbe Sekunde lang einfach nur an. »Sie … Sie sind ja verrückt! Sie ist –«

»– freiwillig mit ihnen gegangen. Sie hätte weglaufen können. Ich habe sie aufgehalten, solange ich konnte, und wahrscheinlich hätten sie Sasha eingeholt, aber sie hat es nicht einmal versucht!«

»Ich muss sie suchen«, sagte Ben entschlossen. »Sie ist –«

»Du wirst überhaupt nichts tun, außer dich zusammenreißen!«, unterbrach ihn Harry. »Ist das klar?«

Gar nichts war *klar,* dachte Ben wütend. »Dann suche ich sie eben allein, wenn ihr zu feige seid!«

Mit einer wütenden Bewegung versuchte er sich loszureißen, aber jetzt war Harry mit seiner Geduld endgültig am Ende. So plötzlich und mit so viel Kraft, dass Ben allein deshalb schon ein erschrockenes Keuchen ausstieß, packte er ihn, stieß ihn mit beiden Händen gegen die Wand und fuhr ihn an: »Jetzt reicht es! Wir haben auch so schon genug Probleme! Du wirst dich jetzt zusammenreißen und dich wie ein erwachsener Mensch benehmen, oder ich schwöre dir, dass ich dich an den Haaren zurückschleife, ist das klar?«

Natürlich tat er das nicht, aber er hatte so deutlich keinen Zweifel daran gelassen, es nötigenfalls zu tun, dass Ben hinterher das Gefühl hatte, er *hätte* es getan.

Sein Vater hatte ein paarmal versucht ihn anzusprechen, aber er war viel zu aufgeregt und durcheinander gewesen, um auch nur zu verstehen, was er von ihm wollte. Es spielte überhaupt keine Rolle, was wirklich passiert war und welche absurden Behauptungen Schulz aufstellte (warum um alles in der Welt sollte Sasha *freiwillig* mitgegangen sein?); dass sie verschwunden war, war seine Schuld! Und er musste irgendetwas tun, um sie zu befreien!

Irgendwann erwachte er aus seinen quälenden Grübeleien, die zwischen Selbstmitleid und hilflosem Zorn hin- und herschwankten. Er konnte nicht sagen, wie viel Zeit vergangen war – vielleicht nur wenige Minuten, vielleicht Stunden. Der Raum erschien ihm düsterer als zuvor und spürbar kälter. Im ersten Moment versuchte er sich einzureden, dass es nur Einbildung war – so schnell *konnten* die Batterien des Notstromsystems nicht erschöpft sein, oder? –, aber dann sah er seinen Atem als grauen Dampf vor seinem Gesicht aufsteigen. Es *war* kälter geworden.

»Alles wieder in Ordnung?«

Das war eine ziemlich dumme Frage, fand Ben, und der Blick, den van Staaten ihm dabei zuwarf, ließ ihn vermuten, dass sie selbst das nicht nur genauso sah, sondern diese unausgesprochene Antwort auch deutlich in seinem Gesicht las. Wahrscheinlich hatte sie einfach nur irgendetwas sagen wollen.

»Nein«, sagte er dann doch. »Wie lange –?«

»Nur ein paar Minuten. Hey – für einen Augenblick habe ich mir ehrlich Sorgen um dich gemacht. Bist du okay?«

Diesmal war die Sorge in ihrer Stimme echt, das spürte er, reagierte aber trotzdem nur mit einem knappen Achselzucken darauf. Es wäre ihm lieber gewesen, wenn sein Vater ihm diese Frage gestellt hätte.

»Wieso ist es dann so kalt?«

»Weil draußen fünfzig oder sechzig Grad minus herrschen?«, schlug van Staaten vor, machte aber auch sofort eine besänftigende Geste, als er auffahren wollte. Mit der linken Hand. Mit der anderen hielt sie ihm eine dick gefütterte, weiße Polarjacke hin.

»Ich weiß es nicht«, antwortete sie, nachdem er die Jacke eine geschlagene Sekunde lang verdutzt angestarrt hatte und das plumpe Kleidungsstück dann umständlich überzustreifen begann. »Es dürfte nicht so kalt sein. Nicht nach ein paar Minuten, ganz egal ob mit oder ohne Heizung. Diese Bude ist wahrscheinlich das am besten isolierte Gebäude auf der Welt. Es müsste Tage dauern, bis es hier drinnen wirklich kalt wird.«

Eine weitere Unmöglichkeit, über die keiner von ihnen ein weiteres Wort verlor; nicht zum ersten Mal hatte Ben das Gefühl, immer mehr den Boden unter den Füßen zu verlieren. Die Wirklichkeit schien sich in zunehmendem Maße aufzulösen und zu etwas Fremdem und Feindseligem zu werden.

Van Staaten zupfte einen Moment lang an seiner Jacke herum wie eine überbesorgte Mutter, die ihren ABC-Schützen zum ersten Mal allein auf den Schulweg schickt, und ließ erst von ihm ab, als sie spürte, wie unangenehm ihm diese Prozedur war; allerdings hatte sie da schon den Reißverschluss seiner Jacke pedantisch bis nach oben gezogen, sodass er kaum noch Luft bekam. Dass sie sich dazu auf die Zehenspitzen stellen musste, machte es auch nicht viel besser.

Ben bedankte sich trotzdem mit einem knappen Lächeln und begegnete Harrys spöttischem Blick, als er sich hastig herumdrehte und dabei sichtbar aufatmete.

Das machte es noch schlimmer. Als er das letzte Mal hingesehen hatte, war Harry in ein intensives Gespräch mit Sashas Vater und Ramanov vertieft gewesen. Dass er ihn dabei beobachtet hatte, wie er sich von van Staaten bemuttern ließ, war ihm irgendwie … peinlich.

»Wegen gerade …«, begann er mit einem unbehaglichen Räuspern. »Es tut mir leid. Ich … habe wohl die Beherrschung verloren.«

Harry winkte großmütig ab. »Schon vergessen. Das kann jedem mal passieren.«

Ben blinzelte verwirrt. Eigentlich hatte er erwartet, dass Harry sich bei *ihm* entschuldigte, und das nur gesagt, um es ihm leichter zu machen. Dann bemerkte er das belustigte Funkeln in Harrys Augen und schluckte jede entsprechende Bemerkung hinunter.

»Glaubst du, dass er die Wahrheit gesagt hat?«, fragte er mit einem unsicheren Blick in Schulz' Richtung.

»Wegen der Kleinen?«

»Wegen *Sasha*, ja«, antwortete Ben betont – was Harry natürlich geflissentlich ignorierte.

»Ich schätze, ja.«

»Aber warum sollte sie das tun?«

»Warum sollte er lügen? Immerhin ist er ihr Vater.«

»Aber sie würde uns niemals verraten!«, begehrte Ben auf.

»Verraten? Wie kommst du denn auf die –?« Er brach kopfschüttelnd ab, sah ihn eine Sekunde lang verwirrt an und sagte dann: »Also gut, das bleibt unter uns. Niemand erfährt etwas von mir, Ehrenwort.«

»*Was* bleibt unter uns?«, fragte Ben verständnislos.

»Ich glaube nicht, dass Sasha uns *verraten* hat, ich fürchte, sie hat etwas viel Dümmeres vor. Oder vielleicht auch gar nichts ... Verdammt, ist das kalt.« Harry zog demonstrativ die Schultern hoch und machte gleichzeitig eine fast erschrockene Geste, als Ben an ihm vorbei und zu Schulz gehen wollte. »Lieber nicht. Bitte. Ich glaube, wir sollten die beiden einen Moment lang in Ruhe lassen.«

Die beiden, das waren Schulz und sein Schwiegervater, die sich so weit ans andere Ende des Raumes zurückgezogen hatten, wie es überhaupt nur ging, und leise miteinander redeten. So wie Ramanov sich bisher aufgeführt hatte, hätte Ben erwartet, dass Harry ihn fesseln und knebeln müsste, um ihn daran zu hindern, sich auf seinen Schwiegersohn zu stürzen ... aber Ramanov wirkte nicht aufgebracht oder wütend, sondern hatte etwas getan, was Ben noch vor einer halben Stunde für vollkommen unmöglich gehalten hätte: Er hatte die Hand auf Schulz' Schulter gelegt und sprach ihm offensichtlich tröstend zu.

»Du meinst, sie ... sie ist mit ihnen gegangen, um –«

»Ich weiß nicht, was ich meine. Keine Ahnung, was sie vorhat oder wozu sie fähig ist. Du kennst sie besser als ich. Womöglich glaubt sie, sie könnte ganz allein mit ihnen fertig werden. Wer weiß ... vielleicht kann sie es ja.«

»Unsinn«, antwortete Ben impulsiv.

Aber war es das wirklich – Unsinn? Natürlich glaubte er nicht, dass Sasha im Stande war, diese Ungeheuer aufzuhalten ... aber er traute ihr durchaus zu, es zu versuchen.

Selbst wenn sie wusste, dass es sie das Leben kosten würde.

»Ich muss dort hinunter«, beharrte er. Harry wollte widersprechen, aber er fuhr rasch und mit so lauter Stimme fort, dass sogar Ramanov und Schulz ihr Gespräch unterbrachen und überrascht in ihre Richtung blickten. »Es ist mir völlig egal, *warum* sie da unten ist. Ich hole sie, ob mit oder ohne deine Hilfe. Kommst du mit?«

»Ich dachte, das Thema hätten wir durch. Das kann ich nicht, Ben. Und du –«

»Gibst du mir dann wenigstens eine Waffe?«

»Damit du dir selbst in den Fuß schießt?«, fragte Ramanov. »Sei vernünftig, Benjamin. Hauptmann West hat Recht. Du kannst nicht dort hinuntergehen, auch nicht mit irgendeiner Waffe.«

»Sie wollen sie einfach im Stich lassen«, sagte Ben ruhig. »Ausgerechnet *Sie?*« Ungläubig starrte er Schulz an, aber ein einziger Blick in sein Gesicht machte ihm klar, dass er auch von ihm keine Hilfe zu erwarten hatte.

»Alexandra wird nichts geschehen«, sagte Ramanov überzeugt. »Mach dir keine Sorgen.«

»Warum nicht?« Harry klang genauso verwirrt wie Ben, aber auch ein wenig alarmiert.

»Weil sie gewonnen hat«, sagte Schulz bitter. »Wir geben auf.«

»Was soll das heißen – *wir geben auf?«*, fragte Harry misstrauisch.

»Genau das, was mein Schwiegersohn gesagt hat«, antwortete Ramanov. »Wir haben darüber gesprochen, und ich bin zu einem Entschluss gekommen. Wir werden das tun, was wir gleich hätten tun sollen, und ihnen geben, was sie wollen.«

»So?«, fragte Harry. »Interessant. Sie sind also zu einem Entschluss gekommen? Und was bringt Sie auf die Idee, dass Sie das allein entscheiden könnten, Professor?«

Es wurde sehr still. Ben ließ weder Harry noch Ramanov aus den Augen, aber er konnte spüren, wie plötzlich alle in ihre Richtung starrten.

»Zum Beispiel die Tatsache, dass ich der Kommandant dieser Station bin?«, fragte Ramanov kühl.

»Ich fürchte, das reicht nicht als Grund, Professor. Jetzt nicht mehr.«

Gerrit trat hinter ihn und verschränkte wie zufällig die Arme vor der Brust, und nach einer Sekunde gesellte sich auch Tahia zu Harry.

»Was soll das?«, fragte Ramanov. »Eine Palastrevolution? Da kommen sie knapp hundert Jahre zu spät, Genosse.«

»Bitte, Professor«, seufzte Harry. »Ich kann durchaus verstehen, dass Sie sich um Ihre Enkeltochter sorgen, aber –«

»Darum geht es nicht. Wir haben keine Chance, begreifen Sie das nicht? Müssen hier erst alle sterben?«

»Noch sind wir am Leben«, sagte Tahia. »Und die Eiskönigin braucht uns.«

»Wohl kaum. Sie haben es doch selbst gesagt: Sie beherrschen unser Computersystem besser als wir. Sie kann mit uns machen, was immer sie will!«

»Etwas zu sabotieren und etwas zu benutzen sind zwei verschiedene Paar Schuhe, Professor. Sie kann das System vielleicht bis zu einem gewissen Punkt manipulieren, aber mit Sicherheit nicht für ihre Zwecke benutzen ... sonst *wären* wir nämlich schon alle tot.« Tahia machte ein grimmiges Gesicht. »Und an diese Back-up-Dateien kommt sie ohne uns schon gar nicht.«

»Wieso?«, fragte Ramanov misstrauisch.

»Ich habe sie gelöscht«, antwortete Tahia lächelnd.

Ramanov ächzte. »Sie haben *was?«*

»Keine Sorge!« Harry hob besänftigend die Hände, trat aber zugleich vorsichtshalber mit einem raschen Schritt zwischen Tahia und den Russen. »Es gibt eine Kopie. Und bevor Sie Tahia jetzt einen Vorwand liefern, etwas zu tun, was Sie bedauern würden: *Ich* habe ihr befohlen die Dateien zu löschen.«

»Sie haben ... *was?«,* krächzte Ramanov noch einmal. Sein Gesicht verlor schlagartig auch noch das allerletzte bisschen Farbe. »Sind Sie ... wahnsinnig? Das ... das waren die Ergebnisse von ... von fünf Jahren Arbeit! Hunderte von Millionen Euro und Tausende Arbeitsstunden, und Sie –?«

»Bevor Sie der Schlag trifft, Professor, hören Sie richtig hin«, unterbrach ihn Harry. »Es gibt eine Kopie. Ich bin kein Wissenschaftler wie Sie und Ihre Kollegen, aber ich bin nicht dämlich.«

»Wo ist sie?«, stieß Ramanov hervor. »Geben Sie sie mir!«

»Keine Chance. Diese Dateien sind wahrscheinlich der einzige Grund, aus dem wir noch am Leben sind. Und ich möchte, dass es noch eine Weile so bleibt.«

Über ihren Köpfen knackte es leise, und eine ihnen allen wohl bekannte Stimme sagte: »Ob Sie es glauben oder nicht, mein Freund, mir geht es genauso.«

Ben hob mit einem Ruck den Kopf und starrte den Bildschirm an, der plötzlich wieder zum Leben erwacht war. Nur dass es jetzt kein gewöhnlicher Bildschirm mehr zu sein schien. Die Darstellung hatte keine Farbe, sondern präsentierte sich in allen nur erdenklichen Grauschattierungen, war dafür aber so scharf, dass es beinahe wehtat, sie anzusehen. Wie schon vorhin bei der Satellitenaufnahme erweckte das Ganze einen plastischen Eindruck. Es war mehr, als blicke man durch ein Fenster in einen auf unheimliche Weise monochromen Raum. Auch das Gesicht seiner Mutter hatte keine Farbe, aber man konnte trotzdem erkennen, wie unnatürlich blass und verhärmt es wirkte. Seit sie das letzte Mal mit ihnen gesprochen hatte, es war erst wenige Stunden her, schien sie um Jahrzehnte gealtert.

Ben schüttelte den Gedanken mühsam ab. Vielleicht lag es ja nur an dieser sonderbaren Darstellung.

»Und ich hatte schon Sorge, dass Sie sich gar nicht melden«, sagte Harry. Er wirkte kein bisschen überrascht, und warum auch? Natürlich war ihm klar gewesen, dass seine Mutter jedes Wort hörte, das hier drinnen gesprochen wurde, nicht nur in der Zentrale, sondern in der ganzen Station. Eigentlich hätte es ihnen allen klar sein müssen; Ben eingeschlossen.

»Jennifer …«, murmelte sein Vater. Er kam näher und blieb dann beinahe erschrocken wieder stehen, als die Gestalt auf dem Bildschirm, die einmal seine Frau gewesen war, eine unwillige Geste machte.

»Was wollen Sie?«, fragte die Eiskönigin. Der unheimliche gekrönte Schatten hinter ihr war verschwunden, und abgesehen von ihrer unnatürlichen Blässe, den eingefallenen Wangen und den dunklen Ringen unter ihren Augen, die von einer unmenschlichen Anstrengung kündeten, sah sie noch immer so aus wie die Frau, die Ben zeit seines Lebens gekannt und geliebt hatte. Dennoch belegte er sie ganz bewusst mit diesem Namen, und sei es nur, weil es auf diese Weise leichter war, den Anblick zu ertragen.

»Was habt ihr mit Sasha gemacht?«, stieß er hervor.

Der Blick der dunklen, trotz allem noch vertraut erscheinenden Augen löste sich nun doch von Harrys Gesicht und tastete unsicher in seine

Richtung. Anscheinend sah sie ihn nicht über ein Gegenstück des Schirmes, den Ben betrachtete, sondern auf eine andere Weise, und sie schien ihn auch nicht direkt anzusehen, als sie antwortete. Es war irritierend; und ein wenig Furcht einflößend. »Nichts. Mach dir keine Sorgen um sie. Ihr wird nicht geschehen.«

»Solange wir tun, was Sie von uns verlangen«, vermutete Harry.

»Niemandem wird etwas geschehen, wenn Sie vernünftig sind«, sagte die Eiskönigin, ohne Harrys Frage direkt zu beantworten. »Ich finde es bedauerlich, mich wiederholen zu müssen. Was hier geschieht, hat nichts mit Ihnen zu tun. Sie sind nicht in Gefahr. Geben Sie mir, was ich brauche, und Sie alle können diesen Ort unbehelligt verlassen.«

»Worauf wir Ihr Wort haben, vermute ich«, sagte van Staaten spöttisch. Die Eiskönigin ignorierte sie.

»Zuerst will ich wissen, was Sie vorhaben«, sagte Harry. Ein flüchtiges, durch und durch humorloses Lächeln spielte um seine Lippen und erlosch wieder. »Aber Sie sollten sich ein bisschen beeilen. Menschen halten diese Temperaturen nicht so gut aus wie Ihre neuen Freunde.«

Die Eiskönigin antwortete nicht darauf, aber Ben – und nicht nur er, auch die anderen fuhren überrascht zusammen oder blickten irritiert hoch – spürte, wie … *irgendetwas* geschah. Nach ein paar Sekunden sah Tahia auf den Bildschirm ihres Laptops und murmelte: »Die Temperaturen steigen wieder. Aber so schnell … unmöglich!«

»Ich fürchte, das reicht nicht«, sagte Harry.

»Übertreiben Sie es nicht«, murmelte Ramanov. Es war nicht ganz klar, wem diese Worte galten, aber die Eiskönigin maß ihn mit einem kurzen, verächtlichen Blick, während Harry nur noch einmal und noch zynischer lächelte.

»Sie haben immer noch nicht begriffen, wie dieses Spiel läuft, nicht wahr, Professor? Wir haben nichts mehr zu verlieren. Warum also sollte ich irgendetwas verschenken?«

»*Sie* haben es nicht verstanden, Harry«, mischte sich Schulz ein. Er klang sehr müde, und Ben begriff, dass er innerlich bereits aufgegeben hatte. Vielleicht nicht erst jetzt. »Das können Sie auch nicht.«

»Im Gegensatz zu Ihnen, vermute ich?«

»Ich war einer von ihnen«, antwortete Schulz, »begreifen Sie das doch. Ich weiß, wozu sie fähig sind. Jeder Einzelne von ihnen kann uns mit einem einzigen Gedanken vernichten, einfach so!«

»Dann frage ich mich, warum sie es nicht längst getan haben«, sagte Harry höhnisch. »Und diese Erkenntnis kommt Ihnen gerade jetzt, wo sie Ihre Tochter in ihrer Gewalt hat?«

Schulz wollte antworten, aber jetzt war es die Eiskönigin, die ihn mit einer ungeduldigen Geste zum Schweigen brachte; wobei sie auch jetzt nur ungefähr in seine Richtung sah. Der Anblick war so irritierend und seltsam wie gerade, als sie mit Ben gesprochen hatte, und erst jetzt, im Nachhinein, wurde ihm klar, dass sie Harry direkt anblickte, beinahe als …

Einmal darauf aufmerksam geworden, fiel es Ben nicht besonders schwer, die zehn Cent große Spinne zu entdecken, die ein Stück oberhalb des Bildschirmes an der Wand hing. Ihre Farbe hatte sich dem Grau des Kunststoffs so perfekt angepasst, dass sie nahezu unsichtbar war. In einem Punkt hatte Gerrit Recht, dachte er schaudernd: Was Ramanov am dringendsten brauchte, war ein Kammerjäger.

»Sie müssen Kapitän Schulz verstehen, Harry«, sagte die Eiskönigin. »Natürlich sorgt er sich um seine Tochter – täten Sie das nicht auch an seiner Stelle? Und er hat Recht, was Ihre Chancen betrifft. Sie haben keine.«

»Mag sein«, sagte Tahia. »Dafür haben wir die Dateien.«

Die winzige Camouflage-Spinne an der Wand bewegte sich nervös und wurde dadurch für einen Moment deutlicher sichtbar, und für dieselbe unendlich kurze Zeitspanne schien ein unwilliger Ausdruck über das Gesicht der Eiskönigin zu huschen; ein lautloser Schatten auf eckig tastenden Spinnenbeinen.

»Sie sind ein vernünftiger Mann, Harry. Warum wollen Sie mich zu etwas zwingen, was ich nicht will?« Sie wartete zwei oder drei Sekunden lang vergebens auf eine Antwort, dann seufzte sie tief; ihr Blick schien abzugleiten, als wanderten ihre Gedanken plötzlich auf eigenen Pfaden. Als sie weitersprach, klang ihre Stimme verändert. Etwas wie Eis war darin. »Also gut. Wenn es keinen Sinn hat, an Ihren Verstand zu appellieren, dann vielleicht an Ihr Gewissen. Ich gebe Ihnen eine weitere Stunde Zeit. Entscheiden Sie sich bis dahin, mir zu geben, was ich will, wird niemandem etwas geschehen.«

»Und wenn nicht?«

»Ihre reizende Kameradin hat Recht, Harry. Es gibt in der Tat Dinge, die mir im Moment noch verwehrt sind. Ihre komplette Technik abzuschalten gehört jedoch nicht dazu. Geben Sie mir, was ich brauche, und ich versorge sie und alle anderen für die nächsten drei Tage mit Wärme und Licht. Ansonsten wird die gesamte Station abgeschaltet. Sie wissen, was das bedeutet.«

»Wir würden in ein paar Stunden erfrieren.« Die Aussicht schien Harry nicht sonderlich zu beeindrucken. »Sie würden Ihren Mann und Ihren eigenen Sohn umbringen?«

»Nein«, antwortete die Eiskönigin. »Das werden *Sie* tun, Harry, nicht ich. Die Entscheidung liegt ganz bei Ihnen. Sie haben eine Stunde, in der ich Ihnen eingeschränkten Zugriff auf die Technik gestatte. Ich erwarte, dass sie in dieser Zeit die Schäden beheben, die Ihre entzückende kleine Freundin angerichtet hat, und die Stromversorgung hier unten komplett wiederherstellen. Und dass sie jemanden schicken, der mir die Daten bringt, um die ich Sie gebeten habe.«

Und damit wurde der Bildschirm schwarz.

27

DAS VIELLEICHT EINZIG WIRKLICH POSITIVE an der wahrhaft biblischen Zerstörung, die Gerrit mit seinem High-Tech-Spielzeug angerichtet hatte, war, dass er sich keine Sorgen darüber zu machen brauchte, auf irgendeinem Überwachungsmonitor aufzutauchen. Trotzdem zögerte Ben kurz und schob sich auch dann nur millimeterweise und mit angehaltenem Atem um die letzte Gangbiegung. Der Anblick, der sich ihm bot, unterschied sich jedoch in nichts von dem Bild in seiner Erinnerung. Der Gang war leer, ausgebrannt und wie von Vorschlaghämmern in Stücke geschlagen. Der scharfe Gestank von verbranntem Plastik lag in der Luft, und wenn man genau hinsah, konnte man trotz der nur trüb glimmenden Beleuchtung eine widerwärtige, rosafarbene Schmiere erkennen, die die zerstörte Wand auf der rechten Seite und einen Teil der Decke besudelte. Von den Eiskriegern, die Tahia und Harry gleich zu Dutzenden niedergemetzelt hatten, waren nur noch ein paar feuchte Flecke auf dem Boden übrig, dazwischen lagen unzählige schwarz verschmorte Klümpchen, über deren Bedeutung Ben lieber nicht nachdenken wollte. Jemand hatte die Schallkanone weggeschafft, und die Frage, wohin und zu welchem Zweck, gehörte ebenfalls zu den Dingen, die er im Augenblick lieber ausblenden wollte. Nichts rührte sich. Auch auf dem Weg von der Zentrale hierher war ihm kein einziger Mensch begegnet. Es war beinahe unnatürlich still. Die Station schien den Atem anzuhalten.

Trotzdem blieb er länger als eine Minute mit klopfendem Herzen flach gegen die Wand gepresst stehen, lauschte aufmerksam und versuchte jeden Schatten mit Blicken zu durchdringen. Einem nicht einmal kleinen Teil von ihm war vollkommen klar, wie albern er sich benahm – hätte Harry auch nur die geringste Ahnung gehabt, was er vorhatte und wo er war, dann *wäre* er nicht hier –, aber er *hatte* nur diese eine Chance und würde sie gewiss nicht leichtsinnig aufs Spiel setzen.

Schließlich kam er zu dem Ergebnis, dass er auch noch eine weitere Stunde hier herumstehen konnte, ohne dass sich irgendetwas tat, löste sich von der Wand und ging – langsamer, als ihm lieb war, aber seine Beine weigerten sich, sich schneller zu bewegen – auf die offen stehende Panzertür am Ende des Korridors zu. Das Licht darüber war erloschen und von den unsichtbaren Wellen der Vernichtung aus Gerrits Waffe ebenso zertrümmert wie die Schalttafel daneben, aber die unheimliche Schwärze war immer noch da; ein Vorhang aus samtfarbener Dunkelheit, der das Licht fraß. Er schien sich zu bewegen, wenn man nur lange genug hinsah. Ben fragte sich, was ihn dahinter erwarten mochte (aber auch das war eine Frage, deren Antwort er *ganz gewiss nicht* kennen wollte), und musste nun all seine Willenskraft aufbieten, um überhaupt noch weiterzugehen.

Er hatte keine Wahl. Sasha war in unbeschreiblicher Gefahr, er *wusste* es einfach, und nichts, was Ramanov, ihr Vater und Harry dazu sagen mochten, änderte etwas an diesem Wissen.

Und an seinem Entschluss, sie zu retten.

Er hatte die Tür jetzt fast erreicht und blieb stehen, allerdings nicht, weil seine Angst übermächtig geworden wäre (was sie war), sondern um ein letztes Mal auf die Uhr zu sehen. Bis zum Ablauf der Frist, die die Eiskönigin ihnen gesetzt hatte, verblieben noch gute zehn Minuten. So gut wie nichts, aber er hatte es nicht gewagt, sofort loszustürmen, um den Entschluss in die Tat umzusetzen, den er schon während des Gesprächs zwischen Harry und dem … Etwas, das einmal seine Mutter gewesen war, gefasst hatte. Harry war nicht dumm und vor allem lautete sein zweiter Vorname Misstrauen. So hatte er noch eine geraume Weile verstreichen lassen, bevor er sich mit einem Vorwand zurückgezogen und wieder in dem winzigen Zimmer verkrochen hatte. Und er war kein bisschen überrascht gewesen, als Gerrit nach kaum zehn Minuten den Kopf zu Tür hereinstreckte, angeblich nur, um nach dem Rechten zu sehen. Ebenso wenig, wie es ihn überrascht hatte, dass der Söldner noch eine geraume Weile draußen auf dem Gang herumgelungert hatte, bevor er schließlich endgültig verschwand. Trotzdem hatte er noch einmal endlose zehn Minuten verstreichen lassen, bevor er es gewagt hatte, hierher zu kommen. Unterwegs hatte er in jeder Sekunde damit gerechnet, plötzlich eine starke Hand auf seiner Schulter zu spüren und in Harrys missbilligendes Gesicht zu blicken.

Nichts von alledem war passiert. Vielleicht hatten Harry und die anderen einfach zu viel zu tun, um auch nur einen Gedanken an ihn zu verschwenden. Vielleicht ahnte Harry auch insgeheim, was er vorhatte, und es war ihm gleich.

Und vielleicht, dachte Ben missmutig, beschäftigte sich ein heimtückischer Teil seines Bewusstseins nur mit all diesen müßigen Fragen, um ihn davon abzuhalten, die letzten Schritte zu tun und in die Schwärze zu treten.

Er verdarb ihm den Spaß, indem er die Augen schloss und genau das tat. Sein Herz klopfte wie wild. Er rechnete mit allem, aber rein gar nichts geschah. Ben trat über die Schwelle und fand sich auf dem obersten Absatz der ausgeglühten Wendeltreppe wieder. Es war dunkel, aber nicht vollständig, sodass er seine Umgebung zumindest schemenhaft erkennen konnte. Er war nach wie vor allein. Weder ein Eiskrieger noch ein Drachenmann oder irgendeines der anderen grausigen Monster, mit denen ihn seine außer Rand und Band geratene Fantasie gequält hatte, warteten auf ihn.

Nicht dass dieser Ort nicht auch so schon schrecklich genug gewesen wäre …

Ohne dass er etwas dagegen hätte tun können, überfielen ihn wieder die Erinnerungen an die letzten Male, als er hier gewesen war. Seine letzten beiden Besuche hier unten hatten jeweils in einer Beinahekatastrophe geendet, bei der er nur knapp mit dem Leben davongekommen war; und zumindest einmal davon gegen jede Logik. Sein Verstand, der nur noch mit viel Mühe zu jener Art von logischem Denken fähig war, die Harry als eine solche bezeichnet hätte, versuchte ihm immer verzweifelter klar zu machen, dass es diesmal einfach nur schlimmer kommen *konnte.* Aber die Stimme in seinem Kopf, so hysterisch sie auch sein mochte, war zugleich machtlos. Sie hatte wahrscheinlich Recht, aber das spielte keine Rolle. Wenn es ihm nicht gelang, Sasha zu finden und sie und seine Mutter aus der Gewalt der archaischen Ungeheuer zu befreien, die sich ihrer bemächtigt hatten, dann war es ganz egal, ob sie lebend hier herauskamen oder nicht. Weil es dann nämlich bald nichts mehr geben würde, wohin sie fliehen konnten.

Ben stufte auch diese Gedanken als einen weiteren Versuch seines Unterbewusstseins ein, ihn so lange zu beschäftigen, bis Harry hinter ihm auftauchte und es zu spät war, um seinen Plan in die Tat umzusetzen (welchen Plan?), schürzte trotzig die Lippen und ging weiter. Die verbrannte Metallkonstruktion der Treppe erbebte spürbar unter seinem Gewicht, und zwei- oder dreimal rechnete er damit, dass sie zusammenbrechen würde. Die unteren fünf oder sechs Stufen fehlten ganz, und er musste das letzte Stück des Weges in einer schon fast halsbrecherischen Kletterpartie zurücklegen. Aber er schaffte auch das und blieb schließlich schwer atmend und mit rasendem Puls in dem winzigen Vorraum stehen. Etwas zerbrach knirschend unter seinem Fuß, als er einen vorsichtigen Schritt machte: die Überwachungskamera, die Tahia am Fuß der Treppe zurückgelassen hatte.

Gut. Auf diese Weise bestand wenigstens keine Gefahr, dass er doch noch entdeckt wurde.

Auch dieser Raum war frei von Spinnen und sonstigen unangenehmen Überraschungen, aber etwas hatte sich verändert. Und es dauerte auch nur kurz, bis Ben einfiel, was. Bei seinem letzten Besuch hatte die gewaltige Panzertür einen Spaltbreit offen gestanden, gerade weit genug, um sich mit einiger Mühe hindurchquetschen zu können. Jetzt war sie verschwunden. Die Angeln aus massivem Stahl, jede dicker als sein Daumen, waren einfach aus dem nicht minder massiven Rahmen gerissen worden, und von der tonnenschweren Tür selbst fehlte jede Spur. Ben weigerte sich, auch nur darüber nachzudenken, welche Gewalt nötig war, um es *so etwas* zu tun. Stattdessen kratzte er das allerletzte bisschen Mut zusammen, das er noch in sich fand, und ging weiter.

Der Bereich hinter der Tür war dunkler als das Treppenhaus. Auch hier unten brannte nur die Notbeleuchtung, und selbst das nur zu einem kleinen Teil. Die Explosion und das nachfolgende Feuer hatten die meisten Lampen zerstört, und überall lagen Trümmer und Schutt herum, sodass er fast seine ganze Konzentration brauchte, nicht zu stolpern. Nicht alle der formlosen Schatten, über die hinweg er sich seinen Weg tastete, schienen leblose Trümmerstücke zu sein. Ein paar davon flohen hastig, als sein Fuß sie streifte, und mindestens einmal sah er etwas Faustgroßes, Haariges und unbeschreiblich Hässliches auf viel zu vielen Beinen davonhuschen. Es war nur ein Schatten, kaum mehr als die Ahnung einer Bewegung, und dennoch schnürte ihm der Anblick die Kehle zu.

Aber er musste weiter. Seine Zeit lief ab. Vermutlich machte sich Harry genau in diesem Moment auf den Weg, und er würde wenig begeistert sein, ihn hier unten anzutreffen. Vorsichtig ausgedrückt.

Ben verfluchte sich in Gedanken dafür, in seiner Aufregung nicht einmal daran gedacht zu haben, eine Lampe mitzunehmen, aber solcherlei Selbstvorwürfe brachten nichts; außerdem begannen sich seine Augen allmählich an das schwache Licht zu gewöhnen und schließlich hatte er ja zumindest eine ungefähre Vorstellung von seiner Umgebung. Das Labor, das er beim ersten Mal wiedererkannt hatte, als sich seine Mutter über den Bildschirm meldete, musste irgendwo links von ihm liegen. Falls der Eingang nicht verschüttet war oder irgendetwas mit Flügeln und Giftzähnen von der Größe eines Sarazenenschwertes dort auf ihn lauerte …

»Netter Versuch«, knurrte Ben, scheuchte auch dieses Bild dorthin zurück, wo es hergekommen war, und ertastete sich mit vorgestreckten Armen und so flach wie möglich atmend, um wenigstens etwas zu hören, wenn er schon nichts sah, seinen Weg. Nach ein paar Augenblicken stießen seine Fingerspitzen gegen rauen, eiskalten Zement. Ben tastete sich ein kleines Stück weit nach rechts, machte dann kehrt und schob sich in der entgegengesetzten Richtung an der Wand entlang, bis er das vom Feuer spröde gewordene Metall eines Türrahmens spürte. Die Dunkelheit dahinter erschien ihm im ersten Moment vollkommen, aber als er mit einem entschlossenen Schritt hindurchtrat, gewahrte er ein schwaches rötliches Glimmen irgendwo am Ende des Ganges. Wahrscheinlich weniger als ein Dutzend Schritte entfernt, auch wenn es ihm wie eine Strecke von hundert Kilometern vorkam.

Diesen Teil des Labors musste es schlimmer erwischt haben, als ihm seine Erinnerung hatte weismachen wollen. Er stolperte ununterbrochen und stürzte nur wie durch ein Wunder nicht, und unter seinen Füßen knirschte Glas – vielleicht auch Eis –, während die Luft immer schlechter wurde. Es war kalt, viel kälter, als es hätte sein dürfen, jetzt da die Heizungsanlage wieder lief, und der Gestank nach verschmortem Plastik und heißem Metall wurde immer schlimmer. Aber da war auch noch etwas anderes: ein vollkommen fremder, ganz leichter Geruch, der nicht einmal schlecht war, ihm aber trotzdem mehr und mehr die Kehle zuzuschnüren begann. Etwas war hier, das nicht hierher gehörte. Nicht in diese Gänge, nicht in dieses Labor, ja nicht einmal in diese Welt.

Seine Hände stießen plötzlich ins Leere, dann spürte er einen heftig brennenden Schmerz und zog die Hand mit einem nur halb unterdrückten Schrei zurück. Seine Fantasie setzte zu einer neuen Attacke an, indem sie ihm das Bild einer riesigen Spinne vorgaukelte, die sich in seine Finger verbissen hatte, aber als Ben die Hand vor die Augen hob, erkannte er, dass es nur ein harmloser Schnitt war. Neben ihm war eine zerbrochene Glasscheibe, sonst nichts.

Noch während er die wenigen Tropfen Blut an der Jacke abwischte, versuchte er den Gang vor seinem inneren Auge entstehen zu lassen. Die zerborstene Scheibe gehörte zu dem großen Labor, in dem er zuerst gewesen war. Der Raum, nach dem er suchte, befand sich folglich nur noch ein paar Schritte entfernt. Er war allerdings nicht die Quelle des düsteren roten Lichts, das ihn hierher geführt hatte. Sonderbarerweise schien er ihm keinen Schritt näher gekommen zu sein, obwohl zwischen ihm und dem Ende des Ganges nur noch ein paar Meter liegen konnten.

Das ist jetzt deine unwiderruflich letzte Chance, kehrtzumachen, flüsterte eine Stimme in seinen Gedanken. *Wenn es nicht schon zu spät ist.*

»Wie gesagt: netter Versuch«, sagte Ben grimmig. »Aber lass es.«

Entschlossen ging er weiter, fuhr – deutlich vorsichtiger als gerade – mit den Fingerspitzen über die unsichtbare Wand und wurde mit einem halb zerschmolzenen Türknauf belohnt. Er sah absolut nichts. Seltsam … täuschte ihn seine Erinnerung so sehr? Er hätte schwören können, dass auch diese Tür komplett aus Glas bestand. Aber vielleicht war der Raum dahinter ja einfach dunkel und er war auf dem falschen Weg, und alles, was er bisher getan hatte, war vollkommen umsonst, und …

Es gab nur eine Möglichkeit, das herauszufinden. Ben drehte den Knauf nach links, er brauchte alle Kraft, damit sich die halb zerschmolzene Konstruktion überhaupt bewegte, zog die Tür auf und trat mit einem entschlossenen Schritt hindurch.

Der unheimliche Effekt, den er oben schon beobachtet hatte, wiederholte sich. Seine Erinnerung hatte ihn nicht getäuscht. Die Tür hatte tatsächlich aus Glas bestanden, wobei die Betonung auf *hatte* lag, denn jetzt war sie nur noch ein leerer, verzogener Rahmen, der sich nur widerwillig und mit einem erbärmlichen Quietschen bewegte. Dahinter wogte ein Vorhang aus vollkommener, fast stofflich wirkender Schwärze. Der Raum hinter der Dunkelheit war jedoch erleuchtet. Irgendetwas hinderte das Licht daran, auf den Korridor zu scheinen.

Aber das war etwas, woran Ben nicht einmal einen Gedanken verschwendete.

Der Anblick war so bizarr, dass er stehen blieb und nicht einmal wirklich erschrak, geschweige denn Angst verspürte.

Er war im richtigen Labor, aber das erkannte er nur noch an wenigen Einzelheiten und allenfalls an seinem Grundriss. Das Licht, das er sah, stammte nicht von der Notbeleuchtung, die hier komplett ausgefallen – oder auch abgeschaltet – sein musste. Es war ein staubiger grüner Schein, der von überall her zugleich zu kommen schien und den Raum mit einer Unzahl zitternder Schatten erfüllte. Die gegenüberliegende Wand, die bei seinem ersten Besuch hier unten komplett aus übereinander gestapelten Terrarien und Glaskästen bestanden hatte, schien sich in etwas verwandelt zu haben, das Ähnlichkeit mit einem riesigen schaumigen Pilzgewächs hatte, ein Anblick, der ein leises Gefühl von Ekel in Ben aufsteigen ließ, bis ihm klar wurde, dass es lediglich Eis war, das das gespenstische grüne Licht reflektierte.

»Ich wusste, dass du kommst.« Seine Mutter, die bei seinem Eintreten mit hinter dem Rücken verschränkten Händen vor der seltsamen Eiswand gestanden hatte, drehte sich langsam zu ihm herum. Etwas wie ein Lächeln erschien auf ihrem blassen Gesicht. Vielleicht auch das Gegenteil. »Aber ich hätte früher mit dir gerechnet.«

Ben wollte irgendetwas sagen, aber er konnte es nicht. Seine Mutter (nein, es gelang ihm einfach nicht, sie weiter als *Eiskönigin* zu bezeichnen, so gern er das auch getan hätte) schaute aus wie immer, sah man von den unübersehbaren Spuren einer abgrundtiefen Erschöpfung ab, die ihr Gesicht zeichneten, und doch … hatte sie zugleich keinerlei Ähnlichkeit mehr mit sich selbst. Etwas … *Unbeschreibliches* hatte Besitz von ihr ergriffen und versuchte vergeblich, sich unter der Oberfläche des Sichtbaren zu verstecken.

»Wo ist Sasha?«, fragte er. Er hatte die Worte fordernd und scharf hervorstoßen wollen, brachte aber nur ein klägliches Krächzen zu Stande.

»Bist du allein?« Ben nickte. »Ich hatte gehofft, dass dein Vater dich begleitet. Schade.«

»Wo … wo ist sie?«, brachte Ben mühsam hervor. »Was hast du mit ihr gemacht?«

»Gemacht?« Seine Mutter legte den Kopf schräg und blickte ihn scheinbar ehrlich überrascht an, so als verstünde sie gar nicht, was diese Frage bedeutete. Etwas bewegte sich hinter ihr. Vielleicht nur ein Lichtreflex auf dem schaumigen grünen Eis, vielleicht auch ein Schatten, der Wirklichkeit werden wollte. Ben musste sich zwingen, weiterhin ihr blasses Gesicht anzusehen. »Ich habe nichts *mit ihr gemacht*, Ben. Ich wollte sie hier bei mir haben, genau wie dich und deinen Vater. Das ist alles.«

»Warum?«, fragte Ben. Gleichzeitig sah er sich demonstrativ nach rechts und links um, wobei er sich allerdings hütete, seinen Blick länger als einen Sekundenbruchteil auf einem bestimmten Punkt verharren zu lassen. Was immer hier geschehen war, hatte nicht nur die Dinge verändert, sondern auch die Realität. Seine Augen begannen zu schmerzen, wenn er irgendetwas zu lange ansah. »Wo ist sie?«

Seine Mutter setzte zu einer – sichtbar schärferen – Antwort an, hob aber dann stattdessen nur die Schultern und machte eine kaum merkliche Geste mit der linken Hand. In der Wand neben ihm öffnete sich plötzlich eine Tür, die es eben noch nicht gegeben hatte und die von derselben Angst machenden Schwärze erfüllt war, die er schon kannte. Ein Eiskrieger trat heraus, keine schimmernde Kopie eines der menschlichen Gefangenen, sondern eine plumpe Gestalt ohne Gesicht, dicht gefolgt von Sasha.

Ben stieß einen Schrei aus und war mit zwei Schritten bei ihr, um sie erleichtert in die Arme zu schließen, ohne von dem Furcht einflößenden Koloss auch nur Notiz zu nehmen.

»Wie du siehst, ist ihr nichts geschehen. Ich würde niemals zulassen, dass ihr auch nur ein Haar gekrümmt wird.«

»Natürlich. Weil du sie so sehr ins Herz geschlossen hast, nehme ich an«, sagte Ben böse.

»Weil sie zu dir gehört.«

Ben musste sich beherrschen, um nicht mit einer noch sehr viel verletzenderen Bemerkung zu antworten. Er *wollte* das nicht hören. Nicht weil er ihr nicht glaubte, sondern *weil* er spürte, wie ehrlich sie diese Worte meinte; und das war etwas, was er ihr einfach nicht zugestehen wollte. Statt irgendetwas zu sagen, drückte er Sasha fest an sich, bevor er sie fast behutsam auf Armeslänge von sich schob und ihr ins Gesicht sah. Ihre Augen waren leer. Was immer auch in den letzten Tagen darin erwacht war, es war nicht mehr da.

»Was … was hast du mit ihr gemacht?«, fragte er mit leiser, bebender Stimme.

»Nichts. Du brauchst keine Angst um sie zu haben.«

Der Unterton von wahrem Mitgefühl in ihrer Stimme veranlasste ihn dazu, sich nun doch halb herumzudrehen und sie anzusehen. Aber in ihrem blassen Gesicht stand dasselbe geschrieben, und irgendwie machte ihn das noch wütender.

»Sie ist –«

»– ein sehr dummes Mädchen«, fiel ihm seine Mutter ins Wort, aber auch das mit einem verzeihenden Lächeln. »Aber auch sehr tapfer. Sie ist hier heruntergekommen, um dich zu verteidigen, das weißt du. Sie hat tatsächlich versucht, mich herauszufordern, doch hab keine Angst – sie wird sich vollkommen erholen.«

»Und wieder so werden, wie sie war?« Darauf antwortete seine Mutter gar nicht, und was hätte sie auch sagen sollen? Sie sah nur ein bisschen traurig aus.

»Ich nehme sie jetzt mit«, sagte Ben entschlossen. »Versuch nicht, mich aufzuhalten.«

Er bekam keine Antwort – er hätte sie sowieso ignoriert –, ergriff Sashas Hand und drehte sich mit einem Ruck herum, und der Eiskrieger vertrat ihm mit einem stampfenden Schritt den Weg.

»Schick ihn weg«, sagte Ben gepresst. »Er soll den Weg freigeben – oder mich umbringen. Wir gehen jetzt.«

»Ich fürchte, das kann ich nicht zulassen.«

»Ich verstehe«, sagte Ben bitter. Einen winzigen Moment lang spielte er ernsthaft mit dem Gedanken, sich auf die bizarre Kreatur zu stürzen, um sich seinen Weg mit Gewalt freizukämpfen, aber ihm war klar, wie albern die bloße Vorstellung war. Einmal ganz davon abgesehen, dass dieses *Ding* ihn in Stücke reißen würde, konnte seine Mutter vermutlich eine Million dieser unheimlichen Geschöpfe herbeirufen, wenn sie es wollte. »So viel also zu deiner Behauptung, dass du uns nie etwas antun würdest.«

»Du verstehst es nicht, Ben«, seufzte seine Mutter. »Aber das wäre wahrscheinlich auch zu viel verlangt. Ich wollte dich hier haben, das ist wahr. Dich und deine Freundin und … und deinen Vater. Es ist bedauerlich, dass er nicht gekommen ist. Aber letzten Endes ist es seine Entscheidung, und ich muss sie akzeptieren.«

»Und warum?« Ben versuchte, dem Blick dieser nur noch zum Teil menschlichen Augen standzuhalten, und irgendwie gelang es ihm auch, aber hinter seiner Stirn überschlugen sich die Gedanken. Also hatte sie ihn am Ende doch belogen. *Natürlich* hatte sie ihn belogen, und auf eine aberwitzige Weise war er sogar beinahe froh darüber. Sie würde sie nicht gehen lassen, weder Sasha noch ihn, und er musste *irgendwie hier raus.*

»Und was hast du jetzt vor? Willst du uns umbringen oder reicht es dir, uns so lange hier festzuhalten, bis deine neuen Freunde hier sind, um das zu erledigen?« Das war Unsinn. Obwohl es ihm absurd vorkam, wusste er, dass sie in einem Punkt die Wahrheit gesagt hatte: Sie war immer noch seine Mutter, und sie würde ihm niemals etwas antun oder zulassen, dass irgendein anderer ihm ein Leid zufügte. Aber vielleicht gelang es ihm ja, sie so zu provozieren, dass sie unachtsam wurde und sie eine Chance bekamen, zu fliehen.

»Du verstehst es nicht, Ben«, sagte sie noch einmal bedauernd. »Komm mit. Ich zeige es dir.«

Ben erwartete halbwegs, Zeuge eines weiteren Zauberkunststückes zu werden, indem sie noch eine Tür aus dem Nichts auftauchen ließ, aber seine Mutter löste sich nur mit einer unerwartet raschen Bewegung von ihrem Platz und ging an Sasha und ihm vorbei zur Tür. Der Eiskrieger trat gehorsam beiseite, und seine Mutter tat etwas, was ihn nun vollkommen überraschte: Sie bückte sich zu einem eisverkrusteten Gebilde hinab, das einmal ein Schränkchen gewesen war, zog eine Schublade auf und nahm einen wuchtigen Handscheinwerfer aus schreiend gelbem Plastik heraus.

»Was hast du erwartet?«, fragte sie spöttisch, als sie seinen Blick bemerkte. »Eine Fackel oder eine magische Kugel, die über meinem Kopf schwebt? Komm.«

Während sie sich zur Tür wandte, schaltete sie die Lampe ein, und das plötzliche grelle Licht stach nicht nur schmerzhaft in seine längst an das grüne Glimmen gewöhnten Augen und ließ ihn blinzeln, sondern nahm dem Raum auch den größten Teil seines gruseligen Zaubers. Dennoch hatte Ben es mit einem Male eilig, Sashas Hand fester zu ergreifen und seiner Mutter auf den Gang hinaus zu folgen.

Nach ein paar Schritten blieb er stehen und sah über die Schulter zurück. Der Eiskrieger hatte sich nicht von der Stelle gerührt. »Kommt er nicht mit?«

»Möchtest du es?«, gab seine Mutter zurück.

Natürlich nicht. »Ich dachte nur, du hättest Angst –?«

»– dass ihr fliehen könntet?« Die Lampe in ihrer Hand hüpfte einmal auf und ab und ließ eine lautlose Explosion aus Schatten durch den Gang rollen, als sie mit den Schultern zuckte. »Ihr würdet nicht einmal bis zur Treppe kommen.« Das chaotische Hin und Her aus Schatten und aufblitzendem Licht beruhigte sich, als sie den Scheinwerferstrahl auf einen Punkt hinter ihm richtete. Ganz automatisch drehte sich Ben halb um und hatte das Gefühl, von einer unsichtbaren Hand berührt zu werden, die nach seinem Herzen griff und es langsam zusammenpresste.

Es war eine Spinne, nur ein einzelnes Tier diesmal und keine ganze Armee, aber sie war so groß wie eine fette Katze und hatte ein strahlend weißes, glattes Fell, das an frisch gefallenen Schnee erinnerte. Ben hatte plötzlich einen bitteren Geschmack auf der Zunge und musste sich mit aller Macht zusammenreißen, um nicht entsetzt zurückzuprallen. Es war nicht einmal der (zugegeben grauenhafte) Anblick dieses unmöglichen Geschöpfes. Viel schlimmer war das, was er *spürte.*

»Großer Gott. Was … was hast du … gemacht?«

»Ich? Nichts.« Der Scheinwerferstrahl zitterte, und als er sich wieder beruhigt hatte, war das schneefarbene Ungetüm verschwunden. »Mach mich nicht für etwas verantwortlich, was andere begonnen haben. Bleibt Professor Ramanov dabei, nicht zu wissen, woran sie hier unten gearbeitet haben?«

»Sicher«, sagte Ben.

»Das ist gelogen. Aber es spielt jetzt keine Rolle mehr. Kommt.«

Sie richtete den Scheinwerferstrahl gegen die Decke, sodass ihr Gesicht und ihre Gestalt jetzt nur noch von mildem Streulicht erhellt wurden, was sie vollends in ein bleiches Gespenst mit eingefallenen Wangen und leeren Augenhöhlen zu verwandeln schien. Eine Fackel oder eine magische Zauberkugel wären ihm in diesem Moment lieber gewesen.

Immerhin reichte das Licht aus, damit er nicht mehr vollständig blind den Weg zurückstolpern musste, den er sich gerade ertastet hatte, und es hatte dieselbe beruhigend-ernüchternde Wirkung wie gerade im Labor, denn es zeigte ihnen ihre Umgebung so, wie sie in Wahrheit war: eine ausgebrannte Ruine aus schmutzigem Beton und zerschmolzenem und zu bizarren Formen wiedererstarrtem Kunststoff. Trümmer, heruntergefallene Betonbrocken und zerborstenes Glas bedeckten den Boden, und überall schimmerte Eis. Aber es war nur eine ganz gewöhnliche Ruine, kein Spukschloss. Er sah auch keine einzige Spinne. Aber er spürte, dass sie da waren. Manchmal bewegte sich ein Schatten am Rande des zitternden Lichtkreises, der ihren Weg begleitete, und ein- oder zweimal glaubte er auch etwas wie schleichende Schritte zu hören.

Schließlich erreichten sie das Ende des Ganges und damit den Tunnel, der zu der großen Höhle mit der Stadt der *Alten* führte. Auch er hatte sich verändert. An Stelle eines niedrigen Ganges, den man allenfalls kriechend durchqueren konnte, sah Ben nun einen gut zweieinhalb Meter durchmessenden, perfekt kreisrunden Stollen, dessen Wände aus schwarzem Fels bestanden, trotzdem aber wie Eis oder sorgsam poliertes Glas schimmerten. Es sah aus, als wäre er in den Stein *geschmolzen* worden, und das so schnell und mit so unvorstellbarer Gewalt, dass das Gestein einfach verdampft war. Nur auf seinem Boden glitzerten dicke, sonderbar wulstige Stränge aus Eis, in dem der Scheinwerferstrahl pastellfarbene Lichtreflexe aufschimmern ließ.

Seine Mutter schaltete die Lampe aus, aber es wurde nicht vollkommen dunkel, und auch das rhythmische Pulsieren sanfter Farben im Inneren der Eisstränge blieb.

Ben schloss für einen Moment die Augen, aber als er sie wieder öffnete, hatte sich an dem Anblick nichts geändert. Was er für Lichtreflexe gehalten hatte, war in Wahrheit ein unheimliches vielfarbiges Leuchten, das direkt aus dem Eis zu kommen schien und ihn an die vermeintlichen Polarlichter erinnerte, die sie am Himmel über der Station gesehen hatten. Er warf seiner Mutter einen ebenso fragenden wie beunruhigten Blick zu, bekam aber auch jetzt wieder nur ein Lächeln und ein angedeutetes Kopfschütteln zur Antwort; und eine auffordernden Geste, ihr zu folgen.

Ohne auf seine Reaktion zu warten, trat sie in den Tunnel, wobei sie trotz seiner Höhe geduckt und weit nach vorne gebeugt ging. Ben tat es ihr gleich, wenn auch erst nach einem Blick über die Schulter zurück und einem spürbaren Zögern. Er wollte so ziemlich überallhin, nur nicht in diese Höhle. Hinter ihnen war weder etwas zu sehen noch zu hören – aber er glaubte die Blicke unzähliger schwarzer Knopfaugen, die Sasha und ihn aus der Dunkelheit heraus misstrauisch anstarrten, geradezu körperlich zu spüren.

Auch die gewaltige Höhle auf der anderen Seite des Tunnels war nicht mehr dunkel. Ganz ohne dass es einer äußeren Lichtquelle bedurft hätte, die das Leben in ihnen weckte, loderten die Millionen Diamanten an der steinernen Himmelskuppel über ihnen in einem Feuerwerk milder, nie gesehener Farben … soweit es sie noch gab, hieß das. Ein grob dreieckiger Abschnitt der Höhlendecke war eingestürzt, wobei er einen Teil der Stadt aus Stein unter Tausenden von Tonnen Felsgestein begraben hatte, und durch das gewaltige Loch war nun ein Ausschnitt des wirklichen Himmels zu erkennen, der im gleichen Rhythmus ineinander fließender Farben pulsierte. Es war ein Anblick, der grausig und schön zugleich war.

»Das also war das Beben von gestern«, murmelte er mehr an sich selbst gewandt.

»Beben? O nein.« Seine Mutter entfernte sich ein paar Schritte und ließ sich dann in die Hocke sinken, um einen faustgroßen Diamanten aufzuheben; einen von Tausenden, wenn nicht Zehntausenden, die aus der Decke gebrochen waren. Er war nicht mehr milchig weiß wie die, die sie bei ihrem ersten Besuch hier unten gefunden und von denen Gerrit ein gutes Dutzend in seinen Rucksack gestopft hatte, sondern glühte in einem stahlblauen Licht, das sacht im gleichen Rhythmus pochte wie der versteinerte Himmel über und das Eis unter ihnen.

»Sie … sie sind erwacht«, flüsterte er. Für einen winzigen Moment schien sich der Rhythmus des flackernden Lichts zu ändern, als wolle es darauf antworten.

»Noch nicht«, antwortete seine Mutter. »Aber bald. Es geschieht, Ben. Jetzt. Nur noch kurze Zeit und sie werden zurückkehren. Es hat bereits begonnen.« Sie drehte den Stein beinahe ehrfürchtig in der Hand und legte ihn dann behutsam wieder genau an dieselbe Stelle zurück, wo sie ihn aufgehoben hatte.

»Sind das … alles ihre Geister?«, fragte Ben unsicher und eigentlich ohne dass es nötig gewesen wäre. Er hatte mit eigenen Augen gesehen, was passiert war. Er war *dabei gewesen.*

»Ihre Erinnerungen«, antwortete sie; leiser und mit einer Bewunderung, die ihm einen kalten Schauer über den Rücken laufen ließ. Er glaubte das Kratzen von harten Spinnenbeinen auf dem Boden hinter sich zu hören und konnte nur mit Mühe den Impuls unterdrücken, herumzufahren. »So viele Erinnerungen, Ben. So viel *Wissen,* das verloren war, und sie haben so lange gewartet. So unendlich lange.«

Ben konnte nicht anders, als Sasha den Arm um die Schulter zu legen und sie enger an sich zu ziehen – nicht einmal so sehr, um sie zu beschützen, wie er sich einzureden versuchte, sondern weil er Schutz brauchte. Er fühlte sich klein und unendlich verloren; als wären Sasha und er plötzlich die einzigen Menschen in einer endlosen feindseligen Welt.

»Bitte«, murmelte er. »Noch ist es nicht zu spät. Du ... du kannst es nicht tun.«

»Es gibt nichts, was irgendjemand noch *tun* könnte. Weder du noch ich oder irgendein anderer Mensch auf der Welt. Das lange Warten hat ein Ende. Sie erwachen. Es ist wunderbar.«

»Sie werden uns auslöschen. Nicht nur dich und mich, sondern alle Menschen. Willst du das?«

»Es spielt keine Rolle, was *ich* will«, antwortete sie ruhig. »Vielleicht hast du Recht, und in der neuen Welt, die sie erschaffen werden, ist kein Platz mehr für uns ... aber das wird nicht morgen geschehen oder in einem Jahr. Du irrst dich, wenn du glaubst, dass es unsere Vernichtung ist, die sie planen. Bis dahin wird noch viel Zeit vergehen. Sehr viel Zeit. Niemand auf dieser Welt kann sie aufhalten, glaub mir.«

»Und deshalb ... stellst du dich auf ihre Seite?«, flüsterte er stockend. Er weigerte sich zu glauben, was er hörte.

»Auf welcher Seite möchtest du stehen, Ben?«, fragte sie sanft. »Auf der der Sieger oder auf der jener, die bereits verloren haben?«

Er wusste, dass es nicht wirklich seine Mutter war, die er hörte. Und selbst wenn es so gewesen wäre – er wusste auch, dass sie Unrecht hatte. Er hatte die Zukunft gesehen, die die *Alten* für diese Welt bereithielten, eine tote Welt unter einem vergifteten Himmel, auf der für nichts mehr Platz war außer Dunkelheit und Schmerz. Und vielleicht nicht einmal mehr dafür.

Irgendwo am steinernen Himmel über ihnen bewegte sich etwas wie ein gewaltiger rauchiger Umriss, etwas Riesiges, sich Windendes, das peitschend und dräuend Gestalt anzunehmen versuchte, ohne dass es ihm gelang.

Wie lange noch?, dachte Ben. Er konnte ihr Nahen *spüren*.

»Warum hast du mich hierher gebracht? Um mir Angst zu machen? Das ist dir gelungen.«

»Angst?« Sie schüttelte den Kopf. »Es macht keinen Sinn, Angst vor etwas zu haben, das ohnehin nicht mehr aufzuhalten ist. Ja, ich wollte, dass du das hier siehst – damit du begreifst, wie sinnlos es ist, sich weiter gegen das Unausweichliche aufzulehnen.« Plötzlich lächelte sie wieder, ein Lächeln, das wie ein Messer in seiner Brust schnitt. Noch auf dem Weg hier herunter hatte er vor nichts mehr Angst gehabt als davor, seine Mutter wiederzusehen und festzustellen, dass in ihr nichts mehr von dem Menschen übrig geblieben war, den er gekannt hatte. Jetzt wünschte er sich fast, es wäre so. Da war noch so viel von ihr in dem … *Etwas*, dem er gegenüberstand. Ihr vertrautes Lächeln, die sanfte Wärme in ihren Augen, all ihre kleinen, vertrauten Gesten … es war beinahe unerträglich, sie auch nur anzusehen.

»Wenn du das wolltest, hat es nicht funktioniert. Lass uns gehen. Wenn du glaubst, dass wir ohnehin nichts mehr tun können, dann stellen wir auch keine Gefahr mehr dar. Du kannst uns genauso gut gehen lassen … oder wenigstens Sasha.«

»Wenn du das willst«, antwortete sie traurig. »Aber es wäre ihr Tod.« Ben sah sie erschrocken an und drückte Sasha noch ein wenig fester gegen seine Schulter. Er wollte etwas sagen, doch seine Mutter hob rasch die Hand und fuhr fort: »Ich wollte euch bei mir haben, weil ihr hier überleben werdet.«

Es dauerte auch jetzt wieder einen – endlosen – Moment, bis Ben begriff, was sie damit meinte. Sosehr sich seine Gedanken einerseits auch überschlugen, um nach einem Ausweg aus einer Situation zu suchen, aus der es keinen Ausweg mehr gab, so träge schienen sie sich auf der anderen Seite zugleich auch zu bewegen. Dann aber traf ihn die Erkenntnis umso härter.

»Ich kann dich nicht gehen lassen«, sagte seine Mutter jetzt und fügte mit einer Handbewegung auf Sasha hinzu: »Sie kann gehen, wenn du das willst. Es ist deine Entscheidung.«

»Dann gehen wir beide.« Ben war nicht ganz sicher, ob er das ernst meinte. Immerhin hatten ihm ihre Worte endgültig klar gemacht, dass dort oben nichts als der sichere Tod auf ihn wartete, und er wollte noch nicht sterben. Aber zugleich spürte er auch, dass er *so* nicht würde leben können.

»Wie gesagt«, seufzte seine Mutter, »das werde ich nicht zulassen.«

»Und wie willst du mich aufhalten? Mit Gewalt? Nicht einmal alle deine … Monster können mich hier festhalten.«

»Du redest Unsinn, mein Sohn, und du weißt es auch«, gab sie mit einem milden Lächeln zurück, zugleich ließ ihr Tonfall darauf schließen, dass sie allmählich ungeduldig wurde. »Das ist in Ordnung. Du bist wütend und verzweifelt, aber nur weil du noch nicht verstehst, was hier wirklich geschieht. Du wirst es begreifen. Irgendwann.«

»Irgendwann?«, wiederholte er böse. »Wann? Wenn mich deine neuen Freunde auch zu einem … *Ding* gemacht haben wie –«

Er sprach nicht weiter, aber seine Mutter wusste, was er hatte sagen wollen, denn ihr Gesicht verdüsterte sich schlagartig. »Wie mich, wolltest du sagen? Du irrst dich, Ben. Sie haben mich zu nichts gezwungen. So weit reicht nicht einmal ihre Macht.«

»Natürlich nicht«, erwiderte Ben höhnisch. »Das erlebe ich ja gerade.«

Und trotzdem jagten ihm ihre Worte einen neuerlichen eisigen Schauer über den Rücken. Der Mensch, dem er gegenüberstand, war zweifellos nicht mehr ganz seine Mutter und doch … da war einfach noch zu viel von ihr, als dass er sich mit Erfolg einreden konnte, tatsächlich nur mit einer willenlosen Marionette zu sprechen, die rein zufällig das Aussehen seiner Mutter hatte. Vielleicht hatte sie Recht.

Er erinnerte sich, einmal mit seinem Vater über dieses Thema gesprochen zu haben, vor langer Zeit und in einem völlig harmlosen Zusammenhang. Sein Vater hatte behauptet, dass keine Hypnose und keine Drogen, überhaupt nichts dazu im Stande sei, einen Menschen zu etwas zu zwingen, was vollkommen gegen seine Natur gehe. Er hatte von einem Gleichgewicht gesprochen, das man beeinflussen und sogar zum Kippen bringen könne, aber auch davon, wie unmöglich es sei, etwas hervorzurufen, was es in dem betreffenden Menschen gar nicht gebe.

Er schüttelte den Gedanken ab. Das *wollte* er nicht glauben.

Seine Mutter hob plötzlich die Hand, presste die Augen zu schmalen Schlitzen zusammen und legte für zwei oder drei Sekunden den Kopf auf die Seite. »Deine Freunde sind da. Wir müssen gehen. Versprichst du mir, nichts Dummes zu tun?«

»Sicher«, antwortete Ben mit einem grimmigen Nicken. Was dumm war und was nicht, das kam schließlich immer auf den Standpunkt des Betrachters an.

Als hätte sie seine Gedanken gelesen, schüttelte seine Mutter nur den Kopf und sagte noch einmal und in hörbar ernsterem Ton: »Ich würde es bedauern, dich gewaltsam hier festhalten zu müssen. Gibst du mir dein Ehrenwort?«

»Nein.«

Ein rascher Schauer zorniger Farben brachte den Rhythmus des flackernden Diamanthimmels ins Stolpern, und für einen winzigen Moment, vielleicht nur den tausendsten Teil einer Sekunde, blitzte eine unmenschliche Wut in den dunklen Augen seines Gegenübers auf. Sie erlosch wieder, bevor das Gefühl völlig Besitz von ihr ergreifen konnte. Mit einer knappen Geste deutete sie auf den Stollen hinter ihm. »Wie du willst. Geht.«

Ben rechnete fest damit, ein gesichtsloses weißes Monster zu erblicken, als er sich herumdrehte, oder die Grauen erregende Schneespinne, aber der Stollen war leer. Das unheimliche Pulsieren in der Eisschicht, die den Boden bedeckte, schien ein wenig hektischer geworden zu sein, das war alles. Trotzdem spürte er, dass sich etwas verändert hatte.

Seine Mutter schaltete den Handscheinwerfer wieder ein, als sie auf der anderen Seite des Tunnels angelangt waren. Schatten flohen auf wirbelnden haarigen Beinen vor dem Licht, etwas raschelte, und wieder glaubte er diesen sachten, aber durch und durch fremdartigen Geruch wahrzunehmen, der ihm jetzt viel unangenehmer vorkam als vorhin.

»Wie willst du es ihnen beibringen?«, fragte er, während Sasha und er Hand in Hand hinter seiner Mutter hergingen. Sie war sich ihrer Sache offensichtlich vollkommen sicher, denn sie hatte nicht einmal einen einzigen Blick zu ihnen zurückgeworfen, um sich davon zu überzeugen, dass sie ihr auch folgten. Und wohin sollten sie auch fliehen? Vor ihnen lag nur der Gang zum Labor und hinter ihnen die Höhle mit der Stadt der *Alten.*

»Was?«

»Dass du sie alle umbringen willst«, antwortete Ben böse.

»Ich habe nichts dergleichen vor, Ben. Was geschehen wird, geschieht. Ich habe keinen Einfluss darauf.«

Ben begriff, wie wenig Sinn es hatte, das Gespräch fortzuführen. Warum gab sie sich nicht einmal die Mühe, ihn zu belügen?

Vielleicht nur um sich abzulenken, versuchte er in dem auf und ab hüpfenden Lichtkreis, der ihnen den Weg wies, mehr Einzelheiten zu erkennen. Überall lagen Trümmer, schwarz verbranntes Metall, zerborstener Beton und groteske Gebilde aus geschmolzenem Kunststoff. Manchmal knirschte es unter seinen Füßen, aber was er vorhin für zersplittertes Glas gehalten hatte, das bestand beinahe zur Gänze aus Eis: zahllose dicke, wie aufgedunsene Schlangenleiber wirkende Stränge, die den Boden bedeckten, aber auch an den Wänden und bis zur Decke emporwucherten, wobei sie sich unentwegt weiterverzweigten wie ein Gebilde aus durchsichtigem Moos, das geduldig und unaufhaltsam alles zu überwuchern begonnen hatte und in jede Ritze und jeden Spalt kroch. Der Anblick war faszinierend, aber auch Furcht einflößend. Ben musste an die Nervenstränge eines riesigen Gehirns denken, durch die leuchtende Gedankenimpulse jagten.

Bevor sie das Labor betraten, blieb seine Mutter noch einmal stehen, um sich zu ihnen herumzudrehen. »Wir sind uns einig?«

»Selbstverständlich. Worüber?«

Seine Mutter blickte ihn nur ärgerlich an, aber etwas raschelte, und diesmal *war* er sicher, einen schneefarbenen Schemen zu sehen, der am Rande des zitternden Lichtkreises entlangstakste. Sie drehte sich mit einem Ruck herum und verschwand hinter dem Vorhang aus Schwärze, der die glaslose Tür ausfüllte. Ben beeilte sich, ihr zu folgen. Diesmal glaubte er etwas zu spüren, als er die unsichtbare Barriere durchschritt; etwas wie das Kribbeln hauchfeiner Spinnwebfäden auf der Haut. Aber vielleicht war es auch nur Einbildung.

Er hatte sich gefragt, wen Ramanov schicken würde – Tahia oder Harry –, aber sie waren beide gekommen. Natürlich ohne Ramanov; Ben hatte nicht wirklich mit ihm gerechnet, aber dennoch *gehofft*, dass er ein Mal im Leben so etwas wie Mut zeigen könnte.

Seine Mutter ging, mit raschen Schritten und scheinbar ohne die Söldner auch nur zur Kenntnis zu nehmen, an ihnen vorüber und wandte sich erst um, als sie die mit schaumigem Eis überzogene Wand erreicht hatte. Das Licht, das unter ihrer Oberfläche tanzte, schien kurz hektischer zu flackern und beruhigte sich dann wieder.

Harry begrüßte ihn mit einem angedeuteten Kopfnicken. Er sah nicht besonders überrascht aus – wenn auch deutlich erleichtert –, als er Sasha erblickte, und auch Tahia blinzelte ihm nur flüchtig zu. Ben registrierte beiläufig, dass keiner von beiden eine Waffe trug, zumindest nicht sichtbar. Alles, was Tahia mitgebracht hatte, war ihr angeschlagener Laptop, den sie unter den linken Arm geklemmt hatte.

»Also?«, begann Harry, an Bens Mutter gewandt und ohne sich mit irgendeiner Begrüßung aufzuhalten.

Seine Mutter antwortete nicht sofort. Er war sicher, genauso bewusst, wie sie vor der leuchtenden Eiswand Aufstellung genommen hatte. Das Licht hatte zu dunkleren Farben gewechselt und schien ihre gesamte Gestalt mit einem düsteren Halo zu umgeben. Ein billiger Effekt wie aus einem fünfzig Jahre alten Horrorfilm, der aber in diesem Moment durchaus seine Wirkung tat.

»Sie kommen spät. Gerade noch rechtzeitig und genau genommen nicht einmal mehr das – aber ich will nicht kleinlich sein.« Sie machte eine Kopfbewegung auf Tahias Computer. »Ich nehme an, darauf sind die Daten, um die ich Sie gebeten habe?«

»Vielleicht.«

»Spielen Sie keine Spielchen mit mir, Kindchen.« Der flackernde Tanz der Farben wurde noch düsterer. Zornig.

»Ich spiele keine Spielchen, *Mama«*, antwortete Tahia. Harry warf ihr einen warnenden Blick zu, und sie fuhr – in verändertem Ton, aber immer noch alles andere als respektvoll – fort: »Wir haben die Daten mitgebracht, nach denen Sie verlangt haben. Ich frage mich allerdings, was Sie überhaupt damit wollen.«

Sie hatte nicht gesehen, was Ben gesehen hatte, und so konnte er ihre Frage durchaus verstehen. Was einst ein hypermodernes, wenn auch ein wenig gruseliges Labor gewesen war, hatte sich in einen Ort des Wahnsinns verwandelt, finster und voller geduckter, wie verkrüppelt wirkender Umrisse und formloser … Dinge, über die falschfarbenes Licht kroch wie ein bösartiges kleines Tier. Auch er hatte sich diese Frage gestellt, bevor er hier heruntergekommen war, aber sie war unberechtigt. Alles, was dieses Labor ausgemacht hatte, war immer noch da, nur versteckt unter wucherndem Eis und lautlos pulsierenden Gedanken aus Licht. Tahia irrte sich, wenn sie annahm, dass hier unten alles zerstört sein musste. All die Computer und Gerätschaften und Apparaturen waren immer noch vorhanden, nur waren sie jetzt Teil von etwas … *anderem* – und auf eine unbegreifliche Weise tausendmal leistungsfähiger und effizienter, als es sich ihre ursprünglichen Erbauer auch nur hätten träumen lassen.

»Warum lassen Sie das nicht meine Sorge sein, Kindchen?« Seine Mutter streckte fordernd die Hand aus.

»Nicht so schnell«, sagte Harry. »Wir sind hier, und möglicherweise geben wir Ihnen ja sogar, was Sie wollen … aber nicht ohne Gegenleistung.«

»Gegenleistung? Ein interessantes Wort – je nachdem, in welchem Zusammenhang man es benutzt. Und nur so nebenbei: Ist Ihnen eigentlich noch gar nicht der Gedanke gekommen, dass ich mir einfach nehmen könnte, was ich will?«

»Sie hat nicht vor, euch gehen zulassen«, rief Ben. »Keinen von uns.«

Weder seine Mutter noch Harry oder Tahia reagierten irgendwie auf diese Worte. Er hätte sie ebenso gut für sich behalten können.

»Genau genommen war das sogar der erste Gedanke, der mir gekommen ist«, antwortete Harry ungerührt. »Deshalb hat Tahia auch dafür gesorgt, dass die Daten sicher sind.«

»Oh, ich verstehe.« Seine Mutter machte ein nachdenkliches Gesicht. »Lassen Sie mich raten. Eine Art … Passwort, nehme ich an? Das die Festplatte löscht, wenn man es falsch eingibt, oder sogar etwas noch Raffinierteres?« Sie klang ehrlich amüsiert

»Eins von der ganz raffinierten Sorte sogar.« Harry ließ seinen Blick über die auf so bizarre Weise veränderte Laboreinrichtung schweifen. Er sah ein wenig verwirrt aus, aber auch alles andere als eingeschüchtert. »Zehn Gramm gutes altes Thermit. Nicht besonders viel, aber für die Festplatte reicht es. Ein einziger falscher Versuch und …« Er hob die Schultern. »Möchten Sie es riskieren?«

Ben bezweifelte, dass das die uralten Mächte aufzuhalten vermochte, die seine Mutter beherrschten, aber sie tat immerhin so, als würde sie mitspielen. »Ich könnte Sie zwingen, es mir zu verraten, glauben Sie mir.«

»Dann gehen Sie das Risiko ein«, sagte Tahia gelassen.

Seine Mutter starrte sie einen Atemzug lang beinahe hasserfüllt an und wandte sich dann wieder an Harry. »Und was verlangen Sie?«

»Nicht viel. Im Grunde nur, dass sie Ihr Wort halten. Sie bekommen, was Sie wollen, und lassen uns gehen. Alle.« Er deutete auf Ben und Sasha. »Auch die beiden. Und die Gefangenen.«

»Welche … Gefangenen?« Sie schien nicht zu verstehen, wovon er sprach.

»Die Leute von der *Princess*«, sagte Tahia. »Alle. Die Besatzung und die Passagiere.«

»Sonst nichts?«, erkundigte sie sich spöttisch.

»Sonst nichts«, bestätigte Harry. »Wissen Sie, wenn ich mich hier so umschaue, glaube ich eigentlich kaum, dass sie diese Daten wirklich brauchen. Ich glaube nicht, dass sie *irgendetwas* brauchen, was wir Ihnen geben können … bis auf eine Kleinigkeit.«

»Und die wäre?«

»Zeit. Habe ich Recht? Ich weiß nicht, was Sie vorhaben, und ich glaube auch fast, dass ich es gar nicht wissen will. Aber Ihnen läuft die Zeit davon. Ich traue Ihnen durchaus zu, Ihr Ziel auch ohne diese Daten zu erreichen. Ich weiß, was Sie sind, Doktor. Das hier war einmal Ihr Fachgebiet, habe ich Recht? Und Sie sind die Beste auf Ihrem Gebiet, vielleicht weltweit. Aber Sie haben es selbst gesagt: Der Sturm ist in ein paar Tagen vorbei, und dann wird es hier von Rettungsmannschaften nur so wimmeln. Interessieren Sie die neuesten Funksprüche, die wir aufgefangen haben?«

»Überschätzen Sie sich nicht«, erwiderte Bens Mutter kalt. »Eine Wetterstation am Ende der Welt und ein paar überkandidelte Meteorologen, die man sonst nirgendwo brauchen konnte. Ich glaube nicht, dass gleich die amerikanische Pazifikflotte angerückt kommt.«

»Kaum«, bestätigte Harry. »Jedenfalls hätte das bis vor einer Stunde noch gegolten.«

Die Farben unter dem Eis pulsierten heftiger und dunkler. Die Eiskönigin schwieg.

»Sie hätten Ihr Schoßtierchen dieses U-Boot nicht zerstören lassen sollen«, fuhr Harry fort. »Beeindruckend, zugegeben, aber dumm. Der Kommandant konnte noch einen Notruf senden. Spätestens eine Stunde, nachdem der Sturm abflaut, ist eine ganze Flotte von Kriegsschiffen hierher unterwegs. Glauben Sie, dass dieser durchgeknallte Riesentintenfisch auch damit fertig wird?«

»Sie bluffen«, sagte Bens Mutter. Aber es kam ihm zumindest so vor, als wäre sie leicht verunsichert.

Harry hob nur gleichmütig die Schultern. »Riskieren Sie es.«

»Sie verstehen nicht, worum es hier geht.« Sie klang nicht zornig, sondern beinahe so, als versuche sie tatsächlich an sein Verständnis zu appellieren. »Es geht hier nicht um Sie oder mich oder ein paar Menschenleben. Es geht um etwas viel, viel Größeres. Sie glauben, Sie könnten mich erpressen? Sie glauben, sie könnten *ihnen* drohen? Geben Sie mir das!«

Bei den letzten Worten streckte sie fordernd die Hand aus. Schwarze Farben umloderten ihre Gestalt, und etwas … ballte sich über ihnen zusammen. Etwas Gewaltiges und Böses, das sie durch seine bloße Anwesenheit vernichten würde, wenn es da war.

Harry gab Tahia einen Wink, und sie zögerte zwar noch einen spürbaren Augenblick, nahm dann aber den Laptop unter dem Arm hervor, schaltete ihn ein, bevor sie ihn aufgeklappt auf ein sonderbares Gebilde stellte, das einmal ein Tisch gewesen war, und so herumdrehte, dass seine Mutter den Bildschirm sehen konnten.

»Bitte. Überzeugen Sie sich. Es ist alles da.«

Die Eiskönigin kam – langsam – näher und beugte sich vor, aber sie hütete sich, den Computer auch nur zu berühren, als hätte sie Angst, er könnte plötzlich ein verborgenes Gebiss herausfahren und sie in die Hand beißen.

»Sehen Sie nach«, drängte Harry. »Es ist alles da.«

»Und das Passwort?«

»Sind wir uns einig? Ich habe Ihr Wort?«

Was immer das wert ist, dachte Ben. Aber er schwieg, und seine Mutter nickte nur abgehackt.

»Es gibt keins. Das war ein Bluff. Sie sehen, ich bin ehrlich zu Ihnen. Ich hoffe, Sie sind es auch.«

Bens Mutter runzelte die Stirn und zögerte immer noch, schließlich aber streckte sie doch die Hand aus und begann langsam und mit den sehr präzisen Bewegungen eines Menschen zu tippen, der in dieser Tätigkeit nicht besonders geübt ist.

»Anscheinend ist alles da«, sagte sie ungläubig.

»Das, und noch sehr viel mehr.« Tahia machte eine auffordernde Geste. »Wenn Sie schon einmal dabei sind, werfen Sie einen Blick auf das Hauptmenü … Sie wissen, wie das geht?«

Jennifer Berger blickte sie zwar misstrauisch an, nickte aber, und Tahia fuhr mit einem fast ungeduldigen Wedeln der Hand fort: »Sie finden dort eine Datei mit der Bezeichnung Omega Doom. Öffnen Sie sie. Nur zu. Es ist keine Falle, keine Angst. Aber sie enthält Informationen, die Sie interessieren dürften.«

Omega Doom … Ben hatte diese Worte schon einmal gehört, und sie hatten ihm schon einmal einen kalten Schauer über den Rücken gejagt, obwohl er jetzt wie damals nicht wusste, was sie bedeuteten.

Er konnte sehen, wie seine Mutter unmerklich zusammenfuhr, während sie den Text überflog, der auf dem Bildschirm erschien. Ihre Augen weiteten sich. Sie sog scharf die Luft ein. »Was … was bedeutet das?«

»Omega Doom«, wiederholte Tahia beinahe fröhlich. »Nur eine kleine Vorsichtsmaßnahme – für alle Fälle.« Plötzlich grinste sie breit. »Auch wenn ich persönlich die Bezeichnung Omega *Bumm* vorgezogen hätte.«

»Was zum Teufel –?«

»Sie wissen, dass das alles hier früher einmal eine amerikanische Militäreinrichtung gewesen ist«, sagte Harry rasch. »Und Sie kennen unsere Freunde aus dem einzig wirklich freien und zivilisierten Teil der Welt. Sie sind manchmal ein wenig übervorsichtig. Ich fürchte, sie haben eine kleine … Sicherheitsvorkehrung zurückgelassen.« Er legte eine dramatische Pause ein, und als er weitersprach, war jede Spur von Spott aus seiner Stimme gewichen. Sie klang hart wie Eis. »Um genau zu sein, einen Nuklearsprengkopf. Nicht besonders groß, nach heutigen Maßstäben, aber er reicht, um im Umkreis von zwei oder drei Kilometern hier alles einzuäschern.«

»Sie lügen!«, behauptete Bens Mutter.

Harry schüttelte nur sacht den Kopf. »Ich habe ihn aktiviert, bevor wir hier heruntergekommen sind.«

»Ich glaube Ihnen kein Wort!«, sagte Jennifer Berger, wich aber trotzdem zwei Schritte zurück, sodass sie beinahe gegen die schimmernde Eiswand hinter sich geprallt wäre. Die Farben unter ihrer Oberfläche brodelten. »Das würden Sie nicht wagen! Es wäre Ihr eigener Tod!«

»Vermutlich.« Harry klang nicht sonderlich beeindruckt. »Das gehört bei uns zum Berufsrisiko, wissen Sie? Und es gibt da so etwas wie ein ungeschriebenes Gesetz in unserem Job. Wenn du schon draufgehst, dann nimm so viele wie möglich von den anderen mit.«

Das Lodern düsterer Farben steigerte sich zu einem lautlosen Gewitter, sodass er sich vorkam wie im Zentrum eines tobenden Höllensturms.

Plötzlich wurde es kalt; unvorstellbar *kalt.* Aber der Moment verging beinahe ebenso schnell, wie er gekommen war, und statt alles verzehrender Wut machte sich nun ein Ausdruck spöttischer Überheblichkeit auf dem Gesicht seiner Mutter breit.

»Ein netter Versuch. Aber ich glaube Ihnen nicht. Sie sind nicht der Typ, der Selbstmord begeht. Eher der, der heroisch bis zum letzten Atemzug für eine verlorene Sache kämpft. Tapfer, aber dumm.«

Wenigstens äußerlich vollkommen gelassen hielt Harry dem Blick seines Gegenübers stand. Natürlich gab auch Bens Mutter nicht auf, doch gerade als Ben sich zu fragen begann, wie lange die beiden eigentlich noch versuchen würden sich gegenseitig niederzustarren, wiederholte er seine einladende Geste auf den Computer.

»Wie Sie uns ja bereits demonstriert haben, haben Sie vollständigen Zugriff auf das Computernetzwerk der Station. Sie finden alle Zugangscodes und Passwörter, die Sie brauchen, in dieser Datei. Überzeugen Sie sich.« Er wartete, bis sie wieder auf den Laptop zutrat, und fügte dann mit einem angedeuteten Lächeln hinzu: »Abgesehen von jenen, mit denen man die Bombe deaktivieren kann, versteht sich. Und bevor Sie versuchen sie aus mir herauszupressen – ich kenne sie selbst nicht. Und Tahia auch nicht.«

Diesmal schien das Schweigen endlos anzudauern. Selbst das zornige Flackern und Wogen der Farben hielt inne. Dann geschah etwas durch und durch Unheimliches: Ben hörte ein sanftes Knistern und Rascheln, das aus allen Richtungen zugleich zu kommen schien, und hatte einen vagen Eindruck von Bewegung, die er ebenso wenig lokalisieren konnte – bis Tahia mit einem nicht mehr ganz unterdrückten erschrockenen Laut einen Schritt zurückprallte.

Rings um den Laptop erwachte das schaumige Eis zu Leben. Farben pulsierten unter seiner Oberfläche, die mit einem Mal zu kochen schien, sich verflüssigte und in winzige, in allen Farben des Regenbogens schillernde Blasen zerplatzte, dabei aber keine Hitze verströmte, sondern graue Schwaden fühlbarer Kälte. Dünne, haarfeine Ärmchen wuchsen aus der brodelnden Masse hervor, verzweigten sich und wuchsen wieder zusammen, teilten sich erneut und begannen den Computer in ein schimmerndes kristallines Spinnennetz einzuhüllen. Farben jagten sich in rascher Folge unter seiner Oberfläche, und wieder glaubte Ben etwas wie eine knisternde Spannung zu fühlen, die sich unsichtbar im gesamten Raum ausbreitete und das Nahen von etwas Fremdem, Tödlichem ankündigte. Ganz instinktiv legte er den Arm noch fester um Sashas Schulter, aber das Gefühl von Sicherheit und Schutz, das ihm ihre Nähe bisher vermittelt hatte, wollte sich nicht einstellen. Was kam, war zu groß, als dass es irgendeinen Schutz davor geben konnte.

Vollkommen warnungslos verzerrte sich das Gesicht seiner Mutter vor Wut. »Sie verdammter –!«, begann sie, presste dann für eine Sekunde die Lippen so fest aufeinander, dass sie aussahen wie eine dünne weiße Narbe in ihrem Gesicht, und atmete hörbar ein.

Ihre linke Hand machte eine rasche, kaum wahrnehmbare Geste, und Ben blieb nicht einmal mehr Zeit, wirklich zu erschrecken. Etwas Riesiges, Weißes tauchte wie aus dem Nichts hinter ihnen auf und turnte auf gewaltigen, staksenden Beinen heran. Alles ging viel zu schnell, als dass einer von ihnen auch nur die Chance gehabt hätte, zu reagieren. Ben sah aus den Augenwinkeln, wie Harry und Tahia in einer vollkommen synchronen Bewegung herumwirbelten und plötzlich wie durch Zauberei doch Waffen in den Händen hielten, aber so schnell ihre Bewegungen auch waren, sie wirken geradezu lächerlich langsam gegen das rasende Huschen der Spinne, die sich endgültig in einen weißen Schemen zu verwandeln schien, um die letzten drei oder vier Meter in einem gewaltigen Satz zu überwinden …

… und Ben von den Füßen zu reißen!

Er konnte nicht einmal schreien. Sein Hinterkopf schlug so hart gegen irgendetwas Kaltes, dass ihm vor Schmerz übel wurde, und der weiße Koloss drückte ihn nicht nur spielend nieder, sondern nahm ihm mit seinem bloßen Gewicht auch den Atem. Tödliche, wie nadelspitze Dolche gebogene (und ebenso lange) Fangzähne blitzten über ihm auf. Das Grauen erregende Gesicht des Ungeheuers näherte sich seinem eigenen, und etwas berührte fast sanft, aber kalt wie die Hölle seine Kehle. Er war unfähig, auch nur einen Muskel zu bewegen.

»Wissen Sie, Harry, ich glaube Ihnen sogar.« Trotz des vollkommenen Entsetzens, das ihn gepackt hatte und so zuverlässig lähmte, als hätte das Ungeheuer sein Gift bereits in seine Venen injiziert, konnte Ben den nahezu gelangweilten Ton in der Stimme der Eiskönigin hören. »Ich glaube aber auch, dass Sie diese Bombe trotzdem abschalten können. Habe ich Recht?«

Selbst wenn er dazu in der Lage gewesen wäre, hätte er es nicht gewagt, den Kopf auch nur eine Winzigkeit zu drehen. Bens Herz schlug ganz langsam, und er spürte nun doch etwas: eine völlig neue Art von Furcht, die alles übertraf, was er jemals kennen gelernt hatte. Nur aus den Augenwinkeln heraus sah er, wie sich Harry herumdrehte und die Pistole auf das Gesicht seiner Mutter richtete.

»Machen Sie sich nicht lächerlich. Das würde ihn nicht retten.«

»Ich weiß«, antwortete Harry. »Pfeifen Sie das Vieh zurück oder wir finden heraus, ob Sie so ganz nebenbei auch noch kugelfest sind.«

»Sie bluffen.« Aber da war eine ganz sachte Spur von Unsicherheit in ihrer Stimme. Oder war es … Furcht?

Ben wagte es noch immer nicht, den Kopf zu bewegen, obwohl die Lähmung nun prickelnd von ihm abzufallen begann – aber er hörte das scharfe Klicken, mit dem Harry den Hahn seiner Waffe zurückzog.

»Probieren Sie es aus. Lektion Nummer zwei: Dränge einen Gegner nie so weit in die Enge, dass er nichts mehr zu verlieren hat. Schicken Sie dieses … *Ding* weg oder ich drücke ab.«

Für einen einzigen, aber endlos langen Herzschlag schien die Zeit einfach stehen zu bleiben. Ben starrte noch immer wie gelähmt in ein halbes Dutzend schwarze, vollkommen ausdruckslose Knopfaugen, das sich nur wenige Zentimeter über seinem Gesicht befand; aber ein anderer Teil seiner Gedanken arbeitete mit der emotionslosen Präzision eine Maschine: Es war vorbei, jetzt und endgültig. Harry würde abdrücken, daran ließ die kalte Entschlossenheit in seiner Stimme nicht den geringsten Zweifel, und obwohl er nicht hinsah, wusste er, dass Tahia die Spinne anvisierte und das Ungeheuer im gleichen Sekundenbruchteil mit Kugeln durchsieben würde (und mit nur einem ganz kleinen bisschen Pech ihn gleich mit), aber nichts von alledem konnte ihn noch retten. Das Brennen von nadelspitzen Zähnen auf seiner Haut wurde stärker, als wären sie mit einer ätzenden Säure überzogen, die sich bereits in sein Fleisch zu fressen begann, und obwohl er es noch nicht einmal versucht hatte, wusste er, dass es ihm niemals gelingen würde, das Ungeheuer rasch genug von sich herunterzustoßen. Sein Verstand sagte ihm mit unbarmherziger Logik, dass es vorbei war und er sterben würde, jetzt, in denen nächsten zwei oder drei Sekunden – aber er hatte immer noch keine Angst. Vielleicht weil das Grauen, das ihn erfüllte, so gewaltig war, dass ihm der Tod beinahe wie eine Erlösung vorkam.

»Ich würde die Antwort selbst dann noch bekommen, wenn Sie schon tot sind«, sagte seine Mutter.

»Das glaube ich Ihnen sogar«, erwiderte Harry. »Aber es würde Ihnen nichts nützen, uns zu töten. Tun Sie es, und in einer halben Stunde ist das alles hier nur noch ein radioaktiv strahlender Krater.«

Eine weitere Sekunde verstrich. Das Brennen an seiner Kehle wurde unerträglich, und auch das Gewicht des weißen Ungeheuers auf seiner Brust schien immer mehr zuzunehmen, eine erdrückende Tonnenlast, die ihn allmählich in den eisverkrusteten Boden zu pressen schien.

Und dann, von einem Lidschlag zum nächsten, war es verschwunden. Die Spinne zog sich auf staksenden Beinen zurück, und Ben rang mit einem japsenden Schrei nach Luft, rollte mit eingezogenen Knien auf die Seite und kämpfte mit verzweifelter Kraft – und letzten Endes vergeblich – darum, sich nicht übergeben zu müssen. Plötzlich war die Angst vor dem Tod da, die ihm im wortwörtlichen Sinne die Kehle zuschnürte und sein Herz so zum Rasen brachte, dass er glaubte, es müsse zerspringen. Wimmernd krümmte er sich auf dem Boden, würgte auch noch den Rest seiner letzten Mahlzeit hervor und versuchte instinktiv, ein Stück zur Seite zu kriechen, aber seine Gliedmaßen verweigerten ihm einfach den Gehorsam.

Irgendwann war es endlich vorbei, und er gewann zumindest die Kontrolle über seine Arme und Beine zurück; wenigstens weit genug, um sich hochstemmen und sich ein kleines Stück zur Seite schleppen zu können. Er zitterte noch immer am ganzen Leib, sein Herz klopfte bis zum Hals, und er hatte das Gefühl, am ganzen Körper … *besudelt* zu sein. Alles drehte sich um ihn. Er hatte *Angst.*

»Alles wieder okay?«

Aus tränenverschleierten Augen blickte er hoch und erkannte im ersten Moment nur einen Schemen. Er musste ein paarmal blinzeln, bis er sich zu Tahias Gesicht zusammenfügte. Sie war kreidebleich.

»Ich …« Der säuerliche Geschmack in seinem Mund war plötzlich so stark, dass er nicht weitersprechen konnte. Er schluckte hektisch (womit er es nur noch schlimmer machte), kroch ein weiteres Stückchen zur Seite und fuhr sich angewidert mit dem Handrücken über den Mund. »Entschuldige.«

»Das brauchte dir nicht peinlich zu sein«, antwortete Tahia. Es hörte sich ehrlich an. »Mir an deiner Stelle wäre es ganz genauso gegangen.

Mindestens.« Sie versuchte zu lächeln, aber es misslang. Ihre Pupillen waren vor Schrecken so groß geworden, dass ihre Augen beinahe schwarz aussahen. »Ich glaube, sogar Harry.«

Ben stemmte sich zitternd weiter hoch und sah beinahe gegen seinen Willen zu der riesigen Spinne zurück, nur um sich sofort zu wünschen, es nicht getan zu haben. Jetzt, wo der erste Schrecken vorbei war (nein, das war er ganz eindeutig *nicht*. Was gerade geschehen war, würde er nie wieder im Leben vergessen können – aber er konnte sich zumindest einreden, es wäre so), erkannte er sie wieder: Es war das schneefarbene Ungeheuer, das Sie draußen im Gang gesehen hatten; nicht annähernd so groß, wie es ihm gerade in seiner Panik vorgekommen war, aber immer noch ein Gigant. Mit ihren weit gespreizten, an den kantigen Gelenken weit über den Körper emporragenden Beinen musste sie gut anderthalb Meter messen. Ihre starren Augen musterten ihn gefühllos. Obwohl ihr Anblick noch immer beinahe mehr war, als er ertragen konnte, fiel es ihm zugleich auch unglaublich schwer, sich von ihm zu lösen.

Harry sah nicht einmal in seine Richtung, sondern zielte mit einer Waffe unverdrossen weiter auf die Eiskönigin. »Jetzt sind es noch ungefähr zwanzig Minuten, schätze ich. Sie sollten sich allmählich entscheiden.«

»Ich dachte, das hätte ich bereits. Nehmen Sie das Ding runter!«

Harry ließ die Pistole zwar tatsächlich ein winziges Stückchen sinken, blieb aber aufmerksam und angespannt. »Jetzt sind es noch neunzehn Minuten. Ungefähr.«

Wieder tobte ein lautloser Sturm wütender Farben durch das Labor und ließ eine Armee winziger Schatten über das Gesicht der Eiskönigin huschen, von denen einige zu bleiben schienen, als sich die Farben wieder beruhigten. »Wer sagt mir, dass Sie Ihr Wort halten und die Bombe nicht trotzdem zünden?«

»Niemand. Abgesehen von der Kleinigkeit, dass wir am Leben bleiben wollen. Es ist Ihre Entscheidung.«

»Also gut. Sie haben gewonnen.«

Harry blinzelte. Zum ersten Mal wirkte er ehrlich überrascht; und ein wenig aus dem Konzept gebracht. »So … einfach?«

»Sagten sie nicht gerade, unsere Zeit sei ein wenig knapp?« Sie gestikulierte unwillig auf den Computer, der sich mehr und mehr in etwas … *anderes* zu verwandeln schien. Das asthmatische Rasseln und Keuchen war nicht mehr zu hören und der Bildschirm erloschen, aber über das Netz ineinander verwobener Spinnfäden aus Eis huschte nun ein Lichtgewitter aus roten und grünen Blitzen. »Ich habe, was ich wollte, und Sie bekommen, was *Sie* wollen.«

»Sie bringen sie auf die *Princess*«, sagte Harry. »Lebend. Sobald der Sturm vorüber ist.«

»Ganz, wie Sie wollen.« Ihr Blick streifte scheinbar vollkommen desinteressiert Bens Gesicht, und nun schien überhaupt nichts Menschliches mehr in ihren Augen zu sein. Schwarze Höhlen, in denen kein Leben mehr war, sondern etwas Uraltes, was kälter war als das Eis, das sie umgab. »Der Sturm wird in ...« – Farben, schwärzer als die dunkelste Nacht, flackerten durch den Raum und erloschen wieder – »... in wenigen Stunden vorüber sein.«

»In wenigen Stunden?«, wiederholte Harry überrascht. »Aber sagten Sie nicht gerade, dass –«

»Beim nächsten Sonnenaufgang.« Ihre Stimme hatte sich verändert. Ben konnte den Unterschied nicht in Worte fassen, aber er war ganz eindeutig da. Jetzt war sie endgültig zur Eiskönigin geworden. Es gelang ihm nicht einmal mehr in Gedanken, sie als seine Mutter zu bezeichnen, denn das Wesen, dem sie gegenüberstanden, hatte kaum noch etwas von einem Menschen. »Sie haben Zeit, die Station zu verlassen, solange die Sonne am Himmel steht. Nicht länger.«

»Und ... die Gefangenen?«, erkundigte sich Harry noch einmal.

Ein kurzes, durch und durch böses Lächeln huschte über ihr Gesicht. »Werden Sie auf dem Schiff erwarten. Fast zweihundert tote Männer und Frauen. Viel Vergnügen damit.« Sie wedelte ungeduldig mit der Hand. »Und jetzt gehen Sie! Sie haben noch achtzehn Minuten.«

»Abzüglich der Zeit, die wir brauchen, um nach oben zu kommen«, bestätigte Harry lahm. Er wirkte immer noch ein bisschen perplex, fing sich nun aber rasch wieder. »Ja. Und wir würden gerne *ohne* Begleitschutz gehen.«

Diesmal bekam er gar keine Antwort. Die Eiskönigin starrte ihn nur an, und die Wand hinter ihr loderte abermals in stummer, flackernder Wut, aber Ben hörte ein rasches, schleifendes Trappeln, und als er sich umsah, war die Spinne verschwunden. Die Furcht, die mit ihr hereingekommen war, war geblieben. Unsicher und fast mit ein bisschen Furcht vor dem, was er sehen würde, wandte er sich zu Sasha um. Sie hatte sich die ganze Zeit über nicht gerührt und starrte weiter ins Leere wie eine Puppe, die nur die blasse Imitation einer jungen Frau darstellte, und vielleicht zum ersten Mal wünschte sich Ben, es möge tatsächlich so sein, wenigstens für diesen Augenblick. Möglicherweise hatte sie ja gar nicht mitbekommen, was passiert war.

Aber etwas sagte ihm, dass es nicht so war, und der Gedanke erfüllte ihn mit einer Mischung aus Mitleid und Zorn. Bis eben hatte er geglaubt, sein kleines Spinnenabenteuer sei das Schlimmste gewesen, was einem Menschen überhaupt zustoßen konnte, doch ein einziger Blick in Sashas wie erstorbenes Gesicht machte ihm klar, dass das nicht stimmte.

Rückwärts gehend und ohne die Eiskönigin auch nur einen Sekundenbruchteil aus den Augen zu lassen, kam Harry zu ihm, zog ihn mit der linken Hand unsanft auf die Beine und gab Tahia mit der anderen einen Wink, sich um Sasha zu kümmern. Im aller Hast bugsierte er ihn zum Ausgang, stieß die Tür mit dem Absatz auf und warf einen raschen Blick über die Schulter zurück, bevor sie weitergingen. Tahia folgte ihnen mit einer noch immer vollkommen willenlosen Sasha im Schlepptau, steckte ihre Pistole ein und zauberte stattdessen eine Taschenlampe aus den unergründlichen Tiefen ihrer weißen Polarjacke, deren greller Schein wie ein Messer durch die Dunkelheit schnitt, als sie sie einschaltete. Etwas Helles, Vielbeiniges huschte davon, bevor das Licht seine wahre Gestalt enthüllen konnte.

»Es geht schon«, antwortete Ben mit einer Stimme, die Harrys zweifelndes Stirnrunzeln im Grunde überflüssig machte.

Er sagte auch nichts, sondern ergriff ihn nur fester am Arm, und sie eilten, geleitet vom gleißenden Licht von Tahias Taschenlampe, zurück zur Treppe. Nichts stellte sich ihnen in den Weg, und die einzigen Geräusche, die sie hörten, waren ihre eigenen Schritte, das Rascheln ihrer Kleidung und ein gelegentliches Kollern und Scheppern, wenn sie in ihrem Hasten gegen ein Trümmerstück stießen. Aber die Dunkelheit, die sie umgab und die immer wütender gegen das Licht der Taschenlampe anzurennen schien, war nicht leer. Ben war nicht der Einzige, der den stummen Zorn spürte, der wie knisternde Elektrizität in der Luft lag. Da … war etwas, was ungleich größer war als die Marionette, mit die sie gerade gesprochen hatten.

Als sie die Treppe erreichten, musste Harry seinen Arm loslassen, um Tahia dabei zu helfen, Sasha über die zerstörten unteren Stufen zu heben.

In Anbetracht ihres völlig phlegmatischen Zustands stellte sie sich erstaunlich geschickt dabei an, aber sie verloren dennoch weitere zwei oder drei kostbare Minuten, bis auch Harry schließlich als Letzter die Treppe erklomm und ihnen mit einem ungeduldigen Wedeln beider Hände bedeutete, sich zu beeilen. Zum allerersten Mal kam Ben der Gedanke, dass er vielleicht nicht geblufft hatte und das, was er der Eiskönigin gerade über die Bombe unter ihren Füßen erzählt hatte, möglicherweise wahr war. Wie viel Zeit hatten sie noch? Ben versuchte vergeblich, abzuschätzen, wie lange sie für den Weg vom Labor hierher gebraucht hatten – sicher nur wenige Minuten, was womöglich trotzdem zu viel war, wenn er den immer mühsamer unterdrückten Ausdruck von Nervosität in Harrys Gesicht richtig deutete. So schnell, wie es Sasha, die das Tempo vorgab, zuließ, eilten sie die ausgeglühte Metallkonstruktion hinauf und stürzten schließlich durch den Vorhang aus Schwärze, der die Tür an ihrem oberen Ende ausfüllte. Augenblicklich ließ Tahia Sashas Hand los und rannte davon.

Sofort war Ben bei ihr und schloss sie in die Arme. Ein Gefühl ohnmächtigen Zorns überkam ihn, als er spürte, wie apathisch sie die Berührung über sich ergehen ließ.

Trotzdem: »Warte«, sagte er, als Harry ihm einen kurzen, prüfenden Blick zuwarf und sich dann ebenfalls abwenden wollte.

Der Söldner zögerte und sah beinahe sehnsüchtig in die Richtung, in die Tahia davongehastet war, aber er schien es dennoch nicht annähernd so eilig zu haben wie sie, und Ben hatte plötzlich eine ungefähre Vorstellung davon, *wer* der einzige Mensch in dieser Station war, der den Countdown der Bombe noch stoppen konnte. »Ja?«

»Dort unten, gerade.« Ben musste sich anstrengen, um überhaupt sprechen zu können. Seine eigene Stimme kam ihm wie die eines Fremden vor. »Als du zu meiner … der Eiskönigin gesagt hast, du würdest schießen …«

Harry legte den Kopf auf die Seite und sah ihn forschend an.

»Hättest du es getan?«

»Ja«, antwortete der Söldner mit großem Ernst. »Und danach die Bombe gezündet.«

28

»DAS WAR DAS MIT ABSTAND HIRNRISSIGSTE, was Sie sich bisher geleistet haben«, sagte Ramanov, »und Sie und Ihre Leute haben sich schon eine Menge Irrsinnigkeiten geleistet, seit Sie hergekommen sind.« Er klang – wie üblich – wütend, und sein Gesicht war – wie üblich – zu einer ärgerlichen Grimasse verzogen, aber trotzdem wirkte er irgendwie anders als sonst. Ramanov wutschnaubend und mit miesepetrigem Gesicht zu erblicken, das war nun wirklich nichts Außergewöhnliches. Doch man musste nicht der beste Menschenkenner der Welt sein, um zu begreifen, dass sich hinter diesem vermeintlichen Zorn nichts als Angst verbarg.

»So, finden Sie?« Harry hatte kurzerhand Ramanovs Stammplatz am Kopfende des großen Tisches okkupiert und tippte mit konzentriertem Gesichtsausdruck und nur zwei Fingern auf die Funktastatur. Dann und wann sah er konzentriert zu den beiden Wandmonitoren hin, als erwarte er, etwas ganz Bestimmtes darauf zu sehen. Die beiden Schirme blieben jedoch schwarz. Den Russen würdigte er nicht einmal eines Blickes.

»In der Tat. Eigentlich fällt mir nur eine einzige Sache ein, die noch dümmer war – nämlich meine Idee, Sie und Ihre Leute zu engagieren, und mir tatsächlich einzubilden, Sie würden uns beschützen.«

Darauf antwortete Harry nicht einmal, aber Robert Berger sagte: »Also, das ist jetzt ein bisschen unfair, Professor. Harry und seine Leute haben uns in den letzten Tagen mindestens –«

»Vier Minuten, Doktor Berger«, unterbrach ihn Ramanov. »Vier Minuten länger und Ihr *Freund* hätte uns alle in die Luft gesprengt. Sie, mich, Ihre Familie, jeden einzelnen Menschen in dieser Station.«

»Viereinhalb, Professor. Beinahe sogar fünf.« Harry sah Ramanov immer noch nicht an, aber die Bewegungen, mit denen er die Computertastatur malträtierte, wurden deutlich ungeduldiger.

Ramanov atmete scharf ein, aber die erwartete Explosion blieb aus. »Sie halten das alles hier für eine Art großes Spiel, nicht wahr? Aber das ist es nicht. Ich weiß, Sie glauben, ich sei ein starrsinniger alter Mann, der seine besten Tage hinter sich hat und den man hierher ans Ende der Welt abgeschoben hat, damit er keinen Schaden anrichtet. Und vielleicht haben Sie damit sogar Recht. Aber Sie hatten verdammt noch mal *kein* Recht, mit unser aller Leben zu spielen!«

Sondern lieber mit dem Leben aller anderen Menschen auf der Welt?, fragte Ben. Jedenfalls wollte er es. Stattdessen zog er die Decke, die van Staaten ihm gegeben hatte, enger um die Schultern und schmiegte die Hände noch fester um den dazugehörigen Becher mit heißem Kaffee. Beides war typisch für die ganz spezielle Art von Fürsorge, die Heidi van Staaten ihren Patienten angedeihen ließ: Sie tat durchaus ihren Dienst, aber die Decke kratzte nicht nur erbärmlich, sondern roch auch alles andere als gut, und der Kaffee schmeckte nach allem, nur nicht nach Kaffee.

Immerhin war er heiß.

Bens Hände wollten trotzdem nicht aufhören zu zittern.

Er hatte Harry gebeten, niemandem zu erzählen, was gerade unten im Labor passiert war, und der Söldner hatte deutlich erleichtert darauf reagiert und seine Behauptung bestätigt, wonach er nur deshalb am ganzen Leib zitterte, weil es unten im Labor so kalt gewesen war. Er hatte kein Wort über Bens kleinen Zusammenstoß mit dem zehnbeinigen Ungeheuer verloren; und auch nicht über das, was zwischen ihm und seiner Mutter geschehen war.

»Es ging dabei nicht nur um unser Leben, Professor«, antwortete Harry. »Verdammt, was ist mit dieser Scheißkamera los? Ich kriege kein Bild!«

Ramanov schnaubte. »Ich glaube, ich habe Ihnen schon einmal gesagt, was ich von dieser ganzen Weltuntergangsgeschichte halte. Sie müssen vollkommen den Verstand verloren haben! Und Sie haben es nicht einmal für nötig gehalten, mich zu fragen?«

»Wären Sie einverstanden gewesen?«

»Natürlich nicht! Sie –«

»Sehen Sie, deshalb habe ich es erst gar nicht versucht«, unterbrach ihn Harry, drückte eine weitere Taste, und sein Gesicht hellte sich auf. »Na also!«

Ben warf einen flüchtigen Blick auf den Monitor, der tatsächlich angegangen war, mehr aber auch nicht. Alles, was zu sehen war, waren Störungen.

»Womit einverstanden?«, fragte Bens Vater misstrauisch.

»Mit dieser Bombe zu drohen!«, schnaubte Ramanov. »Damit, sie zu zünden!«

»Nun ja«, murmelte Bens Vater. »Ich gebe zu, das war vielleicht ein bisschen drastisch, aber –«

»Einer *Atombombe*«, sagte Ramanov.

Es wurde sehr still.

Die Zentrale war ohnehin nahezu leer. Bis auf Ramanov, Harry und Bens Vater waren alle davongeeilt, um Vorbereitungen für die bevorstehende Evakuierung zu treffen, aber kurz wurde es so ruhig, dass Ben fast glaubte, die Herzschläge der drei anderen hören zu müssen.

»Eine … Atombombe?« Sein Vater wandte sich mit einiger Mühe zu Ramanov um und versuchte vergebens, angemessen empört zu klingen statt schockiert. »Wir sitzen hier die … die ganze Zeit auf einer scharfen Atombombe, und Sie haben es bisher nicht einmal für nötig gehalten, uns davon in Kenntnis zu setzen?«

»Atombombe ist vielleicht ein etwas zu drastisches Wort. Es ist eher ein taktischer Sprengkopf.«

»Fünfzehn Kilotonnen«, bestätigte Harry, immer noch ohne den Blick vom Bildschirm zu nehmen. Bens Vater atmete sichtbar auf, und Ben nippte an seinem Kaffee, würgte den Schluck hinunter und sagte: »Hiroshima hatte zehn.«

Sein Vater wurde noch blasser. »Das … das ist ein Scherz. Oder?«

»Anderthalbmal Hiroshima. Wie gesagt: So was verschießt man heutzutage aus Kanonen oder transportiert es in einer Aktentasche.« Harry hämmerte weiter auf seine Tastatur ein und schob sie dann mit einem wütenden Ruck von sich. »Verdammt, ich verstehe nichts von diesem Müll! Ich brauche Tahia hier!«

»Aber das … das ist doch Wahnsinn! Ramanov, Sie … Sie haben es nicht für nötig gehalten, irgendjemandem hier davon zu erzählen?«

»Sie wussten, dass es eine Selbstzerstörungsanlage gibt.«

»Aber keine Atombombe!«

»Und das macht für Sie einen Unterschied?«

»In der Tat!«, ereiferte sich Bens Vater. »Es ist ein Unterschied, ob man –«

»Von einer Kilotonne in die Luft gesprengt wird oder von einer Megatonne?« Ramanov lachte böse. »Für mich nicht. Tot ist tot. Und wenn es Sie beruhigt, Doktor – ich war genauso erschrocken wie Sie, als ich von ihrer Existenz erfahren habe. Die Amerikaner haben sie zurückgelassen, als sie die Station damals aufgegeben haben.«

»Und sie haben sich nie gefragt, warum?«

»Warum sollte ich? Das hier war einmal eine Militäreinrichtung. Sie wissen, wie paranoid die Amis während des Kalten Krieges waren.«

»Aber nicht *so* paranoid. Und schon gar nicht verrückt genug, um dieses Ding anschließend einfach hier zurückzulassen!«

»Haben sie auch nicht«, mischte sich Harry ein. Ramanov sah ihn überrascht an und Ben und sein Vater ebenfalls. »Jedenfalls nicht *einfach so.* Sie haben sie funktionsunfähig gemacht. Tahia und Gerrit haben beinahe jede freie Minute in den letzten Tagen gebraucht, um sie wieder scharf zu machen.«

»Ihre Leute müssen ja wahre Genies sein«, bemerkte Robert Berger spöttisch.

»Sie sind gut. Außerdem sind zwanzig Jahre eine lange Zeit. Was damals für vollkommen unmöglich gehalten wurde, ist heute manchmal eine Kleinigkeit, die jeder pickelgesichtige Hacker mit einem Lötkolben in einer Stunde erledigen kann.«

»Vielen Dank auch für das Kompliment«, sagte Tahia von der Tür her. »Dabei kann ich überhaupt nicht mit einem Lötkolben umgehen. Du weißt doch, dass ich zwei linke Hände habe.« Sie drehte die rechte Hand so, dass die Handfläche nach oben zeigte, und ging mit schnellen Schritten auf Harry zu, allerdings nicht, ohne Ben im Vorbeigehen einen besorgten Blick zugeworfen zu haben: »Alles wieder in Ordnung?«

Ben nickte nur hastig und verkroch sich tiefer hinter dem Rand seines Plastikbechers, aber ihm entging weder das überraschte Stirnrunzeln seines Vaters noch der ebenso fragende wie misstrauische Blick, den er ihm und der Söldnerin zuwarf.

»Also, wo ist das Problem?«, fragte Tahia, während sie weiter mit zwei vorgestreckten *linken* Händen auf Harry zusteuerte.

»Das Problem sind wahrscheinlich *meine* linken Hände«, antwortete Harry missmutig und versetzte der Tastatur einen weiteren ärgerlichen Stoß, sodass sie über die Tischplatte schlitterte und zu Boden gefallen wäre, hätte Tahia sie nicht im letzten Moment aufgefangen – ohne ihre rechte Hand herumzudrehen. »Ich bin anscheinend zu dämlich dafür.«

»Und was erwartest du jetzt? Dass ich dir widerspreche? Du bist mein Boss!« Harry zog eine Grimasse, und Tahia fuhr – ernster – fort: »Wonach suchst du?«

»Nach dem Wetterbericht.« Harry stand auf, um ihr Platz zu machen, aber Tahia nahm die Tastatur in die linke Hand und begann mit der anderen zu tippen, während sie in Richtung der beiden Monitore schlenderte. »Sieh nach, was mit diesem verdammten Sturm ist.«

»Eine … Atombombe?«, murmelte sein Vater noch einmal erschüttert.

»Aber nur eine klitzekleine, Doktorchen«, flötete Tahia. Ihre Finger huschten geschäftig über die Tastatur. »Ein besserer Knallfrosch nach heutigen Maßstäben.« Der Schirm begann zu flackern, ging aus und zeigte die Ben bereits wohl vertraute meteorologische Karte der Antarktisküste, als sich das Bild wieder stabilisierte. Irgendetwas hatte sich verändert, aber Ben konnte nicht genau sagen, was.

Ramanov anscheinend schon, denn er sog überrascht die Luft ein und trat mit zwei schnellen Schritten neben Tahia. »Aber das ist doch … unmöglich.«

»Schlechte Nachrichten, Professor?«, erkundigte sich Harry.

»Im Gegenteil. Aber das dürfte gar nicht sein.«

»Was?« Ben gesellte sich zu ihnen und nach kurzem Zögern auch sein Vater. Harry blieb, wo er war, sah mit einem Mal aber auch sehr aufmerksam aus.

»Das hier, sehen Sie?« Ramanov nahm Tahia kurzerhand die Tastatur weg und begann zu tippen. Auf dem Monitor erschienen weitere und noch verwirrendere Symbole, und Ben erkannte jetzt gar nichts mehr.

»Nein«, sagte sein Vater.

Der Russe reichte die Tastatur an die Söldnerin zurück und trat dicht an den Bildschirm heran. »Das hier war gestern noch nicht da.« Seine ausgestreckte Hand deutete auf einen hellen, seltsam zerrupften Wirbel inmitten des grauen Wolkenmeeres.

»Aha«, sagte Bens Vater. »Und was genau ist es?«

»Das Auge des Orkans.« Ramanov klang … verstört, beinahe erschüttert. »Sie wissen, was das ist? Ein Bereich nahezu vollkommener Windstille im Zentrum eines tropischen Wirbelsturms.«

»Stellen Sie sich vor, das weiß sogar ich. Was soll daran so ungewöhnlich sein?«

Ramanovs Blick wurde beinahe mitleidig. »Dass das hier kein tropischer Wirbelsturm *ist,* Doktor. Jedenfalls war er es nicht bis vor ein paar Stunden.«

»Also, ich verstehe ja nicht viel von solchen Dingen«, sagte Harry. »Ich meine: Ich bin kein Wetterfrosch, sondern nur ein kleiner Soldat, aber ist so was nicht eigentlich … irgendwie ungewöhnlich?«

Ramanov musterte ihn finster und schwieg.

»Also, Professor. Was muss noch passieren, damit Sie begreifen, wozu sie im Stande sind?«

Ramanov starrte ihn nur eine weitere Sekunde lang böse an, dann trat er noch dichter an den Bildschirm heran und beugte sich so weit vor, dass sein Gesicht beinahe die geriffelte Plastikscheibe berührte. »Luftdruck, Temperatur, Windgeschwindigkeit … Unmöglich. Dazu ist niemand im Stande!«

»Ich würde dieses Ding da draußen auch nicht unbedingt als *Jemand* bezeichnen.« Harry schüttelte rasch den Kopf, als Ramanov antworten wollte, und wechselte das Thema. »Wann geht die Sonne auf?«

»In knapp vier Stunden« antwortete Ramanov, wie aus der Pistole geschossen und ohne den Blick vom Bildschirm zu lösen.

»Und für wie lange?«

»Nicht ganz drei Stunden«, sagte Ramanov abwesend und noch immer wie hypnotisiert auf den Monitor starrend. Er hatte die Fingerspitzen auf den Bildschirm gelegt, als versuche er, die unmöglichen Symbole und Zahlen darauf durch seine bloße Berührung wieder geradezurücken. »Das … das ist vollkommen unmöglich.«

Harry stand nun doch auf. »Das heißt, wir haben insgesamt weniger als sieben Stunden Zeit, um die Leute hier auf die *Princess* zu schaffen. Das wird verdammt knapp. Die Verletzten machen die Sache nicht gerade leichter.«

»Es sind nur drei Kilometer«, gab Bens Vater zu bedenken.

»Bei fünfzig Grad unter null und in diesem Höllensturm? Selbst wenn der Sturm aufhört –«

»Das wird er«, unterbrach ihn Ramanov leise und mit einer Stimme, der man anhörte, wie schwer es ihm fiel, selbst an das zu glauben, was er sagte. »Wenn … das hier stimmt, dann erreicht uns das Auge in vier Stunden.«

»Genau, wie sie gesagt hat«, murmelte Ben. Harry nickte nur, aber sein Vater warf ihm einen überraschten Blick zu. Bisher hatte Ben mit keiner Silbe erwähnt, dass auch er mit seiner Mutter gesprochen hatte.

»Lassen Sie mich raten, Professor«, sagte Tahia. »Wenn Sie seine Größe und Geschwindigkeit berücksichtigen, dann bleibt es ungefähr drei

Stunden über uns.« Ramanov nickte, und Tahia fügt in erstauntem Ton und mehr zu sich selbst hinzu: »Sie scheint tatsächlich Wort zu halten.«

»Und das überrascht Sie?«, fragte Bens Vater. Jetzt klang er eindeutig misstrauisch.

Weder die Söldnerin noch Harry taten ihm den Gefallen, darauf zu antworten. »Das heißt im Klartext, uns bleiben drei Stunden, nicht sieben.« Harry klang eher wütend als besorgt. »Das ist kaum zu schaffen.« Er machte eine wedelnde Handbewegung in Tahias Richtung. »Ich brauche die Außenkamera.«

Tahia gab einen entsprechenden Befehl in die Tastatur ein, und das Bild vor Ramanovs Gesicht wechselte und zeigte nun wieder eine grünstichige, restlichtverstärkte Ansicht des Bereichs unter dem Zeltdach.

»He!«, beschwerte sich Ramanov.

»Nur die Ruhe. Da ändert sich nichts, und wenn Sie es noch so lange anstarren.« Er bedeutete dem Russen mit einer unwilligen Geste, zur Seite zu treten. »Bitte, Professor. Ich muss etwas überprüfen.«

Ramanov wäre nicht Ramanov gewesen, hätte er seinen Platz nicht aus purem Trotz noch für geschlagene zwei Sekunden behauptet, aber schließlich trat er widerwillig beiseite, und Harry kam mit schnellen Schritten um den Tisch herum und ging beinahe so nahe an den Bildschirm heran wie er gerade. »Diesen Teil hier. Kannst du ihn vergrößern?«

Tahia gehorchte. Der Bildausschnitt zoomte heran, und nach ein paar Sekunden erkannte Ben einen eckigen, leicht verschoben wirkenden Umriss, ohne allerdings genau sagen zu können, was er darstellte.

Ramanov schien schärfere Augen zu haben oder er hatte gewusst, wonach Harry suchte. »Das Schneemobil?« Harry nickte nur stumm, und Ramanov erinnerte sich mit einer kurzen Verzögerung daran, wer er war, und fügte noch hinzu: »Oder das, was Ihr schießwütiger Freund davon übrig gelassen hat.«

Beides stimmte, dachte Ben bedrückt. Er identifizierte den immer noch verschwommenen Umriss jetzt als die auf dicken Gummiketten laufende Schneekatze, aber er erinnerte sich auch nur zu gut an das Geräusch von berstendem Metall und den Vulkan aus zersplittertem Glas, der aus der Kabine ausgebrochen war, als Tooth das Fahrzeug mit seiner Schallkanone gestreift hatte.

»Wie viele von diesen Dingern haben Sie, Professor?«, fragte Harry ungerührt.

»Zwei, aber das andere steht seit einem Monat in der Werkstatt. Ich glaube, das Getriebe ist auseinander genommen worden.«

»Das kriegen wir hin«, sagte Harry überzeugt, während er sich bereits mit einer auffordernden Geste zu Tahia herumdrehte. »Gerrit und du, ihr schaut euch das Ding an. Ich gehe raus und sehe nach dem da.«

»Sie sind ja verrückt!«, rief Ramanov.

»Muss wohl so sein, sonst wäre ich wahrscheinlich nicht hier.«

»Ich begleite dich«, sagte Ben.

Nicht nur Harry sah ihn überrascht an. Sein Vater holte sichtlich Luft, um zu protestieren, aber Tahia kam ihm zuvor. »Keine schlechte Idee. Er kann wenigstens die Augen offen halten, nur für den Fall, dass unsere Freunde dort draußen eine unangenehme Überraschung für dich vorbereitet haben.«

Das klang so sehr nach etwas, was ihr gerade in dem Moment eingefallen war, in dem sie es aussprach, dass der Ausdruck stirnrunzelnden Misstrauens auf dem Gesicht seines Vaters jetzt regelrecht komisch wirkte. Dennoch schien auch Harry endlich begriffen zu haben, denn er beeilte sich plötzlich zu nicken und nahm ihm unaufgefordert den Plastikbecher mit van Staatens undefinierbarem Gebräu aus der Hand. »Keine Sorge, Doktor. Ich passe schon auf ihn auf.«

»Das gefällt mir nicht«, sagte sein Vater; allerdings eher so, als erhebe er eigentlich nur der Form halber Einspruch.

Ben gab ihn keine Chance, noch einmal über seine Entscheidung nachzudenken. Rasch streifte er die Decke ab und verließ den Raum, dicht gefolgt von Tahia und Harry, der die Tür sorgsam hinter sich ins Schloss zog. Ramanov und sein Vater waren jetzt allein in der Zentrale, aber Ben wusste nicht, wer von beiden ihm mehr leidtun sollte.

»Danke«, sagte er einfach. Die Söldnerin lächelte flüchtig, während Harry ihn kritisch musterte und sichtlich dazu ansetzte, etwas zu sagen, was er wahrscheinlich nicht hören wollte, es dann aber bei einem Schulterzucken beließ. Vermutlich war ihm nicht wohl dabei, ihn mit nach draußen zu nehmen, und wenn er ehrlich war, erging es Ben nicht anders. Aber wenn er geblieben wäre, dann hätte sein Vater ihn vermutlich auf das Gespräch mit seiner Mutter unten im Labor angesprochen, und das wäre im Moment mehr gewesen, als er ertragen konnte.

»Du solltest jetzt zu Sasha gehen und dich um sie kümmern«, sagte Harry. »Ich finde, sie sah aus, als hätte sie ein bisschen Beistand nötig.«

»Aber ich dachte –«

»Dass ich dich mit hinausnehme? Bestimmt nicht. Da draußen ist es gefährlich. Ich werde kaum die Gelegenheit haben – und ganz bestimmt nicht die Lust dazu –, auch noch auf dich aufzupassen.«

Ben kannte Harry mittlerweile gut genug um zu wissen, wie völlig sinnlos es war, ihn von einem einmal gefassten Entschluss abbringen zu wollen, aber er versuchte es trotzdem. Und obwohl er wusste, dass Harry Recht mit dem hatte, was er gerade über Sasha gesagt hatte. Aus irgendeinem Grund hatte er beinahe Angst, sie wiederzusehen. Außerdem – das redete er sich zumindest ein – war sie in den besten Händen, die es in diesem Teil der Welt gab. Van Staaten hatte sich ihrer angenommen, kaum dass sie wieder oben gewesen war. »Vielleicht wirst du da draußen ja Hilfe brauchen.«

»Wobei? Glaubst du, dass es irgendetwas gibt, was –«

»Er hat Recht, Harry«, sagte Tahia plötzlich. »Mir ist auch nicht wohl dabei, wenn du allein dort hinausgehst.«

Ben hätte nicht sagen können, wer von ihnen die Söldnerin überraschter ansah, Harry oder er. Tahia fuhr jedoch rasch und mit einem bekräftigenden Kopfschütteln fort: »Er kann bei der Schleuse zurückbleiben und die Augen offen halten. Er muss nicht einmal raus.«

»Was soll das?«, fragte Harry. »Haltet ihr Mädchen jetzt zusammen?«

»He!«, beschwerte sich Ben. Tahia grinste.

»Also gut.« Harry gab sich geschlagen. »Du bleibst in der Schleusenkammer und hältst nur die Augen auf. Du machst nicht einen Schritt nach draußen, ist das klar?«

Ben war viel zu perplex, um irgendetwas sagen zu können. Er nickte nur. Er konnte sich nicht erinnern, jemals erlebt zu haben, dass Harry so schnell klein beigab. Er verstand auch nicht wirklich den Grund.

»Gerrit soll in die Garage gehen und sich das zweite Schneemobil ansehen. Sieh zu, ob du ihm dabei helfen kannst. Wenn nicht, dann geh zu van Staaten. Sie wird jede Hilfe brauchen, die sie bekommen kann, um die Evakuierung vorzubereiten. Sie soll alles an Medikamenten zusammenpacken, was sie nur hat.«

Tahia verschwand, und auch Harry fuhr auf dem Absatz herum und ging schnell weiter, ohne sich davon zu überzeugen, dass Ben ihm folgte. Vermutlich war es ihm gleich.

Sie gingen nicht sofort zur Schleuse, sondern machten einen Umweg über die Messe, um sich warme Kleidung zu besorgen. Harry sprach die ganze Zeit über kein Wort mit ihm, und er reichte ihm auch nur stumm eine gefütterte weiße Polarmontur, die er mit einiger Mühe überstreifte – sie war mindestens zwei Nummern zu groß und nicht annähernd so bequem, wie er bisher angenommen hatte. Ein bisschen fühlte er sich darin wie in einer mittelalterlichen Ritterrüstung und sie war auch nicht viel leichter. Und der Gedanke, dass sie mit ziemlicher Sicherheit einem von Harrys jetzt toten Kameraden gehört hatte, machte es nicht besser.

Aber er hütete sich, ein Wort darüber zu verlieren. Er hatte immer noch nicht ganz verstanden, woher Harrys plötzlicher Sinneswandel kam, und er würde sich hüten, ihm auch nur den kleinsten Vorwand zu liefern, sich im letzten Moment doch noch anders zu entscheiden.

Als sie fertig waren, hängte sich Harry noch ein Gewehr über die Schulter und stopfte sich gleich drei Ersatzmagazine in die Jackentasche, zusammen mit zwei Handgranaten – seinem Lieblingsspielzeug; so viel zu seiner vermeintlichen Überzeugung, dass die Eiskönigin ihr Wort hielt.

Ben wandte sich in seiner ebenso unbequemen wie ungewohnten Kleidung ungefähr so elegant und geschmeidig wie ein Tanzbär zur Tür und wartete darauf, dass Harry sich in Bewegung setzte. Harry tat jedoch nichts dergleichen, sondern sah ihn nur ausdruckslos an und schob dann den Ärmel hoch, um auf die Uhr zu schauen. Er wirkte ungeduldig.

»Worauf wartest du?«, fragte Ben. Er hatte nicht mit einer Antwort gerechnet und bekam auch keine. Harry schüttelte nur den Jackenärmel wieder herunter und lehnte sich gegen die Arbeitsplatte der Küchenzeile.

Allzu lange musste Ben sich allerdings gedulden. Auch wenn es ihm wie eine kleine Ewigkeit vorkam, vergingen doch kaum fünf Minuten, bis die Tür aufging – und niemand anderes als Kapitän Schulz hereinkam. Er wirkte noch müder und erschöpfter, als Ben es in Erinnerung hatte, und – alles andere als angenehm – überrascht, ihn zu erblicken.

»Oh«, entfuhr es ihm.

»Ja, ich freue mich auch, Sie zu sehen. Wie geht es Sasha?«

»Gut.« Schulz warf Harry einen ebenso irritierten wie fragenden Blick zu und verbesserte sich. »Sie schläft. Doktor van Staaten sagt, es sei das Beste, was sie im Moment tun könnte.«

Ben wollte noch mehr fragen, aber Harry hatte sich bereits von seinem Platz gelöst und kramte eine weitere Polarmontur hervor, die er Schulz reichte. Anders als bei Ben gerade sah er nicht einfach nur schadenfroh zu, wie sich Schulz mit den unhandlichen Kleidungsstücken abquälte (*ihm* waren sie zur Abwechslung deutlich zu klein), sondern half ihm, in die dick gefütterte Hose und die dazugehörigen schweren Stiefel zu schlüpfen; mit seinen bandagierten Händen, die vermutlich immer noch wie die Hölle schmerzten, wäre es Schulz sonst wohl auch gar nicht gelungen. Mit der Jacke kam er einigermaßen klar, die Handschuhe jedoch stellten ihn vor ein unlösbares Problem. Harry dachte kurz nach, dann warf er die Handschuhe achselzuckend hinter sich, bückte sich nach einer Werkzeugkiste und kramte eine Hand voll großer Krokodilklemmen heraus, die er in der Jackentasche verschwinden ließ.

»Können wir?«, fragte er knapp.

Ben sah ihn verwirrt – und ungefähr genauso verständnislos wie Schulz – an, aber Harry deutete nur auffordernd zur Tür.

»Er … er begleitet uns?«

»Ja, er begleitet euch.« Umständlich, um seine schmerzenden Hände zu schonen, trotzdem aber sehr rasch, öffnete Schulz die Tür und machte eine Kopfbewegung auf den Flur hinaus. »Falls ihr heute noch mal so weit seid. Ich dachte, wir hätten wenig Zeit?«

29

BEN HATTE SICH GEFRAGT, wie sie eigentlich die zugeschweißte Schleusentür überwinden sollten, aber Harry beantwortete diese Frage auf seine ganz eigene Art: Gerrit hatte den Schweißbrenner zwar nur ein paar Schritte entfernt stehen lassen, doch Harry machte sich nicht einmal die Mühe, danach zu greifen, sondern versetzte dem Sammelsurium aus zusammengeschweißten und -gehefteten Metallplatten und Streben nur zwei, drei harte Schläge mit dem Gewehrkolben, woraufhin die ganze Konstruktion mit gewaltigem Getöse in sich zusammenbrach. Ben machte instinktiv einen hastigen Schritt zurück, obwohl ihm keines der Trümmerstücke auch nur nahe gekommen war, und blinzelte irritiert. Auch Schulz, der ohnehin ein paar Schritte zurückgeblieben war, sah nicht unbedingt erfreut aus.

»So viel zu eurer Behauptung, dass da niemand durchkommt«, murmelte Ben.

Harry hängte sich das Gewehr wieder über die Schulter und griff mit beiden Händen zu, um die verzogene Schleusentür ganz aufzuschieben. Ein Schwall Kälte drang aus der dahinterliegenden Dunkelheit. »Der Trick ist, zu wissen, aus welcher Richtung die Belastung kommt«, sagte er, während er mit zusammengebissenen Zähnen und sichtlicher Anstrengung daran arbeitete, den entstandenen Spalt zu verbreitern. »Es hat ja niemand was davon, wenn wir uns hier für alle Zeiten einsperren, oder?«

Die Frage gehörte nicht zu der Art, die nach einer Antwort verlangt, und so beließ Ben es denn auch bei einem skeptischen Blick und dachte sich seinen Teil. Irgendwie wurde er das Gefühl nicht los, dass Harry gerade einen ziemlichen Blödsinn redete.

Blödsinn oder nicht, es funktionierte bei der zweiten, äußeren Tür genauso gut, und nach kaum zwei Minuten nahm der Söldner sein Gewehr wieder herunter und quetschte seine breitschultrige Gestalt ächzend nach draußen. Das Heulen des Sturmes war jetzt so laut geworden, dass eine Verständigung beinahe unmöglich schien.

Ben wollte sich hinter Harry durch den Türspalt schieben, aber der Söldner machte augenblicklich wieder kehrt, kam zurück zu ihm in die Schleuse und bedeutete Schulz, der hinter ihnen im Korridor gewartet hatte, hereinzukommen. Sashas Vater gehorchte, wenn auch spürbar zögernd, als Harry ihn noch immer wortlos, jetzt aber mit eindeutig ungeduldigen Gesten aufforderte, die Arme auszustrecken. Ben riss überrascht die Augen auf, als Harry in die Jackentasche griff und die Krokodilklemmen herausholte, um die Ärmel der weißen Polarjacke damit vor Schulz bandagierten Händen zu verschließen. Es sah ziemlich albern aus, fand Ben.

»Besser geht's nicht«, sagte Harry, als er zurücktrat und das Ergebnis seiner improvisierten Bastelstunde betrachtete. »Für die paar Minuten wird es reichen.«

Wofür?, fragte sich Ben. Wobei um alles in der Welt sollte Schulz Harry denn *helfen,* ohne Hände?!

Harry machte jedoch keinerlei Anstalten, diese zwar unausgesprochene, zugleich aber auch unübersehbar in sein Gesicht geschriebene Frage zu beantworten, sondern drängte den Kapitän zum Ausgang, und tatsächlich schob sich Schulz ächzend durch den schmalen Spalt. Harry folgte ihm, und auch Ben wollte sich anschließen, doch der Söldner schüttelte nur beinahe erschrocken den Kopf. »Du bleibst hier!«, schrie er über das Heulen und Wimmern des Sturmes hinweg. »Halt die Augen offen und sag mir Bescheid, wenn irgendetwas Ungewöhnliches passiert!«

Ben starrte ihn an, als zweifele er an seinem Verstand. Wie um Gottes willen sollte er Harry denn eine Warnung zurufen? Das Tosen des Sturmes war so laut, dass er ihn schon jetzt kaum verstand, obwohl sie nicht einmal einen Meter voneinander entfernt standen!

Harry wechselte das Gewehr von der rechten in die linke Armbeuge, zog mit der frei gewordenen Hand eine Stablampe aus der Tasche und schaltete sie ein. Im ersten Moment hatte Ben das verrückte Gefühl, der Sturm versuche den starken Lichtstrahl davonzuwehen, bevor er erkannte, dass es Harry selbst war, der unter der Gewalt des Sturmes wankte. Dabei befanden Schulz und er sich noch unter dem weit gespannten Plastikzeltdach, das dem Unwetter den Großteil seiner Kraft nahm.

Ohne den heftig hin und her schwankenden Lichtstrahl hätte Ben die beiden auch schon nach wenigen Schritten aus den Augen verloren. Der Anblick, der sich ihm bot, war zwar nicht falschfarben und grünstichig wie auf dem Monitor in der Zentrale, unterschied sich ansonsten aber kaum davon ... Ben sah eigentlich nicht mehr als verschwommene Schatten und die vage Andeutung von Bewegung, die vielleicht gar nicht da war, seine Sinne aber trotzdem narrte und ihr Möglichstes tat, seinem ohnehin angespannten Nervenkostüm den Rest zu geben. Plötzlich erschienen ihm Harrys Vorbereitungen von gerade einfach nur noch lächerlich – weder seine Maschinenpistole noch alle Handgranaten der Welt würden ihm etwas nutzen, wenn dort draußen irgendetwas Feindseliges auf sie wartete.

Der Lichtstrahl verriet ihm nicht, was die ungleichen Männer taten. Sie schienen sich in die Richtung des beschädigten Schneemobils zu bewegen, aber nicht einmal dessen konnte er sicher sein. Er fragte sich wieder, wieso Harry (ausgerechnet er, der ihm gerade lang und breit erklärt hatte, dass *er* ihm zur Last fallen würde, wenn er ihn nach draußen begleitete) Schulz mitgenommen hatte. Aber er fand auch jetzt keine Antwort auf diese Frage.

Der hektische Tanz des Lichtstrahls hörte zwar nicht auf, änderte sich aber irgendwie, als die beiden offensichtlich ihr Ziel erreicht hatten. Ben glaubte Metall und schimmerndes Glas oder auch Eis in dem kalten Licht aufblitzen zu sehen, aber es war nach wie vor fast unmöglich, überhaupt etwas zu erkennen. Was die Dunkelheit nicht verschlang, das wurde von dem immer noch tobenden Farbengewitter draußen über der Eisebene unkenntlich gemacht. Ben vermied es ganz bewusst, auch nur in die entsprechende Richtung zu sehen, aber das machte es nicht wirklich besser; zumal ihn der rasende Wechsel von düsteren Pastellfarben, Dunkelheit und zitternden Schatten mit jeder Sekunde mehr an sein Erlebnis unten im Labor denken ließ.

Das Gefühl, beobachtet zu werden, ließ ihn herumfahren. Zuerst erkannte er nichts – die Schleusenkammer schien so winzig und leer wie immer –, dann aber gewahrte er eine sonderbar eckige Bewegung aus den Augenwinkeln, sah genauer hin und hätte um ein Haar einen Schrei ausgestoßen.

Es war eine Spinne. Nicht der weiße Gigant, der ihn vorhin angefallen hatte, sondern ein im Vergleich dazu geradezu winziges Tier, kaum größer als der Daumen eines kräftigen Mannes. Ben wich trotzdem hastig von ihm zurück, presste sich mit heftig klopfendem Herzen gegen die geborstene Kunststoffwand in seinem Rücken und versuchte vergebens, die irrationale Angst niederzukämpfen, die der bloße Anblick des scheußlichen Geschöpfs in ihm wachrief. Es war noch gar nicht lange her, da hatte er sich insgeheim über seine Mutter amüsiert, wenn sie beim Anblick einer harmlosen Spinne an den Rand eines Nervenzusammenbruchs geriet, jetzt aber verstand er sie dafür umso besser. Wahrscheinlich würde es ihm für den Rest seines Lebens nicht anders ergehen.

Diesmal wurde er allerdings rasch erlöst. Kaum dass die Spinne ganz in die Schleusenkammer hereingekrabbelt war, verloren ihre Schritte zusehends an Schnelligkeit und eckiger Eleganz. Weniger als einen Meter diesseits der Schwelle blieb sie schließlich stehen, zitterte noch einmal und zog dann die Beine an den Leib, um zu sterben.

Noch während Ben sie halb erleichtert, halb misstrauisch betrachtete, erschien eine zweite, etwas größere Spinne hinter ihr, kroch ebenfalls herein und verendete genauso. Dann eine dritte und schließlich vierte; diesmal ein wahrer Riese von der Größe einer Kinderhand mit weit gespreizten Fingern, der es immerhin bis halb zum Ausgang schaffte, bevor auch er auf den Rücken fiel und mit eng an den Leib gezogenen Beinen verendete. Danach folgte keine weitere Spinne mehr.

Es war die Kälte, die sie umbrachte, begriff Ben. Und plötzlich war ihm auch klar, dass diese Tiere keineswegs rein zufällig hierher gekommen waren. Jemand hatte sie geschickt. Jemand, dessen Augen und Ohren sie waren.

Und das wiederum konnte nur eines bedeuten …

Auf einmal war es ihm egal, was Harry gesagt hatte oder noch sagen würde. Einen so großen Bogen um die toten Spinnen schlagend, wie es nur ging, aber auch sehr schnell, näherte er sich der Tür, quetschte sich mit einiger Mühe durch den schmalen Spalt und verzog das Gesicht, als Kälte und beißender Wind wie mit Krallen nach ihm schlugen. Der Sturm war selbst hier unter dem schützenden Zeltdach so stark, dass er das Gleichgewicht verlor und mit hilflos rudernden Armen rücklings gegen die Wand stolperte. Die Kälte war grausam. Ben hatte das Gefühl, gemahlenes Glas zu atmen, und zuerst schienen seine Kräfte nicht einmal auszureichen, um sich gegen den Sturm zu behaupten. Erst nach ein paar Sekunden gelang es ihm, das Gesicht so aus dem Wind zu drehen, dass er wieder einigermaßen atmen und zumindest verschwommen sehen konnte, und sich mühsam in die Richtung vorzutasten, in der das Licht von Harrys Lampe einen ungleichen Kampf gegen die Dunkelheit und die heranstürmenden Farben ausfocht. Harry würde ihm den Kopf abreißen, weil er gegen seine Anordnung verstoßen hatte, aber das war ihm gleich.

Harrys Misstrauen war nur zu berechtigt gewesen. Die Eiskönigin hatte sie betrogen.

Er stolperte ein halbes Dutzend Mal und fiel auf Hände und Knie (einmal auch der Länge nach hin), bevor er auch nur in die Nähe des Schneemobils und der beiden Männer kam. Der eiskalte Wind trieb ihm immer noch die Tränen in die Augen, aber er erkannte doch immerhin, dass das Schneemobil weit mehr abbekommen hatte, als sie gehofft hatten: Das Gefährt lag auf der Seite und wirkte im Ganzen sonderbar verschoben und zusammengestaucht. Harry und Schulz standen auf der anderen Seite und somit in dem kümmerlichen Windschatten, den das Wrack bot, und schienen sich nicht zu rühren. Vielleicht hatte der Anblick sie einfach gelähmt.

Aber er sah noch mehr. Hinter den beiden erhoben sich blassweiße

Gestalten … zwei, drei, vier gedrungene, breitschultrige Umrisse, die vollkommen unbeeindruckt inmitten von Schneegestöber und heulendem Sturm standen, so reglos, als könnte ihnen das Toben der Elemente schon deshalb nichts anhaben, weil sie selbst auf eine unheimliche Art Teil davon waren.

Und genau das waren sie. Es waren vier. – Nein. Während Ben weiterstolperte, erkannte er: Sechs! gesichtslose Eiskrieger, die sich genau in diesem Moment in Bewegung setzten und sich den beiden ahnungslosen Männern von hinten näherten.

»Verschwindet!«, schrie Ben. *»Das ist eine Falle!«* Jedenfalls wollte er es schreien, aber der Sturm riss ihm die Laute von den Lippen, kaum dass er sie ausgesprochen hatte, und machte sie zu einer neuen Stimme in seinem Geheul.

Er taumelte immer verzweifelter weiter, schrie und brüllte, so laut er nur konnte, und wedelte mit beiden Armen, um Harrys Aufmerksamkeit zu erregen, doch Schulz und er rührten sich nicht. Der bleiche Strahl der Taschenlampe strich unverändert weiter über das Chassis des auf der Seite liegenden Schneemobils, und die Eiskrieger kamen unerbittlich näher. Nur noch ein paar Schritte und sie würden die beiden Männer erreicht haben.

Ben versuchte schneller zu laufen und fiel prompt der Länge nach hin. Der weiche Schnee dämpfte seinen Aufprall. Weder verletzte er sich noch tat er sich wirklich weh; trotzdem blieb er zwei oder drei Sekunden lang benommen liegen, bevor er sich aufraffte und, mühsam gegen den heulenden Sturm ankämpfend, der sein Möglichstes tat, um ihn sofort wieder zu Boden zu schleudern, weitertorkelte.

Das umgestürzte Schneemobil befand sich jetzt zwischen ihm und den beiden anderen, sodass er sie nicht mehr sehen konnte, doch die Eiskrieger mussten sie mittlerweile fast erreicht haben. Die schiere Angst verlieh ihm die Kraft, noch einmal an Tempo zuzulegen. Er taumelte um das Schneemobil herum, und was er sah, das ließ sein Herz einen erschrockenen Sprung bis in seinen Hals hinauf tun und entrang ihm einen keuchenden Entsetzensschrei.

Es war zu spät. Eines der gesichtslosen Monster hatte Harry erreicht, ein zweites ragte kaum auf Armeslänge hinter Schulz in die Höhe, und fast als wolle das Schicksal ihn zu allem Überfluss auch noch verhöhnen, schwenkte der Lichtstrahl in diesem Augenblick herum und tastete über sein Gesicht. Der grellweiße Schein stach wie ein Messer in seinen Augen, sodass er abermals ins Stolpern geriet. Seine Schulter prallte so heftig gegen etwas Hartes und Unnachgiebiges, dass er vom Schwung seiner eigenen Bewegung herumgerissen wurde und zum zweiten Mal hilflos durch den Schnee pflügte. Aber er sah noch im Sturz, wie der gesichtslose Koloss die Arme nach Harry ausstreckte …

… und der Söldner die Gefahr im allerletzten Moment registrierte und herumfuhr. Die Maschinenpistole sprang wie durch Zauberei in die Höhe, noch bevor er die halbe Drehung vollendet hatte. Das Heulen des Sturmes verschluckte auch das Geräusch der Schüsse, aber Ben sah selbst durch das Stieben des von ihm aufgewirbelten Schnees hindurch das grelle Aufblitzen des Mündungsfeuers, und dann verwandelte sich alles oberhalb der Hüfte des Eismonsters in eine Wolke aus schimmernden Splittern.

Schulz hatte weniger Glück. Harrys blitzartige Reaktion hatte ihm selbst vielleicht das Leben gerettet, aber für den ehemaligen Kapitän der *Princess* kam sie zu spät; ganz davon abgesehen, dass Schulz direkt in seiner Schussbahn gestanden hätte. Noch während Harry seinen begonnenen Sturz mit einer fast komisch wirkenden Bewegung in einen hastigen Ausfallschritt verwandelte und gleichzeitig versuchte in eine Schussposition zu kommen, in der er den Angreifer erwischen würde und nicht Schulz, streckte das Monster die Arme aus, ergriff den wie erstarrt dastehenden Kapitän mit seinen gewaltigen Pranken an den Schultern …

… und schob in fast behutsam aus dem Weg!

Ben riss ungläubig die Augen auf, und auch Harry hatte entweder gar nicht begriffen, was er da sah, oder war nicht mehr in der Lage, die einmal angefangene Bewegung noch abzubrechen. Ein einzelner Schuss löste sich aus seiner Waffe, zertrümmerte die Schulter des Ungeheuers und ließ seinen abgerissenen Arm in die eine und das, was ansonsten noch von ihm übrig war, in die andere Richtung davonfliegen, bevor beides in den Schnee stürzte und dabei endgültig in Stücke brach. Auch Schulz wurde zu Boden geschleudert und rollte, sich hilflos überschlagend, sodass die Klemmen, mit denen Harry seine Jackenärmel verschlossen hatte, davonflogen, durch eine brodelnde weiße Wolke.

Sofort war Harry bei ihm, zerrte ihn mit einem Arm grob in die Höhe und visierte gleichzeitig mit seiner Waffe die restlichen Eismonster an, die vollkommen unbeeindruckt vom Schicksal ihrer beiden Kameraden weiter heran und an Harry und Schulz vorüberstampften.

Ben war so absolut fassungslos, dass er nicht einmal spürte, wie der eiskalte Schnee pulverfein unter seine Kleidung zu kriechen begann und der Sturm plötzlich noch wütender heulte, wie um gegen das zu protestieren, was seinen Kindern angetan worden war. Mit offenem Mund und Augen sah er einfach zu, wie sich die vier Eismonster dem umgestürzten Fahrzeug näherten …

… um sich dann zu bücken und es langsam, aber auch mit der Beharrlichkeit von programmierten Maschinen aufzurichten!

Es dauerte vielleicht zwei oder auch drei Minuten. Selbst für diese Kolosse, deren unglaubliche Kraft Ben bereits am eigenen Leib zu spüren bekommen hatte, schien das Gewicht des Fahrzeugs beinahe zu viel sein, denn das Schneemobil kippte zweimal zurück auf die Seite, und das Klirren von berstendem Glas und das protestierende Kreischen von Metall war selbst über das Tosen des Sturmes hinweg zu vernehmen. Eines der gesichtslosen Ungeheuer bezahlte die Anstrengung damit, dass seine Hände an den Gelenken abbrachen, woraufhin es – tatsächlich wie ein Roboter, der beschädigt und zu nichts mehr Nutze war – erstarrte. Aber am Ende hatten sie es geschafft, und das Schneemobil kippte in die Waagerechte zurück und wippte noch ein paarmal auf seinen breiten Gummiketten, bevor es endgültig zur Ruhe kam. Nur eine Sekunde später wandten sich die drei verbliebenen Eismonster um und schienen nach wenigen Schritten ebenso rasch vom Sturm aufgesogen zu werden, wie er sie gerade ausgespien hatte. Ihren *abgeschalteten* Kameraden ließen sie stehen.

Ben erwachte allmählich wieder aus seiner Lähmung und stemmte sich hoch, während Harry noch weiter stehen blieb und nur Schulz' Arm losließ, um im Schnee nach der Taschenlampe zu graben, die er gerade fallen gelassen hatte. Unsicher und am ganzen Leib zitternd, taumelte er zu ihm und Schulz und berührte den Söldner an der Schulter. Harry fuhr so erschrocken herum, dass Ben nicht einmal mehr erstaunt gewesen wäre, hätte er sich im nächsten Sekundenbruchteil einen Fausthieb (oder gleich eine Kugel) eingefangen, aber gleich darauf machte sich auch ein Ausdruck unendlich tiefer Erleichterung auf Harrys vor Kälte gerötetem Gesicht breit. Seine Lippen bewegten sich, und Ben konnte ihm ansehen, dass er aus Leibeskräften schrie, aber er verstand selbst jetzt kein Wort, denn das Gebrüll des Sturmes war noch lauter geworden; und hatte sich irgendwie geändert. Vermutlich war es nur Einbildung, und doch schien es Ben, dass es nun wie brüllendes Hohngelächter klang. Der lautlose Tanz der Farben am Himmel war schneller geworden und düsterer.

Harry hängte sich das Gewehr wieder über die Schulter und begann mit der Lampe herumzufuchteln. Der Lichtstrahl glitt unstet über das verbeulte Schneemobil, während seine freie Hand zurück in die Richtung deutete, aus der Ben gekommen war, und das nun eindeutig befehlend.

Ben verstand, was Harry von ihm erwartete, und schüttelte trotzig den Kopf. Harry wiederholte seine befehlende Geste so nachdrücklich, dass es eindeutig komisch aussah, und überraschte Ben dann zum zweiten Mal an diesem Tag, indem er es aufgab. Statt weiter den unfreiwilligen Pausenclown zu spielen, zuckte er mit den Achseln und drehte das Gesicht aus dem Wind, um die wenigen Schritte zum Schneemobil zu gehen. Ben und nach kurzem Zögern auch Schulz folgten ihm.

Als Harry die Tür des Gefährts zu öffnen versuchte, gelang es ihm erst, als er beide Hände zu Hilfe nahm und seine ganze Kraft einsetzte, und selbst dann bekam er sie gerade weit genug auf, um sich mit einiger Mühe hindurchzwängen zu können. Ben versuchte erst gar nicht, ihm auf demselben Weg zu folgen, sondern umkreiste das demolierte Wrack und stieg auf der anderen Seite ein. *Diese* Tür ließ sich ohne Probleme öffnen – was ihm einen weiteren, schrägen Blick Harrys einbrachte. Er achtete allerdings kaum darauf, denn noch während er in die winzige Fahrerkabine krabbelte, begriff er, dass sich die Beschädigungen keineswegs auf die Außenseite des Fahrzeugs beschränkten. Auch das Führerhaus sah aus, als hätten sich Attilas Hunnen darin ausgetobt, und das ungefähr eine Woche lang und mit wachsender Begeisterung. Von der Kunststoffpolsterung der auch zuvor vermutlich alles andere als bequemen Sitze waren nur noch Fetzen übrig, den Rest hatte der Sturm davongerissen, und auch das Armaturenbrett war zerschlagen, die meisten Instrumente zerstört.

»So viel dazu!«, schrie er. »Das Ding fährt nirgendwo mehr hin!«

»Das werden wir sehen!«, gab Harry zurück. Obwohl die Fahrerkabine kein Glas mehr hatte und der Sturm ungehindert hereinfauchen konnte, konnten sie sich hier drinnen seltsamerweise verständigen, wenn auch nur brüllend. Und als würde er durch dieses kleine Wunder ermutigt, gegen jede Logik auch auf ein größeres zu hoffen, zog Harry mit den Zähnen den Handschuh von der rechten Hand und drückte mit dem Daumen auf den Anlasserknopf.

Dass es ein Anlasserknopf war, erkannte Ben, weil er funktionierte.

Das Heulen des Sturmes war viel zu laut, um das Motorengeräusch zu hören, aber auf dem misshandelten Armaturenbrett vor ihnen leuchteten plötzlich eine Anzahl winziger, verschiedenfarbiger Lämpchen auf, und Ben konnte spüren, wie das ganze Gefährt unter ihnen zu vibrieren begann. Fassungslos starrte er Harry an, bekam einen mindestens ebenso verwunderten Blick und ein Achselzucken zur Antwort, und Harry griff entschlossen nach dem Ganghebel, schob ihn nach vorne und gab Gas. Spürbar widerwillig setzte sich das Schneemobil in Bewegung, rollte gut anderthalb oder zwei Meter weit und kam dann wieder zum Stehen, als Harry den Gang herausnahm und den Motor abschaltete.

»Das reicht!«, schrie er. »Zurück zur Station!«

Ben fragte sich, warum Harry nicht mit dem Schneemobil zur Schleuse zurück*fuhr*, doch bevor er sich die Stimmbänder bei dem Versuch verletzen konnte, Harry diese Frage zu stellen, rammte dieser bereits mit der Schulter die verzogene Tür auf und sprang ins Freie. Eine Sturmböe erwischte ihn, sodass er ausglitt und auf ein Knie hinabfiel, und Ben, der die Hand bereits auf seiner Seite nach der Tür ausgestreckt hatte, besann sich eines Besseren, rutschte kurz entschlossen auf den Fahrersitz hinüber und startete den Motor neu. Er hatte genau zugesehen, was Harry gerade getan hatte. Es hatte einfach gewirkt und war es auch. Ohne die geringste Mühe wendete er das Schneemobil nahezu auf der Stelle, fuhr mit einem breiten Grinsen auf dem Gesicht an Harry vorbei, der ihm ziemlich belämmert hinterhersah, und las unterwegs auch noch Schulz auf, bevor er das Schneemobil unmittelbar vor der Schleuse zum Halten brachte.

Nicht dass es allzu viel gebracht hätte. Das Stück, das er zurückgelegt hatte, maß vielleicht zwanzig Schritte, eher weniger, aber zwanzig Schritte in diesem Höllensturm und bei zumindest gefühlten dreihundert Grad unter null konnten zu einer kleinen Ewigkeit werden.

Harry wirkte nicht mehr verblüfft, sondern so wütend, als ob er gleich explodieren würde, als er sich (ungefähr dreißig Sekunden nach ihnen) in die Schleuse quetschte. Er sagte kein Wort, durchbohrte Ben aber regelrecht mit Blicken und versetzte ihm einen derben Stoß, als er die innere Schleusentür für seinen Geschmack offensichtlich nicht schnell genug passierte.

»He! Was soll denn –?«

»Wenn du so etwas noch einmal versuchst, Kleiner, dann bekommst du die Tracht Prügel deines Lebens, ist das klar?«

Ben sah ihn verwirrt an. Natürlich hatte er Harry ein bisschen ärgern wollen, aber *diese* Reaktion verstand er einfach nicht. »Du hättest nur etwas sagen müssen und ich hätte dich mitgenommen«, murmelte er, und das war augenscheinlich so ziemlich das Falscheste, was er hatte sagen können, denn Harrys Gesicht verdüsterte sich nicht nur weiter, er trat auch plötzlich auf ihn zu, packte ihn grob an der Schulter und stieß ihn dann so heftig gegen die Wand, dass Bens Hinterkopf gegen das Kunststoffpaneel knallte und er Sterne sah.

»Verdammt noch mal! Wir sind hier nicht im Kindergarten und das ist kein Spiel, hast du das verstanden? Was ist in dich gefahren, so etwas Bescheuertes zu tun?«

Ben verstand immer weniger, was er denn eigentlich so Schlimmes *getan* hatte. »Aber … aber was …«

»Du wolltest mir beweisen, dass du cleverer bist als ich, wie? Was wäre gewesen, wenn du das Ding zu Schrott gefahren hättest? Die Mühle ist vielleicht unsere einzige Chance, all die Leute hier auf die *Princess* zu bringen! *Hast du schon einmal daran gedacht, du Idiot?«*

Nein, das hatte er nicht.

Ben starrte Harry nur betroffen an und musste sich eingestehen, dass er Recht hatte. Was er getan hatte, war kindisch gewesen und gefährlich.

»Es … es tut mir wirklich leid. Ich … ich habe mir nichts dabei –«

»Gedacht?!«, fiel ihm Harry ins Wort. »Ja, siehst du – und genau das habe *ich* mir gedacht!«

»Was zum Teufel ist hier los?«, erklang eine scharfe Stimme irgendwo links von ihnen. Harry fuhr auf dem Absatz herum, keinen Deut weniger wütend als bisher. Seine Augen blitzten kampflustig auf der Suche nach einem weiteren Opfer. Ben identifizierte die Stimme mit einiger Verspätung als die seines Vaters (die Verspätung rührte daher, dass er schon lange keine solche Kampfbereitschaft mehr darin gehört hatte) und spannte sich ganz instinktiv an, um sich zwischen ihn und den Söldner zu stellen, begriff dann aber im buchstäblich allerletzten Moment, was er da tun wollte. Dass er kein kleines Kind mehr war, das am Rockzipfel seines Vaters hing, war eine Sache, aber nun war es an der Zeit, dass er umgekehrt anfing, auf die Gefühle seines Vaters Rücksicht zu nehmen.

»Was geht hier vor?«, fuhr sein Vater fort, während er mit weit ausgreifenden Schritten näher kam und den Söldner nicht minder kampflustig anstarrte wie er umgekehrt ihn. »Was hat das zu bedeuten?«

»Oh, nichts«, antwortete Harry aufgebracht. »Nur dass Ihr Sohn sich wie ein –«

»– kompletter Idiot benommen hat«, führte Ben den Satz hastig zu Ende. Er hob besänftigend die Hände. »Harry war vollkommen im Recht. Ich habe Mist gebaut.«

Sein Vater wirkte nun endgültig verwirrt, aber auch beinahe noch misstrauischer, und Ben was fast sicher, dass er die Sache nicht auf sich beruhen hätte lassen, wären in diesem Moment nicht Ramanov und van Staaten aufgetaucht. Ben registrierte erst jetzt, dass alle drei nicht nur vor Anspannung zitterten, sondern offensichtlich auch vor Kälte, denn ihr Atem wehte als grauer Dampf um ihre Gesichter, und ihre Schritte wurden von knisternden Geräuschen begleitet. In den wenigen Augenblicken, die sie draußen gewesen waren, hatte die hereinströmende Kälte diesen Teil der Station bereits erobert. Auf dem Boden und den Wänden hatte sich eine dünne Schicht aus Raureif und Eis gebildet, und die unübersehbare Erregung seines Vaters war nicht der einzige Grund dafür gewesen, dass er schrie: Selbst hier drinnen übertönte das Heulen des Sturmes nahezu jeden anderen Laut.

»Was hat das zu bedeuten?«, wollte nun auch Ramanov wissen. Er gestikulierte unwillig in Richtung der roh aufgebrochenen Schleusentür. »Einmal ganz davon abgesehen, dass Sie anscheinend vorhaben, uns alle erfrieren zu lassen, bevor uns das Auge des Orkans erreicht … was war da draußen los?«

»Wir haben uns das Schneemobil angesehen und –«

»Sie haben verdammt noch mal sehr viel mehr getan, als es sich *anzusehen*!«, unterbrach ihn Ramanov wütend. »Versuchen Sie nicht, mich für dumm zu verkaufen, Mann! Was genau hatten Sie mit Ihren neuen … *Freunden* zu besprechen?«

Harry antwortete nicht sofort, aber der noch immer brodelnde Zorn wich schlagartig aus seinen Zügen und machte etwas anderem, sehr viel Unangenehmerem Platz, während er den Russen aus eng zusammengekniffenen Augen anstarrte. »Sie haben alles beobachtet.«

Ramanov nickte so heftig, dass er sich beinahe auf die Zunge gebissen hätte. »Stellen Sie sich vor, sogar *ich* bin dazu in der Lage, einen Bildschirm einzuschalten! Also? Wieso haben diese … diese Monster Ihnen geholfen?«

»Eine interessante Frage.« Harry lächelte kalt und bewegte sich leicht auf der Stelle, sodass die Maschinenpistole von seiner Schulter rutschte; er konnte sie gerade noch auffangen. Irgendwie hatte Ben das Gefühl, dass das alles andere als Zufall war.

»Wenn Sie damit irgendetwas andeuten wollen, Professor, dann verschwenden Sie nicht meine und Ihre Zeit, sondern sagen Sie es geradeheraus.«

»Was sollte ich denn *andeuten* wollen?«

»Ich habe nicht die geringste Ahnung.« Harry fügte nicht hinzu, dass das eine glatte Lüge war, aber irgendwie hörte man es trotzdem. »Und ich habe auch nicht die leiseste Ahnung, was da draußen gerade passiert ist. Vielleicht kann es da ja jemand gar nicht mehr erwarten, uns loszuwerden. Interessiert es Sie, was mit dem Schneemobil ist?«

Ramanov starrte ihn einfach nur weiter an, aber van Staaten sagte hastig »Ja« und wedelte zugleich übertrieben mit beiden Händen, um Harrys Aufmerksamkeit von Ramanov weg und auf sich zu ziehen. Ein nahezu rührender Versuch, der natürlich nicht funktionierte.

»Es fährt noch. Alle Scheiben sind zerstört, und ich weiß nicht, wie lange es durchhält, aber im Augenblick können wir es benutzen.«

»Sie wollen behaupten, diese Monster hätten Ihnen *einfach so* geholfen?« Ramanov klang kein bisschen beruhigt.

»Sie haben es doch gesehen, oder? Denken Sie doch, was Sie wollen. Ich habe zu tun.« Und damit fuhr der Söldner auf dem Absatz herum und stürmte davon.

Ramanov starrte ihm finster nach. »Ich glaube ihm kein Wort!«

»Was wollen Sie damit sagen?« Van Staaten klang empört, aber auch erschrocken.

Ramanov schnaubte. »Das fragen Sie im Ernst?«

»Eigentlich ist mir nicht nach Scherzen zu Mute.«

»Und nach *Denken* anscheinend auch nicht.« Ramanov fuchtelte aufgebracht mit der Hand in die Richtung, in der Harry verschwunden war. Zu Bens Beunruhigung streifte er allerdings *ihn* mit einem unübersehbar misstrauischen, beinahe schon feindseligen Blick, bevor er sich wieder zu der Ärztin herumdrehte. »Sie haben es doch gesehen, genau wie ich! Glauben Sie wirklich, das war ein Zufall?«

»Was denn sonst?«

»Das weiß ich nicht. Ich weiß nur, dass irgendetwas nicht stimmt. Irgendetwas ist dort unten vorgefallen, wovon wir keine Ahnung haben. Zuerst gibt sie so mir nichts, dir nichts auf –«

»Nachdem man ihnen mit einer Atombombe gedroht hat«, wandte Bens Vater ein.

Ramanov ignorierte ihn vollkommen. »– und dann helfen uns ihre Kreaturen auch noch, von hier wegzukommen? Ich mag ja nur ein naiver alter Mann sein, aber ich bin nicht ganz dämlich.« Plötzlich und so unerwartet, dass Ben zusammenfuhr und einen halben Schritt vor ihm zurückwich, wirbelte er zu ihm herum. »Was ist dort unten passiert?«

»Genau das, was Harry Ihnen erzählt hat.« Seine Stimme klang nicht annähernd so selbstsicher und kühl, wie er es gerne gehabt hätte. Dennoch machte er eine Kopfbewegung zu seinem Vater hin. »Wie er gerade gesagt hat: Anscheinend haben sie keine Lust, in Atome zerblasen zu werden.«

»Blödsinn! Ich habe diesem Kerl vom ersten Moment an nicht getraut.«

»Nachdem er Ihnen das erste Mal das Leben gerettet hat oder das zweite oder dritte oder vierte Mal?«, fragte Robert Berger.

Ramanov ignorierte ihn weiter. Wenigstens einen Moment lang, dann aber drehte er sich betont langsam doch zu ihm herum, maß ihn mit einem mitleidigen Blick von Kopf bis Fuß und sagte: »Ich will Ihnen nicht zu nahe treten, geschätzter Kollege. Und ich kann auch verstehen, wenn Sie gerade nicht in Bestform sind, nach allem, was Sie durchmachen mussten und was Ihrer Familie widerfahren ist. Aber ist Ihnen nie der Gedanke gekommen, dass er genauso in der Gewalt dieser … *Kreaturen* gewesen ist wie Ihre Frau? Und ich muss Sie nicht daran erinnern, was mit ihr passiert ist, oder?«

Sein Vater wurde blass, und auch ihn selbst ließ die Anschuldigung Ramanovs nicht unbeeindruckt. Ob er es wollte oder nicht – er konnte nicht umhin sich zu fragen, ob Ramanov vielleicht Recht hatte und alles, was seit Harrys Rückkehr passiert war, nur Teil eines perfiden Plans der *Alten* war. Er wollte das nicht glauben, aber der Gedanke war einmal da und ließ sich nicht mehr so leicht vertreiben.

»Aber so ist es nicht«, sagte Schulz. Es waren die ersten Worte, die er seit ihrer Rückkehr gesprochen hatte, und seine Stimme war so brüchig und schwach, dass offensichtlich nicht nur Ben Mühe hatte, sie zu verstehen.

»Wie?«, fragte Ramanov und maß den ehemaligen Kapitän der *Princess* mit einem Blick, als suche er nur nach einem Vorwand, sich auf ihn zu stürzen.

»So ist es nicht. Ich wüsste es, wenn sie ihn ebenfalls in ihrer Gewalt hätten.«

»Ach?«, machte Ramanov lauernd. »Woher?«

»Weil *ich* zu ihnen gehört habe. Ich würde es spüren.«

»Ja, vermutlich.« Diesmal ließ Ramanov ganz bewusst ein paar Sekunden verstreichen, ehe er fortfuhr: »Die Frage ist nur, ob du es uns sagen würdest, nicht wahr?«

»Das reicht jetzt!«, mischte sich van Staaten ein. »Sie haben völlig Recht, Professor – wir müssen vorsichtig sein. Aber keinem von uns ist geholfen, wenn wir jetzt aufeinander losgehen und uns gegenseitig mit unsinnigen Verdächtigungen überhäufen.«

»Unsinnige Verdächtigungen? Doktor van Staaten, Sie wissen ja nicht, wozu dieser Mann im Stande ist. Er hatte schon vorher kein Gewissen, was also sagt mir, dass er es jetzt hat oder dass er überhaupt noch ein Mensch ist – wenn er jemals einer war?«

Das bezog sich zweifellos auf einen Vorfall aus Ramanovs und Schulz' gemeinsamer Vergangenheit, der ihnen allen unbekannt war. Van Staaten schien er nicht zu interessieren. »Nennen wir es Menschenkenntnis. Ich wüsste es, wenn er uns verraten hätte.«

»So wie Sie es bei Frau Doktor Berger wussten?«, erkundigte sich Ramanov höhnisch.

Bens Vater fuhr so heftig zusammen, als hätte man ihm ins Gesicht geschlagen, und auch van Staaten rang sichtbar nach Fassung. Sie sagte nichts dazu, aber das war auch nicht nötig. Die Antwort stand überdeutlich in ihr Gesicht geschrieben. Sie *hatte* es gewusst. Aber natürlich hatte sie es nicht aussprechen können, nicht nach dem, was zwischen ihr und seinem Vater gewesen war. Ein flüchtiges, aber schmerzhaft intensives Gefühl von Trauer überkam Ben. Warum mussten Menschen so kompliziert sein? Warum konnten sie nicht einfach miteinander reden, statt im falschen Augenblick zu schweigen und damit so viel Schlimmes anzurichten?

»Bitte, Iljitsch«, sagte Schulz. »Doktor van Staaten hat vollkommen Recht. Es hilft uns nichts, wenn wir uns gegenseitig misstrauen. Und auch was zwischen uns gewesen ist, gehört nicht hierher.«

»Wenn du es sagst. Aber das ändert nichts daran, dass ich ihm nicht traue.«

»Ich fürchte nur, wir haben gar keine andere Wahl«, sagte Ben, und Ramanov sagte: »Und dir auch nicht.«

»Vielleicht hat er ja Recht«, sagte van Staaten.

»Wer?«

»Harry. Mit dem, was er über die Eiskönigin gesagt hat«, erläuterte van Staaten, immer noch nervös und zugleich ein wenig schuldbewusst. »Überlegen Sie selbst, Professor: Bisher waren wir der Meinung, dass der Sturm noch Tage anhalten würde, wenn nicht Wochen. *Sie selbst* hat es gesagt, erst vor ein paar Stunden. Und jetzt haben sie offensichtlich große Anstrengungen unternommen, um uns eine Möglichkeit zu verschaffen, von hier wegzukommen. Vielleicht hat er Recht und ihnen ist tatsächlich daran gelegen, dass wir so schnell wie möglich verschwinden.«

»Ja, das klingt überzeugend«, sagte Ramanov höhnisch. »Und ich bin sicher, Ihnen fällt auch ein plausibler Grund ein, warum?«

»Eigentlich gleich mehrere. Fünfzehn, um genau zu sein.«

»Fünfzehn?«

»Fünfzehn Kilotonnen. Die Bombe. Der Gedanke gefällt mir so wenig wie Ihnen vermutlich auch, Professor, aber ich glaube, Harry hat seine Drohung ernst gemeint.« Sie warf Ben einen fragenden Blick zu, auf den dieser mit einem stummen Nicken reagierte. »Solange wir hier sind und Harry den Finger auf dem Zünder hat, wagen sie es wahrscheinlich nicht, sie zu entschärfen. Wenn wir weg sind, womöglich doch. Das ist nur *eine* Vermutung. Es kann auch einen ganz anderen Grund geben. Aber es ist eine Möglichkeit, oder?«

»Ja«, bestätigte Ramanov, allerdings nur, um mit einem entsprechenden Seitenblick auf Ben und seinen Schwiegersohn hinzuzufügen: »Da fallen mir allerdings auch noch eine ganze Menge anderer ein.«

»Doktor van Staaten hat Recht, Iljitsch«, sagte Schulz noch einmal, leiser und jetzt in beinahe resignierendem Tonfall. »Wir haben gar keine andere Wahl, als ihnen zu vertrauen. Ich gehe jetzt zu Sasha und … und mache sie für den Aufbruch fertig.«

»Du wirst die Finger von meiner Enkeltochter lassen!«, zischte Ramanov. Schulz lächelte nur traurig und wandte sich dann um, um mit hängenden Schultern und mühsamen kleinen Schritten davonzuschlurfen.

Sie alle sahen ihm nach, jeder mit einem ganz eigenen Gefühl. Ben machte da keine Ausnahme. Er wollte glauben, was Schulz über Harry gesagt hatte, doch etwas machte es ihm schlicht unmöglich: die Frage, wozu Harry Schulz mit nach draußen genommen hatte. Einmal ganz davon abgesehen, dass er ihm in seinem Zustand bei rein gar nichts hätte behilflich sein können, hatte dieser kleine Ausflug ein lebensgefährliches Risiko für diesen verletzten und zu Tode erschöpften Mann dargestellt.

Aber er hütete sich, diese Frage laut auszusprechen; vielleicht weil er tief in sich spürte, dass ihre Antwort bedeutsamer war, als er jetzt ahnte.

Außerdem lag schon mehr als genug Misstrauen und böses Blut in der Luft.

Er wartete, bis Schulz hinter der nächsten Biegung des Ganges verschwunden war – der knisternde, milchig weiße Panzer, mit dem sich der Boden und die Wände allmählich bedeckten, war mittlerweile fast bis dorthin gewachsen, und er spürte abermals, wie kalt es hier drinnen war und wie grausam schnell die Temperaturen weiterfielen –, dann drehte er sich wieder zu Ramanov herum und wartete darauf, dass auch er ging.

Der Russe dachte gar nicht daran. Seines Lieblingsopfers beraubt suchte er nun ganz offensichtlich nach jemand anderem, den er zum Ziel seiner Angriffe machen konnte, und ebenso offensichtlich glaubte er in Ben den idealen Kandidaten gefunden zu haben.

»Und ich nehme an, dir ist auch nichts Außergewöhnliches aufgefallen?«, fragte er höhnisch.

»Nicht mehr, als Sie gesehen haben. Ich glaube, Harry hat Recht. Aus irgendeinem Grund wollen sie, dass wir so schnell wie möglich hier verschwinden.«

»Ja, sicher«, schnaubte Ramanov.

»Und das werden wir wahrscheinlich nicht, wenn wir weiter hier herumstehen und uns streiten.«

Es sah ganz so aus, als hätte er den Bogen damit endgültig überspannt. Ramanovs Gesicht verlor auch noch das allerletzte bisschen Farbe, und er hob tatsächlich die Hand, wie um ihn zu schlagen, führte die Bewegung aber dann nicht zu Ende, sondern beließ es bei einem verächtlichen Verziehen der Lippen. »Macht doch, was ihr wollt! Aber sagt hinterher nicht, ich hätte euch nicht gewarnt!«

Wütend stampfte er davon. Nicht nur Ben, sondern auch sein Vater und van Staaten waren klug genug, nichts zu sagen, bis er sicher außer Hörweite war, dann aber schüttelte sein Vater den Kopf und seufzte tief. »Was ist los mit ihm?«

»Dasselbe wie mit uns allen«, antwortete van Staaten. »Ich schätze, er ist mit den Nerven am Ende.«

»Das meine ich nicht. Großer Gott, hätte er eine Waffe gehabt, hätte er Schulz erschossen! Was ist zwischen den beiden?«

Diesmal dauerte es einen Moment, bis van Staaten antwortete, und als sie es tat, war in ihrer Stimme ein Ton, der Ben daran zweifeln ließ, dass ihre Worte die ganze Wahrheit waren. »Keine Ahnung. Es muss wohl irgendwie um seine Tochter gegangen sein, damals. Alexandras Mutter. Er hat nur ein einziges Mal eine entsprechende Andeutung gemacht, als er zu viel getrunken hatte, aber mehr weiß ich auch nicht.«

Van Staaten schien selbst zu spüren, wie wenig glaubhaft ihre Worte klangen, denn sie schien Mühe zu haben, dem Blick seines Vaters standzuhalten. Ben hätte sich in diesem Augenblick nicht mehr gewundert, wenn sie begonnen hätte mit den Füßen zu scharren.

»Also gut«, meinte Bens Vater schließlich. Das Ganze schien ihm ebenso unangenehm zu sein wie ihr. Er räusperte sich künstlich. »Darüber können wir uns später noch unterhalten. Jetzt ...« Sein Blick suchte den Bens. »Was hast du gerade gemeint, als du gesagt hast, du hättest Mist gebaut?«

»Nichts. Eine dumme Bemerkung. Ich fand sie witzig, aber Harry anscheinend nicht. Er ist wohl ein bisschen nervös.«

»Wie wir alle«, fügte van Staaten hinzu. Dann sah sie demonstrativ auf ihre Armbanduhr und fröstelte. »Ich habe noch eine Menge Kram zusammenzupacken, und jemand sollte dafür sorgen, dass auch alle fertig sind, wenn wir aufbrechen. Nicht dass am Ende irgendjemand vergisst, seine warmen Socken anzuziehen. Ihr wisst ja, wie diese Wissenschaftler sind.« Der Blick, mit dem sie seinen Vater maß, machte klar, wen sie mit diesem *Jemand* meinte, aber er reagierte nicht darauf, und so fuhr sie in verändertem Ton fort: »Also, ich gehe zusammenpacken, bevor ich hier noch festfriere. Was ist mit euch? Soll ich vorbeikommen und euch loshacken, wenn das Taxi da ist?«

Niemand lachte, und auch van Staatens nervöses Grinsen entgleiste nach einer Sekunde zu einer Grimasse, die ihre Unsicherheit nur noch unterstrich. Zwei oder drei Atemzüge lang suchte sie sichtbar nach irgendwelchen Worten, die dem Moment etwas von seiner Peinlichkeit nehmen könnten, aber die gab es anscheinend nicht, und schließlich zog sie übertrieben die Schultern hoch und begann sich gleichzeitig mit den Handflächen die Oberarme zu massieren. Als sie ausatmete, tat sie es ganz bewusst so, dass ihr Atem wie grauer Rauch vor ihrem Gesicht wehte. Sie schien noch etwas sagen zu wollen – man sah ihr überdeutlich an, dass ihr etwas auf der Zunge lag –, ließ es dann aber und ging. Ben war fast ein bisschen enttäuscht, als sein Vater keine Anstalten machte, ihr zu folgen.

Er blieb ganz im Gegenteil stehen und sah Ben so auffordernd an, dass er sich wünschte, mit Ramanov gegangen zu sein, um sich noch ein bisschen mit ihm zu streiten. Angestrengt zerbrach er sich den Kopf, wie er sich halbwegs elegant aus der Affäre ziehen könne, aber sein Vater ließ ihm keine Chance.

»Also, jetzt sind wir allein. Was war da draußen los?«

»Ich dachte, ihr hättet es gesehen.«

Der Anteil von Ärger im Blick seines Vaters wurde deutlich größer. »He, ich bin dein Vater, nicht Ramanov. Also?«

»Ihr habt es beobachtet.« Er wich dem Blick seines Vaters aus. »Es war … unheimlich. Sie hätten uns alle erwischen können, wenn sie gewollt hätten.«

»Das meine ich nicht.« Ben spürte, dass die Geduld seines Vaters erschöpft war. Er stellte jedoch keine weitere Frage, die Ben sowieso nicht beantworten hätte wollen oder können, drehte sich auf dem Absatz herum und ging davon, so schnell er es gerade noch konnte, ohne wirklich zu rennen.

30

HINTERHER KAM ES IHM VOR, als wäre die Zeit wie im Flug vergangen, in Wahrheit aber gehörten die nächsten knapp vier Stunden zu den längsten seines bisherigen Lebens.

Ben war Schulz nachgegangen, wie er sich selbst einzureden versuchte, aus der – wenn auch schwachen – Hoffnung heraus, noch einmal mit ihm reden und vielleicht doch in Erfahrung bringen zu können, was Harry von ihm gewollt hatte, in Wirklichkeit aber wohl eher, um nach Sasha zu sehen. Mittlerweile machte ihm sein schlechtes Gewissen zu schaffen, sich so lange nicht um sie gekümmert zu haben.

Schulz war jedoch nicht in dem Zimmer, das er sich mit seiner Tochter teilte, und Sasha lag, auf die Seite gedreht und mit angezogenen Knien wie ein kleines Kind, auf dem Bett und schlief. Im allerersten Moment war Ben erleichtert, sie so zu sehen (und noch erleichterter, ihr nicht in die Augen blicken zu müssen, denn er war ziemlich sicher, dass sie ihm sein schlechtes Gewissen angesehen hätte), aber es dauerte nur eine Sekunde, bis ihm dasselbe schlechte Gewissen klar machte, dass *Schlaf* für sie nicht unbedingt dasselbe bedeuten musste wie für die meisten anderen; und schon gar keinen Frieden.

Er ging um das Bett herum, setzte sich vorsichtig auf die Kante und griff noch vorsichtiger nach ihrer Hand. Sie wachte durch die Berührung nicht auf, und Ben erschauerte, als er spürte, wie kalt ihre Haut war. Sie fühlte sich kaum noch wie die Haut eines lebenden Menschen an, sondern glatt und leblos wie Plastik oder Eis.

Kurz entschlossen versuchte er sie zu wecken, indem er sie mit der anderen Hand an der Schulter ergriff und ein paarmal kräftig schüttelte. Sashas Kopf rollte hin und her wie der einer Toten, und ihn durchfuhr ein so eisiger Schreck, dass er beinahe laut aufgeschrien hätte. Dann aber tastete er nach ihrem Hals und spürte ihren rasend hämmernden Puls unter den Fingerspitzen. Sie war am Leben, aber sie schlief nicht, sondern befand sich in einem anderen, viel schlimmeren Zustand.

Ben griff nun mit beiden Händen zu und versuchte sie wachzurütteln, aber es gelang ihm nicht. Er sah, wie sich ihre Augen hinter den geschlossenen Lidern hektisch hin und her bewegten, und was er zunächst für ein Zittern ihrer Hände gehalten hatte, das waren in Wahrheit winzige, erschrockene Bewegungen, als wolle sie im Schlaf nach irgendetwas greifen, um sich daran festzuhalten. Etwas geschah mit ihr. Etwas Schreckliches. Und er konnte rein gar nichts tun, um ihr zu helfen oder sie wenigstens wissen zu lassen, dass er da war.

Alles, was in seiner Macht stand, war, sie behutsam in die Arme zu nehmen und an sich zu drücken. Vielleicht spürte sie ja irgendwie, dass er da war.

Es war ein schwacher Trost und vor allem einer, den er wohl eher sich selbst spendete, und es wurde nicht besser, sondern schlimmer. Ihr Herz hörte nicht auf, wie wahnsinnig zu klopfen, wie die hilflose Faust eines Kindes, das vergebens gegen die Mauern seines Gefängnisses schlägt und versucht sie zu zerbrechen, und ein paarmal bewegte sie sich im Schlaf so heftig, dass er sie mit aller Gewalt festhalten musste.

Hätte es doch nur irgendetwas gegeben, was er für sie tun könnte! Er hätte es getan, selbst wenn es ihn sein Leben gekostet hätte.

Irgendwann, endlich, beruhigte sie sich, nicht vollständig und nicht für immer, das spürte er, aber sie hörte zumindest auf, sich in seinen Armen hin und her zu werfen, und ihr Herz schlug jetzt zwar noch immer heftig, aber nicht mehr so schnell, dass er Angst hatte, es könne stehen bleiben. Manchmal gab sie jetzt im Schlaf seufzende Laute von sich, als versuche sie zu sprechen, und zwei- oder dreimal schien es, als wolle sie die Augen öffnen, aber er wurde stets enttäuscht.

Irgendwann ging die Tür auf und ihr Vater kam herein. Er stockte mitten im Schritt, die bandagierte rechte Hand noch auf der Klinke und sah Ben mit einer Mischung aus Überraschung und gutmütigem Tadel an, dann fiel sein Blick auf Sashas Gesicht, und dieser Ausdruck wich einem tiefen Erschrecken. »Was ist mit ihr?«

»Ich weiß es nicht.« Schulz eilte um das Bett herum und streckte die Arme aus, und Ben tauschte klaglos den Platz mit ihm, obwohl sich alles in ihm dagegen sträubte, Sasha auch nur für eine Sekunde loszulassen. »Sie … sie war schon so, als ich hereingekommen bin. Ich weiß nicht, was sie hat. Es ist immer schlimmer geworden, aber jetzt … hat sie sich ein wenig beruhigt.«

»Schon gut.« Schulz sah ihn nicht an, sondern hatte Sashas Kopf gegen seine Schulter gelehnt und streichelte ihre totenbleiche Wange beinahe zärtlich mit seiner dick verbundenen linken Hand. Mit der anderen machte er eine besänftigende Geste, die Ben aber gleichzeitig auch irgendwie zu bedeuten schien, sich auf Abstand zu halten. »Ich weiß, dass es nicht deine Schuld ist. Ich danke dir, dass du auf sie aufgepasst hast.«

»Offensichtlich nicht gut genug.« Schulz sah nun doch zu ihm hoch und ein fragendes Stirnrunzeln erschien auf seinem verheerten Gesicht.

Ben hatte sich fest vorgenommen, es nicht zu tun – aber nun erzählte er Schulz doch in knappen, sachlichen Worten, was vorhin unten im Labor geschehen war. Sashas Vater hörte schweigend und mit immer besorgter werdendem Gesicht zu, und obwohl Ben sich ganz bewusst darauf beschränkte, die Fakten zu schildern, konnte ihm nicht entgangen sein, mit welchem Entsetzen ihn das Erlebnis erfüllte; selbst jetzt, als er nur darüber sprach.

»Du hättest nichts tun können.« Ben spürte zwar die gute Absicht hinter diesen Worten, aber sie machten ihn trotzdem beinahe wütend.

»Doch! Ich hätte besser auf sie aufpassen müssen.«

»Du warst nicht einmal hier, als sie gekommen sind«, sagte Schulz sanft.

»Dann hätte ich eben hier sein müssen!« Plötzlich ertrug er es nicht mehr, Sasha anzusehen. Ihr Gesicht war so entspannt und leer wie immer, aber er spürte den grausamen Kampf, der hinter dieser Maske tobte. Hastig wandte er sich ab. »Ich habe ihr versprochen, auf sie aufzupassen, und ich habe dieses Versprechen gebrochen!«

»Genau wie ich. Wolltest du das sagen?«

»Nein!«, antwortete Ben beinahe erschrocken. »Ich –«

»Du«, unterbrach ihn Schulz, immer noch sanft, trotzdem aber in hörbar nachdrücklicherem Tonfall, »hättest gar nichts tun können. Genauso wenig wie ich. Ich war hier, und ich konnte sie nicht aufhalten.« Schulz ließ Sashas Oberkörper behutsam wieder auf das Kissen sinken, stand auf und blickte sie liebevoll an.

»Was ist mit ihr? Kann man denn … gar nichts tun? Ich könnte Doktor van Staaten –«

»Sie könnte ihr nicht helfen«, unterbrach ihn Schulz. »Er ist beinahe hier.«

»Er?«

»Nyarlathotep. Ich glaube, sie spürt sein Nahen. Ich fühle es jedenfalls.«

»Aber Sie –«

»Ich war nur kurze Zeit in seiner Gewalt. Vielleicht wird es wieder besser, wenn ihr fort seid.«

Ihr?, dachte Ben. »Wieso *ihr*?«

»Harry möchte, dass Sasha und du mit dem ersten Wagen fahrt. Du solltest jetzt zu ihm oder besser Doktor van Staaten gehen, um alles mit ihr zu besprechen. Sie und ein paar von Ramanovs Männern werden dir helfen, Sasha zur Schleuse zu bringen.« Er machte eine Geste, die vermutlich einfach nur auffordernd gemeint war, durch seine schmutzig weißen Fäustlinge aber beinahe etwas Bedrohliches bekam. »Geh ruhig. Ich bleibe so lange hier.«

»Und … Sie?«, fragte Ben misstrauisch.

»Ich komme später nach«, antwortete Schulz, jetzt hörbar ungeduldig. Er kam Bens Frage mit einem heftigen Kopfschütteln zuvor. »Dieser Söldner hat das zweite Schneemobil repariert. Anscheinend ist er so eine Art technisches Genie. Wir müssen ein paarmal fahren, aber die Zeit reicht für alle, um die *Princess* zu erreichen. Geh ruhig. Dein Vater wollte sowieso noch mit dir reden. Ich glaube, er sucht dich bereits. Und es ist nicht mehr allzu viel Zeit. In einer halben Stunde wird es hell.«

Er deutete umständlich auf seine Uhr, und Ben riss überrascht die Augen auf, als er feststellte, dass Schulz Recht hatte. Er hatte beinahe dreieinhalb Stunden an Sashas Bett gesessen, ohne zu bemerken, wie viel Zeit vergangen war. Er zögerte zwar noch kurz, ging dann aber gehorsam zur Tür und streckte die Hand nach der Klinke aus – und hielt noch einmal inne, um sich zu Schulz herumzudrehen.

»Beantworten Sie mir eine Frage? Ganz ehrlich?« Schulz nickte. »Vorhin, draußen. Warum wollte Harry, dass Sie ihn begleiten?«

»Er wollte mir eine Frage stellen.« Wirkte er ein wenig … erschrocken?

»Und deshalb nimmt er Sie mit hinaus in den Sturm? Aber das –« Er sprach nicht weiter, als er plötzlich sicher war, sich den Schrecken auf Schulz' Gesicht nicht nur eingebildet zu haben. Mit einem Mal musste er wieder an seine Begegnung in der Schleusenkammer denken; die Spinnen, die gekommen waren, um in der Kälte zu sterben. Vermutlich gab es in dieser ganzen Station keinen Ort mehr, an dem nicht alles, was man sagte oder tat, belauert und belauscht wurde. »Welche Frage?«

»Das weiß ich nicht. Du hast gesehen, was passiert ist. Er ist nicht mehr dazu gekommen.«

Ben sah ihn betroffen an. Nicht nur weil ihm, kaum dass er die Worte ausgesprochen hatte, klar geworden war, dass Schulz ihm schwerlich antworten konnte, ohne den allgegenwärtigen Ohren und Augen der Eiskönigin zu verraten, was sie unter gar keinen Umständen erfahren durfte. Er spürte auch, dass Schulz die Wahrheit sagte. Die Eiskrieger waren aufgetaucht, gerade als Harry und er richtig draußen gewesen waren, und danach hatte er, Ben, selbst dafür gesorgt, dass Harry keine Gelegenheit mehr bekam, seine Frage zu stellen.

Nun glaubte er den Zorn des Söldners noch ein bisschen besser zu verstehen.

»Geh jetzt«, wiederholte Schulz. »Keine Sorge. Ich bleibe hier, bis ihr kommt, um sie abzuholen.«

Diesmal gehorchte Ben, auch wenn er immer noch kein gutes Gefühl dabei hatte, Sasha allein zu lassen. Andererseits war Schulz vermutlich der Mensch, bei dem sie am besten aufgehoben war. Und er hatte Recht: Wenn sie erst einmal auf der *Princess* und in Sicherheit waren, dann war Zeit genug, über alles zu reden.

Falls es so etwas wie Sicherheit noch gab.

Er machte sich auf die Suche nach seinem Vater, den er entweder bei van Staaten oder in der Zentrale vermutete. Beides lag auf demselben Weg, aber van Staatens Behandlungszimmer war näher, sodass er zuerst dorthin ging.

Die Tür stand halb offen, was ein ziemlich sicheres Indiz dafür war, dass er weder die Ärztin noch seinen Vater antreffen würde. Trotzdem trat er ein, sah sich – ebenso überflüssig wie rasch – um und wollte schon wieder gehen, als er Stimmen hörte.

Etwas daran war ungewöhnlich. Sie flüsterten, klangen aber trotzdem scharf und aufgeregt. Nach einer weiteren Sekunde identifizierte er auch ihren Ursprung: Sie drangen durch die geschlossene Tür von van Staatens Schlafzimmer. Waren das sie und sein Vater, die miteinander stritten?

Zwar mit einem unguten Gefühl und angemessen schlechtem Gewissen, dennoch aber ohne zu zögern ging Ben näher, legte mit angehaltenem Atem das Ohr an die Tür und lauschte. Die Stimmen wurden ein wenig deutlicher, jedoch nicht klarer. Er zweifelte jetzt nicht mehr daran, Zeuge eines heftigen Streites zu sein, konnte aber weder heraushören, worum es ging, noch um wen es sich handelte.

Wenigstens zwei oder drei Sekunden lang nicht. Dann wurde die Tür so plötzlich aufgerissen, dass er das Gleichgewicht verlor und der Länge nach in das dahinterliegende Zimmer gefallen wäre, hätte Harry ihn nicht aufgefangen. Er tat es reichlich grob, und er war noch weniger sanft, als er Ben ganz zu sich hereinzerrte und dann so tat, als würde er ihn wieder auf die Füße stellen, die Gelegenheit aber nutzte, um ihn ziemlich derb gegen die Wand zu stoßen. »Man lauscht nicht an verschlossenen Türen. Hat dir das keiner beigebracht?«

Ben zog es vor, gar nicht darauf zu antworten – zumal ihn das, was er sah, vollkommen überraschte. Es war van Staatens Stimme gewesen, die er gehört hatte, aber die Ärztin und Harry waren nicht allein. Tahia befand sich ebenfalls im Raum, und das zornige Blitzen in ihren Augen sowie ihre hektisch geröteten Wangen ließen keinen Zweifel daran aufkommen, dass er tatsächlich mitten in eine heftige Auseinandersetzung geplatzt war. »Ich … äh … w-w-wollte a-a-auch nicht l-l-lauschen. Ich dachte nur, ich hätte einen Streit gehört, und da –«

»– wolltest du nur mal hören, was los ist. Ich verstehe.«

Immerhin ließ er ihn los, sodass er wenigstens wieder atmen konnte, und trat einen halben Schritt zurück – wodurch er in der Enge des winzigen Zimmers prompt gegen das Bett mit dem verletzten Söldner stieß. Tooth gab einen gedämpften Laut von sich, und als Ben überrascht hinsah, begegnete er seinem Blick. »Er ist … wach?«

Und nicht nur das. Tooths Gesicht war so dick bandagiert, dass er unmöglich auch nur ein einziges Wort hervorbringen konnte, doch der Ausdruck in seinen Augen machte Ben klar, dass er nicht nur aus dem künstlichen Koma erwacht war, in das van Staaten ihn versetzt hatte, um ihm unnötige Schmerzen zu ersparen, sondern auch alles mitbekam, was rings um ihn geschah. Ben fragte sich allerdings, ob die Ärztin ihm damit einen Gefallen getan hatte.

»Ja, wie du siehst.« Harry klang noch immer zornig – aber irgendwie auch … ertappt, fand Ben. Noch einmal und jetzt deutlich misstrauischer sah er zu Tahia und van Staaten hinüber, die beide auf der anderen Seite des Bettes standen und ganz den Eindruck erweckten, sich nur noch mit Mühe beherrschen zu können, um nicht aufeinander loszugehen. Tahias Hände und Gesicht waren ölverschmiert und schmutzig, und van Staatens Kittel sah aus, als hätte sie ihn vor einer Woche das letzte Mal gewechselt; auch wenn die Flecken und schmierigen Streifen von anderen Flüssigkeiten stammten, über die er lieber nicht nachdenken wollte. Auf dem kleinen Schränkchen am Kopfende des Bettes lag eine aufgeklappte Metallschachtel, in der sich eine bereits fertig aufgezogene Spritze befand. Die Schutzhaube aus Kunststoff war noch auf der Nadel, aber der Anblick weckte trotzdem unangenehme Assoziationen in Ben.

»Nur ein harmloses Schmerzmittel«, sagte Harry, dem sein neugieriger

Blick ebenso wenig entgangen war wie der erschrockene Ausdruck, der sich offensichtlich auf seinem Gesicht breit gemacht hatte. »Sonst würde er es nicht aushalten.«

Ben fragte sich, *was* – aber ein einziger Blick in Harrys Gesicht überzeugte ihn davon, dass es besser war, die Frage nicht laut auszusprechen. Er deutete nur ein Nicken an.

»Ich nehme an, du suchst deinen Vater?«, fragte Harry; und das auf eine Art, die Ben begreifen ließ, dass ihn die Antwort auf diese Frage nicht im Geringsten interessierte. Er wollte ihn loswerden.

»Ja. Aber eigentlich eher Sie … dich«, korrigierte er sich hastig, als van Staaten ihm einen strafenden Blick zuwarf. »Kapitän Schulz … Sashas Vater … hat gesagt, dass du mir hilfst, sie zum Wagen zu bringen.« Nur um überhaupt noch etwas zu sagen, wandte er sich nun direkt an Tahia. »Ihr habt ihn flottbekommen?«

»Gerrit, nicht wir«, antwortete Tahia abweisend. Die schwarze Ölschmiere auf ihrer Haut musste wohl einen anderen Ursprung haben. Sie deutete ein Schulterzucken an. »In so was ist er unschlagbar. Gib ihm eine Büroklammer und eine Rolle Klebeband und er bastelt ein Unterseeboot daraus.«

»Sie kommt gleich«, sagte Harry. »Geh schon einmal und such ein paar warme Sachen für sie raus … und für dich auch. Es ist verdammt kalt draußen.«

Ben dachte beinahe verzweifelt über irgendetwas nach, was er sagen könnte, um bleiben zu dürfen, aber es gab nichts. Jedenfalls nichts, was Harry überzeugt hätte. Offensichtlich ging hier etwas vor, von dem er nichts wissen sollte.

Schließlich ging er wieder zur Tür, drehte sich darunter aber noch einmal um und sah zu Tooth hin. Der Söldner hatte den Kopf gedreht und sah ihn nun direkt an, und in seinen Augen erschien ein Lächeln – aber da war auch noch etwas. Etwas, was Ben einen eisigen Schauer über den Rücken jagte.

»Warte draußen auf dem Flur auf mich«, sagte van Staaten. »Ich komme nach, sobald ich hier fertig bin. In zwei Minuten.«

Das war deutlich genug.

Ben verließ eilig den Raum – aber als er die Tür hinter sich ins Schloss ziehen wollte, streckte Harry rasch die Hand aus und hielt sie fest. Ganz offensichtlich wollte er sichergehen, dass er sich auch tatsächlich verkrümelte und nicht etwa auf der anderen Seite der Tür stehen blieb, um weiter zu lauschen.

Es wäre nicht nötig gewesen. Ben durchquerte mit schnellen Schritten das Behandlungszimmer, schloss die Tür hinter sich, und er hatte es noch nicht ganz getan, da hörte er Harrys zornige Stimme durch den dünnen Kunststoff dringen. »Es ist seine eigene Entscheidung, und wir sollten sie respektieren.«

Er hatte es nicht vorgehabt, aber jetzt blieb er mit klopfendem Herzen doch noch einmal stehen und überlegte ernsthaft, auf dem Absatz kehrtzumachen und Harry zur Rede zu stellen. Es gehörte nicht sehr viel Fantasie dazu, sich vorzustellen, worüber er gerade sprach. Und woher der Ausdruck von so mühsam unterdrücktem Zorn und gerechter Empörung auf van Staatens Gesicht gekommen war.

Aber er erinnerte sich auch noch zu gut an den brodelnden Zorn in Harrys Augen. Wenn er jetzt wieder zurückginge, würde der Söldner es vermutlich nicht dabei bewenden lassen, ihn ein bisschen herumzuschubsen …

Schweren Herzens setzte er seinen Weg fort, erreichte nach kaum einer Minute die Zentrale und fand sie vollkommen verlassen vor. Der große Bildschirm und nahezu alle anderen Geräte waren abgeschaltet und unter der Decke brannte nur noch eine einzige, trübe Lampe. Der Raum wirkte kalt und auf eine Weise verlassen, die nichts mit der Abwesenheit seiner ehemaligen Bewohner zu tun hatte. Sonderbare Dinge bewegten sich in den Schatten, und wenn er nur aufmerksam genug lauschte, dann schien sich ein Chor lautlos flüsternder Stimmen in den monotonen Wolfsgesang des Sturmes zu mischen; Stimmen, die uralte Geschichten erzählten, von Dingen redeten, die kein Mensch jemals hören sollte, und …

Ben verscheuchte den Gedanken mit einiger Anstrengung, lächelte nervös und belegte sich selbst mit einer ganzen Anzahl wenig schmeichelhafter Namen. Sie hatten wahrlich genug Probleme, auch ohne dass er seiner Fantasie gestattete, ihn noch ein bisschen mehr fertig zu machen.

Er ging wieder zu Sasha. Erst als er ihr Zimmer schon beinahe erreicht hatte, fiel ihm auf, dass er einen Umweg gewählt hatte, der ihn nicht an van Staatens Behandlungszimmer vorbeiführte.

Es wäre auch unnötig gewesen. Die zwei Minuten, von denen van

Staaten gesprochen hatte, waren offensichtlich ernst gemeint gewesen, denn sie stand bereits da und beugte sich gerade in diesem Moment über die schlafende Sasha, deren rechten Arm sie bereits entblößt hatte, um ihr eine Injektion zu verabreichen.

»Was soll das?«, fragte Ben in schärferem Ton, als er beabsichtigt hatte.

»Das ist nur ein harmloses Stärkungsmittel«, antwortete sie, wobei sie allerdings weder zu ihm zurücksah noch sich davon abbringen ließ, die Nadel in Sashas Vene zu stechen und den Kolben der Injektionsspritze langsam herunterzudrücken. Ben brauchte seine gesamte Selbstbeherrschung, um sich nicht auf sie zu stürzen und sie zurückzureißen.

»Ich verstehe. So wie bei Tooth gerade?«

Das verletzte sie offensichtlich. Sie führte die Injektion zwar sorgsam zu Ende und zog die Nadel dann schon beinahe übervorsichtig wieder aus Sashas Arm, dann aber fuhr sie mit einer wütenden Bewegung herum und funkelte ihn an. Ben bedauerte seine Worte bereits, aber aus irgendeinem Grund gelang es ihm nicht, sich zu entschuldigen.

»Ja, so wie bei ihm!«, fauchte sie. »Wenn du meinen Job hier übernehmen willst, dann sag es einfach. Oder halt den Mund und lass mich meine Arbeit machen.«

»Es ist wirklich nur ein harmloses Vitaminpräparat«, mischte sich Schulz ein. »Ich habe Doktor van Staaten darum gebeten. Du weißt, wie kalt es draußen ist. Und der Weg ist ziemlich weit.«

Eine halbe Sekunde lang hatte Ben nicht übel Lust, nun auf ihn loszugehen, aber dann rief er sich selbst zur Ordnung. Schulz würde niemals zulassen, dass seiner Tochter ein Leid geschah. Irgendetwas passierte mit ihnen, mit ihnen allen. Ben musste wieder an das denken, was van Staaten über diesen Ort gesagt hatte. Und plötzlich vermutete er nicht mehr, sondern *wusste*, dass sie Recht hatte. Sasha war nicht die Einzige, die das Nahen des *Alten* spürte.

»Entschuldigung«, murmelte er.

Van Staaten starrte ihn nur noch finsterer an, doch Schulz versuchte immerhin, so etwas wie ein verständnisvolles Lächeln auf sein Gesicht zu zwingen, woraufhin sich Bens schlechtes Gewissen noch heftiger bemerkbar machte.

»Wenn du dich nützlich machen willst«, sagte van Staaten, »dann hol den Rollstuhl, der draußen steht.«

»Rollstuhl?« Er konnte sich nicht an einen Rollstuhl erinnern.

»Eigentlich hättest du drüberfallen müssen. Es ist nicht mehr das neueste Modell, aber für die paar Meter wird er reichen.«

Ben starrte sie einen weiteren Atemzug lang nur verständnislos an, dann aber machte er auf dem Absatz kehrt. Tatsächlich stand der Rollstuhl genau da, wo van Staaten gesagt hatte, und das mit dem *nicht mehr das neueste Modell* war noch geschmeichelt gewesen: Es war ein riesiges, halb verrostetes Monstrum mit primitiven Speichenrädern und einer Sitzfläche und Rückenlehne aus Holz. Das einzige Mal, bei dem Ben so ein Ding gesehen hatte, war in einem historischen Film gewesen, der irgendwann im neunzehnten Jahrhundert spielte. Er dachte vorsichtshalber erst gar nicht darüber nach, wie sich dieses Unikum hierher an den Südpol verirrt haben mochte. Stattdessen ergriff er ihn an den beiden groben Holzgriffen hinter der Lehne und bugsierte ihn mit einiger Mühe durch die Tür. Sie hätte keinen Zentimeter schmaler sein dürfen.

Van Staaten hatte inzwischen eine Anzahl Decken bereitgelegt und kam gerade mit einem Fellmantel an, der so voluminös und schwer war, dass es sie sichtlich Mühe kostete, ihn zu tragen. Auf eine stumme Geste der Ärztin hin begann Ben, die harte Sitzfläche und Rückenlehne des Rollstuhls mit den Decken zu polstern, während sie selbst und Schulz sich abmühten, Sasha irgendwie in den Mantel zu hüllen. Sie wachte nicht auf, auch nicht als ihr Vater sie schließlich hochhob und die wenigen Schritte um das Bett herumtrug, um sie in den Krankenstuhl zu setzen. Van Staaten breitete eine weitere Decke über ihr aus und überzeugte sich pedantisch davon, dass auch ihre Hände und Füße geschützt waren, bevor sie mit einem zufriedenen Nicken zurücktrat.

»Ich glaube, es wird Zeit.«

Ben wollte die Hände nach den Griffen ausstrecken, aber sie schüttelte beinahe erschrocken den Kopf und bedeutete ihm mit einem kleinen Wink, zurückzutreten. Ben gehorchte und überließ es Schulz, den Rollstuhl herumzudrehen und umständlich durch die Tür nach draußen zu schieben. Unverzüglich wollte er sich ihm anschließen, aber van Staaten hielt ihn am Arm zurück.

»Lass ihn noch einen Moment mit ihr allein«, sagte sie, allerdings erst, als Schulz sich mit dem Rollstuhl ein gutes Stück entfernt hatte, und auch dann beinahe im Flüsterton. Aus Bens ungutem Gefühl wurde Schrecken, dann Betroffenheit. Tief in sich wusste er, was van Staaten mit diesen Worten meinte, aber er weigerte sich, den Gedanken klar zu formulieren.

»Es sind nur noch ein paar Minuten«, fuhr sie lauter und in verändertem Ton fort. Sie sah ihn nicht an. »Du gehst jetzt besser und ziehst dich um. Nimm deine wärmsten Kleider und sonst nichts.«

»Und … Sie? Du?«

»Wir treffen uns in ein paar Minuten an der Schleuse. Ich bleibe noch ein wenig hier.«

»Weil dir der Abschied so schwer fällt?«, fragte Ben. Aber er lächelte nicht dabei und auch van Staaten wich seinem Blick aus.

»Du weißt doch, wie wir Frauen sind. Wir müssen immer noch etwas zusammenpacken und organisieren. Außerdem muss ich noch duschen und mir die Haare machen. Glaubst du, ich checke so auf einem Luxusdampfer wie der *Princess* ein?«

Ben blieb weiter ernst. »Du rechnest nicht damit, dass wir es alle schaffen, habe ich Recht?«

»Blödsinn!«, antwortete van Staaten eindeutig zu schnell und zu heftig. »Es sind gerade mal drei Kilometer. Das würde ich selbst zu Fuß schaffen, wenn der Sturm tatsächlich aufhört.«

»Du weißt, dass mein Vater ohne dich nicht gehen würde«, sagte Ben leise.

»Und das ist noch größerer Blödsinn«, behauptete sie, schnitt ihm aber auch sofort mit einer ärgerlichen Handbewegung das Wort ab, als er erneut widersprechen wollte. »Und jetzt verschwinde endlich.«

Es hätte auch noch eine Menge gegeben, was Ben dazu hätte sagen können, aber er sah sie nur noch einen Atemzug lang traurig an, bevor er sich endgültig herumdrehte, um Sasha und ihrem Vater zu folgen. Was er gerade über seinen Vater gesagt hatte, entsprach den Tatsachen, und er konnte nur hoffen, dass es umgekehrt genauso war.

In seinem Mund war ein bitterer Geschmack. Zum allerersten Mal stellte er sich wirklich dem Gedanken, dass sie es nicht alle überleben würden. Er war trotz allem tief in sich immer davon ausgegangen, dass zumindest die Menschen, an denen ihm etwas lag (und er musste sich zu seiner eigenen Verblüffung eingestehen, dass selbst Ramanov dazugehörte), es schon irgendwie schaffen würden. Aber vielleicht stimmte das nicht.

Seine Mutter hatte es nicht geschafft, Tooth würde es vermutlich nicht schaffen, und irgendetwas sagte ihm, dass er wohl auch Schulz nicht wiedersehen würde.

Aus einem Grund, den er selbst nicht verstand, war er beinahe erleichtert, seinen Vater nicht anzutreffen, als er sein Zimmer betrat, um van Staatens Rat zu folgen und sich warm anzuziehen. Er tat es dann allerdings doch nicht, sondern warf nur einen kurzen Blick in seinen Schrank. Das einzige richtig warme Kleidungsstück, das er sah, war die Polarmontur, die er auf dem Weg von der gestrandeten *Princess* hierher getragen hatte, und mit diesem Kleidungsstück verbanden sich zum einen zu viele unangenehme Erinnerungen, zum anderen hatte es sich als nicht besonders wintertauglich erwiesen; was er allerdings kaum dem Lieferanten ankreiden konnte. Schließlich hatte in der Nobelboutique, in dem seine Eltern das Kleidungsstück erstanden hatten, niemand damit rechnen können, dass er es an einem der kältesten Orte der Welt tragen würde.

Aber Ben wusste ja, wo er etwas Wärmeres zum Anziehen finden konnte.

Er ging zurück in die Messe, die den Söldnern als provisorisches Quartier gedient hatte. Niemand war da, und auch ein Gutteil der Ausrüstung, die er noch bei seinem letzten Besuch hier gesehen hatte, war verschwunden, was ihn nicht sonderlich überraschte. Aber er hatte sich gemerkt, aus welcher Kiste Harry vorhin den weißen Kampfanzug geholt hatte, und wurde auch auf Anhieb fündig. Erneut überkam ihn ein seltsames Gefühl, sozusagen einen Toten zu bestehlen, doch er war zugleich auch sicher, dass sein ehemaliger Besitzer nichts dagegen haben würde, wenn er nun diese Kleider trug und sie ihn womöglich vor dem Erfrieren schützten. So schnell es ohne Hilfe ging (was nicht besonders schnell war), schlüpfte er in den gefütterten weißen Anzug, fand sogar ein Paar passende Stiefel und dünne, aber mit einem weichen, wärmenden Fell gefütterte Handschuhe. Er zog sie noch nicht an, sondern schob sie nur unter den breiten weißen Ledergürtel, der zu der Montur gehörte, und überlegte einen Moment lang, sich auch noch eine der Waffen zu nehmen, von denen es genug gab. Aber am Ende entschied er sich dagegen. Harry würde nicht begeistert sein, und seinen Vater und van Staaten würde vermutlich der Schlag treffen.

Nach einem letzten, fast wehmütigen Blick in die Runde verließ er den Raum. Er hätte froh sein sollen zu gehen, denn auch mit diesem

Zimmer waren für ihn fast ausnahmslos unangenehme oder traurig machende Erinnerungen verbunden, aber das genaue Gegenteil war der Fall. Der unbehagliche und kalte Raum kam ihm plötzlich vor, als wäre er das letzte Fleckchen auf der Erde, an dem es zumindest noch die Illusion von Sicherheit gab.

Nicht einmal fünf Minuten, nachdem Schulz und Sasha aufgebrochen waren, erreichte auch er die Schleuse. Stimmen, Gemurmel und hektischer Lärm, Schritte und Poltern kündeten schon von weitem davon, dass Sasha und ihr Vater nicht die Einzigen waren, die auf ihn warteten, aber es wurde auch mit jedem Schritt empfindlich kälter. Sein Atem begleitete ihn schon lange als grauer Dampf, und unter seinen Stiefelsohlen knisterte Eis, noch bevor er die letzten Gangbiegung erreicht hatte. Wände und Decke hatten sich längst mit einem geborstenen weißen Panzer überzogen, und selbst das Licht der Deckenlampen wirkte gedämpfter, denn auch sie begannen unter einer langsam, aber unaufhaltsam wachsenden milchig weißen Schicht zu verschwinden. Die Station starb bereits.

Der Bereich unmittelbar vor der wuchtigen Schleusentür war jedoch in schon fast unangenehme Helligkeit getaucht. Jemand hatte mehrere große Scheinwerfer aufgestellt, deren Licht zusätzlich von dem schimmernden Eispanzer auf Decke, Boden und Wänden reflektiert wurde, sodass er blinzelte und instinktiv die Hand vor das Gesicht hob, als er um die letzte Ecke kam. Er entdeckte Schulz und Sasha sofort – sie befanden sich auf der anderen Seite der Schleuse. Schulz hatte den Rollstuhl mit seiner dick eingepackten Tochter hinter eine halb offen stehende Tür geschoben, wohl um sie notdürftig vor dem schneidenden Wind zu schützen, der durch die Schleusentür hereinheulte. Außer ihnen hielten sich noch nahezu ein Dutzend weiterer Menschen hier auf, zumeist Besatzungsmitglieder, deren Gesichter er zwar kannte, nicht aber ihre Namen, und die ausnahmslos in dicke Jacken, Stiefel und Handschuhe gehüllt waren. Auch Harry und Tahia waren da. Die Schleuse stand mittlerweile komplett offen. Jemand hatte die notdürftig eingeschweißten Eisenplatten und Träger vollends entfernt, was die furchtbare Kälte erklärte, die diesen Teil der Station ausfüllte. Tahia trat unentwegt von einem Fuß auf den anderen und wirkte irgendwie beleidigt, während Harry ihm nur ausdruckslos, aber auch alles andere als freundlich entgegensah. Ben ging mit kühler Miene an ihm vorüber und zu Schulz und Sasha hin.

Sein erster Blick galt natürlich Sasha, aber er konnte von ihrem Gesicht praktisch nichts erkennen. Schulz hatte die Kapuze des schweren Fellmantels hochgeschlagen und zusätzlich einen dicken Wollschal um die untere Hälfte ihres Gesichts gewickelt; alles, was sich darüber befand, wurde von einer unförmigen schwarzen Schneebrille verdeckt.

»Noch ein paar Minuten«, sagte Schulz. »Es geht gleich los.«

»Und das wissen Sie so genau? Woher?«

»Von mir«, sagte ein Stimme hinter ihm. Ben drehte sich herum und blickte in Ramanovs Gesicht. Auch der Russe hatte sich in eine dicke Felljacke gehüllt, trug aber weder Kapuze noch Handschuhe. »Die Sonne geht in genau fünf Minuten auf. Wenn sie Wort halten und der Sturm dann wirklich nachlässt, brechen wir sofort auf.«

»Wir brechen auf jeden Fall auf«, mischte sich Harry ein. Eigentlich hatte Ben ihn gut acht oder zehn Meter hinter sich vermutet, aber er hatte seinen Platz unter der Schleuse aufgegeben und es an Tahia delegiert, die offen stehende Tür zu verteidigen und dafür zu sorgen, dass niemand die Schleusenkammer betrat. »Ob mit oder ohne Windstille.«

Ramanov setzte sichtbar zu einer ärgerlichen Antwort an, schluckte sie aber dann hinunter und hob nur die Schultern. Gleichzeitig sah er sich ungeduldig um, als warte er auf etwas Bestimmtes.

»Bist du so weit?«, fuhr Harry an Ben gewandt fort. Sein Blick tastete aufmerksam über seine Gestalt. Natürlich musste er die Kleidung erkennen, die er trug, aber es war ihm nicht anzusehen, was er davon hielt.

»Ja. Aber es wäre mir lieber, wenn wir Kapitän Schulz mitnehmen würden.«

»Unmöglich. In der Fahrerkabine ist nur Platz für zwei. Du wirst deine Freundin auf den Schoß nehmen müssen. Ich hoffe doch, es macht dir nichts aus.«

Ben lauschte eine Sekunde lang auf einen anzüglichen Unterton oder einen Klang von Spott oder Häme in Harrys Stimme, aber da war nichts von alledem. »Nein. Aber das kann Kapitän Schulz doch genauso –«

»Nein, das kann er nicht. Nicht in seinem Zustand. Ende der Diskussion.« Harry unterstrich seine Worte mit einer energischen Geste und wandte sich zugleich mit einem auffordernden Kopfnicken an Schulz, der nach den Handgriffen des Rollstuhls langte und das Gefährt ein Stück zurückzog, um es dann in Richtung der Schleuse zu bugsieren. Ben trat rasch zur Seite und überließ es auch Schulz ganz allein, den

Rollstuhl zu schieben, obwohl es ihm sichtlich Mühe bereitete und seine Kräfte wahrscheinlich fast überstieg. Aber er hatte van Staatens Worte nicht vergessen. Sicher war Schulz der Meinung, es Sasha irgendwie schuldig zu sein, sie auf diesem letzten Stück zu begleiten. Und er hatte wohl Recht damit.

»Aber wenn immer nur zwei Leute reingehen, dann müssen wir zwanzig Mal fahren, um alle zur *Princess* zu bringen«, murmelte er.

»Vierzig Mal«, verbesserte ihn Harry ungerührt. »Oder glaubst du, das Ding fährt von selbst zurück?«

»Aber das ist doch –«

»Zwei oder drei Leute können draußen auf den Aufbauten mitfahren. Das wird zwar ekelhaft kalt, aber wenn alles gut geht, brauchen wir auch nur ein paar Minuten bis zum Strand hinunter. Immer noch besser, als die ganze Strecke zu laufen.« Er wedelte ungeduldig mit der Hand. »Worauf wartest du?«

Auf nichts. Ben warf ihm einen sehr unsicheren Blick zu, beeilte sich aber dann, ebenfalls zur Schleuse zu gehen. Unmittelbar neben Schulz hielt er an und versuchte wieder, einen Blick auf Sashas Gesicht zu erhaschen; auch diesmal vergebens. Sie rührte sich noch immer nicht, hatte aber aufgehört zu zittern. Möglicherweise war das, was van Staaten ihr gegeben hatte, doch nicht nur ein harmloses Vitaminpräparat gewesen, aber es gelang Ben nicht, ihr deshalb böse zu sein. Schon die bloße Vorstellung, die trotz allem vorhandene relative Sicherheit der Station zu verlassen und sich inmitten eines Höllensturms in einem praktisch schrottreifen Schneemobil auf den Weg hinunter zum Strand zu machen, ließ ihn innerlich erschauern. Wahrscheinlich war es besser für Sasha, wenn sie von alledem nichts mitbekam.

»Noch drei Minuten«, sagte Schulz.

»Na dann«, murmelte Harry und machte Anstalten, an ihm vorbei in die Schleusenkammer zu treten. Ben blinzelte in die nahezu vollkommene Dunkelheit, die den winzigen Raum erfüllte, und sah jetzt, dass auch die äußere Tür weit offen stand oder vielleicht gar nicht mehr vorhanden war. Die Kälte trieb ihm die Tränen in die Augen und schmerzte bei jedem Atemzug.

»Warten Sie!«

Harry hielt mitten in der Bewegung inne und drehte sich zu Ramanov um. Der Professor war vier oder fünf Schritte hinter ihnen stehen geblieben und fuchtelte hektisch mit den Händen herum. Die Hälfte dieser Gesten galt Harry, die andere Hälfte eine Abordnung von gleich acht seiner Männer, die keuchend und schnaubend hinter ihm um die Gangbiegung kamen, wobei immer zwei eine schrankkoffergroße Aluminiumkiste zwischen sich schleppten. Jedes dieser Ungetüme sah aus, als wöge es eine Tonne, und die Männer ächzten unter ihrer Last, schienen Ramanov aber immer noch nicht schnell genug zu gehen.

»Was ist das?«, erkundigte sich Harry.

»Unsere Forschungsergebnisse. Aufzeichnungen, Disketten, DVDs und Bänder und ein paar unersetzliche Geräte. Wir müssen sie mitnehmen.«

»Kommt nicht in Frage.«

»Das haben nicht Sie zu entscheiden! Das da ist das Ergebnis von fünf Jahren harter Arbeit. Sie glauben doch nicht im Ernst, dass ich es –«

»*Sie* glauben doch nicht wirklich, dass ich dieses Zeug mitnehme und dafür vielleicht ein paar Menschen hier lasse? Wir haben nicht einmal drei Stunden, um alle zum Strand hinunter und auf die *Princess* zu schaffen. Ich bin froh, wenn die Zeit reicht, um die Menschen herauszubringen.«

»Sind Sie verrückt?« Ramanov sah ehrlich entsetzt aus. »Wissen Sie, was diese Forschungsergebnisse bedeuten? Wie viel Arbeit und Schweiß sie gekostet haben? Und wie viel –«

»Nein«, unterbrach ihn Harry erneut, »und es interessiert mich auch nicht. Wir haben genau zwei Fahrzeuge, von denen ich nicht sicher bin, wie lange sie durchhalten. Aber selbst wenn sie nicht unterwegs auseinander fallen, müssen wir mit jedem sechs oder sieben Mal fahren. Es wäre ein Wunder, wenn wir das in der knappen Zeit überhaupt schaffen.« Er schüttelte heftig den Kopf und trat so dicht an Ramanov heran, dass der Russe instinktiv einen halben Schritt vor ihm zurückwich. »Letzten Endes ist es Ihre Entscheidung, Professor. Welche vier ihrer Männer soll ich hier lassen, um diese Kisten mitzunehmen? Sollen wir Streichhölzer ziehen oder wollen Sie in ihre Personalakten sehen und suchen die raus, die sowieso auf Ihrer Abschussliste stehen?«

Ramanov wurde noch eine Spur blasser, und Harry ließ ihn einfach stehen und wandte sich an seine Mitarbeiter: »Das Zeug bleibt hier!«

Die Hälfte der Männer reagierte unverzüglich, blieb stehen und ließ die Kisten zu Boden sinken. Das schwere Poltern, das diese Bewegung begleitete, verriet Ben, dass sie tatsächlich so schwer sein mussten, wie sie aussahen, und wahrscheinlich nicht nur ein paar DVDs und Disketten enthielten. Die anderen stolperten noch ein paar Schritte weiter und hielten dann ebenfalls an, als Harry ihnen den Weg vertrat und demonstrativ die Hand auf den Pistolengriff legte, der aus seinem Gürtel ragte. Ratlosigkeit und Schrecken machte sich auf dem einen oder anderen Gesicht breit, aber auch etwas wie vorsichtige Erleichterung.

»Ich wiederhole mich nur ungern, und ich bin auch nicht sicher, ob ihr mich alle versteht. Aber eure Kumpels können ja übersetzen. Der Kram bleibt hier. Ich schieße jedem persönlich ins Bein, der auch nur noch einen einzigen Schritt mit den Dingern macht.«

Offensichtlich hatten ihn alle verstanden, denn auch die restlichen Kisten polterten nun lautstark zu Boden und ein Teil der Männer zog sich vorsichtshalber ein Stück weit zurück.

»Das werden Sie bereuen«, sagte Ramanov.

»Ja, vermutlich«, antwortete Harry leichthin. »Wenn das Zeug wirklich so wichtig für Sie ist, Professor, warum bleiben Sie dann nicht hier und passen darauf auf? Sobald alle sicher an Bord des Schiffes sind, schicke ich zwei Leute mit dem Schneemobil zurück, um Sie und ihr Gepäck zu holen.« Er gab Ramanov keine Gelegenheit, darauf zu antworten, sondern fuhr auf dem Absatz herum und kam wieder zur Schleuse zurück. »Ihr da«, sagte er, indem er – anscheinend vollkommen wahllos – auf die drei am nächsten stehenden Männer deutete, »kommt mit und steigt von außen auf den Wagen. Haltet euch gut fest. Ich halte nicht an, wenn einer abstürzt.«

Zumindest das bezweifelte Ben, aber Harry musste wohl ziemlich überzeugend geklungen haben, denn die drei Männer traten zwar gehorsam zu ihnen in die Schleuse herein, wirkten aber jetzt noch nervöser, als sie es ohnehin schon gewesen waren.

Ben hatte sich der äußeren Schleusentür inzwischen weiter genähert und versuchte irgendetwas zu erkennen, ohne dass es ihm gelang. Harry oder einer der anderen Söldner hatte das Schneemobil in der Zwischenzeit so vor dem Ausgang abgestellt, dass die offen stehende Tür auf der Beifahrerseite direkt vor ihnen lag, aber alles, was sich hinter dem verbeulten Gefährt befand, blieb hinter einem Vorhang aus undurchdringlicher Schwärze verborgen. Dann und wann glaubte er düstere Farben vor dem Horizont aufblitzen zu sehen, aber das konnte auch ein weiterer Streich sein, den ihm seine Nerven spielten. Plötzlich spürte er, dass er am ganzen Leib zitterte. Es war grausam kalt, trotz der dicken Kleidung, die er trug, aber das war nicht der Grund. Noch bis eben hatte er geglaubt sich nichts mehr zu wünschen, als endlich hier herauszukommen, und jetzt gab es nichts, vor dem er sich mehr fürchtete.

»Wie lange noch?«, murmelte er.

»Jetzt«, antwortete Harry. »Eigentlich sollte es schon vor ein Paar Sekunden –«

Der Sturm hörte auf. Er wurde nicht etwa leiser, verlor an Kraft und zog sich widerwillig zurück, sondern war von einem Atemzug zum nächsten *einfach nicht mehr da,* als hätte ihn jemand abgeschaltet, und für einen Augenblick schien die Stille, die nach dem seit Tagen anhaltenden Höllenlärm einkehrte, beinahe lauter zu sein.

Dann wurde es hell.

31

VIELLEICHT WAR ES DAS UNHEIMLICHSTE, was er in seinem ganzen Leben sehen sollte, auf jeden Fall aber das Unheimlichste, was er *bisher* zu Gesicht bekommen hatte. Dabei war der Anblick zugleich sonderbar undramatisch, aber vielleicht war es gerade das, was ihn so schlimm machte.

Am Himmel direkt über ihnen stand nicht eine einzige Wolke. Er war ganz im Gegenteil von einem so klaren, strahlenden Azurblau, dass es schon fast unnatürlich wirkte, ebenso wie der grellgelbe Dreiviertelkreis der Sonne, die über den gezackten weißen Horizont im Osten kroch, ohne die geringste Chance, ihren Weg hinauf ins Zentrum des Firmaments je beenden zu können. Der Wind war vollkommen erloschen, aber es war eine sonderbare, falsche Stille, die sich wie etwas Fremdes und Erstickendes über die weiße Einöde ringsum gelegt hatte und in der das rasselnde Motorengeräusch und die seltsam weichen Laute der breiten Gummiketten auf dem Schnee wie Eindringlinge wirkten. Etwas verbarg sich hinter diesem Schweigen, etwas, was ihn mit solcher Angst erfüllte, dass es ihm schier den Atem abzuschnüren schien.

Möglicherweise war es aber auch ganz profan Sashas Gewicht, das ihm das Atmen schwer machte. Harry hatte keineswegs übertrieben, als er gesagt hatte, er müsse sie auf den Schoß nehmen, und es war – wider Erwarten – ein alles andere als angenehmes Gefühl. Sasha wog vermutlich deutlich weniger als fünfzig Kilo, aber van Staaten und ihr Vater mussten sie in Kleider von mindestens noch einmal demselben Gewicht eingewickelt haben, und er saß nicht mehr wirklich auf einem Sitz, sondern dem abgeschälten Drahtskelett eines solchen. Jeder winzige Strebe und Schraube bohrte sich schmerzhaft in seine Oberschenkel, sein Gesäß und seinen Rücken, und Harry hatte das schnaubende Gefährt auf seine Höchstgeschwindigkeit beschleunigt und wich nur den allergrößten Hindernissen aus, sodass sie kräftig durchgerüttelt wurden. Die Station war schon nach wenigen Augenblicken hinter ihnen zurückgefallen, und als Ben das erste Mal auf die Idee kam, sich herumzudrehen, um zu ihr zurückzublicken, sah er nichts als einen verwaschenen orangenroten Fleck inmitten des Schnees, den die Gummiketten des Fahrzeugs in die Luft warfen. Dann war auch er verschwunden, als sie in den kurzen Canyon einbogen, der hinunter zum Strand führte.

»Alles in Ordnung?«, brüllte Harry über das Dröhnen des Motors hinweg. Ben hatte gar keine Luft, um zu antworten, und beließ es bei einem übertriebenen Nicken.

Da ihn der Anblick der rasend schnell vorüberhuschenden schimmernden Eiswände mehr beunruhigte, als er zugeben mochte (Harry fuhr deutlich schneller, als er diesem altersschwachen und zerschlagenen Gefährt zugetraut hätte, und ein einziger Fehler, eine winzige Unaufmerksamkeit, ein Hindernis, das er einen Sekundenbruchteil zu spät sah, konnte nur in einer Katastrophe enden), schaute er wieder zum Himmel empor. Sein strahlendes Blau und das abrupte Abbrechen des Sturms waren nicht das einzig Unheimliche. Der Himmel war nicht überall so. Hinter ihnen und einer sanften Krümmung folgend erhob sich eine massive Wand aus Schwärze, in der es ununterbrochen blitzte und wetterleuchtete. Farben jagten sich, und wenn man den Fehler beging, zu lange auf eine bestimmte Stelle zu schauen, dann begann man … Dinge zu sehen. Sie befanden sich am äußersten Rand eines gewaltigen kreisrunden Ausschnitts, der in die schwarze Wolkendecke gestanzt worden war: dem Auge des Orkans. Es war so gewaltig, dass Ben seinen gegenüberliegenden Rand nicht sehen konnte, doch die schwarze Wand hinter ihnen entfernte sich rasend schnell. Und es würde nicht sehr lange dauern, bis vor ihnen eine zweite Wand auftauchte und der Sturm erneut mit all seiner Urgewalt über sie hereinbrach.

Ben wurde unsanft aus seinen Gedanken gerissen – und das wortwörtlich –, als das Schneemobil das Ende des Canyons erreichte und mit einem so harten Schlag in die Waagerechte kippte, dass seine Zähne aufeinander schlugen und er Blut schmeckte. Dann verlor Harry die Kontrolle über das Steuer. Das Fahrzeug schlitterte zur Seite, begann sich träge und mit durchdrehenden Ketten auf der Stelle zu drehen und machte dann einen regelrechten Satz nach vorne, als Harry herunterschaltete und gleichzeitig noch mehr Gas gab. Für einen winzigen, aber schrecklichen Moment war Ben davon überzeugt, dass es umkippen und ihre Fahrt ein vorzeitiges und reichlich unsanftes Ende nehmen würde, dann aber erlangte Harry die Gewalt über das Schneemobil wie durch ein Wunder zurück und sie schossen regelrecht über das Eis.

»Nur noch ein paar Minuten!«, brüllte Harry. Ben hoffte inständig, dass er bis dahin nicht erstickt oder von diesem verdammten zerbrochenen Sitz aufgespießt worden war, und versuchte irgendwie, an Sasha vorbei einen Blick nach vorne zu werfen.

Was er sah, überraschte ihn. Er hatte den Strand anders in Erinnerung. Als er das letzte Mal hier gewesen war, war er von zahllosen Erhebungen, blitzenden Skulpturen aus Eis und gezackten Graten übersät gewesen. Jetzt lag er so glatt und schimmernd wie ein gewaltiger weißer Spiegel vor ihnen, so makellos, dass ihm das reflektierte Sonnenlicht die Tränen in die Augen trieb. Der Sturm, der tagelang gewütet hatte, musste ihn regelrecht glatt poliert haben. Bens Herz begann schneller zu klopfen, als diesem Gedanken konsequent der nächste folgte: Was hatte er der *Princess* angetan?

Er fand nicht einmal Gelegenheit, wirklich zu erschrecken, bevor er das Schiff sah. Immerhin war es noch da … aber das war vielleicht auch schon alles.

Die *Princess* lag weniger als drei Kilometer vor ihnen am Strand, ein riesiger, halb auf die Seite gekippter Berg aus Eisen, von dessen ehemals strahlendem Weiß, Grün und Blau nichts mehr zu sehen war. Zumindest über die große Entfernung sah es aus, als wäre das Schiff unter einem dicken Mantel aus Eis verschwunden. Und es lag deutlich schräger auf dem Strand, als Ben es in Erinnerung hatte. Und offensichtlich nicht nur er.

»Das sieht nicht gut aus«, schrie Harry. Er versuchte das Gaspedal noch weiter durchzutreten, aber ohne Erfolg. Alles, was er erreichte, war, dass der Motor gequält aufheulte.

Ben hätte ihm gerne widersprochen, aber er konnte es nicht. Erstaunlich schnell – wenn auch subjektiv quälend langsam – kam das Wrack der *Princess* näher, und sein Mut sank mit jedem weiteren Detail, das er erkannte. Es war keine Einbildung gewesen. Der Sturm hatte die *Princess* in den letzten Tagen ein gutes Stück weiter den Strand hinaufgetrieben, und sie ähnelte jetzt eher einer bizarren Eisskulptur als einem modernen Passagierschiff. Auch als sie näher kamen, konnte Ben keine größeren Beschädigung entdecken – die Explosion, die den hinteren Teil des Schiffes verheert hatte, schien sich zum allergrößten Teil im Inneren ausgetobt zu haben –, aber ihm war trotzdem klar, dass dieses Schiff nirgendwo mehr hinfahren würde. Zumindest nicht aus eigener Kraft.

Als sie sich dem Wrack weiter näherten, erkannte Ben, dass sie nicht die Ersten waren. Ein zweites Schneemobil (das noch Fenster hatte und darüber hinaus auch nicht aussah, als sei es versehentlich in eine Schrottpresse geraten) stand nur ein kleines Stück unter dem hoch aufragenden Rumpf des Schiffes auf dem Eis. Eine winzige, in eine fleckige weiße Montur gehüllte Gestalt winkte ihnen mit beiden Armen zu.

»Gerrit?« Harry nickte. »Aber wie kommt er hierher? Wir sind doch sofort losgefahren?«

»Er ist schon eine Viertelstunde vor uns aufgebrochen. Du hast doch nicht etwa geglaubt, dass sich Gerrit von ein bisschen schlechtem Wetter aufhalten lässt? Außerdem«, schloss er, während er das Fahrzeug mit einem brutalen Ruck unmittelbar neben dem zweiten Schneemobil zum Halten brachte, »wollte ich sicher sein, dass das Schiff noch da ist. Und keine böse Überraschung auf uns wartet.«

Ben verzichtete auf eine Antwort, schon weil ihm Harrys rabiates Bremsmanöver auch noch das letzte bisschen Luft aus den Lungen gepresst hatte und Sashas Gewicht sein Möglichstes tat, um ihn daran zu hindern, es durch neue zu ersetzen. Schon halb bewusstlos registrierte er, wie Harry aus der Kabine sprang, aber keine Anstalten machte, ihm zu helfen, sondern mit weit ausgreifenden Schritten über das Eis und zu einem ihrer drei Trittbrettfahrer lief, der bei der plötzlichen Bremsung offensichtlich den Halt verloren hatte und vom Wagen gefallen war. Ob es die beiden anderen noch gab, vermochte Ben nicht zu sagen. Im Augenblick interessierte es ihn auch nicht. Er versuchte vergeblich, Sashas Gewicht irgendwie so zu verlagern, dass er die Hand nach der Tür ausstrecken und sie öffnen konnte. Allmählich wurde die Atemnot richtig schlimm.

Die Mühe wurde ihm abgenommen. Jemand riss die Tür so derb von außen auf, dass sie sich mit einem protestierenden Quietschen aus ihren verzogenen Angeln löste und auf den Strand fiel, dann wurde er von Sashas Gewicht befreit. Mit einem erleichterten Keuchen rang er nach Luft.

Als er wieder einigermaßen klar sehen konnte, identifizierte er Gerrit als seinen Lebensretter. Der Söldner trug Sasha so mühelos auf den Armen, als wöge sie gar nichts, und sah mit einem eindeutig schadenfrohen Grinsen zu ihm hoch. »Alles in Ordnung?«

»Nein«, antwortete Ben wahrheitsgemäß, stemmte sich Grimassen schneidend aus seinem Folterstuhl hoch und sprang das kurze Stück auf den Eisstrand hinab. Jedenfalls versuchte er es. Der Sprung klappte, die Landung nicht. Seine misshandelten Muskeln quittierten mit einem letzten, gleißenden Schmerz den Dienst, und Ben schlug der Länge nach auf den Strand und konnte gerade noch die Arme hochreißen, um nicht ausprobieren zu müssen, was härter war: das Eis oder sein Gesicht.

Zwei oder drei Sekunden blieb er einfach liegen und wartete (vergeblich) darauf, dass sein Herz aufhörte wie rasend zu hämmern und (ebenso vergeblich) dass der pochende Schmerz in seinem Rücken und seinen Oberschenkeln nachließ. Dann rappelte er sich mühsam auf. Der schadenfrohe Ausdruck auf dem Gesicht des Söldners war immer noch da. Er hatte sogar zugenommen.

»Danke der Nachfrage. Mir ist nichts passiert. Alles okay.«

»Prima. Dann kannst du sie ja für einen Moment nehmen.« Und damit lud er Sasha dem vollkommen überraschten Ben auf die Arme und ging weg, ohne sich auch nur davon zu überzeugen, ob er unter ihrem Gewicht zusammenbrach oder nicht.

Ben wankte fast komisch hin und her, bevor er sein Gleichgewicht zumindest notdürftig wiedererlangte. Gerrit war inzwischen zu einer sonderbaren Metallkonstruktion gegangen, die zwischen den beiden nebeneinander geparkten Schneemobilen aus dem Boden ragte. Ein massives, wenn auch offensichtlich in aller Hast zusammengeschweißtes Dreibein aus rostigem Stahl, an dessen oberem Ende sich eine Rolle befand, über die ein nahezu fingerdickes Drahtseil lief.

Unter Sashas Gewicht wankend, aber ohne den geringsten Laut der Klage (er hätte sich eher in die Zunge gebissen) ging Ben zu ihm und betrachtete die seltsame Konstruktion misstrauisch. Was immer sie bedeuten mochte, Harry hatte offensichtlich kräftig untertrieben, als er behauptet hatte, Gerrit sei *eine Viertelstunde früher* losgefahren. Das Dreibein war mit Stahlschrauben im Boden verankert und sah aus, als wöge es eine Tonne. Der Söldner musste lange vor ihnen aufgebrochen sein, inmitten des tobenden Sturmes.

»Was ist das?«

Bevor Gerrit antwortete, beugte er sich in die offen stehende Fahrertür des Schneemobils. Als er sich wieder aufrichtete, hielt er eine gut einen Meter lange eiserne Kurbel in der Hand. Sie sah ein bisschen aus wie ein zu groß geratener Handbohrer oder eine jener abenteuerlichen, fingerabschlagenden Konstruktionen, mit denen man die ersten Automobile angeworfen hatte.

»Ich hoffe, du hast gut gefrühstückt.« Nach dieser wahrlich erschöpfenden Auskunft trat Gerrit an das Dreibein heran, hakte seine Kurbel in die Rolle an seinem oberen Ende ein und begann zu drehen. Ein erbärmliches Quietschen erscholl, während das Drahtseil über die offenbar in aller Hast und nicht vollkommen gerade angebrachte Rolle lief, und Bens Augen weiteten sich ungläubig, als sein Blick dem Seil weiter nach oben folgte.

Er hatte sich die ganze Zeit über gefragt, wie sie an Bord des Schiffes gelangen sollten. Trotz ihrer Schräglage ragte die *Princess* noch immer gute acht oder zehn Meter über ihnen in die Höhe; eine fugenlose Wand, die von dem Eispanzer, der das Schiff allmählich zu ersticken begann, nur noch glatter und unbezwingbarer gemacht wurde. Jetzt hatte er die Antwort.

Ben spürte ein neuerliches eisiges Frösteln, das diesmal nichts mit der Kälte zu tun hatte, als er begriff, welchen Weg sich Gerrit für sie ausgedacht hatte: denselben, auf dem sie das Schiff verlassen hatten. Das andere Ende des Drahtseils war am oberen Rand der schmalen Serviceluke befestigt, durch die sie aus dem Schiff geflohen waren, und Gerrits Bastelwut hatte offensichtlich keine Grenzen gekannt, denn im quietschenden Rhythmus seines Kurbelns schaukelte ein umgebauter Bürostuhl zu ihnen herunter. Über seiner Rückenlehne war eine Eisenstange angeschweißt, deren oberes Ende in das Drahtseil eingehakt war, und an den Armlehnen waren breite Lederschlaufen angebracht worden.

»Das … ist nicht dein Ernst!«, ächzte Ben. Die Konstruktion erinnerte ihn an ein mittelalterliches Folterinstrument oder den elektrischen Stuhl.

»Und ob. Es sei denn, dir sind mittlerweile Flügel gewachsen.« Gerrit kurbelte fröhlich weiter, bis der Stuhl quietschend und schaukelnd unmittelbar vor Ben anhielt, und machte eine auffordernde Kopfbewegung. Ben sah ihn alles andere als begeistert an, machte dann jedoch eine Bewegung, wie um Sasha in den Stuhl zu bugsieren, doch Gerrit schüttelte heftig den Kopf, nahm ihm seine nahezu leblose Last ab und deutete erneut auf sein selbstgebasteltes Hinrichtungsinstrument.

»Du zuerst – oder glaubst du, dass sie allein durch die Tür kommt?«

Dagegen gab es nicht viel einzuwenden … was nichts daran änderte, dass das Gefühl, mit dem er auf den immer noch heftig hin und her schaukelnden Stuhl kletterte, verdächtig nahe an Todesangst grenzte. Ganz instinktiv schnallte er seine linke Hand mit der ledernen Schlaufe fest und warf Gerrit einen Blick zu, ihm bei der anderen zu helfen.

Gerrit zog eine Grimasse und sah beinahe noch fröhlicher aus. »Prima Idee. Und wer macht dich oben los?«

Ben kapitulierte. Er war ziemlich sicher, dass sich Gerrit diese ganze bizarre Konstruktion nur ausgedacht hatte, um ihn zu quälen. Darüber würden sie später reden. Ganz bestimmt. Er nickte nur.

Sehr behutsam legte Gerrit das schlafende Mädchen ab, griff erneut nach seiner Kurbel und begann zu drehen.

Ben hatte es sich schlimm vorgestellt, aber das war es nicht.

Es war schlimmer.

Wahrscheinlich dauerte es nicht einmal eine Minute, bis er das andere Ende von Gerrits improvisiertem Sessellift erreichte, aber er starb in dieser Zeit tausend Tode. Der Eisstrand schien einen Kilometer unter ihm zu liegen, und wie es ihm gelungen war, seine Hand wieder loszubinden und durch die Luke zu klettern, hätte er hinterher nicht sagen können. Deutlich länger, als er für den Weg herauf gebraucht hatte, blieb er auf den Knien hocken und wartete darauf, dass das Schiff aufhörte, sich wie wild um ihn zu drehen. Als er schließlich aufstand und wieder an die Luke herantrat, hatte er immer noch das Gefühl, die ganze Welt würde ununterbrochen von einer Seite auf die andere und wieder zurück kippen.

Es war eigentlich unmöglich, aber er war trotzdem vollkommen sicher, Gerrits schadenfrohes Grinsen noch immer sehen zu können. Und es *war* breiter geworden.

»Alles in Ordnung?«, brüllte Gerrit zu ihm herauf.

»Nein!«

Gerrit winkte ihm vergnügt zu, hob Sasha auf und setzte sie behutsam in den Stuhl, den er in der Zwischenzeit wieder zu sich heruntergekurbelt hatte. Misstrauisch sah Ben zu, wie er das Mädchen sorgfältig festband; nicht nur ihre Handgelenke, sondern auch ihre Schultern und die Füße. Und er beförderte sie auch deutlich langsamer nach oben und hielt jedes Mal sofort inne, wenn der umfunktionierte Bürostuhl zu sehr zu pendeln drohte. Schließlich aber war Sasha oben angekommen, und Ben befreite sie vorsichtig von ihren Fesseln und hob sie zu sich herein. Der Stuhl bewegte sich bereits wieder quietschend und kreischend nach unten, und als Ben Sasha in einer halbwegs bequemen Position ein gutes Stück vom Eingang entfernt abgelegt hatte, befand sich bereits einer der Wissenschaftler der Station auf dem Weg nach oben. Erst als er schon beinahe angekommen war und Ben die Arme ausstreckte, um ihm beim Aussteigen behilflich zu sein, registrierte er, dass Gerrit nicht mehr an der Kurbel stand, sondern seinen Platz einem Mann der Stationsbesatzung überlassen hatte. Noch bevor der Wissenschaftler ganz zu ihm hereingeklettert war, wurden die Schneemobile gestartet und die beiden Fahrzeuge rollten nebeneinander los. Ben hätte erwartet, Fontänen aus pulverfeinem Schnee unter ihren Ketten emporschießen zu sehen, aber der Sturm schien den Strand vollkommen leer gefegt zu haben. Doch ihm fiel auch noch etwas auf, was ihn eindeutig beunruhigte. Das beschädigte Schneemobil, in dem Harry ihn hierher gebracht hatte, bewegte sich deutlich schneller als sein äußerlich viel vertrauenerweckenderer Zwillingsbruder, der zwar auch nur so über das Eis schoss, aber sichtbar ruckelte; außerdem schien Gerrit seine liebe Mühe damit zu haben, das Fahrzeug in der Spur zu halten. Harry hatte vorhin von sechs oder sieben Fahrten gesprochen, die jedes dieser Fahrzeuge machen musste, wollten sie alle Menschen aus der Station evakuieren, und Ben hatte sich natürlich vor allem Sorgen um ihr eigenes demoliertes Gefährt gemacht. Vielleicht war das ein bisschen voreilig gewesen.

Seufzend sah er noch einmal in den Himmel hinauf, jetzt in die entgegengesetzte Richtung wie gerade, was sich als ganz und gar nicht gute Idee herausstellte. Die brodelnde schwarze Wand hatte sich bereits ein gutes Stück weit entfernt, aber er konnte immer noch das Aufblitzen von Farben und gleißenden Energieentladungen tief in ihrem Inneren erkennen. Und er glaubte die unvorstellbaren Kräfte, die dort oben tobten, beinahe körperlich zu spüren.

Mit einiger Anstrengung löste er sich von dem Anblick und überließ es dem jungen Mann, dem er gerade hereingeholfen hatte, auf seinen Kollegen zu warten und ihm beim Einstieg behilflich zu sein, während er selbst zu Sasha eilte. Sie hatte sich nicht gerührt und schlief noch immer so fest, dass Ben sich fragte, ob jetzt nicht der richtige Zeitpunkt war, um damit anzufangen, sich *doch* Sorgen um sie zu machen, diesen Gedanken aber auch sofort wieder verscheuchte; und sei es nur, weil er van Staaten damit vermutlich bitter Unrecht tat.

Was nichts daran änderte, dass er sich um sie kümmern musste. Sasha lag auf der Seite, dick eingepackt in ihren Fellmantel, und er hatte ihre Kapuze so zurechtgeschoben, dass sie nicht nur ihr Gesicht schützte, sondern auch ein weiches Kissen zwischen ihr und dem Deck bildete. Dennoch lag sie auf nichts anderem als eisverkrustetem Stahl, der die Wärme förmlich aus ihr heraussaugen musste.

Hinter ihm erklang ein Poltern. Ben fuhr erschrocken herum, aber es war nur der zweite Wissenschaftler, der hereinkletterte und sich dabei alles andere als geschickt anstellte, sodass er prompt auf die Knie fiel und rücklings in die Tiefe gestürzt wäre, hätte sein Kamerad nicht blitzschnell zugegriffen und ihn festgehalten. Wissenschaftler!

Ben wandte sich wieder seinem eigentlichen Problem zu. Sein erster Impuls war, Sasha hochzuheben, damit sie nicht länger auf dem Boden lag, doch bevor er ihm nachgeben konnte, machte er sich selbst klar, dass das romantisch und heldenmütig gewesen wäre, aber auch ziemlich dumm. Ben war alles andere als gut in Form und musste schon um ihretwillen mit seinen Kräften haushalten. Statt also irgendetwas Voreiliges zu tun, das er spätestens in ein paar Minuten bereuen würde, versuchte er sich in Erinnerung zu rufen, wo genau auf der *Princess* sie sich gerade befanden; wobei die Betonung ganz eindeutig auf dem Wort *versuchte* lag. Schließlich war zumindest der letzte Teil ihres Weges hier herunter nichts anderes als eine kopflose Flucht gewesen, und sie hatten noch dazu einen ortskundigen Führer gehabt. Dennoch glaubte er zu wissen, dass man weiter vorne zu einer Treppe gelangte, die zu den Passagierkabinen führte.

Unverzüglich wollte er sich in Bewegung setzen, doch der junge Mann, dem er gerade hereingeholfen hatte, rief ihn zurück: »Wo du hin?«

»Nach oben. Ich suche den Weg zu den Passagierkabinen. Sasha kann hier nicht bleiben.«

Der junge Mann – er konnte nicht älter sein als Harry, hatte asiatisch anmutende Gesichtszüge, und Ben war plötzlich fast sicher, schon einmal mit ihm gesprochen zu haben, auch wenn er nicht sagen konnte, wann – schüttelte beinahe erschrocken den Kopf. »Bleiben.«

»Aber das geht nicht. Sasha –«

»Harry gesagt, alle bleiben. Hier.«

»Harry?« Was sollte dieser Unsinn jetzt schon wieder? »Du meinst, hier auf dem Schiff? Keine Angst, ich hatte nicht vor, wegzulaufen.«

Der andere wiederholte nur sein energisches Kopfschütteln und begann zusätzlich mit beiden Händen herumzufuchteln. »Unten. Hier. Harry sagen, sicherer. Recht.«

Zuerst meldete sich nur sein Trotz – aber dann sah er den Ernst in den Augen seines Gegenübers. »Du meinst, er glaubt, wir sind hier unten sicherer?«

Diesmal nickte der andere. »Besseren Raum suchen. Mehr Platz und mehr …« Er brach ab, suchte einen Moment mit ratlosem Gesicht nach den richtigen Worten und klopfte schließlich mit den Fingerknöcheln gegen die stählerne Wand neben sich. »Mehr Eisen.«

Und endlich glaubte Ben zu verstehen. Ganz offensichtlich hatte Harry den Männern eingeschärft, im Inneren des Schiffes zu bleiben, möglichst unter Deck und hinter möglichst viel, möglichst massivem Metall. Ben bezweifelte zwar, dass ihnen aller Stahl der Welt Schutz vor der Kälte bieten würde, vielleicht aber doch vor dem Sturm, der in weniger als drei Stunden wieder losbrechen musste.

Und vielleicht war da auch noch etwas anderes, vor dem sie geschützt werden mussten …

Allmählich wurde die Anzahl der Überlegungen, die er gewaltsam abbrach, unangenehm groß, aber Ben stopfte auch diesen Gedanken in dieselbe Schublade, bedeutete dem Asiaten mit einem stummen Kopfnicken, dass er verstanden hatte, und sah noch einmal auf Sasha hinab. Harry hatte zweifellos Recht – aber das änderte nichts daran, dass sie unmöglich hier bleiben konnte.

Er überlegte kurz, dann deutete er mit einer fast befehlenden Geste auf Sasha, sagte »Pass auf sie auf!« und drehte sich mit einem Ruck herum, um zu gehen. Ein Teil von ihm versuchte ihm zu erklären, dass er jetzt völlig aufgeschmissen war – den Weg nach oben konnte er mit ein bisschen Glück und ein wenig Nachdenken finden, aber in dem Irrgarten aus Sälen, Treppen, Räumen, Katakomben und Gängen im Inneren der *Princess* kannte er sich nun wirklich nicht aus.

Ben ignorierte die höhnische Stimme kurzerhand, ging den Korridor hinunter und bei der nächsten Abzweigung tiefer in die Eingeweide des Schiffes hinein.

Wenigstens ein paar Schritte weit.

Als er die erste Tür erreichte und aufstieß, erwartete ihn nichts als vollkommene Dunkelheit.

Noch etwas, an das er nicht gedacht hatte, dachte er niedergeschlagen, und Harry anscheinend auch nicht. Die *Princess* war ein Wrack. Ihr gewaltiges stählernes Herz hatte ebenso aufgehört zu schlagen, wie ihr elektronisches Gehirn zum Erliegen gekommen war. Es gab keinen Strom und damit kein Licht, und das nächste Bullauge war ungefähr eine Million Kilometer entfernt.

Ben wollte schon aufgeben, als er sich an etwas erinnerte, was Harry vorhin draußen getan hatte. Seinem Beispiel folgend griff er in die Tasche seiner weißen Tarnjacke und beglückwünschte sich selbst zu seiner Cleverness, als er etwas Schweres und Langes aus Metall berührte, das sich als wuchtige Stablampe entpuppte, als er es hervorzog. Mit den klobigen Handschuhen, die er trug, war es gar nicht so einfach, sie einzuschalten, aber nach ein paar Sekunden hatte er es geschafft, und ein bleicher, fast schon unangenehm greller Lichtstrahl teilte die Dunkelheit auf der anderen Seite der Tür. Dahinter lag nichts als ein vereister Gang, der nach einem Dutzend Schritte vor einem wuchtigen Metallschott endete. Ben ging hin, öffnete es mit einiger Mühe und wurde mit noch mehr Dunkelheit belohnt, in der sich selbst der starke Strahl der Lampe verlor. Das Echo sagte ihm, dass er sich in einer ziemlich großen und ziemlich leeren Halle befinden musste, aber es kam ihm hier drinnen beinahe warm vor, und der huschende Strahl der Lampe wurde nun auch nicht mehr von Eis reflektiert, sondern fiel auf mattes Eisen. Ben hatte nicht die geringste Vorstellung, wo er sich befand, aber der Raum war warm und mehr als groß genug, um vierzig Menschen unterzubringen. Auf jeden Fall war Sasha hier aus der ärgsten Kälte heraus, und das massive Metallschott, das zu öffnen er seine ganze Kraft gebraucht hatte, würde sie nicht nur zuverlässig vor dem Sturm schützen, sondern auch vor anderen Gefahren.

Ben ging noch einige Schritte in den Raum hinein und schwenkte den Lichtstrahl hin und her, ohne jedoch irgendetwas zu entdecken, machte dann kehrt und eilte zu Sasha und den anderen zurück.

Sasha hatte sich keinen Millimeter bewegt, aber der junge Asiate saß mit untergeschlagenen Beinen neben ihr auf dem Boden, hatte trotz der grausame Kälte den rechten Handschuhe ausgezogen und hielt ihre Hand, ein Anblick, der Ben ein flüchtiges, aber sehr dankbares Lächeln entlockte. Sein unbekannter Freund wollte ihm helfen, als er neben Sasha in die Hocke ging, sie auf die Arme lud und sich dann ächzend unter ihrem Gewicht wieder aufrichtete, aber er schüttelte nur rasch den Kopf und machte zugleich eine Geste in die Richtung, aus der er gerade gekommen war. »Dort hinten ist es wärmer. Ich bin gleich zurück.«

Rasch trug er Sasha in den großen Raum, tastete sich in vollkommener Dunkelheit ein paar Schritte weit voran und legte sie schließlich behutsam zu Boden, um lautlos fluchend die Lampe wieder herauszukramen und einzuschalten. Der bleiche Strahl offenbarte ihm auch jetzt nicht viel mehr als Dunkelheit und Leere, aber nach ein paar Augenblicken gewahrte er einen hüfthohen metallenen Absatz nur ein Stück links von sich. Er trug Sasha dorthin, legte sie auf das improvisierte stählerne Bett und schob und bugsierte sie so lange hin und her, bis er sie in einer einigermaßen bequemen Stellung glaubte. Sasha wachte auch dabei nicht auf.

»Ich muss dich jetzt allein lassen. Aber du brauchst keine Angst zu haben. Ich bin bald zurück und ich gehe auch nicht weit.«

Auch darauf erfolgte nicht die mindeste Reaktion, aber Ben redete sich zumindest ein, dass sie die Worte schon irgendwie gehört hatte. Er blieb trotzdem noch einmal eine Minute neben ihr stehen, bevor er seine Taschenlampe aufhob und, immer der Wand zu seiner Linken folgend, um sich in der stygischen Schwärze nicht zu verirren, einmal durch den Raum ging. Es blieb dabei. Er war anscheinend vollkommen leer. Ben hatte nicht die geringste Ahnung, wozu er einmal gedient haben mochte, aber es war halbwegs warm hier drinnen, und das Gefühl von massivem Stahl, der einen in allen Richtungen umgab, hatte tatsächlich etwas Beruhigendes.

Bevor er den Raum verließ, kehrte er noch einmal zu Sasha zurück und legte die Taschenlampe eingeschaltet so neben sie, dass ihr das grelle Licht nicht direkt ins Gesicht fiel, sie sich aber auch nicht in totaler Dunkelheit wiederfinden würde, sollte sie doch erwachen.

Als er sich herumdrehen und endgültig gehen wollte, berührte etwas das Schiff.

Ben erstarrte mitten in der Bewegung und lauschte mit klopfendem Herzen. Etwas …

Es kostete ihn nahezu seine gesamte Kraft, die Panik niederzuringen und sich zu halbwegs ruhigem Nachdenken zu zwingen. Er lauschte. Da war nichts. Der Boden unter seinen Füßen lag so reglos da, wie man es von einem Boden aus Stahl nur erwarten konnte, und er hörte nicht den mindesten Laut. Und da war auch keiner gewesen, so wenig wie es eine Erschütterung oder irgendetwas anderes gegeben hatte.

Und doch … er hat es gespürt. Ein Gefühl, das sich kaum in Worte kleiden ließ, als hätte etwas Riesiges, Unvorstellbares den Rumpf der *Princess* gestreift, lautlos und so sacht wie eine fallende Feder, zugleich aber auch mit einer Urgewalt, unter der die Wirklichkeit selbst erzitterte.

Und … hatte sich Sasha bewegt, als er die unheimliche Berührung zu spüren geglaubt hatte? Er war nicht sicher, aber …

Unsinn!

Ben rief sich in Gedanken zur Ordnung. Er war nervös, und das war verständlich, aber er musste sich hüten, seiner Fantasie auf den Leim zu gehen. Da war gar nichts.

Er musste länger gebraucht haben, als es ihm vorgekommen war, denn als er zum Ausgang zurückkehrte, sah er bereits wieder zwei winzige gelbe Umrisse über das schimmernde Eis herankriechen. Die beiden Schneemobile, die sich auf dem Rückweg befanden und die nächste Ladung Flüchtlinge brachten. Ben hatte damit gerechnet, auch den dritten Mann, den Harry und er bei ihrer ersten Fahrt mitgebracht hatten, hier oben anzutreffen, aber er stand – mit den Füßen aufstampfend, um sich wenigstens die Illusion von Wärme zu verschaffen – am unteren Ende des improvisierten Sessellifts und blickte den beiden Fahrzeugen sehnsüchtig entgegen. Wenn sie eine solch hirnrissige Aktion noch einmal planten, dachte Ben spöttisch, musste er Gerrit unbedingt daran erinnern, eine zweite Kurbel am oberen Ende seiner Do-it-yourself-Seilbahn anzubringen.

Diesmal waren es acht Personen, die aus und von den beiden Schneemobilen kletterten, und Harry und Gerrit warteten gerade lange genug, um keine von ihnen mit den durchdrehenden Gummiketten ihrer Fahrzeuge zu erwischen, bevor sie nahezu auf der Stelle wendeten und schon wieder davonbrausten. Offensichtlich verließen sie sich ganz darauf, dass die Leute schon wussten, was zu tun sei, um nach oben zu gelangen.

Sie wussten es, aber es verging eine kleine Ewigkeit, bis auch nur der Erste oben war, und es klappte nicht bei allen reibungslos. Ein Mann war so nervös, dass er auf halber Strecke in Panik geriet und um ein Haar aus dem Sessel gefallen wäre – ein Sturz aus vier oder fünf Metern Höhe, was sich nicht viel anhörte, auf dem stahlharten Eis aber nur unangenehm enden konnte; wenn nicht tödlich.

Alles in allem dauerte die Prozedur so lange, dass die beiden Schneemobile schon wieder am anderen Ende des Strands auftauchten, als der Vorletzte, eine offensichtlich verletzte Frau, es zu ihnen hereingeschafft hatte. Zu seiner Enttäuschung befanden sich auch diesmal weder sein Vater und van Staaten noch Schulz unter denen, die Harry und Gerrit brachten, aber Ben fasste trotzdem vorsichtig neuen Mut. Wenn es weiter so glatt lief, dann hatten sie die gesamte Station evakuiert, lange bevor das Auge des Orkans über sie hinweggezogen war.

Natürlich lief es nicht weiter so glatt.

Als die Schneemobile das nächste Mal kamen, bewegte sich Gerrits Fahrzeug deutlich langsamer. Lange bevor es auch nur die Hälfte des Strandes überwunden hatte, begann es immer deutlicher zu bocken und nach rechts und links auszubrechen, fiel nun rasch hinter das andere Gummikettenfahrzeug zurück und blieb schließlich, noch einen guten halben Kilometer entfernt, endgültig liegen. Harry machte keine Anstalten, auch nur anzuhalten oder gar zurückzufahren, sondern lud seine Passagiere ab, machte kehrt und raste zurück. Neben dem liegen gebliebenen Schneemobil hielt er nur ganz kurz an, fuhr dann weiter, und Bens Mut sank noch tiefer, als er sah, wie die insgesamt vier Passagiere, die Gerrit mitgebracht hatte, ab- und ausstiegen. Als Letzter verließ Gerrit das Schneemobil. Er machte sich nicht einmal die Mühe, die Tür zu schließen, bevor er losmarschierte. Das Schneemobil hatte es hinter sich, begriff Ben.

Immerhin gab es einen winzigen Lichtblick: als sie näher kamen, identifizierte er in einer der dick vermummten Gestalten seinen Vater … ein Augenblick der Erleichterung, der allerdings in der nächsten Sekunde etwas getrübt wurde, als er in einem seiner Begleiter niemand anderen als Professor Ramanov erkannte.

Obwohl sich die Männer beeilten, tauchte Harrys Schneemobil schon wieder am unteren Ende des Eiscanyons auf, noch bevor sie bei der *Princess ankamen*, und Harry befand sich bereits wieder auf dem Rückweg, als sein Vater als Erster auf dem wild hin und her pendelnden Stuhl nach oben gekurbelt wurde und umständlich zu ihnen hereinkletterte. Wenn Ben richtig rechnete, dann musste Harry jetzt noch vier- oder fünfmal fahren, bis die Station geräumt war. Er hatte keine Möglichkeit, einen Blick auf den Horizont auf der anderen Seite des Schiffes zu werfen, sodass er nicht sagen konnte, wie nahe ihnen die Sturmfront mittlerweile gekommen war, und sein Zeitgefühl musste er irgendwo auf der Wetterstation zurückgelassen haben, aber er war trotzdem ziemlich sicher, dass die Zeit reichte.

Dummerweise beruhigte ihn dieser Gedanke nicht im Geringsten.

Ben ließ es sich nicht nehmen, seinem Vater beim Einstieg zu helfen. Er nahm ihn auch sofort beim Arm, führte ihn ein paar Schritte weg und sah ihm aufmerksam ins Gesicht. »Alles in Ordnung?«

»Sicher«, antwortete sein Vater, während er die Schneebrille nach oben schob und mit tauben Händen versuchte seine Kapuze zurückzuschlagen. Ben erschrak, als er in sein Gesicht sah. Er wirkte völlig erschöpft – aber das galt für jeden hier, Ben nicht ausgenommen –, doch da war noch etwas, was schlimmer war als die Spuren der rein körperlichen Anstrengung.

»Bestimmt?«

»Bestimmt. He! Diese Frage sollte ich dir stellen, nicht umgekehrt. Ich bin hier der Erwachsene.«

»Du meinst, der alte Knacker.«

Das hatte komisch klingen sollen, nur ein harmloser Scherz, um die Spannung aufzulösen, doch es funktionierte nicht. Sein Vater sah nicht wütend aus, aber eindeutig verletzt, und Ben bedauerte seine Worte sofort. Er versuchte jedoch nicht, sie zurückzunehmen.

»Wo ist Doktor van Staaten?«, fragte er stattdessen.

»*Heidi* kommt mit dem letzten Wagen. Sie ist Ärztin. Sie hält es für ihre Pflicht, bis zum Schluss dazubleiben.«

»Und Kapitän Schulz?«

»Er ist Kapitän und anscheinend der Meinung, er müsse mit dem sinkenden Schiff untergehen«, sagte eine Stimme hinter ihnen.

Selbst wenn Ben sie nicht erkannt hätte, die Worte hätten ihm verraten, dass sie Ramanov gehörte. Betont langsam drehte er sich herum.

»Wo ist Alexandra ?«, fragte Ramanov, bevor er oder sein Vater irgendetwas sagen konnten. »Ist sie in Ordnung?«

»Ja.« Ramanov sah sich demonstrativ suchend um, und Ben fügte hinzu: »Ich habe sie weggebracht. In einen anderen Raum, wo es wärmer ist. Ich wollte ohnehin nach ihr sehen. Sie können mitkommen, wenn Sie wollen, Professor.«

»Das ist äußerst großzügig von dir, mein Junge.«

Ben drehte sich wortlos um und ging. Ramanov und auch sein Vater folgten ihm.

Es war nicht das erste Mal, dass er nach Sasha sah. Tatsächlich hatte er es inzwischen vier- oder fünfmal getan. Und auch die meisten anderen, soweit sie nicht zurückgeblieben waren, um den Sesselliftbenutzern beim Aussteigen zu helfen oder sich sonst wie nützlich zu machen (oder im Zweifelsfall einfach im Weg herumzustehen), hatten sich mittlerweile in den großen Raum zurückgezogen. Ein gutes Dutzend Taschenlampen brannte. Jemand hatte eine altertümliche Petroleumlampe mitgebracht, die eine Insel aus warmem Licht und vermeintlicher Wärme in einer Ecke des Raumes schuf. Ben sah zu seinem nicht geringen Erstaunen, dass sich etliche Männer und Frauen auf dem nackten Metallboden ausgestreckt hatten und schliefen. Woher sie den Nerv dazu nahmen, war ihm ein Rätsel. Ramanov eilte sofort zu Sasha.

»Gemütlich«, sagte sein Vater, der unmittelbar unter der Tür stehen geblieben war. »Eine bessere Unterkunft konntest du nicht finden?«

»Das war Harrys Idee. Er glaubt anscheinend, wir seien hier unten sicherer.«

»Genau genommen war es meine Anordnung«, sagte Ramanov, der ihre Worte offensichtlich gehört hatte; und ohne sich zu ihnen herumzudrehen.

»Anordnung?«, vergewisserte sich Bens Vater. »Aha.«

»Ja, meine Anordnung. Es ist sicherer hier unten … Sie können natürlich auch gerne in Ihre gemütliche Luxuskabine hinaufgehen, wenn Sie es wünschen, Doktor. Wenn sie noch steht, heißt das.«

Zu Bens Erleichterung antwortete sein Vater nicht darauf, er sah betroffen aus, und er selbst ging rasch zu Ramanov und Sasha hin. Sie hatte sich immer noch nicht gerührt, sondern lag weiter reglos da und schien so tief zu schlafen, dass es schon beinahe unheimlich war. Vermutlich hatte er sich vorhin getäuscht, als er glaubte, sie hätte sich bewegt.

»Was ist nur mit ihr?«, murmelte er.

»Es wird ihr besser gehen, sobald wir hier weg sind.« Seltsamerweise glaubte Ben jetzt eine Sanftheit in Ramanovs Stimme zu hören, die er nicht nur noch nie an ihm erlebt hatte, sondern ihm auch niemals zugetraut hätte. »Mach dir keine Sorgen.«

»Sie wissen schon, dass es kaum einen sichereren Weg gibt, jemanden zu beunruhigen, als ihm zu sagen, dass er sich keine Sorgen zu machen braucht?«

Ramanov versetzte ihn ein zweites Mal in Erstaunen, indem er ihn nur eine Sekunde verblüfft ansah und dann lächelte. Seine noch immer in einem unförmigen Handschuh steckende Rechte strich zärtlich über Sashas Gesicht, und auf seinen Zügen erschien ein Ausdruck von Schmerz, der Ben tief berührte. Anscheinend gab es irgendwo in ihm doch noch einen Rest von Menschlichkeit.

»Wir sollten trotzdem so etwas wie eine Suchmannschaft zusammenstellen«, schlug sein Vater vor.

»Wozu?«, fragte Ramanov, jetzt wieder in seiner gewohnt abfälligen Art. »Für den Fall, dass sich jemand verirrt hat oder den herrlichen Tag auf dem Sonnendeck genießt?«

»Einfach, um nachzuschauen, wie es dort oben aussieht. Außerdem könnten wir hier tagelang festsitzen. Möglicherweise gibt es dort oben ein paar nützliche Dinge, die wir dringend brauchen. Lebensmittel, Wasser …«

»Sie haben Ihren Robinson Crusoe wohl etwas zu gründlich gelesen, Doktor Berger. Ich kenne mich auf Luxusschiffen wie diesem nicht aus, ich bin aber trotzdem ziemlich sicher, dass sich die Vorratskammern irgendwo hier unten im Schiffsinneren befinden. Sobald mein geschätzter Herr Schwiegersohn eintrifft, wird er uns bestimmt sagen, wo wir alles Nötige finden.«

Da war sie wieder, diese Mischung aus mühsam zurückgehaltener Feindseligkeit und purem Hass, die sich hinter seiner aufgesetzten Überheblichkeit nur versteckte. Erneut fragte sich Ben, was zwischen Ramanov und Sashas Vater vorgefallen sein mochte, und erneut kam er zu dem Schluss, dass jetzt nicht der richtige Zeitpunkt war, um darüber zu reden.

»Aber in einem Punkt haben Sie Recht, Doktor. Ich werde ein paar Männer losschicken, um sich hier unten umzusehen. Vielleicht finden wir ja ein etwas gemütlicheres Fleckchen. Es könnte sein, dass wir für eine Weile hier festsitzen.«

»Aber Hilfe ist doch unterwegs?«, fragte Ben erschrocken.

Ramanov überlegte kurz und nickte schließlich, aber nicht so spontan und überzeugt, wie es Ben recht gewesen wäre. »Sicher«, sagte er, drehte sich halb zu ihm herum und zuckte mit den Achseln; eine Geste, die das genaue Gegenteil auszudrücken schien. »Eine ganze Flotte von Rettungsschiffen ist bereits unterwegs hierher. Sobald der Sturm nachlässt, werden wir abgeholt. Aber das kann eine Weile dauern.«

Was Ramanov als *eine Weile* bezeichnete, dachte Ben bedrückt, das war vermutlich irgendetwas zwischen einem Tag und einem Monat. Schaudernd sah er sich in dem eisernen Raum um. Die winzigen Inseln aus blassem Licht schienen die Dunkelheit, die sie aus allen Richtungen bestürmte, eher noch zu vertiefen. Dass es hier drinnen wärmer als draußen hinter der offen stehenden Luke war, änderte nichts daran, dass es immer noch grausam kalt war. Die Batterien der Taschenlampen würden nicht allzu lange halten, und auch wenn es sehr wahrscheinlich war, so hatten sie doch trotzdem keine Garantie, dass sie Lebensmittel oder auch nur Wasser fanden. Die Chancen, dass sie einen schlechten Tausch gemacht hatten, dachte er, während er Ramanovs Blick auswich, um ihm nicht zu zeigen, wie sehr ihn seine Worte erschreckt hatten, standen gar nicht so schlecht.

Er warf noch einen abschließenden, prüfenden Blick in Sashas bleiches Gesicht, bevor er sich mit einer fast schon übertrieben energischen Bewegung herumdrehte und wieder hinausging. Mittlerweile hatten sich genug freiwillige Helfer vor der Luke versammelt, sodass es eigentlich nichts für ihn zu tun gab, aber er hatte plötzlich das Gefühl gehabt, in der eisernen Halle keine Luft mehr zu bekommen. Zwar widerstrebte es ihm zutiefst, Sasha allein zu lassen, aber er wusste auch, dass sie bei ihrem Großvater in guten Händen war.

Zu seiner Überraschung kam ihm Gerrit auf halbem Weg entgegen. Der Söldner trug nicht nur seinen schweren Rucksack auf dem Rücken, sondern hatte sich auch eine sichtlich schwere Reisetasche aus Leinen über die Schulter gehängt und hielt die Maschinenpistole schussbereit in der Rechten. Aus seinem Gürtel ragten gleich fünf Ersatzmagazine. Anscheinend, dachte Ben beunruhigt, rechnete er mit Schwierigkeiten.

Gerrit sah nicht sonderlich begeistert aus, ihn zu treffen. Aber das konnte auch nur Einbildung sein – im Augenblick sah hier wahrscheinlich niemand besonders begeistert aus. Von nichts.

»Ziehst du in den Krieg?«, witzelte Ben.

Gerrit blieb ernst. »Das sind wir längst, Jungchen. Lust auf einen Spaziergang?« Ben nickte ganz automatisch, ohne auch nur über diese Frage nachgedacht zu haben. Er war einfach nur verblüfft, und Gerrit sah ihn mit einem Mal nicht mehr missmutig, sondern schon wieder mit seinem gewohnten schadenfrohen Grinsen an und hängte ihm unaufgefordert die Reisetasche über die Schulter. »Prima. Dann kannst du dich ja ein bisschen nützlich machen.«

Ben hätte gerne mit einer entsprechend frechen Bemerkung geantwortet, aber alles, was er herausbrachte, war ein halb ersticktes Ächzen. Die Reisetasche war nicht so schwer, wie sie ausgesehen hatte. Sie war sehr viel schwerer; Ben schätzte, dass sie gut zwei oder drei Tonnen wog. »Hast du die halbe Station eingepackt?«

»Nur den Stromgenerator, die Heizung und ein bisschen Werkzeug. Mehr ging nicht rein.« Er winkte mit der nun freien linken Hand. »Komm. Die Sonne geht bald unter, und meine Mutter hat mir eingeschärft, nach Dunkelwerden immer zu Hause zu sein.«

Irgendwie gelang es Ben, die Tasche auf seiner Schulter in eine Position zu rutschen, in der sie ihm das Schultergelenk nur halb auskugelte, bevor er sich Gerrit anschloss. Der Söldner warf im Vorbeigehen einen Blick in den Raum, in dem sich Sasha und die anderen befanden, wurde jedoch nicht einmal langsamer, sondern eilte ganz im Gegenteil so schnell voraus, dass Ben seine liebe Mühe hatte, nicht den Anschluss zu verlieren.

»Also, wohin gehen wir?«, keuchte er.

Gerrit gestikulierte mit der Maschinenpistole in seiner rechten Hand zur Decke. »Nach oben. Ich will nachsehen, was noch steht … und die eine oder andere Kleinigkeit erledigen.«

»Aha.« Und um das Maß voll zu machen, glaubte er Gerrits hämisches Grinsen regelrecht auf der Rückseite seiner weißen Kapuze sehen zu können.

Trotz allem fiel ihm aber etwas auf. Gerrit bewegte sich nicht nur gerade so schnell, dass es ihm stets Mühe bereitete, nicht so weit zurückzufallen, dass er ihn aus den Augen verlor, sondern auch sehr zielsicher. Zwei- oder dreimal bogen sie ab oder nahmen einen Treppenaufgang, und der Söldner zögerte kein einziges Mal. Ganz offensichtlich kannte er sich hier sehr viel besser aus als er. Ben war wohl nicht der Einzige, der dieses Schiff auf eigene Faust erkundet hatte, als es noch ein Schiff gewesen war.

Je weiter sie nach oben kamen, desto kälter wurde es. Ben geriet unter seiner Last bald ins Schwitzen, zitterte aber trotzdem vor Kälte, und er hatte das Gefühl, dass sich sein Atem nicht mehr in grauen Dampf vor seinem Gesicht verwandelte, sondern gleich in Eis.

Endlich erreichten Sie einen Teil des Schiffes, der ihm bekannt vorkam – auch wenn ihm der Anblick einen eisigen Schauer über den Rücken jagte, der nichts mit der äußeren Kälte zu tun hatte. Dicht hinter Gerrit, der am Schluss doch ein Einsehen gehabt hatte und wieder langsamer ging, trat er in den langen holzgetäfelten Flur, an dessen Seiten sich die Türen der ehemaligen Passagierkabinen reihten. Auch hier hatten Kälte und Eis längst jeden Quadratzentimeter erobert. Alles schimmerte weiß, es war grausam kalt, und die kriechende Erstarrung hatte alle Kanten und Winkel abgerundet und längst damit begonnen, jegliche Details zu verwischen. Mehr denn je hatte Ben das Gefühl, sich in einer Tropfsteinhöhle zu befinden, und das nicht nur im übertragenen Sinne – tatsächlich wuchsen hier und da unheimliche knorrige Gebilde aus Eis von der Decke herab, sodass er sich mehr als nur einmal bücken musste, und auch das Eis auf dem Boden war nicht eben, sondern bildete rutschige Täler und Hügel, eine Unzahl winziger Barrieren, die zu überwinden ihn enorme Kraft kostete.

Gerrit blieb abrupt stehen und schien zu lauschen, schüttelte aber dann nur wortlos den Kopf und ging weiter – was Ben ungemein beruhigte. Fast so sehr wie die Tatsache, dass der Söldner plötzlich seine Waffe hob und entsicherte, selbstverständlich ohne irgendeinen Kommentar dazu abzugeben.

Als sie die Treppe erreicht hatten, die zum ehemaligen Oberdeck des

Schiffs führte, bedeutete Gerrit ihm mit einem knappen Wink, zurückzubleiben, ergriff seine Waffe mit beiden Händen und eilte die Stufen so leichtfüßig hinauf, als wären sie nicht mit einer zentimeterdicken Eisschicht bedeckt und rutschig wie Schmierseife. Es hätte seiner Ermahnung gar nicht bedurft, damit Ben ihm deutlich langsamer folgte. Er brauchte gute zwei Minuten, um das knappe Dutzend Stufen zu überwinden, und als er es geschafft hatte, war er unter seiner Kleidung in Schweiß gebadet. Er glaubte zu fühlen, wie er auf seiner Haut gefror.

Vielleicht war es aber auch nur pures Entsetzen, das ihn frösteln ließ. Sie befanden sich nun in einem Teil des Schiffes, den er nur zu gut kannte ... oder einmal gekannt hatte. Nur ein Dutzend Schritte vor ihm lag die offen stehende Tür zum Vorderdeck – Gerrit hatte sie längst passiert und war verschwunden –, und zu seiner Linken das, was einmal das Frühstücksrestaurant der *Princess of the Dawn* gewesen war. Jetzt hatte es sich in eine Eishöhle verwandelt. Die Scheiben waren unter der grausamen Kälte geborsten, und was er von der Einrichtung erkennen konnte, erinnerte ihn an das, was er unten im Labor der Station gesehen hatte. Auch hier gab es keine Kanten und scharfen Linien mehr, alles war weiß und grau, und die Kälte lag wie ein sichtbarer Dunsthauch in der Luft. Es gehörte nicht viel Fantasie dazu, Formen darin zu erkennen, unheimliche Gestalten und Dinge, die sich bilden wollten und im letzten Moment wieder auseinander trieben.

Aber wie lange noch?

»Wo bleibst du?«, drang Gerrits Stimme zu ihm heran. »Wenn du auf den Kellner wartest, der dir das Frühstück bringt, muss ich dich enttäuschen. Er ist gerade anderweitig beschäftigt.«

Ben war Gerrit im Stillen dankbar dafür, ihn aus seinen Gedanken gerissen zu haben. Seine eigene Fantasie entwickelte sich allmählich zu seinem ärgsten Feind. Fast schon zornig riss er sich von dem gespenstischen Anblick los und setzte seinen Weg fort, so schnell es seine Last und der spiegelglatte Boden zuließen.

Es wurde noch einmal spürbar kälter, als er durch die offen stehende Tür trat. Das unerwartet helle Sonnenlicht trieb ihm augenblicklich die Tränen in seine an das Halbdunkel im Inneren des Schiffes gewöhnten Augen, und Ben bildete sich keineswegs nur ein, sie praktisch sofort auf seinem Gesicht gefrieren zu fühlen. Er musste ein paarmal blinzeln, um etwas sehen zu können, und selbst dann war Gerrit in den ersten Sekunden kaum mehr als ein verschwommener Schemen in einem Ozean aus Weiß.

Wenn er gedacht hatte, dass sich das Schiffsinnere auf angstmachende Weise verändert hatte, so musste er für das, was er nun sah, wahrscheinlich ein neues Wort erfinden. Der Bug der *Princess* war kaum noch als solcher zu erkennen. Der Sturm hatte die Aufbauten nicht weggerissen, wie Ramanov vermutet hatte, doch die Kälte hatte hier draußen noch viel schlimmer gewütet als drinnen. Das dreieckige, spitz zulaufende Vorderdeck des Schiffes hatte sich in eine einzige wellige Landschaft aus Eis verwandelt. Es war nicht mehr auszumachen, wo das Schiff aufhörte und das Eis begann oder ob es überhaupt noch einen Unterschied gab.

Dann riss Ben erstaunt die Augen auf.

Gerrit stand im Bug des Schiffes und winkte ihm ungeduldig, weiterzugehen, aber er stand nicht dort, um die schöne Aussicht zu genießen. Es war hier, kam Ben zu Bewusstsein, wo alles begonnen hatte, und abgesehen von dem überall wuchernden Weiß hatte sich anscheinend nichts geändert. Gerrit war da, die unendliche Weite des Ozeans vor dem Schiff und neben dem Söldner ein weißes Gebilde, das an eine zu groß geratene rechteckige Satellitenschüssel auf einem metallenen Dreibein erinnerte.

»Wie hast du … das geschafft?«, murmelte Ben fassungslos. Natürlich konnte Gerrit die Worte über die große Entfernung hinweg nicht gehört haben, aber er wiederholte sein ungeduldiges Winken, als hätte er es getan, und Ben setzte hastig seinen Weg fort. Die spiegelglatt gefrorenen Stufen zum Sonnendeck hinunter zu überwinden überstieg beinahe seine Kräfte, und als er endlich neben Gerrit und der auf unmögliche Weise hier aufgetauchten Schallkanone ankam, war er so erschöpft, dass er die Tasche einfach von seiner Schulter gleiten und fallen ließ. Es klirrte hörbar.

Gerrit zog eine Grimasse. »Mein gutes Meissener Porzellan! Pass doch auf!«

Ben war zu müde, um auch nur zu lächeln. Erschöpft lehnte er sich gegen die Schallkanone. Seine Knie zitterten. »Wie … kommt die denn hierher?«

Gerrit ließ sich neben ihm in die Hocke sinken und zog den Reißverschluss der Leinentasche auf. Sie enthielt keine Bleibarren oder Betontrümmer, wie Ben geargwöhnt hatte, sondern war bis zum Gehtnichtmehr mit Werkzeug voll gestopft. »Was glaubst du, womit Tahia und ich beschäftigt waren, während ihr euren Schönheitsschlaf gehalten habt? Hier, halt das!«

Ben ließ den schweren Schraubenschlüssel, den er ihm in die Hand drückte, um ein Haar fallen; nicht aus Überraschung oder wegen seines großen Gewichts, sondern weil seine Finger mittlerweile trotz der dicken Handschuhe vor Kälte taub waren.

»Du hast mir etwas verschwiegen. Ihr habt insgeheim das Beamen erfunden und teleportiert euch von einem Ort zum anderen. Habe ich Recht?«

Gerrit lächelte knapp und richtete sich mit etwas in der Hand auf, von dem Ben nicht sicher war, ob es sich tatsächlich um ein Werkzeug handelte oder nicht eher um etwas, an dem van Staaten in ihren finstersten Träumen Spaß gehabt hätte. Vorsichtshalber wich er einen halben Schritt zurück, als der Söldner damit näher kam.

»Du hast ja keine Ahnung, was man schaffen kann, wenn man es muss. Nein, wir haben schlicht und ergreifend Glück gehabt. Ich weiß ja nicht, wen Ramanov als Mechaniker in seiner Crew eingesetzt hat –«

»Einen Ingenieur«, sagte Ben.

Gerrit verzog das Gesicht und streifte den Handschuh mit den Zähnen ab. »Ja, das dachte ich mir. So wie die Kiste ausgesehen hat, würde es mich wundern, wenn der Kerl ohne Hilfe eine Konservendose aufkriegt. War kein Problem, sie zu reparieren.«

»Und durch den Sturm hierher zu fahren.«

»Hast du geglaubt, ich lasse mich von ein bisschen kaltem Wind aufhalten? Was ist? Willst du nur rumstehen und mich voll quasseln oder hilfst du mir? Schraub die Verkleidung ab.«

Ben sah ihn noch einen halben Atemzug lang perplex an, machte sich dann aber mit tauben Fingern daran, Gerrits *freundlicher Bitte* nachzukommen. »Du rechnest mit Schwierigkeiten. Ich meine: Sonst hättet ihr euch wohl kaum die Mühe gemacht, dieses Ding hierher zu schleppen, oder?«

»Ich rechne *immer* mit Schwierigkeiten. Aber du hast Recht. Diesmal ganz besonders.«

»Du traust ihr nicht.«

Gerrit hielt mit Schrauben inne. »Du etwa? Weil dieses … Ding da unten aussieht wie deine Mutter?«

»Die Eiskönigin.« Ben schüttelte heftig den Kopf. »Du hast Recht. Es sieht aus wie sie – aber das ist dann auch schon alles.«

»Gut, dass du das auch so siehst.« Gerrit beugte sich wieder über die Schallkanone, als wäre das Thema damit abgehakt, aber Ben spürte, dass es das ganz und gar nicht war. Er hatte das Gefühl, gerade so etwas wie eine Prüfung erlebt zu haben … aber er konnte nicht sagen, ob er sie bestanden hatte oder durchgefallen war. Auch er setzte den Schraubenschlüssel wieder an, wenn auch mit bescheidenem Erfolg. Die Schrauben mussten festgefroren sein.

»Also, ich will jetzt nicht den Besserwisser raushängen lassen«, begann er nach einer Weile.

»Was dich nicht daran hindert, es trotzdem zu tun. – Aber braucht dieses Ding nicht Strom, um zu funktionieren?«, fuhr Ben unbeeindruckt fort und sparte sich die Frage, die ihm *eigentlich* auf der Zunge lag: Nämlich die, worauf Gerrit schießen wollte.

Der Söldner spießte ihn mit Blicken regelrecht auf. »Darum kümmert sich Tahia.«

Ben sah ihn fragend an. Er hatte nicht gewusst, dass Tahia ebenfalls schon an Bord war. Zumindest hatte er sie bisher nicht gesehen.

»Nur keine Angst.« *Und halt endlich die Klappe,* fügte sein Blick hinzu.

Ben hielt die Klappe. Er arbeitete verbissen weiter, und trotz anfänglicher Schwierigkeiten gelang es ihnen im Laufe der nächsten zehn oder fünfzehn Minuten, das Gerät so gründlich in seine Einzelteile zu zerlegen, dass Ben sich vorsichtshalber gar nicht erst fragte, wie Gerrit es jemals wieder zusammensetzen wollte – geschweige denn in der knappen Zeit, die ihnen noch blieb.

Apropos Zeit: Während sie beschäftigt waren, kehrte das Schneemobil noch zweimal zurück und entfernte sich ratternd wieder, und obwohl Ben sich fest vorgenommen hatte es *ganz bestimmt nicht* zu tun, blickte er doch irgendwann über die Schulter zurück und suchte den Himmel ab, und wahrlich nicht zum ersten Mal wünschte er sich prompt, es nicht getan zu haben. Das Firmament über ihnen war nach wie vor von einem fast schreienden Blau, aber weit draußen über dem Meer war eine dünne schwarze Linie erschienen, in der es manchmal grell aufleuchtete – der jenseitige Rand des Auges. Ihnen blieb nicht mehr allzu viel Zeit.

Gerade als er den Blick wieder abwenden wollte, bemerkte er noch etwas anderes, nicht erschreckend, aber doch so ungewöhnlich, dass er erstaunt die Augen aufriss und ein hörbares Ächzen von sich gab. »Was ist denn … *das?*«

Gerrit blickte in dieselbe Richtung wie er – aber dann nickte er nur, als hätte er das Normalste von der Welt gesehen.

Was es ganz eindeutig nicht war.

Am Himmel über ihnen standen zwei Sonnen.

»Aber das ist doch …«

»Zauberei?«, schlug Gerrit vor und machte ein gewichtiges Gesicht. »Schwarze Magie und das unheilige Wirken uralter falscher Götter?«

Ben sah ihn irritiert an und fragte sich, ob der Söldner ihn auf den Arm nahm, aber zugleich jagten ihm Gerrits Worte einen eisigen Schauer über den Rücken. Fast gegen seinen Willen sah er wieder zu der unmöglichen doppelten Sonne am Himmel hinauf. Der Anblick hatte etwas durch und durch Unheimliches – zumal er nun auch noch einen dritten, verwaschenen Fleck ein kleines Stück unterhalb der nicht ganz identischen Zwillingssonnen erblickte. Der Mond. Der Todesbote.

»Oder eine optische Täuschung«, fuhr Gerrit fort – wenn auch erst, nachdem er sich eine geraume Weile an seinem fassungslosen Gesichtsausdruck ergötzt hatte.

Diesmal sah Ben ihn zweifelnd an.

»Das Phänomen ist bekannt. Die Nebensonne. Es kommt nur hier vor. Muss wohl irgendwas mit Luftspiegelungen und den besonderen Wetterbedingungen in diesem Teil der Welt zu tun haben – aber jetzt frag mich bitte nicht nach Einzelheiten. Es ist jedenfalls nichts Bedrohliches. Du brauchst keine Angst zu haben.«

Den letzten Satz, fand Ben, hätte er sich getrost sparen können. »Bist du jetzt auch noch Meteorologe?«, fragte er feindselig.

»Nein. Aber ich schaue regelmäßig den Discovery-Channel. Mach weiter. Wir haben es gleich.«

Was den Tatsachen entsprach. Obwohl Ben *zusah,* hätte er hinterher beim besten Willen nicht sagen können, wie – aber Gerrit setzte das Zehntausend-Teile-Puzzle, in das sie die Schallkanone verwandelt hatten, innerhalb weniger Minuten zusammen, knallte schließlich den Deckel der Montageklappe zu und tätschelte das Gerät wie ein stolzer Vater sein Kind. »Fertig! Jetzt müssen wir nur noch den Stecker reinschieben und es kann losgehen.«

Ben setzte nun doch dazu an, zu fragen, *was* denn losgehen konnte, aber er kam nicht dazu, denn hinter ihnen polterte etwas, und dann sagte Tahias Stimme: »Dein Wunsch ist mir Befehl. Schalt ein. Auf der Leitung ist Saft.«

Ben drehte sich überrascht herum. Tahia stand kaum zwei Schritte hinter ihnen. Trotz der furchtbaren Kälte hatte sie ihre Kapuze zurückgeschlagen und den Reißverschluss ihre Jacke ein wenig geöffnet. Ihr Gesicht und vor allem ihre Hände (sie trug keine Handschuhe, wie Ben beinahe schon fassungslos registrierte) waren noch schmutziger und ölverschmierter als vorhin.

»Du hast den Generator zum Laufen gebracht?«, erkundigte sich Gerrit.

»Nein. Aber dort unten gibt es Batterien. Jede Menge und ziemlich große. Für ein paar Schüsse wird es reichen, keine Bange.« Mit einiger Verspätung nickte sie Ben zu. »Hallo, Ben.«

Er antwortete mit einem stummen Kopfnicken und sah sie nur weiter durchdringend an. Tahia war nicht nur lebensmüde, in diesem Aufzug an Deck herumzulaufen, Gerrit und sie verheimlichten auch ganz offensichtlich etwas vor ihm. Ihm fiel plötzlich auf, dass sie nicht nur eine Maschinenpistole bei sich trug wie Gerrit, sondern auch ihren geliebten Flammenwerfer, den sie wie ein Samurai sein Schwert auf den Rücken geschnallt hatte.

»Was ist hier los? Das ist doch keine reine Vorsichtsmaßnahme! Ihr rechnet damit, dass wir angegriffen werden, habe ich Recht?«

Er war beinahe sicher, dass Tahia nur den Kopf schütteln oder allenfalls mit einer flapsigen Bemerkung antworten würde, aber sie wurde auf einmal sehr ernst.

»Du hast doch nicht geglaubt, dass sie uns einfach so gehen lassen, oder? Nur weil dieses Ding aussieht wie deine Mutter, solltest du nicht den Fehler begehen, ihm zu vertrauen.«

»Das tue ich nicht. Aber –«

»Sie *können* uns gar nicht gehen lassen. Was glaubst du wohl, was hier los ist, wenn wir erzählen, was sie dort unten treiben? Dieses Risiko können sie gar nicht eingehen. Ich an ihrer Stelle würde es jedenfalls nicht tun.«

»Bisher hat sie Wort gehalten«, antwortete Ben, der sich zugleich fragte, warum er eigentlich widersprach. Er wusste ja, dass Tahia Recht hatte.

»Ach, haben sie das? Wir sind hier, das stimmt. Schön weit weg von der Station und dem Labor und allem, womit wir ihnen Schaden zufügen könnten. Und so ganz nebenbei sitzen wir hier wie auf dem Präsentierteller. Und selbst wenn sie uns nicht angreifen, brauchen sie nur zu warten, bis der Sturm uns erledigt, oder die Kälte.« Sie deutete fast zornig auf die schwarze Linie am Horizont. Sie war näher gekommen. Nicht viel, aber sie *war* näher gekommen. »Mach dir nichts vor. Vielleicht kommen wir hier raus, aber ganz bestimmt nicht *einfach so.*«

»Außerdem fehlt noch eine Kleinigkeit, bevor der Handel komplett ist«, sagte Gerrit.

»Und was?«

»Die Gefangenen«, sagte Tahia. »Die Leute von der *Princess*. Oder siehst du sie irgendwo?«

Ben starrte sie betroffen an. Er begriff es selbst nicht, aber Tatsache war, dass er die Gefangenen, von denen die Eiskönigin versprochen hatte, sie würden hier auf sie warten, schlichtweg *vergessen* hatte. »Aber sie hat –«

»– versprochen, dass sie hier auf uns warten«, unterbrach ihn die Söldnerin. »Ich habe das ganze Schiff abgesucht, aber hier ist niemand. Und wenn ich mich richtig erinnere, war das Teil des Deals, oder?«

»Du meinst …«, begann Ben, brach dann aber ab und spürte selbst, wie ihm das Blut aus dem Gesicht wich, als ihm klar wurde, was Tahia ihm *wirklich* zu erklären versuchte.

»Ich meine«, sagte Tahia, plötzlich beinahe sanft, aber auch in sehr nachdrücklichem Ton, »dass es ziemlich blauäugig wäre, uns darauf zu verlassen, dass sie ihr Wort hält. Ich an ihrer Stelle täte es nämlich nicht.«

Das hatte sie schon einmal gesagt, und Ben hatte es ihr schon einmal nicht geglaubt. Wenn er eines über die Söldnerin zu wissen glaubte, dann, sich auf das verlassen zu können, was sie sagte.

Und ganz offensichtlich konnte sie auch Gedanken lesen, jedenfalls in diesem Moment, denn sie schüttelte den Kopf, als hätte er die Worte laut ausgesprochen, und sie antwortete sogar darauf: »Ach, du meinst, ich täte das nicht? Nur weil ich auf eurer Seite stehe und euch ein paarmal geholfen habe?«

»So … ungefähr.«

»Ja, und genau da bist du auf dem Holzweg, Kleiner. Es kommt immer darauf an, was man zu verlieren hat, weißt du, oder zu gewinnen. Und sie haben eine Menge zu verlieren.«

»Aber sie *haben* doch schon gewonnen«, sagte Ben zögernd.

»Kaum.« Tahia lachte, leise und sehr, sehr humorlos. »Sag mal, hast du dich nie gefragt, warum sie so große Mühen auf sich genommen haben – und ganz nebenbei ein so enormes Risiko eingegangen sind –, um ausgerechnet deine Mutter herzuholen?«

Natürlich hatte er sich das gefragt, aber er hatte keine befriedigende Antwort darauf gefunden – vielleicht weil er es gar nicht wollte. Er wollte auch jetzt nicht über seine Mutter reden.

Tahia offensichtlich schon, und aus irgendeinem Grund schien sie seine Reaktion zu ärgern, denn sie ergriff ihn grob am Arm und zerrte ihn die wenigen Schritte zur Reling. Ben war viel zu perplex, um auch nur an Gegenwehr zu denken.

»Ich sollte wohl besser sagen: jemanden *wie sie.*«

Ben riss sich nun doch los, wich aber keinen Zentimeter von der Reling zurück. Er verstand gar nichts mehr. »Jemanden *wie sie*?«

»Einen Wissenschaftler. Jemanden, der wirklich gut auf seinem Gebiet ist – so wie deine Mutter. Jemand, der etwas vom Klonen versteht. So wie dieser Baxter oder wie er hieß. Du glaubst doch nicht, dass sie dieses Frankenstein-Labor *rein zufällig* hier eingerichtet haben, oder?« Sie zuckte mit den Achseln. Es wirkte wütend. »Vielleicht war der arme Baxter doch nicht gut genug. Oder er war gut und hatte das Pech, dass deine Mutter schlichtweg besser war. Ich meine … ich verstehe nicht besonders viel davon, aber sie soll eine Koryphäe auf ihrem Gebiet sein … gewesen sein.«

»Die Beste.« Ben begann allmählich zu ahnen, worauf Tahia hinauswollte. Aber das wollte er gar nicht wissen. Mit jeder Sekunde weniger.

»Ja, das dachte ich mir«, sagte Tahia grimmig. »Und jetzt schau dich hier um und sag mir, was du siehst.«

»Schnee. Eis. Und ein paar Felsen.«

»Ja, und vielleicht irgendwo ein paar Pinguine und Eisbären. Ein ziemlich ungemütliches Fleckchen. Eigentlich sind diese komischen Eiszombies ideal für eine Umgebung wie diese. Als hätte man sie dafür gemacht.«

»Das haben sie wahrscheinlich auch. Aber nicht meine Mutter. Sie waren schon vorher da.«

»Vermutlich sogar schon vor Baxter und Zar Iljitsch I. Wahrscheinlich schon eine Million Jahre vor ihnen. Weißt du, ich habe da eine Theorie.«

Sie hob abwehrend die Hand, obwohl er gar nicht vorgehabt hatte, etwas zu sagen. »Okay, es ist nur eine Theorie, aber ich habe mit van Staaten gesprochen und auch mit ein paar von den anderen Eierköpfen, und sie haben zumindest nicht gleich einen Lachanfall bekommen. Gehen wir einmal davon aus, dass wirklich alles so war, wie du es in deinen Träumen gesehen hast, dann sind diese … *Alten* vor zwei Milliarden Jahren untergegangen – oder genauer gesagt untergegangen worden, weil sie sich mit den Falschen angelegt haben. Und was von ihnen übrig geblieben ist – ihre … Seelen, wenn du so willst –, das wartet seitdem, eingesperrt in diese Diamanten, darauf, wieder zu erwachen. Ein cleverer Plan. Ich meine, was ist schon sicherer als ein Diamant. So ziemlich unzerstörbar, nicht wahr?«

Nun ja, das war eine *sehr vereinfachte* Version der Geschichte, wie er sie wahrscheinlich erzählt hätte, aber ganz falsch war sie auch nicht. Er nickte nur.

»Wenn du mich fragst, dann haben sie einfach nur Pech gehabt, sich ausgerechnet diesen Platz auszusuchen«, fuhr Tahia fort. »Ziemlich sicher, aber auch ziemlich abgelegen. Wir haben am eigenen Leib gespürt, dass sie im Stande sind, nicht nur Menschen zu beeinflussen, sondern auch so ziemlich alles andere – das Eis eingeschlossen.«

»Stimmt. Und worauf willst du jetzt hinaus?«

»Darauf, dass sie die Arschkarte gezogen haben, wenn es ihnen darum geht, die Welt zu erobern«, sagte Gerrit.

Tahia lächelte flüchtig und wurde sofort wieder ernst. »Ich hätte es anders ausgedrückt, aber im Prinzip hat er Recht. Die Eiskrieger sind verdammt effektiv in einer Gegend wie dieser … aber kannst du sie dir im Hochsommer in Frankfurt vorstellen? Oder als Sturmtruppen in der Sahara?« Sie schüttelte heftig den Kopf. »Und jetzt denk mal an das, was wir dort unten gesehen haben. Du erinnerst dich noch an deine Begegnung mit dieser haarigen Schönheit?«

»Die Spinne?« Bens Stimme zitterte, und für einen Moment hatte er Schwierigkeiten, zu atmen, weil er das Gewicht des Ungeheuers wieder auf der Brust zu spüren glaubte. Trotzdem machte er ein zweifelndes Gesicht. »Ich verstehe. Du meinst, sie … sie haben Baxter und später meine Mutter geholt, damit sie diese … diese Spinnenmonster züchten? Als Krieger?«

»Warum nicht? Mal ehrlich – womit würdest du dich lieber schlagen, wenn du die Wahl hättest, mit einem dieser Eisdinger oder der Spinne?«

»Einmal außer Acht gelassen, dass mich beide in Stücke reißen würden?« Ben zog eine Grimasse. »Ich verstehe. Du meinst die psychologische Wirkung. Sie wäre verheerend – aber mehr auch nicht. Ich weiß, worauf du hinauswillst«, fuhr er mit leicht erhobener Stimme und hörbar skeptisch fort. »Panik. Massenhysterie. Menschen, die schon beim bloßen Gerücht, dass eine Armee dieser Monster anrückt, die Flucht ergreifen –«

»Soldaten, die ihre Waffen wegwerfen oder erstarren«, fügte Tahia nickend hinzu. »Ich habe nicht vergessen, was Frank uns über Spinnen erzählt hat – erinnerst du dich? Es gibt fast keinen Ort auf der Welt, wo sie nicht vorkommen, und sie sind furchtbare Kämpfer, in Relation zu ihrer Körpergröße. Das Vieh, das dich angegriffen hat, muss so stark wie ein Rhinozeros gewesen sein. Und jetzt stell dir mal eine ganze Armee dieser Biester vor.«

Das tat Ben lieber nicht. »Es sind trotzdem nur Tiere. Ganz egal wie stark und gefährlich oder erschreckend sie auch sind. Sie hätten keine Chance gegen eine moderne Armee. Es sind nur dumme Tiere.«

»Ja. Dann wollen wir hoffen, dass sie nur ihre Körper verändert haben.«

Ben erschrak, aber auch diesmal nur kurz. Dann lachte er leise. »Das sind jetzt Horrorgeschichten. Wirklich – darüber habe ich oft genug mit meiner Mutter gesprochen. Es ist sicher möglich, gentechnisch veränderte Monster zu züchten, vielleicht sogar noch viel schlimmere als diese Spinnen, aber *intelligente* Monster? Das ist Science-Fiction. *Schlechte* Science-Fiction.«

»So wie Ungeheuer aus Eis, die herumlaufen und Schiffe überfallen.« Ben sah sie an, und die junge Söldnerin fuhr fort: »Ich will dir keine Angst machen, aber mir ist in den letzten Tagen eine Menge wie pure Magie vorgekommen. Vor einer Woche hätte ich noch über dieses Wort gelacht, aber jetzt nicht mehr.«

Ben starrte sie nur weiter an. Nicht weil ihn Tahias Worte so sehr erschreckt hätten (was sie taten), sondern weil er plötzlich das Gefühl hatte, dass das noch lange nicht alles war. Sie wollte ihm etwas ganz Bestimmtes sagen … aber sie tat es nicht.

»Worauf willst du hinaus?«

Tahia schwieg und sah weg, aber Gerrit erklärte: »Dass wir unter gar keinen Umständen zulassen dürfen, dass auch nur eines dieser Ungeheuer von hier entkommt.«

»Und was«, fragte Ben mit klopfendem Herzen, »willst du damit sagen?«

Darauf antwortete keiner der beiden.

32

IRGENDWANN KAM DAS SCHNEEMOBIL ZUM LETZTEN MAL ZURÜCK, und das vermutlich nicht nur, weil aus der dünnen schwarzen Linie am Horizont eine titanische Mauer aus von Blitzen durchzuckter Dunkelheit geworden war und die Zeit für eine weitere Fahrt gar nicht mehr ausgereicht hätte. Ben war wieder nach unten zur Luke gegangen und konnte schon hören, dass etwas mit dem Fahrzeug nicht stimmte, bevor es in dem schmalen Ausschnitt der Welt auftauchte, den er durch die offen stehende Tür sehen konnte. Das Motorengeräusch klang unregelmäßig und stotternd, und als das Schneemobil endlich da war, bewegte es sich ruckhaft und in einem wilden Schlingerkurs. Eine der beiden Gummiketten war gerissen, und das Fahrzeug schleppte sich auf dieser Seite auf kreischenden Eisenrädern über das Eis, in dem es eine schimmernde Narbe hinterließ. Es gab dieses Mal keine Passagiere, die außen auf dem Fahrzeug mitfuhren. Als das Schneemobil unter der *Princess* anhielt und der Motor mit einem letzten, sehr endgültig klingenden Röcheln erstarb, stiegen nur zwei Personen aus der verbeulten Kanzel; Harry selbst und van Staaten.

Harry kurbelte die Ärztin rasch in die Höhe und wartete nicht einmal ab, bis Ben und sein Vater ihr ganz hereingeholfen hatten, sondern griff mit beiden Händen zu, schwang die Kniekehlen über das straff gespannte Drahtseil und hangelte sich so schnell und geschickt wie ein Affe daran empor. Er besaß sogar die Unverschämtheit, nicht einmal außer Atem zu sein, als er kaum eine Minute später als Letzter hereinkletterte.

»Gut, das war's. Der Wagen hat's hinter sich. Es kommt keiner mehr. Macht den Laden dicht!«

»Was soll das heißen, es kommt keiner mehr?«, fragte Ben. »Wo ist –?«

»Ich sagte, es kommt niemand mehr. Also macht die verdammte Tür zu, bevor es hier drinnen noch kälter wird!«

»Wo ist Tooth, Harry?«

»Ich habe gesagt, es kommt niemand mehr. Was ist daran so schwer zu verstehen?«

Bens Mund war plötzlich so trocken, dass er gar nichts mehr hätte sagen können, selbst wenn es gewollt hätte, aber Gerrit kam ihm auch zuvor, indem er die schwere Eisentür mit beiden Händen ergriff und ächzend zuschob.

»Was … bedeutet das?«, fragte Bens Vater. Er stand nur ein paar Schritte entfernt und hatte van Staaten in die Arme genommen, aber es war nicht zu erkennen, wer hier eigentlich wen zu beschützen versuchte.

Ben hielt seinen Blick weiter auf Harrys Gesicht gerichtet, aber der Söldner funkelte ihn nur an, und schließlich drehte er sich mit einem Ruck herum und trat auf seinen Vater und die Ärztin zu. »Du hast das gewusst, habe ich Recht?«

Die Frage galt van Staaten, aber das schien sein Vater nicht begriffen zu haben. »Gewusst? Was?«, fragte er ratlos.

Van Staaten löste sich aus seinen Armen. »Ben, du musst das verstehen. Es ist –«

»Wie konntest du so etwas tun? Du bist Ärztin! Ich dachte, du würdest Leben retten!«

»Es war seine Entscheidung, Ben.«

Ben drehte sich betont langsam herum, und er musste sich nicht einmal anstrengen, um Tahia genauso vorwurfsvoll anzublicken wie van Staaten gerade. »Seine Entscheidung? Und ihr habt alles versucht, um sie ihm auszureden, nehme ich doch an.«

»Es war sein eigener Wunsch«, antwortete Tahia sanft. »Niemand hat ihn darum gebeten. Ganz im Gegenteil. Aber du kennst doch Tooth. Wenn er schon abtreten muss, dann mit einem Knall. Einem möglichst großen.«

»Könnte mir vielleicht jemand verraten, was hier eigentlich los ist?«, fragte sein Vater verwirrt.

Niemand beachtete ihn.

»Ja, und ihr habt natürlich alles getan, damit es nicht so weit kommt.«

Wütend wandte sich Ben wieder zu van Staaten um. »Und ich nehme an, du hast auch alles getan, was –«

»Das reicht jetzt«, sagte Harry scharf. »Wir haben keine Zeit für so was. Schluss!«

»Aber was soll denn das alles?«, begehrte Bens Vater auf.

»Nicht jetzt, Doktor. Tahia – was ist mit den Geiseln? Irgendeine Spur?«

Die Söldnerin schüttelte den Kopf, und Harry nickte so grimmig, als hätte er nichts anderes erwartet. »Und die anderen? Sind sie in Sicherheit?«

»Ich denke ja. Willst du dir's ansehen?«

Harry nickte, und Tahia stürmte davon. Harry zögerte keine Sekunde, ihr zu folgen, und auch Ben wollte sich ihnen anschließen, doch sein Vater hielt ihn mit einem raschen Griff am Arm zurück. »Was zum Teufel bedeutet das?«

Ben riss sich mit einer zornigen Bewegung los. »Warum fragst du das nicht deine neue Freundin?« Und damit ließ er van Staaten und ihn einfach stehen und lief hinter den beiden Söldnern her.

Sein schlechtes Gewissen meldete sich schon, bevor er in der großen Eisenhalle angekommen war. Natürlich war er unfair gewesen, verletzend und schlichtweg gemein, und er bedauerte längst, ihr mit seinen Worten wehgetan zu haben – aber er war einfach ... empört. Er zweifelte nicht daran, dass Tahia die Wahrheit gesagt hatte und es Tooths Entscheidung gewesen war; eine Entscheidung, die auf eine grausam logische Weise sogar *richtig* war und trotzdem so falsch, dass er am liebsten laut aufgeschrien hätte. Später, das nahm er sich fest vor, würde er sich bei Tahia und Harry entschuldigen. Und vor allem natürlich bei van Staaten.

Als wäre die Zeit in der Halle stehen geblieben, stand Ramanov noch immer neben seiner schlafenden Enkeltochter und schien nicht einmal von Harrys Erscheinen Notiz genommen zu haben; ein gespenstischer Anblick, der Ben für einen Moment sogar seinen hilflosen Zorn vergessen ließ. Noch unheimlicher war das, was er auf Ramanovs Gesicht gewahrte, als er neben ihn trat. Nie hatte er einen solchen Ausdruck von Trauer, Schmerz und Mitgefühl auf den Zügen des Russen erblickt. Er hatte niemals so ... menschlich gewirkt wie jetzt und niemals so *verwundbar.*

Dann erschrak er, trat rasch an den eisernen Absatz heran und streckte die Hand nach Sashas Hals aus, um nach ihrem Puls zu fühlen, doch Ramanov griff blitzschnell nach seinem Handgelenk und hielt es fest. »Keine Angst. Sie schläft nur.«

Ben war verwirrt, gelinde ausgedrückt. Plötzlich war er nicht mehr sicher, ob der Ausdruck auf Ramanovs Gesicht der schlafenden Sasha galt oder etwas anderem, was nur er sehen konnte. »Ist … alles in Ordnung mit Ihnen?«

»Ja. Und mit ihr auch.«

Ben sah unsicher auf Sasha hinab. Sie lag noch immer vollkommen reglos da, in einer so tiefen Bewusstlosigkeit gefangen, dass sie dem Tod vielleicht näher war als dem Leben.

Ramanov musste seinen Blick richtig gedeutet haben, denn plötzlich lächelte er matt und berührte ihn noch einmal – beinahe sanft – am Arm. »Mach dir keine Sorgen. Ihr wird nichts geschehen. Das werde ich nicht zulassen.«

Das klang ein wenig lächerlich – aber zugleich auch so ernsthaft, dass er es einfach nicht wagte, zu widersprechen.

Das übernahm ein anderer für ihn. »Wie rührend«, sagte Harry hinter ihnen. »Ich störe die kleine Familienfeier ja nur ungern, Professor, aber es gäbe da noch ein paar Punkte, über die wir reden müssten. Ihre Leute sind sicher untergebracht?«

Die Frage war ziemlich überflüssig, fand Ben. Die allermeisten von Ramanovs Leuten saßen oder lagen rings um sie herum auf dem nackten Metallboden. Ein erstaunlich großer Teil von ihnen war eingeschlafen; ein weiterer Beweis für die tiefe Erschöpfung, die von allen hier Besitz ergriffen hatte.

Ramanov hob nur wortlos die Schultern und strich Sasha noch einmal mit den Fingerspitzen über die Wange. Es war die letzte Reaktion, die Ben von ihm erwartet hätte. Konnte es sein, dachte er schaudernd, dass Ramanov … *aufgegeben* hatte?

Harry wartete einen Moment lang vergeblich auf eine Antwort, schürzte dann trotzig die Lippen und trat an die Wand unmittelbar neben der Tür, um mit den Fingerknöcheln dagegen zu klopfen. Ein dumpfes Geräusch erklang. Dann nahm er die Maschinenpistole von der Schulter und wiederholte sein Klopfen mit dem Kolben der Waffe. Diesmal dröhnte es, als wäre eine riesige Glocke angeschlagen worden.

»Klingt einigermaßen stabil«, murmelte er, während er die Waffe wieder schulterte und das Walkie-Talkie aus der Tasche zog. »Ich hätte mir etwas Besseres gewünscht, aber …« Er ließ den Satz unvollendet, was ihm etwas Bedrohliches zu verleihen schien.

»Etwas Besseres, wofür?«

Harry würdigte Ben nicht einmal eines Blickes, sondern wandte sich wieder an Ramanov. »Wie lange bleibt es noch hell, Professor?«

»Zwanzig Minuten. Ungefähr.«

Harry schien kurz angestrengt nachzudenken, dann hob er das Funkgerät an die Lippen und drückte die Sprechtaste. »Tooth? Verstehst du mich?«

Für Ben drang nur ein unverständliches Krächzen und Rauschen aus dem winzigen Lautsprecher, aber Harry schien damit zufrieden zu sein. »Gut. Du weißt Bescheid.« Er atmete tief ein, sah sich auf eine sonderbar … *scheue* Art im Raum um und sagte dann: »Also gut. Ich weiß, dass Sie mich hören, Gnädigste. Melden Sie sich.«

Nichts geschah. Aus dem Funkgerät kam nur statisches Rauschen. Harry machte ein ärgerliches Gesicht und setzte das Walkie-Talkie neu an. »Sparen wir uns doch die Albernheiten. Sie wissen, was ich von Ihnen will.«

Statisches Knistern. Vielleicht auch ein leises höhnisches Lachen.

»Also gut. Wenn Sie auf diesen Kinderkram bestehen … Ich rufe die Eiskönigin. Dr. Jennifer Berger. Den Obermotz oder wie immer Sie sich jetzt auch nennen. Ich weiß, dass Sie mich hören. Wir haben unseren Teil der Abmachung eingehalten. Jetzt sind Sie dran. Ich gebe Ihnen genau zehn Minuten, die Gefangenen hierher zu schaffen, oder Ihnen fliegt der ganze Laden um die Ohren. Das ist keine leere Drohung. Wir haben nichts zu verlieren, vergessen Sie das nicht. Und … ach ja, bevor Sie auf dumme Ideen kommen, lesen Sie im Lexikon nach, was man unter einem Totmannschalter versteht, und dann schauen Sie, was Tooth in der Hand hält. Zehn Minuten, von jetzt an.« Er schaltete das Gerät aus und ließ es in die Jackentasche gleiten.

Es wurde sehr still.

»Was bedeutet das?«, fragte Bens Vater misstrauisch.

»Haben Sie das immer noch nicht verstanden, Sie Dummkopf?«, murmelte Ramanov bitter. »Sie haben einen ihrer Männer zurückgelassen, um die Bombe zu zünden.«

Bens Vater wurde blass, und Harry sagte beinahe hastig: »Nur als allerletzten Ausweg. Falls sie versucht uns reinzulegen.«

»Sie könnte auf den Gedanken kommen, dass *wir sie* hereinlegen wollen«, murmelte Ramanov. Harry ignorierte ihn.

»Tooth? Sie haben … Sie haben Ihren eigenen Kameraden zurückgelassen, um –«

»Meinen Freund, Doktor. Und es war sein ausdrücklicher Wunsch. Seine Idee sogar.«

»Er wusste, dass er sterben wird«, fügte van Staaten hinzu. »Ich habe es ihm nicht gesagt, aber er wusste es.« Sie klang traurig, und Ben bedauerte erneut und noch mehr, was er gerade gesagt hatte. Er schwieg, warf ihr aber einen raschen, um Verzeihung bittenden Blick zu, und sie antwortete mit einem angedeuteten Nicken.

Wieder wurde es eine Weile sehr still, und wieder war es Bens Vater, der das Schweigen brach. »Und wenn sie die Bombe entschärfen?«

»Das werden sie zweifellos versuchen und es wird ihnen vermutlich auch gelingen. Aber nicht in zehn Minuten.« Harry lachte humorlos. »Tahia hat dafür gesorgt, dass das Ding hochgeht, wenn jemand dran rumfummelt. Sie brauchen mindestens eine Stunde, um sie zu entschärfen.«

»Zwei«, verbesserte ihn Tahia.

»Zwei«, wiederholte Harry. »Umso besser.«

»Und was … ist ein… Totmannschalter?«, fragte Robert Berger zögernd.

Harry hob seine Maschinenpistole, richtete den Lauf gegen die Decke und zog den Abzug durch. Nichts geschah. Die Waffe war gesichert. Harry blieb eine geschlagene Sekunde wie erstarrt stehen, dann ließ er den Abzug ruckartig los, sodass er mit einem hörbaren Klicken zurücksprang, und Tahia sagte: »Bumm!«

»Oh.« Bens Vater wurde noch ein bisschen blasser. »Und wenn … wenn er das Bewusstsein verliert oder stirbt?«

»Das wird er nicht«, versicherte van Staaten hastig. Harry hob nur die Schultern. »Ein gewisses Restrisiko besteht natürlich. Aber nicht für uns. Hier drinnen dürften wir sicher sein. Es gibt vielleicht einen ganz schönen Rums, aber –«

Etwas geschah. Es war kaum mit Worten zu beschreiben, weil es Teil einer Welt war, die nichts, aber auch *rein gar nichts* mit der zu tun hatte, die sie alle kannten. Es war, als … *stülpe sich die Wirklichkeit um* (zusammen mit einem Gutteil von Bens Eingeweiden), und es war kaum vorüber, da drang ein gellender Schrei zu ihnen herein, gefolgt von einem dumpfen Poltern und Rumoren und einem vielstimmigen Stöhnen und Wehklagen.

Ben fuhr erschrocken herum, und Harry, Tahia und Gerrit hoben in einer völlig synchronen Bewegung ihre Waffen und richteten sie auf die Tür – genauer gesagt auf das Mitglied der Stationsbesatzung, das in diesem Sekundenbruchteil hereinstolperte und mitten in der Bewegung erstarrte.

»Was?!«, blaffte Harry.

»Die … die Gefangenen«, stammelte der Mann. »Sie … sie sind plötzlich aufgetaucht. Wie aus dem Nichts! Überall!«

Van Staaten schnappte sich ihre Arzttasche und stürmte aus dem Raum. »Mitkommen! Alle! Ich brauche jede Hilfe, die ich kriegen kann!«

Nur zwei oder drei Männer in ihrer unmittelbaren Nähe erhoben sich müde, um ihr mit hängenden Schultern hinterherzuschlurfen, und Harry ließ endlich seine Waffe sinken und atmete hörbar aus: »Na also. Geht doch«, um im nächsten Augenblick herumzufahren: »Tahia! Gerrit! Ab nach oben! Ihr wisst Bescheid!«

Die beiden Söldner verschwanden wie weggezaubert, und Ben wagte zum ersten Mal, sich ein Gefühl vorsichtiger Erleichterung zu gestatten.

Ungefähr eine Sekunde lang. Vielleicht auch zwei.

Bis Sasha mit einem spitzen Schrei hochfuhr, ihren Großvater zur Seite stieß und aus der Tür rannte, bevor irgendjemand richtig begriff, was geschah.

Ben war der Erste, der seine Überraschung überwand und hinter ihr herrannte. Harry schrie etwas, was er nicht verstand und was ihn auch nicht interessierte, und er sah aus den Augenwinkeln, wie Ramanov zurücktaumelte und schwer zu Boden fiel, aber das beachtete er genauso wenig, jagte zur Tür hinaus – und stolperte prompt über eine Gestalt in einer zerfledderten Matrosenuniform, die vor der Tür auf dem Boden lag und vor zwei Minuten *ganz bestimmt noch nicht da gewesen war.* Und obwohl Ben plötzlich mit wild rudernden Armen um sein Gleichgewicht kämpfte, registrierte er, in welch erbärmlichem Zustand sich der Mann befand; ausgezehrt und hoffnungslos verdreckt und ganz eindeutig dem Tod näher als dem Leben.

Der grelle Schmerz, der in seinen Handgelenken explodierte, als er sich an der gegenüberliegenden Wand abfing, riss ihn unsanft in die Wirklichkeit zurück. Ben schluckte einen Schmerzenslaut hinunter, stieß sich an der Wand ab und sah gerade noch, wie ein pelzbesetzter weißer Umhang am anderen Ende des Ganges verschwand. *»Sasha! Bleib stehen!«*

Natürlich reagierte sie nicht und er stolperte weiter. Als er das Ende des Korridors erreichte, bekam er Sasha zwar noch einmal zu Gesicht, aber ihr Vorsprung war mittlerweile auf das Doppelte angewachsen, und sie schien immer noch schneller zu werden und regelrecht durch den Gang zu schweben, während er selbst immer mehr Mühe hatte, vorwärts zu kommen. Auch hier draußen waren plötzlich überall Menschen: Passagiere und ehemalige Besatzungsmitglieder der *Princess*, die in wirrem Durcheinander auf dem Boden lagen, zum Teil übereinander oder mit ineinander verstrickten Gliedmaßen, und ausnahmslos ohne Bewusstsein zu sein schienen. Er hoffte wenigstens, dass sie nur bewusstlos waren.

Sasha verschwand schon wieder durch eine Tür am Ende des Ganges, und Ben versuchte verzweifelt, irgendwie schneller zu rennen und sie einzuholen. Van Staaten, die neben einem bewusstlosen Matrosen kniete, sah überrascht auf und rief ihm etwas nach, und hinter sich hörte er hastig stampfende Schritte und Harrys Stimme, die seinen Namen brüllte, aber nichts von dem vermochte ihn aufzuhalten. Sasha! Er musste sie einholen, bevor sie das Deck erreichte, denn sie lief geradewegs in ihr Verderben, das *wusste* er einfach!

Aber er wusste auch ebenso sicher, dass er sie nicht einholen würde.

Trotzdem rannte er nur noch schneller, und nachdem er durch die nächste Tür gestürmt war, ging es sogar ein wenig besser. Auch hier lagen Menschen auf dem Boden, aber nicht so viele wie hinter ihm, sodass er ihnen ohne Mühe ausweichen und mehr Tempo machen konnte, doch unglückseligerweise galt das auch für Sasha. Er bekam sie noch ein- oder zweimal zu Gesicht, und schließlich sah er sie gar nicht mehr, sondern hörte nur noch das hallende Echo ihrer Schritte in der Dunkelheit vor sich.

»Ben, verdammt, warte!«, schrie Harry hinter ihm. »Willst du dir den Hals brechen?«

Widerstrebend lief Ben langsamer und hielt dann ganz an, damit

Harry zu ihm aufschließen konnte. Der Söldner hatte Recht: Das letzte bisschen Licht war schon lange hinter ihnen zurückgeblieben, und weiter in die vollkommene Schwärze zu stürmen, wäre glatter Selbstmord gewesen. Wie Sasha ihren Weg fand, war ihm ein Rätsel.

Mit zitternden Fingern grub er die Stablampe aus der Tasche, schaltete sie ein und lief weiter. Ein zweiter Lichtstrahl gesellte sich zu seinem und er hörte Harrys keuchende Atemzüge jetzt direkt hinter sich, und da waren auch noch mehr Schritte, langsamer und ein gutes Stück hinter ihnen und weiter zurückfallend. Er versuchte nur, seine Schritte noch mehr zu beschleunigen.

»Versuch nicht, mich aufzuhalten!«

Harry versuchte nichts dergleichen, sondern rannte nur mit einem kurzen Zwischenspurt an ihm vorbei. »Wo will sie hin, verdammt noch mal?«

Ben wusste die Antwort, aber er sparte sich seinen Atem lieber, um mit Harry mitzuhalten. Irgendwo, weit hinter sich, hörte er seinen Vater beinahe verzweifelt seinen Namen rufen.

Sie rasten eine Treppe hinauf, durch einen schier endlos langen, vereisten Gang und eine weitere, weiß überzogene Metalltreppe nach oben und fanden sich bei den Passagierkabinen wieder. Die Tür am Ende des holzgetäfelten Ganges stand offen, und für den Bruchteil einer Sekunde glaubte er einen weißen Schemen zu erkennen. Eine Woge grausamer Kälte schlug ihnen entgegen, und Ben hatte plötzlich das Gefühl, gemahlenen Diamantstaub zu atmen, aber irgendwie gelang es ihm trotzdem, wieder zu Harry aufzuholen, sodass sie endlich Seite an Seite die Treppe zum Frühstücksraum emporstürmten. Oben sah er gerade noch, wie Sasha die Tür aufstieß und auf dem Vorderdeck verschwand.

»Sasha! Um Gottes willen! Bleib stehen!«, brüllte er, ließ die Taschenlampe fallen und mobilisierte noch einmal sämtliche Kräfte, um nun sogar an Harry vorbeizusprinten und die Tür am anderen Ende des vereisten Flures aufzustoßen.

Er kam trotzdem zu spät.

Sasha hatte die Treppe zum Sonnendeck bereits erreicht und jagte hinunter, scheinbar ohne die Stufen auch nur zu berühren. Tahia und Gerrit, die das Deck kurz vor ihr erreicht haben mussten und nebeneinander hinter der Schallkanone standen, hätten sie möglicherweise sogar aufhalten können, aber sie waren offensichtlich zu perplex, um sich auch nur zu rühren, und Sasha jagte an ihnen vorbei zur Reling …

… und erstarrte.

Ben dachte nicht einmal an die Gefahr, in der er schwebte. Die Kälte *war* schlimmer geworden und schien sich ihm wie eine unsichtbare massive Wand in den Weg zu stellen, aber er rannte einfach hindurch, überwand die Stufen zum Sonnendeck hinab mit einem einzigen Satz und schlitterte auf Sasha zu. Mit ganzer Wucht prallte er gegen die vereiste Reling neben ihr und klammerte sich instinktiv mit beiden Händen fest.

Und erstarrte genau wie sie.

Plötzlich wusste er, dass er sich nicht getäuscht hatte. Etwas *hatte* das Schiff berührt und es war noch immer da, ein wabernder Schatten, formlos und sich windend und dicht unter der Meeresoberfläche, ein Gigant, der den Ozean von einem Horizont zum anderen auszufüllen schien und sie aus gnadenlosen Augen anstarrte. Er war da. Nyarlathotep war gekommen.

»Was zum Teufel –?«, fluchte Harry hinter ihm und brach dann mit einem schon fast komisch klingenden Japsen ab, als er den schweigenden Koloss im Wasser erblickte.

Sie standen einfach da, wie gelähmt durch die bloße Anwesenheit der blasphemischen Kreatur, des letzten Überlebenden aus einer Zeit, die zu Recht untergegangen war. Ben konnte nicht sagen, wie lange. Irgendwann gesellten sich sein Vater und Ramanov zu ihnen und erstarrten ebenfalls im Angesicht des uralten grausamen Gottes.

»O mein Gott!«, flüsterte Ramanov schließlich nach – einer Minute, einer Stunde? Zeit hatte jegliche Bedeutung verloren, als hätte selbst sie vor der unsagbaren Fremdartigkeit der riesigen Kreatur kapituliert – einer kleinen Ewigkeit. »Was … was sollen wir jetzt tun?«

Der Klang seiner Stimme, einer menschlichen Stimme, auch wenn sie Ramanov gehörte, brach den Bann, wenigstens für Ben, und er tat das Einzige, was er noch konnte. Es legte Sasha den Arm um die Schulter und drückte sie schützend an sich.

»Ihr hättet nicht herkommen sollen«, sagte Harry leise. »Keiner von euch.«

Ben verstand nicht, was er damit meinte, sein Vater und Ramanov offensichtlich auch nicht; keiner rührte sich. Wohin hätten sie jetzt noch gehen sollen?

Harry griff mit einer unendlich müde wirkenden Bewegung in die Tasche und zog sein Walkie-Talkie heraus. Ohne den Blick von Nyarlathoteps grausamer Erscheinung zu nehmen (das konnte er so wenig wie irgendeiner von ihnen), hob er das Gerät an die Lippen und drückte die Sprechtaste. »Tooth? Tut mir leid, alter Junge. Sieht so aus, als hätte es nicht funktioniert. Du weißt, was zu tun ist.« Er ließ die Sprechtaste los und drückte sie dann noch einmal. »Mach's gut, alter Junge. Wir sehen uns.«

»Was bedeutet das?«, fragte Robert Berger misstrauisch.

»Wenn Sie am Leben bleiben wollen, dann sollten Sie unter Deck gehen. Bringen Sie möglichst viel Stahl zwischen sich und … uns.«

»Wie?«, murmelte Bens Vater.

»Sie haben eine Minute. Wenn Sie sich beeilen, reicht das. Jetzt noch ungefähr fünfzig Sekunden.«

Wieder rührte sich niemand. Ben drückte Sasha nur noch ein wenig fester an sich. Sie zitterte. Er konnte ihre Furcht spüren. Aber nicht mehr lange. Gleich würde es vorbei sein.

»Wie Sie wollen.« Harry klang nicht sehr überrascht. Er klang auch nicht ängstlich.

Und er, Ben? Er würde jetzt sterben, das wusste er, aber zu seiner eigenen Überraschung hatte er trotzdem keine Angst, sondern empfand beinahe Erleichterung, dass dieser Albtraum endlich zu Ende war – und allenfalls ein sachtes Gefühl von Trauer, wenn er an all die Jahre dachte, die Sasha und er nun nicht mehr gemeinsam verbringen konnten.

»Sie haben das von Anfang an so geplant, habe ich Recht?«, fragte Ramanov.

»Noch dreißig Sekunden. Wenn Sie sich beeilen, können Sie es noch schaffen.«

Ramanov zog verächtlich die Mundwinkel nach unten, aber dann wandte er sich an Ben und deutete ohne einen Funken Hoffnung auf Sasha. »Meinst du nicht, dass sie leben sollte?«

Er stellte diese Frage nur, weil er glaubte sie stellen zu müssen, begriff Ben, und er wusste auch, dass Ramanov es wusste. Nichts, *nichts* auf dieser Welt war so wichtig wie Sasha, aber sie würde nicht überleben, so wenig wie er, Ramanov, sein Vater oder irgendjemand, der sich auf diesem Schiff befand. Die *Alten* waren vielleicht Götter, aber sie waren keine *gnädigen* Götter.

Noch zwanzig Sekunden. Vielleicht weniger. Ben schloss die Augen. Er spürte Sashas Nähe, ihren warmen Atem an seiner Wange und den süßen Duft ihres Haares, und so absurd es war, so vollkommen … *lächerlich* – in diesem Moment war er glücklich. Und irgendwie spürte er, dass Sasha es auch war.

Noch zehn Sekunden. Er presste sie fester an sich. Fünf.

Plötzlich war ihm kalt, furchtbar kalt, und nun spürte er doch, wie die Angst auf dürren Spinnenbeinen in seine Seele kroch. Aber ihr würde keine Zeit mehr bleiben, ihn wirklich zu berühren. Die Frist war um.

Noch eine Sekunde. Und keine mehr. Nichts geschah.

Vielleicht hatte er sich geirrt. Zeit, hieß es, war subjektiv. Sekunden konnten sich zu Ewigkeiten dehnen. Aber nichts geschah.

Die Minute, von der Harry gesprochen hatte, musste längst vorüber sein. Aber es geschah immer noch nichts.

Irgendwann öffnete er die Augen und sah in Harrys fassungsloses Gesicht. Nein. Nicht fassungslos. *Entsetzt.*

»Aber was –?«, murmelte der Söldner.

Und in dieser Sekunde erlosch die Sonne.

Ben blickte weiter in Harrys schreckensbleiches, unglaublich *enttäuschtes* Gesicht, und trotzdem sah er es so deutlich, als schaue er direkt hin:

Als Erstes erlosch die Nebensonne; auch wenn sie nur eine optische Täuschung war, so hatte sie doch Licht und Helligkeit verbreitet, sodass der Himmel um mehrere Nuancen dunkler wurde, als sie flackernd ausging. Dann – langsamer, fast als wehre sie sich vergeblich gegen die unvorstellbar Macht, die sie auszulöschen begann – verblasste auch ihre reale Zwillingsschwester, und nur noch der Todesbote stand am Himmel, riesig und mindestens dreimal größer, als er hätte sein dürfen, und knochenbleich. Alles andere war dunkel. Der Sturm war noch nicht ganz heran und doch erlosch der scharf abgezirkelte Dreiviertelkreis des Auges über ihnen. Der Himmel wurde nicht dunkel, sondern *schwarz*, eine Farbe jenseits aller Vorstellungskraft, die nicht nur das Licht, sondern *alles* auszulöschen schien.

Dann explodierte das Schiff hinter ihnen.

Jedenfalls kam es Ben im ersten Moment so vor. Was von den Fenstern über dem Sonnendeck noch übrig war, barst in einer lautlosen Wolke aus Glas und Eis auseinander, die Tür flog davon, und wirbelnde Holz- und

Metallsplitter prasselten wie bizarrer, tödlicher Hagel rings um sie herum auf das Deck. Ben spürte einen brennenden Schmerz an der Wange, dann die klebrige Wärme von Blut, aber er fühlte es zugleich auch kaum, denn dieser ersten Explosion folgte eine zweite Woge aus mattem Weiß und drahtigem Fell und staksenden dürren Beinen und schwarzen, seelenlos glotzenden Augen.

Spinnen. Dutzende.

Die meisten waren nicht so groß wie das schneefarbene Ungeheuer, das ihn im Labor angegriffen hatte. Viele hatten nur die Größe einer Katze, manche waren kaum größer als eine Hand mit gespreizten Fingern, aber es waren auch Giganten darunter, zwei, drei Meter mit weit gespannten Beinen messend, hässlich und mit schrecklichen, klickenden Fängen, gewaltig genug, um einem Mann ohne Mühe einen Arm abzuknipsen. Nahezu lautlos, aber unglaublich schnell, wie eine lebendige Lawine aus weißer Bewegung, flutete die Grauen erregende Armee aus den zerborstenen Aufbauten des Schiffes heraus und über das Vorderdeck.

Der Anblick lähmte sie. Ben, sein Vater und Ramanov standen einfach nur da und starrten die Springflut an, die aus dem Schiff sprudelte und sie im nächsten Augenblick verschlingen musste.

Nicht so Harry und die beiden anderen.

Gerrit war der Erste, der das Feuer eröffnete, dann begann Tahia zu schließen und nur den Bruchteil eines Atemzugs später auch Harry; mit einer Hand. Mit der anderen ergriff er Ben an der Schulter und zerrte Sasha und ihn hastig mit sich zurück, stieß sie an der Schallkanone vorbei und grob gegen die spitz zulaufende Reling im Bug. Tahia und Gerrit verfuhren auf dieselbe Weise mit Ramanov und Bens Vater, ohne auch nur eine Sekunde mit Schießen innezuhalten. Ununterbrochen feuernd bildeten die drei einen lebenden Schutzwall zwischen ihnen und der heranstaksenden Horrorarmee. Binnen Sekunden hatten sie zahllose Angreifer niedergestreckt – aber es kamen immer mehr und mehr Spinnen, und die gesamte kribbelnde Masse rückte unbarmherzig näher wie eine Naturgewalt, die nichts auf dieser Welt aufhalten konnte.

Und sie stürmten nicht nur aus einer Richtung heran. Ben registrierte plötzlich eine Bewegung aus den Augenwinkeln, fuhr herum und erstarrte dann schier vor Grauen, als ein dürres weißes Beinpaar über der Reling hinter ihnen auftauchte, gefolgt von einem zweiten und dritten und schließlich einem medizinballgroßen, haarigen weißen Balg, der mit entsetzlicher Behändigkeit an Deck zu turnen begann.

Tahia erledigte das Ungeheuer mit einem einzelnen Schuss, ließ ihre leer geschossene Maschinenpistole fallen und riss stattdessen den Flammenwerfer vom Rücken. Ein grellweißer Feuerstrahl schlug der Spinnenarmee entgegen und brannte eine gewaltige Lücke hinein, doch rechts und links davon stürmten immer noch mehr vielbeinige Ungeheuer heran.

Auch Gerrit stellte das Feuer ein, war mit einem Satz hinter der Schallkanone und schwenkte sie herum. Harry und Tahia ließen sich blitzschnell auf die Knie fallen, um nicht in die Schussbahn zu geraten, und die Waffe stieß eine Welle der Vernichtung aus, die wie ein Hammerschlag in die Spinnenarmee fuhr und einen wahren Vulkan aus Chitin und Fell in die Höhe schießen ließ. Tahias Flammenwerfer zischte ununterbrochen, und Harry jagte Salve auf Salve in die Masse der vorrückenden Tiere oder erledigte einzelne Angreifer, die über die Reling oder außen an der spiegelglatten Bordwand herangerast kamen. Es war ein Inferno, eine Momentaufnahme aus einer lodernden, kalten Hölle, und doch musste Ben plötzlich an das denken, was er vorhin zu Tahia gesagt hatte: Trotz allem waren es letztendlich nur geistlose Tiere, gegen die sie kämpften, die blind in ihr Verderben rannten. Wären sie auch nur zu fünft oder sechst gewesen, hätten sie den ungleichen Kampf vielleicht sogar gewonnen.

Aber das waren sie nicht.

Harry war der Erste, der fiel.

Tahia schwenkte die Mündung ihres Flammenwerfer mit unheimlicher Ruhe hin und her und verbrannte die heranstürmenden Monster gleich zu Dutzenden, doch eine besonders große, zehnbeinige Spinne lief trotzdem weiter, lichterloh brennend und eine Spur aus lodernden Pfützen und Lachen hinterlassend und einfach zu stur – oder zu dumm – um zu sterben. Noch bevor Tahia die Gefahr begriff, war das Ungeheuer heran, richtete sich auf die beiden hinteren Beinpaare auf und versuchte mit seinen sechs vorderen, brennenden Gliedmaßen nach ihr zu schlagen.

Harry jagte ihr eine abgehackte MPi-Salve in den Leib, die sie mit einem grotesken Salto und Funken sprühend wie ein bizarrer Meteor in die Masse der heranrückenden Spinnen krachen ließ, aber die winzige Ablenkung hatte gereicht: Eine Spinne von der Größe eines Schäferhundes sprang ihn an, riss ihn von den Füßen und schleuderte ihn hilflos gegen die Schallkanone. Seine Waffe flog in hohem Bogen davon und verschwand über der Reling, und beinahe in derselben Sekunde hörte auch Tahias Flammenwerfer auf, gleißende Verheerung zu speien, als die Söldnerin unter einer ganzen Flut aus kribbelndem Weiß und schnappenden Zangen und Kiefern verschwand. Etwas Riesiges, Weißes traf die Schallkanone wie eine geballte Faust mit zu vielen Fingern, riss sie von ihrem Dreibein und schleuderte sie ebenfalls über Bord, und Gerrit keuchte entsetzt und fiel mit ausgebreiteten Armen auf den Rücken, als eine gewaltige Spinne auf seiner Brust landete.

Dann war es vorbei.

Der Kampf hatte kaum länger als eine halbe Minute gedauert, in der die drei Söldner im wahrsten Sinne des Wortes die Hölle losgelassen hatten, aber nun war es vorbei. Das Sonnendeck der *Princess* sah aus wie nach einem Kamikaze-Angriff. Überall brannte es. Blubbernde Pfützen aus kochendem Eis begannen knisternd und knackend in der brutalen Kälte wieder zu erstarren, und überall lagen tote und zerfetzte Spinnen. Ben registrierte mit einer Art hysterischer Erheiterung, dass sich das Schicksal sogar noch einen allerletzten grausamen Scherz mit ihnen erlaubt hatte: Sie hätten es beinahe geschafft. Nur sehr wenige Spinnen hatten das Inferno überstanden, das die drei Söldner entfesselt hatten, vielleicht ein oder zwei Dutzend Tiere, die ziellos umherliefen oder mitten in der Bewegung erstarrt waren, als hätten sie vergessen, wozu sie überhaupt hergekommen waren. Ein paar von ihnen brannten immer noch. Nur einen Augenblick länger, dachte er wie betäubt, und sie hätten es geschafft. Aber sie hatten es nicht, und jetzt war es vorbei.

Und die drei Söldner …

… waren noch am Leben.

Es dauerte einen Moment, bis Ben es begriff. Tahia, Gerrit und Harry lagen hilflos auf dem Rücken, niedergehalten vom Gewicht der grässlichen Kreaturen, die auf ihrer Brust hockten. Harry blutete heftig aus einer Platzwunde an der Stirn, und Gerrits Blick war verschleiert, als wäre er halb bewusstlos, aber alle drei waren noch am Leben. Die Spinnen unternahmen nicht einmal den *Versuch*, sie zu töten.

Weil er sich geirrt hatte. Es war noch nicht vorbei. Es hatte noch nicht einmal richtig angefangen.

Es begann *jetzt.*

Ben spürte es, kaum einen halben Atemzug, bevor es geschah, und Sasha ganz offensichtlich auch, denn sie versteifte sich plötzlich an seiner Brust und begann dann am ganzen Leib zu zittern.

Der Himmel erlosch. Auch das allerletzte Licht verschwand, und über ihnen verbreitete jetzt nur noch der Todesbote seinen bleichen, falschen Schein, ein kaltgraues Licht, das kein Licht war, sondern etwas ... *anderes, Verheerendes.* Es wurde vollkommen still.

Dann faltete sich die Wirklichkeit auseinander, und aus der absoluten Schwärze dahinter trat die Eiskönigin. Riesig, weiß und gekrönt und auf eine grauenhafte Weise schön hatte sie kaum noch Ähnlichkeit mit der Frau, die sie einst gewesen war, aber zugleich schien noch etwas schrecklich ... *Vertrautes* von ihr auszugehen. Kälte umhauchte sie in weißen, staubigen Schwaden, und ihr Blick war nicht mehr der eines Menschen, überhaupt nicht mehr der eines lebendigen Wesens, sondern kalt, hart und gnadenlos und immerwährend wie ein Diamant.

Sie stand einfach da, blickte auf sie herab, und irgendwann, nach einer Ewigkeit, die ausgereicht hätte, Galaxien entstehen und wieder untergehen zu lassen, und doch nur der millionste Teil einer Sekunde war, machte sie eine kaum sichtbare Geste mit einer ihrer zahlreichen vielfingrigen Hände, und die Zeit kehrte zu ihrem normalen Verlauf zurück. Ben konnte wieder atmen, und die Spinnen krochen lautlos von Harry und den beiden anderen herunter, blieben aber aufmerksam und bebend vor Anspannung stehen, bereit, auf ein winziges Zeichen ihrer schrecklichen Herrin erneut anzugreifen. Gift tropfte von ihren Fängen und ätzte zischende Löcher in das Eis auf dem Deck.

»Ihr hättet nicht versuchen sollen mich zu betrügen«, sagte sie mit einer Stimme wie berstendes Eis.

Hinter ihr riss die Wirklichkeit ein zweites Mal auf, und aus der Schwärze zwischen den Dimensionen traten zwei, vier, schließlich sechs Drachenmänner aus schimmerndem Eis, geflügelte Giganten und gegen ihre Herrin trotzdem kaum mehr als Zwerge. Einer von ihnen trug etwas auf den Armen, das Ben erst nach ein paar Sekunden als menschlichen Körper identifizierte. Fast behutsam legte er ihn neben der Eiskönigin zu Boden und zog sich wieder zurück, bis seine gewaltigen Schwingen nahezu mit der Schwärze verschmolzen, die ihn geboren hatte.

Harry stemmte sich schwankend auf die Knie, wischte sich mit dem Handrücken das Blut aus dem Gesicht und kroch dann zu der Gestalt hin, die der Drachenmann gebracht hatte, um sie auf den Rücken zu drehen.

Es war Tooth. Seine Kleider waren zerrissen und zum Teil verkohlt, und auch der Verband über seinem Gesicht war zerfetzt, sodass die schrecklich verbrannte Haut darunter sichtbar wurde. Es kam Ben geradezu unglaublich vor, aber Tooth war ganz offensichtlich nicht nur noch am Leben, sondern auch bei Bewusstsein. Seine weit aufgerissenen Augen waren starr, aber nicht leblos, sondern von absolutem Entsetzen erfüllt. Er versuchte etwas zu sagen, doch seine Lippen bewegten sich nur stumm.

»Was haben Sie ihm angetan?«, zischte Tahia.

»Ich?« Einen Moment lang sah die Eiskönigin sie mitleidig an, dann wandte sie sich mit perfekt gespielter Überraschung an Harry. »Sagen Sie nicht, Sie haben es ihr nicht gesagt!«

»Gesagt?«, schnappte Tahia. »*Was* gesagt?« Harry blickte sie und die Eiskönigin mit steinernem Gesicht an.

»O nein, meine Liebe«, erwiderte die unheimliche Kreatur. »Das ist eine Familienangelegenheit, die mich nichts angeht. Ich dachte nur, Sie wüssten, wer Ihrem Freund das angetan hat.«

»Was soll das heißen? Harry!«

»Jetzt nicht«, antwortete Harry müde. Tahia machte einen zornigen halben Schritt in seine Richtung, doch eine der riesigen Spinnen hob sofort das vordere Beinpaar zu einer drohenden Geste, und die Söldnerin erstarrte wieder.

»Ich fürchte, später wird dazu keine Gelegenheit mehr sein«, sagte die Eiskönigin beinahe sanft.

»Weil es kein *Später* mehr gibt?«, vermutete Tahia.

»Wie gesagt: Ihr hättet nicht versuchen sollen mich zu betrügen.« Dunkelheit schien sich hinter ihr zusammenzuballen, wie um das Kommen von etwas anderem, Schlimmerem anzukündigen.

Tahia lachte humorlos. »Sie hatten doch dasselbe vor, oder?«

»Selbstverständlich. Ich gehöre zu den Bösen, meine Liebe. Ich darf das.«

Niemand antwortete, aber Harry beugte sich weiter vor und drehte Tooth behutsam vollends auf den Rücken. Ein dumpfes Poltern begleitete die Bewegung, und als Ben genauer hinsah, riss er erstaunt die Augen auf. Tooths rechter Arm steckte vom Ellbogen an abwärts in einer massiven Schicht aus Eis, die sich um die Hand herum noch verdickte, sodass es aussah, als liefe sein gesamter Arm in einer barbarischen weißgrauen Keule aus. Dennoch konnte man sehen, dass seine Finger unter dem Eis etwas umklammerten, was loszulassen der eisenharte Panzer aus erstarrter Kälte ihm unmöglich machte.

»Sie haben nicht wirklich geglaubt, dass ich Sie gehen lasse, oder?«, fragte die Eiskönigin. Auch darauf antwortete niemand – und wozu auch? Aber Ben stellte sich plötzlich die Frage, warum sie noch lebten. Die Art, wie die Eiskönigin den Totmannschalter überlistet und Harrys Plan damit zunichte gemacht hatte, war zweifellos ebenso simpel wie genial … aber er konnte sich trotzdem nicht vorstellen, dass sie nur hergekommen war, um ihren Triumph auszukosten.

»Das wird Ihnen nichts nutzen«, sagte Harry. Behutsam ließ er Tooths Hinterkopf und Schultern zurücksinken und richtete sich auf. »Sie haben Recht: Wir haben wirklich nicht damit gerechnet, dass Sie uns gehen lassen. Aber ich hatte auch nicht vor, *Sie* zu lassen.«

»Die Bombe wird explodieren«, vermutete die Eiskönigin. War das ein spöttisches Lächeln, tief in ihren eigentlich zu keinem menschlichen Ausdruck fähigen Augen?

»In weniger als einer Stunde. Tahia hat dafür gesorgt.«

»Sie haben nach wie vor keine Ahnung, womit Sie es zu tun haben, habe ich Recht? Sie können uns nicht aufhalten. Niemand kann das jetzt noch.« Sie wartete einen Moment sichtbar auf eine Antwort, als sie sie nicht bekam, drehte sie sich zu Ben um.

»Außer für dich«, sagte sie mit ihrer schrecklichen, mahlenden Stimme und trotzdem fast zärtlich, bittend. »Du kannst immer noch mit mir kommen.«

Ben sah nur trotzig in ihr auf so schreckliche Weise verändertes Gesicht und drückte Sasha noch enger an sich. Sie zitterte.

»Das gilt auch für sie.«

»Damit wir so werden wie du«, flüsterte Ben bitter.

»Ihr werdet leben. Ich will dir nichts vormachen. Es ist erschreckend und du wirst manches verlieren. Auch ich hatte große Angst am Anfang. Aber da ist auch so viel, was du bekommst.«

»Unsterblichkeit? Macht? Nein danke.«

»Nichts von alledem.« Die Eiskönigin schüttelte den Kopf. Die Dunkelheit hinter ihr schien die Bewegungen nachzuahmen und noch etwas hinzuzufügen. »Man kann es mit Worten nicht beschreiben. Begleite mich und du wirst es erleben. Ich verspreche dir und deiner Freundin weder Unsterblichkeit noch allumfassende Macht, aber ihr werdet sehr lange leben, ihr werdet Dinge erfahren wie kein Mensch jemals zuvor.«

»Nein danke«, sagte Ben noch einmal.

»Wie du willst«, erwiderte die Höllenkreatur plötzlich kalt. Für einen Herzschlag tastete ihr Blick über das Gesicht ihres Mannes, doch ihre Augen blieben so leblos und hart wie Diamant. Harry trat mit einem raschen Schritt und demonstrativ neben Sasha und ihn und schob die Hand in die Jackentasche. Einer der Drachenmänner machte einer drohenden halben Schritt auf ihn zu und blieb wieder stehen, als Harry seine Bewegung zu Ende führte und seine Hand nichts Gefährlicheres als das Walkie-Talkie hielt.

Die Eiskönigin blickte fragend – aber nicht besonders beunruhigt –, und Harry drehte sich mit einer sehr müde wirkenden Bewegung ganz zu Ben herum und sah ihm in die Augen. »Es tut mir so unendlich leid.«

»Rührend«, sagte die Eiskönigin, »aber ich fürchte, wir –«

Harry hob das Funkgerät an den Mund. »Kapitän. Es ist so weit.«

Die Augen der Eiskönigin wurden schmal. »Kapitän? Was soll das heißen?« Sie stieß einen zischenden, halb erschrockenen, halb wütenden Laut aus und streckte einen ihrer zahlreichen Arme in ihre Richtung, wie um nach Sasha zu greifen. *»Wo ist ihr Vater?!«*

Das Schiff erbebte wie unter einem Faustschlag. Schwarze Blitze zuckten über den Himmel, und das Meer türmte sich zu einem gewaltigen Gebirge aus brüllenden, schaumgekrönten Wogen auf und floh vor der Küste, als neben dem Schiff ein ungleich lauterer Schrei erklang und Nyarlathotep sich zu seiner ganzen Größe erhob, ein Berg aus schwarzem Fleisch und peitschenden Tentakeln und Gestalt gewordener Wut, der brüllend nach den zwergenhaften Gestalten schlug, die sich erdreistet hatten, seine Pläne zu durchkreuzen, und auch die Eiskönigin kreischte vor Wut und Schrecken und setzte sich zusammen mit ihrem halben Dutzend geflügelter Krieger in Bewegung.

Aber es war zu spät. Diesmal reichte nicht einmal mehr die Macht eines leibhaftigen Gottes, um das Schicksal noch aufzuhalten.

Ben schloss die Augen, drückte Sasha so fest an sich, wie er nur konnte, und legte ihr zusätzlich die Hand über das Gesicht, um sie vor dem alles verzehrenden Blitz zu schützen, der nun kommen musste.

Er kam auch, aber nicht sofort.

Es begann als ein dumpfes, vibrierendes Grollen, das direkt aus dem Herzen der Erde zu dringen schien und sich binnen eines einzigen Lidschlags zu einem unvorstellbar lauten Donnern und Brüllen steigerte, das selbst die Stimme des zornigen Gottes übertönte. Als der Blitz dann kam, war er tausendmal heller, als Ben erwartet hätte, ein gleißendes, unerträglich *grelles*, grausames Licht, das die Welt für einen Moment in ein mit harten Linien gezeichnetes Negativ ohne Farben verwandelte. Obwohl er die Augen so fest zusammengekniffen hatte, wie es nur ging, drang es mühelos durch seine geschlossenen Lider, als hätte das Schicksal entschieden, ihm selbst in seiner unwiderruflich allerletzten Sekunde auch nicht das winzigste Detail zu ersparen.

Dem Grollen und dem Licht folgte Stille, so allumfassend, dass es in den Ohren schmerzte; vielleicht hatte ihn der unvorstellbare Lärm auch taub gemacht. Abermals war es, als hätte die Zeit den Atem angehalten: Die Eiskönigin stand auf Armeslänge vor ihnen, die Arme wie zu einer tödlichen Umarmung ausgebreitet; neben ihr die Drachenmänner, mitten im Sprung eingefroren, die Klauen und Schnäbel zum Zupacken und Zerreißen bereit, mit gewaltigen gespreizten Flügeln; und hinter ihnen ragte Nyarlathotep selbst in die Höhe, gigantisch und schwarz, ein peitschender Wald aus Tentakeln und erstarrter Wut, höher als der höchste Kirchturm und so schrecklich, dass sein bloßer Anblick töten konnte.

Und dann, von einem Sekundenbruchteil auf den anderen, war von alledem nichts mehr da.

Die Steilküste, die schneebedeckte Ebene und die Station darauf verschwanden einfach. Gemartertes Metall schrie, und eine grausame weiße Hitze strich über ihn hinweg und war vergangen, bevor er sie wirklich spüren konnte. Der Panzer aus Eis, der das Schiff in seinem Würgegriff hatte, verwandelte sich in kochenden Dampf, der hinweggefegt wurde, noch bevor er Gelegenheit fand, sie zu verbrühen, und alles, *alles,* was an Deck der *Princess* nicht aus massivem Stahl bestand, glühte in einer einzigen lodernden Stichflamme auf und zerfiel zu Asche. Und was diesen höllischen Hauch überstand, das wurde von der Druckwelle getroffen und zertrümmert in das kochende Meer geschleudert. Die Eiskönigin, die Drachenmänner und Spinnen flammten auf und verwandelten sich in funkenglitzernde Gespenster ihrer selbst, und auch der tobende Gigant neben dem Schiff war plötzlich in Feuer gebadet und schrie, schrie,

schrie. Das Schiff erbebte unter dem Faustschlag eines unsichtbaren zornigen Gottes, brüllte wie ein waidwundes Tier und hob sich um einen halben Meter, um mit vernichtender Wucht auf den Strand zurückzufallen, und es war dieser unvorstellbar harte Schlag, der Ben endgültig von den Füßen riss und ihn auf das glühende Deck schleuderte.

Und dann, endlich, erlosch die Welt rings um ihn herum.

Es war hell, als er erwachte.

Das war das Erste, was er spürte. Dann die grausame gläserne Kälte dieses Landes, die wie eine unsichtbare Hand auf seinem Gesicht lag und ihm das Atmen schwer machte. Dann folgte das Gefühl, dass etwas fehlte, etwas ungemein Wertvolles und Wichtiges, und er fuhr mit einer erschrockenen Bewegung in die Höhe und sah sich panisch um. Er hatte Sasha in den Armen gehalten, als die Druckwelle ihn erfasst hatte, und nun war sie fort, und …

»Keine Angst. Ihr ist nichts passiert.« Eine Hand berührte ihn an der Schulter, und als Ben erschrocken herumfuhr, blickte er in das Gesicht seines Vaters, der neben ihm auf den Knien hockte und ihn mit einer Mischung aus Sorge und Erleichterung betrachtete. Mit der anderen Hand deutete er auf einen Punkt irgendwo hinter ihm, und als er sich umdrehte, erkannte er eine schlanke Gestalt in einem fellbesetzten weißen Umhang, die an der Reling stand und reglos auf den Ozean schaute. Ihr weißes Haar wehte im Wind.

»Niemandem von uns ist etwas passiert.«

»Und wieso … leben wir noch?« Ben wollte ganz instinktiv aufstehen und zu Sasha gehen, aber seine Panik erlosch so rasch, wie sie aufgeflammt war, und machte einer dafür umso größeren Verwirrung Platz.

Sein Vater deutete ein hilfloses Schulterzucken an und versuchte zu lächeln, aber es wirkte beinahe noch hilfloser. Mit einem hörbaren Ächzen legte er beide Hände flach auf die Oberschenkel und stemmte sich in die Höhe. Er schien etwas sagen zu wollen, aber dann schüttelte er den Kopf, und er führte auch die Bewegung nicht zu Ende, mit der er Ben auf die Füße hatte helfen wollen. Er sah sehr einsam aus.

Ben starrte ihn noch einen Moment verwirrt an, bevor er aus eigener Kraft aufstand. Er war nicht dort erwacht, wo ihn die Druckwelle zu Boden geschleudert hatte, sondern im Windschatten einer Skulptur aus spröde gewordenem Eisen, die früher einmal Teil der Decksaufbauten der *Princess* gewesen sein musste, und wenn er auch nur einen Sekundenbruchteil daran gezweifelt hätte, ob er die letzten, furchtbaren Augenblicke tatsächlich erlebt hatte, so hätte ein einziger Blick in die Runde diese Zweifel zerstreut.

Sein Vater und er standen auf blankem Metall. Nirgendwo war Eis zu sehen, und es war jetzt zwar kalt, aber nicht annähernd so mörderisch kalt, wie es hätte sein müssen. Auf dem Vorderdeck, das er zur Gänze überblicken konnte, war nicht einmal ein Schimmer von Weiß zu sehen, davon abgesehen bot es jedoch einen Anblick totaler Zerstörung. Nichts, was nicht aus massivem Metall bestand, war noch da. Und selbst das, was den Feuersturm und die nachfolgende verheerende Druckwelle überstanden hatte, war zertrümmert, zerbrochen und brandgeschwärzt. Der größte Teil der Reling auf der linken, dem Land zugewandten Seite war einfach abgerissen, die Deckplatten aus Metall verbogen und zerfetzt, und an manchen Stellen schimmerte das verbrannte Eisen, als wäre es geschmolzen und zu glasiger Härte wiedererstarrt. Ein durchdringender Brandgeruch hing in der Luft, und selbst der böige Wind, der ihm ins Gesicht blies, als er mit zögernden Schritten hinter seiner Deckung hervorkam, fühlte sich beinahe warm an.

Wieso lebten sie noch? Ben wusste es nicht, und der Anblick der Küste steigerte seine Verwirrung noch. In der Steilküste gähnte eine gewaltige Bresche, als hätte ein hungriger Drache ein Stück herausgebissen. Die Station war verschwunden und mit ihr sämtliches Eis, so weit sein Blick auch reichte. Der schimmernde Strand, über den sie hergekommen waren, hatte sich jetzt in eine zerschundene Landschaft aus nacktem schwarzem Fels verwandelt. Die beiden Schneemobile waren weg, und die *Princess* lag nun spürbarer schräger da, sodass er instinktiv die Arme ausbreitete und sehr vorsichtig ging, als er sich auf den Weg zu Sasha machte.

Auf halber Strecke wurden seine Schritte langsamer, bis er schließlich ganz stehen blieb. Sein Herz klopfte, und mit einem Mal wagte er es nicht, weiterzugehen. Sasha war nicht allein. Ramanov stand neben ihr und hatte ihr den linken Arm um die Schulter gelegt – aber das war nicht der Grund, aus dem er zögerte.

Es war vorbei. Der Albtraum hatte ein Ende, und sie hatten es überlebt, und trotzdem empfand er keine Freude, nicht einmal wirklich Erleichterung. Auf einmal wurde ihm klar, auf welch unheimliche Weise dieser Augenblick dem ähnelte, mit dem alles begonnen hatte. Sie waren wieder auf dem Vorderdeck des Schiffes. Jetzt wie damals stand Sasha, nur in ihren dünnen weißen Mantel gekleidet, an der Reling und blickte auf den Ozean hinaus, jetzt wie damals spielte der Wind mit ihrem Haar und bauschte ihren Mantel, und das sonderbar klare Licht schien ihre Gestalt wie mit einem flimmernden Schein zu umgeben, der sie zu etwas anderem, beinahe Überirdischem, auf jeden Fall aber Unberührbarem machte.

Und jetzt wie damals schien sie von ihrer Umgebung und allem, was rings um sie herum geschah, nichts wahrzunehmen, sondern war weiter gefangen in einer Welt, die nur sie sehen konnte, eingesperrt hinter unsichtbaren, aber undurchdringlichen Mauern.

Trauer überkam ihn. Sie hatten es überlebt, aller Wahrscheinlichkeit und aller Logik zum Trotz, aber was hatte sich für sie geändert? Er hatte Sasha schon vor langer Zeit und nur für sich das Versprechen gegeben, die Ketten zu zerreißen, die sie auf ewig in einem Universum aus Schmerz und Einsamkeit gefangen hielten, und er hatte dieses Versprechen nicht gehalten.

Sosehr er sich auch wünschte, zu ihr zu gehen und sie in die Arme zu schließen, in diesem Moment hätte er nicht die Kraft gehabt, dem Blick ihrer leeren Augen standzuhalten.

Statt seinen Weg zum Bug fortzusetzen, wandte er sich nach links, zu der Hand voll in angesengte weiße Kampfanzüge gekleideten Gestalten hin. Auch Harry und die beiden anderen Söldner schienen das Inferno nahezu unverletzt überlebt zu haben. Als Ben sie beinahe erreicht hatte, fiel ihm auf, dass neben dem reglos daliegenden Tooth eine dick vermummte Gestalt kniete: Dr. van Staaten, die ihre abgewetzte Arzttasche mitgebracht hatte und sich ganz offensichtlich nicht einmal von einer Atomexplosion davon abhalten ließ, ihrer Lieblingsbeschäftigung nachzugehen, denn sie setzte gerade mit sichtlichem Vergnügen dazu an, Tooth eine Injektion zu verabreichen. Als sein Schatten über das Gesicht des verletzten Söldners fiel, sah sie kurz auf und nickte, wandte sich dann aber wieder ihrem Patienten zu. Gerrit und Tahia, die sich ein paar Schritte entfernt hatten und in den Armen hielten (seltsam, dachte Ben. Die beiden hatten nie ein Geheimnis daraus gemacht, dass sie ein Paar waren, und doch konnte er sich nicht erinnern, jemals eine so intime Berührung zwischen ihnen gesehen zu haben), schienen gar keine Notiz von ihm zu nehmen, aber Harry zwang ein Lächeln auf seine erschöpften Züge.

»Ich dachte schon, du wirst gar nicht mehr wach.«

Ben deutete mit einer scheuen Kopfbewegung auf Tooth. Der Söldner hatte offensichtlich inzwischen das Bewusstsein verloren, aber Ben konnte auch sehen, dass sein Atem sehr ruhig ging, und trotz der schrecklichen Verletzungen wirkte sein Gesicht irgendwie friedlich. »Wie geht es ihm?«

Harry schwieg, aber van Staaten sagte: »Besser.«

»Besser? Sie meinen … *du* meinst, er hat keine Schmerzen mehr und wird auch keine mehr haben?«

»Nein, ich meine, besser.« Van Staaten zog die Nadel vorsichtig aus Tooths Vene und ließ die Spritze dann achtlos zu Boden gefallen. Sie rollte davon und blieb in einiger Entfernung an einer Kante hängen; ein schimmernder Fremdkörper auf dem Deck dieses auf sein stählernes Skelett reduzierten toten Schiffes. »Ich kann es nicht erklären. Aber es geht ihm tatsächlich deutlich besser. Wenn er innerhalb der nächsten vierundzwanzig Stunden in ein Krankenhaus kommt, dann hat er eine realistische Chance, es zu überleben.«

»Aber hast du denn nicht gesagt –?«, begann Ben verwirrt, und Harry unterbrach ihn:

»Das wird er, Doktor.« Van Staaten sah ihn zweifelnd an, aber der Söldner nickte nur noch einmal überzeugt. »Machen Sie sich keine Sorgen. Hier ist gerade eine Atombombe explodiert. In spätestens zwei Stunden wimmelt es hier von Schiffen und Flugzeugen.«

Van Staaten wirkte zwar noch immer skeptisch, aber sie widersprach nicht, sondern zögerte nur noch kurz, dann packte sie mit hektischen Bewegungen ihre Tasche zusammen und stand auf. »Mehr kann ich im Moment nicht für ihn tun. Aber ich habe noch eine Menge anderer Patienten. Wenn es kälter wird, dann bringt ihr ihn unter Deck.«

Sie eilte los, blieb aber nach zwei oder drei Schritten noch einmal stehen, um sich auf eine so fassungslos-ungläubige Art umzusehen, dass sie Ben beinahe leidtat. Schließlich ging sie weiter, und er wartete, bis sie sich mit einiger Mühe über das verdrehte Etwas nach oben gearbeitet hatte, das einmal die Metalltreppe zum Vorderdeck gewesen war, und in den zerstörten Aufbauten verschwand. Er war nicht überrascht zu sehen, dass sich sein Vater ihr anschloss, sondern erleichtert, aber auch traurig.

»Wie ist das möglich?«, murmelte er kopfschüttelnd, während er sich wieder zu Harry herumdrehte und seinen Blick dabei über das verheerte Deck tasten ließ.

»Ich nehme an, die Eiskönigin wollte sichergehen, dass er am Leben ist, wenn sie ihn uns zeigt. Eine tote Geisel ist nicht besonders wertvoll.«

»Das meine ich nicht«, antwortete Ben, obwohl ihm bei diesen Worten ein kalter Schauer über den Rücken rann. Vielleicht weil er spürte, wie nahe Harry damit der Wahrheit kam. »Ich meine das hier. Du hast es gerade selbst gesagt. Das war eine Atombombe. Wir müssten alle tot sein.«

»Frag nicht. Ich weiß es nicht, und ich bin nicht sicher, ob ich es überhaupt wissen will.« Seine rechte Hand, die noch immer das Walkie-Talkie hielt (Ben registrierte fassungslos, dass das Kunststoffgehäuse des Geräts halb geschmolzen war, als wäre es einer unvorstellbaren Hitze ausgesetzt gewesen, Harrys Finger aber nicht die winzigste Verletzung aufwiesen), deutete in den Himmel hinauf. »Es müsste längst dunkel sein. Und der Sturm ...«

Er sprach nicht weiter, doch das war auch nicht nötig, denn er hatte in beiden Punkten Recht. Der Himmel über ihnen strahlte noch immer in einem kräftigen, wolkenlosen Blau, und von dem unheimlichen Sturm war nichts mehr zu sehen. Die düster leuchtenden Farben, mit denen eine uralte Macht ihren Besitzanspruch auf die Welt des Lichts kundgetan hatte, waren erloschen.

»Aber das kann doch ...«, murmelte Ben.

»– überhaupt nicht sein, ich weiß.« Harry lächelte. »Mach dir nichts draus. Ich verstehe es auch nicht, aber ich bin sicher, dass sich in den nächsten Jahren die besten Wissenschaftler dieses Planeten mit genau dieser Frage beschäftigen werden. Ich glaube nur, sie werden sie auch nicht beantworten können.«

Ben wollte etwas sagen, aber Harry machte eine rasche, abwehrende Geste. »Vielleicht solltest du jetzt gehen. Wir haben bestimmt noch viel Zeit, um uns zu unterhalten. Im Moment ist da jemand anderer, mit dem du sprechen solltest.«

Ben sah traurig zum Bug hin. Ramanov hatte inzwischen den Arm von Sashas Schultern genommen und war nicht nur ein kleines Stück zur Seite getreten, sondern hatte sich herumgedreht, um in ihre Richtung zu blicken. Natürlich hatte Harry Recht, aber noch immer sträubte sich alles in Ben dagegen, Sasha auch nur nahe zu kommen. Er hatte sie – vielleicht nur im Traum, aber wenn, dann war es ein Traum gewesen, der auf seine Art realer als die Wirklichkeit war – so erlebt, wie sie hätte sein können, hätte ein grausames Schicksal es nicht anders entschieden, und er war nicht sicher, ob er es ertragen konnte, jetzt wieder dem stummen, autistischen Mädchen gegenüberzutreten, das er vor so langer Zeit an genau diesem Ort kennen gelernt hatte.

»Weiß sie, was mit Kapitän Schulz … mit ihrem Vater ist?«, murmelte er, statt Harrys Aufforderung Folge zu leisten.

Der Söldner nickte ernst. »Ja. Ich glaube, sie wusste es schon vorher.«

»So wie du.« Seine Stimme war frei von jedem Vorwurf, und Harry fasste die Worte auch nicht so auf. Er nickte abermals. »Du hattest von Anfang an vor, die Bombe zu zünden.«

»Es war der einzige Weg. Ich wollte es selbst tun, aber Schulz … Er hat behauptet, er sei todkrank und habe sowieso nur noch ein paar Monate zu leben. Ich weiß, dass das gelogen war. Aber etwas …« Ein schmerzerfüllter Ausdruck huschte über sein Gesicht und erlosch wieder. »Was immer sie mit ihm gemacht haben, hat etwas in ihm zerbrochen. Er wollte nicht mehr leben.« Er sah kurz zu Ramanov und Sasha hin und verbesserte sich. »Ich glaube, er wollte sich für sie opfern. Sie weiß es, glaub mir. Und jetzt geh hin und rede mit ihr. Sie wartet auf dich.«

Ben wollte es, aber seine Beine verweigerten ihm den Dienst. Plötzlich fragte er sich, ob es sich am Ende wirklich gelohnt hatte, all diese Schrecken zu erdulden. »Ich … ich kann das nicht.« Er kam sich feige vor und erbärmlich, aber es war die Wahrheit.

»Versuch es wenigstens, Ben. Wer weiß – vielleicht erlebst du ja eine Überraschung.«

Ben sah ihn irritiert an, und für den Bruchteil eines Atemzugs flammte eine wilde, heiße Hoffnung in ihm auf, aber sie erlosch auch ebenso rasch wieder und machte einem Gefühl noch größerer Niedergeschlagenheit Platz, als er erneut zu Ramanov und seiner Enkeltochter hinsah und erkannte, dass Sasha noch immer völlig reglos im eisigen Wind stand und über das Meer blickte.

Immerhin bewirkten Harrys Worte eines. Seine Scheu davor, in den Augen des Söldners als Feigling dazustehen, war auf einmal größer als die Angst, in Sashas Augen zu blicken, und so zwang er sich, die wenigen

Schritte zu gehen. Ramanov trat beiseite, und Ben blieb unmittelbar vor der Reling stehen, so dicht neben Sasha, dass sich ihre Schultern beinahe berührten. Er wagte es immer noch nicht, sie anzusehen. Manchmal war Ungewissheit doch besser als Gewissheit, denn sie ließ Platz für Hoffnung, und sei sie noch so gering.

»Hallo, Benjamin«, sagte Ramanov. Seine Stimme war leise und sehr sanft, und es lag etwas darin, was Ben bisher nur ein einziges Mal bei ihm gehört hatte, sodass er sich fast gegen seinen Willen zu dem Russen herumdrehte und ihm ins Gesicht sah. Und er erlebte tatsächlich eine Überraschung.

Ramanov sah so müde und schmutzig aus wie sie alle, und er war noch immer der energische Mann mit dem faltigen Gesicht, das eine Stärke und Entschlossenheit ausdrückte, die so gar nicht zu seinem Alter passen wollte. Aber zugleich erblickte er einen anderen Ramanov, einen Mann, der gütig war und – auch wenn er Worte wie dieses immer als albern abgetan hatte – edel. Dieser andere, verwandelte Ramanov, dachte er verwirrt, war ganz genau der Mann, den er sich als Großvater für Sasha vorgestellt hätte. Und wenn wahr war, was van Staaten über den unheiligen Einfluss des Ortes erzählt hatte, an dem sie sich kennen gelernt hatten, stand er jetzt zum ersten Mal dem wirklichen Ramanov gegenüber. Er konnte nicht antworten.

Ramanov lächelte, streckte die Hand aus, wie um nach ihm zu greifen, und schien es dann doch nicht zu wagen, ihn zu berühren. Stattdessen machte er eine Geste auf das Meer hinab. Bens Blick folgte der Bewegung, und erneut lief ihm ein eisiger Schauer über den Rücken.

Jetzt, wo der Sturm und das von Menschenhand entfesselte Inferno vorüber waren, lag der Ozean schon beinahe unnatürlich ruhig und glatt unter ihnen, eine gewaltige graugrüne Fläche, die irgendwo in unbestimmbarer Entfernung mit einem Horizont verschmolz, der sich nun doch allmählich grau zu färben begann. Aber er war nicht leer. Unmittelbar neben der *Princess*, größer, ungleich größer als sie und selbst jetzt noch grauenhaft anzusehen, trieb eine zerfetzte Masse im Wasser. Ihre wirkliche Form war nicht mehr zu erkennen, und was davon noch übrig war, befand sich in so rascher, brodelnder Auflösung, dass es verschwunden sein würde, lange bevor die Rettungsmannschaften eintrafen, von denen Harry gesprochen hatte. Aber noch war es da.

»Er ist tot. Seltsam.«

»Was?«, fragte Ramanov. Aus irgendeinem Grunde lächelte er immer noch auf diese sonderbare, milde Art. »Dass die Bombe ihn getötet hat?«

»Ich hätte nicht gedacht, dass ein Gott sterben kann.«

»Er war kein Gott, Benjamin. Nur der letzte Überlebende eines Volkes, das sich für Götter gehalten hat. Vielleicht hatten sie tatsächlich die *Macht* von Göttern. Aber ihr Fleisch war sterblich.«

»Sie können einfach nicht aus ihrer Haut, wie? Einmal Wissenschaftler, immer Wissenschaftler, nicht wahr? Sie müssen für alles nach einer logischen Erklärung suchen.«

»Weil es für beinahe alles eine logische Erklärung gibt.«

»So?« Ben machte eine Kopfbewegung auf das brandgeschwärzte Deck hinter ihnen. »Dann erklären Sie mir, Professor, wieso wir noch leben.«

Ramanov sah ihn an, lächelte und schwieg, und hinter ihm sagte eine sanfte, helle Stimme: »Weil sie einst deine Mutter war, Ben, und die Frau deines Vaters. Etwas davon war noch in der Eiskönigin. Und eine Mutter beschützt immer ihre Familie.«

Bens Herz schien einen Schlag zu überspringen und schneller und ungleichmäßig weiterzuhämmern. Eine Weile stand er nur da und starrte Ramanov an, dann drehte er sich, mühsam, zitternd und von nichts anderem als nackter Panik bei der bloßen Vorstellung erfüllt, er könne sich getäuscht haben und einem bösen Streich aufgesessen sein, den ihm seine Fantasie spielte, herum und sah in Sashas Gesicht.

Sie schaute ihn an.

Ihre Augen waren nicht mehr leer. Leben war darin, ein Leben, das so lange und so verzweifelt um seine Freiheit gekämpft hatte, und auf ihrem Gesicht lag ein scheues, ein ganz kleines bisschen aber auch … spöttisches? … Lächeln.

»Aber du … wie ist denn das …?« Das Schiff, der Ozean, der Himmel und die ganze Welt schienen sich um ihn zu drehen, und plötzlich fuhr er herum und starrte noch einmal auf die graue, schleimig zerfließende Masse unter der Meeresoberfläche, und er hörte noch einmal die Worte, die Sasha in seinem letzten Traum zu ihm gesagt hatten: *Ich gehöre ihm, Ben. Solange er lebt.*

Er spürte, wie sich seine Augen mit Tränen füllten und seine Hände die verbrannte Reling so fest umklammerten, als versuche er sie zu zerbrechen, und sein Herz schlug plötzlich so hart, dass jeder einzelne Schlag wehtat. *Solange er lebt.*

Sasha stupste ihm mit dem Zeigefinger in die Seite, und er drehte sich mühsam wieder zu ihr herum, brachte aber immer noch keinen Ton hervor. Seine Kehle war wie zugeschnürt, und alles, was er tun konnte, war, sie anzustarren, das Leben, das *Leben* in ihren Augen anzusehen.

Aber er musste auch nicht sprechen. »Ich würde mich gern ein bisschen mit dir unterhalten, Ben«, sagte Sasha. »Aber es könnte ein wenig dauern. Vielleicht ein paar Jahre. Oder mehr.«

ENDE